EDIÇÕES BESTBOLSO

Planície de passagem

Em 1976 Jean M. Auel estava procurando um novo emprego quando teve a ideia de escrever uma aventura pré-histórica. A autora norte-americana mergulhou em extensas pesquisas e em 1980 publicou *Ayla, a filha das cavernas*, primeiro volume da saga *Os filhos da Terra*. A coleção tornou-se um fenômeno de vendas em todo o mundo, além de ter agradado a comunidade arqueológica internacional por seu retrato fiel da história da humanidade. A saga *Os filhos da Terra* é composta de cinco volumes:
   Volume 1: Ayla, a filha das cavernas
   Volume 2: O vale dos cavalos
   Volume 3: Os caçadores de mamutes
   Volume 4: Planície de passagem
   Volume 5: O abrigo de pedra

JEAN M. AUEL

PLANÍCIE DE PASSAGEM

volume 4 da saga *Os filhos da Terra*

Tradução de
Raul de Sá Barbosa e
Donaldson Garschagen

EDIÇÕES
BestBolso
RIO DE JANEIRO – 2011

CIP-BRASIL. CATALOGAÇÃO-NA-FONTE
SINDICATO NACIONAL DOS EDITORES DE LIVROS, RJ

A927p
Auel, Jean M., 1936-
Planície de passagem / Jean M. Auel; tradução de Raul de Sá Barbosa e Donaldson Garschagen. – Rio de Janeiro: BestBolso, 2011.
12 × 18 cm. (Os filhos da terra; 4)

Tradução de: The Plains of Passage
Sequência de: Os caçadores de mamutes
Continua com: O abrigo de pedra
ISBN 978-85-7799-274-4

1. Romance norte-americano. I. Barbosa, Raul de Sá. II. Garschagen, Donaldson. III. Título. IV. Série.

11-4243

CDD: 813
CDU: 821.111(73)-3

Planície de passagem, de autoria de Jean M. Auel.
Título número 270 das Edições BestBolso.
Primeira edição impressa em setembro de 2011.
Texto revisado conforme o Acordo Ortográfico da Língua Portuguesa.

Título original norte-americano:
THE PLAINS OF PASSAGE

Copyright © 1990 by Jean M. Auel.
Publicado mediante acordo com a autora c/o Jean V. Naggar Literary Agncy, Inc.
Copyright da tradução © by Distribuidora Record de Serviços de Imprensa S.A.
Direitos de reprodução da tradução cedidos para Edições BestBolso, um selo da Editora Best Seller Ltda. Distribuidora Record de Serviços de Imprensa S. A. e Editora Best Seller Ltda são empresas do Grupo Editorial Record.

www.edicoesbestbolso.com.br

Design de capa: Carolina Vaz sobre ilustração de Larry Rostant. Adaptação da capa publicada pela Hodder & Stoughton Ltd em 2002.
Ilustração do mapa: reprodução do mapa original publicado pela Editora Record (F. Miller, 2004).

Todos os direitos reservados. Proibida a reprodução, no todo ou em parte, sem autorização prévia por escrito da editora, sejam quais forem os meios empregados.

Direitos exclusivos de publicação em língua portuguesa para o Brasil em formato bolso adquiridos pelas Edições BestBolso um selo da Editora Best Seller Ltda. Rua Argentina 171 – 20921-380 – Rio de Janeiro, RJ – Tel.: 2585-2000 que se reserva a propriedade literária desta tradução.

Impresso no Brasil

ISBN 978-85-7799-274-4

Para LENORE,
*a última a chegar,
e cujo homônimo aparece nestas páginas*

para MICHAEL,
que espera ansioso por ela,

e para DUSTIN JOYCE e WENDY,
com amor.

CABEÇA DE LEOA. Pequena escultura em argila refratária. Altura. 4,5cm. Dolni Vestonive, Morávia, Checoslováquia.

OS FILHOS DA TERRA
EUROPA PRÉ-HISTÓRICA
DURANTE A ERA GLACIAL
Extensão de gelo e mudança nos litorais durante dez mil anos de retraimento das geleiras, com uma onda de calor durante a fase final do período plistoceno, que se estende de 35 a 25 mil anos antes de nossa era.

CABEÇA DE MULHER. Escultura em marfim. Altura 4,8cm. Dolni Vestonice, Morávia, Checoslováquia.

1

A mulher percebeu de relance que havia movimento à frente, embora não pudesse ver muito bem através da poeira. Ficou pensando se não teria sido o lobo que vira correndo diante deles, mais cedo.

Lançou um olhar ao companheiro, com uma ruga de preocupação na testa. Depois, se esforçou para divisar novamente o lobo, firmando a vista além da poeira.

– Jondalar! Veja! – disse, apontando.

Para a esquerda podia entrever agora o contorno impreciso de várias tendas cônicas, apesar de toda a poeira levantada pelo vento.

O lobo espreitava algumas criaturas de duas pernas que tinham começado a materializar-se no ar, portando lanças que apontavam diretamente para eles.

– Acho que alcançamos o rio, Ayla, mas temo que não sejamos os únicos com a intenção de acampar à margem dele – disse o homem, detendo o cavalo.

A mulher freou sua língua com uma leve pressão da coxa. O gesto era automático, como um reflexo; ela nem sequer precisava pensar para controlar o animal.

Ayla ouviu um rosnado de ameaça do fundo da garganta do lobo e percebeu que a postura do animal já não era de defesa. Ele estava pronto para o ataque! Ayla assoviou, um assovio agudo, característico, semelhante a um pio de ave, mas de uma ave que ninguém jamais escutara. O lobo desfez sua postura de combate e aproximou-se aos saltos da mulher montada na égua.

– Lobo, rente! – disse Ayla, gesticulando. E o lobo começou a trotar, obediente, ao lado da égua castanha. Mulher e homem, então, emparelhados, avançaram devagarzinho para os desconhecidos, postados entre eles e as barracas.

Um vento forte e intermitente, cheio de fino loess em suspensão, rodopiava em torno deles, impedindo-lhes de ver com nitidez os homens das lanças. Ayla ergueu a perna e deixou-se escorregar pela parte traseira da égua. Ajoelhou-se junto do lobo, apoiou um braço nas costas dele e outro no peito para acalmá-lo e, se necessário, para detê-lo. Ele podia sentir o rosnado surdo do animal e a tensão dos músculos prontos para o salto.

Ayla olhou depois para Jondalar. Uma fina camada de pó cobria os ombros do homem alto e os cabelos da cor de linho dele e clareava o pelame castanho da égua, que ficava quase de um tom mais comum, cor de canela. Ela e Huiin se pareciam. Embora estivessem ainda no começo do verão, os fortes ventos do maciço glaciar do norte já começavam a ressecar a estepe numa larga faixa ao sul do gelo.

Ela sentiu a tensão do lobo contra o seu braço. Outra pessoa surgira por trás dos lanceiros, vestida como um Mamute o faria para uma cerimônia importante, com máscara, chifres de auroque e roupas pintadas e decoradas com símbolos enigmáticos.

O Mamutoi sacudiu uma lança na direção deles e gritou:

– Vão embora, espíritos maus! Deixem este lugar!

Ayla achou que a voz que saía da máscara era de uma mulher mas não tinha certeza. As palavras, no entanto, haviam sido ditas em Mamutoi. A figura adiantou-se de novo, brandindo a lança, enquanto Ayla segurava o lobo. Mas então a criatura fantasiada se pôs a cantar e a dançar, sacudindo a lança no ar, aproximando-se deles e retrocedendo rapidamente, como se quisesse assustá-los ou expulsá-los, mas tudo o que conseguiu foi espantar os cavalos.

Ela se surpreendeu com a disposição do lobo para atacar; os lobos não costumam atacar pessoas. Lembrando-se, porém, do comportamento observado antes, achou que entendia. Ayla estudara muitas vezes os lobos, quando aprendia sozinha a caçar. Sabia o quanto eles se afeiçoavam e o quanto eram leais com a própria alcateia; mas também sabia o quanto eram rápidos quando se tratava de expulsar estranhos, e que podiam até matar outros lobos para proteger aqueles que consideravam sua família.

Para o pequenino filhote que ela encontrara e levara consigo para a caverna dos Mamutoi, o Acampamento do Leão era a sua alcateia; outras pessoas seriam como lobos estranhos para ele. Ele havia rosnado para gente que não conhecia e que viera visitá-los quando ainda era pequeno. Agora, em território desconhecido, pertencente, talvez, a outra matilha, era natural para ele uma postura de defesa, sobretudo diante de estranhos armados com lanças. Por que a gente daquele acampamento usava lanças?

Ayla notou algo de familiar no canto e logo descobriu o que era. As palavras pertenciam à língua sagrada e arcaica dos Mamutoi, que só eles compreendiam. Ayla entendia pouco; Mamut havia apenas começado a ensinar-lhe a língua quando ela partira. Mas ela era capaz de perceber o sentido geral do canto, que era o mesmo do que fora dito antes, apenas vazado em termos mais persuasivos. Tratava-se, em suma, de uma exortação ao lobo estranho e aos espíritos montados para que se fossem e os deixassem em paz. Para que regressassem ao reino dos espíritos ao qual, a rigor, pertenciam.

Falando em Zelandonii, para que as pessoas do acampamento não entendessem, Ayla contou a Jondalar o que o Mamutoi estava dizendo.

— Eles pensam que somos espíritos? Naturalmente! — disse ele. — Eu devia saber disso. Eles têm medo de nós. É por esse motivo que nos ameaçam com lanças. Sempre que cruzarmos com alguém no caminho, Ayla, vamos ter esse problema. Estamos acostumados com animais agora, mas as pessoas só pensam em cavalos e lobos como comida ou peles.

— Na Reunião de Verão, os Mamutoi também se perturbaram no começo. Levaram algum tempo para acostumar-se à ideia de ter cavalos e Lobo por perto — disse Ayla.

— Quando abri os olhos pela primeira vez na caverna, em seu vale, e vi você ajudando Huiin a parir Campeão, pensei que tinha sido morto pelo leão e que estava no mundo dos espíritos — disse Jondalar. — Talvez eu deva desmontar também, e mostrar-lhes que sou um homem e que não estou ligado a Campeão como alguma espécie de espírito, metade homem, metade cavalo.

Jondalar desmontou, mas continuou segurando a corda que atara ao cabresto que tinha feito. Campeão agitava a cabeça, tentando recuar para se afastar do Mamutoi que continuava a avançar, sacudindo a lança. Huiin estava encostada na mulher ajoelhada, de cabeça baixa. Ayla não usava rédeas nem brida para guiar sua égua. Fazia-o apenas com a pressão das pernas e os movimentos do corpo.

Ouvindo alguns sons da língua que os espíritos falavam, e vendo que um deles desmontava do cavalo, o Shamud cantou mais alto, rogando que os espiões desaparecessem, prometendo-lhes cerimônias, procurando acalmá-los com ofertas de presentes.

– Acho que você deveria explicar-lhes quem somos – disse Ayla. – Aquele Mamutoi está ficando muito agressivo.

Jondalar segurou a rédea bem junto da cabeça do garanhão. Campeão estava alarmado e irritado, e o Mamutoi, com a lança e gritos, só piorava a situação. Até mesmo Huiin parecia assustada, e ela era muito mais tranquila que seu agitado descendente.

– Nós não somos espíritos! – disse Jondalar em voz alta quando o Mamutoi parou para tomar fôlego. – Sou um visitante, um viajante em uma Jornada, e ela – disse, apontando para Ayla – é Mamutoi, da Fogueira do Mamute.

Os estranhos se entreolharam, e o Mamutoi parou de cantar e dançar, mas ainda brandiu a lança algumas vezes enquanto os observava. Talvez fossem de fato espíritos, que lhe pregavam uma peça, mas pelo menos haviam conseguindo expressar-se numa língua que todo mundo entendia. Finalmente, o Mamutoi falou:

– Por que acreditaria em vocês? Como vou saber que não estão procurando nos enganar? Você diz que ela pertence à Fogueira do Mamute, mas onde está o sinal? Ela não tem a tatuagem no rosto.

– Ele não disse que eu era Mamutoi – interveio Ayla. – Ele disse que sou da Fogueira do Mamute. O velho Mamute do Acampamento do Leão estava me dando aulas antes de eu partir, mas eu não recebi um aprendizado completo.

O Mamutoi conferenciou com uma mulher e um homem, depois voltou.

– Este aqui – disse a Ayla apontando Jondalar com a cabeça – afirma que é um visitante. Embora fale bem, tem um sotaque estrangeiro. Você diz que é Mamutoi, mas algo na sua maneira de falar não é típico dos Mamutoi.

Jondalar prendeu a respiração e esperou. Havia, de fato, algo na voz de Ayla. Havia certos sons que ela era quase incapaz de pronunciar, e a maneira como o fazia era curiosamente única. Ela se comunicava com clareza, e certamente não o fazia de forma desagradável – ele, pelo menos, gostava –, mas era perceptível. Não se parecia com sotaque de nenhuma outra língua; era uma língua que a maior parte das pessoas nunca ouvira, ou sequer reconheceria como linguagem. Ayla falava com a pronúncia da linguagem travada, gutural, vocalmente limitada do povo que a acolhera e a criara como menina órfã.

– Eu não nasci Mamutoi – disse Ayla, ainda segurando Lobo, embora ele tivesse parado de rosnar. – Fui adotada na Fogueira do Mamute pelo próprio Mamute.

Seguiu-se uma agitação no grupo, e houve nova consulta particular entre o Mamutoi, a mulher e o homem.

– Se você não faz parte do mundo dos espíritos, como explica seu domínio sobre este lobo e o fato de os cavalos levarem-nos às costas? – perguntou o Mamutoi, objetivo.

– Não é difícil quando a gente os conhece ainda jovens – explicou Ayla.

– Você faz tudo parecer simples demais. Deve haver mais nessa história do que você diz.

– Eu estava presente quando ela trouxe o filhote de lobo para a caverna – disse Jondalar. – Era tão pequeno que ainda mamava, e tinha certeza de que ele não iria sobreviver; mas ela lhe deu carne cortada em pedacinhos e caldo de carne, e acordava no meio da noite para cuidar dele, como se faz com um bebê. Todo mundo ficou surpreso por ele ter sobrevivido e começado a crescer, mas aquilo ainda não era tudo. Ela o treinou para atender aos seus pedidos – para não urinar dentro de casa, não morder as crianças mesmo quando elas lhe incomodavam. Se eu não tivesse visto não acreditaria que se pudesse ensinar tanta coisa a um lobo, ou que um lobo fosse capaz de aprender tudo aquilo. Ela diz a verdade, mas não basta pegá-los quando filhotes; há que de fazer muito mais. Ela cuidou deste lobo como se fosse uma criança. Ela foi mãe para ele, e é por isso que ele faz tudo o que ela quer.

– E os cavalos? – perguntou o homem que estava de pé ao lado do Shamud. Ele tinha os olhos pregados no agitado garanhão e no homem alto que o tinha pela rédea.

– É o mesmo com os cavalos. É possível treiná-los quando são ainda filhotes, se cuidarmos bem deles. Leva-se tempo, e é preciso ter paciência; mas eles aprendem.

Os homens tinham abaixado as lanças e escutavam com grande interesse. Eles sabiam que espíritos não podiam falar a língua dos vivos, embora toda aquela conversa de criar filhotes de animais fosse tão estranha quanto os próprios fantasmas.

– De criação de animais eu não entendo – falou a mulher do acampamento –; mas sei que a Fogueira do Mamute não adota estranhos e os converte em Mamutoi. Aquela não é uma fogueira comum; ela é consagrada àqueles que servem à Mãe. Ou as pessoas escolhem a Fogueira do Mamute ou são escolhidas por ela. Tenho parentes no Acampamento do Leão. Mamut é um homem muito idoso, talvez o mais idoso de todos os homens. Por que adotaria alguém? Também não creio que Lutie o tivesse permitido. O que você está contando é difícil de acreditar, e não sei por que deveríamos acreditar.

Ayla sentiu algo de ambíguo no que a mulher dizia, ou talvez fosse só a atitude sutil que acompanhava as suas palavras: o peito estufado, a tensão nos ombros, o cenho franzido. Ela parecia antecipar algo desagradável. Então Ayla percebeu que aquilo não fora um lapso da língua; a mulher inserira intencionalmente uma mentira, como uma armadilha, em sua pergunta. Mas por causa do singular conhecimento de Ayla, a trapaça ficou transparente.

O povo que criara Ayla, conhecido como cabeças-chatas, mas que se autodenominava como Clã, comunicava-se com clareza e precisão, apesar de não usarem essencialmente palavras. Poucas pessoas percebiam que eles tinham uma língua. Sua faculdade de articular era limitada, e muitas vezes eram chamados de sub-humanos, como se fossem animais que não soubessem falar. Usavam uma linguagem de gestos e sinais, mas não menos complexa que uma língua oral.

As poucas palavras que o Clã empregava – e que Jondalar não sabia reproduzir, assim como Ayla não era capaz de pronunciar certos sons em Zelandonii ou Mamutoi – eram proferidas com uma vocalização muito característica, e serviam, de regra, para dar ênfase ou para nomear pessoas e objetos. Qualquer nuance era indicada por expressões fisionômicas, mudanças de porte e postura, que acrescentavam profundidade e variedade à linguagem da mesma forma como o tom e a inflexão alteram a linguagem verbal. Mas com um meio de comunicação assim tão aberto, era quase impossível dizer uma inverdade sem que isso fosse percebido. Os cabeças-chatas não podiam mentir.

Ayla aprendera a perceber e entender esses sinais sutis de movimentos do corpo e as expressões quando aprendeu a falar por sinais; eram fundamentais para a compreensão total. Quando reaprendeu a falar com Jondalar e quando tornou-se fluente em Mamutoi, Ayla descobriu que era capaz de perceber sinais do mesmo tipo em pequenas modificações da expressão ou da postura das pessoas que se comunicavam com palavras, mas cujo sistema de signos não era usado deliberadamente em sua linguagem.

Ayla percebeu que entendia mais do que palavras, embora isso a tenha confundido e afligido no princípio, pois as palavras ditas nem sempre correspondiam aos sinais utilizados, e ela nunca conhecera a mentira. O mais próximo que ela conhecia da mentira era evitar falar algo. Ela acabou por aprender que mentiras pequenas justificavam-se muitas vezes por uma questão de educação. Mas apenas quando tomou conhecimento do humor – que, em geral, consistia em dizer algo com outro sentido, que entendeu, subitamente, a natureza da linguagem verbal e das pessoas que se utilizavam dela. Então, sua capacidade de interpretar sinais inconscientes acrescentou uma dimensão inesperada aos progressos que vinha fazendo em matéria de linguagem. Uma vantagem rara. Embora não soubesse mentir, exceto por omissão, sabia perfeitamente quando alguém não estava dizendo a verdade.

– Não havia ninguém que se chamasse Lutie no Acampamento do Leão quando eu vivia lá. – Ayla decidira ser direta. – Tulie é a chefe das mulheres, e seu irmão Talut, o dos homens.

A mulher fez um aceno quase imperceptível com a cabeça. Ayla continuou.

– Sei que uma pessoa é habitualmente consagrada à Fogueira do Mamute, e não adotada. Talut e Nezzie foram os que me levaram para lá. Talut até aumentou a caverna para fazer um abrigo especial de inverno para os cavalos, mas o velho Mamut surpreendeu a todos. No curso da cerimônia, ele me adotou. Disse que eu pertencia à Fogueira do Mamute, que nascera lá.

– Se você levou esses cavalos para o Acampamento do Leão, posso entender porque o velho Mamut disse isso – retrucou o homem.

A mulher o encarou contrariada, e resmungou algo entre dentes. O homem começava a se convencer de que os estranhos poderiam ser gente, e não espíritos pregando peças, ou, se eram espíritos, não seriam maus; mas ele não acreditava ainda que fossem exatamente o que diziam ser. A explicação do homem alto para o estranho comportamento dos animais era simples demais, mas ele ficara interessado mesmo assim. Os cavalos e o lobo o intrigavam. A mulher sentia que eles falavam com demasiada volubilidade e espontaneidade e que eram mais acessíveis do que seria de se esperar. Ela sentia que havia algo mais do que eles diziam. Não confiava naqueles dois, e não queria nada com eles.

Os Mamutoi só compreendiam que eles eram seres humanos depois de registrado outro pensamento, capaz de levar em consideração que, para quem entendia de tais coisas, o extraordinário comportamento dos animais era plausível. Ela estava certa de que a loura era uma visitante poderosa, e o velho Mamut teria percebido logo que ela nascera com aquele misterioso controle sobre os animais. Talvez o homem tivesse os mesmos atributos. Mais tarde, quando o acampamento deles comparecesse à Reunião de Verão, seria interessante conversar com os integrantes do Acampamento do Leão, e os Mamutoi certamente teriam algo a dizer sobre aqueles dois. Era mais fácil acreditar em magia que na absurda ideia de que animais podiam ser domesticados.

Durante uma consulta entre eles, houve um desacordo. A mulher não estava à vontade; os estrangeiros a inquietavam. Se ela parasse para pensar a respeito, talvez admitisse que tinha medo; não gostava de estar nas cercanias de uma demonstração tão aberta de poder oculto. Mas ela foi voto vencido. O homem falou:

— Esse lugar onde os rios se juntam é um terreno perfeito para acampar. Tivemos uma boa caçada, e uma numerosa manada de veados gigantes está vindo nesta direção. Deverão chegar aqui dentro de poucos dias. Não nos importaremos se vocês quiserem acampar nas vizinhanças e caçar conosco.

— Apreciamos a sua oferta — disse Jondalar. — Podemos acampar perto de vocês e passar a noite, mas temos de prosseguir viagem pela manhã.

A oferta fora cautelosa; não era como a acolhida com que ele e seu irmão tantas vezes haviam sido recebidos, quando viajavam a pé. A saudação formal, dada em nome da Mãe Terra, oferecia mais do que hospitalidade; era considerada como um convite de união de forças: que ficassem e vivessem com eles por algum tempo. O convite cauteloso do homem mostrava como estavam em dúvida, mas pelo menos já não estavam mais sendo ameaçados com lanças em riste.

— Em nome da Grande Mãe Terra, ao menos compartilhem conosco a refeição da noite e a da manhã. — Essa cortesia o velho podia fazer, e Jondalar sentiu que ele ofereceria mais, se pudesse.

— Em nome da Grande Mãe Terra, teremos grande prazer em comer com vocês esta noite, depois de instalarmos o nosso acampamento — assentiu Jondalar —; mas temos de partir cedo.

— Para onde estão indo com tanta pressa?

Aquela franqueza, tão típica dos Mamutoi, pegou Jondalar de surpresa, mesmo depois de tanto tempo de convivência com eles, sobretudo vinda de um estranho. A pergunta do chefe teria sido considerada deselegante pelo povo de Jondalar; não teria sido considerada uma grosseria, mas um sinal de imaturidade ou de falta da correta escolha pela maneira mais sutil e indireta de falar dos adultos que têm discernimento.

Mas, como Jondalar sabia, a franqueza era considerada correta entre os Mamutoi, enquanto a discrição era vista com desconfiança, embora eles não fossem tão abertos assim. Havia sutilezas. Tudo era uma questão da maneira de dizer, da maneira de ouvir, e do que ficava nas entrelinhas. Mas entre os Mamutoi a curiosidade do líder do acampamento era perfeitamente aceitável.

– Estou voltando para casa – disse Jondalar –, e estou levando esta mulher comigo.

– Um dia ou dois farão muita diferença?

– Minha casa fica longe, para o ocidente. E eu estou fora... – Jondalar fez uma pausa para calcular – ...há quatro anos. Esta viagem levará mais um, se tivermos sorte. Há uns cruzamentos perigosos... rios e gelo pelo caminho, e não quero enfrentá-los na estação errada.

– Ocidente? Mas a impressão que tenho é que vocês estão indo para o sul.

– Sim, estamos indo para o mar Beran e para o Grande Rio Mãe. Seguiremos a corrente do rio.

– Meu primo foi para oeste numa viagem de negócios faz alguns anos. Contou que tem gente vivendo por lá perto de um rio a que também chamam Grande Rio Mãe – disse o homem. – Eles viajaram para o ocidente a partir daqui. Depende de por quanto tempo você queira subir a corrente, mas há uma passagem ao sul da Grande Geleira, mais ao norte das montanhas, para oeste. Você pode encurtar a viagem se for por ali.

– Talut mencionou essa rota do norte, mas ninguém tem certeza se o rio é o mesmo. Se não for, pode levar mais tempo para se achar o verdadeiro. Eu vim pelo sul, por um caminho que conheço. Além disso, tenho parentes entre o Povo do Rio. Meu irmão casou com uma Sharamudoi, e eu morei com eles. Gostaria de revê-los. Talvez não os encontre nunca mais.

– Temos comércio com o Povo do Rio... Parece-me ter ouvido falar de estrangeiros, há um ano ou dois, que viviam com esse grupo, a que se juntou a mulher Mamutoi. Lembro-me agora que eram dois irmãos. Os Sharamudoi têm costumes matrimoniais diferentes dos nossos, mas se bem me lembro ela e seu homem ficariam ligados a outro casal, numa espécie de adoção, acho. Eles mandaram convidar quaisquer conhecidos Mamutoi que quisessem ir. Alguns foram, e um ou dois já estiveram lá de novo.

– Trata-se de meu irmão, Thonolan – disse Jondalar, satisfeito por ver que a história confirmava a sua, embora não pudesse ainda pronunciar o nome do irmão sem sofrer. – Aquelas foram suas núpcias. Ele casou com Jetamio, e os dois se tornaram parentes de Markeno e Tholie, que foi a primeira pessoa que me ensinou a falar Mamutoi.

– Tholie é uma prima minha distante. E você é o irmão de um dos seus parentes? – O homem se voltou para a irmã. – Thurie, este homem é nosso parente. Acho que temos de dar-lhe as boas-vindas. – E sem esperar por qualquer resposta, disse: – Eu sou Rutan, chefe do Acampamento do Falcão. Em nome de Mut, a Grande Mãe, seja bem-vindo.

A mulher não teve escolha. Não podia constranger o irmão recusando-se a acompanhá-lo nas boas-vindas aos visitantes, embora houvesse reservado algo para dizer-lhe mais tarde em particular.

– Eu sou Thurie, chefe do Acampamento do Falcão. Em nome da Grande Mãe, vocês são bem-vindos aqui. No verão nós nos chamamos Acampamento do Capim Estipa.

Não era também a mais calorosa recepção que ele recebera. Jondalar sentiu uma nítida reserva e cautela. Ela lhe dava as boas-vindas "ali" especificamente, mas aquele era um acampamento temporário. Ele sabia que a denominação Acampamento do Capim Estipa se aplicava a qualquer acampamento de caça no verão. Os Mamutoi eram sedentários no inverno, e aquele grupo, como os demais, vivia num acampamento ou comunidade permanente de uma ou duas cavernas grandes comunicantes ou várias pequenas, todas subterrâneas. Essa região era conhecida por Acampamento do Falcão. A mulher não dissera que eles seriam bem-vindos lá.

– Sou Jondalar, dos Zelandonii. Saúdo-os em nome da Grande Mãe Terra, a quem denominamos Doni.

– Temos peles de dormir na tenda do mamute – continuou Thurie – , mas não sei como abrigar os animais.

– Se não se importarem – disse Jondalar por cortesia –, será mais fácil para nós estabelecer nosso próprio acampamento perto de vocês, em vez de ficar no seu. Agradecemos a hospitalidade, mas os cavalos precisam pastar; eles conhecem a nossa tenda, e saberão voltar para ela. Podem ficar agitados no acampamento de vocês.

– Naturalmente – disse Thurie, aliviada. Ela ficaria tão agitada quanto os animais.

Ayla sentiu que também deveria trocar boas-vindas. Lobo parecia menos assustado agora, e Ayla soltou-o devagar. Não posso ficar o tempo todo segurando Lobo, pensou. Quando ela se pôs de pé, o lobo começou a saltar contra seu corpo, mas ela o mandou sentar-se.

Sem estender-lhe as mãos ou fazer menção de aproximar-se, Rutan saudou-a. Ela retribuiu a saudação da mesma forma.

– Sou Ayla, dos Mamutoi – disse. E acrescentou: – Da Fogueira do Mamute. Saúdo-os em nome de Mut.

Thurie fez a sua saudação, restringindo-a também, como havia feito com Jondalar, àquele acampamento. Ayla respondeu formalmente. Ela gostaria de ver mais amabilidade do que eles demonstravam, mas achava que não podia culpá-los. Deparar com animais viajando em companhia de pessoas era algo espantoso; nem todo mundo teria sido tão compreensivo como Talut com uma inovação daquelas. Ayla percebeu, com um aperto no coração, que já sentia a perda daqueles que amava no Acampamento do Leão.

Ela voltou-se para Jondalar.

– Lobo não está sentindo tanta necessidade de proteger-nos agora. Mas eu precisarei de algo para prendê-lo enquanto estivermos neste acampamento e, depois, para segurá-lo se encontrarmos outras pessoas – ela disse em Zelandonii, por não se sentir à vontade para falar livremente naquele acampamento Mamutoi, e sentindo-se frustrada por isso. – Talvez algo como aquela rédea de corda que você fez para Campeão, Jondalar. Há corda de sobra e correias de couro também em uma das minhas cestas, na bagagem. Temos de ensiná-lo a não atacar estranhos dessa maneira. Ele tem de aprender a ficar quieto onde eu mandar.

Lobo devia ter compreendido que as lanças em riste haviam sido um gesto de ameaça. Ela não podia censurá-lo por saltar em defesa das pessoas e dos cavalos que constituíam aquele estranho bando. Do ponto de vista dele, era perfeitamente compreensível, mas isso não queria dizer que fosse aceitável. Ele não deveria tratar todas as pessoas que ainda encontrassem na viagem como lobos hostis. Ela teria de ensiná-lo a modificar seu comportamento e a aceitar mais facilmente as pessoas por quem eles cruzassem. Ela se perguntou se haveria pessoas capazes de entender que um lobo obedecesse aos comandos de uma mulher ou que um cavalo carregasse um homem às costas.

— Fique aqui com ele. Vou buscar a corda — disse Jondalar. Ainda segurando os rédeas de Campeão, embora o cavalo estivesse tranquilo, ele procurou a corda nas cestas que Huiin levava. A hostilidade do acampamento amainara, as pessoas não pareciam mais na defensiva do que estariam normalmente diante de qualquer estranho. A julgar pelo modo como olhavam, o medo parecia haver cedido lugar à curiosidade.

Huiin também se acalmara. Jondalar coçou-lhe o pescoço e deu-lhe palmadas afetuosas, enquanto mexia nas cestas. Ele gostava muito daquela égua forte. E embora estimasse a vivacidade de Campeão, admirava a serenidade e a paciência de Huiin; ela parecia exercer um efeito calmante sobre o jovem garanhão. Jondalar amarrou a ponta da rédea de Campeão na correia que prendia as cestas da bagagem que Huiin, levava. Ele desejaria muito ter sobre o cavalo o mesmo controle de Ayla sobre Huiin, com ou sem rédeas. Mas agora que cavalgava o animal, ia descobrindo a espantosa sensibilidade da sua pele, aprendia a montar confortavelmente e começava a guiar Campeão apenas com a pressão dos joelhos e a postura.

Ayla foi para o outro lado da égua com Lobo. Quando Jondalar lhe deu a corda, ele lhe disse em voz baixa:

— Não temos de pernoitar aqui, Ayla. Ainda é cedo. Podemos encontrar outro lugar, neste ou em outro rio.

— É bom para Lobo acostumar-se às pessoas, principalmente pessoas estranhas, mesmo se não forem muito amáveis. Eu não me importaria, até mesmo, de fazer visitas. Eles são Mamutoi, Jondalar, meu povo. Estes podem ser os últimos Mamutoi que verei. Será que irão à Reunião de Verão? Talvez possamos enviar uma carta para o Acampamento do Leão por eles.

AYLA E JONDALAR instalaram seu próprio acampamento perto do Acampamento do Capim Estipa, rio acima, ao longo do grande tributário. Tiraram as cestas e as selas dos cavalos e soltaram-nos para que pastassem. Ventava. Ayla sentiu uma pontada de pânico vendo-os afastarem-se e desaparecerem na poeira.

Eles tinham viajado ao longo da margem de um rio caudaloso, mas a alguma distância dele. Embora corresse, em geral, para o sul, o rio, jovem, tinha meandros, e serpenteava pela paisagem, cavando uma funda trincheira na planura baixa. Seguindo junto às estepes ainda do vale do rio, os viajantes poderiam tomar uma estrada mais direta, mas ficariam expostos ao vento implacável e aos efeitos do sol e da chuva no descampado.

– É esse o rio que Talut mencionou? – perguntou Ayla, desenrolando suas peles de dormir.

O homem enfiou a mão num par de cestas de palha e apanhou um pedaço de dente de mamute com incisões. Jondalar olhou a nesga do céu encardido onde brilhava uma luz insuportavelmente forte, mas difusa, e depois olhou para a paisagem pouco nítida. A tarde caía. Mais do que isso ele não saberia dizer.

– Não há como saber, Ayla – disse, guardando o mapa. – Não posso distinguir nenhum ponto de referência, e estou acostumado a medir a distância percorrida pelos meus passos. Campeão se move em outro ritmo.

– Vamos levar mesmo um ano inteiro para chegar à sua casa? – perguntou ela.

– É difícil dizer com precisão. Depende do que encontrarmos pelo caminho, dos problemas que tivermos e de quantas vezes pararmos. Se estivermos com os Zelandonii por esta época no ano que vem, poderemos dizer que tivemos sorte. Ainda nem sequer alcançamos o mar Beran, onde desemboca o Grande Rio Mãe, e temos de subir o rio até a nascente, na geleira, e além – disse Jondalar. Seus olhos, de um raro azul, pareciam preocupados, e sua fronte se enrugou demonstrando preocupação. – Teremos de atravessar grandes rios, mas é a geleira que me assusta, Ayla. Temos de atravessá-la quando o gelo estiver sólido, o que significa que precisamos alcançá-la antes da primavera, e isso é sempre imprevisível. Naquela região sopra sempre um forte vento do sul, capaz de aquecer o gelo mais frio a ponto de derretê-lo num só dia. Com isso, a neve e o gelo da superfície derretem e se partem como madeira podre. Abrem-se grandes fendas, e as pontes de neve que cruzam por cima delas se desmancham e afundam. Correntes e até mesmo rios cuja água é gelo derretido sulcam a geleira e muitas vezes se precipitam por ela através de grandes buracos. É muito perigoso, e pode acontecer repentinamente. É verão agora, e o inverno pode parecer ainda remoto, mas temos de viajar muito mais do que você pode imaginar.

A mulher concordou com um gesto de cabeça. Não adiantava pensar quanto tempo a viagem levaria, ou o que aconteceria quando chegassem ao destino. Era melhor pensar em um dia de cada vez, e planejar-se apenas para dois ou três dias. Seria melhor não se preocupar se seria aceita pelo clã de Jondalar, como os Mamutoi a tinham aceitado.

– Gostaria que o vento cessasse – comentou ela.

– Eu também estou cansado de engolir saibro – disse Jondalar. – Por que não visitamos os vizinhos e comemos alguma coisa?

Levaram Lobo com eles ao Acampamento do Capim Estipa, mas Ayla o manteve junto dela. Reuniram-se a um grupo que rodeava uma fogueira sobre a qual uma anca inteira de veado assava no espeto. O entrosamento começou devagar, mas não demorou muito para que a curiosidade se transformasse em vivo interesse, e a reserva temerosa do primeiro momento deu lugar a um animado falatório. Os habitantes daquelas estepes periglaciais tinham poucas oportunidades de conhecer gente nova, e a excitação do encontro fortuito alimentaria durante muito tempo as discussões e histórias do Acampamento do Falcão. Ayla fez amizade com várias pessoas, especialmente com uma jovem que tinha uma filha pequena. A criança estava na idade de sentar-se sem ajuda e de dar risadas, o que encantava a todos, sobretudo a Lobo.

A mãe mostrou-se temerosa a princípio, quando viu o animal se aproximar de sua filha. Mas quando as lambidas dele a fizeram rir de prazer, e o animal se mostrou dócil, mesmo quando a menina lhe puxou o pelo, todo mundo ficou surpreso.

As outras crianças ficaram ansiosas para tocá-lo, e Lobo se pôs a brincar com elas. Ayla explicou que ele fora criado com as crianças do Acampamento do Leão, e talvez estivesse sentindo falta delas. Lobo sempre fora manso com as crianças e com os fracos, e parecia saber a diferença entre os excessos de carinho de um bebê e a travessura de uma criança mais velha que lhe puxava o rabo ou a orelha. Deixava os menores fazerem o que quisessem com toda paciência, mas reagia aos maiores com um rosnado de advertência ou uma leve mordida, que não lhes machucava, mas deixava claro que isso podia acontecer.

Jondalar comentou que tinham deixado havia pouco a Reunião de Verão, e Rutan lhes contou que os reparos na caverna lhes tinham atrasado a partida, senão teriam ido também. Ele quis saber sobre as viagens de Jondalar e sobre Campeão, com um grupo atento de ouvintes. Todos pareciam relutantes em interrogar Ayla, e ela não falava muito espontaneamente, embora a Mamutoi tivesse demonstrado interesse em conversar com ela em particular sobre assuntos mais esotéricos; mas Ayla preferiu ficar na roda. Até a chefe das mulheres já estava mais à vontade e amável quando eles se despediram, e Ayla lhe pediu que desse lembranças suas ao Acampamento do Leão quando fossem, finalmente, à Reunião.

Naquela noite, Ayla ficou muito tempo acordada, refletindo. Alegrava-se por não ter cedido à sua natural hesitação em ir ao acampamento, de não ter deixado que a fria acolhida a intimidasse. Depois de terem superado seu instintivo receio inicial do desconhecido ou do incomum, eles tinham se mostrado interessados e ávidos por aprender. Ela descobrira também que o fato de viajar com companheiros tão estranhos poderia provocar fortes reações por parte de quem encontrassem pela frente. Não sabia muito bem o que esperar, mas sentia que aquela viagem ia ser muito mais desafiante do que havia imaginado.

2

Jondalar estava ansioso para ir embora bem cedo no dia seguinte, mas antes de partirem Ayla quis voltar ao Acampamento do Capim Estipa para ver os amigos que tinha feito. Jondalar estava impaciente, pois Ayla levou algum tempo se despedindo. Quando finalmente se foram, era quase meio-dia.

Quanto mais se afastavam do seu rumo, mais irritado e impaciente ia ficando Jondalar. Ele já questionava a sua decisão de tomar a estrada mais longa, ao sul, em vez da outra, ao norte, como lhe fora sugerido mais de uma vez, e para onde o rio parecia determinado a levá-los. Era verdade que ele não estava familiarizado com o caminho, mas se era tão mais curto talvez devessem tomá-lo para terem a garantia de alcançar o platô da geleira mais para oeste, na nascente do Grande Rio Mãe, antes da primavera.

Isso significava perder a última oportunidade de rever os Sharamudoi. Mas teria isso mesmo tanta importância? Ele tinha de admitir que queria vê-los. Sonhava com isso. Nem mesmo estava certo se havia tomado a decisão de ir pelo sul por causa do seu desejo de viajar por caminho conhecido e, portanto, mais seguro, ou por causa dessa vontade de rever pessoas que ele considerava como se fossem de sua família. Ele se afligia com a possibilidade de escolher errado.

Ayla interferiu na sua introspecção:

– Jondalar, acho que podemos atravessar aqui. A outra margem me parece fácil de atingir.

Estavam numa curva do rio, e pararam para estudar a situação. A corrente, turbulenta e rápida, cortava fundo o solo na margem mais aberta da curva, onde eles estavam, e onde o declive era pronunciado. Mas do lado de dentro da curva, na outra margem, havia uma espécie de praia estreita de solo bem compactado e escuro e, ao fundo, uma vegetação rasteira.

– Você acha que os cavalos conseguem descer este barranco?

– Acho que sim. A parte mais profunda do rio deve estar deste lado, onde a água cavou mais fundo. É difícil dizer quão fundo será, ou se os animais terão de nadar. Talvez devêssemos desmontar e nadar também – disse Ayla, percebendo em seguida que Jondalar estava preocupado. – Mas se não for muito profundo, podemos atravessar montados neles. Detesto molhar as roupas, mas também não gostaria de tirá-las para nadar.

Levaram os cavalos para o declive. Os cascos deslizavam e escorregavam no solo fino, e eles entraram no rio levantando muita água. Logo foram levados rio abaixo pela correnteza. Era mais fundo do que Ayla pensara. Os cavalos tiveram um momento de pânico antes de se acostumarem com a água e começarem a nadar contra a corrente para chegar à margem oposta. Quando começaram a subir a encosta no lado oposto, Ayla virou-se para, procurar Lobo. Ele estava ainda no alto do barranco, ganindo e correndo de um lado para outro.

– Ele tem medo de pular no rio – disse Jondalar.

– Vamos, Lobo! – gritou Ayla. – Você sabe nadar. – Mas o filhote choramingava, com o rabo entre as pernas.

– O que há com ele? – indagou Jondalar. – Lobo já atravessou rios antes – disse, aborrecido por mais esse atraso. Tinha esperado cobrir uma grande distância naquele dia, mas tudo parecia conspirar em contrário.

Se fosse mais cedo, poderiam viajar com a roupa molhada; o vento e o sol logo as secariam no corpo. Estava tentado a prosseguir para o sul de qualquer maneira, apenas para poder adiantar-se um pouco... se ao menos estivessem prontos para prosseguir!

– A correnteza deste rio está mais forte do que a que Lobo está acostumada, e ele não consegue entrar na água. Ele tem de saltar, e ele nunca fez isso antes – disse Ayla.

– O que vai fazer?

– Se não consigo encorajá-lo a pular, tenho de ir buscá-lo.

– Ayla, acho que se seguirmos em frente ele pulará e virá atrás de você. Se quisermos nos adiantar hoje, temos de prosseguir.

O olhar de contrariedade e fúria que se estampou no rosto de Ayla fez com que Jondalar desejasse não ter dito nada.

– Você gostaria de ser deixado para trás por ter medo? Ele não quer pular no rio porque nunca fez nada igual antes. O que se poderia esperar?

– O que eu quis dizer é que ele é apenas um lobo, Ayla. Lobos atravessam rios todo o tempo. Ele só precisa de motivação. Se, depois, não nos alcançar, voltaremos para buscá-lo. Não quis dizer que deveríamos deixá-lo aqui.

– Não precisa se preocupar em voltar para buscá-lo. Vou pegá-lo agora – disse Ayla, virando-lhe as costas e apressando Huiin para entrar na água.

O lobo ainda chorava e cheirava o chão onde havia rastro dos cascos, e olhava os cavalos, Ayla e Jondalar na outra margem do rio. Ayla chamou-o de novo e entrou com a égua na correnteza. Na metade do caminho, Huiin sentiu que o chão lhe faltava debaixo das patas, e relinchou demonstrando alarme, enquanto tentava encontrar o fundo.

– Venha, Lobo! É só água. Vamos, salte! – dizia Ayla, procurando encorajar o animal. Depois ela desceu da égua decidida a nadar até a outra margem. Lobo, finalmente, criou coragem e saltou. Logo se pôs a nadar vigorosamente para ela. – Isso! Muito bem, Lobo! – disse Ayla.

Huiin estava recuando, na tentativa de firmar-se, e Ayla, com um braço em torno do lobo, procurava alcançá-la. Jondalar já estava lá também, com água até o peito, ajudando a égua a aproximar-se de Ayla. Todos chegaram juntos ao outro lado.

– Melhor nos apressarmos – disse Ayla, com os olhos ainda refletindo sua raiva enquanto montava novamente na égua.

– Não – disse Jondalar, detendo-a. – Não vamos partir enquanto você não mudar essas roupas molhadas. Acho também que devemos esfregar bem os cavalos para secá-los e, talvez, também o lobo. Já viajamos muito por hoje. Podemos acampar aqui mesmo esta noite. Levei quatro anos para chegar até aqui e não me importo se vou levar outros quatro para regressar, desde que eu a leve com segurança.

A expressão de preocupação e amor nos belos olhos azuis dele desfez seus últimos vestígios de raiva. Ela ergueu o rosto, ele abaixou a cabeça, e

Ayla sentiu de novo a mesma inacreditável felicidade que sentira quando pela primeira vez ele pusera seus lábios nos dela e lhe ensinara a beijar. Sentiu também uma alegria indescritível por estar viajando com ele, indo para casa com ele. Amava-o mais do que conseguiria expressar, mais agora ainda, depois do longo inverno, quando pensava que ele não gostava dela e que partiria só.

Ele temera pela sua vida quando ela voltara ao rio atrás de Lobo, e agora a apertava contra o peito. Amava-a mais do que jamais imaginara ser-lhe possível amar alguém. Até conhecer Ayla, ele não fora capaz de gostar tanto de alguém. Estivera a ponto de perdê-la uma vez. Estivera certo de que ela ficaria com o homem de pele morena e olhos sorridentes, e não podia suportar a ideia de perdê-la outra vez.

Com dois cavalos e um lobo por companheiros, sem jamais ter imaginado ser possível domesticar animais, um homem se via sozinho com a mulher que amava em meio à vasta e fria campina, repleta dos mais diversos animais, mas com poucos seres humanos, e tinha pela frente uma jornada que se estenderia por todo um continente. Havia momentos em que o simples pensamento de que algum mal podia acontecer a ela lhe dava tal medo que lhe suspendia a respiração. Nesses momentos, desejava poder segurá-la para sempre.

Jondalar sentiu o calor do corpo dela e do seu beijo, e sentiu crescer o seu desejo por ela. Mas ele podia esperar. Ayla estava com frio e molhada; ela precisava de roupas secas e de um bom fogo. A margem do rio era um lugar tão bom quanto qualquer outro para se acampar, e se era cedo demais para parar, isso traria compensações: teriam tempo de secar as roupas que vestiam e poderiam partir mais cedo, logo que amanhecesse.

– Lobo! Larga isso! – gritou Ayla, correndo para tomar dele um pacote de couro. – Pensei que você já tivesse aprendido a não mexer com couro! – Mas quando ela tentou tirar-lhe o embrulho, ele, brincalhão, não largou; balançando a cabeça e rosnando. Ela o soltou, interrompendo o jogo. – Larga! – disse, imperiosamente. E desceu a mão no ar como se fosse bater-lhe no focinho, em ameaça. Diante da ordem de comando, Lobo pôs o rabo entre as pernas, avançou rastejando submisso para ela e soltou o embrulho a seus pés, com um ganindo de conciliação. – É a segunda vez que ele faz isso – disse Ayla, apanhando o embrulho e outros objetos em que ele havia também metido os dentes. – Ele sabe que não pode fazer isso, mas sente-se atraído por objetos de couro.

Jondalar tentou ajudar.

– Não sei o que dizer. Ele obedece quando você lhe pede que solte o pacote, mas você não pode dizer isso quando não está presente, e é impossível vigiá-lo todo o tempo... O que é isso? Não me lembro de ter visto isso antes – disse ele, com ar zombeteiro, ao notar um pequeno volume cuidadosamente enrolado em pele macia e bem amarrado.

Corando um pouco, Ayla se apressou em tomar-lhe o volume.

– É... é só uma coisa que trouxe comigo... um objeto... do Acampamento do Leão – disse ela, e guardou-o em seguida na sua bagagem.

A sua reação intrigou Jondalar. Eles tinham reduzido seus pertences e apetrechos de viagem ao mínimo, levando apenas o essencial. Aquele embrulho não era grande, mas também não era pequeno. Ela teria podido levar outro equipamento no espaço que aquele ocupava. O que seria?

– Lobo, pare com isso!

Jondalar viu Ayla sair atrás do lobo outra vez, e teve de sorrir. Não poderia afirmar com segurança, mas achava que o animal estava fazendo deliberadamente uma travessura para fazer com que Ayla brincasse com ele.

– Não sei o que vou fazer com ele! – disse, exasperada. Lobo rastejava, sorrateiro, para ela, aparentemente contrito, ganindo em absoluta penúria diante da sua desaprovação, mas com uma ponta de malícia debaixo da tristeza.

Embora já tivesse tamanho de adulto, só lhe faltando ganhar peso, Lobo era pouco mais que um filhote. Nascera no inverno, fora de estação, de uma loba solitária cujo macho morrera. A cor de sua pelagem era comum, cinza pardo, resultado de faixas brancas, vermelhas, marrons e pretas que coloriam cada pelo, criando esse padrão indistinto que permitia aos lobos parecerem invisíveis na paisagem desértica, de pouca vegetação, com pedra, terra, e neve; mas sua mãe fora preta.

A coloração incomum de sua mãe fez com que a líder da alcateia e as outras fêmeas a perseguissem sem trégua, rebaixando seu status e, por fim, banindo-a. Ela vagueou sozinha, aprendendo a sobreviver entre os territórios de um bando e outro durante uma estação, até que encontrou outro pária, um velho macho que deixara sua alcateia por não ser mais capaz de acompanhá-la. Viveram juntos muito bem por algum tempo. Ela era mais forte que ele como caçadora, mas ele tinha mais experiência, e tinham começado a definir e defender como seu um pequeno território. Talvez tivesse sido a melhor dieta que os dois conseguiram, por caçarem juntos. Talvez a companhia e proximidade de um macho amigo; talvez a sua própria predisposição genética. Mas o fato é que ela entrou no cio fora de época. O companheiro, embora velho, gostou disso, e, sem competição e de bom grado, correspondeu.

Infelizmente, seus velhos ossos não resistiram às agruras de mais um inverno nas estepes periglaciais. Ele não chegou a atravessar toda a estação. Foi uma perda devastadora para a fêmea, deixada para parir sozinha, em pleno inverno. O meio ambiente não é muito tolerante com animais que se desviam muito da norma, e os ciclos sazonais se impõem. Uma caçadora negra numa paisagem de erva seca, terra parda e neve varrida pelo vento ou é facilmente vista por presas espertas, e carentes de suprimento no inverno. Sem companheiro ou parentes – tias, tios, primos ou irmãos que ajudassem a loba na fase de amamentação, ela perdeu, um por um, os filhotes, até ficar só com um.

Ayla conhecia lobos. Ela os observava e estudava desde o tempo em que começara a caçar, mas não tinha elementos para saber que a loba negra que tentara furtar o arminho que ela caçara com sua funda era uma fêmea faminta que amamentava a um filhote. Aquela não era estação para lactentes. Quando ela tentou recuperar a presa e a loba atacou – o que escapava à regra –, matou-a em legítima defesa. Então viu a condição em que o animal se encontrava e compreendeu que era uma loba solitária. Sentindo uma estranha identificação com uma loba expulsa da alcateia, Ayla decidiu encontrar os filhotes agora órfãos, certamente sem família para adotá-los. Seguindo as pegadas da loba ela encontrou a toca, entrou e viu o último filhote, ainda não desmamado e de olhos ainda quase fechados. Ela levou-o consigo para o Acampamento do Leão.

Foi uma surpresa para todo mundo quando Ayla lhes mostrou aquele minúsculo filhote de lobo, mas ela também havia trazido cavalos que lhe obedeciam. As pessoas se acostumaram com os cavalos e com a mulher que tinha afinidade por animais, e ficaram curiosas com o lobo e com o que ela pretendia fazer com ele. Que fosse capaz de criá-lo e treiná-lo era, para muitos, uma surpresa. Jondalar ainda se surpreendia com a inteligência que o animal demonstrava; inteligência que parecia quase humana.

– Acho que ele está brincando com você, Ayla – disse ele.

Ela olhou para Lobo e não pôde conter um sorriso, o que fez com que ele levantasse a cabeça e começasse a martelar o chão com o rabo, de prazer antecipado.

– Você tem razão; mas isso não me vai impedir de proibi-lo de ficar mastigando tudo o que encontra.

– Devemos preparar as bagagens – disse ele, lembrando-se de que não tinham avançando suficientemente rumo ao sul na véspera.

Ayla correu os olhos em volta, protegendo-os com a mão da claridade do sol, que já subia, brilhante, no céu para o lado do nascente. Vendo Huiin e Campeão no prado relvoso de vegetação rasteira que o rio contornava, ela assoviou para chamá-los, como havia feito para chamar Lobo. A égua amarela levantou a cabeça, relinchou e galopou em direção a ela. O jovem garanhão a seguiu.

Desmontaram o acampamento, carregaram os cavalos e estavam quase prontos para partir quando Jondalar decidiu reunir todos os mastros da barraca numa cesta e suas lanças em outra para equilibrar melhor a carga. Ayla recostava-se contra Huiin enquanto esperava.

Tempos antes, ela havia matado a mãe de Huiin. Naquela época, ela caçava fazia anos, mas só com a funda. Ayla aprendera a usar armas fáceis de escamotear, e quebrava os tabus do Clã de maneira inteligente, caçando principalmente predadores, que competiam pelos mesmos alimentos e às vezes furtavam carne. Mas a égua foi o primeiro animal de grande porte fornecedor de carne que ela matara, e era a primeira vez que usava a lança como arma.

No Clã aquela teria sido contada como a primeira vez que caçara de verdade, se ela fosse um menino, e se tivesse permissão de usar a lança. Como mulher, se usasse uma lança não lhe permitiriam viver. Matar a égua, no entanto, fora necessário para a sua sobrevivência, embora, se lhe fosse possível optar, ela não tivesse escolhido uma mãe e nutriz para cair na sua armadilha. Ao ver a cria teve pena dela, sabendo que morreria, privada de sua mãe; mas inicialmente a ideia de criar o animal não lhe ocorreu. Nem havia razão para isso. Ninguém jamais agira assim.

Mas quando as hienas saíram no encalço da cria assustada, ela se lembrou da hiena que tentara levar o bebê de Oga. Ayla tinha ódio de hienas, talvez por causa do desafio que ter matado aquela representara, quando seu segredo acabou exposto aos olhos de todos. Não que hienas fossem piores que outros predadores naturais e carniceiros, mas para Ayla elas representavam tudo o que era errado, perverso e cruel. Sua reação foi tão espontânea como a anterior, e as pedras que lançou com a funda foram tão eficazes quanto as mais antigas. Matou uma, espantou as outras, e salvou o jovem animalzinho inerte. Mas dessa vez teve a recompensa de encontrar uma companhia para aliviar a sua solidão e de desenvolver um extraordinário relacionamento com ele.

Ayla gostava do lobinho e tratava-o como se ele fosse uma criança inteligente e encantadora, mas seu sentimento pela égua era de outra natureza. Huiin havia compartilhado o seu isolamento, e ficaram tão unidas quanto duas criaturas tão diversas podem ser. Elas se conheciam, se entendiam, confiavam uma na outra. A égua parda não era apenas uma companhia animal útil, ou um bicho de estimação, ou uma filha bem-amada. Huiin era sua amiga, e fora sua única companheira durante vários anos.

A primeira vez que Ayla montou e galopou com ela à velocidade do vento foi um ato espontâneo, irracional até. No começo, ela não tentou conduzir o animal, mas tornaram-se tão unidas que o entendimento entre as duas cresceu a cada corrida.

Enquanto esperava Jondalar terminar de arrumar a bagagem, Ayla se distraía vendo Lobo brincar com o sapato. Ela viu um pé de uva-ursina, sempre verde e anã, com folhas pequenas, verde-escuras e coriáceas, e uma abundância de flores miúdas, redondas, de um branco rosado, que prometia uma rica produção de frutas vermelhas. Embora azedas e adstringentes, eram gostosas quando cozinhadas com outros alimentos. Mas Ayla sabia, além disso, que o suco da fruta aliviava o ardor da urina, principalmente se a urina vinha com sangue.

Perto dela havia um rábano-bastardo, com flores brancas, numerosas, grupadas em racemos, na ponta de longas hastes, e, abaixo, folhas compridas, pontudas, brilhantes, verde-escuras, brotando do chão. A raiz seria rombuda e longa, com aroma pungente e gosto ardente. Em pequena quantidade, dava um sabor interessante à carne, mas a Ayla se interessava mais por seu uso medicinal, como estimulante para o estômago e para a micção, ou como alívio para juntas inchadas e doloridas. Ela ficou tentada a colher algumas, mas achou que não teria tempo.

Apanhou sem hesitação sua vara pontuda, de cavar, quando deu com a sálvia. A raiz era um dos ingredientes do chá especial que tomava de manhã, quando ficava menstruada. Em outras ocasiões, usava diferentes plantas para sua infusão, principalmente uma trepadeira amarela que sempre crescia agarrada a outras plantas e muitas vezes as matava. Iza lhe falara muito tempo atrás das plantas mágicas que fariam o espírito do seu totem suficientemente forte para derrotar o espírito do totem de qualquer homem, de modo que nenhum bebê começasse a crescer dentro dela. Iza sempre lhe dissera que não contasse isso a ninguém, muito menos a um homem.

Ayla não tinha tanta certeza se eram mesmo espíritos que causavam bebês. Pensava que o homem tinha mais participação nisso, mas de qualquer maneira as plantas secretas funcionavam. Nenhuma vida nova começara a pulsar nela quando tomava suas infusões especiais, tendo estado com um homem eu não. Não que a ideia a incomodasse, mas era preciso que estivessem estabelecidos em algum lugar. Mas Jondalar deixara muito claro que na Jornada tão longa que tinham pela frente, seria um risco engravidar no caminho.

Quando ela puxou a raiz da sálvia e sacudiu a terra, viu as folhas em forma de coração e as compridas flores tubulares amarelas da serpentária, ou dracúnculo, boa para evitar a gravidez. Com um aperto no coração, lembrou-se de quando Iza saiu para apanhar aquela planta para ela. Quando se levantou e guardou as raízes que tinha colhido numa cesta especial, amarrada no alto de uma das cestas de bagagem, viu Huiin comendo seletivamente as extremidades das aveias-bravas. Ela também gostava das sementes, quando cozidas, pensou; e sua mente, prosseguindo na catalogação automática da flora medicinal, acrescentou a informação de que as flores e os talos ajudavam na digestão.

A égua tinha soltado seus excrementos, e Ayla notou moscas zumbindo em volta. Em certas estações do ano os insetos tornavam-se insuportáveis, e ela decidiu procurar plantas capazes de espantá-los. Quem sabe por que terras passariam?

Olhando para onde estava Jondalar, viu Lobo também, de relance; ele ainda roía o sapato. Interrompeu suas cogitações e voltou a se concentrar nas últimas plantas que havia observado. Por que elas lhe tinham chamado a atenção? Algo nelas lhe parecera importante. Subitamente, ela se deu conta. Rapidamente tornou a pegar a vara de furar e começou a cavar em torno da losna de gosto amargo e odor de cânfora e do gerânio adstringente, mas relativamente inofensivo.

Jondalar, que havia montado e estava pronto para partir, perguntou:
– Ayla, por que está colhendo plantas? Devemos partir. Precisa mesmo delas?

– Preciso; não vou demorar – respondeu ela, apanhando a raiz do rábano bastardo de gosto picante. – Acho que sei como evitar que Lobo pegue nossas coisas. – disse apontando para o animal, que ainda brincava com o que sobrara do mocassim. – Vou preparar um "repelente de Lobo".

ELES SE DIRIGIRAM para o sudeste, a fim de voltar ao rio que vinham seguindo. A poeira assentara durante a noite, e no ar, agora claro e nítido, via-se a distante linha do horizonte, debaixo daquele véu sem fim. Cavalgando através do campo, tudo o que viam, de um extremo da terra ao outro, de norte a sul, de leste a oeste, ondulado, encapelado em vagalhões, sempre em movimento, era aquele imenso mar de relva: uma vasta e abrangente pastagem. As poucas árvores que existiam junto dos rios apenas serviam para acentuar a vegetação dominante; mas a magnitude daquelas planícies era muito maior do que imaginavam.

Camadas maciças de gelo, de quilômetros de espessura, esmagavam os polos da Terra e se espalhavam pelas terras do norte, comprimindo a crosta rochosa do continente e deprimindo o próprio fundamento rochoso debaixo do seu peso inconcebível. Para o sul do gelo ficavam as estepes, planícies cobertas de gramíneas, frias, secas, da largura do continente. Iam do oceano ocidental ao mar oriental. Toda a terra que bordejava o gelo era uma imensa planície relvosa. E por toda parte, cobrindo a terra, do vale profundo à colina fustigada pelo vento, tudo era relva. Montanhas, rios, lagos e mares, que davam umidade maior e propiciavam o aparecimento de árvores, eram os únicos intrusos no caráter essencialmente herbáceo das terras setentrionais durante a Era Glacial.

Ayla e Jondalar sentiam que o terreno começava a se inclinar para o vale do rio maior, que estava ainda distante. Eles logo viram-se cercados de capim alto. Erguendo-se para ver acima dessa vegetação de 25 centímetros de altura, mesmo de cima de Huiin, Ayla pouco mais via que a cabeça e os ombros de Jondalar entre os topos plumosos e talos balançantes azul-turquesa das plantas, coroadas por minúsculas flores de um ouro avermelhado.

Não fosse pela brilhante incandescência traçando sua rota familiar através do claro céu azul profundo, e os talos altos das plantas mostrando com sua inclinação para que lado o vento soprava, teria sido muito mais difícil para eles encontrarem seu caminho e muito fácil se perderem um do outro.

Enquanto cavalgava, Ayla ouvia o murmúrio do vento e o alto zumbido dos mosquitos junto da sua orelha. Era quente e abafado no meio daquela vegetação tão densa.

Depois de algum tempo, a monotonia do cenário, os talos de alto porte, um junto do outro, um depois do outro, o passo ritmado da montaria e o sol quente, quase a pino, tornaram Ayla letárgica. Estava acordada, mas não de todo alerta. As hastes repetitivas, altas, finas, reticuladas tornaram-se uma imagem enevoada, que ela já não via distintamente. Em vez disso, começou a notar a vegetação que os cercava. Algo mais que aquele capim gigante crescia por lá e, como de hábito, ela tomou nota mentalmente de tudo, sem pensar muito a respeito. Essa era apenas sua maneira de ver o que a cercava.

Ali, pensou Ayla, naquele espaço aberto... algum animal deve ter rolado na erva... havia uns pés daquilo a que Nezzie chamava pé-de-ganso, que era como a erva-fedegosa da porta da caverna do Clã. Deveria apanhar umas duas mudas, pensou, mas não fez nenhum esforço para ir pegá-las. Era de fato o quenopódio, com suas pequeninas folhas rígidas. E, mais adiante, aquela planta, de flores amarelas, e folhas enroladas em torno do talo, era a couve-do-mato. Seria bom tê-la para o jantar. Mas passou por ela também sem colher. E aquelas flores azul-púrpura, as folhas miúdas, aquilo era astrágalo, e tinha um monte de vagens. Estariam prontos? Ela duvidava. À frente, a flor larga, branca, arredondada, com rosa no meio, era a cenoura. Parecia que Campeão tinha pisado em algumas das suas folhas. Ela pensou em apanhar sua vara de cavar. Mas havia outras adiante. Parecia abundante por ali. Poderia esperar; além disso, fazia tanto calor! Ela tentou espantar duas moscas que zumbiam junto dos seus cabelos suados. "Não vejo Lobo há bastante tempo. Por onde andará?"

Ela olhou em volta procurando por ele, e o viu logo atrás de Huiin, farejando o chão. Ele parou e levantou a cabeça para identificar outro cheiro, depois desapareceu entre o capim. Ayla viu uma grande libélula azul com asas pintalgadas voejar rente por onde ele estivera, como se quisesse marcar o terreno. Pouco depois, um grito curto e agudo seguido de um rumor farfalhante de asas precederam o súbito aparecimento de uma grande ave de caça que levantava voo. Ayla pegou a funda, que trazia enrolada na cabeça como uma fita, o que, além de mantê-la à mão, ajudava a segurar o cabelo.

Mas a grande ave, que com 11 quilos era a mais pesada das estepes, voava rápido para o seu tamanho, e estava fora do alcance antes que Ayla pudesse tirar uma pedra da bolsa. Ela observou a ave mosqueada ganhar velocidade, com o pescoço esticado para a frente, pernas esticadas para trás, e lamentou não haver percebido em tempo o que Lobo tinha farejado. Ela teria sido um belo almoço para os três, e ainda sobraria muita carne.

— Pena que não fomos mais rápidos — disse Jondalar.

Ayla notou que ele estava guardando uma lança pequena e o atirador de lanças de volta na bagagem. Ela concordou, enquanto enrolava a correia da funda outra vez em torno da testa:

— Quisera ter aprendido a atirar a lança de Brecie. É muito mais rápido. Quando paramos junto do charco onde havia todos aqueles pássaros, na caça aos mamutes, era inacreditável a presteza com que ela agia. E ela pegava mais de uma ave de cada vez.

— Sim, Brecie era fantástica — concordou Jondalar. — Mas talvez ela tivesse praticado tanto com aquela vara quanto você com a sua funda. Não acredito que uma habilidade assim se desenvolva numa única estação.

— Se esta vegetação não fosse tão alta, eu poderia ter visto o que Lobo perseguia, a tempo de preparar a funda e atirar algumas pedras. Pensei que talvez se tratasse de um rato-calunga.

— Temos de ficar de olhos atentos a tudo o que chamar a atenção de Lobo — disse Jondalar.

— Eu estava de olhos abertos. Mas não consigo ver nada! — disse Ayla.

Ela olhou para o céu para conferir a posição do sol e ergueu o corpo para ver por cima da erva crescida.

— Mas você está certo. Não faria mal irmos pensando em carne fresca para hoje à noite. Ainda temos um pouco do assado de bisonte que trouxemos do Acampamento do Capim Estipa, mas só dá para mais uma refeição, e não há motivo para usarmos a carne-seca nesta época do ano, com tanto alimento fresco a nossa volta. Quanto tempo falta para acamparmos?

— Não creio que estejamos longe do rio... está ficando mais fresco, e a erva alta em geral nasce em terras baixas, perto de água. Uma vez alcançado o rio, começaremos a procurar um bom lugar — disse Jondalar, retomando a marcha.

A alta vegetação ia até a beira do rio, embora já se misturasse a árvores junto da margem encharcada. Pararam para que os cavalos bebessem água, e desmontaram para matar também a sede, usando uma pequena cesta de trançado bem apertado como copo. Lobo logo surgiu do mato, bebeu com ruído, depois se deixou cair de língua de fora, respirando com esforço.

Ayla sorriu.

– Lobo também está sentindo calor. Acho que ele andou explorando. Gostaria de saber o que descobriu. Ele vê muito mais do que nós através nessa vegetação alta.

– Preferiria acampar mais adiante. Estou acostumado a ver a distância e me sinto tolhido. Não sei o que vamos encontrar pela frente, e gosto sempre de saber o que há em volta – disse Jondalar.

Ele se aproximou do cavalo e, apoiando a mão na raiz da sua crina espessa, lançou uma perna por cima do animal, firmou-se nos braços e montou. Pouco depois conduzia o animal para um terreno mais firme antes de começar a descer o rio.

As grandes estepes não eram, de maneira nenhuma, uma paisagem homogênea indiferenciada, de altos colmos balançando graciosamente ao vento. Essa vegetação crescia em áreas específicas de grande umidade, que continham também grande diversidade de outras plantas. Dominadas por capins gigantes, de mais de 1,5 metro de altura, que chegavam, às vezes, a 3,5 metros, as campinas ricas em cor apresentavam uma diversidade de ervas floridas e de largas folhas.

Nas regiões semiáridas de pouca precipitação, vicejavam ervas rasteiras, não mais altas que meio metro. Ficavam rente ao solo, cobrindo a maior parte da vegetação rasteira, e brotavam vigorosamente, principalmente na época da seca. Dividiam a terra com a macega baixa de artemísias, como a losna e a salva.

Entre esses dois extremos haviam os capins de porte médio, ocupando espaços frios demais para os capins rasteiros ou secos demais para as altas vegetações. Esses prados de umidade moderada podiam ser também variados, com muitas plantas floridas misturadas ao capim-aveia, aos capins-rabo-de-raposa e, sobretudo, nos aclives e terrenos mais elevados, ao capim-azul. O capim-d'água crescia onde o solo era mais molhado, o capim-agulha onde era mais frio e a terra mais arenosa.

Era mais fresco perto do rio, e quando a tarde se fez noite, Ayla se sentia dividida. Ela queria avançar rápido, sair daquela vegetação gigante que a sufocava, mas queria também parar e apanhar algumas das plantas que viu pelo caminho para a refeição da noite. Mas não iria parar, não iria, repetia consigo mesma.

Mas logo as palavras perderam o sentido, e só ficou o ritmo daquela espécie de bordão no fundo da sua mente, surdo, quando deveria ser mais alto. Aquele sentido de um som alto e profundo que ela não conseguia ouvir e estava perturbado. O desconforto era agravado pela vegetação que a envolvia por todos os lados e que deixava perceptível apenas o que estava próximo. Ayla estava mais acostumada às amplas vistas, a enxergar pelo menos um pouco além da vegetação circundante. Enquanto avançavam e a estranha sensação tornava-se mais aguda, como se estivesse mais próxima, como se eles estivessem se aproximando da fonte daquele som surdo.

Ayla percebeu que o solo parecia ter sido recentemente mexido em diversos lugares. Respirou fundo e sentiu um forte cheiro pungente almiscarado e procurou localizá-lo, aguçando o nariz. Então ouviu um leve rosnado de Lobo.

— Jondalar! — ela chamou, e viu que ele parara e lhe fazia sinal com a mão para que parasse também. Havia por certo algo à frente. Subitamente o ar se fendeu num grande e penetrante berro.

3

— Lobo! Não saia daqui! — ordenou Ayla ao filhote, que já avançava bem devagar, movido pela curiosidade. Deixou-se, depois, escorregar de Huiin para o chão, e avançou com cautela em meio à vegetação, que se tornava agora mais rala, aproximando-se dos gritos e estrondos que ouviam. Ayla se ajoelhou para conter Lobo, mas não conseguia despregar os olhos da cena que via na clareira.

Uma agitada manada de mamutes lanosos pisoteava tudo em volta. Haviam sido eles que, comendo, tinham aberto aquele vazio no limite da região da alta vegetação. Um mamute adulto precisava de mais de 300 quilos de alimento diariamente, e um rebanho como aquele podia limpar uma grande área rapidamente. Havia ali animais de todas as idades e de todos os tamanhos, inclusive alguns que não teriam mais que algumas semanas de existência, o que significava que a manada se compunha, basicamente, de fêmeas: mães, filhas, irmãs e tias com sua prole. Uma vasta família liderada por uma velha matriarca, sábia e astuta, e também muito maior em tamanho que o restante do grupo.

À primeira vista, a cor dos mamutes era castanho-avermelhada, mas observando-se atentamente se percebiam infinitas variações do tom básico. Alguns dos animais eram mais vermelhos, outros mais castanhos, alguns tendiam para o amarelo e o ouro, e poucos eram quase negros, a distância. O pelo grosso, em duas camadas, cobria-os inteiramente, desde as trombas fortes e grossas e orelhas excepcionalmente pequenas, às caudas curtas terminadas num tufo de lã escura, e até as pernas curtas e grossas e os largos pés. As duas camadas de pelo contribuíam para as diferenças de cor.

Embora a maior parte da lã que tinham por baixo, densa, quente, surpreendentemente sedosa e macia já tivesse caído no verão, a lã do ano seguinte já começava a aparecer, e era mais clara na coloração que a camada externa, fofa embora mais grosseira, de proteção contra o vento, e lhe dava mais espessura e realce. Os pelos externos, mais escuros, e de diferentes tamanhos – alguns, com até um metro –, caíam como uma saia ao longo dos flancos dos animais, e com grande abundância do abdome e da barbela, que é a pele solta e pendente do pescoço e do peito, formando uma almofada debaixo deles quando ficavam deitados em chão congelado.

Ayla ficou encantada com um casal de jovens gêmeos de belo pelo, entre o ouro e o vermelho, realçado por uma moldura de pelos pretos espetados; ambos espiavam por entre as fortes pernas e a saia cor de ocre da sua mãe extremosa. Os pelos marrons, escuros, da velha matriarca tinham muitos fios brancos. Ayla notou também os pássaros brancos que eram companheiros inseparáveis dos mamutes, tolerados, ou ignorados, por eles, quer se encarapitassem no alto de uma cabeça lanosa, quer se esquivassem habilmente de uma pata pesada, enquanto se banqueteavam com os insetos que os grandes animais deixavam alvoroçados.

Lobo gania manifestando sua vontade de investigar mais de perto aqueles interessantes animais, mas Ayla o continha, enquanto Jondalar tirava a corda com laço da cesta das bagagens que Huiin levava. A matriarca, grisalha, voltou-se uma vez para observá-los longamente, voltando em seguida a atenção para o que estava fazendo. Eles viram então que uma de suas presas estava partida.

Só os machos ainda muito jovens ficavam com as fêmeas. Costumavam deixar o rebanho original quando atingiam a puberdade, por volta de 12 anos, mas vários jovens solteiros e até alguns um pouco mais velhos faziam parte daquele grupo. Elas haviam sido atraídos por uma fêmea de pelagem castanha. Ela estava no cio, e aquilo era a causa da comoção que Ayla e Jondalar tinham ouvido. Uma fêmea no cio ou estro, o período em que as fêmeas são capazes de conceber, era atraente para todos os machos, às vezes em número maior do que ela mesma teria desejado.

Essa fêmea castanha acabava de reunir-se com sua família, depois de deixar para trás três machos jovens, de seus 20 anos, que a vinham perseguindo. Os machos, que tinham desistido, mas só temporariamente, estavam agora um tanto distanciados da manada, descansando, enquanto a fêmea se refazia em meio às outras fêmeas agitadas. Uma vitela de 2 anos correu para o objeto da atenção dos machos; foi saudada por um toque afetuoso de tromba, encontrou um dos dois peitos entre as pernas dianteiras e começou a mamar, enquanto a fêmea apanhava um chumaço de capim. Ela se vira perseguida por machos o dia todo e não tivera oportunidade de alimentar sua cria ou de comer e beber ela mesma. E não teria muita chance agora.

Um macho de porte médio aproximou-se da manada e começou a tocar as outras fêmeas com a tromba, muito abaixo da cauda, entre as pernas traseiras delas, fungando e provando, testando seu estado de prontidão. Como mamutes crescem a vida inteira, o tamanho daquele animal indicava que ele era mais o velho dos três que haviam perseguido a fêmea antes. Teria aproximadamente 30 anos. Quando se aproximou da fêmea de pelo avermelhado, ela se afastou num trote rápido. Ele imediatamente abandonou as demais e saiu atrás dela. Ayla ficou boquiaberta quando seu gigantesco órgão começou a inchar em forma de S.

Jondalar viu que ela respirara fundo e lançou-lhe um olhar. Ayla retornou o olhar, e ambos igualmente maravilhados e cheios de assombro, fitaram-se por um momento. Embora ambos já tivessem caçado mamutes, nenhum dos dois tinha jamais observado grandes animais muitas vezes de tão perto, e nem jamais os vira acasalar-se. Jondalar sentiu um aperto nos quadris observando Ayla. Ela estava excitada, rubra, de boca entreaberta, com a respiração curta, e seus olhos estavam arregalados, cheios de curiosidade; os dois estavam. Fascinados pelo espetáculo daquelas duas criaturas maciças prestes a honrar a Grande Mãe Terra, de acordo com as exigências d'Ela, eles se afastaram.

Mas a fêmea se pusera a correr, fazendo um grande arco à frente do grande macho até encontrar-se de novo com a sua família e se integrar a ela, o que fez pouca diferença. Logo era de novo objeto de perseguição. Um macho a alcançou e conseguiu montá-la, mas ela não se mostrou cooperativa e conseguiu escapar-lhe, embora ele lhe borrifasse as pernas de trás. De vez em quando, sua filha procurava segui-la nas suas galopadas de fuga até se deixar ficar com as outras fêmeas. Jondalar se perguntava por que ela teimava em evitar os machos interessados nela. Será que a Mãe não esperava que os mamutes fêmeas A honrassem também?

Os animais pararam para comer, como se tivessem combinado; tudo se aquietou por algum tempo, com todos os mamutes rumando devagar para o sul e consumindo a erva alta em grandes lotes num ritmo constante. Num raro instante de pausa do assédio dos machos, a fêmea de pelagem vermelha manteve-se de cabeça baixa, parecendo muito cansada, tentando comer.

Os mamutes passaram a maior parte do dia e da noite pastando. Mesmo sendo aquelas fibras de má qualidade, eles precisavam de enormes quantidades de massa para alimentar-se. Eram capazes de comer até casca de árvore arrancada com as presas, embora isso fosse mais comum no inverno. Esse lastro não digerível lhes atravessava o corpo a cada 12 horas, com a adição de pequena quantidade de plantas mais nutritivas e suculentas, de folhas largas, ou, ocasionalmente, escolhiam espécies de salgueiro, bétula ou amieiro, muito mais ricas em nutrientes que a erva alta, mas tóxicas para mamutes quando ingeridas em grandes quantidades.

Quando os grandes brutos lanosos se afastaram um pouco, Ayla atou a corda no pescoço do pequeno lobo, que estava ainda mais interessado do que eles nos mamutes. Ele insistiu em chegar mais perto, mas ela não queria que ele perturbasse a manada; sentia que a velha matriarca lhes dera uma permissão tácita para ficar, mas só se guardassem distância. Puxando os cavalos, que demonstravam também algum nervosismo e excitação, Ayla e Jondalar andaram em círculo por entre a erva alta e acompanharam o rebanho. Embora já os tivessem observado longamente, nenhum dos dois estava inclinado a partir. Havia ainda um clima de expectativa em torno dos mamutes. Algo estava por acontecer. Talvez fosse apenas o fato de que o acasalamento que haviam assistido, não se completara ainda. Mas não era só isso.

Enquanto seguiam, devagar, na esteira da manada, ambos estudavam os gigantescos animais detidamente, mas cada um de uma perspectiva diferente. Ayla caçara desde pequena e observara animais com grande frequência, mas suas presas eram, de costume, muito menores. Mamutes não eram caçados por indivíduos isolados, e sim por grupos numerosos, organizados e coordenados. Ela já estivera bem próxima daqueles animais, quando caçara com os Mamutoi. Mas na caça não há tempo para observar e aprender, e Ayla não sabia quando teria outra oportunidade como aquela, de observá-los tão de perto.

Embora já os conhecesse bem, naquele momento teve a oportunidade de observá-los melhor. A cabeça de um mamute era maciça e arredondada como uma cúpula, com grandes cavidades na altura dos sinos, que ajudavam a aquecer o ar frio do inverno no curso da respiração; esta era acentuada por uma bola de unto e por um farto chumaço de pelo escuro e armado. Logo abaixo da cabeça, na nuca, havia um sulco profundo, seguido de nova protuberância de gordura no cangote. A partir daí, o lombo descaía a pique para o pélvis estreito e as ancas quase graciosas. Ela sabia muito bem, por ter carneado e devorado mamutes, que o segundo cupim de gordura era diferente, em qualidade, dos 10 centímetros de toucinho que ficavam logo debaixo da pele rija. A gordura era mais delicada e saborosa.

Mamutes lanudos tinham pernas relativamente curtas para o seu tamanho, o que de certo modo lhes facilitava a coleta de alimento, pois comiam principalmente capim, e não folhas verdes de árvores, como faziam seus parentes de outras regiões. Havia poucas árvores na estepe. Mas como as cabeças dos mamutes de lugares mais quentes, as desses ficavam distantes do solo e eram grandes e pesadas demais, sobretudo em virtude das enormes presas, para serem sustentadas por um pescoço comprido. Assim, não podiam alcançar o alimento ou a água de maneira direta como fazem os cavalos ou os cervídeos. A evolução da tromba resolveu esse problema de levar comida e bebida até a boca.

As trombas sinuosas e peludas do mamute eram robustas o bastante para arrancar uma árvore pela raiz ou levantar um grande bloco de gelo e quebrá-lo em blocos menores, que serviam para matar a sede no inverno. Eram também suficientemente hábeis para apanhar uma folha só de cada vez. Eram, sobretudo, maravilhosamente adaptadas para arrancar capim do chão. Tinham duas projeções desiguais na extremidade: uma superior, no formato de um dedo, que o animal podia controlar com toda a delicadeza; e outra, inferior, uma estrutura mais larga, achatada, e flexível, que parecia uma mão, mas sem ossos ou dedos independentes.

Jondalar ficou assombrado com a habilidade e força da tromba ao ver como um mamute enrolava essa mão em torno de talos da vegetação alta enquanto o dedo superior puxava outras tantas para engrossar o feixe. Fechando, então, o dedo em torno do feixe como um polegar humano, a tromba extraía as plantas do chão, com raízes e tudo. Depois de sacudir tudo para livrar-se da maior parte da terra, o mamute enfiava as ervas na boca e, enquanto as mastigava, colhia outras. A devastação que uma manada como aquela ia deixando para trás na estepe era considerável.

Ayla de súbito estremeceu e sentiu um arrepio até os ossos. Notou, então, que os mamutes tinham parado de comer. Muitos deles haviam erguido a cabeça e olhavam para o sul com as orelhas felpudas estendidas e as cabeças balançando para a frente e para trás. Jondalar observou uma alteração na atitude da fêmea avermelhada que todos os machos perseguiam. Seu aspecto de fadiga desaparecera, e ela parecia antecipar algum acontecimento iminente. Ela então soltou um ronco profundo e vibrante. Uma surda ressonância encheu a cabeça de Ayla e ela se arrepiou. Um som como o de uma distante trovoada cresceu, vindo do sudoeste.

– Jondalar! – gritou ela, apontando. – Olhe!

Ele olhou. Vindo na direção deles, a grande velocidade, levantando nuvens de poeira como se um redemoinho o acompanhasse, vinha um imenso mamute cor de ferrugem, do qual só se viam o lombo acima da crista da vegetação alta e as fantásticas presas curvadas para cima. Começavam grossas, junto da mandíbula superior, abriam-se um pouco ao descer, curvavam-se para cima, espiraladas, e afinavam até as pontas já um tanto gastas. Se não quebrassem, acabariam por formar um grande círculo, com as extremidades se cruzando no alto.

Os elefantes peludos da Era Glacial eram compactos, poucas vezes excedendo 3 metros se medidos do lombo ao solo, mas suas presas tinham, por vezes, enormes dimensões, as mais espetaculares jamais vistas para a sua espécie. Quando um desses mamutes chegava ao término dos seus 70 anos, essas grandes peças de marfim podiam ter 5 metros de comprimento, pesando 130 quilos cada uma.

Um odor opressivo e almiscarado o precedeu, provocando uma onda de excitação entre as fêmeas. Quando o macho alcançou a clareira, elas correram em sua direção, oferecendo-lhe o seu cheiro com grandes jorros de urina, soltando guinchos, chiados, trombeteando suas saudações. Cercaram-no em tumulto, aproximando-se dele com alegria, ou procurando tocá-lo com as trombas. Sentiam-se atraídas, mas também esmagadas. Os machos, por sua vez, se retiraram para a periferia do grupo.

Quando o animal ficou suficientemente próximo de Ayla e Jondalar, eles também ficaram tomados de estupor. O mamute carregava a cabeça erguida e exibia suas espirais de marfim com o máximo de efeito. Muito mais compridas que as das fêmeas, que eram não só de menores proporções como também mais retas, suas presas impressionantes superavam até os marfins mais respeitáveis dos machos da horda. Suas orelhas pequenas e peludas, esticadas, seu tope escuro, ereto, sua pelagem castanho-avermelhada com os pelos muito longos adejando, soltos, ao vento, acrescentavam volume ao seu tamanho já maciço. Bem mais alto do que os machos maiores do bando, pesando duas vezes mais que as fêmeas, era sem dúvida nenhuma o animal mais gigantesco que Ayla e Jondalar jamais tinham visto. Tendo sobrevivido a duras peripécias e, seguramente, com mais de 45 anos, o animal estava no auge da sua forma, um magnífico mamute, em pleno apogeu.

Mas não era apenas a predominância natural do tamanho que fazia os outros machos recuarem. Ayla notou que ele tinha as têmporas bastante inchadas e que, entre os olhos e as orelhas, o pelo ruivo parecia manchado, em listras verticais, por riscos de um fluido viscoso e escuro que corria sem parar. Ele pingava e, de vez em quando, esguichava uma urina de odor forte, que cobria o pelo das pernas e do sexo de uma espuma esverdeada. Ayla se perguntou se ele estaria doente.

Mas as glândulas temporais inchadas e os outros sintomas não eram uma doença. Entre os mamutes peludos, não só as fêmeas ficavam no cio; os mamutes machos, adultos, também passavam por períodos de frenesi sexual. Embora um mamute macho atingisse a puberdade por volta dos 12 anos, não tinha esse frenesi antes dos 30, e então só por cerca de uma semana. Mas quando chegava aos 40 e muitos anos, no auge da sua força, esse frenesi podia durar de três a quatro meses. Embora qualquer macho, uma vez passada a puberdade, fosse capaz de cruzar com qualquer fêmea no cio, eram mais bem-sucedidos quando estavam nesse período.

O mamute cor de ferrugem não era apenas supremo ali, mas também um animal tomado de frenesi sexual, e tinha vindo em resposta ao chamado da fêmea no cio, para cruzar com ela.

Quando estão próximos das fêmeas, os mamutes machos sabem quando elas estão prontas para conceber pelo cheiro que exalam, como acontece com muitos quadrúpedes. Mas os mamutes ocupavam territórios tão vastos que tinham desenvolvido uma forma de comunicar seu estado propício para o acasalamento. Quando uma fêmea estava no cio e o macho no frenesi, o ruído que emitiam se tornava mais baixo. Sons muito graves não morrem a longas distâncias como sons muito agudos, e os chamados feitos então alcançavam muitos quilômetros.

Jondalar e Ayla podiam ouvir com clareza os barridos surdos da fêmea no cio, mas os do macho eram tão discretos que eles mal percebiam. Mesmo em circunstâncias ordinárias, os mamutes se comunicavam a distância por meio de roncos e apelos de que pouca gente tomava conhecimento. Já o grito do mamute macho no cio era, de regra, extremamente alto, como um bramido profundo; e o da fêmea, ainda mais estridente. Embora poucas pessoas fossem capazes de detectar as vibrações sônicas dos tons mais baixos, muitos dos seus elementos eram tão graves que ficavam abaixo do registro da audição humana.

A fêmea avermelhada vinha mantendo a distância o bando de jovens mamutes pretendentes, atraídos pelos seus convidativos odores e pelo retumbante som dos seus chamados de baixo diapasão, que podiam ser ouvidos de longe por outros mamutes, se não por pessoas. Mas ela desejava um macho mais velho e dominador para gerar seus filhos, um macho cujos anos de vida já tivessem provado sua saúde e seus instintos de sobrevivência, alguém que a seu ver fosse suficientemente viril para procriar. Em outras palavras, um mamute em estado de frenesi. Ela não pensava nisso conscientemente, mas seu corpo o sabia.

Agora que ele chegara, a fêmea estava pronta. Com sua longa franja de pelos dançando a cada passo, ela correu para o grande animal trombeteando seus sonoros bramidos e mexendo com as pequenas orelhas peludas. Urinou, então, estrepitosamente num grande jorro e, depois, estendendo a tromba para o comprido órgão do macho, sinuoso como um S, cheirou e provou a urina dele. Gemendo alto, ela deu uma volta, aproximou-se do macho de costas e se enfiou nele, de cabeça erguida.

O imenso mamute distendeu a tromba ao longo do dorso da fêmea, acariciando-a e acalmando-a ao mesmo tempo; em seguida ele empinou-se e montou-a, pondo as duas patas dianteiras bem para a frente no lombo dela. Ele era duas vezes maior que ela, tão grande que parecia capaz de esmagá-la; mas muito do seu peso descansava nas patas traseiras. Com a extremidade em gancho do seu órgão, duas vezes curvo e admiravelmente móvel, ele encontrou a abertura dela, que era como uma cutilada baixa, endireitou o órgão e penetrou-a fundo. Depois abriu a boca para soltar um berro.

Esse berro que Jondalar ouviu parecia abafado e remoto, embora ele sentisse um latejo forte. Ayla ouviu um pouco mais que ele, mas estremeceu violentamente, e uma sensação esquisita, de calafrio, percorreu seu corpo. A fêmea avermelhada e o mamute cor de ferrugem se mantiveram na mesma posição por muito tempo. Os compridos fios vermelhos da pelagem dele luziam com a intensidade do esforço, com a tensão, mas o movimento era quase imperceptível. E quando ele desmontou, afinal, esguichava abundantemente. Ela avançou alguns passos e soltou um berro grave e prolongado que deu um frio na espinha de Ayla e lhe causou arrepios.

A manada toda acorreu, trombeteando e barrindo, tocando com as trombas a sua boca e o órgão sexual ainda molhado, defecando e urinando ruidosamente de excitação. O mamute cor de ferrugem parecia indiferente ou cego a esse pandemônio de júbilo. Descansava de cabeça baixa. Finalmente, todos se acalmaram e se afastaram para recomeçar a comer. Só a filha da fêmea se deixou ficar. A fêmea barriu de novo, baixinho, e esfregou a cabeça contra um flanco cor de ferrugem.

Nenhum dos machos se aproximou do bando de fêmeas enquanto o grande mamute estava por perto, embora a fêmea castanha não tivesse ficado menos tentadora. Além de parecer irresistível aos machos, o cio dava às fêmeas domínio sobre eles, tornando-as agressivas mesmo com os animais maiores, a não ser que estes também estivessem no mesmo estado de excitação. Os outros machos se afastavam, sabendo que o mamute cor de ferrugem se irritaria facilmente. Só outro macho no cio teria ousado enfrentá-lo e, assim mesmo, apenas se tivesse o mesmo tamanho que ele. Então, se estivessem ambos desejando a mesma fêmea, e estivessem perto um do outro, invariavelmente lutariam, com graves ferimentos ou a morte como possível resultado.

Talvez por saberem das consequências, faziam o possível para não se aproximarem um do outro e, assim, evitar confrontações. Os chamados graves dos machos e seus pungentes rastros de urina faziam mais do que anunciar sua presença a fêmeas no cio: anunciavam sua localização aos outros machos. Só três ou quatro mamutes ficavam no cio ao mesmo tempo no período de seis ou sete meses em que as fêmeas podiam corresponder-lhes, mas era bastante improvável que qualquer um deles desafiasse o gigantesco mamute cor de ferrugem pela posse da fêmea castanha. Ele era o macho mais dominador de todos, estivesse ou não no cio, e os demais sabiam muito bem onde ele se encontrava.

Ayla e Jondalar, que continuavam a observar a manada, viram que mesmo quando a fêmea castanha e o macho mais claro começaram a comer, permaneceram juntos. Em certo momento, a fêmea se afastou um pouco em busca de plantas suculentas. Um jovem mamute, no início da adolescência, procurou aproximar-se dela, mas ela correu logo para o consorte, que avançou rosnando para o imprudente. Seu penetrante e diferente barrido impressionou o jovem macho, que logo fugiu, baixando a cabeça com deferência, e manteve-se longe do casal. Finalmente, ao lado do seu macho, a fêmea castanha podia descansar e alimentar-se em paz.

Mulher e homem não se animaram a partir imediatamente, embora soubessem que o espetáculo terminara e Jondalar começasse de novo a sentir a necessidade de prosseguirem viagem. Sentiam-se honrados, se bem que assustados, por aquela oportunidade de assistir ao acasalamento dos mamutes. Não tinham sido simples espectadores, mas participantes de uma comovente e importante cerimônia. Ayla teria gostado de correr para os animais e tocá-los, expressando sua apreciação e partilhando da sua alegria.

ANTES DE SEGUIREM CAMINHO, Ayla notou que muitas das plantas que vinha admirando cresciam também naquelas proximidades, e decidiu colher algumas, usando vara de cavar, para colher raízes, e uma faca especial para cortar hastes e folhas. Jondalar se ajoelhou para ajudá-la, embora precisasse perguntar-lhe a cada passo o que fazer.

Aquilo ainda a surpreendia. No tempo em que vivera no Acampamento do Leão, aprendera os costumes e padrões de comportamento dos Mamutoi, que eram muito diferentes dos que conhecera no Clã. Mesmo lá, no entanto, ela muitas vezes trabalhava com Deggie ou Nezzie, ou muitas pessoas trabalhavam juntas, e ela esquecera o quanto ele se dispunha a fazer serviços que o Clã teria considerado próprios para as mulheres. Mas desde seus primeiros dias no vale, Jondalar jamais hesitara em fazer os mesmos trabalhos que ela fazia, e se espantava por ela se surpreender com aquilo, uma vez que o trabalho tinha de ser feito. Agora que estavam a sós ela se lembrou daquela característica dele.

Quando finalmente partiram, cavalgaram em silêncio por algum tempo. Ayla continuava com o pensamento nos mamutes. Não conseguia tirá-los da cabeça. Pensava, também, nos Mamutoi, que lhe tinham dado um lar quando não tinha nenhum. Eles se denominavam Caçadores de Mamutes, embora caçassem muitas outras espécies de animais, e davam àqueles animais gigantescos um lugar de honra mesmo quando os dizimavam. Além de fornecer-lhes muito do que lhes era necessário à vida, como carne, gordura, couro, lã para fibras e cordas, marfim para ferramentas e esculturas, ossos para moradia e até combustível, a caça ao mamute tinha para eles um profundo sentido espiritual.

Ela se sentia ainda mais Mamutoi naquele momento, embora estivesse de partida. Não era por acidente que tinham encontrado aquele bando. Estava convencida de que havia motivo para isso, e se perguntava se Mut, a Mãe Terra, ou talvez seu próprio totem, queria dizer-lhe algo. Muitas vezes se apanhava, nos últimos tempos, pensando no espírito do Grande Leão da Caverna, que Creb lhe dera como totem. Imaginava se ele ainda a protegia, embora ela já não estivesse no Clã, e se algum espírito ou totem do Clã se encaixaria na sua nova vida com Jondalar.

A vegetação alta finalmente começava a ficar mais rala; eles se aproximaram do rio e procuraram um bom lugar para acampar. Jondalar conferiu a posição do sol, que já descia para o poente, e decidiu que era tarde demais para caçar naquele dia. Ele não lamentava que tivessem ficado tanto tempo perdidos na contemplação dos mamutes, mas tinha esperado conseguir alguma carne, não só para a refeição daquela noite, mas também para as dos que se seguiriam. Ele não queria usar a comida seca que traziam, a não ser que isso fosse indispensável. Agora, teriam de arranjar tempo para caçar de manhã.

Subiram por um aclive suave, e Jondalar observou que o rio dobrava-se para a esquerda, isto é, para o oriente. Era tempo de deixar aquele curso d'água e seus meandros e cortar o campo rumo a oeste. Ele parou para consultar o mapa que Talut havia entalhado numa placa de marfim para ele. Quando ergueu os olhos, Ayla já desmontara e estava de pé à beira do barranco, olhando o rio. Algo na sua atitude lhe deu a impressão de que ela estava preocupada ou infeliz.

Ele desmontou e juntou-se a Ayla. Viu, então, do outro lado do rio, o que a tinha atraído até a margem. Encaixado no talude de uma plataforma, a meia altura, na margem oposta, havia um grande e largo morro com tufos de vegetação nas laterais. Parecia parte de barranca do rio, mas a entrada em arco fechada por uma cortina pesada de couro de mamute revelava sua verdadeira natureza. Era um abrigo como aquele que o Acampamento do Leão chamava de fogueira, e onde tinham morado durante o último inverno.

Enquanto contemplava a estrutura, de aspecto tão familiar, Ayla lembrava, vividamente, o interior do abrigo do Acampamento do Leão. Aquela morada semissubterrânea era espaçosa, e fora construída para durar muitos anos. O piso fora escavado no fino loess da margem do rio e ficava abaixo do nível do solo. Suas paredes e seu teto abobadado de placas de relva consolidadas com argila do rio estavam firmemente sustentados por uma estrutura de mais de uma tonelada de grandes ossos de mamute, com galhadas de cervos entrançadas e amarradas no teto e uma grossa camada de caniços e capim entre os ossos e o entulho. Bancos de terra ao longo do muro se convertiam em camas quentes, e áreas de depósito haviam sido cavadas abaixo do nível do subsolo frio. O arco da porta era feito com duas grandes presas de mamute, com as bases no solo e as pontas presas frente a frente. Aquilo não era, de maneira nenhuma, uma construção temporária, mas uma habitação permanente, grande o bastante para abrigar diversas famílias numerosas debaixo de um só teto. Ayla estava segura de que os responsáveis pela instalação tinham toda intenção de retornar a ela, assim como os do Acampamento do Leão faziam, todo inverno.

– Devem estar na Reunião de Verão – disse. – Imagino que acampamento será esse.

– Talvez seja o Acampamento do Capim Estipa – disse Jondalar.

– Talvez – disse Ayla, observando a caverna do outro lado do rio. – Parece tão abandonada – acrescentou ela depois de algum tempo. – Não imaginei, quando partimos, que eu nunca mais veria o Acampamento do Leão. Lembro-me de que quando separei objetos para levar para a Reunião deixei algumas para trás. Se eu soubesse que não voltaria, teria trazido tudo comigo.

– Você se arrepende de ter vindo, Ayla? – A preocupação de Jondalar se refletia, como sempre, em rugas na testa. – Eu lhe disse que poderia ficar com você e tornar-me um Mamutoi, se fosse esse o seu desejo. Sei que eles lhe deram uma fogueira e que você estava feliz. Não é tarde demais, podemos ainda voltar.

– Não. Fico triste por estar partindo, mas não infeliz. Quero ficar com você. É o que sempre quis, desde o princípio. Mas sei que você quer ir para casa desde que o conheço. Você poderia acostumar-se a viver aqui, mas não estaria jamais contente. Sentiria falta da sua gente, da sua família, daqueles para os quais nasceu. Isso não tem a mesma importância para mim. Jamais saberei para quem nasci. O Clã era meu povo.

Ayla ficou pensativa, e Jondalar viu que um sorriso lhe abrandava a fisionomia.

– Iza teria ficado feliz por mim se soubesse que eu vim embora com você. Ela teria gostado de você. Ela me disse muito antes de eu partir que eu não fazia parte do Clã, embora não pudesse lembrar-me de qualquer pessoa ou qualquer fato anterior. Iza temia por mim. Pouco antes de morrer, ela me disse: "Encontre sua própria gente, seu próprio homem." Não um homem do Clã, mas alguém que eu pudesse amar, que tomasse conta de mim. Vivi por tanto tempo sozinha no vale que não achei que fosse encontrar alguém. E então você surgiu. Iza tinha razão; por mais difícil que tenha sido partir, eu tinha de encontrar minha gente. Não fosse por Durc, e eu até poderia agradecer a Broud por me ter forçado a sair. Eu jamais encontraria um homem para me amar se tivesse ficado no Clã. Ou alguém de quem gostasse tanto.

– Não foi muito diferente comigo, Ayla. Eu também não achava que encontraria alguém para amar, embora tivesse conhecido muitas mulheres entre os Zelandonii e tenhamos conhecido muitas mais na nossa Jornada. Thonolan fazia amigos com facilidade, mesmo entre estranhos, e isso me facilitava as coisas. – Jondalar fechou os olhos, angustiado, por um momento, como se quisesse escapar à memória, e uma grande tristeza se estampou no seu semblante. A dor era ainda muito viva. Ayla podia perceber isso sempre que ele falava do irmão.

Ela olhou Jondalar, seu corpo musculoso, excepcionalmente alto, os longos cabelos louros e lisos amarrados com uma correia na nuca, os traços finos e bem-feitos. Depois de tê-lo visto em ação na Reunião de Verão, duvidava que ele precisasse do irmão para fazer amigos, principalmente entre as mulheres, e ela sabia por quê. Mais ainda que o seu porte ou a beleza do seu rosto, eram os olhos, seus olhos incrivelmente vibrantes e expressivos, que pareciam revelar o íntimo desse homem tão fechado, que lhe davam um apelo magnético e uma presença que era quase irresistível, como naquele momento, em que ele a encarava, com os olhos cheios de ardor e desejo. Ela podia sentir seu corpo reagir ao simples contato do olhar dele. Pensou na fêmea castanha, que recusava todos os machos, à espera do grande macho cor de ferrugem que viria e, então, não queria esperar mais. Havia prazer também em prolongar a antecipação.

Ayla gostava de contemplá-lo, de preencher-se ao olhá-lo. Julgara-o belo desde que o vira pela primeira vez, embora não tivesse uma base de comparação. Depois percebera que outras mulheres também gostavam de olhá-lo, consideravam-no atraente, de maneira especial, avassaladora. Essa beleza dava a Jondalar tanto sofrimento quanto prazer. Destacar-se por uma qualidade nata não lhe dava o prazer de sentir-se realizado. Aqueles eram dons gratuitos da Mãe, não o resultado de seus próprios esforços.

Mas a Grande Mãe Terra não se limitara à simples aparência. Ela o dotara de uma inteligência muito viva, que tendia mais para a sensibilidade e a compreensão dos aspectos físicos do seu mundo, e de uma natural destreza. Treinado pelo homem com quem sua mãe vivia quando ele nasceu, e que era, reconhecidamente, o melhor no seu campo, Jondalar era um hábil fabricante de ferramentas de pedra, que aperfeiçoara seu ofício na Jornada, aprendendo as técnicas de outros britadores.

Para Ayla, porém, ele era belo não só por ser atraente segundo os padrões do seu povo, mas por ter sido a primeira pessoa que vira que se parecia com ela mesma. Era um homem dos Outros, não do Clã. Quando ele aparecera no vale, ela estudara seu rosto minuciosamente, às vezes de maneira evidente, inclusive quando ele dormia. Era tão maravilhoso ver uma face com o aspecto familiar da sua própria face depois de tantos anos sendo a única diferente, sem os pesados sobrolhos e a fronte fugidia dos demais; sem aquele nariz grande, de cavalete alto, numa face pontuda, em que a mandíbula não tinha queixo.

Como a fronte dela, a de Jondalar se erguia lisa e reta sem protuberância acima dos olhos. O nariz e até os dentes eram pequenos em comparação com os do Clã, e ele tinha debaixo da boca um volume ossudo, um queixo, como o seu. Depois de vê-lo, ela compreendeu por que o Clã estranhava o seu rosto achatado e a testa vertical. Ayla vira seu próprio reflexo na água e sabia que eles tinham razão quando lhe diziam isso. Apesar de Jondalar ser mais alto do que ela, assim como ela era mais alta que os do Clã, e a despeito de ter ouvido de outros homens que era bonita, no fundo, Ayla ainda se achava feia e alta demais.

Mas por ser Jondalar um macho, com traços fortes e ângulos mais pronunciados, ele se parecia com os do Clã mais do que ela. Aquele era o povo com que ela crescera, eram o padrão de que ela dispunha, e ela os achava bonitos. Jondalar, com um rosto parecido com o seu, porém, assim mesmo, mais parecido com os rostos do Clã que o seu, era belo.

A fronte alta de Jondalar alisou-se e ele sorriu.

– Fico feliz por você achar que Iza teria gostado de mim. Quisera ter conhecido essa sua Iza, e o resto do seu Clã. Mas tinha de conhecer você primeiro ou não entenderia que eles são gente com quem posso tratar. Ouvindo-a, vejo que são boa gente e gostaria de conhecê-los, algum dia.

– O Clã me acolheu depois do terremoto, quando eu era pequena. E quando Broud me expulsou do Clã, fiquei sem ninguém. Era Ayla

Sem-Família até que o Acampamento do Leão me aceitou, me deu o sentimento de pertencer a algum lugar, e fez de mim Ayla dos Mamutoi.

– Os Mamutoi e os Zelandonii não são muito diferentes. Acho que você vai gostar do meu povo, e acho que eles vão gostar de você.

– Nem sempre você esteve certo disso – disse Ayla. – Lembro-me de que você achava que eles não iam me querer, por ter crescido com o Clã, e por causa de Durc.

Jondalar ficou constrangido.

– Eles diriam que meu filho é uma abominação, uma criança nascida de uma mistura de espíritos, em parte animal... você mesmo disse isso dele, uma vez. E por ter nascido de mim, pensariam ainda pior de mim.

– Ayla, antes de sairmos da Reunião de Verão, você me fez prometer que eu lhe diria sempre a verdade e não guardaria nada para mim. A verdade é que eu me preocupava no começo. Queria que viesse comigo, mas não queria que você ficasse falando de si mesma com as pessoas. Queria que escondesse a sua infância, que mentisse, embora eu odeie a mentira... e você não saiba mentir. Tive medo de que eles a rejeitassem. Sei como é doloroso e não queria que você sofresse com isso. Mas estava com medo por mim também. Temia que me repudiassem por ter trazido você, não queria passar por tudo isso outra vez. Mas, por outro lado, eu não podia imaginar viver sem você. Não sabia o que fazer.

Ayla se lembrava muito bem da confusão e desespero que sentira vendo a indecisão dele. Por feliz que tivesse sido com os Mamutoi, foi também terrivelmente infeliz por causa de Jondalar.

– Agora eu sei, embora quase tivesse perdido você antes de saber disso. Ninguém é mais importante para mim do que você, Ayla. Quero que seja você mesma, que diga ou faça o que achar melhor, porque é isso que amo em você, e acredito agora que a maior parte das pessoas irá recebê-la bem. Já vi isso acontecer. Aprendi algo muito importante com o Acampamento do Leão e os Mamutoi. Nem todos pensam da mesma maneira, e as opiniões podem mudar. Algumas pessoas tomarão o seu partido, talvez as que a gente menos espera que o façam, e algumas terão a compaixão necessária, e o amor, para criar uma criança que outros chamariam uma abominação.

– Não gostei da maneira como trataram Rydag na Reunião de Verão – disse Ayla. – Alguns nem queriam dar-lhe um enterro decente.

Jondalar sentiu cólera na voz dela, mas podia ver lágrimas por trás da cólera.

– Também não gostei. Tem gente que não muda nunca. Para mim mesmo, levou tempo. Posso prometer-lhe que os Zelandonii a aceitarão, Ayla; mas se não aceitarem, procuraremos outro lugar para viver. Quero voltar, sim; quero voltar para meu povo, rever minha família, meus amigos. Quero contar para minha mãe sobre Thonolan, pedir aos Zelandonii que procurem seu espírito, caso ele não tenha encontrado ainda seu caminho no outro mundo. Espero que nos adaptemos lá. Mas já não importa para mim se isso não acontecer. Isso foi o que também aprendi. Foi por isso que lhe disse que estava disposto a ficar aqui com você, se o desejasse. Fui sincero.

Ele a segurava, tinha as mãos nos ombros dela, e olhava dentro dos olhos de Ayla com uma feroz determinação. Queria ter certeza de que a companheira compreendia. Ela sentia essa convicção, sentia o amor dele; mas agora não estava segura se deviam mesmo ter partido.

– Se o seu povo não nos aceitar, para onde iremos?

Ele sorriu.

– Encontraremos outro lugar, Ayla, se for preciso. Mas não acredito que isso aconteça. Eu já lhe disse, os Zelandonii não são muito diferentes dos Mamutoi. Eles vão amar você como eu a amo. Já não me preocupo com isso. Nem sei bem se estive mesmo preocupado com isso algum dia.

Ayla sorriu para ele, contente com aquela certeza. Queria poder sentir o mesmo. Talvez ele tivesse esquecido, ou talvez não tivesse percebido, que forte impressão causara nela, forte e duradoura, sua primeira reação ao saber do filho dela e dos seus antecedentes. Ele havia recuado, e olhado para ela com tal repulsa que ela não podia deixar de lembrar-se. Como se ela fosse alguma hiena suja e repelente.

Quando recomeçaram a viagem, Ayla ainda pensava no que estaria à sua espera no fim da Jornada. Era verdade que as pessoas mudavam. Jondalar mudara completamente. Sabia que já não havia nele nem um pouco daquela aversão inicial; mas e as pessoas que haviam incutido nele essa espécie de sentimento? Se sua reação fora tão forte e imediata, o povo que o criara era responsável por isso. Por que reagiriam de maneira diferente ao vê-la? Por mais que quisesse ficar com Jondalar, por feliz que estivesse por ele querer levá-la, não estava ansiosa para conhecer os Zelandonii.

4

Continuaram próximos ao rio enquanto seguiam. Jondalar estava quase certo de que o curso da corrente virava agora para leste, mas temia que aquilo fosse apenas mais um meandro dos muitos do seu longo curso. Mas se o rio mudava mesmo de direção, aquele seria o momento de abandoná-lo, e seguir com segurança uma rota definida, em campo aberto; ele queria estar seguro de que iam no caminho certo.

Havia muitos lugares em que podiam pernoitar, mas, sempre consultando o mapa, Jondalar procurava um local que havia sido indicado por Talut. Era o ponto de referência de que ele precisava para verificar se estavam no rumo certo. O lugar era usado com alguma regularidade, e ele esperava que estivesse, como pensava, nas imediações, mas o mapa mostrava apenas direções gerais e era impreciso, na melhor das hipóteses. Fora gravado às carreiras numa placa de marfim, como um suplemento às indicações que lhe tinham fornecido, e não pretendia ser, de modo algum, uma representação acurada do itinerário.

Quando a barranca continuou a subir e a empurrá-los para trás, os dois continuaram nela, pelo maior descortino que tinham, embora estivessem agora se afastando do rio. Lá embaixo, junto da água, um lago formado na curva do rio com a destruição do meandro e sua retificação já secava e se tornava em charco. Havia começado como uma laçada, pois que o rio, jovem, ia e vinha, serpenteante, como toda água que corre faz ao cortar campo aberto. A laçada acabou por fechar sobre si mesma e formou um lago de pequenas dimensões, que ficou isolado quando o rio seguiu seu curso. Sem fonte de água que o alimentasse, começou a secar. A terra baixa e abrigada era agora um prado úmido em que vicejavam caniços e taboas, com plantas aquáticas nas áreas mais fundas. Com o tempo, o terreno pantanoso se converteria numa campina verdejante, com o solo enriquecido por esse estádio lacustre.

Jondalar por pouco não apanhou uma lança ao ver que um grande alce saía da cobertura vegetal mais espessa do fim do lago e patinhava no alagadiço; mas o animal estava fora do seu alcance, mesmo se a lança o atingisse, e seria difícil recuperá-lo depois de engolido pelo lodaçal.

Para além do charco, encostas com boa drenagem, sulcos e ribanceiras a pique ofereciam reentrâncias protegidas para plantas como o quenopódio, com seus pés de ganso, a urtiga, e verdadeiras almofadas de alsina, cabeludas, com pequenas flores brancas. Ayla preparou a sua funda e tirou algumas pedras redondas de uma bolsa. No fim do seu vale de outrora havia um lugar como aquele em que muitas vezes vira, e caçara, os esquilos excepcionalmente grandes da estepe. Um ou dois bastavam para uma boa refeição.

Aquele terreno acidentado, abrindo para campos abertos de relva, era para eles um hábitat ideal. As ricas sementes das pastagens vizinhas, armazenadas com toda a segurança em esconderijos onde os esquilos hibernavam, sustentavam-nos na primavera quando era tempo de procriar, de modo que quando as novas plantas começavam a surgir eles davam cria. Os alimentos ricos em proteína eram essenciais ao desenvolvimento dos filhotes, para que alcançassem a maturidade antes do inverno. Mas nenhum desses animaizinhos apareceu enquanto os dois passavam, e Lobo não se mostrou disposto a desentocá-los, ou não soube fazê-lo.

Quando continuaram para o sul, a grande plataforma de granito abaixo da planície que se estendia sem qualquer limite visível para leste começou a ceder lugar a colinas onduladas. Um dia, havia muito tempo, a terra por onde andavam fora toda coberta de montanhas, hoje erodidas. Seus testemunhos eram um renitente escudo rochoso que resistira às tremendas pressões que enrugavam a crosta e criavam montanhas e às forças ígneas capazes de sacudir a superfície e torná-la instável. Rochas novas haviam-se formado por cima do maciço fundamental, mas, aqui e ali, afloramentos do relevo original perfuravam as camadas sedimentares.

No tempo em que os mamutes pastavam na estepe, os capins e a vegetação, como os animais daquela terra antiga, floresciam não só em grande abundância, mas com uma surpreendente variedade e em associações inesperadas. Ao contrário de prados mais recentes, aquelas estepes não estavam organizadas em largas faixas de limitadas espécies de vegetação, determinadas pela temperatura e pelo clima. Formavam, em vez disso, um complexo mosaico, com uma rica diversidade de plantas, que incluíam muitos tipos de capins e prolíficas ervas e arbustos.

Um vale bem irrigado, um planalto, uma pequena elevação ou uma depressão ligeira eram, cada um, propícios a uma vegetação específica, que crescia ao lado de vegetação completamente diversa. Um talude voltado para o sul podia abrigar plantas de clima quente, em contraste com a cobertura vegetal adaptada ao frio boreal da face norte da mesma elevação.

O solo do platô que Ayla e Jondalar atravessavam era pobre, e o mato que o cobria, fino e curto. O vento cavara sulcos profundos, e no vale elevado de uma velha torrente afluente do rio, o leito estava agora seco e, por falta de vegetação, apresentava até dunas de areia.

Embora mais tarde isso só se encontrasse em altas montanhas, naquele terreno áspero, não longe dos rios de planície, embaixo, ratos-calungas e lagômios cortavam capim com grande diligência para secá-lo e armazená-lo em seguida. Em vez de hibernarem no inverno, eles construíam túneis e ninhos debaixo da neve acumulada nas cavidades e sulcos e na face das rochas voltada para sotavento, e viviam da forragem que tinham guardado. Lobo viu os roedores e saiu atrás deles. Mas Ayla não se importou em caçá-los com a funda. Eram pequenos demais para servir como refeição, exceto em grande número.

Ao lado deles, ervas-bentas da montanha agarravam-se às saliências rochosas ou às rugosidades das terras mais baixas, exatamente como faziam os flancos das montanhas. Sua ramagem baixa, sempre verde, de folhas pequenas e solitárias flores amarelas, havia formado, no curso dos anos, densas alfombras espalhadas.

Ayla notou o perfume do pega-mosca, começando a abrir seus botões cor-de-rosa. Percebeu então que já estava ficando tarde, e conferiu o sol, que de fato baixava para oeste. As flores pegajosas do pega-mosca abrem à noite, oferecendo refúgio aos insetos, tanto mariposas quanto moscas, em troca da difusão do pólen. Tinham pouco valor alimentício ou medicinal, mas as flores cheirosas a deliciavam e, por um momento fugaz, pensou em colher algumas. Mas já anoitecia, e Ayla não queria parar. Tinham de acampar logo, pensava, principalmente se fosse preparar a refeição que tinha em mente antes de escurecer.

Ela viu pulsatilas azul-púrpura, eretas e belas, saindo, cada uma, de uma roseta de folhas cobertas de finos cabelos e, espontâneas, as associações médicas lhe vieram à mente, pois a planta, seca, era boa para dor de cabeça e cólicas menstruais; mas ela gostava das pulsatilas tanto pela beleza quanto pela utilidade. Quando avistou ásteres alpinas, de longas, finas pétalas amarelas e violeta saindo de rostos de folhas sedosas e peludas, sentiu vontade de colher algumas e também outras flores, sem outro motivo que o prazer de tê-las consigo. Mas onde guardá-las? Iriam logo murchar, pensou.

Jondalar começava a pensar se haviam passado inadvertidamente pelo lugar de acampamento indicado no mapa ou se estavam mais longe dele do que imaginara. Chegava, relutantemente, à conclusão de que teriam de acampar logo, ali mesmo, e procurar pelo outro lugar no dia seguinte. Com isso, e com a necessidade de caçar, perderia, com toda a probabilidade, outro dia inteiro, e não podiam perder tantos dias. Estava ainda tão imerso nesses pensamentos, refletindo se teria tomado a decisão correta continuando para o sul, e imaginando as sérias consequências que adviriam de um erro de cálculo, que não deu atenção a uma movimentação numa colina que ficava à direita deles. Achou, apenas, que pareciam ser hienas que tivessem apanhado alguma presa.

Embora fossem, normalmente, carniceiras, e se satisfizessem, sabidamente, quando famintas, com as mais imundas carcaças, as grandes hienas, com suas mandíbulas capazes de moer qualquer osso, eram também temíveis caçadoras. Tinham derrubado um bisonte jovem, ainda não desenvolvido; sua falta de experiência com a maneira de ser dos predadores fora a sua desgraça. Outros poucos bisontes permaneciam por perto, aparentemente a salvo, agora que um deles havia sucumbido, e um deles berrava, aflito, com o cheiro do sangue fresco.

Ao contrário dos mamutes e dos cavalos da estepe, que não eram excepcionalmente grandes para a sua espécie, os bisontes eram gigantescos. Aquele tinha cerca de 2 metros de altura, medido a partir da espádua, e peito e ombros muito fortes, embora seus flancos fossem quase graciosos. Os cascos eram pequenos, apropriados para correr velozmente em solo duro e seco, e o bisonte evitava alagadiços em que corria o risco de atolar. A cabeça maciça era protegida por longos chifres pretos de 2 metros de envergadura, que se curvavam para fora e, depois, para cima. A pelagem era marrom-escura e pesada, sobretudo no peito e nos ombros. Os bisontes costumavam enfrentar ventos frios, e eram bem protegidos na frente, onde os pelos caíam numa franja cerrada de cerca de um metro de comprimento, e até a cauda curta era bem guarnecida de pelo.

Embora fossem herbívoros, nem todos comiam exatamente os mesmos alimentos. Eles tinham diferentes aparelhos digestivos, e hábitos alimentares diversos, e faziam sutis adaptações na dieta. Os talos altamente fibrosos que alimentavam cavalos e mamutes não bastavam para bisontes e outros ruminantes. Eles precisavam de capins e folhas ricas em proteínas. E os bisontes preferiam a vegetação rasteira, mais nutritiva, das regiões secas. Só se aventuravam entre as vegetações médias e altas da estepe na primavera, principalmente, quando por toda parte havia pasto novo. Nessa época do ano ocorria o crescimento dos ossos e chifres dos bisontes. A primavera prolongada, chuvosa e verde dos pastos periglaciais dava aos bisontes, e a diversos outros animais, uma longa estação para seu desenvolvimento, o que explica suas grandes proporções.

Sombrio e introspectivo como estava, Jondalar levou algum tempo para tirar conclusões da cena na colina. Quando ele apanhou o seu arremessador de lanças e uma lança, para tentar derrubar um bisonte como as hienas tinham feito, Ayla já percebera o que acontecia, mas se decidira por outro curso de ação.

– Vão embora! Vão embora daqui, bichos nojentos! Fora! – ela gritava para as hienas, galopando com Huiin, arremessando-lhes pedras com a funda. Lobo corria emparelhado com ela, satisfeito, rosnando e soltando latidos de filhote na direção do bando que batia em retirada.

Uivos de dor mostravam que as pedras de Ayla tinham alcançado o alvo, embora ela tivesse atirado com cuidado, evitando as partes vitais. Se pretendesse, suas pedras poderiam ter sido fatais. Não seria a primeira vez que mataria uma hiena, mas sua intenção não era essa.

– O que está fazendo, Ayla? – perguntou Jondalar, indo ao seu encontro.

Ayla estava junto do bisonte que as hienas haviam matado.

– Estou expulsando essas hienas nojentas – disse, embora aquilo fosse óbvio.

– Por quê?

– Para que elas dividam conosco esta presa – respondeu ela.

– Pois eu já me preparava para ir no encalço de um dos que estavam por perto.

– Não precisamos de um bisonte inteiro, a não ser que pretendamos defumar a carne. Este bisão aqui é jovem e tenro. Os que estavam por perto eram todos velhos e duros – disse ela, desmontando da égua para afastar Lobo do animal derrubado.

Jondalar olhou na direção dos bisontes gigantes que tinham fugido diante de Ayla e depois observou o bisonte jovem, caído.

– Você está certa. Era uma manada de machos, e esse aí provavelmente deixou a manada da mãe recentemente para juntar-se a esta. Tinha ainda muito que aprender.

– Foi morto há pouco – disse Ayla, depois de examiná-lo. – As hienas abriram-lhe a garganta, o ventre, e também os flancos. Vamos tirar o que nos interessa e deixar o resto para elas. Não precisamos perder tempo caçando. Elas são velozes, e já devem estar longe. Acho que perto do rio tem um lugar que serve para acamparmos. Se for o lugar que estamos procurando, ainda temos tempo de preparar algo saboroso com esta carne e o que colhemos pelo caminho.

Ela já estava abrindo a pele, cortando para cima a partir da barriga, e Jondalar ainda digeria o que ela dissera. Tudo acontecera depressa, mas de súbito toda a sua preocupação com a possibilidade de perderem um dia por terem de caçar e em busca do lugar para acampar desaparecera.

— Você é maravilhosa, Ayla! — disse ele, sorrindo, enquanto desmontava. Tirou, em seguida, uma faca afiada de sílex que fora adaptada a um cabo de marfim da bainha de couro presa ao seu cinto, e foi ajudar a cortar os pedaços de carne que eles queriam. — É disso que gosto em você. Está sempre cheia de surpresas, que acabam sendo ideias brilhantes. Vamos levar a língua também. É pena que as hienas já tenham comido o fígado; mas, afinal, foram elas que o abateram.

— Não me importo se foram elas — disse Ayla. — Vamos aproveitar que a carne está fresca. Hienas já me tiraram o bastante. São animais horríveis. Por que não tirar algo delas? Odeio hienas!

— Odeia mesmo, não é? Nunca a ouvi falar assim de outros animais, nem mesmo de carcajus, que também gostam de carniça, são, às vezes, mais cruéis que as hienas, e chegam a feder mais.

A matilha não se fora, e vinha rosnando na direção do bisonte com que pretendia banquetear-se. Ayla lançou-lhes algumas pedras. Uma das hienas gritou e as demais deram risadas que lhe arrepiaram a pele. Quando resolveram enfrentar a funda outra vez, Ayla e Jondalar já haviam tirado o suficiente.

Eles foram em frente, descendo por um sulco até o rio. Ayla ia à frente, depois de ter deixado o que restara da carcaça entregue às feras e seus rosnados. Elas haviam, de fato, retornado e recomeçado a dilacerar o bisonte.

Os sinais que eles tinham avistado não eram do campo que procuravam, mas de um marco, um monte de pedras, que mostrava o caminho. No interior da pilha de pedras havia rações secas, de emergência, algumas ferramentas, material para fazer fogo, como isca seca, e um agasalho de pele, muito duro, e do qual escapavam mechas de pelo. O lugar podia ainda oferecer abrigo contra o frio, mas devia ser substituído. No alto do marco, firmemente ancorada por grandes pedras, estava uma presa de mamute quebrada, com a ponta voltada para um grande seixo, parcialmente submerso no rio. Nela via-se pintada em vermelho uma forma de losango com um ângulo em V à direita, repetido duas vezes e apontando rio abaixo.

Depois de porem tudo de volta, exatamente como tinham encontrado, acompanharam o curso do rio até chegarem a um segundo marco com uma pequena presa de marfim que apontava para uma agradável clareira, recuada do rio, e cardada de bétulas, amieiros e pinheiros. De lá podiam avistar um terceiro marco: junto dele havia uma nascente de água pura e cristalina. Lá havia, de novo, rações de emergência e ferramentas escondidas nas pedras e um grande couro, também rijo, mas ainda utilizável como barraca alpendre de meia-água. Atrás do marco, perto de um círculo de pedras que marca os contornos de um fosso raso, preto de carvão, havia uma pilha de galhos caídos e gravetos que alguém reunira ali.

— É bom saber da existência de um lugar como este — disse Jondalar. — Alegra-me que não tenhamos de usar nada disso, mas se eu vivesse na região e precisasse dessas coisas, seria um alívio saber que elas estão aí.

— Foi uma boa ideia — disse Ayla, admirada com a previdência daqueles que haviam planejado e instalado o acampamento.

Eles rapidamente retiraram as cestas e as cordas dos cavalos, enrolando-as, e as pesadas correias, para que os animais ficassem livres para descansar e pastar. Sorrindo, viram que Campeão imediatamente correu para a relva e rolou nela, como se tivesse uma coceira nas costas que não pudesse esperar.

— Também estou com muito calor e coceiras — disse Ayla, tirando as sandálias e chutando-as para longe. Afrouxou, depois, o cinto que tinha uma bainha com faca e pequenos bolsos, tirou do pescoço um colar de contas de marfim de que pendia uma bolsinha decorada, tirou a túnica e as perneiras, e correu para a água. Lobo acompanhou-a aos saltos.

— Você vem?

— Daqui a pouco — disse Jondalar. — Vou apanhar lenha primeiro para não me sujar depois do banho.

Ayla voltou logo, vestiu a túnica que usava à noite, mas pôs o colar e o cinto de volta. Jondalar desempacotara a bagagem, e ela o ajudou a arrumar o acampamento. Já haviam criado uma rotina de trabalho em comum que dispensava maiores combinações. Armaram juntos a barraca, estendendo o pano oval para forrar o solo, fincando em seguida os tarugos de madeira na terra para esticarem a coberta de couro, feita de várias peles de animais costuradas umas às outras. Essa tenda cônica era arredondada e tinha uma abertura no topo para deixar sair a fumaça se precisassem acender fogo, algo que raramente faziam, e um tapume com o qual fechar a abertura, se fizesse frio.

Ataram cordas em torno da tenda e junto do solo. No caso de fortes ventanias, podiam usar ainda outras cordas, e o tapume da entrada também podia ser fixado com toda segurança. Estenderam no chão as peles em que dormiam, no centro do espaço oval, o que deixava de um lado e de outro muito pouco espaço, apenas suficiente para as cestas da bagagem e outros pertences. Lobo se acomodava aos pés deles se o tempo estivesse inclemente. No início dormiam separados, mas logo juntaram as peles para que pudessem dormir juntos. Uma vez armada a tenda, Jondalar foi catar mais lenha, para substituir a que usassem, e Ayla começou a preparar a comida.

Embora Ayla soubesse como acender fogo com o material encontrado, esfregando a longa vara entre as palmas das mãos contra a plataforma chata, de madeira, até conseguir uma brasa que pudesse soprar, ela tinha sua própria caixinha de ferramentas, que era diferente de todas. Quando vivia sozinha no vale, fizera uma descoberta acidental. Apanhara uma pedra de pirita de ferro entre as pedras da borda do riacho para substituir a pedra que usava como martelo para fazer novas ferramentas de sílex. Já havia feito fogo muitas vezes, e logo percebeu as implicações da fricção da pirita e do sílex quando uma fagulha mais prolongada lhe queimou a perna.

Teve de fazer diversas tentativas antes de saber como usar a pederneira. Agora era capaz de acender fogo mais depressa do que se poderia imaginar fosse possível com aquele material. Jondalar mal acreditou nos próprios olhos ao ver o prodígio pela primeira vez. Aquela maravilha contribuíra para sua aceitação pelo Acampamento do Leão quando Talut a adotara. Todos haviam pensado que ela fizera fogo por artes mágicas.

Ayla também acreditava na magia daquilo, mas achava que era devida à pedra refratária, não a ela. Antes de deixarem seu vale, ela e Jondalar tinham recolhido o maior número possível daquelas pedras de um amarelo-acinzentado, por não saberem se encontrariam outras em seu caminho. Deram algumas ao pessoal do Acampamento do Leão e a outros Mamutoi, mas ainda tinham muitas. Jondalar queria partilhar a descoberta com seu povo. A possibilidade de fazer fogo rapidamente podia ser bastante útil em diversas circunstâncias.

Dentro do círculo de pedras, Ayla reuniu uma pequena pilha de cascas de árvore e colocou junto dela outra pilha de gravetos para avivar o fogo. Perto havia galhos secos da pilha do acampamento. Trabalhando bem junto das cascas de árvore, Ayla segurou uma pedra de pirita num ângulo que sabia por experiência ser o melhor, depois bateu a pedra mágica, amarela, no meio de um sulco que se estava formando com a sua manipulação, contra uma lasca de sílex. Logo uma fagulha grande, brilhante, pulou da pedra para a casca, mandando um fio de fumaça para o ar. Ayla pôs a mão, depressa, em torno dela, e soprou de leve, e um pequeno carvão brilhou com uma luz vermelha e soltou minúsculas fagulhas, brilhantes e douradas como o sol. Um segundo sopro resultou numa pequenina chama. Ayla reuniu gravetos e, quando o fogo pegou, um galho seco.

Quando Jondalar regressou, Ayla já havia colocado diversas pedras chatas e arredondadas recolhidas da beira do rio para aquecer no fogo e um bom pedaço de bisonte no espeto. A camada externa de gordura já chiava. Ela havia lavado, e agora cortava, raízes de taboas e outro tubérculo amiláceo e branco, de casca marrom-escura, chamado noz-da-terra, preparando-se para botá-los numa cesta bem trançada com água pela metade, e na qual estava de molho e à espera a gorda e saborosa língua. Ao lado dela empilhavam-se cenouras silvestres, inteiras.

Jondalar colocou a lenha perto do fogo.

— Já está com um cheiro ótimo. O que você está preparando, Ayla?

— Estou assando o bisonte, para levarmos na viagem. É fácil comer fatias de carne fria durante a viagem. Para esta noite e para amanhã cedo, estou fazendo uma sopa com a língua e verduras. Temos também um pouco do que trouxemos do Acampamento do Capim Estipa.

Com um pauzinho, ela tirou uma pedra quente do fogo, e com um galho folhudo, varreu as cinzas. Depois, apanhando outro pau e usando os dois como uma tenaz, ela ergueu a pedra e deixou-a cair na cesta onde a língua estava de molho. A pedra ferveu, soltou fumaça e transmitiu seu calor à água. Logo, ela pôs mais pedras na cesta, acrescentou algumas folhas que havia colhido e tampou o recipiente.

— O que você pôs na sopa?

Ayla sorriu. Ele estava sempre querendo saber pormenores da sua comida, inclusive os nomes das ervas que usava para fazer chás. Aquele era mais um dos traços que lhe causavam surpresa em Jondalar: não passaria pela cabeça de nenhum homem do Clã mostrar tanto interesse, mesmo que estivesse tão curioso, por atividades que eram exclusivas das mulheres.

– Além dessas raízes, vou acrescentar as pontas verdes das taboas, os bulbos, folhas e flores dessas cebolas verdes, rodelas dos talos de cardos descascados, ervilhas de aspargos, e um pouco de sálvia e tomilho como tempero. Talvez ponha também um pouco de unha-de-cavalo, pelo seu gosto salgado. Se vamos passar pelo mar Beran, talvez possamos conseguir mais sal.

"Nunca faltou, quando eu vivia com o Clã. Acho que vou esmagar um pouco do rábano picante que encontrei esta manhã, para comermos com o assado. Aprendi isso na Reunião de Verão. Arde, e a gente usa só um pouco, mas dá um sabor interessante à comida. Quem sabe você gosta?

– E as folhas, para que servem? – perguntou Jondalar, indicando um amarrado, que ela colhera mas não mencionara. Ele gostava de saber o que ela usava e o que pensava sobre comida; gostava do que Ayla preparava, mas reconhecia que o tempero dela era incomum. Havia fragrâncias e sabores verdadeiramente únicos, diferentes dos que lhe conhecia desde menino.

– Aquilo ali é quenopódio, para enrolar o assado quando eu for guardá-lo; vão muito bem juntos, quando frios. – Ayla fez uma pausa, pensativa. – Talvez eu polvilhe um pouco de cinza de madeira no assado. A cinza é um pouquinho salgada também. E posso pôr um pedaço do assado na sopa depois que ele pegar cor, para melhorar o gosto; com a língua e a carne assada, teremos um bom caldo. Para amanhã de manhã, podemos cozinhar alguns dos grãos que trouxemos conosco. Haverá sobra da língua, naturalmente, mas posso envolvê-la em capim seco e guardar na minha cesta de carne para depois. Tenho lugar, até, para o resto da nossa carne crua, inclusive o pedaço que separamos para Lobo. Enquanto fizer frio de noite, ela conserva bem.

– Parece apetitoso, mal posso esperar – disse Jondalar, sorrindo com prazer antecipado, e algo mais, pensou Ayla. – Aliás, você tem alguma cesta extra que eu possa utilizar? – ele perguntou.

– Sim, mas para quê?

– Eu lhe digo na volta – disse ele, sorrindo com o segredo.

Ayla virou o assado, mexeu nas pedras e acrescentou mais algumas, quentes, na sopa. Enquanto a comida cozinhava, separou, entre as ervas que tinha colhido, as que se destinavam a Lobo, como repelentes, e a que colhera para seu próprio uso. Esmagou um pouco da raiz-forte, como dissera a Jondalar que ia fazer, para o jantar. Depois, começou a esmagar o resto junto com as folhas pisadas de muitas plantas de cheiro forte que havia encontrado naquela manhã, procurando conseguir a combinação mais tóxica possível. O rábano picante seria muito eficaz, mas o forte cheiro de cânfora da artemísia ajudaria.

Mas era a planta que pusera de lado que ocupava os seus pensamentos. Foi bom tê-la encontrado, pensou, Sei que não tenho estoque suficiente dela, talvez só dê para o meu chá de amanhã, mas hei de encontrar outros pés pelo caminho; o que não posso é ter um filho durante a viagem, e o risco é grande, ficando tanto tempo junto com Jondalar. E esse pensamento a fez sorrir.

Não há dúvida de que é assim que os bebês são concebidos, não importa o que diga o povo sobre espíritos. Acho que é por isso que os homens põem os órgãos deles naquele lugar de onde saem os bebês, e que é por isso que as mulheres querem que eles façam dessa forma, e que a Mãe nos deu Seu Dom do Prazer. O Dom da Vida vem dela também, e Ela quer que os Seus filhos gostem de fazer novas vidas, especialmente porque dar à luz não é nada fácil. As mulheres talvez não quisessem parir se a Mãe não tivesse posto no começo do processo o Seu Dom do Prazer. Os bebês são maravilhosos, mas a gente não sabe disso até ter um.

Ayla tinha cultivado essas noções pouco ortodoxas sobre a concepção durante o inverno, quando soube da existência de Mut, a Grande Mãe Terra, por Mamute, o velho mestre do Acampamento do Leão, embora a ideia já lhe tivesse ocorrido havia muito tempo.

Mas Broud não me dava prazer, lembrou-se. Eu detestava quando ele me forçava, mas tenho certeza de que foi assim que Durc foi feito. Ninguém achava que eu poderia ter um filho, pensavam que meu totem do Acampamento do Leão era poderoso demais para que o espírito de um totem de homem o pudesse sobrepujar; surpreendi a todos. Mas isso só aconteceu depois que Broud me obrigou a ficar com ele, e vi depois os traços dele no rosto do meu bebê. Fora ele, então; tinha de ser ele quem fizera Durc crescer dentro de mim. Meu totem sabia o quanto eu desejava um filho, talvez a Mãe também soubesse disso. Talvez essa fosse a única maneira. Mamut disse que sabemos que os Prazeres são um dom da Mãe por serem eles tão fortes. É muito difícil resistir-lhes. Ele disse que é ainda mais difícil para os homens que para as mulheres.

Fora assim com aquela fêmea mamute ruiva. Todos os machos a desejavam, mas ela não quis nenhum deles. Quis esperar pelo seu grande mamute. Seria por isso que Broud não podia me deixar em paz? Ele me detestava. Mas seria o Dom do Prazer da Grande Mãe mais poderoso que seu ódio?

Talvez. Mas não creio que ele fizesse aquilo só pelos Prazeres. Ele podia gozá-los com sua mulher ou com outra mulher qualquer que quisesse. Creio que ele sabia o quanto eu odiava fazer amor com ele, e isso aumentava o seu Prazer. Broud pode ter começado um bebê em mim, ou talvez meu Leão da Caverna se tivesse deixado derrotar por saber o quanto eu desejava um filho, mas Broud só podia me dar seu órgão. Ele não podia me dar o Dom dos Prazeres da Mãe. Só Jondalar fez isso.

Devia haver mais no tal Dom da Grande Mãe que só os Prazeres. Se Ela tivesse tido a intenção de apenas dar aos Seus Filhos um Dom de Prazer, por que Ela o localizaria logo ali naquele lugar de onde os bebês saem? Um sítio de Prazeres podia estar em qualquer parte. Os meus não são exatamente onde estão os de Jondalar. O Prazer dele vem quando ele está dentro de mim, mas o meu está naquele outro lugar. Quando ele me dá Prazer lá, tudo fica maravilhoso, dentro e por toda parte. Então, eu desejo sentir ele dentro de mim. Não gostaria de ter minha sede do Prazer dentro de mim. Quando estou muito sensível, Jondalar tem de ter muito cuidado, ou pode doer, e dar à luz dói. Se o sítio de Prazer da mulher estivesse dentro dela, dar à luz seria ainda mais penoso, e já é difícil assim, como é hoje.

Como é que Jondalar sabe sempre tão bem o que fazer? Ele sabia como me dar Prazeres antes mesmo que eu soubesse que eles existiam. Penso que aquele mamute gigante também sabia como dar Prazeres àquela fêmea ruiva, tão bonita. Acho que ela emitiu aquele som alto e profundo justamente porque ele a fez sentir os Prazeres, e foi por isso que toda a família dela ficou tão feliz."

Os pensamentos de Ayla lhe davam uns formigamentos esquisitos e uma espécie de calor. Ela olhou para a área arborizada por onde Jondalar se metera, e ficou pensando quando ele voltaria.

"Mas um bebê não começa toda vez que duas pessoas partilham dos Prazeres. Talvez sejam necessários espíritos também. Sejam eles espíritos totêmicos dos homens do Clã ou a essência de um espírito de homem que a Mãe retira e dá a uma mulher, o fato é que a criança começa quando o homem põe seu órgão dentro da mulher e despeja sua essência lá. Isso é o que acontece. A Mãe dá a criança a uma mulher não com espíritos, mas com Seu Dom do Prazer. Mas Ela decide que essência de que homem vai iniciar uma nova vida e quando essa nova vida começará.

Se a Mãe decide, então como é que a medicina de Iza impede uma mulher de engravidar? Talvez impeça que a essência do homem ou seu espírito se misturem com os da mulher. Iza não sabia por que o remédio funcionava, mas isso acontecia a maioria das vezes.

Eu gostaria de deixar que um bebê começasse quando Jondalar partilhasse Prazeres comigo. Quero tanto ter um filho, e que seja parte dele! Sua essência ou seu espírito. Mas ele está certo, devemos esperar. Foi tão difícil para mim ter Durc. Se Iza não tivesse estado lá, que teria sido de mim? Preciso ter certeza de que haja pessoas em volta que saibam o que fazer para ajudar.

Vou continuar a tomar o chá de Iza toda manhã sem dizer nada. Ela tinha razão. Não devo falar tanto sobre o órgão do homem como a origem dos bebês. Jondalar ficou tão nervoso quando mencionei isso que até achou que devíamos parar de ter Prazeres. Se não posso ter um bebê por enquanto, quero pelo menos ter Prazeres com ele.

Como aqueles mamutes estavam tendo. Era isso que o mamute gigante estava fazendo? Começando um bebê naquela fêmea ruiva. Alegro-me que tenhamos ficado lá. O fato de ela ter fugido de todos os outros machos havia me intrigado. Ela não estava interessada neles, queria escolher seu próprio parceiro, e não apenas ir com qualquer um que a desejasse. Ela esperava pelo grande macho cor de mel. E logo que ele surgiu, ela sabia que era o que lhe convinha; era o parceiro certo. E não pôde esperar: correu ao encontro dele, já esperara bastante. Sei como ela se sentia."

Lobo chegou saltando na clareira, exibindo, todo orgulhoso, um velho osso podre.

Colocou-os aos pés de Ayla e olhou para ela, com expectativa.

– Que horror! Isso está podre e fede! Onde achou esse osso, Lobo? Provavelmente onde alguém enterrou restos de acampamento. Talvez seja esta uma boa oportunidade para ver o que você acha de algo mais forte e ardido.

Dizendo isso, ela apanhou o osso e passou nele um pouco da mistura que vinha preparando. Depois, lançou-o de volta na clareira.

O animal correu para ele, mas o cheirou antes de apanhá-lo na boca. Tinha ainda o mesmo adorável odor de carniça, mas havia outro cheiro também, que estranhou. Por fim, Lobo o pegou. Mas logo o soltou no chão e começou a resfolegar e sacudir a cabeça. Ayla não se conteve; a cena era tão cômica que teve de rir alto. Lobo fungou mais uma vez, depois recuou, resfolegando, com ar muito contrariado, e correu para a nascente.

– Ah! Você não gostou, hein, Lobo? Ótimo. Não era para gostar mesmo – disse ela, rindo de novo. A água não ajudou muito. Lobo levantou uma pata e limpou o focinho, como se pudesse desse modo livrar-se do gosto. Ele estava ainda bufando e sacudindo a cabeça quando entrou no mato.

Jondalar cruzou com ele, e quando chegou à clareira encontrou Ayla rindo tanto que tinha lágrimas nos olhos.

– Por que ri tanto?

– Você precisava ver Lobo – disse ela, ainda às gargalhadas. – Pobre Lobo, estava tão orgulhoso do osso podre que achou em algum lugar. Não entendeu o que estava acontecendo e tentou de tudo para tirar o gosto ruim da boca. Se você acha que é capaz de aguentar o cheiro de raiz-forte e cânfora, Jondalar, creio ter encontrado um jeito de manter Lobo longe das nossas coisas. – Mostrou-lhe o recipiente em que tinha misturado os ingredientes: – Aqui está: um repelente para Lobo!

– Que bom que funciona – disse Jondalar. Ele também sorria, mas o brilho nos seus olhos nada tinha a ver com Lobo. Ayla notou que ele tinha as mãos atrás das costas.

– O que está escondendo de mim? – perguntou ela, subitamente curiosa.

– Bem, quando procurava lenha, encontrei algo mais. E se você prometer ser boazinha, talvez eu divida meu achado com você.

– O que é?

Jondalar apresentou-lhe uma cesta cheia.

– Framboesas. Vermelhas, grandes, docinhas!

Os olhos de Ayla brilharam.

– Adoro framboesas!

– E você acha que não sei disso? E o que vai me dar de prêmio? – disse ele, com uma centelha de malícia no olhar.

Ayla o encarou e aproximou-se dele, sorrindo. Era um largo sorriso, que irradiava o amor que tinha por ele e o ardor que sentia, e o prazer que lhe dava aquele gesto dele: de fazer-lhe uma surpresa.

– Acho que já sei – disse ele, soltando o fôlego que só então percebeu que tinha prendido. – Oh, Mãe, como você é bonita quando sorri! É bonita sempre, mas principalmente quando sorri.

De súbito, ele tomava consciência de cada um dos seus traços, em detalhe. Os cabelos compridos, fartos, louros, com brilhos de ouro onde o solos tocara e clareara, e presos por uma correia. Uma onda natural e alguns fios desgarrados lhe emolduravam o rosto bronzeado. Uma pequena madeixa caía na frente, e ele teve de conter-se para não afastá-la dos olhos de Ayla.

Ayla tinha uma boa altura para a estrutura dele. Os músculos flexíveis, lisos e rijos, apesar de magros, eram visíveis nos braços dela, nas suas pernas compridas. Ayla era uma das mulheres mais fortes que ele conhecera. Tão forte fisicamente quanto muitos homens. O povo que a criara era muito mais robusto que aquele em que ela havia nascido. Embora Ayla não fosse considerada mais robusta que o normal das mulheres do Clã em que vivia, desenvolvera-se muito mais do que normalmente teria de desenvolver-se, só para não ficar para trás. Com isso, e com anos de observação, rastreamento e tocaia como caçadora, ela sabia usar seu corpo com facilidade e mover-se com uma graça incomum.

A túnica frouxa sem mangas que ela usava, apertada na cintura com um cinto, com perneiras de couro, era confortável, mas não escondia os seios firmes, cheios, que pareciam pesados, mas não eram, quadris muito femininos ou as nádegas arredondadas e sólidas. Os cordões na parte inferior das perneiras estavam soltos, e ela andava de pés descalços. Em torno do pescoço usava uma pequenina bolsa de couro, muito bem bordada e decorada, com penas de grou na parte inferior, que mostrava os ressaltos dos misteriosos objetos que continha.

Do cinto dela pendia uma bainha de faca de couro cru e rijo, feita com uma pele de animal que fora limpa e raspada, mas não processada de nenhuma maneira, de modo que secara, dura, na forma que lhe fora imposta, embora uma boa imersão em água pudesse amolecê-la outra vez. Ayla enfiava sua funda do lado direito do cinto, junto de uma bolsa em que guardava algumas pedras. Do lado esquerdo, ela tinha um objeto dos mais estranhos. Era outra bolsa. Embora velha e usada, fora feita de uma pele inteira de lontra, curada com os pés, o rabo e a cabeça. A garganta do animal fora cortada e as entranhas haviam sido removidas pelo pescoço. Uma corda, passada por pequenos cortes, podia ser puxada para fechar a bolsa. A cabeça achatada funcionava como aba. Era a bolsa de remédio, a que ela trouxera do Clã, e fora presente de Iza.

Ela não tem as feições de uma Zelandonii, pensava Jondalar. Eles notariam um ar estrangeiro, mas sua beleza era inconfundível. Os olhos, grandes, tinham uma cor cinza-azulada, como uma boa pederneira; eram espaçados e delineados por cílios um pouco mais escuros que o cabelo. As sobrancelhas já eram mais claras, entre um tom e outro. O rosto tinha a forma de um coração. Largo em cima, com ossos malares salientes, mandíbulas bem definidas e queixo fino. O nariz era reto e bem-feito, e os lábios cheios, curvados para cima nas comissuras, abriam-se mostrando os dentes num sorriso que lhe acendia os olhos e anunciava o prazer que sentia com o simples ato de sorrir.

Embora sorrisos e risadas a tivessem marcado, no passado, como uma pessoa diferente, e ela os contivesse por causa disso, Jondalar adorava quando ela sorria. E o prazer que Ayla tinha com o riso dele, seus gracejos, seu jeito brincalhão, transformava de maneira mágica o arranjo já tão satisfatório dos seus traços. Ela ficava, de fato, mais bela ainda sorrindo. Ele se viu de súbito dominado pela visão dela, por seu amor por ela, e mentalmente rendeu outra vez graças à Mãe pela mercê de ter-lhe restituído Ayla.

– O que você me pede pelas framboesas? É só dizer que eu dou.

– Quero você mesma, Ayla – disse Jondalar, com a voz agora embargada. Ele pôs a cesta no chão e, em seguida, tomou Ayla nos braços, e a beijou com ardor. – Eu te amo. Não quero jamais perdê-la – disse, num murmúrio rouco, beijando-a de novo.

Um calor a tomou e ela reagiu com o mesmo ardor.

– Eu te amo também, e te desejo; mas posso tirar a carne do fogo primeiro? Não quero que ela queime enquanto estamos... ocupados.

Jondalar olhou para ela como se não tivesse entendido as suas palavras, mas depois se descontraiu, deu-lhe um abraço, e recuou um passo, com um sorriso maroto.

– Eu não quis ser insistente. É que gostando tanto de você, às vezes não consigo me conter. Mas podemos esperar até mais tarde.

Ela sentia ainda a reação ao ardor de Jondalar e não estava certa se queria parar agora. Lamentava um pouco que seu comentário tivesse interrompido o momento.

– Não tenho de tirar a carne do fogo.

Jondalar riu.

– Ayla, você é uma mulher inacreditável – disse ele, sacudindo a cabeça e sorrindo. – Será que tem noção de como é notável? Sempre que a desejo, está disponível para mim. E sempre esteve. Não apenas disposta a me acompanhar, independente do seu desejo, mas está pronta para interromper qualquer atividade, sempre que a quero.

– Mas é que eu o quero também, sempre que você me quer.

– Pois isso não é nada comum. Muitas mulheres precisam ser persuadidas. E se estão fazendo alguma atividade, não gostam de ser interrompidas.

– As mulheres entre as quais me criei estavam sempre dispostas quando um homem lhes fazia sinal. Você me deu o seu sinal, me beijou, e com isso me fez ver.

– Talvez eu me arrependa de dizer isso, mas você pode me recusar. – A fronte dele se enrugara no esforço de explicar-se. – Espero que não pense que tem de estar pronta sempre que eu estiver. Não está mais vivendo no seio do Clã.

– Você não entende – disse Ayla, abanando a cabeça, e tentando tanto quanto ele fazer-se compreender. – Não penso que tenho de estar pronta. Mas quando você me dá o seu sinal, eu estou pronta. Talvez seja porque foi você quem me ensinou como é maravilhoso partilhar prazeres. Talvez seja porque o amo tanto. Mas quando você me dá o seu sinal, não penso nisso, sinto-o lá dentro de mim. Seu sinal, seu beijo, que dizem que você me quer, me fazem querer também.

Ele sorriu novamente, com alívio e prazer.

– Basta olhar para você para eu ficar pronto também. – Ele curvou a cabeça, ela elevou a sua, moldando-se contra o corpo dele quando Jondalar a estreitou nos braços.

Ele conteve a sofreguidão, e um pensamento lhe passou pela cabeça. Como era estranho que sentisse tanto desejo por ela ainda! De muitas mulheres se cansara depois de uma única experiência, mas com Ayla tudo parecia sempre novo. Podia sentir o corpo dela, firme, forte, contra o seu, e os braços dela em torno do seu pescoço. Deslizou as mãos até os seios dela, e se curvou para beijar-lhe o pescoço.

Ayla soltou os braços do pescoço dele e começou a tirar o cinto, que deixou cair no chão com toda a parafernália que continha. Jondalar enfiou a mão debaixo da sua túnica, levantando-a ao encontrar as duas formas arredondadas com seus bicos firmes, empinados. Ergueu a túnica um pouco mais, expondo uma escura aréola rosada em torno do nódulo alteado e sensível. Sentindo o volume todo, quente, na mão, ele tocou o mamilo com a língua, depois tomou-o na boca e sugou.

Correntes de fogo irradiaram dali para o mais íntimo do seu corpo, e um gemido de prazer escapou dos lábios dela. Não imaginara estar tão pronta assim. Como a fêmea mamute de pelo ruivo, ela sentia como se tivesse esperado o dia inteiro por aquilo e não pudesse mais esperar nem um momento. Uma visão fugaz do grande macho ruço, com seu órgão comprido e curvado, lhe passou pela mente. Jondalar a soltou, e ela tirou suavemente a túnica pela cabeça.

Ele prendeu a respiração ao ver o seu corpo, acariciou-lhe a pele e estendeu as mãos para tomar-lhe os dois seios túmidos. Afagou um deles, apertando-o e esfregando-o, enquanto chupava e mordiscava o outro. Ayla, que sentia choques sucessivos de excitação, fechou os olhos e se entregou de todo a eles. Mesmo quando ele interrompeu aquelas deliciosas carícias com a mão e com a boca nos seus seios, ela manteve os olhos fechados, e em seguida foi beijada por ele. Ela então abriu os lábios para dar passagem à língua dele, que sondava, hesitante e gentil. Quando pôs os braços em volta do pescoço dele, sentiu as dobras da sua túnica de couro contra os bicos dos seios ainda sensíveis.

Ele lhe passou as mãos pela pele lisa das costas e sentiu o movimento dos músculos firmes dela. A reação imediata dela fez aumentar seu próprio ardor, e seu membro ereto já forçava a roupa.

– Oh, mulher! – disse ele, num sussurro. – Como eu te desejo.

– Estou pronta para você.

– Espere apenas que eu me livre destas roupas. – Desapertou o cinto, depois puxou a túnica pela cabeça.

Ayla sentiu o volume que pulsava, acariciou-o, e se pôs a desatar-lhe os atilhos das perneiras enquanto ele desatava os dela. Então, livres, se abraçaram e ficaram, assim, enlaçados num beijo sensual, vagaroso, interminável. Jondalar logo correu os olhos pela clareira. Mas Ayla se deixou cair ali mesmo de quatro, depois olhou para ele por cima do ombro com um sorriso matreiro.

– Sua pele pode ser amarela em vez de acobreada, mas é você que eu prefiro – disse Ayla.

Ele correspondeu ao sorriso e abaixou-se também, atrás dela.

– Seus pelos também não são ruivos e sim da cor do feno maduro, mas guardam algo rubro, uma espécie de flor com muitas pétalas. Mas como não tenho uma tromba peluda para alcançá-la, tenho de usar outra coisa – disse Jondalar.

Ele a empurrou levemente para a frente, abriu-lhe as pernas um pouco para expor sua abertura feminina, depois curvou-se para provar o sal quente. Estendeu a língua para a frente e encontrou o nódulo duro escondido no fundo das suas dobras. Ela prendeu a respiração e se mexeu para dar-lhe melhor acesso, enquanto ele sondava com a cabeça e com o nariz; depois ele mergulhou fundo na abertura convidativa para explorar e saborear. Ele sempre gostara do sabor de Ayla.

Ela se movia agora numa onda de sensações, mal consciente de tudo, a não ser as ardentes pulsações dentro dela. Ela estava mais sensível que de hábito, e todo lugar que ele tocava ou beijava reverberava até aquele ponto no mais fundo do seu corpo, que palpitava com fogo e desejo. Ela não ouvia sua própria respiração, cada vez mais acelerada, ou os seus gritos de prazer, mas Jondalar ouvia.

Ele se acomodou por trás dela, aproximou-se ainda mais, e seu membro ansioso e teso achou a abertura profunda de Ayla. Quando começou a penetrá-la, ela empurrou o corpo para trás, enfiando-se nele até tomá-lo todo. Aquela incrível acolhida que ela lhe dava o fez gritar também e então, segurando-a pelos quadris, puxou-a com força. Depois, ele achou o pequeno nódulo de prazer da frente e esfregou-o enquanto ela se enfiava mais nele. Jondalar chegava quase ao apogeu. Ele estreitou-a de novo e, percebendo que ela também estava próxima do orgasmo, movimentou-se mais depressa e com mais força, penetrando nela até o fundo. Ela gritou ao gozar, e a voz dele fez eco.

Ayla estava agora de bruços, com o rosto encostado na relva, sentindo o peso agradável de Jondalar e a respiração dele no lado esquerdo das costas. Ela abriu os olhos e, sem o menor desejo de mudar de posição, ficou observando uma formiga que passava pelo chão em torno de um único talo de erva. Jondalar se mexeu e rolou para o chão, conservando o braço em volta da sua cintura.

– Jondalar, você é um homem incrível. Será que tem alguma ideia do quanto é excepcional? – perguntou Ayla.

– Não terei ouvido essas palavras antes? Parece-me que eu lhe disse a mesma coisa.

– Mas em relação a você elas são a pura expressão da verdade. Como é que me conhece tão bem? Eu me perco dentro de mim mesma com o que você faz comigo.

– Acho que você estava pronta.

— Estava. E é sempre maravilhoso. Mas desta vez... Não sei. Teriam sido os mamutes? Estive pensando naquela bela fêmea ruiva, no seu maravilhoso e gigantesco macho... E em você... o dia inteiro.

— Bom, talvez tenhamos de brincar outra vez de mamutes — disse ele, rindo e virando-se de costas no capim.

Ayla se sentou.

— Muito bem. Mas agora vou brincar um pouco no rio antes que escureça. — Ela se curvou e beijou-o, sentindo o próprio gosto nele. — Antes, vou ver a comida — disse.

Ela correu até o fogo, virou o assado de bisontes, pôs mais duas pedras quentes na sopa, lançou uns galhos no fogo e correu para o rio. Estava frio quando entrou na água, mas não fazia mal; estava acostumada. Jondalar logo se juntou a ela. Tinha trazido uma grande pele macia de veado. Deixou-a na margem e entrou na água com cuidado; tomou fôlego e mergulhou. Em seguida, afastou o cabelo dos olhos.

— A água está fria!

Ela se aproximou dele e, com malícia, jogou-lhe água. Ele jogou água nas costas dela em represália, e houve uma luta ruidosa. Em seguida, Ayla pulou fora do rio, apanhou a pele e começou a enxugar-se. Passou-a a Jondalar quando ele saiu da água, depois correu para o acampamento e se vestiu rapidamente. Já estava servindo a sopa nas tigelas individuais quando ele chegou.

5

Os últimos raios do sol de verão luziram através dos galhos das árvores antes de mergulhar no horizonte, por trás das elevações a oeste. Sorrindo para Jondalar com grande contentamento, Ayla pôs a mão na tigela em busca da última framboesa e devorou-a. Depois se levantou para ir arrumar tudo, a fim de que pudessem partir rapidamente pela manhã.

Ela deu a Lobo os restos das suas vasilhas e pôs na sopa quente grãos rachados e secos: o trigo-bravo, a cevada e as sementes de quenopódio que Nezzie lhe dera quando partiram, e deixou-a à beira do fogo. O assado de bisonte e a língua para a sua refeição foram guardados numa bolsa de couro cru em que ela armazenava comida. Dobrou o grande envelope duro de couro, atou-o firmemente com uma corda e suspendeu-o alto, no centro de uma trípode de longos mastros, para que ficasse a salvo de ladrões noturnos.

Os mastros, que afinavam na extremidade, eram feitos de árvores inteiras, altas, finas, retas, sem galhos, cuja casca Ayla retirava; ela costumava levá-los enfiados num dos balaios de bagagem que Huiin carregava no lombo. O cavalo de Jondalar levava os mastros, mais curtos, da tenda. Os mastros compridos podiam ser usados também ocasionalmente para armar um trenó que era arrastado pelos cavalos para transportar cargas pesadas ou volumosas. Eles levavam essas varas porque árvores apropriadas eram difíceis de encontrar na estepe aberta. Mesmo à margem dos rios, pouco mais havia, na maioria das vezes, que macega emaranhada.

Quando ficou mais escuro, Jondalar pôs mais lenha no fogo, depois apanhou a placa de marfim do mapa e se pôs a estudá-lo à luz das chamas. Quando Ayla acabou o que tinha a fazer e se sentou a seu lado, ele parecia perturbado e tinha aquele olhar ansioso que ela vinha notando nos últimos dias. Ela observou-o por algum tempo, e pôs algumas pedras no fogo para ferver água para o chá que costumavam tomar à noite, mas em vez das ervas aromáticas, mais inocentes, que geralmente usava, tirou alguns pacotes da sua bolsa de remédios. Talvez encontrasse alguma erva calmante. Matricária ou aquilégia, numa infusão de aspérula, pensou, embora não soubesse o que havia com ele. Queria interrogá-lo, mas não tinha certeza se convinha. Por fim, decidiu-se.

— Jondalar, você se lembra do último inverno, quando não estava muito seguro de como eu me sentia e eu também não estava certa sobre o que você sentia?

Ele estava tão absorto nos seus próprios pensamentos que alguns momentos se passaram antes que entendesse a pergunta.

— Claro que me lembro. Você não tem dúvida quanto ao meu amor por você, tem? Eu não duvido do seu amor por mim.

— Não, não se trata disso. Mas pode haver mal-entendidos por muitos outros motivos, e não quero que algo como o que aconteceu no inverno passado aconteça outra vez. Não suportaria ter de novo problemas só por não havermos debatido qualquer dificuldade. Antes de deixarmos a Reunião de Verão você prometeu abrir-se comigo se algo o estivesse aborrecendo. Vejo que está preocupado, Jondalar, e gostaria de saber o que é.

– Não é nada, Ayla. Pelo menos nada com que você deva preocupar-se.
– Mas se algo o preocupa, não acha que eu deveria saber o motivo? – disse ela.

Ela tirou de uma cesta de vime, em que guardava diversas tigelas e utensílios, dois coadores de chá feitos de caniços finos, rachados ao meio, tecidos numa apertada malha; e ficou por um momento calada, pensando. Em seguida, separou folhas secas de matricária e aspérula para acrescentar ao chá de camomila de Jondalar (ela mesma tomaria só camomila), e serviu.

– Se o problema diz respeito a você, diz respeito a mim também. Não estamos viajando juntos?

– Sim, mas cabe a mim tomar as decisões, e não quero que fique ansiosa desnecessariamente – disse Jondalar, levantando-se para apanhar a bolsa que estava pendurada em um mastro perto da entrada da tenda e próximo do fogo. Ele pôs um pouco d'água numa vasilha e acrescentou-lhe as pedras quentes.

– Não sei se há necessidade ou não, mas o fato é que você já me deixou inquieta. Por que não diz o motivo? – Ayla pôs os coadores dentro das tigelas individuais, despejou água fervendo por cima deles e pôs de lado para descansar.

Jondalar pegou a placa de marfim e contemplou-a, esperando que o mapa ali gravado lhe dissesse o que vinha pela frente, e se ele estava tomando a decisão correta. Quando eram só ele e o irmão, não importava muito. Eles estavam numa Jornada, numa aventura, e estavam preparados para o que quer que acontecesse. Ele não tinha certeza, na época, se eles voltariam; nem ele mesmo sabia se queria voltar. A mulher que ele estava impedido de amar escolhera um caminho que levava para ainda mais longe, e a que esperava se casar com ele... não era a que ele queria. Mas esta Jornada agora era diferente. Desta vez estava com uma mulher que amava mais que a vida. Não só queria voltar para casa, mas queria levá-la junto, e em segurança. Quanto mais pensava sobre os possíveis perigos que poderiam encontrar pelo caminho, tanto mais imaginava riscos ainda maiores. Mas suas vagas apreensões não eram algo que ele pudesse facilmente explicar.

– Preocupa-me o tempo que esta Jornada vai levar. Precisamos alcançar aquela geleira antes do fim do inverno.

– Você já me falou nisso. Mas por quê? O que acontecerá se não chegarmos lá em tempo?

— O gelo começa a derreter na primavera, e fica muito perigoso tentar uma travessia.

— Bem, se é perigoso, não tentamos. Mas se não pudermos passar, o que faremos? — perguntou ela, para obrigá-lo a pensar sobre as alternativas de que vinha fugindo. — Há outro caminho?

— Não tenho certeza. O gelo que temos de atravessar é apenas um pequeno platô ao norte das grandes montanhas. Há terras do outro lado, mas ninguém vai por lá. Isso nos afastaria ainda mais do nosso caminho, e faz muito frio. Dizem que as geleiras do norte são mais próximas, avançam para o sul naquele ponto. As terras entre as altas montanhas do sul e o grande gelo do norte são as mais frias que existem. Nunca faz calor ali, nem no verão — disse Jondalar.

— Mas não é frio também naquele platô que você pretende atravessar?

— Naturalmente que sim, mas é o caminho mais curto, e uma vez do outro lado só precisamos de poucos dias até a Caverna de Dalanar.

Jondalar largou o mapa para pegar a tigela de chá quente que Ayla lhe estendia e ficou contemplando o líquido fumegante por algum tempo.

— Acho que podemos tentar a rota do norte, que contorna a geleira maior, mas eu não gostaria de tentar. É terra de cabeças-chatas, além de tudo — acrescentou Jondalar.

— Você quer dizer que gente do Clã mora ao norte dessa geleira que devemos atravessar? — perguntou Ayla, detendo-se antes de tirar o coador da tigela. Sentiu uma estranha mistura de temor e de excitação.

— Desculpe. Talvez eu devesse chamá-los gente do Clã; mas não são como os que você conhece. Vivem muito longe daqui, você nem pode imaginar quão longe. Não são, absolutamente, como os daqui.

— Mas têm de ser, Jondalar! — disse Ayla, que em seguida sorveu um pouco do seu chá quente e perfumado. — Talvez sua maneira habitual de falar e de ser pareça diferente, mas todos os membros do Clã têm a mesma memória, pelo menos os mais antigos. Mesmo na Reunião do Clã todo mundo conhecia a antiga linguagem de sinais usada para falar com os espíritos. Muita gente conversou nessa língua — disse Ayla.

— Mas eles não nos querem em seu território — disse Jondalar. — Já nos fizeram ver isso, quando Thonolan e eu nos vimos inadvertidamente do lado errado do rio.

— Você tem razão, estou certa disso. Os do Clã não gostam da vizinhança dos Outros. Assim, se não pudermos atravessar a geleira quando a alcançarmos e não pudermos dar-lhe a volta, o que vamos fazer? — perguntou Ayla, voltando ao problema original. – Não podemos esperar até que a geleira fique segura de novo e possamos cruzar para o outro lado?

– Sim, talvez tenhamos de fazer isso; mas a espera será de um ano, até o outro inverno.

– E se esperarmos um ano, poderemos passar? Há um lugar onde possamos esperar?

– Sim, há gente com quem podemos ficar. Os Losadunai sempre foram cordiais. Mas quero ir para casa, Ayla – disse, com tal angústia na voz que ela viu o quanto aquilo era-lhe importante. – Quero que a gente se estabeleça.

– Eu também desejo isso, Jondalar, e acho que devemos fazer o possível para atingir a geleira enquanto é seguro passar para o outro lado. Se for tarde demais, isso não significa que não vamos mais para casa, mas apenas que a espera será mais longa. De qualquer maneira, estaremos ainda juntos.

– É verdade – disse Jondalar, aquiescente mas infeliz. – Não importa tanto assim se chegarmos lá com atraso, mas vai ser duro esperar um ano inteiro. – Ao dizer isso, sua fronte de novo se fechou. – Se dermos a volta, talvez cheguemos em tempo. Não é tarde demais para isso.

– Há outro caminho?

– Há. Talut me disse que poderíamos contornar a ponta norte da cadeia de montanhas que estamos prestes a atingir. E Rutan, do Acampamento do Capim Estipa, me disse que a rota fica a noroeste daqui. Talvez devêssemos tomar esse caminho, mas eu esperava ver os Sharamudoi uma vez mais. Se não os encontrar agora, provavelmente nunca mais os encontrarei, e eles vivem ao sul das montanhas, ao longo do Grande Rio Mãe – explicou Jondalar.

Ayla concordou com a cabeça. Agora compreendo, pensou.

– Os Sharamudoi são o povo com o qual você viveu por algum tempo. Seu irmão casou com uma das mulheres deles, não foi?

– Sim. Eles são como uma família para mim.

– Então, naturalmente, temos de rumar para o sul. Eles são o povo que você ama. E se isso significa que não chegaremos à geleira em tempo, então teremos de esperar até a próxima estação para atravessar. Será mais um ano, mas não vale a pena ver sua outra família mais uma vez? Se você quer ir para casa para contar a sua mãe sobre seu irmão, não acha que os Sharamudoi também gostarão de saber o que aconteceu com ele? Afinal, eles são família dele também.

Jondalar franziu a testa, depois se animou.

– Você tem razão, Ayla. Eles vão querer saber de Thonolan. Andei tão preocupado avaliando se tomara a decisão correta que não levei o raciocínio até o fim. – Ele sorriu, aliviado. Depois ficou olhando as chamas que dançavam sobre a lenha enegrecida, brincando buliçosas na sua alegria tão curta, e empurrando a treva para trás. Bebericou o chá bem devagar, pensando ainda na longa Jornada que tinham pela frente. Mas já não se sentia tão ansioso quanto antes.

Ele olhou para Ayla, que estava ao seu lado, em silêncio.

– Foi uma boa ideia discutir o assunto – disse. – Acho que não estou ainda acostumado a ter alguém do lado com quem possa ...trocar ideias. E acho que podemos estar lá em tempo. Ou não teria vindo por este caminho, para começo de conversa. Será uma viagem mais longa, mas pelo menos conheço o caminho.

– Você tomou a decisão acertada, Jondalar. Se eu pudesse, se não estivesse ameaçada de morte, iria visitar o Clã de Brun – disse Ayla. E acrescentou, tão baixo que sua voz era quase inaudível: – Se eu pudesse, ah, se pudesse, ia ver Durc pela última vez.

O som da voz de Ayla, desamparado, vazio, mostrou-lhe o quanto ela sentia a sua perda.

– Você quer procurá-lo, Ayla?

– Sim, quero. Mas não posso. Isso apenas causaria aflição para todos. Eu fui amaldiçoada. Se me vissem agora, pensariam que eu era um espírito mau. Morri para eles, e não há nada que eu faça ou diga que possa convencê-los de que estou viva.

Os olhos de Ayla pareciam perdidos no horizonte, mas, na verdade, estavam voltados para dentro, para uma visão interior, uma memória.

– Além disso, Durc não será mais o bebê que deixei para trás. Ele já é adolescente, embora eu mesma me tivesse atrasado um pouco, para uma mulher do meu Clã. Ele é meu filho, e talvez também tenha ficado para trás em relação aos outros meninos. Mas logo Ura irá viver com o Clã de Brun... não, é o Clã de Broud, agora – disse Ayla, franzindo a testa. – Este é o verão da Reunião do Clã, de modo que neste outono Ura deixará seu Clã e irá morar com Brun e Ebra, e quando ambos tiverem idade suficiente, ela será a mulher de Durc. – Ayla fez uma pausa, depois concluiu: – Quisera estar lá para recebê-la, mas talvez ela julgue Durc sem sorte se o espírito da sua estranha mãe não ficar quieto em seu lugar, que é no outro mundo.

— Tem certeza disso, Ayla? Eu falava sério: podemos ir procurar por eles, se você assim desejar — disse Jondalar.

— Mesmo se eu quisesse encontrar meu filho, não saberia onde procurar por ele. Não sei onde fica a nova caverna deles, nem onde se realiza a Reunião do Clã. Não está escrito que eu veja Durc. Ele é filho de Uba, hoje. — disse Ayla, olhando para Jondalar.

Ele viu que havia lágrimas nos olhos dela, que ameaçavam rolar.

— Eu sabia, quando Rydag morreu, que nunca mais veria Durc. Enterrei Rydag no grande manto em que carregara Durc, o manto que levei comigo ao deixar o Clã. E no meu coração enterrei Durc ao mesmo tempo. Sei que nunca mais o verei. Estou morta para ele, e é bom que esteja morto para mim. — As lágrimas lhe molhavam a face, embora ela não parecesse notá-las. — Tenho de fato muita sorte, sabe? Pense em Nezzie. Rydag era como um filho para ela, que o criou mesmo sem tê-lo parido, e sabia que havia de perdê-lo. Sabia, até, que, independentemente de quanto tempo ele vivesse, jamais teria uma vida normal. Outras mães que perdem os filhos podem apenas imaginá-los em outro mundo, vivendo com espíritos. Mas eu posso imaginar Durc aqui, sempre seguro, sempre afortunado, quase feliz. Posso pensar nele vivendo com Ura, tendo filhos na sua fogueira, mesmo que eu nunca os conheça.

O soluço na voz dela abriu finalmente a porta para que a sua mágoa transbordasse. Jondalar tomou-a nos braços. O pensamento em Rydag o entristecia também. Não havia nada que se pudesse ter feito por ele, embora todo mundo soubesse que Ayla havia tentado. Era uma criança frágil. Nezzie disse que sempre fora. Mas Ayla lhe dera algo que ninguém mais podia ter-lhe dado. Depois que ela chegou e começou a ensinar-lhe, e ao resto do Acampamento do Leão, a falar como se falava no Clã, por sinais, ele ficara mais feliz do que nunca. Era a primeira vez em toda a sua vida que conseguia comunicar-se com as pessoas que amava. Pôde então expressar suas necessidades e desejos, e também mostrar às pessoas o que sentia, sobretudo a Nezzie, que tomara conta dele desde que sua mãe morrera, de parto. Podia finalmente dizer a Nezzie que a amava.

Fora uma surpresa para os membros do Acampamento do Leão, mas uma vez que eles ficaram sabendo que Rydag não era apenas um animal esperto, incapaz de falar, mas uma diferente espécie de pessoa, com uma diferente forma de linguagem, começaram a ver que ele era inteligente e a aceitá-lo como gente. Não fora surpresa menor para Jondalar, se bem que ela tivesse procurado contar-lhe, depois que ele começou a lhe ensinar a se comunicar com palavras outra vez. Ele aprendera os sinais ao mesmo tempo que os outros e começara a apreciar o suave humor daquele menino da raça antiga, e até onde ia sua compreensão.

Jondalar manteve nos braços a mulher que amava, e ela soluçava para libertar sua tristeza. Ele sabia que Ayla guardava no peito sua tristeza com a morte da criança meio-Clã que Nezzie tinha adotado, que tanto lhe lembrava seu próprio filho, e entendia que ela se lamentava por aquele filho também.

Mas havia mais que Rydag ou Durc. Ayla chorava por todas as suas perdas: pelas pessoas do passado remoto, pelas pessoas que amava no Clã e pela perda do próprio Clã. O Clã de Brun fora a sua família; Iza e Creb a tinham criado, cuidado dela. A despeito da sua diversidade, houve um tempo em que ela se considerava um membro do Clã. Embora tivesse decidido partir com Jondalar, porque o amava e queria estar com ele, aquela conversa a fizera agora compreender quão longe ele morava. Levariam um ano, talvez dois, para chegar lá. A compreensão disso lhe viera, por fim: ela não voltaria nunca.

Não estava apenas renunciando à sua vida com os Mamutoi, que lhe tinham oferecido um lugar em seu meio. Abandonava, ao mesmo tempo, qualquer tênue esperança que ainda tivesse de rever o povo do seu Clã ou o filho que com eles deixara. Ela vivia havia tanto tempo com as suas tristezas que a dor havia diminuído um pouco, mas Rydag não morrera muito tempo antes da partida deles para a Reunião de Verão, e essa morte era ainda por demais recente, a dor de uma ferida aberta. Com ela vieram de roldão todas as outras perdas, e a percepção da distância que ia agora crescendo entre eles lhe dava a certeza de que a esperança de recuperar essa parte do seu passado teria que morrer, também.

Ayla já perdera o início de sua infância; não sabia ao certo quem fora sua mãe ou sua gente, aqueles dos quais havia nascido. Afora recordações fragmentadas e vagas... sentimentos mais que qualquer outra coisa... não se lembrava de nada até o terremoto, ou de ninguém antes do Clã. Mas o Clã a banira. Broud lançara a maldição sobre ela. Para eles, Ayla estava morta, e agora ela compreendia que perdera também essa parte da sua vida quando fora mandada embora. Daquele momento em diante, ela nunca saberia de onde viera, nunca encontraria uma amiga de infância, nunca encontraria ninguém; nem mesmo Jondalar, que poderia compreender o histórico que a fizera a pessoa que era.

Ayla aceitava a perda do passado, exceto a daquele que vivia na sua mente e no coração, mas chorava por ele, e tentar imaginar o que estaria pela frente quando chegasse ao fim da Jornada. Independentemente do que a aguardasse, e como quer que fosse o povo dele, ela não teria mais nada: só as suas memórias... e o futuro.

NA CLAREIRA CERCADA de árvores havia escurecido. Nem o mais vago contorno de uma silhueta ou sombra mais escura podiam ser percebidos contra a uniformidade do fundo, à exceção do débil e impreciso clarão vermelho das brasas da fogueira e a epifania resplandecente das estrelas. Como só uma leve brisa penetrava a clareira protegida, os dois tinham puxado suas peles de dormir para fora da tenda. Ayla jazia acordada debaixo do céu estrelado, contemplando os variados desenhos das constelações e escutando os ruídos da noite: o vento esgueirando-se entre as árvores, a correnteza do rio passando, os ruídos dos grilos e dos sapos. Houve um mergulho no rio, depois um pio de coruja e, na distância, o rugido de um leão e o ruído da tromba de um mamute.

No começo da noite, Lobo ficara excitado com as corujas e saíra atrás delas. Mais tarde, Ayla ouvira um uivo dele seguido de um lamento de coruja muito mais perto. Ficou esperando que o animal voltasse, e ouviu sua respiração ofegante... ele deve ter corrido, pensou... e sentiu que ele se acomodava para dormir aos seus pés, sossegou.

Tinha acabado de adormecer quando, de repente, se viu acordada e alerta. Tensa, permaneceu imóvel, procurando descobrir o que a despertara. Primeiro, sentiu o rosnado, surdo, quase silencioso, vibrando através das suas cobertas a partir daquele ponto quente aos seus pés. Depois ouviu fungadas discretas. Havia algo com eles no acampamento.

– Jondalar? – chamou, em voz baixa.

– Acho que a carne atraiu alguma criatura. Pode ser um urso, mas é mais provável que seja um glutão ou uma hiena – respondeu Jondalar, num sussurro quase inaudível.

– O que vamos fazer? Não quero que levem a nossa carne.

– Seja o que for, talvez não alcance o assado. Vamos esperar.

Mas Lobo sabia exatamente o que estava farejando em volta, e não tinha intenção de esperar. Sempre que eles montavam acampamento, Lobo definia o território como seu e assumia a responsabilidade de defendê-lo. Ayla o viu sair e, um instante depois, ouviu-o rosnar de forma ameaçadora. O rosnado que recebeu como resposta era num tom muito diferente, e parecia vir de um plano mais alto. Ela se sentou e estendeu a mão para a funda, mas Jondalar já estava de pé com o longo fuste de uma lança já no arremessador de lanças, de prontidão.

– É um urso! – disse ele. – Deve estar apoiado só nas patas traseiras, mas não consigo ver nada.

Ouviram um barulho de movimento em algum lugar entre a fogueira e os mastros onde a carne estava suspensa, depois os rosnados dos animais que se arrastavam. De súbito, do outro lado, Huiin relinchou, e em seguida, mais alto ainda, Campeão manifestou seu nervosismo. Houve mais ruídos indistintos no escuro, e depois Ayla escutou o rosnado profundo e excitado que era sinal da intenção que Lobo tinha de atacar.

– Lobo! – chamou, para impedir uma confrontação perigosa.

Por entre rosnados furiosos, ouviu-se um sonoro berro, depois um uivo de dor, e mil fagulhas voaram em torno de uma forma avantajada que tropeçara nas pedras da fogueira. Ayla ouviu o assovio de um objeto cortando o ar rapidamente. Seguiu-se o som do impacto, um novo uivo, e o rumor de algo que se afastava batendo contra as árvores. Ayla assoviou, como costumava fazer para Lobo. Não queria que ele fosse atrás do urso.

Quando Lobo voltou, ela se ajoelhou, com alívio, junto dele. Jondalar, por seu lado, reavivava o fogo. Viram então a trilha de sangue deixada pelo animal que se havia retirado.

– Acho que acertei esse urso, mas não pude ver onde a lança o pegou. Tenho de dar uma busca amanhã. Um urso ferido pode ser perigoso, e não sabemos quem vai usar este acampamento depois de nós.

Ayla foi examinar as pegadas.

– Parece que ele está perdendo muito sangue. Talvez não vá longe. Mas eu estava aflita com Lobo. Era um urso grande, podia ter machucado Lobo.

– Não sei se Lobo devia ter atacado dessa maneira. Ele poderia ter levado o urso a voltar-se contra um de nós. Mas foi um ato corajoso, e gostei de ver que ele está sempre preparado para defendê-la. Imagino o que fará se alguém de fato atentar contra você.

– Eu também não sei. Mas Huiin e Campeão ficaram agitados com o urso. Vou ver como estão.

Jondalar a acompanhou. Os cavalos estavam perto da fogueira. Huiin sabia havia muito tempo que fogo acendido por gente em geral significava segurança, e Campeão ia aprendendo com a mãe e com a própria experiência. Pareceram aquietar-se com as palavras e os afagos de gente em quem confiavam, mas Ayla estava ansiosa e sabia que teria dificuldade em dormir outra vez. Decidiu tomar alguma infusão calmante e entrou na tenda para pegar a bolsa dos remédios.

Enquanto as pedras para cozinhar esquentavam, ela ficou alisando a pele da velha bolsa, lembrando-se de quando Iza lhe dera aquilo, e rememorando sua vida com o Clã, principalmente o último dia. Por que Creb quis voltar à caverna?, pensou. Poderia estar ainda vivo, embora já fosse velho e doente. Mas não parecera fraco na noite anterior, durante aquela última cerimônia, quando fez de Goov o novo Mog-ur. Parecia forte como antes, o Mog-ur. Goov nunca seria tão poderoso quanto Creb.

Jondalar notou que ela estava pensativa. Achou que era ainda devido à história da criança que morrera e do filho que não mais ia ver, e não sabia se era o caso de dizer algo. Queria ajudar, mas sem ser intruso. Estavam sentados lado a lado junto do fogo, tomando o chá, quando Ayla olhou para o céu e prendeu a respiração.

– Veja, Jondalar. No céu. Algo vermelho, como fogo, mas muito alto e muito longe. O que será?

– Fogo Polar! – disse ele. – É o que dizemos quando o céu fica assim, vermelho. Dizemos também, às vezes, Luzes do Norte.

Ficaram olhando o espetáculo luminoso por algum tempo. Grandes cortinas diáfanas, em arco, que subiam e desciam no céu como que levadas por um vento cósmico.

– Essa coisa tem faixas brancas, Jondalar, e é movediça como fumaça. Parece que tem água branca passando por ela. E outras cores também.

– Fumaça de Estrelas – disse Jondalar. – Tem gente que lhe dá esse nome. Ou Nuvens de Estrelas, quando é branca. Tem muitos nomes. E a maioria das pessoas sabe a que você se refere quando usa qualquer deles.

– Por que não vi essa luz no céu antes? – disse Ayla. Ela sentia uma espécie de temor respeitoso.

– Talvez por viver muito para o sul. É por isso que essas luzes se chamam Luzes do Norte. Eu mesmo não as vi muitas vezes e nunca tão nítidas como esta noite, ou tão vermelhas, mas os que viajam para o norte dizem que quanto mais se caminha naquela direção, mais frequentes elas são.

– Mas não se pode ir além da geleira.

– Pode-se sim, desde que por água. A oeste do lugar onde nasci, a diversos dias de distância, dependendo da estação do ano, a terra acaba e começam as Grandes Águas, que são muito salgadas e não congelam nunca, embora se vejam, por vezes, grandes blocos flutuantes de gelo. Já ouvi que há quem vá de barco além da geleira, quando caçam animais que vivem na água – disse Jondalar.

– Você fala de barcos como os que os Mamutoi usam para atravessar rios?

– Acho que sim, só que maiores e mais resistentes. Nunca vi esses barcos, e não acreditava muito nas histórias até que conheci os Sharamudoi e vi os barcos que eles fazem. Há muitas árvores ao longo do Grande Rio Mãe, perto do acampamento deles. Árvores grandes. Eles fazem barcos com elas. Espere até conhecê-los. Você não vai acreditar nos próprios olhos, Ayla. Eles não se limitam a atravessar o rio, viajam nele, tanto a favor quanto contra a corrente, nesses barcos.

Ayla percebeu o entusiasmo dele. Jondalar de fato queria muito rever os barcos, agora que resolvera seu dilema. Mas ela não estava pensando no encontro com o povo de Jondalar. Aquelas estranhas luzes boreais a perturbavam. Não sabia bem por quê. Incomodavam-na, e ela gostaria de saber o que significavam, mas não lhe davam medo como outras perturbações, terrestres. Sentia muito medo, por exemplo, de terremotos. E não apenas porque era assustador ver sacudindo o que devia estar firme, mas porque o fenômeno sempre anunciava mudança drástica, violenta, na sua vida.

Um terremoto a arrancou do seu povo, dando-lhe uma infância alheia a tudo o que havia conhecido até então, e outro terremoto levara ao seu banimento do Clã – ou, pelo menos, dera a Broud a desculpa de que ele precisava para excluí-la. Mesmo a erupção vulcânica longe, a sudeste, que fez chover cinza fina sobre eles, pareceu um presságio da sua saída do meio dos Mamutoi, embora nesse caso a escolha tivesse sido sua, e não imposta. Mas ela não sabia o que sinais no céu significavam, nem mesmo se aquilo era um sinal.

– Tenho certeza de que Creb imaginaria que um céu assim teria algum significado – disse Ayla. – Ele era o mais poderoso Mog-ur de todos os clãs, e algo assim o faria certamente meditar até que entendesse o seu sentido secreto. Penso que Mamute também veria nisso um aviso. O que você acha, Jondalar? É ou não sinal de algum portento? Talvez de algo... não muito bom?

– Eu... não sei, Ayla. – Ele hesitava em contar-lhe que, para o seu povo, se as Luzes do Norte fossem vermelhas isso era considerado um aviso,

mas não sempre. Às vezes apenas pressagiava algum acontecimento importante. – Não sou Um que Serve à Mãe. Pode ser um presságio bom.
– Mas esse Fogo Polar é um sinal poderoso ou não?
– Em regra, é. Pelo menos muita gente acredita que sim.

Ayla misturou um pouco de raiz de aquilégia e losna com o seu chá de camomila, fazendo um calmante muito leve para ela mesma; mas ela estava inquieta com o episódio do urso no acampamento e aquela estranha aurora no céu. Mesmo com o sedativo, sentiu que o sono custava a chegar. Tentou todas as posições, deitando-se primeiro de lado, depois de costas, depois do outro lado, e até de bruços, e estava certa de que toda aquela movimentação incomodava Jondalar. Quando, finalmente, dormiu, o sono foi perturbado por sonhos muito vívidos.

UM RUGIDO FEROZ *rompeu o silêncio, e as pessoas que observavam recuaram de pavor. O gigantesco urso da caverna forçou a porta da jaula, atirando-a para longe. O urso enlouquecido estava solto! Broud subiu para os ombros dele e dois outros homens o pegaram no pelo. De repente, um deles se viu no poder do monstruoso animal, mas seu grito de agonia foi cortado, pois um poderoso abraço de urso partiu-lhe a espinha. Os Mog-urs recolheram o corpo e, com uma dignidade solene, levaram-no para uma caverna. Creb, com seu manto de pele de urso, se foi, coxeando, à frente deles.*

Ayla contemplou um líquido branco numa tigela rachada de madeira. O líquido ficou vermelho como sangue, depois se tornou espesso, quando mãos, brancas e luminosas, mexeram nele, fazendo ondas. Ela se afligiu. Fizera algo errado. Não devia haver líquido nenhum na cuia. Ela a levou aos lábios e bebeu tudo.

Sua perspectiva mudou, a luz branca estava agora dentro dela, e ela parecia crescer e olhar de muito alto para estrelas que abriam uma vereda. As estrelas transmudaram-se em pequeninas luzes que conduziam a uma caverna larga e sem fim. Então uma luz rubra cresceu, vinda do fundo da caverna, enchendo sua visão, e com um sentimento de profunda angústia, ela viu os Mog-urs sentados em círculo, meio escondidos pelos pilares de estalagmites.

Ela se afundava mais e mais num abismo negro, petrificada de pavor. De súbito, Creb estava lá com a luz brilhante dentro dela, para ajudá-la, apoiá-la, aliviar seus temores. Ele a guiou numa estranha viagem de volta aos seus começos comuns, através de água salgada e doloridos haustos de ar, terra, grandes árvores. Pisaram, depois, terra firme, e caminharam de pé sobre duas pernas uma grande distância, no rumo do oeste e de um grande mar salgado. Atingiram um paredão vertical que fazia frente a um rio e a uma planície, e tinha uma caverna no centro. Era a caverna de um dos antigos ancestrais dele. Mas à medida que se aproximavam da caverna, Creb se dissolvia, deixando-a só.

O cenário ficou indistinto; Creb se esfumava rápido, já havia quase desaparecido, e ela sentiu um grande pânico.

– Creb! Não vá! Por favor, não vá!

Correu os olhos pela paisagem procurando vê-la, desesperada. Creb estava no alto de um penhasco, por cima da caverna do antepassado, junto de uma grande pedra, um longo pilar achatado, que se debruçava sobre o abismo, como se tivesse congelado de repente e pudesse ruir a qualquer momento. Ela gritou por Creb mais uma vez, mas ele desaparecera dentro da rocha. Ayla se sentiu desolada. Creb se fora, e ela estava só, doente de tristeza, desejando ter algo dele como recordação, algo que pudesse tocar, segurar. Mas tudo o que tinha era aquela tristeza esmagadora. E de súbito estava correndo, correndo o mais depressa possível. Tinha de ir embora, tinha realmente de ir embora.

– Ayla! Ayla! Acorde! – chamou Jondalar, sacudindo-a.

– Jondalar – disse ela, sentando-se. Depois, sentindo ainda a desolação, agarrou-se a ele e se pôs a chorar. – Ele se foi... Oh, Jondalar!

– Tudo bem – disse ele, abraçando-a. – Deve ter sido um pesadelo. Você gritava e chorava. Ajudará se me contar?

– Era Creb. Sonhei com Creb e com aquele tempo da Reunião do Clã, quando entrei na caverna e aqueles fatos estranhos aconteceram. Por muito tempo ele ficou zangado comigo. Depois, quando estávamos voltando a ter um relacionamento normal, ele morreu. Não tivemos tempo de conversar muito. Ele me disse, porém, que Durc era o filho do Clã. Eu nunca soube o que quis dizer com isso. Havia tanta coisa que eu teria gostado de esclarecer com ele, tantas perguntas a lhe fazer.

"Muita gente o considerava um grande Mog-ur. A falta de um olho e de um braço o enfeavam e davam-lhe uma aparência ainda mais assustadora. Ele entendia o mundo dos espíritos, mas compreendia as pessoas também. Eu quis falar com ele no meu sonho, e acho que ele estava tentando comunicar-se comigo.

— Talvez estivesse — disse Jondalar. — Nunca fui muito bom para interpretar sonhos. Sente-se melhor agora?

— Estou bem — respondeu Ayla. — Mas gostaria de saber mais sobre sonhos.

— ACHO QUE VOCÊ não deve ir sozinho procurar por aquele urso — disse Ayla, depois da refeição da manhã. — Foi você mesmo quem disse que um urso ferido é um animal perigoso.

— Terei cuidado.

— Se eu for com você, nós dois teremos cuidado. Ficar no acampamento pode ser tão arriscado quanto ir. E se o urso voltar quando você estiver ausente?

— Tem razão. Vamos juntos.

Partiram para a mata, seguindo o rastro do animal. Lobo decidiu procurar o urso e foi à frente, pela vegetação rasteira, rio acima. Apressando-se, eles o alcançaram. Lobo estava todo arrepiado, com um rosnado preso na garganta, mas de cabeça baixa e rabo entre as pernas, a uma distância segura de uma pequena alcateia de lobos que montava guarda em torno da carcaça marrom-escura do urso.

— Pelo menos já não precisamos temer um perigoso urso ferido — disse Ayla, com a lança e arco em posição.

— Só uma alcateia de lobos perigosos. — Ele estava também de arco assestado. — Você quer um pouco da carne de urso?

— Não. Temos bastante carne. Não há mais lugar na bagagem. Vamos deixar o urso para eles.

— Não faço questão da carne, mas gostaria de levar as patas e os grandes dentes — disse Jondalar.

— E por que não os leva? São seus de pleno direito; você o matou. Posso espantar os lobos com a minha funda até que você os recolha.

Jondalar não achava que aquilo era algo que ele tentaria sozinho. A ideia de expulsar uma alcateia de lobos fazendo-os abandonar carne que já consideravam sua era algo arriscado, mas ele se lembrou do que Ayla fizera na véspera com as hienas.

— Combinado — disse, sacando a faca afiada.

Lobo ficou muito agitado quando Ayla começou a lançar pedras contra as feras e montou guarda à carcaça enquanto Jondalar decepava rapidamente as patas. Foi difícil extrair os dentes das mandíbulas, mas logo ele tinha todos os seus troféus. Ayla observava. Lobo estava excitado.

Estava de cabeça erguida, cauda para trás, no ar, na postura heráldica do lobo. Mas seu rosnado estava mais agressivo, de lobo dominante. O líder da alcateia observava-o, atento, e parecia prestes a desafiá-lo.

Quando, afinal, abandonaram a carcaça e se afastaram, o líder lançou a cabeça para trás e uivou. Era um uivo poderoso, do fundo da garganta. Lobo respondeu. Mas com pouca ressonância. Era ainda jovem, nem chegara a adulto, e isso ficava evidente no tom.

– Vamos, Lobo. Aquele lá é maior que você, e também mais velho e mais sabido. Ele pode derrubá-lo num abrir e fechar de olhos.

Mas Lobo uivou de novo, não em desafio, mas por estar numa comunidade da sua espécie.

Os outros fizeram-lhe coro, e Jondalar se viu em meio a uma cacofonia de ganidos e uivos. Então, Ayla sentiu vontade de imitá-los e também ergueu a cabeça e uivou. Jondalar sentiu um frio percorrer-lhe a espinha, e ficou todo arrepiado. Aos ouvidos dele, a imitação fora perfeita. Até Lobo virou a cabeça para ela, depois respondeu, já num tom mais convincente. Os outros lobos uivaram em uníssono e logo a mata se encheu outra vez da voz dos lobos, provocando calafrios.

Quando voltaram ao acampamento, Jondalar limpou as patas e os caninos do urso, enquanto Ayla carregava Huiin. Ele ainda empacotava suas coisas quando Ayla deu tudo o que tinha que fazer por terminado. Estava recostada na égua, coçando-a distraída, e sentindo o conforto da sua presença, quando viu que Lobo tinha encontrado outro osso velho e podre. Dessa vez ele se deixara ficar do outro lado da clareira, todo orgulhoso do seu achado, mas de olho em Ayla. Não foi levá-lo para ela como fizera com o outro.

– Lobo! Venha cá! – chamou. Ele deixou o osso e obedeceu. – Acho que é tempo de ensinar-lhe algo novo.

Queria que ele aprendesse a ficar num lugar quando ela mandasse, mesmo que ela saísse de perto. Era importante que ele aprendesse aquilo, por mais tempo que levasse. A julgar pela recepção que tinham tido até então e pela reação de Lobo, temia que ele atacasse estranhos, gente de outra "alcateia" humana.

Ayla prometera a Talut muito tempo antes que ela mesma sacrificaria Lobo se ele algum dia ferisse alguém no Acampamento do Leão. Pois sentia ainda a responsabilidade de impedir que aquele carnívoro, que ela pusera em estreito contato com humanos, fizesse mal a alguém. Era uma responsabilidade sua. Além disso, não queria que nada de mau acontecesse ao animal. Temia que algum caçador assustado tentasse matar aquele estranho lobo que parecia ameaçar seu acampamento antes que ela pudesse impedi-lo.

Começou por amarrá-lo a uma árvore, dizendo-lhe que ficasse lá enquanto ela se afastava. Mas o laço era frouxo, e ele conseguiu soltar-se. Apertou-o mais, da segunda vez, com medo que a corda o estrangulasse se ficasse muito justa. Como imaginara, Lobo protestou e uivou e se pôs a dar saltos, querendo segui-la. Quando estava distante dele, ordenou-lhe repetidamente que ficasse quieto, fazendo também com a mão um sinal de parar.

Quando ele, por fim, se aquietou, Ayla aproximou-se dele e elogiou seu comportamento. Depois de mais algumas tentativas, vendo que Jondalar estava pronto, ela soltou o animal. Já praticara bastante. Mas tendo lutado contra a corda, Lobo apertara demais os nós. Ayla não estava satisfeita com a corda. Devia ajustá-la da maneira exata, nem muito apertada, nem muito frouxa. Era difícil afrouxar o laço. Tinha de pensar no assunto.

– Você acha que consegue mesmo ensinar Lobo a não atacar estranhos? – perguntou Jondalar, que assistira àquelas primeiras tentativas, aparentemente fracassadas. – Você mesma não me disse que é natural para os lobos desconfiar dos outros? Como acha que pode ensinar-lhe algo que é contrário à sua natureza?

– E é natural para o cavalo deixar que você o monte? – perguntou ela.

– Não é a mesma coisa, Ayla – respondeu Jondalar, ao deixarem o acampamento, cavalgando lado a lado. – Os cavalos comem capim, não comem carne, e é da sua natureza evitar problemas. Quando eles veem estranhos, ou algo que lhes pareça ameaçadora, sua reação é fugir. Um garanhão pode lutar com outro, às vezes, ou com algo que o ameace diretamente, mas Campeão e Huiin preferem fugir de uma situação de perigo, enquanto Lobo fica na defensiva. Ele prefere lutar.

– Ele fugiria também, Jondalar, se o acompanhássemos. Assume essa postura defensiva para proteger-nos. Ele come carne, sim, e é capaz de matar um homem, mas não faz isso. Não acho que o faria só se um de nós estivesse em perigo. Como as pessoas, os animais aprendem. Não é natural para ele considerar pessoas e cavalos como sua alcateia. Mesmo Huiin tem assimilado coisas que não aprenderia se vivesse com outros cavalos. É natural para um cavalo ver no lobo um amigo? Pois ela já teve até um leão como companheiro de caverna. Será isso uma inclinação natural?

– Talvez não – disse Jondalar –, mas você não imagina o quanto me assustei quando Neném apareceu na Reunião de Verão e você foi em direção a ele, montada em Huiin. Como podia ter certeza de que ele se lembraria de você? Ou de Huiin? Ou que Huiin se lembraria dele?

– Eles cresceram juntos. Nenê... Quero dizer, Neném...

A palavra que ela usou queria dizer "bebê", mas tinha uma inflexão singular, diferente da língua que ela e Jondalar costumavam falar; soava áspera, gutural, como se viesse diretamente da garganta. Jondalar não era capaz de reproduzi-la, só com dificuldade emitia um som parecido. Era uma das palavras relativamente pouco usadas da língua do Clã. Embora ela a pronunciasse tão frequentemente que ele a reconhecia, Ayla criara o hábito de traduzir de imediato qualquer palavra da língua do Clã que porventura dissesse para facilitar o entendimento. Quando Jondalar se referira ao leão que Ayla criara desde pequena, ele usava a forma traduzida do nome que ela lhe dera, mas sempre lhe parecera impróprio que um gigantesco leão macho das cavernas tivesse o nome de "Neném".

– ...Neném era... um filhote quando o achei, um bebê. Não estava nem sequer desmamado. Levara uma pancada na cabeça, atingida por um cervo a galope, penso eu, e estava quase morto. Por isso a mãe o abandonara. Ele foi um bebê também para Huiin. Ela me ajudou a criá-lo... era tão engraçado quando começaram a brincar juntos, principalmente quando Neném se escondia atrás de Huiin e tentava morder-lhe o rabo. Havia ocasiões em que ela abanava o rabo de propósito. Ou quando disputavam um pedaço de couro, cada um puxando por um lado. Perdi muito couro assim, naquele ano, mas os dois me faziam rir.

Ayla ficou pensativa.

– Eu não sabia rir até então. O povo do Clã não ria alto. Não gostavam de sons desnecessários, e sons altos eram, em geral, de aviso. E aquela expressão de que você gosta, com os dentes à mostra, e que chamamos de sorriso? Para eles isso queria dizer que estavam nervosos, ou na defensiva. Combinado com um certo sinal da mão, era um gesto de ameaça. Quando eu era pequena, eles não gostavam quando eu ria, de modo que aprendi a não fazer isso com frequência.

Cavalgaram ao longo do rio por algum tempo, em terreno plano, de saibro.

– Tem gente que sorri quando está nervosa ou quando fala com estranhos – disse Jondalar. – Mas não é que estejam na defensiva ou queiram ameaçar ninguém. Acho que um sorriso serve para mostrar que a pessoa não tem medo.

– Mas se um sorriso serve para mostrar que não se está com medo, isso não quer dizer que não se tem nada a temer? Que se sente forte e seguro? – perguntou Ayla quando ficaram outra vez lado a lado.

– Nunca pensei nisso antes. Thonolan sorria muito e parecia confiante quando encontrava desconhecidos, mas não se sentia sempre tão seguro quanto parecia. Procurava dar essa impressão, de modo que imagino se poderia dizer que o gesto era defensivo, um modo de dizer "estou tão forte que não tenho nada a recear de você".

– E mostrar a sua força não é, de certo modo, ameaçar? Quando Lobo arreganha os dentes para estranhos não está mostrando sua força? – insistiu Ayla.

– Deve haver algo neles que significa o mesmo, mas há, assim mesmo, uma enorme diferença entre um sorriso de boas-vindas e Lobo mostrando os dentes e rosnando.

– É verdade – concordou Ayla. – Um sorriso faz a gente feliz.

– Ou, pelo menos, aliviada. Se encontramos um estranho e ele sorri, isso em geral significa que se é bem-vindo, de modo que você sabe onde pisa. Nem todos os sorrisos pretendem necessariamente fazer o outro feliz.

– Talvez o sentir-se aliviado seja o começo de sentir-se feliz – disse Ayla.

Cavalgaram em silêncio por algum tempo. Depois, ela acrescentou:

– Acho que há alguma semelhança entre uma pessoa que sorri em saudação quando se sente nervosa diante de estranhos, e as pessoas do Clã fazendo um gesto na sua língua de mostrar os dentes, que significa que estão nervosas, e isso tem uma conotação de ameaça. Quando Lobo mostra os dentes para estranhos, ele os ameaça por sentir-se nervoso e na defensiva.

– Então quando ele mostra os dentes para nós, sua alcateia, aquilo é um sorriso – disse Jondalar. – Por vezes tenho a impressão de que ele está sorrindo, e sei que ele brinca com você. Estou convencido também de que ele a ama; mas o problema é que é natural para ele mostrar os dentes e ameaçar os estranhos. Como poderá você ensiná-lo a não atacar gente se ele decidir o contrário?

Jondalar parecia de fato preocupado. Não sabia se levar o animal com eles era mesmo uma boa ideia. Lobo poderia criar muitas dificuldades.

– Lembre-se, lobos atacam para conseguir comida. Foi assim que a Mãe os fez. Lobo é um caçador. Você pode ensinar-lhe muitas coisas, mas como ensinar um caçador a não caçar e a não atacar estranhos?

– Você era um estranho quando chegou ao meu vale, Jondalar. Lembra-se de quando Neném voltou para visitar-me e encontrou você lá? – perguntou Ayla, enquanto os dois se posicionavam em fila para subir uma ravina que levava do rio para a terra mais alta.

Jondalar sentiu um calor; não era exatamente enleio, mas emoção pelas fortes lembranças daquele encontro. Nunca passara tamanho susto na vida. Achou que ia morrer.

Eles levaram algum tempo para subir a estreita ravina, entre blocos de pedra que tinham descido com as cheias da primavera e moitas de artemísia, com seus caules negros, que rebentavam em flores quando as chuvas chegavam, e se viam reduzidas a talos secos que pareciam mortos quando elas cessavam. Ele lembrou daquela ocasião em que Neném tinha voltado para o lugar onde Ayla o criara e dera com um estranho na larga plataforma exterior da sua pequena caverna.

Nenhum leão é pequeno, mas Neném era o maior leão das cavernas que ele tinha visto, quase tão alto quanto Huiin, e mais forte. Jondalar ainda se recuperava dos maus-tratos que sofrera nas garras daquele mesmo bicho ou de outro da sua espécie quando ele e o irmão tinham rondado estupidamente um covil. Foi a última coisa que Thonolan fez. Jondalar achou que vivia seus últimos momentos quando o leão rugiu e se preparou para saltar. De súbito, Ayla surgiu entre eles, levantando a mão num gesto que o mandava parar. E o leão parou! Ele teria achado graça de como aquela grande fera estacou e se torceu para evitá-la, se não estivesse tão petrificado. Pouco depois a mulher coçava aquele gigante e brincava com ele.

– Sim, eu me lembro – disse ele, quando chegaram ao topo e de novo emparelharam um com o outro. – Ainda não sei como você conseguiu fazer com que ele parasse em meio àquele ataque.

– Quando Neném era pequeno, ele brincava de me atacar, mas quando começou a crescer ficou grande demais para que eu continuasse a brincar daquela maneira com ele. Era bruto demais. Tive de ensiná-lo a parar – explicou Ayla. – Agora tenho de ensinar Lobo a não atacar estranhos e a ficar para trás quando eu desejar. Assim, ele não machuca ninguém e ninguém lhe faz mal.

– Se alguém é capaz de ensinar-lhe isso, esse alguém é você, Ayla – disse Jondalar. Ela fora convincente com o animal e, se tivesse êxito, seria mais fácil viajar com Lobo. Mesmo assim, ainda imaginava os problemas que ele poderia lhes causar. O animal já havia provocado atraso na travessia do rio e estragava os objetos deles, embora Ayla tivesse, aparentemente, resolvido esse problema. Não que ele não gostasse do animal. Gostava. Era fascinante observar um lobo assim tão de perto, e ficava surpreso vendo como Lobo era afetuoso; mas ele dava trabalho, exigia atenção, consumia provisões. Os cavalos também davam trabalho, mas Campeão era tão seu amigo, e ele e Huiin ajudavam muito. A viagem de volta ia ser penosa. Podiam dispensar o peso extra de um animal que os ocupava quase tanto quanto uma criança.

Uma criança seria algo muito sério, pensava Jondalar, enquanto cavalgava.

Queira a Grande Mãe Terra que Ayla não tenha um filho antes de chegarmos! Uma vez instalados, será diferente. Então podemos pensar em filhos. Não que a gente faça algo para evitar um bebê, exceto rezar. Como seria ter um bebê por perto?

E se Ayla tiver razão? Se as crianças forem desencadeadas pelos Prazeres? Mas temos estado juntos, e nenhum sinal de filho. Tem de ser Doni quem põe um bebê no ventre de uma mulher. Mas e se a Mãe resolver dar uma criança a Ayla? Ela já teve uma, bem ou mal. Uma vez que Doni dá um filho, a Mãe, em geral, dá outros. Será que Ayla pode ter um filho nascido do meu espírito? Alguma mulher poderá?

Já partilhei Prazeres com muitas mulheres e honrei Doni. Alguma delas terá tido um filho começado por mim? Como pode um homem saber se isso aconteceu? Ranec sabia. Suas feições eram tão incomuns, a tez tão escura, que a gente podia ver a essência dele estampada em algumas das crianças, na Reunião de Verão. Já eu não tenho traços tão marcantes nem cor diferente. Ou tenho?

E aquela ocasião em que caçadores Hadumai nos interceptaram no caminho para cá? Aquela velha Haduma queria que Noria tivesse um bebê de olhos azuis como os meus. E depois dos Primeiros Ritos, Noria me disse que ia ter um filho do meu espírito com os meus olhos azuis. Haduma lhe comunicara isso. Será que ela teve mesmo esse filho?

Serenio achava que talvez ela estivesse grávida quando partimos. Será que deu à luz uma criança com olhos da cor dos meus? Serenio teve um filho e mais nenhum depois desse, e Darvo já era quase rapaz. Imagino o que ela vai pensar de Ayla, ou o que Ayla achará dela.

Talvez não estivesse de fato grávida. Talvez a Mãe ainda não tenha esquecido o que fiz e isso seja a Sua maneira de dizer que não mereço um filho junto do meu fogo. Mas Ela me devolveu Ayla. Zelandoni sempre me disse que Doni jamais recusaria o que eu pedisse a Ela, mas me avisou que tivesse cuidado com os meus pedidos: porque seriam atendidos. Foi por isso que me fez prometer não pedir por ela à Mãe quando era ainda Zolena.

Por que alguém pediria algo que não deseja? Jamais entendi essa gente que fala com o mundo dos espíritos. Eles têm sempre uma restrição na língua. Costumavam dizer que Thonolan era um favorito de Doni, tal a sua facilidade em fazer amigos. Mas diziam também que ele tivesse cuidado com os favores de Doni. Quando são excessivos, Ela cobra: não permite que a gente se afaste d'Ela por muito tempo. Foi por isso que Thonolan morreu? Que a Grande Mãe Terra o levou? O que querem dizer exatamente quando afirmam que alguém é um 'favorito' de Doni?

Não sei se Ela gosta especialmente de mim ou não. Mas agora sei que Zolena escolheu certo quando se decidiu pela zelandônia. Foi bom para mim também. O que fiz foi errado, mas nunca teria empreendido a viagem com Thonolan se ela não tivesse se tornado Zelandoni. E não teria encontrado Ayla. Talvez eu seja favorito d'Ela, um pouco só, talvez, mas não vou tirar vantagem da generosidade de Doni para comigo. Já pedi a Ela que nos leve em segurança para casa. Não posso pedir-lhe que dê a Ayla um filho do meu espírito. Agora então é que não posso mesmo. Mas fico pensando se Ayla algum dia terá um.

6

Ayla e Jondalar deram as costas ao rio que vinham acompanhando, virando para oeste na sua direção geral sul, e se puseram a cortar campo aberto. Chegaram, assim, a um vale de outro grande curso d'água que corria para leste, a fim de encontrar, mais abaixo, o rio que tinham deixado para trás. Era um vale largo e relvoso, que subia suavemente para o rio, de forte correnteza, que dividia ao meio a planície aluvial juncada de pedras de vários tamanhos, desde matacões até cascalho miúdo. A não ser por alguns tufos e uma ocasional moita florida, o curso do rio, de fundo rochoso, tinha pouca vegetação. O dilúvio da primavera levara tudo.

Lobo estava cheio de vida e vinha saltando por baixo e em torno dos cavalos, principalmente de Campeão. Huiin parecia capaz de ignorar a exuberância dele, mas o cavalo era mais excitável. Ayla achava que o cavalo corresponderia, se pudesse, às brincadeiras de Lobo, mas com Jondalar a guiar-lhe os movimentos, aquilo só servia para perturbá-lo.

Mas logo, para seu alívio, Lobo saiu correndo. Ao farejar os gamos, fora investigar. A primeira visão das longas pernas de um gamo gigante foi irresistível. Lobo concluiu que aquele era um novo animal grande e de quatro pernas para brincar com ele. Mas quando o veado de que ele se aproximou baixou a cabeça para rechaçar o animal que investia em sua direção, o lobo parou. Os magníficos chifres do possante quadrúpede tinham cerca de 3 metros de comprimento cada um! O animal mordiscava a grama de folha larga aos seus pés, sem perder de vista o carnívoro, mas indiferente a ele, como se soubesse que pouco tinha a temer de um lobo solitário.

Ayla, vendo a cena, sorriu.

– Olhe só, Jondalar. Lobo pensou que o megácero era outro cavalo para ele importunar.

Jondalar sorriu também.

– Ele parece surpreso. Aqueles chifres são mais do que ele esperava.

Cavalgaram lentamente para a água como se, tacitamente, nenhum deles quisesse espantar os grandes veados. Ambos sentiam certo respeito pelas enormes criaturas, mais altas que eles, mesmo a cavalo. Com uma graça majestosa, o rebanho recuou, sem pressa, quando os dois e os cavalos se aproximaram; não pareceram assustados. Pareciam apenas cautelosos, e se afastaram, mordiscando folhas de salgueiro.

– São mais do que eu esperava também – disse Ayla. – Eu nunca tinha visto esses animais tão de perto.

Embora apenas um pouco maiores que o alce, os cervos gigantes, com seus chifres magníficos e elaborados, que se esgalham para cima e para os lados no alto da cabeça, parecem gigantescos. Todo ano esses chifres fantásticos eram trocados. O novo par que nascia para substituir o antigo era maior e mais complexo que o outro, chegando a medir 3 metros ou mais em alguns machos velhos numa única estação. Mesmo quando sem chifre, no entanto, esses grandes exemplares da família dos cervídeos eram maiores que os demais. O pelo forte, os músculos desenvolvidos do lombo e do pescoço, capazes de suportar o peso da galhada monumental, contribuíam para o seu aspecto temível. Os cervos gigantes habitavam nas planícies. Os prodigiosos chifres seriam um estorvo na floresta, e mesmo no campo eles evitavam a vegetação mais alta que a arbustiva. Alguns desses animais morriam de inanição quando seus chifres se enganchavam de maneira inextricável em galhos de árvores.

Quando alcançaram o rio, Ayla e Jondalar pararam para estudar a área e determinar o melhor local para atravessarem. O rio era profundo e com correnteza, e grandes pedras imersas criavam cachoeiras. Examinaram as condições rio acima e rio abaixo, mas concluíram que a natureza do curso d'água parecia consistente naquela extensão toda. Finalmente, decidiram passar por um lugar relativamente livre de pedras.

Os dois cavalos se mostravam agitados, recuando da margem molhada com passo saltitante, relinchando e batendo com a cabeça. Ayla pôs o cabresto e a rédea em Huiin para ajudá-la na travessia. Depois, vendo a crescente aflição da égua, abraçou-lhe o pescoço peludo e falou com ela na linguagem privada que inventara quando viviam juntas no vale.

Criara essa língua de ocasião inconscientemente, baseada nos sinais complexos, mas principalmente nas poucas palavras que eram parte da linguagem do Clã, a que acrescentara os sons arbitrários e repetitivos específicos que ela e o filho costumavam usar e a que ela dera sentido. Incluíra também sons de cavalo, que aprendera a conhecer e imitar, mais um ou outro rugido de leão e, até, alguns pios de pássaros.

Jondalar se voltou para ouvir. Embora estivesse acostumado com aquilo, não tinha ideia do que ela dizia. Ayla tinha uma inacreditável facilidade para a imitação dos sons emitidos pelos animais; aprendera a língua deles quando vivia sozinha, antes que ele a tivesse ensinado a falar outra vez. Ele achava que aquela linguagem tinha um sabor estranho, parecia algo de outro mundo.

Campeão mexia com as patas e meneava a cabeça, protestando com sons inarticulados. Jondalar falou com ele em voz tranquila, alisando-o e coçando-o para acalmá-lo. Ayla observava, notando como as mãos maravilhosamente sensíveis do homem exerciam um efeito instantâneo no jovem cavalo agitado. Agradava-lhe ver a intimidade que se criara entre eles. Então seus pensamentos se voltaram por um momento para o efeito que aquelas mãos tinham sobre ela mesma e corou. A ela Jondalar não acalmava.

Os cavalos não eram os únicos animais agitados. Lobo sabia o que estava para acontecer, e não via prazer em nadar na água fria. Ganindo e correndo para lá e para cá na barranca, sentou-se por fim, apontou o nariz para cima, e queixou-se num uivo lamentoso.

– Venha cá, Lobo – chamou Ayla, curvando-se para afagá-lo. – Você está com um pouco de medo, não é?

– Ele vai nos causar problemas de novo, atravessando o rio? – perguntou Jondalar, ainda incomodado por lobo por tê-lo perturbado e a Campeão no caminho.

– Para mim ele não é problema. Está um pouco agitado, só isso. Como os cavalos – disse Ayla. Por que os temores perfeitamente compreensíveis de Lobo aborreciam Jondalar se ele era tão compreensivo com os do seu cavalo?

A água estava fria, mas os cavalos eram bons nadadores, e uma vez bem direcionados, não teriam dificuldade para alcançar a margem oposta. Mesmo com Lobo não havia motivo de preocupação. Ele agitava-se e gania na margem, avançando para a água fria e recuando algumas vezes, para finalmente mergulhar. Com o nariz alto, entrou atrás dos cavalos, com sua carga de cestas e embrulhos.

Uma vez do outro lado, fizeram uma pausa para trocar de roupa e enxugar os animais. Depois prosseguiram. Ayla se lembrava de outras travessias que fizera sozinha, depois de deixar o Clã, e agradecia pelos fortes cavalos. Passar de uma margem a outra de um rio não era tarefa fácil. Pelo menos, atravessá-lo quando viajava a pé implicava sempre molhar-se. Com os cavalos, porém, eles podiam cruzar rios pequenos com pouco mais que um respingo ou outro, e mesmo rios caudalosos eram muito menos difíceis.

A SUDOESTE, para onde eles seguiam, o terreno mudava. As colinas das terras altas, que se iam convertendo em morros à medida que se aproximavam das montanhas do lado do poente, eram cortadas pelos vales estreitos dos rios que tinham de atravessar. Jondalar achava que perdiam muito tempo indo para cima e para baixo, pouco progredindo para a frente; mas os vales ofereciam bons terrenos para acampamento, ao abrigo dos ventos, e os rios forneciam água numa terra em que ela era escassa.

Detiveram-se no topo de uma elevação maior na área central do platô que corria paralelo aos rios. Por toda aquela uniformidade igual, a pradaria antiga, que o vento ondulava, era rica e variada e, como o mar, sustentava uma profusão de vida exótica e variada. Criaturas estranhas, exibindo exageros de ornatos sociais biologicamente suntuosos, sob a forma de exuberantes chifres, galhadas, guedelhas, rufos e corcovas, dividiam as grandes estepes com outros animais de proporções magníficas.

Os gigantes peludos, mamutes e rinocerontes, resplandecentes em seus casacos duplos de pele – longos pelos soltos por cima dos pelos curtos e quentes, com grossas camadas de gordura como sustentação –, exibiam extravagantes trombas e exagerados chifres plantados no nariz. Cervos gigantes, enfeitados com chifres imensos, pastavam lado a lado com auroques, os esplêndidos antepassados selvagens dos rebanhos plácidos de gado doméstico, quase tão pesados quanto o bisonte, com tão grandes chifres. Mesmo os animais pequenos mostravam um tamanho que era resultado da riqueza das estepes. Havia gerbos e hamsteres gigantescos, e esquilos terrestres dos maiores que se possam encontrar.

As vastas pastagens também alimentavam vários outros animais, muitos dos quais de proporções realmente notáveis. Cavalos, asnos e onagros dividiam espaço e forragem na planície; carneiros selvagens, camurças e cabritos-monteses, no terreno mais elevado. Antílopes saiga galopavam pela pradaria. Lebres e coelhos, camundongos e ratos-calungas, marmotas, esquilos terrestres e lemingues abundavam. Havia também sapos, rãs, serpentes e lagartos em grande número. Pássaros de todas as formas e tamanhos, de grandes garças a minúsculos caminheiros, contribuíam com suas vozes e cores para compor o quadro. Até insetos tinham, aí, o seu papel.

Os grandes rebanhos, que pastavam, alimentando-se de folhas e sementes, eram mantidos a distância e sob controle pelos que comiam carne. Os carnívoros eram mais adaptáveis a diferentes espécies de meio ambiente e podiam viver onde quer que suas presas vivessem, e alcançavam na tundra e na estepe proporções surpreendentes, dada a qualidade e abundância de alimentos disponíveis. Gigantescos leões das cavernas, com o dobro do tamanho dos seus futuros descendentes do sul, caçavam os filhotes e adultos, até herbívoros de grande porte, embora um mamute lanudo em pleno apogeu tivesse pouco a temer. A escolha habitual dos grandes felinos eram os grandes bisontes, auroques e veados. Já lobos e hienas imensas selecionavam suas vítimas entre animais menores.

Dividiam essa população numerosa com linces, leopardos e pequenos gatos selvagens.

Monstruosos ursos das cavernas, essencialmente vegetarianos e caçadores de ambições limitadas, tinham o dobro do tamanho dos ursos menores, castanhos ou negros, que também preferiam uma dieta onívora, que muitas vezes incluía capim, embora o urso branco dos litorais gelados subsistisse de animais marinhos. Carcajus cruéis e furões bravos reivindicavam sua cota de animais pequenos, inclusive roedores, muito frequentes na estepe, e o mesmo faziam martas, fuinhas, lontras, doninhas e arminhos, de pelo ruivo no verão e alvíssimo no inverno. Algumas raposas também ficavam brancas ou desse cinza opulento conhecido por azul, para condizerem com a paisagem hibernal e caçarem melhor. Águias fulvas e douradas, falcões, gaviões, corvos e corujas arrebatavam presas de pequeno porte, confiantes ou azaradas, enquanto abutres e milhafres pretos se alimentavam das sobras abandonadas por outros predadores no solo.

A grande diversidade de animais que habitavam as estepes antigas, com seu rico suprimento de recursos de toda ordem, só se poderia manter num meio de qualidade assim excepcional. Mas se tratava de uma terra fria, agreste, exigente, cercada por barreiras de gelo altas como montanhas e de tristes oceanos de água congelada. Parecia contraditório que um hábitat tão hostil fornecesse a abundância necessária à proliferação de tantos animais, mas, na verdade, aquele meio ambiente era o mais indicado. O clima frio e seco favorecia o crescimento de relva e inibia o aparecimento de árvores.

Uma floresta pode ser o exemplo perfeito de vida vegetal abundante e produtiva, mas foi a forragem que deu origem à abundante vida animal, e foram os prados que a sustentaram.

AYLA NÃO SE SENTIA BEM, mas não sabia por quê. Nada de específico, só um sentimento de inquietação vago. Antes de começarem a descida de uma alta colina, tinham visto a concentração de grandes nuvens negras nas montanhas para o lado oeste, assim como relâmpagos, e ouvido distantes trovões. O céu era de um azul límpido e claro, e o sol estava ainda alto, embora já tivesse passado o zênite. Era improvável que chovesse nas proximidades, mas Ayla não gostava de trovoadas. Lembravam-lhe terremotos.

Talvez seja porque minha lua vai começar em um dia ou dois, pensou ela, para espantar a ansiedade. Tenho de ficar com minhas tiras de couro à mão e a lã de carneiro selvagem que Nezzie me deu. Ela me disse que era a melhor forração para usar em viagem, e tinha razão. O sangue sai fácil, depois, com água fria.

Ayla nunca tinha visto onagros e, absorta como estava com os próprios pensamentos, ia distraída morro abaixo. Os animais que via ao longe pareciam cavalos. Mas quando se aproximaram começou a notar as diferenças. Aqueles eram ligeiramente menores, tinham orelhas mais compridas, e as caudas não eram soltas, de muito pelo, mas curtas e finas, feitas do mesmo pelo do corpo, com um tufo mais escuro na ponta. Tanto cavalos quanto onagros tinham crinas eretas, mas as dos onagros eram mais irregulares.

Ayla comparou a cor deles com a dos cavalos. Embora o pardo de Huiin fosse mais claro que o usual, parecido com amarelo-ouro, muitos cavalos das estepes tinham cor neutra, castanho-acinzentado, e em geral se pareciam com a égua. Já o castanho-escuro do potro era incomum para a sua raça. A crina farta de Huiin era cinza-escura, e essa cor se estendia até o meio do lombo, e a cauda era comprida e solta. As pernas eram escuras também, quase pretas, e acima do joelho via-se apenas uma vaga sugestão de listras. O potro era escuro demais para que se percebesse facilmente a faixa negra que lhe corria ao longo da espinha, mas crina, rabo e pernas acompanhavam o modelo típico.

Para alguém que entendesse de cavalos, a conformação geral do corpo dos animais que tinham diante dos olhos era um tanto diversa também. Mesmo assim, pareciam cavalos. Ayla notou que até Huiin mostrava mais interesse do que de hábito, quando encontravam animais pelo caminho. O rebanho deixara de pastar e parecia observá-los. Lobo também se interessara e assumira a sua postura de espera, pronto para lançar-se atrás deles, mas Ayla mandou que ficasse. Ela queria observar os onagros. Um deles emitiu um som, e ela percebeu outra diferença; aquilo não era um relincho, mas uma espécie de bramido, estridente.

Campeão levantou a cabeça e relinchou em resposta; depois, cuidadoso, esticou o pescoço para cheirar estrume fresco. Parecia com excremento de cavalo e cheirava igual, percebeu, cavalgando lado a lado com Jondalar. Huiin também cheirou os excrementos, e como o odor ainda a alcançasse, Ayla pensou ter detectado outro elemento nele, devido, possivelmente, à diversidade nas preferências alimentares.

– São cavalos?
– Não exatamente, Ayla. Os onagros estão para os cavalos como o alce para a rena ou o megácero. São onagros – explicou Jondalar.
– Nunca encontrei esses animais.
– Parece que gostam desse tipo de lugar – disse Jondalar, mostrando com a cabeça as colinas rochosas e a esparsa vegetação da planície árida, semidesértica e alta por onde passavam. – Os onagros não são resultado do cruzamento entre cavalos e burros, como pode parecer, mas são uma espécie distinta e viável, com algumas características das outras duas, e bastante robusta. Podem subsistir numa dieta ainda mais rígida que a dos cavalos, comendo inclusive casca de árvore, folhas e raízes.

Quando se acercaram do rebanho, Ayla percebeu dois onagros jovens, e não pôde deixar de sorrir. Pareciam com Huiin quando pequena. Foi nesse momento que Lobo latiu para chamar-lhe a atenção.

– Muito bem, Lobo. Pode correr atrás dos... onagros – disse. A palavra, com que não estava familiarizada, custou a sair. – Vá!

Alegrava-se com os progressos que a educação dele ia fazendo, mas Lobo ainda não gostava de ficar por muito tempo no mesmo lugar. Estava ainda muito cheio de entusiasmo e curiosidade, como todo filhote.

Lobo ladrou e saiu aos saltos na direção da manada. Assustados, os animais partiram num galope sustentado, que logo deixou o jovem aprendiz de caçador para trás. Logo Ayla e Jondalar, que vinham a trote, o alcançaram. Aproximavam-se de um amplo vale.

Como viajavam para o sul, o verão era cada dia mais sensível, e ventos quentes causados pela passagem de depressões atmosféricas pelo mar contribuíam para o aumento da temperatura da estação e para as perturbações meteorológicas.

Os dois viajantes já não usavam roupas, só as íntimas. Nem mesmo quando se levantavam. Ayla achava o ar fresco da manhã bem estimulante o melhor período do dia. Mas as tardes eram quentes, mais do que de costume, pensava ela, sonhando com um riacho de águas frias, em que pudesse banhar-se. Olhou o homem que cavalgava alguns passos à sua frente. Estava nu da cintura para cima, usava apenas uma tanga. Também não tinha nada nas pernas. Os cabelos compridos, presos na nuca por uma correia, tinham fios mais claros, desbotados pelo sol, e eram escuros onde o suor os molhava.

De vez em quando ela observava seu rosto sem barba, a mandíbula forte, o queixo bem definido. Ela ainda tinha um sentimento residual de que era estranho ver um homem sem barba na cara. Ele lhe explicara uma vez que gostava de deixar a barba crescer no inverno, para esquentar o rosto, mas que sempre a tirava no verão, por ser mais fresco. Usava, para barbear-se toda manhã, uma lâmina especial bem fina, de sílex, que ele mesmo fazia, e que substituía sempre que era preciso.

Ayla também reduzira a indumentária a uma peça tão sumária quanto a tanga de Jondalar. Ambas eram basicamente pedaços de couro macio passados entre as pernas e presos por uma corda passada na cintura. Jondalar usava uma tanga com a ponta de trás virada para dentro e a da frente solta, numa aba curta. A dela, igualmente presa à cintura com uma corda, era um pouco mais comprida e as duas extremidades ficavam soltas e puxadas para os lados, de modo a caírem como uma espécie de avental, na frente e atrás. Parecia uma minissaia aberta nas laterais. Montar sentada no couro mole e poroso era mais confortável. E a pele de gamo lançada sobre o cavalo suado também ajudava.

Jondalar se aproveitara da colina elevada para verificar onde estavam. Sentia-se contente com os progressos feitos, e mais confiante na Jornada. Ayla viu que ele parecia mais despreocupado também. Em parte por ter aprendido como dominar o potro. Embora já o tivesse montado antes, e mais de uma vez, viajar lhe dava uma compreensão melhor do caráter de Campeão, suas preferências e hábitos. Dava também ao cavalo a oportunidade de aprender os seus. Mesmo os músculos sabiam agora ajustar-se aos movimentos do animal, e ele se acomodava melhor, o que era bom para os dois.

Mas Ayla queria crer que a maior facilidade de montar não era a única explicação para a postura dele, mais calma e natural. Havia menos tensão nos movimentos dele, e ela sentia que a sua ansiedade diminuíra. Sem poder ver-lhe a expressão, imaginava que as rugas da testa teriam desaparecido, e que talvez ele estivesse disposto a sorrir. Gostava muito quando ele sorria e se mostrava brincalhão. Via a maneira pela qual seus músculos se mexiam por baixo da pele bronzeada para responder à marcha de Campeão com uma leve moção para cima e para baixo, e sentia nas faces um calor que também só a temperatura não explicava. E sorria consigo mesma. Era um grande prazer observá-lo.

Ayla e Jondalar gostavam de atravessar os rios que encontravam pelo caminho antes de acampar. Assim, não ficavam molhados logo que encetavam a viagem, de manhã. Decidiram acampar junto dos salgueiros-chorões. Cavalgaram por algum tempo ao longo do rio e a favor da corrente, à procura de um lugar favorável à travessia. Encontraram um local largo, pedregoso, vadeável, e voltaram.

Enquanto armavam a barraca, Jondalar se viu absorto na contemplação de Ayla, do seu corpo quente e moreno. Pensava na sorte que tinha. Não só ela era bonita, com sua graça elástica, sua força, a segurança dos seus movimentos, tudo nela lhe agradava, como era também uma boa companheira de viagem, contribuindo em pé de igualdade com ele para o bem-estar comum. Embora se sentisse responsável pela segurança da mulher e quisesse protegê-la, era reconfortante saber que podia também contar com Ayla. De certo modo, viajar com ela era como viajar com o irmão, Thonolan. Sentia-se responsável por ele, antes. Era da sua natureza preocupar-se com aqueles a quem queria bem.

Mas só até certo ponto. Quando Ayla levantou os braços para sacudir as cobertas, ele viu que a pele dela era mais clara na parte de baixo dos seios arredondados, e quis comparar sua cor com a dos braços. Não se deu conta que tinha o olhar fixo, mas sentiu isso quando ela o encarou. E quando seus olhares cruzaram, Ayla sorriu para ele.

De súbito sentiu que tinha de fazer mais que comparar tons de pele. Agradava-lhe saber que se quisesse partilhar Prazeres com ela naquele momento, ela estaria de acordo. Havia conforto nisso também. O sentimento era forte, mas a urgência não tão premente, e às vezes esperar um pouco acrescentava algo à realização. Podia pensar apenas, antegozando o momento que havia de vir. Jondalar correspondeu ao sorriso dela.

Após se instalarem, Ayla quis explorar o vale. Não era comum que encontrassem uma área assim tão densamente arborizada no meio da estepe, e ela estava curiosa. Não via vegetação igual fazia anos.

Jondalar queria explorar também. Depois da experiência deles com o urso no acampamento anterior, do bosque, gostaria de examinar o solo e ver se havia pegadas ou outros indícios da presença de animais indesejáveis por perto. Com Ayla armada de funda e cesta para recolher plantas, com seu próprio arco e duas lanças, Jondalar se encaminhou para os chorões. Os cavalos ficaram na clareira, pastando, mas Lobo quis acompanhá-los. As florestas eram novidade para ele, cheias de odores fascinantes.

Ayla apanhou avidamente algumas pinhas, quando viu que se tratava da espécie que dá pinhões grandes e deliciosos, altamente comestíveis. Mais inusitadas para ela eram, porém, as árvores de folhas largas. Em uma área ao pé do aclive que levava ao vasto descampado acima, havia uma fileira de faias.

Ayla as examinou atentamente, comparando-as com a memória que tinha de árvores do mesmo tipo que cresciam junto da caverna onde morara quando criança. A casca era lisa e acinzentada; e as folhas, de lâmina oval, estreitando em ponta no ápice. Os bordos eram fortemente serreados, e a face inferior, branca e sedosa. As nozes, pequenas e marrons, fechadas na sua casca seca, não estavam ainda maduras, mas as bolotas e cascas que juncavam o chão e datavam da última estação mostravam que a seara fora abundante. Ela se lembrava de que era difícil abrir os invólucros. As folhas não eram tão largas quanto as de que se lembrava, mas tinham, mesmo assim, tamanho respeitável. Notou, então, as estranhas plantas que cresciam debaixo das árvores e se ajoelhou para vê-las de perto.

– Você vai apanhar essas aí? – perguntou Jondalar. – Parecem mortas. Nem têm mais folhas.

– Não estão mortas. É assim que elas crescem. Veja como estão frescas – disse Ayla, quebrando a ponta superior de um dos talos, lisos e despidos, com pequeninos galhos em toda a sua extensão. A planta era avermelhada e sem brilho, inclusive nos botões. Nada havia nela de verde.

– Elas nascem da raiz de outras plantas – disse Ayla –, como as que Iza costumava pôr nos meus olhos quando eu chorava, só que as outras eram brancas e um tanto lustrosas. Havia gente que tinha medo delas, pois tinham a cor da pele de defunto. Eram até chamadas... – refletiu por um momento – de algo como planta de defunto ou planta de cadáver. Algo assim – disse ela.

Fitou o espaço enquanto se lembrava.

– Iza pensava que meus olhos eram fracos porque lacrimejavam, e isso a aborrecia. – Ayla sorriu com aquela lembrança. – Ela apanhava uma dessas plantas brancas e espremia o suco do talo diretamente nos meus olhos. Se, por exemplo, eles ardiam por eu ter chorado muito, o remédio sempre os aliviava. – Ayla se calou por alguns minutos, depois acrescentou, balançando a cabeça de leve: – Não tenho certeza de que estas plantas sejam mesmo boas para os olhos. Iza as usava para pequenos cortes e machucados. Para alguns tumores, também.

– Como se chamam?

– Acho que se chamam... Qual é o nome desta árvore, Jondalar?

– Não sei com certeza. Não acredito que cresçam perto de onde nasci. Mas o nome dela em Sharamudoi é "faia".

– Então, poderiam ser chamadas "gotas de faia" – disse ela, pondo-se de pé e esfregando as mãos uma na outra para limpar o pó.

Repentinamente, Lobo estacou, de focinho apontado para a mata espessa. Jondalar lembrou-se de que ele assumira essa mesma postura no episódio do urso, e estendeu a mão para pegar uma lança. Ayla também tinha suas pedras à mão e estava preparada para usar a funda. Lamentava agora não ter trazido também seu próprio arremessador de lanças.

Abrindo caminho através da rala vegetação rasteira, Lobo correu para uma árvore. Houve uma agitação no pé da faia e um pequeno animal correu tronco acima. Apoiado nas patas traseiras, como se pretendesse subir atrás dele, Lobo latia com vigor.

Agora a movimentação era na copa da árvore. Olhando para cima, viram a pelagem negra e brilhante e as longas formas sinuosas de uma marta das faias, que caçava o esquilo. O pobre animal, que julgava ter escapado subindo na árvore, protestava aos gritos. Lobo não era, então, o único a julgá-lo digno de interesse. O grande animal, parecido com a doninha, com meio metro de comprimento e uma cauda peluda que lhe acrescentava cerca de 30 centímetros às suas dimensões, tinha, porém, maiores chances de sucesso. Passando de galho em galho, na rama da árvore, era tão ágil e leve como a presa que caçava.

O esquilo fazia um barulho infernal. Os gritos roucos e excitados de um gaio aumentavam a confusão. E logo um farfalhar estridente dos salgueiros lhe fez coro. Lobo não se continha, precisava entrar na refrega. Lançando a cabeça para trás, soltou um longo uivo. O pequeno esquilo içou-se até a extremidade de um galho. Então, para surpresa dos que o observavam, saltou no ar. Abrindo bem as pernas, esticou a larga aba de pele dos flancos do corpo, juntou as patinhas dianteiras e traseiras e desceu pairando no ar.

Tinha por alvo uma árvore a alguma distância e, ao chegar perto dela, deu uma cambalhota, aterrissou no tronco e escalou-o a grande velocidade. Quando alcançou uns galhos altos, deu meia-volta e desceu, de cabeça para a frente, ancorando-se na casca com as unhas das patas traseiras. Parou, olhou em volta, depois enfiou-se num oco da árvore. O salto espetacular e a queda livre livraram-no da captura, embora nem sempre aquele processo surpreendente tivesse êxito.

Lobo permanecia apoiado com as patas dianteiras contra a árvore e procurava o esquilo que lhe escapara com tamanha habilidade. Deixou-se cair no chão, pôs-se a farejar a vegetação rasteira, e logo saiu em outra perseguição.

— Jondalar, eu não sabia que os esquilos voavam! — disse Ayla com um sorriso maravilhado.

— Eu poderia ter ganhado uma aposta com você, pois já ouvira falar disso. Mas não acreditava que fosse possível. As pessoas sempre falam de esquilos voando à noite, mas pensei que estivessem tomando morcegos por esquilos. Mas esse bicho aí não era, certamente, um morcego. — E com um sorriso enviesado: — Agora vou ser um dos contadores de histórias em quem ninguém acredita.

— Ainda bem que foi só um esquilo — disse Ayla, com um calafrio percorrendo-lhe o corpo. Olhando para cima, viu que uma nuvem escondia o sol. Sentiu um arrepio nas costas a despeito de não estar fazendo realmente frio.

— Lobo saiu correndo atrás do quê?

Sentindo-se um tolo por reagir tão vivamente a uma ameaça apenas imaginária, Jondalar relaxou um pouco a pressão no arremessador de lanças que empunhava, mas não o soltou de todo.

— Podia ser um urso — disse ele. — Principalmente com toda essa mata aí.

— É comum haver árvores nas cercanias de rios, mas não via árvores assim tão grandes desde que deixei o Clã. Não lhe parece estranha tamanha concentração?

— Sim, não me parece comum. Este lugar me lembra a terra dos Sharamudoi, mas isso fica mais para o sul e para além daquelas montanhas que vemos no rumo oeste, e junto do Donau, o Grande Rio Mãe.

De súbito Ayla estacou onde estava. Dando uma cotovelada em Jondalar, apontou em silêncio. Ele não viu logo o que chamara a atenção dela, mas percebeu, depois, o ligeiro movimento de uma pelagem vermelha como a da raposa, e viu as pontas em tridente dos chifres de um veado. A agitação que Lobo fizera, e seu cheiro, tinham paralisado o animal. Ele ficou escondido no mato, e imóvel, pensando se havia motivo para temer um ataque do predador. Quando ele se fora, trotando, o veado avançara, com cautela. Jondalar tinha ainda a arma na mão. Ergueu-a bem devagar, mirou, e acertou a lança na garganta do animal. O perigo que ele temera surgiu de uma direção inesperada. A lança atingiu-o em cheio. Ele deu ainda alguns passos incertos, tentando fugir, mas tombou por terra.

A fuga do esquilo e a visão da desastrada marta foram logo esquecidas. Jondalar atravessou o pequeno espaço que o separava do veado, e Ayla o acompanhou. Ela virou o rosto quando ele cortou a garganta do animal para acabar com ele. Depois se pôs de pé.

— Que teu espírito, Veado-Mateiro, retorne à Grande Mãe Terra e Lhe dê graças por nos ter dado um da tua espécie a comer — disse com simplicidade.

Ayla, a seu lado, concordou com um movimento da cabeça. Depois, foi ajudá-lo a esfolar e decepar a caça do jantar.

7

— É uma pena deixar a pele. Dá um couro tão macio — disse Ayla depois de guardar o último pedaço de carne na sua bolsa de pele de búfalo. — E você viu que beleza a pele daquela marta?

— Mas não temos tempo para curtir couro, nem podemos levar muito mais conosco do que já temos — disse Jondalar. Ele estava ocupado em armar a trípode na qual a bolsa com a carne ficaria suspensa.

— Eu sei. Mesmo assim, é uma pena.

A carne foi içada e ficou em segurança. Depois Ayla se dirigiu à fogueira, pensando na comida que estava preparando, embora não se visse nada. A peça do veado, temperada com ervas, assava num forno enterrado, com cogumelos, folhas novas de samambaia em forma de báculo e raízes de taboas que tinha colhido, tudo envolto em folhas de unha-de-cavalo. Ela pôs mais pedras aquecidas em cima da camada de terra com que cobrira o buraco. Levaria tempo para assar, e ela se alegrava de que tivessem conseguido carne fresca tão cedo. Assim, podia prepará-la daquela forma, método de sua preferência, pois a comida ficava saborosa e tenra.

— Faz calor, e o ar está pesado e úmido. Acho que vou até o rio para me refrescar um pouco. Aproveitarei para lavar o cabelo. Vi umas raízes na mata que servem para me lavar. Você vem nadar?

– Sim, mas só se você me arranjar bastante dessas raízes – disse Jondalar, com os olhos azuis apertados por um sorriso. Mostrava-lhe uns fios de cabelo louro sujo que lhe tinham caído na testa.

Caminharam lado a lado pela margem larga e arenosa do rio, seguidos de Lobo, que entrava e saía do mato, a explorar novos odores. Depois passou-lhes a frente e desapareceu numa curva.

Jondalar notou as marcas que os cascos dos cavalos e as patas de Lobo tinham deixado quando da primeira visita.

– Fico pensando que conclusões tiraria uma pessoa ao ver essas pegadas – disse, rindo.

– O que você pensaria?

– Se as marcas de Lobo estivessem nítidas, eu diria que um lobo estava seguindo dois cavalos, mas em alguns lugares é óbvio que as pegadas dos cavalos se sobrepõem às do lobo, de modo que ele não podia vir-lhes no encalço. Ia emparelhado com eles. Isso confundiria um rastreador, Ayla.

– Mesmo se as pegadas de Lobo estivessem bem nítidas – disse Ayla –, eu me perguntaria por que um lobo estaria seguindo dois cavalos. As margens indicam que são dois cavalos novos e fortes, mas veja como as impressões são fundas, veja a posição dos cascos. Vê-se que eles carregavam peso.

– Isso também confundiria um rastreador.

– Oh, lá estão elas – disse Ayla, apontando para as plantas, altas e um tanto irregulares, que vinha procurando. Tinham flores rosa pálido e folhas mucronadas. Com a vara de cavar, logo soltou algumas raízes que tirou da terra.

A caminho da barraca, ela procurou uma pedra achatada e outra redonda para esmagar a raiz saponácea e libertar a saponina, que, na água, produziria uma espuma leve e abundante. Numa de suas curvas, o rio havia formado, não muito longe do acampamento, uma piscina natural com água fresca e agradável. Depois de se lavarem, exploraram um pouco o rio, de leito rochoso, nadando ou caminhando dentro d'água, rio acima, até serem obrigados a voltar. Uma pequena cachoeira espumejante e diversas corredeiras impediam o progresso rio acima. E nesse ponto as paredes do vale se estreitavam e ficavam mais íngremes.

Eles deixaram que a correnteza os levasse, jogando água um no outro, e rindo todo o tempo. Ayla adorava o som do riso de Jondalar. Ele sorria muito, mas procurava manter sempre uma postura séria e composta. Mas quando o fazia, sua risada era tão vigorosa, calorosa e exuberante, que causava-lhe surpresa.

Quando saíram da água e se secaram, ainda fazia calor. Ayla tirou o pente de marfim de dentes compridos e uma escova feita das cerdas duras do mamute, que Deegie lhe dera, depois retirou a pele de dormir da tenda e estendeu-a do lado de fora, para sentar-se nela enquanto se penteava. Jondalar sentou-se ao lado dela e começou a pentear os próprios cabelos embaraçados com um pente de três dentes, o que não era fácil.

– Deixe que eu faço isso, Jondalar – disse ela, ajoelhando-se por trás dele. Soltou os fios longos da sua cabeleira loura e lisa, um pouco mais clara que a sua, admirando-lhe a cor. Quando mais jovem, seu cabelo fora quase branco, mas ficara aos poucos mais escuro e parecido com o pelo de Huiin, com seus brilhos de cinza e de ouro.

Jondalar fechou os olhos enquanto Ayla o penteava, ciente da presença quente dela junto do seu corpo. A pele nua de Ayla roçava contra a sua de vez em quando, e assim que ela deu o serviço por terminado, ele sentia um calor que não provinha apenas do sol.

– Agora é a minha vez de penteá-la – disse, pondo-se de pé para postar-se atrás dela. Ayla pensou em recusar; não era preciso. Ele não tinha de fazê-lo só porque ela o penteara. Mas quando Jondalar lhe ergueu do pescoço a pesada trança e a deixou correr entre seus dedos, Ayla concordou.

Os cabelos dela tinham uma tendência a enrolar-se em caracóis e embaraçavam com facilidade, mas ele teve cuidado, soltando cada nó sem puxar muito. Depois escovou-lhe os cabelos até ficarem macios e quase secos. Ela também fechou os olhos, sentindo um deleite estranho que lhe dava arrepios. Iza costumava penteá-la quando ela era pequena, desembaraçando o emaranhado com um bastãozinho comprido, liso, e pontudo, mas nenhum homem jamais o fizera. O fato de Jondalar a pentear fez com que se sentisse mimada e querida.

E ele descobriu que gostava de fazer aquilo, de pentear e escovar os cabelos de Ayla. Aquele tom de ouro velho era como trigo maduro, mas com realces quase brancos, que o sol desbotara. Era uma bela cabeleira, tão farta e macia que tocá-la lhe dava um prazer sensual. Queria mais. E quando, por fim, acabou, e pôs o pente no chão, tomou nas mãos as tranças, ainda ligeiramente úmidas, e afastando-as para os lados, começou a beijar os ombros de Ayla e a nuca.

Ela fechou os olhos, sentindo o formigamento provocado pelo hálito quente de Jondalar e pelos seus lábios tocando lhe o pescoço. Ele lhe mordeu a nuca de leve, acariciou-lhe os braços, depois deu a volta para segurar os dois seios, sopesando-os um pouco para sentir seu peso gostoso e substancial e os firmes bicos duros na palma da mão.

Quando se debruçou para beijar-lhe também a garganta, Ayla levantou a cabeça e se voltou um pouco. Sentiu então o membro de Jondalar, rijo e quente, contra as suas costas. Virou-se, então, e segurou-o nas mãos, gozando a maciez da pele que o cobria. Pondo então uma das mãos adiante da outra, começou a movê-las firmemente para cima e para baixo. Jondalar se viu tomado por um mundo de sensações, que se intensificaram além de qualquer medida quando sentiu a quentura molhada da boca de Ayla, que o engolia.

Com um suspiro explosivo, ele cerrou os olhos, deixando que as sensações corressem pelo seu corpo. Depois os entreabriu para observar, e não pôde resistir à tentação de alisar os belos cabelos que lhe cobriam o regaço. Quando ela introduziu todo o pênis na boca, Jondalar achou que não conseguiria conter-se mais e teria de render-se num momento. Mas queria esperar, queria o requintado prazer de dar Prazer a ela. Adorava fazê-lo, adorava saber que era capaz disso. Estava quase disposto a desistir do seu próprio Prazer para dar Prazer a ela. Quase.

Sem saber muito bem como aquilo acontecera, Ayla se viu deitada de costas sobre a pele em que dormiam, com Jondalar estirado ao seu lado. Ele a beijou. Ela abriu a boca um pouco, o bastante para permitir a penetração da língua dele, e lançou os braços em torno de seu pescoço. Gostava da sensação dos seus lábios colados firmes nos dela, com a língua a lhe explorar delicadamente a boca.

Jondalar então se afastou um pouco e a encarou.

– Sabe o quanto a amo?

Ayla sabia que aquilo era verdade. Estava estampado nos olhos incrivelmente azuis do olhar acariciante dele, que, mesmo de longe, lhe davam arrepios. Eles exprimiam a emoção que com tanto afinco Jondalar procurava manter sob controle.

– Sei o quanto eu o amo – respondeu.

– Ainda não acredito que você esteja aqui comigo e não na Reunião de Verão, como companheira de Ranec.

Ele quase a perdera para o cativante escultor de pele morena, que tão bem trabalhava o marfim; a esse pensamento, apertou-a contra o peito arrebatadamente.

Ayla também o apertou com força, contente que seu longo inverno de mal-entendidos chegara ao fim. Amara Ranec, sim, ele era um homem bom e teria sido um bom companheiro; mas não era Jondalar. Seu amor por esse homem alto que a tinha nos braços agora era algo que ela seria incapaz de explicar.

Livre do temor de perdê-la, e sentindo o corpo quente de Ayla a seu lado, ele foi invadido por um desejo tão forte quanto o sentimento anterior. E logo a devorava de beijos, no pescoço, nos braços, nos seios, como se nunca pudesse saciar-se dela.

Depois parou e respirou fundo. Queria que aquilo durasse, e queria usar toda a sua competência para dar-lhe o melhor possível, e era capaz disso.

Jondalar contemplou Ayla, embevecido com o ritmo da sua respiração, adorando a visão dela, feliz com o simples fato da existência dela. Sua sombra a cobria, protegendo-a do calor do sol. Ayla abriu os olhos e viu o céu. O sol por trás dele brilhava através dos cabelos louros que lhe punham uma auréola em torno da cabeça. Ayla o desejava, estava pronta para ele, mas quando Jondalar sorriu e se curvou para beijar-lhe o umbigo, ela fechou os olhos outra vez e se entregou, sabendo o que ele desejava e os Prazeres que era capaz de fazê-la sentir.

Ele acariciou-lhe os seios, depois correu as mãos pelo seu corpo, até a cintura e a opulenta curva das cadeiras, descendo em seguida para a coxa. Ayla se arrepiou a esse toque. Ele foi com a mão à parte interna da coxa, apalpando a maciez especial ali plantada, e alisando os anéis de pelo dourado da sua testa. Acariciou-lhe, depois, o ventre e beijou-lhe o umbigo outra vez, antes de voltar aos seios e chupar-lhe os dois mamilos. As mãos dele pareciam um fogo brando, quente e maravilhoso, que a deixava arder de excitação. Ele a afagou toda de novo, e a sua pele se lembrava de todos os lugares que ele tocara.

Ele a beijou na boca e, então, bem devagar, beijou-a nas pálpebras e nas maçãs do rosto, no queixo e na curva da mandíbula, depois beijou-lhe a orelha. Acariciou-lhe os seios de novo e depois segurou-os bem junto um do outro, deleitando-se com o suave volume deles, com o delicado sal da pele dela, com a sensação que essa pele lhe dava. E seu próprio desejo crescia. Lambeu um mamilo, depois o outro. Ayla sentia a pulsação crescer quando ele os sugava. Ele explorava cada bico de seio com a língua, empurrando-o para dentro, puxando-o, mordiscando de leve, depois pegava o outro com a mão e repetia.

Ayla o apertava, entregando-se às sensações que lhe percorriam o corpo e concentravam-se naquela sede do prazer profunda que sentia. Com a língua quente, Jondalar encontrou mais uma vez o umbigo, e como se um vento leve soprasse na sua pele ele circulou-o e desceu para a macia lã encaracolada do púbis. Depois, por um rápido momento, tocou-lhe a fenda ardente e o ponto máximo do seu Prazer. Ayla ergueu os quadris e gritou.

Ele se aninhou entre as suas pernas e abriu-a com as mãos para ver sua quente rosa, com suas pétalas e refolhas. Mergulhou nela com a boca para prová-la; conhecia aquele sabor e gostava dele. Depois não esperou mais e cedeu ao desejo de explorá-la. Com a língua encontrou as dobras que lhe eram familiares, enfiou-a na fonte, e alcançou, por fim, o botão pequeno e firme.

Enquanto o mordia, lambia e chupava, ela gritava várias vezes, respirando cada vez mais depressa, com uma crescente sensação de prazer. Não havia sol, nem vento; só a intensidade cada vez mais aguda dos sentidos. Ele sabia que o clímax se aproximava, e embora só a custo se contivesse, afrouxou a pressão e recuou, esperando retirar-se em tempo. Mas Ayla o puxou, incapaz de suportar mais tempo aquela espera. Jondalar podia ouvir os gemidos de gozo que ela dava na antecipação da plenitude.

De súbito, chegou; as ondas poderosas a invadiram e sacudiram, e explodiram nela, provocando-lhe um grito convulsivo. Ela rebentou num espasmo de supremo alívio, e com ele veio o indescritível desejo de ter o membro de Jondalar dentro dela. Então estendeu as mãos para puxá-lo.

Ele sentiu o esguicho e a umidade, sentiu a urgência dela e, dirigindo o membro com a mão, enterrou-o no poço profundo e acolhedor. Ela o sentiu enfiar-se no seu ventre e soergueu-se um pouco para recebê-lo melhor. As dobras quentes dela o envolveram, e Jondalar a penetrou até o fundo, sem temor de que as dimensões do seu membro fossem mais do que Ayla poderia receber.

Ele se retraiu, sentindo o requintado prazer do movimento, e, com completo abandono, penetrou-a de novo, profundamente, ao mesmo tempo em que ela erguia a coxa contra o corpo dele. Por pouco ele não gozou. Mas a intensidade da sensação decresceu, ele pôde retirar-se uma vez mais, e enfiar-se outra vez, e outras mais. E a cada investida a sensação aumentava. Pulsando ao ritmo dos movimentos dele, Ayla o sentia inteiro, saindo, entrando. E estava cega para qualquer outra sensação. Ela ouvia a respiração dele, e a sua, e os seus gritos misturados. Então, ele proferiu o nome dela, ela ergueu o corpo para encontrar o dele, e numa grande ruptura extravasante sentiram um orgasmo comparável ao sol faiscante ao despejar seus últimos raios sobre o vale, e tombar exausto atrás das nuvens escuras, debruadas de ouro brunido.

Depois de mais algumas derradeiras investidas, ele se aquietou, sentindo as formas harmoniosas de Ayla debaixo do seu corpo. Ela gostava muito desse momento com ele, de sentir o peso dele, que nunca achava demasiado. Era apenas uma pressão agradável e uma proximidade que lhe aquecia o sangue enquanto descansavam.

De súbito, sentiu uma língua quente lamber seu rosto, e um focinho frio se pôs a explorar a intimidade deles.

– Vá embora, Lobo! – disse Ayla, empurrando o animal. – Saia já daqui.

– Saia, Lobo! – disse Jondalar com aspereza, reforçando o comando de Ayla, e empurrando o focinho frio. Mas o encanto fora rompido. Saindo de cima dela e rolando para o lado, ele se sentia um tanto contrariado. Mas se sentia tão bem que não conseguiu se zangar.

Erguendo-se em um dos cotovelos, Jondalar ficou olhando o animal, que recuara alguns passos e estava sentado observando-os, arfando, de língua de fora. Ele podia jurar que Lobo sorria, e sorriu, por sua vez, para a mulher amada.

– Você tem deixado que ele fique. Acha que será capaz de ensiná-lo a ir embora quando você quiser?

– Vou tentar.

– Dá muito trabalho ter Lobo por perto – disse Jondalar.

– Sim, custa algum esforço, principalmente por ser ele tão novo. Os cavalos também dão trabalho, mas vale a pena. Eu gosto da companhia deles. São amigos muito especiais.

"Pelo menos", pensou ele, "os cavalos dão algo em troca". Huiin e Campeão os levavam às costas, e também a bagagem. Por causa deles, a Jornada não levaria tanto tempo. Mas, a não ser quando desentocava alguma caça, ou fazia voar alguma ave, Lobo não contribuía muito. Jondalar decidiu, porém, guardar esses pensamentos para si.

Com o sol escondido agora por trás das nuvens negras e agitadas, que desmaiavam a olhos vistos, tornando-se lívidas, com um ligeiro toque de púrpura, como se o movimento as tivesse contundido, esfriou rapidamente no vale umbroso. Ayla se levantou e foi mergulhar no rio outra vez. Jondalar a acompanhou. Muito tempo antes, quando menina, Iza, a curandeira do Clã, lhe ensinara os rituais de purificação da feminilidade, embora duvidasse que sua afilhada, estranha e, como ela mesma o admitia, viesse um dia a ter necessidade deles. No entanto, por obrigação, devia explicar-lhe, entre outras coisas, como fazer depois de ter estado com um homem. Salientou que, sempre que possível, a purificação pela água era muito importante para o totem da mulher. Lavar-se, por mais fria que fosse a água, era um ritual de que Ayla jamais se esquecia.

Os dois se enxugaram e se vestiram, puseram as peles de dormir de volta no interior da barraca, e reanimaram o fogo. Ayla removeu a terra e as pedras de cima do forno enterrado e, com pinças de madeira, tirou de lá a comida. Depois, e enquanto Jondalar arrumava de novo sua bagagem, ela fez preparativos para facilitar a partida.

Os cavalos retornaram quando os últimos raios de sol coloriam o céu. Eles comiam durante parte da noite, uma vez que viajavam muito de dia e precisavam de grandes quantidades do áspero capim da estepe para sustentar-se. Mas a relva do prado fora especialmente substanciosa e verde, e eles gostavam de ficar junto do fogo à noite.

Enquanto esperava que as pedras esquentassem, Ayla contemplava o vale à luz derradeira do crepúsculo. Algo a deixava inquieta, e essa impressão se acentuou com a chegada da noite. Sentia-se um pouco indigesta, e tinha dores nas costas. Atribuía sua inquietação aos ligeiros desconfortos que sentia quando o seu período lunar se aproximava. Gostaria de andar um pouco, o que em geral ajudava, mas já estava muito escuro.

Ficou escutando o vento que suspirava e gemia e fazia oscilar os salgueiros esguios, recortados em silhueta contra as nuvens de prata. A lua cheia tinha um halo perfeitamente nítido e ora se escondia, ora iluminava brilhantemente o céu, de textura macia. Ayla resolveu que um pouco de chá de casca de salgueiro a aliviaria, e logo se levantou para arranjar alguma. Enquanto se ocupava com isso, decidiu também que apanharia algumas varas flexíveis de salgueiro, que são como o junco.

Quando o chá ficou pronto e Jondalar se reuniu a ela, a noite esfriara. Estava úmido também, a ponto de precisarem de agasalhos. Sentaram-se junto da fogueira, contentes de terem chá quente. Lobo rondara Ayla a tarde inteira, acompanhando cada passo dela, mas pareceu contente por poder enrodilhar-se aos seus pés quando ela finalmente se acomodou perto do fogo, como se tivesse dado por encerradas as explorações do dia. Ayla apanhou as longas varas de salgueiro e começou a tecê-las.

– O que está fazendo? – perguntou Jondalar.

– Uma cobertura para a cabeça. Proteção contra o sol. Tem feito muito calor ao meio-dia – disse Ayla. E acrescentou depois de curta pausa: – Achei que você gostaria disso.

– Você está fazendo o chapéu para mim? Como descobriu que eu desejei o dia inteiro ter algo que me protegesse do sol?

– Uma mulher do Clã aprende a antecipar os desejos do seu homem. – Ayla sorriu. – Você é o meu homem, não é?

– Sem nenhuma dúvida, minha mulher do Clã. E vamos anunciar isso a todos os Zelandonii na sessão Matrimonial da primeira Reunião de Verão de que participarmos. Mas como é que você sabe antecipar desejos? E por que as mulheres do Clã têm de aprender a fazer isso?

– Não é difícil. Basta apenas pensar em alguém. Fez calor hoje, e eu tive a ideia de fazer uma cobertura para a cabeça... um chapéu de sol... para mim. Então pensei que devia estar quente para você também – disse, apanhando outro junco para acrescentar ao chapéu cônico que começava a tomar forma. – Os homens do Clã não gostam de pedir nada, principalmente se é algo para o conforto deles. Não é considerado másculo pensar em conforto, de modo que cabe à mulher adivinhar a necessidade do homem. Ele a protege dos perigos. Pois essa é a maneira que ela tem de protegê-lo, em retribuição. A mulher deve cuidar para que ele tenha roupa apropriada e que se alimente bem. Ela não deseja que qualquer mal lhe aconteça. Quem a protegeria e aos filhos?

– É isso que você está fazendo? Protegendo-me para que a proteja? – perguntou ele, rindo. – E aos seus filhos? – À luz do fogo, os olhos azuis dele tinham uma tonalidade escura, violeta, e brilhavam de malícia.

– Bem, não exatamente – disse ela, baixando os olhos para as mãos. – Acho que é assim que a mulher do Clã faz ver ao homem o quanto ela se importa com ele, quer tenha filhos, ou não.

Ela ficou olhando as próprias mãos, que trabalhavam agilmente, embora Jondalar sentisse que ela poderia fazer aquilo de olhos vendados. Poderia fazer aquele chapéu no escuro. Ayla pegou outra vara comprida, depois o olhou nos olhos.

– Mas eu quero ter outro filho antes de ficar velha demais.

– Pois tem ainda muito tempo pela frente – disse ele, pondo mais um pedaço de madeira no fogo. – Você é jovem.

– Não, já estou ficando velha. Já tenho... – Fechou os olhos para concentrar-se, apertando os dedos contra a perna, e recitando baixinho os números que ele lhe havia ensinado, a fim de verificar consigo mesma a palavra correta para o número de anos que já vivera – ...18!

– Tão velha assim! – Jondalar deu uma risada. – Eu tenho 22. Eu é que sou velho, então.

– Se levarmos um ano viajando, já terei 19 anos quando chegarmos a sua casa. No Clã, isso já seria quase velha demais para dar à luz um filho.

– Muitas mulheres Zelandonii têm filhos com essa idade. Talvez não o primeiro, mas o segundo ou terceiro. Você é ainda forte e saudável. Não acho que esteja velha demais para ter filhos, Ayla. Mas vou dizer-lhe uma coisa: há momentos em que seus olhos parecem antigos, como se você tivesse vivido muitas vidas nos seus 18 anos.

O que Jondalar disse foi tão inusitado que ela interrompeu o trabalho para encará-lo. O sentimento que provocava nele, olhando-o assim, era quase assustador. Era tão bela à luz do fogo, e ele a amava tanto, que não sabia o que haveria de fazer se algo lhe acontecesse algum dia. Aflito, ele desviou o olhar. Depois, para aliviar a tensão do momento, tentou um assunto mais leve.

– Eu é que devo pensar em idade. Aposto que serei o mais velho dos homens no Matrimonial – disse. Depois riu. – Vinte e três anos é muita idade para um homem casar pela primeira vez. Muitos da minha idade já têm vários filhos.

Ele a encarou, e ela pôde ver de novo aquele olhar de amor assoberbante e de temor também.

– Ayla, também quero um filho, mas não enquanto estamos viajando. Não antes que estejamos de volta e seguros. Não por enquanto.

– Não por enquanto – repetiu Ayla.

Ela trabalhou em silêncio por algum tempo, pensando no filho que deixara com Uba, e em Rydag, que fora como seu filho sob muitos aspectos. Duas perdas para ela. Mesmo Neném, que era, por estranho que isso parecesse, uma espécie de filho também. Pelo menos, o leãozinho fora o primeiro animal macho que ela encontrara e criara. Ele a deixara. Ela nunca mais o veria. Olhou com alarme para Lobo. Teve um medo repentino de vir a perdê-lo também. Fico pensando, disse para si mesma, por que o meu totem tira todos os meus filhos de mim? Talvez eu não tenha sorte com filhos.

– Jondalar, seu povo tem costumes especiais relacionados com o fato de desejar filhos? As mulheres do Clã querem filhos homens.

– Não que eu saiba. Acho que as mulheres gostam de dar filhos à sua gente, mas parece que preferem ter filhas primeiro.

– E você, de que gostaria?

Ele se virou para observá-la à luz do fogo. Ayla lhe parecia apreensiva.

– Não tenho preferência. Será como você quiser, ou como a Grande Mãe determinar.

Agora foi a vez de ela estudá-lo. Queria ter certeza de que ele falava sério.

– Se é assim, vou querer uma menina. Não desejo perder outro menino. – Jondalar não sabia o que ela queria dizer com isso, e não sabia o que responder.

– Também não quero que você perca nenhum filho.

Ficaram sentados, quietos, por algum tempo. Ela tecia os chapéus. De repente, Jondalar perguntou:

– E se você tiver razão? Se os filhos não forem dados por Doni? E se eles começarem, como você acredita, com os Prazeres compartilhados? Você poderia ter um bebê começado aí no ventre agora mesmo, sem saber disso.

– Não, Jondalar. Não posso. Minha lua está chegando, e você sabe que nessas circunstâncias os bebês não começam – explicou.

Ela não estava acostumada a falar de assuntos assim tão íntimos com um homem, mas Jondalar sempre fora natural com ela; não era como os homens do Clã. Lá, uma mulher precisava ter o cuidado de não olhar diretamente para um homem quando passava pelo seu período de maldição. Mas mesmo que ela o quisesse, não poderia isolar-se ou evitar Jondalar enquanto viajavam, e sentiu que precisava tranquilizá-lo. Ficou tentada, por um momento, a contar-lhe do remédio secreto que vinha tomando para combater quaisquer essências impregnadoras, mas se sentiu incapaz de fazê-lo. Ayla era incapaz de mentir, assim como Iza; mas quando confrontada por uma pergunta direta, podia omitir o assunto. Se não provocasse o tema, era improvável que um homem o fizesse ou imaginasse que ela estaria fazendo algo para não engravidar. Muita gente nem imaginaria que mágica tão poderosa existisse.

– Tem certeza?

– Sim. Não tenho nenhum bebê crescendo dentro de mim.

Ele pareceu aliviado. Ayla tinha os chapéus quase prontos quando sentiu alguns chuviscos. Apressou-se para concluir seu trabalho. Levaram tudo para dentro da barraca, exceto a bolsa de couro cru de búfalo dependurada dos mastros. Até Lobo, todo molhado, pareceu feliz de enrodilhar-se aos pés de Ayla. Ela deixou a parte inferior da porta da barraca aberta para ele, se precisasse sair, mas fechou a abertura do teto por onde saía a fumaça, porque chovia com maior intensidade. Eles se aconchegaram um ao outro no começo, mas depois cada um rolou para o seu lado. Ambos dormiram mal.

Ayla se sentia ansiosa e o corpo lhe doía. Procurou, assim mesmo, não se mexer muito para não incomodar Jondalar. Ouvia o tamborilar da chuva no couro da barraca, mas isso não a ajudou a conciliar o sono, como em geral acontecia. Depois de muito tempo, ela começou a desejar que amanhecesse para poder levantar-se e partir.

Jondalar, depois de saber com alívio que Ayla não fora abençoada por Doni com uma criança, começou a imaginar se havia algo errado com ele. Ficou acordado pensando se o seu espírito ou qualquer outra essência que Doni tirava dele não seria suficientemente forte, e se a Mãe lhe perdoara as indiscrições da juventude e permitiria que fizesse filhos.

Talvez o problema estivesse nela. Ayla tinha dito que queria uma filha. Mas depois de todo aquele tempo juntos não estava grávida. Talvez não pudesse conceber. Serenio nunca tivera outro... a não ser que estivesse esperando quando ele partiu... De olhos abertos, no escuro, ficou refletindo se alguma das mulheres que havia conhecido tinha dado à luz e se o bebê nascera de olhos azuis.

AYLA SUBIA, SUBIA, por um paredão de pedra, como o íngreme aclive que levava à sua caverna do vale. Só que este era muito mais comprido que o outro, e ela tinha de correr. Olhou para baixo, para o pequeno rio que fazia uma curva naquele lugar, mas não era um rio, e sim uma queda-d'água, que tombava em cascata, espadanando água para todos os lados por cima de rochas pontudas, cuja aspereza um rico limo verde amenizava.

Ela olhou para cima, e lá estava Creb! Ele acenava para ela, pedia que se apressasse. Depois voltou-lhe as costas e continuou a subir também, apoiando-se pesadamente no seu cajado, conduzindo-a por um aclive quase vertical, mas praticável para uma pequenina gruta encravada em uma parede de pedra escondida por moitas de aveleiras. Acima da gruta, no topo do penhasco escarpado, havia um bloco chato de pedra debruçado sobre o abismo, pronto para cair.

De súbito, ela se viu no interior da caverna, andando por um corredor comprido e estreito. Havia uma luz! Um archote com sua chama convidativa, depois outras, e outras mais e, em seguida, o bramido terrificante de um terremoto. Um lobo uivou. Ela sentiu uma vertigem, caiu, e Creb entrou na sua cabeça.

– Vá embora! Depressa! Saia agora mesmo!

ELA SE SENTOU na cama rapidamente, afastou as cobertas e correu para a porta da barraca.

– Ayla! o que aconteceu? – perguntou Jondalar, procurando segurá-la. De súbito, houve um relâmpago, tão brilhante que pôde ser visto através da pele da barraca, e não só no vão deixado aberto para Lobo ou no outro, destinado à saída de fumaça. Foi seguido, quase que de imediato, por um enorme estrondo. Ayla deu um grito, e Lobo uivou, do lado de fora.

– Ayla, Ayla! Tudo bem – disse Jondalar, abraçando-a. – Foi só um raio.

– Temos de ir embora! Ele disse que nos apressássemos. Ir embora já!

– Quem disse? Não podemos sair daqui. Está escuro. E chove.

– Creb. No meu sonho. Tive aquele sonho outra vez, com Creb! Foi ele quem disse. Vamos, Jondalar. Temos de andar depressa.

– Ayla, acalme-se. Foi apenas um sonho e, provavelmente, a tempestade. Escute. Chove muito lá fora. Você não vai querer sair numa chuva dessas. Vamos esperar até o amanhecer.

– Não, Jondalar. Eu tenho de ir. Creb me disse isso, e não suporto este lugar. Por favor, Jondalar. Depressa.

As lágrimas escorriam pelo rosto dela, embora Ayla não se desse conta disso, enquanto metia os objetos nas cestas.

Ele decidiu fazer o mesmo. Por que não? Era óbvio que ela não ia esperar até o amanhecer, e ele jamais conseguiria dormir de novo. Pegou suas roupas, enquanto Ayla abria o couro que servia de porta da barraca. A chuva caía como se alguém a derramasse de uma bolsa d'água. Ayla saiu e deu um assobio, alto, longo. Ele foi seguido de um uivo de lobo. Depois de esperar um pouco, ela começou a arrancar do chão as estacas da barraca.

Ela ouviu as patas dos cavalos e sentiu um grande alívio ao vê-los. O sal das suas lágrimas era lavado pela forte chuva. Estendeu a mão para Huiin, sua amiga, que viera até ela; abraçou o pescoço forte e encharcado da égua, e sentiu que o animal, assustado, tremia. Ela sacudia o rabo e andava em círculos, com passos curtos e nervosos. Ao mesmo tempo, virava a cabeça e apurava os ouvidos, tentando localizar e identificar a causa da sua apreensão. O medo do cavalo ajudou Ayla a controlar-se. Huiin precisava dela. Falou ao animal com voz calma, alisando-a e tentando tranquilizá-la. Depois sentiu que Campeão se apoiava nelas, mais apavorado que a mãe.

Ela procurou acalmá-lo, mas ele começou a recuar, com o mesmo passo curto e inquieto de Huiin. Ela os deixou e correu à barraca para apanhar os arreios e a carga. Jondalar já havia enrolado as peles de dormir e preparado sua própria bagagem quando ouviu o ruído dos cascos, e já estar com os arreios e o cabresto de Campeão.

— Os cavalos estão apavorados, Jondalar — disse Ayla, entrando. — Acho que Campeão está a ponto de escapar. Huiin se acalmou um pouco, mas também está com medo, e ele a deixa ainda mais nervosa.

Jondalar apanhou o cabresto e saiu. O vento e a chuva torrencial envolveram-no e quase o derrubaram. Chovia tanto que era como se ele estivesse debaixo de uma cachoeira. Era ainda pior do que havia pensado. Não demoraria muito e a barraca teria ficado inundada, o chão encharcado e as peles em que dormiam também. Ainda bem que Ayla havia insistido para que partissem. À luz de novo relâmpago, viu que ela lutava para colocar as cestas da bagagem no lombo de Huiin. O potro estava junto delas.

— Campeão! Venha cá! — ele chamou. Um grande trovão soou, ribombante, parecendo partir os céus. O cavalo empinou e soltou um relincho, depois começou a andar em círculos erráticos, no mesmo lugar.

Embora alto, Jondalar teve dificuldade em pôr os braços em torno do pescoço de Campeão para fazê-lo parar, falando com ele todo o tempo a fim de acalmá-lo. Havia grande confiança entre eles, e suas mãos e sua voz exerciam sobre o animal um efeito tranquilizante. Jondalar conseguiu pôr-lhe o cabresto e, segurando as correias do arnês, desejou que outro daqueles espantosos relâmpagos seguidos de trovão esperasse um pouco para cair sobre eles novamente.

Ayla foi apanhar o restante dos seus pertences na barraca. Lobo estava atrás dela, embora ela não o tivesse notado. Quando ela recuou para sair, Lobo ganiu, começou a correr para a mata de salgueiros, depois voltou, e latiu outra vez.

– Vamos, Lobo – chamou ela e, depois, disse para Jondalar: – Já tirei tudo. Rápido! – E, correndo para Huiin, pôs tudo o que carregava em uma das cestas.

A aflição de Ayla era contagiosa, e Jondalar tinha medo de que Campeão não aguentasse mais tempo quieto. Ele não desmontou a barraca como costumava fazer; simplesmente arrancou as estacas de madeira, puxando-as pela abertura de fumaça central, enfiou-as numa cesta, depois dobrou grosseiramente os couros ensopados e enfiou-os junto com as estacas. O cavalo continuava a girar os olhos, assustado, e recuou quando Jondalar o pegou pela crina, a fim de montar. Isso dificultou a operação, mas Jondalar se instalou em cima dele e não se deixou derrubar quando o cavalo empinou. Agarrou-se com os dois braços em torno do pescoço de Campeão e não caiu.

Ayla ouviu um longo uivo de lobo e um estranho rumor surdo ao montar Huiin e se voltou para ver se Jondalar estava firme na sela. Logo que Campeão se acalmou, ela se debruçou para a frente, instando Huiin para que partisse. A égua disparou, a galope, como se algo estivesse no seu encalço e, a exemplo de Ayla, quis sair o mais depressa possível daquele lugar. Lobo ia à frente, aos saltos, rompendo através da macega, com Jondalar e Campeão logo atrás. O ronco ameaçador era agora mais forte.

Huiin rompeu a toda brida através do vale, desviando-se de árvores, saltando obstáculos. De cabeça baixa, com os braços em volta do pescoço da égua, Ayla deixava que ela escolhesse o caminho. Não podia ver nada devido à escuridão e à chuva, mas sentia que iam no rumo da encosta que levava à estepe acima. De repente, um relâmpago clareou por um segundo o vale. Estavam nas florestas de faias, e o talude não ficava longe. Ela virou-se para ver Jondalar e ficou boquiaberta.

As árvores por trás dele se moviam! Antes que a luz morresse, vários pinheiros altos se inclinaram precariamente, depois ficou escuro. Ela não percebera que o estrondo se fizera maior, mas agora via que o ruído da queda das árvores e, até, o dos trovões era engolido pelo ronco terrível, e nele se dissolvia.

Estavam na encosta. Ayla sabia, pela alteração no passo de Huiin, que galgavam um aclive, embora ainda não pudesse ver nada. Ela confiava nos instintos da égua. O animal tropeçou uma vez, firmou-se. Depois saíram da mata e alcançaram uma clareira. Havia nuvens passando velozes, na chuva. Deviam estar no prado onde os cavalos tinham pastado, pensou. Jondalar a alcançou e se emparelhou com ela. Ele também estava debruçado sobre o pescoço do cavalo, embora fosse escuro demais para distinguir mais que a silhueta dos dois, negra contra um fundo escuro.

Huiin diminuiu o passo, e Ayla sentiu a respiração ofegante da égua. A mata do outro lado da campina era rala, e Huiin já diminuíra o galope, e não mais se esquivava das árvores numa velocidade infernal. Ayla se endireitou em cima dela, mas sem deixar de segurar-se ao pescoço da égua. Campeão passara à frente, mas também diminuiu o passo, e logo eles estavam lado a lado outra vez. A chuva amainava. As árvores cediam lugar a arbustos, depois à vegetação rasteira. A subida finalmente acabou, e a estepe se abriu à frente deles. A escuridão era a mesma, porém apenas amenizada um pouco por nuvens que uma lua invisível clareava através das cortinas da chuva.

Eles pararam, e Ayla desmontou para que Huiin descansasse. Jondalar se juntou a ela, e ficaram os dois, lado a lado, tentando em vão enxergar algo embaixo, na treva. Havia relâmpagos, mas longínquos, e os trovões que os sucediam também haviam se tornado remotos.

Em estado de estupor, contemplavam o abismo negro do vale, sabendo que uma grande destruição estava em curso e que haviam escapado de um terrível desastre, embora não soubessem ainda as suas proporções.

Ayla sentia um formigamento no couro cabeludo e ouviu um pequeno estalo. Ela percebeu um cheiro acre de ozônio. Era um odor peculiar de algo queimado, mas não por fogo. De súbito lhe ocorreu que aquilo devia ser o cheiro dos riscos de fogo no céu. Abriu, então, os olhos, tomada de espanto e temor e, num momento de pânico, agarrou-se a Jondalar. Um pinheiro muito alto, com raízes na encosta, embaixo, mas protegido da ventania por uma projeção do penhasco rochoso, e cujo topo via acima do nível da estepe, brilhava com uma luz azul, fantasmagórica.

Jondalar segurou-a nos braços, querendo protegê-la, mas sentia o mesmo que ela, os mesmos terrores, e sabia que esses fogos do outro mundo escapavam ao seu controle. Podia apenas apertá-la contra o peito. E aí, num espetáculo aterrador, um raio dardejou pelas nuvens, dividiu-se numa rede de dardos flamejantes, desceu com um clarão cegante e atingiu o pinheiro, iluminando o vale e a estepe como se fosse meio-dia. Ayla estremeceu com o estampido, tão alto que lhe deixou os ouvidos tinindo. Encolheu-se toda quando o ronco do trovão reverberou no céu. Naquele momento de suprema claridade, viram a destruição de que tinham escapado por pouco.

O verde vale estava devastado. Todo o nível inferior era um turbilhão confuso. Do outro lado, um deslizamento da encosta empilhara rochas e arrancara árvores pela raiz por sobre as águas revoltas, deixando no flanco da colina uma ferida exposta de solo vermelho.

A causa desse desastre torrencial era um conjunto de circunstâncias não de todo incomuns. Começara nas montanhas a oeste e com depressões atmosféricas sobre o mar interior. Um ar quente, carregado de umidade, subira e se condensara em grandes nuvens bojudas debruadas de branco pelo vento, que tinham ficado estacionárias por cima das colinas rochosas. O ar quente se vira, então, invadido por uma frente fria, e a turbulência da combinação resultante criara uma tempestade acompanhada de trovões e raios de intensidade excepcional.

As chuvas caíram dos céus intumescidos, derramando-se em declives e buracos que jorraram em riachos, saltaram por cima de rochas, e irromperam em torrentes de grande impetuosidade. As águas tumultuosas, alimentadas pelo dilúvio ininterrupto, precipitaram-se das colinas a pique, caíram por cima de barreiras, e tombaram sobre outras correntes, com elas formando verdadeiros muros de água de uma violência devastadora.

Quando a massa de água chegou à calha estreita e verdejante, cobriu a cachoeira e, com um rugido feroz, engolfou o vale inteiro. Mas a luxuriante depressão reservava uma surpresa para as águas borbulhantes. Naquele período geológico, vastos movimentos sísmicos estavam levantando a superfície, elevando o nível do pequeno mar interior e abrindo caminhos para um mar ainda maior, que se formaria para o sul. Nas últimas décadas, o soerguimento fechara o vale, formando uma bacia rasa, que o rio enchera, criando um pequeno lago para além da represa natural. Um escoadouro se abrira, porém, havia poucos anos, e drenara o pequeno reservatório, deixando húmus bastante para um vale luxuriante no meio da estepe seca.

Um segundo deslizamento de lama, rio abaixo, danificara outra vez o escoadouro, represando as águas da inundação e confinando-as no vale, o que provocou uma gigantesca marola. Para Jondalar, aquele espetáculo mais parecia uma cena de pesadelo. Não conseguia acreditar nos próprios olhos. O vale inteiro se convertera num redemoinho turbulento e selvagem de barro e pedras, que eram jogadas para a frente e para trás, carregando consigo pequenos arbustos e até árvores inteiras, arrancadas da terra e despedaçadas pelo entrechoque.

Nada poderia ter sobrevivido naquele lugar, e ele se arrepiou ao pensar o que teria acontecido se Ayla não acordasse e insistisse em partir de imediato. Mesmo assim duvidava que tivessem conseguido escapar se não fossem sem os cavalos. Olhou em volta. Estavam, os dois, de pé, cabeça baixa, pernas abertas, tão exaustos como imaginava que ficariam. Lobo estava junto de Ayla. Quando sentiu que Jondalar o observava, levantou a cabeça e soltou um uivo. Ela se lembrou de que um uivo de lobo o tinha despertado, pouco antes de Ayla acordar.

Houve novo relâmpago, seguido de trovão, e ele sentiu Ayla estremecer violentamente nos seus braços. Ainda não estavam fora de perigo. E estavam molhados, com frio e tudo o que tinham ficara encharcado; naquela planura, acossados pela tempestade, ele não sabia onde encontrar abrigo.

8

O pinheiro grande, abatido pelo raio, ardia, mas a resina quente que alimentava o fogo tinha de enfrentar a chuva, e as chamas crepitavam, mas davam pouca luz. Era bastante, no entanto, para clarear os contornos gerais da paisagem em volta. Não havia muito onde pudessem se esconder, exceto no abrigo de poucos arbustos junto de uma vala transbordante que devia ficar seca a maior parte do ano.

Ayla olhava a escuridão do vale, embaixo, como que mesmerizada pela cena que tinham presenciado. Enquanto isso a chuva aumentou, encharcando-lhes as roupas já molhadas e levando a melhor, afinal, na luta contra o fogo da árvore.

– Vamos, Ayla – disse Jondalar. – Temos de encontrar algum refúgio e sair desta chuva. Você está com frio. Eu também. E estamos, os dois, molhados até os ossos.

Ela continuou a olhar o vale, depois estremeceu.

– Nos estávamos lá embaixo. Teríamos morrido se fôssemos apanhados no vale – disse olhando para Jondalar.

– Mas saímos em tempo. Agora, precisamos achar um refúgio. Se não nos aquecermos logo, de nada adiantará termos escapado com vida – avisou ele.

Com a ponta da rédea de Campeão na mão, dirigiu-se para o matagal. Ayla chamou Huiin e o seguiu, com Lobo trotando a seu lado. Quando chegaram à vala, viram que os arbustos baixos levavam a outros, mais altos, que pareciam pequenas árvores, mais adiante do vale, já na estepe, e caminharam para lá.

Abriram caminho pelo meio da densa concentração de salgueiros. O solo em torno dos muitos troncos esguios das árvores, de um verde prateado, estava encharcado, e a chuva passava pelas folhas estreitas, mas não com tanta força. Limparam um recanto, depois retiraram a carga dos cavalos. Jondalar tirou da cesta o grande volume da barraca molhada para sacudi-lo. Ayla dispôs as estacas em torno da minúscula clareira e ajudou a esticar as peles que constituíam a barraca por cima deles. Estavam ainda ligadas ao couro que servia para forrar o chão. Era uma construção improvisada, mas só desejavam isso naquele momento: um abrigo contra a chuva.

Trouxeram a bagagem para o abrigo, forraram o chão com folhas e estenderam por cima delas as suas peles de dormir, não muito secas. Tiraram então a roupa, torcendo-a nas mãos, e estendendo-a em galhos para secar. Por fim, deitaram-se agarrados um ao outro e aconchegaram as peliças ao corpo. Lobo entrou, sacudiu-se vigorosamente, espirrando água por toda parte. Mas isso pouco importava naquelas circunstâncias. Os cavalos da estepe, com sua pelagem farta e hirsuta, preferiam o inverno frio a uma tempestade de verão como aquela, mas estavam acostumados ao ar livre. Ficaram juntos um do outro, encostados às pequenas árvores, e deixaram que a água lhes caísse em cima.

No interior do abrigo úmido, molhados demais para pensar em acender um fogo, Ayla e Jondalar, embrulhados em pesadas peles, deixaram-se ficar, aninhados. Lobo se enrodilhou em cima das peliças, o mais próximo que pôde a eles. Assim, seu calor combinado acabou por aquecê-los. Ayla e Jondalar cochilaram um pouco, mas nenhum dos dois dormiu realmente. Pela madrugada a chuva diminuiu um pouco, e seu sono então ficou mais profundo.

AYLA FICOU ALGUM tempo à escuta, sorrindo consigo mesma, antes de abrir os olhos. Jondalar rolou, e Ayla se virou para admirá-lo estendido a seu lado, respirando no ritmo profundo do sono. Deu-se conta então da necessidade que sentia de levantar-se para urinar. Tinha medo de acordá-lo, e detestava fazer isso, mas quanto mais procurava desviar o pensamento, mais urgente ficava a necessidade. Movendo-se devagar, pensou, talvez ele não despertasse, e procurou sair com cuidado das peles quentes, se bem que ainda um pouco úmidas, em que se tinham enrolado. Ele fungou, bufou, e rolou sobre si mesmo. Mas só abriu os olhos quando procurou por ela com a mão e não a achou.

– Ayla? Ah, você está aí.

– Durma, Jondalar. É cedo para levantar – disse ela, rastejando para fora, a fim de aliviar-se no mato.

A manhã era clara e fresca, e o céu, de um azul violeta, não tinha sinal de nuvem. Lobo se fora, em missão de caça ou de exploração. Os cavalos também tinham se afastado; estavam na orla do vale, como ela observou. O sol estava ainda baixo, mas já subia vapor do chão molhado, e Ayla sentiu a umidade quando se agachou para urinar. Só então notou as marcas vermelhas na parte interna das coxas. Era o período. Estava para acontecer. Teria de lavar-se e lavar as roupas de baixo, mas precisava antes de mais nada da lã de muflão.

O riacho estava cheio pela metade apenas, mas a água era limpa. Ela se curvou e, com as mãos em concha, bebeu repetidamente daquela água fria e corrente, e correu de volta para a barraca. Jondalar estava de pé e sorriu quando ela foi apanhar uma das cestas, no lugar protegido em que estavam debaixo da fronde das pequenas árvores. Ayla puxou-a para fora e começou a remexer nela. Jondalar tirou as suas, que eram duas, e foi apanhar o restante da bagagem. Ele queria ver os estragos da chuva. Lobo reapareceu e foi direto até onde estava Ayla.

– Você me parece muito contente – disse ela, afagando-lhe a lã do pescoço, tão farta que parecia uma juba. Quando ela parou, ele saltou no seu peito com as patas enlameadas. Alcançava-lhe quase os ombros, e por pouco não a derrubou. Mas Ayla conseguiu equilibrar-se.

– Lobo! Olhe só todo esse barro! – disse ela, enquanto ele lhe lambia a garganta e o rosto. Depois, com um rosnado surdo, ele abriu a boca e prendeu o queixo dela entre os seus dentes.

– Agora, sente-se, Lobo! Veja a sujeira que fez. Vou ter de lavar mais isso. – Escovou a blusa de couro, solta e sem mangas, que usava por cima das perneiras.

– Se eu não conhecesse a situação, ficaria muito assustado ao vê-lo fazer isso com você. Lobo já está grande. E é um caçador. Pode matar alguém.

— Não se preocupe por Lobo fazer isso comigo. É assim que os lobos se cumprimentam uns aos outros, e demonstram sua afeição. Acho que ele também se rejubila por termos saído do vale em tempo.

— Você já olhou lá para baixo?

— Ainda não... Lobo, saia daí — disse ela, empurrando-o, quando ele começou a cheirar entre suas pernas. — É a minha lua. — Ela, desviou o rosto e disse, corando: — Vim apanhar minha lã, e não tive ainda tempo de olhar o vale.

Enquanto Ayla se cuidava, lavando-se e às roupas no riacho, atando a lã com as correias de couro que usava naqueles períodos, e à procura de outras roupas para vestir, Jondalar caminhou até a beira do vale para urinar, e contemplou a paisagem. Não havia sinal de algum descampado, ou de qualquer lugar que pudesse servir para acampar. A bacia natural do vale estava parcialmente inundada. Árvores, troncos caídos e outros débris boiavam e afundavam, enquanto o nível das águas agitadas continuava a subir. O pequeno rio continuava bloqueado no escoadouro e ainda originava marolas, agora não mais com a violência da noite anterior.

Ayla se postou em silêncio ao lado de Jondalar, que observava o vale e refletia. Ele levantou a vista quando sentiu a presença dela.

— Esse vale deve estreitar-se mais abaixo, e algo está bloqueando o rio, Ayla. Pedras provavelmente, ou um deslizamento de encosta. É isso que represa a água aqui. Talvez por isso o vale seja tão verde. Isso deve ter acontecido antes.

— Apenas a inundação repentina nos teria arrastado se continuássemos acampados — disse Ayla. — Meu vale costumava ficar inundado toda primavera, e já era muito ruim; mas isto aqui... — Ela não conseguiu completar o pensamento por lhe faltarem palavras. Instintivamente, recorreu à linguagem de sinais do Clã para expressar com maior eloquência e exatidão seus sentimentos de consternação e de alívio.

Jondalar entendeu. Também ele não sabia o que dizer e partilhava dos sentimentos dela. Ambos permaneceram mudos, observando o movimento embaixo. Ayla percebeu que Jondalar parecia preocupado. Por fim, ele falou:

— Se a avalanche de lama, ou o que seja, ceder muito depressa, essa água toda, descendo pelo rio, pode ser muito perigosa. Espero que não encontre gente pelo caminho.

— Não pode ser mais perigosa do que ontem à noite, não é?

– Ontem à noite estava chovendo, de modo que as pessoas podiam esperar algum acontecimento, como uma inundação, mas se esse dique se romper, sem o aviso prévio de uma tempestade, pode apanhar as pessoas de surpresa, o que será catastrófico.

Ayla concordou, depois disse:

– Mas se as pessoas usam este rio não perceberão que ele parou de correr? Não irão investigar por quê?

Jondalar se voltou para ela.

– E nós, Ayla? Nós estamos viajando, não tínhamos como saber que um rio deixara de correr. Poderíamos estar rio abaixo em algum lugar como este e não teríamos nenhum aviso.

Ayla contemplou de novo a água no vale e não respondeu de imediato.

– Tem razão, Jondalar – disse por fim. – Poderíamos ser apanhados desprevenidos em outra inundação. Ou o raio poderia ter caído sobre nós em vez de atingir aquele pinheiro. Ou um terremoto poderia abrir uma fenda no solo, engolindo todo mundo, menos uma menininha, deixando-a sozinha no mundo. Ou alguém poderia ficar doente, nascer com uma fraqueza ou deformidade. O Mamute disse que ninguém pode saber quando a Mãe vai chamar para junto de Si um dos seus filhos. De nada adianta ficar refletindo sobre essas coisas. Cabe a Ela decidir.

Jondalar ouvia, ainda de cenho fechado. Depois se descontraiu e pôs os braços em torno dela.

– Eu me preocupo em excesso. Thonolan me dizia isso. Eu estava pensando no que aconteceria se estivéssemos rio abaixo, para além deste vale, e fiquei relembrando o que aconteceu ontem à noite. Então pensei na possibilidade de perder você... – E, apertando os braços em volta de Ayla, disse: – Não sei o que seria de mim se a perdesse – disse, com súbito fervor, apertando-a mais contra o peito. – Duvido que quisesse continuar vivo.

Ayla se afligiu com a reação dele:

– Não, Jondalar, espero que continuasse a viver, e que encontrasse outra pessoa que pudesse amar. Se algo lhe acontecer, uma parte de mim irá com você, porque o amo, mas continuarei a viver, e uma parte do seu espírito ficará comigo.

– Não será fácil encontrar outra pessoa para amar, Ayla. Nunca pensei que encontraria você. Não sei nem se iria procurar...

Os dois regressaram, então, caminhando lado a lado.

– Fico imaginando se é isso que acontece quando duas pessoas se amam. Será que trocam partes do espírito um do outro? Talvez por isso a gente sofra tanto quando perde alguém que ama. – Depois de uma pausa, Ayla continuou: – É como os homens do Clã. São irmãos na caça, e trocam parte do seu espírito entre si. Isso acontece principalmente se um salva a vida de outro. Não é fácil viver quando falta uma parte do espírito. E todo caçador sabe que um pedaço do seu espírito irá para o outro mundo se o irmão se for; por isso, o vigia e protege, e faz tudo o que pode para salvar-lhe a vida. – Ela levantou os olhos para ele. – Você crê que nós tenhamos trocado pedaços dos nossos espíritos, Jondalar? Afinal, somos parceiros de caça, não somos?

– E você uma vez me salvou a vida. Mas você representa muito mais para mim que um irmão na caça – disse ele, achando graça da ideia. – Eu te amo. Entendo agora por que Thonolan não queria continuar vivo quando Jetamio morreu. Às vezes penso que ele buscava o perigo, procurava um meio de passar ao outro mundo, a fim de encontrar Jetamio e o bebê que jamais nasceu.

– Mas se algo um dia me acontecesse, eu não desejaria que você me acompanhasse a nenhum mundo dos espíritos. Gostaria que ficasse aqui mesmo e que encontrasse outra – disse Ayla, com convicção. Ela não gostava dessa conversa sobre outros mundos futuros. Não sabia como seria um mundo desses ou, até, no fundo do coração, se existiria. Sabia apenas que para entrar no outro mundo havia que morrer primeiro neste, e não queria ouvir falar na morte de Jondalar nem antes nem depois da sua.

Mas tratar de mundos futuros acarretou outros pensamentos.

– Talvez seja isso o que acontece quando a gente fica velha – disse ela. – Se trocamos pedaços do espírito com aqueles que amamos, quando os perdemos, muitos deles têm já tantas peças no outro mundo que poucas restam neste para nos manter vivos. É como um buraco dentro de nós, que se faz cada vez maior. Por isso queremos ir para o outro mundo, onde estão a maior parte dos nossos espíritos e as pessoas que amamos.

– Como você sabe tanto assim? – perguntou Jondalar, com um pequeno sorriso. Ela nada sabia do além, mas suas observações espontâneas e inventivas faziam sentido para ele, de certo modo, e revelavam uma inteligência genuína e profunda, embora ele não soubesse julgar se havia mérito naquelas ideias. Se Zelandoni estivesse lá, ele poderia perguntar-lhe. Então, de repente, conscientizou-se de que estava a caminho de casa, e que poderia consultá-la sobre tudo aquilo, e muito em breve.

– Perdi pedaços de meu espírito quando era pequena, e meu povo foi engolido pelo terremoto. Iza levou outro pedaço quando morreu, depois Creb, depois Rydag. Embora ele não esteja morto, até Durc tem um pedaço de mim, do meu espírito, que jamais vou rever. Seu irmão levou um fragmento seu quando se foi, não levou?

– Sim – disse Jondalar. – Vou sentir sempre a falta de Thonolan, vou sempre sofrer com isso. Às vezes penso que foi minha culpa. No entanto, eu faria o possível para salvá-lo.

– Não acho que estivesse a seu alcance fazer algo, Jondalar. A Mãe o queria, e cabe a Ela decidir, e não a qualquer de nós procurar um caminho para o outro mundo.

Quando regressaram à capoeira de altos salgueiros onde tinham pernoitado, começaram a conferir as bagagens. Quase tudo estava pelo menos úmido, e muita coisa permanecia completamente molhada. Desataram os nós inchados que ainda prendiam o chão da barraca à sua parte superior e torceram as peças, segurando-as pelas pontas. Se forçassem muito, poderiam romper as costuras. Quando decidiram erigir a barraca para que ela secasse melhor, descobriram que haviam perdido algumas das estacas.

Estenderam a pele por cima das moitas, depois verificaram o estado das próprias roupas, ainda encharcadas. Os objetos guardados nas cestas tinham resistido um pouco mais. Muitos objetos estavam úmidos, mas secariam logo se tivessem um lugar quente e seco para arejar tudo. A estepe aberta seria ideal durante o dia, mas precisavam do dia para viajar, e o solo ficava úmido e frio à noite. De qualquer maneira, a ideia de dormir numa barraca molhada não lhes agradava.

– Acho que é hora de um bom chá quente – disse Ayla, que se sentia desestimulada. Já passava da hora da refeição matinal.

Ela acendeu um fogo, pôs pedras para esquentar nele e começou a pensar no desjejum. Foi quando verificou que não tinham os restos do jantar da noite anterior.

– Oh, Jondalar, não temos nada para comer agora de manhã. Ficou tudo naquele vale. Deixei os grãos na minha cesta boa de cozinhar junto das brasas da fogueira. A cesta também se foi. Tenho outras, mas aquela era a melhor. Pelo menos não perdemos os remédios – disse, com evidente alívio, ao encontrá-los. – E a pele de lontra aguenta água, apesar de velha. Tudo o que guardei nela está seco. Pelo menos, posso fazer chá para nós. Tenho algumas boas ervas aqui. Preciso arranjar água. – Olhou

128

em volta. – Onde está o meu coador? Será que também se perdeu? Pensei que o tivesse guardado dentro da barraca quando começou a chover. Na pressa deve ter caído.

– Pois você vai ficar ainda mais infeliz por outra coisa que deixamos lá – disse Jondalar.

– O quê? – indagou Ayla, já agoniada.

– A sua bolsa de couro cru e as varas compridas.

Ela fechou os olhos e sacudiu a cabeça, com desalento.

– Oh, não! Não só era um bom guarda-comidas, mas estava cheio de carne de cervo. E aquelas varas! Tinham o tamanho certo. Será difícil substituí-las. Vamos verificar se algo mais se perdeu e ver se as rações de emergência estão intactas – disse Ayla.

Ela puxou a cesta em que guardava os poucos objetos pessoais que levava consigo, mais roupa e equipamento para uso futuro. Embora todas as cestas estivessem molhadas, as cordas de reserva, postas no fundo, haviam preservado o seu conteúdo relativamente seco e em boas condições. A comida que iam consumindo pelo caminho estava por cima de tudo. Logo debaixo dela, o pacote da comida de emergência continuava encapado e seco. Ayla achou que aquela era uma boa oportunidade para verificar o estado dos suprimentos e ver se algo se estragara e quanto tempo duraria o que estava em bom estado.

A comida seca era compacta e se conservava bem. Parte dela tinha mais de um ano e provinha dos suprimentos do inverno anterior, mas de certos itens havia quantidade limitada. Nezzie reunira essas provisões valendo-se dos estoques de amigos e parentes presentes à Reunião de Verão. Ayla apenas raramente lançava mão dessas reservas. A maior parte do tempo comiam do que encontravam, e a estação era propícia. Se não conseguiam viver da munificência da Grande Mãe Terra quando Ela havia tanto a oferecer, jamais poderiam sobreviver viajando em campo aberto sem ter o que comer.

Ayla empacotou tudo de novo. Não pretendia valer-se dos suprimentos de viagem para a refeição da manhã, e a estepe tinha menos aves gordas para alimentar depois que eles comiam. Dois galos silvestres caíram vítimas da funda de Ayla e foram assados no espeto. Alguns ovos de pomba, que nunca chocariam, foram rachados de leve e postos diretamente no fogo em suas cascas. O achado fortuito de um depósito secreto de bulbos da planta que é hoje conhecida como beldroega, ou espinafre-de-cuba, veio contribuir para a riqueza e variedade do café da manhã. A cova, no solo, ficava exatamente debaixo das suas peles de dormir e estava abarrotada desses tubérculos suculentos e adocicados, ricos em polissacarídeos, colhidos provavelmente por uma marmota quando estavam no ponto. Foram cozidos com os pinhões que Ayla recolhera na véspera, e que ela retirou das pinhas, pondo-as sobre as brasas e quebrando-as com uma pedra. Amoras silvestres maduras completaram a refeição.

AYLA E JONDALAR deixaram a região do vale inundado, prosseguiram para o sul, mas viraram ligeiramente para oeste, e chegaram um pouco mais perto da cadeia de montanhas. Não era muito elevada, mesmo assim, tinha neves eternas nos picos, muitas vezes escondidos por nevoeiros e nuvens.

Estavam na região meridional do continente frio, e a pastagem se alterara de maneira sutil. Já era mais, agora, que uma simples profusão de capins e ervas, responsável pela diversidade de animais que se adaptavam às planícies frias. Os próprios animais mostravam diferenças de dieta, de hábitos migratórios, de separações espaciais e variações sazonais, e tudo isso contribuía para a grande riqueza de vida. Como aconteceria mais tarde nas grandes planícies equatoriais, muito para o sul daquelas latitudes, único lugar capaz de competir com a grande riqueza das estepes na Era Glacial, a abundância e variedade de animais e a terra muito fértil interagiam de maneira complexa e mutuamente sustentável.

Alguns animais só comiam determinadas plantas; outros alimentavam-se de partes específicas de plantas. Havia os que se alimentavam da mesma planta, mas em diferentes estágios de desenvolvimento. Uns comiam onde outros não iam, ou iam mais tarde, ou migravam de forma diferente. A diversidade era preservada porque os hábitos alimentares e de vida de uma espécie se ajustavam entre ou em torno dos hábitos de outra em nichos complementares.

Mamutes lanosos precisavam de grandes quantidades de matéria fibrosa, ervas duras, talos, carriços, e por tenderem a atolar na neve, quando abundante, em pântanos e em turfeiras, deixavam-se ficar em terreno firme, na planura varrida pelos ventos e próxima das geleiras. Faziam longas migrações horizontais, costeando o paredão de gelo, e só iam para o sul na primavera e no verão.

Os cavalos da estepe também precisavam de grandes quantidades de alimentos. Como os mamutes, digeriam rapidamente talos e capins, mas eram um pouco mais seletivos, preferindo os capins mais altos. Também sabiam cavar a neve para encontrar alimento, mas nisso gastariam mais energia do que ganhariam, e para eles a movimentação quando a neve era alta era penosa. Não podiam subsistir por muito tempo em neve profunda, e preferiam também a planura de solo duro e vento.

Ao contrário de mamutes e cavalos, os bisões precisavam de folhas e bainhas de ervas pelo seu alto teor proteico e tendiam a preferir a erva rasteira, indo para as áreas de erva mais alta apenas pelos brotos, na primavera. No verão, porém, surgia uma importante cooperação, ainda que não intencional. Os cavalos usavam os dentes como tesouras de podar para abrir os talos duros. Depois de sua passagem, com os talos cortados, a relva de densas raízes ficava estimulada a brotar. A migração de cavalos era seguida, muitas vezes, com um intervalo de alguns dias, pela dos bisões gigantes, que se regalavam com a grama brotada.

No inverno, os bisontes iam para as montanhas do sul, de tempo variável e neve abundante, que deixavam a vegetação rasteira mais úmida e fresca que a das planícies secas da parte setentrional. Eram práticos em espalhar a neve com o focinho a fim de encontrar seu alimento favorito, rente ao solo. Mas as estepes nevadas do sul não deixavam de ter seus perigos.

Apesar de os pelos fartos, desgrenhados, dos bisões e de outros animais tão peludos quanto eles os conservarem quentes no frio relativamente seco do norte, no sul, onde a neve caía com maior abundância, essa proteção ficava perigosa e, até, fatal, quando o clima se fazia frio e úmido, com frequentes mudanças entre congelamento e degelo. Se seus pelos ficassem encharcados durante um desses períodos de degelo, corriam o risco de morrer no primeiro congelamento que sobreviesse, principalmente se a onda fria os pegasse descansando no solo. Com seus longos pelos congelados, não podiam mais pôr-se de pé. Uma neve por demais densa ou crostas de gelo na superfície da neve também podiam ser fatais, bem como as nevascas do inverno, ou a fragilidade da superfície dos lagos congelados, através da qual era fácil cair, e afundar, ou as inundações dos vales fluviais.

Antílopes muflões, ou da espécie conhecida como saiga, também prosperavam alimentando-se seletivamente de plantas adaptadas a condições de extrema aridez, ervas pequenas e capim rasteiro, folhudo, rente ao chão. Mas a saiga não se adaptava em terreno muito irregular e acidentado ou em neve muito espessa, e não eram boa de salto. No entanto, era um animal veloz, capaz de deixar para trás qualquer predador, desde que em terreno firme e plano, como o da estepe varrida de vento. Os muflões, os carneiros selvagens, por sua vez, eram exímios trepadores, e usavam terreno íngreme para escapar, mas não sabiam cavar em neve espessa. Preferiam também o terreno alto, rochoso, e varrido pelo vento.

As espécies caprinas aparentadas ao muflão, à camurça e ao cabrito-montês se distribuíam segundo a altitude, as diferenças de terreno e de paisagem. A cabra-antílope selvagem e o cabrito-montês, ocupavam os terrenos mais elevados, de penhascos mais abruptos, seguidos, nos patamares ligeiramente inferiores, pela camurça, menor e muito ágil, com o muflão mais abaixo deles. Mas todos podiam ser encontrados em terreno acidentado, e até mesmo nos níveis mais baixos da estepe árida, uma vez que se adaptavam ao frio, desde que seco.

Os bois-almiscarados também eram animais montes, só que maiores, e seus casacões de pele, duplos, pesadões, parecidos com os dos mamutes e os dos rinocerontes lanígeros, os faziam parecer mais volumosos e "bovídeos". Viviam mordiscando os arbustos mais baixos e as sebes, e eram feitos para temperaturas glaciais, preferindo as planícies mais próximas da geleira. Sua lã mais fina era descartada no verão, mas assim mesmo os bois-almiscarados tinham reações de estresse se a temperatura ambiente esquentava.

Veados gigantes e renas ficavam confinados às pradarias, em rebanhos, mas muitos outros cervos, mordiscadores de folhas, procuravam as poucas manchas arborizadas da estepe. O alce solitário, habitante das florestas, era aqui personagem raríssimo. Amantes dos brotos estivais das árvores de folhas efêmeras, mas também das suculentas algas e plantas aquáticas das piscinas naturais, eles se enfiavam com suas pernas compridas e cascos largos e achatados em tudo que era charco ou atoleiro. No inverno, os alces viviam dos capins menos digeríveis e de galhos finos de árvores que cresciam nos baixios dos vales fluviais. Suas longas pernas e patas esparramadas levavam-nos sem esforço através da neve trazida pelo vento e empilhada nesses lugares.

As renas haviam-se adaptado ao inverno, e subsistiam lambendo liquens nascidos em solo árido e fissuras de rocha. Podiam sentir o cheiro de suas plantas favoritas através da neve e a longa distância, e seus cascos eram próprios para cavar, se necessário. No verão comiam capim e também pequenos arbustos folhudos.

Alces e renas prefeririam os prados alpinos ou as regiões montanhosas e relvosas na primavera e no verão, mas abaixo do nível onde reinavam os carneiros. Burros e onagros gostavam mais, invariavelmente, das colinas elevadas e áridas, enquanto os bisões ficavam um patamar abaixo, apesar de serem melhores trepadores que os cavalos, que tinham maior escolha de terreno que mamutes ou rinocerontes.

Essas planícies primevas, com pastagens variadas e complexas, sustentavam, em grandes manadas, uma mistura fantástica de animais. Nenhum lugar da Terra, mais tarde, repetiria isso senão de maneira aproximada, seletiva e parcial. O meio frio e seco das altas montanhas não se podia comparar com o que então reinava, mas havia semelhanças. Carneiros, cabras e antílopes habitantes das montanhas estendiam seus domínios também às planícies naquela ocasião. Mas grandes hordas de animais da planície não podiam viver no terreno íngreme e pedregoso das altas montanhas quando o clima da baixada mudava.

Os pântanos encharcados e frágeis do norte não eram a mesma coisa. Eram úmidos demais para que os capins pudessem crescer em quantidade, e seus solos ácidos levavam as plantas a produzirem toxinas para não servirem de pasto aos herbívoros que destruiriam flora tão delicada e de crescimento tão lento. As variedades eram limitadas e ofereciam nutrientes pobres à diversidade de animais de grande parte das manadas. A forragem era insuficiente. Só animais de casco largo e chato, como a rena, poderiam viver em tal meio. Criaturas enormes, de grande peso, pernas curtas e grossas, ou grandes corredores com cascos estreitos e delicados, atolavam na terra fofa e encharcada. Precisavam de solo firme, seco, sólido.

Mais tarde, os campos herbosos de zonas temperadas se cobririam de faixas distintas de uma vegetação limitada, controlada pela temperatura e pelo clima. Ofereciam pouca escolha no verão e excesso de neve no inverno. A neve também atolava os animais de solo firme, e era difícil para muitos deles livrar-se e conseguir alimento. Os veados podiam viver em florestas em que a neve era espessa, mas isso porque apenas consumiam folhas e brotos da extremidade de galhos de árvores que cresciam acima da neve. As renas podiam cavar a neve até alcançar o líquen de que se alimentavam no inverno. Bisontes e auroques sobreviveram, mas diminuíram de tamanho, sem alcançar mais a plenitude do seu potencial. Outros animais, como cavalos, ficaram reduzidos em número quando seu hábitat preferido se reduziu.

Foi a combinação singular de todos os elementos das estepes da Era Glacial que deu origem a multidões de animais. Cada um desses elementos era essencial, inclusive o frio severo, os ventos devastadores e o próprio gelo. E quando as vastas geleiras recuaram para as regiões polares e desapareceram das latitudes mais baixas, desapareceram com elas as grandes manadas, e os animais gigantescos diminuíram de tamanho ou deixaram de existir numa terra que mudara, uma terra que já não tinha como sustentá-los.

Enquanto cavalgavam, Ayla não tirava da cabeça a bolsa de couro cru desaparecida e as varas compridas. Eram extremamente úteis, e talvez fossem necessárias durante a longa viagem que tinham pela frente. Ela desejava substituí-las, mas isso levaria mais tempo que um pernoite, e Jondalar, ansioso, queria prosseguir.

Por outro lado, ele não estava nada satisfeito com a barraca molhada, nem com a ideia de depender dela como abrigo. Além disso, não era bom para as peles molhadas ficarem tão dobradas e amarradas; poderiam apodrecer. Tinham de ser estendidas para secar, e talvez fosse preciso tratar delas enquanto secavam, para conservá-las maleáveis, a despeito da defumação por que tinham passado quando o couro fora preparado. Isso lhes tomaria mais de um dia, pensava ele.

À tarde chegaram às margens escarpadas de outro rio, que separava a planície das montanhas. Do seu ponto privilegiado de observação, no platô da estepe aberta, que dominava o amplo vale com seu rio largo de grande correnteza, podiam ver o terreno do outro lado. Os contrafortes da margem oposta eram fraturados por muitas ravinas e sulcos secos, resultado de enchentes, e também por muitos afluentes, pois aquele era um rio grande, que canalizava boa porção do escoamento, drenando a face oriental das montanhas no mar interior.

Quando contornaram o lado do planalto, e da estepe, e desceram a encosta, Ayla se lembrou do território em volta do Acampamento do Leão. Mas a paisagem do outro lado do rio, fraturada, era diferente da outra. Mas do lado em que se encontravam, eles viram a mesma espécie de desbarrancados e sulcos, escavados no loess do solo pela chuva e pela neve ao derreter-se, e viram capim alto secando e se transformando em feno, só que ainda de pé. Na planície lá embaixo, árvores isoladas, como pinheiros e lariços, erguiam-se aqui e ali, espalhadas por entre arbustos folhudos. Formações de taboas, de varas altas, de juncos marcavam a orla do rio.

Quando alcançaram a água, os dois pararam. Tratava-se efetivamente de um largo curso d'água, largo e profundo, avolumado pelas chuvas recentes. Não sabiam como atravessá-lo. Aquilo demandaria algum planejamento.

– É uma pena não termos um bote – disse Ayla, pensando nos barcos redondos de pele que os membros do Acampamento do Leão usavam para cruzar o rio perto da sua sede.

– Tem razão. Vamos precisar de alguma espécie de barco para atravessar este rio sem molhar tudo o que temos outra vez. Não me lembro de qualquer dificuldade na travessia de rios com Thonolan quando viajei com ele. Empilhávamos nosso equipamento em cima de troncos de árvores e nadávamos até a margem oposta – disse Jondalar. – Mas claro que não levávamos muita coisa, só uma mochila cada um. Era tudo o que podíamos levar. Com os cavalos podemos levar mais; em compensação, porém, temos mais com o que nos preocupar.

Cavalgando rio abaixo, examinando a situação, Ayla notou uma fieira de bétulas altas e esguias, que cresciam rente à água. O lugar lhe parecia tão familiar que não seria surpresa para ela se de súbito aparecesse à sua frente o comprido alojamento meio subterrâneo do Acampamento do Leão, enterrado no flanco da montanha, atrás de um terraço de rio, com grama crescendo nas laterais, teto arredondado e uma entrada em arco, perfeitamente simétrica, que tanto a impressionara quando vista pela primeira vez. Quando, em seguida, viu um arco daqueles, teve um choque de dar calafrios pela espinha.

– Jondalar! Veja!

Ele olhou para o alto da encosta, para onde ela apontava. Viu, então, não apenas um, mas diversos arcos, perfeitamente simétricos. Cada um dava entrada a uma estrutura circular abobadada. Ambos desmontaram dos cavados e, encontrando o caminho, que começava no rio, subiram até o Acampamento.

Ayla estava surpresa com a intensidade do seu desejo de encontrar gente, e deu-se conta de que havia muito tempo não viam outras pessoas ou falavam com alguém. Mas o lugar estava deserto. Plantada no chão, porém, entre as duas gigantescas presas de mamute cujas pontas se juntavam no alto para formar a entrada de um dos pavilhões, havia a estatueta em marfim de uma fêmea, com generosos seios e nádegas.

– Eles devem ter partido – disse Jondalar. – Deixaram uma donii para guardar cada alojamento.

— Estarão caçando ou tomando parte de alguma Reunião de Verão. Ou fazendo uma visita — disse Ayla, desapontada por não haver qualquer pessoa no acampamento. — É uma pena. Eu estava ansiosa por ver gente — disse, e se virou para ir embora.

— Espere, Ayla. Aonde vai?

— De volta ao rio. — Parecia intrigada com a pergunta de Jondalar.

— Mas isto aqui é ótimo — disse ele. — Podemos ficar.

— Não podemos. Eles deixaram um mutoi... uma donii... para guardar as casas. O espírito da Mãe os protege. Não podemos ficar e perturbar o espírito Dela. Isso nos traria má sorte — disse ela, sabendo que ele tinha ciência de tudo aquilo.

— Podemos ficar, se necessário. Só não podemos tirar qualquer coisa de que não precisemos. É a regra. Ayla, precisamos de abrigo. Nossa barraca está encharcada. Precisamos de tempo para secá-la. Enquanto esperamos, podemos caçar. Se encontrarmos o animal certo, sua pele pode servir para fazer um barco a fim de atravessar o rio.

A expressão fechada de Ayla logo se abriu num sorriso, ao compreender o sentido do que ele dizia e suas implicações. Precisavam efetivamente de alguns dias para se recuperarem do temporal e repor um pouco do que fora perdido.

— Talvez possamos conseguir pele suficiente para fazer também uma bolsa de couro cru nova — disse ela. — Uma vez limpo e pelado, um couro cru não leva tanto tempo para curtir. Não mais do que para secar uma carne. Temos só que esticá-lo e deixar que endureça. — E, com um olhar na direção do rio, continuou: — Veja aquelas bétulas lá embaixo; podemos fazer umas boas estacas com elas. Você está certo, Jondalar. Devemos parar aqui por alguns dias. A Mãe compreenderá. E podemos deixar alguma carne-seca para os donos do lugar, como forma de agradecimento pelo uso do seu acampamento... se tivermos sorte na caça. Em que alojamento nos instalaremos?

— Na Fogueira do Mamute. É onde ficam, em geral, os hóspedes.

— Mas você acha que existe uma Fogueira do Mamute? Quero dizer, você acha que este seja um Acampamento Mamutoi? — perguntou Ayla.

— Não sei. Não é como no Acampamento do Leão, em que todo mundo morava junto — disse Jondalar, contemplando o agrupamento de sete estruturas iguais, cobertas com uma camada de terra endurecida e argila do rio. Em vez de uma vasta e única residência multifamiliar, como no

Acampamento do Leão, onde morara no inverno, ali havia residências separadas, embora agrupadas num conjunto. O objetivo era o mesmo. Tratava-se de um só estabelecimento, uma comunidade de famílias mais ou menos aparentadas umas com as outras.

– Não. Parece mais com o Acampamento do Lobo, onde se realizou a Reunião de Verão – disse Ayla, detendo-se à porta de uma das construções. Estava ainda relutante em erguer a pesada cortina que vedava a entrada e invadir a casa de estranhos sem ser convidada, a despeito da necessidade comum de sobreviver em tempo de dificuldades.

– Alguns dos jovens presentes à Reunião de Verão disseram que os grandes alojamentos coletivos eram coisa antiquada – disse Jondalar. – Aprovavam a ideia de casas individuais, para uma ou duas famílias.

– Você acha que eles desejam viver por conta própria? Uma casa com apenas uma ou duas famílias? Como acampamento de inverno? – perguntou Ayla.

– Não; ninguém gostaria de viver sozinho o inverno todo. Você não vê nunca um alojamento desses isolado. Há sempre, pelo menos, cinco ou seis, às vezes mais. As pessoas com quem falei pensavam que era mais fácil construir uma habitação pequena, para uma família nova ou duas, em vez de ficarem todos apertados na casa comum, até construírem outra maior para todos. Mas queriam construir sua casa perto da família, ficar no mesmo Acampamento, participar das atividades e comer da comida que juntos reunissem e estocassem para o inverno – explicou ele.

Jondalar empurrou para o lado a pele que tombava das duas presas de mamute da porta, curvou-se, e entrou. Ayla ficou atrás dele, segurando a pele para que houvesse alguma luz lá dentro.

– O que acha, Ayla? Isso se parece com um alojamento Mamutoi?

– É difícil dizer, mas bem que poderia ser. Lembra-se do Acampamento Sungaea, em que nos detivemos a caminho da Reunião de Verão? Não diferia muito de um Acampamento Mamutoi. Seus costumes podem ter sido um pouco diferentes, mas eles eram, de maneira geral, como os Caçadores de Mamutes. Mamute disse que até as cerimônias funerárias eram muito semelhantes. Pensava que teriam sido, na origem, aparentados aos Mamutoi. Eu observei que seus padrões de decoração não eram os mesmos. – Fez uma pausa, procurando lembrar-se de outras diferenças. – E algumas das roupas que usavam... como aquela bela manta de usar nos ombros feita de lã de mamute e de outras lãs, na garota que morreu. Mas o Acampamento Mamutoi também tem mais de um padrão. Nezzie sempre sabia a que Acampamento alguém pertencia por ligeiras diferenças no estilo e forma de suas túnicas, embora eu mesma não visse grande diferença.

À luz que vinha da entrada, a construção parecia simples. O pavilhão tinha pouca madeira, embora houvesse poucas colunas de bétula estrategicamente colocadas. Fora construído, de maneira geral, com ossos de mamute. Os grandes, fortes ossos dos gigantescos animais eram o material de construção mais abundante e acessível na estepe, onde quase não existia árvore.

Muitos dos ossos de mamute usados como material de construção não provinham de animais abatidos com esse propósito, mas de animais mortos de causas naturais, recolhidos nos locais em que haviam tombado, na estepe, ou, o mais das vezes, de pilhas levadas de roldão por ocasião de enchentes e depositadas ao longo do leito dos rios, em curvas ou barreiras, como acontecia com as madeiras flutuantes. Abrigos permanentes de inverno eram muitas vezes levantados em terraços próximos a tais pilhas, porque presas e ossos de mamute eram pesados.

Um único osso exigia vários carregadores, e ninguém se dispunha a levá-lo muito longe. O peso total dos ossos de mamute usados para construir um abrigo pequeno era de uma tonelada ou tonelada e meia. A construção desses abrigos não era atividade para uma família, mas um esforço coletivo, dirigido por alguém com conhecimento e experiência, e orientado por um chefe com a capacidade de mobilizar a comunidade.

O lugar a que chamavam Acampamento era um aldeamento fixo, e os que lá viviam não eram caçadores nômades que acompanhassem animais itinerantes, mas essencialmente caçadores sedentários e coletores. O Acampamento podia ser abandonado por algum tempo no verão, quando seus habitantes caçavam e colhiam produtos da estepe (levados de volta e conservados em depósitos subterrâneos na vizinhança) ou visitavam parentes e amigos de outros aldeamentos, a fim de trocarem notícias e mercadorias, mas era um local de habitação permanente.

– Não creio que se trate de uma fogueira de Mamute, ou que nome tenha fogueira por aqui – disse Jondalar, deixando cair atrás de si a cortina da entrada. Uma nuvem de poeira encheu o cômodo.

Ayla endireitou o ídolo, que tinha apenas uma simples sugestão de pés. As pernas ficavam, assim, reduzidas a uma forma de estaca que fora enterrada no chão para montar guarda à porta da casa. Depois, ela acompanhou Jondalar na inspeção do alojamento seguinte.

– Este é, com toda a probabilidade, o do chefe ou o do mamute, ou dos dois.

Ayla notou que a casa era um pouco maior, e a figura feminina de guarda à porta um pouco mais elaborada. Assentiu com a cabeça.

– De um mamute, acho eu, se forem, mesmo, Mamutoi ou um povo parecido com eles. Tanto a chefe das mulheres quanto o chefe dos homens no Acampamento do Leão tinham alojamentos menores que o de Mamute, mas o dele era usado para hóspedes e para reuniões.

Ficaram, ambos, à entrada, segurando a cortina, e esperando que seus olhos se ajustassem à penumbra lá dentro. Mas duas luzinhas continuaram a brilhar. Lobo rosnou, e o nariz de Ayla registrou um cheiro que a deixou nervosa.

– Não entre, Jondalar! E você, Lobo, quieto! – comandou, fazendo com a mão o sinal correspondente, como reforço.

– O que é, Ayla? – perguntou Jondalar.

– Não sente o cheiro? Há um animal aí dentro, um animal de odor muito ativo, como um texugo. Se o assustarmos, ele reagirá com um fedor que vai perdurar longamente. Não poderemos usar o alojamento, e seus donos terão dificuldade para livrar-se dele. Talvez, Jondalar, se você ficar segurando a cortina da porta, ele saia por si mesmo. Esses bichos cavam buracos e não gostam muito de luz, embora às vezes cacem durante o dia.

Lobo recomeçou um rosnado, surdo e prolongado dessa vez, e era óbvio que estava louco para sair atrás da fascinante criatura. Mas como muitos membros da família da doninha, o texugo era capaz de esguichar num atacante o conteúdo acre e fortíssimo das suas glândulas anais. A última coisa que Ayla queria era ter à sua volta um bicho repelente com aquele odor almiscarado, e não sabia quanto tempo mais conseguiria deter Lobo. Se o texugo não saísse logo, seria obrigada a usar meio mais drástico para tirar o animal do acampamento.

O texugo não enxergava bem com seus olhinhos pequenos, quase imperceptíveis; mas eles ficaram vigiando a abertura iluminada da porta com uma atenção fixa. Quando ficou óbvio que ele não sairia, Ayla pegou a funda, que trazia enrolada na testa, e tirou uma pedra da bolsa que trazia presa à cintura. Depois, armando a atiradeira, mirou nos dois pontos de luz, e lançou o projétil. Ouviu o baque do impacto, e as luzes se apagaram.

– Acho que você conseguiu acertá-lo! – disse Jondalar. Mas eles esperaram mais um pouco para entrar. Queriam estar certos de que não havia mais qualquer movimento no abrigo.

Quando entraram, ficaram consternados. O animal, bastante grande, de um metro, da ponta do nariz à ponta da cauda, estava esparramado no chão com uma ferida sangrando na cabeça, mas era perfeitamente óbvio que estivera bastante tempo na casa, explorando, de maneira destrutiva, tudo o que encontrava. O lugar estava arrasado! O chão de terra batida fora todo arranhado e havia covas nele, algumas das quais com excrementos. As esteiras de palha que cobriam o chão tinham sido feitas em pedaços e o mesmo acontecera com todos os trançados. Couros e peles das plataformas usadas como camas estavam estraçalhados, e a palha, as penas ou a lã dos colchões juncavam o piso. Mesmo uma porção da parede, de barro bem compactado, fora perfurada: o texugo abrira sua própria entrada.

– Veja só! – disse Ayla. – Eu detestaria reencontrar minha casa assim.

– Há sempre esse risco quando a gente abandona um lugar. A Mãe não protege um acampamento de Suas próprias criaturas. Seus filhos têm de propiciar os espíritos dos animais e tratar com os animais vivos diretamente – disse Jondalar. – Talvez a gente consiga limpar isso para os donos, mesmo que não possamos consertar ou substituir tudo o que foi destruído.

– Vou tirar a pele desse texugo e deixar para eles. Assim, saberão qual foi a causa de todo esse estrago. Além disso, a pele terá serventia – concluiu Ayla, pegando o animal pelo rabo para levá-lo para fora.

Do lado de fora, com mais claridade, pôde ver o contraste entre o dorso, com seus pelos duros, de cor cinza, com a parte do ventre mais escura, e o característico focinho listrado em branco e preto. Era, como haviam pensado, um texugo. Ela fez uma incisão na garganta com uma afiada faca de sílex e deixou que sangrasse até o fim. Depois retornou à casa, não sem antes lançar um olhar em torno, imaginando como seria aquilo quando habitado. Lamentou-se de novo por não haver ninguém. Parecia muito desolado, e deu graças por haver Jondalar. Por um momento, sentiu-se quase esmagada pelo amor que sentia por ele.

Segurou o amuleto que levava preso ao pescoço, sentiu o contato reconfortante dos objetos que a bolsinha de couro decorado continha, e pensou no seu totem. Já não sentia tanto quanto antes o espírito do Leão da Caverna a protegê-la. Era um espírito do Clã, embora Mamute tivesse lhe dito que seu totem estaria sempre com ela. Jondalar sempre se referia à Grande Mãe Terra quando mencionava o mundo dos espíritos, e ela pensava mais na Mãe agora, depois da doutrinação que recebera de Mamute. Achava, mesmo assim, que fora o seu Leão da Caverna que lhe trouxera Jondalar, e sentiu vontade de comunicar-se com o espírito do seu totem.

Usando a antiga linguagem sagrada de sinais das mãos, sem palavras, de comunicação com o mundo dos espíritos, ou com outros clãs cujas palavras de uso diário e gestos mais comuns eram diferentes, Ayla fechou os olhos e voltou os pensamentos para o totem.

– Grande Espírito do Leão da Caverna – disse, com gestos –, esta mulher é grata por ser considerada merecedora. Grata por haver sido escolhida pelo poderoso Leão da Caverna. O Mog-ur sempre disse a esta mulher que era difícil viver com um espírito poderoso, mas que valia a pena, sempre. O Mog-ur tinha razão. Embora as provações tenham sido muitas, as mercês recebidas compensaram as dificuldades. Esta mulher agradece pelos dons interiores, como a compreensão e o discernimento. Esta mulher agradece também ao grande Espírito do totem pelo homem que Ele guiou até ela e que está a levá-la consigo para sua casa. O homem não conhece os Espíritos do Clã e não entende completamente que ele também foi escolhido pelo Espírito do Grande Leão da Caverna, mas esta mulher aqui presente é grata por ele ter sido julgado merecedor – disse ela.

Ela já ia abrir os olhos quando outro pensamento lhe ocorreu.

– Grande Espírito do Leão da Caverna – continuou ela, na sua oração mental, ajudada por signos –, o Mog-ur disse a esta mulher que os espíritos do totem desejam sempre um lar, um lugar para onde possam retornar, onde sejam bem recebidos, e onde queiram permanecer. Esta viagem terminará, mas o povo do homem não conhece os espíritos dos totens do Clã. A nova casa desta mulher não será a mesma, mas o homem honra o espírito do animal de cada um. E o povo do homem precisa conhecer e honrar o Espírito do Leão da Caverna. Esta mulher deseja dizer que o Grande Espírito do Leão da Caverna será sempre bem-vindo e terá sempre um lugar para Ele onde quer que esta mulher seja bem-recebida.

Quando abriu os olhos, viu que Jondalar a observava.

– Você me pareceu... ocupada. Não quis incomodá-la.

– Eu estava pensando... no meu totem, no meu Leão da Caverna. Na sua casa também. Espero que a gente fique... bem, lá.

– Os espíritos dos animais sempre ficam bem junto de Doni. A Grande Mãe Terra os criou. Foi Ela quem deu origem a todos eles. As lendas falam disso.

– Lendas? Histórias sobre os tempos antigos?

– Imagino que possam ser chamadas histórias. Mas são contadas de forma especial.

– Nós também temos lendas, no Clã. Eu gostava quando Dorv as contava. O nome de meu filho foi tirado por Mog-ur de uma das minhas histórias favoritas, A Lenda de Durc – disse Ayla.

Jondalar ficou surpreso; sentiu uma ponta de descrença. Então aquela gente do Clã, aqueles cabeças-chatas, tinha também lendas e histórias? Era ainda difícil para ele superar certos preconceitos com os quais crescera, mas já começava a perceber que o mundo era muito mais complexo do que jamais imaginara. Por que não teriam eles também histórias e lendas?

– Você conhece alguma lenda sobre a Grande Mãe? – perguntou Ayla.

– Bem, acho que me lembro de parte de uma. Elas são narradas de modo a poderem ser lembradas com facilidade, mas só uma zelandônia muito especial conhece todas. – Jondalar fez uma pausa para lembrar-se, depois começou a salmodiar baixinho:

Quando Ela nasceu, águas jorraram, enchendo rios e mares,
Depois inundaram a terra e deram origem às árvores,
De cada gota que espirrou nasceram ervas e folhas,
Até que tudo se cobriu de plantas verdes.

– Isso é maravilhoso, Jondalar! – disse Ayla, sorrindo. – A história ganha um aspecto e um som muito bonitos, como o das canções dos Mamutoi. Deve ser fácil lembrar tudo.

– Essas histórias são cantadas com frequência. Pessoas diferentes fazem músicas diferentes, mas as palavras não mudam muito. Tem gente que canta a história toda, com todas as lendas.

– Você conhece mais?

– Um pouco. Já ouvi tudo, e em geral conheço a história, mas os versos são longos demais para serem lembrados. A primeira parte é sobre a solidão de Doni, que decide dar à luz o sol, Bali, "grande alegria da Mãe, um menino esperto, resplandecente". Depois conta como ela o perde e se sente solitária outra vez. A luz é seu amante, Lumi, mas Ela o criou também. Essa história é mais uma lenda de mulher. Sobre períodos, sobre ficar mulher. E há outras histórias, como a que conta como Ela pariu todos os espíritos animais e o espírito homem, o espírito mulher. Todos os Filhos da Terra.

Lobo latiu, nesse momento, para chamar a atenção de Ayla e de Jondalar. Descobrira que aquilo funcionava, e continuava a usá-lo, embora já não fosse um filhote. Ambos olharam para ele e viram o motivo de tanta agitação. Lá embaixo, à margem pouco arborizada do grande rio, uma manada de auroques irrompera. Era um gado selvagem e de porte avantajado, com chifres enormes e pelo farto, todos de uma coloração igual, vermelha, mas tão escura que era quase negra. No entanto, em meio aos outros, dois animais se destacavam, com grandes manchas brancas, principalmente na face e nos quartos dianteiros, aberrações genéticas inofensivas que se viam, por vezes, sobretudo em auroques.

Ayla e Jondalar se entreolharam, fizeram o mesmo sinal de cabeça, quase simultaneamente, e chamaram os cavalos. Removendo rapidamente as cestas de carga, que levaram para dentro da habitação, e apanhando suas lanças com os arremessadores, montaram e cavalgaram rumo ao rio. Ao se aproximarem, Jondalar freou seu animal para estudar a situação e decidir sobre o melhor curso de ação a seguir. Ayla também se deteve. A liderança cabia a ele. Ela conhecia os carnívoros, sobretudo os pequenos, embora já tivesse derrubado animais tão grandes quanto o lince e a hiena das cavernas. Já vivera com um leão e tinha agora um lobo por companhia. Não tinha, porém, qualquer familiaridade com os grandes herbívoros, tanto os que pastavam quanto os que se alimentavam de folhas de árvores, e que se caçavam, habitualmente, para comer. Embora ela tivesse aprendido a pegá-los quando vivia sozinha, Jondalar se criara caçando esses animais, e tinha multa experiência.

Talvez por ter comungado tão recentemente com seu totem e o outro mundo, Ayla estava num curioso estado de espírito. Parecia-lhe uma extraordinária coincidência que, justamente quando haviam decidido que a Mãe não se importaria se ficassem ali alguns dias a fim de recuperar as suas perdas e caçar algum animal com bom couro e carne boa e abundante, um rebanho de auroques lhes aparecesse. Ayla se perguntava se aquilo não seria um sinal da Grande Mãe ou, quem sabe, do seu totem, de que eles tinham sido guiados até aquele lugar.

Aquilo não era incomum, porém. Durante todo o ano, mas em especial no calor, vários animais, em manadas ou individualmente, migravam, varando as florestas ciliares e as ricas pastagens dos vales dos grandes cursos d'água. Em qualquer lugar, nas imediações de um rio maior, era comum ver algum animal desses de passagem. Às vezes eles apareciam com intervalo de poucos dias. E, conforme a estação do ano, verdadeiras procissões se sucediam diariamente. Daquela vez tinham ali uma manada de gado selvagem, exatamente da espécie de que precisavam, embora diversas espécies tivessem servido igualmente bem.

– Ayla, está vendo aquela grande vaca? – perguntou Jondalar. – A que tem focinho branco e mancha branca no dorso esquerdo?

– Estou, Jondalar.

– Vamos pegá-la – disse Jondalar. – Já alcançou seu desenvolvimento completo, mas, a julgar pelo comprimento dos chifres, ainda não é velha. E está isolada dos demais.

Ayla sentiu um calafrio. Agora se convencia de que se tratava mesmo de um sinal! Jondalar havia escolhido o animal diferente dos outros. O animal de pintas brancas. Sempre que ela se vira confrontada com uma escolha difícil na vida, sempre que tivera de tomar uma decisão, depois de muito pensar e racionalizar, seu totem se dignara a confirmar que ela tomara a decisão acertada, mostrando-lhe um sinal, um objeto por algum motivo incomum. Quando criança, Creb lhe explicara esses sinais e lhe dissera que os conservasse como talismãs. Muitos dos pequenos objetos que levava no pescoço eram sinais do totem. A súbita aparição da manada de auroques, depois de tomarem a decisão de ficar e a decisão de Jondalar de caçar o exemplar diferente dos demais, lhe parecia ter a mesma natureza mirífica de sinais de um totem.

Apesar de a decisão de se demorarem naquele acampamento não tivesse sido pessoal nem difícil, fora uma decisão importante e exigira madura consideração. Aquela era a residência permanente de uma comunidade de pessoas que invocara o poder da Mãe para guardá-la na sua ausência. As necessidades de sobrevivência permitiam a um estranho de passagem o uso do Acampamento, mas o motivo tinha de ser legítimo, e a necessidade, extrema. Não se incorre na ira da Mãe com leviandade.

A terra era ricamente povoada de seres vivos. Em suas viagens, tinham encontrado grande número de uma enorme variedade de animais. Mas pouca gente. Num mundo tão vazio de vida humana, havia consolação na ideia de um reino invisível de espíritos que sabiam da sua existência, que se importavam com os seus atos, e que talvez lhes conduzissem os passos. Até um espírito severo ou mesmo hostil, que era preciso aplacar com oferendas, era melhor que a cega indiferença de um mundo duro e frio, em que suas vidas estariam inteiramente em suas próprias mãos, sem ninguém para quem apelar numa necessidade maior, nem mesmo em pensamento.

Ayla chegara à conclusão de que, se a caça deles tivesse êxito, isso significava que era justo que estivessem usando o Acampamento. Se fracassassem, teriam de ir embora. Tinham visto o sinal, o animal aberrante, e para terem sorte, precisavam guardar uma parte dele. Se não o conseguissem, isso seria má sorte, um sinal de que a Mãe não aprovava a sua estada ali. E teriam de partir de imediato. Ayla ficou pensando qual seria o desfecho.

9

Jondalar estudou a disposição do rebanho dos auroques ao longo do rio. Eles se distribuíam entre o sopé da elevação e a fímbria da água e ocupavam diversas pastagens pequenas de viçoso capim verde, vegetação mais alta e árvores. A vaca malhada estava no centro de um prado, apartada de outros animais do rebanho por um denso conjunto de bétulas e amieiros jovens amontoados a um canto do espaço. Essa concentração de pequenas árvores continuava por toda a base do outeiro, cedendo lugar a capões de ciperáceas e caniços espetados e folhudos na parte baixa e alagada da outra extremidade do terreno, que conduzia a uma enseada pantanosa, atulhada de juncos altos e taboas.

Ele se voltou para Ayla e apontou o charco.

– Se você for costeando o rio para além daqueles juncos e taboas, e eu for através daquela brecha do capão de bétulas, ela ficará encurralada entre nós, e poderemos pegá-la.

Ayla considerou a situação e assentiu com a cabeça. Depois, desmontou.

– Quero amarrar bem a bainha da minha lança antes que a gente comece – disse ela, atando o longo tubo de couro cru às correias que prendiam a manta de montar. Era um cochinilho macio, feito de pele de gamo. No interior do tubo de couro duro havia diversas lanças, bem-feitas e graciosas, com pontas de osso, finas e bem-torneadas, polidas até ficarem bem aceradas e depois fendidas na base, onde recebiam os cabos compridos, de madeira. Cada lança era guarnecida com duas penas retas e tinha um entalhe na base.

Enquanto Ayla fixava aquela espécie de aljava, Jondalar retirou uma lança do estojo que levava às costas, preso por uma correia que passava por um dos seus ombros. Sempre usava assim o seu estojo de lanças quando caçava a pé, e estava acostumado com ele, embora, quando viajava as lanças fossem guardadas num compartimento especial do lado de fora dela. Pôs a lança no arremessador, para que ficasse preparado.

Jondalar inventara o arremessador de lanças durante o verão que passara no vale de Ayla. Era uma inovação singular e surpreendente, uma inspirada criação de puro gênio, brotada da sua aptidão natural e da sua intuição de princípios físicos que seriam definidos e codificados centenas de anos depois dele. A ideia era engenhosa, mas o próprio objeto, enganosamente singelo.

Feito de uma única peça de madeira, tinha meio metro de comprimento e 4 centímetros de largura, estreitando para a ponta. Era usado na posição horizontal e tinha uma ranhura longitudinal no meio, onde a lança descansava. Um gancho simples, lavrado na extremidade posterior do arremessador, encaixava-se no entalhe da haste, funcionando como uma espera e ajudando a manter a lança no lugar por ocasião do arremesso, o que contribuía para a precisão da arma. Para a frente do arremessador, havia duas alças de couro macio de veado.

Para usá-lo, a lança era posta com a extremidade da haste encostada ao gancho e sua espera. O primeiro e o segundo dedos eram enfiados nas alças de couro da frente, um pouco para trás do centro da lança, muito mais comprida, naturalmente, que o arremessador, num ponto bom de equilíbrio, e mantinham a lança no lugar sem prendê-la em demasia. Uma função mais importante entrava em ação quando a lança era atirada. Firmando-se a frente do arremessador, a parte de trás se erguia, o que, como uma extensão do braço, acrescentava ao comprimento. O maior comprimento acrescentava ao efeito de alavanca e ao impulso. Isso, por sua vez, aumentava a potência e o alcance da arma.

Arremessar uma lança com o arremessador era o mesmo que atirá-la com a mão. A diferença era o resultado. Com o arremessador, a longa lança pontiaguda atingia o dobro da distância que uma lança atirada com a mão, e tinha muito maior potência.

A invenção de Jondalar punha a mecânica a serviço da força muscular, que ela transmitia e ampliava, mas não era o primeiro petrecho a utilizar esses princípios. Seu povo tinha uma tradição de invenção criativa e usara ideias semelhantes de outras maneiras variadas. Por exemplo, um pedaço afiado de sílex seguro na mão era uma boa ferramenta de cortar, mas preso a um cabo dava ao usuário grande aumento na força e no controle. A ideia aparentemente simples de pôr cabos nos objetos, como facas, machados, enxós, e outros instrumentos de cortar, talhar, furar; um cabo maior em pás e ancinhos; e, até, uma forma de cabo destacável para arremessar uma lança, multiplicava sua eficácia várias vezes. Não era apenas uma ideia simples, mas uma invenção importante, que facilitou o trabalho e tornou possível a sobrevivência.

Embora os que vieram antes deles tivessem lentamente aperfeiçoado diversos utensílios e ferramentas, pessoas como Jondalar e Ayla foram as primeiras a imaginar e inovar em escala tão extravagante. Seus cérebros faziam abstrações com facilidade. Eram capazes de conceber uma ideia e planejar como implementá-la. Começando com pequenos objetos que usavam princípios avançados, intuitivamente compreendidos, eles tiravam conclusões e aplicavam-nas a outras circunstâncias. Fizeram mais do que inventar objetos e utilidades; inventaram a ciência. E da mesma fonte de criatividade, utilizando a mesma faculdade de abstração, foram os primeiros a ver o mundo em torno deles de forma simbólica, extrair sua essência, e reproduzi-la. Criaram a arte.

Quando Ayla acabou de prender o arremessador, montou a égua de novo. Depois, vendo que Jondalar tinha uma lança em riste, pôs também uma no seu arremessador, e segurando a arma com naturalidade, mas também com cuidado, seguiu na direção que Jondalar lhe indicara. O gado selvagem se movia devagar ao longo do rio, pastando, e a vaca que haviam escolhido já estava em lugar diferente e não tão isolado quanto antes. Um novilho macho e outra vaca andavam por perto. Ayla seguiu o rio, guiando Huiin com joelhos, coxas e o movimento do corpo. Quando se viu diante da presa desejada, avistou também o homem alto, que se aproximava no seu cavalo pelo vão entre as árvores. Os três auroques estavam entre eles.

Jondalar ergueu o braço que segurava a lança, esperando que Ayla entendesse que aquilo era um sinal para esperar. Talvez devesse ter combinado a estratégia antes de se separarem, mas era difícil planejar com precisão as táticas de uma caçada. Muita coisa dependia da situação e da reação da presa. Os dois animais que agora pastavam na vizinhança da vaca malhada de branco eram uma complicação adicional. Mas não havia pressa. Os animais não pareciam alarmados com a presença deles, e Jondalar queria ter um plano em mente antes de atacar.

Subitamente, as vacas levantaram as cabeças, e sua indiferença satisfeita transformou-se em preocupação ansiosa. Jondalar olhou para além dos animais e ficou irado: Lobo chegara, e vinha em direção ao gado, com a língua de fora e uma expressão que conseguia ser ao mesmo tempo brincalhona e ameaçadora. Ayla não o vira ainda, e Jondalar teve de sufocar uma vontade de gritar para dizer-lhe que tirasse o bicho de lá. Um grito apenas serviria para assustar as vacas e, até, fazê-las sair a trote. Em vez disso, quando um grande gesto com o braço chamou a atenção de Ayla, ele apontou para o lobo com a lança.

Só então Ayla viu Lobo, mas não entendera bem o que Jondalar queria, e tentou responder, pedindo-lhe que se explicasse melhor, usando gestos do Clã. Mas Jondalar não estava pensando em gestos como linguagem no momento, embora tivesse um conhecimento rudimentar daquela forma de comunicação do Clã, e não reconheceu os sinais dela. Estava concentrado em salvar uma situação que piorava. As vacas tinham começado a mugir, e o vitelo, percebendo o medo de que estavam tomadas, se pôs a berrar. Todos pareciam a ponto de sair em disparada. O que começara como uma caçada fácil, em condições quase perfeitas, parecia agora perdida.

Antes que a situação piorasse ainda mais, Jondalar impeliu Campeão para a frente, no momento exato em que a vaca se pôs a fugir correndo para a proteção das árvores e da macega. O bezerro a seguiu, sempre berrando. Ayla esperou apenas o bastante para assegurar-se das intenções de Jondalar. Vendo que ele perseguia a vaca malhada, ela também saiu atrás do animal. Convergiam para os auroques, que permaneciam no prado, olhando para eles e mugindo nervosamente, quando a vaca malhada disparou na direção do alagado. Eles galoparam atrás dela, mas quando se aproximavam, a vaca se esquivou e galopou em sentido contrário, passando entre os cavalos, e correu para as árvores do lado oposto da campina.

Ayla jogou seu peso para o outro lado, e Huiin mudou rapidamente de direção. Estava acostumada a fazer isso. Ayla já caçara a cavalo antes, embora normalmente o fizesse abatendo pequenos animais com a sua funda. Um puxão na rédea não era tão instantâneo como comando quanto uma alteração no peso do corpo. Já Jondalar e seu jovem garanhão tinham muito menos experiência de caçadas juntos, mas, depois de uma breve hesitação, logo se lançaram no encalço da vaca malhada.

O animal ia a toda velocidade para o denso capão de mato à frente. Se o alcançasse, seria difícil acompanhá-la através dele, e havia grande perigo de que ela lhes escapasse. Ayla e Huiin e, atrás, Jondalar e Campeão ganhavam terreno, mas todo gado dependia da velocidade para escapar dos predadores, e um gado selvagem como aquele era capaz de correr tão depressa quanto cavalos, se necessário.

Jondalar instigou Campeão, e ele respondeu redobrando de velocidade. Procurando manter firme a lança, visando deter o animal, Jondalar emparelhou com Ayla, depois ultrapassou-a. Mas a um sinal sutil da mulher, a égua emparelhou outra vez com o filho. Ayla tinha também a lança em riste, mas mesmo a galope cavalgava com graça, sem esforço, o que era resultado da prática. Seu treinamento inicial da égua não fora intencional. Sentia que muitos dos sinais que transmitia ao cavalo eram mais uma extensão do pensamento que atos de comando. Bastava pensar aonde queria ir, e Huiin já lhe obedecia. Tinham tão íntima compreensão uma da outra, ela e a égua, que Ayla já nem se dava conta de que em cada caso os movimentos do seu corpo, que acompanhavam o pensamento, davam direções ao animal, inteligente e sensível.

Enquanto Ayla fazia pontaria com a lança, Lobo se pôs, de repente, a correr ao lado da vaca em fuga. O grande auroque se deixou distrair por aquele predador com que estava mais familiarizado e se desviou um pouco para o lado, diminuindo a velocidade. Lobo saltou sobre ele, e a vaca malhada se virou para atacá-lo com seus grandes chifres de pontas aceradas. Lobo saltou para trás, depois deu novo bote e, procurando algum terreno vulnerável, enterrou os dentes no focinho macio e vulnerável às suas fortes mandíbulas. A vaca, enorme, berrou e, levantando a cabeça, ergueu Lobo do chão e o sacudiu, para livrar-se dele e da dor aguda que ele lhe causava. Suspenso no ar como uma bolsa murcha de pele, Lobo, embora aturdido, não caiu.

Jondalar percebera logo a mudança de ritmo na corrida da vaca, e estava preparado para tirar vantagem dela. Investiu a galope e arremessou a lança de perto com toda força. A ponta de osso perfurou o lado palpitante da vaca e penetrou fundo entre as costelas, atingindo órgãos vitais.

Ayla vinha logo atrás dele, e sua lança acertou do outro lado, também profundamente, logo atrás da caixa torácica. Lobo ficou dependurado no focinho da vaca até que ela tombou por terra. O peso do grande carnívoro contribuiu para a queda; caiu de lado, pesadamente, quebrando a haste da lança de Jondalar.

– Mas ele nos ajudou – disse Ayla. – Ele deteve a vaca antes que ela chagasse às árvores.

Ayla e Jondalar uniram suas forças para virar o animal, a fim de expor seu ventre, patinhando na poça de sangue espesso que se formara debaixo do grande corte que Jondalar fizera no pescoço.

– Se Lobo não tivesse começado a perseguir a vaca, ela provavelmente não teria corrido até que a gente já estivesse em cima dela. E teria sido fácil abatê-la – disse Jondalar. Ele pegou a haste da lança quebrada, lançando-se, depois, por terra outra vez e pensando que teria sido possível salvar a arma se Lobo não tivesse feito a vaca cair. Uma boa lança demandava muito trabalho.

– Você não pode ter certeza disso. A vaca se desviou de nós num abrir e fechar de olhos, e corria como o vento.

– Ela não estava preocupada conosco até que Lobo apareceu. Eu queria dizer a você que o espantasse, mas eu não podia gritar, pois podia assustar os animais.

– Eu não sabia o que você desejava. Por que não usou os sinais do Clã?

– Eu lhe fiz perguntas, com gestos, mas você não estava prestando atenção – disse Ayla.

Gestos do Clã?, pensou Jondalar. Não lhe ocorrera que ela estivesse usando a linguagem gestual do Clã. Seria uma boa maneira de dar sinais. Mas acabou balançando a cabeça.

– Duvido que tivesse adiantado alguma coisa. Lobo não teria parado nem mesmo se você o tivesse chamado, Ayla.

– Talvez não. Mas ainda acho que posso ensinar muito a Lobo para nos ajudar. Ele já levanta caça pequena para mim. Neném aprendeu a caçar comigo. Era um bom companheiro de caçadas. Se um leão pode ser ensinado a caçar com gente, o mesmo ocorre com Lobo – disse Ayla, defendendo o animal. Afinal, eles tinham matado o auroque, e Lobo tinha ajudado.

Jondalar achava que a confiança de Ayla na capacidade de aprender de um lobo era pouco realista, mas não valia a pena discutir. Ayla tratava

Lobo como uma criança, e discordar apenas serviria para fazer com que ela o defendesse ainda mais.

– Bem, será melhor eviscerar esta vaca antes que ela comece a inchar. E temos de tirar-lhe o couro aqui mesmo e cortar a carne, para podermos levá-la aos poucos para o acampamento – disse Jondalar. Então outro pensamento lhe ocorreu. – Mas o que vamos fazer com Lobo?

– O que tem o Lobo?

– Se retalharmos a vaca auroque e levarmos parte dela para o acampamento, Lobo pode devorar a carne que deixarmos aqui – disse o homem, já mais preocupado. – E se voltarmos para buscar mais, ele come o que levamos para o acampamento. Um de nós terá de ficar aqui, montando guarda, e o outro terá de ficar lá. Como levar toda a carne, então? Vamos ter de armar uma barraca aqui para secar a carne em vez de usar a cabana do acampamento só por causa de Lobo? – reclamou ele.

Ele estava exasperado com os problemas que Lobo causava, e não estava pensando com clareza. Aquilo deixava Ayla irritada. Talvez Lobo pegasse a carne se ela não estivesse lá, mas certamente não a tocaria se ela estivesse. Não era problema nenhum. Por que Jondalar implicava tanto com ele? Começou a responder-lhe, depois mudou de ideia, e chamou Huiin com um assobio. Montou de um salto e se voltou para Jondalar.

– Não se preocupe. Eu levo essa vaca para o acampamento – disse, indo embora e levando Lobo.

Ela galopou até o abrigo, saltou do cavalo, correu para dentro e voltou com a machadinha de pedra de cabo curto que Jondalar fizera para ela. Depois montou outra vez e tocou Huiin na direção da mata de bétulas.

Jondalar a viu voltar e em seguida se dirigir à mata novamente, sem saber o que tinha em mente. Ele já começara a remover os intestinos e estômago do animal, mas tinha outro pensamento enquanto trabalhava. Achava que tinha razões de sobra para preocupar-se com o filhote de lobo, mas lamentava ter falado disso com Ayla; sabia o quanto ela gostava dele. Uma queixa sua não mudaria a situação, e tinha de reconhecer que o aprendizado a que ela havia submetido Lobo conseguira muito mais resultado do que ele imaginara possível.

Quando ouviu que ela cortava árvores, entendeu o que Ayla planejava fazer, e foi até ela. Viu-a dando ferozes machadadas numa bétula alta e direita no centro da concentração de árvores pouco espaçadas umas das outras. Ia descarregando sua raiva enquanto trabalhava.

Lobo não é tão mau quanto Jondalar diz, pensava. "Talvez quase tenha espantado os auroques, mas depois ajudou. Ela interrompeu o pensamento, descansou um pouco, franziu a testa. E se não tivessem obtido êxito, isso significaria que não eram bem-vindos? Que o espírito da Grande Mãe não os queria no acampamento?

De súbito Jondalar apareceu. Ele tentou tomar-lhe a machadinha.

– Por que você não procura outra árvore e me deixa acabar com esta? – disse ele.

Ayla recusou sua ajuda, mas sem raiva.

– Eu disse que levaria a vaca para o acampamento. Posso fazer isso sozinha.

– Sei que pode. Pois não me levou, sozinha, para a sua caverna no vale? Mas se trabalharmos juntos, você terá a sua madeira muito mais depressa – disse ele. Depois, acrescentou: – Ah, tenho de admitir que você estava certa. Lobo ajudou.

Ayla parou no meio de um golpe e olhou para ele. Sua fronte mostrava preocupação, mas os expressivos olhos azuis tinham uma expressão ambígua. Apesar de não entender muito bem as reservas dele com relação a Lobo, o ardente amor que tinha por ela era visível nos seus olhos. Sentiu-se atraída pelos olhos, pelo másculo magnetismo de sua simples presença, pelo fascínio que Jondalar despertava, de que ele não se dava conta direito, e cuja força ele nem imaginava. E ele sentiu que a resistência dela evaporava.

– Você também está certo – respondeu, contrita. – Ele os espantou antes que estivéssemos prontos, e poderia ter arruinado a caçada.

As rugas desapareceram da testa de Jondalar, e ele sorriu, aliviado.

– Nós dois temos razão, portanto – disse Jondalar.

Ela sorriu de volta, e no momento seguinte estavam nos braços um do outro, e Jondalar beijou-a com desejo. Deixaram-se ficar assim, abraçados, satisfeitos com o fim da discussão, querendo, com aquela proximidade física, anular a distância espiritual que se criara entre eles.

Quando por fim demonstraram seu férvido alívio, continuaram enlaçados por mais algum tempo. Ayla disse então:

– Estou convencida de que Lobo pode aprender a caçar conosco. Temos só de ensiná-lo.

– Não sei; é possível. Mas como ele vai viajar conosco, acho que você deveria ensinar-lhe tudo o que ele for capaz de assimilar. Só assim passará a não mais interferir quando estivermos caçando.

– Você poderia fazer o mesmo. Assim, ele obedecerá a nós dois.

– Duvido que Lobo me dê atenção – respondeu. E vendo que Ayla ia discordar, Jondalar acrescentou logo que, se ela assim o desejasse, ele tentaria. Depois tomou-lhe a machadinha de pedra das mãos e decidiu arriscar um comentário sobre a outra ideia que ela mencionara.

– Você disse algo sobre usar sinais do Clã quando não quisermos gritar. Isso pode ser muito útil.

Ayla olhou em volta, procurando outra árvore de forma e tamanho apropriados. Mas já sorria.

Jondalar examinou a árvore que ela havia começado a derrubar para avaliar se ainda demoraria muito tempo para acabar o serviço. Era difícil cortar madeira dura com machadinha de pedra. O sílex quebradiço da cabeça da machadinha tinha de ser deixado grosso, ou poderia partir-se facilmente com a força do impacto, e um golpe com ele não cortava fundo, apenas tirava lascas, e a árvore parecia mais roída e mordida do que cortada. Ayla ouvia o ritmado som de pedra contra madeira enquanto estudava com cuidado as árvores do capão. Ao encontrar uma que lhe pareceu boa, marcou-lhe a casca e saiu em busca de uma terceira.

Quando as três árvores de que precisavam estavam no chão, Ayla e Jondalar arrastaram-nas para a clareira. Com a machadinha e facas pelaram os galhos, cortaram-nos e deixaram-nos alinhados no chão. Ayla comparou-os, marcou-os, depois cortou os que escolhera de igual tamanho. Enquanto Jondalar removia os órgãos internos do auroque, ela foi até o acampamento apanhar cordas e um dispositivo que fizera, de correias de couro e tiras trançadas. Levou também consigo um dos tapetes rasgados do chão quando voltou à clareira, depois chamou Huiin e ajustou nela aqueles arreios especiais.

Usando duas das longas varas, uma vez que a terceira só era necessária para a trípode que ela usava para pôr suas reservas de alimento fora do alcance de animais famintos, atou as extremidades mais estreitas ao arnês que pusera na égua, cruzando-as por cima das cestas de comida seca e defumada. As pontas pesadas ficaram arrastando no chão, uma de cada lado do animal. Prenderam com cordas o tapete de palha nos varais mais espaçados do trenó, junto ao solo, e prenderam nele cordas sobressalentes para amarrar o auroque.

Considerando o tamanho da gigantesca vaca, Ayla temeu que fosse pesada demais mesmo para sua égua robusta das estepes. Ela e Jondalar tiveram de fazer grande esforço para içar a carga. O tapete era frágil e oferecia base mínima de apoio, mas amarrando a carcaça diretamente às varas, ela não arrastaria no chão. Depois de fazer tanta força, Ayla se convenceu ainda mais de que o peso seria excessivo para Huiin, e quase mudou de ideia. Jondalar já removera as entranhas. Talvez pudessem tirar também o couro ali mesmo e retalhar o auroque em peças mais fáceis de transportar. Ayla já não sentia a necessidade de provar ao homem que era capaz de levar a presa sozinha para o acampamento; mas, como estava no trenó, Huiin poderia pelo menos tentar puxá-la.

Ficou surpresa quando a égua começou a fazer isso, apesar do terreno acidentado, e Jondalar ainda mais que ela. O auroque era maior e mais pesado que Huiin, e arrastá-lo requereria esforço, mas o peso recaía na maior parte nos varais que arrastavam no solo, e por isso era suportável. O aclive foi o mais difícil, mas a égua conseguiu vencê-lo. No terreno desigual de qualquer superfície natural, o trenó era, de longe, o mais eficiente veículo para o transporte de cargas.

Aquilo fora invenção de Ayla, resultado da necessidade e da oportunidade; era um rasgo de intuição. Vivendo só, sem quem a ajudasse, muitas vezes tinha de transportar pesos, como um animal adulto, inteiro, que não conseguia nem carregar nem arrastar sozinha, e se via obrigada a dividir as cargas em pesos menores, tendo sempre de pensar como proteger o que deixava à espera, por causa dos animais à procura de comida. Só a égua que criara poderia ser de algum auxílio. E ela possuía a vantagem de um cérebro capaz de reconhecer essa possibilidade e de inventar os meios de torná-la realidade.

Uma vez alcançado o abrigo de terra, ela e Jondalar desataram o auroque, e depois de palavras de afeto e agradecimento a Huiin, levaram a égua de volta para apanhar as entranhas. Elas também lhes seriam úteis. Na clareira, Jondalar apanhou sua lança quebrada. A ponta continuava enterrada na carcaça, e a parte da frente estalara, mas a parte de trás, mais longa, permanecia inteira. Talvez pudesse servir ainda para alguma coisa, pensou ele, levando-a consigo.

De volta ao abrigo, removeram as argolas que prendiam o trenó a Huiin. Lobo rondava as vísceras; era louco por fressura. Ayla hesitou um momento. Poderia usar as entranhas para fazer uma reserva de gordura ou para impermeabilizar objetos. Mas não seria possível transportar muito mais do que eles já levavam.

Por que seria que pelo simples fato de terem cavalos e poderem carregar mais achavam que precisavam mais? Lembrava-se de que quando deixou o Clã, a pé, tudo aquilo de que precisava ia numa cesta às suas costas. É verdade que a barraca deles era muito mais confortável que o pequeno abrigo de couro que ela usava então. Tinham mudas de roupas, roupas de inverno que não estavam usando, mais comida, utensílios, e... Ela não seria mais capaz de levar tudo às costas.

Resolveu então dar a Lobo os intestinos, no momento desnecessários; e ela e Jondalar se puseram a retalhar a carne de vaca. Depois de várias incisões cirúrgicas, começaram a puxar o couro, processo muito mais eficiente que esfolar com uma faca. Empregaram apenas um instrumento afiado para cortar alguns pontos de junção. Com pouco esforço, a membrana entre pele e músculo se soltava, e acabaram com um belo couro em que só havia os dois orifícios das pontas de lança. Um couro perfeito. Enrolaram-no para que não secasse depressa demais, e puseram a cabeça de lado. A língua e os miolos eram saborosos, e planejavam prepará-los naquela mesma noite. Quanto à caveira, com seus enormes chifres, deixariam para o Acampamento. Poderia ter um significado especial para alguém. Se não, continha muitas partes úteis.

Em seguida, Ayla levou o estômago e a bexiga até o riacho perto do abrigo para lavá-los, e Jondalar desceu até o rio em busca de galhos e árvores finas que ele pudesse vergar para fazer uma armação arredondada para o pequeno barco. Também procuraram galhos caídos e madeira flutuante. Precisavam acender do lado de fora diversas fogueiras para manter afastados animais e insetos atraídos pela carne, bem como uma fogueira do lado de dentro, para combater o frio da noite.

Trabalharam até o escurecer, dividindo a vaca em diversos segmentos, depois cortando a carne em pequenos pedaços alongados, como a língua, e botando-os a secar em grades improvisadas com a galharia cortada. Mas o serviço não estava ainda acabado. Levaram as grades para dentro de casa. A barraca estava ainda úmida, mas foi também guardada. No dia seguinte, ela seria estendida de novo quando levassem a carne para acabar de secar, exposta ao vento e ao sol.

De manhã, quando acabaram de cortar a carne, Jondalar começou a fazer o barco. Empregando ao mesmo tempo vapor e pedras aquecidas no fogo, ele vergou a madeira para a armação da embarcação. Ayla se interessou pelo processo, e quis saber onde ele aprendera a fazer aquilo.

– Meu irmão Thonolan era armeiro: fazia lanças – explicou Jondalar, forçando para baixo a ponta de um galho reto que localizara para amarrá-la a uma seção circular com um fio feito do tendão das pernas traseiras do auroque.

– Mas o que tem a ver a fabricação de lanças com a de barcos?

– Thonolan sabia fazer uma haste de lança perfeitamente reta e exata. Mas para saber como tirar a curvatura de um pedaço de pau você tem de saber primeiro como envergar a madeira, e ele sabia fazer isso também à perfeição. Era muito melhor nisso do que eu. Tinha jeito. Seu ofício não era só fazer lanças, mas trabalhar a madeira. Thonolan fazia os melhores sapatos de neve, e isso significa pegar um galho reto ou qualquer árvore delgada e encurvar a madeira completamente. Talvez por isso ele se sentisse tão à vontade entre os Sharamudoi. Esses eram verdadeiros especialistas. Usavam água quente e vapor-d'água para moldar seus dugouts da forma que queriam.

– E o que é um dugout? – perguntou Ayla.

– É um barco escavado de um lenho só. A proa e a popa são afinadas nas pontas. Ele desliza tão macio na água que é como se estivesse cortando-a com uma faca afiada. São belos barcos, os dugouts. Este que estamos fazendo é grosseiro em comparação, mas não temos árvores de maior porte por aqui. Você verá bonitos dugouts quando chegarmos às terras dos Sharamudoi.

– E quanto tempo falta para isso?

– Muito tempo ainda. Eles estão além daquelas montanhas – disse ele, olhando no rumo do ocidente para os altos picos indistintos na neblina do verão.

– Oh – fez ela, desapontada. – Esperava que não fosse tão longe. Seria agradável encontrar gente. Gostaria que houvesse alguém aqui, neste acampamento. Talvez os habitantes voltem, antes de partirmos.

Jondalar percebeu uma nota de desejo na voz dela.

– Você está com saudades de ver gente? Viveu tanto tempo só no seu vale. Pensei que estivesse acostumada.

– Talvez seja por isso mesmo. Vivi muito tempo sozinha. Não me importo hoje com a solidão por algum tempo, mas nunca encontramos ninguém – disse ela, encarando-o. – Fico tão feliz de ter você comigo, Jondalar! Seria muito triste sem você.

– Também estou feliz, Ayla. Feliz por não ter de fazer esta viagem sozinho, mais feliz ainda do que seria capaz de dizer por ter a sua companhia. Eu também conto os dias de ver gente. Quando alcançarmos o

Grande Rio Mãe, encontraremos alguém por perto. As pessoas gostam de viver perto da água, junto de rios e lagos, e não em campo aberto.

Ayla concordou; depois, segurou a ponta de outra árvore pequena que estivera aquecendo por cima de pedra e vapor. Jondalar a encurvou, com cuidado, e Ayla o ajudou a amarrá-la às outras. A julgar pelo tamanho da embarcação que ele armava, precisariam do couro inteiro do auroque para cobri-lo. Não sobrariam mais que umas aparas, que não bastariam para confeccionar um novo guardador de comidas de couro cru como o que ela perdera na inundação. Precisavam de uma canoa, porém, para atravessar o rio, e tinha de pensar em outro material que pudesse usar. Talvez uma cesta servisse, ela pensou, desde que de trançado bem miúdo, alongada e chata, com tampa. Havia nas vizinhanças muita taboa e caniços, que serviam para cestaria; mas uma cesta funcionaria?

O problema com carne fresca era que o sangue continuava a pingar por algum tempo. E por mais bem trançada que fosse a cesta, acabaria por vazar. Era por isso que couro cru e grosso funcionava tão bem. Absorvia o sangue, mas bem devagar, e não vazava nunca, e depois de certo período de uso, podia ser lavado e posto de novo para secar. Precisava de algo que tivesse a mesma utilidade. Pensaria no assunto.

Esse problema de substituir a bolsa de couro cru perdida não saía da cabeça de Ayla, e quando a armação de canoa ficou pronta e foi deixada ao sol para que a fibra animal secasse até ficar dura e firme, Ayla desceu até o rio a fim de colher material para a sua cesta. Jondalar a acompanhou, mas só até as bétulas. Uma vez que estava trabalhando com madeira, resolveu fazer também algumas lanças para substituir as que estavam perdidas ou quebradas.

Wymez lhe dera algumas boas peças de sílex quando ele se despediu, alisadas sumariamente e pré-formadas, de modo a poderem ser acabadas como Jondalar quisesse. Ele havia feito as antigas, de ponta de osso, antes que deixassem a Reunião de Verão, para demonstrar como se fabricavam. Eram típicos exemplares das que seu povo usava, mas ele aprendera como fazer lanças como os Mamutoi, de ponta de sílex. E como era muito hábil no trabalho da pedra, essas eram mais fáceis para ele fazer do que as outras, para as quais precisava conformar e polir pontas de osso.

À tarde, Ayla começou a tecer a cesta destinada a guardar carne. Quando vivia no vale passou muitas longas noites de inverno tecendo cestos e esteiras, entre outros utensílios, e trabalhava com rapidez e destreza. Era capaz de tecer no escuro, e a cesta para a carne ficou pronta antes de ela ir dormir. Estava muito bem-feita; a forma e as dimensões tinham sido cuidadosamente calculadas, bem como o material e tipo de trançado. Mesmo assim, ela não estava de todo satisfeita com o resultado.

Ela saiu quando já estava escuro, pois precisava trocar sua lã absorvente e lavar no regato a peça que estava usando entre as pernas. Depois, botou-a para secar junto do fogo e longe dos olhos de Jondalar. Em seguida, sem olhar para ele, deitou-se ao seu lado nas peles que usavam como leito. As mulheres do Clã aprendiam que deviam evitar homens tanto quanto possível quando estavam com as regras, e jamais olharem para eles diretamente. Os homens do Clã ficavam muito nervosos quando tinham de conviver com mulheres menstruadas, e ela se surpreendia ao ver que Jondalar não dava importância àquilo. Mesmo assim, sentia-se pouco à vontade, e fazia o possível para cuidar-se sem chamar a atenção.

Jondalar sempre dera atenção a ela durante seus períodos de lua, e percebia o seu desconforto. Quando ela voltou para a cama ele se inclinou para beijá-la. Ayla manteve os olhos fechados, mas correspondeu-lhe com ardor. Quando ele rolou de volta para o seu lugar, e ficaram os dois, lado a lado, contemplando o jogo das sombras nas paredes e teto da confortável estrutura que os abrigava, eles conversaram, embora ela tivesse o cuidado de não olhar para ele.

– Eu gostaria de impermeabilizar aquele couro depois de montado na armação – disse ele. – Se eu ferver os cascos e as aparas do próprio couro, e mais alguns ossos por muito tempo, obtenho uma espécie de caldo grosso pegajoso que endurece ao secar. Temos alguma coisa que eu possa usar para isso?

– Estou certa que podemos arranjar algo. Precisa cozinhar muito tempo?

– Precisa senão não engrossa.

– Então, seria melhor diretamente no fogo, como uma sopa... talvez em cima de um pedaço de couro. Temos de vigiar o processo, juntando água quando necessário. Enquanto estiver molhado, o couro não queima. Espere... Que tal o estômago maior deste auroque? Eu tenho mantido água dentro dele para não secar, e poderia usá-lo para cozinhar e lavar roupa, mas dá uma excelente bolsa para cozinhar – disse Ayla.

– Acho que não, Ayla. Não podemos ficar pondo água, precisamos da sopa bem grossa.

– Nesse caso, uma cesta estanque e pedras quentes seriam o ideal. Posso fazer uma, de manhã – disse Ayla. E embora tivesse se aquietado, e estivesse imóvel, sua mente não a deixou dormir. Ficou pensando que havia um modo melhor de ferver a mistura que Jondalar queria fazer, mas não conseguia lembrar-se exatamente como era. Estava quase adormecendo quando se lembrou. – Jondalar! Agora me lembro.

Ele, que já cochilava, despertou e inquiriu:
– Como? O que foi?
– Nada de errado. Só que me lembrei de como Nezzie derretia gordura. Acho que é a melhor maneira de derreter essa substância que você quer bem espessa. Você faz um buraco no chão, na forma de uma tigela, e forra-o de couro. Devemos ter um pedaço de couro deste auroque que dê para isso. Quebramos alguns ossos, colocamos os pedaços no fundo, e o mais que lhes desejamos acrescentar. Podemos fervê-lo pelo mesmo tempo que esquentamos pedras, e os pedaços de osso impedirão que as pedras quentes encostem no couro e venham a perfurá-lo.
– Muito bem, Ayla. É o que faremos – disse Jondalar, ainda sonolento. E rolou para o outro lado. Logo estava roncando.

Mas havia ainda algo na mente de Ayla que a impedia de conciliar o sono. Ela havia planejado reservar o estômago do auroque para que os moradores do Acampamento o usassem como bolsa-d'água depois que eles tivessem partido, mas era necessário conservá-lo molhado. Uma vez seco, endureceria e não voltaria mais à sua condição original, elástica, e quase impermeável. Mesmo se o enchesse, a água acabaria por evaporar, e ela não sabia quando aquela gente voltaria.

De repente a solução lhe ocorreu. Esteve a ponto de gritar outra vez, mas se conteve a tempo. Jondalar estava dormindo, e não queria acordá-lo. Deixaria que o estômago da vaca secasse e o empregaria como forro para o seu novo guarda-comida, modelando-o enquanto estava ainda fresco, de modo a ajustar-se perfeitamente à cesta. Por fim ela adormeceu, na cabana escurecida, estava contente por haver encontrado solução para aquele problema que a afligia tanto.

Nos dias seguintes, enquanto a carne secava, os dois ficaram muito ocupados. Acabaram de fazer a canoa e a revestiram com a cola que Jondalar fizera cozinhando cascos, ossos e pedaços de couro. Enquanto ela secava, Ayla fez cestas para a carne que iam deixar de presente para os donos do Acampamento, para cozinhar, em substituição à que se perdera, e cestas para recolher plantas, algumas das quais também deixaria lá. Também recolheu verduras e plantas medicinais, e secou algumas para a viagem.

Jondalar a acompanhou um dia à procura de alguma matéria-prima para fazer remos para o barco. Logo que saíram na busca, encontraram a caveira de um veado gigante que morrera antes de trocar as grandes galhadas palmadas, o que lhe deu duas de tamanho igual. Embora fosse ainda cedo, ficou fora com Ayla pelo resto da manhã. Estava aprendendo a identificar alimentos com ela, e começava a entender o quanto Ayla sabia. Seu conhecimento de plantas e sua memória quanto ao uso delas eram incríveis. Quando regressaram ao Acampamento, Jondalar aparou os galhos dos grandes chifres largos e fixou-os em pedaços de madeira fortes e curtos, obtendo remos muito satisfatórios.

No dia seguinte decidiu usar o aparato que construíra para curvar a madeira para a armação do barco e ajustar com ela hastes para as novas lanças. Levou tempo para formá-las e alisá-las: quase dois dias, mesmo com as ferramentas especiais que ele levava, num rolo de couro atado com tiras também de couro. Mas enquanto se ocupava com essas tarefas, Jondalar via, cada vez que passava pelo lado da cabana, onde a havia jogado, a haste quebrada que ele trouxera do vale, sentia-se contrariado. Era uma vergonha que não pudesse aproveitar aquela haste reta, a não ser fazendo uma lança desproporcionada com ela. Qualquer das lanças que estava fazendo com tanto trabalho podia partir-se tão facilmente quanto aquela.

Quando se deu por satisfeito com as novas lanças, que cortariam o ar tão bem quanto as antigas, ele usou mais um dos seus instrumentos, uma lâmina estreita de sílex com uma ponta semelhante a um formão e cabo de chifre para fazer um entalhe profundo na base das hastes. Então, com os nódulos de sílex, preparou novas lâminas e fixou-as às hastes com a cola grossa que fizera para o barco e tendões frescos da vaca. Esses tendões encolhiam quando secavam, fazendo uma ligação sólida e confiável. Completou a obra afixando em cada lança um par de penas compridas, achadas à beira do rio. Eram das muitas aves da região, águias de rabo branco, falcões, milhafres negros, que se alimentavam de esquilos e outros pequenos roedores.

Tinham erguido um alvo, usando uma espécie de colchão de capim, grosso mas sem utilidade – um texugo o rasgara. Reforçando o recheio com aparas do couro da vaca, o alvo ficou capaz de absorver o impacto de uma lança sem danificá-la. Tanto Jondalar quanto Ayla praticavam diariamente. Ayla o fazia para conservar a pontaria, mas Jondalar experimentava com diferentes tipos de ponta e tamanhos de haste, para ver quais as que funcionavam melhor com o arremessador.

Quando as novas lanças ficaram secas e puderam ser consideradas prontas, ele e Ayla foram para o seu estande improvisado, a fim de testá-las e escolher, cada um, as que preferisse. Embora fossem peritos com aquele tipo de arma, várias das lanças erravam o alvo e caíam por terra, inofensivamente. Mas quando Jondalar lançou uma das novas com toda a força, e ela não só errou o alvo como também atingiu um grande osso de mamute que era usado como banco ao ar livre, ele levou um susto. A lança estalou, curvou-se caiu para trás. Ela se partira num ponto fraco, bem perto da ponta.

Quando ele se aproximou da lança para examiná-la detidamente, viu que a ponta de sílex, frágil afinal de contas, lascara de um lado, de alto a baixo, ficando assimétrica e imprestável. Jondalar ficou furioso consigo mesmo, por estragar uma lança que lhe custara tanto tempo e esforço, antes mesmo que tivesse sido útil. Tomado de raiva, ele pôs a haste contra o joelho e quebrou-a em duas.

Quando ergueu os olhos, viu que Ayla o observava, e voltou-lhe as costas, envergonhado por haver perdido a cabeça. Depois se abaixou, pegou as duas partes da lança, desejando dar-lhes sumiço discretamente. Quando olhou de novo, Ayla se preparava para um novo arremesso, como se não tivesse visto nada. Jondalar foi para a cabana e deixou cair a lança quebrada junto da haste que se partira na caçada. Depois ficou a contemplar as três peças perdidas. Sentia-se como um tolo. Era ridículo ficar tão irritado por um motivo tão insignificante.

Mas fazer uma lança nova demandava trabalho, pensou. Era uma lástima que aquelas peças não pudessem ser juntadas para fazer uma lança inteira.

E se pudessem? Apanhou os dois pedaços da lança que ele mesmo tinha quebrado e examinou em cada um a extremidade partida. Depois as juntou. As duas seções ajustaram-se perfeitamente, mas logo se soltaram de novo.

"Se eu escavasse mais fundo deste lado da haste e afinasse a outra extremidade da peça que tem a ponta de sílex lascada e juntasse uma à outra, elas se manteriam unidas?" Entusiasmado com a ideia, Jondalar foi buscar na cabana o seu rolo de couro. Sentado no chão, abriu-o, deixando à mostra a variedade de ferramentas de sílex, feitas com tanto cuidado. Escolheu o formão. Depositando-o no solo, a seu lado, tirou a faca de sílex da bainha, no seu cinto, e começou a cortar fora as lascas para fazer uma extremidade lisa.

Ayla terminara de praticar arremessos e pusera suas lanças no saco que ela adaptara para usar cruzado às costas, apoiado em um ombro, como Jondalar fazia. Ela vinha para a cabana trazendo algumas plantas que arrancara com raiz e tudo, e Jondalar foi ao seu encontro com um grande sorriso.

– Veja, Ayla! – disse, mostrando-lhe a lança. A peça que tinha a ponta lascada estava encaixada agora na extremidade da outra haste, inteira. – Consertei a lança! Agora só falta ver se funciona.

Ela o acompanhou até o alvo e ficou a observá-lo. Jondalar pôs a lança no arremessador, fez mira, depois atirou-a com força. A longa lança acertou o alvo e caiu para trás. Mas quando Jondalar foi conferir, viu que a ponta estava enterrada firmemente no alvo. Com o impacto, a haste se soltara e caíra. Mas quando ele foi verificar, estava intacta. A lança em duas peças funcionava.

– Ayla! Percebe o que isso significa? – Jondalar falava alto, de tanta empolgação.

– Não tenho certeza – disse ela.

– Veja, a ponta encontrou o alvo, depois se separou da haste sem quebrar. Isso significa que tudo o que tenho de fazer da próxima vez é uma nova ponta e prendê-la a uma haste curta, como esta aqui. Não tenho de fazer um cabo comprido, uma nova haste inteira. Posso fazer duas pontas como esta, várias pontas, a rigor, e só precisarei de poucas hastes. Podemos levar conosco maior número de hastes curtas, com ponta, e menor número de hastes longas. Se perdermos uma, não será tão difícil substituí-la. Aqui, experimente – disse, desprendendo a ponta do alvo.

Ayla a examinou.

– Não sou bastante hábil para fazer uma haste comprida e reta, e minhas pontas não ficam tão bonitas quanto as suas. Mas acho que uma destas até eu sou capaz de fazer.

Estava tão entusiasmada naquele momento quanto Jondalar.

NA VÉSPERA DA PARTIDA, verificaram se haviam consertado bem os estragos do texugo, e puseram a pele do animal à vista, para que ficasse óbvio ter sido ele o autor da destruição, e ofereceram seus presentes: a cesta de carne-seca foi dependurada de um caibro do telhado, de osso de mamute, para dificultar a ação de possíveis predadores. Ayla dispôs em torno as demais cestas, e deixou suspensos também nos caibros vários molhos de ervas medicinais secas e plantas alimentícias, principalmente as de uso corrente entre os Mamutoi. Jondalar deixou para o dono da cabana uma lança nova e especialmente bem-feita.

Montaram ainda o esqueleto parcialmente seco do auroque, com seus chifres imensos, num poste na frente da casa, suficientemente alto para que animais carniceiros não a viessem atacar. Os chifres e outras partes ósseas da cabeça podiam ter diferentes usos, e a caveira servia também para explicar que espécie de carne havia na cesta.

Lobo e os cavalos pareciam sentir no ar a mudança iminente. Lobo saltava à volta deles, cheio de animação, e os cavalos pareciam desassossegados. Já Huiin ficava mais perto do abrigo, vigiando Ayla e relinchando quando ela aparecia.

Antes de dormir, os dois arrumaram a bagagem para a viagem; empacotaram tudo, exceto os rolos de dormir e o necessário para uma refeição frugal ao amanhecer. Incluíram na cesta a barraca já seca, embora difícil de dobrar e muito volumosa. O couro fora defumado antes de ser convertido em tenda, de modo que, depois de bem molhado, permaneceria razoavelmente flexível. Mas a barraca estava ainda tesa. Ficaria mais flexível com o uso.

Na sua última noite no conforto da cabana, vendo a luz bruxuleante do fogo que morria dançando nas paredes, Ayla sentia as emoções passarem rapidamente pela sua mente, num jogo semelhante de brilho e sombra. Estava aflita por continuar a viagem, mas triste também por deixar um lugar que se tornara para eles como um lar, embora deserto. Ela se deu conta de que os últimos dias muitas vezes espreitara do alto da colina a ver se os habitantes do lugar estariam voltando antes que os dois se fossem.

Desejando ainda que isso acontecesse inesperadamente, ela já perdera de todo a esperança de encontrar gente. Talvez na altura do Grande Rio Mãe. Talvez no caminho para lá. Ayla adorava Jondalar, mas queria encontrar mulheres, crianças, velhos, para rir, conversar, conviver com pessoas da sua espécie. Não queria, porém, pensar à frente, só no dia seguinte, ou no acampamento seguinte. Não queria pensar no povo de Jondalar ou na distância que tinham ainda de cobrir para chegar lá, e não queria também encarar a necessidade de atravessar aquele rio tão veloz e caudaloso num frágil bote redondo.

Jondalar também não dormia; estava preocupado com a Jornada deles, ansioso para pôr-se a caminho, mas contente com os resultados daquela estada ali. Tinham reposto o equipamento perdido ou danificado, sua barraca estava seca, e ele se rejubilava com a invenção da lança em duas seções. Estava satisfeito com a construção da canoa, mas temia, mesmo assim, a travessia do rio. Era largo e veloz. Não estariam muito longe do mar, e era improvável que o rio diminuísse de porte. Tudo podia acontecer. Só estaria tranquilo quando se vissem na outra margem.

10

Ayla acordou muitas vezes durante a noite, e já estava de olhos abertos quando a primeira claridade da manhã se insinuou através do orifício do teto por onde saía a fumaça ela estendeu os dedos finos até as aberturas para dissipar a treva e retirar as formas escondidas da sombra em que se dissimulavam. Quando a escuridão deu lugar a um vago crepúsculo, ela acordara completamente e não seria mais capaz de dormir.

Afastando-se com jeito do calor de Jondalar, saiu. O frio da noite envolveu sua pele nua e, com a sugestão das maciças camadas de gelo do norte, deixou-a toda arrepiada. Olhando para além do vale do rio, que a cerração velava, pôde entrever as vagas formações da terra ainda escura da margem oposta, projetada em silhueta contra o céu incandescente. Quisera estar lá.

Um pelo quente e áspero roçou na sua perna. Distraída, ela afagou e coçou a cabeça do lobo que surgira a seu lado. Ele cheirou o ar e, tendo encontrado algo interessante, precipitou-se declive abaixo. Ela procurou ver os cavalos e conseguiu distinguir a pelagem amarelada da égua que pastava junto da água. O cavalo, castanho-escuro, não era visível, mas Ayla tinha certeza que ele andava por perto.

Ayla se sentiu tentada a andar até mais adiante para vê-lo, mas um brilho ofuscante na direção oposta a conteve. Embora os taludes rasgados de sulcos profundos da outra margem do rio estivessem ainda envoltos num cinza uniforme e sombrio, as montanhas mais afastadas, para aquele lado, do poente, banhadas na luz clara do sol do novo dia, apareciam em nítido relevo como que gravadas em água-forte, e com tal detalhe que pareciam curiosamente próximas. Para Ayla, era como se lhe bastasse avançar a mão para tocá-las. Coroando a cadeia de montanhas mais baixa, para o sul, os picos cobertos de gelo formavam uma tiara resplandecente. Ela ficou contemplando, encantada, aquelas mudanças de feição e de cor, assombrada com a magnificência do outro lado da aurora.

Quando chegou à pequenina corrente de água cristalina que se lançava, aos saltos, colina abaixo, já não mais sentia o frio da manhã. Colocou na margem a bolsa de água que trouxera e, verificando o estado da sua lã, viu que o período parecia terminado. Isso a alegrou. Desatou as tiras, retirou pela cabeça o amuleto, e entrou naquela rasa piscina natural para lavar-se. Quando acabou, encheu a bolsa de água na cascata que caía na pequena depressão da piscina natural, e saiu, tirando a água do corpo primeiro com uma das mãos, depois com a outra. Pôs de volta o amuleto em torno do pescoço, apanhou a lã que lavara e as tiras, e correu de volta para casa.

Jondalar acabava de atar as peles de dormir em rolo quando ela entrou no abrigo onde tinham vivido todos aqueles dias. Ele ergueu os olhos e sorriu-lhe. Notando que ela já não usava suas tiras de couro, o sorriso se fez sugestivo.

– Talvez eu não devesse ter guardado nossas peles de dormir tão depressa esta manhã – disse.

Ayla ficou ruborizada vendo que ele havia percebido que suas regras tinham acabado. Olhou diretamente os olhos dele, cheios de riso bem-humorado, amor, e uma semente de desejo, e sorriu de volta.

– Você pode sempre desenrolar tudo de novo.

– Lá se vão meus planos de partir bem cedo – disse ele, puxando uma ponta da correia, a fim de desmanchar o nó das peles de dormir. Ele as estendeu por terra e Ayla foi ao seu encontro.

DEPOIS DA REFEIÇÃO da manhã, levaram algum tempo com os últimos preparativos. Reuniram tudo o que tinham e pegaram a canoa, e caminharam declive abaixo para o rio, com seus três companheiros de viagem, Campeão, Huiin e Lobo. Difícil era decidir qual a melhor maneira de fazer a travessia. Ficaram olhando o volume d'água que passava com força, tão larga que era difícil ver os pormenores da barranca do outro lado. Com uma correnteza veloz, que se enroscava sobre si mesma, com redemoinhos e corredeiras, e pequenas ondulações transitórias, que se formavam e desmanchavam todo o tempo, o ronco do rio profundo era quase mais revelador que seu aspecto. Falava de poder com um bramido surdo e gorgolejante de arrepiar os cabelos.

Enquanto fabricava o bote circular, Jondalar muitas vezes refletira sobre o rio e como passar ao outro lado. Jamais fizera um barco antes, e só estivera em uns poucos. Aprendera a conduzir, quando vivia com os Sharamudoi, as canoas escavadas em troncos que eles usavam, mas quando tentara remar os botes redondos dos Mamutoi, achou-os muito desajeitados. Flutuavam bem e dificilmente emborcavam, mas eram difíceis de controlar.

Não só os dois povos tinham materiais diversos à disposição para construir embarcações, mas tinham também diferentes destinações para elas. Os Mamutoi eram, sobretudo, caçadores de estepe, do campo aberto. Pescar para eles era uma atividade secundária, ocasional. Seus barcos eram usados principalmente para cruzar rios, desde os pequenos afluentes até os grandes cursos d'água que vinham, continente abaixo, das geleiras do norte para os mares interiores do sul.

Os Ramudoi, Povo do Rio, meeiros dos Sharamudoi, pescavam no Grande Rio Mãe, embora se referissem a essa atividade como caça, quando o que pescavam era o grande esturjão de 9 metros. Quanto aos Sharamudoi, caçavam a camurça e outros animais monteses, que tinham por hábitat os altos penhascos e picos debruçados sobre o rio e, perto de casa, davam-se por satisfeitos com o grande desfiladeiro onde moravam. Os Ramudoi viviam praticamente no rio durante as estações calmas, aproveitando-se de todos os recursos ribeirinhos, inclusive os frondosos carvalhos sessilifloros que se enfileiravam às suas margens e cuja madeira usavam para fazer barcos, de bela construção e grande maleabilidade.

– Bem, acho que devemos botar tudo dentro – disse Jondalar, apanhando uma das cestas. Mas a deixou de novo no chão e pegou outra. Talvez seja uma boa ideia pôr as mais pesadas primeiro. Esta aqui tem todo o meu sílex e as minhas ferramentas.

Ayla assentiu com a cabeça. Ela também vinha pensando em como chegariam do outro lado da margem com tudo o que levavam intacto, e procurara antecipar os possíveis problemas da travessia, lembrando as poucas excursões que fizera nos barcos do Acampamento do Leão.

– Devemos ficar, os dois, em lados opostos, para não desequilibrar o bote. Lobo irá do meu lado – disse ela.

Jondalar se perguntava como o animal se portaria numa frágil tigela flutuante como aquela, mas não disse nada. Ayla viu, porém, que ele franzira a testa. Mas também ela se absteve de fazer qualquer comentário.

– Devemos ter um remo cada um – disse Jondalar, oferecendo-lhe um.

– Com toda essa carga, espero que sobre lugar para nós – disse ela, pondo a barraca no barco e pensando que poderia talvez usá-la como assento.

Ficaram apertados, mas embarcaram tudo, exceto as estacas.

– Temos de abandoná-las – disse Jondalar. – Não há espaço para elas.

Era uma pena, pois tinham acabado de substituir as antigas, perdidas. Ayla sorriu e lhe passou uma corda que tinha deixado de fora.

– Não precisaremos deixá-las; elas flutuarão. Nós as amarraremos ao bote com isto, de modo a não se desprenderam.

Jondalar não tinha certeza se aquilo era uma boa ideia, e já preparava uma objeção quando uma pergunta de Ayla desviou seu pensamento.

– O que vamos fazer com os cavalos?

– Os cavalos? Eles podem nadar, não podem?

– Sim, mas você sabe o quanto eles podem ficar nervosos, principalmente diante de algo que nunca fizeram antes. E se algo na água os assustar e eles resolverem voltar? Se fizerem isso, não vão tentar cruzar o rio depois, sozinhos. Nem sequer saberão que estamos na outra margem. Teríamos de retornar para puxá-los. Então, por que não os puxamos agora? – sugeriu Ayla.

Ela estava certa. Os cavalos provavelmente ficariam apreensivos, e tanto poderiam ir para a frente como para trás, pensou Jondalar.

– Mas como poderemos guiá-los de dentro do bote?

Os cavalos complicavam a situação. Conduzir o barco já era difícil. Como controlar cavalos em pânico ao mesmo tempo? Suas preocupações com a travessia aumentaram.

– Vamos puxá-los pelo cabresto com cordas. Eles virão amarrados ao barco – disse Ayla.

– Não sei... Talvez essa não seja a melhor maneira. Talvez devamos pensar um pouco mais.

– Pensar sobre o quê? – indagou ela, enquanto prendia as três estacas num feixe, que atou na ponta de uma corda presa ao barco. Assim, elas seriam rebocadas. – Não era você que queria partir cedo? – acrescentou, ele, enquanto punha o cabresto em Huiin, passava outra corda por ela, e amarrava a corda ao barco, do lado oposto ao das estacas. Então, de pé ao lado do barco, ela olhou para Jondalar. – Estou pronta.

Ele hesitou, depois concordou com ar decidido.

– Muito bem – disse ele, apanhando o cabresto de Campeão enquanto o chamava. O jovem garanhão levantou a cabeça e protestou com um relincho quando Jondalar tentou passar-lhe as correias por cima da cabeça, mas depois que Jondalar lhe falou e afagou o pescoço, Campeão se acalmou. Jondalar prendeu a corda ao barco e olhou para Ayla.

– Vamos – disse.

Ayla fez sinal a Lobo para que entrasse no barco. Depois, segurando as cordas para manter o controle dos cavalos, empurraram o bote para a água e pularam dentro.

Desde o começo, tiveram problemas. A forte corrente logo se apoderou do barquinho e o arrastou com ela. Mas os cavalos não estavam preparados para enfrentar o rio. Recuaram juntos, enquanto o barco seguia, sendo tão violentamente sacudido que quase virou. Lobo teve dificuldade em manter-se de pé e ficou olhando nervoso a situação. Mas a carga era pesada, e isso endireitou o barco. Em contrapartida, fazia-o navegar muito baixo na água. As estacas já boiavam, saltando para acompanhar a corrente.

A força do rio e os gritos de encorajamento de Ayla e Jondalar acabaram por fazer com que os cavalos entrassem na água. Primeiro, Huiin arriscou uma pata. Depois foi a vez de Campeão. Como o rio continuasse a puxar, entraram nele e logo estavam nadando. Ayla e Jondalar não tiveram opção senão deixar que o rio os levasse em frente, até que o improvável conjunto de três longas estacas, um barco redondo com um homem, uma mulher, um lobo assustado e dois cavalos a reboque se estabilizou. Ayla e Jondalar pegaram os remos e tentaram mudar de direção, e ir em diagonal para a margem oposta.

Ayla, que se sentava de frente para a margem oposta, não estava habituada a remar. Teve de recomeçar várias vezes até acertar, procurando acompanhar as instruções de Jondalar, que remava vigorosamente, a fim de afastar o bote da margem. Mesmo depois que ela se acostumou e pôde usar o remo em cooperação com ele para dirigir o barco, progrediram muito devagar, com as estacas boiando à frente e os cavalos na retaguarda, nos olhos estampado o terror de serem arrastados.

Finalmente começaram a progredir, mas lentamente, para a margem oposta; iam muito mais rápido rio abaixo. Mais à frente, o largo curso d'água, indo rumo ao mar pelo terreno em declive, fazia uma acentuada curva para leste. Uma corrente que refluiu de uma ponta arenosa, que se projetava da margem para onde queriam ir, apanhou de lado as estacas, que vogavam à frente deles.

Os compridos troncos de bétula, que iam livres à tona, salvos pelas cordas que os prendiam, giraram e bateram no barco coberto de couro com tanta força que Jondalar temeu tivessem feito um buraco. Eles foram sacudidos e o barco girou sobre si mesmo, retesando perigosamente as cordas dos cavalos, que, tomados de pânico, relincharam, engoliram muita água e tentaram desesperadamente fugir, nadando, mas a corrente inexorável, que puxava o barco a que estavam presos, os levou consigo.

Seus esforços, porém, fizeram com que o barco girasse de novo, o que, por sua vez, deu um puxão nas estacas, que bateram mais uma vez na embarcação. Tudo isso junto – a corrente turbulenta, os safanões no barco sobrecarregado e as colisões abruptas das estacas – fazia com que o barco jogasse e se enchesse de água, o que acrescentava peso. Corriam o risco de afundar.

Lobo, apavorado, se encolhera, com o rabo entre as pernas, junto de Ayla na barraca dobrada. Ela procurava freneticamente firmar o barco com o remo, sem saber como controlá-lo. Jondalar continuava a dar-lhe instruções, mas ela não sabia como obedecer-lhe. O relincho dos cavalos chamou-lhe a atenção. Vendo o medo de que estavam possuídos, compreendeu que tinha de soltá-los. Largando então o remo no fundo do barco, pegou a faca que tinha à cinta e, sabendo que Campeão era o mais agitado dos dois, cortou sua corda primeiro, sem esforço, porque a lâmina de sílex era afiada.

A libertação do cavalo produziu mais solavancos e rodopios. Lobo não aguentou: pulou na água. Ayla o viu nadar com força. Cortou, então, depressa, a corda de Huiin, e pulou atrás dele.

– Ayla! – gritou Jondalar, que logo se viu a girar outra vez. O barquinho, leve e agora mais livre, começou a rodopiar sobre si mesmo e a bater com estrépito nas estacas. Quando ele conseguiu ver Ayla, ela procurava abrir caminho de volta ao barco, encorajando o lobo, que nadava em sua direção, a segui-la. Huiin e, à frente dela, Campeão já iam para a margem remota, e a correnteza o puxava cada vez mais veloz rio abaixo, para longe de Ayla.

Ela olhou para trás e teve uma última visão de Jondalar e do barco quando este dobrou a curva do rio, e ela paralisou de pavor, achando que nunca mais o veria. Arrependeu-se de ter deixado o barco, mas isso não adiantava agora; nem tinha tempo de pensar nisso naquele momento. O lobo vinha chegando, lutando contra a corrente. Ayla avançou para ele com algumas braçadas; mas quando o alcançou, o animal tentou pôr-lhe as patas no ombro e lamber-lhe o rosto, e sua ansiedade fez com que ela afundasse. Ayla veio à tona cuspindo, engasgada, prendeu-o com um braço, e procurou ver os cavalos.

A égua nadava no rumo da margem, afastando-se de Ayla, que respirou fundo e soltou um assobio, alto e demorado. A égua movimentou as orelhas e se voltou para a direção de onde vinha o som. Ayla assobiou de novo, e a égua mudou de direção, procurando alcançá-la. Ayla, ao mesmo tempo, nadou para o animal com fortes braçadas. Nadava muito bem. Apesar de evoluir a favor da corrente, se bem que em diagonal, só com esforço conseguiu chegar até Huiin. Quando a alcançou, quase chorou de alívio. O lobo se aproximou, mas continuou em frente.

Ayla descansou um momento, agarrada à crina de Huiin, e só então se deu conta de como a água estava fria. Viu então a corda ainda presa ao cabresto e lhe ocorreu como seria perigoso para o animal se ela se prendesse a algum entulho flutuante. Levou algum tempo desatando o nó, que inchara, e tinha os dedos duros de frio. Procurou, então, voltar a nadar, para não sacrificar ainda mais o animal, e na esperança de que o exercício a aquecesse.

Quando, por fim, alcançaram a margem, ela saiu da água exausta, tiritante, e se deixou cair por terra. O lobo e a égua pareciam em melhor estado. Os dois se sacudiram, espirrando água, e depois Lobo se deitou, arfando. Os pelos compridos de Huiin já eram densos no verão, embora ficassem ainda mais espessos no inverno, quando a lã protetora crescia. Ela ficara de pé, com as pernas bem afastadas e o corpo tremendo, de cabeça baixa e orelhas caídas.

Mas o sol do verão ia alto no céu, o dia esquentara, e, uma vez descansada, Ayla parou de tremer. Assobiou. Primeiro, seu assobio especial para Huiin... Campeão viria também se o ouvisse. Depois, chamou Jondalar com o assobio que usava para ele. Sentiu um aperto no coração. Teria ele alcançado a margem no seu frágil barco? Em caso afirmativo, onde estava? Assobiou mais uma vez, esperando que ele a ouvisse e respondesse, mas não ficou infeliz quando foi o garanhão que apareceu, marrom-escuro, a galope, ainda de cabresto, arrastando a corda.

– Campeão! Viva, você conseguiu! Eu sabia que era capaz disso.

Huiin também o saudou com um relincho festivo, e Lobo com entusiásticos latidos de filhote, coroados por um uivo cheio e prolongado. Campeão respondeu com diversos relinchos altos. Ayla os interpretou como de alívio pelo reencontro dos amigos. Quando chegou perto, Campeão esfregou o focinho no nariz de Lobo, depois se postou junto de Huiin com a cabeça no pescoço dela, consolando-se da terrível travessia.

Ayla se juntou a eles, depois abraçou o pescoço de Campeão e afagou-o por algum tempo antes de libertá-lo do cabresto. Ele estava tão acostumado a usar aquilo que as correias não pareciam incomodar muito, nem impedi-lo de pastar, mas Ayla achou que a corda comprida e solta poderia criar problemas. Ela mesma não gostaria de ter algo assim pendurado no pescoço todo o tempo. Tirou também o cabresto de Huiin e enfiou tudo na cinta de couro que usava por baixo da túnica. Pensara em trocar de roupa, mas estava com pressa, e a roupa secaria no corpo.

– Bem, já encontramos Campeão. Agora temos de achar Jondalar – disse em voz alta. Lobo a encarava como se esperasse ordens. Ayla então se dirigiu diretamente a ele. – Lobo, vamos encontrar Jondalar!

Então, montando Huiin, seguiu rio abaixo.

DEPOIS DE MUITAS VOLTAS, rodopios e saltos, o pequenino bote redondo, coberto de couro, acompanhava agora, tranquilamente, a correnteza sob o comando de Jondalar. As estacas, dessa vez, estavam na parte de trás. Com um único remo, e considerável esforço, ele começou a impelir a embarcação de través, contra a força do largo rio. Descobriu que as três estacas ajudavam a estabilizar o barco, impedindo que ele rodasse e facilitando o controle.

Sentia-se culpado por não ter pulado atrás de Ayla. Mas tudo acontecera tão depressa! Mal se dera conta do que acontecia, e ela já estava longe, arrastada pela correnteza. Teria sido inútil pular na água depois de perdê-la de vista. Não poderia nadar de volta, contra a corrente, e perderia o barco com tudo o que ele continha.

Procurou consolar-se pensando que ela nadava bem. Mas sua preocupação o incentivava a persistir nos esforços para atravessar o rio. Quando, por fim, alcançou a margem, muito longe do ponto de onde haviam partido; quando sentiu que o fundo do barco tocava a praia rochosa que tinha visto, projetando-se para dentro do rio numa curva, soltou um grande suspiro de alívio. Em seguida, desceu e puxou o pequeno barco com a carga pesada pelo aclive da praia. Descansou um pouco, de tão exausto que estava, mas logo se ergueu e saiu, rio acima, para procurar Ayla.

Manteve-se perto da água, e quando encontrou um pequenino afluente, vadeou-o sem maiores dificuldades. Mas algum tempo depois deu com um segundo afluente, de grandes proporções. Aí, hesitou. Aquele não era rio que se pudesse vadear, e se tentasse passá-lo a nado, tão perto do rio principal, corria o risco de ser arrastado para ele. Teria de caminhar ao longo da margem até encontrar um lugar mais favorável a uma travessia.

MONTADA EM HUIIN, Ayla chegou não muito depois dele ao mesmo rio. E também acompanhou seu curso na direção das cabeceiras por algum tempo. Mas atravessar a cavalo ou a pé eram coisas muito diferentes, e a escolha do melhor ponto para fazê-lo dependia de outras considerações. Ela não andou tanto quanto Jondalar. Logo entrou no rio. Campeão e Lobo vieram atrás dela, e logo estavam todos do outro lado. Ayla avançou, então, para o rio principal, mas, olhando para trás, viu que Lobo enveredava na direção oposta.

– Venha, Lobo. Por aqui! – Assoviou, e disse a Huiin que seguissem em frente.

Lobo hesitou, mas obedeceu-lhe; depois parou no meio do caminho, mas veio por fim. Na margem, Ayla resolveu ir na direção da corrente, e pôs a égua a galope.

Seu coração bateu forte quando julgou divisar, numa praia pedregosa à frente, um objeto arredondado e convexo.

– Jondalar, Jondalar! – gritou, cavalgando a toda velocidade.

Apeou mesmo antes que a égua parasse e correu para o barco. Olhou dentro dele, olhou em volta. Tudo estava lá, ao que parecia, inclusive as estacas. Só faltava Jondalar.

– Eis o bote, mas onde está Jondalar? – perguntou alto. Lobo latiu, como que em resposta. – Por que não consigo achar Jondalar? Onde estará ele? Será que o barco veio parar aqui sozinho? Será que ele não conseguiu atravessar?

Depois ocorreu-lhe que ele talvez estivesse procurando por ela. Mas se ele foi rio acima e eu vim rio abaixo, como nos desencontramos?, pensou ela.

— O rio! — exclamou. Lobo latiu de novo. E ela se lembrou da hesitação do animal logo depois de cruzarem o grande afluente. — Lobo!

O animal veio correndo e saltou com as patas dianteiras nos ombros de Ayla. Ela o pegou pelos pelos do pescoço, olhando aquele focinho comprido, aqueles olhos inteligentes, lembrando-se do filhote que ele havia sido, pequenino e frágil, a recordar-lhe tanto o filho. Rydag mandara que Lobo a fosse procurar um dia, e ele percorrera longa distância para encontrá-la. Ela sabia que ele era capaz de encontrar Jondalar se ela pudesse fazê-lo entender o que queria.

— Lobo, encontre Jondalar!

O animal se deixou cair, farejou em torno do barco, depois seguiu por onde tinham vindo, rio acima.

JONDALAR ESTAVA METIDO na água até a cintura, e avançava com cuidado através do rio menor, quando ouviu um fraco pio de ave, que lhe pareceu, de certo modo, familiar... e impaciente. Parou, fechou os olhos, e procurou localizar a origem do som. Depois, balançou a cabeça. Não podia estar certo, sequer, de ter mesmo ouvido algo. E prosseguiu. Quando alcançou a margem oposta e começou a andar na direção do rio principal, continuou com aquilo na cabeça. Finalmente, sua obsessão de encontrar Ayla o fez esquecer um pouco o incidente, ainda que, de tempos em tempos, a lembrança voltasse.

Já caminhara bastante, com as roupas molhadas, sabendo que Ayla também estaria encharcada, quando lhe ocorreu que talvez devesse ter levado a barraca ou alguma outra coisa que lhe servisse de abrigo. Começava a ficar tarde, e tudo poderia ter acontecido com ela. O pensamento fez com que esquadrinhasse o rio, as margens, a vegetação em torno mais detidamente.

De repente, ouviu de novo o assobio, dessa vez muito mais alto e mais perto, seguido de uma espécie de latido, e, por fim, de um uivo perfeitamente caracterizado de lobo, e o som de cascos de cavalo. Virando-se, seu rosto se abriu num largo sorriso de boas-vindas quando viu Lobo, que vinha como uma flecha em sua direção, com Campeão logo atrás e, melhor do que tudo isso, Ayla montada em Huiin.

Lobo saltou-lhe no peito e se pôs a lamber-lhe o queixo. Jondalar o pegou carinhosamente pelo pelo do pescoço, como tinha visto Ayla fazer, e acabou dando um abraço no animal. Depois afastou-o, pois Ayla já vinha perto, saltava e corria ao seu encontro.

– Jondalar! Jondalar! – disse, quando ele a tomou nos braços.
– Ayla! Oh, minha Ayla! – disse ele, estreitando-a contra o coração.
Lobo saltou de novo e se pôs a lamber o rosto dos dois, e nenhum deles pensou em expulsá-lo.

O GRANDE RIO, que tinham atravessado com os cavalos e o lobo, lançava-se no mar interior de águas escuras que os Mamutoi chamavam mar Beran, pouco ao norte do largo delta do Grande Rio Mãe. Quando os dois viajantes se aproximaram da foz daquele imenso curso d'água, que serpenteava por mais de 3 mil quilômetros através do continente, o terreno descendente se nivelou.

– Jondalar – disse ela, enquanto ele cavalgava à frente dela. – Olhe aquela nuvem estranha.

O homem ergueu os olhos e, em seguida, parou o cavalo. Ayla emparelhou com ele. Enquanto observavam, a nuvem ficou perceptivelmente maior ou, talvez, mais próxima.

– Não creio que se trate de uma nuvem de chuva – disse Jondalar.

– Eu também não. Mas o que pode ser então? – Ela sentiu de súbito e inexplicavelmente grande vontade de procurar abrigo em qualquer lugar. – Você acha que deveríamos armar a tenda e esperar que ela passe?

– Prefiro ir em frente. Talvez possamos deixá-la para trás, se nos apressarmos.

Incitaram os cavalos a andar mais depressa pelo prado verdejante. Mas tanto as aves quanto a estranha nuvem os ultrapassaram. O som, estridente, cresceu de intensidade, superando mesmo o grasnar frenético dos estorninhos.

– O que foi isso? – perguntou ela. Mas antes que as palavras lhe saíssem da boca, ela foi atingida de novo, e outra vez mais. Algo aterrissou também em Huiin, depois pulou fora. Mas aquilo se repetiu. Quando Ayla olhou para Jondalar, que ainda cavalgava à sua dianteira, viu mais daqueles insetos voadores e saltadores. Um pousou bem à sua frente, e antes que pudesse escapar, ela o prendeu com a mão em concha.

Examinou-o, em seguida, com todo o cuidado. Era, de fato, um inseto, do tamanho do seu dedo médio, com as pernas traseiras compridas. Parecia um gafanhoto dos grandes, mas não era daquele verde de folha seca que se confunde tão bem com o terreno, como os que tinha visto saltando no chão. Aquele era notável justamente por ter listras muito vivas, pretas, amarelas e cor de laranja.

A diferença era produto da chuva. Na estação normalmente seca eles eram gafanhotos comuns, pequenos animais solitários, tímidos, que só se reuniam a outros da mesma espécie para cruzar. Mas uma grande alteração se produzira depois da grande tempestade. As fêmeas se aproveitaram do surgimento de nova relva fresca e da abundância de alimentos para botarem muito mais ovos do que de hábito, e um número muito maior de larvas sobreviveu. Com esse aumento da população, algumas extraordinárias mudanças ocorreram. Os pequenos gafanhotos ganharam cores novas, vivas, e começaram a procurar a companhia uns dos outros. Não eram mais gafanhotos, e sim locustídeos.

Em pouco tempo, grandes bandos de locustídeos multicores se juntavam a outros bandos e, uma vez exauridas as reservas locais de alimento, empreendiam grandes voos de invasão a outras zonas, viajando em grandes massas. Uma nuvem de cinco bilhões de indivíduos não era incomum, podendo cobrir 150 quilômetros quadrados, e devorar oitenta mil toneladas de vegetação numa só noite.

Assim que a vanguarda da nuvem de locustas começou a descer para cevar na relva fresca, Ayla e Jondalar se viram engolfados pelos insetos, que voejavam em torno, chocando-se contra eles e suas montarias. Não foi difícil, nessas circunstâncias, pôr Huiin e Campeão a galope. Impossível teria sido contê-los. Enquanto fugiam, atingidos ainda, a todo momento, por aquele dilúvio de insetos, em vão Ayla procurava Lobo com os olhos. O ar estava denso de insetos voando, saltando, ricocheteando uns contra os outros. Ela assobiou tão alto quanto pôde, à espera de que ele conseguisse ouvi-la, apesar do zumbido ensurdecedor.

Ela quase bateu contra um estorninho cor-de-rosa, que mergulhou logo em frente do seu rosto e pegou uma locusta no ar. Compreendeu então por que os pássaros se haviam congregado ali em tão grande número. Tinham sido atraídos pelo imenso suprimento de comida, fácil de ver graças às cores vivas. Mas os nítidos contrastes que atraíam as aves também serviam aos insetos para localizar uns aos outros quando tinham de levantar voo para outra região, quando não havia ali mais comida. Nem mesmo a presença de tantas aves reduzia o número de insetos enquanto a vegetação fosse suficiente para alimentá-las e às novas gerações. Só quando as chuvas cessavam, e os prados retomavam à sua condição anterior, normal, seca, capaz de alimentar apenas pequeno número de insetos, os locustídeos se tornavam outra vez inócuos gafanhotos, com sua habitual camuflagem pardacenta.

Lobo encontrou-os logo depois que deixaram a nuvem para trás. Àquela hora, já os vorazes insetos se haviam acomodado no solo para passar a noite. Ayla e Jondalar acamparam a boa distância deles. Quando partiram, na manhã seguinte, seguiram rumo ao nordeste, para uma colina elevada, de onde poderiam ver toda a planície e, talvez, ter uma ideia da distância que os separava ainda do Grande Rio Mãe. Para além da crista da colina, e a uma distância relativamente pequena, viram a região da área que fora visitada pela praga de gafanhotos predadores. A nuvem, revolta, já fora, àquela altura, varrida para o mar pelos ventos fortes. Eles ficaram assombrados com a destruição.

No campo, tão belo antes, tão cheio de flores coloridas e viço, a relva estava destruída até onde a vista alcançava. Nem uma folha, nem qualquer mancha de verdura. Tudo fora devorado pela horda faminta. Os únicos sinais de vida eram os estorninhos, caçando insetos caídos ou retardatários. O solo fora raspado, violentado, e jazia exposto. Sem dúvida, ficaria recuperado daquela devastação provocada por criaturas por ele mesmo criadas, no seu ciclo natural de vida, e das raízes escondidas e das sementes trazidas pelo vento, ele se vestiria de verde outra vez.

Quando Ayla e Jondalar olharam para outra direção, uma nova paisagem os saudou, e o pulso deles bateu forte. Para leste, um vasto lençol d'água luzia ao sol: era o mar Beran.

Enquanto olhava, Ayla percebeu que era o mesmo mar que tinha conhecido na infância. Na ponta mais meridional de uma península que entrava na água, do lado norte, ficava a caverna em que vivera com o Clã de Brun quando criança. Morar ali, com o povo do Clã, fora muitas vezes difícil. Mas ela guardava ainda muitas memórias felizes desse tempo. Só a lembrança do filho que tivera de abandonar a entristecia inevitavelmente. Sabia que estava agora mais próxima dele do que jamais estaria – desse filho que nunca mais veria.

Era melhor para ele viver com o Clã. Na companhia de Uba, sua mãe adotiva, com o velho Brun para ensinar-lhe o uso da lança, das bolas, da funda, das normas do Clã, Durc seria amado e aceito, e não se tornaria objeto de escárnio como Rydag o fora. Mas ela não podia deixar de pensar nele. O Clã viveria ainda naquela mesma península? Ou teria se mudado para mais perto de outros Clãs, no interior do continente ou nas altas montanhas orientais?

– Ayla! Veja. Lá está o delta, e você pode ver Donau, ou pelo menos, parte dele. Está vendo do outro lado daquela grande ilha aquela água barrenta, marrom? Se não me engano, aquele é o braço principal do rio, o braço norte. Lá está ela: a foz do Grande Rio Mãe! – disse Jondalar, com grande alegria na voz.

Ele também estava esmagado de memórias, em que se mesclava alguma tristeza. Da última vez que vira aquele rio, estava com o irmão. E agora Thonolan se fora para o mundo dos espíritos. De súbito ele se lembrou da pedra de superfície opalescente que levara do local onde Ayla havia sepultado seu irmão. Ela dissera que a pedra continha a essência do espírito de Thonolan, e ele tinha a intenção de presentear com ela sua mãe e Zelandonii quando voltasse. Estava na sua cesta. Talvez devesse tirá-la de lá, e carregá-la consigo.

– Oh, Jondalar! Lá, junto do rio, está vendo? Aquilo não é fumaça? Não haverá gente vivendo junto daquele rio? – disse Ayla, animada com essa perspectiva.

– Pode ser – disse Jondalar.

– Vamos andar depressa, então – disse ela. E começou a descer a colina, com Jondalar cavalgando ao lado. – Quem poderá ser? – perguntou. Alguém que você conheça?

– Pode ser. Os Sharamudoi vêm às vezes, até esta distância, nos seus barcos, para comerciar. Foi assim que Markeno conheceu Tholie. Ela estava com um Acampamento Mamutoi que viera em busca de sal e de conchas. – Ele se calou, olhou em volta, perscrutando com maior atenção o delta e a ilha do outro lado de um estreito canal. Depois estudou o terreno rio abaixo. – Na verdade, acho que não estamos muito longe do lugar onde Brecie instalou o Acampamento do Salgueiro... no verão passado. Foi mesmo no verão passado? Ela nos levou para lá, depois que o Acampamento salvou a mim e a Thonolan da areia movediça...

Jondalar fechou os olhos, mas Ayla tinha visto a dor que havia neles.

– Eles foram as últimas pessoas que meu irmão viu... além de mim. Viajamos juntos um pouco mais. Eu tinha esperança que ele superasse aquilo, mas Thonolan não quis viver sem Jetamio. Quis que a Grande Mãe o levasse – disse Jondalar. E, então, baixando os olhos, acrescentou: – E foi então que encontramos Neném.

Jondalar encarou Ayla, e ela viu sua expressão mudar. A dor ainda estava presente, mas ela reconheceu aquele olhar especial que mostrava quando o seu amor por ela era tanto que ficava quase impossível de suportar para ele. Para ela também, pensou. Mas havia também algo mais nele, algo que a deixava assustada.

– Nunca pude entender por que Thonolan quis morrer... naquela hora – disse ele.

Depois, virando o rosto, ele fez com que Campeão andasse mais depressa, e disse por cima do ombro:

– Vamos. Você não queria correr?

Ayla fincou os calcanhares em Huiin, decidida a ser mais cuidadosa, e acompanhando o homem que galopava agora, em cima do garanhão, rumo ao rio, embaixo. Mas o galope era excitante e serviu para espantar o clima estranho e triste que aquele terreno evocara para os dois. O lobo, excitado com o ritmo acelerado da marcha, corria com eles. E quando, finalmente, chegaram à fímbria da água e pararam, Lobo levantou a cabeça e entoou uma melodiosa canção canina, feita de longos uivos tirados do fundo da garganta. Ayla e Jondalar se entreolharam e sorriram, imaginando qual seria a maneira mais apropriada de anunciarem que tinham alcançado o rio que ia ser seu companheiro pela maior parte do que lhes restava a fazer como Jornada.

– É este mesmo? Alcançamos o Grande Rio Mãe? – disse Ayla, com os olhos brilhando.

– Sim, é este – disse Jondalar, e olhou em seguida para o ocidente, rio acima. Não queria desanimar Ayla, mas sabia o quanto tinham de viajar ainda.

Tinham de cobrir de volta os passos dele através do continente até a geleira que cobria as montanhas nas cabeceiras daquele longo rio, depois seguir mais além, quase que até a Grande Água do fim do mundo, bem para oeste. Ao longo do seu curso sinuoso de 3 mil quilômetros, o Donau, o rio de Doni, a Grande Mãe Terra dos Zelandonii, engrossava com a água de mais de trezentos afluentes, com a drenagem de duas cadeias geladas de montanha, e arrastava consigo uma enorme carga de sedimentos.

– De onde vem aquela fumaça? – perguntou Ayla. – Deve haver um acampamento por aqui.

– Creio que veio daquela ilha grande que vimos na foz, para além do canal – disse Jondalar, apontando.

Eles começaram a descer o rio, e quando estavam já defronte da ilha, entraram pelo canal. Ayla olhou para trás a fim de certificar-se de que as traves do trenó, com o barco amarrado, não se haviam enredado. Depois verificou se as pontas dianteiras, cruzadas à frente, se moviam, livremente como os mastros, que vinham agora arrastados pela égua. Quando arrumaram de novo a bagagem e deixaram o rio principal para trás, pensaram em abandonar o barco. Ele já cumprira sua missão, que era a de levá-los até ali, mas dera muito trabalho para fazer. E apesar de não ter servido tão bem quanto haviam imaginado, tinham pena de abandonar o pequeno bote redondo.

Foi Ayla quem teve a ideia de fixar o barco ao trenó, mesmo que isso obrigasse Huiin a usar o arnês de forma ininterrupta e arrastar o trenó todo o tempo. Mas foi Jondalar quem imaginou que ele facilitaria a passagem de rios. Poderiam carregar o barco com a bagagem, que assim não ficaria molhada. Huiin nadaria à vontade, puxando uma bagagem leve, que flutuasse. Quando experimentaram o processo no primeiro rio que tiveram de atravessar, verificaram que era até desnecessário tirar o arnês da égua.

A correnteza tendia a puxar barco e mastros, o que preocupava Ayla sobremaneira, principalmente depois que vira como Huiin e Campeão tinham entrado em pânico quando se viram, no outro rio, numa situação que escapava ao seu controle. Decidiu refazer o arnês de modo a poder cortar rapidamente as correias se parecessem pôr a égua em perigo. Já o cavalo compensava a força da correnteza e aceitava a carga sem dificuldade. Ayla ocupara-se, pacientemente, em familiarizar Campeão com a nova ideia. Huiin estava habituada ao trenó e confiava em Ayla.

A larga tigela aberta do barco pedia enchimento. Começaram a levar madeira, excrementos secos e outros materiais úteis que iam apanhando pelo caminho, com vista à fogueira da noite. Às vezes deixavam também suas cestas de bagagem no barco depois de atravessarem um rio. Tinham passado diversos cursos d'água de diferentes tamanhos que demandavam, todos, o mar interior. E Jondalar sabia que teriam muitos outros ainda pela frente na sua Jornada ao longo do Grande Rio Mãe.

Quando entraram na água limpa do canal mais exterior do delta, o garanhão assustou-se e relinchou nervosamente. Campeão não gostava de rios desde a sua desagradável aventura, mas Jondalar vinha guiando o cavalo em todos os riachos e ele aos poucos vencia o medo. Isso era bom, pois haveria outros a cruzar antes de chegarem em casa.

A água movia-se vagarosa. E era tão transparente que podiam ver peixes nadando entre as plantas aquáticas. Depois de passarem os caniços da margem, ganharam a ilha, comprida e estreita. Lobo foi o primeiro a alcançar aquela língua de terra firme. Sacudiu-se vigorosamente, depois subiu correndo pela praia de areia molhada e compactada de mistura com argila, que subia para uma pequena mata de salgueiros crescidos, de folhagem verde prateada, tão grandes quanto árvores.

– Eu sabia – disse Ayla.

– O que você sabia? – indagou Jondalar, sorrindo diante da sua expressão satisfeita.

– Estas árvores são idênticas aos arbustos entre os quais dormimos naquela noite em que choveu tanto. Pensei que fossem salgueiros, mas nunca vira nenhum tão grande assim. Salgueiros são em geral arbustos, mas estas árvores podem muito bem ser salgueiros.

Desmontaram e conduziram os cavalos para a floresta, fresca e pouco cerrada. Marchando em silêncio, observaram as sombras das folhas dançando na brisa leve e mosqueando a alfombra do chão, relvoso, batido de sol. Pelos claros das árvores, viram auroques pastando, ao longe. Estavam a favor do vento, porém, e logo que o gado sentiu o cheiro deles, fugiu bem rápido. Aqueles animais já haviam passado pela experiência da caça, pensou Jondalar.

Os cavalos começaram a cortar forragem com os dentes, avançando livremente por aquele delicioso terreno arborizado. Ayla parou e começou a tirar os arreios de Huiin.

– Por que está parando aqui? – perguntou Jondalar.

– Os animais querem pastar. Pensei que podíamos parar um instante.

Jondalar pareceu preocupado.

– Acho que devemos andar mais um pouco. Estou seguro de que há gente nesta ilha, e gostaria de saber quem são antes de acamparmos.

Ayla sorriu.

– Tem toda razão! Você disse que a fumaça vinha daqui. Este lugar é tão bonito que quase me esqueci disso.

A ilha se elevava a menos de um metro acima do nível da água, e em seguida se aplainava num extenso campo, que era como que uma estepe em miniatura, com festucas e estipas alourando ao sol. Ayla e Jondalar atravessaram pelo meio da ilha e se viram diante de um talude mais abrupto de dunas arenosas, firmadas com couve-marinha, capim-da-praia, azevinho-domar. O declive levava a uma enseada curva, quase uma lagoa, bordada de altos caniços de penacho purpúreo, misturados a rabos-de-gato e juncos, além de grande variedade de plantas aquáticas menores. Na angra, as formações de ninfeias eram tão densas que mal se via a água. E empoleiradas nelas havia garças, em número incontável.

Para além da ilha, ficava outro canal, largo, barrento, que era o braço mais setentrional do grande rio. Próximo da ponta da ilha depararam com um fio de água cristalina que entrava no canal principal, e Ayla ficou pasma de ver as duas correntes, uma límpida e a outra escura, de lodo correndo lado a lado com uma nítida divisão de cor. Por fim, no entanto, a água suja dominava a limpa, pois o canal principal enlameava tudo.

– Veja só aquilo, Jondalar – disse Ayla, mostrando-lhe a clara definição das duas águas correndo paralelas.

– É assim que a gente sabe que está no Grande Rio Mãe. Aquele braço conduz diretamente ao mar. Mas olhe para o outro lado, Ayla.

Para além de um maciço de árvores, fora da ilha, uma fumaça fina e retilínea subia para o céu. Ayla sorriu, antegozando o que estava para acontecer. Mas Jondalar ainda tinha suas dúvidas. Se aquela fumaça saía de uma lareira, por que não tinham visto ninguém? Eles mesmos, com certeza, teriam sido vistos. E por que ninguém viera encontrá-los? Jondalar encurtou a rédea que lhe servia para comandar Campeão e afagou-lhe o pescoço.

Quando avistaram os contornos de uma tenda cônica, Ayla soube que haviam chegado a um acampamento, e pensou, consigo mesma, de que povo seria. Podiam ser, até, Mamutoi. Pôs Huiin a passo e, vendo que Lobo assumira uma postura defensiva, assobiou o sinal que lhe ensinara. Assim, quando entraram no pequeno acampamento, ele estava a seu lado.

11

Huiin vinha logo atrás de Ayla quando ela entrou no acampamento e seguiu para o fogo de onde saía ainda o penacho de fumo. Eram cinco os abrigos, arranjados em semicírculo, e o fogo, meio enterrado no chão, ficava defronte ao abrigo central. Ardia alegremente, de modo que o acampamento fora usado recentemente, mas ninguém assumiu sua posse vindo para saudá-los. Ayla correu os olhos em torno. Alguns dos abrigos estavam abertos. Mas não viu ninguém. Intrigada, estudou o conjunto mais detidamente, a ver se descobria algo sobre os habitantes – quem eram, e por que se tinham ido.

A maior parte de cada uma das estruturas era semelhante à tenda cônica usada pelos Mamutoi no verão. Mas havia algumas diferenças evidentes. Os Caçadores de Mamutes muitas vezes ampliavam seus alojamentos acrescentando tendas semicirculares feitas de peles à unidade principal de moradia, utilizando, até, um segundo mastro capaz de sustentar esses suplementos. Já os abrigos daquele acampamento tinham acréscimos feitos de caniços e capim. Alguns não passavam de simples tetos inclinados montados sobre mastros finos. Outros eram adições arredondadas, completamente fechadas, feitas de esteiras ou colmo, e coladas à edificação principal.

Do lado de fora da tenda mais próxima de onde ela estava, Ayla viu uma pilha de raízes de taboas, marrons, sobre uma esteira de juncos trançados. Perto da esteira estavam duas cestas. Uma delas era de trançado fino, e continha água ligeiramente turva; a outra estava cheia pelo meio de raízes novas, brancas, brilhantes, visivelmente descascadas recentemente. Ayla avançou e pegou uma. Estava ainda molhada. Devia ter sido posta ali havia poucos instantes.

Quando a devolveu ao cesto, notou um estranho objeto no chão. Era feito de folhas de taboa à imitação de uma pessoa, com braços saindo para os lados, duas pernas e um pedaço de couro macio enrolado para fazer de túnica. Na cabeça, duas linhas curtas tinham sido desenhadas com carvão para representar os olhos, e outra linha marcara a boca, puxada para cima nas extremidades, como se sorrisse. Tufos de estipa serviam de cabelo.

O povo com quem ela fora criada não fazia imagens, a não ser sinais totêmicos muito sumários, como as marcas que tinha na perna. Ela fora arranhada quando menina por um leão da caverna e ficara para sempre com quatro estrias retas na coxa esquerda. A mesma marca era de uso no Clã, para representar um totem do leão. Por isso, Creb tivera tanta certeza de que o Leão da Caverna era o seu totem, a despeito de ser ele considerado um totem masculino. O Espírito do Leão da Caverna escolhera-a e marcara pessoalmente. E assumira, assim, a sua proteção.

Outros totens do Clã eram indicados do mesmo modo, com simples sinais, muitas vezes derivados de movimentos ou gestos da sua linguagem não verbal. A primeira imagem verdadeiramente representativa que ela vira fora o desenho esquemático de um animal que Jondalar fez num pedaço de couro a ser usado como alvo. E ela ficara perplexa no primeiro momento olhando aquele objeto no chão. Então, num átimo, o identificara. Jamais tivera uma boneca quando pequena, mas lembrava que as crianças Mamutoi brincavam com algumas como aquela, e compreendeu o que era.

Ficou, então, óbvio que uma mulher estivera sentada naquele lugar com uma criança momentos antes. E fora embora, ao que parece com grande pressa, pois abandonara a comida e nem mesmo levara a boneca da menina. Por que teria feito isso?

Ayla se voltou e viu que Jondalar, ainda segurando a ponta da rédea de Campeão, se ajoelhara em meio a estilhas de sílex e examinava uma pedra arredondada.

— Alguém estragou uma ponta bem-feita com um último golpe desastrado. Talvez apenas um retoque, mas foi forte demais e errou o alvo... como se o escultor tivesse sido interrompido de repente. E aqui está o martelo de pedra! Ele o deixou caído no chão.

As marcas na pedra oval e dura eram prova de longo uso, e ele, experimentado artesão, não podia imaginar que alguém deixasse cair e abandonasse uma ferramenta de estimação.

Ayla viu também um peixe já limpo e posto para secar e outros, inteiros, no chão. Um deles já tivera o ventre aberto, mas fora deixado ali, com os demais. Havia outros indícios de atividade interrompida, mas nenhum sinal de gente.

— Jondalar, havia pessoas aqui e não faz muito tempo. Partiram às pressas. Mesmo o fogo foi deixado aceso. Onde estarão?

— Não sei, mas você está certa. Foram embora às pressas. Deixaram tudo e fugiram. Como se estivessem... assustados.

— Mas por quê? — disse Ayla. — Não vejo nada que possa infundir temor.

Jondalar começou a balançar a cabeça, mas viu que Lobo farejava em torno do campo abandonado, metendo o focinho na entrada das tendas e em torno dos objetos que os moradores tinham abandonado. Depois, sua atenção foi atraída para a égua cor de feno que pastava nas proximidades, arrastando ainda todo o arranjo de mastros e barco, mas curiosamente despreocupada tanto com seus donos quanto com o lobo. Ele se virou também para ver o jovem garanhão castanho-escuro, que o seguia com tanta boa vontade. O animal, carregado de cestas e com o cochonilho no lombo, esperava, paciente, a seu lado, preso por uma simples corda na cabeça com um laço de couro.

– Esse deve ser o problema, Ayla: nós não vemos nada – disse Jondalar. Lobo interrompeu a sua barulhenta exploração e ergueu os olhos para o homem, abanando o rabo. – Ayla, é melhor chamá-lo, ou ele encontrará os habitantes deste acampamento, e os assustará ainda mais.

Ayla assobiou, e o lobo correu para ela. Ela o afagou, mas voltou-se, intrigada, para Jondalar.

– Você quer dizer que fomos nós que os assustamos? Que eles fugiram com medo de nós?

– Lembra-se do acampamento do Capim Estipa? De como eles se portaram quando nos viram? Pense que aspecto temos para quem nos encontra pela primeira vez. Viajamos com dois cavalos e um lobo. Animais não viajam com as pessoas, em geral as evitam. Mesmo os Mamutoi do Acampamento de Verão levaram algum tempo para se acostumar conosco, e nós chegamos com pessoas do Acampamento do Leão. Na verdade, Talut teve coragem quando nos convidou, de imediato, com os cavalos e tudo – disse Jondalar.

– O que devemos fazer?

– Acho que devemos ir embora. O povo deste Acampamento estará provavelmente escondido na mata e de lá nos observa, pensando que devemos ter vindo de algum lugar como o mundo dos espíritos. É o que eu pensaria nas mesmas circunstâncias.

– Oh, Jondalar – gemeu Ayla, desapontada. Ela sentia uma grande solidão, ali, de pé, no meio do acampamento abandonado. – Eu gostaria tanto de visitar outras pessoas. – Em seguida, correu os olhos pelo lugar, mais uma vez, antes de concordar em sair. – Você tem razão. Se eles se foram, se não nos quiseram receber, é melhor partir. Mas eu bem quisera conhecer a mãe da criança que esqueceu a boneca e conversar com ela.

Depois, indo pegar Huiin, que se afastara, acrescentou:

– Não quero que as pessoas tenham medo de mim. Mas será que conseguiremos falar com alguém nesta Jornada?

– Não sei dizer quanto a estranhos. Mas tenho certeza de que vamos cruzar com os Sharamudoi. E eles podem ficar um tanto ariscos, de começo, mas me conhecem. E você sabe como é; passado o susto inicial, ficarão interessados nos animais.

– Lamento que tenhamos assustado essa gente daqui. Talvez devêssemos deixar-lhes algum presente, mesmo que não tenhamos gozado da hospitalidade deles – disse Ayla, e se pôs a procurar nas cestas. – Algo de comer seria apropriado. Carne, talvez.

– Sim, é uma boa ideia. Tenho também algumas pontas de lança. Posso deixar uma para substituir a que o fabricante daquela arruinou por nossa causa. Nada me deixa tão desapontado quanto estragar um bom instrumento quando falta tão pouco para concluí-lo.

Enquanto metia a mão na bagagem para tirar a bolsa de ferramentas, que era um rolo de couro, Jondalar se lembrou de que quando ele e Thonolan viajavam juntos encontravam muita gente pelo caminho e eram em geral bem-recebidos, e muitas vezes ajudados. Aconteceu, até, em duas ocasiões, que suas vidas foram salvas por estranhos. Mas se o fato de andarem com os animais espantava as pessoas, o que aconteceria se ele e Ayla precisassem de ajuda?

DEIXARAM O ACAMPAMENTO e galgaram outra vez as dunas em direção ao campo do topo da ilha, estreita e alongada, detendo-se quando a areia cedeu lugar à relva. Do alto contemplaram a fumaça do acampamento e a fita pardacenta do rio assoreado a correr para o vasto desaguadouro do mar Beran. Em mudo assentimento, montaram e seguiram para leste, a fim de terem uma visão melhor, a última, do grande mar interior.

Quando chegaram à extremidade mais oriental da ilha, e embora estivessem ainda dentro das barrancas do rio, ficaram tão perto das águas encapeladas do mar que podiam ver-lhe as ondas lavando bancos de areia com espuma salobra. Ayla olhou para além da água e pensou que quase podia ver os contornos de uma península. A caverna do Clã de Brun, o lugar onde fora criada, ficava na sua ponta mais meridional. Lá ela dera à luz seu filho, e lá mesmo tivera de deixá-lo quando foi expulsa.

Estará muito crescido?, perguntou a si mesma. Mais alto, certamente, que todos os rapazes da sua idade. Forte? Saudável? Feliz? Se lembrará de mim? Duvido muito. Ah, se eu o pudesse ver pelo menos uma vez mais, pensou. E então compreendeu que se fosse algum dia procurá-lo, aquela era sua última oportunidade. Pois daquele ponto Jondalar pretendia virar para oeste. E ela nunca mais estaria tão perto do seu Clã, ou de Durc, na vida. Por que não podiam ir para leste? Só uma curta digressão. Se acompanhassem a costa norte do mar poderiam provavelmente atingir a península em poucos dias. Jondalar já dissera que estava disposto a ir com Ayla se ela quisesse tentar achar Durc.

– Veja, Ayla! Eu não sabia que havia focas no mar Beran! Não via esses animais desde que era menino, numa excursão com Willomar –

disse Jondalar, com a voz cheia de entusiasmo e saudade. – Ele nos levou, a mim e a Thonolan, para ver as Grandes Águas, e depois o povo que vive no fim do mundo nos levou mais longe ainda, para o norte, de barco. Você já tinha visto focas?

Ayla olhou de novo para o mar, para mais perto agora, para onde ele mostrava. Uns poucos animais escuros, lustrosos, afuselados, de ventre cor de pérola, se arrastavam, corcoveando, desajeitados, ao longo de um banco de areia que se formara por trás de algumas rochas parcialmente submersas. Enquanto as observavam, muitas das focas pularam na água. Caçavam um cardume de peixes. Viram as cabeças apontando da superfície, viram quando o último dos animais, menor e mais jovem que os outros, mergulhou por sua vez. E logo todos se foram, desaparecendo tão depressa quanto tinham surgido.

– Só a distância – disse Ayla –, durante a estação fria. Elas gostavam do gelo que passava flutuando ao largo. O Clã de Brun não caçava esses animais. Ninguém era capaz de pegá-los, embora Brun me tivesse contado ter visto alguns deles numas pedras perto de uma caverna do mar. Havia gente que os tinha na conta de espíritos da água e não animais, mas eu vi filhotes no gelo uma vez, e espíritos não têm filhotes. Nunca soube para onde iam no verão. Talvez viessem para cá.

– Quando estivermos em casa, eu a levarei até as Grandes Águas, Ayla. É algo inacreditável. Este aqui é um mar de grandes proporções, maior que qualquer lago que eu conheça, mas não é nada comparado às Grandes Águas. Elas são como o céu. Ninguém jamais chegou ao outro lado.

Ayla sentiu a impaciência e a animação na voz de Jondalar, sentiu a sua ânsia por chegar em casa. Sabia que não hesitaria em ir com ela procurar o Clã de Brun e Durc se ela expressasse esse desejo, pois a amava. Mas ela o amava também, e sabia que ele iria ficar infeliz com o atraso. Limitou-se, então, a olhar o grande lençol-d'água, depois fechou os olhos, procurando conter as lágrimas.

Não saberia onde procurar pelo Clã, afinal de contas. E não era mais o Clã de Brun. Era o Clã de Broud, e ela não seria bem-vinda. Broud a expulsara e ela estava morta para todos eles, era um espírito. Se ela e Jondalar tinham assustado o acampamento daquela ilha por causa dos animais, e sua capacidade de dominá-los era tida como sobrenatural, não assustaria muito mais o Clã? Inclusive Uba e Durc? Para eles ela estaria retornando do mundo dos espíritos, e os animais adestrados eram prova disso. Acreditavam que um espírito que regressava do além vinha para fazer-lhes mal.

Uma vez, porém, que virassem de rumo, para oeste, estava tudo acabado. Dali por diante, e até o fim da vida, Durc seria só uma memória. Não haveria esperança de revê-lo. Aquela era uma escolha que tinha de fazer. Pensara que estava feita havia muito tempo. Não imaginara que a dor fosse ainda tão viva. Voltando a cabeça para o outro lado, para que Jondalar não visse seus olhos marejados, e fitando o mar azul profundo, Ayla deu um adeus sem palavras ao filho pela última vez. Uma pontada de dor a feriu, e ela soube que levaria aquela dor no coração para sempre.

DERAM AS COSTAS ao mar Beran e se puseram a caminhar por entre o alto capim-da-estepe, que revestia a grande ilha, deixando que os cavalos descansassem e pastassem um pouco.

O sol tocava de leve o cimo serrilhado das montanhas na ponta sul da longa cadeia que ficava a oeste de onde eles estavam, e fazia brilhar as facetas do gelo. A serra, muito alta ao sul, descia gradativamente para o norte, e os ângulos abruptos se transformavam em cristas arredondadas de um branco tremeluzente. Para o lado noroeste, os cumes das montanhas desapareciam por trás de uma cortina de nuvens.

Ayla entrou numa abertura convidativa na fímbria arborizada do delta do rio e sofreou o animal. Jondalar fez o mesmo. A pequena aleia relvada era pouco maior no meio de um trecho aprazível de mata que conduzia diretamente a uma lagoa tranquila.

Os braços principais do grande rio eram cheios de sedimentos, mas a complexa rede de canais e regatos secundários que serpenteavam por entre juncos do grande delta eram limpos; e sua água, potável. Ocasionalmente, os canais se alargavam em lagos ou plácidas lagoas, rodeados por uma profusão de canas, junças, carriços e outras plantas aquáticas, e muitas vezes cobertos de nenúfares. Esses camalotes floridos eram resistentes e ofereciam um lugar de repouso para os pernaltas menores e as inumeráveis rãs.

– Este lugar parece excelente – disse Jondalar, passando uma perna pela garupa de Campeão e apeando sem esforço. Removeu, em seguida, as cestas da bagagem, a manta e o cabresto, e soltou o animal. O jovem cavalo foi direto para o rio e, logo, Huiin o seguiu.

A égua entrou primeiro na corrente e começou a beber. Depois de algum tempo, se pôs a dar patadas na água para molhar-se e ao filhote, que bebia a seu lado. Depois a égua baixou a cabeça e fungou, de orelhas para a frente. Então, dobrando as pernas dianteiras, abaixou-se e rolou, primeiro de lado, em seguida de costas. Com a cabeça para cima e as pernas para o alto, espojou-se com delícia no leito raso da lagoa, depois deixou-se cair para o lado oposto e repetiu a operação. Campeão, que a via rolar na água fresca, não se conteve mais. Imitando-a, abaixou-se também para rolar nos baixios, rente à margem.

– Pensei que eles já estivessem fartos de água por hoje – disse Ayla, aproximando-se de Jondalar.

Ele se virou, tendo ainda no rosto o sorriso que a visão dos cavalos provocara.

– E eles adoram rolar na água, para não falar em lama ou poeira. Eu não sabia disso antes.

– Mas sabe o quanto eles gostam de ser coçados. Essa é a maneira que têm de se coçarem sozinhos – comentou ela. – E dizem um ao outro onde querem ser coçados.

– Como podem dizer um ao outro, Ayla? Às vezes penso que você imagina que cavalos são gente.

– Não, cavalos não são gente, são animais; mas observe-os algum dia, quando estão de pé, cada um com a cabeça virada para o rabo do outro. Um coça o outro com os dentes e espera para ser coçado no mesmo lugar – disse Ayla. – Talvez eu dê uma boa coçadela em Huiin com o cardo-penteador. Ela deve mesmo ficar quente e cheia de comichões, usando aqueles arreios de couro o dia todo. Às vezes acho que deveríamos abandonar o barco, mas ele tem sido útil.

– Estou com calor e cheio de comichões pelo corpo. Acho que vou tomar um banho também. E desta vez sem roupa – disse Jondalar.

– Eu também vou, mas primeiro quero desempacotar. As roupas que ficaram molhadas ainda estão úmidas. Vou estendê-las para secar em cima daquelas plantas ali – disse Ayla. Em seguida, tirou uma trouxa de dentro de uma das cestas e começou a distribuir as roupas pelos galhos de um grupo de amieiros baixos. – Não achei ruim o fato de as roupas terem ficado úmidas. Encontrei um pedaço de raiz saponácea e ensaboei as minhas enquanto esperava por você.

Jondalar sacudiu uma das peças para ajudá-la a dependurá-la e viu que era a sua túnica. Segurou-a no ar para mostrá-la à mulher.

– Entendi que você havia lavado as suas roupas – disse.

– Lavei também as suas depois que você se trocou – disse ela. – Muito suor faz apodrecer o couro. Além disso, as roupas estão ficando muito cheias de nódoas – explicou ela.

Ele não se lembrava de ter-se importado muito com suor ou manchas quando viajara com o irmão, mas ficava satisfeito por Ayla se importar.

Quando ficaram prontos para entrar no rio, Huiin vinha saindo. Ela se postou na margem, com as pernas separadas, depois começou a sacudir a cabeça. Essas sacudidelas violentas se propagavam por todo o corpo da égua até rabo. Jondalar levantou os braços para não ficar molhado. Ayla, rindo, correu para o rio e, com as mãos, jogou rapidamente água nele, que vinha entrando. Logo que ele estava com água pelos joelhos, começou a retribuir-lhe o favor. Campeão, que terminara seu banho e estava ainda por perto, recebeu uma parte da ducha e se afastou, indo depois para a margem. Gostava de água, mas em determinadas condições.

Depois que se cansaram de brincar e de nadar, Ayla começou a pensar nas possibilidades que o lugar oferecia para a refeição da noite. Ao sair da água viu plantas com folhas lanceoladas e flores brancas, de três pétalas, que tendiam para um púrpura carregado no miolo, e ela sabia que os tubérculos dessa planta, ricos em amido, eram saborosos e bons para encher a barriga. Arrancou alguns do fundo lamacento com os dedos grandes dos pés. Os talos eram frágeis e se quebravam facilmente, de modo que não adiantava puxá-los. A caminho da margem, apanhou também algumas folhas espatuladas da erva chamada tanchagem para cozinhar, e também do picante agrião, bom para comer cru. Uma formação de folhas flutuantes, pequenas e arredondadas, a irradiar de um centro comum, lhe chamou a atenção.

– Cuidado, Jondalar, para não pisar nessas castanhas-d'água – disse, apontando para os frutos, cheios de pontas, que juncavam a orla da praia arenosa.

Ele apanhou uma para vê-la mais de perto. Seus filamentos, em número de quatro, eram dispostos de tal modo que enquanto um se fixava ao solo, os outros apontavam invariavelmente para cima. Ele balançou a cabeça e jogou a castanha fora. Ayla se curvou para apanhá-la novamente, junto com algumas outras.

– Não são boas para pisar em cima delas – disse em resposta ao olhar interrogativo que ele lhe lançou –, mas excelentes para comer. Jondalar, vamos de bote até aquela ilha apanhar algumas taboas. Há muita coisa boa de comer nascendo da água, por lá, como os pericarpos daqueles nenúfares ou suas raízes. Os rizomas dos juncos também não são de desprezar. Estão debaixo d'água, mas como estamos molhados, isso não nos custa nada. Podemos pôr tudo dentro do barco, na volta.

– Você nunca esteve aqui. Como é que sabe que essas plantas todas são comestíveis? – perguntou Jondalar, enquanto retiravam o barco do trenó.

Ayla sorriu.

– São muitos os lugares pantanosos como este perto do mar, não longe da nossa caverna, na península. Não tão vastos quanto este, mas é tão quente por lá quanto aqui, no verão, e Iza conhecia as plantas e sabia onde encontrá-las. Nezzie me fez conhecer várias outras.

– Você conhece todas as que existem, na minha opinião!

– Muitas, mas não todas, principalmente aqui. Seria bom se tivesse a quem perguntar. A mulher na ilha grande, a que estava pelando raízes tuberosas, provavelmente saberia. Foi uma pena que não tivéssemos encontrado aquela gente.

Sua decepção era visível, e Jondalar sabia o quanto ela sentia falta de contato com outras pessoas. Ele sentia o mesmo, ainda que em menor escala, e também lamentava não terem falado com os locais.

Levaram o bote redondo para a beira da água e entraram nele. A corrente era vagarosa, mas a sentiam mais de dentro do bote instável, e tiveram de manejar os remos com presteza para não serem arrastados rio abaixo. Longe da margem e das alterações que eles tinham causado tomando banho, a água era tão limpa que se viam cardumes passando, velozes, por cima das plantas ou ao seu redor. Alguns peixes eram de bom tamanho e Ayla pensou em pegar alguns mais tarde.

Pararam numa concentração de bandejas de água, tão densa que não se podia ver, através delas, a superfície da lagoa. Quando Ayla saiu do barco, Jondalar teve dificuldade em dominá-lo sozinho. O barco mostrou uma tendência a girar sobre si mesmo quando ele tentou remar ao contrário, mas quando os pés de Ayla, que se segurava à borda, tocaram o fundo, ele se estabilizou. Usando os caules das flores como guia, ela encontrou as raízes e afrouxou-as com os dedos dos pés naquele solo mole, recolhendo-as quando flutuavam numa nuvem de detritos.

Penetraram, remando, naquela densa vegetação, à procura de um banco de areia ou alguma pequena praia. Mas não encontraram terra firme, nem mesmo banco de areia submerso. Quando passavam, o caminho que tinham aberto se fechava logo atrás deles. Ayla viu naquilo um agouro, e Jondalar se sentiu como se tivesse sido capturado por alguma presença invisível quando a floresta de juncos os envolveu. Podiam ver, no alto, pelicanos em voo, mas tinham uma impressão vertiginosa de que o voo retilíneo deles se encurvava, entortado. Quando olhavam para trás, por entre os talos altos das plantas aquáticas, a margem oposta também parecia passar por onde estavam, girando.

– Ayla, nós estamos em movimento! Regirando! – disse Jondalar, percebendo que não era a terra, mas o barco e toda a ilha que giravam, puxados pela corrente em espiral.

– Vamos sair daqui – disse ela, pegando no remo.

As ilhas do delta não eram permanentes, mas sujeitas, sempre, aos caprichos da Grande Mãe dos rios. Mesmo aquelas que davam origem a uma rica vegetação aquática podiam ser solapadas de baixo para cima, ou a vegetação que começava numa ilha rasa acabava ficando tão espessa que lançava tentáculos por cima da água, parecendo ser sólida.

Fosse qual fosse a causa inicial do fenômeno, as raízes dos juncos flutuantes se entrelaçavam e criavam uma plataforma de matéria em decomposição – formada tanto de organismo da água quanto de plantas, que contribuía, fertilizante que era, para a rápida proliferação da vida vegetal. Com o tempo, o conjunto transformava-se numa verdadeira ilha flutuante, capaz de servir de base a toda uma variedade de outras plantas: macis; diversas variedades de taboas, de porte reduzido e folha estreita; juncos; fetos; e, até, salgueiros menores da espécie arbustiva, dita sedosa, que dá o vime. Todas essas plantas podiam ser encontradas na margem dos canais, mas os capins juncosos, que chegavam a atingir 3 metros de altura, eram a vegetação primária.

Alguns dos charcos transformavam-se, então, em grandes paisagens flutuantes, traiçoeiras na sua bem entrançada ilusão de solidez e de permanência.

Valendo-se dos pequenos remos, e não sem esforço, os dois conseguiram levar o barco de volta. Mas quando chegaram à periferia da sua instável ilha flutuante verificaram, com espanto, que não estavam do lado da terra. Faziam frente, ao contrário, a um lago e, do outro lado dele, a vista era tão espetacular que lhes tirou o fôlego. Recortada contra o fundo verde-escuro, havia uma imensa concentração de pelicanos brancos.

Eram centenas e centenas de indivíduos, milhares mesmo, imprensados uns contra os outros, de pé, sentados, jacentes em grandes e arrepiados ninhos feitos de caniços flutuantes. Uma parte da vasta colônia voejava por cima dela, em diferentes níveis, como se a base onde era possível nidificar estivesse lotada e lhes fosse preciso esperar, voando em círculos, que houvesse vaga.

Primariamente alvos, com uma leve tintura rosa; de asas brancas mas debruadas de rêmiges e retrizes cinza-escuro, essas aves avantajadas, com seus longos bicos e suas bolsas gulares, dilatáveis, murchas no momento, cuidavam de várias ninhadas de filhotes penugentos ou esfiapados. Muito barulhentos, os filhotes de pelicanos chiavam e grunhiam, e os adultos lhes respondiam com gritos roucos, tirados do fundo da garganta, e eram em tão grande número, adultos e filhotes, que o ruído ficava ensurdecedor.

Parcialmente ocultos pelas canas da margem, Ayla e Jondalar observavam a colônia tomados de fascínio. Ouvindo um grito que vinha do alto, assistiam à aterrissagem de um pelicano que voava baixo e passou por cima deles sustentado por asas de 3 metros de envergadura. A ave alcançou uma área perto do meio do lago, dobrou as asas para trás, e caiu vertiginosamente como uma pedra, tocando a água com uma forte pancada. Foi uma aterrissagem deselegante. Não muito longe, outro pelicano, de asas abertas, corria pela vasta extensão da água, a fim de levantar voo. Ayla começou a entender por que eles gostavam de nidificar em lagos. Precisavam de muito espaço para erguer-se no ar. Mas uma vez no alto, seu voo era inteligente e gracioso.

Jondalar tocou-lhe o braço e apontou a parte mais rasa da água, junto da ilha, onde vários dos pássaros maiores nadavam lado a lado, avançando devagar. Ayla os observou por algum tempo, depois sorriu para o homem. Com pequenos intervalos, os pelicanos enfileirados mergulhavam a cabeça na água simultaneamente e, em seguida, como que obedecendo a um comando, erguiam a cabeça ao mesmo tempo, deixando que a água escorresse dos seus bicos compridos. Poucos tinham apanhado peixes. Talvez, os infortunados tivessem mais sorte numa próxima vez, mas todos continuaram a nadar em formação e a mergulhar, perfeitamente sincronizados.

Pares de outra espécie de pelicano, com diferenças na padronagem das penas, e ainda jovens, embora já não fossem propriamente filhotes, ocupavam a periferia da colônia. E no interior dela, bem como em torno, outras espécies de aves aquáticas também viviam e procriavam: corvos-marinhos, por exemplo, mergulhões, e uma multiplicidade de patos, inclusive tarrantanas de crista vermelha e olho branco e patos selvagens do tipo mais comum. Todo aquele vasto charco fervia com uma profusão de aves, todas caçando e comendo peixes.

O gigantesco delta era, portanto, ele todo, uma ostentosa demonstração de abundância da natureza: uma pletora de vida que se mostrava sem o menor pudor. Intacta, indene, regida apenas pela lei natural e sujeita unicamente à sua própria vontade, e a do grande vazio de onde ela provinha, a grande Mãe Terra tinha prazer em criar e alimentar a vida em toda a sua prolífica diversidade. Uma vez saqueada, porém, privada dos seus recursos, violentada, despojada por uma poluição descontrolada, maculada pela corrupção e pelos excessos, sua fecunda capacidade de fazer e de conservar podia ser destruída.

Embora Ayla pudesse ter ficado indefinidamente observando os pelicanos, teve de começar a colher as taboas e botá-las no barco, pois tinham ido lá com essa finalidade. Depois remaram de volta, contornando a massa dos camalotes. Quando se aproximaram da terra outra vez, estavam muito mais próximos do que antes do acampamento. Mal se aproximaram e foram saudados por um longo uivo, repleto de tristeza. Depois de perambular um pouco, Lobo regressara, encontrando com facilidade o acampamento pelo cheiro dos donos. Mas não os encontrando, ficara aflito.

Ayla assobiou em resposta, para tranquilizar o animal. Ele correu, chegou à orla da água, uivou de novo. E depois de cheirar-lhes as pegadas, correndo para cima e para baixo, na margem, entrou no canal e nadou para o barco. Mas quando chegou perto, mudou de direção e rumou para o maciço de ervas flutuantes, que tomou, erradamente, por uma ilha.

Em vão, ele tentou subir para uma praia inexistente, exatamente como Ayla e Jondalar tinham feito. Ficou a debater-se e a espirrar água para todo lado em meio das ciperáceas. Por fim, nadou outra vez para o barco. Com dificuldade, o homem e a mulher o puxaram para bordo pela pelagem molhada. Lobo estava tão excitado e ficou tão feliz que pulou em cima de Ayla, lambendo-lhe o rosto e, em seguida, o de Jondalar. Quando se deu por satisfeito, equilibrou-se no meio do barco, sacudiu-se todo e uivou.

Para surpresa deles, ouviram um uivo em resposta, depois uns poucos latidos, depois outro uivo. Viram-se cercados por uma série de uivos de lobo, cada vez mais próximos. Ayla e Jondalar se entreolharam com um arrepio de apreensão e ficaram onde estavam, nus, no interior do pequenino bote, escutando aquele coro de uma alcateia que curiosamente não vinha da terra, do outro lado da água, mas da ilha flutuante e, a rigor, inexistente!

– Como pode haver lobos por lá? – questionou Jondalar. – Aquilo não é ilha nenhuma, não há terra, nem sequer um instável banco de areia. – Talvez não fossem lobos, pensou, com um frio na espinha. Talvez fossem... outra coisa...

Firmando a vista atentamente por entre os caniços eretos na direção do último uivo de lobo, Ayla pensou ver pelo de lobo e dois olhos amarelos que a fitavam. Depois, um movimento mais acima a fez erguer a vista. Então viu, na forquilha de uma árvore, o que era indubitavelmente um lobo olhando para eles, de língua de fora.

Lobos não trepam em árvores! Pelo menos os lobos que ela conhecia. Cutucou Jondalar e apontou. Ele também viu o animal e prendeu a respiração. Parecia um lobo de verdade. Mas como teria ele subido naquele galho?

– Jondalar – disse ela, falando baixinho –, vamos embora. Não gosto nada desse lugar, com lobos que sobem em árvores e andam em terra que não existe.

O homem estava tão inquieto quanto ela. Remaram de volta, através do canal. Quando estavam perto da margem, Lobo saltou fora. Eles desceram, arrastaram a pequena embarcação para botá-la em terra firme e logo se armaram com suas lanças e arremessadores. Os dois cavalos estavam de frente para a ilha flutuante, as orelhas para a frente, e uma tensão visível na postura. Os lobos são, normalmente, tímidos e não eram para eles motivo de preocupação. Sobretudo quando aquela mistura de cheiro de cavalos, seres humanos e outro lobo apresentava um quadro tão pouco costumeiro. Mas não sabiam o que pensar daqueles lobos. Seriam lobos comuns ou algo... sobrenatural?

Se o controle que tinham sobre animais não tivesse assustado os habitantes da grande ilha, teriam ouvido deles que os lobos não eram mais sobrenaturais que eles mesmos. A terra alagada do grande delta servia de lar a muitos animais, inclusive lobos de verdade. Habitavam, normalmente, as florestas das ilhas, mas se haviam adaptado tão bem ao meio inundado no curso de milhares de anos que eram capazes de correr por cima dos camalotes com facilidade. Tinham também aprendido a subir em árvores, o que, numa paisagem movediça como aquela, lhes dava uma grande vantagem quando ficavam isolados pela enchente.

O fato de lobos poderem viver num hábitat quase aquático era prova da sua grande adaptabilidade, que lhes permitia aprender a viver na companhia do homem. E tão bem que, com o tempo, embora capazes ainda de cruzar com os seus semelhantes da selva, ficariam tão completamente domesticados que quase pareceriam outra espécie animal. Muitos deixaram, mesmo, de parecer com lobos.

Do outro lado do canal, na ilha flutuante, diversos lobos podiam ser vistos agora, dois dos quais em árvores. Lobo olhava, com expectativa, de Ayla para Jondalar, como que aguardando instruções dos dois líderes da sua própria alcateia. Um dos lobos da ilha soltou um novo uivo. E os outros responderam. Ayla sentiu mais uma vez o frio na espinha. O som era diferente do que ela estava acostumada a ouvir, se bem que não fosse capaz de precisar em quê. Talvez as reverberações da água alterassem o som... De qualquer maneira, aquilo aumentou a sua inquietude.

A expectativa acabou de súbito quando os lobos desapareceram, tão silenciosamente como tinham vindo. Num momento, os dois com seus arremessadores e Lobo, enfrentavam um bando de lobos de que os separava um canal; no momento seguinte, os animais já não estavam lá. Ayla e Jondalar, ainda empunhando as armas, viram-se diante de inofensivas taboas e caniços, sentindo-se vagamente como tolos e transtornados.

Uma brisa fresca, que lhes arrepiou a pele, lembrou-lhes que o sol já se deitava por trás das montanhas a oeste, e que a noite logo viria. Depuseram as armas, vestiram-se bem rápido, fizeram logo uma fogueira e acabaram de instalar o acampamento. Mas estavam um tanto desanimados. Ayla foi ver os cavalos mais uma vez e alegrou-se quando eles resolveram pastar no próprio campo em que estavam acampados.

Quando a noite se fechou em torno do clarão do fogo, ficaram sentados, e quietos, lado a lado, escutando os ruídos da noite no delta do rio, que aos poucos iam enchendo o ar. Garças noturnas ficavam ativas ao escurecer e soltavam guinchos. Depois vinham os grilos, cricrilando. Uma coruja piou várias vezes da forma lúgubre. Ayla ouviu fungadelas na mata vizinha e achou que fosse um urso. Perscrutando a distância, ficou estupefata ao ouvir o riso de uma hiena e, em seguida, mais perto, o grito de um grande felídeo que deixara fugir sua presa. Perguntou-se se poderia ser um lince, ou talvez um leopardo das neves. Ficou, depois, à espera dos uivos de lobos. Mas nenhum se ouviu.

Depois, com uma treva de veludo cobrindo e igualando toda silhueta e toda sombra, aumentou o acompanhamento da orquestra, enchendo os intervalos dos instrumentos principais. Do leito do rio e de todos os canais vizinhos, do lago e da lagoa coberta de lírios-d'água, um coro de sapos se ergueu. As vozes profundas dos sapos do brejo e das rãs comestíveis dominaram a serenata anfíbia, a que outros sapos, maiores, marcavam compasso com tons graves de sinos. Em contraponto vieram, por fim, os trilados de flauta de outros muitos sapos e a canção murmurante dos sapos que cavucam com o pé, todos na base do velho refrão cré-cré-cré-coach-coach.

Quando Ayla e Jondalar se meteram na sua pele de dormir, o incessante canto dos sapos já se diluíra no conjunto de sons mais familiares. Mas os uivos de lobo, percebidos, finalmente, a distância, ainda deram a Ayla alguns arrepios. Lobo se acomodou nas patas traseiras e respondeu.

– Eu me pergunto se ele sente falta de uma alcateia – disse Jondalar, enlaçando Ayla com o braço. Ela se aconchegou a ele, contente com o calor do seu corpo e com a proximidade.

– Não sei, mas às vezes isso me faz pensar. Neném me deixou para procurar uma companheira, mas leões machos sempre abandonam os seus territórios para procurar parceiras em outro bando.

– Você acha que Campeão irá deixar-nos? – perguntou ele.

– Huiin fez isso, por algum tempo, e viveu com um bando de cavalos. Não sei o que terão pensado as outras éguas a respeito dela, mas voltou quando seu garanhão morreu. Nem todos os cavalos vivem com hordas de fêmeas. Cada horda escolhe apenas um, e então esse tem de lutar com os demais e expulsá-los. Garanhões jovens e velhos vivem juntos, de regra, em suas próprias hordas, mas são todos atraídos pelas fêmeas quando chega a hora de partilhar Prazeres. Estou certa de que Campeão vai fazer o mesmo, mas então ele terá de lutar com o garanhão líder.

– Talvez eu o possa manter quieto na rédea até que passe o cio – disse Jondalar.

– É cedo para pensar nisso, a meu ver. Em geral os cavalos vão atrás dos Prazeres na primavera. Preocupo-me é com as pessoas que possamos encontrar no curso da nossa Jornada. Elas não saberão que Huiin e Campeão são casos especiais. Alguém pode tentar feri-los. Nós mesmos não seremos aceitos com tanta facilidade.

"E o que achariam dela mesma?", pensou Ayla, nos braços de Jondalar. O que pensaria dela seu povo? Ele notou que ela estava calada e pensativa. Talvez fosse fadiga, pensou. Ele mesmo estava cansado. O coro dos sapos lhe dava sono. Acordou com a agitação e os gemidos da mulher que tinha enlaçada.

– Ayla! Ayla! Acorde! Está tudo bem,

– Jondalar! Oh, Jondalar! – exclamou ela, agarrando-o com força.

– Eu estava sonhando... com o Clã. Creb estava tentando dizer-me algo importante, mas nós estávamos no fundo de uma caverna escura. Eu não podia ver o que ele dizia.

– Você pensou neles durante o dia, provavelmente. Falou sobre eles quando estávamos na grande ilha, olhando para o mar. Achei que parecia triste. Você pensou que os estava deixando para trás?

Ela fechou os olhos e concordou. Não sabia se seria capaz de falar sobre aquilo sem chorar, e hesitava em mencionar a preocupação que tinha com o povo dele, se iriam aceitá-la, e aos cavalos e ao lobo. O Clã e seu filho estavam agora perdidos para sempre. Não queria perder também sua família de animais, se conseguissem chegar com eles, sãos e salvos. Ah, se soubesse o que Creb tinha querido dizer-lhe!

Jondalar a apertou ao peito, confortando-a com seu calor e carinho, compreendendo o que ela sentia, mas sem saber o que dizer. Sua proximidade já a confortava bastante.

12

O braço setentrional do Grande Rio Mãe, com seu conjunto labiríntico de canais, era o limite tortuoso e serpenteante do extenso delta. Vegetação baixa e árvores acompanhavam o limite do rio, mas para lá da margem estreita, para além da fonte imediata de umidade, a floresta ciliar cedia lugar rapidamente aos capins da estepe. Cavalgando para oeste pela pastagem seca, costeando a faixa arborizada, mas evitando reproduzir as sinuosidades do rio, Ayla e Jondalar seguiram pela margem esquerda, rio acima.

Aventuraram-se, frequentemente, nos banhados, acampando na maioria das vezes perto do rio. Ficavam surpresos com a diversidade que encontravam. A foz maciça lhes parecera tão uniforme de longe, quando a viram da grande ilha, mas de perto ela revelava grande variedade na paisagem, e a vegetação, que ia desde a areia nua à floresta cerrada.

Um dia passavam por campos e mais campos de taboas, com as flores marrons agrupadas numa espiga cilíndrica como uma salsicha, eriçada de pontas cobertas por massas de pólen amarelo. No dia seguinte, viam enormes massas de juncos fragmáticos, duas vezes mais altos que Jondalar, que cresciam combinados com as variedades mais curtas e mais graciosas da mesma planta. Essas brotavam mais perto da água que as outras, e cresciam em moitas mais densas.

Como eles viajavam costeando o grande rio, muitas vezes se viam obrigados a atravessar pequenos afluentes, mas os regatos tinham tão pouca importância que os cavalos chapinhavam por eles, e os rios pequenos não apresentavam maior dificuldade: eram fáceis de vadear. Os baixios encharcados de canais que secavam em ritmo acelerado e tinham mudado de curso eram coisa muito diferente. Jondalar preferia contorná-los. Tinha plena consciência do perigo que um terreno assim pantanoso representava, com o solo movediço que em tais lugares se formava, e isso por causa de uma infortunada experiência por que havia passado antes. Mas não sabia dos perigos ocultos, às vezes, na vegetação mais cerrada.

Aquele fora um dia longo e quente. Jondalar e Ayla, à procura de um terreno para pernoitar, acreditaram ver perto do rio um lugar que lhes pareceu apropriado. Desceram então para uma pequena ravina, fresca e convidativa, em que altos salgueiros sombreavam uma alameda especialmente verdejante. De súbito, uma grande lebre marrom cruzou a frente deles, do outro lado do campo, e Ayla mandou que Huiin avançasse, enquanto procurava a funda no cinto. Mas depois de alguns passos a égua hesitou quando o sólido terreno debaixo dos seus cascos se fez esponjoso.

Ayla sentiu imediatamente a mudança do passo, e foi uma sorte que sua primeira reação, instintiva, tivesse sido obedecer ao animal, embora tivesse a mente preocupada com o jantar. Ela puxou as rédeas justamente quando Jondalar e Campeão apareceram. O cavalo também percebeu o chão mole, mas sua velocidade era maior, e ele chegou a dar alguns passos.

Jondalar quase foi derrubado quando as patas do cavalo afundaram na lama espessa e arenosa, mas ele logo se aprumou. Com um relincho e uma torção do corpo, o jovem garanhão, que tinha ainda as patas traseiras em terreno firme, conseguiu extrair uma perna do pântano que a sugava. Recuando um passo e achando apoio, Campeão fez força até que o outro pé de repente se soltou da areia movediça com um estalo.

O cavalo ficou abalado, e Jondalar teve de acalmá-lo afagando-lhe o pescoço. Depois, com um galho, explorou o terreno à frente. Quando o galho foi engolido, ele apanhou o terceiro mastro, que não era usado para o trenó, e explorou com ele. Embora coberto de caniços, o pequeno campo era um sumidouro de argila e lodo. O recuo ágil de Campeão evitou um possível desastre, mas dali em diante eles se aproximavam do Grande Rio Mãe com maior cautela do que antes. Sua exuberante diversidade podia esconder surpresas indesejáveis.

Depois de algum tempo, acostumaram-se às aves do delta. Sabiam agora o que esperar e tinham poucas surpresas. Uma tarde, porém, quando cavalgavam ao longo de uma floresta de salgueiros paralela ao rio, deram com uma cena impressionante. As árvores abriam para uma laguna, quase um lago, embora no primeiro momento julgassem que se tratava de terra firme, a tal ponto as ninfeias cobriam tudo. O que lhes chamou a atenção foram as centenas de garças pequenas, encarapitadas, com os pescoços compridos curvados em S e os bicos pontudos prontos para fisgar peixes, em todos os camalotes floridos de ninfeias.

Fascinados, eles permaneceram em contemplação por algum tempo, depois decidiram partir, com medo de que Lobo aparecesse aos saltos e espantasse as aves dos seus poleiros. Estavam a uma pequena distância do local, armando seu acampamento, quando viram que centenas das aves haviam levantado voo.

Jondalar e Ayla interromperam o que estavam fazendo e ficaram vendo as cegonhas, com seus longos pescoços e suas grandes asas desfraldadas batendo, até que se tornaram silhuetas escuras contra as nuvens cor-de-rosa do lado do oriente. O lobo veio logo reunir-se a eles, todo lampeiro, e Ayla desconfiou que ele as tivesse posto em fuga. Mas como ele não fazia nenhuma tentativa séria de pegar uma ave, gostava tanto de persegui-las que ela ficou imaginando se não seria pelo prazer de vê-las voar. Para ela, aquele era um grande espetáculo.

AYLA ACORDOU NA MANHÃ seguinte sentindo calor e suada. A temperatura aumentara, e ela teve preguiça de levantar. Teria gostado muito de descansar um dia, se pudessem. Não que se sentisse tão fatigada. Estava farta de viajar. Até os cavalos precisavam de algum repouso, pensou.

Jondalar vinha fazendo pressão para que continuassem, e ela sabia os motivos que o levavam a isso, mas se um dia fizesse tanta diferença assim para a travessia da geleira de que ele ficava falando, então já estavam irremediavelmente atrasados. Precisariam de mais de um dia do tempo firme necessário à segurança da viagem. Mas quando ele se levantou e começou a arrumar sua bagagem, ela fez o mesmo.

À medida que a manhã avançava, o calor e a umidade, mesmo em campo aberto, foram ficando opressivos. Quando Jondalar sugeriu que passassem para nadar um pouco, Ayla concordou imediatamente. Levaram os cavalos para o rio e viram com prazer uma clareira abrindo para a água. Um leito seco de rio sazonal, ainda um tanto encharcado e sujo de folhas em decomposição, deixava apenas um pequeno espaço coberto de relva, mas criava uma espécie de bolsão aconchegante rodeado de pinheiros e chorões. A vala era barrenta, mas um pouco mais atrás, na curva do rio, havia uma praia estreita de seixos rolados e uma piscina natural, mosqueada de sol que as árvores filtravam.

– Perfeito! – disse Ayla, com um grande sorriso.

E começou a desatar o trenó.

– Você acha necessário fazer isso? – perguntou Jondalar. – Afinal, não vamos nos demorar.

– Os cavalos precisam descansar também, e nós podemos nadar um pouco – disse ela, retirando as cestas e a manta de Huiin. – Precisamos também esperar por Lobo. Não o vi a manhã toda. Deve ter sentido algum cheiro irresistível e foi à caçada.

– Muito bem – disse Jondalar, que, por sua vez, desatou as correias que prendiam as cestas de Campeão. Guardou-as no barco, ao lado de Ayla, e deu uma palmada afetuosa na garupa do cavalo, para indicar que ele podia acompanhar Huiin.

Ayla logo tirou a roupa e mergulhou no rio, enquanto Jondalar urinava. Ele a seguiu com os olhos e não conseguiu mais desviar a vista. Ayla estava com água tremeluzente até a altura dos joelhos, e um raio de sol que passava por um vão na copa das árvores punha-lhe um halo dourado nos cabelos e fazia luzir a pele nua do seu corpo flexível.

Contemplando-a, Jondalar comoveu-se de novo com a sua beleza. Por um momento, o amor que tinha por ela o sufocou. Ela se curvou para apanhar água nas mãos em concha, acentuando as curvas das nádegas e expondo a pele mais clara do lado interno da coxa. Isso lhe fez subir um calor ao rosto e acendeu nele o desejo. Jondalar baixou os olhos para o membro que ainda segurava na mão e sorriu, pensando agora em fazer mais do que simplesmente nadar.

Ela o olhou também quando ele entrou na água, viu seu sorriso e o olhar conhecido, imperioso, nos seus olhos azuis. Notou também que seu membro ia mudando de forma. A reação que teve foi imediata: um intenso estímulo. Depois, acalmou-se, e a tensão, que não havia detectado antes, se foi. Não iam mesmo viajar mais naquele dia, se dependesse dela. E ambos precisavam de uma mudança de ritmo, de uma diversão gostosa e excitante.

Ele percebeu o olhar que ela lhe lançara, sua reação favorável e uma ligeira mudança na atitude de Ayla. Sem na verdade trocar de posição, sua postura se fizera, de certo modo, mais convidativa. A reação dele foi óbvia, e não poderia escondê-la nem que o quisesse.

– A água está maravilhosa – disse ela. – Foi uma boa ideia que você teve, nadar um pouco. Eu estava com muito calor.

– Sim, eu também estou quente – respondeu ele, sorrindo, e avançando devagar na água em direção a ela. – Não sei como acontece com você, mas eu não tenho nenhum controle sobre mim quando estou a seu lado.

– E por que se controlaria? Eu não me controlo. Basta que você me olhe desse jeito para que eu esteja pronta – disse ela, e seu rosto se abriu num sorriso... Aquele belo sorriso de que ele tanto gostava.

– Ah, mulher! – disse ele, num sussurro, pegando-a nos braços. Ela o enlaçou, e ele se curvou para beijar-lhe os lábios macios. Jondalar passou-lhe as mãos pelas costas, sentindo-lhe a pele que o sol aquecera. Ela gostava quando ele a tocava dessa maneira e respondeu à carícia com uma antecipação instantânea e surpreendente.

Jondalar desceu as mãos, tocou seus seios redondos e lisos, e puxou-a para perto de si. Ela sentiu toda a extensão do seu membro quente contra o estômago, mas o movimento a fizera perder o equilíbrio. Procurou firmar-se, mas uma pedra cedeu debaixo de seu pé. Ela se apoiou nele, mas isso o desequilibrou. Jondalar escorregou, e os dois caíram esparramando água. Depois, sentaram-se, rindo.

– Você se machucou? – perguntou Jondalar.

– Não, mas a água está fria, e eu pretendia entrar na água bem devagar. Mas agora que estou molhada, vou nadar. Não foi isso que viemos fazer aqui?

– Foi, o que não quer dizer que não possamos fazer outras coisas também – disse ele. Ele viu que a água chegava apenas até debaixo dos

201

braços de Ayla. Seus seios flutuavam, e ele pensou nas proas abauladas de dois barcos, com pontas rosadas e duras. Debruçou-se, e lambeu um dos mamilos, sentindo seu calor na água fria.

Ela se arrepiou toda e jogou a cabeça para trás, a fim de deixar que a sensação percorresse o corpo todo. Ele aninhou o outro seio na mão em concha, depois passou-lhe a mão pelo lado, puxando-a. Ela estava tão sensível que só a pressão da palma da mão dele no bico do seio, endurecido, desencadeava novas ondas de prazer. Ele sugou o outro seio, depois se deixou ir e beijou-a ao longo do seio e, para cima, no pescoço. Alcançando a orelha, soprou de leve, e em seguida encontrou os seus lábios. Ela abriu a boca de leve e sentiu o toque da sua língua, depois o beijo.

– Vamos – disse ele, quando se separaram, pondo-se de pé, e estendendo a mão para ajudá-la –, vamos nadar.

Conduziu-a, então, mais para dentro da água, até que lhe chegasse pela cintura; depois puxou-a para perto, a fim de beijá-la mais uma vez. Ela sentiu a mão dele entre as suas pernas, o frio da água quando ele lhe abriu as pregas e uma sensação mais forte quando ele achou com os dedos o pequeno botão duro e o massageou.

Ayla deixou que a sensação a dominasse toda. Mas achou que aquilo estava acontecendo depressa demais. Estou quase gozando! Respirou fundo, soltou-se dos braços dele, e, com uma risada, espirrou-lhe água.

– Acho que devemos nadar – disse ela, e ensaiou algumas braçadas.

O espaço era exíguo, fechado, do outro lado, por uma ilha submersa coberta com uma densa concentração de caniços. Uma vez passado esse obstáculo, ela ficou de pé e olhou para Jondalar. Ele sorriu, e Ayla sentiu a força do magnetismo dele, do seu desejo, do seu amor, e desejou-o também. Começou a nadar de volta para a margem, e ele a seguiu.

Quando a água ficou de novo rasa, ele ficou de pé e disse:

– Muito bem, já nadamos. – Então tomou-a pela mão, tirando-a da água para a margem. Beijou-a, e sentiu que ela o puxava, que parecia fundir-se nos seus braços. Os seios, o ventre e as coxas de Ayla se colaram ao seu corpo.

– Agora é hora de outras atividades, Ayla.

Ela estava com a respiração presa na garganta e os olhos dilatados. Sua voz ficou trêmula quando tentou responder.

– Que outras atividades? – disse ela, procurando brincar e sorrir.

Ele se deixou cair na relva, estendeu-lhe a mão e disse:

– Venha cá que eu lhe mostro.

Ela se sentou a seu lado. Ele a forçou para trás, beijando-a, e sem outras preliminares, cobriu-a, depois desceu, abriu-lhe as pernas e fez correr sua língua quente nas pregas molhadas e frias. Os olhos de Ayla se abriram por um momento. Ela estremeceu com a força da pulsação que lhe percorria o corpo, sentindo-a intensamente. Logo ele se pôs a chupar na sua área dos Prazeres.

Queria prová-la, sorvê-la, e sabia que ela estava pronta. Sua própria excitação cresceu com a reação dela, e seus órgãos genitais lhe doeram, com a urgência da necessidade, e o seu membro, grande e levemente encurvado, inchou ao máximo. Ele esfregou com o nariz, mordiscou, sugou e manipulou com a língua. Por fim, enfiou nela para saborear por dentro. Apesar do desejo que sentia, queria que aquilo pudesse se prolongar para sempre. Adorava dar a Ayla os Prazeres.

Ayla sentia o frenesi crescendo dentro dela, e gemeu, depois gritou quando sentiu que o clímax se aproximava.

Se ele não se controlasse, poderia gozar até sem penetrá-la, mas gostava da sensação de estar dentro dela também. Bom seria se pudesse fazer tudo ao mesmo tempo.

Ela se levantou para alcançá-lo, empinou-se, sentindo que a clamorosa tormenta crescia dentro dela e que de repente, quase sem aviso, explodiria. Ele sentiu a umidade dela, o seu calor, e, subindo um pouco, achou a entrada e, de um só golpe, encheu-a completamente. Seu membro estava a ponto de explodir também, e ele não sabia quanto tempo seria capaz de resistir ainda.

Ela gritou seu nome, agarrou-o, desejando-o, com o corpo em arco para encontrar o dele. Ele se enfiou de novo, sentindo-a de todo. E em seguida, tremendo e gemendo, recuou, com os órgãos incitando-lhe poderosas sensações por toda parte. Então, não podia esperar mais, e ele se afundou de novo e sentiu que os Prazeres o tomavam. Ela gritou com Jondalar, e o terrível deleite a inundou.

Ele penetrou-a mais algumas vezes. Depois, deixou-se tombar por cima dela, e ambos descansaram da excitação e do tempestuoso alívio. Depois de algum tempo, ele ergueu a cabeça, e ela o beijou, cônscia do seu gosto e cheiro nele, o que sempre lhe recordava os incríveis sentimentos que Jondalar era capaz de evocar nela.

– Eu bem que quis fazer que isto durasse, levasse muito tempo, mas não deu: eu estava pronta demais para você.

– O que não quer dizer que não possa durar – disse ele, vendo que ela sorria.

Jondalar rolou de lado e disse, sentando-se:

– Esta margem de seixos não é muito confortável. Por que não reclamou?

– Não percebi, mas agora que você falou, há uma pedra me machucando, e outra aqui, debaixo do ombro. Acho que devíamos procurar um lugar mais macio... para você descansar – disse ela, com um risinho maroto e um brilho nos olhos. – Mas, primeiro, gostaria de nadar um pouco de verdade. Talvez haja um canal mais fundo aqui por perto.

Voltaram para o rio, nadaram um pouco rio acima, e continuaram rompendo o camalote raso e barrento dos caniços. Do outro lado a água era inesperadamente mais fria; depois ficou fundo, e eles se viram num canal aberto que corria entre os caniços.

Ayla tomou a dianteira, mas em seguida Jondalar, num esforço, emparelhou com ela. Ambos eram bons nadadores, e logo iniciaram uma espécie de competição amigável, apostando corrida ao longo do canal que serpeava entre os caniços. Eram páreo um para o outro, de modo que qualquer vantagem pequena logo punha um à frente. Ayla estava mais adiantada quando alcançaram um ponto em que o canal se bifurcava, mas num ângulo tão acentuado que quando Jondalar ergueu os olhos Ayla não estava mais à vista.

– Ayla! Ayla! Onde está você? – gritou.

Nenhuma resposta. Ele chamou de novo, e entrou nadando por um dos canais. Ele se torcia sobre si mesmo, e tudo o que via eram caniços. Para onde quer que se virasse, havia paredes de caniços altos. Tomado de pânico, ele chamou de novo:

– Ayla, em que parte do frio mundo subterrâneo da Mãe você se meteu? – Ouviu, então, um assovio, dos que Ayla usava para chamar Lobo. Sentiu um grande alívio, mas o assovio vinha de longe, mais longe do que ele imaginava que deveria vir. Assoviou em resposta, e ela respondeu. Ele então nadou de volta, alcançou a forquilha e seguiu pelo outro canal.

Esse canal também era sinuoso e se abria num terceiro. Nesse ponto, Jondalar sentiu que uma forte corrente o arrastava, e logo se viu, com surpresa, levado rio abaixo. Mais adiante viu Ayla, que resistia à força da água, e ele nadou para encontrá-la. Ela continuou a nadar contra a corrente, mesmo quando ele chegou perto, com medo de ser arrastada outra vez para o canal errado se parasse de lutar. Ele fez meia-volta e nadou com ela, rio acima. Na bifurcação, descansaram um pouco, mexendo apenas com as pernas, para ficarem à tona.

— Ayla! Onde estava com a cabeça? Por que não se certificou se eu sabia para onde você estava indo? — ele reclamou.

Ela sorriu, ciente de que aquela reclamação era o resultado da tensão causada pelo medo que ele tivera.

— Eu estava querendo apenas ir em frente. Não podia saber que o canal mudava de direção tão depressa ou que a correnteza fosse tão forte. Fui arrastada antes de me dar conta do que se passava. Por que é tão forte assim?

Passada a aflição, e feliz por vê-la a salvo, a contrariedade de Jondalar logo passou.

— Não sei; é muito estranho. Talvez estejamos perto do canal principal, ou então a terra mole, no fundo, está sendo levada de roldão.

— Vamos voltar. Esta água está muito fria, e mal posso esperar por aquela praia ensolarada — disse Ayla.

Deixando que a corrente os ajudasse, os dois nadaram de volta, relaxados. Embora a água não puxasse com tanta força, levava-os. Ayla virou de costas, para boiar. Contemplava as canas verdes por que passavam e a límpida abóbada azul. O sol estava ainda a oriente, mas já ia alto no céu.

— Lembra-se do lugar onde pegamos este canal, Ayla? Todos me parecem iguais.

— Havia três grandes pinheiros juntos, na margem. E o do meio era maior que os outros. Atrás deles havia chorões de compridas hastes pendentes — disse ela, virando-se para nadar outra vez.

— São muitos os pinheiros na margem. Talvez devêssemos sair. Talvez já tenhamos passado o lugar, Ayla.

— Não creio. O pinheiro à direita do pinheiro grande tinha uma forma engraçada, meio torta. Não o vi, até agora, espere... Lá está ele, veja... para cima um pouco — disse Ayla, rumando para a margem.

— Você está certa. Viemos por aqui; os caniços estão pisados.

Passaram por eles e pela piscina natural, onde agora fazia calor. Pisaram a pequena área de seixos rolados com a sensação de ter voltado para casa.

— Vou fazer uma fogueira e preparar chá — disse Ayla, esfregando os braços com a mão para livrar-se da água. Espremeu a água dos cabelos e depois foi até as cestas da bagagem, recolhendo gravetos pelo caminho.

– Quer suas roupas? – perguntou Jondalar, despejando no chão mais uma braçada de lenha.

– Prefiro secar-me um pouco mais – disse ela, observando que os cavalos pastavam tranquilamente na estepe vizinha, mas sem ver Lobo por perto. Ficou um pouco apreensiva, mas não era a primeira vez que ele saía sozinho e se demorava metade do dia. – Por que não estende a manta de forrar o chão naquela parte da relva onde o sol está batendo? Pode descansar um pouco enquanto faço o nosso chá.

Quando o cozimento ficou pronto, levou duas xícaras para a grama em que Jondalar repousava. Parte da manta já estava na sombra, mas não fazia mal. O calor do dia já esquentara a friagem da natação. Ela deu uma xícara a Jondalar e sentou-se com a outra na mão. Ficaram juntos, ali, desfrutando da companhia um do outro, sorvendo a bebida, com poucas palavras, e contemplando os cavalos, de pé, lado a lado, mas voltados para direções opostas, espanando moscas da cara um do outro com os rabos.

Quando acabou de beber, Jondalar se deitou com as mãos atrás da cabeça. Ayla ficou contente vendo que ele estava mais tranquilo e não ansioso para partir, como de hábito. Colocou sua xícara também na grama e deitou-se ao lado dele, apoiou a cabeça em seu ombro e atravessou o braço sobre seu peito. Fechou os olhos e ficou respirando o cheiro bom de Jondalar. Sentiu a mão dele alisando seu quadril, num gesto doce e inconsciente de carinho.

Ela virou a cabeça e beijou a pele quente de Jondalar, depois soprou levemente sua respiração em seu pescoço. Ele estremeceu e fechou os olhos. Ela o beijou de novo, depois ergueu um pouco o corpo e começou a dar-lhe pequeninas mordidas no pescoço e no ombro. Aquilo lhe dava cócegas quase insuportáveis, mas também uma tal excitação que ele resistiu à ideia de mexer-se e aguentou firme.

Ayla beijou-lhe o pescoço, o queixo e a face, sentindo os pelos duros no rosto dele. Depois procurou a boca e se pôs também a mordiscá-la de leve, de um lado a outro. Feito isso, olhou-o fixamente. Ele tinha os olhos fechados, mas uma expressão de expectativa. Finalmente, abriu-os e viu-a debruçada sobre seu corpo com um sorriso de completo deleite. Os cabelos, ainda molhados, caíam-lhe, pesados, sobre um ombro. Ele queria agarrá-la, esmagá-la contra o peito, mas limitou-se a corresponder ao sorriso da mulher.

Ela baixou mais um pouco, explorou-lhe a boca com a ponta da língua, tão de leve que ele mal a sentiu. Mas a brisa que então soprava riscando a água lhe causava inacreditáveis arrepios. Sentiu que a língua de Ayla procurava uma passagem e abriu a boca para recebê-la. Devagarzinho, ela explorou o interior dos lábios dele, o soalho bucal e a orla do palato, testando, tocando, provocando. Depois, beijou-lhe os lábios com seus pequenos beijos-mordidas, e isso foi mais do que conseguiu suportar. Jondalar estendeu o braço, agarrou-lhe a cabeça e trouxe-a para baixo, erguendo ao mesmo tempo a sua para um beijo firme, forte e satisfatório.

Quando a soltou, Ayla sorria com malícia. Obrigara-o a reagir, os dois sabiam disso. Enquanto a observava, tão contente consigo mesma, ele também se felicitava. Estava inovadora, brincalhona. Que outras delícias teria guardadas para ele? Uma onda de excitação o levou a esse pensamento. Aquilo podia ficar interessante. Jondalar sorriu e esperou, fixando nela os olhos azuis, surpreendentemente belos.

Ayla se inclinou para ele e beijou-lhe a boca mais uma vez, e o pescoço, e os ombros, e o peito. E então, numa súbita mudança de posição, ela se ajoelhou ao lado dele, debruçou-se em direção contrária, abaixou-se e abocanhou seu órgão intumescido. Tomou tanto quanto podia, e ele sentiu aquele calor úmido envolver a ponta sensível do seu membro e ir ainda mais longe. Ela puxou para trás lentamente, criando uma sucção, que ele sentiu em todas as partes do corpo. Fechou os olhos e se deixou sentir o crescente deleite, porque a mulher agora movia as mãos e a boca para cima e para baixo da sua comprida vara.

Ayla explorou a cabeça com a língua; fez, depois, pequenos círculos em torno dela, e Jondalar começou a desejá-la com uma urgência maior. Ela estendeu a mão para tomar a bolsa mole abaixo do membro e, delicadamente, pois ele lhe dissera que tivesse sempre cuidado ali, sentiu os dois misteriosos calhaus que ela continha, macios e arredondados. Ficou imaginando para que, de fato, serviam, e sentiu que eram muito importantes, por algum motivo. Quando as mãos dela se fecharam em concha em torno do seu saco tenro, ele sentiu uma sensação diferente, agradável, porém mesclada de um grão de ansiedade com aquela parte tão frágil, que parecia estimulá-lo de outra maneira.

Ela o soltou e depois olhou para ele. O intenso prazer que Jondalar tinha nela e no que ela fazia estava estampado no seu rosto e refletido nos seus olhos. E ele lhe sorriu, encorajando-a. Ayla se deleitava com o processo de dar-lhe os Prazeres. Aquilo a estimulava de um modo diferente, mas profundo e excitante, e ela compreendeu um pouco por que ele gostava de causar-lhe Prazer também. Ela o beijou, longamente, depois passou uma perna por cima dele, cavalgando-o, de frente para os pés.

Sentada no seu peito, ela se dobrou, tomou o membro duro e palpitante nas mãos, postas uma acima da outra. Embora ele estivesse rijo, distendido, a pele era macia, e quando ela o colocava na boca, era liso e quente. Ayla o cobriu de beijos e leves, pequeninas mordidas. Quando alcançou a base, foi mais longe, até a bolsa, tomou-a, com cautela, para sentir sua firme redondeza dentro da boca.

Ele estremeceu com choques de um Prazer inesperado. Aquilo era quase demais. Não só as tumultuosas sensações que o dominavam, mas a vista de Ayla, que se erguera um pouco no ar para melhor alcançá-la. Com as pernas abertas em posição de cavalgadura como estava, deixava expostas suas pétalas e pregas de um rosa carregado e até a sua deliciosa abertura. Ela deixara de lado os testículos e voltara atrás, para pôr de novo na boca o seu excitante e latejante pênis para outra vez chupá-lo, quando percebeu que ele a puxava um pouco mais para trás. E sentiu um inesperado prazer quando a língua dele encontrou as suas pregas e a sede dos Prazeres.

Ele a explorou sôfrega e completamente, usando as mãos e a boca, sugando, manipulando, sentindo alegria de dar-lhe Prazer, e, ao mesmo tempo, a excitação que ela lhe causava massageando-lhe o membro para a frente e para trás enquanto o chupava.

Ayla estava prestes a gozar e já não podia conter-se, mas Jondalar procurava ainda adiar o clímax, esforçando-se para não acabar. Podia facilmente deixar-se ir, porém queria mais, de modo que quando ela parou, arqueou o corpo para trás, e soltou um grito, ele ficou contente. Sentiu-lhe a umidade, depois rilhou os dentes para controlar-se. Sem os Prazeres que haviam gozado antes não teria conseguido se controlar, mas se refreou, ficando prestes a atingir sua plenitude.

– Ayla, vire-se para o outro lado. Quero possuí-la toda!

Ela concordou. Podia compreendê-lo. E querendo também todo ele, virou-se montou-o no outro sentido. Erguendo-se, ela deixou-o entrar nela e apoiou-se nele, outra vez. Ele gemeu e repetiu o nome dela, sentindo que o ventre de Ayla se abria, quente, para recebê-lo. Quanto a ela, sentia pressões em diferentes partes sensíveis ao mover-se para cima e para baixo, guiando a direção daquela rija plenitude dentro dela.

A necessidade dele não era tão premente; ele podia aguentar um pouco. Ela se curvou para a frente, em mais uma posição ligeiramente diversa da anterior. Ele a puxou de modo a poder roçar seus seios tentadores, e pôs um na boca, sugando-o com vontade. Depois fez o mesmo com o outro. Por fim, beijou e chupou os dois ao mesmo tempo. E, como sempre, quando fazia aquilo, sentia a excitação que provocava nela.

Ela via, por sua vez, sentia seu desejo crescer, enquanto movia-se para a frente e para trás, para cima e para baixo, em cima dele. Ele já se sentia aumentar novamente a urgência, e quando ela se sentou, exausta, ele agarrou-lhe e ajudou-a, dirigindo seus movimentos, empurrando-a para o alto e puxando-a outra vez. Sentiu que ia explodir quando a ergueu e, de súbito, o gozo chegou. Ele a apertou para baixo e gritou com o tremor convulso que vinha dos seus órgãos numa poderosa erupção. Ela gemeu e estremeceu com o surto que rebentava dentro dela.

Jondalar a fez mexer-se mais algumas vezes, para cima, para baixo, depois enlaçou-a para beijar-lhe os seios. Ayla teve uma derradeira estremeção, depois desabou por cima dele. E ficaram os dois imóveis, respirando profundamente, procurando recuperar o fôlego.

Ayla começava a respirar normalmente quando sentiu algo molhado na face. Pensou, por um momento, que fosse Jondalar, mas aquilo, além de molhado, era frio, e havia um cheiro diferente, mas não estranho, no ar.

Ela abriu os olhos e deu com os dentes de um lobo. Lobo esfregou-lhe o focinho outra vez, metendo-o em seguida entre os dois.

– Lobo! Vai embora! – disse Ayla, livrando-se daquele nariz gelado, daquele bafo de lobo.

Depois rolou de cima de Jondalar e ficou estendida ao lado dele. Estendendo a mão, meteu os dedos no pelo do pescoço do animal.

– Mas estou contente em ver você. Por onde andou o dia inteiro? Já estava preocupada.

Sentou-se, pôs a cabeça de Lobo entre as mãos, encostou a testa na dele, depois se voltou para o homem:

– Não imagino há quanto tempo ele voltou.

– Bem. Fico feliz que você o tenha ensinado a não aborrecer a gente. Se ele nos tivesse interrompido agora, não sei o que eu teria feito com ele – disse Jondalar.

Levantou, e a ajudou com a mão a levantar-se também. Depois, tomando-a nos braços, ficou olhando para ela.

– Ayla, isso foi... o que posso dizer? Não tenho palavras...

Mas ela viu uma tal expressão de adoração e amor nos olhos dele que teve de conter as lágrimas.

– Jondalar, também eu quisera ter palavras, mas não sei nem mesmo na linguagem gestual do Clã dizer como me sinto. Talvez nem haja sinais para isso.

– Você me mostrou o que sente em muito mais que palavras. Você me mostra isso todos os dias, de muitas maneiras. – Puxou-a contra o peito, com um nó na garganta. – Minha mulher, minha Ayla. Se eu a perdesse um dia...

Ayla sentiu um arrepio a essas palavras, mas isso fez apenas com que ela o apertasse com mais força.

– JONDALAR, COMO VOCÊ sempre sabe o que eu realmente quero?

Estavam sentados ao brilho dourado da fogueira, tomando chá e contemplando as chamas da acha betuminosa de pinheiro, que estalava e lançava um chuveiro de faíscas no ar noturno.

Havia muito tempo que Jondalar não se sentia tão descansado, tão contente, e tão à vontade. Tinham pescado à tarde; Ayla o ensinara a pegar um peixe com a mão. Depois, ela achou um pé de erva-saboeira e os dois tomaram banho e lavaram o cabelo. Jondalar acabara de comer uma deliciosa refeição de peixe com ovos de pássaros do pântano, legumes variados, um biscoito de massa de taboa assado em cima de pedras quentes e algumas bagas silvestres.

Ele sorriu.

– Apenas presto atenção ao que você me diz.

– Jondalar, da primeira vez, eu queria que aquilo durasse, mas você sabia melhor do que eu o que eu mesma desejava. Depois, você viu que eu queria dar-lhe os Prazeres, e me deixou fazer, até que estivesse de novo pronta para você. E sabia quando eu estava pronta; não fui eu que lhe disse.

– Sim, disse. Só que não com palavras. Você me ensinou a falar como a gente do Clã, por sinais e movimentos. Agora procuro entender o sentido dos seus outros sinais.

– Mas eu não lhe ensinei nenhum sinal desse tipo. Não conheço nenhum. E você soube como me dar os Prazeres antes de aprender os sinais do Clã.

Ela estava de testa franzida. Procurava, com toda a seriedade, entender o que fez com que Jondalar sorrisse.

– É verdade. Mas há uma linguagem muda das pessoas que falam e que é muito mais visível e eloquente do que elas pensam.

– Sim, já notei isso – disse Ayla, pensando o quanto ela mesma era capaz de compreender sobre as pessoas que eles acabam de conhecer simplesmente prestando atenção aos sinais que faziam sem se darem conta disso.

– E, às vezes, você aprende a fazer... coisas só por desejar fazê-las, de modo que faz com atenção.

Ayla olhava fixamente os olhos dele, vendo o amor que ele tinha por ela e o deleite que parecia sentir com as perguntas que ela lhe fazia. Também notou o olhar perdido de Jondalar ao falar. Ele fitava o espaço como se avistasse algo ao longe por um momento, e Ayla sabia que ele estava pensando em outra pessoa.

– Principalmente quando a pessoa com quem você quer aprender está disposta a servir de professora. Zolena o ensinou muito bem.

Ele corou, encarou-a com choque e surpresa, depois olhou para outra direção.

– Aprendi muito com você também – acrescentou, cônscio de que a observação dela o perturbara.

Ele foi incapaz de encará-la outra vez. Quando finalmente o fez, tinha o cenho franzido.

– Ayla, como sabia o que eu estava pensando? Sei que você tem um Dom especial. Foi por isso que o Mamute levou você para a Fogueira do Mamute quando foi adotada. Mas às vezes você parece ler meus pensamentos. Você tirou o que disse da minha cabeça?

Ela percebeu a preocupação dele e algo mais aflitivo: um quase temor dela. Já percebera em outros a mesma espécie de medo, como entre alguns dos Mamutoi da Reunião de Verão, quando a julgaram possuidora de faculdades misteriosas, mas aquilo era, na maior parte, fruto de mal-entendidos. Como pensar que ela possuía algum domínio especial sobre os animais quando tudo o que ela fizera fora apanhá-los enquanto filhotes e criá-los maternalmente?

Mas desde a Reunião dos Clãs algo mudara. Ela não tivera a intenção de tomar da mistura especial de raízes que preparara para os mog-urs, mas não pudera evitar fazê-lo. Também não pretendera entrar naquela caverna e encontrar os mog-urs. A coisa simplesmente acontecera. Quando os viu, a todos, sentados em círculo naquela alcova, nas profundezas da caverna e... caiu no vazio negro que estava dentro dela, pensou que estava perdida para sempre e que jamais encontraria o caminho de volta. Então, de algum modo, Creb conseguira alcançar seu interior e lhe falar. Desde então, havia ocasiões em que sabia coisas que não podia explicar. Como quando o Mamute a levou consigo na sua Busca, e ela sentiu que se erguia no ar e o acompanhava através das estepes. Mas quando olhou para Jondalar, à luz da fogueira, e viu a maneira esquisita com que ele a olhava, sentiu medo: medo de que pudesse perdê-lo. Baixou, então, os olhos.

Não podia haver inverdades entre os dois. Nem mentira. Não que ela não pudesse dizer, deliberadamente, algo que não fosse exato, mas nem mesmo o habitual "abster-se de falar", que o Clã permitia em prol da privacidade, poderia interpor-se entre os dois naquele momento. Mesmo com o risco de perdê-lo se lhe contasse a verdade, tinha de dizer tudo e de descobrir o que o afligia. Encarou-o, então, diretamente, e procurou palavras para começar.

– Não li seus pensamentos, Jondalar, mas não foi difícil adivinhá-los. Não estávamos discutindo os gestos mudos feitos por pessoas com o dom da palavra? Você os faz também, sabia? Talvez por amá-lo tanto, e querer tanto conhecê-lo, presto atenção a você todo o tempo – disse, tirando os olhos dele. – As mulheres do Clã aprendem a fazer isso. São ensinadas – falou Ayla.

Ela o olhou. Viu algum alívio na expressão dele, e também curiosidade; e continuou:

– Isso não acontece só com você. Fui criada com gente da minha espécie, estou acostumada a descobrir sentido nos gestos que as pessoas fazem. Isso tem me ajudado a conhecer melhor as pessoas que encontro, e perceber que o que dizem da boca para fora nem sempre coincide com os gestos inconscientes que fazem. Comecei, assim, a entender mais o sentido do que dizem além das palavras. Foi por isso que Crozie deixou de jogar o jogo-do-osso comigo. Eu sempre sabia em que mão ela escondia o tento marcado pela maneira como o segurava.

– Sempre quis saber como você conseguia isso. Crozie era considerada muito boa nesse jogo.

– E era.

– Mas, agora, como você conseguiu saber que eu estava pensando em Zolena? Ela é uma Zelandonii hoje. E é assim que penso nela, não sob o nome que tinha quando jovem.

– Eu estava observando você; seus olhos diziam que você me amava, que estava feliz comigo, e eu me sentia feliz também. Mas quando começou a falar em certos aprendizados, por um momento deixou de me ver. Era como se estivesse olhando para muito longe. Você já me falou de Zolena, da mulher que o ensinou... esse dom... a maneira que tem de fazer a mulher sentir. Tínhamos conversado sobre isso antes, e foi assim que percebi que devia estar pensando nela.

– Extraordinário, Ayla! – disse ele, com um sorriso aberto, aliviado.
– Não terei segredos para você. Talvez não tire pensamentos de dentro da cabeça de uma pessoa, mas o que faz não fica longe disso.

– Há algo que precisa saber. Jondalar enrugou de novo a testa:
– E o que é?
– Às vezes penso que tenho... alguma espécie de Dom. Algo me aconteceu quando eu estava na Reunião dos Clãs, uma a que compareci com o Clã de Brun, quando Durc era um bebê. Fiz algo que não devia ter feito. Bebi da poção que tinha preparado para os mog-urs, e acabei encontrando-os numa caverna. Não estava procurando por eles, nem sei como fui parar naquela caverna. Eles estavam...

Ela estremeceu e não pôde terminar a frase.

– Algo aconteceu comigo. Fiquei perdida na escuridão. Não a da caverna, mas uma treva interior. Pensei que fosse morrer, mas Creb me ajudou. Ele pôs seus próprios pensamentos dentro da minha cabeça...

– Ele o quê?

– Não sei como explicar isso de outra maneira. Ele pôs seus pensamentos na minha cabeça e, desde então... às vezes... é como se ele tivesse mudado algo em mim. Às vezes imagino que tenho alguma espécie de... Dom. Acontecem coisas que não entendo nem posso explicar. Acho que Mamute sabia disso.

Jondalar permaneceu calado por algum tempo.

– Ele terá, então, adotado você na Fogueira do Mamute por outros motivos além do conhecido de suas habilidades curativas.

– Pode ser. Acho que sim.

– Mas você não leu meus pensamentos, há pouco?

– Não. O Dom não funciona desse jeito. Não exatamente. É mais como aquela história de viajar com o Mamute, na Busca. Ou ir a profundezas. Ou a lugares longínquos.

– Mundos de espíritos?

– Não sei.

Jondalar olhou para o alto e considerou as implicações do que acabara de ouvir. Depois balançou a cabeça, olhando para Ayla com um sorriso duro.

– Acho que é alguma pilhéria da Grande Mãe comigo. A primeira mulher que amei foi chamada para servi-La, e pensei que não amaria mais ninguém. E agora que encontrei outra mulher para amar, também esta parece destinada a servi-La. Será que vou perder você também?

– Por que me perderia? Não sei se estou destinada a servir à Grande Mãe. Não quero servir a ninguém. Quero apenas ficar com você, viver na sua casa, ter os seus filhos – objetou Ayla, energicamente.

– Ter meus filhos? – disse Jondalar, perplexo com as palavras que ela usara. – Como pode ter meus filhos? Não terei filhos, homens não têm filhos. A Grande Mãe só dá filhos às mulheres. Talvez ela use um espírito de homem para criá-los, mas os filhos não são dele. São responsabilidade dele apenas no que diz respeito a provê-los, quando sua companheira os tem. Serão, no máximo, os filhos da sua fogueira.

Ayla já conversara sobre aquilo, sobre homens começando a nova vida que cresce dentro da mulher, mas ele não percebera completamente então que ela era, deveras, uma filha da Fogueira do Mamute, que tinha a faculdade de visitar mundos de espíritos e podia estar destinada ao serviço de Doni. Talvez ela soubesse algo de fato.

– Você pode chamar aos meus bebês filhos da sua fogueira. Quero que sejam mesmo filhos da sua fogueira. Quanto a mim, tudo o que desejo é ficar com você, sempre.

– É o que desejo também, Ayla. Desejei você e desejei seus filhos antes mesmo de conhecê-la. Só não sabia onde iria encontrar você. Apenas espero que a Mãe não ponha nada germinando dentro de você até voltarmos.

– Eu sei, Jondalar. Eu também prefiro esperar – disse ela.

Ayla apanhou as xícaras que tinham usado e foi lavá-las. Depois, acabou seus preparativos para que pudessem partir bem cedo, enquanto Jondalar empacotava tudo, menos as peles de dormir. Deitaram-se aconchegados um ao outro, agradavelmente fatigados. O homem Zelandonii ficou contemplando a mulher deitada ao seu lado, respirando tranquilamente, mas ele mesmo não conseguiu dormir.

Meus filhos, pensou. Ayla disse que os bebês dela serão meus filhos. Será que estávamos dando início a uma vida quando partilhamos Prazeres hoje? Se alguma vida começou daquilo, então terá de ser muito especial, porque esses Prazeres foram... melhores... do que nunca.

E por que foram melhores? Não que eu não tivesse feito tudo isso antes, mas com Ayla é diferente... Não me canso dela. E mais... só de pensar nela, a desejo outra vez... e ela acha que sei como satisfazê-la...

Mas e se Ayla engravidar? Ela não engravidou até agora... talvez não seja capaz de engravidar. Há mulheres que não têm filhos. Mas ela já teve um. O problema serei eu, então?

Vivi com Serenio muito tempo. Ela não engravidou todo o tempo em que esteve comigo, e já tivera filho antes. Talvez eu tivesse ficado com os Sharamudoi se ela tivesse tido filhos. Talvez. Pouco antes da minha partida, ela disse que talvez estivesse grávida. Por que não fiquei, então? Ela disse que não queria ficar comigo, embora me amasse, porque eu não a amava do mesmo modo. Disse que eu amava meu irmão mais do que a qualquer mulher. Mas eu me importava com ela, não, possivelmente, como me importo hoje com Ayla, mas se eu assim tivesse de fato desejado, penso que ela teria concordado em ser minha companheira. E eu sabia disso. Usei o que Serenio disse como desculpa? Por que fui embora? Porque Thonolan nos ia deixar, e eu me preocupava com ele. Teria sido esse o único motivo?

Se Serenio estava mesmo grávida quando eu me fui, se ela teve mesmo um segundo filho, esse filho se teria originado da essência do meu membro? Seria... meu filho? É o que Ayla diria. Não, tal coisa não é possível. Homens não têm filhos, a não ser que a Grande Mãe use o espírito de um homem para fazer um. Filho do meu espírito, então?

Quando chegarmos lá, saberei finalmente se ela teve um bebê. E o que achará Ayla disso? Que Serenio teve um filho que possa, de algum modo, ter algo a ver comigo? E o que achará Serenio quando se deparar com Ayla? E o que vai pensar Ayla de Serenio?

13

Na manhã seguinte, Ayla levantou-se ansiosa para ir embora, ainda que o dia ainda estivesse tão abafado quanto na véspera. Ao tirar faíscas com o sílex para acender fogo, ficou pensando como seria bom que não tivesse de ocupar-se daquilo. A comida que sobrara da noite anterior e um pouco d'água teriam sido o suficiente para a primeira refeição. Lembrando os Prazeres que havia partilhado com Jondalar, desejou poder não ter mais de pensar no remédio mágico de Iza. Se não tomasse o seu chá especial, talvez viessem a descobrir que tinham começado a fazer um bebê. Mas Jondalar era tão contrário à ideia de uma gravidez durante a Jornada que ela tinha de usar o chá.

A jovem mulher não sabia como aquilo funcionava; sabia apenas que não ficaria grávida se tomasse todo dia, até o seu período, uns dois goles de um forte cozimento de brotos de acácia mais uma pequena tigela da infusão de raízes de sálvia, durante os dias em que sangrasse.

Não seria tão difícil assim cuidar de um bebê durante a viagem, mas não queria estar sozinha na hora do parto. Não sabia se teria sobrevivido ao nascimento de Durc se Iza não estivesse lá.

Ayla matou um mosquito que pousou no seu braço, depois conferiu o suprimento de ervas enquanto a água fervia. Tinha o bastante em matéria de ingredientes para o chá matinal, o que era bom, pois não vira nenhuma daquelas plantas nas imediações. Eram ervas que gostavam de lugares mais altos e mais secos. Verificando, em seguida, a sua bolsa de remédios, de pele de lontra, já bem usada, viu que tinha quantidades adequadas da maior parte das ervas medicinais de que precisaria numa emergência, embora tivesse preferido substituir algumas do ano anterior por outras, frescas. Felizmente, não tinham tido muita necessidade de usar plantas curativas até aquele momento.

Partiram, e logo alcançaram um rio bastante largo e de correnteza veloz. Jondalar desatou os cestos de carga que pendiam, baixos, dos dois flancos de Campeão e os acomodou no bote, sobre o trenó. Enquanto fazia isso, estudou os rios. Aquele desaguava no Grande Rio Mãe num ângulo agudo, vindo da direção das cabeceiras.

– Ayla, já viu como este afluente deságua no Grande Rio Mãe? De uma vez só, sem qualquer leque. Isso talvez explique aquela corrente rápida contra a qual tivemos de lutar ontem.

– Acho que você tem razão – disse ela, compreendendo o que ele queria dizer. E acrescentou, sorrindo: – Você gosta de saber o porquê das coisas, não é?

– Bem, um rio não se põe a correr depressa, de repente, sem motivo. Deve haver uma explicação.

– Pois encontrou-a.

Ayla achava que Jondalar estava com uma boa disposição aquela manhã, quando prosseguiram viagem, depois de cruzar o rio. Isso a alegrou. Lobo ficara junto deles, sem dar suas habituais escapadelas, e isso também a deixava feliz. Até os cavalos pareciam mais animados. O descanso lhes fizera bem. Ela mesma se sentia mais alerta, com as forças recuperadas. Talvez pelo fato de ter verificado o suprimento de plantas medicinais, prestava maior atenção do que de costume à vida vegetal e animal da região que atravessavam. Eram sutis as diferenças entre a foz do rio e o prado por onde cavalgavam agora, mas ela notou algumas.

As aves eram ainda a forma de vida animal dominante. As ciconiformes eram as mais frequentes, mas as outras espécies não ficavam muito atrás. Bandos de pelicanos e belos cisnes brancos passavam voando, e muitas espécies de aves de rapina, inclusive milhafres-pretos, águias-do-mar, de rabo branco, búzios, pequenos falcões tagarotes. Viu um grande número de pássaros, voando, pipilando, ostentando suas cores brilhantes: rouxinóis e outros pássaros canoros, toutinegras, papa-amoras, papa-moscas-de-peito-vermelho, papa-figos-dourados e muitas outras variedades.

E como havia insetos: grandes libélulas amarelas, que passavam por eles à *toute allure*, e delicadas lavadeiras em cintilantes roupagens verdes e azuis que decoravam as inflorescências insípidas das bananeiras-do-mato eram as belas exceções aos irritantes enxames que apareciam de repente. Era como se eles nascessem todos naquela hora, num dia só, mas a umidade e o calor naqueles preguiçosos cursos d'água e fétidas lagoas eram os responsáveis, no tempo devido, pela maturação dos ovos. As primeiras nuvens de borrachudos e trombeteiros tinham surgido logo de manhã, pairando por cima da água, mas o campo seco das vizinhanças ainda estava livre deles, e foram logo esquecidos.

Mas à noite era impossível esquecê-los. Os mosquitos enfurnavam-se na pelagem pesada, encharcada de suor, dos cavalos, zumbiam em torno dos olhos deles, enfiavam-se nas suas narinas e bocas. Os pobres animais ficavam agoniados com aqueles milhões de mosquitos. O lobo tinha mais sorte. Mas até Ayla e Jondalar se viam obrigados a cuspir e esfregar os olhos para se livrar daquela praga. Os enxames eram mais densos no delta, e eles se perguntavam onde poderiam acampar com algum sossego.

Jondalar notou uma colina relvosa à direita de onde estavam, e achou que a elevação lhes daria uma visão melhor dos arredores. Subiram ao topo e viram do alto da água reluzente de um lago em anfiteatro. Não tinha a luxuriante vegetação da foz, e as poças podres que facilitavam a criação das larvas, mas poucas árvores e alguma vegetação arbustiva protegiam uma praia larga e tentadora.

Lobo correu morro abaixo, e os cavalos dispararam atrás dele sem qualquer comando. Tudo o que Jondalar e Ayla puderam fazer foi desatar às pressas o trenó de Huiin e tirar a carga do lombo dela e do lombo de Campeão. Eles também pularam na água com uma pressa que só a resistência da água conteve. Mesmo o nervoso Lobo, que não gostava de atravessar rios, não hesitou em meter-se no lago.

– Você acha que ele está começando a gostar da água? – perguntou Ayla.

– Espero que sim. Temos muitos rios ainda para atravessar.

Os cavalos baixaram a cabeça para beber, fungaram, sopraram água pelas narinas e pela boca, depois saíram para a margem. Deitaram-se, então, na margem enlameada para rolarem pelo chão e se coçarem. Ayla não pôde conter o riso diante das caras que eles faziam, rolando os olhos, de puro deleite. Quando se levantaram, estavam cobertos de barro, mas quando secaram, suor, células mortas da pele, ovos de insetos e outras causas de coceiras caíram com o pó.

Acamparam na beira do lago e partiram ao alvorecer. À noite, desejaram encontrar terreno tão bom quanto aquele para pernoitarem. Uma nuvem de mosquitos fez sua aparição logo que os ovos dos borrachudos chocaram. Suas picadas resultavam em marcas vermelhas que coçavam e inchavam. Ayla e Jondalar tiveram de pôr roupas mais grossas e mais fechadas, embora sentissem calor e estivessem mais acostumados ao mínimo de vestimentas; nunca saberiam, quando os mosquitos chegariam. Havia sempre algumas mutucas importunando os cavalos, mas agora eram os mosquitos pequenos, que picavam, que de súbito pareciam estar em toda parte. A noite era quente, mas eles tiveram de meter-se cedo na cama, protegidos pelas peles, para escapar daquelas hordas voadoras.

Não levantaram acampamento até bem tarde, no dia seguinte, e só depois que Ayla procurou ervas que pudessem aliviar a coceira das picadas ou servir de base para repelentes. Ela achou, por sorte, a betônica-de-água, com sua inflorescência em capítulos de flores castanhas de forma estranha, num lugar sombreado e úmido junto do lago. Apanhou as plantas inteiras para fazer uma solução benéfica e antipruriginosa para a pele. Quando viu bananeiras, apanhou também algumas folhas largas para acrescentá-las ao cozimento. Eram excelentes para curar desde picadas até furúnculos, e mesmo feridas e úlceras de caráter mais sério. Da estepe, mais longe, e mais seca, trouxe flores de losna, boas como um antídoto de largo espectro contra venenos e reações tóxicas em geral.

Ficou muito feliz quando encontrou cravos-de-defunto, de um amarelo vivo, por suas qualidades antissépticas e curativas. A planta era ótima para aliviar a queimadura de picadas e para manter os insetos a distância quando preparada em solução e aplicada generosamente. Na orla ensolarada da mata ela achou manjerona, que não só era um bom repelente para insetos, quando cozida para uso externo, como era excelente para fazer chá. O suor da pessoa que o tomava ficava com um odor picante, que repelia borrachudos, moscas e pulgas. Ela tentou fazer com que Lobo e os cavalos também tomassem do preparado, mas não tinha certeza se eles tomaram o suficiente.

Jondalar observava as atividades dela, fazendo perguntas e ouvindo as suas explicações com interesse. Quando suas mordidas melhoraram, agradeceu pela sorte que tinha de viajar com alguém que sabia como lidar com insetos. Sozinho, estaria perdido.

Lá pelo meio da manhã, já estavam os dois outra vez a caminho, e as modificações que Ayla observara na paisagem eram, agora, espetaculares. Viam menos pântano e mais água, com um número menor de ilhas. O braço mais setentrional do delta perdia sua rede de sinuosos canais, que, todos, se reuniam em um só. Então, sem aviso prévio, esse canal do norte e um dos canais do meio do grande delta do rio se juntaram num só curso d'água duplamente caudaloso. Um pouco mais adiante, o rio aumentou ainda mais: o braço meridional, que se unia também, pelo caminho, com o outro maior canal do sul, se reuniu ao resto, e os quatro grandes braços formaram um só rio profundo.

Esse gigantesco curso d'água já recebera centenas de afluentes e as águas de duas cadeias de montanhas cobertas de gelo no inverno. Varara o continente de oeste para leste, mas os restos graníticos de antigas montanhas lhe haviam bloqueado a passagem para o sul. Por fim, e incapaz de resistir às pressões do rio que avançava de forma inexorável, a montanha cedeu e uma brecha se abriu. Mas o leito de rocha firme relutou mais um pouco. O Grande Rio Mãe, comprimido numa passagem por demais estreita, espraiou-se primeiro e depois fez uma curva, para desembocar, por um delta maciço, no mar expectante.

Pela primeira vez Ayla via a verdadeira magnitude do enorme rio de Doni. E embora já tivesse estado lá antes, Jondalar tinha agora uma perspectiva diferente. Ficaram ambos tomados de espanto, imobilizados por aquela estupenda visão. A grande massa d'água parecia mais um mar em trânsito que um rio. A rebrilhante superfície, movediça, dava apenas uma fraca ideia do grande poder que escondia nas suas profundezas.

Ayla viu um galho arrancado e folhudo que vinha na direção deles, e que era como um leve bastão arrastado pela correnteza. Mas algo esquisito nele chamou-lhe a atenção. Levou mais tempo do que pensara para alcançá-los e ir adiante, mas quando estava perto ela prendeu a respiração de espanto. Não era um ramo de árvore, mas uma árvore inteira! Quando passou, serenamente, Ayla se deu conta de que era uma das maiores árvores que jamais tinha visto.

– Esse é o Grande Rio Mãe – disse Jondalar.

Ele já havia viajado toda a extensão dele antes e sabia a distância que o rio cobrira, o terreno que atravessara e a Jornada que tinham ainda, ele e Ayla, pela frente. Ela não compreendia inteiramente as implicações, mas sabia que, reunido em um único lugar pela última vez, ao fim do seu longo curso, o vasto, profundo e poderoso Grande Rio Mãe atingira sua plenitude: não seria maior do que ali, naquele momento.

PROSSEGUIRAM RIO ACIMA, acompanhando a margem e deixando para trás a foz fervilhante e escumosa e, com ela, a maior parte daquela miríade de insetos que os tinham infernizado. Descobriram que também deixavam para trás a estepe. As extensas campinas e os planos encharcados cediam lugar a colinas ondulantes cobertas de mata, que alternavam com verdes prados.

Era mais fresco à sombra da mata. E fez uma grande diferença para eles chegar a um lago cercado de árvores ao lado de um belo campo relvoso e verdejante. Ficaram tentados a parar e acampar, mas o dia ia ainda pelo meio. Costearam um regato na direção de uma praia de areia mas, ao se aproximarem, Lobo soltou um uivo prolongado e assumiu uma postura defensiva. Tanto Ayla quanto Jondalar esquadrinharam a área à procura do que poderia estar perturbando o animal.

– Não vejo nada de estranho, Jondalar. Mas, sem dúvida, alguma coisa desagrada a Lobo.

Jondalar contemplou o lago mais uma vez.

– É cedo para acampar, de qualquer maneira. Vamos em frente – disse ele, virando a cabeça de Campeão para o lado e rumando de volta para o rio. Lobo ficou para trás mais um pouco, depois os alcançou.

Viajando por aquelas regiões arborizadas e tão aprazíveis, Jondalar se sentia feliz por não terem parado mais cedo no lago. No curso da tarde passaram por diversos outros lagos, de vários tamanhos. A área estava cheia deles. Jondalar pensou que deveria ter sabido desse fato por causa da sua passagem anterior pelo rio, mas se lembrou de que ele e Thonolan tinham vindo rio abaixo em um barco Ramudoi. Só ocasionalmente desciam para a margem.

Pensou, além disso, que devia haver gente morando num lugar tão ideal, e procurou lembrar-se se algum dos Ramudoi teria falado de outro Povo do Rio vivendo mais abaixo. Não partilhou qualquer desses pensamentos com Ayla. Se não se manifestavam, era porque não queriam ser vistos. Não podia esquecer, porém, que Lobo se mostrara defensivo. Poderia ter sido pelo cheiro do medo humano? Hostilidade?

Como o sol começava a cair atrás das montanhas, que cresciam aos olhos deles, detiveram-se num pequeno lago que servia de estuário a diversos regatos, que vinham de terrenos mais altos. Um escoadouro despejava diretamente no rio, e não só a truta de bom tamanho, mas também o salmão, tinha passado do rio para o lago.

Desde que começaram a acompanhar o rio, acrescentaram peixe à sua dieta. Ayla tecera uma rede como a que o Clã de Brun costumava usar para pescar peixes de grande porte no mar. Ela precisava fazer o cordame primeiro, e experimentou diversas espécies de plantas que tinham partes fibrosas. O cânhamo e o linho se revelaram melhores que as demais. O cânhamo era mais grosseiro e o linho, mais fino.

Quando teve pronto um pedaço suficientemente grande, decidiu experimentá-lo no lago. Pegou de uma ponta, Jondalar de outra, meteram-se na água e caminharam de volta para a margem, puxando a rede entre eles. Quando pegaram duas trutas, Jondalar ficou ainda mais interessado no processo e imaginou se não haveria um jeito de pôr um cabo naquilo, de modo a que uma pessoa pudesse pescar sem ter de ficar dentro d'água. A ideia ficou na cabeça dele.

Pela manhã, dirigiram-se para a cadeia de montanhas que ficava à frente, como uma cortina, viajando através de um bosque rico em essências raras. As árvores, de variedades coníferas e decíduas, distribuíam-se, como as plantas da estepe, num mosaico de matas distintas entremeadas de prados e lagos e, na parte mais baixa, de pântanos e turfeiras. As árvores cresciam isoladas, ou em associação com outras árvores e diferentes espécies de vegetação, segundo as variações menores de clima, altitude, disponibilidade de água e de solo, que podia ser argiloso, rico em marga, ou arenoso, ou constituído de areia misturada com argila, ou de diversas outras combinações.

Sempre-verdes preferiam encostas voltadas para o norte e solos mais arenosos. Onde a umidade era suficiente, cresciam até ficar bem altas. Uma floresta densa, de grandes esprucessos, de até 50 metros, ocupava um talude mais baixo e se misturava com pinheiros, que pareciam ter a mesma altura mas que, embora altos para a sua espécie, com 40 metros, nasciam efetivamente no nível imediatamente acima. Fieiras de abetos verde-escuro abriam caminho para concentração de gordas bétulas de casca branca, apertadas umas contra as outras. Até os salgueiros daquela área teriam mais de 20 metros.

Quando as colinas davam para o sul, e o solo era úmido e fértil, essências de folhas largas atingiam também alturas extraordinárias. Carvalhos gigantes, de tronco perfeitamente reto e sem galhos, à exceção da coroa de folhas verdes do topo, alcançavam 40 metros. Tílias imensas e freixos chegavam à mesma altura, e os magníficos bordos não lhes ficavam a dever nada.

Longe, à frente, os viajantes podiam divisar a folhagem prateada de choupos brancos entremeados de carvalho. Quando chegaram lá, viram que a floresta de carvalhos estava fervilhante de pardais, que haviam feito ninhos em todos os lugares possíveis. Ayla encontrou mesmo ninhos de pardais, com ovos e filhotes, dentro de ninhos de pegas e busardos, esses também com filhotes e ovos ainda por chocar. Havia também uma profusão de tordos naquelas matas, mas os seus filhotes já estavam emplumados.

Aquelas regiões meridionais tinham sido, desde muito tempo, reservas naturais de árvores, plantas e animais, empurrados para lá pelas condições frias e secas do resto do continente. Algumas espécies de pinheiros eram tão antigas que tinham visto até as montanhas crescer. Preservadas em áreas pequenas, próprias para a sua cultura, as espécies sobreviventes estavam prontas para se espalhar, rapidamente, quando o clima de novo mudasse, para terras recentemente abertas para elas.

O CASAL, COM OS DOIS cavalos e o lobo, continuou na direção oeste, costeando o largo rio e dirigindo-se para as montanhas. Elas já lhes apareciam agora em detalhe, mas os cumes nevados eram uma presença contínua, e seu progresso em direção a eles tão gradual que quase não percebiam a aproximação. Faziam incursões esporádicas pelas colinas cobertas de bosques do lado norte, que podiam ser escarpadas e de difícil acesso, mas em geral se mantinham na planície, que tinha vegetação e árvores semelhantes às das montanhas.

Os viajantes sabiam haver chegado a uma alteração maior no caráter do rio quando alcançaram um grande afluente que vinha do planalto. Atravessaram-no com a ajuda do pequeno barco redondo, mas logo depois se viram diante de outro rio rápido justamente quando faziam um desvio para o sul, de onde o Grande Rio Mãe provinha, depois de haver costeado os contrafortes da cadeia. O rio, incapaz de subir ao platô norte, fez uma curva abrupta e bordejava as elevações para chegar ao mar.

O barco provou sua utilidade mais uma vez para a travessia do segundo afluente, embora tivessem sido obrigados a subir um pouco além da confluência e ao longo do afluente até encontrar um lugar menos turbulento para o cruzamento. Vários outros rios menores desaguavam no Grande Rio Mãe logo abaixo da curva. Então, seguindo a curva da margem esquerda, fizeram uma ligeira mudança de direção para oeste e outra à roda, de modo que, se o Grande Rio estava ainda à sua esquerda, eles já não tinham as montanhas em frente. A cadeia ficava agora à direita deles, que olhavam agora para o sul, para a estepe, campo aberto. Ao longe, distantes proeminências purpúreas fechavam o horizonte.

Ayla vigiava o rio. Sabia que todos os afluentes despejavam suas águas rio abaixo, e que o rio estava menos cheio do que de costume. Não havia mudança aparente no aspecto do rio, largo e caudaloso, mas ela sentia que essas águas eram, agora, de menor volume. Era uma certeza que escapava ao conhecimento, mas continuou atenta, procurando confirmar se o imenso rio estava de fato modificado de maneira significativa.

Não levou muito tempo e, de fato, o aspecto do grande rio mudou. Soterrado fundo, debaixo do loess, o solo fértil que começara produto da decomposição da rocha, pó moído fino pelas imensas geleiras e espalhado pelo vento, e as argilas, as areias, os saibros depositados durante milênios pela água corrente, era o antigo maciço. As raízes permanentes das montanhas antiquíssimas haviam formado um escudo estável tão impenetrável que a intratável crosta granítica, empurrada contra ele pelos inexoráveis movimentos da terra, se encurvara para fora e constituía as montanhas cujas calotas de gelo brilhavam ao sol.

O maciço subterrâneo, invisível, se estendia por baixo do rio, mas um espinhaço exposto e desgastado pelo tempo ainda era elevado o suficiente para bloquear a passagem do rio para o mar, forçando o Grande

Rio Mãe a curvar-se para o norte, em busca de uma saída. Finalmente, a rocha irredutível cedeu a custo uma estreita passagem. Antes de isso acontecer, no entanto, o grande rio corria paralelo ao mar pela planura horizontal e se dividia languidamente em dois braços ligados por muitos e sinuosos canais.

A floresta remanescente ficou para trás; Ayla e Jondalar se dirigiram para o sul, por uma região de planície e suaves colinas ondulantes cobertas de forragem verde e ainda direita, no pé, junto de um vasto charco ribeirinho. O campo, ali, parecia-se com as estepes vizinhas do delta, mas era terra mais quente e mais seca, áreas de dunas arenosas, estabilizadas, na maior parte, por capins robustos, resistentes à seca. Havia poucas árvores, mesmo à beira d'água, e macega cerrada, em que as ervas mais comuns eram o absinto, a salva-do-mato, e o aromático estragão, que procuravam arrancar um magro sustento do solo agreste, empurrando às vezes para as barrancas do rio pinheiros ou chorões enfezados e contorcidos, que ficavam dependurados sobre a água.

O charco, a área muitas vezes inundada entre os braços do rio, só era menor que o próprio delta e tão rica quanto ele em caniços, plantas aquáticas e vida selvagem. Ilhas rasas, com árvores e pequenos prados verdes, surgiam aqui e ali, encerradas pelos canais mais importantes, amarelos e barrentos, ou canais secundários, de água limpa, povoados de peixes, por vezes surpreendentemente grandes.

Atravessavam um campo aberto, perto do rio, quando Jondalar encurtou a rédea e fez com que Campeão parasse. Ayla parou ao lado dele. Ele sorriu ao ver a expressão de perplexidade no rosto de Ayla, mas antes que ela falasse silenciou-a pondo um dedo nos lábios e apontou uma piscina de água cristalina, em que plantas submersas se mexiam com o movimento de correntes invisíveis. No começo ela não viu nada de extraordinário. Depois, saindo sem esforço das profundezas tingidas de verde, surgiu uma bela e enorme carpa dourada. Dias antes tinham visto diversos esturjões numa laguna. Eram gigantescos, com 9 metros de comprimento. Jondalar se lembrou de um incidente embaraçoso em que figurava um peixe de imensas dimensões. Pensou em contar a história a Ayla, mas depois mudou de ideia.

Juncais, lagos e lagoas ao longo do curso sinuoso do rio eram um permanente convite às aves, que neles nidificavam. Grandes bandos de pelicanos passavam planando, levados por correntes de ar quente, só de longe em longe batendo as largas asas. Rãs comestíveis e sapos cantavam em coro à noitinha e forneciam, ocasionalmente, uma refeição. Pequenos lagartos dardejando pelas margens lodosas eram ignorados pelos viajantes; e as cobras, evitadas.

Parecia haver mais sanguessugas naquelas águas, o que os obrigava a escolher com maior cuidado os lugares em que nadavam, ainda que Ayla se sentisse curiosidade por essas estranhas criaturas que se grudavam às pessoas e lhes sugavam o sangue sem que elas percebessem. Mas, de todos os bichos, os que mais os atormentavam eram os menores. Com o pântano tão perto, havia miríades de insetos, ao que parecia, mais do que anteriormente, e eles se viam forçados a entrar no rio com os animais para ter algum alívio.

As montanhas para o lado do poente recuaram quando alcançaram os primeiros contrafortes da cadeia, pondo assim uma larga sucessão de planícies entre o grande rio que vinham acompanhando e a linha alcantilada de cristas que marchavam com eles para o sul no seu flanco esquerdo. A serra, com seus capuchos de neve, terminava bruscamente depois de vergar-se um pouco. Outro ramo da mesma cadeia, indo de leste para oeste e definindo o horizonte para o sul, encontrava-se com o primeiro. E no canto mais remoto, para sudeste, dois altos picos dominavam todo o resto.

Continuando para o sul, ao longo do rio, e afastando-se cada vez mais da cadeia principal de montanhas, eles ganharam a perspectiva da distância. Olhando para trás, começaram a ver a verdadeira extensão da longa linha de picos elevados que iam para oeste. O gelo brilhava nas torres rochosas mais elevadas, e a neve vestia suas vertentes e cobria de branco os cumes adjacentes, permanente lembrete de que a curta estação de calor do verão nas planícies do sul era apenas um breve interlúdio numa terra governada pelo gelo.

Deixando as montanhas à retaguarda, a paisagem que tinham para oeste parecia devoluta: estepes áridas e ininterruptas e sem feições características, tanto quanto podiam ver. Sem colinas cobertas de árvores que servissem como pontos de referência, ou de morros escarpados que barrassem a vista, um dia se seguia ao outro com uma uniformidade sempre igual. Acompanhavam a margem esquerda, pantanosa, do braço sul do rio. Em certo ponto os diversos cursos se reuniram por algum tempo, e eles puderam ver a estepe e uma rica mata ciliar na outra margem. Havia ainda ilhas e formações de caniços dentro do rio.

Antes do fim do dia, porém, já ele se espraiava de novo. Os viajantes continuaram para o sul, com uma ligeira inclinação para oeste. Mais próximas agora, as montanhas cor de púrpura, antes tão remotas, ganhavam altitude e começavam a revelar sua verdadeira características. Ao contrário dos picos agudos do norte, as montanhas do sul, embora alcançando altura suficiente para terem também suas coroas de neve e gelo até boa parte do verão, eram achatadas no topo, o que lhes dava uma aparência de planaltos.

Mas elas também afetavam o curso do rio. Quando os viajantes ficaram ainda mais perto delas, viram que o grande curso d'água mudava, apresentando um padrão de aspecto que eles já tinham visto. Canais sinuosos confluíam e endireitavam, juntavam-se a outros, e, finalmente, com os braços principais. Desapareceram as ilhas e as grandes concentrações de juncos e os diversos canais formaram um só canal largo e profundo que veio, depois de uma larga curva, na direção deles.

Jondalar e Ayla acompanharam o movimento pelo lado interior da curva até ficarem outra vez de frente para oeste, isto é, para o sol que se punha num céu vermelho, um tanto indistinto. Não havia nuvens, tanto quanto Jondalar era capaz de ver, e ele se perguntou o que poderia estar causando aquela cor uniforme e vibrante, que se refletia nos pináculos ásperos do norte, nas penhas da outra banda do rio, e tingia a água de sangue.

Continuaram cavalgando rio acima, sempre pela margem esquerda, à procura de um local para acampar. Ayla se deu conta de que observava outra vez o rio, que muito a intrigava. Vários afluentes, de diversos tamanhos, alguns de grande porte, haviam contribuído, vindos de um lado e de outro, para o seu prodigioso volume de água. Ayla compreendeu que o Grande Rio Mãe era menor agora, se comparado em volume a todos os rios que tinham encontrado pelo caminho, mas era tão vasto assim mesmo que se tornava difícil perceber qualquer diminuição da sua imensa capacidade. E, no entanto, num nível mais profundo, a mulher sentia isso.

AYLA ACORDOU ANTES da aurora. Ela adorava as madrugadas, quando ainda era fresco. Preparou sua amarga poção anticoncepcional, depois aprontou uma xícara de chá de estragão e salva para Jondalar, que ainda estava dormindo, e outra para si própria. Bebeu-a devagar, vendo o sol nascente clarear aos poucos as montanhas do norte. Começou com o primeiro rosa da aurora definindo os dois picos cobertos de gelo, depois se espalhando, lentamente a princípio, e em seguida esbraseado, no oriente. Por fim, de súbito, mesmo antes que o círculo da bola incandescente lançasse um raio experimental acima do horizonte, os cimos das montanhas, flamejantes, já anunciavam a sua vinda.

Quando eles prosseguiram viagem, esperavam que o rio voltasse a se dividir em braços; mas este, permaneceu um grande e largo canal. Viram poucas ilhas formadas no seu seio e cobertas de vegetação, mas nem por isso o rio de Doni se cindiu. Os dois estavam tão acostumados a ver aquelas divisões através das planícies infindáveis que lhes parecia estranho contemplar o enorme fluxo contido assim tanto tempo. Mas o Grande Rio Mãe escolhia invariavelmente a rota mais baixa ao serpentear por entre as altas montanhas através do continente, e corria através das planícies mais meridionais da sua longa trajetória. A terra baixa ficava ao sopé das montanhas erodidas, que confinavam e definiam sua margem direita.

Com grande variedade de capins e arbustos, as planícies meridionais proviam o sustento de muitos animais. Nenhum que eles não tivessem visto nas estepes mais ao norte, mas em proporções diferentes, e algumas das espécies mais amigas do frio, como o boi-almiscarado, jamais se aventuravam tão ao sul. Por outro lado, Ayla jamais avistara tantos antílopes num lugar só. Eram muito difundidos nas estepes, estavam praticamente por toda parte, se bem que não em grupos numerosos.

AYLA PAROU E SE ENTREGOU à contemplação desses animais de aspecto tão estranho e deselegante. Jondalar fora investigar uma ilhota no rio, em que havia alguns troncos de árvores enfiados na margem e que lhe pareciam deslocados. Não havia árvores daquele lado do rio, e o arranjo lhe parecia fora de propósito. Quando retornou, a mulher parecia ter os olhos perdidos na distância.

– Eu não podia ter certeza, aqui de longe. Aqueles toros podiam ter sido postos lá por elementos do Povo do Rio. Alguém podia amarrar um barco neles. Mas eles podiam ser também madeira trazida pela correnteza das cabeceiras.

Ayla concordou com um movimento de cabeça, e depois apontou para a estepe.

– Veja quantos saigas.

Jondalar não conseguiu vê-los imediatamente. Os animais tinham a cor do solo. Depois ele viu o contorno dos chifres retos, com as pontas encurvadas em lira e inclinadas ligeiramente para a frente.

– Eles me lembram Iza. O espírito do antílope era o seu totem – disse Ayla, sorrindo.

Os antílopes sempre provocavam risos na mulher, que achava graça nos seus focinhos inchados e projetados para a frente como uma aba de telhado, e no seu andar desajeitado, que em nada os atrapalhava em matéria de velocidade. Lobo gostava de correr atrás deles, mas eram tão velozes que poucas vezes chegou perto deles, e nunca por muito tempo.

Aqueles antílopes pareciam gostar da losna de talos pretos mais do que das outras plantas e se juntavam em número muito superior ao das hordas habituais. Uma pequena horda de dez ou 15 animais era comum, e se compunha, em geral, de fêmeas com um ou, às vezes, dois filhotes. Algumas das mães não tinham mais de um ano de idade. Mas naquela região as hordas tinham mais de cinquenta animais. Ayla ficou imaginando por onde andariam os machos. Só os vira, numerosos, uma vez, durante a estação do acasalamento, quando cada um procura dar os Prazeres a tantas fêmeas quantas possa satisfazer e tantas vezes quantas seja possível. Depois, há sempre carcaças de antílopes pela estepe. É como se eles se esgotassem com os Prazeres, e pelo resto do ano deixassem a magra ração que de hábito consumiam para as fêmeas e os filhotes.

Havia também, nas planícies, exemplares do cabrito-montês e do carneiro selvagem, que preferiam, no entanto, ficar junto das faces verticais dos penhascos, que podiam galgar com facilidade ao menor sinal de perigo. Grandes hordas de auroques corriam a planície, muitos deles de pelame de um vermelho escuro, quase negro, mas um número surpreendentemente grande deles tinha pintas brancas, por vezes grandes. Ayla e Jondalar viram gamos malhados, veados-vermelhos, bisontes e inúmeros onagros. Huiin e Campeão observavam a maior parte desses quadrúpedes, mas os onagros, especialmente, lhes chamavam mais atenção. Eles ficavam contemplando aquelas dezenas de traseiros de cavalo e cheiravam longamente aqueles excrementos parecidos com os seus.

Havia o complemento natural de pequenos animais herbívoros: susliks, marmotas, gerbos e cricetos, e uma espécie de porco-espinho cristado que Ayla não conhecia. Mantendo seu número sob controle, havia os animais predadores das outras espécies. Viram pequenos gatos-do-mato, linces um pouco maiores, grandes leões das cavernas. E ouviram a risada da hiena.

Nos dias que se seguiram, muitas vezes o rio mudou de curso e de direção. Enquanto a paisagem na margem esquerda, por onde iam, permanecia aproximadamente inalterada, com – colinas arredondadas, cobertas de vegetação rasteira e planícies chatas com elevações escarçadas e montanhas recortadas e pontudas à retaguarda, viram que a margem oposta ficava a cada passo mais enrugada e diversa. Os afluentes cortavam agora vales profundos, árvores subiam pelas montanhas erodidas, cobrindo, às vezes, um talude inteiro até a margem da água. Os recortados contrafortes e o terreno acidentado que definiam a margem esquerda eram responsáveis em grande parte pelas curvas muito abertas que viravam para todo lado e até mesmo sobre si mesmas, mas o curso geral do rio era o mesmo: para leste, para o mar.

No interior das muitas voltas e desvios que ia fazendo, a grande massa d'água que fluía em direção a eles se multiplicava outra vez em canais separados, mas não degenerava em pântanos como no delta. Era, simplesmente, um rio imenso, ou, melhor, uma série de caudalosos cursos d'água paralelos e sinuosos, com vegetação mais rica e mais verde onde a terra confinava com eles.

Embora as rãs fossem muitas vezes insuportáveis, Ayla sentia saudades do seu coro noturno; se bem, é verdade, que o coaxar aflautado de uma infinidade de sapos fosse ainda um refrão na aleatória miscelânea de música noturna. Lagartos e víboras-da-estepe tomavam o lugar delas e, em sua companhia, as libélulas, de beleza singular, que se alimentavam de répteis e também de insetos e caracóis. Ayla gostou de ver um casal desses pernaltas, gris, de cabeça preta e tufos de penas brancas atrás dos olhos, alimentando os filhotes.

Dos mosquitos não sentia falta. Sem os charcos para se reproduzir, esses incômodos insetos haviam desaparecido na maior parte. O mesmo não se podia dizer dos trombeteiros e borrachudos. Nuvens deles ainda atormentavam os viajantes, principalmente os peludos.

– AYLA! VEJA! Aquilo é um desembarcadouro – disse Jondalar, apontando uma construção singela, de toras e pranchas na margem. – Aquilo foi feito pelo Povo do Rio.

Embora ela não soubesse o que era um desembarcadouro, o que Jondalar lhe mostrava não era, obviamente, um arranjo acidental de materiais de construção. Fora feito para ser usado por homens. Ayla ficou animada.

– Isso significa que pode haver gente por aqui?

– Não no momento, provavelmente. Não há barco à vista. Mas não andarão muito longe. Este deve ser um lugar usado com frequência. Eles não teriam tido o trabalho de construir uma plataforma dessas se não se servissem dela com frequência, e não usariam com frequência algo assim se morassem longe.

Jondalar estudou a construção por um momento, depois olhou rio acima.

– Não posso afirmar com certeza, mas quem pôs o desembarcadouro nesse lugar vive na margem oposta e atraca nele quando passam para este lado. Talvez venham caçar, colher raízes ou fazer alguma outra coisa.

Continuando rio acima, ambos prestaram redobrada atenção no rio. A não ser de maneira geral, não tinham atentado para as terras da outra margem até então. Ocorreu a Ayla que talvez elas fossem habitadas e isso lhes tivesse passado despercebido. Não haviam progredido muito quando Jondalar notou um movimento na água, a alguma distância a montante. Parou para verificar.

– Ayla, olhe para lá! – disse, quando ela o alcançou. – Aquilo pode ser um barco Ramudoi.

Ela viu o que ele mostrava, mas não conseguia identificar o que via. Aceleraram os cavalos. Quando chegaram mais perto, Ayla viu um barco de modelo desconhecido para ela. Só estava familiarizada com embarcações de estilo Mamutoi, de armações cobertas de couro e redondas, como a que eles mesmos traziam no trenó. A que descia o rio era feita de madeira, estava ocupada por várias pessoas, e parou em um ponto bem diante deles. Quando se aproximaram pela proa, Ayla viu que havia mais gente na outra margem.

– Olá! – gritou Jondalar, acenando com o braço, em saudação. Gritou, depois, algumas palavras numa língua que ela não conhecia, embora tivesse alguma vaga semelhança com Mamutoi.

O pessoal do barco não respondeu. Talvez não tivessem ouvido, embora ele achasse que fora visto. Gritou de novo e achou que o ouviram, mas não acenaram. Eles se puseram a remar com toda a força para a margem oposta.

Ayla observou que um dos que estavam do outro lado também os tinha avistado. Ele correu para os demais, apontou para os que estavam do outro lado do rio, mas alguns fugiram. Alguns outros ficaram até que o barco chegasse, depois se foram também.

– Foram os cavalos de novo, não foram? – disse Ayla.

Jondalar julgou ver uma lágrima.

– Não seria boa ideia atravessar o rio, de qualquer maneira. A Caverna dos Sharamudoi que conheço fica deste lado.

– Acho que sim – disse ela, pondo Huiin em marcha. – Mas eles podiam ter vindo de barco. Podiam ter respondido à sua saudação.

– Ayla, pense em como devemos parecer estranhos em cima destes cavalos. Seremos para eles como espíritos, com duas cabeças e quatro pernas. Você não pode culpá-los por terem medo de algo que desconhecem.

Os dois avistaram, do outro lado do rio, um vale espaçoso, que descia da montanha até o nível de um rio de grande porte e que cortava o vale pelo meio e se precipitava no Grande Rio Mãe com um ímpeto que deixara a água em um turbilhão para um lado e para o outro, dando a impressão de que o leito ficara mais largo. Acrescentando a esse embate de correntes opostas, logo abaixo da confluência a cadeia de montanhas que confinava com a margem direita do rio recuava em uma curva.

No vale, perto da confluência dos dois rios, mas no topo de uma elevação, viram diversas habitações de madeira. Seus moradores postaram-se diante das casas, olhando com espanto os viajantes do outro lado.

– Jondalar – disse Ayla –, vamos descer.

– Para quê?

– Para que aquela gente veja, pelo menos, que somos como eles e que os cavalos não são monstros de duas cabeças – disse Ayla. Em seguida, desmontou e ficou andando diante da égua.

Jondalar concordou e saltou do cavalo. Segurando-o pela rédea, acompanhou-a. Mas Ayla apenas começara a andar quando o lobo correu para ela e começou a brincar da maneira habitual, pondo as patas no seu ombro, lambendo-lhe o rosto, esfregando-lhe o focinho no queixo. Quando terminou, talvez algum cheiro vindo pelo ar através do rio o tenha feito tomar consciência das pessoas que os observavam. Ele foi para a margem, levantou a cabeça, começou uma série de ganidos e terminou o concerto com um uivo prolongado de esfriar qualquer coração.

– Por que ele está fazendo isso? – disse Jondalar.

– Não sei. Ele também não vê gente há muito tempo; talvez esteja contente e deseje cumprimentá-los – disse Ayla. – Eu também gostaria de fazer isso, mas não é fácil para nós cruzar o rio, e eles não virão para este lado.

DEPOIS DE ULTRAPASSAREM a profunda curva do rio, que mudara o rumo deles para oeste, os viajantes haviam-se desviado ligeiramente para o sul. Mas para além do vale, onde as montanhas recuavam um pouco, retomaram a direção oeste. Estavam tão ao sul naquele momento como jamais estariam na sua Jornada, e aquela era a estação mais quente do ano.

No auge do verão, com um sol incandescente e uma planície desprovida de árvores, mesmo com gelo da espessura das montanhas cobrindo um quarto da terra, o calor podia ser opressivo na porção meridional do continente. Um vento forte, abrasador e incessante, que desgastava, agravava ainda mais a situação. Cavalgando lado a lado, ou andando a pé pela estepe para descansar os cavalos, eles caíram numa rotina que fazia a viagem, senão mais fácil, pelo menos possível.

Acordavam ao primeiro sinal da madrugada nos altos picos do norte. Depois da primeira refeição de chá quente e algum alimento sólido, mas frio, os dois iniciavam a Jornada antes do dia clarear completamente. Quando o sol subia no céu, castigava a estepe descampada com tal intensidade que ondas de calor subiam da terra. Uma pátina de suor desidratante cobria a pele bronzeada do homem e da mulher e ensopava o pelo do lobo e dos cavalos. A língua do lobo ficava dependurada para fora da boca, e ele arfava o tempo todo. Não tinha vontade de correr ou de explorar e caçar por conta própria; em vez disso, ficava marcando passo com Huiin e Campeão, que arrastavam para diante, de cabeça baixa. Ayla e Jondalar seguiam abatidos, prostrados, davam liberdade aos cavalos para prosseguir no próprio ritmo, e conversavam pouco no calor sufocante do meio-dia.

Quando não conseguiam mais prosseguir, procuravam uma praia tranquila em algum remanso ou algum canal de água mais calma do Grande Rio Mãe. Nem o lobo resistia à tentação de uma água quieta, por mais medo que tivesse de rios; bastava Ayla e Jondalar conduzir os cavalos para a margem, desmontar e começar a desatar as cestas para que ele entrasse na água, antecipando-se a eles. Se era um afluente, em geral mergulhavam na água fresca antes de tratar das bagagens ou do trenó.

Uma vez reanimados pelo banho, Ayla e Jondalar procuravam algo para comer, se não tivessem restos do dia anterior nem recolhido nada pelo caminho. A comida era abundante, mesmo na estepe poeirenta e castigada pelo sol, sobretudo na água, se o viajante soubesse onde e como procurar.

Os dois quase sempre conseguiam pegar o peixe que desejavam, usando o método de Ayla, o de Jondalar, ou uma combinação dos dois. Se a situação aconselhasse o primeiro, lançavam no rio a longa rede de Ayla, e puxavam-na devagar entre eles. Jondalar inventara um cabo para algumas das redes de Ayla, o que a transformava numa espécie de saco de malha. Embora ele não estivesse de todo satisfeito com o resultado, aquilo funcionava conforme as circunstâncias. Jondalar também pescava com linha e anzol, um pedaço de osso em forma de U que ele limara até fazer uma ponta fina em cada extremidade, e que era preso no meio por uma corda forte. Pedaços de peixe, de carne ou minhocas eram amarrados nele como isca. Uma vez engolida, bastava puxar a corda para que o anzol se alojasse atravessado na garganta do peixe, com uma ponta saindo de cada lado.

Às vezes Jondalar apanhava peixes grandes, mas uma vez perdeu um depois de fisgado. Inventou, então, um arpão forcado para evitar que aquilo se repetisse. Começou com uma forquilha de árvore, cortada logo abaixo da bifurcação. O braço mais comprido do garfo era usado como cabo; o mais curto era desbastado em ponta virada para trás e usado como anzol para capturar o peixe. Havia algumas arvorezinhas e arbustos crescidos junto do rio, e os primeiros arpões que ele fez funcionaram, mas não conseguia madeira suficientemente forte, que durasse muito tempo. Os peixes grandes eram pesados e se debatiam, e isso acabava quebrando o instrumento. Jondalar continuou procurando material melhor.

Quando passou pela primeira vez pelo chifre no chão limitou-se a registrar-lhe a presença. Teria sido largado por um veado-vermelho de 3 anos de idade. Jondalar não prestou atenção à sua forma. Mas aquela galhada ficou na sua memória, e um dia lembrou o dente que apontava para trás e foi apanhá-lo. Chifres são duros e resistentes, difíceis de quebrar, e aquele tinha o tamanho e a forma apropriados. Uma vez afiado, daria um excelente arpão.

Ayla às vezes pescava com a mão, como Iza lhe ensinara, o que deixava Jondalar pasmo. O processo era simples, pensava ele, mas não conseguia aprendê-lo. Exigia prática, habilidade e paciência; infinita paciência. Ayla procurava raízes, madeiras levadas pela corrente, ou rochas debruçadas sobre o rio, e peixes que gostassem de lugares assim. Eles ficavam sempre voltados para a nascente do rio, e moviam os músculos e as nadadeiras o suficiente para não serem arrastados pela correnteza.

Quando via uma truta ou um pequeno salmão, Ayla entrava na água, deixava cair a mão, depois caminhava devagar rio acima. Movia-se ainda mais lentamente quando chegava perto dele, procurando não agitar o lodo ou a água, o que faria com que o peixe, que descansava, fugisse. Com cautela, de trás para a frente, deslocava a mão para debaixo do peixe, tocando-o de leve ou fazendo cócegas, coisas que ele não parecia notar. Quando alcançava as guelras, ela as agarrava de um golpe e jogava o peixe na margem. Jondalar então ia buscá-lo, antes que ele pulasse de volta no rio.

Ayla também descobriu mexilhões de água doce, semelhantes aos que havia no mar perto da caverna do Clã de Brun. Ela procurava plantas como fedegosa, ou unha-de-cavalo, de alto conteúdo de sal natural para reabastecer suas reservas já reduzidas, juntamente com outras raízes, folhas, e grãos que começavam a amadurecer. As perdizes eram comuns no campo aberto e nos arbustos, rente à água. Era comum que as ninhadas se reunissem, formando grandes bandos. Essas aves, pesadas e lerdas, eram boas de comer e fáceis de capturar.

Os viajantes faziam a sesta no pior momento do calor, ao meio-dia, enquanto seu almoço cozinhava. Como só havia árvores pequenas e raquíticas junto do rio, os dois faziam um toldo com o couro da tenda para terem alguma sombra. No fim da tarde, quando começava a refrescar, os dois prosseguiam viagem. Cavalgando contra o sol poente, usavam seus chapéus cônicos, de palha trançada, para proteger os olhos. E começavam a procurar um local para o pernoite logo que a bola de fogo mergulhava no horizonte, armando o acampamento ao crepúsculo. Às vezes, quando havia lua cheia, e a estepe toda resplandecia com um clarão suave, eles preferiam seguir viagem noite adentro.

Sua refeição da noite era frugal e consistia, geralmente, em restos da refeição do meio-dia, a que acrescentavam sempre verduras frescas, legumes ou carne, se alguma fosse encontrada pelo caminho. De manhã comiam alimentos frios preparados na véspera e que não tomassem muito tempo. Em geral, davam também de comer a Lobo. Ele caçava por conta própria, à noite, mas já gostava de carne assada e, até, de legumes. Raramente agora erguiam a tenda. Mas as peles de dormir eram bem-vindas. As noites esfriavam depressa e a manhã trazia com frequência alguma cerração.

As tempestades de verão, com grandes aguaceiros, eram encaradas como um inesperado mas agradável banho, embora a atmosfera ficasse mais opressiva depois e Ayla tivesse horror a trovoadas. Aquilo lhe lembrava terremotos. Os relâmpagos, que riscavam o céu e acendiam a noite, eram recebidos por eles com um temor respeitoso, mas os raios que caíam perto deixavam Jondalar nervoso; detestava estar em campo aberto quando havia faíscas. Tinha vontade de meter-se entre as peles de dormir e puxar a tenda por cima, embora jamais fizesse isso ou admitisse que gostaria de fazê-lo.

Além do calor, o que mais os incomodava eram os insetos. Borboletas, abelhas, vespas, até moscas e algumas espécies de mosquitos não eram tão difíceis assim de suportar. Mas os mosquitinhos que vinham em nuvens, os menores de todos, eram insuportáveis. Se aquilo os incomodava, para os animais era ainda pior. Os mosquitos entravam-lhes no nariz, na boca, nos olhos, ou se colavam à pele suada debaixo dos pelos.

Os cavalos da estepe costumavam emigrar para o norte no verão. Sua pelagem grossa e seu corpo compacto eram adaptados ao frio. Embora houvesse lobos nas planícies meridionais, – nenhum predador era mais difundido –, Lobo provinha de estirpes do norte. Com o tempo, os lobos que viviam no sul fizeram diversas adaptações às condições ali reinantes, aos verões quentes e secos, aos invernos quase tão rigorosos como os das regiões mais próximas das geleiras. Mas também conviviam com muito mais neve. Perdiam, por exemplo, a lã em muito maior quantidade quando o tempo esquentava, e suas línguas ofegantes resfriavam-nos com muito maior eficiência.

Ayla fazia o possível para aliviar o sofrimento dos animais, mas nem o mergulho diário no rio nem os diversos medicamentos que ela aplicava conseguiam livrá-los completamente de trombeteiros e borrachudos. Feridas abertas, e infectadas com os ovos, de rápida maturação, aumentavam, a despeito das aplicações que ela fazia. Os cavalos e Lobo também perdiam tufos de pelo e ficavam com a bela pelagem cheia de falhas e sem brilho.

Lavando uma ferida aberta e pegajosa na orelha de Huiin, Ayla disse:

– Estou cansada desse calor e desses mosquitos. Será que vai esfriar de novo um dia?

– Você ainda vai ter saudades deste calor antes do fim da viagem.

Aos poucos, à medida que eles avançavam na direção das cabeceiras do grande rio, os severos platôs e os altos picos do norte ficavam mais próximos, e as cadeias do sul, que a erosão desgastara, ficavam mais elevadas. Com todas as voltas e desvios da sua direção, no rumo geral do ocidente, eles se viram agora um pouco voltados para o norte. Desviaram, então, para o sul, fazendo uma nítida virada que começou por levá-los para noroeste, depois para o norte outra vez, para leste por algum tempo antes de girar sobre um ponto e ir na direção noroeste de novo.

Embora ele não soubesse explicar exatamente por quê, não havendo pontos de referência que pudesse identificar com precisão, Jondalar sentia curiosa familiaridade com a paisagem. Acompanhar o rio os levaria para noroeste, mas ele estava certo de que havia outra curva a seguir e que corrigiriam a direção. Resolveu, pela primeira vez desde o grande delta, abandonar a segurança representada pelo Grande Rio Mãe e rumar para o norte ao longo de um afluente, em direção aos contrafortes das altas montanhas, agora muito mais próximas da água. Essa rota, que costeava o afluente, se voltava aos poucos para noroeste.

À frente, as montanhas se juntavam. Uma cadeia ligada ao longo arco de cumes nevados da cordilheira setentrional avançava para os platôs desgastados do sul, agora mais agudos, mais altos, mais cobertos de gelo do que antes, até que só uma estreita garganta as separava. A cadeia encerrara, em tempos idos, um profundo mar interior, murado entre altíssimas serras. Mas, através dos milênios, o escoadouro por onde saía a acumulação anual de água começou a gastar o calcário, o arenito e a argila das montanhas. O nível da bacia interior baixou devagarzinho para ficar à altura do corredor que vinha sendo escavado na rocha, até que, um dia, o mar secou, deixando a céu aberto o fundo plano que se tornaria um mar de relva.

A estreita garganta aprisionou o Grande Rio Mãe entre paredões verticais de granito cristalino e escarpado. E a rocha vulcânica, que apontara em afloramentos e intrusões na pedra mais frágil das montanhas, elevou-se dos dois lados. Era um portão monumental que abria, através das montanhas, para as planícies do sul e, em última instância, para o mar Beran, e Jondalar sabia que não seria possível acompanhar o rio por dentro do desfiladeiro. Não havia outra escolha: tinha de contornar a montanha.

14

A não ser pela ausência do volumoso curso d'água, o terreno não mudou quando eles mudaram de direção e se puseram a seguir a pequena corrente: pastagens secas, descampadas, com vegetação raquítica junto d'água. Mas Ayla experimentava um sentimento de privação. O largo Grande Rio Mãe fora, por tanto tempo, uma espécie de companheiro de viagem que ela sentia falta de sua confortadora presença, mostrando-lhes o caminho que deviam seguir. Quando se dirigiram para as colinas e ganharam altitude, a vegetação ficou mais encorpada e mais alta, e avançava planície adentro.

A ausência do grande rio afetava também Jondalar. Um dia se seguia a outro com uma monotonia tranquilizadora enquanto eles acompanhavam suas águas piscosas no calor natural do verão. A profecia de sua grande abundância deixara-o complacente e atenuara a ansiedade causada pela sua preocupação de levar Ayla em segurança para casa. Mas uma vez abandonada aquela pródiga Mãe dos rios, suas preocupações voltaram a dominá-lo e a mudança de paisagem o fez pensar no que viria à frente. Começou a considerar as reservas de comida que levavam e a indagar se teriam o bastante. Não tinha certeza se achariam peixe com facilidade nos rios menores, e estava menos certo ainda de encontrar provisões para colher nas montanhas cobertas de árvores.

Jondalar não tinha nenhuma familiaridade com a vida selvagem nas matas. Os animais da planície congregavam-se em manadas e podiam ser vistos a distância, mas a fauna que tinha a floresta por hábitat era mais solitária, e havia árvores e arbustos que a escondiam. Quando tinha vivido com os Sharamudoi, caçara sempre com algum conhecedor da região.

A metade Sharamudoi da população gostava de caçar a camurça nos altos cimos, e sabia como apanhar o urso, o javali, o bisão e outros animais ariscos da floresta. Jondalar se lembrava de que Thonolan preferia caçar com eles nas montanhas. A porção Ramudoi, por seu lado, conhecia melhor o rio e ia à caça dos animais que o habitavam, principalmente o esturjão gigante. Jondalar se interessara mais pelos barcos e se ocupara em aprender as artimanhas do rio. Embora subisse as montanhas, ocasionalmente, com os caçadores de camurça, as alturas não lhe atraíam tanto.

Ao avistar um pequeno rebanho de veados, Jondalar decidiu que havia ali uma boa oportunidade de conseguir carne, um suprimento que atendesse às necessidades dos que se seguiriam, pelo menos até que encontrassem os Sharamudoi. Talvez devessem, até, levar um pouco de carne para dividir com eles. Ayla se mostrou animada com a sugestão. Ela gostava de caçar e não tinha caçado muito, recentemente, a não ser algumas perdizes e outros animais pequenos, que abatia com a funda. O Grande Rio Mãe fora tão dadivoso que eles não tinham tido necessidade de caçar.

Encontraram um bom lugar para acampar às margens do pequeno rio, deixaram lá as cestas e o trenó, e saíram em direção aos veados com seus lançadores e lanças. Lobo estava excitadíssimo. A rotina fora quebrada, e as lanças não deixavam dúvida quanto às intenções dos seus donos. Huiin e Campeão pareciam também mais brincalhões naquele momento, por se verem livres dos balaios da bagagem e do trenó.

Aquele grupo de veados vermelhos era constituído exclusivamente de machos, e as galhadas de seu líder, o alce velho, estavam cobertas de espesso veludo. No outono, época do cio, quando a galhada alcançara seu máximo crescimento para aquele ano, a cobertura de pele, rica em vasos sanguíneos, secaria e se desprenderia, um processo que os próprios animais aceleravam esfregando a galhada contra árvores ou rochedos.

O casal se deteve para avaliar a situação. Lobo mal se continha com a perspectiva da caça; gania e ameaçava disparar. Ayla tinha de contê-lo, ou ele se precipitaria e espantaria os animais. Jondalar, contente de vê-lo obedecer a Ayla, pensou, nesse meio tempo, com admiração, na maneira com que o bicho fora treinado por ela; mas logo voltou a atenção para o rebanho. Do alto do cavalo ele tinha uma visão geral e outras vantagens que não teria a pé. Vários dos veados tinham parado de pastar, cientes da presença deles, mas cavalos não representavam ameaça. Eram também herbívoros, ignorados na maioria das vezes, ou tolerados, se não demonstravam medo. Mesmo o fato de verem também o homem, a mulher e o lobo não os alarmou o suficiente para que pensassem em fugir.

Correndo os olhos pelo grupo, a fim de escolher uma presa, Jondalar se viu tentado por um macho magnífico, de chifres imponentes, que parecia olhar diretamente para ele, como se também o avaliasse. Se estivesse com um bando de caçadores em busca de carne para toda uma Caverna, e desejoso de exibir sua perícia, talvez ele investisse contra o majestoso animal. Mas estava certo de que quando o outono chegasse, com a estação dos Prazeres, muitas fêmeas estariam ansiosas por juntar-se ao rebanho por causa dele. Não teve coragem de sacrificar um animal tão belo e altivo só por um pouco de carne. Escolheu então outro.

– Ayla, está vendo aquele junto do arbusto mais alto, na orla do rebanho?

Ela respondeu afirmativamente com a cabeça.

– Pois ele me parece numa posição ideal para o separarmos dos outros. Vamos tentar esse.

Combinaram a estratégia que iriam adotar, depois se separaram. Lobo ficou de olho na mulher e em sua égua. Quando Ayla deu o sinal, ele saiu, veloz, na direção do veado que ela apontou. Ayla, montada em Huiin, foi atrás dele. Quanto a Jondalar, avançou pelo lado oposto, lança e lançador em riste.

O veado sentiu o perigo, como o resto do bando, que fugiu em todas as direções. O animal que tinham escolhido fugiu aos saltos do lobo e da mulher que investiam contra ele e avançou para o homem a cavalo. Chegou tão perto que Campeão recuou, assustado.

Jondalar estava pronto com a lança, mas a reação do veado o distraiu e ele perdeu o alvo. O veado mudou bruscamente de rumo, procurando escapar do homem a cavalo, mas se viu confrontado por um grande lobo. Pulou de lado, então, para escapar ao predador que lhe mostrava os dentes, e disparou entre Jondalar e Ayla.

Ayla jogou o corpo para o outro lado e mirou. Entendendo o sinal, Huiin galopou atrás do veado. Jondalar recuperou o equilíbrio e atirou a lança, justamente quando Ayla atirava a sua.

O orgulhoso animal estremeceu uma vez, depois outra. As duas lanças acertaram o alvo com grande força e quase ao mesmo tempo. O veado tentou ainda saltar, mas era tarde. As lanças tinham-no pegado em cheio. Ele vacilou, depois caiu, em plena corrida.

O campo estava deserto. O rebanho desaparecera, mas os caçadores nem repararam. Jondalar empunhou sua faca de cabo de osso, agarrou o veado pelos chifres cobertos de veludo, empurrou a cabeça para trás e cortou a garganta do grande alce adulto. Ficaram de pé, silenciosos, ao lado dele enquanto o sangue jorrava em volta da cabeça do animal. A terra seca o absorveu todo.

– Quando estiver de volta à Grande Mãe Terra agradeça-lhe por nós – disse Jondalar ao veado, que jazia morto no chão.

Ayla inclinou a cabeça, confirmando. O gesto era também um cumprimento. Estava habituada àquele ritual de Jondalar. Ele dizia sempre as mesmas palavras quando matavam um animal, mesmo pequeno, e ela sentia que havia mais que rotina ali. Havia sentimento e reverência nas palavras dele. Seu agradecimento era sincero.

ÀS PLANÍCIES ONDULANTES sucederam colinas escarpadas, e começaram a aparecer árvores por entre a macega, bétulas, em geral, depois bosques de faias e carvalhos misturados. Nas elevações mais discretas, a região lembrava as colinas arborizadas, que tinham costeado perto do delta do Grande Rio Mãe. Subindo mais, elas começaram a encontrar abetos e espruces e poucos lariços e pinheiros em meio às grandes árvores de folhas efêmeras.

Chegaram a uma clareira, um outeiro arredondado, mais elevado um pouco que a floresta circundante. Jondalar sofreou o cavalo para se orientar, enquanto Ayla se extasiava com a vista. Estavam mais alto do que ela havia imaginado. Para oeste, olhando por cima do topo das árvores, ela podia ver o Grande Rio Mãe a distância, com todos os seus canais reunidos outra vez, serpenteando por um desfiladeiro profundo de paredões rochosos. Entendia agora por que Jondalar mudara de direção, procurando um caminho que contornasse o obstáculo.

– Já atravessei aquela passagem de barco – ele disse. – É chamada o Portão.

– O Portão? Você quer dizer um portão que a gente põe numa paliçada? Para fechar a abertura e prender animais dentro? – perguntou Ayla.

– Não sei. Nunca perguntei, mas talvez o nome venha daí. Embora o lugar se pareça mais com a cerca que a gente faz de um lado e de outro, conduzindo ao portão. E cobre grande distância. Gostaria de levá-la até lá. – E, sorrindo disse: – Talvez eu o faça algum dia.

Rumaram para o norte, descendo a colina e depois seguindo em terreno plano, em direção à montanha. À sua frente, como um imenso paredão, havia uma longa formação de árvores de grande porte, primeira linha de uma floresta densa e profunda, de árvores de madeira rija e sempre verdes. No momento em que entraram para a sombra do alto dossel de folhas os dois se viram num mundo diferente. Seus olhos levaram algum tempo até se ajustarem da claridade do sol a essa penumbra silente da floresta primeva, mas logo sentiram o ar úmido e o cheiro forte das plantas em decomposição.

A escuridão apanhou-os ainda na mata. Acamparam para passar a noite, mas ambos se sentiram mais inseguros e mais expostos que no meio das vastas estepes. Em campo aberto, mesmo na treva, tinham alguma visão: nuvens, estrelas, silhuetas, formas em movimento. Na floresta espessa, com os troncos maciços de árvores altíssimas, capazes de esconder até animais muito grandes, o escuro era absoluto. O silêncio amplificador, que já lhes parecera um tanto sinistro ao entrarem naquele mundo do denso arvoredo, era assustador na profundeza da floresta, à noite, embora os dois procurassem não demonstrar que sentiam isso.

Os cavalos estavam tensos também, e ficaram junto do familiar conforto do fogo. Lobo também não saiu do acampamento. Ayla ficou contente com isso, e quando lhe serviu um pouco da refeição que preparara para Jondalar, pensou que teria procurado mantê-lo junto deles de qualquer maneira, naquelas circunstâncias. Até Jondalar demonstrou satisfação: ter por perto um lobo grande e amigo era tranquilizador. Ele podia farejar perigos e sentir coisas que escapavam a um ser humano.

A noite era mais fria no interior da floresta, com uma umidade pegajosa, grudenta, e tão pesada que parecia chuva. Eles se enfiaram muito cedo nas suas peles de dormir e, embora estivessem exaustos, conversaram até tarde, sem saber se podiam mesmo entregar-se tranquilamente ao sono.

– Será que devemos conservar mesmo esse barco? – perguntou Jondalar. – Os cavalos podem vadear os rios pequenos sem molhar nossas coisas. Com rios mais profundos, podemos pôr os balaios em cima deles em vez de deixá-los dependurados, como costumam ficar.

– Uma vez atei meus pertences num tronco de árvore. Depois de ter deixado o Clã, quando procurava gente como eu, encontrei um rio largo. Atravessei-o a nado, empurrando o tronco – disse Ayla.

– Deve ter sido difícil. E perigoso também, sem os braços livres.

– Foi difícil. Mas eu tinha de cruzar o rio e não imaginei nenhum outro meio – disse Ayla.

Ficou, em seguida, calada, refletindo. Jondalar, estirado a seu lado, pensou que ela tivesse adormecido; até que ele revelou a direção que seus pensamentos tinham tomado.

– Jondalar, estou certa de que viajamos muito mais do que eu viajei sozinha, antes de achar o vale. Já cobrimos muito do caminho, não?

– Já – respondeu ele, um pouco cauteloso. Depois virou-se e se apoiou num cotovelo para poder vê-la melhor. – Mas estamos ainda muito longe de casa. Você já se cansou, Ayla?

241

– Um pouco. Seria bom poder fazer uma pausa. Então, estaria pronta para outra estirada. Ao seu lado, não me importa o tempo que a viagem leve. Apenas não sabia que o mundo fosse assim tão grande. Você acredita que ele tenha fim?

– Para oeste da minha terra, o que há são as Grandes Águas, ninguém sabe o que haverá depois delas. Conheço um homem que diz ter ido ainda mais longe e que fala em Grandes Águas para o lado do oriente. Muita gente, no entanto, não acredita nele. Muita gente viaja um pouco, mas pouca gente vai muito longe, daí a incredulidade em torno de longas jornadas, a não ser que haja algo que os convença. Mas há sempre alguns que vão longe. Eu é que nunca pensei em ser um deles. Wymez andou pelos mares do sul e descobriu que havia ainda terras, do outro lado, para o sul.

– Ele também encontrou a mãe de Ranec e trouxe-a de volta. É difícil duvidar de Wymez. Você já viu alguma vez uma pessoa com a pele tão escura quanto Ranec? Wymez tinha mesmo de ir muito longe para achar uma mulher com aquelas características.

Jondalar olhou o rosto que a luz da fogueira iluminava e sentiu um grande amor pela mulher que tinha a seu lado, e também uma grande angústia. Aquela conversa sobre longas jornadas fazia-o pensar no caminho que ainda lhes faltava percorrer.

– Para o norte, a terra esbarra no gelo – continuou ela. – Ninguém pode ir além da geleira.

– A não ser de barco – disse Jondalar. – Mas já me contaram que tudo o que a gente encontra é uma terra de gelo e neve, onde vivem espíritos brancos de ursos. Dizem também que por lá existem peixes maiores que mamutes. Algumas pessoas, no oeste, dizem que eles têm Xamãs com força suficiente para atrair gente para lá. E uma vez desembarcados, não voltam mais...

Ouviram um repentino barulho vindo das árvores. Ambos tiveram um sobressalto, depois ficaram imóveis e mudos. Mal respiravam. Lobo rosnou, mas Ayla tinha um braço em torno dele e não o deixou sair. Houve mais alguns ruídos confusos nas imediações, depois silêncio. Lobo parou de rosnar. Jondalar não sabia se conseguiria dormir de novo naquela noite. Esperou um pouco, levantou, pôs uma acha de lenha na fogueira, contente de ter encontrado à tarde alguns galhos quebrados de bom tamanho que ele partira em pedaços com seu pequeno machado de sílex e cabo de osso.

– A geleira que temos de atravessar fica ao norte? – perguntou Ayla quando ele voltou a se deitar. Estava ainda pensando na Jornada.

– Bem, fica ao norte daqui, mas não tão ao norte quanto a muralha de gelo. Há outra cadeia de montanhas para oeste destas, e o gelo que temos de passar fica um pouco ao norte dela.

– É difícil atravessar o gelo?

– É muito frio, e pode haver terríveis nevascas. Na primavera e no verão o gelo derrete um pouco e abrem-se grandes fissuras; se cairmos dentro de uma, ninguém consegue nos tirar. No inverno, muitas dessas brechas se enchem de neve e de gelo, mas assim mesmo podem ser perigosas.

Ayla sentiu um calafrio.

– Você disse que há um caminho ao redor... Por que temos que passar pelo gelo?

– É a única maneira de evitar os cabe... gente do Clã.

– Você ia dizer cabeças-chatas.

– Sempre os conheci por esse nome, Ayla – disse Jondalar, procurando explicar-se. – É assim que todo mundo diz. Você vai ter de acostumar-se com o termo. É assim que eles são chamados.

Ela ignorou o comentário e continuou:

– Mas por que temos de evitá-los?

– Tem havido problemas – disse ele, franzindo a testa. – Não sei nem mesmo se esses cabeças-chatas do norte são os mesmos do seu Clã. – Jondalar fez uma curta pausa, depois continuou: – Mas não foram eles que começaram. No caminho para cá ouvimos falar de jovens... provocadores. Jovens Losadunai, o povo que vive perto daquela geleira do platô.

– E por que os Losadunai querem brigar com o Clã? – perguntou Ayla.

– Não se pode dizer que sejam todos os Losadunai, mas alguns, apenas. Os Losadunai em geral não querem confusão, só esse bando de jovens. Imagino que achem isso divertido. Pelo menos foi assim que tudo começou, de brincadeira.

Ayla pensou que a ideia que certas pessoas têm de brincadeira não combinava com a sua. Mas era a Jornada que não conseguia tirar da cabeça, e quanto tempo ainda faltava para chegarem. Pela maneira como Jondalar falava, não estavam nem perto ainda de casa. Resolveu que não seria bom ficar pensando nisso com tanta antecedência. Tentou esquecer o assunto.

Ficou olhando a noite. Quisera ver o céu através do dossel da mata.

– Jondalar, acho que estou vendo estrelas, lá no alto. Você as vê também?

– Onde? – perguntou ele, olhando para cima.

– Lá! Vê?

– Sim, sim, acho que vejo. Não é como o caminho de leite da Grande Mãe, mas vejo algumas estrelas.

– O que é esse caminho de leite?

– É parte da história da Mãe com Seu filho – explicou ele.

– Conte.

– Não sei se me lembro. Vejamos. É mais ou menos assim... – E Jondalar se pôs a cantarolar a melodia sem palavras, depois com alguns versos.

O sangue Dela coalhou e secou numa terra cor de ocre
                              [avermelhado,
Mas o menino luminoso fazia o sacrifício valer a pena.

A grande alegria da Mãe,
Um menino que brilhava como o sol.

As montanhas se ergueram cuspindo fogo das cristas,
E Ela deu de mamar ao filho com Seus seios enormes.
Ele sugou tão forte, e as fagulhas voaram tão alto
Que o leite quente da Grande Mãe riscou uma trilha no céu.

– É isso, acho – concluiu Jondalar. – Zelandoni ficaria feliz se soubesse que lembrei.

– É maravilhoso, Jondalar. Adorei o som e o sentimento por trás das palavras – Ayla fechou os olhos e ficou repetindo os versos para si mesma, em voz alta.

Jondalar escutou e se admirou com a facilidade que a mulher tinha para memorizar as coisas. Ela repetia tudo com exatidão, bastando-lhe para isso ter ouvido uma vez. Quisera ele ter memória igual e a facilidade que Ayla tinha para línguas.

– Isso, no entanto, não é verdade. Ou é? – perguntou ela.

– O que não é verdade?

– Que as estrelas são o leite da Grande Mãe.

— Não creio que sejam feitas de leite — disse Jondalar. — Mas acho que há muito de verdade no sentido geral da história. Da história inteira.

— E como é a história?

— Conta o começo das coisas, de como tudo surgiu. Que nós fomos feitos pela Grande Mãe Terra, com a matéria do Seu próprio corpo. Que Ela vive no mesmo lugar onde vivem o sol e a lua, e que a Grande Mãe Terra representa para eles o mesmo que para nós. E as estrelas são parte do mundo deles.

Ayla concordou.

— Sim, deve haver alguma verdade nisso tudo — disse. Ela gostava do que ele dissera e pensou que, um dia, gostaria de conhecer essa tal de Zelandoni para saber dela a história toda direitinho. — Creb me disse que as estrelas são os fogos acesos das pessoas que moram no mundo dos espíritos. Todas as pessoas que para lá regressaram e todas as que ainda não nasceram. E também o lar dos espíritos dos totens.

— Pode haver muita verdade nisso também — disse Jondalar. E pensou: os cabeças-chatas realmente são quase humanos. Nenhum animal seria capaz de pensar assim.

— Creb uma vez me mostrou onde era o lar do meu totem, o Grande Leão da Caverna — disse Ayla, com um bocejo, e rolou para o lado.

Ayla tentou ver o caminho à frente, mas imensos troncos de árvores, vestidos de musgo, bloqueavam a vista. Ela continuou a subir, sem saber muito bem aonde ia, apenas desejando poder parar e descansar. Estava tão cansada! Ah, se pudesse, pelo menos, sentar-se. O tronco cortado que via à frente parecia convidativo. Se pudesse alcançá-lo... mas ele sempre parecia estar ainda um passo mais adiante. Afinal, conseguiu chegar, mas ele cedeu ao seu peso, desfazendo-se em madeira podre e vermes se contorcendo. E ela começou a cair através do tronco, segurando-se à terra, tentando voltar.

Depois, a densa floresta esfumou-se e ela se viu galgando o flanco escarpado de uma montanha através de uma abertura na floresta por um atalho que lhe era familiar. No topo havia uma campina, onde pastava uma pequena família de veados. Contra a rocha de um talude cresciam aveleiras. Ela tinha medo, e estaria segura atrás dos arbustos, mas como passar? O caminho estava bloqueado pelas aveleiras, que cresciam, cresciam, ficavam do tamanho de árvores, e se cobriam de barba-de-pau. Procurou ver o caminho à frente, mas tudo o que via eram árvores, e estava ficando escuro. Ela estava assustada, mas então, ao longe, viu alguém que se movia na sombra profunda.

Era Creb. Ele estava de pé diante da entrada de uma pequena caverna, fechando essa entrada e dizendo, por sinais da mão, que ela não podia ficar. Ali não era o seu lugar. Tinha de ir embora, de procurar outro lugar, o seu lugar. Ele procurou ensinar-lhe o caminho, mas estava escuro, e ela não podia ver direito o que ele dizia, só que tinha de continuar. E então ele estendeu o seu braço bom e apontou.

Quando ela olhou, as árvores haviam desaparecido. Recomeçou a subir, para a abertura de outra caverna. Embora soubesse que jamais a tinha visto, aquela era uma caverna estranhamente familiar, com um rochedo curiosamente desagradável projetado em silhueta contra o céu. Quando olhou para trás, Creb estava indo embora. Ela chamou, implorou:

– Creb! Creb! Ajude-me! Não vá embora!

– AYLA! ACORDE! Você está sonhando – disse Jondalar, sacudindo-a com delicadeza.

Ela abriu os olhos, mas o fogo se apagara, e estava escuro. Ela se agarrou a Jondalar.

– Oh, Jondalar, era Creb. Ele fechava o caminho. Não me deixava entrar... não me deixava ficar. Procurava dizer-me algo, mas estava tão escuro que eu não conseguia ver. Ele apontava para uma determinada caverna, e algo nela me parecia familiar; mas ele não quis ficar.

Jondalar sentia-a trêmula nos seus braços, e apertou-a com força, procurando confortá-la com sua presença. De súbito, Ayla se sentou.

– A caverna! Aquela que ele bloqueava com o corpo era a minha caverna. Foi para lá que eu fui quando Durc nasceu, quando tive medo que não me deixassem ficar com ele.

– Sonhos são difíceis de entender. Às vezes um Zelandoni sabe decifrá-los para você. Talvez você se sinta ainda culpada por ter deixado seu filho.

– Talvez – disse ela.

Sentia-se culpada, sim, por ter abandonado Durc, mas se era esse o significado do sonho, por que o sonhava agora? Por que não quando estava na ilha, contemplando o Mar Beran, procurando ver a península, e dando seu último e lacrimoso adeus a Durc? Algo lhe dizia que o sentido do sonho era mais que isso. Finalmente, acalmou-se, e os dois cochilaram por algum tempo. Quando ela acordou de novo, era dia, embora estivessem ainda escuro na floresta.

A MANHÃ EM QUE JONDALAR achou que poderiam alcançar a colônia Sharamudoi trouxe consigo um revigorante sopro de frio no ar, que anunciava a mudança da estação, e Ayla o recebeu com júbilo. Cavalgando por entre os flancos arborizados daquelas colinas, ela se sentia como se já tivesse estado ali antes, embora soubesse que isso não era verdade. Por algum motivo obscuro, esperava a cada passo reconhecer algum marco. Tudo lhe parecia familiar: as árvores, as plantas, as encostas, a própria configuração do terreno. Quanto mais via, mais se sentia em casa.

Quando viu avelãs, ainda no pé, em seus invólucros verdes, espinhentos, mas quase maduras, exatamente como gostava, ela desceu do cavalo e colheu algumas. Ao quebrar duas ou três com os dentes, teve uma iluminação: a razão pela qual achava que conhecia a área, que se sentia em casa, era que o lugar se parecia com a região montanhosa da extremidade da península, perto da caverna do Clã de Brun. Ela fora criada numa região muito semelhante àquela.

A área ia ficando também familiar para Jondalar, e por bons motivos. Quando encontrou uma trilha bem marcada, que reconheceu perfeitamente, e que descia para um caminho que dava para a face externa de um paredão de rocha que ele conhecia muito bem, viu que não estavam longe. Sentia que ia ficando cada vez mais ansioso. A tal ponto que quando Ayla deu com uma urze branca, espinhosa, bem na frente deles, no alto, com estolhos compridos e espinhosos e galhos vergados ao peso de amoras-pretas maduras, suculentas, e quis apanhar algumas, ele se contrariou. Aquilo os atrasaria.

– Vamos parar, Jondalar! Veja: amoras-pretas! – exclamou Ayla, escorregando de Huiin e correndo para o capão das urzes.

– Mas estamos quase chegando.

– Podemos levar amoras para eles – disse Ayla, de boca cheia. – Não vejo amoras desde que saí do Clã. Prove-as, Jondalar! Já terá provado algo tão doce e tão gostoso?

A boca e as mãos dela estavam roxas de tanto apanhar as frutinhas e enfiá-las na boca, muitas de uma só vez.

Vendo aquilo, Jondalar acabou rindo.

– Você precisava ver-se num espelho de água! Parece uma menininha, toda manchada e animada. – Ele balançou a cabeça e riu. Ela não disse nada. Não podia falar, de tantas amoras que tinha na boca.

Ele colheu algumas, viu que eram mesmo excelentes, e apanhou mais algumas. E disse em seguida:

– Achei que você fosse colher amoras para eles. Mas não temos nem onde botá-las.

Ayla parou, depois sorriu.

– Temos sim – disse, tirando da cabeça o chapéu de palha, manchado de suor, e procurando algumas folhas largas para forrá-lo. – Use o seu também.

Tinham enchido dois terços de cada chapéu quando Lobo rosnou. Uma advertência.

Ergueram os olhos e viram um jovem alto, quase adulto, que viera pela trilha e agora os olhava boquiaberto e olhava o lobo, tão perto, com os olhos arregalados de medo.

Jondalar reparou no rapaz.

– Darvo? É você mesmo, Darvo? Sou eu, Jondalar, Jondalar dos Zelandonii – disse ele, caminhando para o outro a passos largos.

Jondalar falava numa língua que Ayla não entendia, embora houvesse palavras e sons reminiscentes de Mamutoi. Ela viu a expressão do desconhecido passar do temor para a estupefação, para o reconhecimento.

– Jondalar? Jondalar! O que está fazendo aqui? Eu pensava que você tivesse ido embora para sempre – disse Darvo.

Correram um para o outro e se abraçaram. Depois, Jondalar recuou e encarou o rapaz, segurando-o pelos ombros.

– Deixe-me vê-lo bem! É difícil acreditar que tenha crescido tanto!

Ayla tinha os olhos fixos nele, na reação dele diante de uma pessoa que não via fazia muito tempo.

Jondalar o abraçou de novo. Ayla podia ver a sincera afeição que eles tinham um pelo outro, mas depois da primeira efusão Darvo pareceu um tanto constrangido. Jondalar compreendeu aquela reticência repentina. Darvo era quase um homem agora, afinal de contas. Abraços formais de saudação eram uma coisa, mas exibições exuberantes de afeto, mesmo por alguém que pertencera à sua gente por algum tempo, eram coisa muito diferente. Darvo olhou para Ayla. Depois para o lobo que estava com ela, e seus olhos se arregalaram outra vez. Viu, em seguida, os cavalos, um pouco para trás, mas tranquilos, com cestas e mastros nas costas, e seus olhos se abriram ainda mais.

– Acho que devo apresentá-lo aos meus... amigos – disse Jondalar. – Darvo dos Sharamudoi, esta é Ayla, dos Mamutoi.

Ayla reconheceu a cadência da apresentação formal e um pouco das palavras. Mandou que Lobo ficasse quieto e avançou, com as mãos estendidas e palmas para cima.

– Eu sou Darvalo, dos Sharamudoi – disse o rapaz, tomando as mãos dela, e falando em Mamutoi. – Seja bem-vinda, Ayla dos Mamutoi.

– Tholie o ensinou muito bem! Você fala Mamutoi como se fosse sua língua nativa, Darvo. Ou devo dizer Darvalo, agora? – disse Jondalar.

– Todos me chamam Darvalo agora. Darvo é nome de criança – disse o adolescente. Depois corou. – Mas você pode dizer Darvo, se assim o desejar. Afinal, é o nome que conhece.

– Acho Darvalo um bonito nome – disse Jondalar. – E alegro-me que não tenha abandonado as aulas de Tholie.

– Dolando achou que seria uma boa ideia. Ele disse que eu iria precisar da língua para negociar com os Mamutoi na próxima primavera.

– Você gostaria de conhecer Lobo? – perguntou Ayla.

O rapaz franziu a testa com certo estranhamento. Jamais havia pensado que encontraria um lobo cara a cara, e jamais desejara que isso acontecesse Mas Jondalar não tem medo dele, pensou, e a mulher também não... É uma mulher muito estranha... e fala muito esquisito também. Não que fale errado, mas não fala como Tholie.

– Se você puser a mão assim, mais perto, Lobo poderá cheirá-la e ficará conhecendo você – disse Ayla.

Darvalo hesitou em deixar a mão ao alcance dos dentes do lobo, mas não havia meio de escapar àquela altura e estendeu o braço. Lobo farejou-lhe a mão e, em seguida, inesperadamente, lambeu-a. Tinha uma língua quente e molhada, mas de modo nenhum o machucou. A sensação foi, na verdade, agradável. Darvalo olhou para a mulher e para o animal. Ela passara o braço com naturalidade pelo pescoço do bicho e lhe afagava a cabeça com a outra mão. "Que sensação se poderia ter acariciando um lobo na cabeça?", pensou.

– Você gostaria de sentir o pelo dele? – perguntou Ayla.

Darvalo se mostrou surpreso. Depois avançou a mão, mas Lobo quis cheirá-lo, e ele recuou.

– Aqui – disse Ayla, pegando a mão dele e pousando-a firmemente na cabeça do lobo. – Ele gosta de ser coçado. Assim.

Logo Lobo sentiu uma pulga, ou o agrado fizera-o lembrar-se de pulgas. Sentou-se e, com movimentos rápidos, se pôs a coçar atrás da orelha com uma das pernas traseiras. Darvalo sorriu. Nunca tinha visto um lobo em posição tão cômica, a se coçar com tanta disposição.

— Eu disse que ele gosta disso. Os cavalos também — disse Ayla, chamando Huiin.

Darvalo olhou para Jondalar. Mas ele estava sorrindo apenas, como se não houvesse nada de estranho no fato de uma mulher coçar lobos e cavalos.

— Darvalo dos Sharamudoi, esta aqui é Huiin — disse Ayla, pronunciando o nome da égua como quando o inventara, como a onomatopeia de um pequeno relincho. Fez tal qual um cavalo. — É esse o nome dela, mas Jondalar o pronuncia de maneira um pouco diferente. Acha mais fácil.

— Você sabe conversar com cavalos? — perguntou Darvalo, que já não sabia mais o que pensar.

— Todo mundo pode conversar com um cavalo, mas os cavalos não dão atenção a qualquer um. É preciso que os dois se conheçam. Campeão obedece a Jondalar, que o conheceu pequeno.

Darvalo virou-se para Jondalar e deu dois passos para trás.

— Você está sentado no cavalo! — disse.

— Sim, estou. É porque ele me conhece, Darvo. Quero dizer, Darvalo. Ele me deixa fazer isso mesmo quando corre, e podemos ir, os dois, muito depressa.

Darvalo parecia estar prestes a correr também. Jondalar saltou do cavalo.

— Com respeito a esses animais, Darvalo, você pode nos ajudar. Se quiser, naturalmente.

O rapaz parecia petrificado e pronto para fugir.

— Estamos viajando há muito tempo, e estou de fato ansioso para ver Dolando, Roshario e todo mundo. Mas muitas pessoas ficam um pouco nervosas quando veem os animais pela primeira vez; não estão acostumadas com eles. Você nos acompanharia? Vendo que você não tem medo, talvez eles não se assustem.

O rapaz pareceu mais à vontade. Aquilo não era tão difícil. Afinal de contas, ele já estava junto dos animais. Todo mundo ficaria pasmo vendo-o chegar com Jondalar e aqueles bichos... Sobretudo Dolando e Roshario.

— Já ia me esquecendo — disse Darvalo. — Eu disse a Roshario que vinha apanhar amoras-pretas para ela, uma vez que não pode mais colhê-las.

– Nós temos amoras-pretas – disse Ayla.

Jondalar perguntou em seguida:

– Por que ela não pode mais colher amoras?

Darvalo olhou de Ayla para Jondalar.

– Ela caiu do barranco no cais dos barcos e quebrou o braço. Acho que nunca vai sarar. Não foi consertado.

– E por que não? – perguntaram os dois.

– Não havia quem soubesse fazer isso.

– E Xamã? E sua mãe?

– Xamã morreu, no inverno passado.

– Lamento ouvir isso – disse Jondalar.

– E minha mãe foi embora. Um homem Mamutoi veio visitar Tholie, não muito tempo depois da sua partida, Jondalar. Um primo nosso. Acho que ele gostou de minha mãe. Convidou-a para ser sua companheira. Ela deixou todo mundo surpreso por aceitar e ir viver com os Mamutoi. Ele me convidou para ir também, mas Dolando e Rosharia me pediram que ficasse. Fiquei. Eu sou um Sharamudoi, não sou Mamutoi – explicou Darvalo. Corou, e disse para Ayla: – Não que seja ruim ser Mamutoi.

– Não, claro que não – disse Jondalar, com uma ruga de preocupação na testa. – Entendo como se sente, Darvalo. Eu sou ainda Jondalar dos Zelandonii. Quando foi que Rosharia caiu?

– Na Lua do Verão, mais ou menos nesta fase de agora.

Ayla interrogou o homem com o olhar.

– Nesta mesma fase da lua, no mês passado – explicou ele. – Você acha que será tarde demais?

– Não sei. Tenho de vê-la primeiro – disse Ayla.

– Ayla entende dessas coisas, Darvalo – disse Jondalar. – É uma excelente curandeira. Talvez possa ajudar.

– Desconfiei que ela fosse Xamã. Com esses animais, e tudo. – Darvalo ficou pensativo por um momento, olhando para os cavalos e para o lobo. – Deve ser mesmo muito boa. – O menino parecia muito alto para os seus 13 anos. – Vou chegar com vocês e ninguém terá medo dos animais.

– Pode carregar as amoras-pretas para mim? Assim eu fico perto de Lobo e de Huiin. Às vezes eles têm medo de gente.

15

Darvalo conduziu o caminho colina abaixo por uma trilha que cortava a paisagem de campo aberto, com árvores. No sopé da elevação eles chegaram a outro sendeiro e viraram à direita. A inclinação do terreno era agora mais gradual. Essa nova trilha servia de escoadouro ao excesso de água dos degelos da primavera e da estação chuvosa. Conquanto esse leito temporário de rio estivesse seco no fim do ardente verão, era pedregoso, o que dificultava a caminhada.

Embora cavalos fossem animais das planícies, Huiin e Campeão iam sem dificuldade pelo terreno montanhoso. Tinham aprendido, quando jovens, a andar na picada íngreme que levava à caverna de Ayla no vale. Ela ainda se preocupava, temendo que se ferissem por causa da base insegura, e ficou contente quando tomaram outro caminho que vinha de baixo e seguia. Esse era muito usado e permitia, em alguns lugares, que duas pessoas andassem lado a lado, mas não dois cavalos.

Depois de passarem por uma rampa muito íngreme e dobrarem à direita, alcançaram um paredão rochoso. Veio, em seguida, um talude, e Ayla se sentiu em casa. Ela já vira acumulações semelhantes de detritos rochosos na base de paredões verticais nas montanhas onde fora criada. Notou, até, a presença de grandes flores brancas em forma de chifre de uma planta robusta de folhas recortadas. Os membros da Fogueira do Mamute que ela conhecera conheciam essa planta de cheiro desagradável pelo nome de figueira-brava, por causa dos frutos espinhentos, mas ela lhe trazia de volta lembranças da infância. Tanto Creb quanto Iza usavam a planta com diversos fins.

O lugar era conhecido de Jondalar, que havia apanhado saibro ali, de uma acumulação de seixos, para a margem de caminhos e de lareiras. Sabia, agora, que estavam perto, e sua ansiedade aumentou. Uma vez passado o trecho mais acidentado, o caminho era plano e tinha um revestimento de lascas de pedra, e rodeava a base de uma encosta abrupta. À frente, podiam ver o céu por entre as árvores e a vegetação de menor porte, e Jondalar sabia que se aproximavam da borda do penhasco.

– Ayla, acho que devemos tirar as varas e as cestas dos cavalos aqui – disse Jondalar. – O caminho que contorna esse paredão não é tão largo assim. Podemos voltar depois para apanhá-los.

Depois que tudo havia sido descarregado, Ayla, seguindo o adolescente, caminhou um pouco ao longo do paredão de pedra em direção ao céu aberto. Jondalar, que ia atrás dela, sorriu quando ela chegou à borda do precipício, olhou para baixo, e recuou rapidamente. Ayla apoiou-se na parede, pois sentiu um pouco de vertigem. Mas olhou de novo para baixo, e ficou boquiaberta.

Lá embaixo, no sopé do paredão a prumo, estava o mesmo Grande Rio Mãe cujo curso eles tinham acompanhado; mas Ayla nunca o tinha visto de tal perspectiva. Vira todos os braços do rio contidos num só canal, mas fora sempre da altura de uma ribanceira não muito mais alta que o nível da água. O desejo de olhar para o abismo e contemplar a paisagem daquela altura era compulsivo.

Darvalo esperava pacientemente que Ayla assimilasse aquela primeira visão da emocionante entrada aos domínios do seu povo. Ele vivera ali toda a vida e não lhe dava mais tanto valor, mas conhecia a reação de estranhos. Sentia grande orgulho com a admiração dos forasteiros, e era levado a atentar de novo para a paisagem, vendo-a através dos olhos deles. Quando a mulher finalmente se voltou, ele sorriu para ela e conduziu-a ao longo da face da montanha por uma passagem laboriosamente alargada, que fora antes uma estreita saliência do rochedo. Permitia agora a passagem de duas pessoas de cada vez, se caminhassem bem juntas uma da outra. Era larga o suficiente para que alguém que levasse lenha, um animal caçado, ou outros suprimentos com relativa facilidade, e também permitia a passagem dos cavalos.

Quando Jondalar se aproximou da borda do precipício, sentiu aquele frio na barriga que era a sua reação habitual diante de tais vazios. Sentia sempre isso quando morou ali. Não era algo tão sério que ele não pudesse controlar, e sabia apreciar a vista espetacular e o trabalho dos que tinham de escavar o flanco da montanha com pedras grandes e pesados machados de sílex, mas isso não aliviava a sensação por que era invariavelmente tomado. Mesmo assim, aquela entrada era melhor que a outra, mais utilizada.

Mantendo Lobo junto de si e puxando Huiin, Ayla seguiu o adolescente, encostada ao paredão. À frente havia uma área plana, em anfiteatro, de proporções apreciáveis. Outrora, quando a grande bacia interior do lado oeste era um mar que começava a esvaziar-se pela garganta, que se ia abrindo na cadeia de montanhas, o nível da água era muito mais alto, e uma espécie de angra protegida se formara. Era agora enseada seca, protegida, sobranceira ao rio.

O primeiro plano era um tapete de relva, que crescia até quase a borda do despenhadeiro. Mais além, havia vegetação arbustiva, agarrada à rocha, e, até, árvores pequenas que subiam pela escarpa. Jondalar sabia ser possível escalar a parede do fundo, embora pouca gente o fizesse. Era uma saída inconveniente, que só raramente se usava. Mais à frente, projetando-se da montanha, havia um rebordo de arenito, largo o suficiente para abrigar confortavelmente diversas habitações de madeira.

Do outro lado, numa parte verde de limo, ficava o tesouro principal daquele terreno privilegiado: uma nascente de água, que vinha do alto, escorria pelas rochas, caía de saliências e tombava de outro rebordo, menor, de arenito, numa cascata estreita, sobre uma piscina natural. A água corria, depois, rente ao penhasco até a beira do abismo e caía no rio.

Diversas pessoas haviam interrompido seus afazeres quando a pequena procissão, com um lobo e um cavalo, surgiu na dobra da montanha. Quando Jondalar chegou viu apreensão e estupefação em todos os rostos.

– Darvo! O que é isso que você traz para cá? – disse alguém.

– Hola! – disse Jondalar, saudando o povo na língua deles. Depois, vendo Dolando, passou a rédea de Campeão a Ayla e, com um braço em torno dos ombros de Darvalo, dirigiu-se ao encontro do chefe da Caverna.

– Dolando! Sou eu, Jondalar – disse, quando chegou mais perto.

– Jondalar? Será você mesmo? – disse Dolando, reconhecendo-o, mas ainda hesitante. – De onde vem?

– Do leste. Passei o inverno com os Mamutoi.

– E quem é aquela?

Jondalar percebeu que o homem devia estar muito perturbado, pois ignorou a forma habitual de cortesia.

– O nome dela é Ayla. Ayla dos Mamutoi. Os animais viajam conosco. Eles obedecem a ela e a mim, e não farão mal a ninguém – disse Jondalar.

– O lobo também? – perguntou Dolando.

– Eu toquei na cabeça dele e apalpei seu pelo – disse Darvalo. – E ele nem tentou morder-me.

Dolando olhou o rapaz.

– Você o... tocou?

254

– Sim. Ela diz que a gente tem só de conhecê-los.

– Ele tem razão, Dolando. Eu não viria aqui com qualquer pessoa ou qualquer coisa que representasse algum perigo. Venha e conheça Ayla e os animais. Você verá.

Jondalar conduziu o homem para o centro do campo. Diversas outras pessoas os seguiram. Os cavalos tinham começado a pastar, mas pararam à aproximação do grupo. Huiin se aproximou de Ayla, postando-se ao lado de Campeão, cuja rédea Ayla ainda segurava, com uma das mãos; a outra estava pousada na cabeça de Lobo. O grande lobo do norte se mantinha junto dela, atento, em postura defensiva, mas não abertamente ameaçadora.

– Como ela consegue fazer com que os cavalos não tenham medo do lobo? – perguntou Dolando.

– Eles sabem que não têm nada a temer. Eles o conhecem desde que era um lobinho – explicou Jondalar.

– E por que não fogem de nós? – perguntou em seguida o chefe.

– Estão acostumados às pessoas. Eu estava presente quando o garanhão nasceu – respondeu Jondalar. – Eu me feri gravemente, e Ayla salvou minha vida.

Dolando parou subitamente e olhou firme nos olhos de Jondalar.

– Ela é uma Shamud?

– É um membro da Fogueira do Mamute.

Uma jovem gorda tomou a palavra.

– Se ela é Mamute, onde está sua tatuagem?

– Nós partimos antes que ela completasse o aprendizado, Tholie – disse Jondalar. E depois sorriu para a mulher Mamutoi. Ela não mudara nada. Era ainda tão franca e direta quanto antes.

Dolando fechou os olhos e balançou a cabeça.

– Que pena! – disse, com tristeza. – Roshario levou uma queda e se feriu.

– Darvo me contou. Disse que Shamud está morto.

– Sim, ele morreu no inverno passado. Desejaria que essa mulher fosse uma curandeira competente. Nós enviamos um mensageiro a uma Caverna, mas o Shamud de lá tinha viajado. Outro mensageiro foi a uma segunda caverna, rio acima, mas essa fica longe, e receio que já seja tarde para fazer alguma coisa.

– O aprendizado que ela não concluiu, Dolando, nada tem a ver com práticas de medicina. Ayla é uma curandeira. E das boas. Ela aprendeu com... – De súbito Jondalar lembrou-se de uma das poucas cegueiras de Dolando e emendou: – ...a mulher que a criou. É uma longa história, mas pode crer em mim. Ela é competente.

Ayla ouviu e observou Jondalar atentamente enquanto ele falava. Havia semelhança entre a língua que ele usava e Mamutoi. Mas foi pela observação que ela entendeu de alguma forma o significado das palavras dele, e compreendeu que ele tentava convencer o outro homem de algo.

– Ayla dos Mamutoi, este é Dolando, líder dos Ramudoi, o ramo dos Sharamudoi que vive aqui – disse Jondalar em Mamutoi. E, na língua de Dolando: – Dolando dos Sharamudoi, esta é Ayla, Filha da Fogueira do Mamute, dos Mamutoi.

Dolando hesitou um momento, de olho nos cavalos e no lobo. Aquele era sem dúvida um belo animal, tranquilo, mas atento, e postado ao lado daquela mulher alta. Ficou intrigado. Nunca estivera tão próximo assim de um daqueles animais, só de algumas peles. Não costumavam caçar lobos, e só os vira a distância, correndo para esconder-se. Lobo o olhava de um jeito que fez Dolando pensar que estava sendo, por sua vez, avaliado. Depois desviou os olhos dele. Os animais não representavam qualquer perigo, concluiu, e talvez uma mulher capaz de controlar animais fosse mesmo uma Shamud perita, com ou sem treinamento. Ofereceu-lhe, então, as duas mãos, espalmadas, para cima.

– Em nome da Grande Mãe eu lhe dou as boas-vindas, Ayla dos Mamutoi.

– Em nome de Mut, a Grande Mãe Terra, eu lhe agradeço, Dolando dos Sharamudoi – disse Ayla, tomando as mãos dele.

A mulher tinha um sotaque curioso, pensou Dolando. Fala Mamutoi, mas com uma nota diferente. Não fala como Tholie. Talvez seja de outra região. Dolando conhecia suficientemente a língua para entender o que os Mamutoi diziam. Muitas vezes, viajara até a foz do grande rio para negociar com eles. Ajudara a trazer de lá Tholie, a mulher Mamutoi. Era o mínimo que podia fazer pelo líder Ramudoi: contribuir para que o filho da sua fogueira casasse com a mulher que estava decidido a ter. Tholie se esforçara para que muitos aprendessem a sua língua, e isso fora útil em expedições subsequentes de comércio.

A aceitação de Ayla por Dolando foi o sinal para que todos dessem as boas-vindas a Jondalar e à mulher que ele trouxera. Tholie deu um passo à frente, e Jondalar sorriu. De um modo complexo, por meio do casamento com o irmão, eles eram parentes, e ele gostava dela.

- Tholie! - disse, com um largo sorriso, tomando as mãos dela nas suas. - Não tenho palavras para dizer-lhe o quanto fico contente de vê-la.

- É maravilhoso ver você também. E não há dúvida de que aprendeu a falar Mamutoi muito bem. Devo confessar que muitas vezes duvidei que você um dia ficasse tão fluente.

Ela soltou-lhe as mãos, pôs-se nas pontas dos pés, e deu-lhe um abraço. Ele se curvou e, impulsivamente, por sentir-se feliz de estar lá, levantou no ar a mulher para abraçá-la bem. Tholie corou, um tanto desconcertada, pensando que aquele homem alto, bonito, imprevisível, certamente mudara. Não se lembrava de que ele fosse tão espontâneo em demonstrar seus afetos no passado. Quando ele a colocou no chão, ela o observou e também à mulher que viera com ele, e que devia ter algo a ver com aquilo.

- Ayla do Acampamento do Leão dos Mamutoi, apresento-lhe Tholie, dos Sharamudoi e, antes, dos Mamutoi.

- Em nome de Mut ou Mudo, ou que nome que você Lhe dê, eu lhe dou as boas-vindas, Ayla dos Mamutoi.

- Em nome da Mãe Comum, eu lhe agradeço, Tholie dos Sharamudoi. Fico muito feliz em conhecê-la. Tinha ouvido falar muito de você. Não tem parentes no Acampamento do Leão? Penso que Talut disse que vocês eram aparentados quando Jondalar mencionou seu nome - disse Ayla. Sentia que aquela mulher tão perspicaz a observava. Se ela ainda não soubesse disso, logo descobriria que Ayla não era Mamutoi de nascença.

- Sim, temos um parentesco distante. Eu provenho de um acampamento do sul. O Acampamento do Leão fica mais para o norte - disse Tholie. - Mas eu os conheço. Todo mundo conhece Talut. E a irmã dele, Tulie, é muito respeitada - disse Tholie.

Esse sotaque não é Mamutoi, pensava ela, nem Ayla é um nome Mamutoi. Talvez nem seja o sotaque, mas um modo estranho de pronunciar algumas palavras. Ela fala bem. Talut sempre foi bom nisso, de aceitar pessoas. Ele até adotou aquela velha resmungona, e a filha, que casou mal, muito abaixo do seu nível. Gostaria de saber mais sobre essa Ayla e sobre os animais, pensou, depois olhou para Jondalar.

- E Thonolan? Está com os Mamutoi?

A dor nos olhos dele lhe disse o que acontecera antes que ele contasse.

- Thonolan morreu.

- Lamento ouvir isso. Markeno vai pelo mesmo caminho. Não posso dizer que isso seja inesperado para mim. Sua alegria de viver morreu com

Jetamio. Algumas pessoas se recuperam de uma tragédia, outras não conseguem – disse Tholie.

Ayla gostava da maneira como a mulher se expressava. Não sem sentimento, mas de modo aberto e direto. Ela era ainda muito Mamutoi.

Os outros membros presentes da Caverna saudaram Ayla. Ela percebeu alguma reserva. Mas estavam todos curiosos. Com Jondalar eram muito mais naturais; ele era da família. Não havia dúvida de que o consideravam como tal e que o recebiam de volta com os braços abertos.

Darvalo ainda tinha nas mãos o chapéu com as amoras-pretas e esperava que os cumprimentos terminassem. Entregou o presente a Dolando.

– Aí tem algumas amoras para Roshario.

Dolando notou aquela estranha cesta. Não era feita como as cestas da Caverna.

– Ayla me deu as amoras – continuou Darvalo. – Eles as colhiam quando nos encontramos. Essas já estavam catadas.

Vendo o rapaz, Jondalar pensou de repente na mãe de Darvo. Ele não pensara que Serenio poderia não estar lá, e ficou desapontado. Ele realmente a amara, de certo modo, e agora se dava conta de que quisera muito revê-la. Estaria grávida quando partiu? Grávida de um filho do seu espírito? Talvez pudesse perguntar isso a Roshario. Ela saberia de algo.

– Vamos entregar-lhe as amoras – disse Dolando, com um mudo agradecimento de cabeça para Ayla. – Estou certo de que ficará feliz. Se você quiser vir, Jondalar, acho que ela está acordada, e gostará de vê-lo. Chame Ayla; Roshario vai querer conhecê-la. É duro para ela. Você sabe como sempre foi, sempre atarefada, sempre a primeira a saudar visitantes.

Jondalar traduziu as palavras deles, e Ayla disse que entraria com eles. Deixaram os cavalos para pastar, mas ela sinalizou a Lobo que não se afastasse dela. Percebia que a presença do carnívoro ainda assustava os outros. Cavalos domesticados eram algo estranho, mas não perigoso. Um lobo era um predador e podia fazer-lhes mal.

– Acho melhor, Jondalar, que Lobo fique comigo por enquanto. Pergunte a Dolando se concorda que ele me acompanhe. Diga que Lobo está acostumado a ficar dentro de casa – disse Ayla em Mamutoi.

Jondalar repetiu o pedido, embora Dolando tivesse entendido tudo. Vendo no rosto dele as suas reações, Ayla teve certeza disso. Lembraria-se disso no futuro.

Caminharam em direção ao fundo de uma estrutura de madeira, que lembrava uma tenda oblíqua, localizada debaixo de um ressalto protetor da rocha, depois de passarem por uma fogueira central, que era, obviamente, um local de reunião. Ayla distinguiu as características da construção quando se aproximaram. O pau de cumeeira fora fincado no solo, atrás, apoiado por outro na parte da frente. Tábuas de carvalho, afinadas numa ponta, tiradas radialmente de um grosso tronco de árvore, haviam sido encostadas à trave, mais curtas no fundo, mais longas na frente. Viu, quando chegou ainda mais perto, que essas tábuas estavam fixadas umas às outras com tiras de salgueiro-chorão, passadas por orifícios pré perfurados.

Dolando ergueu uma cortina de couro macio, amarelo, e segurou-a até que todos entrassem. Prendeu-a, depois, para clarear o interior. Lá dentro, havia frestas entre algumas das tábuas, que permitiam a passagem da luz do dia, mas as paredes estavam recobertas de peles em certos lugares para impedir correntes de ar, embora não houvesse muito vento naquele nicho encravado na montanha. Perto da entrada via-se uma pequena lareira. A madeira que ficava imediatamente por cima dela, no teto, tinha uma saída circular para a fumaça, mas nenhuma defesa contra a chuva. A cortina da porta protegia a casa contra chuva e neve. Ao longo de uma das paredes havia uma cama, uma larga prateleira de madeira presa na parede por um dos lados e sustentada, do outro, por pernas. A tábua tinha almofadas de couro cheias de palha e algumas peles. Na luz precária, Ayla custou a distinguir a figura de uma pessoa reclinada.

Darvalo se ajoelhou junto do leito, com as frutas.

— Trouxe-lhe as amoras que prometi, Roshario; mas não fui eu quem as apanhou. Foi Ayla.

A mulher abriu os olhos. Não tinha dormido, estava apenas repousando, e não sabia da chegada de visitas. Estranhou o nome mencionado por Darvalo.

— Quem apanhou as amoras? — perguntou ela numa voz fraca.

Dolando se debruçou sobre a cama e pôs a mão na testa da mulher.

— Roshario! Veja quem está aqui! Jondalar voltou.

— Jondalar? — disse ela, olhando o homem que se ajoelhava agora ao lado de Darvalo. Ele ficou impressionado com a dor que marcava o rosto da doente. — É mesmo você? Às vezes sonho e penso que vejo meu filho, ou Jetamio, e depois percebo que não era verdade. Será você mesmo, Jondalar, ou não passa de outro sonho?

— Não é sonho, Rosh — disse Dolando, e Jondalar viu que ele tinha os olhos marejados. — Ele está mesmo aqui. Trouxe alguém junto. Uma mulher Mamutoi. O nome dela é Ayla – e fez um sinal a Ayla para que se aproximasse.

Ayla mandou que Lobo ficasse, e aproximou-se sozinha da mulher. Suas fortes dores logo ficaram aparentes. Os olhos dela estavam como que vidrados, e as olheiras escuras faziam com que parecessem fundos. O rosto estava avermelhado de febre. Mesmo a distância, e estando debaixo da coberta leve, ela pôde ver que o braço, entre o ombro e o cotovelo, estava virado num ângulo acentuado.

– Ayla dos Mamutoi, esta é Rosharrio dos Sharamudoi – disse Jondalar.

Darvalo cedeu-lhe o lugar, e Ayla se postou junto do leito.

– Em nome da Mãe, você é bem-vinda, Ayla dos Mamutoi – disse Rosharrio, tentando erguer-se, mas desistindo em seguida e se recostando outra vez nas almofadas. – Desculpe não poder saudá-la da forma correta.

– Em nome da Mãe, agradeço – disse Ayla. – Não precisa se levantar.

Jondalar traduziu, mas Tholie incluíra praticamente todo mundo nas suas aulas, e muitos tinham uma boa base para entender Mamutoi. Rosharrio inclusive, que fez um sinal afirmativo de cabeça.

– Jondalar, ela está sofrendo muito. Temo que a fratura tenha sido muito séria. Quero examinar-lhe o braço – disse Ayla, falando em Zelandonii para que a doente não entendesse a gravidade do ferimento. Mas isso não escondeu o tom de urgência na sua voz.

– Rosharrio, Ayla é uma curandeira, uma filha da Fogueira do Mamute. Ela gostaria de ver o seu braço – disse Jondalar, e olhou em seguida para Dolando, a fim de certificar-se de que ele não se opunha. O chefe estava disposto a tentar tudo o que pudesse ajudar, desde que Rosharrio concordasse.

– Uma curandeira? – disse a mulher. – Shamud?

– Sim, como uma Shamud. Ela pode examinar o braço?

– Receio que seja tarde demais para fazer algo, mas pode examinar.

Ayla descobriu o braço. Alguma tentativa fora feita, evidentemente, para endireitá-lo, a ferida fora limpa, e começava a cicatrizar, mas o braço estava inchado e o osso, saltado debaixo da pele num ângulo forçado. Ayla o apalpou, procurando ser tão delicada quanto possível. A mulher apenas reagiu uma vez, quando ela levantou o braço para ver o lado de baixo, mas não gemeu. Ayla sabia que o exame era doloroso, mas precisava encontrar o osso debaixo da pele. Ayla examinou os olhos de

Roshario, cheirou-lhe o hálito, tirou-lhe o pulso, no pescoço e no punho, depois ficou de cócoras.

– Está cicatrizando, mas não encanado como deveria. Ela pode sarar, mas não creio que venha a recobrar o uso do braço ou da mão, e vai sentir sempre alguma dor – disse Ayla, falando na língua que todos entendiam até certo ponto. Fez uma pausa, para que Jondalar traduzisse.

– Você pode fazer alguma coisa? – perguntou Jondalar.

– Acho que sim. Talvez já seja tarde, mas eu gostaria de quebrar o braço de novo onde a fratura está ficando consolidada erradamente e endireitá-lo. O problema é que onde um osso foi emendado, ele fica muitas vezes mais forte do que antes. Pode quebrar errado. E aí ela terá duas fraturas, e mais dor, inutilmente.

Houve um silêncio depois que Jondalar traduziu. Finalmente, a própria Roshario falou:

– Se ele quebrar errado, não ficará pior do que está agora, não é mesmo? – Aquilo era mais uma declaração do que uma pergunta. – Quero dizer, não poderei usá-lo nas condições em que se encontra, de modo que outra fatura não vai agravar a situação.

Jondalar traduziu as palavras dela, mas Ayla já estava aprendendo os sons e entonações da língua Sharamudoi e comparando-a com a Mamutoi. O tom e a expressão da mulher enferma transmitiram-lhe ainda mais. Ayla compreendia o sentido do que Roshario dissera.

– Mas você poderia sofrer mais sem qualquer benefício em troca – disse, sabendo qual seria a decisão de Roshario, mas querendo que ela ficasse ciente de todas as implicações.

– Não tenho nada no momento – disse a mulher, sem esperar pela tradução. – Se você conseguir pôr o braço no lugar, poderei usá-lo depois?

Ayla esperou que Jondalar vertesse as palavras da mulher na língua que ela sabia para ter certeza do sentido.

– Não creio que poderá movimentá-lo inteiramente, mas terá pelo menos alguns movimentos. Ninguém pode ter certeza disso.

Roshario não hesitou:

– Se houver alguma chance de que possa usar meu braço outra vez, quero fazer a operação. Uma Sharamudoi precisa de dois bons braços para descer pela trilha até o rio. De que serve uma Sharamudoi que nem sequer pode descer até a doca Ramudoi?

Ayla ouviu a tradução dessas palavras. Depois, olhando diretamente para a mulher, disse:

– Jondalar, diga-lhe que vou procurar ajudá-la, mas diga-lhe também que ter dois braços perfeitos não é o mais importante para uma pessoa. Conheci um homem que tinha só um braço e um olho, e levava uma vida útil, sendo amado e respeitado por todo o seu povo. Roshario não fará menos que ele. Não é mulher que se deixe abater. Qualquer que seja o resultado da minha intervenção, ela continuará a ter uma vida útil. Achará um jeito, e será sempre querida e respeitada.

Roshario ficou olhando para Ayla enquanto ouvia as palavras dela pela boca de Jondalar. Depois, apertou os lábios e assentiu com a cabeça. Em seguida, respirou fundo e cerrou os olhos.

Ayla se pôs de pé, já pensando no que tinha a fazer.

– Jondalar, preciso da minha cesta, a da direita. E diga a Dolando que me arranje alguns pedaços finos de madeira para as talas. E lenha, e uma vasilha grande, que ele não se importe, depois, de jogar fora. Não deve ser usada outra vez para cozinhar. Pretendo fazer nela um remédio forte para a dor.

A mente dela continuou a trabalhar, antecipando as atividades. Preciso fazê-la dormir quando o braço for quebrado, pensava. Iza usaria datura. É forte, mas tira a dor e funciona como narcótico. Tenho ainda um pouco, mas fresca seria melhor. Espere... não vi alguma, recentemente? Concentrou-se, depois lembrou: Vi, sim!

– Jondalar, enquanto você apanha a minha cesta, vou colher um pouco daquela maçã-espinhosa que vi no caminho – disse, alcançando a entrada em duas passadas. – Lobo, venha comigo! – comandou.

Já estava no meio do campo quando Jondalar a alcançou.

Dolando ficou na porta da casa, olhando-os e ao lobo. Embora não tivesse dito nada, continuava cauteloso com o animal. Notou que ele permanecia o tempo todo ao lado da mulher, e que procurava andar no ritmo dos passos dela. Observou também os gestos sutis que Ayla fez quando foi até a cama de Roshario; e de como o lobo se deitou no chão, embora continuasse de cabeça alta e orelhas em pé, atento a cada movimento da mulher. Quando Ayla saiu, ele se levantou, obedecendo a um comando, pronto para segui-la.

Ele ficou de olho neles até que Ayla e o lobo, que era controlado por ela com muita segurança, desaparecessem no fim do paredão de pedra. Depois contemplou a mulher na cama. Pela primeira vez desde aquele horrível momento em que Roshario tinha escorregado e caído, Dolando ousava ter uma centelha de esperança.

Quando Ayla voltou, trazendo uma cesta e uma braçada da planta conhecida por datura, ou maçã-espinhosa, que ela havia lavado na piscina natural, já encontrou à sua espera um caixote quadrado, de cozinhar, que resolveu examinar mais detidamente depois, um outro cheio d'água, um fogo aceso na lareira, com diversas pedras arredondadas postas nela para esquentarem, e algumas tábuas pequenas. Fez um sinal de aprovação dirigido a Dolando. Em seguida, remexeu na sua cesta e tirou dela várias tigelas e sua velha bolsa de remédios, feita de pele de lontra.

Usando uma tigela pequena, mediu certa quantidade de água, que despejou na caixa de cozinhar; juntou-lhe bastante datura, incluindo as raízes, depois borrifou de água as pedras quentes. Deixando-as no fogo, para esquentarem ainda mais, esvaziou o conteúdo de sua bolsa de remédios e escolheu alguns artigos. Quando guardava o resto, Jondalar entrou.

– Os cavalos estão bem, Ayla, aproveitando o capim no campo; mas recomendei a todos para que se mantivessem longe deles por enquanto. – E, dirigindo-se a Dolando: – Eles podem ficar nervosos com estranhos, e quero evitar algum acidente.

O líder da comunidade concordou. Ele não tinha muito a dizer, pró ou contra, naquele momento.

– Lobo não parece muito feliz do lado de fora, Ayla, e tem gente com medo dele. Acho que você devia chamá-lo para cá.

– Eu também preferia tê-lo aqui dentro comigo, mas pensei que Dolando e Roshario talvez achassem que ele devia esperar lá fora.

– Deixe que eu consulte Roshario. Acho que Ayla poderá trazê-lo depois – disse Dolando, sem esperar por tradução e falando numa salada de Mamutoi e Sharamudoi que Ayla não teve dificuldade de entender. Jondalar olhou para ele com alguma surpresa, mas Ayla continuou a conversar com naturalidade.

– Tenho de medir essas talas em Roshario – disse, com os pedaços de madeira na mão. – Depois, Dolando, quero que você raspe cada um deles até ficarem sem farpas. – Em seguida, apanhou um pedaço de pedra friável que estava perto da fogueira. – Esfregue-as com este fragmento de arenito até ficarem bem lisas. Você tem alguma pele macia que eu possa cortar?

Dolando sorriu, embora fosse um sorriso um tanto amargo.

– Somos conhecidos justamente por isso, Ayla. Nós preparamos a pele da camurça e ninguém faz couro mais macio que os Shamudoi.

Jondalar viu os dois conversando e se entendendo, embora a linguagem que usavam a rigor não existisse, e balançou a cabeça, tomado de surpresa. Ayla devia ter percebido que Dolando entendia um pouco de Mamutoi, e ela mesma já estava usando expressões Sharamudoi. Mas onde teria aprendido as palavras para "tala" e "arenito"?

– Eu lhe trago camurça depois de falar com Roshario – disse Dolando.

Foram juntos até a mulher na cama. Dolando e Jondalar explicaram que Ayla viajava com um lobo como companhia – não falaram dos cavalos ainda –, e que ela gostaria de levá-lo para dentro de casa.

– Ela tem um controle perfeito sobre o animal – disse Dolando. – Ele obedece às suas ordens e não representa ameaça para ninguém.

Jondalar olhou-o com surpresa. De algum modo, houvera maior troca de informações entre Ayla e Dolando do que ele podia explicar.

Roshario concordou rapidamente. Embora estivesse curiosa, não se admirava pelo fato da mulher ser capaz de controlar um lobo. Aquilo até a tranquilizava. Jondalar, obviamente, trouxera uma Shamud poderosa que sabia que ela precisava de ajuda, exatamente como o seu velho Shamud soubera um dia, muitos anos antes, que o irmão de Jondalar, que levara uma chifrada de rinoceronte, precisava dele. Ela não podia explicar como Aqueles que Serviam a Mãe sabiam de tais fatos. Mas sabiam – e isso lhe bastava.

Ayla foi até a porta e chamou Lobo. Depois, levou-o para conhecer Roshario.

– O nome dele é Lobo – disse.

De algum modo, ao olhar nos olhos aquela bela criatura selvagem, ela se deu maior conta da sua própria angústia e vulnerabilidade. Lobo pôs uma pata na beirada da cama. Depois, baixando as orelhas, avançou com a cabeça, sem qualquer mostra de ameaça, e lambeu o rosto dela, ganindo de leve como se estivesse sentindo a dor que ela sentia. Ayla se lembrou de Rydag e do entendimento que nascera entre a criança doente e o lobinho que crescia. Teria essa experiência ensinado o animal a compreender a carência e o sofrimento dos humanos?

Ficaram todos surpresos com a atitude afetuosa do bicho, mas Roshario ficou emocionada. Sentiu que algo de verdadeiramente miraculoso acontecera, e que aquilo era um bom augúrio. Estendeu, então, sem medo, seu braço bom para afagá-lo.

– Obrigada, Lobo – disse.

Ayla dispôs os pedaços de madeira junto do braço de Roshario, depois passou-os a Dolando, indicando as medidas que deviam ter. Quando Dolando saiu, ela conduziu Lobo para um canto da casa de madeira, depois verificou a temperatura das pedras quentes e viu que estavam prontas. Começou a retirar uma delas do fogo com a ajuda de dois gravetos, mas Jondalar trouxe um engenho de madeira curva, feito especialmente para segurar pedras de cozinhar com perfeita segurança, e lhe ensinou como se usava. Quando Ayla pôs várias pedras quentes na caixa de cozinhar para ferver as daturas, examinou aquele estranho recipiente com maior atenção.

Nunca vira nada igual. A caixa, quadrada, fora feita de uma única peça de madeira, envergada em torno de sulcos entalhados, cortados em três dos cantos, mas não em toda a sua extensão. Ela estava amarrada com tarugos. Ao ser encurvado, o fundo, quadrado, fora ajustado numa incisão cortada ao longo da prancha. O exterior fora ornamentado com incisões, e uma tampa com alça fechava o topo.

Aquele povo criava em madeira os objetos mais inesperados. Ayla pensou que seria interessante ver como eram feitos. Nesse momento Dolando regressou com algumas peles amarelas, que lhe entregou.

– Serão suficientes? – perguntou.

– Estas são muito finas – disse Ayla. – Precisamos de peles macias, absorventes, e não têm de ser as melhores que vocês têm.

Jondalar e Dolando sorriram.

– Essas não são as melhores – disse Dolando. – Nunca peles como essas seriam postas à venda por nós. Têm muitos defeitos. São para uso diário.

Ayla sabia algo sobre a arte de curtir couro e preparar peles, e aquele material era maleável e macio, com uma textura delicada, de grande requinte. Ficou impressionada e quis saber mais sobre o assunto, mas a hora não era propícia. Usando a faca que Jondalar fizera para ela, uma lâmina fina de sílex montada num cabo de marfim tirado de um dente de mamute, ela cortou a camurça em largas tiras.

Depois abriu um dos seus pacotes e despejou em uma tigela pequena um pó grosso de raízes piladas e secas de nardo-indiano, cujas folhas se parecem com as da dedaleira, mas com flores amarelas semelhantes às do dente-de-leão. Depois misturou ao pó um pouco de água quente da caixa de cozinhar. Uma vez que estava preparando um cataplasma para ajudar o osso a emendar, um pouco de datura não faria mal, e suas qualidades entorpecentes poderiam até contribuir para a cura. Mas também acrescentou milefólio pulverizado, por suas propriedades analgésicas e curativas. Retirou as pedras da vasilha e pôs em seu lugar outras mais quentes para que o preparado ficasse fervendo em fogo brando, cheirando-o para ver se estava suficientemente forte.

Quando achou que já estava bom, Ayla tirou uma porção da beberagem, deixou-a esfriar um pouco e levou-a para Roshario. Dolando estava sentado com ela. Ayla pediu a Jondalar que traduzisse exatamente o que tinha a dizer para que não houvesse mal-entendidos.

– Este remédio vai suavizar a dor e fazê-la dormir – disse Ayla –, mas é muito forte e, por isso, perigoso. Algumas pessoas não suportam essa dosagem aí. Vai deixar seus músculos relaxados, de modo que poderei tocar os ossos. Mas você poderá também urinar sem querer ou, até, evacuar, porque certos músculos estarão relaxados. Há até quem pare de respirar. Se isso acontecer, você morre, Roshario.

Ayla esperou que Jondalar repetisse a sua declaração, e mais um pouco para ter certeza de que havia sido entendida. Dolando ficou visivelmente perturbado.

– Você tem de empregar isso? Não pode quebrar o braço dela sem esse remédio?

– Não. Seria por demais doloroso; os músculos de Roshario estão excessivamente rijos. Resistirão, e ficará muito mais difícil quebrar o osso no lugar certo. Não tenho outro recurso tão bom quanto este para amortecer a dor. Não posso partir o osso e emendá-lo sem isto, mas o risco é esse, que você agora conhece. Se não fizer nada, ela provavelmente viverá, Dolando.

– Mas serei inútil e viverei em dores. O que não é viver – disse Roshario.

– Terá dores, sim, mas isso não quer dizer que ficará inutilizada. Existem remédios para aliviar a dor, embora eles possam subtrair algo de você. Talvez não consiga pensar com a mesma clareza, por exemplo – explicou Ayla.

– A escolha é, então, entre ficar inútil e idiota – disse Roshario. – E se eu morrer, será morte indolor?

– Você adormece e não acorda mais, mas ninguém sabe o que pode acontecer nos seus sonhos. Sua dor pode até ir com você para o outro mundo.

– Você acredita que a dor possa acompanhar alguém no outro mundo? – perguntou Roshario.

– Não, não acredito – respondeu Ayla balançando a cabeça. – Mas não sei.

– Acha que vou morrer se tomar isso?

– Eu não lhe daria isso para beber se achasse. Poderá, no entanto, ter sonhos estranhíssimos. Alguns usam essa erva, preparada de outro modo, para viajar por mundos do espírito.

Jondalar traduzia tudo, mas havia entre as duas mulheres uma dose de compreensão que as palavras dele apenas esclareciam. Ayla e Roshario sentiam como se estivessem falando diretamente uma com a outra.

– Talvez você não deva correr o riso, Roshario – disse Dolando. – Não quero perdê-la.

Ela voltou os olhos para o homem com ternura.

– A Mãe vai chamar um de nós para o Seu seio quando chegar a hora, e não os dois ao mesmo tempo. Ou você chora a minha perda ou eu choro a sua. Ninguém pode impedir que seja assim. Mas se Ela quiser que eu passe mais tempo com você, meu Dolando, não desejo passá-lo sofrendo e imprestável. Prefiro morrer agora, tranquilamente. Você ouviu o que Ayla disse: é improvável que eu morra. E se a operação não funcionar e eu não ficar melhor, pelo menos saberei que fiz uma tentativa, e isso me dará forças para continuar.

Dolando, sentado na cama ao lado dela, segurando-lhe o braço bom, olhou para a mulher com quem partilhara tanta coisa da sua vida. Viu a determinação nos olhos dela. E, por fim, assentiu com a cabeça. Depois voltou-se para Ayla.

– Você foi honesta. Agora eu serei honesto. Não vou recriminá-la se não fizer nada por ela. Mas se ela morrer nas suas mãos, terá de sair daqui imediatamente. Não posso garantir que não vou responsabilizar você, e não sei qual será a minha reação. Considere isso antes de começar.

Enquanto traduzia, Jondalar pensava nas perdas sucessivas que Dolando sofrera: o filho de Roshario, filho de seu lar, do seu coração, morto logo que se fizera homem; Jetamio, a menina que fora como uma filha para Roshario e que conquistara também o coração de Dolando. Ela crescera para preencher o vazio deixado pela morte do primogênito depois que sua própria mãe morrera. Sua luta para andar de novo, para superar a paralisia que já levara tantos, a fizera querida de todos, inclusive Thonolan. Parecia injusto que ela tivesse de sucumbir às agonias do parto. Jondalar podia compreender se Dolando culpasse Ayla pela morte de Rosharia, mas ele o mataria antes que o chefe pudesse fazer-lhe mal. Ficou pensando se Ayla não estaria assumindo uma responsabilidade séria demais.

– Talvez você devesse pensar duas vezes, Ayla – disse, falando em Zelandonii.

– Rosharia está sofrendo muito, Jondalar. Tenho de ajudá-la, se ela o desejar. E se ela aceita os riscos, também aceito os meus. Há sempre um risco a correr. E eu sou uma curandeira. É o que sou. Não posso fazer nada contra isso, como Iza também não podia. – Em seguida, olhou para a mulher estendida na cama. – Estou pronta, Rosharia, se você estiver.

16

Ayla se debruçou sobre o leito da paciente, segurando a tigela com o líquido que amornava. Mergulhou nele o dedo mínimo para testar a temperatura, colocou a tigela no chão e sentou-se no chão, de pernas graciosamente cruzadas na posição da flor de lótus, por um momento.

Seus pensamentos recuaram para o tempo em que vivia com o Clã, principalmente para o período de treinamento que recebera da curandeira altamente capacitada que a criara. Iza cuidava da maior parte das doenças comuns e ferimentos pequenos, mas quando tinha de tratar de um problema sério, causado por um acidente de caça mais grave, ou uma doença que ameaçava ser mortal, recorria a Creb, na sua capacidade de Mo-gur. Pedia que ele invocasse os poderes do alto. Iza era uma curandeira, mas no âmbito do Clã Creb era o mago, o Shamud; Creb tinha acesso ao mundo dos espíritos.

Entre os Mamutoi e, a julgar pelo que Jondalar dizia, entre os do seu povo também, as funções de uma curandeira e do Mog-ur não eram, necessariamente, distintas. Aqueles que curavam intercediam, muitas vezes, junto ao mundo dos espíritos, embora nem todos os que serviam à Mãe fossem igualmente versados em todas as matérias que sua carreira oferecia. O Mamute do Acampamento do Leão era muito mais como Creb. Seu interesse eram as coisas do espírito e da mente. Conhecia certos remédios e tratamentos, mas seus dotes de curandeiro eram relativamente primários, e cabia, muitas vezes, a Nezzie, companheira de Talut, tratar de doenças e acidentes menores do Acampamento. Na Reunião de Verão, porém, Ayla ficara conhecendo muitos curandeiros de grande sabedoria e habilidade entre os Mamutoi e trocara ideias com eles.

Mas o aprendizado de Ayla fora de ordem prática. Como Iza, ela não era rezadeira, mas uma curandeira. Não se sentia à vontade com assuntos do mundo dos espíritos e desejava, num momento como aquele, ter alguém como Creb para quem apelar. Queria a assistência de quaisquer poderes superiores que estivessem dispostos a vir em seu auxílio. Sentia que precisava deles. E se Mamute a iniciara na compreensão dos domínios espirituais da Grande Mãe, ela ainda estava mais familiarizada com o mundo espiritual em que fora criada, principalmente com seu próprio totem, o espírito do Grande Leão da Caverna.

Tratava-se de um espírito do Clã, mas ela sabia que era um espírito poderoso. Aliás, Mamute dissera que os espíritos de todos os animais e, na verdade, todos os espíritos existentes eram parte da Grande Mãe Terra. Ele até incluíra o totem protetor dela, o Leão da Caverna, na cerimônia em que ela fora adotada. E ela sabia como pedir o auxílio do seu totem. Rosharío não pertencia ao Clã, pensou, mas talvez o espírito do Leão da Caverna estivesse disposto a ajudá-la, assim mesmo.

Ayla fechou os olhos e começou a fazer os belos movimentos ondulatórios da mais antiga, sagrada e silente linguagem gestual do Clã, a que todos os clãs conheciam e usavam para falar com o mundo dos espíritos.

– Grande Leão da Caverna, esta mulher aqui presente, escolhida pelo poderoso espírito do totem, é grata por ter sido escolhida. É grata pelos Dons que foram dados, grata, sobretudo, pelos Dons interiores, pelas lições aprendidas e pela sabedoria adquirida.

"Grande e Poderoso Protetor, conhecido por escolher machos de valor e carentes de grande proteção, mas que escolheu esta mulher e marcou-a com o sinal do totem quando ela ainda era menina, esta mulher é grata. Esta mulher não sabe por que o Grande Leão da Caverna do Clã escolheu uma criança do sexo feminino, e uma dos Outros, mas é grata por ter sido achada digna dessa honra e grata pela proteção do grande totem.

"Grande Espírito do Totem, esta mulher que pediu antes orientação pede agora assistência. O Grande Leão da Caverna guiou esta mulher e ela aprendeu as artes de uma curandeira. Esta mulher sabe curar. Esta mulher conhece remédios para doenças e ferimentos, conhece mezinhas e lavagens, emplastros e outros remédios feitos de plantas. Esta mulher conhece tratamentos e práticas medicinais. Esta mulher é grata por tais conhecimentos e grata pelo conhecimento ainda desconhecido que o Espírito do Totem lhe possa fazer chegar. Mas esta mulher não conhece os caminhos do mundo dos espíritos.

"Grande Espírito do Leão da Caverna, que habita as estrelas no mundo dos espíritos, a mulher que aqui jaz não é do Clã. A mulher pertence aos Outros, como esta mulher que o Grande Espírito escolheu um dia e que pede agora ajuda para a Outra. Essa que sofre grandes dores, mas a dor pior é a íntima. A mulher está disposta a sofrer a dor física, mas acha que sem os dois braços ficará imprestável. A mulher pode ser uma boa mulher, uma mulher útil. Esta curandeira pode ajudá-la, mas a ajuda é repleta de riscos. Esta mulher pede a assistência do espírito do Grande Leão da Caverna e de quaisquer espíritos que o Grande Totem eleja para guiá-la e para socorrer a mulher que jaz aqui, enferma.

Roshario, Dolando e Jondalar estavam tão mudos quanto Ayla, enquanto ela executava aqueles gestos incomuns. Dos três, Jondalar era o único que sabia o que ela estava fazendo, e ficou observando os outros com a mesma atenção com que a observava. Embora seu conhecimento da linguagem do Clã fosse rudimentar, pois ela era muito mais complexa do que ele imaginava, entendia que ela estava pedindo auxílio ao mundo dos espíritos.

Jondalar simplesmente não via algumas das nuances mais sutis de um sistema de comunicação que se desenvolvera em bases inteiramente diversas das de qualquer linguagem vocal e que era impossível de traduzir completamente. Por melhor que fosse, a tradução em palavras parecia pobre e simplista, enquanto os gestos de Ayla tinham grande beleza. Ele se deu conta de que, em certa época, teria ficado embaraçado com a atitude dela, e sorriu consigo mesmo dessa tolice. Estava curioso, no entanto, para ver a interpretação que Roshario e Dolando dariam ao comportamento de Ayla.

Dolando parecia perplexo e um tanto inquieto, pois o que ela fazia era completamente inusitado. Preocupado como estava com Roshario, tudo o que fosse estranho, embora feito com boas intenções, encerrava um grão de ameaça. Quando Ayla terminou, ele encarou Jondalar com uma expressão interrogativa. Mas Jondalar apenas sorriu.

O ferimento deixara Roshario debilitada, fraca e febril, não tanto que lhe causasse delírio, mas esgotada e desorientada, mais aberta a sugestões. Ela concentrou-se naquela mulher desconhecida, e se via estranhamente comovida. Não tinha a menor ideia do que os movimentos de Ayla significavam, mas admirava sua fluência e graciosidade. Era como se a curandeira dançasse com as mãos; mais do que com as mãos, na verdade. Ela evocava uma beleza incorpórea com aqueles movimentos. Seus braços e ombros, mesmo seu tronco, pareciam partes integrantes das suas mãos dançarinas, correspondendo a algum ritmo interno que tinha decididamente um propósito. Embora não entendesse mais aquilo do que o fato de que Ayla tivesse sabido que ela precisava de sua ajuda, Roshario estava segura de que aquilo era relevante e que tinha algo a ver com a vocação da estranha. Ela era Shamud. Isso bastava. Ela sabia mais que as pessoas comuns, e tudo que fizesse de misterioso apenas acrescentava à sua credibilidade.

Ayla apanhou a tigela e se ajoelhou junto da cama. Testou mais uma vez o líquido com o dedo mínimo, depois sorriu para Roshario.

– Que a Grande Mãe de Todos zele por você, Roshario – disse. Levantou a cabeça e os ombros da mulher o bastante para que bebesse confortavelmente, e levou a pequena tigela até sua boca.

Era um preparado amargo e bastante fétido, e Roshario fez uma careta, mas Ayla a encorajou até que ela consumisse todo o conteúdo da tigela. Ayla pôs a cabeça da mulher de volta à almofada e sorriu outra vez, mas vigiava para ver os primeiros sinais de efeito.

– Avise-me quando se sentir sonolenta – disse, embora aquilo fosse apenas confirmar outras indicações que já via: mudança no tamanho das pupilas, ritmo da respiração.

A curandeira não teria sido capaz de dizer que ministrara à doente uma droga que inibia o sistema nervoso parassimpático e paralisava as terminações nervosas. Mas podia observar os resultados da poção, e tinha bastante experiência para saber se eram os apropriados. Quando percebeu que as pálpebras de Roshario estavam pesadas de sono, tocou o tórax e o estômago para monitorar a relaxação dos músculos elásticos do seu trato digestivo, embora não o teria descrito daquela forma. Observou a respiração da paciente, a fim de saber a reação dos pulmões e dos brônquios. Quando se convenceu de que Roshario dormia tranquilamente e não parecia em perigo, Ayla pôs-se de pé.

– Dolando, é melhor que saia agora. Jondalar fica para me ajudar – disse ela com voz baixa, mas firme. Suas maneiras competentes lhe davam autoridade.

O líder começou a objetar, mas se lembrou de que Shamud jamais permitia a presença nem mesmo de parentes próximos num caso daqueles, e não oficiava até que se retirassem. Talvez todos procedessem assim, pensou. Olhando mais uma vez para a mulher adormecida, deixou a casa.

Jondalar já vira Ayla assumir assim o comando em outras ocasiões. Ela parecia esquecer de si mesma em sua concentração numa pessoa doente ou sofredora e, sem fazê-lo deliberadamente, dava ordens aos outros para executar o que julgasse necessário. Não lhe ocorria que alguém fosse questionar seu direito de ajudar quem precisava de ajuda. E, assim, ninguém a questionava.

– Mesmo com ela dormindo, não é fácil ver alguém quebrar o osso de uma pessoa que a gente ama – disse Ayla para o homem alto que a amava.

Jondalar concordou, e se perguntou se não fora por isso que Shamud não o deixara ficar quando Thonolan foi ferido. A ferida era terrível, aberta, de bordas irregulares. Ele quase vomitara ao vê-la. E embora tivesse desejado ficar, talvez não fosse fácil assistir às ministrações de Shamud. Naquele momento mesmo, não estava seguro de querer ajudar Ayla, mas não havia quem o substituísse. Respirou fundo. Se ela era capaz de fazer aquilo, ele poderia pelo menos tentar ajudar.

– O que devo fazer? – ele perguntou.

Ayla estava examinando o braço de Roshario, vendo até onde era possível consertá-lo, e como a paciente reagia à manipulação. Ela resmungou algo e virou a cabeça de um lado para outro, mas aquilo parecia ser o efeito de algum sonho ou comando interno, e não diretamente resultado de dor. Ayla calcou, então, os dedos no músculo flácido, tentando localizar o osso. Quando se deu por satisfeita, chamou Jondalar, notando, de passagem, que Lobo estava atendo a tudo do seu lugar no canto do aposento.

– Primeiro, quero que segure o braço na altura do cotovelo, enquanto tento quebrá-lo onde está emendado de forma errada. Uma vez quebrado, tenho de puxar com força para endireitá-lo e fixá-lo na posição correta. Com os músculos tão moles, os ossos de uma articulação podem ser separados, e corro o risco de deslocar um cotovelo ou um ombro, de modo que você terá de segurá-la com firmeza e talvez puxar também, na direção oposta.

— Compreendo — disse ele. Pelo menos achava que compreendera. — Ponha-se numa posição cômoda, estável, estique o braço dela e apoie o cotovelo até mais ou menos esta altura. Avise-me quando estiver pronto — disse Ayla.

Ele obedeceu.

— Muito bem. Estou pronto.

Com as mãos, uma de cada lado da fratura que dava ao braço aquele ângulo pouco natural, Ayla segurou o braço de Roshario experimentalmente em diversos lugares, à procura das extremidades salientes do osso mal colado debaixo da pele dos músculos. Se a junta se tivesse consolidada, ela nunca seria capaz de parti-la com as mãos e teria de tentar outro meio mais difícil de controlar. Talvez nem fosse capaz de quebrar direito o osso pela segunda vez. De pé, debruçando-se sobre o leito, para ter mais força, inspirou profundamente, depois exerceu uma pressão poderosa e rápida sobre a curvatura com suas fortes mãos.

Ayla sentiu o osso estalar. Para Jondalar, o estalo foi de arrepiar os cabelos. Roshario mexeu-se espasmodicamente no sono, depois se aquietou. Ayla sondou o músculo para achar a ponta do osso que acabara de quebrar. O tecido na área não cimentara ainda a fratura muito bem, talvez pelo fato de que na posição pouco natural em que se encontrava, o osso não se juntara de um modo que permitisse a cicatrização. Ela conseguiu quebrar o osso satisfatoriamente, e deu um suspiro de alívio. A primeira parte estava feita. Limpou o suor da fronte com as costas da mão.

Jondalar a observava com assombro. Embora a fratura estivesse apenas parcialmente consolidada, era necessária muita força para partir um osso daqueles. Ele sempre gostara de ver a força física da mulher desde o tempo em que se conheceram no vale dos cavalos. Entendera que ela precisava de força para viver só, como vivia. O fato de ter de fazer tudo por si mesma levara ao desenvolvimento dos músculos. Mas não sabia, até aquele momento, quão forte ela era realmente.

Essa força não vinha apenas disso. Já vinha progredindo desde criança, desde o tempo em que fora adotada por Iza. As tarefas comuns, que se esperavam dela, tornaram-se um processo de condicionamento. Só para alcançar um nível mínimo de competência para uma mulher do Clã, ela se tornara uma mulher dos Outros extraordinariamente forte.

— Deu certo, Jondalar. Agora, quero que segure o braço dela aqui em cima, no ombro — disse, mostrando-lhe o que queria. — Não pode soltar o braço. Se começar a escorregar, avise na hora.

Ayla sabia que o osso resistira a consolidar-se na posição errada e que por isso fora mais fácil parti-lo do que se tivesse sido posicionado corretamente pelo mesmo espaço de tempo, mas músculos e tendões tinham cicatrizado muito mais.

– Quando eu endireitar o braço, algum músculo vai rasgar, como aconteceu quando o braço quebrou da primeira vez, e os tendões ficarão retesados. É difícil forçar tendão e músculo, e ela vai ter dores depois, em consequência, mas tem de ser feito. Diga-me quando estiver pronto.

– Como é que você sabe fazer isso, Ayla?

– Iza me ensinou.

– Eu sei que ela ensinou, mas como aprendeu isso, de quebrar pela segunda vez um osso que já começou a colar?

– Uma vez Brun levou seus caçadores para um lugar distante. Ficaram muito tempo por lá. Não me lembro quanto tempo. Um dos homens quebrou o braço logo no começo da caçada, mas não quis voltar. Amarrou o braço ao corpo e prosseguiu com um braço só. Quando regressaram, Iza teve de consertar o braço quebrado – explicou Ayla, falando depressa.

– Mas como o homem aguentou? Caçar, quero dizer, com um braço quebrado. Não sentia muitas dores?

– Claro que sentia muitas dores, mas ele ignorou. Homens do Clã preferem morrer a admitir sentirem dor. É assim que são. Ou é assim que são treinados – disse Ayla. – Você está pronto?

Jondalar queria perguntar mais, mas não havia tempo.

– Estou pronto.

Ayla segurou o braço de Roshario com força, imediatamente acima do cotovelo, enquanto Jondalar o segurava logo abaixo do ombro. Com força, mas devagarzinho, ela foi puxando para trás, não só corrigindo a direção do braço, mas virando-o um pouco para que osso não esfregasse contra osso, esmagando alguma coisa, e para que os ligamentos não se rompessem. Em certo momento, foi preciso esticar o braço um pouco além da sua forma original para que ele pudesse ser posto numa posição normal.

Jondalar não sabia como ela suportava aquela tensão quando ele já mal se aguentava. Ayla dava mostras de fadiga, o suor escorria-lhe pelo rosto, mas ela não podia parar àquela altura. Para que o osso ficasse no lugar, tinha de ser endireitado num movimento contínuo e suave. Mas uma vez passada aquele esticar forçado, para além da extremidade quebrada do osso, o braço acomodou-se na posição correta quase que por conta própria. Ayla sentiu que ele chegava no lugar, baixou o braço com cuidado para a cama e, finalmente, soltou-o.

Quando Jondalar a olhou, viu que ela estava trêmula, de olhos fechados, e respiração curta. Conseguir controlar-se debaixo daquela forte tensão por todo o tempo fora a parte mais difícil da operação, e ela agora lutava para controlar os próprios músculos.

– Acho que você conseguiu, Ayla.

Ela respirou, exausta, mais algumas vezes, depois o olhou e sorriu. Um largo sorriso, feliz, vitorioso.

– Acho que sim. Agora tenho que pôr as talas. – Passou a mão, de leve, ao longo do braço já com aspecto normal. – Se ele emendar direito, se não causei nenhum dano ao braço enquanto ele estava insensível, ela poderá movimentá-lo depois, mas vai ficar uma grande equimose, e vai inchar muito.

Ayla mergulhou as tiras de camurça na água quente, acrescentou nardo-da-índia e milefólio, enrolou-as em torno do braço sem apertar muito, e pediu a Jondalar que fosse ver se Dolando já preparara as talas.

Quando Jondalar saiu, um mar de rostos o esperava. Não só Dolando, mas todos os moradores da Caverna, Shamudoi e Ramudoi por igual, tinham feito uma vigília em torno da lareira central.

– Ayla precisa das talas agora, Dolando – disse ele.

– Foi bem? – perguntou o líder Shamudoi, entregando-lhe os pedaços de madeira.

Jondalar achou que ele devia esperar por Ayla, mas sorriu. Dolando fechou os olhos, deu um fundo suspiro, e estremeceu de alívio.

Ayla ajustou as talas no braço e enrolou mais tiras de camurça em torno delas. O braço incharia e o cataplasma teria de ser trocado. As talas imobilizariam o braço, de modo que os movimentos de Rosharío não ameaçariam a nova fratura. Mais tarde, quando o inchaço amainasse e ela quisesse andar, a casca de bétula, molhada em água quente, se moldaria ao braço e endureceria numa espécie de fôrma rígida de proteção.

Ayla verificou mais uma vez se a mulher estava respirando normalmente, conferiu o batimento das artérias no pulso e no pescoço, auscultou-lhe o peito, arregaçou-lhe as pálpebras, depois foi até a porta.

– Você pode entrar agora, Dolando – disse ao homem que estava do lado de fora.

– Ela está bem?

– Venha ver você mesmo.

Dolando entrou e se ajoelhou no chão, olhando para a mulher adormecida. Observou a respiração dela por algum tempo, assegurando-se de que o ritmo era normal, depois olhou para o braço. Debaixo do curativo, pareceu-lhe reto e normal.

– Está perfeito! Acha que ela vai poder usar o braço outra vez?

– Fiz o que pude. Com a ajuda dos espíritos e da Grande Mãe Terra, poderá, sim. Talvez não fique tão bom quanto era antes. Mas agora ela precisa dormir.

– Vou ficar aqui com ela – disse Dolando, procurando convencê-la com sua autoridade, embora soubesse que se Ayla insistisse ele iria embora.

– Imaginei que gostaria de fazer isso – disse Ayla. – Mas agora que fiz o que tinha de fazer, gostaria de fazer um pedido.

– Peça tudo o que quiser – disse ele, sem hesitação, mas imaginando o que poderia ser.

– Gostaria de tomar um banho. A água do lago pode ser usada para nadar e lavar roupa?

Não era o que ele havia esperado ouvir, e Dolando ficou perplexo por um momento. E só então notou que o rosto de Ayla estava manchado de suco de amoras-pretas, seus braços arranhados por espinhos, as roupas rasgadas e sujas, os cabelos em desordem. Com uma expressão de culpa e um sorriso amarelo, ele disse:

– Roshario jamais me perdoaria essa falta de hospitalidade. Ninguém lhe ofereceu um pouco d'água. E você deve estar exausta depois de uma viagem tão longa. Vou chamar Tholie. Tudo o que você quiser, e estiver a nosso alcance, será atendido.

AYLA ESFREGOU AS FLORES ricas em saponina entre as mãos molhadas até que se formasse alguma espuma. Depois, esfregou a espuma nos cabelos. Essa espuma de ceanoto não era tão boa quanto a da raiz saponácea, mas afinal estava só enxaguando os cabelos, e as pétalas de um azul-pálido deixavam um perfume suave. A área em torno do acampamento e as plantas da região lhe pareciam tão familiares que estava certa de encontrar alguma planta que pudessem usar como sabão. Teve o prazer de encontrar ao mesmo tempo ceanoto e a raiz quando foram recolher bagagem, bote e trenó. Os dois tinham ido ver como estavam os cavalos, e Ayla tomou nota mentalmente de que precisava pentear Huiin mais tarde para cuidar da sua pelagem, mas em parte também por garantia.

– Sobrou alguma dessas flores que dão espuma? – perguntou Jondalar.
– Sim, em cima daquela pedra, perto de Lobo – disse Ayla. – Mas são as últimas. Podemos apanhar outras, e mais algumas para secar e levar conosco. Eu gostaria disso. – Ela mergulhou para enxaguar os cabelos.

– Aqui têm algumas peles de camurça para se enxugarem – disse Tholie, aproximando-se da água. Tinha diversas peles amarelas nas mãos.

Ayla não a vira chegar. A mulher Mamutoi procurara ficar tão longe do lobo quanto possível, fazendo desvios para evitá-lo e indo agora por outro lado. Uma menina de 3 ou 4 anos, que viera atrás dela, agarrava-se agora às pernas da mãe, e fitava os estrangeiros de olhos arregalados, chupando o dedo.

– Deixei um lanche para vocês lá dentro – disse, colocando as peles no chão. Jondalar e Ayla tinham recebido uma cama no abrigo que Tholie e Markeno usavam quando em terra firme. Era o mesmo abrigo que Thonolan e Jetamio tinham dividido com o casal, e Jondalar se sentia mal quando entrou na casa, lembrando-se da tragédia que levara seu irmão a ir embora e, depois, morrer.

– Mas não percam a fome – disse Tholie. – Vamos ter um grande banquete à noite para celebrar o regresso de Jondalar. – Ela não disse que a festa era também em honra de Ayla por ter ajudado Rosharie. A doente estava ainda sob o efeito da anestesia, e ninguém ousava ainda dizer em voz alta que se recuperaria antes que acordasse. Podia dar azar.

– Obrigado, Tholie – disse Jondalar. – Por tudo. – Depois sorriu para a menina. Ela baixou a cabeça e se escondeu ainda mais atrás da mãe, mas sem tirar os olhos de Jondalar. – Parece que os últimos vestígios vermelhos da queimadura no rosto de Shamio desapareceram. Não vejo mais nenhum.

Tholie pegou a garota no colo, dando assim a Jondalar uma oportunidade de examiná-la melhor.

– Se olhar de perto, pode ver onde foi a queimadura, mas quase não se nota mais. Sou agradecida à Mãe por sua bondade com ela.

– É uma menina bonita– disse Ayla, sorrindo para eles e olhando a pequena com genuína nostalgia. – Você tem sorte. Eu gostaria muito de ter uma filha assim algum dia.

Dito isso, começou a sair do lago. Era refrescante, mas um pouco frio demais para ficar por muito tempo. – Você disse que o nome dela é Shamio?

– Sim, e acho também que tive sorte de ganhar uma filha assim – disse a jovem mãe, pondo a criança no chão. Tholie não pôde resistir ao elogio feito à filha e sorriu afetuosamente para aquela mulher, alta e formosa, que não era, todavia, o que se dizia ser. Tholie resolvera tratá-la com reserva e cautela até saber mais.

Ayla apanhou uma das peles e começou a enxugar-se.

– Isto é tão macio, tão bom para usar como toalha de banho – disse, e fez com a camurça uma saia justa. Depois, pegando outra, enxugou os cabelos e a enrolou na cabeça.

Viu que Shamio espiava o lobo, agarrada à mãe, mas visivelmente curiosa. Lobo também parecia interessado nela, contorcendo-se de vontade de aproximar-se dela, mas ficando no lugar que lhe fora ordenado. Ayla chamou-o, ajoelhou-se ao lado dele e pôs o braço em torno do pescoço do animal.

– Shamio gostaria de conhecer Lobo? – perguntou.

Quando a menina fez que sim, ela pediu com os olhos a aprovação da mãe. Tholie via com apreensão o tamanho do lobo e seus dentes afiados.

– Ele não vai fazer mal à menina, Tholie. Lobo gosta de crianças. Foi criado com crianças no Acampamento do Leão.

Shamio já largara a saia da mãe e dera um primeiro passo, vacilante, na direção dele, fascinada com aquele bicho que olhava para ela com um fascínio igual. A criança o contemplava, com olhar solene, e o lobo gania de impaciência. Finalmente, Shamio deu mais um passo e estendeu as mãos para o animal. Tholie prendeu a respiração, mas o som foi abafado pelas risadinhas nervosas de Shamio quando Lobo se pôs a lamber-lhe o rosto. Ela empurrou o focinho dele, agarrou um chumaço do seu pelo, mas perdeu o equilíbrio e caiu por cima dele. Lobo esperou pacientemente que ela se levantasse, depois lambeu-lhe de novo o rosto, e a menina deu risadinhas.

– Vamos, meu lobinho – disse ela, pegando-o pelo pelo do pescoço e puxando-o. Já o considerava como uma espécie de brinquedo.

Lobo olhou para Ayla e soltou um latido de filhote. Ela não o libertara ainda.

– Pode ir com Shamio, Lobo – disse, dando-lhe finalmente o sinal pelo qual ele esperava. O olhar que Lobo lhe lançou era quase de gratidão. Não havia que duvidar do deleite com que seguiu a pequena. Até Tholie sorriu.

Jondalar assistia a tudo aquilo com atenção enquanto se enxugava. Apanhou depois as roupas deles e caminhou com as duas mulheres para a aba de arenito do penhasco. Tholie vigiava Shamio e Lobo, mas ela também estava intrigada com a mansidão do animal. E não era só ela. Muita gente estava atenta, observando a menina e o lobo. Quando um menino um pouco mais velho que Shamio se aproximou, também ele recebeu um convite molhado para brincar. Naquele momento duas outras crianças saíram de uma das habitações disputando um objeto de madeira. O menor deles jogou longe o objeto para impedir que o maior o pegasse. Lobo considerou aquilo como um sinal de que queriam jogar um dos seus jogos favoritos. Correu atrás do objeto, que era um bastão entalhado, e o trouxe de volta, depositando-o no chão e ficando ao lado dele, de língua para fora e rabo abanando, pronto para recomeçar a brincadeira. O menino então pegou o pedaço de pau e lançou-o longe de novo.

– Acho que você tem razão, o lobo está brincando com as crianças. Ele deve gostar mesmo delas – disse Tholie. – Mas como é possível? Afinal, ele é um lobo!

– Pessoas e lobos têm algo em comum – disse Ayla. – Lobos gostam de brincar. Desde pequenos, eles se divertem com os outros, e os mais crescidos e adultos adoram brincar com os filhotes. Lobo não tinha irmãozinhos quando o encontrei. Era o único sobrevivente de uma ninhada e mal abria os olhos. Ele não cresceu numa alcateia; cresceu brincando com as crianças.

– Veja só como ele faz! É tão tolerante, tão gentil. Tenho certeza de que quando Shamio lhe puxa o pelo deve doer. Por que então ele deixa que ela o faça? – perguntou Tholie, ainda tentando entender.

– É natural para um lobo adulto ser bondoso com os mais jovens do mesmo bando, de modo que não foi difícil para mim ensiná-lo a ter cuidado, Tholie. Ele é essencialmente carinhoso com crianças pequenas e bebês e tolera praticamente tudo por parte deles. Não tive de ensinar-lhe isso, ele é assim por natureza. Se as crianças ficam difíceis, ele se afasta, mas volta mais tarde. Ele não se sujeita tanto às crianças mais velhas, e sabe muito bem a diferença entre alguém que o machuca acidentalmente e alguém que tenciona fazer-lhe mal. Jamais machucou alguém, mas é capaz de dar uma mordidinha, um beliscão com os dentes, para lembrar a um menino mais levado, que lhe puxa o rabo, por exemplo, que algumas coisas causam dor.

– A ideia de que alguém, principalmente uma criança, pudesse puxar o rabo de um lobo de brincadeira é para mim inconcebível, ou pelo menos era até hoje – disse Tholie. – E não podia imaginar que ia ver um dia a minha Shamio brincando com um lobo. Você... tem feito muita gente pensar, Ayla... Ayla dos Mamutoi.

Tholie queria dizer mais, perguntar mais, mas não desejava exatamente acusar a mulher de haver mentido sobre sua origem, não depois do que ela fizera por Rosario, ou parecia ter feito. Ninguém tinha certeza ainda.

Ayla sentia as reservas de Tholie e lamentava que fosse assim. Aquilo punha uma tensão muda entre as duas, e ela gostava da Mamutoi, baixinha e gorducha. Caminharam alguns passos em silêncio, observando Lobo com Shamio e as demais crianças, e Ayla pensou de novo o quanto gostaria de ter uma filha como a de Tholie... uma filha, não um menino. Shamio era uma garotinha linda, e o nome combinava com ela.

– Shamio é um bonito nome, Tholie, e incomum. Parece um nome Sharamudoi, mas também Mamutoi – disse Ayla.

Tholie teve de sorrir mais uma vez.

– Tem razão. Nem todo mundo sabe disso, mas foi o que procurei fazer. Ela seria chamada Shamie se fosse Mamutoi, se bem que esse nome não seja comum nos acampamentos. Vem da língua Sharamudoi, de modo que o nome dela tem dupla origem. Eu sou Sharamudoi hoje, mas nasci na Fogueira do Veado Vermelho, numa linhagem de grande status. Minha mãe exigiu da família de Markeno um bom preço por mim, e ele nem Mamutoi era. Shamio pode orgulhar-se de sua origem Mamutoi tanto quanto se orgulhará da sua herança Sharamudoi. Foi por isso que eu quis mostrar as duas culturas no nome dela.

Tholie se deteve, tomada por algum pensamento.

– Ayla é também um nome incomum. Em que Lareira você nasceu? – disse, e pensou: agora você terá de explicar isso.

– Eu não nasci Mamutoi, Tholie. Fui adotada pela Fogueira do Mamute – disse Ayla. Alegrava-se de que a mulher tivesse afinal perguntado o que, obviamente, muito a preocupava.

Tholie ficou certa, porém, de que a pegara numa mentira.

– Ninguém é adotado pela Fogueira do Mamute. Aquela é uma fogueira dos Mamutoi. As pessoas escolhem os espíritos e podem vir a ser aceitas pela Fogueira do Mamute, mas não adotadas.

– Essa é a regra geral, Tholie, mas Ayla foi efetivamente adotada – disse Jondalar, entrando na conversa. – Eu estava presente. Talut ia adotá-la na sua Fogueira do Leão, mas Mamute surpreendeu a todos e adotou-a na Fogueira do Mamute. Viu algo nela... e por isso ele a treinou. Afirmava que ela nascera para a Fogueira do Mamute, quer tivesse nascido Mamutoi ou não.

– Adotada pela Fogueira do Mamute? Uma estranha? – disse Tholie, surpresa, mas não duvidava de Jondalar. Afinal, conhecia-o bem e tinha parentesco com ele, mas ficou ainda mais interessada. Agora que não se sentia forçada a ser cautelosa, sua curiosidade natural e sua franqueza vieram à tona.

– Em que grupo você nasceu, Ayla?

– Não sei, Tholie. Minha família morreu num terremoto, quando eu era um pouco mais velha que Shamio. Fui criada pelo Clã.

Tholie nunca ouvira falar de qualquer povo chamado o Clã. Devia ser alguma tribo oriental, pensou. Isso explicava muita coisa. Não admirava, então, que ela tivesse um sotaque tão estranho, embora falasse bem a língua, para uma estrangeira. Aquele Velho Mamute do Acampamento do Leão era um ancião muito ladino, pensou. Sempre fora velho, muito velho, ao que parecia. Mesmo quando ela mesma era criança, ninguém se lembrava de que ele tivesse sido jovem e ninguém duvidava de sua grande sabedoria.

Com um natural instinto materno, Tholie correu os olhos em torno para ver como estava sua filha. Vendo Lobo, pensou de novo como era esquisito que um animal preferisse fazer amizade com gente. Viu, depois, os cavalos, que pastavam, tranquilos. Pareciam satisfeitos no campo por perto das habitações. A autoridade de Ayla sobre os animais não era apenas surpreendente, era interessante, porque eles pareciam devotados a ela. Lobo, por exemplo, a adorava.

Quanto a Jondalar, bastava vê-lo. Estava obviamente cativo da bela mulher loura, e Tholie não achava que fosse apenas por ser ela bonita. Serenio fora bonita, e inúmeras mulheres bonitas tinham feito o possível para interessá-lo numa relação estável. Ele permanecera mais ligado ao irmão que a todas elas, e Tholie se lembrava de haver duvidado que ele jamais viesse a entregar seu coração a uma mulher. Mas aquela o conquistara. Mesmo sem as suas habilidades curativas, ela parecia ter algo de especial. O Velho Mamute tinha razão. Era provavelmente destino dela pertencer à Fogueira do Mamute.

No interior da habitação, Ayla penteou o cabelo, amarrou-o para trás com uma fita de couro macio e vestiu a túnica limpa e as calças curtas que vinha reservando para o caso de encontrarem gente. Assim, não tinha de apresentar-se nas suas roupas manchadas de viagem quando fosse fazer visitas. Em seguida, foi ver como estava Roshario. Sorriu para Darvalo, sentado, com ar apático, à porta, e saudou Dolando com a cabeça quando entrou, e se aproximou da mulher na cama. Examinou-a rapidamente, só para ter certeza de que ela passava bem.

– É natural que ainda esteja dormindo? – perguntou Dolando, com uma ruga de inquietação na testa.

– Ela está bem. Vai dormir mais um pouco.

Ayla avistou a sua bolsa de remédios e pensou que era tempo de recolher alguns ingredientes frescos para um chá reanimador, que ajudasse Roshario a sair daquele sono induzido pela datura quando começasse a acordar naturalmente.

– Penso ter visto uma tília quando vinha para cá. Preciso de algumas flores de tília para fazer um chá para Roshario e também, se puder encontrá-las, de algumas outras ervas. Se ela acordar antes do meu regresso, você pode dar-lhe um pouco de água. Não se perturbe se ela estiver confusa e um pouco tonta. As talas vão manter seu braço no lugar, mas não convém que ela o mova muito.

– Você saberá achar o caminho? – perguntou Dolando. – Talvez devesse levar Darvo.

Ayla sabia que não teria dificuldade em achar o caminho, mas decidiu levar o rapaz assim mesmo. Na preocupação com Roshario, ele ficara um tanto negligente, e também estava aflito por causa da mulher.

– Obrigada, vou fazer isso – disse Ayla.

Darvalo, que ouvira a conversa, já estava de pé e pronto para acompanhá-la. Parecia contente por ser útil.

– Acho que sei onde fica esse pé de tília – disse. – Há sempre muitas abelhas em volta da árvore nesta época do ano.

– É a melhor época para apanhar as flores – disse Ayla –, quando cheiram a mel. Sabe onde posso encontrar uma cesta para trazê-las na volta?

– Roshario guarda cestas ali nos fundos – disse Darvalo, mostrando um pequeno depósito atrás da casa. Escolheram duas cestas.

Quando saíram da sombra da platibanda, Ayla viu Lobo, que olhou para ela, e chamou-o. Não se sentiria tranquila se ele ficasse sozinho com aquelas pessoas, embora as crianças tivessem protestado quando ela o chamou. Mais tarde, quando todos estivessem mais familiarizados com os animais, seria diferente.

Jondalar estava no campo com os cavalos e dois homens. Ayla foi avisar-lhe aonde ia.

– Quero apresentá-la, Ayla – disse Jondalar.

Ela olhou para os dois desconhecidos. Um era quase tão alto quanto Jondalar, se bem que mais magro. O outro era mais baixo e mais velho, mas ainda assim a semelhança entre eles era notável. O mais baixo avançou primeiro, com as mãos estendidas.

– Ayla dos Mamutoi, este é Carlono, líder Ramudoi dos Sharamudoi.

– Em nome de Mudo, Mãe de Todos, na água e na terra, eu lhe dou as boas-vindas, Ayla dos Mamutoi – disse Carlono, tomando-lhe as mãos. Falava Mamutoi ainda melhor que Dolando, resultado de diversas viagens de comércio à foz do Grande Rio Mãe, bem como das aulas de ensino por Tholie.

– Em nome de Mut, agradeço a sua acolhida, Carlono dos Sharamudoi – respondeu ela.

– Esperamos que venha logo à nossa doca – disse Carlono. E pensou: que estranho sotaque ela tem! Não creio ter ouvido igual antes, e conheço muitos. – Jondalar me disse que prometeu a você um passeio num barco decente, não como essas tigelas grandes dos Mamutoi.

– Terei muito prazer – disse Ayla, brindando-o com um de seus sorrisos radiantes.

Os pensamentos de Carlono de desviaram da atenção em seu sotaque para a sua beleza. Ela de fato uma mulher bonita que Jondalar trouxera. Combina com ele, pensou.

– Jondalar me falou dos seus barcos e da pesca do esturjão – continuou Ayla.

Os dois homens riram, como se ela tivesse dito uma pilhéria, e olharam para Jondalar, que também sorriu, embora tivesse ficado vermelho.

– Ele já lhe contou de quando pescou meio esturjão? – disse o jovem alto.

– Ayla dos Mamutoi – interrompeu Jondalar. – Esse é Markeno dos Ramudoi, filho do lar de Carlono, e marido de Tholie.

– Bem-vinda, Ayla dos Mamutoi – disse Markeno, informalmente, vendo que ela já fora saudada com o ritual apropriado muitas vezes. – Já conhece Tholie? Ela ficará contente com sua presença entre nós. Sente muita falta da sua gente às vezes. – Sua fluência na língua da companheira era quase perfeita.

– Sim, eu já estive com Tholie, e com Shamio também. É uma bela garotinha.

Markeno deu um sorriso radiante.

– Eu também acho, embora não deva dizer isso da filha do meu próprio lar. – Depois, voltando-se para o adolescente, inquiriu: – Como vai Roshario, Darvo?

– Ayla consertou o braço dela. É uma curandeira.

– Jondalar nos contou que ela ajustou a fratura do braço – disse Carlono, com o cuidado de não se comprometer. Ele também achava bom esperar até ver o braço curado.

Ayla percebeu a reticência na resposta do chefe Ramudoi, mas achou aquilo compreensível naquelas circunstâncias. Por mais que gostassem de Jondalar, ela era uma estranha, afinal de contas.

– Darvalo e eu vamos apanhar algumas ervas que vi no caminho para cá, Jondalar – disse. – Roshario ainda está dormindo, e eu quero ter uma bebida pronta para ela quando acordar. Dolando está com ela. Não estou gostando dos olhos de Campeão. Vou ter de procurar aquelas plantas brancas para ele, mas agora não tenho tempo. Você pode lavá-los com água fresca – disse. Depois, sorrindo para todos, chamou Lobo, fez um sinal de cabeça para Darvalo e seguiu para a beira da enseada.

A vista da trilha que acompanhava a escarpa não lhe pareceu menos espetacular que da primeira vez. Teve de prender a respiração quando olhou para baixo, mas não pôde resistir ao desejo de fazê-lo. Deixou que Darvalo fosse à frente, mostrando o caminho, e ficou satisfeita quando ele lhe mostrou um atalho. O lobo explorou a área, perseguindo odores intrigantes e juntando-se a eles em seguida. Das primeiras vezes em que ele surgiu, de repente, o rapaz se assustou, mas acabou acostumando-se àquelas idas e vindas.

A grande tília anunciou sua presença com uma rica fragrância, reminiscente do mel, e com um forte zumbido de abelhas, muito antes que a alcançassem. A árvore se fez visível numa curva do caminho e revelou a fonte daquele delicioso aroma: as pequeninas flores, verde-amarelas, reunidas em cimeiras, e pendentes de brácteas oblongas, aliformes. As abelhas estavam tão ocupadas em colher o néctar que não se importaram com as pessoas que as tinham vindo perturbar, embora Ayla tivesse de sacudir algumas delas das flores que cortava. Os insetos simplesmente voltavam para a árvore e encontravam outras.

– Por que isso é especialmente bom para Roshario? – perguntou Darvalo. – As pessoas estão sempre fazendo chá de tília.

– É gostoso, não é? Mas é medicinal também. Se você está nervoso, aflito, ou, até, zangado, pode ser calmante. Se está cansado, estimula e reanima. Pode curar uma dor de cabeça ou um estômago indigesto. Roshario vai ter tudo isso por causa da beberagem que lhe dei para que dormisse.

– Eu não sabia que a tília tinha tanta propriedade – disse Darvalo, olhando a árvore tão familiar, de copa larga e aberta e casca lisa, escura. Admirava-se de que uma essência tão comum pudesse ter todas aquelas qualidades e ser tão mais do que parecia.

– Gostaria de encontrar também outra árvore, Darvalo, mas não sei o nome dela em Mamutoi – disse Ayla. – É pequena, e às vezes não passa de um arbusto. Tem espinhos, e as folhas são como mãozinhas espalmadas. Dá flores brancas, grupadas, no começo do verão e, nesta época, umas bagas redondas, vermelhas.

– Será uma roseira o que você está procurando?

– Não, mas a roseira é uma boa aproximação. A que procuro é maior que uma roseira, mas as flores são menores, e as folhas, diferentes.

Darvalo se concentrou, de cenho fechado. Depois, de súbito, sorriu.

– Acho que sei que planta é essa de que você está falando, e podemos encontrar alguns pés não muito longe daqui. Na primavera costumamos apanhar botões para comer, quando passamos.

– Pode ser essa. Sabe me levar até lá?

Lobo não estava à vista, e Ayla teve de assoviar. Ele apareceu quase de imediato, olhando-a com expectativa. Ayla mandou que os seguisse. Andaram um pouco e avistaram uma concentração de pilriteiros.

– É exatamente isso que eu procurava, Darvalo! – disse Ayla. – Não estava certa de ter feito uma boa descrição da planta.

– Para que serve? – perguntou o rapaz, enquanto apanhavam bagas e folhas.

– Faz bem para o coração; restaura, fortalece e estimula, mas não é forte. É para um coração sadio. Não é para alguém de coração débil, que precisa de remédio mais poderoso – disse Ayla, procurando fazer-se entender pelo jovem, transmitir-lhe o que sabia por observação e experiência. O que aprendera com Iza fora por meio de uma linguagem difícil de traduzir. – É bom também para misturar a outros remédios. Aviva a ação deles, faz com que funcionem melhor.

Darvalo estava achando divertido apanhar plantas com Ayla. Ela sabia muitas coisas que ninguém sabia, e não se importava de ensinar. Na volta, parou num lugar ensolarado e seco para apanhar algumas flores de hissopo, de cor púrpura e perfume agradável.

– Isso serve para quê? – perguntou ele.

– Para limpar o peito. Ajuda a respirar. E isto – disse ela, apanhando ali perto algumas folhas de pilosela, macias, penugentas, em forma de orelha de camundongo como as do miosótis – estimula tudo. É mais forte, porém, e não tem gosto muito bom, de modo que vou usar só um pouco. Quero dar a Rosharió alguma bebida de gosto agradável, mas isto vai clarear-lhe a mente. Ela se sentirá mais desperta.

Na volta, Ayla se deteve uma vez mais para colher uma grande braçada de belas flores de goivo, cor-de-rosa. Darvalo pensou que ia aprender mais um pouco de medicina, quando perguntou para que serviam.

– Colhi estas aqui por causa do seu perfume agradável e por terem um sabor doce e picante. Posso fazer um chá com algumas delas e posso pôr o resto numa jarra perto da cama de Rosharió, para que ela se sinta bem. Mulheres gostam de coisas bonitas, cheirosas, principalmente quando estão doentes.

Ele se deu conta de que gostava também de coisas bonitas e cheirosas, como a própria Ayla. Apreciava o fato de ela sempre o chamar Darvalo, e não Darvo, como todo mundo o fazia. Não que se importasse muito quando era Dolando ou Jondalar quem fazia isso, mas gostava de ouvir seu nome de adulto. A voz da mulher era doce, também, embora Ayla pronunciasse algumas palavras de modo esquisito, o que fazia com que se prestasse mais atenção ao que ela dizia e, depois de algum tempo, verificasse que a voz dela era muito bonita.

Houvera um tempo em que o que ele mais queria era que Jondalar se juntasse para sempre a sua mãe e ficasse com os Sharamudoi. O companheiro de sua mãe morrera quando ele era ainda pequeno, e depois disso nunca um homem tinha morado com eles até que aquele Zelandonii alto apareceu.

Jondalar o tratara sempre como um filho do seu lar, começara, até, a ensinar-lhe como trabalhar o sílex, e Darvalo ficou triste quando ele partiu.

Queria muito que voltasse, mas nunca realmente esperara que isso acontecesse. Quando sua mãe se foi, com Gulec, o Mamutoi, ele achou que não haveria razão para o Zelandonii ficar, se ele retornasse. E agora que voltara, e com outra mulher, sua mãe não precisava estar lá. Todo mundo gostava de Jondalar, e, principalmente depois do acidente com Rosharo, todos falavam da necessidade de ter quem entendesse de doenças e remédios. Ayla era uma boa curandeira. Por que não poderiam ficar, os dois?

– Ela acordou uma vez – disse Dolando, logo que Ayla entrou. Pelo menos, penso que acordou. Talvez apenas se debatesse, em sonhos. Mas logo ficou quieta e está dormindo agora.

O homem estava aliviado com a chegada de Ayla, embora não quisesse que isso ficasse muito visível. Ao contrário de Talut, que fora sempre completamente aberto e cordial, e cuja liderança se fundava na força do caráter, na disposição de ouvir, de aceitar divergências, e negociar compromissos... e uma voz suficientemente forte para se impor à atenção de um grupo, por mais barulhento que fosse, numa discussão acalorada... Dolando se parecia mais com Brun. Era reservado e embora soubesse ouvir e ponderasse uma situação longamente, não revelava o seu pensamento. Mas Ayla estava habituada a interpretar as sutilezas de homens assim.

Lobo entrara com ela e se aquietara no seu canto, sem esperar um comando. Ela pôs a cesta no chão e foi ver Rosharo. Depois dirigiu-se ao homem, que parecia ansioso.

– Ela vai acordar a qualquer momento, mas preciso ter pronto um chá especial que ela deve tomar logo.

Dolando notara o perfume das flores logo que ela entrara, e a infusão que preparou para eles tinha um forte cheiro floral. Ayla lhe trouxe uma xícara, e outra para a mulher no leito.

– Para que serve?

– É para ajudar Rosharo a ficar desperta, mas talvez você também ache o meu chá refrescante.

Darvalo provou, esperando um gosto leve, floral, mas ficou surpreso com o sabor adocicado e forte, que lhe encheu a boca.

– É ótimo! Que ingredientes leva?

– Pergunte a Darvalo. Estou certa de que ele terá prazer em dizer-lhe.

O homem assentiu, percebendo a sugestão implícita.

— Tenho de dar mais atenção a ele. Tenho estado tão aflito com Rosharío que não penso em mais nada, e estou certo de que ele também está preocupado com ela.

Ayla sorriu. Começava a perceber as qualidades que tinham feito dele o chefe daquele grupo. Gostava da sua rapidez de raciocínio e começava a gostar dele. Rosharío fez um movimento, e a atenção deles se voltou para ela.

— Dolando? — disse, com voz fraca.

— Estou aqui — disse ele, e a ternura na voz do homem pôs um nó na garganta de Ayla. — Como se sente?

— Um pouco tonta. E tive os sonhos mais extraordinários.

— Trouxe-lhe algo para beber — disse Ayla.

Rosharío fez uma careta, lembrando-se da última bebida que a mulher lhe dera.

— Deste chá você vai gostar, acho eu. Sinta o cheiro — disse Ayla, aproximando da doente a xícara com seu delicioso aroma. A fronte de Rosharío se desanuviou, e Ayla ajudou-a a levantar a cabeça.

— É muito bom — disse Rosharío, após beber alguns goles. Bebeu mais um pouco. E quando acabou recostou-se e fechou os olhos. Mas logo os abriu de novo.

— Meu braço! Como está o meu braço?

— Dói? — perguntou Ayla.

— Dói um pouco, mas não tanto quanto antes, e dói diferente — disse.

— Posso ver? — Virou-se para ver melhor, depois tentou sentar-se na cama.

— Deixe que eu a ajude — disse Ayla, soerguendo-lhe o corpo.

— Está reto! Meu braço parece direito. Você o consertou! — disse a mulher. Seus olhos se encheram de lágrimas e ela se recostou outra vez. — Agora não serei uma velha inútil.

— Talvez não fique tão bom quanto antes — disse Ayla —, mas agora está posicionado corretamente e tem chance de cicatrizar direito.

— Você pode acreditar numa coisa dessas, Dolando? Ah, tudo está bem agora! — Rosharío soluçava, mas seu choro era de alegria e alívio.

17

— Cuidado, agora – disse Ayla, ajudando Roshario a impulsionar o corpo em direção a Jondalar e Markeno, que estavam debruçados por cima da cama, de um lado e de outro. – A tipoia vai dar apoio ao braço e mantê-lo no lugar, mas junto do seu corpo.

— Você tem certeza de que ela já pode se levantar? – perguntou Dolando a Ayla, com uma expressão de ansiedade.

— Eu tenho certeza – disse Roshario. – Já fiquei muito tempo nesta cama. Não quero perder a festa pelo retorno de Jondalar.

— Contanto que não se canse muito, será melhor para ela andar um pouco e estar com as pessoas – disse Ayla. E, voltando-se para Roshario: – Mas não por muitas horas. O repouso é agora o melhor curandeiro.

— Só quero ver todo mundo feliz, para variar um pouco. Toda vez que alguém veio aqui, foi com ar apreensivo. Quero que saibam que vou ficar boa – disse a mulher, saindo da cama apoiada nos braços dos dois homens.

— Cuidado, agora; atenção à tipoia – disse Ayla.

Roshario passou o braço bom em torno do pescoço de Jondalar.

— Muito bem. Agora, juntos, levantem-na no ar.

Com a mulher entre eles, os dois se ergueram, avançando um pouco para poder endireitar-se debaixo do teto inclinado da casa. Eram mais ou menos da mesma altura e carregavam o peso dela sem esforço. Embora Jondalar fosse visivelmente mais musculoso, Markeno também tinha um bom físico. Sua força era disfarçada pelo fato de ter menos corpo que o outro, mas o hábito de remar e de manipular os grandes esturjões que costumava pescar haviam dado aos músculos enxutos e lisos do Ramudoi resistência e flexibilidade.

— Como se sente? – perguntou Ayla.

— No ar – respondeu Roshario, rindo para os dois carregadores.

— É uma vista diferente a que a gente tem aqui de cima.

— Você se considera pronta?

— Como estou, Ayla?

— Muito bem, na minha opinião. Tholie fez um bom serviço, penteando e ajeitando os seus cabelos – disse Ayla.

— O banho que vocês duas me deram também me ajudou a sentir-me melhor. Eu não tinha vontade de me lavar antes, nem de cuidar do cabelo. E agora tenho vontade. O que quer dizer que estou melhor, não é? – disse Roshario.

– Em parte, isso é efeito do remédio que lhe dei para tirar a dor. Mas esse efeito vai passar. Avise-me logo que começar a sentir dor forte outra vez. Não queira ser corajosa. Também me diga quando começar a ficar cansada.

– Eu direi. Estou pronta.

– Vejam quem está vindo! Roshario! – exclamaram diversas vozes quando ela emergiu, carregada, da habitação.

– Ponham-na aqui – disse Tholie. – Preparei um lugar para ela.

Em algum tempo do passado um grande bloco da aba de arenito partira-se e caíra perto do círculo onde eles costumavam reunir-se. Tholie pusera um banco encostado nele e cobrira-o de peles. Os dois rapazes levaram Roshario para lá e fizeram-na descer suavemente.

– Está bom aqui? – perguntou Markeno depois que ela se instalou no assento acolchoado.

– Sim, sim, estou muito bem aqui – disse Roshario. Não estava habituada a toda aquela atenção.

O lobo seguira-os para fora da casa, e logo que a doente se sentou, ele arranjou um lugarzinho para deitar-se junto dela. Roshario ficou surpresa, mas quando viu a expressão com que o animal a olhava, e notou como ele vigiava todos os que se aproximavam, teve uma impressão estranha, mas confortadora, de que ele a estava protegendo.

– Ayla, por que aquele lobo está perto de Roshario? Acho que você deveria afastá-lo dela – disse Dolando, imaginando o que poderia o animal querer com uma pessoa ainda tão fraca e vulnerável. Sabia que os lobos gostavam de atacar os membros mais velhos, doentes e fracos de um rebanho.

– Não, deixem-no ficar – disse Roshario, afagando a cabeça do lobo com a mão boa. – Ele não quer fazer-me mal, Dolando. Está tomando conta de mim.

– Também acho que está, Roshario – disse Ayla. – Havia um menino no Acampamento do Leão, um menino fraquinho, doentio, e Lobo sempre teve cuidados especiais com ele, sempre assumiu ares protetores. Acho que ele percebe que você está debilitada e quer protegê-la.

– Esse menino não terá sido Rydag? – perguntou Tholie. – Um menino que Nezzie adotou e que era... – hesitou, de súbito, lembrando-se da injusta ojeriza de Dolando – ...que era... um estranho?

Ayla percebeu a pausa que a outra havia feito e sabia que ela não dissera o que tinha pretendido inicialmente dizer. Por que seria?

– O menino ainda está com eles? – perguntou Tholie, corando muito.

– Não – disse Ayla. – Ele morreu, no começo da estação, durante a Reunião de Verão. – A morte de Rydag ainda a deixava triste e perturbada, e isso era visível.

A curiosidade de Tholie rivalizava com o seu senso de discrição. Queria fazer mais perguntas, mas aquela não era uma hora propícia. Mudou de assunto.

– Alguém está com fome? – perguntou. – Por que não comemos?

E todos comeram, inclusive Roshario, que se serviu com moderação, embora tenha comido mais do que comera numa só refeição havia muito tempo. Todos estavam agrupados em volta do fogo, com xícaras de chá ou de vinho de dente-de-leão, de baixa fermentação. Era a hora de contar histórias, recordar aventuras, e, principalmente, saber mais sobre as visitas e seus extravagantes companheiros de viagem.

Todos os Sharamudoi do estabelecimento estavam lá, exceto alguns poucos ausentes: os Shamudoi, que moravam em terra, mas na enseada alta, o ano todo; e seus parentes que moravam no rio, os Ramudoi. No calor, o Povo do Rio morava numa doca flutuante atracada logo embaixo do rochedo, no inverno eles subiam para o terraço elevado e partilhavam as instalações dos seus primos. Os casais duplos eram considerados tão unidos como marido e mulher, e os filhos das duas famílias eram tratados como irmãos uns dos outros.

Aquele arranjo era o mais incomum de todos os que Jondalar vira de grupos estreitamente relacionados, mas funcionava bem para os interessados por causa da afinidade existente entre eles e por um relacionamento singular, mas mutuamente proveitoso. Havia muitos laços práticos e de ordem ritual entre os dois grupos, mas os Shamudoi contribuíam com os produtos da terra e um abrigo seguro para os rigores do inverno; os Ramudoi entravam com os peixes e transporte fluvial competente.

Os Sharamudoi consideravam Jondalar um parente, mas apenas por intermédio do irmão. Quando Thonolan se apaixonou por uma mulher Shamudoi, ele aceitou os costumes dela e decidiu tornar-se um Shamudoi. Jondalar vivera com eles enquanto formaram uma família. Ele aprendera e aceitara os costumes da comunidade, mas nunca passara por qualquer ritual de adesão. Não queria desistir da identidade com seu próprio povo. Não podia tomar a decisão de radicar-se com aquela gente para o resto da vida. Embora Thonolan tivesse se tornado Sharamudoi, Jondalar continuou Zelandonii. A conversa em torno do fogo começou, como era natural, com perguntas sobre o irmão dele.

– O que aconteceu depois que você saiu daqui com Thonolan? – perguntou Markeno.

Por mais doloroso que lhe fosse falar sobre Thonolan, Jondalar reconhecia que Markeno tinha o direito de saber. Markeno e Tholie tinham se ligado por aquele parentesco especial do grupo com Thonolan e Jetamio. Markeno era, assim, parente tão próximo de Thonolan quanto ele mesmo, embora ele fosse seu irmão consanguíneo, nascido da mesma mãe. Contou, resumidamente, de como tinham viajado rio abaixo no barco que Carlono lhes dera, alguns dos perigos por que passaram, e seu encontro com Brecie, a Chefe Mamutoi do Acampamento do Salgueiro.

– Somos parentes! – disse Tholie. – Ela é minha prima, e muito próxima.

– Eu soube disso muito depois, quando moramos no Acampamento do Leão, mas ela foi muito boa para nós antes de saber que éramos parentes – disse Jondalar. – Foi isso que levou Thonolan a tomar a decisão de ir para o norte e visitar outros acampamentos Mamutoi. Ele falou em caçar mamutes com eles. Tentei fazer com que ele desistisse disso, tentei convencê-lo a voltar comigo. Tínhamos chegado à foz do Grande Rio Mãe, e era até lá que ele desejara ir.

Jondalar fechou os olhos e balançou a cabeça como se quisesse negar o fato, depois baixou a cabeça, agoniado. Os outros aguardaram, partilhando da dor que ele sentia.

– Mas não eram os Mamutoi – continuou ele, depois de algum tempo. – Era Jetamio. Ele não conseguia esquecê-la. Tudo o que desejava era acompanhá-la ao outro mundo. Ele me disse que ia viajar até que a Grande Mãe o levasse. Estava pronto, disse, mas a verdade é que estava mais do que pronto. Queria tanto aquilo que se arriscava. E foi por isso que morreu. E eu não lhe estava dando a atenção devida. Foi estupidez minha tê-lo seguido quando ele saiu atrás daquela leoa que lhe furtara a presa. Se não fosse por Ayla, eu teria morrido com ele.

Esse último comentário de Jondalar acirrou a curiosidade geral, mas ninguém quis interrogá-lo para que ele não tivesse de reviver a sua mágoa.

Finalmente, Tholie rompeu o silêncio:

– Como conheceu Ayla? Você estava perto do Acampamento do Leão?

Jondalar ergueu os olhos para Tholie, depois para Ayla. Vinha falando em Sharamudoi e não sabia se ela tinha entendido tudo. Seria bom que ela soubesse mais da língua para poder narrar, ela mesma, sua parte. Não ia ser fácil explicar o que havia acontecido, ou fazer a história parecer verossímil. Quanto mais tempo passava, mais irreal tudo parecia. Mesmo para ele. Mas quando Ayla contava, parecia mais fácil acreditar na história.

– Não. Nós não conhecíamos o Acampamento do Leão naquele tempo. Ayla estava morando sozinha num vale, a vários dias de viagem do Acampamento do Leão.

– Sozinha? – perguntou Rosharia.

– Bem, não de todo. Ela dividia sua caverna com uns dois animais, para ter companhia.

– Você quer dizer que Ayla tinha outro lobo igual a este? – perguntou a mulher, estendendo a mão para afagar o bicho.

– Não. Ayla ainda não tinha Lobo. Recolheu-o quando estávamos vivendo no Acampamento do Leão. Tinha Huiin.

– E Huiin o que é?

– Huiin é um cavalo.

– Um cavalo? Você quer dizer que Ayla tinha um cavalo também?

– Sim. Aquele lá. O da direita – disse Jondalar, apontando os cavalos no campo, projetados em silhueta contra o céu crepuscular, listrado de vermelho.

Os olhos de Rosharia se arregalaram de surpresa, o que fez com que os outros rissem. Todos tinham superado o choque inicial, mas Rosharia não notara os cavalos lá fora.

– Ayla morava com aqueles dois cavalos?

– Não exatamente. Eu estava lá quando o garanhão nasceu. Antes disso, ela morava só com Huiin... e o leão da caverna – completou Jondalar, quase num sussurro.

– E... o quê? – disse Rosharia, agora no seu imperfeito Mamutoi. – Ayla, conte você mesma. Jondalar está confuso, acho eu. Talvez Tholie possa traduzir para nós.

Ayla entendera fragmentos da conversa e olhou para Jondalar num mudo pedido de esclarecimento. Ele parecia aliviado.

– Temo não ter sido suficientemente claro, Ayla. Rosharia quer ouvir sua história de você mesma. Por que não lhes fala de sua vida no vale, com Huiin e Neném? Por que não lhes conta como me encontrou? – disse.

– Por que você vivia sozinha no vale? – perguntou Tholie.

– É uma longa história – disse Ayla, respirando fundo. Os demais responderam com sorrisos. Era exatamente o que queriam ouvir, uma longa história, nova e interessante. Ayla tomou um pouco do seu chá, pensando por onde começar.

– Como eu disse a Tholie, não sei quem é o meu povo. Eles morreram num terremoto quando eu era muito pequena. Fui encontrada e adotada pelo Clã. Iza, a mulher que me encontrou, era uma curandeira, e passou a ensinar-me a sua arte desde criança.

Bem, isso explicava a competência daquela mulher ainda tão jovem, pensou Dolando, enquanto Tholie traduzia. Mas Ayla já retomava o fio da narrativa.

– Vivi com Iza e com o irmão dela, Creb. Seu companheiro morrera no mesmo terremoto que matou meu povo. Creb era o homem da casa. Ele ajudou a criar-me. Iza morreu há alguns anos, mas antes de morrer me disse que eu devia ir embora e procurar minha própria gente. Mas eu não fui. Não podia ir... – Ayla hesitou, procurando decidir o quanto devia contar. – Não naquela época, mas depois... da morte de Creb... eu tive de partir.

Uma pausa, mais um gole de chá. Tholie repetiu o que ela dissera, hesitando um pouco nos nomes esquisitos. A narração reavivara para Ayla as fortes emoções daquele tempo, e ela precisava recuperar o controle de si.

– Andei em busca da minha gente, como Iza me recomendara, mas não sabia onde procurar. Toda a primavera, todo o verão, e não achei ninguém. Comecei a pensar se um dia os acharia mesmo. Estava ficando cansada de viajar. Então cheguei a um pequeno vale verde no meio das estepes secas, com um regato no meio e, além, uma bonita caverna. Tinha tudo de que precisava... exceto gente. Sem saber se ainda encontraria alguém, e com o inverno chegando, tive de preparar-me para ele, ou não poderia sobreviver. Resolvi ficar no vale até a primavera seguinte.

O grupo ficara tão interessado na história que agora se manifestava, assentindo com balanços de cabeça, dizendo que ela estava certa, que aquilo era mesmo o que tinha de fazer. Ayla contou como apanhara sem querer um cavalo numa armadilha de fojo, como descobrira que era uma égua ainda nova, e como vira um bando de hienas perseguindo a potranca depois que a soltara.

– Não pude conter-me. Era um bebê ainda não desmamado, incapaz de defender-se! Expulsei as hienas e levei a égua para viver comigo na caverna. Fiz bem. Ela aliviou minha solidão, fez minha vida mais suportável, tornou-se minha amiga.

As mulheres, pelo menos, podiam entender aquilo. Mesmo um bebê cavalo era um bebê. Contada por Ayla, a história parecia perfeitamente razoável, mesmo que ninguém jamais tivesse ouvido falar de adotar um animal como se fora uma criança. Mas não eram só as mulheres que estavam fascinadas com a narrativa. Jondalar observava o grupo. Mulheres e homens estavam igualmente atentos, e ele percebeu que Ayla se tornara uma boa contadora de histórias. Ele próprio estava fascinado, mesmo já conhecendo a história. Ficou observando-a, procurando descobrir o que havia nela de tão irresistível. Notou que Ayla não usava apenas palavras, mas também gestos, sutis, mas de grande poder evocativo.

Quando ela contou como começou a montar e treinar os cavalos, até Tholie queria tanto ouvir o restante da história que se impacientava com a tradução. A jovem mulher Mamutoi falava muito bem as duas línguas, mas não sabia reproduzir o relincho de um cavalo ou o canto de um passarinho. Isso porém era desnecessário. As pessoas percebiam o que Ayla ia contando, em parte porque as línguas eram semelhantes, mas em parte pela expressividade do discurso. Compreendiam os sons, quando era o caso, depois esperavam que Tholie completasse com a tradução o que tinham perdido.

Ayla antecipava as palavras de Tholie tanto quanto os demais, mas por outro motivo, inteiramente diverso. Jondalar já notara com espanto sua inacreditável facilidade para línguas quando lhe ensinara a sua. Não sabia que aquilo se devia a um conjunto muito especial de circunstâncias. Tendo de conviver com gente que aprendia da memória dos antepassados, arquivada desde o nascimento nos seus cérebros descomunais mais ou menos como uma forma evoluída e consciente de instinto, a filha dos Outros tivera de apurar suas próprias faculdades de memorização. Impusera-se a obrigação de lembrar depressa para não ser tida por obtusa pelo resto do seu Clã.

Ela fora uma menina normal, loquaz, antes de adotada, e embora tivesse perdido muito da sua linguagem articulada quando começou a comunicar-se com gestos como o Clã fazia, os moldes já estavam todos implantados nela. Sua necessidade de reaprender a linguagem verbal para poder comunicar-se com Jondalar acrescentara ímpeto ao que era uma aptidão natural. Uma vez desfechado, o processo se acelerou quando foi morar no Acampamento do Leão e teve de aprender mais uma língua. Era capaz de memorizar palavras depois de ouvi-las apenas uma vez. A língua dos Sharamudoi e a dos Mamutoi tinham acentuadas semelhanças de construção, e muitos termos eram semelhantes. Ayla escutava atentamente a tradução de Tholie, pois enquanto contava sua história ia aprendendo a língua dos ouvintes.

Por mais fascinante que tivesse sido a história do cavalinho novo, até a própria Tholie parou de traduzir quando Ayla narrou seu encontro com o leãozinho ferido. Talvez a solidão levasse alguém a morar com um herbívoro como o cavalo, mas um carnívoro gigantesco era algo muito diferente. Um leão das cavernas atingia facilmente a altura de um cavalo pequeno da estepe e era ainda mais forte. Tholie queria saber como Ayla pudera conceber a ideia de conviver com o filhote.

— Ele não era tão grande; nem sequer tinha a estatura de um lobinho, era um bebê... e estava ferido.

Ao falar em lobinho, Ayla pensara descrever um animal menor, mas os olhares dos ouvintes se voltaram para o canídeo acomodado junto de Roshario. Lobo vinha do norte, e era grande mesmo para os padrões de sua raça avantajada. Era o maior lobo que todos ali jamais tinham visto. A ideia de acolher um leão daquelas proporções não agradava a ninguém.

— O nome que Ayla lhe deu quer dizer "neném", e ela o chamou assim mesmo depois de crescido. Foi o maior neném que já vi — acrescentou Jondalar, provocando risos.

Ele também sorriu, mas logo contou um fato que os deixou sérios outra vez.

— Achei aquilo divertido, como vocês, mas nosso primeiro encontro não teve nada de engraçado. Neném foi o leão que matou Thonolan e que por pouco não me matou também.

Dolando olhou de novo, apreensivo, para o lobo.

— Mas o que seria de esperar quando se entra na toca de um leão? Embora tivéssemos visto sair a leoa, e não soubéssemos que Neném estava lá dentro, foi algo estúpido. Afinal, foi uma sorte para mim que se tratasse daquele leão.

— Por que *sorte*? — perguntou Markeno.

— Eu estava ferido gravemente e sem sentidos, mas Ayla conseguiu detê-lo antes que ele acabasse comigo.

Todos se viraram para ela.

– Como poderia Ayla conter um leão das cavernas? – perguntou Tholie.

– Da mesma maneira como controla Lobo e Huiin – disse Jondalar. – Ela mandou que ele parasse, e o leão obedeceu.

Muitos balançaram a cabeça, incrédulos.

– Como você sabe o que ela fez se estava inconsciente? – perguntou alguém. Jondalar identificou quem falara; fora um jovem homem do rio que ele conhecia ligeiramente.

– Porque a vi fazer o mesmo mais tarde, Rondo. Neném foi visitá-la uma vez, quando eu ainda convalescia. Ele sabia que eu era um estranho, e talvez se lembrasse de quando eu invadi o seu covil. Independentemente do motivo, ele não me queria por perto da caverna de Ayla e logo armou o ataque. Mas Ayla se interpôs e mandou que ele parasse. O leão obedeceu. Foi até cômica a maneira pela qual ele se encolheu já em meio a um salto, mas na hora eu estava por demais amedrontado para notar.

– E por onde anda esse leão? – perguntou Dolando, olhando mais uma vez para o lobo e se indagando se Neném não a teria também acompanhado. Mesmo sabendo-a capaz de controlar a fera, não tinha a menor vontade de receber a visita de um leão.

– Neném foi tratar da vida dele – disse Ayla. – Ficou comigo até crescer. Depois, como fazem os filhos, saiu à procura de uma companheira. Talvez até tenha diversas agora. Huiin também me deixou, por algum tempo, mas voltou. Estava prenha, ao voltar.

– E o lobo? Você acha que ele também irá embora, algum dia? – perguntou Tholie.

Ayla tomou fôlego. Aquela era uma questão que sempre evitara encarar. A possibilidade lhe passara mais de uma vez pela cabeça, mas sempre a pusera de lado, recusando-se até a admiti-la. Agora viera à tona e teria que responder.

– Lobo era muito novo quando o encontrei. Penso que cresceu acreditando que o povo do Acampamento do Leão era a sua alcateia. Muitos lobos ficam com suas alcateias, embora alguns saiam e se tornem lobos solitários até encontrar uma parceira. E aí uma nova alcateia tem início. Lobo é ainda jovem, pouco mais que um filhote. Parece mais velho por ser tão grande. Não sei o que fará no futuro, Tholie, mas isso me aflige. Não gostaria que ele se fosse.

Tholie estava de acordo com ela.

— Toda separação é difícil, para quem vai e para quem fica. — Ela disse isso pensando na própria decisão de deixar sua gente para viver com Markeno. — Sei o que passei. Você também não deixou aqueles que a criaram? Como foi mesmo que os chamou? Clã? Nunca ouvi falar deles. Onde vivem?

Ayla olhou para Jondalar. Ele estava completamente imóvel, tenso a ponto de arrebentar, com uma expressão estranha no rosto. Parecia muito nervoso com algo, e ocorreu-lhe, de súbito, se não estaria envergonhado da sua origem e do povo que a criara. Pensara que ele já havia superado esses sentimentos. Ela não tinha vergonha do Clã. A despeito de Brun e da angústia que ele lhe causara, fora bem cuidada e amada, apesar de ser diferente, e em troca lhes dedicava profunda afeição. Com uma ponta de irritação e um grão de orgulho ferido, resolveu que não iria renegar o povo que amara.

— Eles vivem na península que avança no mar Beran.

— Na península? — disse Tholie. — Eu não sabia que havia gente morando na península. Aquilo é domínio dos cabeças-chatas... — A mulher interrompeu o que estava dizendo. Não poderia ser! Ou poderia?

Tholie não fora a única a se dar conta. Rosharia prendera a respiração e observava Dolando furtivamente, procurando descobrir se ele estabelecera correlações, mas não querendo dar a perceber aos outros ter notado algo fora do comum. Os nomes estranhos que Ayla tinha mencionado, aqueles nomes tão difíceis de pronunciar, poderiam ser nomes dados por ela a animais de outras espécies? Mas ela contara que a mulher por quem fora criada lhe ensinara a medicina prática. Poderia haver outra mulher, também estranha, vivendo com eles? Mas que mulher teria desejado viver com eles, principalmente sabendo medicina? Uma Shamud iria morar com cabeças-chatas?

Ayla começava a perceber as curiosas reações de alguns dos presentes, mas quando olhou para Dolando e viu a expressão com que a fitava, teve um arrepio de medo. Dolando não parecia o mesmo homem, o líder senhor de si mesmo, que cuidara de sua mulher com tamanha ternura. Não a olhava mais com a gratidão e o alívio que sua proficiência nas artes de curar haviam despertado, nem com a aceitação desconfiada do primeiro encontro. Em vez disso, ela detectava uma dor profundamente enterrada no peito e um distanciamento. Uma cólera ameaçadora lhe vidrava os olhos. Era como se ele não pudesse ver claramente, mas só através de um véu rubro, de ódio.

– Cabeças-chatas! – explodiu ele. – Você viveu com aqueles animais imundos, assassinos! Por mim exterminaria todos eles. E você viveu lá. Como uma mulher decente poderia viver lá?

Ele tinha os punhos cerrados e fez menção de avançar para ela. Jondalar e Markeno se puseram de pé ao mesmo tempo para segurá-lo. Lobo se pôs de pé diante de Roshario, com os dentes à mostra e um rosnado baixo, agourento, na garganta. Shamio começou a chorar, e Tholie a pegou no colo, apertando-a contra o peito, num gesto de proteção. Em circunstâncias normais não teria medo de deixar a filha ao alcance de Dolando, mas ele ficava cego quando o assunto eram os cabeças-chatas, e parecia possuído naquele momento por uma loucura incontrolável.

– Jondalar! Como você ousa trazer uma mulher assim para cá? – disse Dolando, tentando livrar-se das mãos do homem alto e louro.

– Dolando! Não diga isso! – disse Roshario, procurando levantar-se. – Ela me ajudou! Que diferença faz onde tenha sido criada? Ela me ajudou!

O povo que havia se reunido para celebrar a volta de Jondalar denotava espanto. Muitos estavam boquiabertos, e ninguém sabia o que fazer. Carlono se levantou para ajudar Jondalar e Makeno a acalmar Dolando.

Ayla estava assustada com a virulenta reação de Dolando, tão completamente inesperada. Viu que Roshario procurava erguer-se e tirar o lobo do caminho. O animal continuava diante dela em atitude defensiva, tão confuso com aquela comoção quanto todo mundo, mas determinado a defender a mulher, como lhe parecia ser sua obrigação. Ela não devia levantar-se, pensou Ayla, e correu para impedi-la.

– Afaste-se de minha mulher – gritou Dolando. – Não quero que ela fique manchada com a sua sujeira. – Ao mesmo tempo, procurava escapar dos homens que o seguravam.

Ayla parou. Queria ajudar Roshario, mas não queria criar maiores problemas com Dolando. O que teria acontecido com ele? Percebeu então que Lobo estava pronto para atacar e o chamou. Aquilo era a última coisa de que precisava, que Lobo fizesse mal a alguém. O animal estava dividido entre ficar onde estava ou atacar. O que não queria era afastar-se da confusão. Mas o segundo sinal de Ayla foi acompanhado de um assovio, e aquilo o fez decidir-se. Ele correu para ela e se postou à sua frente, para protegê-la.

Sem saber Sharamudoi, Ayla percebia, no entanto, que Dolando esbravejava contra os cabeças-chatas e lhe dirigia uma torrente de insultos, mas o sentido do que dizia não era de todo claro. Enquanto esperava que a situação se definisse, ali, com o lobo, de súbito entendeu o sentido principal do que ele dizia e começou a ficar com raiva. Os membros do Clã não eram imundos assassinos; por que aquela fúria contra eles?

Roshario ficara de pé e tentava aproximar-se dos homens engalfinhados. Tholie entregou Shamio a outra mulher que estava por perto e correu em seu auxílio.

– Dolando! Dolando! Pare com isso! – dizia Roshario. Sua voz o alcançou, apesar de tudo, e ele deixou de debater-se, mas os demais homens não o largaram. Ele dirigiu a Jondalar um olhar raivoso.

– Por que você a trouxe aqui?

– O que está havendo com você, Dolando? – perguntou Roshario. – Olhe para mim! O que teria acontecido se ele não a tivesse trazido, hein? Não foi Ayla quem matou Doraldo.

Ele encarou a mulher e, pela primeira vez, pareceu consciente daquela figura frágil, exaurida, de braço na tipoia. Uma espécie de espasmo o sacudiu da cabeça aos pés, e toda a fúria irracional o deixou.

– Roshario, você não deveria estar de pé – disse, e procurou avançar para ela, mas viu-se ainda impedido pelos homens. – Pode soltar-me agora – disse a Jondalar, com um tom de voz seco.

O Zelandonii tirou as mãos dele. Os outros dois, Markeno e Carlono, esperaram mais um pouco, até verificarem que ele não lutava mais. Mas ficaram junto dele, por precaução.

– Dolando, você não tem por que estar zangado com Jondalar – disse Roshario. – Ele trouxe Ayla porque eu precisava dela. Todo mundo está nervoso, Dolando. Venha, sente-se aqui comigo, mostre a eles que você está bem.

Ela viu que havia uma expressão obstinada no olhar de Dolando, mas ele a acompanhou até o banco e sentou-se a seu lado. Uma das mulheres lhes trouxe um pouco de chá, e em seguida aproximou-se de Ayla, Jondalar, Carlono e Markeno, onde também estava Lobo.

– Vocês querem um pouco de chá ou de vinho?

– Você teria ainda daquele maravilhoso vinho de uva-do-monte, Carolio? – perguntou Jondalar. E Ayla notou como ela se parecia tanto com Cardoso quanto com Markeno.

– O vinho novo ainda não está pronto, mas talvez haja ainda vinho do ano passado. Para você também? – perguntou ela a Ayla.

– Sim. Se Jondalar tomar, eu provo um pouco. Não creio que tenhamos sido apresentadas.

– Não – respondeu a mulher, e quando Jondalar já se preparava para fazer as apresentações do protocolo, ela interrompeu: – Não precisamos ser formais. Todos sabemos quem você é, Ayla. Eu sou Carolio, irmã dele – disse, apontando para Carlono.

– Posso ver... a semelhança – disse Ayla. Lutara um pouquinho com a palavra, e Jondalar tomou consciência, subitamente, que ela estava falando Sharamudoi. Olhou-a com assombro. Como poderia ter aprendido a língua tão depressa?

– Espero que você possa relevar o destempero de Dolando – disse Carolio. – O filho da sua fogueira, filho de Rosario, foi morto pelos cabeças-chatas, e ele tem ódio deles desde então. Doraldo era um rapaz alegre, só alguns anos mais velho do que Darvo. Na flor da idade, portanto, e o golpe foi demais para Dolando. Ele jamais conseguiu superá-lo.

Ayla assentiu, mas tinha uma dúvida. Não era comum que o Clã matasse um dos Outros. O que teria feito o rapaz? Viu que Rosario a chamava. Embora a expressão de Dolando não fosse amável, ela atendeu o chamado.

– Está cansada? Quer deitar-se? Tem dor?

– Um pouco. Vou deitar-me logo, mas não agora. Quero pedir-lhe desculpas. Eu tive um filho...

– Carolio me contou. Ele foi morto, não é?

– Cabeças-chatas... – resmungou Dolando, entre dentes.

– Talvez tenhamos sido precipitados – disse Rosario. – Você contou que viveu... com gente que morava na península, é isso?

Houve, de repente, um silêncio total.

– Sim – respondeu Ayla. Depois olhou diretamente para Dolando e inspirou fundo. – O Clã. Esses a quem você chama cabeças-chatas, é assim que eles se denominam: Clã.

– Mas como? Eles não falam – disse uma mulher jovem. Jondalar viu que era a mulher sentada ao lado de Chalono, outro rapaz que ele conhecia.

A fisionomia dela lhe era familiar, mas não se lembrava de seu nome no momento.

Ayla antecipou o comentário que ela não chegara a formular.

– Eles não são animais. São gente, e falam, mas não com muitas palavras, embora usem algumas. Sua linguagem é feita de sinais e gestos.

– Era isso o que você estava fazendo? – perguntou Roshario. – Antes de me fazer dormir? Pensei que estivesse dançando com as mãos.

Ayla sorriu.

– Eu estava falando com o mundo dos espíritos. Pedindo ao espírito do meu totem que a ajudasse.

– Mundo dos espíritos? Falar com as mãos? Quanta bobagem! – disse Dolando.

– Dolando – disse Roshario, segurando sua mão.

– É verdade, Dolando – disse Jondalar. – Eu mesmo aprendi alguns desses sinais. Todo o Acampamento do Leão os conhecia. Ayla nos ensinou esse tipo de linguagem, para podermos conversar com Rydag. Todos se surpreenderam ao ver que ele era capaz de comunicar-se dessa maneira, embora não pudesse pronunciar direito as palavras. Isso os fez compreender que ele não era um animal.

– Você se refere ao menino que Nezzie acolheu? – disse Tholie.

– Que menino? Você estará falando daquela abominação de espíritos misturados que, segundo ouvimos contar, uma Mamutoi maluca pegou para criar?

Ao ouvir isso, Ayla se tensionou; ficou furiosa.

– Rydag era uma criança – disse. – Talvez proviesse de espíritos misturados, mas quem pode culpar uma criança pelo que ela é? Ele não pediu para nascer daquele jeito. Não se diz que é a Mãe que escolhe os espíritos? Então, ele era um filho da Grande Mãe tanto quanto as outras crianças. Que direito tem você de chamá-lo de abominação?

Ayla lançava um olhar desafiador para Dolando, e todo mundo observava os dois. Era geral a surpresa com a defesa de Ayla. Dolando parecia tão espantado quanto os demais. Que reação ele teria?

– E Nezzie não é maluca – continuou Ayla. – É uma pessoa boa, generosa, cheia de calor humano. Tomou um órfão para criar, sem se importar com o que pudessem pensar. Era como Iza, a mulher que me acolheu quando eu não tinha ninguém neste mundo, embora eu fosse diferente, e viesse dos Outros.

– Os cabeças-chatas mataram o filho da minha fogueira! – disse Dolando.

– Isso pode ter acontecido, mas é incomum. O Clã prefere evitar contato com os Outros. É assim que chamam às pessoas como nós. – Ayla fez uma pausa, depois fitou de novo o homem que ainda sofria com aquela tragédia. – É duro perder um filho, Dolando, mas deixe que lhe conte a história de outra pessoa que perdeu um filho. Era uma mulher que conheci quando muitos dos clãs se reuniram numa espécie de Reunião de Verão, só que menos frequente. Ela e outras mulheres estavam apanhando mantimentos quando, de súbito, diversos homens caíram sobre elas. Homens dos Outros. Um deles a agarrou para forçá-la a ter com ele o que vocês chamam Prazeres.

Houve gritos sufocados no seio do grupo. Ayla falava de um assunto que jamais era discutido abertamente, embora todos, menos os mais jovens, já tivessem ouvido falar daquilo. Umas poucas mães quiseram retirar as crianças, mas ninguém na verdade tinha vontade de sair.

– As mulheres do Clã fazem o que os homens pedem. Não são forçadas. Mas o homem que agarrou aquela mulher não podia esperar. Nem sequer podia esperar que ela pusesse o seu bebê no chão. Pegou-a de maneira tão brutal que o bebê caiu por terra e ninguém notou. Só mais tarde, quando ele permitiu que ela se levantasse, a mulher descobriu que a cabeça da criança tinha batido numa pedra ao cair. O bebê estava morto.

Alguns dos ouvintes tinham os olhos cheios de lágrimas. E Jondalar falou:

– Eu sei que essas coisas acontecem. Ouvi histórias de rapazes que vivem longe, no ocidente, e que gostam de divertir-se com os cabeças-chatas. Vários deles formam gangues para forçar mulheres do Clã.

– Essas coisas acontecem aqui também – admitiu Chalono.

As mulheres ficaram surpresas por ele dizer aquilo, e muitos dos homens desviaram os olhos dele, exceto Rondo, que o olhou com repulsa, como se ele fosse um verme.

– E os rapazes se gabam disso, é sempre a façanha máxima para eles – disse Chalono, procurando defender-se. – Não são muitos os que fazem isso hoje em dia, sobretudo depois do que aconteceu com Doral... – Calou-se de súbito, olhou ao redor, baixando depois os olhos e desejando não ter nunca aberto a boca.

O silêncio pesado que se seguiu foi quebrado quando Tholie disse:

– Roshario, você parece exausta. Não acha que já é tempo de voltar para a cama?

– Sim, gostaria de ir deitar-me – disse.

Jondalar e Markeno correram para ajudá-la, e todo mundo tomou aquilo como um sinal de retirada. Ninguém quis ficar conversando ou brincando junto do fogo naquela noite. Os dois homens carregaram a mulher para a casa, com um Dolando cabisbaixo fechando a marcha.

– Obrigada, Tholie, mas acho que seria melhor eu dormir com Roshario esta noite – disse Ayla. – Espero que Dolando não faça objeções. Ela passou por tanta coisa que vai ter uma noite difícil. Para dizer a verdade, os próximos dias serão difíceis. O braço já começou a inchar e vai doer um pouco. Não sei se ela fez bem em levantar-se hoje, mas insistiu tanto, que eu talvez não conseguisse impedi-la. Insistiu em dizer que se sentia bem, mas isso era por causa da bebida que faz dormir mas também tira a dor, cujo efeito ainda persistia. Dei-lhe mais outra bebida, mas tudo isso já não vai ajudar agora. Será melhor que eu esteja aqui.

Ayla acabara de entrar, depois de passar algum tempo escovando e penteando Huiin à fraca luz do poente. Aquilo sempre lhe fazia bem, estar junto da égua e cuidar dela quando se sentia deprimida. Jondalar se reunira a ela do lado de fora por algum tempo, mas sentiu que Ayla queria ficar sozinha e se afastara, depois de alguns afagos e palavras de incentivo para Campeão.

– Talvez fosse bom que Darvo dormisse com você, Markeno – disse Jondalar. – Ele não gosta de ver Roshario sofrer.

– Naturalmente – disse Markeno –, vou buscá-lo. Gostaria de convencer Dolando a ficar conosco também, mas ele não concordará, ainda mais agora, depois do que aconteceu. Ninguém lhe contara até então a história completa da morte de Doraldo.

– Talvez tenha sido melhor assim. Agora que tudo está às claras, talvez ele possa tirar isso da cabeça – disse Tholie. – Dolando tem cultivado um ódio mortal pelos cabeças-chatas há muito tempo. Isso nos parecia inofensivo. Ninguém se importa muito com eles, afinal... Lamento, Ayla, mas é verdade.

– Eu sei.

– E não temos muito contato. De maneira geral, Dolando é um bom chefe – continuou Tholie –, exceto no que diz respeito a cabeças-chatas. E é fácil acirrar outras pessoas contra eles. Mas um ódio assim tão forte não pode senão deixar sua marca. E acho que é sempre pior para a pessoa que odeia.

– Acho que deveríamos ir descansar – propôs Jondalar. – Está tarde. Você deve estar exausta, Ayla.

Jondalar, Markeno e Ayla, com Lobo nos calcanhares, andaram juntos os poucos passos que os separavam da habitação ao lado. Markeno arranhou a cortina da porta e esperou. Em vez de perguntar quem era,

Dolando veio até a entrada e afastou a cortina. Depois ficou de pé na sombra, encarando-os.

– Acho, que Rosharío vai ter uma noite difícil. Gostaria de ficar junto dela.

O homem baixou os olhos, depois olhou a mulher na cama, e disse:
– Entre.

– E eu quero ficar com Ayla – disse Jondalar. Ele estava decidido a não deixá-la só com o homem que a havia insultado e ameaçado, mesmo se ele parecesse calmo agora.

Dolando concordou com um aceno de cabeça e abriu caminho.

– Quanto a mim – disse Markeno –, vim perguntar a Darvo se ele não quer passar a noite conosco.

– Acho que ele deveria – disse Dolando. – Darvo, pegue suas coisas e vá dormir com Markeno esta noite.

O rapaz se levantou, recolheu peles e cobertas nos braços e foi em direção à porta. Ayla achou que ele parecia aliviado, mas não feliz.

Lobo já se instalara no seu canto. Ayla foi até os fundos da habitação, que estava às escuras, para ver Rosharío.

– Você teria uma lâmpada ou um archote, Dolando? Preciso de um pouco mais de luz – disse ela.

– E talvez um colchão. Devo pedir que Tholie providencie algo? – disse Jondalar.

Dolando teria preferido ficar sozinho, no escuro, mas se Rosharío acordasse com dores, sabia que a mulher saberia muito melhor do que ele o que fazer. Tirou de uma prateleira uma tigela de arenito, rasa, feita pelo processo de ir batendo no material e desbastando-o com outra pedra.

– As roupas de cama estão aqui – disse ele a Jondalar. – Há algum óleo para a lâmpada na caixa junto da porta, mas vou ter de fazer um fogo para acender a lâmpada. O fogo apagou.

– Eu posso fazer o fogo – disse Ayla – se você me disser onde guarda seu combustível e seus gravetos.

Ele lhe deu o material inflamável de que ela precisava, juntamente com um bastão curto, enegrecido de carvão em uma das extremidades, e uma peça chata de madeira com diversos buracos redondos queimados pela operação de acender fogo outras vezes; mas Ayla não utilizou esses materiais; em vez disso, tirou duas pedras de uma bolsa que tinha pendurada na cintura. Dolando viu, com curiosidade, que ela fazia uma pequena pilha com as aparas de madeira e, depois, ficando bem junto delas, batia uma pedra contra a outra. Para sua surpresa, uma fagulha grande e brilhante saltou das pedras para a serragem, e logo subiu uma fina espiral de fumaça. Ayla soprou bem de perto, e as aparas de madeira ficaram em chamas.

– Como você faz isso? – perguntou, surpreso, e com uma ponta de susto na voz. Algo assim tão espantoso, e desconhecido, sempre gerava algum temor. Até onde iriam as artes de Shamud daquela mulher?, pensou.

– São pedras-de-fogo – disse Ayla, juntando alguns gravetos ao fogo, depois alguns pedaços maiores de madeira.

– Ayla descobriu isso quando morou naquele vale – disse Jondalar. – Havia muitas nas margens do rio, e eu também apanhei algumas. Posso mostrá-las amanhã e, até, dar-lhe umas. Assim, ficará sabendo como são. Deve haver pedra semelhante por aqui. Como vê, fica muito mais fácil fazer fogo por esse processo.

– Onde está mesmo a gordura? – perguntou Ayla.

– Na caixa perto da porta. Vou buscá-lo. Os pavios estão lá também – disse Dolando. Ele pôs na tigela um bocado de sebo branco e mole... gordura que fora clarificada fervendo em água e escumada da superfície depois de fria... fincou nele, junto da borda, um pavio torcido feito de líquen seco, pegou um graveto aceso e tocou nele. O fogo estalou, espirrou um pouco, depois uma poça de óleo se formou no fundo da tigela e foi absorvida pelo pavio de líquen, o que resultou numa chama firme que clareou melhor a habitação.

Ayla pôs pedras de cozinhar no fogo, depois olhou o nível de água no reservatório. Fez menção de sair mas Dolando o tomou de suas mãos e saiu para buscar água. Enquanto ele estava ausente, Ayla e Jondalar arrumaram a cama numa plataforma de dormir. Depois, Ayla escolheu algumas ervas secas aromáticas, no seu saco de plantas medicinais, para preparar uma infusão relaxante para todos. Deixou outros ingredientes em algumas de suas próprias tigelas para quando Roshario acordasse. Pouco depois de Dolando trazer a água, ela serviu uma xícara de chá para cada um.

Ficaram sentados em silêncio, sorvendo a bebida quente. Aquilo era um alívio para Dolando. Receara que quisessem conversar, e ele não estava disposto. Ayla não estava deliberadamente calada; ela simplesmente não sabia o que dizer. Viera no interesse de Roshario, mas preferia estar longe dali. A ideia de passar a noite debaixo do teto de um homem que vociferara de raiva contra ela não lhe era agradável, e estava grata a

Jondalar por haver insistido em fazer-lhe companhia. Ele também não tinha o que dizer e esperava que alguém começasse. Isso não ocorreu, e ele sentiu que talvez o silêncio fosse apropriado nas circunstâncias.

Assim que acabaram de tomar o chá, Rosharshio começou a gemer e debater-se na cama. Ayla pegou a lâmpada e foi vê-la. Pôs a luz num banco de madeira, que servia de criado-mudo, empurrando para o lado uma cesta molhada com os cheirosos goivos dentro. O braço da mulher estava inchado e quente, mesmo através das ataduras, que estavam, agora, apertadas. A luz e o toque dos dedos de Ayla despertaram a mulher. Seus olhos, vidrados de dor, entraram em foco e ela reconheceu Ayla. Fez um esforço para sorrir-lhe.

– É bom que tenha acordado – disse a Ayla. – Tenho de tirar a tipoia e afrouxar as bandagens e talas. Seu sono estava agitado, e é necessário manter o seu braço imobilizado. Vou fazer nova compressa, para reduzir a inchação, mas tenho de preparar primeiro algo para a dor. Acha que posso deixá-la por um momento?

– Sim, vá providenciar o que for preciso. Dolando pode ficar e conversar comigo – disse, olhando por cima do ombro de Ayla, para um dos homens que estavam atrás dela. – Jondalar, você poderia ajudar Ayla?

Ele concordou. Ficou óbvio que Rosharshio queria falar com Dolando em particular, e para ele era um alívio sair. Apanhou mais lenha, e, em seguida, mais água e pedras chatas, das que o rio ia polindo no seu curso, e que serviriam para aquecer líquidos. Uma das pedras que havia na casa rachara na hora do chá, quando transferida da fogueira para a água fria que Dolando acabara de trazer.

Permaneceu com Ayla enquanto ela preparava a poção e o emplastro. Da casa vinha um murmúrio indistinto de vozes. Estava satisfeito por não ouvir o que diziam. Quando Ayla acabou de tratar de Rosharshio e de acomodá-la, todos estavam exaustos e prontos para dormir.

NA MANHÃ SEGUINTE Ayla foi despertada com o riso alegre das crianças, que brincavam do lado de fora, e com o nariz frio de Lobo no seu rosto. Ao abrir os olhos, Lobo se pôs a ganir baixinho, olhando alternadamente para ela e para a entrada de onde vinham os sons.

– Você quer sair e brincar com as crianças, não é? – disse ela. Lobo ganiu de novo.

Ayla afastou as cobertas e se sentou, notando que Jondalar estava esparramado ao lado dela e dormindo profundamente. Espreguiçou-se, esfregou os olhos, e lançou um olhar na direção de Rosharío. A doente dormia. Tinha muitas noites insones a recuperar. Dolando, embrulhado numa pele, dormia no chão, ao lado da cama da mulher. Ele também passara muitas noites acordado.

Quando Ayla se levantou, Lobo correu e esperou-a na porta, contorcendo-se de expectativa do que o esperava do lado de fora. Mas Ayla saiu sozinha, erguendo e baixando rapidamente a cortina, depois de dizer-lhe que esperasse. Não queria surpreender ou assustar as pessoas com a aparição súbita do animal. Viu diversas crianças, de várias idades, na piscina formada pela queda-d'água, juntamente com algumas mulheres. Todos tomavam banho. Chamando Lobo e mandando que ficasse junto dela, Ayla se dirigiu para elas. Shamio deu gritos quando os viu.

– Venha, Lobinho, você também deve tomar banho.

Lobo gania, olhando para Ayla.

– Tholie, alguém se importará se Lobo entrar na piscina? Parece que Shamio quer brincar com ele.

– Eu já estou de saída – disse a mulher –, mas ela pode ficar e brincar com ele. Se os outros não se incomodarem.

Ninguém fez objeção e Ayla fez sinal a Lobo.

– Pode ir.

O animal saltou na água e dirigiu-se ruidosamente a Shamio.

Uma das mulheres, que saía com Tholie, sorriu.

– Quisera eu que meus filhos me obedecessem como ele obedece a você. Como consegue isso?

– Leva tempo. Tem de repetir tudo muitas vezes, e é difícil fazer no começo que ele entenda o que a gente quer. Mas, quando aprende algo, ele não esquece mais. É, de fato, muito esperto. Durante toda a viagem eu o ensinei, diariamente.

– É como ensinar uma criança, então – disse Tholie. – Só que nunca imaginei que um lobo pudesse aprender algo. Como você consegue?

– Sei que ele pode assustar quem não o conhece, e não quero que isso aconteça – disse Ayla. Vendo Tholie sair do banho e secar-se, notou que ela estava grávida. Não de muitos meses ainda, e a sua gordura disfarçada a barriga quando estava vestida. Mas não havia a menor dúvida que estava grávida.

– Gostaria de tomar banho, mas antes tenho de urinar – disse Ayla.

– Se você seguir aquela trilha que passa atrás das casas, encontrará um fosso. Fica bem no alto, junto do paredão, de modo que cai tudo do outro lado quando chove. Esse caminho é mais curto do que se der a volta – disse Tholie.

Ayla começou a chamar Lobo, depois hesitou. Como de costume, ele tinha urinado, levantando a perna contra um arbusto qualquer; ela o ensinara a fazê-lo fora dos abrigos mas não a usar alguns lugares em especial. Via as crianças brincando com ele, e sabia que ele gostaria de ficar. Mas não estava certa se deveria deixá-lo. Tudo correria bem, sem dúvida, mas não sabia a reação das mães.

– Acho que pode deixá-lo aqui – disse Tholie. – Eu o vi com as crianças, e você tem razão. Além disso, elas ficarão desapontadas se você o levar tão depressa.

Ayla sorriu.

– Obrigada. Volto já.

Começou a subir pela trilha que cortava em diagonal a rampa mais íngreme em direção a uma das paredes, que depois dobrava na direção da outra. Quando alcançou a última parede, atravessou-a usando degraus feitos de pequenas seções de toras de madeira. As toras eram fixadas por estacas enterradas no chão à frente delas, para que não rolassem, e escoradas, por trás, com terra e pedras.

A trincheira e uma área plana à sua frente, em que havia uma pequena cerca e troncos lisos e redondos em que podia sentar-se, haviam sido escavadas no solo inclinado do outro lado do muro. O cheiro e as moscas tornavam óbvio o propósito da instalação, mas o sol que brilhava através das árvores e o canto dos passarinhos tornavam o lugar agradável. Ayla resolveu esvaziar também os intestinos. Viu no chão uma pilha de musgo seco e adivinhou sua utilidade. Não arranhava e era bastante absorvente. Quando acabou, viu que terra fresca havia sido, recentemente, despejada no fundo da fossa.

A trilha continuava, em descida a partir dali, e Ayla decidiu caminhar mais um pouco por ela. A região se parecia tanto com a da caverna em que crescera que ela sentiu como se já tivesse estado ali. Viu uma formação rochosa que lhe parecia familiar, um espaço aberto na crista de uma elevação, uma vegetação conhecida. Parou para colher algumas avelãs de uma moita que crescia contra uma parede rochosa, e não pôde resistir ao impulso de afastar os ramos mais baixos e ver se havia uma pequena caverna atrás deles.

Encontrou outra grande formação de pés de amora-preta, com longos ramos caídos, pesados de bagas maduras. Empanturrou-se de amoras, perguntando-se o que teria acontecido com as outras, apanhadas na véspera. Depois lembrou-se de haver comido umas poucas no banquete de boas-vindas. Resolveu voltar para apanhar amoras para Roshario. E, subitamente, lembrou-se de que tinha de ir embora. Roshario podia estar acordando e precisando de atenção. A mata lhe parecia tão familiar que, por um momento, esquecera onde estava. Sentia-se menina outra vez, correndo pelas colinas, com a desculpa de procurar plantas medicinais para Iza.

Talvez por ser aquilo uma espécie de segunda natureza, talvez pelo costume de prestar mais atenção às plantas na volta para ter algo que mostrar como resultado da exploração, o fato é que prestou mais atenção à vegetação local do que na ida.

Quase gritou de excitação e alívio quando deu com as frágeis trepadeiras amarelas de folhas e flores miúdas. Estavam, como sempre, enroladas em outras plantas, mortas e secas, estranguladas pelo fio-de-ouro.

É ela! O fio-de-ouro, a planta mágica de Iza, pensou. É disso que preciso para o meu chá matinal. Com isso, nenhum bebê crescerá dentro de mim. E há grande quantidade por aqui. Meu estoque já andava tão reduzido que talvez não desse para toda a Jornada. Será que vou encontrar também raiz de salva-de-antílope por aqui? Tem de haver. Depois volto para procurar.

Fez na volta um pequeno desvio por um trecho mais denso e umbroso de floresta, para ver se encontrava mais da planta branca e serosa que servia para aliviar os olhos dos cavalos. Eles já estavam melhores, mas mesmo assim procurou debaixo das árvores com todo o cuidado. Com uma vegetação tão familiar em volta, aquilo não deveria ter sido surpresa nenhuma, mas quando viu finalmente as folhas verdes da planta que buscava, prendeu a respiração e sentiu um frio na espinha.

18

Ayla se deixou cair no chão úmido e ficou sentada olhando as plantas, respirando o ar perfumado da floresta, deixando que as memórias a invadissem. Mesmo no Clã o segredo da raiz era pouco divulgado. A receita vinha da linhagem de Iza, e só os que descendiam dos mesmos antepassados, ou alguém a quem ela o tivesse ensinado, conheciam o complicado processo exigido para se chegar ao resultado final. Ayla se lembrava de Iza explicando o método, pouco usual, de secagem de planta, de modo a manter suas propriedades concentradas nas raízes, e lembrava-se de que elas ficavam mais fortes com longa armazenagem, desde que mantidas em lugar escuro.

Embora Iza tivesse lhe mostrado repetidamente, e com todo o cuidado, como preparar a beberagem a partir das raízes desidratadas, ela não permitira que Ayla a fizesse antes da ida para a Reunião dos Clãs. O remédio não devia ser usado sem o seu ritual apropriado, insistira Iza, e era por demais sagrado para ser jogado fora. Por isso, Ayla ingerira a borra encontrada no fundo da antiga vasilha de Iza, depois que ela o preparara para os mog-urs (seu consumo era proibido às mulheres); assim, não teria de ser jogada fora. Ela não estava muito bem naquela época. Muita coisa andava acontecendo ao mesmo tempo, outras bebidas lhe toldavam a mente, e a infusão de raízes era tão forte que mesmo o pouco que provara no curso da fabricação tivera um efeito poderoso.

Ela se metera por entre os estreitos corredores das cavernas, e quando se viu cara a cara com Creb e os demais mog-urs não pôde recuar, nem se tivesse tentado. Foi então que aconteceu. De algum modo, Creb sentira a sua presença e ele a levara com o grupo, de volta às memórias. Não fosse isso, ela teria ficado perdida para sempre naquele vazio negro, mas algo aconteceu naquela noite que mudou Creb. Ele não foi mais O Mog-ur dali por diante, perdeu a vontade e o ânimo.

Ayla levara consigo umas poucas raízes ao deixar o Clã. Estavam na sua bolsa de remédios, na sacola vermelha, a cor sagrada. Mamute ficara muito curioso quando ela lhe falara das propriedades da planta. Mas ele não tinha os poderes do Mog-ur, ou talvez a planta afetasse os Outros de modo diferente. Ela e Mamute foram arrastados para o vazio negro e quase não puderam voltar.

Sentada, agora, no chão, contemplando a planta aparentemente inócua, que podia ser convertida em uma poção tão poderosa, ela rememorou a experiência. E, de súbito, estremeceu com um segundo calafrio, e sentiu que tudo escurecia, como se uma nuvem tivesse passado no céu. E aí já não recordava apenas: revivia aquela estranha Jornada com o Mamute. A verde mata esmaeceu e ficou imprecisa, e ela se sentiu puxada para a memória daquele escuro abrigo subterrâneo de outros tempos.

Sentiu no fundo da garganta o travo escuro e frio da marga e dos fungos da velha floresta primeva. Sentiu-se ir outra vez a grande velocidade pelos estranhos mundos por onde andara com o Mamute, e sentiu de novo o terror do vazio negro.

Depois, fraca, remota, a voz de Jondalar a havia alcançado, cheia de um medo agoniado e de amor. E ela e Mamute foram trazidos para o presente pela força do amor dele e da sua privação. No instante seguinte estava de volta, gelada até os ossos, apesar do calor do sol daquele fim de verão.

– Jondalar nos salvou! – disse ela em voz alta. Naquela época não se dera conta por inteiro daquilo. Ele fora a primeira pessoa que ela vira ao abrir os olhos, mas logo desaparecera, e Ranec surgira em seu lugar, com uma bebida quente para reanimá-la. De Mamute foi que ouvira que alguém os havia ajudado, chamando. Ela não soubera, então, que se tratava de Jondalar, mas agora sabia com clareza, como se estivesse escrito que um dia teria de sabê-lo.

O velho lhe dissera que não usasse mais a raiz, nunca mais, avisando-a do perigo que corria. Se lhe desobedecesse e tomasse a droga, então era necessário que tivesse alguém por perto que pudesse acordá-la. A raiz, disse, era pior que mortal: podia roubar-lhe o espírito, e ela ficaria errante na treva e no vácuo sem jamais retornar à Grande Mãe Terra. Aquilo não importara muito na ocasião: ela não tinha mais raízes. Usara as últimas com Mamute. Mas agora, diante dos seus olhos, estava a planta.

Porque estava ali não queria dizer que a tivesse de apanhar, pensou. Se a deixasse ali, não teria de importar-se nunca com o perigo de usá-la e perder o espírito. A bebida, afinal de contas, era proibida. Mulheres não deviam tomá-la. Era só para mog-urs, que lidavam com o mundo dos espíritos, não para curandeiras, cujo ofício era apenas prepará-la. Mas ela já provara a droga duas vezes. Além disso, Broud a excomungara: para o Clã, estava morta. Quem então poderia proibir-lhe?

Ayla nem sequer se perguntou o que estava fazendo quando pegou um galho quebrado e o usou como pau de cavouco para retirar do solo, com cuidado, algumas das plantas sem danificar-lhes as raízes. Ela era uma das poucas pessoas no mundo a conhecer-lhes as propriedades. Não podia deixá-las ali, simplesmente. Não que tivesse qualquer intenção definida de fazer uso delas. Mas colher plantas assim era natural para ela. Tinha muitas poções que talvez não viesse jamais a usar. Mesmo o fio-de-ouro de Iza, contra as essências capazes de impregnar uma mulher, servia também para picadas de insetos quando aplicado externamente. Mas aquela era diferente; não tinha nenhum outro uso. Era mágica para o espírito.

– AH! AÍ ESTÁ VOCÊ. Já estávamos preocupados – disse Tholie, logo que a avistou. – Jondalar disse que se você não voltasse logo, ia mandar Lobo para buscá-la.

– Por que demorou tanto? – perguntou Jondalar antes que ela respondesse. – Tholie me disse que você voltaria logo. – Na aflição, falara em Zelandonii inadvertidamente. E Ayla notou que ele estivera, de fato, ansioso.

– A vereda não acabava mais e resolvi seguir em frente. Então, encontrei algumas plantas que andava procurando – disse Ayla, mostrando o material que tinha colhido. – Esta área é tão parecida com aquela em que me criei! Não via isto desde que saí de lá.

– O quão importantes são para você não poder deixar de colhê-las agora? Esta aqui, para que serve? – indagou Jondalar, mostrando o fio-de-ouro.

Ayla já o conhecia bem para saber que o tom agressivo era apenas resultado de sua preocupação, mas a pergunta a pegou de surpresa.

– Bom... Serve para picadas... mordidas – disse, corando. Não estava mentindo, mas a resposta era incompleta. Ayla fora criada como mulher do Clã, e mulheres do Clã não podiam se recusar a responder uma pergunta direta, sobretudo se feita por um homem. Mas Iza lhe proibira terminantemente de falar dos poderes daquele fio-de-ouro a qualquer pessoa, principalmente a um homem. Iza nunca deixaria de responder à pergunta de Jondalar – não teria podido resistir-lhe –, mas não teria oportunidade de ser posta à prova. Nenhum homem do Clã ousaria submeter uma curandeira a um interrogatório sobre suas ervas ou sobre o exercício da sua profissão.

Omitir era aceitável, mas Ayla sabia que a permissão se dava por cortesia ou para garantir certa privacidade. Mas, no caso, ela fora ainda além. Estava sonegando informação deliberadamente. Podia ministrar o remédio quando achasse isso apropriado, embora soubesse que podia ser perigoso para ela se os homens descobrissem que ela era capaz de derrotar os mais fortes espíritos e impedir a fecundação. Aquilo era conhecimento secreto, exclusivo de curandeiras.

Um pensamento ocorreu a Ayla. Se o remédio de Iza podia impedir a Mãe de abençoar uma mulher com um filho, podia ser ele mais forte que a Mãe? Mas como? E se Ela criara todas as plantas, não teria criado essa, com tais propriedades, de propósito? Para ajudar as mulheres se a gravidez fosse difícil ou perigosa para elas? Mas, então, por que a maioria das mulheres não tinha conhecimento do fato? Talvez elas tivessem! As plantas cresciam tão perto do acampamento que aquelas mulheres Sharamudoi podiam estar familiarizadas com os seus efeitos. Podia perguntar. Mas talvez não lhe respondessem. E se não sabiam de nada, como fazer uma pergunta daquelas sem contar o segredo? E por que não? Se a intenção da Mãe fora que as mulheres se servissem da planta, não deveria então contar-lhes? A cabeça de Ayla fervia de perguntas, para as quais ela não tinha respostas.

— Por que precisa de plantas para picadas logo agora? — perguntou Jondalar, ainda incerto.

— Não tive a intenção de deixá-lo preocupado — disse Ayla. E sorriu. — Mas esta área é muito parecida com aquela onde fui criada. Não resisti ao desejo de explorá-la, só isso.

E ele teve de sorrir também.

— Achou também amoras-pretas, não foi? Agora sei por que levou tanto tempo! Não conheço ninguém que goste tanto de amoras quanto você. — Ele percebera que ela estava reticente e exultava imaginando haver descoberto o motivo.

— Bem, sim, comi algumas. Talvez a gente possa ir lá de novo e colher amoras para todo mundo. Estão maduras e deliciosas. E há outras coisas que quero ver se encontro.

— Acho que com você aqui vamos ter sempre quantas amoras-pretas quisermos! — disse Jondalar, beijando-lhe a boca tingida de púrpura.

Ele estava tão contente por tê-la de volta, sã e salva, e tão contente com a própria esperteza, descobrir seu fraco por amoras, que Ayla se limitou a sorrir. Que Jondalar pensasse o que quisesse. Ela gostava, sim, de amoras silvestres, mas seu fraco mesmo era por ele. E sentiu, de repente, tanto amor por Jondalar que desejou que estivessem sozinhos. Queria abraçá-lo, tocá-lo, dar-lhe os Prazeres e senti-lo dando-lhe os Prazeres também, com a incrível mestria de sempre. Esses sentimentos refletiram-se nos seus olhos, e os olhos de Jondalar, tão maravilhosamente azuis, responderam-lhe com maior ardor ainda. Ela sentiu aquilo tão forte por dentro que teve de dar-lhe as costas para acalmar-se.

— Como vai Roshario? Ela já está acordada?

— Sim, e disse que sente fome. Carolio veio do desembarcadouro e está preparando algo para nós, mas pensei que deveríamos esperar a sua volta para dar de comer à doente.

— Vou vê-la, então. Depois gostaria de nadar um pouco — disse Ayla, dirigindo-se para a casa. No mesmo momento, Dolando ergueu a cortina da porta para sair, e Lobo veio atrás dele, aos saltos. Correu para Ayla, pôs as patas nos ombros dela e lambeu-lhe o queixo.

— Lobo! Quieto! Estou com as mãos cheias.

— Ele parece alegre por vê-la — disse Dolando. E, depois de uma breve hesitação: — Eu também estou, Ayla. Roshario precisa de você.

Era uma espécie de concessão. Pelo menos a admissão de que não queria mantê-la afastada de sua mulher, apesar da explosão da véspera. Ela sentira isso quando ele a recebeu outra vez em casa, mas nada fora expresso em palavras até então.

— Você vai precisar de algo? Posso ajudá-la? — acrescentou, vendo que ela trazia uma braçada de plantas.

— Gostaria de secar essas plantas, mas para isso vou precisar de um ripado. Posso fazer um, desde que tenha sarrafos, e algum fio para amarrá-los.

— Acho que posso encontrar algo melhor. O Shamud costumava secar plantas para os seus remédios, e sei onde estão as grades de madeira que ele usava. Você quer uma?

— Seria perfeito, Dolando — respondeu ela. O homem assentiu com a cabeça e se foi. Ayla entrou. Sorriu ao ver que Roshario estava sentada na cama. Colocou as plantas no chão e foi até o leito.

— Eu não sabia que Lobo estava aqui dentro. Espero que ele não tenha incomodado vocês.

— Não. Ele ficou de guarda, o tempo todo. Logo que entrou veio me ver. Eu lhe dei uns tapinhas na cabeça, e ele foi sentar-se naquele canto ali. Ficou lá o tempo todo. É o lugar dele, agora, sabe? — disse Roshario.

— Você dormiu bem? — perguntou Ayla, ajeitando a cama e escorando a mulher com almofadas e peles para que ficasse mais confortável.

— Melhor do que jamais me senti antes! Principalmente depois que eu e Dolando tivemos uma boa conversa. — Encarou, firme, aquela mulher loura, alta, que Jondalar trouxera com ele, criara tamanho rebuliço na vida de todos e precipitara tantas mudanças em tão curto tempo. — Na verdade, Ayla, ele não quis dizer aquilo a respeito de você, mas ele anda nervoso. Tem vivido há anos com a lembrança fixa da morte de Doraldo. Sempre foi incapaz de tirá-la da cabeça. Ele não sabia das circunstâncias até ontem à noite. Agora está procurando reconciliar anos de ódio e violência para com uma gente que ele tinha na conta de animais ferozes com tudo o que surgiu de novo sobre eles, incluindo você.

– E quanto a você, Rosharia? Afinal, ele era seu filho também.

– Eu os odiava tanto quanto Dolando, mas então a mãe de Jetamio morreu, e nós a adotamos. Ela não tomou propriamente o lugar de Doraldo, mas estava tão fraquinha, e exigiu tantos cuidados, que não tive tempo de ficar remoendo a morte do meu filho. Quando passei a considerá-la como filha, deixei a memória dele em paz. Dolando também passou a amar Jetamio, mas meninos são especiais para os pais, principalmente meninos nascidos para o seu lar. Ele não se conformava com o fato de que Doraldo tivesse morrido justamente quando chegara à maioridade e tinha a vida à sua frente. – Rosharia estava com os olhos marejados de água. – E agora Jetamio também se foi. Tive até medo de criar Darvalo, com medo que ele também morresse jovem.

– Não é fácil perder um filho – disse Ayla –, ou uma filha.

Rosharia imaginou ter visto uma sombra de dor passar pelo rosto da outra, quando ela se ergueu e foi até o fogo para começar os seus preparativos. Quando voltou, trazia os remédios que ela devia tomar naquelas interessantes tigelinhas de madeira. Rosharia nunca vira vasilhas como aquelas. Muitos dos seus utensílios e ferramentas eram decorados com entalhes ou pinturas, principalmente os de Shamud. As tigelas de Ayla tinham acabamento delicado, e lindas formas, mas eram absolutamente simples. Não tinham decoração de nenhuma espécie, exceto pelo veio da própria madeira.

– Sente dor agora? – perguntou Ayla, removendo as ataduras.

– Alguma. Mas muito menos do que antes.

– A inchação está cedendo – disse Ayla, estudando o braço. – Isso é bom sinal. Vou pôr de novo as talas e a tipoia, para o caso de você querer levantar-se por algum tempo. De noite, porei um novo emplastro. E quando não estiver mais inchado, enrolo o braço em casca de bétula, que não deve ser tirada até que o osso fique curado. Vai levar pelo menos uma lua inteira e metade de outra – explicou Ayla, removendo com habilidade a pele macia e úmida de camurça e examinando a equimose causada pelas suas manipulações do dia anterior.

– Casca de bétula? – perguntou Rosharia.

– Sim. Quando molhada em água quente, ela amolece e fica fácil de moldar e ajustar. Depois endurece quando seca e conserva seu braço rígido, de modo que o osso fica reto e firme, mesmo que você saia da cama e ande por aí.

– Quer dizer que vou poder fazer algumas atividades em vez de ficar deitada? – disse Rosharia com uma expressão de alegria no rosto.

– Só poderá utilizar o outro braço, mas não há motivo por que não possa ficar de pé. Era a dor que a mantinha na cama.

Rosharia concordou.

– Era mesmo.

– Há algo mais que eu queria que você fizesse antes de eu pôr as ataduras de volta. Gostaria que movesse um pouco os dedos. Talvez doa um pouco.

Ayla procurou disfarçar sua preocupação. Se houvesse algum dano interno que impedisse Rosharia de mexer com os dedos àquela altura, isso seria um sinal de que, mais tarde, teria apenas um uso limitado do braço. Ambas ficaram de olhos fixos na mão, e sorriram quando ela ergueu um dos dedos e, em seguida, os demais.

– Muito bom! Agora, será capaz de curvar um pouco os dedos?

– Posso senti-los perfeitamente! – disse Rosharia, flexionando os dedos.

– E será que dói muito fechar a mão?

Ayla ficou olhando, e Rosharia fechou a mão devagarzinho.

– Dói, mas é possível.

– Muito bom mesmo. E até onde pode mover a mão? Pode dobrá-la no pulso?

Rosharia fez uma careta com o esforço e aspirou ar através dos dentes cerrados. Mas dobrou a mão para a frente.

– Agora chega – disse Ayla.

Ambas se voltaram para a porta, vendo que Lobo anunciava a chegada de alguém. Era Jondalar. Lobo deu um latido apenas, que mais parecia uma tosse rouca.

– Vim ver se há algo que eu possa fazer. Quer que ajude Rosharia a sair? – perguntou. Ele viu o braço descoberto da mulher e desviou o olhar imediatamente. Aquela coisa disforme e manchada não lhe parecia nada bem.

– No momento, não precisamos de nada. Mas nos próximos dias gostaria muito de algumas tiras de casca de bétula, bem largas. Se você encontrar alguma árvore de porte, memorize sua localização para mostrar-me onde fica. É para manter o braço de Roshario duro enquanto sara.

– Você não me explicou por que me mandou mexer os dedos, Ayla – disse Roshario.

Ayla sorriu.

– Significa que são boas as chances de que você venha a ter o uso normal do seu braço outra vez, ou pelo menos quase normal.

– Que boa notícia! – exclamou Dolando, que ouviu tudo ao entrar com uma espécie de grelha de madeira. Segurava-a por uma ponta e Darvalo, por outra. – Isto aqui serve?

– Serve sim, e foi bom vocês terem trazido para dentro. Algumas das minhas plantas têm de secar no escuro.

– Carolio mandou dizer que a nossa refeição da manhã está pronta – disse o rapaz. – Ela quer saber se vocês preferem comer lá fora. O dia está muito bonito.

– Bem, eu gostaria – disse Roshario. Depois se voltou para Ayla. – Se você estiver de acordo, é claro.

– Deixe-me pôr o braço na tipoia primeiro. Depois pode andar, apoiada por Dolando – disse Ayla.

O líder dos Shamudoi abriu o rosto num sorriso incomum.

– E se ninguém fizer objeção, vou dar um mergulho antes de comer.

– Você me garante que isso aí é um barco? – disse Markeno, ajudando Jondalar a pôr de pé contra a parede o barco redondo e os dois mastros. – Como é que você controla isso?

– Não é tão fácil de controlar quanto os barcos de vocês, e serve mais para atravessar rios. Os remos nos ajudam a empurrá-lo. Naturalmente, como temos os cavalos, deixamos que eles o puxem – explicou Jondalar.

– Acho que fico mesmo com os meus barcos – disse Markeno. Quando um homem apareceu na quina do penhasco, ele acrescentou: – Lá vem Carlono. Acho que é tempo de Ayla dar um passeio em um deles.

Todos seguiram para o lugar onde estavam os cavalos. Depois foram juntos para a borda do paredão e ficaram no lugar de onde o pequeno riacho se precipitava no Grande Rio Mãe, embaixo.

– Você acha mesmo que ela deve tentar descer assim, a pique? – disse Jondalar. – É muito íngreme, leva tempo, e dá medo. Eu próprio hesito. Há muito tempo que não faço isso.

— Você mesmo disse que queria dar à jovem a oportunidade de andar num barco de verdade, Jondalar — disse Markeno. — E talvez ela goste de ver o nosso desembarcadouro.

— Não é tão difícil — disse Tholie. — Há apoios para os pés, e cordas. Posso mostrar-lhe como fazer.

— Ela não precisa descer a pique — disse Carlono. — Podemos baixá-la na cesta dos suprimentos. Foi como você veio da primeira vez, Jondalar.

— Talvez seja melhor — disse Jondalar.

— Pois então venha comigo. Mandaremos a cesta para cima.

Ayla tinha assistido à discussão enquanto contemplava o rio embaixo, e o caminho tão precário que eles usavam para descer; o caminho em que Rosharío havia caído, embora estivesse inteiramente familiarizada com ele. Viu as fortes cordas trançadas, presas a cavilhas de madeira enterradas em fendas do rochedo, a partir do topo, onde estavam. Parte da descida vertical era lavada pela torrente, que batia, ao cair, em mais de uma saliência.

Viu que Carlono começou a descida com aparente facilidade, agarrando-se à corda com uma das mãos enquanto pousava o pé na primeira e estreita aba. Viu que Jondalar empalideceu, respirou fundo, e depois seguiu atrás do outro, um pouco mais lentamente, porém, e com maior cautela. Entrementes, Markeno, que Shamio queria ajudar, apanhava um grande rolo de corda grossa, terminado em laço. Esse laço estava preso numa forte estaca, fincada na plataforma. A outra ponta foi lançada no espaço. Ayla ficou imaginando que espécie de fibra usavam. Nunca vira cordame tão grosso.

Pouco depois, Carlono voltou para cima, com a outra ponta do cabo. Ele foi até outra estaca, não muito afastada da primeira, depois começou a recolher a corda, deixando-a cair num rolo junto dele. Um objeto grande, achatado, parecido com uma cesta, logo surgiu entre as duas estacas. Cheia de curiosidade, Ayla se aproximou para vê-lo de perto.

— Pode embarcar, Ayla. Firmaremos a corda e desceremos você com cuidado — disse Markeno, calçando um par de mitenes de couro bem justas, e enrolando em seguida a extremidade maior da corda em torno da segunda estaca para a descida da cesta.

Como ela hesitou, Tholie disse:

— Se prefere descer pela parede da rocha, vou junto, mostrando como é. Não gosto de descer na cesta.

Ayla olhou mais uma vez o rochedo. Nenhum dos dois sistemas lhe parecia convidativo.

– Acho que vou experimentar a cesta, pela primeira vez – disse ela.

Ayla entrou na cesta, sentou-se no fundo, e agarrou-se às bordas até ficar com os nós dos dedos brancos.

– Está pronta? – perguntou Carlono.

Ayla virou a cabeça na direção dele, sem largar as mãos, e fez um sinal positivo com a cabeça.

– Vamos descê-la, Markeno.

O rapaz afrouxou a corda, e Carlono guiou a cesta para o vazio. Enquanto Markeno controlava o ritmo da descida, deixando que a corda fosse passando por suas mãos enluvadas de couro, a laçada no alto da cesta escorregava ao longo da corda pesada, e Ayla, suspensa no espaço por cima do desembarcadouro, descia devagar.

O sistema era simples, mas eficiente. Era movido a força muscular, mas a cesta, embora forte, não era pesada, de modo que uma pessoa apenas podia manobrar cargas bastante grandes. Com mais de uma pessoa nos comandos, até cargas pesadas subiam.

Quando a cesta passou a beira do barranco, Ayla fechou os olhos. Agarrada à borda, sentia o coração bater nos ouvidos. Mas quando percebeu que descia suavemente, abriu os olhos, depois olhou em volta, tomada de estupor. A visão que tinha era de uma perspectiva que jamais tivera antes e que, provavelmente, jamais teria de novo.

Dependurada por cima do grande rio, ao lado da parede do despenhadeiro, sentia-se como se flutuasse no ar. O muro rochoso do outro lado do rio ficava a pouco mais de 1 quilômetro de distância, mas lhe parecia muito mais próximo, embora no Portão as paredes parecessem ainda muito mais próximas entre si. O rio ali era reto, e vendo-o à direita e à esquerda, naquela grande extensão, ela podia sentir a sua força. Quando já estava bem perto do chão, e olhou para cima, viu uma nuvenzinha branca no limite da rocha e duas figuras, uma delas bem pequena, e o lobo, que olhavam para baixo. Acenou. Depois, aterrissou com um pequeno impacto, enquanto ainda olhava para o alto.

Quando viu a expressão sorridente de Jondalar, comentou:

– Foi muito excitante.

– E espetacular, não é mesmo? – disse ele, ajudando-a a sair da gôndola. Havia muita gente à espera, mas ela estava mais interessada no lugar que nas pessoas. Sentiu um movimento debaixo dos pés quando pisou as pranchas de madeira do desembarcadouro, e viu que estavam flutuando na água. Era um cais espaçoso, capaz de acomodar diversos alojamentos de construção semelhantes aos de cima, que a saliência do rochedo de arenito resguardava. E sobravam áreas livres. Havia um fogo perto, protegido por pedras, sobre uma laje de grés.

Muitos daqueles barcos interessantes que ela já notara antes estavam atracados à plataforma flutuante. Usados pela população ribeirinha, eram estreitos e alongados e terminavam em ponta, a proa como a popa. Eram de vários tamanhos, e não havia dois que fossem exatamente iguais. Iam dos que mal tinham espaço para uma pessoa sozinha aos que podiam sentar todo um grupo.

Ao virar-se para ver melhor, deu com dois realmente grandes. Tinham as proas curvas para cima, de modo a formar cabeças de estranhos pássaros, e eram pintados com motivos geométricos que, em conjunto, davam a impressão de penas. Havia um segundo par de olhos pintados junto da linha de flutuação. O maior dos barcos tinha, até, um dossel na sua seção mediana. Quando ela se voltou para Jondalar, a fim de manifestar-lhe seu espanto, viu que ele fechara os olhos e tinha a testa franzida de angústia, e entendeu que o barco grande tivera algo a ver com o irmão, Thonolan.

Mas nenhum deles teve muito tempo para ver tudo com calma e tirar conclusões. Foram arrastados pelos demais, ansiosos por mostrar aos visitantes tanto as suas embarcações, de modelo incomum, quanto a sua perícia em marinhagem. Ayla viu que as pessoas subiam rapidamente por uma conexão semelhante a uma rampa empinada, que ligava a doca ao barco. Quando a levaram até lá, compreendeu que esperavam que ela também subisse. Muita gente andava sem esforço por aquelas pranchas oscilantes, equilibrando-se com facilidade, embora o cais balançasse para um lado e o barco para outro, ao que lhe parecia. Ayla ficou muito grata pela mão que Carlono lhe estendeu.

Sentou-se entre Markeno e Jondalar, debaixo da coberta, num banco em que teriam cabido facilmente mais pessoas. Viu que havia gente atrás e na frente, e que muitos empunhavam longos remos. Antes de perceber o que estava acontecendo, tinham desatado as amarras e estavam no meio do rio.

A irmã de Carlono, Carolio, postada na proa do barco, começou a entoar com voz forte um canto coletivo, ritmado, que se impôs à melodia do Grande Rio Mãe. Ayla via com fascinação como os remadores venciam a corrente, intrigada com a maneira como remavam em uníssono, ao ritmo de uma canção, e ficou surpresa com a rapidez e aparente facilidade com que eram impelidos rio acima.

Numa curva do rio, as paredes da garganta rochosa se estreitaram. Entre as elevadas rochas, que subiam, verticais, das profundezas do caudal, o som da água ficou mais alto e mais intenso. Ayla sentiu que o ar era mais frio e mais úmido ali, e suas narinas captaram o cheiro molhado do rio, da vida que nele nascia e morria, tão diferente dos aromas secos e revigorantes da planície.

Quando a passagem se alargou de novo, apareceram árvores que vinham até o limite da água nas duas margens.

– Isto já me parece familiar – disse Jondalar. – Aquilo em frente não é o lugar onde são feitos os barcos? Vamos parar lá?

– Não desta vez. Vamos prosseguir e fazer o retorno em Meio-Peixe.

– Meio-Peixe? – disse Ayla. – O que é isso?

Um homem que estava sentado à sua frente virou-se rindo. Ayla reconheceu o marido de Carolio.

– Por que não pergunta a ele? – disse o homem, apontando para Jondalar.

Ayla viu que o rosto de Jondalar ficara vermelho.

– Foi lá que ele se tornou meio Ramudoi. Ele nunca lhe contou a história? – Diversas pessoas riram.

– Por que você mesmo não conta, Barono? – disse Jondalar. – Não será a primeira vez, seguramente.

– Bem, você tem de admitir que foi engraçado, Jondalar – disse Barono. – Mas é a você que cabe contar o caso.

Jondalar não pôde deixar de sorrir.

– Engraçado para os outros, talvez. – Ayla o olhou com um sorriso intrigado. – Muito bem, eu estava aprendendo a manejar barcos pequenos – começou ele. – Tinha um arpão comigo, e comecei a subir o rio. Vi que os esturjões começavam a mover-se também na mesma direção, para a desova. Pensei que era a minha chance de pegar o primeiro, sem saber como poderia tirar da água um peixe daquele tamanho e sem pensar no que poderia acontecer num barco tão pequeno.

– O peixe deu trabalho a Jondalar! – disse Barono, incapaz de conter-se.

– Eu não tinha nem certeza de poder agarrá-lo. Não estava acostumado com arpão preso a uma corda – continuou Jondalar. – Imagine o que aconteceria se estivesse.

— Não entendo — disse Ayla.

— Quando você caça em terra firme e espeta algum animal, um gamo, por exemplo, mesmo se o fere só de raspão e a lança cai, e ele foge, há como ir na pista dele — explicou Carlono. — Mas não há como seguir um peixe na água. Um arpão tem farpas, viradas para trás, naturalmente, e uma corda bem forte, de modo que quando um peixe é fisgado, a ponta com a corda entra nele, e esta não se perde na água. A outra ponta da corda fica amarrada ao barco.

— Pois o peixe de Jondalar o arrastou rio acima, com barco e tudo — disse Barono, interrompendo outra vez. — Nós estávamos na margem, lá atrás, e vimos quando ele passou, como um raio, agarrado à corda que estava presa no barco. Nunca vi ninguém passando assim tão depressa. Foi a coisa mais engraçada! Jondalar pensava ter pegado o peixe, mas na verdade o peixe o pegou.

Ayla agora ria com os outros.

— Quando o peixe, afinal, perdeu muito sangue e morreu, eu estava bem longe, rio acima — continuou Jondalar. — O barco estava cheio de água, e acabei tendo de nadar até a margem. Na confusão, o barco se foi, levado pela corrente, mas o peixe encalhou num remanso. Puxei-o para a terra. Àquela altura eu já estava com muito frio, perdera minha faca, e não encontrava gravetos nem nada para fazer fogo. E eis que de repente me aparece um cabeç... um rapazinho do Clã.

Os olhos de Ayla se arregalaram. A história ganhava novos contornos.

— Ele me conduziu até a sua fogueira. Havia uma idosa no acampamento dele, e eu tremia tanto que ela me deu uma pele de lobo. Depois que me aqueci, fomos juntos de volta para o rio. O cabe... o rapaz... pediu metade do peixe e eu o reparti de boa vontade. Ele mesmo cortou metade do esturjão, de cima a baixo, e levou sua parte embora. Todo mundo que tinha me visto passar procurava por mim, e logo depois me acharam. Fizeram muita pilhéria, mas, assim mesmo, como gostei de vê-los!

— Ainda acho difícil acreditar que um cabeça-chata pudesse ter carregado aquele meio peixe sozinho. Precisamos de três ou quatro homens para levar a outra metade — disse Markeno. — Era um esturjão enorme.

— Os homens do Clã são fortes — disse Ayla. — Mas eu não sabia que havia gente do Clã por aqui. Para mim, todos viviam na península.

— Havia muitos na outra margem — disse Barono.

— E o que aconteceu com eles? — perguntou Ayla.

Todos baixaram os olhos, ou desviaram o olhar. Finalmente, Markeno disse:

– Depois da morte de Doraldo, Dolando reuniu um grupo... e foi atrás deles. Depois de algum tempo, a maior parte... tinha ido... Acho que foram todos embora.

JONDALAR E AYLA haviam demonstrado, com grande êxito o arremessador de lanças. Chegar perto de uma camurça para matá-la exigia habilidade e infinita paciência. Quando os caçadores Shamudoi viram a distância a que uma lança podia ser atirada com aquele engenho, ficaram tão entusiasmados que mal se continham na ânsia de experimentá-lo nos evasivos antílopes da montanha. Quanto aos pescadores de esturjão, igualmente tomados de admiração, decidiram criar uma variante com arpão, e testá-la para ver se funcionaria. No curso do debate, Jondalar apresentou sua velha ideia de uma lança em duas partes, com um cabo comprido guarnecido de duas ou três penas, e uma parte dianteira menor, destacável, e farpada. O potencial de uma arma dessas foi imediatamente assimilado pelos ouvintes, e diversas alternativas foram experimentadas pelos dois grupos, os caçadores Shamudoi e os pescadores Ramudoi – nos dias subsequentes.

De repente, viram uma confusão do outro lado da plataforma. As três mulheres olharam para lá e viram que algumas pessoas içavam a cesta dos suprimentos. Alguns jovens corriam naquela direção.

– Eles pegaram um peixe! Pegaram-no com o lançador de arpões! – gritou Darvalo. – É uma fêmea!

– Vamos ver! – disse Tholie.

– Você vai na frente. Vou num instante. Primeiro vou guardar o meu puxador de linha.

– E eu espero por você, Ayla – disse Rosharío.

Quando as duas se reuniram aos outros, a primeira parte do esturjão já fora descarregada, e a cesta fora mandada de volta para baixo. Era um peixe imenso, grande demais para ser trazido penhasco acima de uma vez só. A melhor parte subira primeiro: quase 80 quilos de pequeninas ovas escuras de esturjão. Parecia um bom presságio que o primeiro peixe apanhado com o arremessador de arpão, variação do arremessador de lanças de Jondalar, fosse aquela volumosa fêmea.

Grelhas de secar peixe foram levadas para o fim do campo, e as pessoas começaram a retalhar o grande peixe em pequenos pedaços. A vasta massa de caviar, no entanto, foi levada em bloco para o centro da área social do acampamento. Cabia a Rosharam, como mulher do chefe, supervisionar a distribuição. Ela pediu que Ayla e Jondalar a ajudassem, e serviu um pouco para que todos provassem.

– Faz anos que não como isso! – disse Ayla, servindo-se mais uma vez. – É sempre melhor assim, fresco, mal saído do peixe. E é uma grande quantidade!

– O que é bom. Senão, não poderíamos comer tanto assim – disse Tholie.

– Por que não? – perguntou Ayla.

– Porque usamos as ovas do esturjão para amaciar a pele da camurça – disse Tholie. – A maior parte é usada para isso.

– Eu gostaria de ver como fazem, um dia desses – disse Ayla. – Sempre gostei de trabalhar com couros e peles. Quando vivia no Acampamento do Leão, aprendi a colorir peles; a fazer, por exemplo, que ficassem bem vermelhas. Crozie me ensinou também a fazer couro branco. E gosto muito dessa cor amarela de vocês.

– Pois me surpreende que Crozie estivesse disposta a mostrar-lhe o seu trabalho – disse Tholie, lançando um olhar significativo para Rosharam. – Sempre imaginei que o couro branco fosse um segredo da Fogueira do Grou.

– Ela não me disse que era um segredo. Disse que aprendera com a mãe, e que a filha não estava interessada. Pareceu-me contente de passar a técnica a outra pessoa.

– Bem, vocês eram, afinal, do mesmo acampamento, eram como uma família – disse Tholie, embora ainda surpresa. – Não creio que ela ensinasse a uma estranha. Nós também não faríamos isso. O método Shamudoi de tratar a camurça é um segredo. Nossas peles são admiradas e têm alto valor comercial. Se todo mundo soubesse como prepará-las, elas ficariam depreciadas, de modo que guardamos o segredo – concluiu.

Ayla assentiu de cabeça, mas seu desapontamento era visível.

– Bem, são bonitas. E o amarelo é tão vivo!

– Vem da murta-do-brejo, mas nós não usamos a planta pela cor. Isso simplesmente acontece. A murta-do-brejo ajuda a manter as peles macias mesmo depois de molhadas – disse Rosharam. – Se você ficasse aqui, Ayla, poderíamos ensinar-lhe a técnica de fazer camurça amarela.

– Se eu ficasse... quanto tempo? – perguntou Ayla.

– Oh, quanto quisesse. A vida inteira, Ayla – disse Rosharío, afetuosamente. – Jondalar é nosso parente. Nós o consideramos assim. Em pouco tempo ele seria um perfeito Sharamudoi. Até já ajudou a construir um barco. Você me disse que ainda não são casados. Estou certa de que encontraríamos algum casal disposto a unir-se a vocês. Não tenho dúvida de que seria bem recebida entre nós. Desde a morte do velho Shamud precisamos de alguém que o substitua.

– Nós, como casal, eu e Markeno, estaríamos dispostos a recebê-los. – disse Tholie. Embora a oferta de Rosharío tivesse sido feita por impulso, assim que a ouviu Tholie a julgou apropriada. – Tenho de falar com ele, mas estou certa de que concordará. Depois de Jetamio e Thonolan, tem sido difícil encontrar outro casal para se juntar a nós. O irmão de Thonolan é perfeito para isso. Markeno sempre gostou de Jondalar, e eu apreciaria muito partilhar a mesma casa com outra mulher Mamutoi. – E, sorrindo para Ayla, disse: – Shamio também adoraria ter o lobinho em volta dela todo o tempo.

O oferecimento apanhara Ayla de surpresa. Quando, finalmente, compreendeu-lhe o sentido, emocionou-se. A tal ponto que ficou com os olhos marejados.

– Não sei o que dizer, Rosharío. Senti-me em casa aqui desde o primeiro momento. Quanto a você, Tholie, gostaria muito de dividir... – Não conseguiu completar o pensamento. O choro a impediu.

As duas mulheres Sharamudoi sentiram o contágio do pranto e tiveram de piscar repetidamente para conter as lágrimas. Sorriam uma para a outra com cumplicidade, pela ideia do plano maravilhoso.

– Logo que Markeno e Jondalar voltarem, falamos com eles – disse Tholie. – Markeno ficará tão aliviado...

– Mas não sei quanto a Jondalar – disse Ayla. – Só sei que ele fez questão de vir aqui. Até deixou de ir por um caminho mais curto para ter o prazer de revê-los. Mas não sei se poderá ficar. Ele quer voltar para o seu povo.

– Mas nós somos seu povo – disse Tholie.

– Não, Tholie. Embora ele tenha permanecido entre nós tanto tempo quanto o irmão, Jondalar é ainda um Zelandonii. Ele nunca se desligou dos seus. Penso até que foi por isso que seus sentimentos por Serenio não ficaram nunca tão fortes.

– Serenio, a mãe de Darvalo? – perguntou Ayla.

– Sim – disse a mais velha das duas, sem saber o quanto Jondalar teria contado a Ayla sobre Serenio. – Mas uma vez que é óbvio o que ele sente por você, talvez, depois de tanto tempo, seus laços com seu próprio povo estejam mais fracos. Já não viajaram bastante? Por que fazer mais uma Jornada tão longa se vocês podem ter uma fogueira aqui mesmo? Além disso, está na hora de Markeno e eu termos outro casal conosco. Antes do inverno... Antes... Eu não lhes disse, mas a Mãe me abençoou de novo... Devemos escolher um casal antes do nascimento deste aqui.

– Eu percebi – disse Ayla. – É maravilhoso, Tholie. – E com um olhar sonhador: – Talvez, um dia, eu também tenha um bebê para ninar...

– Se formos morar juntos, o bebê que eu levo será seu também, Ayla. E será bom saber que haverá alguém por perto, para ajudar, no caso... Ainda que eu não tenha tido problemas dando à luz Shamio.

Ayla pensou em como gostaria de ter um bebê algum dia. Um bebê de Jondalar. Mas se não pudesse conceber? Ela vinha tendo o cuidado de tomar seu chá todo dia, e não ficara grávida. Mas teria ficado sem o chá? E se não fosse capaz de gerar uma criança? Não seria maravilhoso saber que os filhos de Tholie seriam seus também, e de Jondalar? Era verdade, além disso, que a área em torno do acampamento era muito semelhante à outra, da caverna do Clã de Brun. Sentia-se em casa ali. As pessoas eram gentis. Só não tinha certeza com relação a Dolando; gostaria ele também que ela ficasse? E os cavalos? Seria bom para eles descansar um pouco. Mas teriam alimento suficiente para o inverno todo? Teriam, por perto, espaço suficiente para correr?

E, o mais importante de tudo: como reagiria Jondalar? Estaria ele disposto a desistir de sua Jornada de volta à terra dos Zelandonii para estabelecer-se naquele lugar?

19

Tholie avançou até a grande fogueira e ficou projetada em silhueta contra o fundo vermelho das brasas e o céu poente, limitado pelos paredões a pique que fechavam a enseada de um lado e de outro. Muita gente permanecia concentrada no espaço de reunião debaixo da platibanda de arenito, comendo as últimas amoras-pretas, tomando chá ou vinho levemente fermentado e espumante. O banquete comunitário de esturjão fresco tivera como entrada uma única porção de caviar; o que sobrara teria uso mais prosaico: amaciar peles de camurça.

– Quero dizer algo, Dolando, enquanto estamos todos reunidos aqui – anunciou Tholie.

O homem concordou, embora não tivesse feito diferença se ele não o fizesse. Tholie já falava sem esperar pela resposta.

– Acho que expresso o sentimento de todos quando digo que estamos felizes com a presença de Jondalar e Ayla entre nós – disse.

Muitos se manifestaram concordando.

– Estávamos preocupados com Rosharini – continuou Tholie –, não só por causa da dor que ela sentia, mas porque temíamos que viesse a ficar com o braço inutilizado. Ayla mudou isso. Rosharini diz que não sente mais dor e, com sorte, há esperança de que possa usar o braço outra vez, como antes.

Houve, de novo, um coro de comentários positivos, expressando gratidão e desejando boa sorte.

– Devemos também agradecimentos a nosso parente Jondalar – disse Tholie. – Quando ele morava conosco, suas ideias para o aperfeiçoamento de nossas ferramentas foram de grande ajuda. Agora mesmo ele nos demonstrou seu arremessador, e o resultado é esta festança.

Mais uma vez o grupo manifestou seu assentimento.

– Enquanto viveu conosco, Jondalar pescava esturjão e caçava camurças e jamais nos disse se preferia a água ou a terra. Estou certa de que seria um grande homem do rio...

– Muito bem, Tholie. Jondalar é um Ramudoi! – exclamou um homem.

– Ou pelo menos metade de um Ramudoi! – disse Barono, saudado por um coro de gargalhadas.

– Não, não – disse uma das mulheres. – Ele ainda está aprendendo sobre a água, mas já conhece a terra muito bem.

– É verdade – disse um velho. – Podem perguntar ao próprio Jondalar. Ele arremessou a lança muito antes de arremessar o arpão. Jondalar é um Shamudoi.

– Ele até gosta de mulheres caçadoras!

Ayla se voltou para ver quem fizera o último comentário. Fora uma adolescente, um pouco mais velha que Darvalo, chamada Rakario. Gostava de ficar todo o tempo perto de Jondalar, o que aborrecia o rapaz; ele se queixava de que ela estava sempre no seu caminho.

Jondalar sorriu bem-humorado com toda aquela animada discussão. Era uma demonstração da competição cordial entre ambos; uma espécie de rivalidade interna na família, mas saudável, que não podia nunca passar dos limites convencionais. Brincadeiras, bazófia, até mesmo um certo nível de insulto eram permitidos, mas tudo que pudesse ofender ou despertar ira era logo reprimido. Os dois lados se juntavam para acalmar os exaltados e pôr água na fervura.

– Como eu disse, Jondalar pode ser um excelente homem do rio – disse Tholie, quando todos se calaram. – Mas Ayla está mais familiarizada com a terra, de modo que eu aconselharia a Jondalar ficar com os caçadores. Se ele preferir assim, é claro, e se os caçadores estiverem de acordo. Se Jondalar e Ayla permanecerem conosco, e se tornarem Sharamudoi, nós propomos que eles se unam a nós. Mas como Markeno e eu somos Ramudoi, eles teriam de ser Shamudoi.

Houve grande manifestação de animação entre os ouvintes, com troca de comentários, e até felicitações aos dois casais.

– É um plano maravilhoso, Tholie – disse Carolio.

– A ideia foi de Roshario – disse Tholie.

– Mas o que pensa Dolando de aceitarmos Jondalar? E o que ele acha de aceitarmos Ayla, uma mulher criada por aqueles que vivem na península? – perguntou Carolio, olhando diretamente para o chefe Shamudoi.

Houve um silêncio repentino. Todo mundo sabia as implicações da pergunta. Depois da sua violenta reação em relação a Ayla, estaria Dolando disposto a aceitá-la? Ayla esperara que o incidente ficasse esquecido e se perguntava por que Carolio o trouxera à tona, mas ela não tinha como não fazê-lo. A questão era de sua responsabilidade.

Carlono e sua companheira tinham vivido originariamente com Dolando e Roshario, e, juntos, os quatro tinham fundado aquele grupo de Sharamudoi quando se mudaram do seu lugar de origem, já superlotado. Posições de chefia eram, em geral, concedidas por consenso informal, e eles dois eram uma escolha natural. Na prática, a mulher do chefe assumia as responsabilidades de colíder, mas a mulher de Carlono morreu quando Markeno era ainda muito jovem. O líder Ramudoi nunca se casou outra vez formalmente, e sua irmã gêmea, Carolio, que passara a tomar conta do menino, assumiu também, aos poucos, os deveres de mulher de líder. Com o tempo, ela foi aceita pela comunidade como colíder; assim, tinha a obrigação de fazer a pergunta.

O povo sabia que Dolando permitira que Ayla continuasse a tratar de sua mulher, pois Roshario precisava dela, e Ayla, obviamente, lhe era útil. O que não significava que ele desejasse tê-la com o grupo em caráter permanente. Ele poderia estar apenas se controlando temporariamente. Mesmo que todos desejassem uma curandeira, Dolando era um deles, e Ayla, uma estranha. Não desejavam aceitar uma estranha que pudesse causar problema para seu chefe e desavenças entre o grupo.

Enquanto Dolando pensava em sua resposta, Ayla sentiu um frio no estômago e ficou com um nó na garganta. Tinha a curiosa sensação de estar sendo julgada por algum erro cometido. Sabia, porém, que não fizera nada de errado. Sentiu-se triste e um pouco zangada e teve de resistir ao impulso de sair dali. Seu único erro era ser quem era. O mesmo lhe acontecera com os Mamutoi. Teria de ser sempre assim? Aconteceria de novo com a gente de Jondalar? Bem, pensou; Iza, e Creb, e o Clã de Brun, tinham cuidado dela, e ela não ia renegar aqueles que amava. Mas sentia-se isolada e vulnerável.

Percebeu, então, que alguém viera colocar-se discretamente a seu lado. Sorriu com gratidão para Jondalar e imediatamente se sentiu melhor. Mas aquilo era ainda um julgamento, e ele aguardava para ver o seu desfecho. Ela o observara e sabia qual ia ser sua resposta à oferta de Tholie. Mas Jondalar esperava pela decisão de Dolando antes de formular sua própria resposta.

Subitamente, quebrando a tensão, houve um riso repicado de criança. Shamio, seguida de outros meninos e meninas, saíra correndo de uma das casas, com Lobo aos saltos no meio deles.

– Não é extraordinário como aquele lobo brinca com os pequenos? – disse Roshario. – Ainda há poucos dias eu não acreditaria que iria ver um animal desses junto de crianças que eu amo sem temer pelas suas vidas. Talvez isso valha como lição. Quando a gente fica conhecendo um animal que antes odiava e temia, é possível até que passe a gostar muito dele. É sempre melhor compreender que ter um ódio cego.

Dolando vinha pesando as palavras que devia dizer em resposta a Carolio. Sabia o que lhe estavam perguntando e quanta coisa dependia da decisão que tomasse. Mas não sabia como formular o que sentia. Sorriu para a mulher que amava, grato por ver que ela o conhecia tão bem. Roshario percebeu que ele precisava de auxílio e lhe mostrou uma saída.

– Eu odiei cegamente – disse ele – e tirei as vidas daqueles que odiava por pensar que tinham matado meu filho. Eu os julguei uns animais ferozes e quis acabar com todos eles, mas isso não nos restituiu Doraldo. Agora vejo que eles não mereciam tal ódio. Animais ou não, eles tinham sido provocados. Tenho de viver com essa culpa, mas...

Dolando fez uma pausa, e em seguida, começou a dizer algo sobre os que sabiam mais do que lhe tinham dito e que, assim mesmo, o ajudaram no seu ato violento, mas depois mudou de ideia.

– Esta mulher – disse, olhando para Ayla –, esta curandeira diz que foi criada por eles, educada por aqueles que eu julgava uns animais selvagens, que eu odiava. E mesmo que ainda os odiasse, não poderia expressar esse sentimento em relação a esta mulher. Graças a ela, Rosharío me foi restituída. Talvez seja tempo de começar a entender. Acho que a ideia de Tholie é boa. E eu ficaria contente se os Shamudoi aceitassem Ayla e Jondalar.

Ayla sentiu-se tomada por um imenso alívio. Agora sabia por que aquele homem fora escolhido pelo seu povo para chefiá-lo. Na sua convivência de todos os dias, tinham chegado a conhecê-lo bem; conheciam suas qualidades.

– E então, Jondalar? – perguntou Rosharío. – O que tem a dizer? Não acha que é tempo de dar por encerrada essa longa viagem? Que é tempo de deitar raízes, de fundar sua própria casa, de dar à Grande Mãe uma oportunidade de abençoar Ayla com um bebê ou dois?

– Não encontro palavras para dizer-lhe o quanto estou grato, Rosharío, por essa acolhida de vocês. Sinto que os Sharamudoi são meu povo, minha família. Seria muito fácil para mim radicar-me aqui e vocês me tentam com esse oferecimento. Mas tenho de retornar aos Zelandonii. Ao menos...– disse hesitante – por meu irmão Thonolan.

Fez uma pausa, e Ayla o olhou. Sabia que ele iria recusar, mas não era aquilo que ela pensava que ele fosse dizer. Percebeu um discreto balançar de cabeça, como se ele tivesse pensado em outra coisa. Nesse momento, Jondalar lhe sorriu.

– Quando ele morreu, Ayla deu ao seu espírito todo o conforto que lhe foi possível dar para a sua Jornada no outro mundo; mas o espírito de Thonolan não teve paz. Receio, e sinto, que ele ainda erra; que está perdido, procurando o caminho de volta para a Mãe.

O que ele estava dizendo era uma surpresa para Ayla, e ela observou-o atentamente quando ele continuou.

– Não posso deixar tudo assim. Alguém tem de ajudá-lo a achar o seu caminho, e só conheço uma pessoa capaz de fazê-lo: Zelandoni, uma Shamud, dos mais poderosos, que estava presente quando Thonolan nasceu. Talvez com a ajuda de Marthona, minha mãe e mãe de Thonolan... Zelandoni consiga localizar seu espírito e guiá-lo para o caminho certo.

Ayla sabia que aquele não era o motivo de Jondalar para voltar. Não o motivo principal. Sabia que o que ele dissera era verdadeiro, mas, como a resposta que ela lhe dera sobre o fio-de-ouro, não era completo.

– Você está ausente há muito tempo, Jondalar – disse Tholie, claramente desapontada. – Talvez eles pudessem ajudar Thonolan, mas quem nos garante que sua mãe ou Zelandoni estão ainda vivos?

– Ninguém, Tholie; mas tenho de tentar. Mesmo que não possam ajudar, Marthona e os outros parentes e amigos gostariam de saber o quanto ele foi feliz aqui, com Jetamio, com você, com Markeno. Minha mãe teria gostado de Jetamio, estou certo disso; como estou certo de que teria gostado de você, Tholie.

A mulher, embora estivesse frustrada, não pôde deixar de sensibilizar-se com o elogio, ainda que procurasse disfarçar.

– Thonolan fez uma longa viagem... – continuou Jondalar. – Eu apenas o acompanhei. Para protegê-lo. Gostaria de contar aos Zelandonii essa viagem. Thonolan foi até a foz do Grande Rio Mãe. Mais importante ainda, ele encontrou um lar aqui, com gente que o amava. É uma história que merece ser contada.

– O que eu acho, Jondalar, é que você está ainda procurando acompanhar seu irmão e zelar por ele, mesmo no mundo dos espíritos – disse Rosario. – Mas se é isso o que acha que tem de fazer, então só nos resta desejar-lhe boa sorte. Penso que Shamud nos teria dito que você deve seguir seu caminho.

Ayla refletiu sobre o que Jondalar fizera. A oferta de Tholie e dos Sharamudoi para que eles se incorporassem à comunidade não fora feita levianamente. Era uma oferta generosa e representava uma grande honra; difícil de recusar sem ofendê-los. Só uma forte compulsão de realizar um objetivo mais alto, de cumprir uma missão irrecusável, poderia fazer tal recusa aceitável. Jondalar não dissera que embora eles fossem sua família, não era a família que ele queria reencontrar, mas sua resposta incompleta convencera a todos.

No Clã, calar sobre algo era aceitável, por dar alguma privacidade numa sociedade em que era difícil esconder qualquer coisa. Emoções e pensamentos eram refletidos na postura, na expressão, em gestos sutis. Jondalar preferiu dizer o necessário. Ela achava que Rosharin suspeitava da verdade, mas aceitava a desculpa pela mesma razão que o fizera dá-la. Uma sutileza que Ayla percebeu, e refletiria sobre a questão mais tarde. Mas já sentia que ofertas generosas têm mais de uma faceta.

– Quanto tempo ainda pretendem ficar aqui? – perguntou Markeno.

– Já cobrimos mais terreno do que eu tinha julgado possível. Não pensava que pudéssemos estar aqui antes do outono. Graças aos cavalos, viajamos mais depressa do que imaginei – explicou –, mas temos muito que andar ainda e há alguns obstáculos sérios à frente. Gostaria de levantar acampamento logo que pudermos.

– Não devemos partir assim tão depressa, Jondalar – disse Ayla. – Não posso ir antes que o braço de Rosharin esteja bom.

– E quanto tempo vai levar? – perguntou Jondalar, franzindo a testa.

– Eu disse a Rosharin que o braço dela tem de ficar imóvel naquela forma de casca de bétula por uma lua inteira mais metade de outra.

– É muito. Não podemos ficar tanto tempo.

– E quanto podemos ficar?

– Muito pouco tempo.

– Mas quem vai tirar a casca de bétula? Quem vai saber a hora?

– Nós mandamos buscar um Shamud – disse Dolando. – Por mensageiro. Um Shamud não saberá fazer isso?

– Suponho que saiba – disse Ayla. – Mas pelo menos gostaria de falar com ele. Não podemos ficar pelo menos até que ele chegue, Jondalar?

– Se não demorar muito. Mas você poderia ensinar a Dolando e a Tholie o que fazer, se for o caso.

JONDALAR ESTAVA ESCOVANDO Campeão. A pelagem do garanhão estava crescendo e tornando-se densa rapidamente. Estivera bem frio de manhã; e naquele momento o animal estava bastante agitado.

– Acho que você está com tanta vontade de ir embora quanto eu, não é mesmo, Campeão?

O animal virou as orelhas para o lado dele ao som do seu nome, e Huiin abanou a cabeça.

– Você também quer ir, não é mesmo, Huiin? Isto não é, na verdade, lugar para cavalos. Vocês precisam de campo aberto para correr. Tenho de lembrar isso a Ayla.

Deu uma palmada na anca de Campeão e foi para a área debaixo do ressalto de pedra. Achou Roshario muito melhor, vendo-a sozinha junto da grande fogueira central, a costurar com uma só mão graças ao novo puxador de linha.

– Sabe onde posso encontrar Ayla?

– Ela saiu com Tholie. Levaram Shamio e Lobo. Disseram que iam até o lugar onde se fazem barcos, mas acho que Tholie queria mostrar a Ayla a Árvore da Sorte e fazer uma oferenda pedindo uma boa hora de parto e um bebê sadio. Tholie já começa a mostrar a bênção que recebeu – disse Roshario.

Jondalar se acocorou perto dela.

– Queria fazer-lhe uma pergunta, Roshario. É sobre Serenio. Foi imperdoável deixá-la, como eu fiz. Ela estava... feliz, depois, quando se foi daqui?

– Sofreu muito, no começo. Disse que você estava disposto a ficar, mas que ela dissera que você devia ir com Thonolan. Ele precisava mais de você. E, então, o primo de Tholie apareceu inesperadamente. Ele é como Tholie, sob muitos aspectos; diz sempre o que pensa.

Jondalar sorriu.

– Eles são assim mesmo.

– São. E ele se parece com a prima. É bem mais baixo que Serenio, mas é forte. E decidido também. Botou os olhos nela e logo resolveu que era a mulher da sua vida. Chamava-a "meu belo salgueiro", em Mamutoi. Nunca pensei que conseguisse conquistá-la. Quase lhe disse que não se desse ao trabalho. Nada que eu dissesse, porém, teria sido capaz de dissuadi-lo, mas eu achava Serenio um caso perdido. Ela não se apaixonaria por ninguém depois de você. Então, um dia, apanhei os dois rindo. E vi que estava errada. Era como se ela tivesse voltado à vida depois de um longo inverno. Floresceu. Eu nunca tinha visto Serenio tão feliz desde o tempo do seu primeiro homem, pai de Darvo.

– Fico contente por ela – disse Jondalar. – Serenio merece ser feliz. Mas andei pensando. Quando parti, ela me disse que achava que a Mãe a abençoara. Serenio estava grávida? Teria começado alguma vida, talvez do meu espírito?

– Não sei, Jondalar. Lembro-me de ter ouvido ela dizer que estava grávida, quando você foi embora. Se estava, terá sido uma bênção especial para o novo companheiro. Mas ela nunca me contou.

– Mas qual a sua opinião, Roshario? Serenio parecia grávida? É possível saber no começo?

– Quisera poder ajudá-lo, Jondalar. Mas não sei com certeza. Ela podia estar.

Roshario o observava com atenção, imaginando o porquê daquela curiosidade tão viva. Não era para reclamar a criança como sendo da sua fogueira, porque ele renunciara a isso quando partiu, embora se ela estivesse mesmo grávida o bebê seria muito provavelmente do seu espírito. E de súbito Roshario sorriu, imaginando um filho de Serenio do tamanho de Jondalar no lar daquele Mamutoi de pouca altura. Ele ficaria contente, pensou Roshario.

JONDALAR ABRIU OS OLHOS e viu que o lugar a seu lado estava revolvido e vazio. Afastou as cobertas, sentou-se na beira do catre, bocejou e se espreguiçou. Tinham conversado em volta do fogo na noite anterior, sobre a caça às camurças Alguém vira os primeiros exemplares descendo dos penhascos, o que significava que a estação estava próxima.

Ayla demonstrava antegozar a perspectiva de uma caçada a esses antílopes de andar seguro e ar de bode, mas quando foram para a cama e conversaram a sós em voz baixa, e mais tranquilamente, como costumavam fazer, Jondalar insistiu que tinham de partir o mais rápido possível. A descida dos antílopes indicava que esfriara nos lugares mais altos. O tempo mudava. Tinham muito que viajar ainda e deviam apressar-se.

Não haviam discutido propriamente, mas Ayla deixara claro que não queria ir. Usou como justificativa o braço de Roshario, mas ele sabia que ela gostaria de caçar camurças. Na verdade, estava convencido de que ela tivera vontade de ficar para sempre com os Sharamudoi, e imaginava se não estaria adiando a partida na esperança de que ele ainda mudasse de ideia. Ela e Tholie já eram as melhores amigas do mundo, e todos pareciam gostar sinceramente de Ayla. Embora isso o alegrasse muito, por outro lado tornava a partida mais penosa. E quanto mais tempo ficassem, mais difícil seria.

Ele ficara acordado até tarde, pensando. Perguntara-se se deveriam ficar, por ela. Mas, se fosse assim, poderiam ter ficado com os Mamutoi. Por fim, concluiu que urgia mesmo partir, o mais depressa possível, no dia seguinte até, ou dentro de dois dias, no máximo. Sabia que Ayla não ficaria contente com a sua decisão, e não sabia como dizer-lhe isso.

Ele se levantou, vestiu as calças e rumou para a porta. Afastou a cortina e saiu, e sentiu logo um vento frio no peito nu. Ia precisar de roupas mais quentes para a viagem, pensou, correndo para a área onde os homens urinavam de manhã. Em vez da nuvem de coloridas borboletas que sempre adejavam por perto, e indagava-se por que elas seriam atraídas por um lugar que cheirava tão forte, viu repentinamente uma folha amarela que caía tremulando, e viu que todas as folhas que restaram nas árvores começavam a mudar de cor.

Como não observara aquilo antes? Os dias tinham passado tão depressa, e o tempo fora tão clemente, que ele não prestara atenção à mudança da estação. Lembrou-se de súbito que estavam, ali, voltados para o sul e numa região meridional. A estação já poderia estar muito mais adiantada do que ele pensava para o norte, e faria muito mais frio também no rumo que iam tomar. Voltou para casa, às pressas, muito mais decidido ainda do que antes a partir em breve.

– Ah, você já está de pé – disse Ayla, entrando com Darvalo e vendo que Jondalar se vestia. – Vim chamá-lo antes que toda a comida fosse retirada.

– Estou tratando de me agasalhar melhor. Faz muito frio – disse. – Logo vai chegar a hora de deixar a barba crescer.

Ayla sabia que ele queria dizer algo mais do que as palavras naquela frase. Ele continuava preso ao assunto da noite anterior. A estação estava mudado, e tinham de prosseguir viagem. E ela não queria falar daquilo.

– Acho que devíamos desempacotar nossas roupas de frio e ver se estão em boas condições – disse Jondalar. – As cestas ainda estão na casa de Dolando?

Ele sabe que sim, pensou Ayla. Por que então pergunta? Você sabe por quê, disse ela consigo mesma, e pensou em algo que lhe desviasse a atenção.

– Sim, as cestas estão lá – disse Darvo, querendo ser prestativo.

– Preciso de uma camisa mais quente. Você se lembra onde guardamos minha roupa de inverno?

Naturalmente que ela se lembrava. Mas ele também, por certo.

– As roupas que você está usando agora são muito diferentes das que tinha no corpo ao chegar – disse Darvalo.

– Estas me foram dadas por uma mulher Mamutoi. As outras eram as minhas roupas Zelandonii.

– Experimentei hoje a camisa que você me deu. Ainda está grande para mim, mas não muito – disse o rapaz.

– Você ainda tem aquela camisa, Darvo? Até já me esqueci como ela é.

– Quer vê-la?

– Quero, sim. Gostaria muito – disse Jondalar.

Ayla também estava curiosa.

Foram até a casa de Dolando perto dali. De uma prateleira acima de sua cama, Darvalo tirou um embrulho feito com cuidado. Desatou o cordel, abriu o invólucro de couro mole e ergueu a camisa.

– Aí está ela.

Era incomum, pensou Ayla. A combinação de cores, o estilo mais longo e mais solto não tinham nada a ver com as roupas Mamutoi a que ela se acostumara. Algo a surpreendeu mais do que tudo: era ornada com caudas de arminho, brancas com uma ponta preta.

A camisa pareceu estranha ao próprio Jondalar. Tanta coisa ocorrera desde que vestira aquela camisa pela última vez que ela lhe parecia exótica e antiquada. Não a usara muito quando morava com os Sharamudoi, pois preferia vestir-se como os demais. Embora fizesse só um ano e poucas luas que ele presenteara Darvo com ela, era como se houvesse uma eternidade ele não via roupas de casa.

– Ela é solta por estilo, Darvo. Você a ajusta com um cinto. Vamos, vista-a que eu lhe mostro. Tem algo com que possa atá-la?

O rapaz passou a camisa de couro pela cabeça. Era longa como uma túnica e muito decorada. Depois passou uma tira de couro para Jondalar. Ele disse a Darvalo para acertar a postura, e cingiu a camisa na sua parte inferior, quase nos quadris, de modo que o pano ficasse frouxo.

– Vê? Não está nada grande para você, Darvo – disse Jondalar. – O que acha, Ayla?

– Acho diferente. Nunca tinha visto camisa como essa. Mas fica muito bem, Darvalo.

– Gosto dela – disse o rapaz, esticando os braços e baixando os olhos para ver o efeito. Talvez a usasse da próxima vez que fosse visitar os Sharamudoi de rio abaixo – E ele pensou que a garota que lhe despertara a atenção ficaria impressionada.

– Foi bom mostrar-lhe como se usa a camisa antes de partir – disse Jondalar.

– Quando vão partir? – perguntou Darvalo, espantado.

– Amanhã. Depois de amanhã o mais tardar – disse Jondalar, olhando firme para Ayla. – Logo que aprontarmos nossa bagagem.

– As CHUVAS já podem ter começado na outra vertente das montanhas – alertou Dolando –, e você deve se lembrar de como a Irmã fica quando enche.

– Espero que não haja inundação – disse Jondalar –, ou precisaríamos de um dos seus barcos grandes para atravessar o rio.

– Se quiserem ir de barco, nós os levamos até o rio da Irmã – disse Carlono.

– Temos de apanhar murta-do-brejo, de qualquer maneira – acrescentou Carolio –, e é de lá que ela vem.

– Eu gostaria muito de subir o rio no seu barco, mas não creio que os cavalos possam viajar embarcados.

– Você não disse que eles atravessam rios a nado? Talvez possam vir pela água, na esteira do barco – sugeriu Carlono. – E o lobo não é problema.

– Sim, os cavalos podem nadar, mas a distância é grande, até a Irmã. Vários dias, se me lembro bem – disse Jondalar. – Não acredito que eles consigam nadar contra a corrente tanto tempo.

– Há um caminho pela montanha – disse Dolando. – Você terá de voltar um pouco, depois subir até um dos picos menores e contorná-lo. A trilha é bem marcada e os levará até bem próximo da confluência do rio da Irmã com o da Mãe. Há uma pequena serra para o sul que dá uma boa visão do lugar, uma vez alcançada a planície do lado do poente.

– Mas seria esse o melhor ponto para atravessar o rio da Irmã? – perguntou Jondalar, que se lembrava dos vastos redemoinhos da última passagem.

– Provavelmente não. Mas dali você pode acompanhar o leito da Irmã para o norte até um vau melhor. O rio da Irmã não é fácil em nenhum trecho. Ele é alimentado por torrentes que descem da montanha com grande violência, de modo que sua correnteza é mais rápida que a da Mãe, além de ser mais traiçoeira. Muito mais traiçoeira – disse Carlono. – Subimos por ela durante quase um mês, certa vez. E o rio se mostrou veloz e difícil todo o tempo.

– Se é o rio da Mãe que tenho de seguir para chegar em casa, isso implica atravessar o rio da Irmã.

– Boa sorte, então.

– Vocês vão precisar de víveres – disse Roshario. – E tenho algo que quero dar-lhe, Jondalar...

– Não temos muito espaço de sobra – começou ele.

– É para sua mãe – continuou Roshario. – O colar favorito de Jetamio. Guardei-o para Thonolan, se ele voltasse. Não é grande. Depois que Jetamio perdeu a mãe, ela precisava sentir que pertencia a algum lugar. Eu lhe disse que se lembrasse sempre de que era uma Sharamudoi. Então ela fez o colar, de dentes de camurça e espinhas de esturjão... um dos pequenos... para simbolizar a terra e o rio. Pensei que sua mãe apreciaria uma lembrança da mulher que seu filho escolheu.

– Pensou bem – disse Jondalar –, e lhe agradeço muito. Sei que vai representar muito para Marthona.

– E por onde anda Ayla? Tenho um presentinho para ela também. Espero que ela possa levá-lo – disse Roshario.

– Ayla está com Tholie, arrumando as cestas – disse Jondalar. – Ela não queria ir, não até que seu braço estivesse perfeito. Mas não podemos esperar mais.

– Tenho certeza de que meu braço vai ficar bom – disse Roshario. Ela se juntou a ele e foram juntos correr as casas. – Ayla trocou ontem a casca de bétula por outra fresca. Meu braço parece menor, mas é por falta de uso. Ele está bom. Ayla pediu para eu manter essa forma mais algum tempo. Ela diz que logo que eu começar a trabalhar com este braço, seu tamanho voltará ao normal.

– Sou da mesma opinião.

– Não sei por que o nosso mensageiro e o velho Shamud estão levando tanto tempo para chegar. Mas Ayla explicou o que fazer, não só a mim, mas a Dolando, Tholie, Carlono e outros. Nós nos arranjaremos sem ela... embora fosse muito melhor que vocês dois ficassem. Não é tarde demais para mudarem de opinião...

– Você nem imagina o quanto significa para nós a maneira como você nos recebeu, Roshario, tão generosamente, apesar de tudo, de Dolando, da... criação... de Ayla...

Ela o encarou.

– Essa história o magoou muito, não foi?

Jondalar ficou vermelho.

– Sim – admitiu –, muito. Mas já não me aborrece mais. Você foi muito gentil, aceitando-a, sabendo o que Dolando pensava daquela gente da península... Não sei explicar. Sei é que sinto um imenso alívio. Não quero vê-la triste. Ayla já passou por tanta coisa.

— Ficou mais forte, imagino — disse Roshario. Ela via a ruga de preocupação no cenho dele, a expressão de angústia nos seus fabulosos olhos azuis. — Você esteve fora muito tempo. Conheceu muita gente, aprendeu novos costumes, até novas línguas. Seu povo não o reconhecerá, talvez você não seja a mesma pessoa de antes de partir. Eles também não serão mais as pessoas de que se lembra. Vocês pensarão uns nos outros como foram um dia, não como são agora.

— Preocupei-me tanto com Ayla que não considerei isso. Você tem razão. É muito tempo. Ela pode até adaptar-se melhor que eu. Para Ayla eles são estranhos, e ela vai entender rapidamente como são, como sempre acontece.

— Já você espera deles certo comportamento — disse Roshario, retomando a caminhada para as casas de madeira. E antes que entrassem, ela concluiu: — Saiba que você será sempre bem-vindo aqui. Ambos serão bem-vindos.

— Obrigado. Mas é uma distância enorme, Roshario. Você nem imagina o tamanho da viagem.

— De fato, não imagino mesmo. Mas você está habituado a viajar. E se um dia quiser vir, não lhe parecerá tão longe.

— Para alguém como eu, que nunca sonhou em cobrir grandes distâncias, já viajei demais — disse Jondalar. — Você tem razão quando diz que é tempo de me enraizar. Mas saber que tenho aqui essa alternativa me ajudará com os problemas de adaptação, em casa.

Quando abriram a cortina, só encontraram Markeno.

— Onde está Ayla? — perguntou Jondalar.

— Ela foi com Tholie apanhar as plantas que tinha posto para secar. Você não cruzou com as duas, Roshario?

— Estamos vindo do campo — disse Jondalar. — Pensei que Ayla estava aqui.

— Ayla estava aqui. Estava conversando com Tholie sobre alguns dos remédios que usa. Ela examinou seu braço ontem e explicou o que fazer com ele. As duas só falaram de plantas, e a sua utilidade. Aquela mulher sabe muito, Jondalar.

— Pensa que ignoro isso? É incrível como se lembra de tudo.

— Saíram juntas de manhã, e voltaram com cestas cheias, de várias espécies. Mesmo plantinhas frágeis, fininhas, amarelas. Agora deve estar explicando o que fazer com elas — disse Markeno. — Que pena vocês irem embora! Tholie vai sentir muita falta de Ayla. Nós todos vamos sentir muita falta dos dois.

– Não é fácil para nós também...
– Eu sei. Quero dar-lhe algo. – Markeno tirou de uma caixa de madeira, cheia de ferramentas e pequenos utensílios de madeira, osso e chifre, um estranho objeto esquisito, feito da galhada primária de um veado, com as ramificações cortadas e um furo logo abaixo do ponto em que brotavam. Estava todo decorado, não com formas geométricas e estilizadas de aves ou peixes no estilo tradicional Sharamudoi, mas gravado com belas figuras de animais como o veado e o cabrito-montês, em torno do cabo. Algo naquele objeto provocou um arrepio em Jondalar. Quando olhou mais detidamente, identificou o que era.

– Isso é o endireitador de hastes de lança de Thonolan! – disse. Quantas vezes vira o irmão usar aquilo, pensou. Lembrava-se até do dia em Thonolan o fizera.

– Achei mesmo que você iria gostar de ter essa lembrança dele. Pensei também que isso poderá ajudá-lo a achar seu espírito. Além disso, quando você conseguir pô-lo para descansar em paz... talvez queira ter esse objeto com ele – concluiu Markeno.

– Obrigado – disse Jondalar, pegando a robusta ferramenta e examinando-a com espanto e reverência. Aquilo fora a tal ponto uma parte integrante do irmão que lhe trazia flashes de memória.

– Isso significa muito para mim, Markeno. – Jondalar segurou o objeto sentindo seu peso e a presença de Thonolan. – Você está certo. Há tanto dele aqui que quase posso senti-lo.

– Quero dar algo a Ayla, e a oportunidade é esta – disse Roshario, saindo. Jondalar a acompanhou.

Ayla e Tholie ergueram os olhos rapidamente quando eles entraram na casa de Roshario. Por um momento, a mulher achou que tinham interrompido alguma conversa pessoal e secreta, mas logo sorrisos de boas-vindas dissiparam a impressão. Roshario foi até o fundo do aposento e tirou um embrulho de uma prateleira.

– Isto é para você, Ayla. Pelo que fez por mim. Fiz um embrulho para que permaneça limpo durante a viagem. Depois, você pode usar o invólucro de pele como toalha.

Ayla, surpresa e encantada, desmanchou o nó e abriu as camurças macias, e encontrou uma peça feita igualmente de camurça, tingida de amarelo, e lindamente enfeitada de contas e penas. Ela a pegou e ficou extasiada. Era a mais bela túnica que jamais vira. Dobrada debaixo dela havia um par de calças de mulher, totalmente decorada na frente das pernas e em volta do fundilho, com um desenho igual ao da túnica.

– Que muralha, Rosharin! Nunca vi nada tão bonito. É até bonito demais para usar – disse Ayla. Colocou o presente na cama e abraçou a mulher do chefe. Pela primeira vez desde que tinham chegado, Rosharin notou o estranho sotaque de Ayla, principalmente na maneira de pronunciar determinadas palavras, mas não achou o sotaque desagradável.

– Espero que sirva. Por que não experimenta a roupa para que a gente veja? – disse Rosharin.

– Acha mesmo que eu devo? – perguntou Ayla, com medo de tocar no presente.

– É preciso saber se serve, para poder usar o conjunto quando você e Jondalar casarem.

Ayla sorriu para Jondalar, empolgada e feliz com a roupa nova. E não contou que já tinha uma roupa para a ocasião, presenteada pela mulher de Talut, Nezzie, do Acampamento do Leão. Não podia usar as duas, mas acharia uma ocasião igualmente memorável para a roupa amarela.

– Eu também tenho uma lembrança para você, Ayla – disse Tholie.

– Nada de tão especial assim. Mas útil – disse Tholie, entregando-lhe diversas tiras de couro macio que tirou de uma bolsa que trazia à cintura.

Ayla as tomou e ergueu no ar, mas evitou olhar para Jondalar. Sabia exatamente o que eram.

– Como você sabia que eu preciso de tiras novas para a minha lua, Tholie?

– Uma mulher precisa sempre de tiras novas, sobretudo quando viaja. Tenho também excelente enchimento absorvente para você. Rosharin e eu conversamos sobre os presentes. Ela me mostrou as roupas que fizera e eu pensei em dar-lhe também algo assim bonito. Mas você não pode levar muito quando viaja. Então comecei a pensar sobre artigos de que pudesse precisar – disse Tholie, explicando aquele seu mimo tão prático.

– É perfeito. Você não poderia ter me dado algo que eu quisesse mais ou de que necessitasse mais – disse Ayla. Depois virou o rosto, fechando os olhos. – Vou sentir sua falta.

– Deixe disso. Afinal, ainda não estão indo. Não até amanhã cedo, pelo menos. Então haverá tempo para lágrimas – disse Rosharin, embora seus olhos também já estivessem marejados.

Naquela noite, Ayla esvaziou suas duas grandes cestas e espalhou o que continham, a fim de resolver como arrumar tudo para incorporar à bagagem os mantimentos que tinham ganhado. Jondalar carregaria uma parte, é verdade, mas ele também não tinha muito espaço livre. Haviam discutido sobre o barco redondo mais de uma vez, sem chegar a qualquer resultado: sua utilidade na passagem de rios valeria o esforço de carregá-lo naquelas passagens estreitas das montanhas? Por fim, resolveram levá-lo, mas não estavam muito certos sobre a sabedoria da decisão.

– Como você vai pôr tudo isso em duas cestas? – perguntou Jondalar, olhando com ceticismo a pilha de misteriosos pacotes, todos cuidadosamente embrulhados. O volume da carga o deixava aturdido. – Acha que precisamos mesmo de tanta coisa? O que tem aqui, por exemplo?

– Minhas roupas de verão – disse Ayla. – Isso é justamente o que estou pensando deixar para trás, mas então vou precisar de roupas novas ano que vem. Já é um alívio não ter de pôr nas cestas todas estas pesadas roupas de inverno!

– Hum! – fez ele, sem poder contestar-lhe o raciocínio, mas ainda alarmado com o tamanho da pilha. Mexeu nela e viu um pacote que já conhecia. Ayla carregava aquilo desde o começo da viagem, e ele ainda não sabia o que efetivamente continha.

– O que você leva aí?

– Jondalar, você assim não está ajudando muito. Por que não verifica se essas bandejas de carregar alimento que Carolio nos deu cabem na sua cesta?

– Sossegue, Campeão. Calma – disse Jondalar, puxando a rédea e mantendo-a junto do peito enquanto afagava o pescoço do animal e lhe dava tapinhas na cara. – Acho que ele já sabe que estamos prontos, e está aflito para partir.

– Estou certo de que Ayla virá logo – disse Markerno. – Aquelas duas ficaram mesmo amigas no curto tempo que vocês passaram aqui conosco. Tholie estava chorando ontem à noite, desejando ainda que vocês ficassem. Para dizer-lhe a verdade, eu também estou triste por vê-lo partir, Jondalar. Temos procurado muito, mas não encontramos um casal com quem gostássemos de compartilhar nosso abrigo. E precisamos encontrar um logo. Tem certeza que não vai mudar de ideia?

– Você não sabe como foi difícil para mim tomar essa resolução, Markeno. Quem sabe o que vou encontrar em casa? Minha irmã estará crescida e não se lembrará de mim. Não tenho ideia do que meu irmão mais velho faz, nem de onde possa estar. Quanto a minha mãe, apenas espero que ainda esteja viva, assim como Dalanbar, o atual chefe da família. Minha prima mais próxima, filha de sua outra fogueira, deve ser mãe a esta altura, mas nem sei se tem marido. Se tem, não o conheço, provavelmente. Não conheço mais ninguém por lá... e aqui tenho tantos amigos. Mas preciso ir assim mesmo.

Markeno assentiu de cabeça. Huiin relinchou baixo, e os dois ergueram os olhos. Roshario, Ayla e Tholie, com Shamio no colo, estavam saindo do alojamento. A menina lutou para descer logo que viu Lobo.

— Não sei o que vai ser de Shamio sem esse lobo — disse Markeno. — Ela quer sempre ter o bicho por perto. Dormiria com ele se eu deixasse.

— Talvez você consiga um filhote para ela — disse Carlono, que se reunira a eles. Ele acabara de chegar do embarcadouro.

— Não tinha pensado nisso, nem será fácil arranjar um filhote. Talvez eu obtenha um, furtando-o de um covil — disse Markeno. — Posso, pelo menos, prometer a Shamio que vou tentar. Tenho de inventar algo para consolá-la.

— Se pegar um, que seja pequeno — disse Jondalar. — Nosso Lobo ainda mamava quando sua mãe morreu.

— E como Ayla conseguiu alimentá-lo sem o leite materno? — perguntou Carlono.

— Eu me perguntei muitas vezes o mesmo — disse Jondalar. — Ayla me explicou que um bebê pode comer tudo o que a mãe dele come. Tem apenas de ser mais mole e fácil de mastigar. Ela fazia um caldo, punha um pedaço de couro macio dentro, e deixava que ele ficasse chupando aquilo. Depois, cortava carne para ele em pedacinhos. Hoje ele come de tudo que comemos, mas gosta de caçar por conta própria, às vezes. Ele consegue caça para nós também. Ajudou-nos, por exemplo, com aquele alce que trouxemos, ao chegar.

— Como conseguem que ele faça o que desejam? — perguntou Markeno.

— Ayla gasta muito tempo com isso. Ela lhe ensina algo, depois repete aquilo com ele até que o faça corretamente. É surpreendente o quanto ele pode aprender. E Lobo gosta muito de agradá-la.

— Todo mundo pode ver isso. Acha que é por tratar-se dela? Afinal, Ayla é uma Shamud — disse Carlono. — Você acha que uma pessoa qualquer seria capaz de fazer-se obedecer por animais?

— Eu monto Campeão — disse Jondalar. — E não sou Shamud.

– Eu não botaria minha mão no fogo por isso – disse Markeno. Em seguida, riu. – Já o vi enfeitiçar mulheres. E qualquer uma faz o que você quer.

Jondalar corou. Não pensava em suas conquistas havia bastante tempo.

Ayla, que se aproximava deles, ficou intrigada com o motivo daquele rubor. Mas logo Dolando se reuniu ao grupo.

– Vou acompanhá-los nessa primeira parte da viagem, para mostrar-lhes as trilhas e o melhor caminho montanha acima – disse.

– Obrigado. Será uma grande ajuda – disse Jondalar.

– Eu vou também – disse Markeno.

– E eu também – disse Darvalo. Ayla olhou para ele e viu que usava a camisa que Jondalar lhe dera.

– E eu também – disse Rakario.

Darvalo a encarou com uma expressão contraída, esperando vê-la fitando Jondalar. Mas a jovem olhava era para ele mesmo, e com um sorriso afetuoso. Ayla viu que a expressão dele mudou; ele pareceu intrigado, depois compreensivo e, por fim, Darvo ficou vermelho, tomado de surpresa.

Quase todo mundo se reunira no meio do campo para as despedidas dos visitantes. Muitas vozes manifestaram o desejo de ir com eles parte do caminho.

– Eu não vou – disse Roshario, olhando para Jondalar, depois para Ayla –, mas queria que vocês dois ficassem. Desejo-lhes uma boa viagem.

– Obrigado, Roshario – disse Jondalar, abraçando-a. – Vamos precisar mesmo de muita sorte.

– Devo agradecer-lhe por ter trazido Ayla. Nem sei o que teria acontecido comigo sem ela. – Roshario tomou a mão de Ayla; a jovem curandeira correspondeu, tomando em seguida a outra mão de Roshario ainda na tipoia, e ficou satisfeita com a força que sentiu nas duas. Em seguida, elas se abraçaram.

Houve outras despedidas, e a maior parte das pessoas pretendia acompanhar os viajantes pelo menos por algum tempo.

– Você vem, Tholie? – perguntou Markeno.

– Não – disse Tholie. Ela tinha os olhos marejados. – Não será mais fácil despedir-me na estrada do que aqui – disse, e voltou-se decidida para o alto Zelandonii. – É difícil para mim ser amável com você neste momento, Jondalar. Sempre gostei de você e mais ainda depois que nos trouxe Ayla. Desejei muito que ambos ficassem, e você não quis. Mesmo compreendendo os seus motivos, não me conformo ainda.

– Lamento que se sinta assim, Tholie. Desejaria poder fazer algo para que você se sentisse melhor.

– Você pode, mas não vai fazer.

Era típico de Tholie dizer exatamente o que sentia. Isso fazia com que todos gostassem dela. Não era necessário tentar adivinhar o que ela pensava.

– Não fique zangada comigo. Se eu pudesse ficar, nada me agradaria mais do que viver com você e Markeno. Você nem imagina como me fez orgulhoso quando nos convidou, nem o quanto é difícil para mim ir embora. Mas tenho de ir, Tholie – disse Jondalar, fitando-a com seus esplêndidos olhos azuis em que havia, agora, genuína tristeza, preocupação e carinho.

– Jondalar, você não devia dizer-me essas palavras amáveis nem me olhar desse jeito. Só me faz desejar ainda mais que fique. Dê-me um abraço, vamos.

Ele se curvou para abraçá-la e sentiu o esforço que ela fazia para controlar o pranto. Em seguida, Tholie se voltou para a mulher alta e loura ao lado dele.

– Oh, Ayla, não quero que você se vá – disse, soluçando. E caíram nos braços uma da outra.

– Eu, por mim, não iria. Mas Jondalar tem de ir, não sei bem por quê, e tenho de ir com ele – disse Ayla, chorando tanto quanto Tholie. De repente, a jovem mãe não conseguiu mais se controlar, apanhou Shamio e correu para casa.

Lobo quis segui-las.

– Não, Lobo. Aqui! – comandou Ayla.

– Lobinho! Eu quero meu lobinho! – gritava Shamio, estendendo os braços para o grande carnívoro peludo.

Lobo ganiu e olhou para Ayla.

– Não, Lobo. Fique. Nós vamos embora.

20

Ayla e Jondalar estavam numa clareira de onde se abria uma larga vista da montanha. Tinham uma sensação de perda e solidão vendo Dolando, Markeno, Carlono e Darvalo se afastarem pela trilha. Os demais, que haviam saído com eles do acampamento, foram ficando para trás em grupos de dois e de três. Quando os quatro últimos homens chegaram a uma curva do caminho, voltaram-se para acenar.

Ayla respondeu à saudação deles com um gesto de "voltaremos", com as costas da mão; mas logo deu-se conta de que nunca mais veria os Sharamudoi. Naquele pouco tempo de convivência, aprendera a amá-los. Eles a tinham recebido, convidado para ficar, e ela teria vivido com eles com muito prazer.

Aquela partida lembrava-lhe uma outra: a partida do acampamento Mamutoi, no começo do verão. Eles também a tinham acolhido de coração aberto, e ela tinha se aperfeiçoado a muitos deles. Poderia ter sido feliz ali também, exceto pela necessidade de conviver com a tristeza que causara a Ranec. Além disso, na partida, havia a empolgação de ir para casa com o homem que amava. Não havia essas correntes ocultas de infelicidade entre os Sharamudoi, e isso fizera a partida ainda mais dilacerante. Embora ela amasse Jondalar e não duvidasse do seu desejo de querer ficar com ele, encontrara aceitação e amizade, laços difíceis de romper de maneira assim tão definitiva.

Viagens implicam despedidas, pensou. Ela se despedira, até, e para sempre, do filho que deixara com o Clã. Se tivesse ficado agora, com Tholie e os outros, talvez pudesse um dia descer o Grande Rio Mãe com os Ramudoi, num barco, até o delta. Então, poderia procurar, na península, a nova caverna do Clã de seu filho. Mas não adiantava mais pensar nisso.

Não haveria oportunidades de retorno, não haveria últimas chances com que sonhar. Sua vida a puxava em uma direção, e a vida de seu filho era conduzida em outra. Iza lhe dissera: encontre sua própria gente, seu próprio homem. Ela fora aceita por gente com que tinha afinidade e achara um homem para amar que também a amava. Ganhara muita coisa, mas havia perdas também. Seu filho era uma delas, e havia que aceitar esse fato.

Jondalar também sentia certa desolação, vendo que os amigos dobravam a curva da estrada e voltavam para casa. Eram amigos com os quais vivera anos a fio e que chegara a conhecer muito bem. Embora não tivessem o seu sangue e seu relacionamento com eles não tivesse sobrevindo de laços maternos, ele os considerava como parentes. Empenhado em voltar às suas raízes, eles eram a família que tinha que deixar para sempre, e isso o entristecia muito.

Quando os últimos dos Sharamudoi que tinham ido despedir-se deles desapareceram de vista, Lobo sentou-se no chão, ergueu a cabeça, soltou alguns ganidos, e, depois, um uivo profundo e rouco que cortou a manhã ensolarada. Os quatro homens ressurgiram na trilha e deram adeus, respondendo à saudação do lobo. Outro lobo também respondeu, de algum lugar. Markeno chegou a virar-se para ver de onde provinha o som, antes de prosseguir, montanha abaixo, com os companheiros. Então, Ayla e Jondalar lhes deram as costas e enfrentaram a montanha com seus picos de gelo glacial, de um brilho glauco.

Menos elevadas que as da cordilheira ocidental, as montanhas que atravessavam eram contemporâneas das outras. Datavam, todas, do período mais recente de formação do relevo, recente apenas em relação aos movimentos pesadamente lentos da grossa crosta de rocha que boiava no núcleo em fusão da terra primitiva. Levantado e dobrado numa série de alças paralelas, no curso de orogenia que definira todo o continente, o terreno enrugado dessa ponta mais oriental do extenso sistema de montanhas era coberto de vida verdejante.

O calor, que mal havia tocado as planícies com o advento do verão, sempre efêmero naquelas paisagens, já chegava ao fim, cedendo lugar ao outono e ao inverno. Uma tendência para o aquecimento gradual já moderava os piores efeitos do frio, um período intermediário de milhares de anos, mas o gelo se reagrupava para um último assalto à terra antes que a retirada ordeira e paulatina se transformasse na debandada geral dos milênio seguintes. Todavia, mesmo durante essa estiada que precedeu o avanço final, o gelo glacial não apenas cobria os picos e vestia os flancos das altas montanhas, como mantinha o continente em seu poder.

Na paisagem acidentada, coberta de mata, o barco circular e os mastros eram um estorvo, Ayla e Jondalar puxavam os animais pela brida a maior parte do tempo. Subiram escarpas alcantiladas, galgaram cristas, atravessaram trechos cobertos de seixos, meteram-se em ravinas precipitosas causadas pela descida, na primavera, de neve e gelo derretidos, ou pelas pesadas precipitações do outono nas montanhas do sul. Algumas das valas tinham água acumulada no fundo, escorrendo de uma papa de plantas em decomposição e barro mole, que sugava pelos pés homens e animais por igual. Outras levavam correntes de água cristalina, mas todas estariam logo inundadas de novo pelo escoamento tumultuado dos aguaceiros do outono.

Nas elevações menores, no bosque de folhas largas e árvores mais espaçadas, eles tropeçavam na vegetação rasteira, ali mais densa e viçosa, tendo de contornar as urzes ou abrir caminho na macega, penosamente. Acamparam, na primeira noite, numa pequena clareira, em um outeiro rodeado de pinheiros-mansos, desses que não têm as folhas em forma de agulhas.

Já anoitecia no segundo dia de viagem quando chegaram ao nível das últimas árvores. Livres, finalmente, da vegetação cerrada de pequeno porte e do rude obstáculo das essências gigantes, armaram sua barraca junto de uma torrente de águas frias num pequeno prado descoberto. Com a carga removida, os cavalos logo se puseram a pastar com avidez. Por mais adequada que fosse sua ração habitual de feno, dos terrenos mais baixos e mais quentes, o capim verde e as ervas alpestres daquela região foram bem-recebidos.

Um pequenino rebanho de cervos dividiu com eles a pastagem. Os machos esfregavam os chifres nos troncos para livrá-los do revestimento macio de pele e vasos sanguíneos conhecido por veludo, a fim de prepará-los para o cio – e os combates singulares do outono.

– Logo começa para eles a estação dos Prazeres – comentou Jondalar, quando armavam a fogueira. – Estão se preparando para as lutas e para as fêmeas.

– Lutar constitui um Prazer para os machos? – perguntou Ayla.

– Nunca pensei nisso nesses termos, mas talvez constitua, para alguns, pelo menos – reconheceu ele.

– Você gosta de lutar com outros homens?

Jondalar franziu a testa e deu toda a atenção à pergunta.

– Posso dizer que, nesse terreno, já fiz a minha parte. Algumas vezes a gente é obrigado a entrar numa briga, por algum motivo. Não posso dizer que goste de lutar. Não gosto, se é a sério. Não me importo, se for de brincadeira ou em uma competição.

– Os homens do Clã não lutam uns com os outros. Não é permitido. Mas tomam parte em competições – disse Ayla. – Mulheres também competem, mas de um jeito diferente.

– Qual a diferença?

Ayla fez uma pequena pausa para pensar.

– Os homens competem de forma física, em relação a feitos que consigam realizar. A competição entre as mulheres se dá naquilo que elas produzem: utensílios, obras de trançado, bebês – disse ela, e sorriu –, embora esta última seja uma competição mais sutil, e normalmente cada uma se julgue a vencedora.

Mais alto, na montanha, Jondalar divisou uma família de carneiros selvagens, com grandes chifres enrolados junto da cabeça.

– Aqueles, sim – disse ele, apontando –, são bons de briga. Quando galopam um para o outro e batem de cabeça, o som é o de um trovão.

– Quando veados e carneiros investem uns contra os outros, trançando seus chifres, estão de fato lutando ou simplesmente competindo?

– Não sei. Podem sair feridos desses embates, mas isso não é comum. De regra, um cede quando o outro prova que é mais forte. Às vezes se limitam, ambos, a pavonear-se e a berrar, e não lutam. Talvez seja de fato mais competição ou jogo que combate. – E disse, com um sorriso: – As suas perguntas são sempre interessantes, mulher!

Uma brisa leve e fresca tornou-se fria quando o sol descambou e sumiu do campo de visão dos viajantes. Já no correr do dia alguma neve caiu, muito pouca, dissolvendo-se logo nos espaços abertos, mas acumulando-se na sombra, o que anunciava uma noite gelada e possível nova precipitação de neve.

Lobo desapareceu logo que a barraca foi armada. Quando escureceu, sem que ele tivesse retornado, Ayla começou a se preocupar.

– Você acha que devo assoviar para chamá-lo? – perguntou, quando se preparavam para dormir.

– Não é a primeira vez que ele sai assim para caçar sozinho. Você está acostumada a ter Lobo por perto porque o mantém assim. Ele volta.

– Espero que volte pelo menos amanhã de manhã – disse Ayla, levantando-se para olhar. Mas era difícil enxergar além da fogueira.

– Ele é um animal. Sabe andar por aí. Sente-se, Ayla – disse Jondalar. Colocou mais uma acha de lenha no fogo e ficou por um momento vendo as fagulhas que subiam. – Olhe aquelas estrelas. Já viu tantas assim de uma só vez?

Ayla olhou para cima e se deixou tomar de assombro.

– Parecem muitas, de fato. Talvez seja por estarmos mais perto delas, aqui em cima, que vemos tantas, principalmente as pequenas... Ou será que estão mais longe? Você acha que elas vão, assim, além, indefinidamente? Que não acabam mais?

– Não sei. Nunca pensei nisso. Quem poderá dizer?
– Sua Zelandoni saberá?
– Talvez ela saiba, mas dificilmente nos contará. Há coisas que só Aqueles que Servem à Mãe devem saber. Mas você faz mesmo as perguntas mais estranhas, Ayla! – disse Jondalar. Ele sentiu frio de repente. Sem ter certeza se era mesmo por causa da temperatura, acrescentou: – Estou ficando com frio, e temos de sair cedo, amanhã. Dolando diz que as chuvas podem começar a qualquer momento agora. O que pode significar neve, aqui nestas culminâncias. Gostaria de estar embaixo, na planície, quando isso ocorrer.

– Volto já. Quero apenas certificar-me de que Campeão e Huiin estão bem. Talvez encontre Lobo com eles.

Ayla ainda estava preocupada quando se acomodou por entre as peliças da cama. Custou a dormir, com o ouvido atento a qualquer ruído que pudesse indicar a volta do animal.

Estava escuro demais para ver algo além das estrelas, das inumeráveis estrelas que subiam do fogo para o céu noturno. Mas ela continuou olhando. E então duas estrelas, duas luzes amarelas, se aproximaram uma da outra na treva. Eram olhos, os olhos de um lobo que a fixavam. Ele se virou e começou a afastar-se. E ela entendeu que o animal queria que o seguisse. Mas quando começou a fazê-lo, o caminho foi de súbito bloqueado por um urso de grandes proporções.

Ela recuou apavorada quando a gigantesca fera se ergueu nas patas traseiras e grunhiu. Mas quando ela olhou outra vez, descobriu que não era urso nenhum. Era Creb, o Mog-ur, com seu manto de pele de urso.

A distância ouviu que seu filho a chamava. Olhou por cima do ombro do grande mago e viu o lobo. Mas não era apenas um lobo, era o espírito do Lobo, o totem de Durc, e esse queria que ela o acompanhasse. Mas então o espírito do Lobo se transformou no seu filho, e era Durc que queria que ela o seguisse. Ele chamou uma vez mais, mas quando ela procurou atendê-lo, Creb se interpôs. E apontou algo atrás dela.

Ela se virou e viu um caminho que levava à entrada de uma caverna, não uma caverna profunda, mas uma platibanda de pedra de rocha muito clara, à beira de um penhasco. E acima dela, uma estranha pedra que parecia parada no ar no ato de cair. E quando olhou por cima do ombro, Creb e Durc já não estavam lá.

– CREB! DURC! Onde estão vocês? – disse Ayla, sentando-se de repente.

– Ayla, você está sonhando de novo – disse Jondalar, sentando-se também.

– Eles se foram! Por que ele não deixou que eu fosse com eles? – disse Ayla, com lágrimas nos olhos e um soluço na garganta.

– Quem foi embora? – perguntou Jondalar, tomando-a nos braços.

– Durc. E Creb não deixou que eu fosse com ele. Atravessou-se no meu caminho. Por que terá feito isso? – disse ela, chorando.

– Foi um sonho, Ayla. Nada mais que um sonho. Talvez queira dizer algo. Mas não passou de um simples sonho.

– Você está certo. Sei que está. Mas parecia tão real!

– Você tem pensado muito no seu filho?

– Acho que sim. Tenho pensado que nunca mais o verei.

– Talvez por isso tenha sonhado com ele. Zelandoni sempre disse que quando a gente tem um sonho dessa espécie, deve procurar lembrar tudo o que puder sobre ele para um dia entendê-lo – disse Jondalar, tentando ver a expressão de Ayla no escuro. – Procure dormir de novo.

Ficaram os dois, lado a lado, acordados por algum tempo até finalmente adormecerem. Quando despertaram, na manhã seguinte o céu estava sombrio e Jondalar ficou ansioso. Era preciso partir. Lobo, no entanto, não voltara. Ayla assoviava periodicamente, enquanto desmontavam a barraca e empacotavam tudo, mas ele não apareceu.

– Temos de ir, Ayla. Ele nos alcançará, como sempre fez – disse Jondalar.

– Não vou enquanto ele não voltar. Você vai. Eu espero. Vou procurá-lo.

– Como você vai procurá-lo? Ele pode estar em qualquer lugar.

– Talvez tenha descido a montanha, de volta para Shamio. Ele gostava dela. Talvez eu deva refazer nosso caminho, e ir atrás dele.

– Não voltaremos. Não depois de ter cavalgado até aqui.

– Eu vou, se for preciso. Não sigo viagem sem ter encontrado Lobo.

Jondalar balançou a cabeça ao ver Ayla iniciar o caminho de volta. Ela estava decidida. Já podiam estar longe se não fosse o animal. Os Sharamudoi que ficassem com ele!

Ayla seguiu sozinha, assoviando e, de repente, quando estava para entrar na floresta, Lobo surgiu do outro lado da clareira e correu para ela. Pôs-lhe as patas nos ombros com tal força que quase a derrubou. E se pôs a lamber-lhe a boca e mordiscar o queixo.

– Lobo! Lobo! Aí está você. Por onde andou? – disse Ayla, agarrando-o pela coleira de pelos, esfregando o rosto no focinho do animal e mordendo-o de leve para responder à sua saudação. – Eu estava muito aflita. Você não devia fugir assim.

– Acha que podemos ir agora? – perguntou Jondalar. – Já perdemos metade da manhã.

– Pelo menos ele veio, e não tivemos de voltar – disse Ayla, montando. – Em que direção você quer que a gente vá? Estou pronta.

Atravessaram toda a pastagem sem trocar palavra, irritados um com o outro. Chegaram, depois, a uma crista. Cavalgaram ao longo dela, procurando uma passagem, até darem com uma descida íngreme, juncada de seixos e matacões. Parecia muito instável, e Jondalar ainda tentou encontrar outra saída. Se estivessem sozinhos, poderiam ter passado por diversos lugares, mas só aquela, apesar de escorregadia, era praticável para os cavalos.

– Ayla, você acha que os cavalos podem subir por aqui? Não creio que haja outro caminho. Podemos descer e contornar o morro.

– Você havia dito que não queria voltar, não é mesmo? Principalmente por causa de um animal.

– Não queria, mas o que for preciso, faremos. Se você acha a escalada perigosa para os cavalos, não arriscaremos.

– E se eu a julgasse perigosa para Lobo? Nós o abandonaríamos aqui?

Para Jondalar os cavalos eram úteis. Embora ele gostasse do lobo, não achava razoável que atrasassem a viagem por causa dele. Mas era óbvio que Ayla não concordava com aquilo, e ele sentiu uma leve tensão entre eles. Provavelmente porque ela teria preferido ficar com os Sharamudoi. Pensou que uma vez que estivessem mais distantes do acampamento de Dolando, ela passaria a ansiar pela chegada ao destino deles. Mas não queria fazê-la mais infeliz agora do que já estava.

– Não é que eu quisesse deixar Lobo no caminho. Pensei apenas que ele seria capaz de alcançar-nos, como já fez antes – disse Jondalar, embora, na verdade, tivesse estado mesmo a ponto de abandonar o animal.

Ela sentiu que havia mais no que ele dizia, mas também não queria que a divergência entre eles crescesse. Afinal, Lobo estava com eles, e não havia mais motivo para aflições. Com a ansiedade dissipada, a raiva também se fora. Ela desmontou, então, e subiu a pé, testando o aclive.

– Não estou completamente segura, mas acho que vale a pena tentar. Não é tão ruim quanto parecia à primeira vista. Se eles não conseguirem, então procuraremos algum outro caminho.

Aquele não era, na verdade, tão inseguro quanto parecera à primeira vista. Embora houvesse alguns momentos difíceis, ficaram ambos surpresos com o desempenho dos cavalos. Alegraram-se de ter deixado o problema para trás, mas encontraram outros mais acima. Na sua preocupação comum um com o outro e com os cavalos, acabaram por conversar outra vez naturalmente.

Para Lobo a subida era fácil. Ele foi até o alto e voltou enquanto eles conduziam os cavalos com cautela. Quando chegaram ao topo, Ayla assoviou e ficou esperando. Jondalar observou-a e achou que parecia muito mais preocupada com o lobo do que antes. Por que seria? Quis perguntar-lhe, mudou de ideia para não incomodá-la, mas acabou levantando a questão de qualquer maneira.

– Ayla, estarei errado ou você anda mais preocupada com Lobo do que de hábito? Gostaria que se abrisse comigo. Você sempre insiste para que não tenhamos segredos.

Ela respirou fundo, fechou os olhos e franziu o cenho. Depois, olhou para Jondalar.

– Tem razão. Mas eu não tinha a intenção de esconder isso de você. Queria esconder o problema de mim mesma. Você se lembra daqueles dois veados que encontramos esfregando os chifres nas árvores para remover o veludo?

– Sim – disse Jondalar.

– Não estou absolutamente certa disso, mas talvez seja a estação dos Prazeres para os lobos também. Eu não queria pensar nisso por medo de que, pensando, aconteça, mas Tholie trouxe a questão quando eu falei sobre o leão que me deixou para encontrar uma companheira. Ela me perguntou se eu achava que Lobo faria o mesmo. E não quero que isso aconteça. Lobo é como um filho para mim.

– E o que a leva a pensar que ele o fará?

– Antes da partida final de Neném, ele desaparecia assim por períodos cada vez mais longos. Às vezes, quando voltava, eu via que ele havia lutado. Sabia que estava à procura de uma leoa. Pois achou uma. Agora, cada vez que Lobo some, temo que ele esteja em busca de uma companheira.

– É isso, então. Acho que não podemos fazer nada. Mas será esse mesmo o caso? – disse Jondalar.

Em seguida veio-lhe o pensamento de que desejava que fosse. Não queria ver Ayla infeliz, porém, mais de uma vez o lobo já havia provocado desavenças entre os dois. Tinha de admitir que se Lobo encontrasse um amor e partisse, ele lhe desejaria boa sorte e ficaria satisfeito com o desfecho.

– Não sei – disse Ayla. – Ele sempre voltou, até agora. E parece contente de viajar conosco. Ele me saúda como se nos considerasse sua verdadeira alcateia, mas você sabe como são os Prazeres. É um Dom muito forte. O desejo pode ser incontrolável.

– Eu sei. Mas, como já disse, não podemos fazer muita coisa. Seja como for, alegro-me que você tenha falado disso.

Cavalgaram em silêncio, lado a lado, por algum tempo, mas era um silêncio confortável. Ele ficara de fato satisfeito por terem abordado o assunto. Pelo menos entendia agora um comportamento dela que lhe parecera estranho. Ayla vinha se portando como uma espécie de mãe superprotetora, o que não era natural nela, nem ele desejaria que fosse. Tinha pena dos meninos que as mães tolhiam, que não podiam fazer coisas um pouco perigosas, como penetrar numa caverna mais profunda ou escalar montanhas.

– Olhe, Ayla, um cabrito-montês! – disse, apontando um belo animal semelhante ao bode, mas com longos chifres curvos. Ele estava na borda de uma saliência da montanha, no alto. – Já cacei animais como esse. E veja mais para cima: são camurças!

– Ah, são esses os animais que os Sharamudoi caçam? – perguntou Ayla, observando aqueles exemplares de antílope.

– Sim, são. Já cacei com os Sharamudoi.

– Como é possível matar animais assim? Como vocês conseguem pegá-los?

– É uma questão de subir atrás deles. Eles costumam olhar para baixo todo o tempo para ver se algum perigo os ameaça, de modo que se a gente consegue ficar acima deles, chega em geral suficientemente perto para abatê-los. E você percebe como o propulsor de lanças pode ser útil – explicou Jondalar.

– Isso me faz apreciar ainda mais a roupa que Roshario me deu – disse Ayla.

Continuaram a escalada e, à tarde, alcançavam a linha da neve. Paredões lisos de pedra se elevavam de um lado e de outro, com fragmentos de gelo e neve não muito acima. O topo do talude à frente se recortava contra o céu azul e parecia conduzir à borda do mundo. Ao alcançarem o ponto mais alto, pararam para contemplar a vista, que era espetacular.

Atrás deles, via-se todo o caminho que tinham percorrido subindo a montanha desde a faixa de árvores. Dali para baixo, as árvores que cobriam a rocha fundamental disfarçavam o terreno áspero que tanto esforço lhes custara. Ao leste, podiam divisar até a planície com as fitas trançadas dos rios correndo preguiçosamente, o que causou surpresa a Ayla. O Grande Rio Mãe parecia um simples conjunto de fios d'água daquele privilegiado ponto de observação no cume gelado da montanha, e ela mal podia acreditar que, algum tempo antes, eles tinham sufocado de calor enquanto viajavam ao longo do seu curso. À frente via-se a cordilheira seguinte, um pouco menos elevada, e o fundo vale coberto de pontas verdes e plumosas que os separava dela. Para cima, muito perto de onde estavam, avistavam os picos cintilantes de gelo.

Ayla correu os olhos em torno, tomada de um temor respeitoso. Seus olhos brilhavam de admiração, tocados pela beleza e grandiosidade da paisagem.

– Oh, Jondalar, estamos acima de tudo o que existe. Jamais subi tão alto. Sinto-me no topo do mundo. É tudo tão... belo, tão emocionante...

Ouvindo aquelas expressões de maravilhamento, vendo os olhos brilhantes dela, seu formoso sorriso, o entusiasmo que ele mesmo sentia diante daquele panorama esplendoroso se acendeu com a excitação de Ayla, e ele ardeu de desejo por ela.

– Sim, é muito belo. E excitante também.

Algo na voz de Jondalar pôs um arrepio no corpo de Ayla e obrigou-a a desviar a vista da paisagem.

Os olhos dele tinham uma tonalidade tão extraordinária de azul que ela imaginou por um momento que ele roubara dois pedaços do céu luminoso para enchê-los com seu amor e desejo. Sentiu-se apanhada por eles, capturada pelo seu inefável encanto, cuja origem era tão misteriosa para ela quanto a magia do amor dele, mas que ela não podia nem queria negar. O desejo de Jondalar por ela sempre fora o sinal dele. Para Ayla, não era um ato de vontade, mas uma reação física, uma necessidade tão forte e irresistível quanto a que ela mesma sentia.

Sem se dar conta de haver saído do lugar, Ayla se viu nos braços dele, envolvida por ele, e com a boca ardente e faminta do homem na sua. Certamente o que não faltava na sua vida eram Prazeres. Jondalar e ela partilhavam regularmente daquele Dom da Mãe, com grande contentamento, mas aquele momento era excepcional. Talvez fosse o cenário, mas ela percebia que cada sensação parecia intensificada. Onde quer que o corpo dele a tocasse, uma descarga de sensações corria por ela, da cabeça aos pés. As mãos dele estavam nas suas costas, seus braços a enlaçavam, as coxas estavam coladas às suas. O volume da sua virilidade, percebido através da espessura das parkas de inverno, forradas de pelo, era quente, e os lábios apertados nos seus lhe davam a sensação indescritível de não querer que ele parasse nunca.

Do momento em que a soltou e recuou um pouco para abrir os fechos da roupa dela até que a tocasse de novo, Ayla ardeu de desejo e de expectativa. Mal podia esperar e, no entanto, não queria que ele se apressasse. Quando ele fechou a mão no seu seio por debaixo da túnica, ela gostou de senti-la fria, em contraste com o calor que tinha por dentro. Prendeu a respiração quando ele apertou um mamilo endurecido, arrepiando-lhe a pele e levando a excitação até aquele ponto dentro dela que ardia, desejando mais.

Jondalar percebeu a forte reação dela e sentiu que ele próprio se inflamava ainda mais. Seu membro engrossou, ereto, e pulsou de tão cheio que estava. Sentiu a língua de Ayla, quente e macia, na sua boca. Então soltou-a, para buscar a macia quentura dela, e de súbito sentiu uma vontade incontrolável de provar o sal e sentir as dobras molhadas da outra abertura. Mas não queria interromper os beijos que lhe dava. Ah, se pudesse tê-la toda ao mesmo tempo! Tomou os dois seios nas mãos, brincando com os bicos empinados, amassando, esfregando. Depois ergueu a túnica, pôs um deles na boca, e chupou com força, sentindo que ela apertava o corpo contra o dele e gemia baixinho de prazer.

Sentiu seu membro latejar e imaginou toda a sua masculinidade dentro dela. Beijaram-se ainda, mas ela sentiu que seu próprio desejo era agora mais agudo e mais urgente. Estava faminta pelo toque dele, suas mãos, seu corpo, sua boca, seu sexo.

Ele tentava remover-lhe a parka. Ayla ajudou-o, deleitando-se com o vento frio quando se desvencilhou da roupa. O vento era quente com as mãos de Jondalar no seu corpo, com a boca dele na sua boca. Sentiu que ele desatava os amarrilhos das suas perneiras, que as puxava para baixo. E logo estavam os dois deitados na parka estendida no chão, e as mãos de Jondalar acariciavam seu quadril, sua barriga, a parte interna das pernas. Ela se abriu toda a esse contato.

Ele se pôs entre as coxas da mulher, e o calor da sua língua exploratória acendeu pontos de excitação por toda parte. Ela era tão sensível, suas reações tão intensas, que fazer amor lhe era quase insuportável.

Jondalar sentiu aquela vigorosa e imediata reação ao seu leve toque. Ele fora treinado como britador de pederneiras, artífice de ferramentas e armas de pedra, e era considerado o melhor do seu ramo pela sensibilidade ao sílex com suas finas, sutis variações. As mulheres respondiam à sua percepção aguçada e às suas manipulações de perito exatamente como uma fina pedra-de-fogo o faria. Mulher e pedra traziam à luz o que de melhor havia nele. Ele gostava sinceramente de ver uma bela ponta de lança emergir de uma peça de quartzo graças às suas ministrações de especialista, e gostava de ver uma fêmea excitada ao máximo, e passara muito tempo praticando as duas artes.

Com sua inclinação natural e genuíno desejo de estar atento aos sentimentos de uma mulher, principalmente os de Ayla, naquele mais íntimo de todos os momentos, ele sabia que um toque de pluma a excitaria mais agora, embora uma técnica diversa pudesse ser apropriada posteriormente.

Beijou o interior da coxa da mulher, depois correu a língua de baixo para cima, notando que a pele se arrepiava. De olhos fechados, ela estremecia, mas não recusava. Ele se ergueu e tirou a própria parka para cobri-la apenas acima da cintura.

Ela não se importava com o frio, mas o agasalho dele, forrado de pelo e ainda quente, com seu forte cheiro masculino, era maravilhoso. O contraste do vento frio com a pele das suas pernas nuas, molhadas da língua dele, dava-lhe calafrios de desejo. Ela sentiu um líquido quente entre as suas dobras. Aquilo e o frio do vento lhe deram um desejo insuportável. Com um gemido rouco ela arqueou o corpo ao encontro dele.

Com as mãos, Jondalar separou-lhe as dobras, admirou a bela cor rosada daquela flor aberta, e, incapaz de conter-se por mais tempo, aqueceu as pétalas com a língua molhada, saboreando-as. Ela sentiu calor, depois frio, e palpitou em resposta. Aquilo era novo, ele não havia feito antes. Jondalar usava o próprio ar da montanha para lhe dar Prazer, e ela ficou encantada com aquilo.

Mas como ele continuou, ela esqueceu o ar. Com uma pressão maior e com a provocação com que ela estava familiarizada, com seus sentidos estimulados, e incitados pela boca e pelas mãos dele, ela se esqueceu, até, de onde estava. Sentia apenas a boca que sugava, a língua que tocava e lambia a sede dos Prazeres, os dedos insinuantes por dentro, e, depois, só a maré que enchia, a onda que formava uma crista e rebentava, estrondando por cima dela, que agarrava o membro dele e o guiava para o lugar certo. Então, empurrou o corpo para cima, e ele a encheu.

Jondalar enfiou sua haste até o fundo, fechando os olhos ao sentir a acolhida que ela lhe dava, úmida e quente. Esperou um momento, imóvel, para em seguida recuar, sentindo a carícia do túnel profundo, e empurrando outra vez. Enfiava e puxava, sentindo que cada golpe o adiantava um pouco, e que a pressão dentro dele crescia. Ouviu-a gritar, arquear-se contra ele, e gozou, explodindo na libertação de ondas de Prazer.

No silêncio absoluto, só se ouvia agora a voz do vento. Os cavalos esperavam pacientemente, e o lobo assistia a tudo com interesse. Aprendera, contudo, a conter qualquer curiosidade mais ativa. Por fim, Jondalar apoiou-se nos braços, e contemplou a mulher que amava.

– Ayla, e se tivermos feito um bebê?

– Não se preocupe, Jondalar. Não creio que tenhamos feito um bebê.

Ela se alegrava de ter encontrado mais das plantas anticonceptivas, e ficou tentada a confiar-lhe o segredo, como fizera com Tholie. Tholie ficara, de início, tão chocada, embora fosse mulher, que Ayla resolvera não contar nada a Jondalar.

– Não tenho muita certeza, mas acho que este é desses períodos em que não engravido – disse ela. E, de fato, ela não tinha certeza.

Iza tivera uma filha, apesar do remédio, que tomava havia anos. Talvez as plantas perdessem a eficácia com o uso prolongado. Ou talvez Iza tivesse esquecido de tomar a poção, embora Ayla duvidasse disso. Ficava imaginando o que aconteceria se deixasse de beber aquele chá matinal.

Jondalar esperava que ela tivesse razão, embora uma pequena parte dele desejasse o contrário. Ficava pensando se haveria um dia um filho do seu lar, produto do seu espírito, ou, quem sabe, da sua essência.

LEVARAM ALGUNS DIAS para alcançar a cordilheira seguinte, que era mais baixa e não ficava muito acima do nível das árvores, mas tiveram dali sua primeira visão das largas estepes do oeste. Era um dia de céu limpo, apesar de ter nevado, e a distância podiam divisar uma terceira linha de montanhas incrustadas de gelo. Na planície chata havia um rio, que corria para o sul, em direção ao que lhes pareceu um grande lago.

– Aquele será, outra vez, o Grande Rio Mãe?

– Não, é o da Irmã. Temos de atravessá-lo. Receio, aliás, que esse venha a ser o cruzamento mais difícil de toda a nossa Jornada – explicou Jondalar. – Vê aquilo, ao longe, no rumo do sul? Onde a água se alarga a ponto de parecer um lago? Lá está o Rio da Mãe ou, melhor, o lugar em que o Rio da Irmã se lança nele... ou procura fazê-lo. Ele recusa e transborda, e as correntes ali são perigosas. Nós não vamos tentar passar naquele ponto, mas Carlono diz que, mesmo acima o Rio da Irmã é turbulento.

O dia em que olharam para oeste, a partir da segunda cordilheira, foi o último dia claro. Acordaram na manhã seguinte sob um céu encoberto e sombrio, tão baixo que se fundia na neblina que subia das depressões do terreno. Havia uma garoa palpável no ar, que se acumulava em gotículas nos cabelos e nas peliças. A paisagem parecia envolta num impalpável sudário que só permitia que as árvores se materializassem como árvores, deixando de ser formas indistintas, quando o observador se aproximava delas.

À tarde, com uma trovoada imprevista e retumbante, o céu se abriu, depois de aceso, minutos antes, por um único relâmpago solitário. Ayla estremeceu, surpresa, e foi possuída pelo terror ao ver os sucessivos clarões lívidos que corriam pelos picos das montanhas que tinham deixado para trás. Mas não era o raio que a assustava e sim a antecipação do estrondo que ele pressagiava.

Ayla se encolhia cada vez que aquilo acontecia, longe ou perto. Parecia-lhe que a cada trovão a chuva recrudescia, como que tangida das nuvens pelo som. Enquanto desciam, trabalhosamente, o flanco ocidental da montanha, a chuva caía sobre eles tão forte quanto em quedas d'água. Os riachos enchiam e transbordavam. Pequeninos arroios, que antes saltavam, descendo, de saliência em saliência da rocha, se convertiam em torrentes tumultuosas. O chão ficara escorregadio e, em muitos lugares, perigoso.

Agradeciam suas parkas de chuva feitas de couro de veado. A de Jondalar era do gigantesco megácero das estepes; a de Ayla, de rena do norte. Vestiam-nas por cima de suas parkas de peliça, quando fazia frio, ou de suas túnicas de uso cotidiano, quando fazia calor. A superfície externa desses impermeáveis era tingida de vermelho e ocre. Os pigmentos minerais, dissolvidos em gordura animal, eram esfregados nas roupas com um instrumento especial de brunir feito de um osso de costela. Com o processo, as peças adquiriam um acabamento lustroso e à prova d'água. Mesmo molhado, um casaco desses oferecia proteção, mas era impotente contra um dilúvio como o que desabava agora sobre os viajantes.

Quando pararam para o pernoite e armaram a barraca, tudo estava úmido, inclusive as peles de dormir, e era impossível acender o fogo. Carregaram lenha de pequenos galhos mortos de coníferas para dentro da barraca, na esperança de que secassem até de manhã. Mas quando acordaram ainda chovia, torrencialmente, e suas roupas continuavam úmidas. Graças, porém, a uma pedra refratária e a um pouco de pavio que levava consigo, Ayla conseguiu acender uma pequena fogueira para ferver água e fazer um chá para esquentá-los. Comeram só alguns bolinhos que Rosario lhes dera, uma variação do alimento compactado, feito habitualmente para viagem, tão substancioso e nutritivo que era suficiente para fazer uma pessoa subsistir por muito tempo; consistia em carne seca e moída, misturada com gordura, passas de frutas ou bagas, e, ocasionalmente, raízes ou grãos cozidos.

Encontraram os cavalos impassíveis do lado de fora da tenda, de cabeça baixa, com a água escorrendo da sua pelagem hirsuta de inverno. O barco virara e estava cheio d'água. Resolveram deixá-lo ficar ali mesmo, assim como os mastros. O trenó fora útil para arrastar cargas pesadas nas planícies abertas e era eficiente, quando combinado ao barco circular, para transportar seu equipamento para a outra margem de rios. Mas na montanha acidentada e coberta de árvores fora um estorvo; atrasara a viagem e poderia tornar mais arriscada a descida, debaixo de chuva, por encostas abruptas. Se Jondalar soubesse antes que a maior parte do terreno que teriam ainda de atravessar era plano, já teria abandonado aquela tralha havia muito tempo.

Soltaram o bote das varas de trenó e esvaziaram-no, segurando-o no alto. Nessa posição se entreolharam e riram. Ficaram, por um momento, a seco ao ar livre. Não lhes tinha ocorrido antes que aquele bote, que os salvara da água de um rio, podia também funcionar como abrigo da chuva. Talvez não quando estivessem em movimento, mas em caso de forte precipitação, eles poderiam se proteger e esperar uma estiada.

Essa descoberta não resolvia o problema de como transportá-lo pelo restante da Jornada. Então, ambos tiveram simultaneamente a mesma ideia: puseram-no em cima de Huiin. Se pudessem fixá-lo, a barraca e duas das cestas ficariam sempre secas. Usando os mastros e algumas cordas, conseguiram amarrá-lo bem. Ficou desajeitado, e sabiam que seria preciso retirá-lo em passagens estreitas ou evitá-las, contornando eventuais obstáculos, mas afinal não daria tanto trabalho quanto antes e oferecia vantagens.

Encabrestaram e carregaram os cavalos, mas sem a intenção de montá-los. Puseram a pesada barraca de couro e o pano de forrar chão nas costas de Huiin, com o barco por cima de tudo, emborcado, apoiado nos mastros em cruz. Um couro de mamute, que Ayla costumava usar para cobrir a comida, foi posto no lombo de Campeão para proteger as duas cestas que o garanhão levava.

Antes de saírem, Ayla passou algum tempo com Huiin, agradecendo-lhe e tranquilizando-a, na linguagem especial que tinham desenvolvido no Vale dos Cavalos. Não importava que o animal não compreendesse as palavras. A linguagem era familiar e tranquilizante, e a égua indubitavelmente reagia a determinados sons e sinais.

Até Campeão ficou de orelha em pé, balançou a cabeça e relinchou enquanto Ayla falava. Jondalar concluiu que ela estava estabelecendo alguma espécie de comunicação com os cavalos, cuja natureza lhe escapava. Aquilo fazia parte do mistério que tanto o fascinava.

Começaram a descer pelo terreno acidentado na frente dos animais, conduzindo o caminho. Lobo, que passara a noite toda na barraca, e estava relativamente seco no começo da caminhada, ficou rapidamente mais ensopado que Huiin e Campeão; seu pelo, normalmente cheio, ficou colado ao corpo, magro e menor, mostrando os contornos de osso e músculo. As parkas úmidas de Jondalar e Ayla mantinham-nos suficientemente aquecidos, ainda que não muito confortáveis, mas o pelo do forro de pele dos capuzes ficara molhado e emaranhado. Depois de algum tempo, a água começava a escorrer pelo pescoço deles, mas não podiam fazer nada. Os céus continuavam inclementes, e Ayla achou que o tempo chuvoso seria, dali por diante, a regra.

Choveu quase sem parar nos dias que se seguiram, durante toda a descida da montanha. Quando alcançaram a linha das altas coníferas, o dossel lhes deu alguma proteção, mas deixaram a maior parte das árvores para trás quando o terreno se tornou um grande planalto, embora o leito do rio estivesse muito mais embaixo. Ayla começou a ver que o rio que tinham visto de cima devia estar mais longe do que ela havia pensado e devia ser também muito maior. A chuva, embora fraca de vez em quando, não parou. E sem a proteção das árvores ficaram ensopados e infelizes. Mas tinham um consolo: podiam agora cavalgar, pelo menos parte do tempo.

Seguiram o rumo do poente, por uma série de terraços de loess, os mais altos cortados por incontáveis rios alimentados pela drenagem da montanha, como resultado daquele dilúvio. Eles patinharam na lama e cruzaram diversos cursos d'água que despencavam das alturas. Então chegaram a outro platô e foram surpreendidos com uma pequena colônia.

Os abrigos, de madeira bruta, eram improvisados e pareciam frágeis, mas pelo menos protegiam contra as frequentes chuvas, e foram uma alegria para os olhos dos dois viajantes. Ayla e Jondalar seguiram rapidamente para lá. Desmontaram, conscientes do susto que os animais domesticados podiam causar aos possíveis habitantes, e chamaram em Sharamudoi, esperando que a língua fosse familiar aos locais. Mas não obtiveram resposta e, olhando mais de perto, verificaram que os alojamentos estavam vazios.

– Estou certo de que a Mãe se dá conta de que precisamos de um teto. Doni não fará objeções se entrarmos – disse Jondalar, entrando em uma das cabanas e verificando seu interior. Estava completamente vazia, a não ser por uma correia de couro dependurada de uma parede. O chão estava coberto de lama, como se uma das torrentes tivesse passado por dentro do casebre antes de ser desviada. Saíram e se dirigiram para a maior de todas.

Ao se aproximarem, Ayla deu pela falta de algo importante.

– Jondalar, onde está a donii? Não há uma figura da Mãe guardando a entrada.

Ele concordou com ela.

– Isto deve ser um acampamento temporário de verão – disse. – Eles não deixaram uma donii por não lhe terem pedido proteção. Não havia necessidade. Quem quer que tenha erguido esta instalação não esperava que durasse até o inverno. Eles abandonaram a região e levaram tudo ao partir. Buscaram, provavelmente, um lugar mais alto quando a chuva começou.

Entraram na habitação e viram que era mais sólida que a anterior. Havia rachaduras nas paredes e goteiras em diversos lugares, mas o chão de madeira bruta se elevava acima do barro pegajoso e uns poucos pedaços de madeira estavam espalhados na vizinhança de uma lareira, feita com pedras. Era o lugar mais seco e mais confortável que viam em muito tempo.

Eles saíram, descarregaram o trenó e levaram os cavalos para dentro. Ayla acendeu o fogo e Jondalar foi até uma das construções menores tirar madeira das paredes internas, mais secas, para usar como lenha. Quando ele voltou, Ayla esticara cordas de parede a parede e estava estendendo a roupa para secar. Jondalar a ajudou a esticar o couro da barraca, mas tiveram de juntá-lo outra vez para escapar de uma insistente goteira.

– Temos de tomar providências com relação às goteiras – disse Jondalar.

– Vi taboas lá fora – disse Ayla. – Posso tecer pequenas esteiras com folhas rapidamente e usá-las para cobrir os buracos.

As casas eram feitas de caniços amarrados a toras compridas, não muito grossas, de árvores novas. Apesar de não serem feitas de pranchas, assemelhavam-se muito aos abrigos em A dos Sharamudoi, com uma única diferença: a trave horizontal não era inclinada, e os cômodos eram assimétricos. O lado onde havia a abertura de entrada, que dava para o rio, era quase vertical; o lado oposto se inclinava para aquele num ângulo agudo. As extremidades eram fechadas, mas podiam ser erguidas, como toldos.

Saíram para fixar as esteiras no telhado, prendendo-as com folhas das taboas, alongadas e duras. Havia duas goteiras mais altas, difíceis de alcançar mesmo com toda a altura de Jondalar, e achavam que a estrutura não suportaria o peso de nenhum dos dois. Decidiram entrar e imaginar um meio de fixá-las. No último momento, lembraram-se de encher uma bolsa e algumas tigelas com água para beberem e cozinhar. Quando Jondalar fechou uma das goteiras com a mão, ocorreu-lhes prender o remendo por dentro.

Depois, fecharam a entrada com o couro de mamute. Ayla correu então os olhos pelo interior, iluminado agora só pela fogueira, que começava a aquecer o aposento, e achou a casa aconchegante. Estavam protegidos da chuva que caía do lado de fora. Tinham um lugar quente e seco para dormir, embora começasse a surgir um vapor no ar à medida que as roupas secavam, e não havia nenhuma saída para fumaça naquele abrigo de verão. A fumaça saía habitualmente pelas frestas das paredes e pelo teto, ou pela parte superior das paredes deixadas abertas no tempo de calor. A palha seca e os caniços tinham inchado com a umidade, o que passou a dificultar a saída do vapor, que começava a acumular-se ao longo da trave horizontal, no teto.

Cavalos em geral são acostumados ao relento e, de regra, preferem dormir a céu aberto; mas como Huiin e Campeão tinham sido criados com gente e estavam acostumados com habitações humanas, mesmo fumacentas e escuras, ficaram no fundo do alojamento, onde Ayla decidira ser o melhor lugar para eles, que pareciam contentes de estar ao abrigo da chuva. Ayla pôs pedras de cozinhar no fogo. Depois ela e Jondalar esfregaram os cavalos e Lobo, para ajudar a secá-los.

Abriram, em seguida, os embrulhos, para ver se algo se estragara com o excesso de umidade. Acharam roupas secas e se trocaram. Depois, sentaram-se junto do fogo para tomar um chá quente, enquanto preparavam uma sopa à base de alimentos compactados. Quando a fumaça no teto ficou excessiva, fizeram buracos de um lado e de outro no alto das paredes, o que limpou o ambiente e lhes deu mais um pouco de claridade.

Sentiam-se contentes por poderem descansar. Não sabiam até então o quanto estavam exaustos. Antes de escurecer completamente, homem e mulher se meteram nas suas peles, ainda um tanto úmidas, infelizmente. Mas, por mais fatigado que estivesse, Jondalar não conseguiu dormir. Lembrava-se da última vez que tinha enfrentado aquele veloz e traiçoeiro rio, e, na treva, tremeu de pavor ante a perspectiva de atravessá-lo com a mulher amada.

21

Ayla e Jondalar ficaram no acampamento abandonado por dois dias. Na manhã do terceiro dia a chuva finalmente amainou. A cobertura de nuvens, pesada e plúmbea, se dissipou e, à tarde, o sol brilhou nos retalhos de céu azul alinhavados entre nuvens brancas, lanudas. Um vento forte e caprichoso soprava ora de uma direção, ora de outra, como se estivesse experimentando diferentes posições, incapaz de decidir de uma vez por todas qual delas era a melhor.

Abriram as saídas do alojamento para permitir que as peças mais grossas e pesadas acabassem de secar. Alguns dos itens de couro tinham endurecido; precisavam ser esticados e amaciados; mas talvez o uso bastasse para torná-los maleáveis outra vez. Já as cestas de bagagem haviam perdido a forma ao secar; estavam esfiapadas em diversos lugares e também mofadas. A palha amolecera e com o peso do conteúdo ficaram bambas. Muitas fibras tinham saltado para fora ou se partido.

Ayla concluiu que tinha de tecer cestas novas, embora os capins secos, as plantas e árvores do outono não fossem o material mais forte ou mais indicado. Quando tratou do assunto com Jondalar, ele levantou outro problema.

– Estas cestas de bagagem me incomodavam há muito tempo. Sempre que atravessamos um rio mais profundo, em que os cavalos têm de nadar, as cestas ficam molhadas se não as retirarmos antes. Com o barco e os mastros, a situação melhorou. Podíamos pôr as cestas no barco. Enquanto estivermos em campo aberto não será difícil arrastá-las. Grande parte do caminho que temos pela frente é de pastagens, mas haverá florestas e terreno acidentado. Então, como aconteceu há pouco, na montanha, talvez seja complicado levar a reboque barco e mastros. Se decidirmos abandoná-los, precisamos de cestas mais rasas, que não fiquem com o fundo molhado. Você pode fazer algumas assim?

Foi a vez de Ayla franzir o cenho e ponderar.

– Você tem razão, as cestas ficam molhadas. Quando as teci, não tinha de atravessar muitos rios, e os que atravessei não eram fundos. – A testa enrugada de Ayla demonstrava sua concentração, e então ela se lembrou do cesto que inventara. – Eu não usava balaios no começo. Da primeira vez que quis que Huiin levasse algo às costas, fiz um cesto grande, achatado e flexível. Talvez possa tecer um semelhante agora. Seria mais fácil se não montássemos, mas isso... – Ayla fechou os olhos, procurando visualizar a ideia que começava a acudir-lhe. – Talvez... eu pudesse fazer cestas de bagagem que pudessem ser postas no lombo dos cavalos cada vez que tivéssemos de entrar na água. Não, isso não funcionará se estivermos cavalgando ao mesmo tempo... mas... eu poderia fazer algo para que os cavalos levassem na garupa, atrás de nós. – E, olhando para Jondalar, disse: – Sim, acho que sou capaz de fazer cestas de transporte.

Apanharam folhas de juncos e taboas, vimes, raízes finas, compridas e tudo o que Ayla julgou poder usar como material para cestos ou como cordame para tecer trançados para o transporte de carga. Tentando diversos formatos e experimentando os cestos que iam fazendo em Huiin, Ayla e Jondalar trabalharam nesse projeto o dia inteiro. No fim da tarde tinham pronto um cesto-cargueiro de tamanho suficiente para conter os pertences de Ayla e seu material de viagem, e que podia ser levado à garupa de Huiin com ela na sela. Ficaria razoavelmente seco se a égua tivesse de nadar. Aprovado o modelo, começaram a fazer outro igual para Campeão.

À noite, o vento encorpou e mudou de direção. Era agora vento do norte, ou aquilão, que logo soprou as nuvens para o sul. Quando o crepúsculo se transmudou em noite, o céu estava limpo, mas esfriara muito. Como pretendiam partir ao raiar do dia, resolveram fazer logo uma revisão de seus pertences de modo a aliviar a carga. Os cestos antigos eram maiores e tudo ficou apertado nas novas cestas. Por mais que tentassem diversos arranjos, a carga simplesmente não cabia toda nos cestos novos. Teriam que desistir de alguns objetos e espalharam no chão tudo o que ambos carregavam.

Ayla apontou a placa de marfim em que Talut gravara o mapa da primeira parte da viagem.

– Não precisamos mais disso. A terra de Talut já ficou para trás há muito tempo – disse ela, com uma ponta de tristeza.

– Tem razão. Não precisamos, mas estou com muita pena de deixar isso – disse Jondalar. – Seria interessante mostrar, em casa, a espécie de mapa que os Mamutoi fazem. Além do mais, isso me lembra Talut.

Ayla concordou.

– Bem, se você acha que tem espaço para ele, leve-o. Mas essencial não é.

Jondalar correu os olhos pelos pertences de Ayla e apanhou o pacote fechado e misterioso que já notara antes.

– E isso, o que é?

– Algo que fiz no inverno passado – disse ela, tirando-o das mãos dele e desviando o rosto, porque havia corado muito. Pôs o pacote atrás das costas, enfiando-o na pilha do que ia levar. – Vou deixar toda a minha roupa de verão. Está mesmo manchada e gasta. Vou usar as de inverno.

Jondalar a olhou significativamente, mas não fez nenhum comentário.

Estava frio quando acordaram na manhã seguinte. A respiração deles era visível no ar. Vestiram-se rapidamente e, depois de acender o fogo para uma apressada xícara de chá, desfizeram o leito, aflitos para partir. Mas quando saíram, pararam, surpresos.

Uma fina camada de geada transformara as colinas circundantes, que cintilavam ao forte sol da manhã com incrível nitidez. À medida que o gelo derretia, cada gota-d'água se convertia num prisma e refletia um diminuto arco-íris, numa pequena explosão de cores – vermelho, verde, ouro, azul – que se transmudavam umas nas outras quando eles se moviam, mudando o ângulo do espectro. A beleza dessas efêmeras joias de geada era, porém, um lembrete de que a estação do calor não passava de um brilho fugaz de cor num mundo dominado pelo inverno. O verão, curto e quente, acabara.

Quando ficaram prontos para sair, Ayla olhou pela última vez o acampamento que fora para eles um refúgio tão bem-vindo. Estava mais dilapidado ainda, porque eles tinham arrancado material dos abrigos menores para alimentar sua fogueira. Mas aquelas frágeis construções temporárias não tinham mesmo muito futuro. Ela estava grata por haverem encontrado o acampamento quando precisavam tanto de um.

Rumaram para oeste, em direção ao Rio da Irmã. Desceram uma encosta até outro platô, mais abaixo. Estavam ainda em terreno suficientemente alto para ver as vastas pastagens da Sibéria na outra margem do turbulento rio de que se aproximavam. Aquele mirante lhes dava uma visão ampla da região, bem como da extensão da planície aluvial que tinham pela frente. A terra, que em tempo de enchente ficava submersa, era de cerca de 25 quilômetros, dos quais a maior parte na margem oposta. Os contrafortes da montanha do lado em que estavam limitavam a expansão normal da inundação, embora houvesse elevações, colinas e penhas também do outro lado do Rio da Irmã.

Em contraste com as pastagens, a planície aluvial era um imenso deserto de brejos, laguinhos, matas e cerrado sujo que o rio atravessava, espumejante. Embora não tivesse meandros, lembrou a Ayla o tremendo delta do Grande Rio Mãe, em menor escala. Os salgueiros e a macega sazonal, que pareciam brotar direto da água ao longo das bordas da veloz correnteza, indicavam tanto a amplitude da enchente causada pelas recentes chuvas quanto a grande porção de terra já apropriada pelo rio.

A atenção de Ayla foi desviada da paisagem quando Huiin perdeu o pé: seus cascos tinham afundado em areia. As pequenas torrentes que tinham cortado os platôs antigos acabaram transformadas em leitos de rio profundamente escavados entre dunas movediças de marga arenosa. Os cavalos tropeçavam na sua progressão, levantando a cada passo esguichos de solo fofo, desagregado, rico em cálcio.

No fim da tarde, com o sol poente quase cegante de intensidade, o homem e a mulher, protegendo os olhos com as mãos, procuraram um lugar conveniente para acampar. À medida que se aproximavam da planície aluvial, notaram que a areia fina e solta mudava ligeiramente de caráter. Como nos platôs superiores, ela era, primariamente, loess, criado pela ação trituradora da geleira e depositado pelo vento como partículas finíssimas; mas, ocasionalmente, o rio, cheio, atingia o nível dos platôs. O sedimento argiloso e amarelo acrescentado ao solo endurecia e estabilizava o terreno. Quando Ayla e Jondalar começaram a ver capins de tipo conhecido, comuns na estepe, crescendo às margens do rio que acompanhavam, um dos muitos que desciam velozmente da montanha e corriam para o Rio da Irmã, resolveram parar.

Depois de armarem a barraca, os dois foram em diferentes direções, à caça de material para o jantar. Ayla, que se fizera acompanhar de Lobo, logo fez com que um pequeno bando de ptármigas levantasse voo. Lobo se precipitou em cima de uma enquanto Ayla derrubava com a funda uma outra que julgara haver alcançado a segurança do céu. Pensou por um momento em deixar para o lobo a ave que pegara, mas quando o animal ofereceu resistência, mudou de ideia. Uma das presas teria bastado para ela e Jondalar, mas Lobo devia compreender que, se necessário, tinha de dividir o que caçava com seus donos. Ninguém podia prever o que viria mais adiante.

Ela não racionalizou naquele momento, mas o ar frio a alertara para o fato de que iam viajar durante a estação fria por uma região desconhecida. Os grupos com que estava familiarizada, o Clã e os Mamutoi, raramente se afastavam muito do lugar onde moravam nos severos invernos glaciais. Instalavam-se ao abrigo do frio e das tempestades de neve, comendo os víveres que tinham armazenado. A ideia de viajar no inverno afligia Ayla.

Jondalar acertara uma grande lebre com sua lança e, de comum acordo, decidiram reservar para o consumo em outra ocasião. Ayla teria gostado de assar as aves no espeto, mas estavam em plena estepe, junto de um curso d'água, com vegetação rala à volta. Ela achou duas galhadas de veado, desiguais no tamanho e, obviamente, oriundas de diferentes animais, que teriam se descartado delas no ano anterior. Era muito mais difícil partir osso do que madeira, mas ajudada por Jondalar, com afiadas facas de sílex e a pequena machadinha que ele levava sempre enfiada no cinto, conseguiram quebrá-las. Ayla usou um pedaço para trespassar as ptármigas e as pontas serviram de forquilhas para sustentar o espeto. Depois de tanto esforço, pensou que deveria guardar o material para emprego posterior, principalmente porque osso não pega fogo com facilidade.

Ayla serviu um bom pedaço de carne a Lobo, junto com uma porção de raízes de junco que ela extraíra de uma vala junto do rio e de cogumelos do prado que reconhecera como comestíveis e saborosos. Depois da refeição da noite, sentaram-se junto do fogo e ficaram contemplando o céu, que escurecia. Os dias estavam cada vez mais curtos, e eles não ficavam tão cansados à noite, sobretudo por ser muito mais fácil cavalgar no plano.

– As aves estavam deliciosas – disse Jondalar. – Gosto da pele bem tostada, como você fez.

– Nesta época do ano, quando elas estão gordas e bonitas, é a melhor maneira de prepará-las – disse Ayla. – As penas já estão mudando de cor, e o peito está cheio delas. Dariam um bom enchimento para alguma coisa. Penas de ptármiga são ideais para colchões e travesseiros, por serem macias e quentes, mas não temos espaço na bagagem.

– Ano que vem, talvez, Ayla. Os Zelandonii também caçam ptármigas – disse Jondalar, visando incentivá-la um pouco por antecipar algo posterior à viagem.

– Ptármiga era a iguaria preferida de Creb – disse ela.

Jondalar sentiu na voz dela que estava triste. Como Ayla não disse mais nada, ele continuou falando, para tentar distraí-la.

– Há uma espécie de ptármiga, não na nossa área de Cavernas, mas para o sul, que não fica branca no inverno. Guarda o ano todo a mesma cor, o mesmo aspecto e o mesmo gosto que tem no verão. As pessoas que vivem por lá a chamam de tetraz-vermelho, e enfeitam toucados e roupas com suas penas. Fazem, inclusive, fantasias para a Cerimônia do Tetraz-Vermelho, e dançam imitando os movimentos da ave, batendo com os pés e tudo, como fazem os machos quando querem conquistar as fêmeas. É parte do seu Festival da Mãe. – Jondalar fez uma pausa, mas vendo que ela ainda não tinha comentário a fazer, continuou. – Caçam as aves com redes, e apanham muitas ao mesmo tempo.

– Derrubei uma dessas com a minha funda, mas foi Lobo quem pegou a outra – disse Ayla.

Como ela não disse mais nada, Jondalar achou que Ayla não estava mesmo com vontade de falar, e ficaram sentados por algum tempo em silêncio, vendo o fogo queimar capim e esterco, que secara suficientemente depois da chuva para arder. Por fim, ela disse algo.

– Você se lembra do bastão de arremesso de Brecie? Quisera eu saber como se usa uma arma dessas. Brecie conseguia derrubar vários pássaros de uma vez com ela.

A noite refrescou rapidamente, e eles se alegraram por ter uma barraca. Embora Ayla continuasse calada, o que não era habitual, cheia de tristeza e lembranças, reagiu com calor ao toque dele, e Jondalar logo deixou de atormentar-se com o silêncio dela.

De manhã, o ar estava frio, e a umidade condensada de novo revestira a terra de um brilho fantasmagórico de geada. A água do riacho estava gelada, mas revigorante quando eles a usaram para lavar-se. Tinham enterrado a lebre de Jondalar, envolta na sua própria pele, com pelos e tudo, para que cozinhasse debaixo das cinzas quentes do borralho durante a noite. Quando retiraram o invólucro enegrecido, viram que a espessa camada de gordura logo debaixo dela regara a carne, muitas vezes magra e fibrosa. E o fato de ter ficado na sua capa natural tornou-a molhada e tenra. Era a melhor época do ano para caçar aqueles animais de orelhas compridas.

Cavalgaram lado a lado através do capim alto e maduro, sem pressa, mas em ritmo regular, conversando ocasionalmente. A caça miúda abundava com a aproximação do Rio da Irmã, mas os únicos animais grandes que viram a manhã toda estavam longe e na outra margem do rio: um pequeno bando de mamutes, que iam para o norte. Quando o dia estava mais avançado, viram um bando misturado de cavalos e saigas, também na margem oposta. Huiin e Campeão também notaram os animais.

– O totem de Iza era o Saiga – disse Ayla. – Um totem muito poderoso para uma mulher. Mais forte, até, que o totem original de Creb, o Cabrito-Montês. Naturalmente, o Urso das Cavernas o escolhera e era seu totem secundário antes que ele se tornasse Mog-ur.

– Mas seu totem, Ayla, é o Leão das Cavernas, animal muito mais poderoso que um antílope saiga – disse Jondalar.

– Eu sei. É um totem de homem, um totem de caçador. Foi por isso que eles custaram tanto a acreditar. Eu não me lembro, mas Iza me contou que Brun chegou a ficar zangado com Creb quando ele o anunciou na minha cerimônia de adoção. E foi por isso que todo mundo ficou certo de que eu jamais teria filhos. Nenhum homem tinha totem capaz de superar o meu, capaz de derrotar o Leão das Cavernas. Foi uma surpresa geral quando fiquei grávida de Durc, e estou certa de que foi Broud quem deu início ao bebê, quando me forçou. – Ela enrugou a testa com a lembrança desagradável. – E se espíritos de totem têm algo a ver com a origem de crianças, o totem de Broud era o Rinoceronte Lanudo. Lembro-me de ter ouvido contar pelos caçadores da caverna de um rinoceronte desses que matou um leão das cavernas, de modo que eles podem fazer isso e, como Broud, podem ser perversos.

– Rinocerontes lanudos são imprevisíveis e podem ser bravios – disse Jondalar. – Thonolan levou uma chifrada de um não muito longe daqui. E teria morrido se os Sharamudoi não tivessem nos encontrado. – Jondalar fechou os olhos com aquela lembrança penosa e se deixou levar por Campeão. Eles não disseram mais nada por algum tempo. Depois, ele perguntou:

– Todo mundo no Clã tem um totem?

– Sim – respondeu Ayla. – Um totem é um guia, dá proteção. O mog-ur de cada clã descobre o totem de todo bebê que nasce, e, em geral, no primeiro ano de vida. Ela dá à criança um amuleto, com um fragmento de pedra vermelha dentro, na cerimônia totêmica. O amuleto é a residência do espírito do totem.

– Como um donii é uma área de repouso para o espírito da Mãe. É isso? – perguntou Jondalar.

– Deve ser, acho eu, mas um totem protege sua pessoa, não sua casa, embora seja melhor para você morar numa área com que esteja familiarizado. Você tem de levar o amuleto junto o tempo todo. É graças a ele que o espírito de seu totem o reconhece. Creb me disse que o espírito do meu Leão das Cavernas não seria capaz de encontrar-me se eu não o portasse. Eu perderia a proteção dele. Creb disse, até, que se eu perdesse algum dia o amuleto, morreria.

Jondalar não havia compreendido até então todas as implicações do amuleto de Ayla, com o qual ela se preocupava tanto. Muitas vezes pensara que ela levava essa preocupação longe demais. Raras vezes o tirava do pescoço, exceto para tomar banho ou nadar, e por vezes nem mesmo nessas ocasiões. Ele imaginara que era um modo de sentir-se ligada à sua infância, e esperava que algum dia ela viesse a superar isso. Agora via que a ligação era mais séria. Se um homem de grandes poderes mágicos desse a ele, Jondalar, algo dizendo-lhe que morreria se a perdesse, então ele também cuidaria bem do objeto. Jondalar já não duvidava que o feiticeiro do Clã, que criara Ayla, tivesse mesmo grande poder derivado do mundo dos espíritos.

– O amuleto é também importante para indicar, por sinais do totem, que decisão tomar em momentos importantes da vida da gente – continuou Ayla. Uma ansiedade que a vinha aborrecendo havia algum tempo de súbito a assaltou com maior força. Por que o totem não lhe dera um sinal que confirmasse o acerto da decisão por ela tomada de ir com Jondalar para o povo dele? Não achara nada que pudesse interpretar como aprovação do totem desde que tinham deixado os Mamutoi.

– Poucos Zelandonii têm totens pessoais – disse Jondalar. – Os que o têm são tidos por afortunados. Willomar tem um.

– Willomar é o companheiro de sua mãe? – perguntou Ayla.

– Sim. Rhonolan e Folara nasceram no lar dele, e ele sempre me tratou como se eu também.

– Qual o totem de Willomar?

– A Águia-real. Conta-se que quando ele era ainda um bebê, uma águia-real deu um mergulho no ar e o apanhou, mas a mãe segurou o menino antes que lhe fosse arrebatado. Ele ainda traz as marcas das garras no peito. Foi dito que a águia o identificara como pertencendo a ela e fora buscá-lo. Foi assim que ficaram sabendo qual o totem do bebê. Marthona acha que é por isso que ele gosta tanto de viajar. Ele não pode voar como a águia, mas sente a necessidade de conhecer outros lugares.

– É, sem dúvida, um totem poderoso, como o Leão das Cavernas ou o Urso das Cavernas – comentou Ayla. – Creb sempre dizia que não é fácil viver com um totem assim tão forte, e é verdade; mas fui muito beneficiada. Foi ele, inclusive, quem me mandou você. Penso que tenho tido muita sorte. Espero que ele lhe dê sorte também, Jondalar. Ele é seu totem agora.

Jondalar sorriu.

– Você já me disse isso.

– O Leão das Cavernas o escolheu, e você tem as cicatrizes para prová-lo. Foi marcado, exatamente como Willomar, pelo seu totem.

Jondalar ficou pensativo por um bom momento.

– Talvez você tenha razão. Eu não havia pensado nisso desse modo.

Lobo, que andara explorando as redondezas, apareceu. Latiu para chamar a atenção de Ayla, depois alinhou-se com Huiin. Ela o observou. Tinha a língua pendente na lateral da boca, as orelhas empinadas. O capim alto o escondia da vista de vez em quando. Parecia feliz e alerta. Adorava correr assim, livremente, explorando o terreno. Mas sempre retornava, o que era uma alegria para Ayla. Cavalgar com Jondalar e Campeão a seu lado também a alegrava.

– Thonolan também parecia gostar muito de viajar. Ele se parecia fisicamente com Willomar? – perguntou Ayla.

– Sim, mas não tanto quanto eu me pareço com Dalamar. Todo mundo nota logo isso. Thonolan se parecia muito mais com Marthona – disse Jondalar, sorrindo. – Não foi escolhido por uma águia, de modo que não há explicação para seu ímpeto de viajar. – Mas em seguida o sorriso se apagou. – As cicatrizes de meu irmão foram as daquele imprevisível rinoceronte lanudo. – Deixou-se ficar pensativo por algum tempo. Por fim, disse: – Thonolan também era imprevisível às vezes. Deveria isso ao seu totem? O Rinoceronte não lhe deu muita sorte, embora os Sharamudoi nos tivessem encontrado, e eu nunca o tivesse visto antes tão feliz quanto depois que conheceu Jetamio.

– Não acho que o Rinoceronte Lanudo seja um totem de sorte – disse Ayla. – Já o Leão das Cavernas certamente é. Quando ele me escolheu, deu-me até as mesmas marcas que o Clã usa para um totem de Leão das Cavernas, de modo que isso não poderia passar despercebido para um homem como Creb. As suas cicatrizes, Jondalar, não correspondem a marcas de Clã, mas são nítidas: você foi marcado por um Leão das Cavernas.

– Não há dúvida; minhas cicatrizes provam que fui marcado pelo seu leão, Ayla.

– Acho que o espírito do Leão das Cavernas elegeu você, de modo que o espírito do seu totem ficasse suficientemente forte para enfrentar o meu, para que algum dia eu possa ter filhos de você – disse Ayla.

– Pensei que você dissera que era um homem que iniciava um bebê no ventre de uma mulher, não os espíritos – disse Jondalar.

– É um homem, mas talvez os espíritos tenham de ajudar, de alguma forma. Uma vez que tenho totem tão forte, o homem que cruzar comigo precisa ter uma força equivalente. Talvez a Mãe tenha dito ao Leão das Cavernas para escolher você.

Cavalgaram em silêncio outra vez, cada um imerso nos próprios pensamentos. Ayla imaginava um bebê parecido com Jondalar. Uma menina. Não tinha sorte com meninos, ao que parecia; talvez conseguisse criar uma menina.

Jondalar também pensava em filhos. Se era verdade que um homem dava início a um bebê com seu membro, ambos tinham certamente tido todas as chances de fazer um bebê começar a crescer. Por que, então, Ayla não engravidava?

E Serenio? Estaria ela esperando um bebê quando parti?, pensou. Alegra-me que ela tenha encontrado alguém com quem possa ser feliz. Mas é uma pena que ela não tenha dito nada a Rosharino. Haverá alguma criança no mundo que tenha uma parte minha? Jondalar ficou pensando nas mulheres que conhecera. Lembrou-se de Noria, do povo Haduma, com a qual partilhara os Ritos de Iniciação. Tanto Noria quanto a velha Haduma em pessoa haviam se mostrado convencidas de que o espírito de

Jondalar entrara no corpo de Noria e que ela concebera. Deveria, então, parir um filho de olhos azuis como os dele. Chamaria-se Jondal. Mas seria isso verdade? Teria mesmo o seu espírito dado partida a um novo ser em combinação com o espírito de Noria?

O povo Haduma não vivia tão longe, e sua área ficava na direção que iam, para norte e para oeste. Talvez pudessem parar para uma visita. Só que, como de súbito se deu conta, ele não sabia exatamente como encontrar os Haduma. Sabia que as cavernas deles não ficavam a oeste do Rio da Irmã, mas sim a oeste do Grande Rio Mãe. Mas não sabia bem em que altura. Lembrou-se de que eles costumavam caçar naquela estreita mesopotâmia, mas isso ajudava pouco. Ele provavelmente jamais ficaria sabendo se Noria tivera aquele filho.

Ayla, que, no começo pensava na necessidade de esperar o fim da viagem antes de começar a fazer crianças, passou a pensar no povo de Jondalar: como seriam? Seria ela bem aceita? Ficara um pouco mais confiante depois do encontro com os Sharamudoi. Havia um lugar para ela em alguma parte. Mas haveria com os Zelandonii? Lembrava-se de que Jondalar reagira com repulsão ao saber que ela fora criada pelo Clã. Lembrava-se também do estranho comportamento dele no inverno anterior, quando viviam com os Mamutoi.

Ranec tinha algo a ver com isso. Ela soube disso antes de partir com Jondalar, mas não compreendera tudo muito bem desde o começo. Ciúme não fazia parte da sua criação. Mesmo que sentissem esse tipo de emoção, os homens do Clã jamais demonstrariam ciúme de uma mulher. Mas parte daquele comportamento estranho de Jondalar tinha raízes na sua preocupação com a reação que seu povo teria quando ele se apresentasse com ela. Ela sabia agora que, embora a amasse, ele sentia vergonha do seu passado na península. Sentia vergonha, sobretudo, do filho dela. É verdade que nos últimos tempos ele não minha demonstrando tais sentimentos. Ele a protegeu e pareceu à vontade quando seu passado com o Clã foi revelado no acampamento Sharamudoi; mas ele devia ter algum motivo sério para a primeira reação.

Bem, ela amava Jondalar e desejava viver com ele. Além disso, era tarde demais para mudar a decisão tomada. Esperava ter agido da forma certa. Desejava que o seu totem, o Leão das Cavernas, lhe desse um sinal de aprovação, mas nenhum parecia à vista.

Quando os viajantes se aproximaram da grande extensão alagada e turbulenta da confluência do Rio da Irmã com o da Grande Mãe, as margens soltas deram lugar a solos de cascalhos e loess nos níveis mais baixos.

Naquele mundo do cenozoico, as cristas das montanhas alimentavam torrentes e rios na estação mais quente com águas da fusão do gelo. Perto do fim da estação, com a adição das pesadas chuvas acumuladas como neve nas elevações mais altas, e liberadas subitamente em consequência de mudanças de temperatura, as torrentes aumentavam e a inundação se generalizava na planície aluvial. Sem lagos na vertente ocidental da cordilheira para recolher esse dilúvio crescente num reservatório natural e distribuir ordenadamente aqueles excessos de precipitação, tudo aquilo caía montanha abaixo em catadupa, arrastando areia, pedras, fragmentos de arenito, calcários e argilas xistosas das montanhas, que eram carregados pelo rio caudaloso e depositados nos leitos e na planície aluvial.

As planícies centrais, outrora fundo de um mar interior, ocupavam agora uma bacia entre duas cadeias maciças de montanhas, a leste e oeste, e entre altiplanos ao norte e ao sul. Quase igual em volume de água borbulhante ao Grande Rio Mãe, nas proximidades da confluência, o Rio da Irmã, então mais volumoso, recolhia a drenagem de uma parte da planície e de toda a vertente ocidental da cadeia de montanhas que se encurvava num gigantesco arco para noroeste. O Rio da Irmã corria pela calha mais profunda da bacia para entregar sua oferenda de águas da inundação à Grande Mãe dos rios, mas sua corrente, engrossada e encapelada, refluía devido ao nível mais alto das águas do Grande Rio Mãe, já inteiramente cheio. Obrigada a refluir sobre si mesma, ela dissipava seu ofertório num vértice de contracorrentes e num alagamento destrutivo das águas da cheia.

Perto do meio-dia, o casal se aproximou do grande charco selvagem, formado pela vegetação arbustiva já coberta a meio pela enchente e por formações ocasionais de árvores com água pela cintura.

– Estas devem ser as Colinas Arborizadas de que Carlono nos falou – disse Ayla.

– Sim, mas são muito mais que colinas – disse Jondalar. – São mais elevadas do que você imagina, e cobrem uma área muito extensa. O Grande Rio Mãe corre para o sul até aquela barreira. E essas colinas desviam o Grande Rio Mãe para leste.

Eles costearam uma grande piscina natural de águas tranquilas, um remanso milagrosamente separado das correntezas, e se detiveram no ângulo mais oriental do rio intumescido, um pouco acima do ponto de confluência. Quando Ayla lançou os olhos para a margem oposta por cima da forte correnteza, começou a entender o que Jondalar queria dizer com a dificuldade de atravessar o Rio da Irmã.

As águas barrentas, regirando em torno dos delgados troncos de salgueiros e bétulas, arrancavam as árvores cujas raízes não estavam seguramente ancoradas no solo das ilhas rasas, que só apareciam à tona na estação seca e pareciam, então, rodeadas de canais. Muitas dessas árvores eram visíveis, debruçadas em ângulos precários sobre o leito do rio. Inúmeros eram os galhos nus e troncos de árvores arrancados de florestas mais acima no rio, encalhados na lama das margens ou deixados, rodopiando, nos muitos redemoinhos da corrente.

Em silêncio, Ayla tentou imaginar como conseguiriam atravessar um rio como aquele.

– Onde você acha que devemos passar, Jondalar?

Jondalar desejou que o grande barco Ramudoi que havia recolhido a ele e a Thonolan alguns anos antes surgisse de repente para levá-los para o outro lado. A lembrança do irmão deu-lhe de novo uma dolorosa pontada de sofrimento. Teve também, de súbito, uma aguda preocupação com a segurança de Ayla.

– É óbvio que aqui não podemos atravessar. Eu não sabia que o rio ficaria tão ruim assim, em tão pouco tempo. Temos de subir mais e procurar um ponto mais favorável. Só espero que não chova antes que o encontremos! Outra tempestade como a última deixaria toda esta planície debaixo d'água. Não é de admirar que aquele acampamento de verão estivesse abandonado.

– Este rio não deveria encher tanto, não é mesmo? – disse Ayla, arregalando os olhos.

– Eu não imaginava que enchesse tão cedo, mas ele tem essa capacidade. Toda aquela água que desce da montanha vem dar aqui. Além disso, uma precipitação abundante e repentina pode muito bem descer por aquele riacho que passa ao lado do acampamento. Acho que não temos muito tempo, Ayla. Este não é um lugar seguro se recomeçar a chover – disse Jondalar, olhando para o céu. Em seguida, pôs a montaria a galope. Foram, os dois, tão rápido, que Lobo teve dificuldade em acompanhá-los. Depois de algum tempo, diminuíram a marcha, mas sem voltar ao ritmo lento que vinham mantendo antes.

De tempos em tempos, Jondalar parava para estudar o rio e a margem oposta, antes de prosseguir rumo ao norte, sempre olhando para o céu com ansiedade. O rio parecia mais estreito em alguns trechos e mais largo em outros, mas era tão cheio e vasto que não podiam saber ao certo. Cavalgaram até quase o escurecer sem encontrar um lugar em que fosse possível atravessar, e Jondalar sugeriu que avançassem até um lugar elevado para pernoite, e só pararam quando já estava escuro demais para viajar com segurança.

— AYLA! AYLA! ACORDE! – disse Jondalar, sacudindo-a delicadamente. Temos de ir embora.

— O quê? Jondalar! O que aconteceu? – perguntou Ayla.

Ela costumava acordar antes dele, e ficou perturbada ao ser despertada tão cedo. Quando saiu das cobertas, porém, ela sentiu logo na pele uma brisa fria, e viu que a barraca estava entreaberta. Podia ver, lá fora, a radiância difusa de nuvens que passavam. A luz que vinha da fresta era a única iluminação da barraca, e não podia ver direito o rosto de Jondalar naquela meia claridade opaca, mas sentiu que ele estava angustiado e teve um arrepio de temor.

— Temos de sair daqui – disse Jondalar. Ele mal dormira a noite toda. Não seria capaz de dizer exatamente por que sentia que tinham de atravessar o rio o mais depressa possível, mas esse sentimento era tão forte que lhe dava um nó de medo na boca do estômago. Não por ele mesmo, mas por Ayla.

Ela se levantou sem perguntar mais nada. Sabia que ele não a teria chamado se não pensasse que a situação era crítica. Vestiu-se rapidamente, depois tirou o material de fazer fogo.

— Não vamos perder tempo fazendo fogo esta manhã – disse Jondalar.

Ela franziu a testa, e serviu apenas água fria. Comeram enquanto preparavam a partida. Quando ficaram prontos, Ayla chamou Lobo, mas ele não estava no acampamento.

— Por onde andará Lobo? – perguntou, com preocupação na voz.

— Provavelmente caçando. Mas ele nos alcança; sempre alcançou.

— Vou assoviar – disse ela. E soltou, no ar da madrugada, o assovio característico que usava para chamar o animal.

— Vamos, Ayla. Temos pressa – disse Jondalar, já com uma ponta da sua habitual impaciência com o lobo.

— Não vou sem ele – disse Ayla, assoviando mais forte e com maior insistência.

— Temos de encontrar um vau antes que a chuva comece. Ou não conseguiremos passar – disse Jondalar.

— Não podemos continuar subindo o rio? Ele tende a estreitar-se, não? – argumentou ela.

– Quando a chuva cair ele apenas ficará cada vez mais largo. Mesmo nas cabeceiras estará mais caudaloso do que está agora, e não sabemos que espécie de afluentes estará recebendo das montanhas mais acima. Podemos ser facilmente apanhados por uma inundação de surpresa. Dolando disse que elas são comuns. Podemos também ser detidos por um afluente intransponível de maior porte. O que faremos, então? Subiremos para contornar a montanha? Não. Devemos cruzar o Rio da Irmã enquanto podemos – disse Jondalar. Ele montou e olhou para Ayla, de pé ao lado da égua, com o trenó a reboque.

Ayla virou a cabeça e assoviou de novo.

– Temos de ir. Agora.

– Por que não podemos esperar mais um pouco? Lobo já deve estar vindo.

– Ele é só um animal. A sua vida é mais importante para mim que a dele.

Ela o encarou. Seria mesmo perigoso esperar, como Jondalar dizia? Ou ele estava sendo apenas impaciente? E a vida de Jondalar, não devia ser mais importante para ela que a de Lobo?

Nesse justo momento, o animal apareceu. Ayla soltou um suspiro de alívio e se firmou nos pés, porque sabia que ele ia pôr as patas nos seus ombros para lamber-lhe o queixo. Depois montou, usando um dos mastros do trenó como apoio. Mandou que Lobo ficasse rente da égua, e seguiu atrás de Jondalar e de Campeão.

Não houve nascer do sol. O dia ficou imperceptivelmente mais claro, mas não luminoso. A cobertura de nuvens era baixa, o que emprestava ao céu um gris uniforme, e havia uma umidade fria no ar. Mais tarde, já com a manhã avançada, Ayla fez chá para aquecê-los, depois uma substanciosa sopa à base de um dos bolos compactados para viagem. Temperou-a com folhas de azedinha, com a fruta da silva-macha ou rosa-de-cão, depois de removidas as sementinhas e os espinhos, e umas poucas folhas tiradas das roseiras-do-campo que cresciam por perto. Por algum tempo, chá e sopa aliviaram a aflição de Jondalar, mas logo ele viu que nuvens mais escuras se acumulavam acima da sua cabeça.

Insistiu para que partissem imediatamente, e ficou observando o céu com crescente apreensão. Vigiava também o rio, em busca de um lugar para a travessia. Queria um lugar sem torvelinhos, mais largo e raso, com uma ilha ou, até, um banco de areia entre as duas margens. Finalmente, sentindo que a tempestade não tardaria a cair, decidiu que tinham de correr o risco, embora o tumultuoso Rio da Irmã não se mostrasse em nada diferente naquele segmento do que nos anteriores. Sabendo que, com chuva, a situação se agravaria, rumou para um ponto em que a margem lhe pareceu mais praticável. Desmontaram.

– Você acha que devemos passar montados nos cavalos? – perguntou Jondalar, olhando, apreensivo, para o céu ameaçador.

Ayla estudou a correnteza veloz, vendo os destroços que ela arrastava. Muitas vezes eram árvores inteiras que passavam por eles, e galhos quebrados trazidos pelas torrentes desde o alto da montanha. Estremeceu ao ver também a carcaça inchada de um veado, com os chifres enganchados nos ramos de uma árvore encalhada perto da margem. A vista do animal a fez temer pela sorte dos cavalos.

– Será mais fácil para eles se não estivermos montados, Jondalar. Acho que devemos nadar ao lado deles.

– É o que também acho.

– Mas vamos precisar de cordas de apoio.

Muniram-se de pequenos pedaços de corda, verificaram cestas e arreios, para ver se estavam seguros, a barraca, os alimentos e seus poucos e preciosos pertences. Ayla libertou Huiin do trenó. Seria muito perigoso para a égua nadar num rio tão revolto puxando tudo aquilo. Mas também não queriam perder o barco e os mastros, se lhes fosse possível conservá-los.

Com isso em mente, amarraram os mastros um no outro. Depois, Jondalar prendeu uma extremidade deles no barco, e Ayla prendeu a outra no arnês usado como apoio da alcofa que inventara. Fez um nó corrediço, fácil de desmanchar, caso preciso. Por fim, atou uma corda bem forte na correia chata, trançada, que já passava pelo peito da égua e por trás das suas pernas dianteiras, e que servia para prender o cochonilho.

Jondalar também preparou Campeão. Depois tirou as botas e parte das roupas. As mais grossas, quando molhadas, ficariam pesadas, impedindo-o de nadar. Juntou tudo numa trouxa e colocou sobre a alcofa da garupa, mas ficou com a túnica de baixo e as perneiras. O couro, mesmo molhado, o aqueceria. Ayla fez o mesmo.

Os animais sentiam a aflição dos seus donos e viam com alarme a água turva. Tinham recuado, à vista do veado morto, e marcavam passo, batendo com a cabeça e rolando os olhos. Mas tinham as orelhas para cima e para a frente. Estavam alertas. Lobo, por seu lado, fora até a borda da água para farejar a carcaça, mas não entrara no rio.

– Como você acha que os cavalos se portarão, Ayla? – perguntou Jondalar, quando grandes gotas espaçadas de chuva começaram a cair.

– Estão nervosos, mas vão sair-se bem, principalmente por estarmos junto deles. Minha dúvida é Lobo.

– Não podemos carregá-lo. Ele terá de nadar também, por si mesmo – disse Jondalar. – Você sabe disso. – Mas vendo a angústia de Ayla, acrescentou: – Lobo é um bom nadador. Ele vai conseguir.

– Espero que sim – disse ela, ajoelhando-se para dar um abraço em Lobo.

Jondalar viu que as gotas de chuva caíam agora mais depressa e que eram consideravelmente maiores.

– Vamos – disse, pegando Campeão diretamente pela brida. A corda de apoio estava amarrada mais atrás. Fechou os olhos por um momento, pedindo boa sorte. Pensou em Doni, a Grande Mãe Terra, mas não se lembrou de nada que pudesse prometer-lhe em troca de ajuda. Fez apenas uma oração mental: que Ela os auxiliasse a atravessar o Rio da Irmã. Embora soubesse que um dia haveria de encontrar a Mãe, não queria que isso acontecesse agora. E não queria, principalmente, perder Ayla.

O cavalo sacudiu a cabeça e quis recuar quando Jondalar o conduziu para o rio.

– Vamos, Campeão – disse ele.

Ele sentiu que a água estava fria quando envolveu seu pé nu, e lhe cobriu as panturrilhas e as coxas. Uma vez na água, Jondalar soltou a brida de Campeão, enrolou a corda de apoio na mão, e deixou que o forte animal achasse seu caminho.

Ayla também deu várias voltas na mão com a corda que passava pelo peito da égua, enfiou a extremidade por baixo de tudo e fechou bem o punho. Seguiu, depois, atrás de Jondalar, caminhando ao lado de Huiin. Ia puxando à retaguarda a outra corda, a que estava atada aos mastros e ao barco, controlando para que não se embaraçassem ao entrar no rio.

Sentiu a água fria e a força da corrente. Olhando para trás, viu que Lobo estava ainda na margem, avançando e recuando, ganindo o tempo todo. Hesitava em entrar no rio. Ela o chamou, encorajando-o, mas o animal continuava a ir para a frente e para trás, medindo a distância que o separava da mulher. De súbito, quando a chuva começou, ele a sentiu e uivou. Ayla assoviou então, e depois de algumas indecisões, o lobo finalmente mergulhou e começou a nadar em direção a ela. Ayla pôde voltar sua atenção para a égua e para o rio à frente.

A chuva, que ficara mais forte, parecia aplainar as ondas picadas, a distância. Mas, junto dela, a água estava mais juncada de destroços do que ela pensara. Árvores decepadas e galhos soltos rodavam em torno ou batiam nela, alguns ainda com folhas, outros submersos e quase escondidos. As carcaças inchadas de animais eram o pior de tudo: muitas vinham rasgadas pela violência da cheia que os colhera de repente, trazendo-os morro abaixo até o rio lamacento.

A corda que a égua arrastava vinha puxando um tronco submerso além dos mastros e do barco. O tronco, com suas raízes espalmadas, atrasava a égua. Ayla puxou e sacudiu a corda, tentando livrar Huiin daquela carga suplementar, mas ela se soltou sozinha, de súbito, ficando preso apenas um pedaço de galho. O que a preocupava sobremaneira era não saber de Lobo. Não podia ver muito bem, pois sua cabeça estava muito baixa, no nível da água. Afligia-a não poder fazer nada. Assoviou, chamando-o, mas talvez ele não a pudesse ouvir com o estrondo da correnteza.

Examinando Huiin, pois talvez a carga exagerada a tivesse fatigado, viu que a égua nadava com grande empenho. Campeão também avançava, e a seu lado a cabeça de Jondalar subia e descia. Ficou aliviada com a confirmação de que eles estavam bem. Nadava com o braço livre e batia com os pés, procurando ser o menos pesada possível. Mas, à medida que progrediam, passou a firmar-se cada vez mais na corda. Ela estava sentindo muito frio, e começava a achar a travessia muito demorada; a margem oposta parecia ainda muito longe. Os calafrios não haviam sido muito fortes de início, mas logo pioraram. Seus músculos começavam a endurecer, numa contração espasmódica, de câimbra, e seus dentes batiam.

Procurou de novo Lobo com os olhos mas não o viu. Preciso ir atrás dele; deve estar com tanto frio, coitado, pensou ela. E tremeu violentamente. Talvez Huiin pudesse fazer meia-volta. Mas quando quis falar, sua mandíbula estava tão hirta, e os dentes batiam tanto, que não pôde articular as palavras. Não, Huiin não deveria ir. Ela mesma iria. Tentou desprender a corda da mão, mas estava muito bem presa e a mão tão dormente que mal a sentia. Talvez Jondalar pudesse ir à procura de Lobo. Mas onde estava Jondalar? Estará ainda no rio? Terá ido procurar Lobo? Oh, outra galhada se prendeu à corda, atrás. Eu mesma tenho... de fazer algo... aquela corda... demasiado pesada para Huiin.

Seu tremor cessou, mas seus músculos tornaram-se tão rijos que ela não conseguia mover-se. Fechou os olhos para descansar. Era tão bom fechar os olhos... e descansar.

22

Ayla estava quase inconsciente quando sentiu as sólidas pedras lisas do leito do rio debaixo das costas. Procurou pôr-se de pé, pois Huiin a arrastava pelas pedras. Deu alguns passos, vacilantes, numa praia de seixos rolados na curva do rio. Depois caiu. A corda, ainda firmemente presa na mão, a fez rodar, e obrigou a égua a parar.

Jondalar também sentira os primeiros sintomas de hipotermia durante a travessia do rio, mas chegara à margem primeiro. Ela podia ter chegado mais depressa, mas tanta coisa se prendera à corda de Huiin que a égua se atrasara muito. Até Huiin começava a sofrer com o frio da água quando o nó corrediço, embora inchado pela prolongada imersão, finalmente soltou-se, e ela ficou livre do estorvo da carga.

Infelizmente, quando Jondalar chegou ao outro lado, o frio já o afetava de tal modo que ele não estava totalmente lúcido. Mesmo assim, enfiou sua parka de pele pela cabeça, por cima da roupa ensopada, e saiu a pé à procura de Ayla, puxando o cavalo. Só que caminhou na direção errada, ao longo da margem. O exercício o aqueceu e clareou-lhe a mente. Ele e Ayla haviam sido levados rio abaixo pela correnteza até certa distância, mas desde que ela demorara mais para atravessar o rio, tinha de estar mais abaixo do que ele. Chegando a essa conclusão, Jondalar decidiu voltar; nesse momento, Campeão relinchou. Ele ouviu um relincho em resposta, pôs-se a correr.

Encontrou Ayla deitada de costas nos seixos rolados da margem, ao lado da sua paciente égua, com um dos braços para cima, e a corda ainda enrolada em sua mão. Jondalar correu para ela, desesperado. Depois de verificar que ela ainda respirava, apertou-a contra o peito, com lágrimas nos olhos.

– Ayla! Ayla! Você está viva! – gritou. – Tinha tanto medo que não estivesse!

Ela estava muito fria, porém. Tinha de aquecê-la. Soltou-lhe a mão da corda e ergueu-a nos braços. Ela se mexeu, abriu os olhos. Com os músculos endurecidos, mal podia falar, mas procurava dizer algo.

– Lobo. Encontre Lobo – disse, num fio de voz, que era mais um murmúrio rouco.

– Primeiro tenho de cuidar de você.

– Por favor. Lobo. Perdi muitos filhos. Não posso perder Lobo também – disse, de dentes cerrados.

Tinha uma tal tristeza nos olhos que ele não pôde recusar.

– Muito bem. Vou procurá-lo. Mas tenho de deixá-la abrigada em algum lugar.

Chovia forte quando ele carregou Ayla pelo aclive suave. No alto, o terreno se nivelava, com uma fileira de salgueiros, alguma vegetação baixa, carriços, e, no fundo, alguns pinheiros. Ele procurou uma área seca e protegida e ali, rapidamente, armou a barraca, cobrindo o solo saturado, com o couro de mamute, para maior proteção. Levou Ayla para dentro, assim como as bagagens e as peles em que os dois se embrulhavam para dormir. Despiu-a das roupas molhadas, tirou também as suas, meteu a mulher entre as peliças e aninhou-se ao lado dela.

Ayla não estava inconsciente, mas numa espécie de estupor. Tinha a pele fria e úmida, o corpo hirto. Procurou cobri-la com o próprio corpo para aquecê-la. Quando ela começou a tremer de novo, Jondalar respirou mais aliviado. Aquilo significava que ela estava ficando mais quente por dentro. Mas com a volta da consciência, ela lembrou-se de Lobo outra vez, e se pôs a insistir, irracionalmente, com impaciência, que ele saísse à procura de Lobo.

– A culpa foi minha – dizia, batendo os dentes. – Eu o fiz saltar no rio. Eu assoviei. Ele confiou em mim. Tenho de achá-lo! – E fez um esforço para levantar-se.

– Ayla, esqueça Lobo. Você nem sabe por onde começar a busca – disse Jondalar, procurando mantê-la deitada.

Tremendo muito e soluçando descontroladamente, ela tentou escapar das cobertas de pele.

– Preciso encontrá-lo – gritava.

– Ayla, eu vou. Se você ficar aqui, prometo que vou procurá-lo – disse ele, querendo convencê-la a ficar na cama quente. – Mas você tem de prometer que ficará quietinha onde está e bem agasalhada.

– Por favor, ache-o.

Ele se vestiu rapidamente, com roupas secas e a parka. Depois apanhou uns dois quadrados da comida prensada para viagem, rica em gordura e proteínas.

– Vou agora. Coma isto e não saia das peles.

Ela agarrou-lhe a mão quando ele já se preparava para sair.

– Prometa que vai procurá-lo – disse, olhando-o nos olhos azuis. Ainda era sacudida por calafrios, mas já falava com mais facilidade.

Ele a fitou de volta. Havia tanta pena e tanta súplica nos olhos cinza azulados de Ayla, que ele a abraçou mais uma vez.

– Temi que você tivesse morrido.

Ela o abraçou também, tranquilizada pela força dele, pelo seu amor.

– Eu o amo, Jondalar, não poderia perdê-lo; mas, por favor, encontre Lobo. Eu não poderia suportar a falta dele. Ele é para mim como... uma criança... um filho. Não posso perder mais um filho.

Ele se levantou.

– Vou procurar Lobo. O que não posso prometer é achá-lo. Mesmo que o encontre, não posso prometer que esteja vivo.

Uma expressão de medo e horror encheu os olhos de Ayla. Ela os fechou em seguida e fez um sinal com a cabeça.

– Procure-o apenas – disse. Mas quando ele quis sair, ela o puxou de novo.

JONDALAR NÃO ESTAVA muito disposto a sair à procura do lobo quando se ergueu da cama. Pretendera apanhar lenha para o fogo a fim de preparar algo quente para Ayla, como chá sopa, e ver os cavalos. Mas prometera. Campeão e Huiin estavam de pé contra o renque de salgueiros, ainda com os cobertores por cima, e Campeão com seu cabresto. Mas eram animais fortes, e pareciam bem. Ele desceu então a rampa.

Não sabia que direção tomar ao alcançar o rio, mas decidiu ir no sentido da corrente. Puxando o capuz para a frente, a fim de se proteger da chuva, seguiu pela margem, examinando as pilhas de galhos e destroços. Viu muitos animais mortos e também carnívoros e carniceiros, tanto quadrúpedes quanto alados, banqueteando-se naquelas dádivas do rio. Viu inclusive uma alcateia de lobos, mas nenhum deles se parecia com Lobo.

Finalmente, voltou. Iria também rio acima, talvez tivesse mais sorte. Não esperava encontrar o lobo, e percebeu, com surpresa, que isso o entristecia. Ele o aborrecia às vezes, mas ele já gostava do animal. Iria sentir sua falta, e Ayla ficaria desolada.

Alcançou a área onde a encontrara. Fez a curva do rio, incerto quanto à distância que iria percorrer nessa outra direção, principalmente por notar que o nível da água continuava subindo. Resolveu mudar a barraca para mais longe, assim que Ayla pudesse andar. Ele pensou que talvez devesse dar por encerrada a busca rio acima e voltar; mas hesitou. Talvez devesse procurar mais um pouco. Ela vai perguntar se tentei nas duas direções, pensou.

Continuou, então, a subir o rio, contornando um monte de toras e galhos partidos. Mas quando viu a majestosa silhueta de uma águia-imperial, pairando com as asas estendidas, parou para observá-la com respeito e admiração. De repente, a graciosa ave dobrou as asas poderosas e mergulhou para a margem do rio. E logo alçou voo outra vez, levando nas garras um grande esquilo.

Um pouco mais adiante, no lugar onde a ave de rapina havia achado a sua refeição, um belo afluente, que se abria num pequeno delta, juntava suas águas às do Rio da Irmã. Pensou ver, então, algo familiar na larga praia de areia que ali se formara. Sorriu ao reconhecer o que era: o barco. Mas, olhando com mais atenção, franziu a testa e se pôs a correr. Ao lado do barco estava Ayla, sentada na água, com a cabeça do lobo no seu colo. Um corte acima do olho direito do animal ainda sangrava.

– Ayla! O que está fazendo? Como veio parar aqui? – explodiu, mais de temor e preocupação que de raiva.

– Ele está vivo, Jondalar – disse ela, tremendo de frio e soluçando tanto que mal podia falar. – Lobo está ferido, mas vivo.

Depois que ele pulara no rio, nadara em direção a Ayla. E ao alcançar o bote vazio, descansou as patas nos mastros. E ficou lá, com aqueles objetos conhecidos, deixando que o barco e os varais o sustentassem. Só quando o laço corrediço se soltou, e tanto barco quanto mastros começaram a dançar nas ondas revoltas, ele foi atingido pelo tronco pesado e enchacardo que vinha enganchado neles. Mas aí já estavam quase na margem oposta do rio. O barco foi lançado na areia, e os mastros, com o lobo caído por cima deles, ficaram metade fora d'água. O golpe o atordoara, mas estar mergulhado em água fria tanto tempo era pior. Até lobos são sujeitos a hipotermia e a morte por longa exposição às intempéries.

– Venha, Ayla, você está tremendo outra vez. Temos de ir para a barraca. Por que veio? Eu não lhe disse que iria procurá-lo? Eu o levo – disse Jondalar. Tirou o lobo de cima dela e procurou ajudá-la a ficar de pé.

Depois de alguns passos, no entanto, verificou que teriam dificuldade para alcançar a barraca. Ayla mal podia andar, e Lobo era um animal grande e pesado. O pelo molhado ainda acrescentava-lhe peso. Jondalar não podia carregar os dois, mas sabia que Ayla jamais concordaria em deixar o animal para uma segunda viagem. Ah, se lhe fosse possível chamar os cavalos assoviando como Ayla fazia com o lobo! E por que não seria? Ele inventara um assovio para chamar Campeão, mas não se esforçara muito para que o cavalo aprendesse a responder. Nunca precisara disso. Além disso, Campeão sempre vinha quando Ayla chamava Huiin.

Talvez a égua viesse agora, se ele assoviasse. Podia, pelo menos, tentar. Imitou o assovio de Ayla, esperando que o animal estivesse suficientemente perto para ouvi-lo. Mas se os cavalos não atendessem, estava decidido a ir em frente de qualquer maneira. Mudou a posição de Lobo nos braços e procurou fazer com que Ayla se apoiasse no seu ombro, para maior firmeza.

Não tinham chegado ainda à pilha de destroços e ele já se sentia cansado. Ainda se aguentava por puro esforço de vontade. Ele também nadara muito para atravessar o rio. E carregara Ayla, armara a barraca, explorara a margem do rio nas duas direções. Não podia mais. Mas ouviu um relincho e ergueu os olhos. À vista dos dois cavalos, encheu-se de alegria e alívio.

Pôs o lobo nas costas de Huiin, que já o levara antes, e estava acostumada com ele. Depois ajudou Ayla a montar em Campeão e puxou-o pela praia. Huiin os seguiu. Ayla, tremendo sob as roupas molhadas, teve dificuldade em ficar montada no cavalo quando começaram a subir a encosta. A chuva havia aumentado, mas, indo devagar e com cautela, conseguiram alcançar a barraca.

Jondalar ajudou Ayla a desmontar e levou-a para dentro, mas a hipotermia lhe tirava a coordenação outra vez, e ela estava ficando histérica com a situação do lobo. Ele teve de levá-lo logo para a barraca, e prometeu que o secaria imediatamente. Mas com o quê? Procurou ansiosamente algo apropriado na bagagem. Ayla quis levar Lobo para a cama, mas ele recusou. Pôs, no entanto, uma coberta por cima do animal. Ayla soluçava incontrolavelmente, mas ele a forçou a despir-se e deitar-se entre as peles.

Depois, Jondalar saiu para remover o cabresto de Campeão e os cobertores de montar dos dois cavalos. Afagou-os com gratidão. Embora cavalos vivessem normalmente a céu aberto e em qualquer espécie de tempo, sabia que eles não gostavam muito de chuva, e esperava que não viessem a adoecer.

Por fim, ele mesmo entrou, despiu-se e se enfiou na cama. Ayla continuava a tremer muito. Ela pusera Lobo a seu lado e Jondalar se aconchegou às suas costas. Depois de algum tempo, com o calor do lobo de um lado e o do homem de outro, os tremores cessaram, e eles se entregaram à exaustão e dormiram.

Ayla acordou com a língua molhada de Lobo lambendo-lhe o rosto, ela o empurrou, mas sorriu de alegria e o abraçou. Com a cabeça dele entre as palmas das mãos, examinou-o atentamente. A chuva lavara o ferimento, que não sangrava mais. Seria preciso passar-lhe algum remédio mais tarde, mas, no momento, ele estava bem. Não fora a pancada na cabeça que o enfraquecera, mas a longa permanência no rio. O sono e o calor haviam sido o melhor remédio. Jondalar a enlaçava estreitamente por trás, mesmo dormindo, e ela manteve-se na mesma posição, segurando Lobo e escutando a chuva tamborilar no couro da tenda.

Lembrava-se vagamente dos acontecimentos da véspera: a caminhada, aos tropeções, por entre a macega e os galhos que o rio trouxera, esquadrinhando a margem do rio em busca de Lobo; a mão dolorida por causa da corda apertada; Jondalar levando-a nos braços. Sorriu quando pensou nele, tão junto dela. Depois, ele ocupara-se em armar a barraca. Sentiu-se envergonhada por não ter podido ajudá-lo. Mas estava tão rígida de frio que lhe teria sido impossível mover-se.

Lobo tanto se contorceu que escapou de Ayla e saiu farejando pelas imediações da barraca. Ayla ouviu o relincho de Huiin e, tomada de alegria, por pouco não lhe respondeu; lembrou-se em tempo de que Jondalar estava dormindo. Começou a preocupar-se com a permanência dos cavalos na chuva. Estavam acostumados com tempo seco, e a chuva parecia interminável. Mesmo um frio intenso era suportável quando seco. Ela lembrava-se, porém, de ter visto cavalos pelo caminho, de modo que alguns deveriam viver na região. Cavalos têm uma camada subjacente de lã espessa, densa e quente, mesmo quando molhada. Acreditava que eles conseguiriam enfrentar aquele clima, desde que não chovesse indefinidamente.

Ela mesma não gostava nada das pesadas chuvas de outono que caíam nessa região meridional, embora tivesse apreciado as longas primaveras chuvosas do norte, com suas cerrações e garoas. A caverna do Clã de Brun ficava para o sul, e chovia muito por lá no outono. Mas não se lembrava de dilúvios como os que vinham enfrentando. No sul, as regiões não eram idênticas umas às outras. Pensou em levantar-se, mas antes de fazê-lo adormeceu de novo.

Quando despertou pela segunda vez, o homem ao lado dela começava a mexer-se. Ficou quieta por mais algum tempo nas suas peles, mas sentiu que algo mudara, não sabia bem o quê. Depois descobriu: o som da chuva cessara. Levantou-se, então, e saiu. A tarde caía, e estava mais frio lá fora do que antes. Devia ter vestido algo mais grosso. Urinou junto de um arbusto e foi ver os cavalos que pastavam junto dos salgueiros onde havia um arroio. Lobo estava com eles. Vieram correndo, os três, quando viram que se aproximava. Por algum tempo ela fez festas e coçou-os. Depois voltou para a barraca e se deitou outra vez ao lado de Jondalar.

– Você está fria! – disse ele.

– E você está quente e gostoso – disse ela.

Ele a enlaçou e ficou esfregando o rosto em seu pescoço, aliviado ao ver que ela se aquecia rapidamente. Demorara tanto para chegar ao normal depois de ter gelado na água do rio!

– Não sei onde eu estava com a cabeça deixando que você ficasse tão molhada e fria – disse Jondalar. – Não devíamos ter atravessado aquele rio.

– Mas, Jondalar, nós tínhamos alternativa? Você estava certo. Com aquela chuva toda, teríamos de atravessar da mesma maneira. Teria sido muito mais difícil.

– Se tivéssemos deixado os Sharamudoi mais cedo, teríamos escapado às chuvas. O Rio da Irmã não estaria tão caudaloso e rápido – disse Jondalar, continuando a culpar-se por tudo.

– Mas foi culpa minha! Até Carlono achou que conseguiríamos chegar em tempo.

– Não, Ayla, a culpa foi minha. Eu sabia que esse rio era assim. Se eu tivesse insistido, nós teríamos vindo. E se tivéssemos deixado o barco para trás, ele não nos teria atrasado na montanha, nem você levaria tanto tempo para alcançar a margem oposta do Rio da Irmã.

– Jondalar, por que se culpa? Você não é estúpido. Não podia prever o que aconteceria. Nem mesmo Um que Serve à Mãe pode prever tudo com exatidão. As coisas nunca são claras. Nunca. E conseguimos passar. Estamos do lado de cá, e tudo está bem. Lobo inclusive, graças a você. Temos também o barco. Quem sabe os serviços que ainda nos poderá prestar?

– Mas quase perdi você – disse ele, enfiando de novo o nariz no pescoço dela e apertando-a tanto que doeu, mas ela não o afastou. – Não sei dizer o quanto a amo. Eu me importo muito com você, mas as palavras me faltam. Não bastariam, de qualquer maneira, para expressar o que sinto. – Ele a estreitava ainda, como se pensasse que, fazendo-o, ela se tornaria de algum modo parte dele e, assim, nunca a perderia.

Ela o abraçava também, amando-o e desejando poder aliviar a angústia dele. De repente, descobriu o que fazer. Suspirou em seu ouvido e beijou-o no pescoço. A reação dele foi imediata. Ele a beijou com paixão, esfregando os braços dela, segurando seus seios, e sugando-lhe os mamilos com voracidade. Ayla passou as pernas em volta dele e rolou-o para que ficasse por cima dela, e depois abriu as coxas. Ele recuou um pouco e ficou a bater-lhe com o membro já intumescido, procurando a abertura. Ela se curvou para ajudá-lo. Ambos sentiam um desejo ardente um pelo outro.

Quando se afastavam um do outro e se juntavam de novo, seus corpos se distanciavam e se reuniam num ritmo tão perfeito que Ayla se deu completamente quando a velocidade aumentou. Centelhas de fogo corriam por ela, centradas lá dentro do seu ventre. E eles se moviam, uníssonos, para a frente, para trás...

Nele, uma potência vulcânica ganhava em ímpeto, vagas de excitação o tomavam e engolfavam, e antes mesmo de dar-se conta do que acontecia, ele chegou ao clímax. Movendo-se depois, mais umas poucas vezes, sentiu uns choques menores, como os tremores que se seguem a um terremoto. E logo veio a gloriosa sensação de satisfação completa.

Ele deixou-se ficar de bruços por cima dela, até normalizar a respiração depois daquele esforço tão grande e subitâneo. Ayla tinha os olhos fechados, em contentamento. Depois de algum tempo, ele escorregou para o lado, aconchegando-se. Ayla, dando-lhe as costas, colou-se nele. E ficaram quietos, gozando o prazer de estarem assim, encaixados um no outro como duas colheres.

Depois de um longo tempo, Ayla disse com doçura:

– Jondalar?

– Hein? – resmungou ele. Estava num delicioso estado de languidez, sem sono, mas também sem nenhuma vontade de mexer-se.

– Quantos rios como esse ainda temos de cruzar?

Ele a beijou na orelha.

– Nenhum.

– Nem mesmo o Grande Rio Mãe?

– O Grande Rio Mãe não é tão rápido, traiçoeiro e perigoso quanto o da Irmã – disse ele –; mas não vamos atravessá-lo. Vamos ficar deste lado a maior parte do tempo a caminho da geleira do platô. Quando chegarmos ao limite dos gelos, gostaria de visitar algumas pessoas que moram na outra margem do Grande Rio Mãe. Mas isso está ainda muito distante de nós. Quando chegarmos lá, o rio já estará reduzido às proporções de uma torrente de montanha. – Em seguida, pôs-se de costas: – Não que não tenhamos de atravessar mais rios, mas nesta planície o Grande Rio Mãe se divide em inúmeros canais que se separam e se reúnem mais adiante. Quando estiverem todos juntos de novo, o rio já se mostrará tão pequeno que você não o reconhecerá.

— Sem toda a água do Rio da Irmã não estou certa de que o reconheceria — disse Ayla.

— Acho que o reconheceria sim. Por maior que seja o Rio da Irmã, quando os dois rios confluem, o Grande Rio Mãe é ainda bem maior. Há outro rio de grandes proporções que o alimenta como afluente da outra margem, logo antes do ponto em que as Colinas Arborizadas o fazem virar para leste. Thonolan e eu encontramos alguns habitantes do local, que nos levaram de balsa para o lado oposto. Muitos outros afluentes descem também das grandes montanhas ocidentais, mas nós vamos para o norte pela planície, e nem sequer os veremos.

Jondalar sentou-se. A conversação lhe dera vontade de partir, embora não pudessem fazer isso antes do dia clarear. Mas ele se sentia tão bem e recuperado do cansaço que não queria mais ficar na cama.

— Não vamos cruzar muitos rios até chegarmos aos planaltos do norte — continuou ele. — Pelo menos foi isso que os Haduma me disseram. Segundo eles, encontraremos algumas colinas, mas em geral a região é plana. Muitos dos rios que veremos são afluentes do Grande Rio Mãe, que serpenteia, ao que se conta, por toda a área. Esta região tem fama de ser boa para caça. O povo Haduma atravessa os canais todo o tempo para vir caçar aqui.

— O povo Haduma? Acho que você já me falou nessa gente, mas nunca disse muito. — Ayla também se levantara e já puxava a cesta chata que fizera para Huiin levar na garupa, para arrumá-la.

— Não estive com eles por muito tempo, só o bastante para... — Jondalar hesitou, pensando nos Ritos de Iniciação que partilhara com uma bela garota, Noria. Ayla percebeu a estranha expressão no rosto dele. Era como se estivesse embaraçado, mas também contente consigo mesmo — ...uma cerimônia, um festival.

— Um festival em honra da Grande Mãe Terra? — perguntou Ayla.

— Bem... sim, efetivamente. Eles me convidaram... quero dizer, eles convidaram a Thonolan e a mim para participar do festival com eles.

— Vamos visitar o povo de Haduma? — perguntou Ayla da porta da barraca, segurando uma pele Sharamudoi de camurça com que pretendia enxugar-se depois de ter tomado banho no córrego dos salgueiros.

— Eu bem que gostaria de fazê-lo, mas não sei onde eles moram — disse Jondalar. Depois, vendo o ar de perplexidade na fisionomia dela, explicou: – Alguns dos seus caçadores encontraram o nosso acampamento e mandaram chamar Haduma. Foi ela quem decidiu realizar o festival ali mesmo, e mandou que viessem os demais. – Ele fez uma pausa, rememorando. – Haduma era uma mulher e tanto. A pessoa mais velha que já vi. Mais velha até que Mamute. É mãe de seis gerações. De cinco, com certeza. De seis, possivelmente. – Ou assim espero, pensou. – Gostaria, sinceramente, de revê-la, mas já deve estar morta, de qualquer maneira. Seu filho, Tamen, porém, deve estar vivo. Ele era o único que sabia falar Zelandonii.

Ayla saiu. Jondalar estava com muita vontade de urinar. Enfiou rapidamente a túnica pela cabeça e saiu atrás dela. Enquanto urinava, contemplando o arco de água amarela, de cheiro forte, quente a ponto de soltar fumaça, ficou pensando outra vez se Noria tivera o bebê que Haduma anunciara e se aquele órgão que ele tinha na mão fora responsável direto por isso.

Viu Ayla caminhando para os salgueiros, toda nua, só com a camurça em torno das espáduas. Achou que devia lavar-se também, embora já tivesse tido sua cota de água fria naquele dia. Não que ele não tivesse coragem de enfrentar água fria quando necessário, mas tomar banho não tinha a mesma importância antes, quando viajava com o irmão...

Ayla não lhe fizera nenhuma observação; mas como o frio jamais a impedisse de banhar-se, ele não podia usar essa desculpa. Tinha, aliás, de admitir que gostava do fato de ela estar sempre cheirosa, de banho tomado. Mas Ayla chegava ao extremo de quebrar gelo para obter água. Como podia suportar aquilo, ele não sabia.

Pelo menos ela já estava de pé e andando de um lado para o outro. Pensara que teriam de ficar acampados por alguns dias, para que Ayla se recuperasse. Talvez ela adoecesse. Teriam todos aqueles banhos de água fria a preparado? E talvez um pouco de água fria não me fizesse mal, disse consigo mesmo. Percebeu, então, que estivera observando a maneira pela qual as nádegas de Ayla se movimentavam debaixo da camurça, gingando de maneira provocante quando ela andava.

Seus Prazeres vinham sendo mais excitantes e mais satisfatórios do que imaginara, considerando a pressa com que, em geral, acabavam. Mas vendo Ayla pendurar a toalha num galho e seguir para o arroio, teve vontade de começar tudo outra vez, só que agora a amaria bem devagar, com carinho, saboreando cada pedaço do corpo de Ayla.

As chuvas continuaram, intermitentes, quando eles começaram a atravessar as terras baixas, entre o Grande Rio Mãe e o afluente quase comparável a ele, o Rio da Irmã. Rumaram para noroeste, embora sua rota estivesse longe de ser direta. As planícies centrais pareciam as estepes do lado oriental e eram, na verdade, uma extensão delas, mas os rios que cruzavam a antiga bacia de norte para sul tinham papel dominante no caráter da região. O curso do Grande Rio Mãe, cheio de meandros e de bifurcações, criava enormes áreas alagadas nas vastas pastagens secas.

À medida que Ayla e Jondalar deixavam as planícies do sul e se aproximavam do norte gelado, a estação parecia passar mais rapidamente do que seria normal. O vento que recebiam no rosto já trazia um aviso do frio terrível de que provinha. A acumulação inconcebivelmente maciça de gelo glacial, cobrindo vastas extensões das terras do norte, jazia diretamente à frente deles, a uma distância muito menor que a percorrida desde o início da Jornada.

Com a estação prestes a mudar, a força crescente do ar gelado mostrava o seu potencial profundo, ainda escondido. As chuvas diminuíram de intensidade e, por fim, cessaram de todo. Cirros-cúmulos, como algodão esgarçado, substituíram, no céu, os cúmulos-nimbos escuros das tempestades. O mesmo vento constante que esfiapava as nuvens arrancava as folhas secas das árvores decíduas, lançando-as num tapete solto aos pés dos viajantes. Por vezes, numa súbita mudança de intenção, uma corrente de ar vinda de baixo erguia esses quebradiços esqueletos do verão, fazia-os girar com fúria por algum tempo, para depois, cansada do jogo, depositá-los em outro lugar.

Mas esse tempo seco e frio agradava aos viajantes. Ayla e Jondalar estavam mais familiarizados com ele. Era mais confortável, até, pois tinham, cada um, sua boa parka e seu capuz forrado de pele. A informação recebida se confirmou: a caça era abundante e os animais estavam gordos e saudáveis, depois de um verão regalado. Aquela era também a época do ano mais propícia para a colheita de grãos, frutas, bagas, nozes e raízes. Não precisavam apelar para as razões de emergência. Puderam mesmo substituir suprimentos gastos quando mataram um veado gigante. Resolveram, nessa ocasião, acampar por alguns dias. Descansariam e poderiam secar a carne. Seus rostos brilhavam de saúde e de felicidade de estarem vivos e amando.

Os cavalos também pareciam rejuvenescidos. Estavam no seu hábitat, no clima e nas condições a que melhor se adaptavam. Sua pelagem ficou fofa com a lã que lhes nascera para o inverno, e ambos pareciam ativos e brincalhões toda manhã. O lobo, de nariz para o vento, apanhava no ar odores catalogados nos recessos profundos, instintivos, do seu cérebro, e seguia essas pistas impalpáveis, alegremente. Continuava a sumir como sempre, mas voltava, arvorando um ar presunçoso, segundo Ayla.

A travessia de rios não foi problema. Muitos dos cursos d'água da região corriam paralelamente ao eixo norte-sul do Grande Rio Mãe, embora tivessem de passar alguns que cruzavam a planície em sentido contrário. A configuração era de todo imprevisível. Os canais tinham tantos meandros que eles nunca sabiam se uma corrente que se atravessava no caminho era um volteio de um rio ou uma das raras torrentes que provinham das montanhas. Alguns canais paralelos terminavam abruptamente num curso d'água que rumava para oeste e que, por sua vez, desaguava em outro canal do Grande Rio Mãe.

Embora tivessem de fazer desvios ocasionais enquanto se dirigiam ao norte, forçados por uma curva mais pronunciada do rio, estavam outra vez naquela espécie de campo aberto em que a viagem a cavalo tinha grande vantagem sobre a viagem a pé. Eles mantinham um ritmo excepcionalmente bom, cobrindo grandes distâncias todos os dias que compensavam os atrasos anteriores. Jondalar se alegrava ao pensar que compensavam, até, o tempo perdido com sua decisão de tomar o caminho mais longo, a fim de visitar os Sharamudoi.

Os dias límpidos, de frio estimulante, davam-lhes uma ampla visão panorâmica, toldada apenas de manhãzinha por cerrações, quando o sol aquecia a umidade condensada durante a noite. Para leste ficavam, agora, as montanhas que eles tinham ladeado quando acompanharam o grande rio através dos prados quentes do sul, as mesmas montanhas cuja ponta sudoeste os dois haviam escalado. Os picos gelados e cintilantes se aproximavam imperceptivelmente deles com a curvatura da cordilheira para noroeste num grande arco.

Para a esquerda, a mais alta cadeia de montanhas do continente, com uma pesada coroa de gelo glacial que descia até metade dos seus lados, marchava em cristas sucessivas de leste para oeste. Os cimos altaneiros e brilhantes erguiam-se no horizonte cor púrpura como uma presença vagamente sinistra, uma barreira aparentemente intransponível entre os viajantes e seu destino. O Grande Rio Mãe os levaria, à roda da larga face setentrional da cadeia, a um glaciar relativamente pequeno que cobria, qual armadura de gelo, um velho maciço arredondado na extremidade noroeste do promontório alpino das montanhas.

Mais baixo e mais próximo, para além de um prado relvoso interrompido por florestas de pinheiros, destacava-se outro maciço. A elevação granítica dominava as campinas e o Grande Rio Mãe, mas diminuía aos poucos à medida que eles avançavam para o norte, fundindo-se harmoniosamente nas colinas suaves que continuavam até os contrafortes das montanhas ocidentais. Um número cada vez menor de árvores rompia a mesmice enfadonha daqueles infindáveis campos, e as que o faziam assumiam o aspecto enfezado e contorcido de árvores esculpidas pelo vento que eles já haviam encontrado pelo caminho.

AYLA E JONDALAR tinham viajado três quartos, aproximadamente, da distância total, de sul para norte das imensas planícies centrais, antes que aparecessem os primeiros flocos de neve.

– Jondalar, veja! Está nevando! – disse Ayla, com um sorriso radiante. – É a primeira neve do inverno. – Ela vinha sentindo cheiro de neve no ar, e a primeira nevada da estação sempre lhe parecia especial.

– Não posso entender por que isso a deixa assim tão feliz – disse Jondalar. Mas a alegria dela era contagiosa, e ele acabou correspondendo ao sorriso dela. – Acho que você vai ficar muito cansada de neve e gelo antes de termos chegado ao fim desta Jornada.

– Você tem razão, mas assim mesmo adoro a primeira neve. – E disse pouco depois: – Não poderíamos acampar logo?

– Passa só um pouco do meio-dia – disse Jondalar, intrigado. – Por que você já fala em acampar?

– Vi algumas ptármigas há pouco. Elas já começaram a branquear, mas sem neve no chão é fácil vê-las por enquanto. Será difícil depois. Elas são particularmente saborosas nesta época do ano, sobretudo à moda de Creb, mas leva-se muito tempo para cozinhá-las como ele gostava. – Ayla tinha os olhos perdidos, lembrando. – A gente faz um buraco no chão, forra-o de pedras, acende um fogo dentro, depois põe as aves, envoltas em feno, cobre de terra, e espera. – As palavras tinham saído de sua boca tão depressa que ela quase as engolia. – Mas vale a pena esperar.

– Calma, Ayla, você está muito agitada – disse ele, rindo. Ele estava encantado e se divertindo ao mesmo tempo. Gostava de vê-la assim tomada de entusiasmo. – Se você acha que elas ficarão deliciosas preparadas desse jeito, só nos resta acampar, mesmo estando cedo, e sair caçando ptármigas.

– Ah, ficarão esplêndidas! – disse ela, encarando Jondalar com uma expressão de grande seriedade. – Mas você já conhece essa maneira de prepará-las. Sabe que gosto terão. – Notou, então, que ele sorria, e percebeu que estivera brincando. Ela tirou a funda da cintura e acrescentou: – Prepare o acampamento, que vou caçar. E, depois, você pode me ajudar a fazer o buraco. Sou até capaz de deixar que prove uma das aves. – E, com um sorriso, chamou Huiin e montou.

– Ayla! – gritou Jondalar antes que ela se afastasse muito. – Se você deixar comigo os mastros, prometo armar o acampamento sozinho, ó Mulher-Caçadora.

Ela parou, surpresa.

– Não imaginava que você se lembraria do apelido que Brun me deu quando me permitiu caçar – disse, voltando e fazendo parar a égua junto dele.

– Posso não ter as suas memórias do Clã, mas lembro de algumas coisas, sobretudo se têm a ver com a mulher que amo – disse ele, vendo o adorável sorriso dela se acentuar, deixando-a ainda mais bonita. – Além disso, se você me ajudar a escolher o lugar para armar a barraca, saberá para onde tem de voltar trazendo as aves.

– Se eu não o achasse, iria procurá-lo, mas vou deixar a carga de arrasto. Com ela, Huiin não pode mesmo virar-se com a rapidez desejada.

Cavalgaram um pouco até encontrar uma área apropriada, à margem de um riacho, com terreno plano para a barraca, umas poucas árvores e, mais importante para Ayla que tudo isso, uma praia rochosa com pedras que ela poderia usar para o seu forno subterrâneo.

– Já que ainda estou aqui, posso ajudar a fazer o acampamento.

– Vá caçar suas ptármigas. Apenas me diga antes de ir onde quer que eu comece a cavar o buraco – disse Jondalar.

Ayla então concordou. Quanto mais depressa ela as apanhasse, mais depressa poderia começar a assá-las. O preparo demandava tempo, e a caça podia ser demorada. Ela percorreu a área e apontou um lugar que lhe pareceu ideal para fazer o buraco para o preparo das aves.

– Aqui, não muito longe destas pedras – disse.

Em seguida, caminhou um pouco pela praia. Já que estava lá, devia aproveitar e recolher algumas boas pedras redondas para a sua funda.

Ela chamou Lobo e voltou com ele pelo caminho por onde tinham vindo, começando a procurar as ptármigas. Encontrou diversas espécies parecidas com elas. Ficou tentada, primeiro, por um bando de perdizes-cinzentas, que viu bicando as sementes maduras do raigrás e do trigo. Identificou o número surpreendentemente grande de filhotes pelas suas marcas ligeiramente menos definidas, e não pelo tamanho. Embora essas aves de porte médio e atarracadas pusessem até vinte ovos de uma vez, eram vítimas de predação tão grande que poucas sobreviviam e chegavam à idade adulta.

As perdizes-cinzentas também eram saborosas, mas Ayla resolveu continuar, memorizando a sua localização para o caso de não encontrar mais as ptármigas. Um pequeno bando de codornas com várias ninhadas a assustou ao levantar voo. Esses pequenos pássaros gregários rotundos eram também saborosos, e se ela soubesse manejar um bastão de arremesso que derrubasse vários de um golpe só, poderia ter tentado caçar esses também.

E como desprezara as outras aves, muito se alegrou ao encontrar as ptármigas, em geral bem camufladas, perto de onde as vira antes. Elas exibiam ainda muito das suas marcas habituais, mas as penas brancas, já predominantes, faziam com que ficassem visíveis contra o solo acinzentado e a grama seca, da cor de ouro velho. As ptármigas, gordas e baixotas, já tinham penas de inverno nas pernas e nos pés, que serviam para aquecê-las e podiam ser usadas como sapatos para neve. Embora as codornas costumassem cobrir grandes distâncias, tanto as perdizes quanto as ptármigas, ou seja, as aves da família do tetraz que ficavam brancas no inverno, permaneciam numa área em geral próxima do seu lugar de origem, migrando apenas num raio muito curto entre inverno e verão.

Naquele mundo gelado, que ensejava estreitas associações entre seres vivos cujos hábitats estariam, em outras condições, muito afastados, cada espécie tinha seu nicho, mas estes ficavam nas planícies centrais durante o inverno. Enquanto a perdiz se mantinha no campo aberto e varrido de vento, comendo sementes e nidificando em árvores junto de rios ou nos terrenos mais altos, as ptármigas ficavam diretamente na neve, morando em buracos para se esconder do frio, e sobrevivendo com uma dieta de brotos, botões e rebentos, que por vezes continham óleos repugnantes, ou até venenosos, para outros animais.

Ayla mandou que Lobo ficasse quieto enquanto apanhava duas pedras no bornal e preparava a funda. Montada em Huiin, ela mirou um dos pássaros já quase brancos e arremessou a primeira pedra. Lobo, entendendo o movimento dela como um sinal, lançou-se sobre outra ptármiga ao mesmo tempo. Com ruidosos protestos e grande rumor de asas, o restante do bando se elevou no ar, movimentando com intensidade os músculos de voo. A camuflagem normal das ptármigas em terra parecia diferente de quando voavam. A plumagem eriçada mostrava outro desenho, característico, para facilitar a indivíduos da mesma espécie seguirem juntos em bando.

Depois do agitado voo inicial, as ptármigas começaram a planar. Com a pressão e movimento do corpo que já eram, para ela, uma segunda natureza, Ayla fez com que Huiin acompanhasse as aves, enquanto preparava a segunda pedra. Ela apanhou a funda no seu curso descendente, deslizou a mão pela correia até a ponta e com um só movimento que a prática aperfeiçoara trouxe-a de volta à posição inicial, encaixou a segunda pedra no lugar e lançou. Embora às vezes precisasse de uma segunda volta no ar para o primeiro arremesso, raras vezes precisava reforçar o movimento para o segundo.

Sua habilidade em lançar pedras assim depressa era tão rara, que se ela tivesse perguntado a alguém se aquilo estava no campo das possibilidades, teria ouvido que não: não era só difícil, era impossível. Mas como não tivera a quem pedir conselho, ninguém lhe dissera que não podia ser feito, e Ayla desenvolveu sozinha a sua técnica de lançamento duplo. Com o correr dos anos a aperfeiçoara e adquiriu boa pontaria com as duas pedras. A ave que mirou no chão jamais levantou voo. E quando a segunda tombou do céu, ela apanhou rapidamente mais duas pedras. Mas a essa altura o bando estava fora de alcance.

Lobo veio trotando com uma terceira ptármiga na boca. Ayla escorregou da égua e, a um sinal, o lobo soltou a presa aos seus pés. Em seguida sentou-se olhando para ela todo contente de si, com uma pena leve e branca presa a um lado da boca.

– Muito bem, Lobo! – disse Ayla, agarrando-lhe a coleira de pelos, agora mais farta para o inverno, e encostando a testa na dele. Depois se voltou para a égua. – Esta mulher agradece sua ajuda, Huiin – disse, na linguagem especial que usava com a égua, feita de sinais do Clã e curtos relinchos em surdina. A égua levantou a cabeça, resfolegou e se aconchegou à mulher. Ayla segurou-lhe a cabeça e fungou nas narinas de Huiin, trocando com ela cheiros de reconhecimento e amizade.

Depois, torceu o pescoço de uma ave que não estava morta. Usando um capim forte, atou os pés de todas elas e depositou-as na alcofa da garupa. A caminho do acampamento, porém, ela não resistiu à tentação de pegar também umas duas perdizes. Não conseguiu acertar a terceira. Lobo caçou a sua, e Ayla deixou dessa vez que ele ficasse com ela.

Resolveu que cozinharia todas as aves juntas, para comparar as duas espécies. Deixaria o que sobrasse para o dia seguinte. Começou, então, a pensar no recheio mais indicado. Se as aves estivessem nidificando, ela poderia usar os próprios ovos delas. Mas usara grãos outrora, quando morava com os Mamutoi. Levaria muito tempo, no entanto, para apanhar um número suficiente de grãos. A tarefa era demorada e mais própria para um grupo de pessoas. Alguns tubérculos de bom tamanho serviriam, como cenouras, talvez, e cebolas.

Pensando na refeição que ia preparar, a mulher não prestava muita atenção ao que a cercava, mas não pôde deixar de perceber quando Huiin parou. A égua sacudiu a cabeça e relinchou, depois ficou absolutamente imóvel, mas Ayla podia sentir a tensão do animal. Huiin tremia toda, e ela entendeu por quê.

23

Ayla, montada em Huiin, olhava adiante, sentindo uma inexplicável apreensão, um medo crescente, que lhe dava um frio na espinha. Fechou os olhos e balançou a cabeça para tentar livrar-se da sensação. Afinal de contas, não havia nada a temer. Abrindo os olhos, viu, como antes, a grande manada de cavalos à sua frente. O que havia de tão ameaçador num bando de cavalos?

Muitos dos animais olhavam na sua direção, e a atenção de Huiin estava tão intensamente concentrada naqueles membros da sua espécie quanto a deles nela. Ayla fez sinal a Lobo para que permanecesse junto da égua ao ver que ele também estava curioso e já se preparava para ir investigar. Cavalos, afinal, são presa comum de lobos, e aqueles cavalos selvagens certamente não gostariam se ele chegasse muito perto.

Ao observá-los mais atentamente, não muito certa do que eles e Huiin tendiam a fazer, Ayla percebeu que se tratava, na verdade, de dois bandos distintos. Dominando o espaço, estavam as éguas com suas crias e Ayla supôs que uma delas, a que estava à frente das demais, fosse a líder. À retaguarda ficava a manada menor, de cavalos. Notou, de súbito, entre eles, um exemplar especial, de que não pôde mais tirar os olhos: era o cavalo mais singular que já vira.

A maioria dos equinos que ela conhecia eram variações da cor de Huiin, o amarelo pardo; alguns, mais escuros, tendiam para o castanho, outros, mais claros, para o ouro desmaiado. O castanho profundo de Campeão era incomum. Ayla não conhecia outro cavalo assim tão escuro. Mas aquele que estava ali à sua frente era estranho no sentido oposto. Jamais vira cavalo tão claro. O garanhão, adulto, bem formado, que se aproximava, lento e desconfiado, era imaculadamente branco!

Antes de ver Huiin, o cavalo branco vinha mantendo os outros machos a distância. Deixava claro que se não chegassem muito perto podiam ser tolerados. Como não era a estação do acasalamento para os cavalos, só ele tinha o direito de se misturar com as fêmeas. A súbita aparição de uma fêmea estranha, no entanto, despertou seu interesse, e chamou igualmente a atenção dos outros.

Os cavalos são, por natureza, animais sociáveis. Gostam da companhia de outros cavalos. Éguas, em particular, tendem a formar alianças permanentes. Mas ao contrário da maior parte dos animais que se congregam em rebanhos, em que as filhas ficam com as mães em grupos estreitamente unidos, na raça dos cavalos as manadas se formam com éguas não aparentadas. As fêmeas jovens deixam em geral seu grupo natal ao atingir a plena maioridade, ou seja, por volta dos 2 anos de idade. Existem, entre elas, hierarquias dominantes, com vantagens e privilégios para éguas de melhor linhagem e seus descendentes, inclusive primazia no acesso à água, por exemplo, ou às melhores áreas de pasto; mas suas ligações são solidificadas por cuidados mútuos com a higiene e com outras atividades igualmente amistosas.

Embora eles se enfrentem, de brincadeira, enquanto potros, só quando os jovens machos se juntam aos machos adultos, aos 4 anos de idade, é que de fato começa o seu treinamento a sério para o dia em que terão de conquistar, lutando, o direito de cruzar com uma fêmea. Embora eles se embelezem reciprocamente quando membros da horda dos "solteiros", competir por predominância é a atividade principal. As confrontações, que começam com empurrões para um lado e para outro, incluem defecações e fungadelas rituais, e aumentam progressivamente, sobretudo na época do cio. Então, empinações, mordidas no pescoço e coices, na cabeça, no peito e na cara – são comuns. Só depois de vários anos de associações desse tipo os machos ficam habilitados a roubar éguas jovens ou desalojar de seu posto um líder macho já estabelecido.

Como fêmea não comprometida que se aventurara ao alcance deles, Huiin era objeto de intenso interesse por parte da manada de éguas e do grupamento de machos solteiros.

Ayla não gostou da maneira pela qual o cavalo branco marchava em direção a sua égua, altivo e seguro de si, como se estivesse a ponto de reivindicar algo.

– Você não precisa mais ficar aqui, Lobo! – disse ela, dando-lhe o sinal que o libertava. Ficou observando a atitude de desafio e tocaia que ele de imediato assumiu. Para Lobo, o que havia ali era todo um rebanho de Campeão e Huiins, com os quais queria brincar. Ayla estava convencida de que independentemente do que ele fizesse, não constituiria perigo para os cavalos. Ele não poderia derrubar um animal daqueles sozinho. A tarefa demandaria uma alcateia inteira, e alcateias raramente atacam animais sadios.

Ayla apressou Huiin de volta ao acampamento. A égua hesitou. Mas o hábito de obedecer a Ayla foi mais forte que seu interesse pela manada. Começou a andar, mas com relutância. Lobo, entretanto, investiu contra a manada. Divertia-se correndo atrás deles. Ayla gostou de vê-los se espalhar; isso fez sua Huiin desviar a atenção dos animais.

Quando Ayla chegou ao acampamento, tudo estava pronto para ela. Jondalar erigira os três mastros para manter os alimentos fora do alcance da maioria dos animais que poderiam interessar-se por eles. A barraca estava armada, o buraco na terra para o preparo das aves fora escavado e forrado de pedras, das quais ele separara as maiores para o fogo.

– Olhe só aquela ilha – disse ele, quando ela desmontou, mostrando-lhe uma formação alongada, criada por sedimentos acumulados no meio do rio, com ciperáceas, e, até, algumas árvores. – Há um bando inteiro de garças pousado lá. Brancas e pretas. Vi quando aterrissaram – disse, com um sorriso de satisfação. – Fiquei torcendo para que você chegasse em tempo. Era um espetáculo digno de ser visto. Elas mergulhavam, erguiam voo, e até davam cambalhotas. Fechavam as asas e caíam do céu como pedra. Só na última hora desfraldavam as asas. Ao que me parece, estão indo para o sul. Devem partir ao alvorecer.

Ayla olhou, do outro lado da água, as grandes aves pernaltas, de bico longo e ar majestoso. Tratavam de alimentar-se, andando ou correndo pela ilha ou na água rasa, atacando tudo que se movesse em torno com bicos fortes: peixes, lagartos, rãs, insetos, minhocas. Comiam até carniça, a julgar pela sofreguidão com que se lançaram sobre os restos de uma carcaça de bisonte que o rio jogara na praia. As duas espécies eram muito semelhantes no aspecto geral, apesar da diferença de cor. As garças-brancas tinham asas debruadas de preto, e havia mais delas que das outras; as garças-morenas tinham a parte inferior do corpo inteiramente branca, e estavam, na maioria, na água, ocupadas em pescar.

– Encontramos uma grande manada de cavalos na volta – disse Ayla, apanhando as ptármigas e perdizes que trouxera. – Muitas éguas e potras. Mas os machos andavam por perto, e o líder deles é branco.

– Branco?

– Tão branco quanto aquelas garças-brancas. Nem mesmo as pernas dele eram pretas – disse ela, enquanto desatava as correias do cesto. – Ele ficará invisível na neve.

– Branco é raro. Nunca vi um cavalo branco – disse Jondalar. Depois, lembrou de Noria e dos Ritos de Iniciação, e do couro de cavalo branco pendurado na parede atrás da cama nupcial, decorada com as cabeças vermelhas de pica-paus-carijós ainda imaturos. – Mas já vi o couro de um cavalo branco.

Algo no tom da voz dele fez com que Ayla o olhasse. Ele sentiu o olhar dela, corou enquanto removia a cesta da bagagem da garupa de Huiin, e sentiu-se compelido a explicar-se.

– Foi no curso da... cerimônia dos Hamudai.

– Os Hamudai são caçadores de cavalos? – perguntou Ayla, ao dobrar o cobertor que usava no lombo do animal para montar. Apanhou, em seguida, as aves, e caminhou para a beira do rio.

– Bem, eles caçam cavalos sim. Por quê? – perguntou Jondalar, caminhando ao seu lado.

– Você se lembra de Mamut nos contando sobre a caça ao mamute branco? Aquilo era muito sagrado para os Mamutoi, por serem eles os Caçadores de Mamutes. Se os Hamudai usam um couro de cavalo branco nas suas cerimônias, talvez pensem que os cavalos são animais muito especiais. Foi o que pensei, Jondalar.

— É bem possível. Mas não ficamos com eles tempo suficiente para saber, Ayla.

— Mas eles caçam cavalos? — insistiu Ayla, começando a depenar as aves.

— Sim. Estavam, aliás, caçando cavalos quando Thonolan os encontrou. Não ficaram muito felizes com a nossa presença, de início, por termos dispersado a manada que perseguiam. Mas como poderíamos saber disso?

— Por precaução, porei o cabresto em Huiin esta noite e vou amarrá-la junto da barraca, Jondalar. Se há caçadores de cavalos por perto, será melhor mantê-la bem perto de nós. Além disso, não gostei nada da maneira que aquele garanhão branco foi na direção dela.

— Talvez você tenha razão. Acho que vou prender Campeão também. Mas bem que eu gostaria de ver aquele cavalo branco.

— Pois eu não. Mas você está certo. Cavalos brancos são uma raridade — disse Ayla. As penas voavam porque ela as puxava com movimentos extremamente rápidos. Fez uma pausa, depois acrescentou: — Preto também é raro. Você se lembra do que Ranec disse? Estou certa de que ele se incluía na história, embora não fosse preto, mas apenas pardo.

O homem sentiu uma pontada de ciúme à menção do nome do indivíduo com quem Ayla quase vivera, apesar de ela ter preferido ficar com Jondalar.

— Você lamenta não ter ficado com os Mamutoi e casado com Ranec?

Ela se virou para encará-lo, interrompendo para isso o trabalho que fazia.

— Você sabe muito bem, Jondalar, que o único motivo pelo qual prometi casar com Ranec foi ter pensado que você não me amava mais. E eu sabia que ele me amava. Mas... sim, lamento, se me pergunta. Eu podia ter ficado com os Mamutoi. E se não tivesse conhecido você, poderia até ter sido feliz com Ranec. Eu gostava dele, de certo modo, mas não da maneira como gosto de você.

— Bem. Pelo menos é uma resposta honesta — disse ele, enrugando a testa.

— Eu podia ter ficado também com os Sharamudoi, mas queria ficar com você. Se tem de voltar para o seu povo, então devo acompanhá-lo — continuou Ayla, tentando esclarecer os fatos. Notando a persistência da ruga na testa de Jondalar, entendeu que aquela não era a resposta que ele esperava. — Você me fez uma pergunta, Jondalar. E quando me pergunta

403

algo, tenho de dizer-lhe o que sinto. E mesmo que eu não pergunte nada, gostaria que dissesse se algo não está bem. Não quero que aquela espécie de mal-entendido que houve entre nós no inverno passado se repita: eu sem saber o que você de fato queria dizer, você recusando-se a esclarecer, ou achando que eu estava sentindo algo sem me perguntar. Prometa, Jondalar, que será sempre franco comigo.

Parecia tão séria e falava com tanta franqueza, que ele deu um sorriso afetuoso.

– Prometo, Ayla. Eu também não quero passar outra vez por uma situação como aquela. Não aguentava vê-la com Ranec. Principalmente por entender por que qualquer mulher se interessaria por ele. Ranec era simpático e divertido. Era um grande entalhador, um verdadeiro artista. Minha mãe, por exemplo, teria gostado dele. Ela gosta de artistas, de escultores. Se as coisas fossem diferentes, eu mesmo teria gostado dele. Ranec tinha muito de Thonolan, de certo modo; não se parecia com os Mamutoi, mas era como eles são: aberto, confiável.

– Era um Mamutoi – disse Ayla. – Tenho saudades do Acampamento do Leão. Tenho saudade das pessoas. Não vimos muita gente nesta Jornada. Eu não sabia o quanto você tinha viajado, Jondalar, nem quanta terra há. Tanta terra, e tão pouca gente.

Quando o sol se pôs, as nuvens por cima das altas montanhas a oeste esticaram-se para abraçar o orbe de fogo, e ficaram vermelhas de excitação. O brilho do sol se fundiu no brilho do céu em torno, depois se apagou. Jondalar e Ayla terminaram a refeição da tarde. Ela se levantou para guardar as aves que tinham sobrado. Assara deliberadamente mais do que podiam comer de uma só vez. Jondalar pôs algumas pedras de cozinhar no fogo para que pudesse preparar o chá noturno.

– Estavam deliciosas, Ayla. Foi bom você ter sugerido este acampamento. Valeu a pena.

Ayla levantou a cabeça mas desviou o olhar para a ilha. E perdeu o fôlego, pasma. Jondalar também olhou para lá.

Diversos homens armados de lanças tinham saído da sombra e entrado no círculo de luz da fogueira. Dois deles vestiam mantos de crinas de cavalo, com a cabeça seca ainda presa ao couro e usada como um elmo. Um deles lançou esse elmo para trás e avançou em direção a ele.

– Ze-lan-do-nii! – disse, apontando para o homem, alto e louro. Depois, bateu com a mão no peito. – Hamudai! Jeren! – Ria de orelha a orelha.

Jondalar olhou com atenção, e riu de volta.

– Jeren! Será mesmo você? Grande Mãe! Não posso acreditar! É você!

O homem se pôs a falar numa língua ininteligível para Jondalar tanto quanto a sua o era para Jeren. Mas os sorrisos de amizade eram entendidos pelos dois.

– Ayla! – disse Jondalar, fazendo-a avançar. – Este é Jeren, o caçador Hamudai que nos deteve quando íamos, Thonolan e eu, na direção errada. Não posso crer nos meus olhos!

Ambos ainda riam, com sincero deleite. Jeren olhou para Ayla, e seu sorriso se abriu ainda mais. Ele fez um sinal afirmativo para Jondalar.

– Jeren, esta é Ayla dos Mamutoi – disse Jondalar, formalizando as apresentações. – Ayla, este é Jeren do povo Haduma.

Ayla estendeu as mãos.

– Bem-vindo ao nosso acampamento, Jeren do povo Haduma – disse ela. Jeren compreendeu a intenção, embora aquele gesto não fosse comum no seu povo. Pôs a lança de volta numa bainha que tinha às costas, tomou nas suas as mãos da mulher, e disse:

– Ayla.

Sabia que aquele era o nome dela, embora não tivesse entendido o resto das palavras. Bateu no peito outra vez, com força.

– Jeren! – disse, e acrescentou algumas palavras incompreensíveis.

E logo mostrou-se apreensivo. Vira o lobo que se aproximava da mulher. Sentindo a reação dele, Ayla se ajoelhou e pôs um braço em torno do pescoço do animal. Os olhos de Jeren se arregalaram de surpresa.

– Jeren – disse a mulher, levantando-se e fazendo as mesuras de uma apresentação protocolar. – Este é Lobo. Lobo, este é Jeren, do povo Haduma.

– Lobo? – disse ele, com os olhos ainda apreensivos.

Ayla pôs as mãos diante do focinho de Lobo, para mostrar que ele sentia o seu cheiro. Depois, ajoelhou-se e pôs o braço em torno do pescoço do lobo, demonstrando sua intimidade e destemor. Tocou, em seguida, a mão de Jeren, pôs sua própria mão no nariz do lobo outra vez, mostrando a Jeren o que queria dele. Hesitante, Jeren estendeu a mão para o animal.

Lobo tocou-a com o nariz frio e recuou. Passara por cerimônias semelhantes de apresentação muitas vezes quando estavam com os Sharamudoi, e parecia entender a intenção de Ayla. Ela pegou na mão de Jeren e, de olhos fixos nele, guiou-a para a cabeça do lobo. Queria que ele sentisse o pelo e afagasse a cabeça de Lobo. Quando Jeren a olhou, com ar de compreensão, e acariciou a cabeça de Lobo por conta própria, ela ficou tranquila.

Jeren fez meia-volta e disse para os outros, apontando para o animal:
– Lobo!

Disse também outras coisas, mencionando, inclusive, o nome dela. Quatro homens entraram para o círculo de luz da fogueira. Ayla fez gestos de boas-vindas e mandou que se sentassem.

Jondalar, que a tudo assistia, sorriu, aprovando.
– Foi uma boa ideia, Ayla – disse ele.
– Você acha que eles têm fome? Sobrou muito do jantar – disse Ayla.
– Por que você não oferece a comida e vê se eles aceitam?

Ayla apanhou a bandeja, feita de marfim de mamute, que usara para servir as aves que acabavam de comer. Pegou depois algo que parecia um feixe já murcho de feno e abriu-o, revelando uma ptármiga inteira. Ayla ofereceu a bandeja a Jeren e aos outros. O aroma a precedeu. Jeren arrancou uma perna e se viu com um pedaço tenro e suculento de carne na mão. O sorriso no seu rosto, depois de prová-lo, encorajou os demais.

Ayla trouxe também uma perdiz, e deixou que os homens dividissem entre si a carne como quisessem, enquanto ela enchia uma grande tigela de madeira, que ela mesma fizera, com água para o chá.

Os homens pareceram muito mais à vontade depois da refeição, mesmo quando Ayla trouxe o lobo para farejá-los. Todos ficaram sentados em volta do fogo com xícaras de chá nas mãos, procurando comunicar-se além do plano dos sorrisos de amizade e hospitalidade.

Jondalar falou primeiro.
– Haduma? – perguntou ele.

Jeren abanou a cabeça e com tristeza. Fez com a mão um gesto mostrando o chão, que Ayla entendeu significar que ela retornara à Grande Mãe Terra. Jondalar também entendeu que a anciã que ele aprendera a estimar se fora.

– Tamen? – perguntou.

Sorrindo, Jeren sacudiu a cabeça afirmativamente, de maneira exagerada. Depois, apontou para um dos circunstantes e disse algo, mencionando o nome de Tamen. Um rapaz, pouco mais que um menino, sorriu, e Jondalar viu nele certa semelhança com o homem que conhecera.

– Tamen, sim – disse Jondalar, sorrindo e concordando com um movimento de cabeça. – Filho, talvez neto, de Tamen. Gostaria que

Tamen estivesse aqui conosco – disse a Ayla. – Ele sabia um pouco de Zelandonii, e podíamos conversar. Fizera uma grande viagem até lá, quando jovem.

Jeren olhou para o conjunto do acampamento, depois para Jondalar, e disse:

– Ze-lan-do-nii... Ton... Thonolan?

Dessa vez foi Jondalar quem balançou a cabeça demonstrando tristeza. Depois, lembrando do gesto do outro, mostrou a terra. Jeren pareceu surpreso, mas indicou ter entendido, e disse uma palavra que era uma pergunta. Jondalar não compreendeu e olhou para Ayla.

– Você sabe o que ele está querendo dizer?

Embora a linguagem não lhe fosse familiar, havia uma qualidade em comum a todas as línguas. Jeren repetiu a palavra, e algo na sua expressão ou entonação deu a Ayla uma ideia. Ela fechou a mão como uma garra e rugiu como um leão das cavernas.

O som que ela emitiu foi tão realista que os homens a encararam com uma expressão de espanto e choque, mas Jeren entendeu. Ele perguntara como morrera Thonolan, e ela lhe respondera. Um dos outros homens disse algo a Jeren. Quando Jeren respondeu, Jondalar ouviu outro nome conhecido, Noria. O homem que perguntara apontou para Jondalar, sorrindo, depois para o seu próprio olho, e sorriu outra vez.

Jondalar se emocionou. Talvez aquilo significasse que Noria tivera um bebê de olhos azuis. Mas podia ser apenas uma alusão ao fato de que tinha conhecimento: um homem de olhos azuis celebrara os Ritos de Iniciação com Noria. Não podia ter certeza. Os outros homens apontavam também para os próprios olhos e sorriam. Estavam aludindo a uma criança de olhos azuis ou a Prazeres com um homem de olhos azuis?

Pensou em mencionar o nome de Noria e imitar com os braços o movimento de ninar um bebê, mas depois olhou para Ayla e desistiu. Não lhe contara nada sobre Noria ou sobre a notícia que Haduma lhe dera no dia seguinte: a Mãe abençoara a cerimônia, e a jovem teria um filho homem que se chamaria Jondal e com os olhos iguais aos seus. Jondalar sabia que Ayla desejava um filho dele... ou do seu espírito. Como reagiria se soubesse que Noria já tinha um? No lugar de Ayla, ele teria ciúmes.

Ayla fazia gestos indicando que os homens deviam dormir no acampamento, junto da fogueira. Vários deles concordaram e foram buscar as peles de dormir. Eles tinham deixado seus pertences junto do rio antes de irem verificar se aquele fogo, cujo cheiro haviam sentido, era um fogo amigo. Esperavam que sim, mas não podiam ter certeza. Quando Ayla os viu contornando a barraca e dirigindo-se para onde estavam os cavalos, correu para ultrapassá-los e levantou o braço, pedindo que parassem. Eles se entreolharam com ar questionador quando ela desapareceu no escuro, e quando começaram a andar outra vez. Jondalar lhes indicou que esperassem. Eles sorriram e concordaram.

Suas expressões passaram a denotar temor quando Ayla reapareceu puxando os dois cavalos. Ela se postou entre os animais, procurando mostrar com gestos, inclusive os expressivos gestos da linguagem do Clã, que aqueles eram cavalos especiais. Teriam entendido? Nem ela nem Jondalar podiam ter certeza disso. Jondalar temeu que eles ficassem pensando que a mulher tivesse poderes mágicos sobre os cavalos e tivesse chamado aqueles especialmente para que eles caçassem. Ele disse então a Ayla que uma demonstração talvez ajudasse.

Jondalar apanhou uma lança na barraca e simulou um ataque a Campeão. Ayla permaneceu barrando o caminho, com os braços cruzados no peito, balançando a cabeça de forma enfática. Jeren coçou a cabeça e os outros homens pareciam perplexos. Finalmente, Jeren fez um gesto afirmativo, tirou uma de suas próprias lanças da bolsa em que levava nas costas, apontou-a para Campeão, depois enterrou-a no chão. Jondalar não sabia se o homem pensava que Ayla lhes dizia para não caçar os dois cavalos presentes ou todos os cavalos em geral, mas algo ficara entendido.

Os homens dormiram em volta da fogueira, mas estavam de pé aos primeiros clarões do dia. Jeren disse algumas palavras a Ayla que Jondalar entendeu vagamente significar elogio à comida. O homem sorriu para ela quando Lobo o farejou outra vez e deixou que ele afagasse sua cabeça. Ela ainda procurou convidá-los a comer com eles a refeição da manhã, mas eles partiram imediatamente.

– Quisera saber a língua dos Hadumai – disse Ayla. – Foi uma boa visita, mas não pudemos conversar.

– Sim, teria sido bom conversar – disse Jondalar. Desejava sinceramente saber se Noria tivera um filho e se ele nascera com olhos azuis.

– No Clã, diferentes clãs usavam palavras na sua linguagem habitual que não eram sempre compreendidas por todos, mas todos conheciam a língua universal dos gestos. A comunicação era possível – disse Ayla. – Que pena que os Outros também não tenham uma língua auxiliar.

– Seria muito útil, especialmente em viagens; mas é difícil para mim imaginar uma língua universal. Você realmente pensa que os membros do Clã, onde quer que vivam, entendem a mesma linguagem gestual? – perguntou Jondalar.

– Não é uma língua que eles tenham de aprender. Já nascem com ela, Jondalar. É tão antiga que está na memória deles, e essa memória remonta ao começo dos tempos. E você nem pode imaginar a que distância está isso de nós.

Ela teve um calafrio de medo, lembrando-se da ocasião em que Creb, para salvar-lhe a vida, a levara com eles, contra toda a tradição. Pela lei não escrita do Clã, ele devia tê-la deixado morrer. Ela pensou na ironia daquilo. Quando Broud a amaldiçoou, desejando-lhe a morte, não deveria tê-lo feito. Não havia motivo para isso. Creb, ao contrário, tinha um motivo: ela quebrara o tabu mais potente do Clã. Seu dever era puni-la. Mas não o fizera.

Ayla e Jondalar começaram a desfazer o acampamento, guardando a barraca, as peles de dormir, utensílios, cordas e demais equipamentos nas cestas de bagagem, com a eficiência de uma rotina que dispensava palavras. Ayla enchia as bolsas de água no rio quando Jeren e seus guerreiros voltaram. Com sorrisos e muitas palavras, que eram, obviamente, efusivos agradecimentos, os homens presentearam Ayla com um embrulho feito de couro de auroque. Ao abri-lo, encontrou um tenro peso de alcatra. Era da anca de um bovídeo recentemente abatido.

– Sou-lhe muito grata, Jeren – disse Ayla, e lhe deu o formoso sorriso que fazia seu homem derreter-se de amor. Pareceu ter o mesmo efeito em Jeren, e Jondalar achou graça vendo a expressão bestificada na cara do homem. O caçador levou um bom minuto para recuperar-se do deslumbramento. Então se pôs a falar com Jondalar, procurando comunicar-lhe com insistência algo que considerava importante. Quando viu que não era compreendido, interrompeu o discurso para conferenciar com os companheiros. Finalmente, voltou-se para Jondalar.

– Tamen – disse, e começou a caminhar para o sul, indicando que os seguissem. – Tamen – repetiu, chamando, e acrescentando palavras ininteligíveis.

– Acho que quer que você vá com ele – disse Ayla – para ver esse homem que você conhece. O que fala Zelandonii.

– Tamen. Zeland-do-nii. Hadumai – disse Jeren, chamando também Ayla.

– Ele deseja que o visitemos. O que acha? – perguntou Jondalar.

– Acho que é isso mesmo – disse Ayla. – Você quer parar para essa visita?

– Teríamos de voltar – disse Jondalar –, e não sei bem até onde. Se os tivéssemos encontrado mais para o sul, eu não me importaria de interromper a viagem por alguns dias, mas abomino a ideia de ir, agora que já estamos tão adiantados.

Ayla concordou.

– Será preciso dizer-lhe isso, de algum modo.

Jondalar sorriu para Jeren, depois disse, balançando a cabeça:

– Lamento. Mas temos de ir para o norte. Norte – repetiu, apontando naquela direção.

Jeren pareceu angustiado, fez que não com a cabeça, e fechou os olhos para pensar. Depois, aproximando-se deles, tirou um bastão curto do cinto. Jondalar notou que o bastão era esculpido. Sabia que vira um assim antes, e procurava lembrar-se onde fora, quando Jeren limpou um espaço no chão e fez um risco na terra com a ponta do bastão e outro cruzando o primeiro. Debaixo da primeira linha desenhou grosseiramente um cavalo. E na extremidade da segunda linha traçou um círculo com raios a toda volta. Ayla olhou a figura mais de perto.

– Jondalar – disse, excitada. – Quando Mamut me mostrava símbolos e me ensinava o que eram, esse signo representava "sol".

Jeren assentiu vigorosamente. Em seguida, apontou para o norte e fechou o cenho. Marchou para a extremidade norte da linha que traçara, postou-se de frente para eles, levantou os braços e cruzou-os na frente do peito, como Ayla fizera para dizer-lhes que não matassem Huiin e Campeão. Por fim, fez um sinal negativo com a cabeça. Ayla e Jondalar se entreolharam e olharam outra vez para Jeren.

– Você acha que ele está dizendo que não devemos ir para o norte? – perguntou Ayla.

Jondalar começou a entender o que Jeren queria.

– Ayla, não é que ele deseje apenas que a gente vá para o sul, a fim de visitá-los. Ele está tentando comunicar algo mais. Avisar-nos que é perigoso ir para o norte.

– Perigoso? O que poderá haver no norte que seja perigoso para nós? – disse Ayla.

– Poderia ser a grande barreira de gelo? – disse Jondalar.

– Mas nós sabemos sobre o gelo. Faz frio, sim, mas não é perigoso.

– A geleira se move – disse Jondalar –, ela anda, embora leve anos, mas até arranca árvores com raízes e tudo com a mudança das estações. Mas não se move tão depressa que a gente não possa sair do caminho.

– Não será o gelo, então – disse Ayla. – Mas Jeren nos previne contra o norte, e parece muito preocupado.

– Acho que você está certa, mas o que haverá de tão perigoso? – disse Jondalar. – Às vezes, as pessoas que não viajam muito acham que o mundo é perigoso... por ser diferente.

– Não penso que Jeren seja homem de assustar-se com qualquer coisa – disse Ayla.

– Tenho de concordar com você – disse Jondalar. E, virando-se para Haduma: – Jeren, queria muito compreendê-lo.

Jeren observara a reação deles. Percebeu pela expressão dos dois que haviam entendido o principal do seu aviso. Aguardava, agora, a resposta,

– Você acha que devemos fazer meia-volta e ir falar com Tamen? – perguntou Ayla.

– Eu detestaria voltar a perder tempo. Temos de alcançar a geleira antes do inverno. Se prosseguirmos agora, podemos fazer isso facilmente, e ainda teremos alguma folga. Mas se acontece o imprevisto e nos atrasamos, então será primavera, o gelo derrete, e a passagem fica muito perigosa – disse Jondalar.

– Então continuamos para o norte – disse Ayla.

– Sim. Mas redobrando os cuidados. Ah, como eu gostaria de saber que perigos nos ameaçam! – disse Jondalar. E olhando para Jeren de novo, disse: – Jeren, meu amigo, obrigado pelo aviso. Teremos cuidado. Mas precisamos seguir viagem. – Dito isso, apontou o sul, fez que não com a cabeça, e apontou o norte.

Jeren tentou protestar ainda, abanando a cabeça, mas finalmente desistiu. Fizera o possível. Foi falar com o homem de capa de cabeça de cavalo e voltou, dizendo que iam embora.

Ayla e Jondalar acenaram. Jeren e seus caçadores partiram. Então, o casal terminou de empacotar seus pertences e, um pouco preocupados, rumaram para o norte.

À MEDIDA QUE AVANÇAVAM para a faixa mais setentrional da vasta região central de pastagens, podiam ver que o terreno à frente mudava. As planícies cediam lugar a colinas escarpadas. As elevações ocasionais que interrompiam as planícies eram ligadas, embora mergulhassem parcialmente em alguns pontos, a grandes blocos de rocha sedimentar deslocada e fraturada, que corria como uma espinha dorsal irregular, de nordeste para sudoeste através das planícies. Erupções vulcânicas relativamente recentes haviam coberto as elevações com solos férteis, que alimentavam florestas de espruces, pinheiros e lariços nas curvas de nível mais altas, com bétulas e salgueiros nas encostas mais baixas. Os flancos secos e protegidos revestiam-se de macega e capim-da-estepe.

Quando começaram a subir as colinas, eles se viram com frequência obrigados a desviar-se de buracos profundos ou a contornar formações que bloqueavam o caminho. Ayla achou a terra mais deserta. Mas como estava frio, imaginou que talvez a mudança de estação fosse responsável por essa impressão. Olhando do alto, ganharam uma nova perspectiva da região que tinham atravessado. As poucas árvores de folhagens temporárias e mesmo os arbustos, estavam já sem folhas, mas a planície central cobria-se com a poeira dourada de ferro seco, que alimentaria multidões de animais durante o inverno.

Viram muitos deles pastando, em bando ou solitários. Para Ayla, os cavalos pareciam predominar, talvez por prestar mais atenção neles que em outros animais. Havia também veados gigantes, vermelhos, e, principalmente, nas estepes mais setentrionais, renas. Os bisontes começavam a congregar-se em grandes manadas e a rumar para o sul. Durante um dia inteiro, esses grandes animais corcovados, de imensos chifres pretos, passaram incessantemente num grosso tapete ondulante. Ayla e Jondalar sofreavam muitas vezes as montanhas para vê-los. A poeira que erguiam pairava por cima deles como um pálio, escondendo-os. A terra tremia com o tropel dos cascos, e o estrépito combinado de patas, grunhidos e berros era como um trovão.

Viam menor número de mamutes do que antes. Em geral, esses animais se dirigiam para o norte. Mesmo a distância, esses gigantescos elefantes lanudos chamavam a atenção. Quando não eram tangidos pelas exigências da reprodução, os mamutes machos tendiam a formar pequenos bandos com pouco companheirismo. Ocasionalmente, um mamute se juntava a uma horda de fêmeas e com ela viajava por algum tempo. Mas sempre que os viajantes encontravam um indivíduo solitário, este era, invariavelmente, macho. As grandes manadas permanentes eram constituídas de fêmeas estreitamente aparentadas: uma avó, a velha e astuta matriarca, investida do comando, e, por vezes, uma irmã ou duas, com as filhas e netas. As manadas de fêmeas eram fáceis de se identificar porque as defesas eram, em geral, menores e menos encurvadas que as dos machos, e havia sempre filhotes misturados aos animais adultos.

Embora igualmente impressionantes à vista, os rinocerontes lanudos eram mais raros e menos sociáveis. Geralmente não se agrupavam em hordas. As fêmeas ficavam em família, e os machos, a não ser na época do acasalamento, viviam solitários. Nem mamutes nem rinocerontes, à exceção dos indivíduos muito velhos ou muito jovens, tinham muito a temer de caçadores de quatro pernas, inclusive do leão. Os machos, principalmente, podiam viver sozinhos. Já as fêmeas precisavam de companhia, para a proteção dos filhotes.

Inúmeros animais de pequeno porte sobreviviam ao inverno em segurança, metidos nas suas tocas profundas, rodeados de estoques de alimentos armazenados com esse fim: sementes, nozes, bulbos, raízes, e, no caso dos lagômios, de feixes de feno empilhados depois de cortados e secados ao sol. Os coelhos e as lebres mudavam de coloração. Não se punham brancos, mas de um mosqueado mais claro. No bosque de um outeiro viram, até, um castor e um esquilo arborícola. Jondalar utilizou seu propulsor de lanças para pegar o castor. A carne desse roedor era saborosa e sua cauda gorda era deliciosa, e eles a prepararam separadamente, assada no espeto.

Empregavam, em geral, para a caça maior, os arremessadores que Jondalar inventara. Tanto ele quanto Ayla eram peritos no seu uso, mas ele tinha mais força e podia alcançar mais longe. Ayla muitas vezes derrubava os animais pequenos com a funda.

Não costumava caçar lontras nem texugos, cangambás, martas, mas viam que todos esses animais eram abundantes na região. Os carnívoros, como raposas, lobos, linces e felinos grandes de várias espécies, alimentavam-se da caça menor ou de herbívoros. Embora poucas vezes pescassem, ele e Ayla, nessa etapa da Jornada, Jondalar sabia da existência de peixes de grandes dimensões no rio, inclusive perca, lúcio e carpa, das grandes.

Ao fim da tarde, viram uma caverna com uma grande abertura e decidiram investigar. Ao se aproximarem dela, os cavalos não deram mostras de nervosismo, o que tomaram como um bom sinal. Lobo farejou com interesse quando entraram; ele estava naturalmente curioso, mas em nenhum momento ficou de pelo eriçado. Vendo o comportamento despreocupado dos animais, Ayla se tranquilizou. A caverna estava deserta. Decidiram passar a noite ali.

Depois de acender o fogo, fizeram um archote para explorar um pouco mais adentro. Logo na entrada havia sinais de que a caverna já fora ocupada. Jondalar achou que os arranhões na parede podiam ter sido feitos por um urso ou um leão. Lobo cheirou excrementos, mas tão velhos e secos que dificilmente se poderia dizer de que animal provinham. Encontraram alguns ossos grandes, de perna, roídos pela metade. A maneira como estavam partidos e as marcas de dentes deram a Ayla a convicção que haviam sido quebrados por hienas das cavernas, com suas fortes mandíbulas. Estremeceu de repugnância à ideia.

As hienas não eram piores que outros animais. Lançavam-se sobre as carcaças dos que tinham morrido naturalmente ou haviam sido mortos por carnívoros maiores. Mas todos os predadores não faziam o mesmo? Lobos, leões, homens? O ódio que Ayla sentia por hienas era, portanto, sem razão. Para a mulher, elas representavam o que havia de pior no reino animal.

A caverna não fora usada recentemente. Todos os vestígios de ocupação eram antigos, mesmo o carvão num buraco raso. Ayla e Jondalar penetraram até certa profundidade, mas a caverna parecia não ter fim e, a não ser na entrada, clara e seca, não havia evidência de uso. As colunas de pedra que subiam do chão ou desciam do teto e, às vezes, encontravam-se a meio caminho; eram os únicos habitantes do interior, escuro e úmido.

Ao dobrarem uma curva, pensaram ter ouvido água correndo e resolveram voltar. Sabiam que a tocha improvisada não duraria muito, e nenhum dos dois queria perder de vista o arco de tênue luz da entrada. Voltaram apalpando os muros de calcário e se alegraram ao rever o ouro baço e fanado da grama seca e a luz brilhante que debruava de ouro, no céu, as nuvens para o lado do poente.

AO AVANÇAR AINDA MAIS nas terras altas, ao norte da grande planície central, Ayla e Jondalar observaram muitas outras alterações na paisagem. O terreno revelava grutas, cavernas e sumidouros, que iam desde depressões rasas, circulares, cobertas de relva, até desníveis inacessíveis, de grande profundidade. Era uma topografia tão peculiar que os dois se sentiam vagamente inquietos. Embora os cursos d'água superficiais e os lagos fossem raros, ouviam às vezes o misterioso e soturno rumor de rios subterrâneos.

Criaturas desconhecidas dos mares primevos e quentes eram a causa daquela configuração estranha e imprevisível. No curso de milênios sem conta, o soalho dos mares se cobrira com suas carapaças e esqueletos. Depois de um número ainda maior de éons, o sedimento de cálcio endureceu, elevou-se por movimentos conflitantes da crosta, e se converteu em pedra calcária, em rochas constituídas essencialmente de carbonato de cálcio. No subsolo de vastas extensões de terra, muitas das cavernas existentes se formaram, então, de calcário, porque, dadas as condições exigidas, essa rocha dura, sedimentária, se dissolvia.

Em água pura, ela é dificilmente solúvel, mas basta que a água seja ligeiramente ácida para que isso aconteça. Nas estações mais quentes, e quando o clima era mais úmido, a água que circulava no subsolo, rica em ácido carbônico das plantas e carregada de dióxido de carbono, dissolveu grandes quantidades dessa rocha.

Correndo ao longo de planícies estratificadas e descendo por fendas diminutas nas junções verticais das grossas camadas de pedra calcária, a água do solo foi gradualmente alargando e aprofundando as fissuras; escavou pisos dentados e sulcos intricados ao levar embora o calcário dissolvido, que escorreu em infiltrações e espirrou em fontes. Forçada a empoçar-se em níveis mais baixos pela força da gravidade, a água acídica alargou fraturas subterrâneas em covas e grutas, que se transformaram em cavernas e canais, em que se abriam estreitas chaminés verticais. Esses canais se juntavam, por vezes, com outros, para formar completos sistemas fluviais subterrâneos.

A dissolução de rochas abaixo do nível do solo teve efeito profundo sobre o solo. E a paisagem karst, passou a exibir características incomuns e distintivas. À medida que as cavernas se alargavam e seu topo se aproximava da superfície, elas afundavam, criando sumidouros de paredes abruptas. Ruínas de tetos de cavernas formavam pontas naturais no alto. Correntes e rios superficiais desapareciam de vez em quando em sumidouros, deixando secos, em cima, vales formados anteriormente por rios.

A ÁGUA COMEÇAVA a escassear. A água corrente logo caía em cavidades e caldeirões rochosos. Mesmo depois de uma pesada precipitação, a água desaparecia quase instantaneamente, sem deixar regatos na superfície. Em tempos anteriores os viajantes tinham de ir ao fundo de um desses sumidouros para conseguir o precioso fluido. Em outra ocasião, a água surgiu de súbito em uma nascente, jorrou por algum tempo, depois desapareceu outra vez no seio da terra.

O terreno era estéril e pedregoso, com uma fina camada do solo superficial a expor a rocha subjacente. A vida animal também era escassa. A não ser pelo carneiro selvagem, com seus casacões de inverno de lã bem grossa e encaracolada, e seus chifres espiralados, os únicos animais que eles viram foram umas poucas marmotas. Esses bichos, espertos e rápidos, conseguiam escapar aos seus muitos predadores. Fossem eles lobos, raposas árticas, falcões ou águias-reais, um assovio agudo de uma sentinela bastava para fazê-los entrar correndo em pequenas tocas e grutas.

Em vão, Lobo tentava pegá-las. Mas como cavalos de pernas compridas não lhes pareciam normalmente perigosos, Ayla conseguiu derrubar algumas com a funda. A carne desses pequenos roedores peludos, engordados para a hibernação próxima, parecia com a de coelho; mas eram animais pequenos. Pela primeira vez desde o verão, Ayla e Jondalar se viram obrigados a pescar para o jantar no Grande Rio Mãe.

Prevenidos por Jeren, Ayla e Jondalar viajavam com extremo cuidado através da paisagem karst, com suas estranhas formações de cavernas e buracos. Mas aos poucos a apreensão que, de começo, tinham sentido, acabou por se dissipar. Resolveram andar a pé para descansar os cavalos. Jondalar puxava Campeão com rédea longa, mas deixava que ele pastasse, de tempos em tempos, um pouco da grama esparsa e seca. Huiin fazia o mesmo, mascando um pouco de capim, depois seguindo Ayla, embora esta não estivesse usando o cabresto.

– Fico pensando se o perigo a que Jeren se referia era esta terra áspera, cheia de buracos – disse Ayla. – Não gosto nada daqui.

– Eu também não. Não imaginava que seria assim – disse Jondalar.

– Mas você não esteve aqui antes? Imaginava que tinha vindo por este caminho – disse ela, surpresa. – Pensava ter ouvido você dizer que acompanhara o Grande Rio Mãe.

– Sim, nós acompanhamos o rio, mas sempre pela outra margem. Só o atravessamos muito mais ao sul. Achei que seria mais fácil ficar nesta margem agora, na volta, e estava também curioso para conhecê-la. O rio faz uma volta muito fechada, não longe deste ponto. Estávamos indo para leste daquela vez, eu e Thonolan, e fiquei intrigado com as elevações que forçavam a água para o sul. Esta é a única oportunidade que jamais terei na vida para vê-las.

– Você devia ter me dito isso antes.

– Que diferença faz? Nós continuamos a acompanhar o rio.

– Mas eu pensava que você estava familiarizado com esta área. E não sabe mais sobre ela do que eu mesma.

Ayla não poderia dizer por que aquilo a aborrecia tanto, mas na verdade contara com o fato de ele saber o que os esperava, e acabava de descobrir que ele nada sabia. Aquilo a deixou nervosa naquele lugar tão estranho.

Caminhavam tão ocupados com essa conversa, que já tendia para uma discussão, que mal perceberam para onde iam. Subitamente, Lobo, que trotava ao lado de Ayla, ladrou e roçou-lhe a perna. Ambos olharam para ver do que se tratava e, por puro instinto, pararam. Ayla sentiu uma pontada de terror e Jondalar empalideceu.

24

Os dois olharam para o terreno à frente e não viram nada. A terra simplesmente não estava lá. Tinham chegado, inadvertidamente, à beira de um precipício. Jondalar sentiu o costumeiro aperto nas entranhas ao olhar para o abismo, mas se surpreendeu ao ver, no fundo, uma campina lisa e verdejante, cortada por um riacho.

O fundo de grandes sumidouros era, de regra, coberto por uma espessa camada de solo, o resíduo insolúvel do calcário. Alguns dos mais fundos se juntavam e abriam em depressões alongadas, criando vastas áreas de terra muito abaixo da superfície normal. Com material orgânico e água, a vegetação embaixo era luxuriante e convidativa. Infelizmente, nenhum dos dois podia ver como chegar àquele verde prado no fundo do precipício.

– Jondalar, algo está errado com este lugar – disse Ayla. – É tão árido e seco que nada ou quase nada pode viver aqui. E lá embaixo, vemos uma bela campina com árvores e um rio, mas é impossível alcançá-la. Um animal que o tentasse morreria da queda. É tudo misturado. Não me parece certo.

– Sim. Talvez você tenha razão. Talvez tenha sido isso o que Jeren nos quis dizer. Não há muita caça, e o lugar em si é perigoso. Jamais conheci lugar em que é preciso caminhar com o risco de se cair num precipício.

Ayla se curvou, pegou a cabeça de Lobo nas mãos e encostou a testa na dele.

– Muito obrigada, Lobo, por nos ter prevenido quando não prestávamos atenção – disse. Ele ganiu e lambeu-lhe o rosto, com afeto.

Eles recuaram e contornaram o obstáculo com os cavalos, quase sem conversar. Ayla já nem se lembrava da discussão iminente. Pensava apenas que não podiam nunca ter estado tão distraídos a ponto de não ver onde pisavam.

Continuaram rumando para o norte. O rio à esquerda deles corria através de uma garganta que gradualmente se aprofundava, com altos paredões rochosos. Jondalar se perguntava se deveriam descer e acompanhar de perto o curso d'água ou continuar nas alturas, mas alegrava-se por seguirem o curso d'água sem tentar passar para a outra margem. Em vez de vales com encostas relvosas e largas planícies aluviais, nas regiões karst os grandes rios que podiam ser vistos da superfície tendiam a correr em gargantas de lados abruptos, calcários. Por difícil que fosse usar rios como guias numa viagem daquelas sem ter margens por onde acompanhar seu curso, mais difícil ainda seria atravessá-los.

Lembrando a grande garganta mais ao sul, com longos trechos em que também não havia barrancas praticáveis, Jondalar decidiu ficar no planalto. Continuaram a subir, portanto. E ele viu, com alívio, uma longa e fina torrente que se precipitava no rio daquelas alturas. Ficava na outra margem, mas servia para mostrar que havia água nas elevações, embora a maior parte dela escoasse pelas fendas do karst.

Mas a paisagem karst também abrigava uma profusão de cavernas. Eram tão frequentes, na verdade, que Ayla, Jondalar e os cavalos passaram as duas noites seguintes protegidos do tempo por paredes e abóbadas de pedra. Não precisaram armar a barraca uma só vez. Depois de examinar um sem-número de cavernas, aprenderam a reconhecer as que mais lhes convinham.

Embora cavernas subterrâneas e alagadas continuassem a aumentar de tamanho, aquelas em que se podia entrar, junto da superfície, já não eram tão grandes. Em vez disso, seu espaço interior diminuía, por vezes drasticamente, em condições gerais de chuva, embora pouco mudassem nos dias secos. Algumas cavernas só davam acesso nesses dias; enchiam-se de água quando chovia forte. Algumas, embora sempre abertas, tinham rios correndo pelo piso. Os viajantes procuravam cavernas secas, em terreno mais elevado, mas a água, ajudada pelo calcário, é que modelara e esculpira todas elas.

A água das chuvas, penetrando devagarzinho pelas rochas do teto, absorvia o calcário dissolvido. Cada pingo de água calcária, cada gota de umidade do ar, era saturado de carbonato de cálcio em solução, que era depositado de novo na caverna. Embora habitualmente branco, o mineral endurecido podia ficar translúcido e de extrema beleza, mas também mosqueado de cinza ou levemente tingido de vermelho ou ocre. Criavam-se pisos de travertino, e drapejamentos imóveis de pedra enfeitavam as paredes. Estalactites pendiam dos tetos e procuravam, gota a gota, ligar-se aos estalagmites que cresciam lentamente do solo. Alguns já se haviam juntado e formavam colunas finas, que engrossariam com o tempo, no ciclo sempre renovado da vida na Terra.

OS DIAS IAM FICANDO nitidamente mais frios e ventosos, e Ayla e Jondalar se felicitavam com a exuberância de cavernas, que serviam como abrigo. Em geral verificavam, antes de entrar, se elas não eram ocupadas por habitantes de quatro pernas, mas logo viram que podiam contar com os sentidos dos seus companheiros de viagem para escapar aos perigos. Conscientemente ou não, eles dependiam do cheiro de fumaça para saber se havia ocupantes humanos, por ser o homem o único animal a usar fogo, mas não encontraram ninguém. Mesmo as outras espécies animais eram raras.

Em consequência, ficaram surpresos quando avistaram uma região rica em vegetação, pelo menos se comparada com o resto da paisagem, nua e pedregosa. O calcário não era sempre igual. Variava muito segundo a maneira pela qual se dissolvia, e na proporção em que era insolúvel. Como resultado, havia áreas férteis de karst calcário, com prados e bosques crescendo à margem de rios normais, de superfície. Cavernas e rios subterrâneos ainda existiam na área, mas eram agora em menor número.

Quando encontraram um rebanho de renas pastando num campo de feno, seco, mas ainda de pé, Jondalar sorriu para Ayla, depois sacou do seu propulsor de lanças. Ayla concordou com um aceno de cabeça e mandou que Huiin acompanhasse ele e Campeão. Sem nada em torno, salvo uns poucos animais de pequeno porte, e com o rio longe, no fundo da garganta, não podiam pescar. Vinham recorrendo, essencialmente, às suas rações de comida desidratada, e até mesmo partilhando-a com o lobo. Os cavalos também estavam com dificuldade para se alimentar, o capim ralo que crescia naquele solo delgado não era suficiente para eles.

Jondalar cortou a garganta da pequena fêmea de antílope que tinham matado, para que o sangue escorresse. Depois içaram a carcaça para o barco ligado ao trenó e procuraram um lugar para acampar. Ayla queria secar parte da carne e derreter a gordura de inverno do animal. Quanto a Jondalar, antecipava o prazer de um bom pernil, de um lombo assado, de um pedaço macio de fígado. Pensavam em demorar-se ali um dia ou dois, principalmente por terem aquela bela campina à mão. Os cavalos precisavam pastar. Lobo descobrira uma abundância de animaizinhos, ratos-calungas, lemingues e lagômios, e saíra para explorar a vizinhança e caçar.

Quando viram uma caverna encravada num flanco de colina, dirigiram-se rapidamente para ela. Era menor do que esperavam, mas parecia suficiente. Desataram os mastros, e carregaram-nos eles mesmos para cima. Descarregaram os cavalos, para que fossem gozar do prado. Puseram a bagagem na caverna, depois saíram, cada qual para seu lado, a fim de recolher lenha e estrume seco.

Ayla fazia planos para uma refeição de carne fresca e já escolhia mentalmente os acompanhamentos. Colheu sementinhas e grãos dos capins do prado, e também as sementes pretas de uma fedegosa que nascia junto d'água, um pouco ao norte da caverna. Quando voltou da sua expedição, Jondalar adiantara o fogo, e ela lhe pediu que fosse encher as bolsas de água no riacho. Lobo voltou antes dele, mas quando se aproximou da caverna, arreganhou os dentes e rosnou. Ayla sentiu os cabelos da nuca se eriçarem.

— O que foi, Lobo? — disse, preparando automaticamente a funda e uma pedra, apesar de ter também o arremessador de lanças à mão. O lobo entrou devagarzinho na caverna, rosnando do fundo da garganta. Ayla o seguiu de perto, baixando a cabeça para passar pela porta. Desejaria ter um archote, mas seu nariz lhe dizia o que os olhos não podiam ver. Fazia muito tempo que não respirava aquele odor, mas jamais o teria esquecido. E de repente a memória lhe trouxe aquela primeira vez, já tão remota.

ELES ESTAVAM NOS contrafortes das montanhas, não muito longe da Reunião dos Clãs. Seu filho vinha preso ao seu quadril, pelo xale de carregar crianças. Embora ela fosse jovem e uma dos Outros, ocupava na coluna de marcha a posição que cabia a uma curandeira. Todos tinham parado e olhavam o monstruoso urso da caverna que coçava, indiferente, as costas numa casca de árvore.

Embora o gigantesco animal, duas vezes maior que qualquer urso escuro da sua espécie, fosse seu totem mais venerado, os jovens do Clã de Brun jamais tinham visto um. Não havia um só exemplar restante nas montanhas em que moravam, embora muitas ossadas dessem testemunho de que em priscas eras existira. Pelos poderes mágicos que tinham, Creb recolhera os poucos tufos de pelo deixado pelo urso na árvore quando se fora, restando apenas, na esteira, aquele cheiro inconfundível.

AYLA FEZ UM sinal para Lobo, e eles saíram da caverna. Ela viu que tinha a funda na mão e enfiou-a na cintura com uma careta. De que serviria uma funda contra um urso das cavernas? Sentiu-se aliviada por ele já ter embarcado no seu sono e não ter percebido a intrusão. Ela lançou rapidamente terra na fogueira e apagou-a também com os pés. Depois, apanhou a alcofa e procurou ganhar distância da caverna. Felizmente não tinham desempacotado muita coisa. Voltou para apanhar a bagagem de Jondalar, depois arrastou o trenó sozinha. Acabava de pegar outra vez a própria bagagem para carregá-la para ainda mais longe quando Jondalar surgiu com as bolsas d'água cheias.

– O que está fazendo, Ayla?

– Há um urso naquela caverna – disse ela. E vendo sua apreensão, acrescentou: – Ele já começou seu sono de inverno, acho eu, mas às vezes eles despertam se alguém os incomoda, se é logo no começo do frio. Pelo menos, assim ouvi dizer.

– Quem disse?

– Os homens do Clã de Brun. Eu ficava escutando quando eles falavam de caça... às vezes. – E riu. – Não só às vezes. Escutava sempre que podia, principalmente depois que comecei a praticar com a funda. Os homens em geral não fazem caso de uma menina ocupada com seus próprios afazeres por perto. Eu sabia que jamais me ensinariam o que quer que fosse. Ouvir-lhes as histórias era, então, a única maneira de aprender. Pensei que talvez se zangassem se soubessem o que eu estava fazendo, mas só muito mais tarde fiquei sabendo como o castigo era severo.

– Bom, ninguém deve entender mais de ursos da caverna que o Clã – disse Jondalar. – Você acha seguro ficar por aqui?

– Não sei. Mas eu não gostaria de ficar.

– Por que não chama Huiin, então? Ainda é dia, podemos encontrar outra área para acampar antes que escureça.

Depois de passar a noite na barraca, em campo aberto, partiram cedo na manhã seguinte, para se distanciarem ainda mais do urso da caverna. Jondalar não quis perder tempo secando a carne, e convenceu Ayla de que estava fazendo frio suficiente para mantê-la fresca. Ele queria sair logo daquela região. Onde havia um urso, em geral havia outros.

Mas quando chegaram ao topo de uma cordilheira, pararam. O céu estava limpo, o ar revigorante. E a vista era espetacular. Para leste elevava-se uma montanha mais baixa que a deles, mas coberta de neve. Anunciava a cadeia oriental, mais próxima agora, que se encurvava em torno deles. Embora não fossem excepcionalmente notáveis, as montanhas cobertas de gelo dessa série alcançavam grandes altitudes mais para cima, erguendo-se de modo a formar, no horizonte, uma linha de picos denteados de um branco levemente anilado, contra o céu de puríssimo azul.

As montanhas boreais estavam no cinturão mais externo de um grande arco. Os viajantes estavam no arco interior da mesma formação, no sopé de uma cadeia que os envolvia e que se estendia através da antiga bacia que formava a planície central. O grande glaciar, aquela massa densamente comprimida de gelo sólido que, vindo do norte, cobrira quase a quarta parte de todas as terras, e terminava numa gigantesca parede que ficava logo atrás dos picos que eles tinham diante dos olhos. Para noroeste, as elevações eram mais modestas, mas, por estarem próximas, dominavam o quadro. Tremeluzindo na imensa distância, o gelo glacial podia ser entrevisto com um pálido, remoto horizonte. Para o lado do poente, a cadeia de montanhas, muito mais elevada, se perdia nas nuvens.

Era um cenário magnífico, mas a vista de tirar o fôlego ficava mais perto de onde estavam. Logo abaixo, na garganta profunda, o Grande Rio Mãe mudara de direção. Vinha, agora, do oeste. Contemplando-o do alto, Ayla e Jondalar sentiram que os dois também tinham chegado a um ponto crucial da sua Jornada.

– A geleira que temos de atravessar fica a oeste daqui – disse Jondalar, em um tom tão distante quanto os seus pensamentos –, mas vamos acompanhar o Grande Rio Mãe, e ele vai virar um pouco para noroeste e, de novo, para o sudoeste, antes que o alcancemos. Não é uma geleira descomunal e, a não ser por uma certa região, mais alta, a nordeste, é quase plana quando alcançarmos a parte mais alta, como um grande platô feito de gelo. Passado esse obstáculo, rumamos bem rápido para sudeste uma vez mais, mas, essencialmente, daqui por diante, nossa direção é o ocidente, até em casa.

Rompendo através da formação de rochas calcárias e cristalinas, o rio, como se hesitasse, ou não soubesse resolver por onde ir, virava para norte, e logo para sul, e outra vez para norte, formando uma alça, antes de, finalmente, decidir-se pelo sul, através da planície.

– Aquele é o Grande Rio Mãe? – perguntou Ayla. – Quero dizer, é ele mesmo e não apenas um canal?

– É ele sim, inteiro. É ainda um rio de proporções respeitáveis, embora não se compare com o que já vimos.

– Nós o acompanhamos, então, já faz bastante tempo. Eu estava acostumada a vê-lo tão mais cheio quando se dividia, que pensava estarmos seguindo agora um canal. Já atravessamos simples afluentes com maior volume d'água que isso – disse Ayla, um pouco decepcionada ao ver que aquele enorme rio se tornara um curso d'água como os outros.

– Estamos muito acima. Ele parece diferente daqui. Há mais nele ainda do que você imagina – disse Jondalar. – Temos alguns largos afluentes por vadear, e haverá momentos em que o Grande Rio Mãe se dividirá em canais como antes, mas é verdade que vai ficando sempre menor. – Jondalar olhou para o poente durante um minuto e acrescentou: – Estamos apenas no começo do inverno. Alcançaremos a geleira em tempo... se nada nos atrasar.

OS VIAJANTES VIRARAM para oeste no alto da serra, acompanhando a curvatura mais externa do rio. A elevação continuava a acentuar-se ao norte do Grande Rio Mãe até que se viram diretamente acima do pequeno meandro do sul. A queda para oeste era quase vertical, e eles seguiram para o norte, descendo por uma encosta menos íngreme, de vegetação rasteira esparsa.

No fundo, um pequeno afluente que rodeava a base da majestosa elevação do nordeste abrira uma garganta. Os dois acompanharam o rio, contra a corrente, até acharem um vau. O terreno era ondulado na margem oposta, e eles cavalgaram ao longo do rio até alcançarem o Grande Rio Mãe outra vez. Depois rumaram, como antes, para oeste.

Na vasta planície central havia apenas poucos afluentes, mas atravessavam agora uma área onde muitos rios e torrentes vindas do norte alimentavam profusamente o Grande Rio Mãe. Encontraram, quando o dia já ia avançando, um afluente mais importante, e molharam as perneiras ao atravessá-lo. Não era como cruzar um rio no verão. Não importava ficarem um pouco molhados, se fazia calor. Mas agora a temperatura chegava ao ponto de congelamento à noite. A água gelada os incomodou tanto que resolveram acampar na margem oposta para se aquecer e secar.

Continuaram para o ocidente. Depois de passarem o terreno acidentado, chegaram outra vez à planície, um campo relvoso e encharcado, mas não como os do lado da foz. Os solos, agora, eram ácidos, e mais alagadiços que pantanosos, com vegetação rasteira e musgo. Em certos terrenos, o musgo compactava-se em turfa. Descobriram que a turfa era inflamável quando um dia, inadvertidamente, fizeram a fogueira num terreno em que ela crecia, nua e seca. No dia seguinte apanharam alguma turfa para acampamentos futuros.

Quando encontraram um largo afluente, de correnteza rápida, que se abria em leque na sua confluência com o Grande Rio Mãe, decidiram seguir seu curso por algum tempo e ver se encontravam lugar propício para a travessia. Chegaram a um trecho em que dois rios convergiam. Acompanharam o da direita, e foram dar com outra confluência, onde um terceiro rio desaguava. Os cavalos não tiveram dificuldade em atravessar o rio menor, e a bifurcação do maior, embora mais funda, também não foi difícil. Já a terra entre esse ponto e a margem era baixa, pantanosa, com muita turfa de musgo, e deu mais trabalho.

A última bifurcação era funda, e não havia como passá-la sem se molharem. Além disso, foram perturbados por um megácero, com enorme galhada, e resolveram ir atrás dele. O veado gigante, com longas pernas, ganhou facilmente distância dos cavalos, embora Campeão e Huiin o tivessem perseguido valentemente. Huiin, sobretudo, que arrastava os mastros, não era páreo para ele, mas a aventura deixou todos de excelente humor.

Jondalar, com o rosto vermelho, despenteado pelo vento, e com o capuz de lã jogado para as costas, voltou rindo. Ayla sentiu uma inexplicável pontada de amor, vendo-o chegar radiante. Ele deixara crescer a barba, de um louro muito pálido, como costumava fazer no inverno, para manter o rosto quente, e ela sempre gostara dele assim. Jondalar costumava chamá-la de "bela", mas ele, sim, era belo.

— Aquele animal é muito veloz, Ayla! E você viu que belos chifres? Só um deles já é maior do que eu!

Ayla também sorria.

— Era um animal magnífico. E formoso. Mas me alegro que não o tenhamos apanhado. Era grande demais para nós, de qualquer maneira. Não poderíamos aproveitar toda aquela carne, e seria uma pena matá-lo à toa.

Cavalgaram de volta para as margens do Grande Rio Mãe, e embora suas roupas tivessem secado parcialmente no corpo, eles precisavam acampar e trocá-las. Penduraram tudo perto das chamas para que secassem inteiramente.

No dia seguinte começaram rumando para oeste, mas o rio os obrigou a seguir para noroeste. A pouca distância podiam ver outra cadeia de montanhas. A elevação que se estendia até o Grande Rio Mãe era a ponta noroeste, a última que avistariam, da grande cadeia de montanhas que os acompanhava quase desde o começo da viagem. Estivera a oeste deles, então. Depois haviam contornado sua larga base meridional, seguindo o curso inferior do Grande Rio Mãe. Os picos brancos se haviam deslocado num grande arco para leste quando cavalgaram pela planície central, acompanhando o curso principal, sinuoso, do Grande Rio Mãe. Indo agora ao longo do curso superior do rio, aquela cadeia era a última.

Nenhum afluente desaguou no rio até quase a montanha. Ayla e Jondalar perceberam que deviam ter estado entre dois canais. O rio que, vindo de leste, se lançava ao pé do promontório rochoso, era a outra extremidade do canal norte do Grande Rio Mãe. Dali por diante, o rio fluía entre a cadeia e uma alta colina através da água, mas havia suficiente margem plana e baixa por onde cavalgar em torno do contraforte da ponta rochosa.

Atravessaram outro grande afluente imediatamente do outro lado da cadeia, um rio cujo grande vale marcava a separação entre os dois grupos de montanhas. As altas colinas para o lado do ocidente eram a projeção mais oriental e mais avançada da enorme cadeia do oeste. Com a cadeia na retaguarda, eles viram que o Grande Rio Mãe se dividia outra vez em três canais. Foram pela margem externa do canal que ficava mais para o norte, através das estepes de uma bacia menor, setentrional, que era, na verdade, uma extensão da planície central.

Quando a bacia central era um grande mar, esse largo vale fluvial de estepes relvosas, junto com os pântanos e charnecas das terras ribeirinhas e os campos para o norte delas, eram, todos, ilhas daquela antiga massa interior de água. A curva interna da cadeia oriental de montanhas incluía pontos fracos da crosta terrestre que se tornaram orifícios de escape para a saída de material vulcânico. Esse material, combinado a antigos depósitos marinhos e ao loess levado pelo vento, criou um solo rico e fértil. Mas só as madeiras esqueletais do inverno davam testemunho disso.

O tempo era agora, definitivamente, frio, mas nevascas não constituíam problema. Os cavalos, o lobo, e até Ayla e Jondalar estavam acostumados às estepes de loess do norte, com sua neve invernal, leve e seca. Só com neve pesada, que deixasse os cavalos fatigados e tornasse difícil encontrar forragem, Ayla começaria a preocupar-se; ela tinha outra preocupação no momento; avistara cavalos a distância, e Campeão e Huiin também os tinham visto.

Quando olhou para trás uma vez, Jondalar teve a impressão de haver visto fumaça, na outra margem do rio. Parecia sair de trás da colina mais alta da última cadeia de montanhas que haviam contornado. Haveria gente por lá? Voltou-se, diversas vezes depois, para conferir, mas não viu nada.

No fim da tarde, acompanharam um pequeno afluente no sentido da montanha através de um bosque pouco denso de salgueiros e vidoeiros desnudos até uma formação de pinheiros. Em consequência das noites geladas, um pequeno lago próximo ganhara uma transparente camada de gelo na superfície e as bordas do riacho ficaram congeladas, mas ele ainda corria livre pelo centro. Acamparam ali. Caía neve, mas seca, que empoava de branco os contrafortes voltados para o norte.

Huiin ficara agitada desde que vira os cavalos, ao longe. Isso, por sua vez, punha Ayla nervosa. Ela decidiu que a égua ficaria com o cabresto naquela noite, e amarrou-a numa árvore próxima. Apanharam gravetos, então, para a fogueira, e arrancaram galhos secos dos pinheiros. Esses galhos, escondidos pelos galhos verdes, eram chamados na terra de Jondalar de "madeira de mulher". Eram encontrados com frequência nas coníferas, ficavam sempre secos, independentemente das condições meteorológicas, e podiam ser apanhados com a mão sem necessidade de machado ou faca. Fizeram o fogo logo à entrada da barraca e a deixaram aberta para aquecer o interior.

Uma lebre mutante, já quase toda branca, passou como um raio pelo acampamento. Por coincidência, Jondalar verificava na sua arma de arremesso. Dedicara as últimas noites à confecção de uma nova lança. Atirou sem pensar, mais por instinto, e ficou espantado quando o dardo que lançou, mais curto, de ponta de sílex e não de osso, acertou bem no alvo. Foi até onde vira cair a presa, apanhou-a e tentou retirar o dardo com a mão. Como não conseguiu, sacou da faca, cortou fora a ponta, e ficou alegre ao ver que a sua nova arma não fora danificada.

– Carne para esta noite – disse, entregando a lebre a Ayla. – Acho que este animal apareceu só para me dar oportunidade de testar os novos dardos. São leves e fáceis de lançar. Você precisa experimentar um deles qualquer dia.

– O mais provável é que tenhamos acampado bem no meio da sua linha habitual de passagem – disse Ayla. – Mas foi um belo arremesso. Quero, sim, testar a nova lança curta. Mas agora acho que vou começar a cozinhar e ver o que posso achar por perto para completar a refeição.

Ela removeu as entranhas da lebre mas não retirou sua pele. Assim, a gordura criada para o inverno não seria desperdiçada. Ayla pôs a lebre num espeto feito com um galho de salgueiro e colocou o espeto em duas forquilhas. Depois, embora tivesse de quebrar o gelo para apanhá-las, recolheu do lago diversas raízes de rabos-de-gato e alguns rizomas, em hibernação, de alcaçuz. Esmagou tudo junto com uma pedra arredondada num almofariz com água para tirar as fibras duras, depois deixou que a polpa branquicenta e rica em amido assentasse no fundo da tigela. Enquanto isso, foi ver nos mantimentos o que mais tinha de reserva.

Quando todo o amido se precipitou, e o líquido ficou quase transparente, ela despejou em outra vasilha a maior parte dele e juntou-lhe bagas de sabugueiro secas. Precisavam inchar e absorver mais um pouco de água. Para não perder tempo, Ayla removeu a casca grossa, externa, de uma bétula, raspou um pouco da macia camada de tecido, que fica entre o lenho e o líber, e é doce e comestível, para juntá-la à mistura. Recolheu algumas pinhas e quando as pôs no fogo viu que diversas delas tinham ainda grandes pinhões. O calor ajudara a rebentar os duros invólucros.

Quando a lebre ficou pronta, ela abriu um pouco da pele enegrecida e esfregou o lado de dentro numa pedra que tinha posto a aquecer no fogo para cobri-la de gordura. Depositou, então, porções da massa que preparara nas pedras quentes.

Jondalar observava a atividade dela. Ayla conseguia ainda surpreendê-lo com seus conhecimentos de plantas. Muita gente sabia distinguir espécies comestíveis, mas não conhecia alguém que entendesse tanto do assunto quanto ela. Quando os biscoitos ázimos, pastosos, ficaram assados, ele provou um.

– É delicioso! Você é mesmo incrível, Ayla! Poucas pessoas têm o privilégio de comer bem assim em pleno inverno.

– Não estamos ainda em pleno inverno, Jondalar, e não é ainda tão difícil encontrar alimentos. Espere para ver quando o solo ficar congelado – disse Ayla, tirando a lebre do espeto, removendo a pele, bem tostada, e pondo a carne na bandeja de marfim de mamute, da qual os dois se serviriam.

– Tenho certeza de que ainda assim você encontrará alimentos! – disse Jondalar.

– Dificilmente plantas – disse ela, dando-lhe uma tenra perna da lebre.

Quando acabaram de devorar a carne e os biscoitos de raiz de rabo-de-gato, deram as sobras a Lobo, inclusive os ossos. Ayla começou a preparar o chá, acrescentando-lhe um pouco de bétula para aromatizá-lo. Depois tirou os pinhões do borralho. Ficaram sentados junto da fogueira por algum tempo, bebericando chá e comendo pinhões, abrindo as cascas com pedras ou até com os dentes. Depois, deixaram tudo pronto para partir cedo na manhã seguinte, e verificaram os cavalos, para ver se tudo estava em ordem com eles, depois se acomodaram entre as suas quentes peles para dormir.

AYLA LANÇAVA A vista pelo corredor de uma longa e sinuosa caverna, e a linha de archotes que mostravam o caminho iluminava impressionantes formações que eram como graciosos drapeados parietais. Viu um que lembrava a cauda comprida e fluida de um cavalo. Quando se aproximou, o pseudoanimal, pardo amarelado, relinchou e abanou o rabo, como se a chamasse. Ela quis atendê-lo, mas a caverna de súbito escureceu, e as estalagmites ficaram opressivas.

Olhou para o chão, a fim de ver onde pisava, e quando ergueu de novo a cabeça, já não era um cavalo que a chamava, afinal de contas. Parecia mais um homem. Firmou o olhar para ver quem era e ficou pasma ao descobrir que se tratava de Creb. Saindo das sombras, ele lhe fez sinal para que se apressasse e fosse com ele. Depois lhe deu as costas e seguiu em frente, mancando.

Ela começou a segui-lo, e ouviu o relincho de um cavalo. Quando olhou por cima do ombro, à procura da égua parda, a cauda escura se perdeu em meio à grande manada de cavalos de caudas escuras. Correu, mas eles se transformaram em cavalos de pedra e, em seguida, em colunas. Quando olhou para a outra direção, Creb desaparecia num túnel escuro.

Correu atrás dele, procurando alcançá-lo, até que chegou a uma bifurcação.

Não sabia que caminho Creb tomara. Entrou em pânico, olhando em um, depois em outro. Finalmente, escolheu o da direita, e deu com um homem, de pé, bloqueando-lhe a passagem.

Era Jeren! Ele enchia todo o espaço do corredor, estava de pernas abertas e braços cruzados no peito. Balançava a cabeça de forma negativa. Ela implorou que a deixasse passar, mas ele não pareceu entender. Depois, com um bastão curto, apontou algo na parede oposta.

Era um sombrio cavalo pardo que corria, e um homem, de cabelos louros, corria no seu encalço. De súbito, o rebanho envolveu o homem, escondeu-o. Ela correu para ele, os cavalos relincharam, e Creb apareceu de novo, agora na boca da caverna, dizendo-lhe que fugisse antes que fosse tarde demais. De repente, o tropel dos cavalos ficou mais alto. Ela ouviu relinchos e, com uma sensação de horror e pânico, um grito dilacerante de cavalo.

Ayla acordou sobressaltada. Jondalar também acordou. Havia um tumulto do lado de fora da barraca, cavalos relinchando e batendo com as patas. Lobo rosnou, depois deu um uivo de dor. Os dois pularam das cobertas e saíram correndo.

A escuridão era total, só havia uma fina fatia de lua, que dava pouca luz. Mas havia certamente mais cavalos entre os pinheiros do que os dois que ali tinham deixado. Percebiam isso pelos sons, embora não pudessem ver nada. Quando Ayla correu na direção de onde vinha o barulho, tropeçou numa raiz e caiu sem sentido.

– Ayla! Você está bem? – perguntou Jondalar, procurando por ela no escuro. Ouvira apenas o som da queda.

– Estou aqui – disse Ayla, num sopro, tentando recobrar o fôlego. Sentiu as mãos dele e procurou levantar-se. Ouviram, então, que um bando de cavalos se afastava, noite dentro. Ela se ergueu com esforço, e os dois correram para o lugar onde os cavalos estavam amarrados. Huiin se fora!

– Ela fugiu! – exclamou Ayla. Assobiou e gritou o nome da égua. Um relincho lhe respondeu, longe.

– É ela! É Huiin! Aqueles cavalos a levaram. Tenho de recuperá-la! – disse ela, se pôs a correr pela floresta, tropeçando em meio às árvores na escuridão.

Jondalar a alcançou rapidamente.

– Ayla, espere! Não podemos ir agora, no escuro. Você nem sequer consegue ver onde está pisando.

– Mas eu tenho de trazê-la de volta, Jondalar!

– Faremos isso, mas pela manhã – disse ele, tomando-a nos braços.

– Até lá, eles terão ido embora – disse a mulher, chorando.

– Mas estará claro então, veremos as suas pegadas. Podemos segui-las. Nós a encontraremos, Ayla.

– Oh, Jondalar, o que farei sem Huiin? Ela é minha amiga. Por muito tempo foi minha única amiga – disse ela, rendendo-se à lógica do argumento dele, mas aos prantos.

Jondalar a abraçou e deixou que ela chorasse. Depois disse:

– Agora precisamos ver se Campeão também se foi. E precisamos achar Lobo.

Ayla se lembrou, de súbito, de tê-lo ouvido ganir de dor, e também ficou preocupada com ele. Assobiou para ele, e depois fez o som costumeiro para chamar os cavalos.

Eles ouviram um relincho primeiro; depois, um ganido lamentoso. Jondalar foi procurar Campeão, e ela se guiou pelos ganidos de Lobo até encontrá-lo. Curvou-se para confortá-lo e sentiu nas mãos algo molhado e pegajoso.

– Lobo! Você está ferido! – Tentou pegá-lo no colo e carregá-lo até a fogueira, para reacender o fogo e conseguir ver o que ele tinha. Mas Lobo se debateu e gemeu quando ela tentou carregá-lo e ficou de pé, sozinho; e embora aquilo lhe custasse um visível esforço, acompanhou-a caminhando por si mesmo.

Jondalar voltou, puxando Campeão pela corda. Ayla acendia o fogo.

– A corda aguentou – disse ele, que tinha o hábito de usar cordas fortes para o cavalo; ele sempre tivera mais dificuldade para dominar Campeão do que Ayla tivera para dominar Huiin.

– É uma alegria que ele esteja bem – disse Ayla, afagando o pescoço do animal, e examinando-o de perto para ter certeza de que nada lhe acontecera.

– Por que não usei uma corda mais forte? – disse ela, furiosa consigo mesma. – Se eu tivesse me precavido, Huiin estaria aqui. – Sua relação com a égua era mais estreita que a de Jondalar com Campeão. Huiin era uma amiga, que a obedecia voluntariamente, e por isso Ayla usava apenas uma corda fina, só para que a égua não fosse muito longe. E aquilo sempre bastara.

— Não foi culpa sua. A manada não estava atrás de Campeão. Eles queriam uma égua, não um cavalo. Huiin não os teria acompanhado se eles não a obrigassem.

— Mas eu sabia que esses cavalos estavam na região, devia imaginar que viriam buscar Huiin. Agora, ela foi embora, e até Lobo está ferido.

— É grave?

— Não sei — disse Ayla. — Ele sente muita dor quando eu toco nele, de modo que ainda não pude examiná-lo direito. Deve ter alguma costela seriamente machucada, ou até quebrada. Pode ter levado um coice. Vou dar-lhe algo para aliviar a dor, e de manhã vejo melhor o que fazer, antes de irmos procurar Huiin. — Ela abraçou Jondalar, desconsolada. — Oh, Jondalar, e se não a encontrar? Se a perder para sempre? — disse, em lágrimas.

25

Veja, Ayla — disse Jondalar, apoiando-se em um joelho para ver melhor o solo, coberto de marcas de cascos. — O rebanho inteiro passou por aqui ontem à noite. E o rastro é nítido. Eu não disse que seria fácil seguir-lhes a pista assim que amanhecesse?

Ayla seguiu os rastros com o olhar, para nordeste. Ela e Jondalar estavam na beira da mata e podiam ver longe no campo aberto, mas por mais que se esforçasse, ela não conseguia avistar um só cavalo. Perguntou-se até onde seria possível acompanhar as pegadas.

Ayla não conseguiu dormir, desde que fora despertada pelo tumulto e descobrira que sua grande amiga desaparecera. No momento em que o céu clareou, passando de ébano para índigo, ela se levantou, embora estivesse muito escuro ainda para distinguir bem qualquer coisa. Já avivara o fogo e pusera água para ferver quando o céu se transformou, passando gradativamente por um espectro monocromático de nuanças cada vez mais pálidas de azul.

Lobo se aproximou dela, sub-repticiamente, e teve de gemer para chamar-lhe a atenção. Ela o examinou, então, detidamente. Embora ele ganisse quando era tocado, Ayla concluiu, com alívio, que não havia ossos quebrados. Uma contusão já era ruim o suficiente. Jondalar se levantara logo que o chá ficara pronto, mas antes que houvesse luz suficiente para rastrear as pegadas.

– Vamos nos apressar – disse Ayla. – Eles não devem ganhar grande distância. Podemos empilhar tudo no barco... Não... não podemos. – Percebeu de súbito que, sem a égua, não era tão simples empacotar e sair. – Campeão não sabe puxar tralha, de modo que não podemos botá-la no barco e levá-la a reboque. Nem sequer podemos levar a alcofa de Huiin.

– E se quisermos alcançar aquela manada de cavalos, temos de montar Campeão. Nós dois. Não podemos levar, portanto, a cesta dele. Temos de reduzir a bagagem ao mínimo necessário – disse Jondalar.

Refletiram sobre a nova situação, a que a perda de Huiin os reduzira. Ambos sabiam que era hora de tomar decisões drásticas.

– Levaremos só as cobertas de dormir e as que usamos para cobrir o chão. Elas podem servir de barraca, embora baixa. Se enrolarmos tudo junto, talvez caiba na garupa de Campeão, atrás de nós – sugeriu Jondalar.

– Sim, uma barraca baixa é suficiente – disse Ayla. – Não tínhamos mais que isso quando saíamos para caçar, no Clã. Usávamos um galho como mastro, na frente, e pedras ou ossos pesados que encontrávamos para prender a pele no chão. – Ficou lembrando os tempos em que ela e outras mulheres iam com os caçadores. – As mulheres tinham de carregar tudo, exceto as lanças. E como tínhamos de andar depressa, para não ficarmos para trás, levávamos pouca bagagem.

– O que mais levavam? O que podemos considerar como mínimo necessário? – perguntou Jondalar, curioso.

– Material de acender fogo, algumas ferramentas e machadinha, para cortar lenha ou partir ossos de animais que tivéssemos de preparar para comer. Podemos fazer fogo com esterco e capim, mas será preciso ceifar o capim. Precisaremos de uma faca para esfolar animais e outra para cortar carne. – Ayla rememorava não só o tempo em que acompanhava os caçadores, mas também o período em que viajara sozinha, depois de deixar o Clã.

– Uso meu cinto com alças para o machado e a faca de cabo de marfim – disse Jondalar. – Você deve usar o seu também.

– Uma vara de cavar sempre ajuda, e pode ser usada para sustentar a barraca. Alguma roupa quente, para o caso de esfriar muito, algumas proteções extras para os pés – continuou a mulher.

– Um par sobressalente de forros de botas. É uma boa ideia. Roupa de baixo, luvas, de lã. Podemos, se for preciso, usar as peles de dormir como agasalho.

– Uma ou duas bolsas d'água...

– Podemos levá-las presas ao cinto. E com uma corda que dê para fazer um laço por cima do ombro, podemos levá-las junto do corpo quando esfriar mais, para que a água não congele.

– Vou precisar dos meus remédios, do material de costura, que não ocupa muito espaço, da funda...

– E não esqueça suas lanças e o arremessador – acrescentou Jondalar. – Acha que eu deveria levar ferramentas de britar pedra ou pedras já preparadas para o caso de alguma faca ou outro objeto qualquer quebrar?

– Não podemos levar nada que eu não possa carregar às costas, ou poderia carregar se tivesse uma cesta apropriada.

– Se alguém tiver de levar algo às costas, penso que deva ser eu – disse Jondalar –, mas não tenho minha armação para as coisas.

– Podemos fazer outra com uma das alcofas e um pedaço de corda ou uma correia. Mas como poderei ir na sua garupa se você estiver usando isso? – perguntou Ayla.

– Mas eu é que deverei ficar atrás de você – disse Jondalar. Os dois se olharam e sorriram, cúmplices. Tinham até de decidir como montar. E cada um, naturalmente, fez seus planos. Era a primeira vez que Ayla sorria naquela manhã, pensou Jondalar.

– Você tem de guiar Campeão, então cabe a mim ir na garupa – disse Ayla.

– Posso muito bem guiá-lo com você na minha frente – retrucou ele. – Já atrás de mim você só verá as minhas costas. Não creio que fique feliz assim, sem enxergar adiante. Nós dois temos de estar atentos às pegadas dos cavalos. Será difícil rastreá-los em terreno duro ou se houver outras pegadas que se misturem às nossas. Sei que você é uma boa rastreadora.

O sorriso de Ayla ampliou-se.

– Tem razão, Jondalar. Não sei se eu aguentaria muito tempo sem ver o caminho à frente.

Ela viu que ele se preocupava tanto quanto ela com a dificuldade de seguir a pista dos cavalos, e que procurava também considerar as suas preocupações. Ficou com os olhos marejados com o amor que sentia por ele, e as lágrimas se precipitaram.

– Não chore, Ayla. Nós vamos achar Huiin.

— Não estou chorando por causa de Huiin. Estava só pensando no quanto o amo. E as lágrimas me vieram.

— Eu também a amo — disse ele, com um nó na garganta, estendendo-lhe a mão.

Ela caiu em seus braços, soluçando. As lágrimas agora eram também por Huiin.

— Temos de encontrá-la, Jondalar.

— Nós vamos encontrá-la. Agora, que tal fazer uma cesta para eu levar às costas? Algo que possa conter arremessadores de lanças e lanças também, do lado de fora, onde seja fácil pegá-las.

— Não será difícil. Temos de levar, também, naturalmente, a comida prensada, de viagem — disse Ayla, enxugando as lágrimas com as costas da mão.

— Quanto de comida? — perguntou Jondalar.

— Depende — disse Ayla. — Quanto tempo você acha que vamos levar para achar Huiin?

Aquilo os emudeceu. Quanto tempo levaria a busca? Quanto tempo até encontrarem Huiin e trazê-la de volta?

— Uns poucos dias. Mas talvez seja prudente levarmos víveres para um meio ciclo de lua — disse Jondalar.

Ayla calculou.

— Isso são mais de dez dias; três mãos, talvez: 15 dias. Acha que vai levar tanto tempo assim?

— Não, Ayla. Mas é melhor estarmos preparados.

— Não podemos deixar o acampamento abandonado por tanto tempo assim, Jondalar. Algum animal pode destruir tudo. E há lobos, hienas, carcajus, ursos... Não, os ursos já estão dormindo. Mas qualquer fera. Vão destruir a barraca, o barco, tudo que for de couro. Vão comer toda a reserva de carne. O que faremos então, sem nada?

— E se Lobo ficar de guarda? — disse Jondalar, franzindo a testa. — Ele não obedeceria, se você o mandasse ficar? Está machucado, além de tudo. Não seria melhor para ele se não viajasse?

— Sim, seria melhor, mas ele não ficaria. Por algum tempo, talvez, mas iria em nossa procura se não voltássemos em um dia ou dois.

— Talvez pudéssemos prendê-lo perto do acampamento.

— Não. Ele detestaria isso, Jondalar — exclamou Ayla. — Você não gostaria de ser obrigado a ficar num lugar contra a sua vontade. Além disso, se vierem lobos ou outros animais, ele será atacado, e não poderá lutar nem fugir. Temos de imaginar outro meio de defender nossas coisas.

Voltaram em silêncio para o acampamento. Jondalar, um tanto frustrado; e Ayla, francamente preocupada. Mas ambos tentando ainda resolver o problema dos seus pertences: o que fazer com os objetos enquanto estivessem ausentes? Quando se aproximavam da barraca, Ayla fez uma sugestão:

– Tive uma ideia. Poderíamos pôr tudo dentro da barraca e fechá-la. Tenho ainda um pouco daquele repelente que fiz para impedir que Lobo ficasse mastigando as coisas. Poderia amolecer o material e passá-lo na barraca. Isso talvez afaste os animais. Alguns, pelo menos. O que acha, Jondalar?

– Sim, o repelente pode funcionar, até que alguma chuva o lave, e isso não aconteceria de imediato. Mas e os animais que tentassem entrar por baixo da barraca, cavando? Não poderíamos reunir tudo e fazer um grande embrulho com o couro da barraca? Passaríamos o repelente por fora. Mas não poderíamos deixar o volume ao ar livre.

– Precisamos fazer como fazemos com a carne: içá-lo – disse Ayla, animando-se. – Preso no tripé de mastros. E coberto com o barco emborcado, como defesa contra a chuva.

– É uma boa ideia! – disse Jondalar. Depois hesitou. – Os mastros poderiam ser derrubados por um leão, por exemplo. Ou por uma alcateia de lobos, por hienas... – Jondalar correu os olhos em torno e teve, também, uma ideia. Havia, ali perto, uma formação de amoreiras silvestres, com longas canas e acerados espinhos.

– Ayla, o que acha de fincarmos os três mastros no meio dessas amoreiras, amarrar uns nos outros ao meio, pôr a barraca no topo e cobrir tudo com o barco?

– Acho bom. Poderíamos cortar algumas das canas com todo o cuidado, instalar os mastros como você sugere e recolocar as canas, prendendo-as nas outras. Pequenos animais passariam, mas a maior parte deles está dormindo o sono do inverno, ou estão quietos nas suas tocas, e esses espinhos provavelmente afastarão os animais de grande porte. Até leões evitam espinhos. Acho que dará certo.

Escolher as poucas coisas que levariam exigiu longa deliberação. Decidiram levar algumas peças extras de sílex, algumas ferramentas indispensáveis e tanta comida quanto pudessem carregar. Separando seus pertences, Ayla encontrou o cinto que Talut lhe dera na sua cerimônia de adoção no Acampamento do Leão das Cavernas. O cinto tinha compridas tiras de couro que podiam ser convertidas em alças para carregar objetos, como a adaga, embora servisse também para prender uma variedade de objetos.

Passou-o em volta da cintura, por cima da túnica, depois tirou a adaga e refletiu por algum tempo, resolvendo se a levaria ou não consigo. A ponta era bastante aguda, mas se tratava mais de um objeto mais cerimonial que prático. Mamute usara uma igual para tirar-lhe sangue do braço e marcar a placa de marfim que usava no pescoço. Com esse ritual, ela passava a ser uma Mamutoi.

Vira adaga semelhante empregada para fazer tatuagens: a ponta cortava finos sulcos na pele. Carvão de madeira de freixo era, então, esfregado nas feridas. Ayla não sabia que o freixo produz um antisséptico natural que impedia a infecção, e era pouco provável que o Mamutoi que lhe havia contado isso soubesse exatamente como o produto atuava. Mas o fato era que Ayla ficara para sempre impressionada e convencida de que só a cinza de madeira de freixo devia ser empregada para escurecer a cicatriz de uma tatuagem.

Ayla pôs a adaga de volta na bainha de couro cru e deixou-a lá. Apanhou depois outra bainha, que protegia a ponta extremamente fina e afiada da pequena faca de cabo de marfim que Jondalar fizera para ela. Enfiou-a em um dos receptáculos, depois o cabo do machado que ele lhe dera ocupou outra das alças. A cabeça de pedra do machado curto ela envolveu em couro para maior proteção.

Ela concluiu que não havia motivo para não levar também no cinto o lançador de dardos. Pôs também nele a funda. Experimentou, em seguida, o bornal em que guardava pedras. Ficou pesado, mas era o jeito mais conveniente de carregar coisas se tinham de viajar com pouco. Juntou, finalmente, suas lanças às que Jondalar já reunira no cesto da garupa.

Gastaram mais tempo decidindo o que levar do que tinham imaginado e mais tempo ainda para deixar tudo em segurança no acampamento. Ayla se afligia com a demora, mas por volta do meio-dia montaram e partiram.

Lobo acompanhou-o trotando animadamente, mas logo se atrasou. Sentia dores, como seria de esperar. Ayla se preocupava, não sabendo até onde ele aguentaria, mas se conformou com a ideia de deixar que ele fosse como pudesse, no seu ritmo. Se não conseguisse andar emparelhado, teria de alcançá-los cada vez que parassem no caminho. Preocupava-se com ele e com Huiin, mas o lobo, pelo menos, estava por perto, e ela confiava na sua recuperação, mesmo ferido. Já a égua podia estar em qualquer lugar àquela altura, e quanto mais se demorassem, mais longe ela poderia estar.

Eles seguiram o rastro dos cavalos por algum tempo. Tendo começado no rumo nordeste, subitamente mudaram, sem explicação, de direção, e só depois de algum tempo Ayla e Jondalar perceberam isso. No primeiro momento, julgaram haver perdido o rastro. Retrocederam, mas só de tarde encontraram de novo a pista, e já era quase noite quando deram com um rio.

Era evidente que os cavalos tinham passado para a margem oposta, mas já estava excessivamente escuro para distinguirem as marcas dos cascos, e decidiram acampar na margem do rio. A questão era: qual das duas? Se atravessassem naquela hora, suas roupas estariam secas de manhã, mas Lobo poderia perder-se deles. Resolveram esperar, acampando ali mesmo.

Com a bagagem reduzida, o acampamento parecia vazio e triste. Não tinham visto mais nenhum rastro da passagem dos cavalos o dia todo. Ayla começava a pensar se não estariam na pista de outros cavalos, e afligia-se por causa de Lobo. Jondalar procurava consolá-la. Mas como o lobo não aparecia, e já o firmamento reluzia de estrelas, a aflição de Ayla aumentou. Esperou acordada até bem tarde. Quando Jondalar, finalmente, a convenceu a reunir-se a ele nas peles de dormir, Ayla não conseguiu pegar no sono de imediato. Mas já cochilava quando sentiu um focinho frio na cara.

– Lobo! Você conseguiu chegar! Você está aqui! Veja, Jondalar, Lobo está aqui!

Ayla percebeu que os seus carinhos o faziam gemer. Jondalar também se alegrou, mas por causa de Ayla; pelo menos agora ela conseguiria dormir um pouco. Mas, antes, ela se levantou para servir ao animal a parte que guardara para ele da refeição da noite, um cozido de carne-seca, tubérculos e um bolo de carne moída prensada para viagem.

Preparara, anteriormente, numa tigela, uma infusão de casca de salgueiro. Lobo estava com tanta sede que lambeu tudo aquilo, incluindo o remédio. Depois enrodilhou-se junto deles, e Ayla adormeceu com um braço em torno do lobo, enquanto Jondalar se aconchegava e a enlaçava do outro lado. Na noite límpida, mas excessivamente fria, eles tiraram apenas as botas e os agasalhos externos de pele. Nem se deram ao trabalho de armar a pequena barraca. Dormiram, vestidos, ao relento.

Ayla notou que Lobo estava melhor. Mesmo assim, tirou mais casca de salgueiro da bolsa de remédios de pele de lontra e acrescentou um pouco dessa decocção à comida dele. Todos teriam de enfrentar as águas gélidas do rio, e ela não sabia como isso iria afetar o ferimento do animal. Talvez o frio fosse demais para ele. Por outro lado, poderia aliviar tanto a lesão interna quanto a dor.

Ela não tinha a menor vontade de ficar de roupa molhada. Não tanto pelo frio; já se banhara em águas mais frias. Mas a ideia de montar depois com as calças molhadas naquele ar quase gelado lhe era desagradável. Quando começou a enrolar em torno da panturrilha o couro de sua bota de cano alto, mudou de ideia.

– Não vou meter isto na água. Prefiro ir descalça e molhar os pés. Pelo menos depois tenho algo seco para usar.

– Não é má ideia – disse Jondalar.

– Aliás, não vou nem vestir isto – disse ela, despindo-se das calças e da túnica de baixo. Jondalar sorriu e pensou logo em fazer algo diferente de perseguir cavalos. Mas sabia que Ayla estava tão preocupada com Huiin que não pensaria em diversão.

Ela estava cômica daquele jeito, mas ele teve que admitir que a ideia era boa. O rio tinha proporções modestas, embora parecesse veloz. Podiam atravessá-lo montados em Campeão, de pernas e pés nus, e pôr roupas secas quando alcançassem a margem oposta. Seria mais confortável e lhes pouparia horas de frio.

– Acho que você tem razão, Ayla – disse Jondalar, desnudando, também, as longas pernas. Em seguida, ele pôs a mochila às costas, e Ayla acomodou o rolo de dormir entre o braço e o tórax, para garantir que não se molhasse. O homem se sentiu um tanto ridículo montando sem calças. Mas sentir a pele de Ayla entre as pernas o fez desviar desse pensamento, e o efeito disso foi sentido por Ayla. Se não estivessem com tanta pressa, ela teria gostado de ficar um pouco por ali. Pensou que poderiam cavalgar assim, juntos, outro dia, só por diversão, mas o momento não era para isso.

A água estava gélida quando o cavalo entrou no rio, rompendo a fina crosta de gelo junto à margem. Embora o rio fosse veloz e ficasse logo tão profundo que a água lhes chegou ao meio das coxas, o cavalo foi em frente. Não foi preciso nadar. Os dois encolheram as pernas, no começo, mas elas logo ficaram dormentes. A meio caminho, Ayla se voltou para ver onde estava Lobo. Ele permanecia ainda na margem, avançando e recuando, como costumava fazer antes de mergulhar. Ayla assoviou para encorajá-lo, e ele finalmente entrou na água.

Alcançaram o outro lado sem incidentes, mas sentindo frio. O vento nas pernas molhadas era cortante. Secaram-se como puderam, com as mãos, e logo puseram calças e botas. Estas, com um forro de lã de camurça empastada, foram presente de despedida dos Sharamudoi, pelo qual ficaram muito gratos naquele momento. Pernas e pés logo começaram a formigar com a volta do calor. Lobo, que chegava, sacudiu-se todo. Ayla o examinou e se deu por satisfeita: a imersão não lhe fizera mal.

Não foi difícil encontrar o rastro dos cavalos. Galoparam no encalço deles, e logo deixaram Lobo outra vez para trás. Ayla se afligia vendo-o atrasar-se mais e mais. O fato de ele os ter encontrado na véspera a deixava menos temerosa, e consolava-se pensando que aquilo já acontecera antes e que ele sempre soubera achá-los. Ela entristecia-se por abandoná-lo assim à própria sorte, mas tinha de pegar Huiin.

Só à tarde avistaram os cavalos, ao longe. Quando se aproximaram um pouco, Ayla procurou distinguir Huiin no meio dos outros. Julgou vislumbrar uma pelagem familiar, cor de feno, mas não estava segura disso. Havia muitos animais da mesma cor. E quando o vento lhes trouxe o cheiro deles, os cavalos saíram em disparada.

– Esses cavalos já foram perseguidos antes – disse Jondalar. E se felicitou por não haver expressado em voz alta o pensamento seguinte: devia haver, por ali, gente que gostava de carne de cavalo. Não queria deixar Ayla ainda mais perturbada. A manada se distanciara: levava evidente vantagem sobre um pobre potro sobrecarregado. Mas ainda assim eles continuaram a seguir o rastro. Era tudo o que podiam fazer no momento.

Os cavalos viraram para o sul, por algum motivo que só eles sabiam, dirigindo-se de volta ao Grande Rio Mãe. Em breve o terreno estava em aclive, além de áspero e pedregoso. O capim também escasseou. Ayla e Jondalar prosseguiram até alcançar um campo largo e elevado em relação ao resto da paisagem. Quando viram a água embaixo, compreenderam que estavam num platô no topo da elevação cuja base haviam contornado poucos dias antes. O rio que tinham de atravessar corria junto da encosta ocidental antes de lançar-se no Grande Rio Mãe.

Quando os cavalos começaram a pastar, eles se aproximaram.

– Lá está ela, Jondalar! – disse Ayla, excitada, apontando um dos animais.

– Como pode ter certeza? Há muitos da mesma cor.

Era verdade, mas ela conhecia bem a conformação da sua égua para enganar-se. Assoviou, e Huiin ergueu a cabeça.

– Não falei? É ela!

Assoviou de novo, e Huiin começou a mover-se na sua direção. Mas a égua no comando, um animal gracioso e grande, de pelagem mais escura que a comum, cinza e ouro, percebeu que a mais recente aquisição começava a se afastar, e saiu para alcançá-la. O macho principal correu para ajudá-la. Era um cavalo estupendo, enorme, pardo, de crina opulenta, prateada, uma listra cinza nas costas e cauda longa, também de prata, que ficava quase branca quando ele a agitava. Tinha as pernas compridas no mesmo tom de gris. Ele esbarrou nos tendões de Huiin, empurrando-a para onde estavam as fêmeas, que assistiam à cena inquietas. Depois ele voltou para desafiar Campeão. Escavou, insolente, com a pata, e empinou, relinchando. Era o desafio à luta.

O jovem cavalo castanho recuou, intimidado, e não se deixou convencer a avançar, para grande frustração de Ayla e Jondalar. A distância, soltou um relincho dirigido a Huiin, que respondeu. Eles então desmontaram para decidir o que fazer.

– O que faremos, Jondalar? Eles não vão permitir que a levemos.

– Não se aflija, nós a recuperaremos, nem que seja preciso usar os arremessadores de lanças. Mas não creio que tenhamos de chegar a esse extremo.

Jondalar parecia tão seguro de si, que Ayla se acalmou. Não tinha pensado nos arremessadores. Não queria sacrificar qualquer cavalo, mas faria o que fosse necessário para recuperar Huiin.

– Você tem alguma ideia? – perguntou Ayla.

– Estou convencido de que essa horda já foi perseguida antes e tem medo de gente. Isso nos dá uma vantagem. O garanhão chefe imagina que Campeão está querendo desafiá-lo. Ele e aquela égua avantajada estavam procurando impedir que ele furtasse uma égua do bando; por isso temos de tirar Campeão de cena. Huiin virá, se você a chamar. Se eu puder distrair o garanhão, você a ajuda a evitar a égua até ficar perto de você o suficiente para montá-la. Depois, se gritar com a outra égua, ou ameaçá-la com a lança, se chegar muito perto, ela se manterá a distância e você poderá ir embora.

Ayla sorriu, aliviada.

– Parece fácil. E o que faremos com Campeão?

– Há uma pedra grande ali atrás, com alguns arbustos próximos. Posso amarrá-lo em um deles. Será fácil para ele soltar-se, se fizer força, mas ele está acostumado a ficar preso e creio que ficará quieto.

Jondalar puxou, então, o cavalo pela corda e seguiu em largas passadas para o ponto que mencionara. Quando chegou lá, disse:

– Agora, tome o seu lançador e um ou dois dardos. Quanto a mim, vou tirar este volume das costas e deixá-lo aqui, pois atrapalha os meus movimentos. Uma vez que você estiver de posse de Huiin, apanhe Campeão e vá me pegar.

O platô se estendia de norte para sul, com uma inclinação gradual ao norte que ficava mais pronunciada para leste. A ponta sudoeste se projetava no vazio. Do lado ocidental, olhando para o afluente que eles tinham cruzado, a queda era menor; mas no flanco sul havia um precipício abrupto.

Quando Ayla e Jondalar voltaram para ir em direção aos cavalos, o dia estava claro, com o sol alto no céu, embora já tivesse passado o zênite. Olharam para baixo, no limite oeste da esplanada, mas recuaram com medo que um passo em falso ou um tropeção os lançasse no abismo.

Ao se aproximarem dos cavalos, pararam para localizar Huiin outra vez. A horda de éguas, crias de um ano e potrancas, pastava no centro de um campo de capim alto e seco que lhes batia pela cintura. O líder estava um pouco afastado dos demais. Ayla pensou ver sua égua bem atrás, do lado sul. Assoviou, a égua cinza e ouro levantou a cabeça, e Huiin veio na direção deles. Com o arremessador em punho e uma lança no lugar, pronta para ser disparada, Jondalar se acercou bem devagar do cavalo pardo, procurando postar-se entre ele e a horda enquanto Ayla caminhava para as éguas, disposta a alcançar Huiin.

Aquele movimento chamou a atenção de alguns dos cavalos que pastavam. Mas não estavam olhando para ela! E Ayla teve a sensação de que algo estava errado. Voltou-se, procurando por Jondalar, e viu, com surpresa, uma fumaça, depois outra. Era o cheiro de queimado que sentira antes. O campo de capim seco estava em chamas em diversos lugares. E, de súbito, através da fumaça, divisou figuras indistintas que corriam para os cavalos, gritando e brandindo archotes! Estavam empurrando os cavalos para a beira do campo, para o precipício. E Huiin estava entre eles!

Os cavalos começavam a ficar apavorados, mas em meio aos sons confusos que ouvia, ela reconheceu um relincho vindo de outra direção. Era o cavalo de Jondalar que corria para a horda, arrastando a corda. Por que se soltara justamente naquele momento? E onde estava Jondalar? O ar ficava pesado de fumaça. Ela podia sentir a tensão e cheirar o medo contagioso dos animais procurando fugir do fogo.

Havia cavalos por todo lado, e ela não via mais Huiin, mas Campeão galopava ao encontro dele, tomado, ele também, de terror. Ela assoviou alto e correu para ele, que diminuiu o passo. Tinha as orelhas voltadas para trás e os olhos arregalados. Ela o alcançou e pegou a corda. Campeão gritou e empinou, acossado por outros cavalos. A corda queimou a mão de Ayla quando ele quis correr, mas ela aguentou firme. E quando Campeão colocou as patas dianteiras no chão, pegou-o pela crina e saltou para cima dele.

Campeão empinou outra vez e quase derrubou Ayla. Tinha medo ainda, mas estava acostumado com aquele peso às costas. Havia certo conforto em ser montado, em especial por Ayla, com quem já se familiarizara. Ele passou a trotar, mas era difícil para ela controlar um cavalo que Jondalar treinara. Apesar de já ter montado Campeão antes e de saber os sinais que Jondalar empregava, ela não sabia comandá-lo com corda ou rédea. Jondalar usava as duas com a mesma facilidade, e o cavalo confiava no seu cavaleiro habitual. Não reagiu bem às primeiras tentativas de Ayla, que estava preocupada em achar Huiin ao mesmo tempo em que tentava acalmá-lo.

Cavalos corriam em todas as direções agora, volteando em torno dela, relinchando estridentemente, e o medo deles era sensível às narinas de Ayla. Ela assoviava, mas não sabia se poderia ser ouvida devido ao tumulto. Sabia apenas que urgia fugir.

Subitamente, através da poeira e da fumaça, viu que um cavalo diminuía o passo, virava-se, tentava resistir à debandada que o fogo provocara. Embora a pelagem estivesse agora da cor do ar enfumaçado, era, sem dúvida, Huiin. Ayla assoviou para encorajá-la e viu que sua amada égua hesitava. O instinto de acompanhar a fuga da horda era muito forte, mas aquele assovio sempre representara segurança, conforto e amor. E ela não temia o fogo. Fora criada com o cheiro de fogueiras por perto. Aquilo apenas significava a presença de gente.

Ayla viu que Huiin estava parada e que os outros animais passavam por ela. Desviando-se incitou Campeão a avançar, e Huiin começou a correr para ela. Mas o cavalo pardo surgiu e quis interceptá-la, desafiando Campeão mesmo naquelas circunstâncias, querendo afastar sua nova aquisição daquele macho mais jovem. Dessa vez, porém, Campeão reagiu, escavou o chão e partiu contra o cavalo, esquecido de que era ainda muito jovem e inexperiente para lutar contra um garanhão mais velho.

Então, por algum motivo – mudança de ideia ou contágio do pânico –, o cavalo pardo desistiu e se foi. Huiin começou a segui-lo, e Campeão galopou para alcançá-la. Quando a tropa estava já perto da beira do abismo, onde a morte certa a esperava, a égua com pelo da cor de trigo maduro e o jovem cavalo que ela gerara, de pelo castanho-escuro, com a mulher às costas, estavam sendo arrastados com os demais! Com firme determinação, Ayla fez Campeão parar perto de Huiin. Ele relinchou de medo, querendo correr, em pânico, com os demais, mas a mulher e os comandos a que estava acostumado a obedecer o detiveram.

Todos os cavalos tinham passado por ela. Só Huiin e Campeão ficaram, apavorados. O restante da horda desapareceu precipício abaixo. Ayla estremeceu ouvindo o som distante e indistinto de relinchos e gritos. Ficou depois aturdida com o silêncio. Huiin, Campeão e ela mesma poderiam ter estado entre eles. Ayla respirou fundo, depois olhou em torno, procurando Jondalar.

Não o viu. O fogo movia-se agora para leste. O vento soprava em sentido contrário do abismo, mas o fogo servira a seu propósito. Ela olhou para todos os lados sem ver Jondalar. Ayla e os dois cavalos estavam sós no campo queimado. Ela sentiu um nó na garganta. O que teria acontecido a Jondalar?

Ela deixou-se escorregar do lombo de Campeão. Em seguida, montou Huiin sem esforço e, puxando Campeão pela corda, voltou ao local onde haviam se separado. Examinou a área com cuidado, em busca de pegadas, mas o lugar estava todo pisoteado. Então, com o canto do olho, divisou algo no chão. Com o coração aos saltos, descobriu o que era: o arremessador de lanças de Jondalar!

Olhando mais detidamente ela viu pegadas, obviamente de muitas pessoas, mas distinguiu entre elas as marcas das grandes botas já surradas de Jondalar. Vira muitas vezes aquelas pegadas em acampamentos, portanto não as confundiria com outras. Viu depois uma pequena mancha escura no capim. Tocou-a com a ponta do dedo; era sangue.

Seus olhos se arregalaram, e o medo a pegou pela garganta. Não se mexeu, para não apagar os rastros, e examinou tudo com atenção, procurando reconstituir o que acontecera. Era uma rastreadora experiente, e para os seus olhos treinados ficou perfeitamente claro que alguém ferira Jondalar e o levara embora. Acompanhou os rastros por algum tempo: iam para o norte. Depois, observou bem o lugar onde estava, para poder encontrar a pista outra vez. Então, montada em Huiin e puxando Campeão, foi na direção oeste para recuperar a bagagem.

Ela tinha o cenho franzido, e essa expressão zangada refletia exatamente o que sentia. Mas precisava refletir antes de tomar qualquer decisão. Alguém atacara Jondalar e levara-o e ninguém tinha o direito de fazer isso. Talvez ela não entendesse bem a maneira de ser dos Outros, mas que era assim ela estava ciente. Sabia também outra coisa: precisava resgatar Jondalar. Restava apenas decidir de que maneira.

Ficou aliviada vendo que a mochila dele estava ainda pacificamente encostada à pedra, como ele a deixara. Esvaziou-a para rearrumá-la, fazendo algumas alterações para que Campeão pudesse carregá-la. Em seguida, recolocou tudo dentro dela. Deixara de usar seu cinto naquele dia, pois seria muito incômodo, com todos aqueles objetos pendurados. Pusera tudo na mochila. Olhou o cinto, agora, com a adaga cerimonial ainda enfiada nele. Acidentalmente espetou o dedo nela. Ficou olhando a minúscula gota de sangue e teve uma absurda vontade de chorar. Estava sozinha no mundo outra vez. Alguém levara Jondalar embora.

De repente, pôs outra vez o cinto, completo, com adaga, faca, machadinha e armas de caça. Ele não ficaria longe dela por muito tempo! Pôs a mochila no lombo de Campeão, mas guardou as peles de dormir. Quem podia saber que espécie de tempo encontrariam? Guardou também uma bolsa d'água. Depois pegou um dos bolos de carne e sentou-se na pedra para comer. Estava sem fome, mas precisava alimentar-se para ter forças, acompanhar a pista de Jondalar, e achá-lo.

Outra grande preocupação era Lobo; não podia sair procurando Jondalar sem antes achá-lo. Ele era mais do que um animal por quem tinha amor. Podia ser muito útil para rastrear uma pista. Esperava que ele voltasse antes da noite. Talvez devesse voltar por onde tinham vindo até achá-lo. Mas e se ele estivesse caçando? Poderiam se desencontrar. Apesar de estar impaciente, ela decidiu que seria melhor aguardá-lo.

Ayla procurou organizar as ideias. O que deveria fazer? Nem conseguia imaginar que alternativas tinha. O próprio ato de sequestrar alguém era-lhe tão difícil de conceber que ficava difícil raciocinar a partir daí. Tudo lhe parecia irracional e ilógico.

Interrompendo seu pensamento, ouviu um ganido, depois um latido. Era Lobo, que vinha correndo, visivelmente feliz por vê-la. Ayla ficou muito aliviada.

– Lobo! – gritou. – Você veio! E muito mais cedo do que ontem. Está melhor?

Depois de afagá-lo com alegria, pôs-se a apalpá-lo e confirmou o diagnóstico da véspera: o animal estava machucado mas não tinha fraturas.

Ela resolveu partir naquele momento, para recuperar a pista enquanto havia luz. Atou Campeão numa das tiras dos arreios de Huiin, e depois montou na égua. Mandando que Lobo a seguisse, voltou pela trilha até o terreno onde encontrara as pegadas misturadas e a mancha de sangue, já agora marrom. Saltou para ver tudo mais uma vez.

– Temos de encontrar Jondalar, Lobo – disse ela. O animal a olhou com curiosidade.

Ayla se abaixou e, confortavelmente agachada, examinou de perto o solo, fazendo um esforço para identificar pegadas individuais de modo a poder saber quantos eram os sequestradores e identificar o tamanho e a forma de cada impressão. O lobo esperava, sentado, observando-a. Ele percebia que algo de muito importante, e incomum, se passava. Finalmente, Ayla apontou para a mancha de sangue.

– Alguém feriu Jondalar e o levou. Temos de encontrá-lo.

O lobo cheirou o sangue, abanou a cauda e latiu.

– Esta – continuou Ayla – é a pegada de Jondalar.

Era uma pegada característica, maior que as outras. Lobo farejou onde ela mostrara e encarou-a como se esperasse por mais informações.

– Esses o levaram – disse Ayla, mostrando os outros rastros de pés humanos.

Depois, teve uma ideia. Foi até Campeão, apanhou o arremessador de lanças de Jondalar, deu-o a Lobo para cheirar e repetiu:

– Temos de encontrar Jondalar, Lobo! Alguém se apoderou dele. Temos de trazê-lo de volta!

26

Jondalar se deu conta, bem lentamente, de que estava desperto, mas a cautela fez com que se mantivesse imóvel até saber o que havia de errado. Por que havia algo indiscutivelmente errado.

Antes de mais nada, a cabeça doía. Entreabriu os olhos. A luz era pouca, mas suficiente para que visse o chão sujo e frio, de terra batida, em que jazia. Tinha algo seco e empastado num dos lados do rosto, mas quando tentou tocá-lo com a mão para ver o que era, descobriu que alguém lhe atara as mãos atrás das costas. Seus pés também estavam amarrados.

Rolou de lado e olhou em volta. Achava-se no interior de uma pequena estrutura circular, uma espécie de armação ou gaiola de madeira rodeada de peles de bichos, que parecia se inserir em outra estrutura maior. Não se ouvia o vento, não havia correntes de ar. As peles não batiam como fariam se a estrutura estivesse ao ar livre. Embora fizesse algum frio, a temperatura não era gelada. Descobriu que lhe haviam retirado a parka.

Fez um esforço para sentar-se, mas logo ficou tonto e nauseado. A cabeça latejava, e havia um ponto que doía mais, logo acima da têmpora esquerda, junto do resíduo seco, endurecido. Imobilizou-se quando ouviu vozes que se aproximavam. Duas mulheres falavam uma língua desconhecida, embora ele identificasse algumas palavras que soavam vagamente como Mamutoi.

– Olá! Vocês aí fora. Estou acordado – disse, na língua dos Caçadores de Mamutes. – Alguém pode vir soltar-me? Estas cordas são desnecessárias. Há algum mal-entendido. Não quero fazer mal a ninguém.

As vozes cessaram por um momento. Depois continuaram, mas ninguém respondeu nem entrou.

Jondalar, de bruços no chão, procurou lembrar-se de como fora parar ali e o que poderia ter feito que levasse qualquer pessoa a amarrá-lo. Que ele soubesse, as pessoas só eram amarradas quando se portavam descontroladamente e tentavam molestar outras pessoas. Lembrava-se de uma cortina de fogo, de cavalos correndo para o precipício da extremidade do campo. Havia pessoas perseguindo os cavalos, e ele se vira apanhado no meio da confusão.

Lembrou-se, depois, de ter visto Ayla montada em Campeão, com dificuldade para controlar o animal. Não entendia como o cavalo podia estar lá se ele o deixara amarrado a um arbusto.

Jondalar, então, sentiu pânico, imaginando que o cavalo, reagindo segundo o instinto da espécie, tivesse se precipitado no abismo, levando Ayla consigo. Lembrou-se de ter corrido para eles com o arremessador de lanças pronto para entrar em ação. Por mais que gostasse daquele seu cavalo escuro, escolheria matá-lo a vê-lo despencar com Ayla daquela altura toda. Essa era a sua última lembrança, além de uma dor violenta e repentina. Depois, tudo escurecera.

Alguém me feriu, pensou. E foi um golpe violento, porque não me lembro de ter sido trazido para cá, e minha cabeça ainda dói. Será que pensaram que eu estava atrapalhando a estratégia de caça deles? Conhecera Jeren e seus caçadores sob circunstâncias semelhantes. Ele e Thonolan tinham inadvertidamente espantado uma horda de cavalos que os caçadores empurravam para uma armadilha. Mas Jeren compreendera, passado o mal-entendido, que a interferência não fora intencional, e acabaram tornando-se amigos. Não estraguei a caçada deste povo. Ou estraguei?

Ele tentou se sentar, outra vez. Dobrou as pernas na posição fetal, depois procurou rolar e ficar sentado. Teve de fazer diversas tentativas, e sua cabeça doeu com o esforço, mas acabou conseguindo. Sentou-se de olhos fechados, esperando que a dor diminuísse. Em seguida, sua preocupação com Ayla e com os animais o assaltou de novo. Huiin e Campeão teriam caído no precipício? E teria Campeão levado Ayla junto?

Estaria ela morta? Sentiu o coração disparar com esse pensamento. Teriam caído mesmo, Ayla e os dois cavalos? E por onde andaria Lobo? Quando o animal ferido chegasse ao campo, não encontraria mais ninguém. Jondalar podia imaginá-lo farejando o lugar, procurando seguir um rastro que não levaria a lugar nenhum. O que ele faria, então? Lobo era bom caçador, mas estava ferido. Poderia caçar para sobreviver naquele estado? Sentiria falta de Ayla e do restante da sua alcateia; não estava acostumado a viver sozinho. O que aconteceria quando encontrasse um bando de lobos selvagens? Seria capaz de defender-se?

Será que não há ninguém aqui? Preciso de um pouco de água, pensou Jondalar. Elas me ouviram, por certo. Tenho fome, também, mas principalmente sede. Sua boca ficava cada vez mais seca, e a vontade de tomar água aumentava.

— Estou com sede! — gritou. — Não podem me trazer um pouco de água? Que espécie de gente são vocês? Amarram um homem e não lhe dão nem água!

Ninguém respondeu. Depois de repetir o apelo diversas vezes, decidiu poupar o fôlego. Aquilo só servia para dar-lhe mais sede ainda, e a dor na cabeça aumentava. Pensou em deitar-se outra vez, mas tivera tanto trabalho para sentar-se que duvidava poder fazê-lo de novo.

À medida que o tempo passava, foi ficando melancólico. Ele estava fraco, à beira do delírio, e imaginava o pior. Estava convencido da morte de Ayla e dos dois cavalos também. Quando pensava em Lobo, visualizava-o errando pelo mato, sozinho, doente, incapaz de caçar, procurando Ayla, e vulnerável ao ataque de lobos da região, hienas, outras feras... o que era melhor, afinal, que morrer de inanição. Talvez ele também fosse deixado ali para morrer de sede. Chegou a desejar que isso acontecesse. Identificado à sorte que imaginara para o lobo, o homem decidiu que ele e Lobo eram os últimos sobreviventes daquele grupo incomum de viajantes, e que logo eles também desapareceriam.

O som de passos que se aproximavam chamou sua atenção. A cortina da porta da estrutura em que o tinham metido se abriu e ele pôde ver, pela fresta, uma figura feminina de mãos na cintura, pernas abertas, projetada em silhueta contra a luz de archotes. Ela deu uma ordem ríspida. Duas outras mulheres entraram, pegaram-no pelos braços, de um lado e de outro, e arrastaram-no para fora. Puseram-no de joelhos diante da figura, ainda com as mãos e os pés amarrados. Sua cabeça latejava e ele se apoiou precariamente a uma das mulheres. Ela o empurrou.

A mulher que ordenara que o trouxessem olhou-o por um instante, e, depois riu. Era um som áspero e dissonante, desagradável, demente. Jondalar se encolheu involuntariamente, com um arrepio de medo. A figura lhe dirigiu algumas palavras. Ele não entendeu o que ela dizia mas a olhou com firmeza. Sua vista estava turva, e ele cambaleou um pouco. A mulher contraiu o rosto, deu mais algumas ordens e foi embora. As mulheres que o seguravam soltaram-no para segui-la, juntamente com várias outras. Jondalar caiu de lado, tonto e fraco.

Ele sentiu que lhe cortavam as cordas dos pés; depois, que lhe derramavam água na boca. Quase engasgou, mas procurou avidamente sorver um pouco.

A mulher que segurava a bolsa d'água disse algumas palavras em tom de desgosto e passou a bolsa para as mãos de um homem velho.

Este se adiantou, aproximou a bolsa da boca de Jondalar e inclinou-a, não propriamente com delicadeza mas com mais paciência, e Jondalar conseguiu engolir e, finalmente, saciar sua sede voraz.

Antes, porém, que ele se sentisse satisfeito, a mulher disse uma palavra e o homem recolheu a água. Então ela obrigou Jondalar a levantar-se. Ele cambaleou quando foi empurrado para fora do abrigo, onde havia um grupo de homens. Estava frio, mas ninguém lhe devolveu a parka ou desamarrou-lhe as mãos para que ele pudesse aquecê-las, esfregando-as uma na outra.

O ar frio, no entanto, o reanimou, e ele viu que alguns dos homens presentes também tinham as mãos atadas atrás das costas. Observando-os de perto, descobriu que eram de várias idades, desde muito jovens, meninos, na verdade, até anciãos. Todos estavam magros, fracos e sujos, com roupas de tamanho inadequados, e cabelos emaranhados. Alguns exibiam feridas não tratadas, cobertas de sangue seco e sujeira.

Jondalar tentou falar com o mais próximo em Mamutoi, mas o homem balançou a cabeça. Percebendo que ele não entendeu, tentou em Sharamudoi. O homem olhou para outro lado, justamente quando a mulher que tinha uma lança na mão se aproximou deles e ameaçou Jondalar com a arma, dizendo-lhe algo. As palavras eram ininteligíveis, mas a atitude, clara, e ele ficou sem saber se o homem não lhe respondera por não conhecer as línguas ou por não querer.

Várias mulheres com lanças se espalharam entre os prisioneiros. Uma delas deu um comando, e os homens se puseram em marcha. Jondalar aproveitou a oportunidade para olhar em torno e ver se descobria onde estava. O estabelecimento, que consistia em diversas casas circulares, lhe pareceu vagamente familiar, o que era estranho porque a região lhe era de todo desconhecida. Depois percebeu que eram as construções; pareciam pavilhões Mamutoi. Embora não fossem exatamente iguais aos que ele conhecia, pareciam feitos do mesmo modo, provavelmente com emprego de ossos de mamutes como apoio estrutural, cobertos de palha, e, depois, de barro.

Caminharam para o alto de uma colina, o que lhe deu uma visão mais ampla. O campo era do tipo estepe ou tundra, plano, sem árvores, com um subsolo congelado que derretia no verão e apresentava uma superfície barrenta e negra. A tundra só conseguia manter uma vegetação raquítica, mas na primavera uma notável floração acrescentava cor e beleza à paisagem, e permitia alimentar o boi almiscarado, a rena e outros animais. Havia também faixas de taiga, com árvores sempre-verdes de altura tão uniforme que suas copas pareciam tosadas no alto por algum gigantesco instrumento de cortar – como de fato o eram. Ventos gelados, carregados de agulhas de saraiva ou fragmentos de loess arenoso, podavam todo galho ou ponta que ousasse se destacar no topo.

Mais no alto Jondalar viu uma manada de mamutes pastando e, um pouco mais perto, renas. Sabia que havia cavalos na região, assim como caçadores de cavalos, e achava que o bisonte e o urso também a frequentavam nas estações mais clementes. A terra parecia-se muito mais com a sua, com as estepes secas da parte oriental, pelo menos no que dizia respeito aos tipos de plantas existentes, embora a vegetação dominante fosse diversa.

Ele percebeu, com o canto do olho, algum movimento à sua esquerda. Virou-se a tempo de ver uma grande lebre branca atravessar a colina perseguida por uma raposa ártica. Enquanto ele olhava, o animal subitamente tomou outra direção, passando pela caveira meio decomposta de um rinoceronte lanoso, e depois entrou na sua toca.

Onde existem mamutes e rinocerontes, pensou Jondalar, existem também leões, e onde há outros animais de rebanho, provavelmente também hienas e lobos. Havia abundância de carne, de animais peludos, de plantas alimentícias; era uma terra de grande fertilidade. Fazer esse tipo de avaliação era, para ele, uma segunda natureza, como, em maior ou menor grau, para muita gente. Viviam, todos, da terra, e a observação detalhada dos seus recursos era necessária.

Quando o grupo chegou a um terreno plano e alto, no flanco da colina, parou. Jondalar olhou para a encosta abaixo e viu que os caçadores que viviam naquela área gozavam de uma vantagem singular. Não só os animais podiam ser facilmente vistos de longe mas eles tinham também de passar por uma estreita passagem entre o rio e os paredões verticais de arenito. Seria fácil caçá-los, inclusive daquele mirante. Por que, então, estariam caçando cavalos perto do Grande Rio Mãe?

Um lamento agudo se fez então ouvir, desviando a atenção de Jondalar distante do cenário para o seu entorno. Uma mulher, de longos cabelos grisalhos desgrenhados estava apoiada em duas mulheres mais jovens. Ela gritava tomada de evidente desespero. De repente, soltou-se, caiu de joelhos e se dobrou sobre algo que estava no chão. Jondalar avançou um pouco, para ver do que se tratava. Ele era muito mais alto que a maioria dos presentes e bastaram-lhe poucos passos para entender o motivo da dor da mulher.

Aquilo era, obviamente, um funeral. Estendidos no solo estavam três corpos, de jovens, talvez ainda, adolescentes, ou com pouco mais de 20 anos. Dois eram, sem dúvida, do sexo masculino. Tinham barba. O mais alto talvez fosse o mais jovem. Seus pelos faciais eram finos e ainda esparsos. A mulher de cabelos grisalhos chorava sobre o cadáver do outro, cujo cabelo castanho e barba curta eram mais aparentes. O terceiro era bastante alto, mas magro, e algo no corpo e na maneira pela qual jazia indicava que tivera alguma deformidade física. Jondalar não viu sinal de barba, o que lhe deu a impressão de que o corpo fosse de mulher. Mas podia ser também o corpo de um homem alto e jovem que houvesse feito a barba.

Os detalhes das vestes não ajudavam muito para distinguir. Todos tinham as pernas envolvidas em couro e usavam túnicas soltas, que encobriam os contornos. Essas roupas lhe pareceram novas, mas não tinham qualquer adorno. Era como se alguém não desejasse que eles fossem identificados no outro mundo e tivesse procurado torná-los anônimos.

A mulher grisalha foi levantada do chão, quase arrastada, embora não bruscamente, para longe do corpo do jovem pelas duas mulheres que tinham entrado com ela. Então, outra mulher avançou, e alguma coisa nela fez com que Jondalar olhasse duas vezes. Seu rosto era curiosamente desproporcional e assimétrico, com um dos lados repuxado para trás e um pouco menor que o outro. Ela não procurava esconder isso. Seus cabelos eram claros, talvez cinzentos, puxados para cima e arranjados em um coque no alto da cabeça.

Jondalar achou que ela tinha a idade de sua mãe, e se movia com a mesma graça e dignidade, embora não houvesse qualquer semelhança física entre ela e Marthona. A despeito da sua ligeira deformidade, a mulher não deixava de ser atraente, e o rosto impunha respeito. Quando seu olhar cruzou com o de Jondalar, ele percebeu que estava olhando fixamente, mas ela desviou os olhos antes dele, muito rapidamente. E quando ele começou a falar, Jondalar percebeu que ela oficiava a cerimônia fúnebre. Devia ser uma Mamutoi, achou ele, uma pessoa capaz de comunicar-se com o mundo dos espíritos, uma Zelandonii para aquela gente.

Sentiu que outra mulher o fitava, do lado da congregação. Era alta, bastante musculosa, tinha traços fortes, mas certa formosura, com cabelos castanhos e, curiosamente, olhos muito escuros. Ela não desviou o olhar quando ele a olhou, ao contrário, observou-o sem constrangimento. Tinha a estatura e a aparência das mulheres que costumavam atraí-lo, pensou, mas o sorriso dela o incomodava.

Notou, então, que ela mantinha as pernas bem separadas e tinha as mãos na cintura, e percebeu, subitamente, quem ela era: a mulher que lhe rira na cara de maneira tão ameaçadora. Teve vontade de recuar e esconder-se atrás dos outros homens, sabendo que não poderia fazer isso nem que, de fato, tentasse. Além de bem mais alto do que os demais, era também mais saudável e mais musculoso que eles. Ficaria visível onde quer que estivesse.

A cerimônia lhe pareceu bastante mecânica, como se fosse uma obrigação desagradável e não um rito solene, relevante. Sem mortalha, os corpos foram simplesmente carregados, um por um, para uma cova comum, rasa. Eles estavam flexíveis quando foram, erguidos do chão, e não fediam; não deviam ter morrido havia muito tempo. O cadáver mais alto e magro foi primeiro. Deitaram-no de costas, puseram-lhe na cabeça um pouco de pó de ocre, vermelho, e também, o que era peculiar, na pélvis, na poderosa área da geração, o que fez Jondalar pensar de novo que talvez se tratasse de uma fêmea.

Os outros dois foram enterrados de modo diferente, mas ainda mais estranhamente. O macho de cabeleira castanha foi estendido na cova comum, à esquerda do primeiro corpo, do ponto de observação de Jondalar, mas deitado de lado, olhando para o outro corpo. O braço foi estendido, de modo a que a mão, inerte, ficasse sobre a região púbica pintada de vermelho. O terceiro corpo foi quase jogado na sepultura, de bruços, do lado direito do primeiro corpo. Ocre vermelho foi polvilhado também na cabeça dos dois. Era, seguramente, uma proteção. Mas para quem? E contra quem? Jondalar não sabia.

Logo que a terra começou a ser lançada em cima dos corpos, a velha descabelada se soltou outra vez dos que a seguravam, correu até a cova, e lançou algo lá dentro. Jondalar viu duas facas de pedra e umas poucas pontas de lança feitas de sílex.

A mulher de olhos escuros aproximou-se, nitidamente encolerizada. Deu uma ordem a um dos homens, apontando a cova. Ele se encolheu, e não saiu do lugar. Então a Shamud avançou e falou, abanando a cabeça todo o tempo. A outra gritou, de raiva e frustração, mas a Xamã não cedeu nem parou de balançar a cabeça. A mulher recuou e lhe deu uma bofetada com as costas da mão. Houve um sobressalto coletivo, um grito sufocado em muitas gargantas. Depois, a mulher se retirou, furiosa, seguida por um grupo de fêmeas armadas de lanças.

A Shamud ignorou o insulto, e nem sequer levou a mão ao rosto, embora Jondalar pudesse ver que estava vermelho, mesmo de onde estava. A sepultura foi rapidamente preenchida com terra, que continha fragmentos de carvão e pedaços de madeira meio calcinada. Devem ter feito grandes fogueiras aqui, pensou Jondalar. Ele desviou o olhar para a estreita passagem lá embaixo. Ocorreu-lhe, então, que aquele mirante era um observatório privilegiado, de onde se podiam fazer sinais com fogo quando animais, ou qualquer outro ser se aproximassem.

Logo que os corpos foram cobertos, os homens foram conduzidos morro abaixo e levados para uma área cercada por uma alta paliçada feita de troncos de árvores postos lado a lado e amarrados uns aos outros. Ossos de mamute estavam empilhados contra uma parte da cerca, e Jondalar se perguntou qual o motivo daquilo. Ele foi separado dos outros e levado para a casa de barro e, dentro dela, para o pequeno recinto circular, coberto de couro, que já ocupara. Antes de entrar, observou como era feito.

A armação resistente se compunha, basicamente, de troncos finos de árvores jovens, cuja parte mais grossa era enterrada no chão. Depois, os troncos eram encurvados para o centro e atados uns aos outros. As laterais eram fechadas com couro, mas o que servia de cortina na entrada, e que ele vira de dentro, era fechado do lado externo por uma espécie de portão, que podia ser amarrado de fora com segurança.

Uma vez lá dentro, Jondalar prosseguiu no seu exame da estrutura. Era completamente nua. Nem sequer havia uma cama em que pudesse dormir. O teto baixo não lhe permitia ficar de pé, exceto no meio, mas ele baixou a cabeça e andou em torno do espaço exíguo e escuro, estudando-o com cautela. Observou que os couros eram velhos e gastos. Alguns estavam já em tiras. Pareciam até podres, e aparentemente haviam sido costurados às pressas. Havia falhas entre as seções, de modo que lhe era possível enxergar um pouco da área em volta. Jondalar se sentou no chão e ficou olhando a entrada da casa, que estava aberta. Passaram algumas pessoas, mas ninguém entrou.

Depois de algum tempo, ele teve vontade de mijar. De mãos amarradas, nem sequer podia abrir a roupa para aliviar-se. Se ninguém aparecesse logo para desamarrá-lo, teria de urinar nas calças. Além disso, seus pulsos começavam a ficar esfolados pelo contato com as cordas na pele. Começava a ficar furioso. Aquilo era ridículo! Já fora longe demais!

– Vocês aí! – gritou. – Por que me mantêm assim, preso? Não fiz mal a ninguém! Por que me prendem assim, como um animal numa jaula? Quero que me soltem as mãos! Se ninguém fizer isso, vou mijar nas calças!

Nada aconteceu. E ele se pôs a berrar de novo.

– Alguém aí fora! Venha soltar as minhas mãos! Que espécie de gente são vocês?

Ele ficou de pé e se encostou com força na estrutura que era sólida, mas cedeu um pouco. Ele ganhou a maior distância possível e meteu o ombro na parede para derrubá-la. Ela cedeu um pouco, e ele forçou mais. Com grande satisfação, ouviu o estalo de um pedaço de madeira se quebrando. Recuou, pronto a repetir a manobra, mas ouviu que alguém se aproximava correndo do abrigo.

– Era tempo! Tirem-me daqui! Tirem-me daqui agora mesmo!

Ouviu os movimentos de alguém que procurava destrancar o portão. A cortina da porta foi levantada e revelou várias mulheres com lanças apontadas para ele. Jondalar ignorou-as e saiu pela abertura.

– Desamarrem as minhas mãos! – disse ele, virando-se de costas para que elas pudessem vê-lo levantar seus braços com os pulsos amarrados. – Tirem essas cordas de mim!

O velho que o ajudara a beber no primeiro momento deu um passo à frente.

– Zelandonii... Você... de... longe – disse, lutando, obviamente, para lembrar as palavras certas.

Jondalar não se dera conta de que, na sua fúria, tinha falado na língua nativa.

– Você sabe Zelandonii? – disse ao homem, com surpresa. Mas sua necessidade premente foi mais forte. – Diga-lhes que me soltem ou vou mijar nas calças!

O homem falou com uma das mulheres. Ela respondeu, balançando negativamente a cabeça, mas o homem insistiu. Por fim, ela tirou uma faca pequena de uma bainha que tinha na cintura e, dando uma ordem, que fez com que as demais apontassem suas lanças para o prisioneiro, avançou e mandou que ele se virasse. Ele obedeceu e esperou. Estão precisando muito de alguém que saiba trabalhar com sílex!, ele pensou. A faca da mulher era cega.

Depois de um tempo que lhe pareceu interminável, as cordas tombaram por terra. De imediato, ele se curvou para abrir a braguilha e, apertado como estava para urinar, tirou o membro para fora sem nenhuma vergonha e procurou freneticamente um canto onde aliviar-se. As mulheres das lanças, porém, não deixaram que ele saísse do lugar. Como protesto e desafio, ele se pôs de frente para elas e, com um grande suspiro de alívio, urinou.

Ficou observando-as durante a operação. O longo jorro amarelo esvaziou bem devagar a sua bexiga, fazendo fumaça ao tocar o solo frio e levantando forte cheiro. A mulher no comando pareceu horrorizada, embora tenha se esforçado para não demonstrá-lo. Duas outras mulheres viraram a cabeça ou desviaram o olhar; porém, algumas olharam fascinadas, como se nunca tivessem visto um homem urinar. O velho fez grande esforço para não rir, mas seu deleite era óbvio.

Quando Jondalar acabou, encarou as carcereiras, decidido a não deixar que o amarrassem de novo. E, dirigindo a palavra ao homem, apresentou-se formalmente.

– Sou Jondalar, dos Zelandonii, e estou no curso de uma Jornada.

– Pois viaja longe, Zelandonii. Talvez... longe demais.

– Viajei muito mais longe que isso. Passei o último inverno com os Mamutoi. Estou voltando para casa, agora.

– Foi na língua deles que pensei ter ouvido você falar – disse o homem, passando a falar na língua em que era muito mais fluente. – Alguns aqui entendem Mamutoi, mas os Mamutoi em geral vêm do norte, você veio do sul.

– Se me ouviu falar antes, por que não se apresentou? Sei que há um mal-entendido. Por que me aprisionaram?

O velho balançou a cabeça, com tristeza, na opinião de Jondalar.

– Logo ficará sabendo, Zelandonii.

Subitamente, a mulher interrompeu o diálogo, com uma furiosa explosão de palavras. O idoso começou a se afastar apoiando-se num cajado.

– Espere! Não se vá! Quem é você? Quem é esta gente? E quem é aquela mulher que mandou que me prendessem?

O velho olhou por cima do ombro.

– Aqui me conhecem por Ardemun. Estes são os S'Armunai. E a mulher é... Attaroa.

Jondalar não deu a devida atenção à ênfase que ele pusera no nome da mulher.

– S'Armunai? Onde foi que ouvi esse nome antes? Espere... eu me lembro. Laduni, o chefe dos Losadunai...

– Laduni é o líder? – disse Ardemun.

– Sim. Ele me falou dos S'Armunai, quando viajamos para o leste, mas meu irmão não quis parar – disse Jondalar.

– Ainda bem. E é uma lástima que esteja aqui agora.

– Por quê?

A mulher que comandava as guardas armadas de lança interrompeu de novo com uma ordem.

– Eu também já fui um Losadunai. Desgraçadamente, fiz, como você, uma Jornada... – disse Ardemun, enquanto saía mancando.

Quando o idoso saiu, a comandante falou rispidamente com Jondalar. Ele entendeu que ela queria levá-lo para algum lugar, mas resolveu fingir completa ignorância.

– Não compreendo o que diz. Terá de chamar Ardemun de volta – disse.

Ela se dirigiu de novo a ele, mais zangada ainda agora, e espetou-lhe a ponta da lança. A pele se rompeu, e um fio de sangue escorreu pelo braço de Jondalar. Seus olhos refletiram a raiva que sentiu. Tocou a ferida com os dedos, depois olhou o sangue na mão.

– Não era necessá... – começou a dizer.

Mas a mulher tornou a interrompê-lo com mais palavras furiosas. As outras o rodearam. A chefe se afastou, e elas indicaram a Jondalar que ele devia acompanhá-la, cutucando-o com os cabos das lanças. Lá fora, o ar frio lhe deu arrepios. Eles saíram da paliçada, e embora Jondalar não pudesse ver lá dentro, sentia que estava sendo observado através de frestas nas paredes. O sentido daquilo tudo lhe escapava. Animais eram postos em lugares assim, para que não escapassem. Era parte da arte da caça. Mas por que gente? E quantos haveria trancafiados ali?

A paliçada não era tão grande assim. Não poderia haver tanta gente lá. Ele imaginava o trabalho que teria custado fechar mesmo uma pequena área com madeira. As árvores eram raras na região. Havia alguma vegetação arbustiva, mas as árvores usadas para aquela cerca tinham vindo do vale. Teria sido preciso cortar as árvores lá mesmo, retirar os galhos, carregar tudo morro acima, cavar buracos suficientemente profundos para que os troncos ficassem em pé, tecer cordas e atilhos, e depois atar as árvores umas às outras. Por que aquele povo teria despendido tanto esforço por algo que fazia muito pouco ou nenhum sentido?

Jondalar foi levado até um arroio, quase inteiramente congelado, onde uns poucos homens jovens carregavam ossos de mamute, grandes e pesados, vigiados por Attaroa e outras mulheres. Todos os carregadores pareciam famélicos, e ele não podia imaginar de onde tiravam as forças para trabalhar.

Attaroa olhou Jondalar dos pés à cabeça, e em seguida ignorou-o. Jondalar esperou, ainda intrigado com o comportamento daquele estranho povo. Ele começou a se sentir gelado até os ossos, e resolveu andar um pouco e pular algumas vezes, batendo com os braços no corpo para aquecer-se. Ficava mais e mais furioso com a estupidez de tudo aquilo e, finalmente, decidindo que não se sujeitaria mais a tratamento tão absurdo, fez meia-volta e se foi, rumo à casa. Lá pelo menos estaria protegido do vento. Sua saída, imprevista, pegou as sentinelas de surpresa, e quando elas levantaram as armas, ele as afastou com o braço e continuou a andar. Ouviu gritos, mas os ignorou.

Ele ainda sentia frio quando entrou. Procurando algo que o ajudasse a aquecer-se, arrancou a cobertura de couro da gaiola interior e envolveu-se nela. Em seguida, várias mulheres entraram. A que o ferira com a lança estava entre elas. E, obviamente furiosa, procurou atingi-lo outra vez. Ele se esquivou agilmente e segurou a lança dela com as mãos, mas tudo foi interrompido por uma sinistra gargalhada.

– Zelandonii! – exclamou Attaroa, e disse mais algumas palavras que ele não entendeu.

– Ela quer que você saia – disse Ardemun. Jondalar não o vira junto da porta. – Ela o acha hábil, muito hábil. Entendo que ela quer que fique onde possa ficar cercado por seu esquadrão de guerreiras.

– E se eu não for?

– Então, provavelmente, ela mandará matá-lo aqui e agora.

Essas palavras foram ditas em impecável Zelandonii por uma das mulheres. E sem um traço de sotaque! Jondalar olhou com grande surpresa para a direção de onde vinha a voz. Era a Shamud!

– Se sair, Attaroa deixará que viva um pouco mais. Ela está interessada em você, mas acabará por matá-lo, de qualquer maneira.

– Mas por quê? O que represento para ela? – disse Jondalar.

– Uma ameaça.

– Uma ameaça? Mas eu nunca a ameacei.

– Você ameaça a autoridade dela. Ela quer usar você como exemplo.

Attaroa interrompeu, e embora Jondalar não entendesse o que dizia, a fúria mal contida das palavras da mulher parecia dirigida à Shamud. A resposta da mulher mais velha foi moderada, mas não havia sinais de medo na sua expressão ou entonação. Depois da troca de palavras, ela explicou a Jondalar:

– Attaroa queria saber o que foi que eu lhe disse. Eu lhe contei.

– Diga-lhe que concordo em sair.

Quando a mensagem foi transmitida, Attaroa riu, disse algo e saiu.

– O que ela disse?

– Que sabia disso. Os homens aqui fazem qualquer coisa para prolongar por mais tempo suas vidas miseráveis.

– Nem tudo, talvez – disse Jondalar. Já à porta, perguntou a ela:

– Qual o seu nome?

– S'Armuna – disse ela.

– Achei que seria. E como aprendeu a falar tão bem a minha língua?

– Vivi com seu povo algum tempo – disse S'Armuna, mas cortou logo a curiosidade dele. – É uma história comprida.

– Eu sou Jondalar, da Nona Caverna dos Zelandonii.

Os olhos de S'Armuna ficaram arregalados de surpresa.

– Da Nona Caverna?

– Sim – disse ele. Poderia ter continuado a enumerar suas ligações com eles, mas a expressão no rosto dela o deteve, embora ele não soubesse ler o seu sentido. Logo, a expressão da mulher já não era significativa, e ele ficou pensando se não teria imaginado aquilo.

– Ela está à sua espera – disse S'Armuna, saindo.

Attaroa estava sentada, do lado de fora, num banco alto, coberto por uma pele, e posto sobre uma plataforma de terra batida, que fora tirada do chão do grande aposento subterrâneo que ficava logo atrás. Era voltado para a área cercada e, ao passar pela cerca, Jondalar se sentiu outra vez observado pelas frestas.

Ao chegar perto da mulher, teve certeza de que a pele em que ela se sentava era de lobo. O capuz da parka que Attaroa usava, lançada para as costas, tinha um debrum de pele de lobo, e ela exibia, no pescoço, um colar feito principalmente de caninos de lobos, embora houvesse também, no conjunto, alguns dentes de raposa ártica e um, pelo menos, de urso das cavernas.

Ela segurava na mão um cetro, entalhado como o Bastão Falante que Talut usava quando havia assuntos relevantes em pauta ou controvérsias por resolver. Aquele bastão ajudara mais de uma vez a manter os debates em ordem. Quem o empunhasse tinha o direito de falar, e quando outra pessoa achava que tinha algo pertinente a dizer precisava pedir a palavra, isto é, o Bastão Falante.

Havia alguma outra coisa familiar naquele bastão que ele não sabia identificar. Poderia ser o motivo nele gravado? Tinha a forma estilizada de uma mulher sentada, com uma série de círculos concêntricos representando seios e barrigas, e uma cabeça triangular e insólita, estreita no queixo, e um rosto de desenho enigmático. Não era obra Mamutoi de talha, mas lhe dava assim mesmo a impressão de algo conhecido.

Diversas das mulheres rodeavam Attaroa. Outras, que ele não havia visto antes, algumas com crianças, poucas, estavam de pé nas proximidades. Ela o observou por um instante, e em seguida começou a falar, fitando-o. Ardemun, sentado a um lado, iniciou uma tradução hesitante em Zelandonii. Jondalar quis sugerir que ele falasse Mamutoi, mas S'Armuna interrompeu, disse algo a Attaroa, depois o olhou.

– Eu traduzo – anunciou.

Attaroa fez um comentário zombeteiro que provocou risos. S'Armuna não traduziu.

– Ela falava comigo – disse, impassível. E foi tudo. A mulher sentada tornou a falar, dirigindo-se a Jondalar.

– Falo agora como Attaroa – explicou S'Armuna, começando a traduzir. – Por que veio até aqui?

– Não vim voluntariamente. Fui trazido para cá, de pés e mãos atados – disse, enquanto S'Armuna traduzia, quase simultaneamente. – Estou no curso de uma viagem. Ou estava. Não sei por que me amarraram. Ninguém se deu o trabalho de me dizer.

– De onde vem? – perguntou Attaroa pela boca de S'Armuna, ignorando o que ele dissera.

– Passei o inverno com os Mamutoi.

– Você mente! Vinha do sul.

– Vim pelo caminho mais longo. Queria visitar parentes que moram perto do Grande Rio Mãe, na extremidade sul das montanhas orientais.

– Mente de novo. Os Zelandonii vivem longe de nós, para oeste. Como pode ter parentes do outro lado?

– Não minto. Eu viajei com meu irmão. Ao contrário dos S'Armunai, os Sharamudoi nos receberam muito bem. Meu irmão se casou lá. Eles são meus parentes por parte dele.

E então, pleno de justificada indignação, Jondalar continuou. Era a primeira vez que tinha oportunidade de ser ouvido.

– Não sabe que aqueles que viajam têm direito de passagem? A maior parte das pessoas acolhe os estrangeiros. Trocam experiências e histórias. Mas não aqui. Aqui me feriram na cabeça e, embora machucado, não me trataram. Ninguém me deu de comer ou de beber. Tiraram de mim minha parka de pele, que não me foi devolvida, nem mesmo quando me obrigaram a sair para o frio.

Quanto mais falava, mas furioso ia ficando. Fora muito maltratado.

– Fui trazido para o lado de fora, e deixado de pé. Nenhum outro povo na minha longa jornada me tratou assim. Até os animais das campinas partilham seu pasto, sua água. Que espécie de gente são vocês?

Attaroa o interrompeu.

– Por que tentou furtar a nossa carne? – Ela estava irritada, mas tentou não demonstrá-lo. Embora soubesse que tudo o que ele dizia era verdade, não gostava que lhe dissessem que era pior que outras pessoas, sobretudo em público, diante do seu povo.

– Eu não quis furtar a sua carne – disse Jondalar, rejeitando enfaticamente a acusação. A tradução de S'Armuna era tão fluente e rápida, e a necessidade que Jondalar tinha de comunicar-se tão intensa, que ele quase se esquecia da intérprete. Sentia como se estivesse falando diretamente com Attaroa.

– Mentira! Você investiu de lança na mão contra aquela horda de cavalos que nós estávamos perseguindo.

– Não estou mentindo! Eu queria apenas salvar Ayla. Ela montava um daqueles cavalos, e eu não podia deixar que os outros a levassem para o abismo.

– Ayla?

– Você não a viu? Ayla é a mulher com quem estou viajando.

Attaroa riu.

– Você viaja com uma mulher que viaja em cima de cavalos? Se você não é um contador de histórias, então errou a vocação. – Attaroa se curvou e tocou o dedo no peito dele para reforçar o que dizia. – Tudo falso! Você é mentiroso e ladrão.

– Nem uma coisa nem outra. Eu disse a verdade e não furtei nada – disse Jondalar com convicção. Mas no fundo do coração não podia honestamente censurá-la por não acreditar nele. A não ser que alguém tivesse visto Ayla, como acreditar que ambos viajassem montando cavalos domesticados? Começou a ficar apreensivo. Como convencer Attaroa de que dizia a verdade, que não interferira deliberadamente na sua caçada? E se ele soubesse do real risco que corria, teria ficado ainda mais que apreensivo.

Attaroa estudava aquele homem musculoso e belo, de pé à sua frente, envolto nos couros que arrancara de sua gaiola. Ela notou que a barba loura era um pouco mais escura que o cabelo. E os olhos, de uma tonalidade de azul inacreditavelmente vívida, eram irresistíveis. Sentia-se fortemente atraída por ele, mas a própria intensidade da sua emoção lhe trazia do passado penosas lembranças, havia muito sufocadas, e que provocavam nela uma reação vigorosa mas estranhamente contrária. Não se permitiria ceder à atração de nenhum homem. Isso implicaria dar-lhe poder sobre ela, e jamais permitiria outra vez que alguém, principalmente um homem, exercesse controle sobre si.

Ela lhe tirara a parka e o deixara no frio pelo mesmo motivo por que o deixara sem comida ou água. A privação torna os homens mais facilmente domináveis. Enquanto eles tinham capacidade de resistir, era preciso mantê-los presos. Mas aquele Zelandonii, vestido com aqueles couros que não tinha o direito de usar, não mostrava temor, pensou ela. Bastava vê-lo de pé, à sua frente, seguro de si.

Era tão desafiador e convencido que ousava até criticá-la perante todo mundo, inclusive os homens da propriedade! Ele não se humilhava, não implorava, não mostrava açodamento, não procurava agradá-la como os outros faziam. Pois jurava que ele haveria de fazer tudo aquilo! Estava decidida a dobrá-lo. Mostraria a todos como se trata um homem como aquele. E depois de humilhado, morreria.

Mas antes de dominá-lo, disse consigo mesma, vou brincar um pouco com ele. É um homem forte, difícil de controlar se quiser resistir. Está desconfiado agora, tenho de fazê-lo baixar a guarda. Precisa ser enfraquecido. S'Armuna deve conhecer algum meio. Attaroa chamou a Shamud e conversou com ela em particular. Depois olhou para o homem e sorriu, mas havia tanta malícia no seu sorriso que lhe deu um calafrio na espinha.

Jondalar não ameaçava apenas a sua liderança, mas o frágil mundo que a sua mente doentia a levara a criar. Ameaçava, até, a sua tênue ligação com a realidade, a qual, ultimamente, ficara tensa quase a ponto de arrebentar.

– Venha comigo – disse S'Armuna, quando terminou sua conversa com Attaroa.

– Para onde? – perguntou Jondalar, postando-se ao lado dela. Duas mulheres com lanças fechavam a marcha.

– Attaroa mandou que eu tratasse a sua ferida – explicou.

Ela conduziu Jondalar a uma construção na parte mais remota do estabelecimento, semelhante à grande construção de barro junto da qual Attaroa se sentara, mas um pouco menor e abobadada. Uma entrada baixa e estreita levava através de um estreito corredor para outro arco. Jondalar teve que curvar a cabeça e andar de joelhos dobrados por algum tempo. Depois desceu três degraus. Ninguém, nem mesmo uma criança, poderia entrar facilmente na morada de S'Armuna, mas uma vez lá dentro ele pôde ficar de pé normalmente e ainda lhe sobrava muito espaço acima da cabeça. As duas mulheres que tinham vindo com eles ficaram do lado de fora.

Depois que seus olhos se adaptaram à penumbra do interior, viu uma cama encostada na parede do fundo. Estava coberta com uma pele branca de alguma espécie; os animais brancos, por incomuns e raros, eram sagrados para o seu povo e, como ele descobrira viajando, para outros povos também. Ervas secas pendiam em feixes do teto, e provavelmente havia mais nas muitas cestas e tigelas dispostas nas prateleiras. Qualquer Shamud, Mamutoi ou Zelandonii que ali entrasse sentir-se-ia em casa. Exceto por um fato: entre muitos povos, a morada de Uma que Serve à Mãe era um espaço cerimonial, ou ficava adjacente a este, e o espaço maior era o lugar reservado aos visitantes. Mas aquela não era uma área espaçosa e convidativa para atividades ou visitas. Tinha um clima fechado e secreto. Jondalar teve certeza de que S'Armuna vivia só e que pouca gente entrava nos seus domínios.

Ele a viu acender o fogo, juntar-lhe excremento seco e uns poucos gravetos, e encher de água um recipiente escurecido pelo uso, com aspecto de bolsa. Fora, seguramente, o estômago de um animal, preso agora a uma armação de osso. De uma das cestas das prateleiras ela tirou uma porção de alguma substância seca, que acrescentou à água, e quando o vapor começou a porejar pelas paredes do recipiente, ela a pôs diretamente nas chamas. Enquanto houvesse líquido nela, mesmo fervente, a bolsa não queimaria.

Embora Jondalar não soubesse o que a mulher havia despejado na água, o odor que saía dela lhe era familiar e, curiosamente, o fazia pensar na sua casa. E logo se lembrou: aquele cheiro muitas vezes emanava das fogueiras dos Zelandonii. Eles usavam o mesmo cozido para lavar cortes e feridas.

– Você fala muito bem a nossa língua. Viveu longamente entre os Zelandonii? – perguntou Jondalar.

S'Armuna olhou para ele e refletiu antes de responder.

– Muitos anos.

– Então sabe que os Zelandonii são hospitaleiros. Não entendo esta gente. O que poderei ter feito para merecer esse tratamento? Você gozou da hospitalidade dos Zelandonii. Por que não explica a eles sobre os direitos de passagem e a cortesia devida a estrangeiros? E mais que uma cortesia, a rigor; é uma obrigação.

A única resposta de S'Armuna foi um olhar sardônico.

Ele sabia que não estava indo muito bem. Mas ainda incrédulo com o que lhe acontecera recentemente, sentia uma necessidade quase infantil de explicar como as coisas deveriam ser, como se isso pudesse consertá-las. Decidiu tentar outra abordagem.

– Imagino se, tendo morado lá tanto tempo, conheceu minha mãe. Eu sou filho de Marthona...

Ele teria continuado, mas a alteração na expressão do rosto dela o interrompeu. As feições dela ficaram ainda mais alteradas, demonstrando o quanto ela estava chocada.

– Você é filho de Marthona, nascido no lar de Joconan? – disse ela, por fim.

– Não. Esse é meu irmão Joharran. Eu nasci de Dalanar, o homem com quem Marthona ficou depois. Você conheceu Joconan?

– Sim – disse S'Armuna, baixando os olhos em seguida voltando toda sua atenção ao pote, que quase fervia.

– Então deve ter conhecido minha mãe! – Jondalar excitou-se. – Se conheceu Marthona, sabe que não sou um mentiroso. Ela nunca permitiria que um dos seus filhos mentisse. Sei que isso parece difícil de acreditar, eu mesmo não acreditaria se me fosse contado e eu não a conhecesse, mas a mulher com quem eu estava viajando montava efetivamente um dos cavalos que esta gente precipitou no despenhadeiro. Era um cavalo criado por ela desde pequeno e que não pertencia àquele bando. Agora nem sei se está viva. Você precisa dizer a Attaroa que não minto! Preciso procurar Ayla. Preciso saber se ela vive!

O apelo de Jondalar não fez efeito sobre a mulher. Ela nem mesmo ergueu os olhos da bolsa de água quente que estava mexendo. Mas, ao contrário de Attaroa, não duvidava dele. Um dos caçadores de Attaroa viera falar com ela sobre uma confusa história de uma mulher em cima de um dos cavalos. Tinha medo que fosse um espírito! S'Armuna achava por isso que a história de Jondalar tinha fundamento. Só não sabia se era real ou sobrenatural.

– Você conheceu Marthona, não conheceu? – insistiu ele, indo até o fogo para chamar a atenção da mulher. Ele já a fizera reagir antes, quando mencionou sua mãe.

Quando S'Armuna ergueu os olhos, seu rosto estava impassível.

– Sim, conheci Marthona. Fui mandada, muito jovem ainda, para aprender com os Zelandonii da Nona Caverna. Sente-se aqui. – Tirou o remédio do fogo e apanhou uma pele macia. Ele se contraiu quando ela lavou a ferida com a solução antisséptica que havia preparado. Ele confiava na sua eficácia, pois a mulher aprendera aquilo com seu povo.

Depois de limpar o corte, S'Armuna o examinou de perto.

– Você ficou sem sentidos algum tempo, mas não é grave. A ferida vai cicatrizar sozinha – disse, evitando encará-lo. – Mas provavelmente você tem alguma dor de cabeça. Vou dar-lhe algo para isso.

– Não, não preciso de nada agora. Mas tenho sede, ainda. Gostaria de um pouco de água. Posso beber da sua bolsa? – perguntou, dirigindo-se para a grande bexiga, cheia d'água e úmida por fora, com a qual ela havia enchido a panela. – Eu a encho de novo depois, se quiser. Tem uma cuia que eu possa usar?

Ela hesitou, depois tirou uma cuia de uma prateleira.

– Onde posso encher a bolsa? Há algum lugar apropriado, aqui perto?

– Não se incomode com a água – disse ela.

Ele se aproximou da mulher, compreendendo que ela não o deixaria andar livremente, nem mesmo para buscar água.

– Nós não estávamos querendo capturar os cavalos que eles perseguiam. E mesmo se estivéssemos, Attaroa deveria saber que daríamos algo para compensá-la. Se bem que, com toda aquela manada lançada no precipício, haverá carne de sobra. Só espero que Ayla não esteja no meio dela. S'Armuna, preciso ir embora para procurá-la.

– Você a ama, não é? – perguntou S'Armuna.

– Sim, eu a amo – disse ele. E viu que a expressão dela mudava outra vez. Havia um amargor triunfante, mas um pouco de suavidade também.

– Estávamos a caminho de casa. Íamos nos casar, mas também contar a minha mãe da morte de meu irmão mais moço, Thonolan. Começamos a viagem juntos, mas ele... morreu. Ela ficará muito infeliz. É duro perder um filho.

S'Armuna assentiu com um movimento de cabeça, mas não fez qualquer comentário.

– O que aconteceu com aqueles jovens do funeral de hoje?

– Eles não eram muito mais jovens que você – disse S'Armuna. – Tinham idade suficiente para fazer escolhas erradas.

Jondalar teve a impressão de que ela estava constrangida.

– Como foi que morreram?

– Eles comeram algo que lhes fez mal.

Jondalar não acreditou que ela estivesse dizendo a verdade. Mas antes que ele pudesse acrescentar qualquer coisa, ela lhe deu suas roupas de couro e o entregou às mulheres que tinham permanecido na entrada. Conduziram-no, uma de cada lado, mas dessa vez não para a jaula. Puseram-no no interior da paliçada, cujo portão entreabriram apenas o suficiente para empurrarem-no para dentro.

27

Ayla tomou chá ao lado da fogueira, no acampamento, com o olhar perdido no prado à sua frente. Quando interrompeu a busca para que Lobo descansasse, ela notou uma grande formação rochosa projetada contra o fundo azul do céu, a noroeste; mas assim como a proeminente colina de arenito se desvanecia entre névoas e nuvens no horizonte, também se lhe desvaneceu na memória, quando seus pensamentos se interiorizaram, focados em Jondalar.

Combinando sua perícia de rastreadora com o faro finíssimo de Lobo, eles haviam conseguido seguir a pista deixada pela gente que havia sequestrado Jondalar. Depois de descer, aos poucos, das altas terras rumo ao norte, eles seguiram para oeste até chegar ao rio que ela e Jondalar tinham cruzado antes, mas sem atravessá-lo dessa vez. Viraram para o norte novamente, mantendo-se próximos do rio, deixando sempre um rastro fácil de se acompanhar.

Na primeira noite, Ayla acampou às margens da corrente e continuou a rastrear no dia seguinte. Não sabia quantos eram, mas via ocasionalmente diversas pegadas nas barrancas lamacentas do rio, algumas das quais começava a reconhecer. Nenhuma, porém, correspondia aos grandes pés de Jondalar, e ela começou a se perguntar se ele ainda estaria com seus raptores.

E ela então se lembrou de que, ocasionalmente, notara uma grande marca no solo, visível na grama amassada ou na terra seca ou úmida, e se lembrou de ter visto essa impressão repetidamente, próxima às pegadas e a outros sinais, desde o início. Não poderia ser de cavalo, pensou, porque os cavalos haviam sido lançados no precipício, e aquela marca vinha com eles do altiplano. Ela concluiu que seria de Jondalar, que fora carregado em alguma espécie de padiola, o que dava a ela, ao mesmo tempo, alívio e aflição.

Se tinham de carregá-lo, isso queria dizer que ele não podia andar, de modo que o sangue que vira indicava uma lesão séria. Não se dariam ao trabalho de carregá-lo se estivesse morto. Concluiu que Jondalar estava vivo, mas gravemente ferido. Esperava que o estivessem levando para algum lugar onde pudesse ser tratado. Mas por que o teriam ferido?

Quem quer que fosse que ela estivesse seguindo, deslocava-se com agilidade, mas a trilha esfriava, e ela sentia que estava ficando para trás. Os sinais que mostravam para onde eles teriam ido não eram sempre facilmente identificáveis, o que a retardava. Mesmo Lobo tinha alguma dificuldade em seguir a pista. Sem o animal ela provavelmente não teria chegado tão longe, sobretudo por haver áreas de solo rochoso, onde as tênues marcas da passagem deles eram praticamente inexistentes. Além disso, não queria deixar Lobo longe da vista, com medo de perdê-lo também. Sentia, não obstante, uma grande ânsia de continuar, de apressar-se, e se sentia feliz de ver o animal melhor a cada dia que passava.

Acordara naquela manhã cheia de estranhos pressentimentos, e ficara contente ao ver que Lobo também parecia aflito para partir; mas à tarde viu que ele estava cansado. Decidiu parar e fazer uma xícara de chá para deixá-lo descansar e, assim, os cavalos poderiam pastar um pouco.

Não muito tempo depois de recomeçada a busca, ela encontrou uma bifurcação do rio. Tinha atravessado facilmente dois pequenos riachos que desciam das montanhas, mas não tinha certeza se deveria cruzar o rio. Não via pegadas havia algum tempo, e não sabia se deveria seguir o braço que ia para leste ou se deveria atravessar para a margem oposta e seguir pelo braço que ia para oeste. Resolveu manter-se em direção a leste por algum tempo, indo para a frente e para trás à procura do rastro, e só pouco antes do cair da noite viu um sinal incomum, que lhe mostrou claramente o caminho a tomar.

Mesmo à luz precária do crepúsculo, notou que os pilares que saíam da água haviam sido postos lá com um propósito. Tinham sido fincados no leito do rio perto de várias toras fixadas à margem. No tempo que passara com os Sharamudoi conhecera aquele tipo de construção, um pequeno atracadouro para alguma espécie de barco. Ayla pensou em acampar ali mesmo, nas imediações do cais, mas depois mudou de ideia. Não sabia nada sobre o povo que estava seguindo, exceto que tinham ferido e raptado Jondalar. Não queria ser surpreendida por eles enquanto estivesse dormindo e, portanto, vulnerável. Escolheu, por isso, um lugar mais discreto e abrigado, para além da curva do rio.

De manhã examinou com cuidado a contusão de Lobo antes de fazê-lo entrar no rio. Não era um rio largo, mas era profundo e de água fria. Lobo teria de nadar, e suas lesões estavam ainda sensíveis ao toque, embora ele tivesse melhorado muito e estivesse ansioso para ir em frente. Parecia querer encontrar Jondalar tanto quanto ela.

Decidiu, não pela primeira vez, retirar as perneiras antes de montar Huiin; assim, não ficariam molhadas. Viu, com surpresa, que Lobo não hesitou em entrar na água. Em vez de ficar avançando e recuando na margem, como de hábito, saltou e nadou rapidamente, acompanhando-a; parecia não querer perdê-la de vista.

Após chegar ao outro lado, Ayla se afastou para escapar aos borrifos dos animais. Enquanto eles se livravam do excesso de água, ela reajustava a proteção das pernas. Examinou o lobo para se certificar de que estava bem, embora ele não tivesse demonstrado desconforto ao se secudir. Em seguida, ela começou a procurar os rastros. Mas foi Lobo quem descobriu, pouco abaixo da pequena doca e escondida na vegetação da margem, a chata que os caçadores de cavalos tinham usado para atravessar o rio. Ela levou algum tempo para identificar o que era.

Ayla imaginara que aquele povo usaria um barco semelhante aos dos Sharamudoi, belamente escavado, com proas e popas enfeitadas; ou um barco em forma de cuia, mais vulgar sem dúvida, mas funcional, que ela e Jondalar vinham utilizando. Mas o que Lobo achou foi uma espécie de plataforma construída com toras, e ela não estava familiarizada com balsas. Uma vez compreendida a finalidade daquilo, ela achou que era um meio de transporte engenhoso mas desajeitado. Lobo cheirou-o quase todo com muita curiosidade. Até que, parou e rosnou.

– O que foi agora, Lobo? – perguntou Ayla. Era uma nódoa marrom em uma das toras. Ayla sentiu que empalidecia, tomada de vertigem. Aquilo era sangue, sangue de Jondalar. Ela afagou a cabeça de Lobo. – Nós o acharemos – disse, tanto para consolar o lobo quanto para animar a si mesma. Mas não estava já tão certa de encontrá-lo vivo.

O rastro continuava do desembarcadouro e seguia entre campos de capim alto e seco, e ficara muito mais fácil de seguir. O problema era que se tratava de uma trilha tão utilizada que ela não tinha como se certificar de que as marcas eram oriundas da gente que perseguia. Lobo ia à frente, e logo Ayla ficou mais do que grata a ele por isso. Estavam naquele caminho havia muito pouco tempo quando o animal parou, franziu o focinho e mostrou os dentes, rosnando.

– O que é, Lobo? Está vindo alguém? – perguntou Ayla, fazendo Huiin desviar para abrigarem-se todos atrás de uma vegetação alta e cerrada. Ele fez sinal a Lobo para que viesse também. Ficaram escondidos por aquela cortina vegetal e Ayla puxou Campeão pela rédea para colocá-lo atrás da égua, pois ele levava a cesta, e se pôs entre os dois cavalos. Apoiou-se no solo com um joelho e passou o braço pelo pescoço de Lobo para que ele ficasse quieto, e esperou.

Ela não se enganara. Logo duas jovens passaram por eles, obviamente a caminho do rio. Ela mandou que Lobo ficasse e, depois, usando a maneira furtiva que aprendera quando criança para rastrear carnívoros, seguiu-as, rastejando pelo capim e se escondeu nos arbustos para observar.

As duas mulheres conversavam enquanto preparavam a balsa. A língua era desconhecida, mas Ayla via alguma semelhança com Mamutoi. Ela não conseguia compreender o que elas falavam, mas entendeu o sentido de uma ou outra palavra.

As duas empurraram a balsa quase até a água, depois retiraram duas longas varas que estavam escondidas debaixo dela. Amarraram a ponta de uma longa corda numa árvore, depois embarcaram. Enquanto uma impelia a balsa com a vara, a outra se encarregava da corda. Quando já estavam perto da margem oposta, onde a corrente não era tão rápida, começaram a fazer a zinga rio acima até alcançarem o embarcadouro. Com cordas presas à balsa, elas a amarraram firmemente nos pilares que saíam da água e saltaram para as toras fixadas à margem. Deixando, então, a balsa, correram pelo caminho por onde Ayla tinha vindo.

Ela voltou para junto dos animais. O que deveria fazer? Sentia que as mulheres podiam voltar logo; mas isso podia ser no mesmo dia, no dia seguinte, ou em outro dia qualquer. Queria achar Jondalar o mais depressa possível, mas não podia correr o risco de ser descoberta. Relutava em abordar diretamente aquela gente antes de saber mais sobre eles. Finalmente, resolveu procurar um lugar de onde pudesse observá-las, quando elas retornassem, sem ser vista.

Não teve de esperar muito. À tarde as duas voltaram, acompanhadas de muitas outras pessoas. Todos carregavam macas com grandes pedaços de carne e partes decepadas de cavalos. Conseguiam mover-se com incrível rapidez, a despeito da carga que levavam. Quando se aproximou do grupo, Ayla se surpreendeu ao ver que não havia um só homem; eram caçadoras! Viu-as amontoar a carne na balsa, depois, com a vara, conduziram-na para o outro lado, usando a corda como guia. Esconderam a balsa depois de descarregá-la, mas deixaram a corda estendida através do rio, o que intrigou Ayla.

Surpreendeu-se de novo com a velocidade das mulheres quando, em terra, tomaram a trilha. Num abrir e fechar de olhos, tinham desaparecido. Esperou um pouco antes de segui-las, e guardou sempre uma boa distância delas.

JONDALAR FICOU HORRORIZADO com as condições que encontrou por trás da paliçada. Os únicos abrigos eram um telhado ou toldo de meia-água, grande mas primitivo, que oferecia pouca proteção em caso de chuva ou neve; e a própria cerca de toras, que servia de barreira contra o vento. Não havia fogo nem comida, e a água era escassa. Todas as pessoas presas ali eram homens, e eram visíveis os efeitos das condições deploráveis em que viviam. À medida que saíam da sombra para vê-lo, viu que estavam magros, sujos e maltrapilhos. Nenhum deles tinha roupas apropriadas para aquele frio e, provavelmente, ficavam amontoados debaixo do alpendre para se aquecer.

Ele reconheceu um ou dois da cerimônia do funeral, e se perguntou por que homens e rapazes estariam num lugar daqueles. De súbito, vários fatos díspares vieram à mente e fizeram sentido: a atitude das mulheres armadas de lanças, os estranhos comentários de Ardemun, o comportamento dos homens no funeral, a reticência de S'Armuna, a medicação tardia da sua ferida, o tratamento brutal de que estava sendo vítima. Talvez não fosse resultado de um mal-entendido.

A conclusão a que fora forçado a chegar lhe parecia absurda, mas a realidade dos fatos era forte o suficiente para fazê-lo acreditar no que estava acontecendo. Era tudo tão óbvio que se surpreendeu de não ter entendido antes. Os homens estavam ali contra sua vontade, eram mantidos presos pelas mulheres!

Mas por quê? Parecia desperdício deixar pessoas inativas como aquelas, quando podiam todas contribuir para o bem-estar da comunidade. Pensou no próspero Acampamento do Leão dos Mamutoi, com Talut e Tulie organizando todas as atividades necessárias ao estabelecimento do bem-estar geral. Todos contribuíam, e tinham tempo para trabalhar nos seus projetos individuais.

Attaroa! Até onde aquilo era obra dela? A mulher estava obviamente na chefia da comunidade, era a líder daquele acampamento. Se não era de todo responsável, pelo menos parecia determinada a manter aquela situação peculiar.

Aqueles homens, pensou Jondalar, deveriam estar caçando, fazendo coleta de alimentos, cavando silos, fazendo abrigos novos e consertando os antigos, contribuindo com alguma coisa, e não se escorando ali, uns nos outros, para se manter aquecidos. Não era de espantar que estivessem caçando cavalos no fim da estação. Teriam estoque de comida suficiente para todo o inverno? E por que caçavam tão longe, se dispunham de perfeitas oportunidades de caça à mão?

– Você deve ser esse a que chamam de Zelandonii – disse um dos homens, em Mamutoi. Jondalar reconheceu-o como o que tinha as mãos atadas atrás das costas no cortejo do funeral.

– Sim. Sou Jondalar, dos Zelandonii.

– E eu sou Ebulan, dos S'Armunai – disse o outro. Depois acrescentou, ironicamente: – Em nome de Muna, a Mãe de Todos, deixe que eu lhe dê as boas-vindas ao Depósito, como Attaroa gosta de chamar este lugar. Temos outros nomes para isto: Acampamento dos Homens, Submundo Gelado da Mãe e Armadilha de Homens de Attaroa. Escolha o que quiser.

– Não entendo. Por que todos vocês estão aqui?

– É uma longa história. Mas, em resumo, fomos todos enganados, de um modo ou de outro – disse Ebulan. Depois, com uma careta irônica, continuou. – Fomos até induzidos, pela astúcia da mulher, a construir este lugar. Ou a maior parte dele.

– Por que, simplesmente, não pulam a cerca e vão embora? – disse Jondalar.

– Para sermos perfurados por Epadoa e suas lanceiras? – disse outro homem.

– Olamun está certo. Além disso, já não sei quantos teriam ainda forças para fugir – acrescentou Ebulan. – Attaroa nos mantém fracos deliberadamente. Fracos... ou pior que isso.

– Pior? – perguntou Jondalar, franzindo a testa.

– Mostre-lhe, S'Amodun – disse Ebulan a um homem alto, cadavérico, de cabelos grisalhos e emaranhados, com uma barba comprida, quase branca. Tinha um rosto duro, de traços marcantes, nariz saliente, sobrancelhas grossas, que lhe acentuavam o descarnado das faces. Mas eram os seus olhos que atraíam a atenção do observador: escuros, como os de Attaroa, e magnéticos. Em vez de malícia, espelhavam grande sabedoria, mistério e doçura. Jondalar não sabia definir o que era, mas havia naquele homem, no seu porte, na sua postura, algo que inspirava grande respeito, mesmo naquelas condições lamentáveis.

O velho balançou a cabeça e chamou Jondalar para debaixo do abrigo. Ao se aproximarem, ele viu que também havia homens lá dentro. Quando curvou a cabeça para passar por baixo do toldo, sentiu um fedor insuportável. Um dos prisioneiros jazia numa prancha que fora arrancada do teto e estava coberto apenas com um pedaço de couro rasgado. O velho puxou o couro e deixou à mostra uma ferida gangrenosa.

Jondalar ficou estupefato.

– Por que ele está assim?

– As lanceiras de Epadoa fizeram isso – disse Ebulan.

– E S'Armuna sabe que ele está assim? Ela pode fazer algo por ele.

– S'Armuna! Ah! O que o leva a pensar que ela faria algo? – disse Olamun, um dos que os tinham acompanhado. – Quem você acha que ajudou Attaroa quando tudo começou?

– Mas ela limpou a ferida da minha cabeça – disse Jondalar.

– Então Attaroa tem algum plano em mente para você – disse Ebulan.

– Plano? O que quer dizer?

– Ela gosta de pôr para trabalhar os homens jovens e fortes. Enquanto consegue controlá-los – disse Olamun.

– E se alguém se recusa a trabalhar para ela? – perguntou Jondalar. – De que maneira ela impõe sua vontade?

– Privando o indivíduo de comida e água. E se isso não bastar, ameaçando-lhe a família – disse Ebulan. – Se você sabe que alguém da sua fogueira, ou um irmão seu, vai ser posto numa gaiola, sem comer nem beber, você obedece.

– Que gaiola?

– Aquela em que você mesmo estava – disse Ebulan. E com um sorriso maroto: – De onde saiu com este manto magnífico. – Os outros homens sorriram também.

Jondalar olhou o couro rasgado que ele tirara da estrutura da jaula para cobrir-se.

– Essa foi boa! – disse Olamun. – Ardemun nos contou também que você quase arrebentou a própria gaiola. Não creio que ela esperasse isso.

– Da próxima vez, ela fará uma gaiola mais forte – disse outro homem. Era óbvio que ele não estava muito familiarizado com a língua. Ebulan e Olamun eram tão fluentes que Jondalar até se esquecera de que Mamutoi não era a língua nativa daquela gente. Aparentemente, outros sabiam, e a maioria deles era capaz de acompanhar, por alto, o que estava sendo dito.

O homem da prancha soltou um gemido, e o velho se ajoelhou para confortá-lo. Jondalar notou mais duas figuras que se mexiam ao fundo.

– Não importa. Se ela não tiver mais uma gaiola, ameaçará matar seus parentes para obrigá-lo a fazer o que deseja. Se você teve o azar de fazer um filho antes do advento dela como chefe, ela pode forçá-lo a tudo o que quiser.

Jondalar não entendeu todas as implicações daquilo e franziu o cenho.

– Por que seria um azar ter um filho?

Ebulan olhou para o velho.

– S'Amodun?

– Vou perguntar se querem conhecer o Zelandonii – disse ele.

Era a primeira vez que S'Amodun falava, e Jondalar se perguntou como uma voz tão profunda podia sair de um homem tão frágil. Ele retornou ao abrigo, curvou-se para falar com os homens amontoados no espaço onde o forro inclinado tocava o chão. Eles conseguiam ouvir os tons profundos e melodiosos de sua voz, mas não as palavras, e depois ouviram vozes mais jovens. Com a ajuda do ancião, um dos meninos se levantou e avançou, pulando num pé só.

– Esse é Ardoban – disse o velho.

– Eu sou Jondalar, da Nona Caverna dos Zelandonii, e em nome de Doni, a Grande Mãe Terra, eu o saúdo, Ardoban – disse ele, com grande formalidade, estendendo as mãos para o rapaz, sentindo de algum forma que ele precisava ser tratado com toda a dignidade.

O rapaz tentou firmar-se para tomar as mãos dele, mas Jondalar, ao ver que ele fazia uma careta de dor, fez menção de apoiá-lo, mas se conteve.

– Na verdade, eu prefiro ser chamado apenas Jondalar – disse, com um sorriso, tentando atenuar o constrangimento daquele instante.

– E eu de Doban. Não gosto de Ardoban. Attaroa sempre diz Ardoban. Ela quer que eu diga S'Attaroa. Não digo mais.

Jondalar ficou intrigado.

– É difícil traduzir – disse Ebulan. – Trata-se de uma forma de respeito. Significa alguém tido na mais alta estima.

– E Doban deixou de respeitar Attaroa.

– Doban detesta Attaroa! – disse o jovem, com voz hesitante, à beira das lágrimas. Virou-se de costas, em seguida. S'Amodun sugeriu aos outros que se retirassem, e foi ajudar o jovem.

– O que aconteceu com ele? – perguntou Jondalar, depois que estavam a alguma distância.

– Puxaram-lhe a perna até que ela foi deslocada das juntas – disse Ebulan. – Attaroa fez isso, ou, melhor, mandou que Epadoa o fizesse.

– O quê? – disse Jondalar, arregalando os olhos de incredulidade. Você está dizendo que ela deslocou deliberadamente a perna do menino? Que espécie de abominação é essa mulher?

– Ela fez a mesma coisa com o outro menino, o mais novo dos filhos de Odevan.

– Que motivo ela teria para fazer algo assim?

– No caso do mais jovem, foi para dar um exemplo. A mãe dele não gostava da maneira como Attaroa nos tratava, e queria seu homem de volta a sua fogueira. Avanoa conseguiu entrar aqui algumas vezes para passar a noite com ele, e costumava trazer-nos comida furtivamente. Ela não é a única mulher que faz isso, mas o problema é que incitava as outras, e Armodan, seu homem, estava resistindo a Attaroa, recusando-se a trabalhar. Ela se vingou no rapaz. Disse que, aos 7 anos, ele já tinha idade bastante para largar as saias da mãe e viver com os homens, mas deslocou a perna dele antes.

– O outro menino tem 7 anos? – disse Jondalar, balançando a cabeça e estremecendo de horror. – Jamais ouvi história mais terrível.

– Odevan tem muitas dores, e sente falta da mãe, mas o caso de Ardoban é pior. – Era S'Amodun quem falava. Ele saíra do abrigo e se juntara ao grupo.

– É difícil imaginar algo pior – disse Jondalar.

– Acho que ele sofre mais pela dor da traição que pela dor física – disse S'Amodun.

– Ardoban considerava Attaroa uma espécie de mãe. Sua própria mãe morreu quando ele era pequeno, e Attaroa o recolheu, mas o tratava mais como um boneco, um brinquedo, do que como uma criança. Gostava de vesti-lo com roupas de mulher, enfeitá-lo com coisas absurdas, mas o alimentava bem e dava-lhe, de vez em quando, presentinhos. Ela até o ninava ou o levava para dormir com ela algumas vezes. Mas quando se cansava dele, fazia-o dormir no chão. Poucos anos atrás ela cismou que estavam tentando envenená-la.

– Dizem que foi o que ela fez com seu companheiro – disse Olamun.

– E quando ele cresceu – continuou o velho –, ela às vezes o deixava amarrado, convencida de que, caso contrário, tentaria fugir. Mas assim mesmo, Attaroa foi a única mãe que o menino teve. Ele a amava e fazia tudo para agradá-la. Começou a tratar os outros rapazes da sua idade da mesma maneira que ela tratava os homens, e a dar ordens. Attaroa o encorajava, é claro.

– Ele ficou insuportável – acrescentou Ebulan. – Parecia ser dono de todo o Acampamento. A vida dos outros meninos tornou-se insuportável.

– E o que aconteceu? – perguntou Jondalar.

– Ele ficou adulto – disse S'Amodun. Ao ver o olhar intrigado de Jondalar, explicou: – A Mãe foi até ele enquanto dormia, sob a forma de uma bela jovem, e pôs sua virilidade para funcionar.

– Claro. Isso acontece com todo rapaz – disse Jondalar.

– Attaroa descobriu – explicou S'Amodun – e foi como se ele se tivesse feito homem só para aborrecê-la. Ela ficou furiosa! Berrou com ele, chamou-o dos piores nomes, depois confinou-o ao Acampamento dos Homens, mas não antes de fazer deslocar a sua perna.

– Com Odevan foi mais fácil – disse Ebulan. – Ele era mais jovem. Não tenho certeza se no começo tinham mesmo a intenção de soltar suas juntas. Acho que queriam só que a mãe e a mulher sofressem ouvindo os gritos dele. Mas tendo feito isso, porém, Attaroa pode ter pensado que aquela era uma boa maneira de invalidar um homem e torná-lo mais facilmente dominável.

— Tinha Ardemun como exemplo — disse Olamun.

— Ela deslocou-lhe a perna também?

— De certo modo, sim — disse S'Amodun. — Foi um acidente. Mas aconteceu quando ele estava tentando fugir. Attaroa não deixou que S'Armuna cuidasse dele, embora eu acredite que estivesse disposta a fazê-lo.

— Mas foi mais difícil incapacitar um menino de 12 anos. Ele lutou e berrou, mas não adiantou nada — disse Ebulan. — E, devo dizer a você, depois da agonia do rapaz, ninguém pôde guardar mágoa dele. Tinha mais que pagado por seu comportamento infantil.

— É verdade que ela disse às mulheres que todo filho que nascesse homem teria as pernas deslocadas? — perguntou Olamun.

— Foi o que Ardemun disse — confirmou Ebulan.

— Será que ela pensa que pode ditar normas à Mãe? Forçá-La a fazer somente fêmeas? — perguntou Jondalar. — Com isso, ela está desafiando o destino.

— Talvez — disse Ebulan. — Mas, a meu ver, só a própria Mãe poderá deter essa mulher.

— O Zelandonii tem razão — disse S'Amodun. — Acho até que a Mãe já lhe deu um aviso. Vejam como foram poucos os bebês nascidos nos últimos anos. Essa atrocidade da megera, vitimando crianças, pode ter sido a última para Ela. Crianças têm de ser protegidas e não mutiladas.

— Sei que Ayla jamais admitiria algo assim. Ela não suportaria isso — disse Jondalar. E, acrescentou baixando os olhos: — Mas nem sei se ela ainda está viva.

Os homens se entreolharam, hesitando falar, embora todos tivessem, na ponta da língua, a mesma pergunta. Por fim, Ebulan resolveu falar.

— Ayla é a mulher que você nos disse ser capaz de viajar montada em cavalos? Ela deve ter grandes poderes, se é capaz de dominar animais dessa maneira.

— Ela mesma não diria isso — retrucou Jondalar, sorrindo. — Mas penso que tem certamente mais poderes do que admite. Ela não monta qualquer cavalo. Ela monta apenas a égua que criou, embora tenha montado também o meu cavalo. Teve mais dificuldade em controlá-lo, porém. E esse foi o problema...

— Você também... monta? — perguntou Olamun, incrédulo.

— Monto um cavalo, o meu. Bem, já montei também o de Ayla, mas...

– Você está querendo dizer que a história que contou a Attaroa é verdadeira? – disse Ebulan.

– Claro que é. Por que eu iria inventar algo assim? – Jondalar correu os olhos por todos aqueles rostos incrédulos. – Talvez eu deva começar do começo. Ayla criou uma potrancazinha...

– Onde achou a potranca? – perguntou Olamun.

– Ela estava caçando, matou a mãe, e só então viu a cria.

– Mas por que a criou?

– Porque Ayla estava sozinha, e a cria estava órfã... É uma longa história – disse Jondalar, disposto a ser breve. – Ela queria companhia e decidiu adotar a égua. Quando Huiin cresceu... Ayla lhe deu esse nome... pariu um potro. Isso aconteceu mais ou menos quando nos conhecemos. Ela me ensinou a cavalgar e me entregou o potro para que eu o adestrasse. Eu o chamei Campeão. Viajamos desde a Reunião de Verão dos Mamutoi, contornando a ponta sul daquelas montanhas orientais, montando esses dois cavalos. Isso não tem nada a ver com poderes sobrenaturais. É uma questão de acostumá-los com a gente, desde pequenos, como a mãe faz com o bebê.

– Bem, se você acha... – disse Ebulan.

– Acho porque é verdade – contrapôs Jondalar. Depois decidiu que seria inútil prosseguir com aquele assunto. Eles teriam de ver para crer, e era improvável que algum dia isso ocorresse. Ayla se fora, e também os dois cavalos.

Nesse momento o portão se abriu e todos se voltaram para ver o que acontecia. Epadoa entrou primeiro, seguida por algumas das suas mulheres. Agora que ele sabia mais sobre ela, Jondalar observou a mulher que causara tanto sofrimento a crianças. Não sabia qual das duas era mais abominável: a que concebia o plano ou a que o executava. Não tinha dúvida de que Attaroa seria capaz de fazer a maldade ela mesma. Havia algo de muito errado com ela. Não era uma pessoa sã. Algum espírito **imundo** entrara nela e roubara uma parte essencial do seu ser. Mas o que **dizer** de Epadoa? Ela parecia saudável e normal, mas como podia ser tão cruel e insensível? Faltariam a ela também algumas partes essenciais?

Para surpresa geral, a própria Attaroa entrou em seguida.

– Ela não vem nunca – disse Olamun. – O que poderá querer? – O comportamento da mulher lhe inspirava temor.

Atrás dela entraram outras mulheres carregando bandejas de carne cozida e fumegante e cestas de trançado de miúdo com uma sopa cheirosa com pedaços de carne. De cavalo! As caçadoras tinham voltado, então! Havia muito tempo que Jondalar não provava carne de cavalo, que não costumava lhe apetecer, mas naquele momento a comida cheirava muito bem. As mulheres traziam também uma bolsa de água cheia e diversas xícaras.

Os homens olhavam a movimentação com avidez, mas nenhum deles movia mais que os olhos, com medo que Attaroa cancelasse o banquete. Temiam, aliás, que aquilo pudesse ser uma espécie de brincadeira atroz: mostrar-lhes a comida e retirá-la em seguida.

– Zelandonii! – disse Attaroa, fazendo a palavra soar como uma ordem. Jondalar a encarou enquanto a mulher se aproximava. Ela parecia quase masculina. Não, não era bem isso. Seus traços eram fortes e marcados, mas bem definidos, bem desenhados. Era, na verdade bela, a seu modo, ou poderia ter sido, não fora a dureza da expressão. Havia crueldade no traço da boca, e a ausência de alma era patente nos olhos.

S'Armuna surgiu a seu lado. Devia ter vindo com as outras mulheres, pensou; embora não a tivesse notado antes.

– Eu agora falo por Attaroa – disse, em Zelandonii.

– Você tem muito que explicar – disse ele. – Como permite que tais coisas aconteçam? Attaroa é insana, mas não você. Eu a responsabilizo. – Os olhos azuis de Jondalar eram frios como o gelo.

Attaroa interpelou a intérprete com raiva.

– Ela não quer que você fale comigo. Tenho de traduzir para ela. Só isso. E Attaroa quer que você olhe para ela.

Jondalar obedeceu e esperou.

S'Armuna começou a tradução.

– Attaroa é quem fala. Quer saber o que você acha de suas novas... acomodações.

– O que pode esperar que eu ache? – disse Jondalar a S'Armuna, que evitou olhar para ele e falou com Attaroa.

Um sorriso malicioso enfeitou o rosto da líder.

– Estou certa de que já ouviu muitas histórias a meu respeito. Mas não deve dar ouvidos a tudo o que lhe dizem.

– Acredito no que vejo – disse Jondalar.

– Bem, você me viu trazer comida.

– Não vejo ninguém comendo. E sei que todos têm fome.

O sorriso dela se alargou quando ouviu a tradução.

– Eles devem comer. E você também. Vai precisar de toda a sua força – disse. E riu de novo.

– Não duvido – retrucou Jondalar.

Depois que S'Armuna traduziu, Attaroa saiu bruscamente, fazendo sinal às mulheres para que a seguissem.

– Você é responsável – repetiu Jondalar para S'Armuna, que já lhe dava as costas.

Logo que o portão se fechou, uma das guardas disse:

– Vocês deviam comer logo, antes que ela mude de ideia.

Os homens se lançaram sobre as travessas de carne postas no chão. Quando S'Amodun passou por Jondalar, disse:

– Muito cuidado, Zelandonii! Attaroa tem algo em mente para você.

OS DIAS SEGUINTES pareceram intermináveis para Jondalar. Trouxeram um pouco de água, mas muito pouca comida. Ninguém podia sair, nem mesmo para trabalhar, o que era incomum, na opinião geral. Os homens estavam inquietos, sobretudo porque Ardemun também recebera ordem de permanecer no Depósito. Seu conhecimento de diversas línguas o transformara num intérprete, primeiro, e, depois, num porta-voz entre Attaroa e os homens. Por causa da sua perna deslocada, ela achava que ele não representava uma ameaça. Também achava que ele não conseguiria fugir. Assim, tinha maior liberdade de movimento no interior do acampamento e muitas vezes trazia fragmentos de informação sobre a vida no exterior da paliçada e, até, ocasionalmente, comida contrabandeada.

Muitos dos homens passavam o tempo jogando e apostando vantagens futuras. Usavam pedaços de madeira, pedrinhas, ossos de carne quebrados. O fêmur da perna de cavalo fora guardado, depois de limpo e aberto; poderia vir a ter alguma utilidade.

Jondalar passou o primeiro dia do seu confinamento examinando com atenção toda a cerca que os prendia e testando-lhe a resistência. Encontrou vários lugares por onde, a seu ver, poderia passar, e outros que lhe seria possível galgar. Mas era também possível ver através das frestas que Epadoa e suas mulheres montavam guarda o tempo todo. A terrível infecção do homem da ferida o dissuadia de tentar uma abordagem tão direta. Examinou o teto inclinado e imaginou o que poderia fazer para consertá-lo e torná-lo um pouco mais resistente às intempéries, se houvesse ferramentas e material.

De comum acordo, uma extremidade da área, por trás de algumas pedras, o único outro aspecto daquele recinto despojado, além da coberta, fora reservado como latrina. Jondalar se sentira nauseado logo no primeiro dia com o cheiro impregnado do Depósito, que era ainda pior no abrigo, onde a infecção mórbida das feridas em putrefação acrescentava seu mau cheiro aos demais; mas à noite não havia escolha senão abrigar-se. Ele aconchegava-se aos demais, como todos faziam, para aquecer-se, compartilhando seu manto improvisado com os companheiros, que tinham menos roupa que ele.

Nos dias que se seguiram, sua sensibilidade ao fedor diminuiu, mas ele sentia mais o frio e ocasionalmente ficava tonto. Gostaria muito de conseguir um pouco de casca de salgueiro para a sua dor de cabeça.

As circunstâncias começaram a mudar quando o homem da ferida morreu. Ardemun foi ao portão e pediu para falar com Attaroa ou Epadoa, para que o cadáver fosse removido e enterrado. Vários homens saíram para preparar o sepultamento, e foram avisados que todos os que pudessem deveriam comparecer à cerimônia fúnebre. Jondalar se envergonhou pela ansiedade que sentiu com a possibilidade de sair do cercado, uma vez que o motivo disso era um falecimento.

Do lado de fora, as sombras de um sol já crepuscular se alongavam no chão, valorizando os aspectos do vale e do rio embaixo. Jondalar teve uma impressão comovente da beleza e grandiosidade do panorama. Sua contemplação foi interrompida por uma pontada no braço. Voltou-se aborrecido para Epadoa e três das suas mulheres que o rodeavam com lanças em riste e precisou de muito controle para não tirá-las do seu caminho.

– Ela quer que você ponha as mãos para trás, a fim de serem amarradas – disse Ardemun. – Você não sai se as mãos não estiverem atadas.

Jondalar fechou a cara, mas obedeceu. Acompanhando, depois, Ardemun, pensava na sua situação. Nem sequer sabia onde estava, nem havia quanto tempo, mas a ideia de permanecer ali pelo resto da vida, sem nada senão a paliçada como cenário, era mais do que podia suportar. Queria sair, de um jeito ou de outro, e logo. Se não o fizesse, logo chegaria um momento em que não conseguiria mais fazê-lo. Passar uns poucos dias sem comer não era grande problema, mas poderia vir a ser se continuasse naquele regime. Além disso, se havia uma possibilidade de Ayla estar viva, ferida talvez, mas viva, tinha de encontrá-la o mais depressa possível. Não sabia ainda como conseguiria fazer isso. Sabia apenas que não ia ficar no Depósito indefinidamente.

Caminharam um pouco e atravessaram um riacho, molhando os pés. O serviço fúnebre foi rápido, e Jondalar se perguntou por que Attaroa se dava ao trabalho de enterrar com cerimônia um homem por quem não se importara em vida. Ele mesmo não conhecera o infeliz, nem sabia o nome dele, apenas vira-o sofrer – sofrimento gratuito. Agora ele se fora e errava no outro mundo, mas pelo menos estava livre de Attaroa. Talvez fosse melhor morrer que definhar por trás de uma cerca.

Por breve que tivesse sido a cerimônia, os pés de Jondalar ficaram frios em consequência de seus sapatos molhados. Na volta, prestou mais atenção ao córrego, procurando alguma pedra em que pudesse pisar, ou outra maneira de atravessar sem molhar os pés. Mas quando olhou para baixo, deixou de importar-se: como se tivessem sido postas ali de propósito, viu duas pedras, uma junto da outra, na borda da água. Uma era um nódulo, pequeno, mas adequado, de sílex; a outra, uma pedra arredondada que parecia feita para acomodar-se à sua mão; tinha a forma perfeita de uma cabeça de martelo.

– Ardemun – disse em Zelandonii ao homem que vinha atrás dele. – Você está vendo aquelas duas pedras? Pode pegá-las para mim? – É muito importante – disse ele, apontando com o pé.

– Aquilo é sílex?

– Sim. E eu sou um britador profissional.

De repente, Ardemun pareceu tropeçar e caiu pesadamente. Aleijado, teve dificuldade para se levantar, e uma das mulheres lanceiras apareceu. Ela disse algo, em tom ríspido, a um dos homens, que estendeu a mão para puxá-lo. Epadoa retrocedeu para ver o que estava retardando a marcha. Ardemun se pôs de pé antes que ela se aproximasse e desculpou-se quando foi repreendido.

Quando voltaram, ele e Jondalar se dirigiram para o fundo do Depósito, onde havia o mictório, para urinar. Quando se reuniram aos demais, Ardemun disse aos homens que as caçadoras tinham voltado trazendo mais carne da matança de cavalos, mas alguma coisa acontecera enquanto o segundo grupo regressava. Não sabia o que era, mas estava provocando grande comoção entre as mulheres. Todas falavam, agitadíssimas, mas ele não conseguira ouvir nada de específico.

Naquela noite, comida e água foram servidas, mas as ajudantes não foram autorizadas a ficar para cortar a carne. Ela fora cortada grosseiramente e posta em cima de algumas toras, sem qualquer comunicação. Os homens comentaram isso enquanto comiam.

– Algo muito estranho está acontecendo – disse Ebulan, falando em Mamutoi para que Jondalar entendesse. – Acho que as mulheres receberam ordens de não falar com a gente.

– Mas isso não faz sentido – disse Olamun. – Mesmo que soubéssemos de algo, o que poderíamos fazer?

– Tem razão, Olamun. Não faz sentido. Mas concordo com Ebulan. As mulheres estão proibidas de falar – disse S'Amodun.

– Talvez, então, a hora tenha chegado – disse Jondalar. – Se as lanceiras de Epadoa estão ocupadas conversando umas com as outras, talvez não notem.

– Não notem o quê? – perguntou Olamun.

– Ardemun conseguiu apanhar uma pedra de sílex...

– Ah, então foi isso! – disse Ebulan. – Não vi nada que pudesse tê-lo feito tropeçar.

– Mas de que serve uma pedra de sílex? – quis saber Olamun. – Seriam necessárias ferramentas para transformá-la numa arma. Eu costumava ver um britador trabalhar, mas ele morreu.

– Sim. Mas Ardemun pegou também uma pedra que pode servir para fazer um martelo. Temos alguns ossos aqui. Podemos fazer lâminas, convertê-las em facas, pontas e outras ferramentas. É uma excelente pedra.

– Você trabalha com pedras? – perguntou Olamun.

– Sim, mas precisarei de ajuda. Vocês terão que fazer barulho para que não se ouça o atrito de pedra contra pedra – disse Jondalar.

– Ainda que façamos algumas facas, de que servirá isso? As mulheres têm lanças – disse Olamun.

– Com as facas, poderemos cortar as cordas de alguém que tenha sido amarrado – disse Ebulan. – No momento podemos inventar um jogo ou competição que cubra o ruído. Mas já não há quase luz.

– Essa luz me basta. Não levarei muito tempo fazer as facas e pontas. Amanhã trabalharei na parte coberta, onde elas não podem ver. Vou precisar daquele osso de pernil, daqueles pedaços de madeira e, talvez, de alguma tora do teto. Seria bom se houvesse ainda nervo ou tendão, mas tiras finas de couro podem servir. E Ardemun, se você me conseguir algumas penas de ave quando estiver fora do Depósito, elas me seriam úteis.

Ardemun assentiu. Depois disse:

– Você vai fazer algo que voa? Uma lança de arremesso?

– Sim, algo capaz de voar. Isso implicará desbastar e polir, e tomará tempo. Mas acho que sou capaz de fazer uma arma que surpreenderá vocês.

28

Na manhã seguinte, antes de recomeçar a trabalhar com o sílex, na parte coberta, Jondalar foi conversar com S'Amodun sobre os dois rapazes aleijados. Refletira sobre o assunto durante a noite. Se Darvo iniciara seu aprendizado de britador ainda menino, os dois poderiam aprender a trabalhar com sílex e, sabendo o ofício, poderiam vir a ter vidas úteis e independentes, apesar da invalidez.

– Com Attaroa no comando – ponderou S'Amodun –, você de fato acha que eles terão alguma chance?

– Ela dá a Ardemun certa liberdade, certo? – disse Jondalar. – Talvez acabe reconhecendo que eles não representam ameaça maior e permita que saiam mais vezes. Até uma tresloucada como Attaroa é capaz de compreender a utilidade de ter dois britadores a seu serviço. As armas de caça de que dispõe são de qualidade inferior. E quem sabe se ela ficará no poder por muito tempo ainda?

S'Amodun olhou longamente aquele estrangeiro louro à sua frente, com ar intrigado.

– Será que você sabe de algo que eu ignoro? Seja como for, vou ver se animo aqueles dois a virem acompanhar o seu trabalho.

Na véspera, Jondalar trabalhara do lado de fora, para que as estilhas aguçadas que quebram no processo de desbastamento da pedra não ficassem espalhadas em torno do único abrigo que tinham. Escolhera um terreno por trás do amontoado de pedras que guardava a área da latrina. Por causa do fedor, as guardas evitavam o fundo do recinto, que era, por isso mesmo, a parte menos vigiada do Depósito.

As peças em forma de lâmina que ele rapidamente lapidou eram pelo menos quatro vezes mais compridas que largas, e tinham extremidades arredondadas. Eram as matrizes das quais seriam feitas as ferramentas. As bordas eram finas e afiadas como navalhas modernas, por serem tiradas do núcleo ou cerne de pedra. Seriam capazes de cortar um pedaço de couro como se fora banha coagulada. O gume das lâminas era, na verdade, tão cortante que muitas vezes tinha de ser cegado para que as ferramentas pudessem ser manipuladas sem risco.

Escondido pela cobertura, na manhã seguinte a primeira providência de Jondalar foi escolher um lugar debaixo de uma falha do teto para dispor de um pouco de luz. Depois, cortou um pedaço do couro que lhe servia de manto e forrou com ele o chão para aparar as inevitáveis lascas de sílex. Com os dois aleijados e diversos outros prisioneiros à sua volta, ele se pôs a demonstrar como uma pedra oval e diversos pedaços de osso podiam ser empregados para fazer ferramentas de sílex, as quais, por sua vez, eram em seguida utilizadas para o fabrico de outros materiais, com couro, madeira e osso. Eles tinham de ser cautelosos para não atrair a atenção das mulheres, saindo um pouco, como de rotina, depois voltando, como que para se abrigarem e aquecerem, o que também servia para obstruir a visão das sentinelas, mas todos observavam seu trabalho com fascinação.

Jondalar apanhou uma lâmina e observou-a detalhadamente. Eram diversas as ferramentas que desejava fazer, e tinha de decidir qual delas se adaptava melhor a cada matriz. Da que tinha nas mãos, uma das bordas era quase reta, a outra apresentava leves ondulações. Começou por raspar a borda desigual, repetidamente com o martelo de pedra. Deixou a outra borda como estava. Em seguida, com a ponta comprida de um osso de perna partido, ele desbastou a extremidade arredondada, tirando dela pequenas lascas, cuidadosamente, até obter uma ponta. Se tivesse tendão ou cola, ou breu, ou outro material qualquer, com o qual pudesse prendê-la a um cabo, ele o teria feito. Mas tal qual a preparou era uma faca perfeitamente adequada.

Enquanto a faca era passada de mão em mão e seu fio testado em pelos de braço ou pedaços de couro, Jondalar escolheu outra matriz. Nessa, a curvatura das duas faces formavam uma cintura. Fazendo pressão com a parte nodosa e arredondada do osso da perna, ele tirou fora apenas o gume mais acerado dos dois comprimentos, o que os cegou um pouco, e acertou-os, o que era mais importante, de modo a que a peça pudesse ser usada como raspadeira, para modelar e alisar outras peças, de madeira ou osso. Mostrou como se fazia e passou-a também adiante para que os companheiros a examinassem.

Com a terceira matriz, ele cegou os dois lados para que a ferramenta pudesse ser manejada facilmente, sem perigo. Então, com dois golpes secos, cuidadosamente controlados e relativamente fracos, aplicados a uma das pontas, ele tirou duas lascas, deixando uma ponta afiada, como um formão. Para demonstrá-la, fez um sulco num osso, depois trabalhou nela, aprofundando-a mais, e vendo crescer, à margem, uma pilha de lascas e aparas finas, encaracoladas. Explicou como um fuste, uma ponta ou um cabo podiam ser feitos grosseiramente na forma desejada, e depois raspados e alisados na fase de acabamento.

A demonstração de Jondalar foi uma revelação. Nenhum daqueles homens ou rapazes jamais tinha visto um ferramenteiro profissional em ação. Dos mais velhos, poucos conheciam um com a perícia de Jondalar. No pouco tempo de luz que tivera na véspera, ele tirara quase trinta matrizes de um só nódulo de sílex, e só parou quando a peça ficou por demais pequena para ser trabalhada. Mais um dia, e a maior parte dos homens já havia utilizado uma ou mais das ferramentas que ele fabricara.

Ele procurou, então, explicar-lhes a arma de caça que tinha em mente. Alguns dos homens pareceram compreendê-lo de imediato, embora, como seria de esperar, duvidassem da exatidão e velocidade que ele atribuía a uma azagaia ou lança curta, arremessada com o engenho que ele descrevia. Outros pareceram incapazes de assimilar prontamente o conceito do engenho, mas isso não importava.

Ter ferramentas confiáveis nas mãos e trabalhar com elas em algo construtivo dera a todos nova motivação. Fazer algo contra Attaroa e as condições de vida que ela lhes impunha curou-os do desespero em que tinham afundado no Acampamento dos Homens e reacendeu a esperança de que lhes seria possível, um dia, retomar a direção do próprio destino.

Nos dias que se seguiram, Epadoa e suas mulheres sentiram uma alteração no comportamento deles e ficaram um tanto desconfiadas. Os homens pareciam andar com mais leveza e sorrir mais frequentemente, mas não conseguiam ver nada diferente. Os homens tinham sido extremamente cuidadosos, escondendo não só as facas, raspadores e formões que Jondalar fabricara, mas até as lascas, estilhas, fitas e aparas de madeira, osso ou pedra. Tudo foi enterrado na área abrigada e coberto com uma tábua ou pedaço de couro.

A maior transformação de todas foi a que aconteceu com os meninos aleijados. Jondalar não se limitara a mostrar-lhes como fazer ferramentas; fabricara ferramentas especiais para eles, ensinando-lhes como manejá-las. Os dois deixaram de esconder-se nas sombras do abrigo e começaram a relacionar-se com os demais companheiros do Depósito. Ambos idolatravam o Zelandonii. Doban, principalmente, que era o mais velho deles, compreendia melhor as coisas, embora relutasse em demonstrar sentimentos.

Desde que vivia à sombra de Attaroa, perturbada mentalmente e insensata, Ardoban se sentia indefeso, completamente à mercê de circunstâncias sobre as quais não tinha controle. Temia sempre, dia e noite, que algo terrível lhe acontecesse. Depois do trauma excruciante e pavoroso da experiência por que passara, achara que sua vida só podia piorar. Muitas vezes desejara a morte. Mas o espetáculo de alguém que, tomando duas pedras achadas num rio, e usando apenas a cabeça e as mãos, dava-lhe a esperança de mudar seu mundo causara-lhe a mais profunda impressão. Doban tinha medo de pedir, pois ainda não conseguia confiar em ninguém, mas queria agora, mais do que tudo no mundo, aprender com Jondalar a fazer ferramentas de pedra.

Jondalar percebeu o interesse do rapaz e desejou ter mais sílex para poder ensinar-lhe os rudimentos do ofício. Será que aquela gente costumava ir a Encontros ou Reuniões de Verão, em que ideias, informações e objetos eram trocados? Haveria, por certo, na região, britadores capazes de ajudá-lo futuramente. Ele precisava dominar uma profissão em que a deficiência física não fizesse diferença.

Depois que Jondalar construiu em madeira um modelo de arremessador de lanças, mostrando sua utilidade, e como se fabricava, vários dos homens passaram a fazer cópias daquele estranho utensílio. Jondalar fez também pontas de lança de sílex com algumas das matrizes. Com o couro mais forte de que dispunham, ele cortou finas tiras para amarrá-las aos cabos. Ardemun conseguira, até, tendo achado um ninho de águia-real, trazer-lhe algumas boas penas de voo – rêmiges primárias. Faltavam-lhe agora apenas as lanças de madeira.

Tentando sempre arranjar-se com o pouco material de que dispunha, Jondalar cortou uma longa peça estreita de uma tábua com a afiada talhadeira que fizera. Usou-a para mostrar aos mais jovens como fixar a ponta e como prender as penas direcionais. Ensinou-lhes também como manejar seu ejetor de lanças e as técnicas básicas de lançamento, sem, no entanto, fazer nenhuma demonstração prática. Fabricar um eixo de lança a partir de uma prancha era trabalho prolongado e enfadonho. A madeira, seca e frágil, não tinha elasticidade, e quebrava facilmente.

Ele precisava era de madeiras novas, retas, com ramos razoavelmente longos que pudessem ser corrigidos, para o que precisaria de calor. Ah, se pudesse sair para procurar madeira apropriada! Teria, para isso, de convencer Attaroa. Quando confiou esses pensamentos a Ebulan, à hora em que já se preparavam para dormir, o homem lhe lançou um olhar enviesado, começou a dizer algo e depois desistiu. Balançando a cabeça, fechou os olhos, e deu-lhe as costas. Jondalar achou aquela reação muito estranha, mas logo a esqueceu, e dormiu pensando no problema.

Attaroa também pensava em Jondalar. Antecipava a diversão que ele seria para ela durante o longo inverno. Queria ganhar controle sobre ele, vê-lo atender a todos os seus desejos. Havia de mostrar que era mais poderosa do que aquele homem alto e belo. Depois, quando não quisesse mais nada com ele, tinha outros planos. Talvez ele já pudesse ser tirado do Depósito para trabalhar. Epadoa lhe dissera que algo se passava lá dentro e que o Zelandonii tinha a ver com aquilo, mas que ela ainda não descobrira o que era. Talvez fosse bom separá-lo dos outros por algum tempo, pensou Attaroa, botá-lo de volta na gaiola. Seria uma boa maneira de deixar todos lá dentro inquietos.

Pela manhã, disse às mulheres que queria uma equipe de trabalho e desejava o Zelandonii incluído nela. Jondalar ficou satisfeito com essa oportunidade de sair e ver algo mais que terra nua e homens desesperados. Era a primeira a vez que o tiravam do Depósito para trabalhar, e não imaginava o que teria de fazer. Mas era uma oportunidade de procurar árvores novas, de caule retilíneo. Levá-las para o Depósito seria outro problema.

Mais tarde, no curso do mesmo dia, Attaroa saiu da sua casa, acompanhada por S'Armuna e duas de suas mulheres. Usava ostensivamente a parka de Jondalar. Os homens estavam ocupados empilhando ossos de mamute que tinham vindo de algum lugar. Tinham trabalhado a manhã toda e parte da tarde sem nada para comer e pouca água. Embora estivesse fora do Depósito, Jondalar não tivera oportunidade de procurar as suas árvores e muito menos de pensar como cortá-las e levá-las para lá. Vigiavam-no de perto e não lhe davam descanso. Estava não só frustrado, mas exausto, e sentia fome, sede e raiva.

Quando as mulheres se aproximaram, ele colocou no chão o osso de perna que ele e Olamun estavam carregando e encarou-as. Notou mais uma vez o quanto Attaroa era alta, mais alta que muitos homens. Talvez tivesse sido atraente. Por que passara a odiar tanto os homens?

Ela lhe dirigiu a palavra. Apesar de não compreender bem a língua, o sarcasmo era evidente.

– Bem, Zelandonii, estará disposto a contar-nos outra história como a última? Estou com disposição de divertir-me.

S'Armuna traduziu, inclusive com a entonação de escárnio.

– Não contei uma mentira. Disse-lhe a verdade – respondeu Jondalar.

– E a mulher que viajava com você no lombo de cavalos? Por onde anda essa bendita mulher? Se tem os poderes que você lhe atribui, por que não veio libertá-lo? – disse Attaroa, de mãos na cintura, em atitude zombadora.

– Não sei, mas daria tudo para saber onde ela está. Temo que ela tenha sido arrastada para o abismo com os cavalos que vocês caçavam – disse Jondalar.

– Você mente, Zelandonii! Meus caçadores não encontraram mulher nenhuma com os cavalos no fundo do despenhadeiro. Acho que você ouviu que a pena por furtar dos S'Armunai é a morte, e você quer escapar com esse artifício.

Nenhum corpo fora encontrado? Jondalar ganhou alma nova com a tradução de S'Armuna. Ayla poderia então estar viva!

– Por que sorri, Zelandonii, se acabo de dizer-lhe que a pena para o furto é a morte? Duvida que eu seja capaz de puni-lo? – disse Attaroa, projetando o dedo no ar para maior ênfase, primeiro em direção a ele, depois a ela própria.

– A morte? – repetiu Jondalar, empalidecendo. Seria justo condenar alguém à morte por furtar comida? Ele ficara tão feliz com a possibilidade de Ayla não ter caído no desfiladeiro, afinal de contas, que não prestara atenção ao resto. Quando se conscientizou do que ela dizia, ficou mais furioso ainda do que antes.

– Os cavalos não foram dados só aos S'Armunai; eles pertencem a todos os Filhos da Terra. Como pode achar que caçá-los seja furto? Mesmo se eu estivesse caçando seria para comer.

– Ah! Vê? Apanhei-o! Agora você admite que estava caçando os cavalos.

– Eu não disse isso, porque não estava caçando. – E em seguida dirigiu-se para a intérprete. – Informe-a, S'Armuna, que Jondalar dos Zelandonii, filho de Marthona, antiga líder da Nona Caverna, não mente.

– Agora diz ser filho de uma ex-líder? Nosso Zelandonii é um rematado mentiroso. Soma a uma deslavada mentira sobre a mulher mágica essa nova mentira sobre outra mulher, líder de caverna.

– Conheci diversas mulheres líderes. Você não é a única da sua espécie, Attaroa. Muitas mulheres Mamutoi são líderes.

– Colíderes! Dividem o poder com um homem.

– Minha mãe foi líder durante dez anos. Tornou-se líder quando seu homem morreu, e não partilhou o poder com ninguém. Era igualmente respeitada por homens e mulheres, e passou o poder a meu irmão Joharran por livre e espontânea vontade. O povo não queria a sucessão.

– Respeitada por homens e mulheres por igual? Escutem só o que ele diz! Pensa que não conheço homens, Zelandonii? Pensa que jamais me casei? Acha-me tão feia que nenhum homem me olharia?

Attaroa estava aos berros, e S'Armuna traduzia quase simultaneamente, como se soubesse as palavras que a outra iria empregar. Jondalar podia abstrair da intérprete, era como se ouvisse e entendesse a própria Attaroa. Mas o tom sem emoção da Shamud dava às palavras um estranho distanciamento da mulher que se exaltava com tamanha raiva. Uma expressão amarga, insana, surgiu nos olhos dela enquanto prosseguia:

– Meu homem era o chefe aqui. Era um grande chefe, um homem forte, vigoroso.

– Muitos são fortes. A força não faz o líder – disse Jondalar.

Attaroa o ignorou; não estava escutando. Fazia pausas para reunir os próprios pensamentos, as próprias memórias.

– Brugar era um chefe tão forte que tinha de bater em mim todos os dias para provar isso. – E disse, com escárnio: – Uma pena que os cogumelos que comeu fossem venenosos! – O sorriso dela era francamente maligno. – Disputei o poder com o filho da irmã dele em luta singular e leal. O rapaz era um fraco. Eu o venci e matei. – E continuou, encarando Jondalar: – Mas você não é fraco, Zelandonii. Não gostaria também de uma oportunidade de lutar comigo por sua vida?

– Não desejo lutar com você, Attaroa. Mas defenderei minha vida, se preciso for.

– Não; você não lutaria comigo porque sabe que será derrotado. Eu sou mulher. Tenho o poder de Muna do meu lado. A Mãe sempre honrou as mulheres. São elas as dispensadoras da vida. Elas é que devem comandar.

– Não – disse Jondalar.

Alguns dos presentes se alarmaram com a ousadia daquele homem de discordar tão abertamente de Attaroa.

– A liderança não pertence necessariamente a alguém abençoado pela Mãe ou a alguém que seja fisicamente mais forte. O líder dos que apanham amoras, por exemplo, é aquele que sabe onde encontrar amoras, quando as amoras estão maduras, e a melhor maneira de colher amoras. – Jondalar embarcara num discurso à parte. – Um líder tem de ser confiável, seguro. Um líder tem de saber o que faz.

Attaroa contraiu o rosto. As palavras de Jondalar não tinham efeito sobre ela, que só a si mesma ouvia. Mas não gostava do tom de repreensão do discurso dele, como se tivesse o direito de falar com tamanha liberdade, como se tivesse a pretensão de ensinar-lhe algo.

– Não importa a natureza da tarefa – continuou Jondalar. – O chefe da caçada é o que sabe onde os animais estão. É aquele capaz de rastreá-los. É o mais hábil na caça. Marthona sempre disse que os líderes de um povo devem importar-se com o povo que lideram. Caso contrário, não serão líderes por muito tempo.

Jondalar dissertava, doutrinário, dando vazão à sua fúria, indiferente à expressão furiosa de Attaroa.

– Que importa se o chefe é homem ou mulher? – continuou ele.

– Não permitirei que os homens liderem outra vez – interrompeu Attaroa. – Aqui, os homens sabem que o poder é das mulheres. Os mais novos são criados nessa convicção. As mulheres é que caçam aqui. Não precisamos de homens para rastrear e não precisamos de homens no comando. Você acha que mulheres não sabem caçar?

– É claro que as mulheres sabem caçar. Minha mãe era caçadora antes de ser líder, e a mulher com quem eu viajava é tão boa caçadora quanto qualquer homem que eu tenha conhecido. Ela gostava de caçar e era uma rastreadora incomparável. Eu posso arremessar uma lança mais longe do que Ayla, mas a pontaria de Ayla é melhor do que a minha. Ela pode derrubar ao mesmo tempo uma ave que voa e uma lebre que passa com uma única pedra da sua funda.

– Mais mentiras! – gritou Attaroa. – É fácil cantar os feitos de uma mulher que não existe. Minhas mulheres não caçavam. Não tinham permissão para isso. Quando o chefe era Brugar, jamais mulher alguma tocou numa arma. De modo que não foi fácil para nós sobreviver quando assumi a liderança. Ninguém sabia caçar. Mas eu as ensinei. Vê aqueles alvos? – Attaroa apontou para uma série de postes fincados no chão.

Jondalar já os vira, de passagem, embora não soubesse para que serviam. Agora reparara que havia um grande pedaço de carcaça de cavalo dependurado de um tarugo posto quase no topo de um deles. Umas poucas lanças estavam fincadas nela.

– Todas as mulheres têm de praticar diariamente, e não apenas enterrando as lanças o bastante para que o golpe seja mortal, mas arremessando-as também, de longe. As melhores se tornam minhas caçadoras. Mesmo antes, porém, de aprendermos a fazer uso de lanças, fomos capazes de caçar. Há um despenhadeiro ao norte daqui, perto do lugar onde fui criada. Os habitantes daquela área costumam lançar cavalos nesse precipício pelo menos uma vez por ano. Nós aprendemos a caçar cavalos com essa gente. Não é difícil provocar o pânico e forçá-los até a borda do paredão vertical. Basta atraí-los com um engodo qualquer – explicou ela.

Attaroa olhou para Epadoa com óbvio orgulho.

– Epadoa descobriu que os cavalos gostam de sal. Ela faz com que as mulheres guardem a urina que expelem e usa essa urina como chamariz para os cavalos. Minhas caçadoras são os meus lobos – disse Attaroa, sorrindo em direção às mulheres armadas de lanças que haviam se reunido em torno dela.

Agradava-lhes, sobremaneira, o elogio; elas estufavam o peito. Jondalar não dera grande atenção às roupas delas até aquele momento. Percebia agora que todas as caçadoras usavam algo tirado de um lobo. Muitas tinham um debrum de pele de lobo no capuz e pelo menos um dente de lobo, e vários no pescoço. Algumas tinham uma barra de pele de lobo nos punhos ou na barra das parkas, além de outros elementos decorativos, costurados aqui e ali. O capuz de Epadoa era de pele de lobo, e tinha no topo uma porção de crânio de lobo, com dentes à mostra. Tanto a barra quanto os punhos da sua parka tinham arremates de pele. Patas de lobo pendiam-lhe dos ombros na parte da frente, e uma cauda peluda de lobo saía de um quadrado de pele costurado na parte de trás.

– Suas lanças são as presas, elas atacam em bando... em alcateia... e trazem a carne para casa. Seus pés são as patas dos lobos, correm o dia todo, e cobrem muito terreno – disse Attaroa numa espécie de recitativo ritmado, como se já tivesse repetido aquilo outras vezes. – Epadoa é a líder da alcateia, Zelandonii. Eu não tentaria ludibriá-la. Ela é muito esperta.

– Acredito que sim – disse Jondalar, sentindo-se em desvantagem. Mas não podia deixar de ter certa admiração pelo que elas haviam conseguido, tendo começado com tão pouco conhecimento. – Parece-me, no entanto, um desperdício que tantos homens estejam parados e ociosos, quando poderiam contribuir também no esforço comum, ajudando na caça, na coleta de alimentos, no fabrico de instrumentos de trabalho. As mulheres não teriam de trabalhar tanto. Não digo que elas não sejam capazes de dar conta do serviço, mas por que deverão fazer tudo, para elas e para os homens?

Attaroa soltou uma das suas risadas ásperas, de louca, e ele teve um calafrio.

— Já pensei nisso antes. São as mulheres que geram a vida. Por que precisamos de homens? Algumas das mulheres ainda não querem abrir mão dos homens. Mas de que eles nos servem? Para que prestam? Para os ditos Prazeres? Mas são os homens que gozam com os Prazeres! Nós não nos importamos mais em deitar com homens. Em vez de dividir uma casa com um homem, nossas mulheres moram juntas. Dividem o trabalho, o cuidado das crianças, e se entendem muito bem umas com as outras. Sem homens por perto, a Mãe terá de misturar os espíritos das mulheres na gestação, de modo que só nascerão crianças do sexo feminino.

Isso funcionaria?, pensou Jondalar. S'Amodun dissera que muito poucos bebês tinham nascido nos últimos anos. E, de repente, acudiu a Jondalar a ideia de Ayla: que eram os Prazeres partilhados entre um homem e uma mulher que faziam com que uma vida nova começasse a crescer dentro da mulher. Attaroa mantivera homens e mulheres separados. Era por isso que havia tão poucos bebês?

— Quantas crianças nasceram? — perguntou ele, por curiosidade.

— Não muitas. Algumas. Mas se há algumas, pode haver mais.

— Só meninas?

— Os homens estão ainda muito perto de nós. Isso deixa a Mãe confusa. Logo não haverá mais homens, e então veremos quantos meninos vão nascer.

— Ou quantos bebês vão nascer, meninos ou meninas — disse Jondalar. — A Grande Mãe Terra criou homens e mulheres, e as mulheres, a exemplo d'Ela mesma, são abençoadas com machos e fêmeas, mas é a Mãe quem decide que espírito do homem se mistura ao da mulher. Mas é sempre um espírito de homem. Você realmente acredita que vai poder alterar o que Ela estabeleceu?

— Não queira dizer-me o que a Mãe fará ou não! Você não é mulher, Zelandonii — disse Attaroa, com desprezo. — Você não gosta é que lhe digam quão pouca importância tem. Ou talvez não queira renunciar aos seus Prazeres. É isso, não é? — indagou ela.

De súbito, Attaroa mudou de tom, passando a ronronar como uma gata!

— Você quer Prazeres, Zelandonii? Se não me enfrenta, o que estará disposto a fazer pela sua liberdade? Ah, mas eu sei! Prazeres. Por um homem assim, formoso, Attaroa será capaz de proporcionar Prazeres. Mas será capaz de dar Prazeres a Attaroa?

A mudança na tradução de S'Armuna, que, no fim da frase, falou na terceira pessoa e não como Attaroa, fez ver a Jondalar que todas as palavras que ele ouvira tinham sido traduzidas. Uma coisa era falar com a voz de Attaroa, a chefe, e outra muito diferente falar com a voz de Attaroa, a mulher. S'Armuna sabia traduzir as palavras, mas não podia assumir a persona da mulher. O que ela disse em seguida deu a Jondalar a oportunidade de distinguir as duas figuras.

– Tão alto, tão louro, tão perfeito, ele poderia ser o homem da Mãe em pessoa. Vejam, ele é mais alto que a própria Attaroa, e não muitos homens o são. Você já deve ter dado Prazeres a inúmeras mulheres, não é mesmo? Um sorriso apenas do belo homem de olhos azuis e as mulheres disputam o privilégio de se esgueirarem entre as peles da sua cama. Você lhes deu Prazeres, Zelandonii, a todas elas?

Jondalar se recusou a responder. Houvera um tempo, sim, em que ele se comprazia em dar Prazeres a muitas mulheres, mas agora só queria Ayla. Uma dor dilacerante o tomou. O que faria sem Ayla? Importava se ele vivesse ou morresse?

– Vamos, Zelandonii, se você der a Attaroa grande Prazer, poderá seguir em liberdade. Attaroa sabe que você é capaz de fazê-lo. – E, dizendo isso, a mulher, majestosa e sedutora, aproximou-se dele.

– Vê? Attaroa se entregará a você. Mostre a todos como um homem forte dá Prazeres a uma mulher. Partilhe o Dom de Muna, a Grande Mãe Terra, com Attaroa, Jondalar dos Zelandonii.

Attaroa pôs os braços em torno do pescoço dele e se colou contra seu corpo. Jondalar não reagiu. Ela quis beijá-lo, mas ele era alto demais para ela, e ele não baixou a cabeça. Não estava acostumada a um homem daquela estatura. Não era sempre que tinha de pôr-se nas pontas dos pés para alcançar um parceiro, sobretudo um que não dobrava a cabeça. Aquilo a fez sentir-se ridícula e avivou a sua ira.

– Zelandonii! Estou disposta a copular com você e a dar-lhe uma chance de ser livre!

– Não partilharei o Dom dos Prazeres da Grande Mãe em tais circunstâncias – disse Jondalar. Sua voz, calma e controlada, não era compatível com a sua grande fúria, mas não conseguia disfarçá-la. Como ousava aquela mulher insultar a Grande Mãe daquele modo? – O Dom é sagrado, e se partilha com alegria, de forma voluntária. Copular desse modo seria um insulto para a Grande Mãe. Seria profanar Seu Dom e insultá-la. Exatamente como tomar uma mulher à força. – Eu escolho a mulher com quem quero copular e não tenho nenhum desejo de partilhar o Dom da Grande Mãe com você, Attaroa.

Jondalar poderia ter correspondido ao convite, mas sabia que não estaria sendo genuíno. Ele era atraente e excitante para muitas mulheres, aprendera a satisfazê-las e tinha experiência em matéria de atração e sedução. Mas com todo o andar sinuoso de Attaroa, não havia calor nela; ela não acendia nele qualquer fagulha de desejo. Sentiu que, mesmo que tentasse, não corresponderia à expectativa da mulher.

Attaroa demonstrou surpresa quando ouviu a tradução. Muitos homens teriam estado mais do que dispostos a partilhar o Dom dos Prazeres com aquela mulher atraente em troca da liberdade. Estrangeiros que haviam tido o infortúnio de passar pelos territórios dela e serem capturados pelas suas lanceiras costumavam aceitar com alvoroço a chance de escapar da Loba dos S'Armunai tão facilmente. Embora alguns hesitassem, temerosos, imaginando alguma astúcia ou embuste, nenhum jamais se recusara assim abertamente. Logo descobriam que tinham tido razão de duvidar da sinceridade dela.

– Você se recusa! – disse a líder, estupefata. A tradução fora feita sem ênfase, mas a reação dela era clara. – Você rejeita Attaroa. Como se atreve! – gritou. E, voltando-se para as suas lanceiras: – Tirem-lhe a roupa e amarrem-no ao alvo de exercício.

Aquela era a intenção dela todo o tempo. Mas não pretendia executá-lo de imediato. Pretendia divertir-se com Jondalar durante todo o inverno, geralmente enfadonho e demorado. Gostava de tentar seus homens com promessas de liberdade a preço de Prazeres. Para ela, aquilo era o máximo da ironia. Daquele ponto em diante, ela os levava a outros atos de humilhação e degradação e, de regra, conseguia que fizessem tudo o que ela mandava antes de jogar a partida final. Eles chegavam a despir-se quando ela mandava, esperando que cumprisse a promessa de deixá-los ir.

Mas nenhum homem dava Prazer a Attaroa. Tinham abusado terrivelmente dela quando criança, e ela, que havia sempre sonhado em casar com o líder de algum outro grupo. Depois descobriu que o homem com quem casara proporcionara-lhe uma situação pior do que a anterior. Seus Prazeres vinham sempre mesclados de dolorosos espancamentos e práticas vexatórias, até que ela se rebelou e se vingou, infligindo ao homem que a fizera sofrer morte dolorosa e humilhante. Mas aprendera a lição. E a crueldade de que fora vítima a marcou. Não podia ter Prazer sem infligir sofrimento. Attaroa não fazia questão de partilhar o Dom da Grande Mãe com homens ou, até, com mulheres. Dava a si mesma Prazeres vendo homens sofrerem morte lenta e dolorosa.

Quando havia um longo intervalo sem estranhos, Attaroa divertiria-se com homens S'Armunai, mas depois que os primeiros dois ou três foram vítimas dos seus Prazeres, os demais ficaram conhecendo o jogo e não caíram nele; apenas imploravam por suas vidas. Ela às vezes perdoava, mas não sempre, aos que tinham mulheres que suplicassem por eles. Algumas delas não colaboravam, não entendiam que era pelo bem delas que Attaroa precisava eliminar os homens; mas elas podiam ser dominadas por intermédio dos machos de que gostavam, e por isso Attaroa permitia que vivessem.

Os viajantes costumavam aparecer no verão. Pouca gente se aventurava tão longe no frio do inverno, principalmente no curso de uma Jornada. Ultimamente os estranhos vinham rareando, e não aparecera nenhum no verão anterior. Alguns poucos conseguiam fugir, assim como algumas mulheres. Esses avisavam outros. Muitos dos que ouviam essas histórias as repassavam como boatos infundados ou fantasias de contadores de histórias: eram notícias da Mulher-Lobo. Mas sua crônica ia crescendo, e as pessoas evitavam aquelas paragens.

Attaroa ficara encantada quando lhe levaram Jondalar, mas ele se revelava pior do que um dos seus próprios homens. Ele não fazia seu jogo, nem sequer lhe dava o gosto de pedir misericórdia. Se o fizesse, talvez ela o deixasse viver algum tempo, ao menos para vê-lo render-se à sua vontade.

Ouvindo a ordem, as Mulheres-Lobo se precipitaram sobre Jondalar. Ele se defendeu, com murros e pontapés, derrubando lanças e desferindo golpes que teriam dolorosas consequências. Por pouco não se livrou delas, mas acabou vencido pela força do número de mulheres. Continuou a reagir quando cortaram os fechos da sua túnica e as pernas das calças. Até que elas o subjugaram encostando-lhe as aceradas pontas das lanças ao pescoço.

Depois de lhe removerem a túnica e deixarem seu tórax à mostra, amarraram as mãos dele com uma corda e passaram-na pelo prego de madeira do poste onde ele vira antes a carcaça de cavalo. Chutou-as quando lhe puxaram as botas e as calças, acertando algumas das mulheres com força, causando-lhes contusões. Mas sua resistência apenas deu vontade às mulheres de revidar. E elas sabiam como fazê-lo.

Depois de prenderem-no, nu, ao poste, as lanceiras recuaram e ficaram contemplando-o com satisfação. Por mais forte e grande que ele fosse, sua luta fora infrutífera. E a posição era incômoda; seus pés mal tocavam o chão; muitos homens teriam ficado dependurados ali. Tinha, apesar de tudo, alguma sensação de segurança com o fato de tocar a terra. E dirigia um vago apelo mudo à Grande Mãe Terra para que lhe enviasse alguém que o salvasse daquela situação inesperada e pavorosa.

A grande cicatriz que ele tinha na parte superior da coxa e na virilha chamou a atenção de Attaroa. Nada sugeria que houvesse sofrido ferimento tão grave; o Zelandonii não puxava da perna. Se era assim tão forte, talvez durasse mais que muitos. Talvez ele lhe proporcionasse ainda algum divertimento e esse pensamento fez-lhe sorrir.

A expressão subitamente distraída da mulher intrigou Jondalar. Uma brisa lhe arrepiou o corpo, e ele estremeceu, mas não só de frio. Quando ergueu os olhos, viu que Attaroa sorria. Tinha o rosto vermelho e a respiração acelerada. Ela parecia satisfeita e estranhamente sensual. O contentamento dela era sempre maior se o homem por quem se interessava fosse bonito. Atraída à sua moda por aquele estranho alto, indiferente ao próprio carisma, ela decidiu fazer com que ele durasse o mais possível.

Jondalar olhou para a paliçada. Sabia que os homens estariam assistindo ao espetáculo pelas frinchas. Por que não o tinham prevenido? Aquela não era, obviamente, a primeira vez que algo como aquilo acontecia no pátio. Mas de que teria adiantado um aviso? Ele teria demonstrado medo, se soubesse? Possivelmente acharam melhor ele não saber.

Na verdade, alguns dos homens tinham discutido a questão. Todos gostavam do Zelandonii e admiravam suas habilidades de britador. Com as facas afiadas e as ferramentas que eram o seu legado, esperavam fugir um dia. Haveriam sempre de lembrar-se dele, mas sabiam que se houvesse outra vez um longo intervalo sem estranhos, Attaroa podia muito bem pendurar qualquer um deles naquele mesmo poste. Poucos já haviam estado lá antes, e sabiam que suas súplicas desprezíveis não a comoveriam de novo. Secretamente, aprovavam a recusa de Jondalar, mas tinham medo de que qualquer demonstração chamasse a atenção para eles. Ficaram, por isso, em silêncio absoluto enquanto a cena se desenrolava, sentindo, todos, compaixão e medo, e um pouco de vergonha também.

Não só as Mulheres-Lobos, mas todas as mulheres do acampamento tinham de ser testemunhas do suplício do homem. Muitas detestavam aquilo, mas tinham medo de Attaroa, inclusive as caçadoras. Ficavam tão afastadas quanto possível. Aquilo as deixava nauseadas, mas se não comparecessem, qualquer homem que tivessem defendido no passado seria a vítima seguinte.

Umas poucas mulheres tinham tentado fugir, e algumas tiveram êxito. Mas, em geral, eram trazidas de volta. E se houvesse homens no Depósito pelos quais se interessassem, fossem maridos, irmãos ou filhos, estes eram postos na gaiola sem comida ou água, e elas eram obrigadas a vê-los sofrer dias seguidos. Às vezes, mas não com frequência, algumas eram postas na jaula também.

As mulheres com filhos eram as que mais temiam. Nunca podiam saber o que lhes aconteceria, principalmente depois do que Attaroa fizera com Odevan e Ardoban. As mais temerosas eram as que tinham filhos de colo e as que estavam grávidas. Attaroa era gentil com elas, dava-lhes tratamento especial e preocupava-se com a saúde delas. Mas cada uma guardava um segredo. Se Attaroa descobrisse, podiam acabar amarradas ao poste do suplício.

Attaroa se postou à frente das suas caçadoras e apanhou uma lança. Jondalar notou que era uma arma pesada e malfeita e, mesmo naquele momento extremo, pensou que poderia fazer lanças melhores. A ponta, no entanto, por mais grosseira que fosse, não deixava de ser aguçada e eficaz. Viu que a mulher apontava para baixo. Não queria matar, mas aleijar. Estava terrivelmente cônscio da própria vulnerabilidade, aberto daquela maneira a qualquer dor que ela quisesse infligir-lhe, e fez um esforço para não levantar as pernas a fim de proteger-se. Logo estaria pendurado no ar, talvez ainda mais vulnerável, e teria, ademais, mostrado medo.

Attaroa o observou com olhos semicerrados, sabendo que ele a temia, e extraindo prazer desse fato. Alguns lhe pediam perdão. Aquele não pediria. Não ainda, pelo menos. Ela ergueu o braço como se fosse arremessar a lança. Jondalar fechou os olhos e pensou em Ayla, sem saber se estava viva ou se tivera o corpo despedaçado debaixo de uma horda de cavalos no fundo de um precipício. Com uma dor mais funda do que a que qualquer lança lhe pudesse causar, ele pensou que se Ayla estava morta a vida já não fazia sentido, de qualquer maneira.

Ela ouviu o choque de uma lança no alvo, mas acima de sua cabeça, não embaixo, como prevesse, e sem machucá-lo. E logo caiu de joelhos, pois seus braços estavam livres. Olhou para as mãos e viu que a corda fora cortada. Attaroa ainda tinha a lança na mão; o impacto que ouvira não viera dela. Jondalar ergueu os olhos e viu, espetada no poste, uma lança curta, bem-feita, de ponta de sílex. Sua extremidade plumada ainda tremia. A ponta, fina, cortara a corda. Ele conhecia aquela lança!

Virou-se para olhar na direção de onde viera. Diretamente atrás de Attaroa havia movimentação. Sua visão ficou embaçada, pois seus olhos se encheram de lágrimas de alívio. Mal podia acreditar no que via. Seria mesmo ela? Estava viva? Baixou os olhos e piscou repetidas vezes para enxergar melhor. Erguendo-os, em seguida, viu quatro pernas quase negras de cavalo ligadas a um cavalo baio, com uma mulher em cima.

– Ayla! – gritou. – Você está viva!

29

Attaroa também se voltou para ver quem atirara a lança. Do fundo do campo que ficava logo além do Acampamento, viu uma mulher que vinha em sua direção montada num cavalo. O capuz de parka que a mulher vestia estava jogado para trás. Seus cabelos, de um louro fulvo, e a pelagem cor de trigo maduro do cavalo combinavam tão bem que a assustadora aparição parecia, na verdade, uma só carne. Poderia a lança ter vindo daquela mulher-cavalo?, pensou. Mas como poderia alguém arremessar uma lança daquela distância? E só então viu que a mulher tinha outra lança à mão.

Attaroa sentiu que seus cabelos se eriçaram de pavor, mas isso quase nada tinha a ver com coisas tão materiais quanto lanças. Aquela aparição que tinha diante de si não era uma mulher; disso estava segura. Num momento de lucidez conscientizou-se da inominável atrocidade dos seus atos e viu que a figura que vinha a galope pelo campo era uma das formas espirituais da Mãe, uma Munai, um espírito vingador, enviado para castigá-la. No fundo, Attaroa quase a acolheu de bom grado. Seria um alívio se o pesadelo que era sua vida acabasse.

Attaroa não era a única a temer a estranha mulher-cavalo. Jondalar tentara contar-lhes, mas ninguém lhe dera crédito. Ninguém jamais concebera um ser humano cavalgando um cavalo; mesmo vendo, não era fácil acreditar naquilo. A súbita aparição de Ayla afetou cada uma das mulheres presentes. Para algumas, o que assustava era apenas a estranheza da mulher em cima de um cavalo. Uma visão que aumentava o medo que tinham do desconhecido. Outras viam o fato inexplicável como manifestação de poderes sobrenaturais, e ficaram apreensivas. Muitas ainda, a exemplo de Attaroa, viam nela uma Nêmesis pessoal, um reflexo das suas consciências sobre as suas iniquidades. Encorajadas ou forçadas por Attaroa, muitas haviam cometido brutalidades inacreditáveis, ou permitido que fossem cometidas, ou pactuado com elas. Por tudo o que tinham feito ou faziam, sentiam vergonha à noite, e tremiam com o medo de castigo futuro.

Até Jondalar pensou, por um momento, que Ayla tivesse vindo do outro mundo para salvar-lhe a vida, convencido de que, mesmo morta, se quisesse poderia fazê-lo. Viu-a aproximar-se, sem pressa, estudando cada detalhe dela, com amor, sentindo prazer com uma imagem que temera não ver nunca mais: a mulher amada cavalgando sua égua. Ayla tinha o rosto corado pelo frio. Mechas de cabelo, que haviam escapado da correia que as prendia, flutuavam ao vento. Baforadas de ar quente eram visíveis a cada exalação da mulher ou do animal, o que fez Jondalar tomar consciência do seu corpo exposto e frio e dos seus dentes batendo.

Ayla usava o cinto por cima da parka e, preso a ele, a adaga feita de uma presa de mamute que fora presente de Talut. A faca de sílex com cabo de osso que fizera para ela também balançava na bainha. Viu que também trazia o machado e, do outro lado, a bolsa de remédios.

Montando com graça e sem esforço, Ayla parecia inteiramente confiante e serena, mas Jondalar podia sentir que ela estava tensa e pronta para entrar em ação. Tinha a funda na mão direita, e ele sabia a rapidez com que podia manejá-la naquela posição. Com a mão esquerda, onde certamente haveria duas pedras, ela segurava uma lança, ajustada no arremessador e apoiada diagonalmente em Huiin, da perna direita de Ayla até o ombro esquerdo da montaria. Outras lanças apontavam de um receptáculo trançado posto logo atrás da perna dela.

Avançando, Ayla pôde ver a reação de choque e medo da mulher, e o desespero daquela realidade. Mas quando chegou mais perto, nuvens escuras de insânia já obscureciam a razão de Attaroa. Ela semicerrou os olhos para observar a mulher loura, depois sorriu devagar, um sorriso de malícia, perverso e calculista.

Ayla não estava familiarizada com a loucura, mas interpretava as expressões inconscientes da outra, e percebeu que estava diante de uma adversária perigosa: uma hiena. Já matara muito carnívoro na vida e sabia como as feras são imprevisíveis, mas só a hienas desprezava. Elas lhe serviam de metáfora para a pior qualidade de gente que havia. E aquela Attaroa era uma hiena, uma manifestação perigosamente maligna do Mal em que ninguém jamais poderia confiar.

O olhar severo de Ayla concentrava-se em Attaroa, mas vigiava também o grupo todo, inclusive as Mulheres-Lobos, tomadas de estupor. E foi afortunado que vigiasse. Quando Huiin estava a poucos passos de Attaroa, Ayla captou um movimento furtivo para o lado. Com gestos tão rápidos que eram difíceis de acompanhar, pôs uma pedra na funda, girou-a e lançou.

Epadoa deu um grito de dor, segurou o braço e deixou cair com estrondo a lança no solo gelado. Ayla poderia ter-lhe quebrado o osso se assim o desejasse, mas mirara deliberadamente a parte superior do braço e controlara a força. Mesmo assim, a líder das Mulheres-Lobos teria uma contusão muito dolorosa por algum tempo.

– Diga lanceiras parar, Attaroa! – exigiu.

Jondalar levou algum tempo para perceber que Ayla falara numa língua estranha, e entendeu o sentido do que ela dissera. Ficou, em seguida, perplexo diante da evidência de que ela falava em S'Armunai! Como poderia Ayla saber S'Armunai? Ela nunca ouvira a língua antes. Ou ouvira?

Attaroa ficou também aturdida ao ser chamada por seu nome por uma completa estranha. E, mais ainda, por notar a peculiaridade do sotaque de Ayla, que era como o de uma outra língua, sem sê-lo. A voz acordava nela sentimentos havia muito tempo esquecidos, a memória sepultada de um complexo de emoções, como o medo, e aquilo causou-lhe grande desconforto. Aquilo reforçou-lhe nela a convicção de que a figura que se aproximava não era simplesmente uma mulher em cima de um cavalo.

Havia muitos anos que ela não se sentia assim. Attaroa não gostava das circunstâncias que haviam-lhe provocado outrora aquele estado de espírito, e gostava ainda menos de senti-lo voltar naquele momento. Ficou nervosa, agitada, irritada. Queria expulsar aquelas lembranças. Tinha de livrar-se delas, destruí-las completamente, para que nunca mais voltassem. Mas como?

Olhou para Ayla no cavalo e concluiu, naquele momento, que a mulher loura causara aquilo. Fora ela quem lhe reavivara a memória e os sentimentos. Se ela se fosse destruída, tudo desapareceria, tudo voltaria ao normal. Com sua inteligência pervertida, mas ágil, começou a imaginar como destruir a mulher. E logo um sorriso astuto e malicioso lhe animou o rosto.

– Então o Zelandonii estava dizendo a verdade, afinal de contas. Pensamos que ele tentara furtar carne, que já é pouca para as nossas necessidades. E entre os S'Armunai o furto é punido com pena de morte. Ele nos contou uma história sobre cavalos de sela, mas nós a achamos difícil de acreditar, o que é compreensível – falou.

Attaroa notou que seu discurso não estava sendo traduzido.

– S'Armuna! Você não está repetindo minhas palavras!

S'Armuna estava com o olhar perdido em Ayla. Lembrava-se muito bem que uma das primeiras caçadoras do grupo que viera trazendo o Zelandonii falara de uma visão aterradora que tivera no curso da caçada, pedindo-lhe que a interpretasse: vira uma bela mulher loura sentada em cima de um dos cavalos que eles empurravam para o despenhadeiro! A mulher teria conseguido controlar o animal e desviá-lo do abismo. Quando o segundo grupo de caçadoras chegou trazendo carne, e falou de um cavalo que escapara montado por uma mulher, S'Armuna ficara sem saber o sentido da confirmação dessa visão estranha.

Muitas coisas vinham aborrecendo Aquela que Servia à Mãe havia algum tempo, mas quando as caçadoras trouxeram um homem que parecia saído do seu próprio passado, e que além disso também falava da mulher a cavalo, ela ficara angustiada. Tinha de ser um aviso, mas qual o sentido do aviso? E aquilo ficou remexendo no fundo da mente de S'Armuna enquanto ela tentava interpretar aquela visão.

Aquela mulher, como a que lhe haviam descrito, entrando no acampamento montando um cavalo amarelo dava ao aviso uma força sem precedentes. Era a manifestação material de uma visão, cujo impacto a deixou confusa, desviando sua atenção de Attaroa, mas ouvira assim mesmo o que fora dito, e rapidamente traduziu em Zelandonii as palavras da Mulher-Lobo.

– Matar um caçador pelo fato de caçar não é nem um pouco do agrado da Grande Mãe – disse Ayla em Zelandonii, quando a tradução foi concluída. Havia entendido o sentido principal, em S'Armunai. A língua daquele povo lhe parecia tão próxima do Mamutoi que não era proeza nenhuma perceber o que diziam, se bem que imperfeitamente. Mas Zelandonii era mais fácil, e em Zelandonii ela podia expressar-se melhor.

– A Mãe exige que Seus filhos acolham os visitantes e lhe deem de comer.

Foi quando Ayla falava Zelandonii que S'Armuna percebeu a peculiaridade do sotaque dela. Embora falasse a língua perfeitamente, havia algo que... Mas não tinha tempo de pensar nisso naquele momento. Attaroa a esperava.

– É por isso que punimos – explicou calmamente Attaroa, embora o esforço que fazia para controlar-se fosse evidente, tanto para S'Armuna quanto para Ayla. – O desvio de carne, de modo a haver bastante para todos. Para uma mulher como você, tão hábil no manejo de armas, como poderia entender como a vida era difícil para nós quando não se permitia às mulheres caçar? A comida era pouca. Todas sofríamos.

– Mas a Grande Mãe Terra provê mais do que carne para Seus filhos. Certamente as mulheres daqui têm ciência dos alimentos que nascem da terra e podem ser colhidos – disse Ayla.

– Mas tive de proibir a coleta! Se elas passassem o tempo apanhando plantas, não aprenderiam a caçar.

– Então a escassez de alimentos é culpa de vocês mesmas. De você, Attaroa, e das suas seguidoras. Mas isso não justifica que matem os que não conhecem seus costumes – disse Ayla. – Você usurpou um direito que só a Mãe tem. Ela chama Seus filhos para o Seu seio quando quer. Não cabe a Attaroa assumir a autoridade Dela.

– Todos os povos têm costumes e tradições que são relevantes para eles. Quando tais normas são transgredidas, pode dar-se o caso de que a pena apropriada seja a morte – disse Attaroa.

Era verdade. Ayla sabia disso por experiência própria.

– Mas por que os costumes do seu povo impõem a pena de morte para o simples desejo de comer? – disse ela. – Os mandamentos da Mãe têm precedência sobre todos os outros. Ela exige a repartição dos alimentos e a hospitalidade para os visitantes. Você é... descortês e pouco hospitaleira, Attaroa.

"Descortês" e "pouco hospitaleira"! Jondalar fez um esforço para não cair na gargalhada. "Assassina" e "desumana" teria sido mais correto! Ele assistia a tudo e a tudo ouvia com espanto. Estava surpreso e encantado com os eufemismos de Ayla. Lembrava-se de quando ela não tinha qualquer senso de humor. Não entendia uma pilhéria e era incapaz de fazer insultos sutis como aqueles.

Attaroa estava visivelmente irritada. Continha-se a custo, mas sentia o aguilhão da crítica irônica de Ayla. Ela tinha sido repreendida como se fosse uma menina travessa. Mil vezes preferia ser chamada má, uma mulher poderosa e malévola, que deveria ser respeitada e temida. A moderação das palavras da outra fazia dela objeto de ridículo. Attaroa via o ar de deboche de Jondalar e fuzilava-o com os olhos, certa de que todos ali desejariam rir com ele. Ah, ele se arrependeria daquilo e também a mulher!

Ayla pareceu acomodar-se melhor em Huiin, de fato, mudara de posição para empunhar melhor o arremessador de lanças.

– Acho que Jondalar precisa de suas roupas – disse ela, levantando a lança um pouco. Não ameaçava com ela, propriamente, apenas mostrava que estava ali. – Não esqueça a parka, a que você está usando. Talvez possa mandar alguém trazer-lhe o cinto, as luvas, a bolsa de água, a faca e as ferramentas que tinha consigo ao ser detido – disse Ayla. E esperou que S'Armuna traduzisse.

Attaroa cerrou os dentes mas sorriu, embora o sorriso fosse mais uma espécie de careta. Fez um sinal a Epadoa. Com o braço esquerdo, o que não lhe doía – Epadoa sabia que teria também uma contusão na perna, onde Jondalar a chutara –, a comandante das Mulheres-Lobos apanhou as roupas que tinham tirado do homem com tanto trabalho e deixou-as no chão, junto dele; depois foi apanhar os seus outros pertences.

Enquanto aguardavam, Attaroa tomou inesperadamente a palavra, procurando falar num tom mais amigável.

– Você viajou muito tempo e deve estar fatigada. Como é mesmo seu nome? Ayla?

Ayla acenou positivamente com a cabeça do alto do cavalo. Entendia muito bem o S'Armunai da outra. Ela notou que a líder não fazia questão de apresentações formais, e que faltava-lhe sutileza.

– Uma vez que dá tanta importância a hospitalidade, talvez eu lhe deva fazer as honras da casa. Vocês aceitam ficar comigo?

Antes que Ayla ou Jondalar tivessem tempo de responder, S'Armuna interveio.

– É costume oferecer alojamento aos estranhos com Aquela que Serve à Mãe. São muito bem-vindos aos meus aposentos.

Enquanto escutava o que Attaroa dizia e aguardava a tradução, Jondalar pôs as calças. Não havia se dado conta do frio que sentia. Tinha a vida em perigo imediato. Mas seus dedos estavam tão duros que teve dificuldade para atar as cordas da perneira. A túnica estava rasgada, mas ainda assim ele a envergou com prazer. Interrompeu a operação ao ouvir o inesperado convite de S'Armuna. Erguendo os olhos, depois de enfiar a túnica pela cabeça, Jondalar viu que Attaroa olhava com cara de poucos amigos para a Shamud; depois ele se sentou para calçar as botas tão depressa quanto pôde.

Ela vai ter que me dar explicações, pensou Attaroa. Mas disse, sorridente:

– Permita-me, então, oferecer-lhe uma festa, Ayla. Organizaremos um banquete e vocês dois serão nossos hóspedes de honra – disse, incluindo Jondalar num olhar abrangente. – Tivemos êxito numa caçada recente, e não posso permitir que se vão fazendo mau juízo de mim.

Jondalar achou que a tentativa dela de sorrir amavelmente fora desastrosa. Além disso, não queria dividir nenhuma refeição com ela nem ficar mais um minuto naquele acampamento. Mas antes que ele tivesse tempo de se expressar. Ayla falou.

– Teremos muito gosto em aceitar a sua hospitalidade, Attaroa. Quando pretende fazer esse banquete? Eu gostaria de preparar algo, mas já está terminando.

– É verdade – disse Attaroa. – E também desejo preparar algo. O banquete será amanhã. Mas, naturalmente, jantarão comigo esta noite. Aceitam uma refeição simples?

– Tenho de aprontar nossa contribuição para a festa. Voltaremos amanhã – disse Ayla. E acrescentou: – Jondalar ainda precisa da sua parka. Naturalmente ele devolverá o manto que estava usando.

A mulher puxou a parka pela cabeça. Jondalar sentiu o cheiro dela, feminino, ao vestir o casaco, mas o calor era bem-vindo. O sorriso de Attaroa era maldade pura, de pé, ali, no frio, com as roupas de tecido fino.

– E o restante dos pertences dele? – perguntou Ayla.

Attaroa lançou um olhar para a porta da casa e chamou a mulher que estava lá, de pé, havia algum tempo. Epadoa trouxe rapidamente os objetos de Jondalar, que depositou por terra a alguns passos dele. Não devolvia aquelas coisas de boa vontade; Attaroa prometera dar-lhe algumas delas. Queria, principalmente, a faca; era a mais bem-feita de todas as que já vira.

Jondalar ajustou o cinto e colocou os objetos nos seus lugares. Mal podia acreditar que os tinha de volta. Então, para surpresa geral, montou de um salto na garupa de Ayla. Aquele era um Acampamento que ele queria ver pelas costas. Ayla correu os olhos em torno, certificando-se de que ninguém estava em posição para impedi-los de sair ou atirar-lhes uma lança. Depois, fez Huiin virar, e partiram a galope.

– Atrás deles! – ordenou Attaroa. – Não vão escapar assim tão facilmente!

Depois, entrou em casa com passos pesados, cheia de fúria e arrepiada de frio.

AYLA MANTEVE HUIIN num trote vivo por algum tempo, até ficarem a boa distância do acampamento, descendo uma colina. Diminuiu a marcha ao entrar num bosque que havia no sopé da elevação, perto do rio, depois mudou de direção, rumando para o seu próprio acampamento, que ficava, na verdade, próximo do estabelecimento dos S'Armunai. Com a diminuição do passo, Jondalar ficou consciente da proximidade de Ayla e sentiu tanta gratidão pelo fato de estar com ela outra vez que aquilo quase o sufocou. Passou-lhe os braços em torno da cintura e a estreitou, sentindo os cabelos de Ayla no rosto e respirando seu perfume inebriante e singular de mulher.

– Você está aqui, está comigo. É difícil de acreditar. Temia que estivesse longe, nas campinas do mundo dos espíritos. Sinto uma tremenda gratidão por tê-la aqui. Nem sei o que dizer.

– Eu o amo demais, Jondalar – disse ela, inclinando o corpo para trás, de modo a aninhar-se mais nos braços que a enlaçavam. Era um grande alívio estar com Jondalar novamente. Seu amor por ele cresceu-lhe no peito e a deixou sem fôlego. – Encontrei uma pequena mancha de sangue e segui seu rastro todo o tempo, sem saber, porém, se você estava vivo ou morto. Quando descobri que o haviam levado, entendi que vivia, mas tão ferido que não podia andar. Isso me deixou aflita, a pista não era fácil de seguir, e eu sentia que me atrasava. As caçadoras de Attaroa viajam depressa por estarem a pé e conhecerem o caminho.

– Você chegou na hora exata. Se demorasse um pouco mais, poderia ter sido tarde demais.

– Eu não cheguei naquela hora.

– Quando então?

– Cheguei logo depois do segundo carregamento de carne. Eu estava à frente até do primeiro carregamento, mas as mulheres me alcançaram no lugar onde atravessam o rio. Tive a sorte de ver duas delas que iam ao encontro dos carregadores. Temi que tivessem me visto também, de longe pelo menos. Eu estava a cavalo, de modo que me afastei depressa da pista. Depois voltei e acompanhei-as de novo, com mais cuidado, porém. Poderia haver um terceiro carregamento.

– Isso explica a "comoção" de que Ardemun falava. Ele não sabia do que se tratava; mas disse que todo mundo estava nervoso e falando animadamente depois da segunda viagem. Mas se você já estava nas imediações, por que levou tanto tempo para me tirar de lá?

– Tive de esperar uma oportunidade para fazê-lo sair daquele lugar fechado por uma cerca. Como é que o chamam? Depósito?

Jondalar fez que sim com a cabeça.

– Não teve medo de que a vissem?

– Já observei lobos em seu covil. As "lobas" de Attaroa são barulhentas e muito mais fáceis de evitar. Eu me aproximava delas o bastante para escutar o que diziam. Há um outeiro atrás do acampamento; de lá se pode ver toda a instalação e, até, o interior do Depósito. Atrás dele, se você erguer os olhos, vê três grandes pedras brancas alinhadas já bem perto do topo da colina.

– Eu sei quais são. Se soubesse que você estava lá me sentiria melhor cada vez que olhasse para aquelas rochas brancas.

– Ouvi que uma das mulheres as chamava As Três Donzelas ou, talvez, As Três Irmãs.

– Acampamento das Três Irmãs é o nome que dão ao lugar – disse Jondalar.

– Acho que ainda não sei muito bem a língua dessa gente.

– Sabe mais do que eu. Creio que surpreendeu Attaroa dirigindo-lhe a palavra em S'Armunai.

– A língua não difere muito do Mamutoi. É fácil perceber o sentido das palavras – disse Ayla.

– Nunca me ocorreu perguntar-lhes o nome dos três rochedos. São um bom ponto de referência, de modo que é lógico que tenham nome.

– Toda aquela elevação é muito característica e pode ser vista a grande distância. Parece um animal adormecido. Mesmo daqui, como logo verá.

– Estou certo de que a colina tem também nome, por ser de caça abundante, mas só estive lá duas vezes, para funerais. Houve dois seguidos. No primeiro, enterraram três jovens – disse Jondalar, baixando a cabeça para evitar os galhos sem folha de uma árvore.

– Eu o segui por ocasião do segundo funeral – disse Ayla. – Pensei que talvez pudesse tirá-lo de lá durante a cerimônia, mas elas o vigiavam muito bem. Então você achou as pedras de pederneira e ensinou os outros a usar o arremessador de lanças – disse Ayla. – Eu tinha de esperar pelo momento certo, de modo a surpreendê-las. Lamento que tenha levado tantos dias.

— Como ficou sabendo das pedras? Nós achávamos que tínhamos tido todo o cuidado possível.

— Eu o observei o tempo todo. As Mulheres-Lobos não são tão boas nisso. Você teria visto isso e conseguido um meio de escapar se não tivesse ficado distraído com as pedras. Elas não são tão boas caçadoras quanto pensam — acrescentou.

— Considerando-se que não sabiam nada quando começaram, a verdade é que não se saíram tão mal. Attaroa disse que elas não sabiam manejar lanças e que por isso tinham de perseguir animais — disse Jondalar.

— Elas gastam um tempo enorme indo até o Grande Rio Mãe para lançar cavalos no precipício quando podiam caçar muito melhor aqui mesmo. Os animais têm de passar por um corredor estreito entre o rio e a montanha, e é perfeitamente possível avistá-los de longe — disse Ayla.

— Notei isso quando assisti ao primeiro funeral. O lugar em que os rapazes foram sepultados é um excelente mirante, e descobri que já foi usado para sinalização com fogos, embora eu não possa precisar há quanto tempo. Pude ver ainda o carvão de grandes fogueiras.

— Em vez de fazer currais para homens, deviam fazê-los para animais. Seria possível dirigi-los para dentro dos cercados, até mesmo sem armas — disse Ayla, fazendo com que Huiin parasse. — Veja. Lá está a elevação. Apontou para uma formação calcária recortada contra o horizonte.

— Parece mesmo um animal dormindo. E, veja, lá estão também as Três Irmãs — disse Jondalar.

Cavalgaram em silêncio por algum tempo. Depois, como se viesse pensando nisso, Jondalar disse:

— Se é tão fácil sair do Depósito, por que os homens não o fizeram?

— Acho que não tentaram — disse Ayla. — Talvez por isso as mulheres deixaram de vigiá-los com maior cuidado. Muitas, porém, já não querem que eles fiquem segregados lá. Não os libertam com medo de Attaroa. — Depois, mudou de assunto: — Olhe, Jondalar, é aqui que tenho acampado.

Como que para confirmar o que ela dizia, Campeão soltou um relincho quando eles entraram numa pequena área de vegetação menos cerrada. O potro estava amarrado a uma árvore. Ayla fazia um acampamento diminuto toda noite e recolhia-o ao amanhecer, pondo tudo nas costas de Campeão para o caso de ter de partir de imediato.

– Você conseguiu salvar os dois da tragédia do abismo! – disse Jondalar. – Eu não sabia se você tinha conseguido, e tive medo de perguntar. A última coisa de que me lembro, antes de ser ferido na cabeça, é ver você montada em Campeão, com dificuldade em dominá-lo.

– Tive só de me acostumar à rédea. O maior problema foi aquele outro cavalo, o grande, mas ele se perdeu, e tenho pena. Huiin atendeu ao meu assovio logo que eles deixaram de empurrá-la para longe de mim.

Campeão demonstrou alegria ao ver Jondalar. Baixou a cabeça, depois sacudiu-a em saudação. Teria ido ao encontro do homem se não estivesse amarrado. De orelhas apontando para a frente e o rabo levantado no ar, esperou que ele se aproximasse e logo se pôs a esfregar o focinho na mão do dono. Jondalar o abraçou como a um amigo que pensava não ver mais, conversando com ele, afagando-lhe o pescoço, coçando-o.

Depois Jondalar franziu a testa. Tinha outra pergunta, que se esquecera, até então, de fazer.

– E Lobo? E o que aconteceu com ele?

Ayla sorriu, depois deu um assovio diferente. Lobo veio correndo, e ficou tão contente de ver Jondalar que não conseguia parar quieto. Correu para ele agitando o rabo, latiu um pouco, depois botou-lhe as patas no ombro para lamber-lhe o queixo. Jondalar o pegou pelos pelos do pescoço, como tantas vezes vira Ayla fazer, afagou-o, e, por fim, apoiou a testa contra a do animal.

– Ele nunca fez isso comigo antes – disse, surpreso.

– É que sentiu a sua falta. Acho que queria encontrá-lo tanto quanto eu. E nem sei se teria conseguido a pista sem ele. Estávamos a considerável distância do Grande Rio Mãe, e havia grandes extensões de solo rochoso, que não mostravam rastros. Mas o faro de Lobo os encontrou – disse Ayla, e afagou o lobo.

– E ele ficou esperando lá, escondido no mato, todo o tempo? E só veio quando você chamou? Deve ter sido difícil ensinar-lhe isso. Por que o fez?

– Tive de ensinar-lhe a esconder-se porque não sabia quem podia vir, e não queria que as caçadoras o descobrissem. Elas comem carne de lobo.

– Quem come carne de lobo? – perguntou Jondalar, franzindo o nariz de nojo.

– Attaroa e suas caçadoras.

– Passam tanta fome assim? – perguntou Jondalar.

– Talvez tenham passado, mas agora fazem isso como um ritual. Eu as vi, uma noite. Estavam iniciando uma nova caçadora, admitindo uma jovem na sua alcateia. Elas fazem segredo disso para as outras mulheres, saem do estabelecimento e vão para um lugar especial. Nessa noite, levavam um lobo numa jaula. Abateram-no, cortaram a carne em pedaços, assaram e comeram. Gostam de pensar que estão assimilando, dessa forma, a astúcia e a força do lobo. Seria melhor se apenas observassem como os lobos fazem. Aprenderiam mais.

Não era de admirar que ela desprezasse as Mulheres-Lobos e suas habilidades como caçadoras – pensou Jondalar, entendendo por que Ayla não gostava delas. Seus ritos de iniciação eram uma ameaça para Lobo.

– Você o ensinou, então, a ficar escondido até que o chamasse? Aquilo foi um assovio novo, não foi?

– Você pode aprender comigo a reproduzi-lo. Mas mesmo que Lobo fique escondido, e ele fica, a maior parte do tempo, eu ainda me preocupo com ele. Também com Huiin e Campeão. Lobos e cavalos são os únicos animais que vi serem mortos pelo bando de Attaroa – disse Ayla, procurando com os olhos os seus animais de estimação.

– Você aprendeu muito sobre elas, Ayla.

– Tinha de aprender, para poder tirar você de lá. Talvez tenha aprendido até demais.

– Demais? O que quer dizer?

– Quando o achei, pensei unicamente em tirá-lo daquele lugar e ir embora com você o mais depressa possível. Mas agora acho que não podemos ir.

– Por que não? – disse Jondalar, franzindo a testa.

– Não podemos deixar aquelas crianças na terrível situação em que se encontram. Nem os homens. Precisamos libertá-los do Depósito.

Jondalar ficou preocupado. Conhecia aquele olhar decidido de Ayla.

– É perigoso ficar, Ayla, e não apenas para nós. Os cavalos são alvo fácil. Eles não fogem de gente. E você não que ver os dentes de Lobo postos em colar em volta do pescoço de Attaroa. Eu também gostaria de ajudar aquelas pessoas; vivi no Depósito, e acho que ninguém deveria viver em condições tão vergonhosas, sobretudo crianças. Mas o que podemos fazer? Somos só dois.

Ele queria ajudar os companheiros, mas temia que Attaroa fizesse mal a Ayla, se ficassem. Ele a julgara perdida, e agora que estavam reunidos não queria arriscar sua vida. Precisava arranjar um argumento suficientemente forte para convencê-la.

– Não estamos sozinhos. Outros também querem mudar a situação. Temos de ajudá-los – disse Ayla. Fez uma pausa para refletir. – Penso que S'Armuna está contando conosco. Por isso ofereceu sua hospitalidade. Precisamos comparecer ao tal banquete.

– Attaroa já usou veneno antes. Se formos, talvez não haja volta – disse Jondalar. – Ela a odeia, sabia?

– Sim, mas temos de arriscar. Pelas crianças. Não comeremos nada, exceto o que eu levar, e não perderemos de vista essa comida. Acha que devemos mudar de acampamento ou ficar aqui? – disse Ayla. – Tenho muito que fazer até amanhã.

– Não adiantaria mudar, Ayla. Elas nos rastreariam. E é por isso que devemos partir agora – disse Jondalar, segurando-a pelos braços, e olhando-a fundo nos olhos. Talvez assim ela mudasse de opinião. Por fim, soltou-a. Sabia que ela não iria embora e que ele teria de ficar para ajudá-la. Isso era, no fundo, o que ele mesmo desejava fazer, mas tinha de tentar dissuadi-la. Jurara não deixar que nada de mal lhe acontecesse.

– Muito bem. Eu disse àqueles homens que você não toleraria que alguém fosse tratado daquela maneira. Não sei se me acreditaram. Mas vamos precisar que alguém nos auxilie. Admito que fiquei surpreso quando S'Armuna sugeriu que ficássemos na casa dela. É uma instalação pequena, distante. Não tem acomodações para hóspedes. Por que você acha que ela deseja que voltemos?

– Porque interrompeu Attaroa para dizer isso. Aquela Shamud não concorda com as condições reinantes no acampamento. Você confia em S'Armuna, Jondalar?

Ele se concentrou para pensar.

– Não sei. Confio mais nela do que em Attaroa, mas isso não é dizer muito. Sabe que S'Armuna conheceu minha mãe? Ela morou na Nona Caverna quando jovem, e as duas foram amigas.

– É por isso que fala a língua tão bem. Mas se conheceu sua mãe, por que não fez nada por você?

– Tenho pensado nisso. Talvez não quisesse fazê-lo. Talvez tenha acontecido algo entre ela e Marthona. Minha mãe nunca me falou de uma estranha ter morado com ela na juventude. Mas tenho esperanças em S'Armuna. Ela tratou minha ferida e não fez isso pelos homens do Depósito. Acho que gostaria de fazer mais, e Attaroa não permite.

Os dois desarrearam Campeão e montaram o acampamento, embora inquietos. Jondalar acendeu o fogo, e Ayla começou a preparar uma refeição. Começou com as porções que usava, de regra, para duas pessoas. Lembrando-se, porém, de que os homens comiam pouco no Depósito, aumentou a quantidade. Uma vez que Jondalar começasse a comer, descobriria que estava faminto.

Jondalar se ocupou da fogueira e ficou sentado próximo a ela com o pensamento em Ayla. Depois lhe disse:

— Venha cá, antes que fique muito ocupada — disse, tomando-a nos braços. — Já cumprimentei um cavalo e um lobo, mas não aquela que é a coisa mais importante do mundo para mim.

Ela sorriu com aquele jeito que sempre acendia nele sentimentos de amor e ternura.

— Nunca estou ocupada demais para você.

Ele se curvou para beijá-la na boca, devagar, no começo, e depois mais ardentemente. O temor de perdê-la e a angústia que sofrera o dominaram.

— Pensei que você estivesse morta, que nunca mais nos veríamos. — A voz dele se partiu num soluço de aflição e de alívio quando a estreitou nos braços. — Nada que Attaroa me pudesse ter feito seria pior que perder você.

Ele a apertava tanto que Ayla mal podia respirar. Mas ela não queria que ele a soltasse. Jondalar beijou-lhe a boca, o pescoço, e se pôs a explorar aquele corpo, que lhe era tão familiar, com mãos de conhecedor.

— Jondalar, estou certa de que Epadoa nos seguiu... Ele recuou um pouco e prendeu a respiração.

— Você está certa. Esta não é uma boa hora. Estaríamos muito vulneráveis se elas chegassem de repente. — Ele devia ter pensado nisso. Encabulado, procurou desculpar-se. — Mas é que... tive medo de não nos vermos mais... É como receber um outro Dom da Mãe estarmos aqui juntos... bem... tive um impulso... o desejo de honrá-La.

Ayla o abraçou, querendo que ele soubesse que ela pensava do mesmo modo. Ocorreu-lhe que Jondalar jamais procurara justificar antes o motivo de desejá-la. Ela não precisava de explicações. Aquilo era tudo o que podia fazer para não esquecer o perigo em que estavam e para não ceder ao desejo que tinha dele. Mas ao sentir que esse desejo crescia dentro dela, reconsiderou a situação.

— Jondalar... — O tom de voz dela lhe chamou a atenção. — Se você acha realmente... estamos longe de Epadoa, ela vai levar algum tempo para localizar a gente... Além disso, Lobo nos avisa...

Jondalar olhou-a, começando a perceber onde ela queria chegar. Então sorriu, e seus olhos azuis, de atração irresistível, se encheram de amor.

– Ayla, minha mulher, minha amada adorável – disse, já rouco de desejo.

Fazia muito tempo, e ele estava pronto, mas quis beijá-la primeiro, sem pressa, e profundamente. Sentir que os lábios dela se abriam para dar-lhe acesso à sua boca ardente despertou nele a lembrança de outros lábios e outras aberturas, úmidas e quentes, e ele sentiu, por antecipação, o que seu membro faria. Ia ser difícil, daquela vez, conter-se até dar-lhe Prazer.

Ayla fechou os olhos para pensar apenas na boca de Jondalar na sua, e na língua dele que explorava, calmamente. Sentia aquela túrgida pressão contra o ventre; a sua reação foi tão imediata quanto a dele, um desejo veemente que não sabia esperar. Queria-o mais perto dela ainda: dentro dela. Sem tirar os lábios dos dele, abriu na cintura o fecho das perneiras de lã, depois abaixou-se um pouco para abrir as que ele usava.

Jondalar viu que Ayla tinha dificuldade com os nós que ele dera nas correias de couro que haviam sido cortadas. Ele se esticou-se, quebrando o contato entre eles, sorriu dentro dos olhos dela, que eram da cor cinza e azul, como uma pedra de alta qualidade, tirou a faca da bainha, e cortou mais uma vez os cordões. Tinham de ser trocados, de qualquer maneira. Ela riu, arriou a roupa de baixo até o ponto que a permitisse dar alguns, poucos passos, desajeitadamente, até as peles de dormir, e se deixou cair por cima delas. Jondalar se aproximou enquanto ela tirava as botas; depois ele desamarrou as dele.

Deitados lado a lado, beijaram-se de novo, e Jondalar procurou, debaixo da parka de pele e da túnica, o seio firme e cheio. Sentiu que o mamilo inchava e endurecia na palma da sua mão, e abriu as roupas grossas para deixá-lo à vista; ele se contraiu com o frio, mas Jondalar o pôs na boca. A ponta do seio ficou quente e não amoleceu. Foi demais para Ayla. Sem querer esperar, rolou de costas, puxou-o para cima dela, e abriu-se para recebê-lo.

Com um sentimento de alegria por ver que ela já estava tão pronta quanto ele, o homem se pôs de joelhos entre as suas coxas quentes, e guiou com a mão o membro ansioso para o poço profundo. O calor dela e sua umidade o envolveram acariciantes, e ele a penetrou de uma vez até o âmago com um gemido surdo de prazer.

Ayla o sentiu dentro dela, bem fundo. E só pensou nele, no seu calor, arqueando o corpo para que o homem a enchesse. Sentia ele se afastar, acariciando-a, e depois se enfiando, de novo, até a raiz. Ela gritava de prazer quando seu longo fuste recuava e voltava, na exata posição para esfregar-se no seu pequeno centro de prazer, o que produzia choque de excitação através do seu corpo.

Jondalar se excitava também rapidamente. Por um instante temeu que estivesse indo depressa demais, mas não conseguiria refrear o clímax, e nem sequer tentou. Avançou e recuou como seu desejo mandava, sentindo a receptividade dela nos movimentos que fazia ao encontro dos seus, cada vez mais rápidos, agora. E de repente, sentiu que o Prazer estava às portas.

Com uma intensidade semelhante à sua, ela estava pronta. Murmurou apenas:

– Agora, oh, agora.

E ela se empinou ao seu encontro. Esse incentivo dela era uma surpresa. Ayla nunca fizera aquilo antes; mas o efeito foi imediato e fulminante. Com mais um empuxo, veio a explosão. Ela estava apenas a um tempo atrasada dele, e com um grito de extremo deleite alcançou seu clímax logo em seguida. Mais uns poucos movimentos, e os dois se aquietaram.

Embora tudo tivesse acontecido muito rápido, o momento fora tão intenso que Ayla levou algum tempo para descer das alturas daquele pináculo. Quando Jondalar, sentindo que talvez pesasse muito agora em cima dela, rolou para o lado e soltou-se, Ayla teve um inexplicável sentimento de perda e desejou que pudessem ter ficado mais tempo acoplados. Jondalar, de certo modo, a completava, e a conscientização plena do quanto ela temera por ele e do quanto lhe sentira a falta foi tão pungente de repente que seus olhos se encheram de lágrimas.

Jondalar viu uma gota transparente de água cair do canto do olho de Ayla e escorrer pelo lado do rosto até a orelha. Levantou o tronco, apoiado num cotovelo e perguntou:

– O que foi, Ayla?

– Estou chorando de felicidade por estar com você – disse ela. E uma outra lágrima surgiu e lhe tremeu na borda da pálpebra antes de cair.

– Se está feliz, por que chora? – perguntou ele, embora não precisasse perguntar.

Ela balançou a cabeça, incapaz de falar no momento. Ele sorriu, cônscio de que a mulher partilhava os seus sentimentos de alívio e gratidão por estarem reunidos. Ele a beijou nos olhos, na face, e, por fim, na formosa boca sorridente.

– Eu a amo também – disse-lhe ao ouvido.

Sentiu que seu membro pulsava de novo e desejou recomeçar. Mas não era possível. Epadoa, cedo ou tarde, os encontraria.

– Há um curso de água aqui perto – disse Ayla. – Preciso lavar-me. Aproveito para encher as bolsas.

– Vou com você – disse ele, em parte por querer estar com ela, em parte para protegê-la.

Apanharam as roupas, as botas, as bolsas de água e foram até o largo córrego que estava quase congelado. Só uma seção fluía, no meio. Jondalar estremeceu com o choque da água fria e só se lavou porque ela o fazia. Teria ficado satisfeito em secar-se com o calor das roupas, mas sempre que Ayla podia, tomava banho, por mais fria que fosse a água. Era um ritual que sua mãe do Clã lhe incutira, embora agora ela invocasse a Mãe com palavras embrulhadas na língua dos Mamutoi.

Encheram as bolsas de água e, no caminho de volta, Ayla recordou a cena que testemunhara antes que os amarrilhos das perneiras dele fossem cortadas da primeira vez.

– Por que você se recusou partilhar Prazeres com Attaroa? Humilhou-a diante do seu povo.

– Eu também tenho meu orgulho. Ninguém me obrigará a partilhar, com quem quer que seja, o Dom da Grande Mãe. E não teria feito diferença. Estou convencido de que a intenção dela, desde o princípio, era fazer de mim um alvo para a sua lança. Mas agora é você que precisa ter cuidado. "Descortês" e "pouco hospitaleira"... – disse Jondalar sorrindo. Depois, ficou sério. – Ela a odeia, Ayla, e nos matará se tiver oportunidade.

30

Enquanto se preparavam para a noite, Ayla e Jondalar ficaram atentos a todo e qualquer ruído. Os cavalos foram amarrados perto, e Ayla manteve Lobo junto da cama, ciente de que ele a avisaria de tudo que percebesse de anormal. Mesmo assim, ela dormiu muito mal. Seus sonhos continham ameaças, mas foram amorfos e desorganizados, sem mensagens ou avisos que pudesse identificar, exceto que Lobo aparecia neles com frequência.

Ela acordou logo que o dia rompeu por cima da galhada desnuda dos salgueiros-chorões e das bétulas, à beira do riacho. Ainda estava escuro no restante da estreita ravina em que se achavam, mas, firmando a vista, Ayla começou a distinguir os abetos, com suas pontas curtas, e os pinheiros, de pontas mais compridas, na luz que se intensificava. Uma neve seca caíra durante a noite e cobrira de branco os sempre-verdes, o mato fechado, a relva e, até, as peles de dormir. Mas Ayla se sentia aquecida, no aconchego da cama.

Tinha quase esquecido como era bom ter Jondalar dormindo a seu lado. E se deixou ficar por um momento quieta, gozando apenas da proximidade dele. Preocupava-se com o dia que tinha pela frente e com o que ia preparar para a festa. Resolveu, por fim, levantar-se, mas quando quis sair das peles sentiu que o braço de Jondalar a enlaçava, impedindo-a de sair.

– Tem mesmo de se levantar? Faz tanto tempo que não me deito do seu lado... – disse Jondalar, afagando-lhe a nuca.

Ela voltou a se acomodar.

– Também não quero sair da cama; está frio, e gostaria de ficar aqui com você, mas preciso cozinhar alguma coisa para o jantar de Attaroa e fazer a nossa refeição da manhã. Você não está com fome?

– Agora que você tocou no assunto, acho que seria capaz de comer um cavalo – disse Jondalar, lançando um olhar guloso para os dois equinos.

– Jondalar! – disse Ayla, parecendo chocada.

– Não um dos nossos, é claro, mas é o que tenho comido ultimamente: carne de cavalo. Isso quando havia algo para comer! Eu nunca imaginei que comeria isso, mas quando não se tem outra coisa... A carne não é ruim, aliás.

– Eu sei, mas aqui você não vai ter de comer isso. Temos muitas opções.

Aconchegaram-se um pouco mais, depois Ayla saiu da cama.

– O fogo apagou. Se você acender outro, faço chá. Precisamos de uma boa fogueira hoje, e bastante lenha.

Para a refeição da noite anterior, Ayla preparara uma sopa substanciosa, à base de carne-seca de bisonte, tubérculos e pinhões apanhados na vizinhança. Mas Jondalar não conseguiu comer tanto quanto desejara. Terminado o jantar, Ayla havia começado a fazer uma espécie de geleia de maçã. Tinha colhido maçãs pequenas, pouco maiores que cerejas, que encontrara quando seguia a pista de Jondalar. Estavam congeladas mas ainda pendendo nos ramos sem folhas das árvores na encosta sul de uma colina. Ayla cortara as maçãs ao meio, tirara-lhes as sementes e botara-as para ferver em água juntamente com bagas secas de roseira brava. Deixara o preparado junto do fogo durante a noite. De manhã, já havia esfriado e engrossado, devido à pectina natural, tomando a consistência de geleia, com pequenos pedaços incrustados de casca de maçã.

Antes de fazer o chá, Ayla pôs um pouco d'água na sopa que sobrara da véspera e aqueceu-a também para reforçar a refeição da manhã. Provando a compota, verificou que o congelamento diminuíra a acidez das frutas e as bagas de roseira lhe tinham dado um belo tom avermelhado e um gosto especial, picante e adocicado ao mesmo tempo. Serviu a geleia numa tigela ao mesmo tempo que a sopa.

– Esta é a melhor comida que já provei na vida! – disse Jondalar. – Que temperos você usou?

– O principal tempero é a fome – disse Ayla, sorrindo.

Jondalar concordou e, de boca cheia, disse:

– Acho que você está certa. Fico com pena daqueles pobres coitados no Depósito.

– Não se pode deixar que alguém passe fome quando há o que comer – disse Ayla. Sua indignação voltava a se intensificar. – É diferente quando todos passam fome.

– Isso acontece no fim de um inverno muito intenso – disse Jondalar. – Você já passou fome?

– Eu não comia regularmente todas as refeições, e meus pratos favoritos acabavam antes que chegasse a minha vez. Mas se a gente procura, sempre encontra o que comer... se tem a liberdade de procurar!

– Conheço gente que passou fome por ter acabado a comida e não saber onde achar mais. Você, porém, sempre acha alguma coisa, Ayla. Como explica isso?

– Iza me ensinou. Acho que sempre me interessei por comida e plantas – disse Ayla, e fez uma pausa. – Acho que houve um tempo em que eu quase passei fome. Antes de Iza me encontrar. Eu era menina e não me lembro muito bem. – Um sorriso iluminava-lhe o rosto, com as reminiscências. – Iza dizia que nunca conhecera uma pessoa que tivesse aprendido tão depressa quanto eu a achar alimentos, o que era extraordinário, pois eu não nascera com a memória de onde procurar ou o quê. Ela me disse que a fome me ensinara.

Jondalar devorou o primeiro prato e repetiu. Depois ficou observando enquanto Ayla revistava suas reservas de mantimentos e começava a preparar a iguaria que pretendia levar para o almoço de Attaroa. Que vasilha usar? Tinha que fazer uma grande quantidade de comida, para todo o Acampamento S'Armunai, e eles tinham trazido apenas artigos de primeira necessidade.

Esvaziou uma grande bolsa d'água, a maior de que dispunham, dividindo o líquido por diversas tigelas. Depois separou o forro da pele, que havia sido costurado ao pelo na parte externa. O forro era um estômago de auroque, não exatamente à prova d'água, mas deixava a água passar muito devagar. A umidade que porejava era absorvida pelo couro macio do invólucro, de modo que a parte externa da bolsa ficava sempre seca. Ayla cortou o topo do forro, atou-o a uma armação feita com tendões finos da sua cesta de costura, e encheu-o de água outra vez, esperando até que uma pequena camada de umidade tivesse se formando do lado de fora.

Àquela altura, o fogo, que fora aceso bem cedo, já estava reduzido a brasas, e Ayla pôs a bolsa cheia diretamente em cima delas, certificando-se de que tinha mais água à mão para que a panela de pele estivesse sempre cheia. Enquanto esperava pela fervura, começou a tecer uma cesta com galhos de salgueiro e capins amarelos, que a umidade da neve tornara flexíveis.

Quando as bolhas apareceram, ela jogou na água tiras de carne-seca magra e algumas barras de gordura do alimento de viagem. Obteve, assim, um caldo grosso. Misturou nele uma diversidade de grãos. Pretendia ainda juntar-lhe raízes e tubérculos secos como cenoura e fécula de amendoim e leguminosas como a vagem, groselhas e vacínios. Temperou tudo com ervas aromáticas do seu estoque: unha-de-cavalo, azeda, basilicão e rainha-dos-prados, mais um pouco de sal, que guardava desde a Reunião de Verão dos Mamutoi; e Jondalar nem sabia que ainda restava algum.

Ele não queria afastar-se muito e ficara por perto, apanhando madeira e água, colhendo capins, cortando juncos e ramos de salgueiro para o trançado que ela fazia. Estava tão feliz com a companhia dela que não queria perdê-la de vista. Ela também sentia prazer por tê-lo de volta.

Mas quando Jondalar percebeu a quantidade de alimentos que ela estava tirando dos suprimentos de viagem, alarmou-se. Passara fome havia pouco e estava muito consciente do problema.

– Ayla, você está usando grande parte das nossas reservas de alimento. Assim ficaremos com pouca coisa.

– Quero ter bastante para as mulheres e os homens do Depósito. Quero mostrar-lhes o que podem ter se trabalharem todos juntos – explicou Ayla.

– Talvez eu deva ir atrás de carne fresca – disse Jondalar, com uma expressão preocupada.

Ela o olhou, admirada com a reação dele. A maior parte do que tinham comido durante a viagem fora colhida *in loco*, e se usavam os suprimentos era mais por gosto ou conveniência que por necessidade. Além disso, tinham outras reservas na margem do rio, com o restante dos seus pertences. Notou que Jondalar emagrecera e começou a compreender o motivo daquela angústia, tão pouco característica nele.

– Pode ser uma boa ideia. E talvez deva levar Lobo. Ele é bom para levantar caça e lhe dará aviso se alguém se aproximar. Tenho certeza de que Epadoa e as Mulheres-Lobos de Attaroa estão procurando por nós.

– Mas se eu levo Lobo, quem avisará você?

– Huiin. Ela sentirá a presença de estranhos. Mas eu gostaria de sair daqui logo que a comida estiver pronta e ir diretamente para o estabelecimento de S'Armunai.

– Você vai demorar? – perguntou ele, de cenho franzido, pesando nas alternativas.

– Não muito, espero. Não estou acostumada a fazer tanta quantidade de uma vez só, de modo que não posso saber com certeza.

– Talvez eu deva esperar, então, e caçar depois.

– Como quiser, mas se ficar eu gostaria de mais lenha.

– Vou procurar lenha. E também empacotar tudo o que você não está usando. Assim, ficaremos prontos para partir.

Ayla levou mais tempo do que imaginara. Quando a manhã ia pela metade, Jondalar saiu com Lobo para reconhecer a área. Mais para ter certeza de que Epadoa não andava por perto do que para procurar alguma caça. Ficou surpreso com a pronta disposição do lobo em acompanhá-lo... depois que Ayla assim determinou. Sempre considerara o animal como propriedade dela e nunca pensara em levá-lo consigo em suas expedições. O animal revelou-se excelente companhia, e logo pegou um coelho. Jondalar deixou que ele ficasse com a presa.

Quando regressaram, Ayla serviu uma grande porção da deliciosa mistura que preparara para os S'Armunai. Costumavam comer apenas duas vezes por dia, mas logo que Jondalar vira a vasilha cheia de comida descobrira que estava com fome. Ayla provou um pouco e deu um bocado a Lobo.

Passava de meio-dia quando ficaram prontos para partir. Enquanto a comida cozinhava, Ayla completou dois cestos em forma de alguidar, ambos de bom tamanho, mas um maior que o outro. Encheu os dois com a apetitosa preparação que fizera, e acrescentou ainda alguns pinhões, um tanto oleosos. Achava que com sua dieta habitual de carnes magras, as gorduras e óleos fariam sucesso entre o povo do Acampamento. Sabia também, sem entender muito bem por quê, que era disso que eles precisavam mais, principalmente no inverno, para se suprimirem de calor e energia. Sabia que todos ficariam satisfeitos e de barriga cheia.

Ayla cobriu as cestas cheias com outras, rasas, que usou como tampas, e colocou-as na garupa de Huiin, amarrando-as com um atilho grosseiro, feito às pressas, de ramos de salgueiro e capim torcido. Seria usado só uma vez e jogado fora. Em seguida, dirigiram-se ao acampamento, mas por outra via. No caminho foram combinando o que fazer com os animais quando estivessem nos domínios de Attaroa.

– Podemos esconder os cavalos na mata, junto do rio, amarrando-os a uma árvore, e seguir a pé o resto do caminho – propôs Jondalar.

– Não quero amarrá-los. Se as caçadoras de Attaroa os acharem, será fácil matá-los. Se estiverem em liberdade terão pelo menos uma chance de fugir. Voltarão quando assoviarmos, chamando-os. Prefiro que fiquem debaixo de nossos olhos, e perto, para virem quando for o caso.

– Então, o campo coberto de capim seco das imediações do acampamento me parece o lugar ideal. Ficarão soltos lá. Sempre ficam por perto se podem pastar um pouco – disse Jondalar. – Causaremos uma grande impressão em Attaroa e nos S'Armunai se chegarmos montados ao acampamento. Se os S'Armunai forem como os demais povos que encontramos pelo caminho, ficarão também com certo medo de gente capaz de dar ordens a cavalos. Pensarão que isso tem algo a ver com espíritos, poderes mágicos ou similares. E se tiverem medo de nós, temos uma vantagem inicial. Como somos só dois, precisamos de toda vantagem que pudermos conseguir.

— É verdade — disse Ayla. Estava preocupada com a segurança deles dois e dos cavalos. Também não queria aproveitar-se dos receios infundados, supersticiosos, dos S'Armunai; era como se estivesse mentindo. Mas suas vidas estavam em perigo, e também as vidas dos meninos e homens presos no Depósito.

Era um momento difícil para Ayla, obrigada a escolher entre dois males. Mas, afinal, fora ela quem insistira em voltar para ajudá-los, mesmo com risco de vida. Tinha de superar sua compulsão de ser, sempre, absolutamente veraz, e escolher o mal menor; em suma, de adaptar-se, se queriam salvar os meninos, os homens e eles mesmos da sanha de Attaroa.

— Ayla — disse Jondalar. E vendo que ela não ouviu, repetiu: — Ayla!
— Hein? Sim...
— E Lobo? Se não for conosco, onde escondê-lo? É um campo aberto em volta do estabelecimento de Attaroa.

Ela pensou um pouco e respondeu:
— Ele pode ficar onde eu ficava para observá-lo, Jondalar: no topo da colina. Existem árvores por lá, um arroio, e alguma vegetação rasteira. As mulheres de Attaroa sabem da existência dos nossos cavalos, mas não sabem nada sobre o lobo. Considerando o que fazem com esses animais, não podemos facilitar. Vou dizer-lhe para ficar escondido. Acho que me obedecerá, se me vir de vez em quando.

Ayla pensou mais um momento.
— Vou levá-lo agora. Você pode me esperar aqui, com os cavalos. Depois fazemos uma volta e apareceremos no acampamento vindo de outra direção.

NINGUÉM OS VIU SAIR da mata e entrar no campo. Os primeiros que os viram — um homem e uma mulher, cada um num cavalo, trotando rumo ao acampamento — pensaram que eles tinham, simplesmente, aparecido. Quando alcançaram a casa de Attaroa, todos se juntaram para observá-los. Até os homens do Depósito estavam amontoados atrás das frestas, vendo-os se aproximar.

Attaroa estava com as mãos nos quadris e pernas abertas, na sua atitude habitual de comando. Jamais o admitiria, mas estava chocada e preocupada vendo-os chegar, e dessa vez em cavalos separados. Nas poucas ocasiões em que alguém lhe escapara, fugira tão depressa quanto era possível. Ninguém jamais retornara espontaneamente. Que poderes teriam aqueles dois, que se sentiam, assim, tão confiantes? Com seu medo latente de represálias por parte da Grande Mãe e do mundo dos espíritos, Attaroa procurou perceber o significado da reaparição daquela mulher enigmática e do alto e belo Zelandonii. Mas nada disso lhe transpareceu nas palavras.

– Decidiram voltar, então! – disse, ordenando a S'Armuna com um olhar que traduzisse.

Jondalar achou que a Shamud ficara igualmente surpresa, mas percebeu também certo alívio nela. Antes de traduzir para Attaroa, S'Armuna se dirigiu a eles diretamente:

– Não importa o que ela lhe diga. Aconselho-o a não se hospedar aqui, filho de Marthona. Minha própria casa continua à disposição de vocês dois. – Em seguida, repetiu o que a líder dissera.

Attaroa achou que ela usara mais palavras do que lhe pareciam necessárias para traduzir o pouco que dissera. Mas desconhecendo a língua, não podia ter certeza.

– Por que não deveríamos voltar, Attaroa? Não fomos convidados para um jantar em nossa honra? – disse Ayla. – Trouxemos uma pequena refeição como contribuição.

Enquanto essas palavras eram traduzidas para o S'Armunai, Ayla desmontou, e tirou da garupa de Huiin a maior das duas cestas e depositou-a no chão, entre Attaroa e S'Armuna. Quando destampou a vasilha, o delicioso aroma das ervas e grãos que usara como tempero fez com que os presentes arregalassem os olhos. Aquilo era um regalo como raras vezes tinham visto nos últimos anos, principalmente no inverno. Ficaram todos de água na boca, e até Attaroa perdeu momentaneamente a fala. Passado o espanto, disse:

– Parece suficiente para todos.

– Isso é só para as mulheres e crianças – disse Ayla. Depois, apanhou a cesta menor, das duas que havia tecido, e que Jondalar acabava de entregar-lhe, e deixou-a ao lado da primeira. Levantando a tampa, anunciou: – Esta porção é para os homens.

Um murmúrio correu atrás da paliçada e entre as mulheres que tinham saído das casas. Attaroa, porém, ficou furiosa.

– O que quer dizer com isso? Para os homens?

– Certamente quando a líder de um acampamento anuncia um jantar em honra de um visitante, inclui todo o povo. Ou não é assim?

Entendi que você era a líder do conjunto do acampamento, e que eu deveria trazer comida suficiente para todos. Você é a líder de todos, certo?

– Claro que sou a líder de todos – disse Attaroa, com dificuldade para achar as palavras.

– Se você não está pronta ainda, seria melhor levarmos isto para dentro a fim de que não deixar que congele – disse Ayla, apanhando a vasilha maior e dirigindo-se em seguida para S'Armuna. Jondalar apanhou a outra.

Attaroa logo se recompôs.

– Convidei-os para ficar no meu abrigo – disse ela.

– Mas imagino que esteja ocupada com os preparativos – respondeu Ayla –, e eu não gostaria de ser um estorvo para a líder deste acampamento. Será mais apropriado que nos hospedemos com Aquela que Serve à Mãe.

S'Armuna traduziu, e depois acrescentou:

– É como sempre se faz.

Ayla voltou-se para Jondalar, dizendo-lhe baixinho:

– Vamos começar a andar para a casa de S'Armuna.

Attaroa os acompanhou com os olhos. Um sorriso malévolo alterou-lhe as feições, transformando um rosto que podia ser belo numa grotesca caricatura. Haviam errado em voltar, sabendo que isso lhe dava a oportunidade que desejava para destruí-los. Mas era preciso apanhá-los distraídos. Fora bom, então, que tivessem ido com S'Armuna. Saíam de perto. Ela precisava de tempo para discutir planos com Epadoa, que não voltara ainda.

Mas, naquele momento, tinha de providenciar a festa. Chamou uma das mulheres, a que parira uma menina e era sua favorita, mandando que dissesse às outras para prepararem algo para uma grande celebração.

– Que façam bastante para todos – disse –, inclusive para os homens do Depósito.

A mulher pareceu surpresa, mas saiu correndo para cumprir as instruções.

– IMAGINO QUE POSSAMOS tomar chá agora – disse S'Armuna, depois de mostrar a Ayla e Jondalar onde deveriam dormir. Esperava que Attaroa invadisse o lugar a qualquer minuto. Mas depois que serviu o chá e nada aconteceu, ficou mais tranquila. Quanto mais tempo Ayla e Jondalar ficassem lá sem objeções por parte de Attaroa, mais chance havia de que ela lhes permitisse permanecer.

Mas quando a tensão se abrandou, um silêncio desconfortável caiu sobre os três. Ayla observava a mulher que Servia à Mãe, tentando fazê-lo discretamente. O rosto dela era mais proeminente do lado esquerdo do que do direito. Concluiu que S'Armuna devia ter alguma dor no lado menos desenvolvido do rosto ao mastigar. A mulher não fazia nada para esconder a anormalidade. E usava o cabelo castanho-claro, que começava a ficar grisalho, puxado para trás e para cima com simples dignidade, e preso num coque macio no alto da cabeça. Por algum motivo inexplicável, Ayla se sentia atraída pela Shamud.

Sentia nela, entretanto, certa hesitação. Era como se S'Armuna estivesse dividida e indecisa. Ela ficava olhando para Jondalar como se quisesse dizer-lhe algo, mas como se fosse difícil começar, como se procurasse um jeito de abordar algum assunto delicado.

Movida pelo instinto, Ayla tomou a palavra.

— Jondalar me contou que você conheceu Marthona, S'Armuna — disse ela. — Eu me perguntava onde você teria aprendido a falar tão bem a língua dele.

A mulher olhou para ela com espanto. A língua dele, pensou, não dela? Ayla sentiu a nova e repentina avaliação dela pela Shamud, mas a resposta foi no mesmo tom, vigoroso.

— Sim, conheci Marthona, e também o homem com quem ela se casou. — Parecia querer dizer algo mais, mas se calou.

Jondalar preencheu o silêncio, aflito para falar dos seus, sobretudo com alguém que os conhecera:

— Era Joconan o líder da Nona Caverna quando você estava lá? — perguntou ele.

— Não, mas não me admira que ele tenha chegado ao posto — ela respondeu.

— Dizem que Marthona era quase uma colíder. Como as dos Mamutoi, suponho eu. Foi por isso que, morto Joconan...

— Joconan morreu? — perguntou S'Armuna. Ayla percebeu que a notícia fora um choque para ela, e notou uma expressão no seu rosto que era quase de dor. Depois a Shamud recobrou o autodomínio. — Deve ter sido um período difícil para sua mãe.

— Sim, certamente. Mas não penso que ela tenha tido muito tempo para pensar nisso ou para chorar sua morte. Todos a pressionavam para assumir a liderança. Não sei quando ela conheceu Dalanar, mas quando começou a viver com ele, já era líder da Nona Caverna havia vários anos. Zelandoni me disse que ela já fora abençoada com a promessa do meu nascimento antes de casar, de modo que o casamento deve ter sido feliz. No entanto, eles desmancharam o laço quando eu tinha 2 anos, e Dalanar foi embora. Não sei o que aconteceu, e histórias e cantigas sobre o amor dos dois ainda são correntes entre nós. Minha mãe fica desconcertada com elas.

Ayla estimulou-o a continuar, pois queria saber mais. O interesse de S'Armuna não era menor.

– Ela casou mais uma vez, não foi? E teve mais filhos? Sei que você tinha outro irmão.

Jondalar retomou o fio da narrativa, dirigindo-se a S'Armuna:

– Meu irmão Thonolan nasceu da fogueira de Willomar, bem como Folara, minha irmã. Acho que foi um bom casamento para ela. Marthona está feliz com Willomar, e ele foi sempre muito bom para mim. Viajava muito em missões de negócios para minha mãe. Às vezes, me levava. E a Thonolan também, quando ele passou a ter idade suficiente. Por muito tempo considerei Willomar um segundo pai, até que fui morar com Dalanar e o conheci um pouco melhor. Ainda me sinto mais ligado a Willomar, embora Dalanar também tenha sido sempre gentil comigo e eu tenha aprendido a gostar dele também. Ele encontrou uma mina de sílex, casou com Jerika e fundou sua própria Caverna. Tiveram uma filha, Joplaya, que é minha prima.

Ocorreu a Ayla que se um homem era tão responsável quanto uma mulher pelo fato de uma vida começar dentro dela, então a "prima" a quem ele chamava Joplaya era, na verdade, sua irmã. Tão irmã quanto a outra, Folara. Ele a chamara de prima. Será que consideravam o parentesco mais próximo que a relação com os filhos das irmãs da mãe ou com as mulheres dos irmãos dela? Ela se deu conta, porém, de que a conversa sobre a mãe de Jondalar continuara enquanto ponderava essas outras implicações.

– ...então minha mãe passou a liderança para Joharran, mas ele insistiu na permanência dela como uma espécie de conselheira – dizia Jondalar. – Como conheceu minha mãe?

S'Armuna hesitou por um momento, com o olhar perdido no espaço como se estivesse vendo um quadro do passado. Depois, lentamente, começou a falar:

– Eu era pouco mais que uma menina quando fui levada para lá. O irmão de minha mãe era líder aqui, e eu era sua predileta, a única filha mulher nascida de suas duas irmãs. Ele fez uma Jornada quando jovem. Ouvira falar da renomada Zelandônia. Quando acharam que eu tinha algum talento ou dom para Servir à Mãe, quis que eu fosse educada pelos melhores. Levou-me então para a Nona Caverna, porque a Zelandoni de vocês era a Primeira entre todas as que Serviam à Mãe.

– Parece que essa é uma tradição da Nona Caverna. Quando saí, nossa atual Zelandoni acabara de ser escolhida como Primeira – comentou Jondalar.

– Você sabe o nome primitivo daquela que é Primeira hoje? – perguntou S'Armuna, muito interessada.

Jondalar deu um sorriso e Ayla achou que sabia o motivo.

– Eu a conheci como Zolena.

– Zolena? Muito jovem para ser Primeira, não acha? Zolena era apenas uma menininha quando morei lá.

– Jovem, sim, talvez. Mas dedicada – disse Jondalar.

S'Armuna concordou, e depois retomou o fio da sua história.

– Marthona e eu tínhamos aproximadamente a mesma idade, e o lar de sua mãe gozava de grande status. Meu tio e sua avó, Jondalar, fizeram um acordo para que eu fosse morar com ela. E ele ficou apenas o tempo bastante para me ver instalada. – Os olhos de S'Armuna estavam de novo perdidos. Depois ele sorriu. – Marthona e eu éramos como irmãs. Mais próximas até; éramos como gêmeas. Ela até resolveu estudar para ser Zelandoni ao mesmo tempo que eu.

– Eu não sabia disso – disse Jondalar. – Talvez ela tenha adquirido nessa época suas qualidades de liderança.

– Talvez. Mas nenhuma de nós pensava em liderar nada, naquele tempo. Éramos inseparáveis, gostávamos das mesmas coisas... até que isso tornou-se um problema.

S'Armuna se calou.

– Problema? – perguntou Ayla. – Houve problema pelo fato de sentir-se tão próxima de uma amiga? – Estava pensando em Deegie e de como fora maravilhoso ter uma amiga íntima, mesmo por pouco tempo. Teria gostado muito de ter uma pessoa assim quando adolescente. Uba fora como uma irmã para ela, mas por mais que a tivesse amado, Uba era Clã. Não importava como se sentisse, havia sempre diferenças entre as duas, como a curiosidade inata de Ayla ou as lembranças de Uba.

– Sim – disse S'Armuna, fitando a outra e notando de repente, outra vez, o seu sotaque tão peculiar. – O problema foi que nos apaixonamos pelo mesmo homem! Acho que Joconan deve ter amado nós duas. Uma vez ele falou de me casar com ambas. Eu e Marthona concordamos, mas àquela altura a velha Zelandoni havia morrido, e quando Joconan foi pedir conselho à nova, ela lhe disse que escolhesse Marthona. Achei que isso se deveu ao fato de Marthona ser tão bonita. De não ter o rosto torto. Hoje penso que talvez meu tio lhes tivesse dito que me queria aqui de volta. Não fiquei para o matrimônio deles, estava muito amarga e furiosa. Parti logo que eles me comunicaram que iam se casar.

– Veio sozinha, através da geleira? – perguntou Jondalar.

– Sim – respondeu a Shamud.

– Pois não são muitas as mulheres capazes de fazer uma Jornada assim, principalmente sozinhas. Os perigos são muitos. Você demonstrou grande bravura – disse Jondalar.

– Sim. Havia perigos. Quase caí numa grande fenda. Mas não acho que o tenha feito por bravura. Acho que minha ira me motivou. Quando cheguei, no entanto, vi que tudo mudara; eu estivera ausente por muitos anos. Minha tia e minha mãe tinham ido para o norte, onde há uma numerosa colônia S'Armunai. Com elas foram meus primos e irmãos. Meu tio estava morto, e um estranho era o chefe. Ele se chamava Brugar. Não sei exatamente de onde provinha. Pareceu-me encantador, no começo. Não era bem-apessoado, mas tinha encanto, de natureza um tanto rústica, digamos. Mas era também cruel e mórbido.

– Brugar... Brugar... – repetiu Jondalar, fechando os olhos e procurando lembrar onde ouvira o nome. – Não era Brugar o homem de Attaroa?

S'Armuna se pôs de pé, muito agitada.

– Alguém deseja mais chá?

Ayla e Jondalar aceitaram. Ela lhes trouxe novas xícaras da mesma infusão, depois foi apanhar a sua. Mas antes de sentar-se, disse:

– É a primeira vez que conto essa história.

– E por que o faz? – perguntou Ayla.

– Para que vocês compreendam a situação.

E, voltando-se para Jondalar, retomou o fio da narrativa:

– Sim, Brugar era o companheiro de Attaroa. Parece que ele começou a fazer mudanças por aqui logo que assumiu. Começou a fazer os homens mais importantes que as mulheres. De início, eram coisas pequenas. As mulheres deviam ficar sentadas e esperar que lhes dessem licença de falar. Mulheres não podiam tocar em armas. Não pareceu tão grave, no primeiro momento, e os homens puderam, tranquilamente, gozar do poder. Mas depois que a primeira mulher foi espancada até a morte como castigo por ter dito abertamente o que pensava, as outras viram que a situação era grave. Mas aí já não se sabia como aquilo tudo acontecera nem como fazer para voltar atrás e restabelecer a moda antiga. Brugar despertava nos homens o que havia neles de pior. Andava com um bando de fiéis seguidores. E os demais tinham medo de discordar.

– De onde ele tirou essas ideias? – disse Jondalar.

Com uma inspiração repentina, Ayla perguntou:

– Que aspecto tinha esse Brugar?

– Traços fortes, tosco de maneiras, mas cativante quando queria.

– Há muita gente do Clã, cabeças-chatas, por aqui? – perguntou Ayla.

– Havia, naquele tempo. Não mais. Eles são mais numerosos para oeste daqui. Por quê?

– Os S'Armunai se dão bem com essa gente? Com os de espíritos misturados, principalmente?

– Bem, eles não são considerados uma abominação entre nós, como são entre os Zelandonii. Alguns dos nossos têm mulheres do Clã. Os filhos desses casais são tolerados, mas não são, a rigor, bem aceitos, aqui ou lá. Tanto quanto eu saiba.

– Você acredita que Brugar possa ter sido produto de uma dessas misturas de espíritos?

– Por que me faz todas essas perguntas?

– Porque acho que ele deve ter vivido com esses que vocês chamam cabeças-chatas. Talvez tenha sido criado por eles – respondeu Ayla.

– Por que acha isso?

– Porque as histórias que você descreve são habituais no Clã.

– Clã?

– É como os próprios cabeças-chatas se denominam – explicou Ayla, e se pôs a especular. – Mas se ele se expressava bem e tinha algum encanto, é que não viveu sempre com eles. Talvez não tenha nascido lá, e tenha ido morar com os cabeças-chatas mais tarde. Sendo mestiço, não o tolerariam. Talvez até o considerassem uma aberração. O que é irônico. Duvido que tenha podido entendê-los, de modo que deve ter sido marginalizado por eles. Sua vida foi, provavelmente, infeliz.

S'Armuna ficou surpresa. Como é que Ayla, uma estranha, podia saber tanto?

– Para alguém que não conheceu Brugar, você sabe muito dele. – Então, ele era mesmo fruto de espíritos misturados? – disse Jondalar.

– Era. Attaroa me falou da história dele, o que sabia a respeito, pelo menos. Aparentemente, a mãe de Brugar era mestiça: meio humana, meio cabeça-chata. A mãe dela era inteiramente cabeça-chata – disse S'Armuna.

Produto de algum estupro dos Outros, pensou Ayla. Como a pequena da Reunião do Clã, que ficou noiva de Durc.

– Sua infância deve ter sido infeliz. Ela deixou seu povo logo que se tornou mulher, com um homem de uma Caverna do povo que habitava para oeste daqui.

– Os Losadunai? – perguntou Jondalar.

– Sim. Acho que é como se chamam. Seja como for, não muito tempo depois de partir ela teve um menino: Brugar – continuou S'Armuna.

– Sim, Brugar. Às vezes chamado Brug? – interrompeu Ayla.

– Como sabe disso?

– Brug pode ter sido seu nome como membro do Clã.

– Acho que o homem com quem a mãe dele fugiu batia nela. Quem poderá dizer por quê? Alguns homens gostam de espancar mulheres.

– As mulheres do Clã aprendem desde cedo a aceitar isso – disse Ayla. – Não se permite que os homens briguem uns com os outros, mas podem bater numa mulher ou repreendê-la. Não devem espancá-las, mas alguns o fazem.

S'Armuna assentiu com a cabeça, vigorosamente. Podia entender aquilo.

– Assim, pode ser que, no princípio, a mãe de Brugar tivesse aceitado que o homem com quem passara a viver lhe batesse. Mas a brutalidade deve ter aumentado. Isso é comum com homens desse tipo. Ele passou a bater no menino também. Talvez isso a tenha levado a ir embora. Seja como for, um dia ela fugiu com o filho. Voltou para o seu povo – disse S'Armuna.

– E se foi difícil para ela criar-se com o Clã, deve ter sido ainda mais difícil para o menino, que nem sequer era um mestiço de verdade – disse Ayla.

– Se os espíritos se misturaram como esperado, ele seria três quartas partes humano e só uma parte cabeça-chata – disse S'Armuna.

Ayla pensou, de súbito, no seu próprio filho, Durc. Broud certamente faria a vida dele infeliz. E se ele acabar como Brugar? Mas Durc é um mestiço, e tem Uba que o ama, e Brun, para educá-lo. Brun o aceitou no Clã quando era líder e Durc, um bebê. Ele cuidará para que Durc aprenda as normas do Clã. Sei que ele pode inclusive aprender a falar, se alguém se dispuser a ensiná-lo, mas ele pode também ter as memórias. Se tiver, será Clã inteiramente, com o auxílio de Brun.

S'Armuna teve uma súbita inspiração sobre aquela jovem mulher misteriosa.

– Como é que sabe tanto sobre cabeças-chatas, Ayla? – perguntou.

A pergunta apanhou Ayla de surpresa. Ela não estava prevenida, como estaria se se tratasse de Attaroa. Mas não queria desconversar nem mentir. Disse a verdade.

– Eles me criaram. Meu povo morreu num terremoto, e os cabeças-chatas me adotaram.

– Sua infância deve ter sido, então, mais difícil ainda que a de Brugar – disse S'Armuna.

– Não. Acho que, de certo modo, foi mais fácil. Eu não era considerada uma filha deformada do Clã. Era diferente, só isso. Uma dos Outros... que é como eles nos chamam. Não esperavam muito de mim. Não sabiam o que pensar diante de certas estranhezas minhas. Muitos me achavam burra. Eu era lenta porque tinha dificuldade em me lembrar das coisas. Não digo que tenha sido fácil crescer no meio deles. Tinha de viver segundo as suas normas, aprender as tradições do grupo. Era difícil para mim entrosar-me, mas tive sorte. Iza e Creb, os dois que me criaram, tinham amor por mim. Não fossem eles, eu não teria sobrevivido.

Quase tudo o que ela dizia acendia questões na mente de S'Armuna, mas a oportunidade não era ideal para esclarecer tudo aquilo.

– É bom que haja certa mistura em você – disse, lançando um olhar significativo para Jondalar –, principalmente por ter de travar conhecimento com os Zelandonii.

Ayla percebeu o olhar, e imaginou o que a mulher queria dizer. Lembrava-se da primeira reação de Jondalar ao descobrir quem a criara, e fora ainda pior quando ele ficou sabendo da existência de um filho de espíritos misturados.

– Como sabe que Ayla não os conhece ainda? – perguntou Jondalar.

S'Armuna fez uma pausa para pensar na pergunta. Como sabia? Sorriu para o homem.

– Você disse que ia "para casa". E ela disse "a língua dele". – E, subitamente, um pensamento lhe veio, uma revelação. – A língua! O sotaque!

Agora sei onde o ouvi antes. Brugar tinha um sotaque assim! Não tão acentuado quanto o seu, Ayla, embora ele não falasse tão bem a própria língua como você fala a de Jondalar. Mas ele deve ter adquirido essa maneira de falar... esse maneirismo... porque não se trata, exatamente, de um sotaque... quando morou com os cabeças-chatas. Há algo característico no som da sua fala, e agora que o identifiquei, não creio que vá esquecê-lo jamais.

Ayla se sentiu embaraçada. Fizera tamanho esforço para falar corretamente mas nunca fora capaz de produzir com perfeição determinados sons. De maneira geral, não se importava quando as pessoas mencionavam isso, mas S'Armuna estava dando importância excessiva à questão.

A Shamud notou a confusão da outra.

– Desculpe, Ayla; não queria deixá-la constrangida. Você, na verdade, fala Zelandonii admiravelmente bem, melhor do que eu até, uma vez que já esqueci muito do que sabia. E não é bem um sotaque que você tem; é outra coisa. Estou certa de que muita gente nem se dará conta disso. Mas é que você me deu uma tal inspiração sobre Brugar que isso me ajuda a compreender Attaroa.

– Compreender Attaroa? – disse Jondalar. – Quisera eu compreender como alguém poder ser tão cruel!

– Ela não foi sempre má. Ou tão má. Cheguei a admirá-la quando voltei, embora sentisse também muita pena dela. Mas, de certo modo, ela estava preparada para Brugar como poucas mulheres poderiam estar.

– Preparada? É uma observação estranha. Preparada para o quê?

– Para a crueldade dele – explicou S'Armuna. – Attaroa sofreu muito quando criança. Ela não fala disso, mas eu sei que achava que sua própria mãe lhe tinha ódio. Eu soube por outra pessoa que essa mãe, de fato, abandonou a menina, ou assim se acreditou. O certo é que foi embora deixando a filha, e não se ouviu mais falar nela. Attaroa acabou recolhida por um homem cuja mulher morrera no parto, em circunstâncias das mais suspeitas. O bebê também morreu. E as suspeitas surgiram justamente quando se soube que ele espancava Attaroa e que abusara dela quando ainda não era mulher. Mas ninguém mais quis, na ocasião, responsabilizar-se por sua criação. Era algo com relação à mãe, ao passado dela. Mas o fato é que Attaroa foi criada por esse homem e deformada pela malevolência dele. Finalmente, o homem morreu, e algumas pessoas do seu acampamento arranjaram o casamento dela com o nosso líder deste acampamento.

– Arranjaram sem o consentimento dela? – perguntou Jondalar.

– Convenceram-na a aceitar e trouxeram-na aqui para conhecer Brugar. Como eu disse, ele podia ser encantador, às vezes, e estou certa de que achou Attaroa atraente.

Jondalar concordou. Sabia que ela podia ser atraente.

– Penso que Attaroa recebeu com alegria a perspectiva desse matrimônio. Era uma oportunidade para um novo começo. Mas descobriu que o homem a quem se unira era ainda pior do que o outro que conhecera antes.

Os Prazeres de Brugar eram sempre feitos com pancadaria, humilhações e outras atitudes similares. À sua moda, Brugar a... hesito em dizer "amava", mas gostava dela. Apenas era... mórbido. Pois, mesmo assim, ela era a única pessoa que ousava enfrentá-lo, a despeito de tudo o que ele lhe fazia – contou ela.

S'Armuna fez uma pausa, balançou a cabeça e continuou:

– Brugar era um homem vigoroso, tinha muita força, e gostava de maltratar pessoas, mulheres principalmente. Acho que lhe dava Prazer causar dor em mulheres. Você diz que os cabeças-chatas não permitem que homens machuquem homens. Mas podem machucar mulheres, não é? Isso pode ter algo a ver com a história. Brugar apreciava a rebeldia de Attaroa. Ela era mais alta que ele, e é uma mulher muito forte. Ele gostava de dobrar a resistência dela, gostava quando ela o enfrentava fisicamente. Aquilo lhe dava uma desculpa para castigá-la, para sentir-se poderoso.

Ayla estremeceu, lembrando uma situação não muito diferente dessa, e teve um momento de empatia e compaixão pela chefe das Mulheres-Lobos.

– Ele se vangloriava disso com os outros homens, que o encorajavam ou, pelo menos, mostravam-se solidários com ele – disse a Shamud. – Quanto mais ela lhe resistia, pior. Por fim, ela cedeu. E ele... é curioso... não a quis mais. Muitas vezes já me perguntei: se ela tivesse cedido no começo, ele teria cansado logo dela e deixado de bater-lhe?

Ayla ficou pensando naquilo. Broud se cansara da mulher quando ela cansara de resistir-lhe.

– Duvido – continuou S'Armuna. – Mais tarde, quando ela foi abençoada e ficou dócil, nada mudou. Ela era dele, afinal; pertencia-lhe. Podia fazer com ela o que bem quisesse e entendesse.

Nunca fui casada com Broud, pensou Ayla, e Brun não permitia que ele me batesse. Não depois da primeira vez. Embora tivesse o direito de fazê-lo, o resto do Clã de Brun achava esquisito o interesse dele por mim. Todos desencorajavam o seu comportamento.

– Brugar continuou a espancar Attaroa mesmo depois que ela ficou grávida? – indagou Jondalar, horrorizado.

– Continuou, embora parecesse contente por ela esperar um filho.

Eu também fiquei grávida, pensou Ayla. Sua vida e a de Attaroa tinham muitas semelhanças.

– Attaroa vinha à minha procura, para que eu tratasse dela – continuou S'Armuna, fechando os olhos e balançando a cabeça, como que para espantar aquelas memórias. – Era medonho o que Brugar fazia com ela. Não posso nem dizer-lhes. Equimoses de espancamentos eram o mais simples.

– E por que Attaroa se submetia?

– Ela não sabia para onde ir. Não tinha parentes nem amigos. Os membros do seu outro acampamento tinham dito claramente que não a queriam lá. E ela era por demais orgulhosa, para voltar e deixar que eles vissem que seu casamento com o líder das Três Irmãs fora um desastre. Eu entendia como ela se sentia – disse S'Armuna. – Ninguém me bateu, embora Brugar tivesse tentado uma vez, mas achei também que não havia outro lugar para onde ir... e eu tenho parentes. Mas eu era Aquela que Serve à Mãe; não podia admitir que a situação tivesse chegado àquele ponto. Seria admitir que eu falhara.

Jondalar concordava com tudo aquilo. Ele também se julgara um fracasso, certa vez. Olhou para Ayla, e seu amor por ela o reanimou.

– Attaroa tinha ódio de Brugar – continuou S'Armuna –, mas, de alguma forma estranha, ela o amava também. Provocava-o, às vezes, deliberadamente. Eu imaginava se não seria por saber que ele a possuía depois de espancá-la. Embora não lhe desse amor, nem Prazer, pelo menos fazia com que ela se sentisse desejada por alguém. Talvez tenha aprendido com ele essa forma pervertida de Prazer, mesclado de crueldade. Agora ela não deseja ninguém. Ela mesma se dá Prazer causando sofrimento aos homens. Se vocês a observarem, verão como fica excitada.

– Tenho pena dela, ou quase – disse Jondalar.

– Pode ter. Mas não confie em Attaroa – disse a Shamud. – É uma demente, possuída por algum espírito do mal. Vocês podem entender isso? Nunca sentiram uma raiva tamanha que toda razão os abandonou?

Jondalar arregalou os olhos e se viu obrigado a concordar. Ele já tivera uma raiva assim. Batera num homem até deixá-lo inconsciente. E mesmo então fora incapaz de parar.

– Com Attaroa, é como se ela estivesse todo o tempo possuída por uma cólera insaciável desse tipo. Ela nem sempre o demonstra... na verdade, é muito hábil em matéria de dissimulação... mas seus pensamentos e sentimentos ficam tão cheios dessa fúria cega que ela já perdeu, há muito, a capacidade de pensar e de sentir como as pessoas comuns. Deixou de ser humana – explicou a Shamud.

– Mas terá ainda, certamente, pensamentos humanos? – quis saber Jondalar.

– Você se lembra do enterro, pouco depois da sua entrada no acampamento?

– Sim, três jovens. Dois eram homens. Quanto ao terceiro, não tive certeza do seu sexo. A roupa era igual para todos eles. Lembro-me de ter ficado imaginando o que poderia ter causado suas mortes. Eram tão jovens ainda!

– Attaroa foi a causa das três mortes – disse S'Armuna. – E aquele cadáver cujo sexo o intrigou saíra do seu próprio ventre.

Nesse momento, ouviram um ruído e se voltaram para a entrada do abrigo de S'Armuna.

31

Uma jovem surgira na entrada, e olhava nervosamente na direção deles. Jondalar notou de imediato que ela tinha muito pouca idade; era quase uma menina. Ayla notou que esperava um bebê.

– O que é, Cavoa? – perguntou S'Armuna.

– Epadoa acaba de voltar com suas caçadoras. E Attaroa está gritando com ela.

– Obrigada por vir contar-me – disse S'Armuna. E voltou-se para os seus hóspedes: – As paredes desta casa são tão grossas que é difícil ouvir o que se passa do lado de fora. Talvez devamos sair.

Passaram rápido pela mulher grávida, que recuou para que eles pudessem passar. Ayla agradeceu com um sorriso.

– Está quase chegando a hora, não é? – disse, em S'Armunai.

Cavoa sorriu, nervosa. Depois baixou os olhos para o chão.

Ayla achou que ela estava assustada e infeliz, o que era incomum para uma futura mãe. Mas, afinal de contas, muitas mulheres que esperam o primeiro filho ficam nervosas.

Logo que saíram puderam ouvir Attaroa, que esbravejava.

– ...e me diz que achou o lugar onde acamparam! Pois perdeu uma bela oportunidade. Bonita Mulher-Lobo é você, que não sabe nem mesmo rastrear – dizia a líder, insultando a outra.

Vestida com suas peles de lobo, Epadoa ouvia, com os lábios comprimidos, olhos fuzilando de raiva, porém muda. Havia muita gente em volta, mas não perto demais das duas. De repente ela notou que as pessoas desviaram a atenção e olharam em outra direção. E viu, com espanto, que era a mulher loura que se aproximava, acompanhada, fato mais surpreendente ainda, pelo alto Zelandonii. Jamais vira nenhum homem voltar ao acampamento.

– O que vocês estão fazendo aqui?

– Eu já lhe disse. Você perdeu a oportunidade – Disse Attaroa com escárnio. – Eles vieram por conta própria.

– E por que não viríamos? – disse Ayla. – Não fomos convidados para um jantar?

S'Armuna traduzia.

– Ainda não está na hora; será à noite – disse Attaroa aos hóspedes. E virou-se para Epadoa: – Venha comigo; tenho algo a dizer-lhe. – E logo entrou, seguida pela comandante da sua guarda.

Depois que elas se foram, Ayla procurou Campeão e Huiin com os olhos. Afinal, Epadoa e suas mulheres caçavam cavalos. Ficou aliviada ao ver que os dois estavam lá e pastavam o capim seco e quebradiço, não muito distante. Estudou, então, a mata cerrada na colina próxima do acampamento, com vontade de avistar Lobo, mas contente por não vê-lo. Queria que ele permanecesse escondido, mas fazia questão de mostrar-se, na esperança de que ele pudesse vê-la.

Voltaram com S'Armuna para os aposentos dela. No caminho, Jondalar mencionou um comentário que a Shamud fizera e que lhe despertara a curiosidade.

– Como conseguiu manter Brugar a distância? Você disse que ele tentou bater-lhe um dia, como fazia com as outras mulheres. Como fez para impedi-lo?

A mulher parou, olhando séria para o rapaz e, em seguida, para a mulher ao lado dele. Ayla percebeu sua indecisão. Era como se estivesse resolvendo até onde podia confiar nos dois.

– Ele me tolerava porque sou Shamud. Sempre se referiu a mim, aliás, como curandeira. Mais do que tudo, porém, temia o mundo dos espíritos.

A observação levantou uma dúvida na mente de Ayla.

– As curandeiras têm um status privilegiado no Clã – disse. – Mas são apenas curandeiras. Os mog-urs é que se comunicam com os espíritos.

– Com os espíritos conhecidos dos cabeças-chatas, talvez. Mas Brugar temia o poder da Mãe. Acho que ele sabia que Ela podia ver todo o mal que fazia e o mal que lhe roía a alma, por dentro. Temia o castigo. Quando lhe demonstrei que eu podia recorrer a Ela com êxito, Brugar me deixou em paz.

– Você consegue fazer com que Ela atue em seu favor? Como? – perguntou Jondalar.

S'Armuna meteu a mão por dentro da saia e tirou uma pequena escultura de mulher, de uns 10 centímetros de altura. Ayla e Jondalar já haviam visto imagens daquelas, esculpidas habitualmente em marfim, osso ou madeira. Jondalar já vira até umas poucas estatuetas talhadas em pedra, com dedicação e infinito cuidado. Eram feitas exclusivamente com ferramentas de pedra e representavam a Mãe. À exceção do Clã, todo grupo que tinham encontrado, desde os Caçadores de Mamutes, a leste, até o povo de Jondalar, a oeste, fazia alguma representação d'Ela.

Muitas dessas imagens eram toscas, outras esculpidas com extremo requinte. Algumas, altamente abstratas; outras, figurativas; algumas eram imagens bem proporcionadas de mulheres maduras, gordas. Muitas dessas representações procuravam dar ênfase aos atributos da maternidade e da fecundidade – seios volumosos, ventre protuberante e quadris largos – e reduziam deliberadamente ao mínimo as outras características. Muitas vezes havia apenas uma sugestão de braços, ou as pernas terminavam em ponta. sem pés, para que a figura pudesse ser fincada na terra. Invariavelmente não tinham traços faciais. Não deviam ser cópias de determinada mulher, e por certo nenhum artista poderia saber como seria a face verdadeira da Grande Mãe Terra. O rosto era deixado liso, ou tinha traços enigmáticos, ou o cabelo era estilizado e se estendia à volta de toda a cabeça, escondendo as feições.

O único retrato realista de um rosto de mulher que os dois conheciam era o de Ayla, que Jondalar havia esculpido com ternura quando viviam sozinhos no vale, pouco depois de se conhecerem. Mas o próprio Jondalar às vezes lamentava essa indiscrição impulsiva. Ele não quisera fazer uma imagem materna. Talhara aquilo porque estava apaixonado por Ayla e queria captar o seu espírito. Mas verificou. uma vez pronta, que a imagem tinha um tremendo poder, e teve medo que pudesse prejudicá-la, principalmente se caísse nas mãos de alguém que a quisesse dominar. Mesmo assim, teve medo de destruir o retrato: isso também poderia fazer mal ao modelo. Deu-o a Ayla, então, para que ficasse para sempre em segurança. E Ayla gostava da pequena escultura com um rosto que lembrava o seu, por ter sido feita por Jondalar. Jamais pensou se teria ou não algum poder. Achava-a apenas bela.

Embora as imagens tradicionais da Mãe fossem também, muitas vezes, consideradas belas, não eram, em geral, representações de mulheres jovens núbeis, feitas em consonância com algum cânon masculino de beleza. Eram representações simbólicas da Mulher, da sua faculdade de criar e produzir vida de dentro do próprio corpo, e de nutrir essa vida com os recursos da sua própria e generosa plenitude. Por analogia, tais figuras representavam a Grande Mãe Terra, a Qual criava e produzia toda vida do Seu corpo e alimentava Seus filhos com a Sua assombrosa munificência. As figuras eram também receptáculos para o espírito da Grande Mãe de Todos, um espírito capaz de assumir um sem-número de formas.

Mas aquela figura da Mãe diferia de todas. S'Armuna passou a munai a Jondalar.

– Diga-me de que é feita – disse ela.

Jondalar virou a figura nas mãos, examinando-a detidamente. Tinha seios pendulares e quadris avantajados, os braços eram sugeridos, esculpidos apenas até o cotovelo, as pernas se afunilavam na extremidade. Embora houvesse vaga indicação de cabelos, o rosto fora deixado sem traços. A imagem não diferia grandemente em tamanho ou forma de muitas que conhecia, mas o material de que era feita lhe pareceu invulgar, senão insólito. Tinha uma cor uniforme, escura. Experimentou-o com a unha: não ficava riscado. Não era madeira, nem osso, nem marfim, nem chifre. Duro como a pedra, mas liso, nele não havia marca de ferramenta. Não era nenhuma espécie conhecida de pedra.

Virou-se para S'Armuna com uma expressão de perplexidade.
– Jamais vi nada igual – disse.
Jondalar passou a figura para Ayla, e ela teve um arrepio no momento em que a tomou nas mãos. Eu devia ter usado minha parka de pele quando saí, pensou. Mas não pôde deixar de admitir que a causa daquele arrepio era mais que friagem.
– Essa munai começou como pó da terra – explicou a mulher.
– Pó? – disse Ayla. – Mas é pedra!
– Sim, agora é pedra. O pó foi transformado em pedra.
– Você fez isso? Como pode transformar pó em pedra? – perguntou Jondalar, incrédulo.
A mulher sorriu.
– Se eu lhe disser você acreditará nos meus poderes?
– Terá de convencer-me.
– Vou contar-lhe, mas não vou procurar convencê-lo. Você terá de convencer-se a si mesmo. Comecei com argila dura, seca, da margem do rio, que pulverizei com uma pedra. Depois misturei o pó com água. – S'Armuna fez uma pausa, pensando se deveria dizer algo mais sobre a mistura. Resolveu que não o faria ainda. – Quando estava da consistência apropriada, dei-lhe forma. O fogo e o ar quente lhe deram essa consistência dura de pedra – concluiu a Shamud, observando a reação delas. Mostrariam indiferença ou ficariam impressionados? Duvidariam da sua palavra ou acreditariam nela?
Jondalar fechou os olhos, procurando lembrar-se.
– Lembro ter ouvido... da boca de um homem dos Losadunai, se não me engano... algo sobre imagens da Mãe feitas de barro. S'Armuna sorriu.
– Sim, pode-se dizer que fazemos munais de barro. Fazemos também animais, quando queremos invocar os seus espíritos. Muitas espécies de animais: ursos, leões, mamutes, rinocerontes, cavalos. O que quisermos. Mas eles são de barro só enquanto estão sendo modelados. Uma figura feita com o pó da terra misturado com água, mesmo depois de endurecida, amolece na água e retorna ao barro original de que se formou. E volta ao pó. Mas uma vez despertada para a vida pela chama sagrada da Mãe, fica transmudada para todo o sempre. Passadas pelo calor da Mãe, as figuras adquirem a rigidez da pedra. O espírito vivo do fogo confere-lhes a permanência do granito.
Ayla notou o fogo da excitação no olhar da mulher. Lembrava-lhe a excitação de Jondalar ao conceber o propulsor de azagaias. Sentiu que S'Armuna também ardia na excitação da descoberta, e acreditou nela.

– As pequenas imagens são frágeis, mais frágeis que o sílex – continuou a mulher. – A própria Mãe já mostrou que elas se quebram. Mas a água não consegue alterá-las. Munais feitas de barro, uma vez tocadas pelo Seu fogo ardente, podem ser deixadas ao relento, debaixo de chuva ou de neve, podem ser postas de molho na água. Nunca desmancharão.

– Você, de fato, tem parte no poder da Mãe – disse Ayla.

A mulher hesitou um momento. Depois perguntou:

– Você gostaria de ver?

– Oh, sim, gostaria muito! – disse Ayla.

– Eu teria o maior interesse – respondeu Jondalar ao mesmo tempo.

– Então venham. Eu lhes mostro.

– Posso ir pegar minha parka? – perguntou Ayla.

– Naturalmente que sim. Nós todos usaremos agasalhos. Mas se estivéssemos celebrando a Cerimônia do Fogo, teríamos tanto calor que não precisaríamos de peles, nem mesmo num dia como este. Tudo está quase pronto. Temos só de acender o fogo e começar a cerimônia esta noite. Mas o processo leva tempo e exige concentração. Esperaremos até amanhã. Hoje temos um importante jantar – lembrou S'Armuna.

S'Armuna se calou e cerrou os olhos, como se escutasse, ou refletisse sobre algo que lhe ocorrera.

– Sim, um jantar muito importante – repetiu, olhando diretamente para Ayla. Será que ela tem ideia do perigo que corre?, disse consigo mesma. Se ela é quem penso, terá.

Vestiram os agasalhos. Ayla notou que a jovem se fora. S'Armuna os conduziu a alguma distância da casa até os fundos do estabelecimento, onde algumas mulheres estavam agrupadas em torno de uma construção de aspecto inocente, um pavilhão simples, de teto inclinado. As mulheres traziam excrementos secos, lenha e ossos. Materiais para um fogo, pensou Ayla. Reconheceu a jovem grávida e lhe sorriu. Cavoa sorriu timidamente em resposta.

S'Armuna passou curvando a cabeça pela entrada, demasiado baixa, da pequena estrutura, depois chamou os hóspedes, acenando-lhes com a mão ao ver que eles hesitavam, sem saber se deviam entrar com ela. Dentro havia uma lareira onde chamas irrequietas lambiam carvões em brasa. O recinto, exíguo, circular, já estava quente. Pilhas separadas de ossos, madeira e esterco enchiam toda a metade esquerda do espaço. Do lado direito, ao longo da parede curva, havia prateleiras rústicas, feitas de ossos chatos do pélvis e do ombro de mamutes apoiados em pedras, onde estavam expostos vários objetos pequenos.

Eles se aproximaram e viram, com surpresa, que eram imagens feitas de argila e postas ali para secar. Várias delas representavam mulheres, figuras da deusa-Mãe, mas várias delas não eram completas, mostravam só partes distintivas da mulher, como o ventre, as pernas inclusive e os seios. Em outras prateleiras havia animais, também incompletos em sua maioria, com cabeças de leões ou de ursos, e as formas características dos mamutes, com crânio alto, curto e pontudo, presas alongadas e encurvadas para baixo.

As pequenas esculturas pareciam ter sido feitas por diferentes pessoas. Algumas eram sumárias, revelavam pouco talento artístico. Mas havia objetos bem-feitos, de composição sofisticada. Embora Ayla e Jondalar não soubessem por que os autores tinham dado às peças aquelas formas, percebiam que cada uma fora inspirada por algum motivo ou sentimento individual.

De frente para a entrada havia uma abertura na parede que dava para um espaço menor no interior da estrutura. Esse espaço fora escavado no solo de loess de uma colina. Era aberto na lateral mas lembrava a Ayla um grande forno enterrado, dos que ela mesma costumava fazer no chão e forrar de pedras quentes. Mas sentia que nenhum alimento fora jamais posto ali. Quando foi olhar de perto, viu uma lareira no aposento ao lado.

Dos restos de material calcinado nas cinzas viu que os ossos eram usados ali como combustível, e verificou que o modelo de lareira era semelhante ao dos Mamutoi, se bem que mais fundo. Ayla olhou em torno, à procura da entrada de ar. A fim de queimar ossos é necessário um fogo muito quente, e para isso há que insuflar dentro dele uma corrente de ar. Nos fornos dos Mamutoi, o vento de fora, que sopra constantemente, era canalizado para dentro por aberturas, como chaminés, controladas por registros. Jondalar examinou atentamente o interior do segundo recinto e tirou conclusões semelhantes. A julgar pela coloração e dureza das paredes, fogos muito quentes eram mantidos ali por períodos prolongados. Os objetos das prateleiras seriam submetidos ao mesmo tratamento.

Ele estava certo em dizer que nunca vira antes material semelhante ao da estatueta da deusa-Mãe que S'Armuna lhe mostrara. A figura, modelada pela mulher que ali estava, não fora manufaturada pela modificação – talha, modelagem, polimento – de material encontrado na natureza. Fora feita de cerâmica, isto é, de barro cozido, ou seja, terracota, primeiro material jamais criado pela mão e inteligência do homem. A câmara de aquecimento não era um forno comum, era uma fornalha de cozer argila.

E o primeiro forno desse tipo não foi inventado com o propósito de fabricar vasilhame à prova d'água. Muito antes de cozer louça, os fornos queimaram pequenas esculturas até adquirirem dureza e impermeabilidade. As figuras das prateleiras tinham semelhança com gente e animais, mas as representações de mulheres – não se faziam homens, só mulheres – e outros viventes não eram consideradas retratos no rigor da palavra. Eram símbolos, metáforas; buscavam representar (re-apresentar) a realidade, e não copiá-la. Sugeriam uma afinidade, uma analogia, uma similaridade espiritual. Eram arte. A arte precedeu a utilidade.

Jondalar mostrou o espaço que ia ser aquecido e perguntou à Shamud:

– É este o lugar onde arde o fogo sagrado da Grande Mãe? – Era mais uma afirmação que uma pergunta.

S'Armuna fez que sim com a cabeça, sabendo que ele passara a acreditar nela. A mulher intuíra tudo antes de ver o lugar. O homem precisara de um pouco mais de tempo.

Ayla ficou contente quando S'Armuna os tirou de lá. Não sabia se o motivo era o calor ou o confinamento. Talvez fossem os objetos de argila. O fato é que se sentia mal, inquieta; achava o lugar perigoso.

– Como você descobriu isso? – perguntou Jondalar, abrangendo num gesto todo o complexo: cerâmicas e forno.

– A Mãe me inspirou – disse a Shamud.

– Não duvido. Mas como? – insistiu ele.

S'Armuna sorriu em face daquela persistência. Parecia apropriado que o filho de Marthona quisesse compreender.

– A primeira ideia me veio quando estávamos construindo uma dessas nossas casas de barro. Você sabe como são feitas?

– Penso que sim. As de vocês são como as dos Mamutoi, e nós ajudamos Talut e os outros a fazerem um anexo ao Acampamento do Leão – disse Jondalar. – Eles começaram com o arcabouço do prédio, feito de ossos de mamute. Sobre esse "esqueleto" puseram uma grossa camada de galhos de salgueiros; e, por cima dela, uma segunda camada, de capins e caniços. Cobriram tudo de barro atirado e batido com a mão. E, como revestimento, uma pasta semifluida de argila de rio, que fica dura depois de seca.

– É, essencialmente, o que nós fazemos – disse S'Armuna. – E foi quando estávamos aplicando essa última demão que a Mãe me revelou a primeira parte do Seu segredo. O serviço estava quase pronto, mas já escurecia, de modo que fizemos uma grande fogueira. O revestimento de argila começava a ficar espesso, e uma seção dele caiu no fogo. Era um fogo poderoso, alimentado com muito osso, e ardeu a maior parte da noite. Pela manhã, Brugar mandou que eu limpasse a lareira. Encontrei, então, o barro cozido. Notei, em particular, uma peça que se parecia com um leão.

– O totem protetor de Ayla é o leão – comentou Jondalar.

A Shamud olhou para ela e assentiu, refletindo:

– Quando descobri que aquela figura de leão não desmanchava em água, resolvi fazer outras, e ver o que acontecia. Tive diversos malogros e precisei de algumas dicas suplementares da Mãe, mas afinal aprendi o processo.

– Por que nos conta os seus segredos? Como demonstração de força? – perguntou Ayla.

A pergunta era direta e apanhou a mulher desprevenida, mas depois de um instante ela voltou a sorrir.

– Não pense que estou revelando todos os meus segredos. Estou apenas mostrando o óbvio. Brugar também pensava que conhecia os meus segredos, mas acabou tendo a prova de que se enganara.

– Tenho certeza de que Brugar teve conhecimento de suas experiências – disse Ayla. – Você não pode fazer uma fogueira num lugar destes sem que todo mundo saiba. Como conseguia esconder algo dele?

– No começo ele pouco se importava com o que eu fazia, até que viu alguns dos resultados. Então quis fazer estatuetas ele também, mas não sabia tudo o que a Mãe me revelara. – O sorriso Daquela que Servia era agora triunfante. – A Mãe rejeitou os esforços dele com a maior fúria. As figuras de Brugar explodiam com grande fragor e se partiam em mil pedaços quando ele tentava cozê-las no forno. A Grande Mãe as arremessava fora com tal violência que feriam quem estivesse por perto. Brugar passou a ter medo de mim depois disso e desistiu de dominar-me.

Ayla podia imaginar a situação de alguém confinado naquela pequena antessala com pedaços de argila quente voando para todo lado, a grande velocidade.

– Mas isso ainda não explica por que você nos conta sobre os seus poderes. É possível que alguém, familiarizado com a maneira de ser da Mãe, roube os seus segredos.

S'Armuna assentiu. Ela esperara que Ayla dissesse algo desse gênero, e decidira que uma completa franqueza seria o melhor curso a seguir.

– Você está certa. Eu tenho um motivo. Preciso que me ajudem. Com essa mágica, a Grande Mãe me deu poder até sobre Attaroa. Ela teme esses poderes, mas é astuta e imprevisível, e um dia vai superar o medo. Estou convencida disso. Então ela me matará. – A Shamud olhou para Jondalar. – Minha morte não terá qualquer importância, exceto para mim. São os outros que me preocupam, o restante do acampamento; o meu povo. Quando você falou sobre Marthona passando a liderança ao filho, compreendi como a situação se degenerou por aqui. Eu sei que Attaroa jamais deixará o poder voluntariamente. E quando ela morrer, talvez não haja mais acampamento digno desse nome.

– O que lhe dá tamanha certeza? Se ela é tão caprichosa, como diz, não poderá, com a mesma facilidade, desistir de tudo, saturar-se? – perguntou Jondalar.

– É que ela já matou a única pessoa para a qual poderia deixar o legado da autoridade, carne da sua carne, sangue do...

– Ela fez isso? – perguntou Jondalar. – Quando você disse que Attaroa causou a morte daqueles três jovens, entendi que fora um acidente.

– Não foi um acidente. Attaroa os envenenou, embora não admita isso.

– Que horror! – disse Jondalar. – E por quê?

– Por quê? Por conspirarem para ajudar uma amiga. Cavoa, a jovem que vocês já conhecem. Ela estava apaixonada e queria ir embora com seu homem. O irmão dela também estava procurando ajudar o casal. Os quatro foram apanhados. Attaroa perdoou Cavoa apenas por estar grávida. Mas a ameaçou: se o filho for do sexo masculino, matará os dois.

– Por isso ela parece tão infeliz e assustada – disse Ayla.

– Eu também sou responsável pela desgraça – disse S'Armuna, empalidecendo com as próprias palavras.

– Você? Mas o que tinha contra eles? – perguntou Jondalar.

– Nada. A criança de Attaroa era como minha própria criança; inclusive me dava assistência no serviço divino. Eu gosto de Cavoa, eu sofro por ela. Mas sou tão responsável pela morte dos outros três como se lhes tivesse ministrado o veneno com minhas próprias mãos. Sem mim, Attaroa não teria sabido onde consegui-lo ou como utilizá-lo.

Ambos podiam ver a angústia da mulher, embora ela tenha conseguido se controlar. – Como pôde Attaroa fazer isso! – disse Ayla, balançando a cabeça como se quisesse livrar-se da ideia. Estava horrorizada.

— É uma longa história. Vou contar-lhes o que sei, mas acho que devemos voltar para os meus aposentos — sugeriu S'Armuna, olhando em torno com apreensão. Não queria falar mais tempo de Attaroa em lugar tão aberto.

Ayla e Jondalar a seguiram para o interior do pavilhão, tiraram as parkas e acomodaram-se junto da lareira enquanto a Shamud punha mais lenha no fogo e pedras para aquecer. la fazer chá. Só quando estavam todos sentados, com a quente infusão nas mãos, ela retomou o relato, depois de pôr as ideias em ordem.

— É difícil saber como tudo começou. Talvez com as desavenças entre Attaroa e Brugar, mas não se esgotou com elas. Mesmo quando a gravidez de Attaroa já ia adiantada, Brugar persistia em espancá-la. Quando ela entrou em trabalho de parto, ele não me mandou chamar. Eu soube do que acontecia ouvindo-lhe os gritos. Fui ter com ela, mas ele não me deixou atendê-la. E não foi um parto fácil. Brugar nem sequer deixou que alguém tentasse minorar-lhe as dores. Estou convencida de que queria vê-la sofrer. É de crer que o bebê tenha nascido com alguma deformidade. Causada, na minha opinião, pelos maus-tratos de que Attaroa fora vítima durante a gestação. Embora o defeito não fosse evidente nos primeiros dias, logo se viu que a espinha da criança era fraca e encurvada. Nunca me permitiram fazer um exame, de modo que não tenho certeza disso, mas havia outros problemas, possivelmente — disse S'Armuna.

— O bebê era menino ou menina? — perguntou Jondalar. Lembrava-se de que o sexo do cadáver não lhe parecera óbvio.

— Não sei — declarou S'Armuna.

— Não entendo — disse Ayla. — Como pode não saber?

— Ninguém sabia, exceto Brugar e Attaroa, e, por algum motivo, fizeram segredo disso. Mesmo quando pequena, a criança nunca apareceu em público sem roupa, quando nossos bebês, meninos ou meninas, andam nus. Também o nome que escolheram era comum aos dois sexos, não tinha uma desinência indicativa do masculino ou do feminino: Omel.

— E a própria criança, nunca falou disso? — perguntou Ayla.

— Não. Omel guardou o segredo. Brugar pode ter ameaçado tanto a mulher e a criança com os piores castigos se não obedecessem.

— E nada se descobriu? — perguntou Jondalar. — Afinal de contas, Omel cresceu. O corpo que vi era de um adulto.

– Omel não fazia a barba, mas poderia ser um macho de desenvolvimento retardado, ou naturalmente glabro, e foi difícil saber se desenvolveu seios. As roupas de Omel eram sempre frouxas e informes. Tinha estatura alta para mulher, a despeito da espinha torta, e uma alarmante magreza. Talvez por causa da debilidade congênita, mas a própria Attaroa é muito alta, e havia uma certa delicadeza na criatura que homens, em geral, não têm.

– Mas você mesma não teve qualquer intuição sobre o sexo da criança durante esse tempo em que ela crescia? – perguntou Ayla.

A mulher é perspicaz, enxerga longe, pensou S'Armuna. E concordou com ela.

– No meu foro íntimo, sempre considerei Omel uma garota, mas talvez simplesmente por querer que fosse... Brugar desejava, ao contrário, que a criança fosse considerada por todos como do sexo masculino.

– Você julga Brugar acertadamente – disse Ayla. – No Clã, todo mundo quer que sua companheira dê à luz meninos. Todo pai se considera diminuído se não tem pelo menos um filho macho. Pode parecer que seu espírito é fraco. Se a criança fosse uma menina, Brugar estaria escondendo o fato, para ele infamante, de que a mulher parira uma fêmea – explicou Ayla. Em seguida, fez uma pausa e refletiu sobre o assunto sob um novo ponto de vista: – Por outro lado, bebês defeituosos são, em geral, abandonados à própria sorte, deixados expostos para morrer. De modo que, se o bebê nasceu deformado, principalmente se era do sexo masculino... incapaz, por exemplo, de aprender a caçar e a fazer outras atividades que se esperam de um homem... Brugar pode ter querido esconder isso.

– Não é fácil interpretar as motivações dele. Mas, independentemente de quais tenham sido, Attaroa ficou solidária ao marido.

– Mas como morreram Omel e os outros dois jovens? – perguntou Jondalar.

– É uma história estranha, complicada – disse S'Armuna, que tinha a intenção de contar o que sabia a seu tempo, sem pressa. – A despeito de todas as deficiências da criança, a despeito do segredo que a envolvia, ela se tornou a pessoa mais querida de Brugar; a única em quem ele nunca bateu e a quem nunca fez mal. Isso me alegrava, e, no entanto, muitas vezes me perguntei o porquê dessa predileção.

– Será que ele desconfiava ter sido o causador da deformidade, por ter maltratado Attaroa? – perguntou Jondalar. – Ou estaria apenas procurando reparar o que fizera?

– Não sei. Mas Brugar culpava Attaroa pela anormalidade da criança. Muitas vezes ele lhe disse que ela era incapaz como mãe, incapaz de parir um bebê como as outras. E quando dizia isso, batia-lhe. Mas esses maus-tratos já não eram, como antes, um prelúdio de Prazeres com a companheira. Em vez disso, ele fazia pouco de Attaroa e se desmanchava em cuidados com a criança. Então Omel passou a tratar a mãe como o pai o fazia, e a mulher passou a sentir-se cada vez mais marginalizada. Pas sou a ter ciúmes da criança, ciúmes da afeição com que Brugar a tratava, e, mais ainda, do amor que Omel sentia por Brugar.

– Isso deve ter sido muito duro de suportar – disse Ayla.

– Sim. Brugar descobrira mais uma maneira de infligir sofrimento a Attaroa. Mas não era só ela que sofria por causa dele – continuou S'Armuna. – Com o passar do tempo, as mulheres passaram a ser tratadas cada vez com mais desprezo e brutalidade... por Brugar e pelos outros homens. Os homens que resistiam ou procuravam resistir eram castigados ou expulsos. Finalmente, depois de um entrevero que deixou Attaroa com um braço e várias costelas fraturados, ela se rebelou. Jurou matá-lo e me implorou que lhe desse algo para acabar com ele.

– Você o fez? – perguntou Jondalar, incapaz de resistir à curiosidade.

– Uma que Serve à Mãe fica sabendo de muita coisa secreta, Jondalar. Toma conhecimento de segredos perigosos, sobretudo os que aprendeu com a Zelandônia – explicou S'Armuna. – Mas aqueles que são admitidos à elevada honra de Servir têm de jurar pelas Cavernas Sagradas e pelas Lendas dos Antigos jamais usar o que sabem para o mal. Uma que Serve à Mãe abandona seu nome e identidade e adota o nome e identidade do seu povo, tornando-se desse modo um elo entre a Grande Mãe Terra e aqueles Seus filhos, o canal por meio do qual os Filhos da Terra se comunicam com o mundo dos espíritos. De modo que Servir à Mãe corresponde a servir a Seus filhos também.

– Posso entender isso – disse Jondalar.

– Mas talvez não entenda que o povo fica inscrito e gravado no espírito Daquela que Serve. A necessidade de levar em conta o bem-estar do povo é muito forte e menor apenas que as obrigações que ela tem perante a Mãe. Muitas vezes, isso é uma questão de liderança. Não diretamente, de regra, mas no sentido de mostrar o caminho a trilhar. Uma que Serve à Mãe se torna um veículo de boa vontade e entendimento e também de decifração do desconhecido. Parte do seu aprendizado consiste em aprender a doutrina, em decifrar sinais, visões e sonhos enviados aos

Seus filhos pela Mãe comum. Há instrumentos de apoio e maneiras de buscar orientação no mundo dos espíritos, mas no fundo tudo reflui e converge para a avaliação da Mãe. Lutei para descobrir como Servir melhor, mas temo que meu discernimento estivesse nublado por minha própria amargura e por meu ódio. Cheguei aqui com ódio dos homens e, observando Brugar, passei a odiá-los mais ainda.

– Você disse que se sente responsável pela morte dos três jovens. Terá ensinado a Attaroa como usar os venenos? – perguntou Jondalar. Queria uma definição clara. Achava que era tempo.

– Ensinei muito a Attaroa, filho de Marthona; mas ela não se preparou comigo para ser Uma que Serve. No entanto, tem inteligência viva e é capaz de aprender mais do que a gente quis ensinar-lhe... Mas eu sabia disso. – S'Armuna interrompeu o que dizia. Estivera a ponto de admitir uma transgressão grave. Fora bastante clara. Cabia a eles, agora, tirar suas próprias conclusões. Esperou até que viu Jondalar franzir o cenho e Ayla dizer, com um aceno de cabeça, que compreendera.

– Seja como for, ajudei Attaroa a consolidar seu poder sobre os homens. Mas isso foi no começo. Talvez eu quisesse poder sobre mim mesma. Na verdade, fiz mais que isso. Eu a incitei, encorajei, convenci-a de que a Grande Mãe Terra queria que as mulheres liderassem, e colaborei com ela no trabalho de convencer as mulheres, a maior parte delas pelo menos. Depois de terem sido tratadas por Brugar e pelos homens como foram não foi difícil. Dei-lhe algo para pôr na bebida favorita dos homens... um decoto fermentado à base de seiva de bétula.

– Os Mamutoi fazem uma bebida semelhante – comentou Jondalar, tomado de assombro.

– Quando os homens adormeceram, as mulheres os amarraram. Elas fizeram isso com satisfação. Era um jogo, uma forma de vingança. Mas Brugar jamais voltou do soporífero. Attaroa alegou que ele era mais suscetível que os demais à droga, mas estou certa de que ela pôs algo mais na bebida do marido. Ela dizia que queria matá-lo, e eu sabia que era verdade. Ela chega quase a admitir que foi assim, mas, seja verdade ou não, a convenci de que as mulheres estariam muito mais felizes sem os homens. Convenci-a de que, uma vez livres deles, os espíritos das mulheres se misturariam aos espíritos de outras mulheres para criarem novas vidas, e que só nasceriam meninas.

– Mas você acredita nisso? – perguntou Jondalar, com estranheza.

– Estive a ponto de persuadir-me disso. Mas não, não acredito. E não foi o que disse... não podia arriscar-me a encolerizar a Grande Mãe... mas sei que ela entendeu assim. Attaroa pensa que a gravidez de umas poucas mulheres confirma a tese.

– Ela está errada – disse Ayla.

– Claro que sim, e eu devia ter tido mais bom-senso. A Mãe não se deixou iludir pela minha artimanha. Sei, no meu coração, que os homens estão no mundo por serem parte do plano da Grande Mãe. Se Ela não quisesse homens, não os teria criado. Os espíritos deles são necessários. Mas se os homens são fracos, seus espíritos, por serem débeis, não podem ser usados para os propósitos da Mãe. É por isso que tão poucas crianças nascem aqui. – E disse, sorrindo para Jondalar: – Você é um rapaz tão forte. Não me surpreenderia se seu espírito já tivesse sido utilizado por Ela.

– Se os homens forem libertados, você verá que são suficientemente fortes, mais do que fortes, para engravidar mulheres, sem qualquer colaboração de Jondalar – disse Ayla.

O homem olhou para ela e riu.

– Terei o maior prazer em ajudar, se for o caso – disse Jondalar, sabendo exatamente o que ela queria dizer, embora não tivesse muita certeza de concordar com aquela opinião.

– Talvez devesse – disse Ayla. – O que eu disse foi apenas que talvez não haja necessidade disso.

Jondalar deixou de sorrir. Ocorreu-lhe que ele não tinha motivos para garantir que fosse capaz de engendrar um filho.

S'Armuna olhou de um para o outro, sabendo que faziam referência a algo que lhe escapava. Aguardou, mas continuou quando ficou óbvio que o assunto estava encerrado e, por sua vez, esperavam que ela retomasse a palavra:

– Ajudei Attaroa, encorajei-a, mas não sabia que seria pior com ela como líder do que fora com Brugar. A rigor, logo que ele morreu, foi melhor... para as mulheres, pelo menos. Mas não para os homens, e não para Omel. O irmão de Cavoa compreendeu que a situação era desesperadora. Ele era um grande amigo de Omel. Aquela criança foi a única pessoa a importar-se com ele.

– O que é compreensível, nas circunstâncias – disse Jondalar.

– Attaroa não via assim – disse S'Armuna. – Omel, convencido de que Attaroa era responsável pela morte de Brugar, e tomado de indignação, enfrentou-a, e apanhou por isso. Attaroa me disse uma vez que queria apenas fazer com que Omel entendesse o que ela e as outras mulheres tinham sofrido nas garras de Brugar. Embora ela não tenha dito isso, imagino que pensava, ou esperava, que tendo eliminado Brugar, Omel se aproximaria dela, a amaria.

– Maus-tratos não fazem ninguém amar ninguém – disse Ayla.

– Você está certa. Omel nunca levara uma surra, e passou a odiar Attaroa mais ainda, depois disso. Eram sangue do mesmo sangue, mas não podiam estar juntos, ao que parece. Foi por isso que me ofereci para tomá-la como assistente – explicou ela.

S'Armuna se calou, pegou a xícara para beber, verificou que estava seca e deixou-a em cima da mesa.

– Attaroa parecia contente por livrar-se da companhia de Omel no seu alojamento. Mas, rememorando, compreendi que ela descontou, por assim dizer, a ausência de Omel nos homens. Depois que Omel saiu de casa, Attaroa ficou pior. Tornou-se mais cruel do que Brugar. Eu deveria ter pensado nisso. Em vez de separá-la de Omel, deveria ter procurado meios de reconciliar os dois. O que ela fará agora que Omel morreu? E que morreu abatido por sua própria mão? – falou ela.

A mulher fixou os olhos na fumaça que dançava um pouco acima do fogo. Parecia ver algo que ninguém mais via.

– Oh, Grande Mãe! Eu estava cega! – disse ela, de repente. – Attaroa mandou aleijar Ardoban e botá-lo no Depósito. E eu sei que ela gostava desse menino. E matou Omel e os outros.

– Aleijou? – perguntou Ayla. – Deliberadamente? Aqueles meninos no Depósito?

– Sim, para enfraquecer os rapazes, acho, para assustá-los – disse S'Armuna, balançando a cabeça. – Attaroa perdeu a medida das coisas. Está insana. Temo por todos nós. – E, subitamente, a Shamud sucumbiu e escondeu o rosto nas mãos. – Como vai acabar tudo isso, essa dor, esse sofrimento, pelos quais sou também responsável? – disse chorando.

– Mas você não a única responsável, S'Armuna – disse Ayla. – Você pode ter permitido que a situação se estabelecesse, pode ter encorajado Attaroa, mas não assuma toda a culpa. A raiz do mal é Attaroa, e talvez também os que a maltrataram tanto, no passado. – Ayla balançou a cabeça. – A crueldade gera a crueldade, a dor produz mais dor, a violência promove a violência.

– E quantos dos jovens que ela feriu passarão essa herança de ódio à nova geração? – disse a Shamud com uma voz angustiada, de dor. Começou a balançar o corpo para a frente e para trás, doente de pesar. – Qual dos jovens por trás daquela paliçada terá recebido o terrível legado de Attaroa? Qual das jovens vai querer seguir-lhe o exemplo? Vendo Jondalar aqui, relembrei o meu aprendizado. Eu, principalmente, não podia ter pactuado com essa infâmia toda. É por isso que me sinto culpada. Oh, Grande Mãe, o que foi que eu fiz?

– A questão não é o que fez. É o que pode fazer agora – disse Ayla.

– Tenho de ajudá-los! Não sei como, mas tenho de fazer algo.

– É tarde demais para ajudar Attaroa, mas é preciso detê-la. Os homens do Depósito e as crianças precisam ser salvos. Cumpre, no entanto, libertá-los primeiro. Então pensaremos na melhor maneira de ajudá-los.

S'Armuna olhou para Ayla, tão positiva naquele momento, tão decidida e forte, e se perguntou quem realmente ela seria. Aquela que Serve à Mãe vira o mal que fizera e sabia que abusara da sua autoridade. Temia por sua própria sanidade, bem como pela vida de todos no acampamento.

O silêncio se fez no aposento. Ayla se levantou e pegou a tigela que S'Armuna usara para fazer chá.

– Permita que eu faça o chá desta vez. Tenho uma excelente mistura de ervas aqui comigo – disse. A outra concordou sem dizer nada e ela apanhou sua bolsa de remédios.

– Tenho pensado naqueles dois aleijados do Depósito – disse Jondalar. – Mesmo sem conseguir andar direito, poderiam aprender um ofício, como desbastar núcleos de sílex. Precisam apenas de alguém que os ensine a trabalhar nisso. Deve haver alguém capacitado entre os S'Armunai. Talvez você possa encontrar uma pessoa disposta a isso na próxima Reunião de Verão.

– Nós não frequentamos as Reuniões de Verão como os outros S'Armunai – disse S'Armuna.

– Por que não? – perguntou ele.

– Attaroa não quer – disse S'Armuna, num monótono tom de voz.

– As pessoas de fora nunca foram particularmente gentis com ela. Seu próprio acampamento mal a suportava. Depois que ela se fez líder, não quis mais qualquer contato com estranhos. Pouco depois de sua posse, aliás, os acampamentos nos enviaram uma delegação com um convite. Tinham ouvido que dispúnhamos de muitas mulheres solteiras. Attaroa insultou os emissários e os mandou embora. Em poucos anos havia alienado todos os outros grupos. Agora, ninguém mais aparece: nem parentes, nem amigos. Todos nos evitam.

— Ficar atado a um poste, como alvo, é mais que um insulto — disse Jondalar.

— Eu lhes disse que ela está piorando. Você não foi o primeiro. O que ela fez com você, já havia feito antes — disse a mulher. — Há alguns anos, veio um homem, de visita. Estava numa jornada. Vendo tantas mulheres aparentemente sozinhas, ele se mostrou arrogante e superior. Assumiu que seria não só bem-vindo mas que estaria em meio a grande demanda. Attaroa brincou com ele como uma leoa brinca com a presa. Depois matou-o. Mas gostou tanto do jogo que passou a deter todos os estranhos. Fazia a vida deles infeliz, animava-os com promessas e voltava a atormentá-los. Por fim, livrava-se deles. Tinha esse mesmo plano para você, Jondalar.

Ayla estremeceu. Estava acrescentando alguns calmantes suaves aos ingredientes do chá de S'Armuna.

— Você tinha razão quando disse que ela não é humana. Mog-ur falava, às vezes, de espíritos malignos, mas sempre imaginei que se tratasse de lendas, histórias para assustar crianças e dar calafrios nas pessoas grandes. Mas Attaroa não é uma lenda. Attaroa é o Mal.

— Sim. E como não vinham mais viajantes, ela começou a divertir-se com os homens do Depósito — continuou S'Armuna, incapaz de parar, uma vez que começara a contar o que tinha visto, ouvido e guardado no peito por tanto tempo. — Ela pegou os mais fortes primeiro, ou os mais rebeldes, os líderes. O número de homens foi ficando cada vez menor. Os que lá estão hoje estão perdendo a capacidade de reagir, de revoltar-se. Ela os mantém num regime de fome, expostos ao frio e às intempéries. Fecha-os em gaiolas ou manda amarrá-los. Muitos morreram de maus-tratos, vitimados pelas insuportáveis condições de vida que ela impõe. E não há crianças em número suficiente para substituí-los. Com o desaparecimento dos homens, o acampamento vai acabando, devagarzinho. Todas nós ficamos surpresas quando Cavoa engravidou.

— Ela deve ter ido ao Depósito e dormido com um dos homens — disse Ayla. — Provavelmente com esse por quem se apaixonou. Você sabe disso, estou certa.

S'Armuna sabia. Mas como Ayla podia saber?

— Sim, algumas das mulheres vão lá, secretamente. Levam-lhes comida, às vezes. Jondalar deve ter contado isso a você.

— Não — disse Jondalar —, não lhe contei nada. Mas não compreendo como as mulheres permitem que os homens sejam confinados assim.

– Elas têm medo de Attaroa. Poucas são partidárias dela, devotas. Muitas, no entanto, gostariam de ter seus homens em casa. E agora ela ameaça aleijar-lhes os filhos.

– Diga às mulheres que os homens têm de ser soltos, ou não haverá mais filhos – disse Ayla num tom que deu calafrios em S'Armuna e em Jondalar. Os dois a olharam com espanto. Jondalar reconheceu a expressão no rosto dela. Tinha aquele olhar distante de quando sua mente estava ocupada com algum doente ou ferido, mas naquele caso havia também uma ira fria que ele não conhecia, que nunca tinha visto antes.

Mas a outra interpretou o que Ayla acabara de dizer como uma profecia ou uma sentença.

Depois que Ayla serviu a infusão, ficaram sentados em silêncio, cada um profundamente absorto. Ayla sentia uma forte compulsão de sair e respirar o ar puro e revigorante. Queria também verificar se os cavalos estavam bem. Mas, vendo S'Armuna, achou que não era uma boa hora para deixá-la. Sabia que a outra ficara arrasada, e sentia que precisava de algo significativo a que apegar-se.

Jondalar pensava nos homens que deixara no Depósito e no que estariam fazendo. Sem dúvida sabiam que ele voltara. Por que não fora posto lá com eles? Quisera poder falar com Ebulan e S'Amodun, tranquilizar Doban; mas ele mesmo precisava de alguém que o estimulasse. Estavam em terreno perigoso e não tinham feito nada, até então, senão conversar. Uma parte dele queria sair de lá o mais depressa possível, mas a outra parte, que era mais forte, queria ficar e ajudar. Mas se iam tomar alguma providência, que fosse logo. Detestava ficar como estava, sentado, sem nenhuma atitude.

Finalmente, por desespero, disse:

– Quero fazer algo por aqueles homens do Depósito. O que posso fazer?

– Você já fez muito, Jondalar – disse S'Armuna. – Quando você a rejeitou, os homens ganharam alma nova, mas isso por si só não teria bastado. Alguns homens resistiram a ela antes, por algum tempo. Mas essa foi a primeira vez em que um homem lhe deu as costas e, mais importante ainda, voltou. Attaroa perdeu credibilidade, e isso deu esperança a todos.

– A esperança não vai tirá-los de lá.

– Não. E Attaroa não os libertará facilmente. Nenhum homem sai vivo daqui se ela puder impedi-lo, embora poucos tenham conseguido fugir. Mulheres, porém, não fazem Jornadas. Não com frequência, pelo menos. Para estas bandas, você é a primeira, Ayla.

– Attaroa será capaz de matar uma mulher? – perguntou Jondalar, abraçando Ayla, sem se dar conta disso, para protegê-la.

– Será difícil para Attaroa justificar o sacrifício de uma fêmea ou, até, o confinamento de mulheres no Depósito, embora muitas das mulheres aqui vivam no acampamento involuntariamente, mesmo sem uma cerca em volta.

Mas seus filhos e companheiros estão ameaçados, e elas se deixam ficar por amor. É por isso que sua vida, Ayla, está em perigo. Você não tem ligações aqui, e ela não tem como dominá-la. Se conseguir matá-la, poderá dispor das outras com mais facilidade. Digo isso não só para preveni-la, mas por causa do perigo que representa para todo o acampamento. Vocês dois podem, ainda, ir embora, e talvez seja isso o que devam fazer.

– Não posso ir embora – disse Ayla. – Como posso abandonar essas crianças, ou esses homens? As mulheres precisam de ajuda também. Brugar a chamou de curandeira, S'Armuna. Não sei se você conhece a expressão. Mas eu sou uma curandeira do Clã.

– Você é uma curandeira? Ah, eu devia ter desconfiado – disse S'Armuna. Ela não sabia exatamente o que era uma curandeira, mas passara a ser respeitada depois que Brugar a agraciou com o título que lhe fora outorgado.

– É por isso que não posso desertar – disse Ayla. – Não se trata de algo que eu queira fazer, mas que alguém como eu tem de fazer. É o meu papel. Uma parte do meu espírito já habita o outro mundo – continuou ela, tocando com a mão o amuleto que levava ao pescoço – em troca da obrigação de servir àqueles que necessitem de mim. É difícil de explicar, mas não posso permitir que Attaroa continue a destruí-los, e este acampamento precisará de reorganização depois que os homens do Depósito forem libertos. Devo ficar, e enquanto for preciso.

S'Armuna achou que entendia. Aquele não era, de fato, um conceito fácil de pôr em palavras. Comparava o fascínio de Ayla com a arte de curar, e sua compaixão pelos outros, com seus próprios sentimentos depois de chamada para Servir à Mãe, e se sentia solidária com a outra.

– Vamos ficar enquanto pudermos – emendou Jondalar, lembrando-se de que tinham ainda de atravessar uma geleira naquele inverno. – A questão é: como persuadir Attaroa a soltar os homens?

– Ela tem medo de você, Ayla – disse a Shamud –, assim como a maior parte das suas Mulheres-Lobos. As que não a temem têm por você uma espécie de respeito religioso. Os S'Armunai são caçadores de cavalos. Caçamos outros animais também, inclusive mamutes, mas entendemos principalmente de cavalos. Para o norte há um despenhadeiro de onde lançamos cavalos há várias gerações. Você não pode negar que seu domínio sobre cavalos é uma poderosa mágica. Tão poderosa que parece inverossímil, mesmo depois de comprovada.

– Não há nada de misterioso nisso – disse Ayla. – Eu criei aquela égua desde pequena. Vivia sozinha, ela era minha única amiga. Huiin me obedece porque quer, porque gosta de mim.

Tal como Ayla o pronunciava, o nome era uma onomatopeia perfeita da voz do cavalo. Viajando só com Jondalar e os animais, ela revertera ao hábito de dizer o nome da sua égua na sua forma original. Aquele som, emitido por voz de mulher, deixou S'Armuna espantada. A ideia de fazer amizade com um cavalo era por si só inconcebível. Não adiantava Ayla ter dito que aquilo não se tratava de magia, acabava de convencer S'Armuna do contrário.

– Talvez – disse a Shamud. Mas ela refletiu. – Não importa quão simples queira tornar um prodígio desses, não pode impedir as pessoas de indagarem quem você de fato é, ou por que veio. As pessoas pensam, e esperam, que você tenha vindo para salvá-las. Todos temem Attaroa, mas, apoiados por você e por Jondalar, podem ter coragem de enfrentá-la. Podem perder o medo.

Ayla de novo sentiu compulsão de sair daquela casa.

– Com todo esse chá – disse, pondo-se de pé –, preciso urinar. Aonde devo ir, S'Armuna? – Depois de ouvir as instruções, acrescentou: – Temos de ver se os cavalos estão bem. Posso deixar essas tigelas aqui? – Erguera uma tampa e estava vistoriando o conteúdo. – Está esfriando bem rápido. É uma pena não poder servir o chá quente. Tem mais sabor.

– Não se incomode, deixe ficar – disse S'Armuna, pegando a própria xícara e bebendo o restante do seu chá. Depois ficou olhando os visitantes, que já iam a caminho da porta. Talvez Ayla não fosse um avatar da Grande Mãe e Jondalar fosse de fato o filho de Marthona, mas a ideia de que algum dia a Mãe lhe iria pedir para prestar contas pesava muito n'Aquela que A Servia. Afinal, ela era S'Armuna. Renunciara à sua identidade pessoal em troca do poder sobre o mundo dos espíritos, e aquele acampamento era província sua, assim como todo o povo, homens e mulheres. A essência espiritual do estabelecimento lhe fora confiada, e as filhas d'Ela dependiam da sua atuação. Do ponto de vista dos estranhos, daquele homem que servira para chamá-la aos seus deveres, e daquela mulher de poderes extraordinários, ela falhara. S'Armuna tinha consciência disso. Apenas esperava que ainda fosse possível redimir-se e ajudar o acampamento a recobrar sua vida normal, saudável.

32

S'Armuna saiu do seu abrigo e viu os dois visitantes a caminho dos limites do acampamento. Viu que Attaroa e Epadoa, de pé diante da casa da líder, também os acompanhavam com o olhar. A Shamud ia entrar quando percebeu que Ayla mudou subitamente de direção e tomou o rumo da paliçada. Attaroa e a chefe das suas Mulheres-Lobo também viram isso e foram, a passos largos, interceptá-la. Chegaram à cerca simultaneamente. A Shamud chegou logo depois.

Através das fendas, Ayla olhou diretamente nos olhos e rostos dos que a observavam, mudos, do outro lado dos fortes moirões da cerca. Vistos assim de perto, eles eram uma visão lamentável, sujos e malcuidados, vestidos de trapos de couro. O pior, porém, era o mau cheiro exalado do recinto. Para o nariz treinado da curandeira, aquele cheiro era revelador. Odores naturais do corpo quando sadio e limpo não a incomodavam, nem mesmo certa quantidade de excreções. Mas o que ela respirava ali era doentio. O hálito podre da inanição, a imundície repulsiva de excrementos resultantes de problemas de estômago e febre, o fedor que saía do pus de feridas infectadas, e até a pútrida catinga da gangrena, tudo isso lhe feriu os sentidos, indignando-a.

Epadoa procurou intrometer-se entre ela e a paliçada, mas Ayla já vira o bastante. Virou-se para confrontar Attaroa.

– Por que esses homens estão segregados por trás dessa cerca, como animais num curral?

Houve um movimento de espanto entre os que haviam se juntado nas proximidades para ver o que se passava quando S'Armuna traduziu.

Ficaram de respiração suspensa, à espera da reação da líder. Ninguém jamais ousara perguntar-lhe aquilo.

Attaroa fuzilou a intrusa com o olhar, mas Ayla continuou a encará-la, intrépida na sua indignação. Tinham aproximadamente a mesma altura, embora a mulher de olhos escuros fosse um pouco maior. Ambas eram fisicamente fortes, mas Attaroa era musculosa, um atributo natural da sua hereditariedade, ao passo que Ayla tinha a musculatura rija e desenvolvida pelo uso. Attaroa era mais velha que a forasteira, mais experiente, ardilosa, e totalmente imprevisível; a visitante era uma rastreadora incomparável, hábil na caça, rápida para observar detalhes, tirar conclusões e reagir.

Attaroa respondeu com uma risada. Aquele riso insano, que Jondalar conhecia, lhe deu um frio na espinha.

– Estão ali porque merecem estar! – disse.

– Ninguém merece essa espécie de tratamento – atalhou Ayla, antes que S'Armuna tivesse tempo de traduzir. A mulher, então, traduziu o comentário de Ayla.

– Como sabe disso? Você não estava aqui. Não tem ideia de como eles nos tratavam antes.

– Deixaram-na fora no frio? Privaram-na de roupa e de comida? – Algumas das mulheres presentes pareceram contrafeitas. – Serão vocês melhores do que eles se os tratam pior do que foram tratadas?

Attaroa não respondeu as palavras repetidas pela Shamud, mas seu sorriso era duro e cruel.

Ayla percebeu algum movimento atrás da cerca, e viu que os homens abriam caminho para que os dois meninos que estavam até então debaixo do abrigo se aproximassem, mancando. Os demais se amontoaram em torno deles. Ayla ficou mais revoltada, à vista deles, e de outros meninos, com fome e arrepiados de frio. Enfureceu-se também ao ver que algumas das lanceiras entravam armadas no Depósito. Mal podia conter a fúria que sentia. Dirigiu-se, então, diretamente às mulheres:

– E esses meninos também as maltrataram? O que fizeram eles que justificasse isso?

S'Armuna repetiu com cuidado para que todas entendessem.

– Onde estão as mães dessas crianças? – perguntou Ayla a Epadoa. A líder das Mulheres-Lobo olhou para Attaroa depois de ouvir as palavras que Ayla dissera em S'Armunai. Pedia instruções, mas a líder se contentou em sorrir malevolamente como se quisesse ver o que a outra responderia.

– Muitas morreram – disse Epadoa.

– Mortas quando tentavam fugir com os filhos – retrucou uma das mulheres comuns, do meio da multidão. – As outras têm medo de fazer algo que seja descontado nas crianças.

Ayla viu que a oradora era uma idosa. A mesma, constatou Jondalar, que chorara tanto no funeral dos três jovens. Epadoa lhe lançou um olhar ameaçador.

– O que mais você pode me fazer, Epadoa? – perguntou a anciã, avançando audaciosamente. – Você já me tirou meu filho; e minha filha logo irá também. Estou velha demais para importar-me se vivo ou morro.

– Eles nos traíram – disse Epadoa. – Foi um exemplo. Agora os outros sabem o que lhes acontecerá se tentarem fugir.

Attaroa não deu sinal de aprovação ou desaprovação ao que Epadoa dizia; não se podia saber se a outra expressava os sentimentos dela. Com uma expressão de tédio, ela deu as costas ao grupo e se retirou para sua casa, deixando a Epadoa e suas lanceiras a responsabilidade de guardar o Depósito. Mas parou e voltou-se ao ouvir um assovio alto e estridente. Uma expressão de terror substituiu no seu rosto o sorriso cruel que ainda arvorava. Os dois cavalos, mantidos até então quase fora das vistas de todos do outro lado do campo, vinham juntos, a galope, em direção a Ayla. Ela entrou rapidamente, enquanto murmúrios de assombro se elevavam da multidão. A mulher loura e o homem, de cabelo ainda mais claro, saltaram nas costas dos animais e partiram a toda velocidade. Muitos dos presentes desejaram poder fugir assim e se perguntaram se voltariam a ver aqueles dois.

– Desejaria ir em frente, ir embora – disse Jondalar, depois que reduziram a marcha e ele fez com que campeão emparelhasse com Ayla e Huiin.

– Eu também – disse Ayla. – Aquele acampamento é insuportável e me enche de tristeza e fúria. Como pôde S'Armuna permitir que essa situação se eternizasse? Mas sinto pena dela e compreendo o remorso que hoje sente. Como vamos livrar aqueles homens e meninos?

– Teremos de discutir isso com S'Armuna – disse Jondalar. É óbvio, a meu ver, que muitas das mulheres querem que a situação mude, e estou certo de que nos ajudarão se souberem o que fazer. S'Armuna saberá identificar essas mulheres.

Eles deixaram o campo e entraram na mata. Cavalgaram protegidos pelo dossel das árvores, embora por vezes espaçadas em direção ao rio e depois até o lugar onde tinham deixado o lobo. Ao se aproximarem, Ayla o chamou com um assovio leve, e ele acorreu para saudá-los, demonstrando grande alegria. Ele ficara obedientemente de vigia no lugar que Ayla determinara, e ambos o felicitaram muito por sua fidelidade. Ayla notou que ele caçara e trouxera a caça consigo, o que mostrava que deixara o posto pelo menos por algum tempo. Isso era perigoso, pois estavam muito perto do acampamento das Mulheres-Lobo. Mas foi difícil brigar com ele por essa infração. Ayla porém ficou determinada a tirá-lo o mais depressa possível do alcance daquelas lanceiras que comiam carne de lobo.

Puxaram os cavalos até a água e depois até o bosque onde tinham escondido as bagagens. Ayla partiu em dois um dos últimos blocos de carne prensada que tinham, deu a parte maior para Jondalar, e comeram sentados no chão, contentes por estarem longe da atmosfera depressiva do acampamento de Attaroa.

De repente, ela ouviu que Lobo rosnava baixo, e os cabelos da sua nuca ficaram arrepiados.

– Vem vindo alguém – disse Jondalar, falando baixo, mas também um tanto alarmado com o aviso recebido do animal.

Juntos, eles examinaram a área, certos de que os sentidos aguçados de Lobo haviam detectado algum perigo iminente. Indo na direção que o focinho do lobo apontava, Ayla olhou através da folhagem e viu duas mulheres se aproximando. Uma, estava quase certa disso, era Epadoa. Tocou no braço de Jondalar e apontou. Ele as viu também.

– Fique aqui, e mantenha os cavalos quietos – disse Ayla, na linguagem gestual do Clã. – Eu escondo Lobo. Vou surpreender as mulheres, vou mantê-las a distância.

– Combinado – respondeu Jondalar, também por gestos.

– Mulheres me ouvem melhor – ponderou Ayla.

Jondalar concordou com relutância.

– Fico de sobreaviso com o atirador de lanças. Leve o seu.

Ayla fez que sim.

– Afunda também.

Com extrema cautela, Ayla adiantou-se às mulheres, andando em círculo, e esperou. Quando as duas se aproximaram, caminhando devagar, ela conseguiu ouvir o que diziam:

– Estou certa de que vieram por aqui quando saíram do nosso acampamento ontem à noite, Unavoa – disse a chefe das Mulheres-Lobo.
– Mas eles já estiveram no acampamento depois de ontem à noite passada. Por que estamos ainda procurando por eles aqui?
– Podem voltar. E mesmo que não voltem, podemos descobrir algo a respeito deles.
– Estão dizendo no acampamento que eles desaparecem, que se transformam em pássaros ou cavalos – disse a Mulher-Lobo.
– Não seja tola – retrucou Epadoa. – Pois não encontramos o acampamento deles? Por que acampariam se virassem animais?

Ela tem toda a razão, pensou Ayla. Pelo menos usa a cabeça e pensa. Também não se pode dizer que não saiba rastrear; pode ser até uma boa caçadora. Que pena que esteja tão ligada a Attaroa!

Agachada por trás da macega cerrada e do capim amarelo, que lhe batia pelos joelhos, Ayla ficou à espreita até que elas se aproximassem. E num momento em que as duas olhavam para o chão, surgiu diante delas, sem fazer ruído, com o atirador de lanças em posição.

Epadoa teve um sobressalto, e a outra mulher, mais jovem, recuou de um salto e soltou um grito, assustada, quando viu a loura estrangeira à sua frente.

– Estão procurando por mim? – perguntou Ayla, na língua delas. – Eis-me aqui.

Unavoa pareceu a ponto de fugir e até Epadoa se mostrou nervosa.
– Nós estávamos... caçando – disse.
– Aqui não há cavalos nem precipícios – disse Ayla.
– Não estávamos caçando cavalos.
– Eu sei. Estão caçando Ayla e Jondalar.

A sua aparição intempestiva e a qualidade estranha da sua pronúncia faziam-na parecer exótica e remota, como um ser de algum lugar longínquo ou até de outro mundo. Ambas desejaram distância daquela mulher.

– Acho que essas duas mulheres devem voltar para seu acampamento ou arriscam perder o grande jantar de hoje à noite.

A voz saía do mato, e falava Mamutoi, mas as duas mulheres conheciam a língua e reconheceram que era Jondalar quem falava. Olhando para a direção de onde vinha o som viram que o alto homem louro estava recostado languidamente ao tronco de uma grande bétula de casca branca, com uma lança curta já em posição de arremesso.

— Sim; tem razão. Não queremos perder a festa — disse Epadoa. E empurrando a companheira, que perdera a fala, fez meia-volta e partiu. Quando as viu pelas costas, Jondalar não pôde deixar de rir.

O sol já se deitava ao fim daquele curto dia de inverno quando Ayla e Jondalar voltaram ao acampamento no lombo dos seus cavalos. Tinham mudado o esconderijo de Lobo, que estava agora ainda mais perto. Logo ficaria escuro, e as pessoas raramente se aventuravam à noite longe das fogueiras. Ayla, mesmo assim, temia que o capturassem.

S'Armuna estava saindo de casa quando eles desmontaram no fundo do campo, e sorriu de alívio ao vê-los. A despeito das promessas feitas, receava que não voltassem. Afinal de contas, por que dois estranhos correriam riscos por pessoas que nem conheciam? Nem mesmo os parentes vinham. Fazia vários anos que ninguém aparecia para saber se estavam bem. Naturalmente, parentes e amigos já haviam sido destratados por Attaroa.

Jondalar removeu o cabresto de Campeão para que ele se sentisse à vontade, e ambos deram tapinhas na garupa dos cavalos para que se afastassem do acampamento. S'Armuna veio ao encontro deles.

— Estamos terminando os preparativos para a Cerimônia do Fogo amanhã. Sempre fazemos uma fogueira na véspera. Gostariam de vir comigo para se aquecerem um pouco?

— Faz frio — disse Jondalar.

E ambos foram com ela até o forno da cerâmica na outra extremidade do acampamento.

— Descobri como esquentar a comida que você trouxe, Ayla. Você disse que ela é mais gostosa servida quente. Tem um perfume delicioso, aliás — disse S'Armuna, sorrindo.

— Como esquentar uma mistura assim tão grossa em cestas?

— Eu lhe mostro — disse a Shamud, entrando na antessala do abrigo em que morava. Ayla e Jondalar a seguiram. Embora não houvesse fogo na pequena lareira central fazia calor lá dentro. S'Armuna foi diretamente ao arco que abria para o outro cômodo e removeu o osso de ombro de mamute que vedava a passagem. O ar, no interior, estava tão quente que se poderia cozinhar com ele, pensou Ayla. Viu que tinham acendido um fogo e que, logo à porta, a alguma distância dele, estavam as suas duas cestas.

— Que aroma delicioso! — disse Jondalar.

— Vocês não imaginam quanta gente já veio perguntar quando começa o jantar — disse S'Armuna. — Sentem o cheiro da comida até no Depósito. Ardemun veio perguntar se os homens serão contemplados com alguma coisa. E não é só isso; Attaroa mandou que as mulheres preparassem comida para a reunião, e que fizessem bastante para todos. Nem me lembro mais quando tivemos nossa última festa. Também, não temos muito motivo para celebrações. O que me faz questionar: qual o pretexto da festa de hoje?

– Visitas – disse Ayla. – Vocês estão honrando visitantes.

– Sim – disse a mulher. – Muito bem. Mas lembrem-se: essa foi uma desculpa que ela inventou para fazê-los voltar. Devo preveni-los: não comam nada que ela não tenha comido antes. Attaroa conhece muito veneno mortal que pode passar despercebido. Em último caso, comam só do que trouxeram... e que eu tenho vigiado todo o tempo.

– Mesmo aqui? – perguntou Jondalar.

– Ninguém ousa entrar aqui sem minha permissão – disse Aquela que Servia à Mãe –, mas fora deste lugar todo cuidado é pouco. Attaroa e Epadoa conspiraram o dia inteiro, aos cochichos. Estão tramando algo.

– E tem muita gente do lado delas, todas as Mulheres-Lobo. Com quem podemos contar? – disse Jondalar.

– Quase todo mundo quer ver mudanças – disse S'Armuna.

– Mas com quem podemos contar efetivamente para ajudar? – disse Ayla.

– Com Cavoa, minha ajudante, por exemplo.

– Mas ela está grávida – disse Jondalar.

– Mais um motivo para ajudar. Tudo indica que terá um menino. Estará lutando pela vida do filho tanto quanto pela sua própria. Mesmo se o bebê for uma menina, Attaroa não a deixará viver muito tempo depois do parto. Cavoa sabe disso.

– E a mulher que protestou hoje? – indagou Ayla.

– Essa é Esadoa, mãe de Cavoa. Sem dúvida, podem contar com ela, mas Esadoa também me culpa pela morte de seu filho.

– Lembro-me de que nos funerais ela atirou coisas na cova, o que enfureceu Attaroa – disse Jondalar.

– Sim, foram ferramentas para a outra vida. Attaroa havia proibido que lhes dessem qualquer coisa que pudesse ajudá-los no mundo dos espíritos.

– Você a enfrentou, na ocasião.

S'Armuna deu de ombros, como se aquilo não tivesse importância. – Eu lhe disse que, uma vez atiradas à sepultura os objetos não podiam ser recolhidos. Nem ela se atreveu a fazê-lo.

– Acredito que todos os homens do Depósito nos ajudariam – disse Jondalar.

– Sim, mas será preciso que estejam do lado de fora – disse S'Armuna.

– E as guardas estarão mais atentas do que nunca. Não creio que alguém conseguisse entrar lá agora. Dentro de alguns dias, talvez. Isso nos dará tempo para conversar com as mulheres com calma. Quando soubermos quantas estão do nosso lado, podemos fazer um plano para derrubar Attaroa e as Mulheres-Lobo. Vai ser preciso lutar com elas. Não há outra maneira de soltar os homens.

– Creio que tem razão – disse Jondalar, amargamente.

Ayla balançou a cabeça desconsolada ao pensar na violência. O acampamento já fora palco de tantas desgraças que a ideia de provocar mais sangue lhe era penosa. Quisera que houvesse outro meio.

– Você nos disse haver dado algo a Attaroa para fazer os homens dormirem. Não pode pôr para dormir Attaroa e suas mulheres? – perguntou Ayla.

– Attaroa não bebe nem come o que não for provado antes por outra pessoa. Doban se encarregou disso certa época. Ela pode usar hoje qualquer das crianças – disse S'Armuna, olhando em seguida para fora. – Já está escurecendo. Se vocês estão prontos, acho que é tempo de começarmos.

Ayla e Jondalar retiraram as cestas da câmara interior e Aquela que Servia fechou-a outra vez. Uma vez no pátio, viram que uma grande fogueira fora acesa diante do alojamento de Attaroa.

– Eu me perguntava se ela iria convidá-los para entrar, mas parece que o jantar será servido aqui fora, apesar do frio – disse S'Armuna.

Quando se aproximaram com as cestas, Attaroa se virou para recebê-los.

– Como quiseram que os homens participassem da celebração, achei que devíamos ficar do lado de fora. Assim, poderão vê-los – disse.

S'Armuna traduziu, embora Ayla tivesse entendido a mulher perfeitamente. Até Jondalar sabia o bastante para perceber o que ela dissera.

– É difícil vê-los no escuro – disse Ayla. – Seria melhor se você mandasse acender uma outra fogueira, do lado deles.

Attaroa refletiu e, em seguida, riu sem indicar que ia atender ao pedido.

O jantar estava extravagante, com grande número de iguarias, mas constava essencialmente de carnes magras, quase sem gordura, poucos legumes, grãos ou tubérculos mais nutritivos e substanciosos. Não serviram doces, nem frutas secas, nem casca interna de árvore. Como bebida, um cozimento fermentado de seiva de bétula, que Ayla não provou. Tinha experiência dos que Talut fazia e sabia que embotavam os pensamentos, e ela precisava estar lúcida e alerta aquela noite. Foi com satisfação que viu uma das mulheres distribuindo cuias de chá de ervas para quem quisesse.

Em suma, um jantar bastante pobre, pensou Ayla, embora os moradores do acampamento pensassem de maneira diversa. Os pratos eram como os que se fazem no fim da estação, não os que se esperaria no meio do inverno. Poucas peles tinham sido postas no chão perto do fogo e aos pés da plataforma elevada de Attaroa para os convidados. As outras pessoas levavam as suas e nelas se sentavam para jantar.

S'Armuna acompanhou Ayla e Jondalar até onde Attaroa se encontrava, e eles esperaram, ao lado do estrado, que a líder do acampamento se acomodasse. Ela vestia suas roupas de pele de lobo e tinha no pescoço colares de dentes, osso, marfim e madrepérola, decorados com penas e pedacinhos de pele. Ayla se interessou pelo cetro que ela empunhava e que era feito de um dente inteiro de mamute.

Attaroa mandou servir o jantar e, com um olhar incisivo para Ayla, determinou que a porção para os homens fosse levada logo ao Depósito, inclusive a cesta que Ayla e Jondalar tinham trazido para eles. Todo mundo tomou isso como um sinal de que era permitido sentar-se. Ayla notou que o assento de Attaroa lhe dava posição singular. Ayla se lembrou de que, por vezes, as pessoas subiam em pedras ou toras de madeira quando tinham algo para dizer a um grupo, mas isso fora sempre uma posição temporária.

Attaroa tinha lugar privilegiado, de onde podia observar o comportamento e os gestos dos convivas. E todos pareciam ter para com Attaroa a mesma atitude de deferência que as mulheres do Clã costumavam assumir, em silêncio, diante de um homem, à espera do toque no ombro que lhes permitiria expressar qualquer pensamento. Mas havia uma diferença, difícil de identificar. No Clã, jamais vira ressentimento por parte das mulheres, algo que havia ali, ou falta de respeito entre os homens. Era um estilo de comportamento inerente, herdado, e não imposto por quem quer que fosse. Servia para garantir que as duas partes se comunicassem ordeiramente, em geral, ou primariamente, por sinais e gestos.

Enquanto aguardavam que fossem servidos, Ayla procurou ver melhor o bastão de Attaroa. Era semelhante ao Bastão Falante de Talut e do Acampamento do Leão, exceto por um detalhe: a obra de talha era muito original, não lembrava em nada o bastão de Talut e, todavia, lhe parecia familiar. Ayla se lembrava de que o Bastão Falante fazia sua aparição com certa frequência, era usado por Talut mesmo em cerimônias, mas principalmente durante reuniões e debates.

Esse bastão dava a quem o empunhasse o direito de falar, e dava a todos a oportunidade de emitir uma opinião ou expressar um ponto de vista sem serem interrompidos. Quem quisesse fazer uso da palavra tinha de pedir o bastão. Em princípio, só quem estivesse com ele falava, embora, no acampamento do Leão, sobretudo em meio a um debate vigoroso, nem sempre todo mundo tivesse vez. Talut era, em geral, capaz de impor ordem, assim, todos tinham oportunidade de falar.

– Esse é um Bastão Falante dos mais belos e originais que já vi. Posso examiná-lo? – indagou Ayla.

Attaroa sorriu, ouvindo a tradução de S'Armuna. Ela o estendeu em direção a Ayla e à luz do fogo, mas não o largou. Ficou logo óbvio que não tinha a intenção de cedê-lo a ninguém, e Ayla sentiu que ela o usava como insígnia de comando, para investir-se do seu poder. Enquanto Attaroa o tivesse na mão, quem quisesse falar tinha de pedir-lhe licença e, por extensão, outras ações – quando servir a comida e quando começar a comer, por exemplo – dependiam dela. Assim como o alto estrado em que sentava, que era um recurso para impor-se a todos e controlar a maneira pela qual eles se comportavam em relação a ela. Aquilo deu a Ayla o que pensar.

O próprio bastão era incomum. Era evidente que não fora feito recentemente. A cor do marfim de mamute começava a ficar amarelada, e a área em que a mão o segurava estava cinza e brilhante, marcada pela sujeira acumulada e pelo óleo das muitas peles que tinham tido contato com ele. Estava em uso havia gerações.

O desenho entalhado na presa era uma abstração geométrica da Grande Mãe Terra: ovais concêntricos sugeriam os seios caídos, o ventre arredondado, as coxas voluptuosas. O círculo era o símbolo da plenitude, de tudo o que existia, da totalidade dos mundos conhecidos e desconhecidos, e simbolizava a Grande Mãe de Todos. O fato de serem círculos concêntricos, principalmente por serem usados daquele modo para representar os importantes elementos maternais, reforçava o simbolismo.

Havia na parte superior um triângulo invertido. A ponta formava o queixo de uma cabeça estilizada; e a base, curvada ligeiramente em domo, o crânio. O triângulo que apontava para baixo era o símbolo universal da Mulher. Era a forma externa do seu órgão gerador e, portanto, simbolizava também a maternidade e a Grande Mãe de Todos. A face continha uma série horizontal de incisões paralelas, a que se juntavam linhas oblíquas, laterais, que iam do queixo pontudo à região dos olhos. No largo espaço entre o conjunto de linhas horizontais do alto e as linhas arredondadas paralelas à curva do crânio viam-se três conjuntos de linhas duplas, perpendiculares, que se reuniam onde os olhos estariam normalmente.

Mas esses desenhos geométricos não eram um rosto. A não ser pelo fato de o triângulo estar invertido na posição de uma cabeça, as marcas nem sequer teriam sugerido um rosto. Uma representação figurativa do semblante da Grande Mãe seria impensável: ninguém suportaria contemplá-La. Os poderes d'Ela eram tão grandes que Sua simples Aparência era subjugante. O simbolismo abstrato do Bastão Falante de Attaroa transmitia esse sentido de poder com sutileza e elegância.

Ayla recordou seu aprendizado inconcluso com Mamute sobre o sentido profundo de alguns daqueles símbolos. Os três lados do triângulo – três era o número primário d'Ela – representavam as três principais estações do ano, primavera, verão e inverno, embora duas estações menores e adicionais fossem por todos reconhecidas: outono e meio-inverno, estações que anunciavam mudanças por vir, o que fazia um total de cinco. Cinco, como Ayla sabia, era o Seu número secreto, Seu número de força, mas os triângulos invertidos eram de compreensão geral.

Ayla se lembrou das formas triangulares das esculturas da mulher-ave, representando a Mãe no ato de Se transformar em Sua forma de ave que Ranec fizera... Ranec... E, então, lembrou-se de onde vira a figura gravada no Bastão Falante de Attaroa. Na camisa de Ranec! Na bela camisa de couro macio, de uma alvura cremosa, de nata de leite, que ele usara na cerimônia de sua adoção. Ficara na sua memória por causa do estilo incomum, afilado, com mangas muito largas; por causa da cor, que tão bem combinava com sua pele morena; mas, principalmente, pela ornamentação.

A camisa fora bordada com espinhos de porco-espinho tingidos de cores vivas e costurados no couro com linha de fibra animal, dos tendões. O motivo era uma abstração da figura da Grande Mãe, que poderia ter sido copiado do bastão de Attaroa. Tinha os mesmos círculos concêntricos, a mesma cabeça triangular. Os S'Armunai deviam ser aparentados com os Mamutoi, de onde a camisa de Ranec provinha. Se eles tivessem tomado a rota do norte, como Talut sugerira, teriam passado necessariamente por aquele acampamento.

Quando partiram, o filho de Nezzie, Danug, o jovem que ia ficando cada dia mais parecido com Talut, anunciara que algum dia faria uma Jornada à terra dos Zelandonii para visitá-la e a Jondalar. E se Danug resolvesse mesmo fazer essa viagem quando ficasse um pouco mais velho e viesse ter no acampamento das Mulheres-Lobo? E se Danug ou outro Mamutoi fosse capturado e torturado? Essa ideia fortaleceu sua intenção de pôr fim ao poder de Attaroa.

Esta já recolhia o bastão e oferecia a Ayla uma tigela de madeira.

– Uma vez que você é a nossa convidada de honra, e uma vez que contribuiu com um prato que está sendo tão elogiado – disse com uma nota pesada de sarcasmo –, gostaria que provasse isto, especialidade de uma das nossas mulheres.

A tigela continha cogumelos. Mas uma vez que eram picados e cozidos, não havia como identificá-los.

S'Armuna traduziu, acrescentando:

– Cuidado!

Mas Ayla não precisava nem da tradução nem do aviso.

– Não quero cogumelos, por enquanto.

Attaroa riu quando S'Armuna traduziu as palavras de Ayla. Era como se esperasse aquela resposta.

– Que pena! – disse, metendo a mão na tigela e tirando uma grande porção. Quando engolira o bastante para poder falar, acrescentou: – Estão uma delícia!

Comeu, em seguida, várias outras porções, depois passou a tigela a Epadoa, sorriu maliciosamente, e esvaziou sua xícara da infusão de bétula.

Bebeu muito mais, depois. E começou a falar alto e a dizer inconveniências. Uma das Mulheres-Lobo, que estivera de guarda no Depósito – elas se alternavam, nessa noite, para que todas pudessem participar da festa –, veio falar com Epadoa, que passou o que ela dissera, em voz baixa, a Attaroa.

– Parece que Ardemun quer sair para agradecer, em nome dos homens, o que lhes foi dado – disse Attaroa, e soltou uma gargalhada de deboche. – Estou certa de que não é a mim que querem agradecer. É à nossa ilustre convidada. – E disse para Epadoa: – Traga o velho.

A guarda foi mandada de volta e logo Ardemun apareceu, mancando. Jondalar ficou surpreso com a alegria que sentiu ao revê-lo e se deu conta de que não tinha notícia dos homens desde que saíra do Depósito. Como estariam?

– Então, os homens querem agradecer pelo banquete? – disse a líder.

– Sim, S'Attaroa. Eles me pediram que viesse como seu porta-voz.

– Diga-me, velho: por que não acredito em você?

Ardemun era ladino demais para responder. Ficou simplesmente lá, de pé, olhos no chão, como se quisesse sumir terra adentro.

– É um inútil! Um imprestável! Não tem fibra nenhuma! – disse Attaroa. E cuspiu para o lado, enojada. – Como todos os outros, aliás – completou. E virando-se para Ayla: – Por que você fica atada a esse homem? – disse, apontando para Jondalar. – Será que não tem forças para livrar-se dele?

Ayla esperou até que S'Armuna terminasse a tradução. Isso lhe deu tempo para preparar a resposta.

– Gosto de viver com ele. Já vivi muito tempo sozinha.

– De que lhe servirá o Zelandonii quando ficar velho e fraco como Ardemun? – continuou Attaroa, com um olhar de desprezo para o ancião. – Quando o instrumento do Zelandonii estiver mole demais para lhe dar Prazer, ele será tão sem serventia quanto os demais.

De novo Ayla esperou pela tradução, embora tivesse entendido muito bem cada palavra de Attaroa.

– Ninguém permanece jovem para sempre. Há mais num homem que seu instrumento.

– Mas você deveria livrar-se desse aí. Ele não vai durar muito, acredite. – E, de novo, apontando para Jondalar, disse: – O louro parece forte, mas é só exibição. Ele não teve substância para copular com Attaroa, ou talvez não tivesse coragem. – Attaroa riu, bebeu mais uma tigela, depois se dirigiu diretamente a Jondalar: – Foi medo. Admita-o! Você tem medo de mim; por isso não quis nada.

Jondalar também entendeu o que ela dissera e se irritou.

– Há uma diferença entre medo e falta de desejo, Attaroa. O desejo não obedece a comandos. Não partilhei o Dom da Mãe com você por não sentir desejo.

S'Armuna olhou apreensiva para Attaroa e teve de obrigar-se a traduzir.

– Mentira! – gritou Attaroa, insultada. Ela se pôs de pé, dominando-o do seu alto estrado. – Você teve medo de mim, Zelandonii. Pude ver isso na sua expressão. Já lutei com homens antes, e você teve medo também de lutar comigo.

Jondalar se pôs de pé, e Ayla com ele. Várias das mulheres os cercaram.

– Eles são nossos hóspedes – disse S'Armuna, pondo-se igualmente de pé. – Foram convidados a participar do nosso banquete. Será que você se esqueceu como se deve tratar convidados?

– Sim, claro, nossos hóspedes! – disse Attaroa, com desprezo. – Temos de ser corteses e hospitaleiros, ou a mulher vai pensar mal de nós. Pois eu lhe mostro que importância dou à opinião dela. Vocês dois saíram daqui sem minha permissão. E sabem o que fazemos com aqueles que fogem daqui? Nós os matamos! Assim como vou matá-la – gritou, e se lançou sobre Ayla, armada de uma fíbula de cavalo, delgada e afiada, uma formidável adaga.

Jondalar procurou intervir, mas as Mulheres-Lobo de Attaroa já o rodeavam, com as pontas de suas lanças apertadas com tanta força contra seu peito, barriga e costas, que perfuraram a pele e tiraram sangue. Num segundo, seus braços tinham sido forçados para trás e suas mãos atadas. Enquanto isso, Attaroa derrubou Ayla e pulou para cima dela, no chão, e encostou a adaga em sua garganta, sem o menor sinal da embriaguez que mostrara anteriormente.

Ela planejara tudo aquilo, pensava Jondalar. Enquanto eles conversavam, discutindo como solapar-lhe o poder, ela se preparava para liquidá-los. Ele devia ter percebido isso, ele que jurara proteger Ayla. Fora tolo, ingênuo. E ali estava agora, temendo pela vida da mulher que amava e que ainda tentava livrar-se da sua atacante. Era por aquele motivo que todos temiam Attaroa. Ela matava sem hesitação e sem remorso.

Ayla fora apanhada de surpresa. Não tivera tempo de sacar de uma faca ou da funda – e não tinha experiência de lutar corpo a corpo. Jamais tivera de fazer isso na sua vida. E Attaroa estava em cima dela, com um perônio de cavalo na mão, a ponto de matá-la. Ayla apertou com força o pulso da mulher, e procurou desviar-lhe o braço da sua garganta. Ayla era forte, mas Attaroa também. Era, além disso, astuta e determinada, e estava levando a melhor, dominando a resistência de Ayla, para cortar-lhe o pescoço.

Instintivamente, Ayla rolou no último momento, mas a adaga riscou-lhe a pele, assim mesmo, deixando nela uma linha vermelha antes de afundar-se a meio na terra. E ela continuava imobilizada pelo peso da outra, a quem o ódio e a demência davam uma força insuspeitada. Attaroa arrancou a adaga do chão, atordoou Ayla com um murro na cabeça, cavalgou-a outra vez, e ergueu a arma para enterrá-la na garganta da mulher.

33

Jondalar fechou os olhos para não ver a morte de Ayla. Sua vida não lhe importava mais, se ela se fosse... Então, por que se debatia ali, de pé, confrontado com lanças ameaçadoras, se pouco lhe importava viver ou morrer? Suas mãos estavam presas, mas não suas pernas. Poderia ainda avançar para as duas, chutar Attaroa, talvez.

Havia um tumulto no portão do Depósito quando ele resolveu ignorar as lanças para salvar Ayla. A confusão na área dos homens distraiu as guardas e, quando menos esperavam, ele se soltou daquele círculo de pontas aceradas, partindo para as duas mulheres emboladas no chão.

E eis que um vulto escuro passou como um raio pelas pessoas que olhavam, raspou-lhe a perna, saltou sobre Attaroa. O ímpeto do ataque derrubou a mulher, que caiu de costas e sentiu presas afiadas se enterrarem na sua garganta. Em vão, Attaroa procurou defender-se contra a fúria daquela fera, que era toda caninos e pelos. Conseguiu dar ainda uma incerta punhalada no corpo hirsuto e pesado. Deixou, depois, cair a arma, mas isso apenas provocou um rosnado surdo e terrível e um aperto maior das mandíbulas poderosas que lhe tiravam o ar.

A escuridão começou a envolvê-la, e ela não pôde sequer armar um grito. O dente afiado da fera cortou-lhe a carótida e o som que emergiu foi um horrendo gorgolejo de sufocação. A mulher amoleceu e se imobilizou. Ainda rosnando, Lobo sacudiu-a na boca para ter certeza de que toda resistência cessara.

– Lobo! – exclamou Ayla, superando o choque e sentando-se. – Oh, Lobo!

Quando o animal soltou a presa, o sangue jorrou da artéria rompida e espirrou nele. Lobo se aproximou lentamente de Ayla, com o rabo entre as pernas. Gania alto. Sabia que agira contra os desejos dela. A mulher lhe dissera que ficasse escondido, mas quando viu o ataque e sentiu que ela estava em perigo, teve de acorrer para defendê-la. Só não sabia agora como sua desobediência ia ser recebida. Mais do que tudo no mundo, detestava ser repreendido por ela.

Mas Ayla abriu-lhe os braços. Vendo que agira bem e que sua transgressão estava perdoada, ele correu para ela alegremente. Ayla o abraçou, enfiando a cabeça nos seus pelos, com lágrimas de alívio. Soluçava.

– Lobo, Lobo, você salvou minha vida! – dizia. Lobo a lambia, sujando o rosto dela com o sangue quente de Attaroa que ainda tinha no focinho.

Os habitantes do acampamento haviam recuado, em bloco, diante dessa cena. Olhavam boquiabertos, incapazes de compreender o que viam. A forasteira loura apertava nos braços um lobo enorme que acabava de matar outra mulher num furioso assalto. Ela falava com ele usando a palavra da língua Mamutoi para "lobo", que era semelhante à deles para o mesmo caçador carnívoro, e viam que conversava com o animal, como se ele a estivesse entendendo, exatamente como conversava antes com os cavalos.

Não admirava que uma criatura dessas não tivesse medo de Attaroa. Sua mágica era tão forte que cavalos lhe obedeciam e até lobos! O homem também não demonstrara o menor temor, pois viram quando ele se ajoelhou junto da mulher e do lobo. Ele ignorara as lanças das mulheres da guarda, que tinham, como os demais presentes, recuado, e a tudo assistiam tomadas de estupor. De súbito, viram um homem atrás de Jondalar. E o homem brandia uma faca! Onde a teria arranjado?

– Deixe-me cortar essas cordas para você, Jondalar – disse Ebulan, libertando-lhe as mãos.

Jondalar fez meia-volta e viu homens que se misturavam à multidão e outros que vinham correndo do Depósito.

– Quem o soltou?
– Você – disse Ebulan.
– O que quer dizer? Eu estava amarrado.
– Você nos deu as facas... e a coragem de tentar – disse Ebulan. – Ardemun se esgueirou por trás da guarda e bateu-lhe na cabeça com seu cajado. Depois cortou as cordas que fechavam o portão. Todos nós

assistíamos à luta, e aí veio o lobo... – Sua voz se apagou, e ele balançou a cabeça, incrédulo, diante da mulher abraçada ao lobo.

Jondalar não percebeu que o homem estava emocionado demais para falar. Havia coisas mais prementes.

– Você está bem, Ayla? Chegou a ser ferida? – disse, abraçando a mulher e Lobo ao mesmo tempo. O animal, que lambia Ayla, passou a lambê-lo também.

– Ela me fez um arranhão no pescoço. Não é nada – disse, aninhada nos dois. – Acho que Lobo foi ferido, mas vejo que não se importa muito com isso.

– Eu não teria deixado você vir se imaginasse que ela tentaria matá-la em plena festa. Mas devia ter sabido. Foi estupidez subestimá-la.

– Não, você não foi estúpido. Não me passou também pela cabeça que ela poderia atacar-me, e eu não soube defender-me. Se não fosse Lobo... – E os dois olharam com gratidão para o bravo animal.

– Tenho de admitir, Ayla, que houve momentos durante a viagem em que tive vontade de deixar Lobo para trás. Considerava-o uma carga, nos atrasando e atrapalhando. Quando vi que você foi procurá-lo depois que passamos o Rio da Irmã, fiquei furioso. A ideia de que você arriscara a vida por este animal me deixou indignado – disse Jondalar.

Jondalar tomou a cabeça do lobo nas mãos e olhou-o nos olhos.

– Lobo, prometo jamais deixá-lo para trás no futuro. Prometo arriscar minha vida para salvar a sua, sua fera danada, gloriosa! – disse, fazendo-lhe festas no pescoço e atrás das orelhas.

Lobo lambeu o pescoço e o rosto de Jondalar. Depois, abrindo as maxilas, abocanhou carinhosamente a garganta e o queixo do homem, numa demonstração de afeto. Lobo gostava tanto de Jondalar quanto de Ayla e manifestou com rosnados seu contentamento com a atenção que recebia.

O povo que assistia expressou seu espanto; jamais se vira um homem expor assim a garganta, tão vulneravelmente, a uma fera daquelas. Tinham visto o lobo estraçalhar a garganta de Attaroa com os mesmos poderosos maxilares. Para eles, o que Jondalar fizera denotava um domínio de natureza sobrenatural sobre os espíritos dos animais.

Ayla e Jondalar se puseram de pé, com o lobo entre eles, e olharam para a multidão. Não sabiam muito bem o que esperar. Muitos olharam, com expectativa, para S'Armuna. Ela aproximou-se dos dois, olhando, desconfiada, para o lobo.

– Estamos finalmente livres dela – disse.

Ayla sorriu. Sentia a apreensão da mulher.

– Lobo não lhe fará mal. Ele só atacou porque era preciso. Para defender-me.

S'Armuna notou que Ayla não dissera o nome para lobo na língua Zelandonii, e entendeu que usava a palavra como nome para o animal.

– É apropriado que o fim de Attaroa tivesse vindo por intermédio de um lobo. Eu sabia que vocês estavam aqui por algum motivo. Já não estamos mais nas garras dela, prisioneiros da sua insânia. Mas o que faremos agora?

Era uma pergunta retórica. Ela falava mais consigo mesma do que com qualquer dos ouvintes.

Ayla contemplou o corpo imóvel da mulher, que momentos antes fora tão malévola, mas também tão vibrante, e tomou consciência mais uma vez da fragilidade da vida. Não fosse por Lobo, ela é que estaria ali, morta.

Estremeceu a esse pensamento.

– Acho que alguém deve levar o corpo de Attaroa e prepará-lo para o sepultamento – disse em Mamutoi, para que todos entendessem sem necessidade de tradução.

– Mas Attaroa merece um funeral? Por que não colocamos seu cadáver no pasto para animais carniceiros?

Era uma voz de homem.

– Quem falou? – perguntou Ayla.

Jondalar conhecia o homem, que deu um passo à frente, e se apresentou, com alguma hesitação.

– Eu me chamo Olamun.

Ayla cumprimentou, de cabeça.

– Você tem direito ao seu ódio, Olamun. Mas Attaroa foi levada à violência pelas muitas violências de que fora vítima. O mal que havia em seu espírito gostaria de perpetuar-se, de deixar-lhes um legado de violência. Desistam. Não permitam que a sua justa cólera os faça cair nas armadilhas que o espírito inquieto de Attaroa montou. É hora de mudar. Attaroa era humana. Enterrem-na com a dignidade que ela não foi capaz de achar em vida, e que o espírito da mulher descanse em paz.

Jondalar ficou surpreso com esse discurso. Era uma resposta de Zelandonii, sábia e contida.

Olamun concordou.

– Mas quem a enterrará? Quem vai preparar o corpo? Attaroa não tinha família.

– A responsabilidade incumbe Àquela que Serve à Mãe – disse S'Armuna.

– Talvez com a ajuda das que a seguiam nesta vida – sugeriu Ayla. O cadáver era, evidentemente, pesado demais para a Shamud.

Todos se voltaram para Epadoa e as Mulheres-Lobo. Elas se tinham agrupado instintivamente, como que para buscar forças umas nas outras.

– E que, agora, devem conduzi-la ao outro mundo – disse uma voz masculina. Outras vozes lhe fizeram coro, e houve um movimento coletivo em direção às lanceiras.

Então, uma jovem Mulher-Lobo se adiantou:

– Não pedi para ser o que sou. Queria apenas aprender a caçar para não passar fome.

Epadoa a olhou com severidade, mas a outra não baixou os olhos.

– Que Epadoa descubra o que é passar fome – disse a mesma voz de homem. – Vamos deixá-la sem comer até que entre no mundo dos espíritos. Então seu espírito também passará fome.

Aquele movimento em direção às caçadoras, e a Ayla, provocou um rosnado ameaçador de Lobo. Jondalar ajoelhou-se rapidamente para aquietá-lo, mas a reação do animal fez com que os mais afoitos recuassem. Olhavam para Ayla com algum temor.

Ayla não perguntou dessa vez quem falara.

– O espírito de Attaroa ainda mora entre vocês, animando a violência e o revanchismo – disse ela.

– Mas Epadoa deve pagar pelo mal que fez.

Ayla viu que a mãe de Cavoa dera um passo à frente. A filha, jovem e grávida, estava logo atrás dela e lhe dava apoio moral.

Jondalar se pôs de pé e ficou ao lado de Ayla. Não havia dúvida de que aquela anciã tinha o direito de vingar-se pela morte do filho. Olhou para S'Armuna. Achava que cabia à Shamud responder, mas ela também esperava que Ayla o fizesse.

– A mulher que matou seu filho já não é deste mundo. Por que Epadoa deve pagar pelo mal que Attaroa fez?

– Epadoa tem mais que essa conta para acertar. E o mal causado a estes dois rapazinhos? – disse Ebulan. E recuou, para que Ayla pudesse ver os meninos, apoiados num velho solene e cadavérico.

Ayla se espantou com o aspecto do homem. Por um instante pensou estar diante de Creb. Ele era alto e magro, enquanto o santo do Clã fora baixo e atarracado, mas o rosto e os olhos tinham a mesma expressão de bondade e dignidade, e, como Creb, gozava, obviamente, da estima geral.

Ayla pensou em prestar-lhe a homenagem de respeito que era de rigor no Clã, sentando-se aos pés dele e esperando que ele lhe batesse no ombro para poder falar. Mas sabia que essa atitude seria mal interpretada ali. Optou, então, pela cortesia mais formal.

– Jondalar – disse –, não posso dirigir-me corretamente a este homem sem uma apresentação.

Ele entendeu logo o que Ayla queria. Também se deixara impressionar pelo ancião. Adiantou-se, então, e conduziu Ayla pela mão até ele.

– S'Amodun – disse –, figura altamente respeitável dos S'Armuna, permita que lhe apresente Ayla, do Acampamento do Leão, dos Mamutoi, Filha da Fogueira do Mamute, escolhida pelo espírito do Leão das Cavernas, e protegida pelo Urso das Cavernas.

Ayla se espantou com a última parte. Ninguém jamais mencionara o Urso das Cavernas como seu protetor. Mas, pensando bem, aquilo fazia sentido; pelo menos por intermédio de Creb. O Urso das Cavernas o escolhera, era o totem do Mog-ur, e Creb figurava com tanta frequência nos seus sonhos que ela tinha certeza de que ele velava por ela e guiava seus passos. Possivelmente com a ajuda do Grande Urso das Cavernas, do Clã.

– S'Amodun dos S'Armunai acolhe a Filha da Fogueira do Mamute – disse o idoso, tomando nas suas as duas mãos de Ayla. Ele não era o primeiro a escolher a Fogueira do Mamute como o título mais relevante. Muitas pessoas ali sabiam da importância da Fogueira do Mamute para os Mamutoi. A referência fazia dela o equivalente de S'Armuna, Aquela que Servia à Mãe.

A Fogueira do Mamute! Naturalmente, pensou S'Armuna. Era inevitável. Aquilo respondia a muitas de suas perguntas não formuladas. Mas onde estava a tatuagem de Ayla? Não eram todos os eleitos marcados com uma tatuagem?

– Fico feliz com a sua acolhida, Muito Respeitado S'Amodun – disse Ayla, falando em S'Armunai.

O homem sorriu.

– Vejo que aprendeu muito da nossa língua, mas disse agora a mesma coisa duas vezes. Meu nome é Amodun. S'Amodun já quer dizer Muito Respeitado ou Digníssimo, ou o que quer que você tenha tido a intenção de dizer. Foi um título imposto pela vontade do acampamento. Não sei se o mereço.

Ela achava que sim.

– Eu agradeço, S'Amodun – disse Ayla, baixando os olhos e fazendo um sinal afirmativo de cabeça.

Assim, de perto, ele se parecia ainda mais com Creb, com seus olhos grandes, fundos e brilhantes, o nariz proeminente, as sobrancelhas fartas, os traços em geral marcantes. Tinha de superar seus costumes do Clã, segundo os quais mulheres não olham diretamente para os homens a quem dirigem a palavra; ela devia olhar para aquele idoso e conversar com ele.

– Desejo fazer-lhe uma pergunta – disse ela, falando em Mamutoi, por ser mais fluente nessa língua.

– Responderei se puder – disse ele.

Ela olhou os dois rapazes, de pé ao lado dele.

– Os membros deste acampamento querem que Epadoa pague pelo mal que fez. Esses rapazes, em particular, sofreram nas mãos dela. Amanhã verei se posso fazer algo por eles; mas que castigo merece Epadoa por obedecer às ordens de sua líder?

Involuntariamente, muitas pessoas olharam para o cadáver de Attaroa, ainda estirado onde Lobo a deixara. Depois voltaram a atenção para Epadoa. A mulher permanecia ereta e impassível, pronta para receber a punição que lhe fosse imposta. Sempre soubera que um dia teria de pagar.

Jondalar olhou para Ayla com maior respeito ainda. Ela fizera o que devia fazer. Mesmo com a admiração de todos, nada que ela dissesse, como estranha, teria a força das palavras de um homem como S'Amodun.

– Acho que Epadoa deve pagar – disse ele. Muitos manifestaram aprovação, principalmente Cavoa e sua mãe. – Mas não no outro mundo: neste mesmo. Ayla disse bem quando disse que é hora de mudar. Já houve um excesso de violência e de mal neste acampamento. Os homens sofreram muito nos últimos anos, mas tinham feito sofrer as mulheres, antes. É tempo de acabar com esse círculo vicioso.

– Então, como Epadoa pagará? – perguntou a que perdera o filho. – Que castigo receberá?

– Não haverá castigo, Esadoa, mas reparação. Epadoa terá de dar tanto quanto tomou, e mais. Pode começar com Doban. Por mais que a filha da Fogueira do Mamute faça por ele, é improvável que se recupere inteiramente. Terá efeitos do que lhe fizeram pelo resto da vida. Odevan também, mas esse tem mãe e outros parentes. Doban não tem mãe nem ninguém que cuide dele, ninguém que por ele se responsabilize ou incentive-o a aprender um ofício e exercer uma profissão. Eu faria Epadoa responsável por ele como se fosse seu próprio filho. Ela pode não ter amor por ele, ele pode ter ódio por ela; não importa. Ela precisa pagar pelo que fez.

Nem todo mundo concordou, mas houve sinais de aprovação. Alguém tinha de cuidar de Doban. Embora todos sentissem pena dele, agora que era inválido, ninguém o queria em casa. Lembravam-se da peste que tinha sido, quando morava com Attaroa. Por isso, se não concordassem com S'Amodun, poderiam ser obrigados por ele a receberem o rapaz, em vez de Epadoa fazê-lo.

Ayla sorria. Achava perfeita a solução do velho. Embora pudesse haver rancor e desconfiança no princípio, era provável que o relacionamento ficasse mais caloroso com o tempo. S'Amodun era um sábio. A ideia de restituição era muito superior à de punição, e lhe dava uma outra.

– Gostaria de oferecer uma sugestão – disse ela. – Este acampamento não tem reservas suficientes para o inverno; de modo que pode haver fome na primavera. Os homens estão enfraquecidos e não caçam há vários anos. Muitos podem ter perdido a agilidade. Epadoa e suas mulheres são, hoje, caçadoras exímias. Penso que seria bom que elas continuassem a caçar. Mas ficariam obrigadas a dividir os resultados da caça com toda a comunidade.

Muitos concordaram. A ideia de passar fome os assustava.

– Logo que alguns homens se recuperarem e quiserem voltar às caçadas, Epadoa terá a obrigação de ajudá-los, e de caçar com eles. A única maneira de evitar a fome na próxima primavera é o trabalho conjunto de homens e mulheres. Todo acampamento depende desse tipo de colaboração para prosperar. O restante das mulheres e os homens mais velhos ou mais fracos recolherão os alimentos que puderem encontrar.

– Mas já é inverno! Não há nada para colher – disse uma das Mulheres-Lobo mais jovens.

– Não há muito, concordo, e o que há dá trabalho para achar e colher. Mas tudo o que for trazido ajuda – disse Ayla.

– Ela está certa. Eu mesmo tenho comido do que Ayla encontra e coleta, mesmo no inverno. Vocês todos comeram do que ela cozinhou esta noite. Os pinheiros foram colhidos aqui perto, junto do rio – disse Jondalar.

– Aqueles líquens de que as renas gostam podem ser comidos – disse uma das mulheres mais velhas. – Basta saber prepará-los.

– E muitos trigos, painços e outras plantas ainda têm sementes que podem ser apanhadas – disse Esadoa.

– É verdade. Mas é necessário ter cuidado com o azevém, que pode ser fatal. Se tem mau aspecto, ou mau cheiro, talvez esteja cheio de ergotina e deve ser evitado – alertou Ayla. – Mas certas bagas comestíveis e muitas frutas ficam no pé, mesmo no inverno. Achei até maçãs outro dia. E a casca interna de muita árvore pode ser comida.

– Precisaríamos de facas para isso – disse Esadoa. – As nossas não prestam.

– Eu farei facas novas para vocês – disse Jondalar.

– Você me ensina a fazer facas, Zelandonii? – perguntou Doban. Jondalar ficou contente.

– Ensino você a fazer facas e outras ferramentas também.

– Eu também quero aprender mais – disse Ebulan. – Vamos precisar de armas para caçar.

– Estou disposto a ensinar-lhes o que quiserem, ou pelo menos mostrar-lhes o caminho. Talvez, no próximo verão, se forem à Reunião dos S'Armunai, encontrem quem continue de onde eu tiver deixado.

O sorriso do rapaz se apagou. Via que o Zelandonii não ia ficar.

– Mas enquanto estiver aqui, ajudarei – disse Jondalar. – Tivemos de fazer muitas armas de caça nesta Jornada.

– E aquela... vara... de arremesso, para lanças curtas, que ela usou para cortar sua corda?

A pergunta era de Epadoa, e todo mundo olhou para ela. Era a primeira vez que a comandante das Mulheres-Lobo abria a boca, mas sua intervenção fez com que todos se lembrassem do longo e acurado arremesso de lança com que Ayla tirara Jondalar do poste em que fora amarrado. Aquilo parecera a todos tão miraculoso que ninguém imaginara fosse uma arte que se pudesse aprender.

– Ah! O propulsor de lanças. Sim, mostro a quem quiser ver como funciona.

– Inclusive às mulheres? – pergunto Epadoa.

– Por que não? – disse Jondalar. – Quando vocês tiverem armas de caça de boa qualidade não precisarão mais ir até o Grande Rio Mãe para lançar cavalos em um despenhadeiro. Vocês têm um dos melhores terrenos de caça aqui mesmo às margens deste rio vizinho.

– Temos, é verdade – concordou Ebulan. – Lembro-me muito bem de que caçavam mamutes. Quando eu era menino, costumavam deixar uma sentinela no morro para acender umas fogueiras de aviso se viesse algo.

– Eu sei – disse Jondalar.

Ayla disse, sorrindo.

– Vejo que a mudança está em curso. Já não sinto o espírito de Attaroa andando por aí – disse, afagando o pescoço de Lobo.

Em seguida, dirigiu a palavra à chefe das lanceiras:

– Epadoa, aprendi a caçar animais de quatro pernas desde o começo, inclusive lobos. A pele de lobo pode ser quente e servir para fazer um bom capuz. E se um lobo representa uma séria ameaça para alguém, deve ser destruído. Mas você pode aprender mais observando lobos vivos do que pegando-os em armadilhas e comendo-os depois de mortos.

As Mulheres-Lobo se entreolharam, com expressões de culpa. Como poderia ela saber? A carne de lobo era proibida para os S'Armunai, e considerada especialmente contraindicada para mulheres.

A chefe das caçadoras estudou a estranha loura, procurando ver se havia nela mais do que à primeira vista se descobria. Agora que Attaroa estava morta, e que ela sabia que não teria o mesmo fim como castigo de seus atos, sentia um grande alívio. A líder fora tão dominadora que a jovem Epadoa ficara cativada e fizera tudo para ser-lhe agradável – coisas em que não queria nem pensar. Muitas já lhe pesavam quando as fizera, embora ela não quisesse admiti-lo na época, nem mesmo para si mesma. Quando encontrou o estranho alto e louro, durante uma caça, esperava que, levando-o como um brinquedo para Attaroa, esta liberasse para seu uso um dos homens do Depósito.

Ela não quisera prejudicar Doban, mas tinha medo de desobedecer; Attaroa o mataria. Pois não matara aquela criatura que ela mesma tinha gerado? Por que a Filha da Fogueira do Mamute escolhera S'Amodun em vez de Esadoa para pronunciar a sua sentença? Essa escolha lhe salvara a vida. Mas não seria fácil continuar vivendo no acampamento. Muita gente a odiava. Agradecia, mesmo assim, a chance que lhe fora dada de redimir-se. Ela cuidaria do rapaz, mesmo se ele a odiava. Devia-lhe isso, afinal de contas.

Mas quem era, de fato, essa Ayla? Teria vindo para destruir Attaroa, como todo mundo pensava? E o homem que andava com ela? Que poderes mágicos teria que as lanças não o atingiam? E onde tinham os homens do Depósito conseguido aquelas facas? Fora o Zelandonii o responsável por isso? Será que montavam cavalos, os dois, por serem esses animais os que as Mulheres-Lobo mais caçavam, quando os outros grupos dos S'Armunai caçavam mamutes como seus primos, os Mamutoi? E aquele lobo não seria, na verdade, um espírito de lobo, vindo para vingar a sua raça? De uma coisa sabia com certeza: jamais mataria outro lobo na vida. E nunca mais se diria Mulher-Lobo.

Ayla se dirigiu para o lugar onde estava o corpo de Attaroa e viu S'Armuna. Aquela que Servia à Mãe observara tudo e não disse quase nada. Ayla se lembrava bem do seu desespero e dos seus remorsos. Falou com ela em particular, e num tom de voz neutro:

— S'Armuna, mesmo que o espírito de Attaroa esteja deixando este acampamento, não será fácil reinstaurar o modelo antigo de vida e de comportamento. Os homens saíram do Depósito, e alegro-me que se tenham libertado eles mesmos, pois se lembrarão disso com orgulho, mas levarão muito tempo para esquecer Attaroa e seus anos de confinamento. Só você pode ajudar na instauração de uma nova atmosfera, e essa é uma pesada responsabilidade.

A mulher concordou com um movimento de cabeça. Sentia que lhe davam a oportunidade de redimir os abusos cometidos na sua qualidade de Servidora da Grande Mãe. Era mais do que esperara. A primeira providência era sepultar Attaroa e enterrar, com ela, o passado. Precisava falar à multidão.

— Sobrou comida. Vamos terminar este jantar todos juntos. É tempo de pôr abaixo a cerca erguida neste acampamento entre homens e mulheres. Tempo de partilhar a comida, o fogo, o calor da convivência. Tempo de nos unirmos outra vez como um povo, e sem que haja grandes e pequenos. Cada um tem sua competência e seu papel na comunidade. Se todos contribuírem para o bem-comum, o Acampamento florescerá.

Homens e mulheres expressaram seu apoio. Muitos já se confraternizavam após separados por tanto tempo. Outros mais vieram sentar-se à mesa, em busca de alimento, calor e companhia.

S'Armuna chamou Epadoa, e quando ela se aproximou, disse-lhe:

— É tempo de levarmos o corpo de Attaroa e prepará-lo para o enterro.

— Para onde levaremos o cadáver? Para dentro de casa?

— Não. Vamos levá-lo para o Depósito. Pode ficar debaixo da cobertura. Os homens devem dormir esta noite com conforto e no calor da casa de Attaroa. Muitos estão doentes. Todos estão enfraquecidos.

Talvez tenhamos de alojá-los no pavilhão por algum tempo. Você tem onde dormir?

– Sim. Quando eu consegui escapar de Attaroa, dividia um quarto com Unavoa no pavilhão em que ela mora.

– Talvez você deva mudar-se para lá, se ela estiver de acordo, e se você achar que isso lhe convém.

– Acho que nós duas gostaremos desse arranjo – disse Epadoa.

– Mais tarde pensaremos em uma instalação permanente, com Doban.

– Está bem – disse Epadoa.

Jondalar ficou observando Ayla, quando ela acompanhou Epadoa e as caçadoras que levavam o corpo de Attaroa, e teve orgulho dela. Mas estava também um tanto surpreso. De certo modo, ela assumira o status e a sabedoria da própria Zelandoni. Antes daquele dia só vira Ayla dominar uma situação dessa forma quando alguém estava doente, ferido ou carente de cuidados especiais. Mas, pensando bem, aquela gente estava carente, doente e machucada. Talvez por isso não fosse tão estranho que eles precisassem dela, e que ela soubesse tão bem o que fazer.

DE MANHÃ, Jondalar pegou os cavalos e foi buscar a bagagem maior que tinham deixado quando foram atrás de Huiin. Houve tantos acontecimentos desde então que ele agora se dava conta de que a Jornada se atrasara. Tinham estado com tal folga antes, que ele achara que teriam tempo de sobra para atravessar a geleira antes do inverno. Agora o inverno já chegara, e eles ainda estavam longe.

Aquele acampamento precisava deles, e Jondalar sabia muito bem que Ayla não partiria sem antes fazer tudo o que julgasse indispensável. Ele também prometera cooperação e estava empolgado com a perspectiva de ensinar Doban e os outros a desbastarem núcleos de sílex e a outros que o desejassem, o manejo do propulsor de lanças. Aquele nódulo de preocupação, no entanto, se instalara: eles tinham de atravessar a geleira antes que a fusão dos gelos na primavera tornasse a travessia muito arriscada. Era preciso partir o quanto antes.

Ayla e S'Armuna trabalharam juntas no tratamento dos homens do Depósito. Para um homem, a ajuda veio tarde demais. Ele morreu de gangrena nas duas pernas naquela primeira noite na casa de Attaroa. Dos outros, muitos precisavam de tratamento a longo prazo ou de curativos imediatos. E estavam, todos, subnutridos. Cheiravam mal por causa da falta de higiene do Depósito, e estavam inacreditavelmente sujos.

S'Armuna decidiu adiar a queima dos objetos de argila. Não tinha tempo e não havia clima para aquilo. Ela achava, no entanto, que a cerimônia, realizada oportunamente, contribuiria para a pacificação dos ânimos no acampamento. Usaram o fogo da cerâmica para esquentar água para o banho e tratamento dos homens. Eles precisavam mesmo era de comida e calor. Os que tinham mães, esposas ou parentes foram morar com as respectivas famílias depois dos primeiros cuidados.

A situação dos meninos e adolescentes era o que mais indignava Ayla. Até S'Armuna ficou horrorizada; afinal, ela fechara os olhos à gravidade da situação.

Naquela noite, depois de mais uma refeição coletiva, Ayla e S'Armuna expuseram alguns dos problemas que tinham encontrado e responderam perguntas. Foi exaustivo, e Ayla finalmente se rendeu: precisava repousar. Quando se levantou para retirar-se, um dos presentes fez uma pergunta sobre o caso de um menino. Ayla respondeu. Em seguida, uma das mulheres fez um comentário sobre Attaroa, responsabilizando-a por tudo e absolvendo a si mesma de qualquer culpa. Exasperada, Ayla fez uma declaração que era fruto da sua raiva acumulada e do cansaço daquele dia interminável.

– Attaroa tinha uma personalidade forte, dominadora. Por mais forte que fosse, porém, duas, cinco, dez pessoas são mais fortes. Se todas vocês lhe tivessem resistido, ela poderia ter sido contida muito antes. De modo que todos neste acampamento, mulheres e homens, são em parte responsáveis pelo sofrimento desses menores. Por isso eu lhes digo que se algum deles, como resultado dessa... abominação, vier a sofrer por muito tempo, terá de ser cuidado coletivamente pelo acampamento. Todos são responsáveis por eles, pelo resto das suas vidas. Eles sofreram, e por isso são favoritos de Muna. Quem lhes recusar auxílio terá de haver-se com Ela – avisou ela.

Ayla lhes deu as costas e saiu, seguida de Jondalar. Suas palavras tiveram mais efeito do que imaginara. Muita gente já achava que ela não era uma pessoa comum, e havia até quem dissesse que era uma encarnação, um avatar, da própria Grande Mãe, munai vivente, em forma humana, que viera para eliminar Attaroa e libertar os homens. Como explicar de outro modo que cavalos atendessem a um assovio seu? Ou que um lobo, grande até para os padrões da sua espécie, a seguisse por toda parte e ficasse sentado e quieto quando ela mandasse? Não fora a Grande Mãe quem dera vida às formas espirituais de todos os bichos?

Segundo o que constava, a Mãe criara homens e mulheres por uma boa razão e lhes dera o Dom dos Prazeres para que eles A honrassem. Os espíritos combinados do homem e da mulher eram necessários para a criação de vidas novas. Muna em pessoa viera para esclarecer que todo aquele que procurasse criar Seus Filhos de outra maneira qualquer eram para Ela uma abominação. Pois não teria mandado o Zelandonii para mostrar o que Ela sentia? Um homem que era a encarnação do Seu amante e companheiro? Era mais alto e mais belo que muitos homens, tão branco e tão claro quanto a Lua. Jondalar notava uma diferença na maneira como o acampamento o estava tratando. E não gostava nada disso.

COM TANTO PARA FAZER naquele primeiro dia, mesmo com a colaboração de S'Armuna e da maior parte dos membros do acampamento, Ayla adiara o tratamento especial que pretendia dar aos meninos de perna deslocada. Já S'Armuna adiara os funerais de Attaroa. Na manhã seguinte, um terreno foi escolhido e a cova aberta. Houve uma cerimônia simples, oficiada por Aquela que Servia à Mãe, e a antiga líder voltou ao pó de onde viera, isto é, ao seio da Grande Mãe Terra.

Alguns poucos até lamentaram sua morte. Epadoa imaginara que não sentiria nada, mas sentiu. Como a maior parte das pessoas no acampamento pensava diferente dela, a chefe das caçadoras não podia expressar seus sentimentos. Mas Ayla soube ler na linguagem muda do seu corpo, em suas posturas e expressões, que ela lutava contra a emoção. Doban também teve comportamento surpreendente, e ela concluiu que ele estava lutando para organizar a confusão de emoções de que era o vértice. Na maior parte da sua vida, Attaroa fora uma espécie de mãe para ele, a única que conhecera. Sentiu-se atraiçoado quando ela se voltou contra ele, mas o amor daquela mulher sempre fora errático, e ele não podia abrir mão de todo do sentimento de afeto que tinha por ela.

Mágoas tinham de ser postas para fora. Ayla sabia disso, pois também perdera entes queridos. Pretendia tratar da perna do garoto depois do funeral, mas estava em dúvida se não deveria esperar mais. Aquele dia podia não ser o mais indicado. Mas, por outro lado, ter alguma outra coisa em que pensar poderia ser bom para ela e para o menino. Falou com Epadoa quando voltavam para o Acampamento depois do enterro.

– Vou tentar pôr a perna deslocada de Doban no lugar. Preciso de alguém que me auxilie. Você pode fazer isso?

– Não será por demais doloroso? – indagou Epadoa. Lembrava-se muito bem dos urros que ele soltara, e começava a assumir seu papel de protetora do rapaz. Se não era seu filho, estava sob seus cuidados agora, e ela tomava a obrigação a sério. Sua vida, achava, dependia disso.

– Vou fazê-lo dormir. Ele não sentirá nada. Só depois, quando acordar, e, por algum tempo, terá de ser transportado de um lugar para o outro com toda cautela. Estará impossibilitado de andar por algum tempo.

– Eu o carrego – disse Epadoa.

Quando voltaram para o acampamento, Ayla comunicou ao rapaz que estava disposta a consertar a perna dele. Ia tentar, pelo menos. Ele se afastou dela, muito nervoso. Quando viu Epadoa, seus olhos demonstraram medo.

– Não quero! Ela vai me machucar! – gritou Doban, ao ver a Mulher-Lobo. Se pudesse, teria fugido.

Epadoa permaneceu de pé, imóvel, junto da plataforma de dormir em que ele estava sentado.

– Eu não o machucarei, prometo-lhe. Nunca mais. E não vou permitir que ninguém o faça, nem mesmo esta mulher.

Ele a encarou, apreensivo, mas desejando muito, desesperadamente, acreditar nela.

– S'Armuna, por favor. Faça com que ele entenda o que vou dizer – pediu Ayla. Em seguida inclinou a cabeça para poder olhar com seriedade para o rapaz. – Doban, vou dar-lhe algo para beber. Não tem gosto agradável, mas gostaria que você bebesse tudo assim mesmo. Depois de algum tempo, você terá sono, muito sono. E quando isso acontecer, quero que se deite aqui mesmo. Durante o tempo em que estiver dormindo, vou tentar pôr sua perna no lugar. Você não sentirá nada, porque estará dormindo pesadamente. Quando acordar, terá um pouco de dor, mas também se sentirá melhor, de certo modo. Se doer muito, você dirá... a mim, a S'Armuna, a Epadoa. Haverá sempre alguém aqui, com você, todo o tempo. E quem estiver aqui lhe dará algo para tomar que aliviará a dor. Entendeu?

– Será que Zelandoni pode vir aqui falar comigo?

– Sim. Vou chamá-lo, se quiser.

– E S'Armuna?

– Sim. Os dois, se quiser.

Doban olhou para Epadoa.

– E você não deixará que ela me faça mal?

– Prometo. Não deixarei que ela lhe faça mal. Nem ela nem ninguém.

Doban olhou para S'Armuna, depois de volta para Ayla.

– Onde está o que tenho de beber?

O processo foi semelhante ao que ela usara para corrigir o braço de Roshario. A poção relaxava os músculos e anestesiava o paciente. Depois, puxar a perna era uma questão de força física, mas quando ela voltou ao lugar isso ficou patente para qualquer um. Alguma coisa se quebrara, porém, como Ayla percebeu, e a perna não ficaria como antes, mas o seu corpo pareceu quase normal outra vez.

Epadoa retornou à casa em que morara por tanto tempo, uma vez que a maioria dos homens e rapazes tinham ido morar com as famílias. Ela ficou junto de Doban quase o tempo todo. Ayla notou que eles começavam a confiar um no outro. Era isso, achava ela, o que S'Amodun tivera em vista.

O mesmo processo foi tentado com Odevan, mas Ayla achou que, no caso dele, o processo de cura seria mais difícil, e que a perna do menino ficaria permanentemente com uma tendência a se deslocar da junção de vez em quando.

S'Armuna estava impressionada com Ayla e tinha por ela uma espécie de temor respeitoso. Imaginava se os rumores a respeito da mulher não teriam algum fundamento, afinal de contas. Ela parecia igual às outras, falava, dormia, compartilhava Prazeres com aquele homem louro, alto, como uma mulher comum, mas seus conhecimentos das plantas e de suas propriedades medicinais eram fenomenais. Todo mundo comentava isso. S'Armuna ganhava prestígio por associação. E embora a Shamud tivesse se acostumado com Lobo e não mais o temesse, era quase impossível não notar que Ayla controlava o espírito do animal. Quando o lobo não a acompanhava, seus olhos a seguiam por toda parte. O homem fazia o mesmo, mas era menos óbvio que o animal.

A Shamud não notava muito essa características nos cavalos porque eram deixados para pastar a maior parte do tempo. Ayla dizia que era bom para eles descansar um pouco, e que se alegrava com isso, mas S'Armuna tinha visto os dois cavalgando. O homem montava o cavalo escuro com facilidade, sem dúvida, mas quem visse a mulher em cima da égua julgaria que eram feitas da mesma carne.

Mas, embora se maravilhasse, Aquela que Servia à Mãe ficava também cética. Fora treinada pela Zelandônia, e sabia que tais ideias eram frequentemente estimuladas. Aprendera e muitas vezes empregara técnicas de enganar os outros, de fazer acreditar o que ela, e eles, queriam acreditar. Não considerava isso como embuste ou fraude, ninguém tinha tanta convicção quanto ela da dignidade da sua vocação; ela empregava apenas os meios a seu alcance para tornar o caminho mais fácil e persuadir as pessoas. Muitos podiam ser ajudados assim, principalmente aqueles cujos problemas e doenças não tinham causa discernível, exceto, talvez, alguma praga rogada por gente ruim e poderosa.

Embora ela mesma não quisesse aceitar todos os rumores que corriam, S'Armuna não os coibia. A gente do Acampamento queria crer que tudo o que Ayla e Jondalar diziam era um pronunciamento da Mãe, e ela se valia dessa convicção geral para implementar reformas necessárias. A partir dos Conselhos Mamutoi de Irmãs e de Irmãos, por exemplo, que Ayla mencionara, S'Armuna organizou conselhos semelhantes, ou inspirou sua organização. Quando Jondalar sugeriu que se encontrasse alguém de outro acampamento para prosseguir no ensino da arte de desbastar núcleos de sílex, ela reforçou com sua autoridade o envio de uma delegação a diversos acampamentos S'Armunai, para renovar ligações de parentesco e restabelecer contatos rompidos.

Numa noite clara e fria, de firmamento estrelado, um grupo de pessoas se reuniu à porta da antiga residência de Attaroa, que se convertera, dadas as suas vastas dimensões, num centro de atividades comunitárias, depois de ter servido, no primeiro momento, como hospital de pronto-socorro e clínica de recuperação. Falavam do mistério daquelas luzes que piscavam no céu, e S'Armuna respondia perguntas e dava explicações. Ela passava tanto tempo ali ultimamente, curando com remédios e cerimônias, e reunindo-se com diferentes grupos para fazer planos e discutir problemas, que acabara por levar alguns pertences para lá, deixando os dois estranhos sozinhos em seu pequeno abrigo. De tal modo que o acampamento começava a ficar parecido com outros acampamentos e cavernas que Ayla e Jondalar conheciam, e nos quais o alojamento Daquela que Servia à Mãe funcionava como um foco e centro de reunião para todo o povo.

Depois que os dois hóspedes se retiraram, seguidos por Lobo, alguém fez uma pergunta a S'Armuna sobre aquele animal que seguia Ayla por toda parte. Aquela que Servia à Mãe apontou uma das luzes do céu.

– Aquela é a Estrela do Lobo. – Foi tudo o que disse.

Os dias se passavam bem rápido. Quando os homens e meninos começaram a recuperar-se e já não precisavam de Ayla como médica e enfermeira, ela passou a sair com as equipes de coleta, em busca dos escassos alimentos vegetais do inverno. Jondalar fez progressos no ensino das suas artes de britador e armeiro, demonstrando como fazer e usar a máquina de arremessar lanças a distância.

O acampamento começou a armazenar suprimentos de uma variedade de alimentos, fáceis de estocar e preservar em temperaturas glaciais, principalmente carne. No começo, houve problemas de adaptação, quando os homens começaram a reivindicar alojamentos que as mulheres consideravam seus de direito, mas aos poucos a situação se normalizou.

S'Armuna achou, então, que o tempo era chegado para queimar no forno suas estatuetas de argila, e começou a falar na realização de uma Cerimônia do Fogo com seus dois hóspedes. Estavam na sala da olaria preparando o material do seu forno combustível que ela reunira no verão e no outono para alimentar o fogo. Explicou que seria preciso muito mais lenha, e que cortar lenha representava um trabalho insano.

– Você não será capaz de fazer ferramentas melhores de cortar lenha, Jondalar? – perguntou a Shamud.

– Farei, com prazer, machados, marretas, cunhas e tudo mais que vocês quiserem; mas a madeira verde não queima direito – disse ele.

– Pretendo usar também ossos de mamute, mas precisamos de fogo forte desde o começo, e ele tem de arder, sem interrupção, por muito tempo. Uma cerimônia dessas gasta muita lenha.

Quando deixaram o pequeno alojamento, Ayla olhou, através do acampamento, para o antigo Depósito. As pessoas vinham retirando partes dele. Mesmo assim, estava ainda de pé. Ela sugerira que a paliçada fosse usada como base de um curral, para onde animais podiam ser levados. A partir daí, os moradores não tiraram mais madeira da cerca, e agora que estavam acostumados com aquela estrutura, nem notavam mais sua existência.

Contemplando-a da porta da casa de S'Armuna, Ayla teve uma ideia.

– Não vai ser preciso cortar árvores. Jondalar pode fazer ferramentas para desfazer o Depósito. – Os três olharam e viram a paliçada com novos olhos. S'Armuna viu mais que os outros, viu os contornos da sua nova cerimônia.

– Mas é perfeito! – exclamou. – A destruição daquele lugar de infâmia para criar uma cerimônia inédita e purificadora! Todos poderão participar, e todos ficarão contentes com a desaparição do Depósito. O ato simbolizará um recomeço para nós, e vocês estarão presentes também.

– Disso não tenho certeza – disse Jondalar. – Quanto tempo levará a organização da cerimônia?

– Não é algo para ser preparado com pressa. É importante demais.

– Foi o que pensei. Temos de partir muito em breve – disse Jondalar.

– Mas logo entraremos no período mais frio do inverno – objetou S'Armuna.

– E em seguida vem o degelo da primavera. Você já atravessou aquele glaciar, S'Armuna. Sabe, então, que isso só pode ser feito no inverno. E eu prometi a alguns Losadunai que iria visitar a caverna deles na volta. Vamos passar alguns dias lá, com esses amigos. Não poderemos ficar muito tempo, mas será um bom lugar para fazer escala e preparar a passagem.

S'Armuna concordou:

– Então uso minha Cerimônia do Fogo para abençoar a viagem de vocês. Muitos esperávamos que ficassem conosco para sempre, e todos sentirão sua falta.

– Eu gostaria muito de vê-la cozer as argilas – disse Ayla – e de conhecer o bebê de Cavoa, mas Jondalar tem razão. É hora de nos despedirmos.

Jondalar decidiu fazer as ferramentas de S'Armuna de imediato. Localizou uma boa concentração de sílex nas imediações e foi com dois homens recolher algumas pedras de que pudesse tirar machados e outras ferramentas de cortar. Quanto a Ayla, começou a preparar as bagagens e a ver o que mais seria necessário na viagem. Esparramara tudo no chão quando viu que alguém estava à porta. Era Cavoa.

– Incomodo, Ayla?

– De maneira nenhuma. Entre.

A jovem, grávida de nove meses, entrou e se sentou na beirada do estrado de dormir, de frente para Ayla.

– S'Armuna me disse que vocês estão de partida.

– Sim, dentro de um ou dois dias.

– Pensei que ficariam para a cerimônia.

– Eu queria ficar, mas Jondalar está ansioso por partir. Ele diz que precisamos atravessar a geleira antes da primavera.

– Fiz algo para você, que só ia entregar depois de cozido – disse Cavoa, tirando da saia um pequeno embrulho de couro. – Agora vou ter de dar assim mesmo, mas se ficar molhado, estará perdido – concluiu, passando o presente às mãos de Ayla.

Era a cabeça de uma leoa, modelada em argila.

– Que beleza, Cavoa! É mais que bonita. Você captou a essência de uma leoa das cavernas. Não sabia que tinha esse talento.

Cavoa sorriu.

– Você gosta?

– Conheci um homem, um Mamutoi, que esculpia em marfim. Era um grande artista. Foi ele quem me ensinou a apreciar objetos entalhados ou pintados. Estou certa de que admiraria a sua leoa.

– Tenho feito objetos de marfim, de madeira e de chifre desde que me entendo por gente. Foi por isso que S'Armuna me chamou para trabalhar com ela. S'Armuna tem sido maravilhosa comigo. Ela tentou ajudar a gente... Foi boa para Omel também. Permitiu-lhe guardar segredo e nunca exigiu nada dele, como outros teriam feito. Tanta gente tinha curiosidade de saber! – Cavoa baixou os olhos e pareceu lutar para conter as lágrimas.

– Sei que você sente saudade dos seus amigos – disse Ayla com doçura. – Deve ter sido difícil para Omel guardar um segredo desses.

– Omel tinha de fazer segredo.

– Por causa de Brugar? S'Armuna disse que ele fez ameaças.

– Não. Não por Brugar, mas por Attaroa. Eu não gostava de Brugar, e me lembro de como ele a responsabilizou brutalmente por Omel, embora eu fosse pequena. Mas penso que ele sentia mais medo de Omel do que Omel dele, e Attaroa sabia por quê.

Ayla intuiu o que afligia Cavoa.

– E você também sabia, não?

A jovem franziu a testa.

– Sim – disse em voz muito baixa. Depois olhou firme para Ayla. – Eu queria tanto que você estivesse aqui quando fosse a minha hora! Quero que tudo saia direito para o bebê, e não sei como...

Não era preciso dizer mais nada, ou entrar em detalhes. Cavoa temia que a criança nascesse com alguma anormalidade, e nomear o mal apenas servia para fortalecê-lo, como todo mundo sabia.

– Bem, não estou partindo já, e quem sabe? A meu ver, você pode ter esse bebê a qualquer momento – disse Ayla. – Talvez ainda estejamos aqui.

– Espero que sim. Você fez tanto por nós! Como teria sido bom que tivesse vindo antes que Omel e os outros...

Ayla viu que a jovem tinha os olhos marejados.

– Eu sei, você sente saudades, mas logo vai ganhar um bebê, que será só seu. Isso ajudará. Já pensou em um nome?

– Por muito tempo não pensei. Não adiantava muito escolher um nome de menino, e eu não sabia se me deixariam dar nome a uma menina. Agora, se for menino, não sei se lhe dou o nome de meu irmão ou... de outro homem que conheci. Se for mulher, quero dar-lhe o nome de S'Armuna. Ela me ajudou a... vê-lo...

Um soluço de angústia interrompeu a frase. Ayla abraçou-a. A dor não precisava de palavras. Era bom para ela desabafar. Aquele acampamento ainda estava cheio de sofrimento, que precisava ser posto para fora. Ayla esperava que a cerimônia idealizada por S'Armuna ajudasse. Quando o choro finalmente passou, Cavoa se endireitou e enxugou os olhos com as costas da mão. Ayla procurou algo que pudesse servir para secar-lhe as lágrimas e abriu um embrulhinho que levava consigo havia anos. Cavoa poderia usar o couro, que era macio. Mas quando Cavoa viu o que havia dentro, ficou pasma. Era uma munai, uma estatueta de mulher esculpida em marfim. Só que essa munai tinha um rosto, e o rosto era o de Ayla!

Cavoa desviou o olhar, como se tivesse visto algo indevido. Depois, saiu rapidamente. Ayla guardou a talha que Jondalar fizera para ela. Estranhara a reação da jovem. Cavoa ficara visivelmente assustada.

Procurou tirar aquilo da cabeça, enquanto empacotava a bagagem. Apanhou a bolsa das pedras para contá-las e saber quantas daquelas pedras de pirita de ferro, amarelo-acinzentado, ainda lhe restavam. Queria dar uma a S'Armuna, mas não sabia se seriam comuns na região de Jondalar, e precisava ter algumas para presentear os parentes dele. Resolveu dar uma assim mesmo, só uma, e escolheu um nódulo de bom tamanho. Depois guardou as demais.

Saindo para ir à casa de Attaroa viu que Cavoa deixava o alojamento justamente quando ela entrava. Sorriu-lhe, viu que a outra correspondeu com nervosismo e quando encontrou S'Armuna achou que a Shamud também a olhava com estranheza. A munai de Jondalar criara um problema, ao que parecia. Ayla esperou até ficar sozinha com S'Armuna para dar-lhe o sílex.

– Tenho um pequeno presente. É algo que descobri quando vivia sozinha no meu vale – disse, abrindo a palma para mostrar-lhe a pedra. – Pensei que poderia usá-la na sua cerimônia.

S'Armuna olhou para a pedra e depois para Ayla, sem compreender.

– Eu sei que não parece, mas há fogo aí dentro. Deixe que lhe mostre. Ayla foi até a lareira, reuniu gravetos e aparas e riscou a pedra. Uma grande faísca saltou e caiu no material inflamável. Ela soprou, e logo, miraculosamente, uma pequenina chama apareceu. Ayla juntou-lhe um pouco mais de matéria combustível e quando ergueu os olhos S'Armuna a contemplava com incredulidade estampada no rosto.

– Cavoa me contou que viu uma munai com seu rosto, e agora você tira fogo de uma pedra. Você será... quem eles dizem que é?

Ayla sorriu.

– Jondalar fez aquela talha. Por amor. Disse que ia captar o meu espírito. Depois me deu o marfim. Não é uma doni nem uma munai. Representa apenas um símbolo do seu afeto. Quanto ao fogo, terei prazer em ensinar a você como se faz. Não é arte minha, é algo que está na pedra.

– Posso entrar? – A voz vinha da porta, e ambas se viraram; era Cavoa. – Esqueci minhas luvas e voltei para apanhá-las.

S'Armuna olhou para Ayla.

– Não vejo por que não – disse Ayla.

– Cavoa é minha ajudante – disse S'Armuna.

– Então vou mostrar às duas como funciona – disse Ayla.

Repetiu a operação, deixou que as duas experimentassem, e elas ficaram mais tranquilas, mas não menos assombradas com as propriedades da pedra.

Cavoa ganhou coragem e falou sobre a munai:

– Aquela figura que vi...

– Foi feita por Jondalar, pouco depois de nos conhecermos. Era uma prova de seu amor por mim.

– Você quer dizer que se eu quisesse mostrar a uma pessoa o quão importante ela é para mim eu poderia fazer uma escultura daquela pessoa? – perguntou Cavoa.

– Claro – disse Ayla. Quando você faz uma munai, sabe por que a está fazendo, tem um sentimento qualquer dentro de você, não é mesmo?

– Sim, e o processo é acompanhado de certos rituais – disse a jovem.

– Acho que é o sentimento que você põe na obra que faz a diferença.

– Então, posso fazer o rosto de uma pessoa se o sentimento que ponho no trabalho é bom?

– Sim, não vejo nada de errado nisso. Você é uma excelente artista, Cavoa.

— Mas talvez fosse melhor não fazer a figura toda — disse S'Armuna.
— Se fizer só a cabeça, não haverá confusão.

Cavoa concordou. Depois, as duas mulheres olharam para Ayla, esperando pela aprovação dela. No fundo, ambas ainda se perguntavam quem era, de fato, aquela estranha.

AYLA E JONDALAR acordaram na manhã seguinte com a firme intenção de partir, mas havia do lado de fora uma forte nevasca. Tão forte que não se via nada à frente.

— Acho que não podemos ir embora hoje, não com uma tempestade como essa — disse Jondalar, descontente. — Espero que passe logo.

Ayla foi até o campo e chamou os cavalos, para ver se estavam bem. Ficou feliz quando eles surgiram da cerração e levou-os para uma área mais próxima do acampamento e mais protegida do vento. Na volta, pensava no itinerário de retorno ao Grande Rio Mãe, pois a partir dali era ela quem conhecia o caminho.

— Ayla!

Alguém chamou, mas tão baixo que ela não ouviu. Foi preciso que a pessoa repetisse seu nome. Voltando-se, viu Cavoa, junto do alojamento da Shamud, pedindo-lhe com um aceno que se aproximasse dela.

— O que foi, Cavoa?

— Quero mostrar-lhe uma coisa, para saber se gosta — disse a jovem.

Quando Ayla chegou mais perto, Cavoa tirou a luva. Tinha na palma da mão um objeto diminuto, da cor de marfim de mamute. Botou-o cuidadosamente na mão de Ayla.

— Acabei de fazê-lo.

Ayla contemplou o objeto e ficou encantada.

— Cavoa! Eu sabia que você era boa nisso. Mas não tão boa assim! — disse, examinando com atenção o pequeno retrato de S'Armuna.

Ela fizera só a cabeça da mulher, sem sugestão de corpo, nem mesmo de pescoço. Mas não havia dúvida de quem era a pessoa representada. O cabelo estava puxado para cima, formando um coque no alto. A face, estreita, era ligeiramente oblíqua, com um lado um pouco menor que o outro. Mas a beleza e dignidade da mulher eram evidentes. Pareciam emanar do interior da pequenina obra de arte.

— Acha que ficou bom? Será que ela gostará? — disse Cavoa. — Quis fazer algo especial para S'Armuna.

— Eu gostaria se fosse ela – disse Ayla –, e penso que expressa muito bem seus sentimentos de afeto por ela. Você tem um dom muito precioso e muito raro, Cavoa, mas deve usá-lo bem. Pode haver grande poder nisso. S'Armuna agiu muito bem escolhendo-a para assistente.

À NOITE, A NEVASCA estava ainda mais forte. Ficou até perigoso andar mais do que uns poucos passos fora dos alojamentos. S'Armuna se ocupava em puxar um feixe de ervas secas pendurado do teto, junto da entrada, para acrescentá-lo a outros ingredientes de uma forte bebida que preparava para a Cerimônia do Fogo. Ayla e Jondalar tinham ido deitar-se e só havia brasas na lareira. A mulher pretendia também retirar-se logo que acabasse o que estava fazendo.

Subitamente a pesada cortina da entrada da antessala foi aberta com violência por uma lufada de ar frio e neve, e em seguida Esadoa apareceu levantando a segunda cortina.

— S'Armuna! Depressa! É Cavoa! A hora dela chegou.

Ayla já estava fora da cama e se vestia antes que a Shamud respondesse.

— Ela escolheu uma noite para ter seu filho! – disse S'Armuna, conservando a calma, em parte para tranquilizar a avó, que torcia as mãos.
— Vai dar tudo certo, Esadoa. Ela não terá o bebê antes que a gente chegue à sua casa.

— Ela não está na minha casa. Insistiu em sair, com esta nevasca toda. Está na casa grande, de Attaroa. Não sei por quê, mas é lá que ela quer ter o bebê. Pediu que Ayla também viesse. Ela diz que só assim terá certeza de que não haverá nada de errado com a criança.

S'Armuna franziu a testa.

— Não há ninguém lá esta noite, e Cavoa não devia ter saído com um tempo assim.

— Eu sei, mas não consegui dissuadi-la – disse Esadoa, fazendo meia-volta para sair.

— Espere – disse S'Armuna. – Vamos todas juntas, é melhor assim. A gente pode se perder numa tempestade dessa, indo de uma casa para outra.

— Com Lobo não nos perdemos – disse Ayla, chamando o animal, enrodilhado ao pé da cama.

— Será pouco apropriado que eu vá também? – perguntou Jondalar. Não que ele quisesse estar presente ao parto, mas se preocupava com a segurança de Ayla naquela neve. S'Armuna consultou Esadoa com um olhar.

– Eu não me importo. Mas é certo homem participar de um parto?
– Errado não é – disse S'Armuna. – Não há motivo para que não venha. Pode ser bom um homem por perto, uma vez que a jovem não tem companheiro.

Enfrentaram, todos juntos, a violência da ventania. Quando alcançaram a casa grande de Attaroa, encontraram a jovem dobrada sobre si mesma, ao lado de uma lareira apagada e fria, com o corpo tenso de dor, e olhos arregalados de medo. Ela respirou melhor ao vê-los. Em uma questão de minutos, Ayla tinha acendido o fogo, para grande espanto de Esadoa, e Jondalar saíra a apanhar neve numa vasilha para derreter e fazer água. Esadoa encontrara a roupa de cama, que fora guardada, fez um leito na plataforma, e S'Armuna escolheu ervas de que poderiam precisar, de um lote que levara para lá anteriormente.

Ayla acomodou Cavoa na cama, arrumando tudo para deixá-la confortável, sentada ou deitada, como preferisse, e esperou por S'Armuna; as duas a examinaram juntas. Depois de tranquilizarem Cavoa e deixá-la com a mãe, as duas curandeiras confabularam, em voz baixa, num canto.

– Você notou? – perguntou S'Armuna.
– Notei – disse Ayla. – E você sabe o que isso quer dizer?
– Acho que sim, mas vamos esperar para ver.

Jondalar procurara não atrapalhar, mas naquele momento, algo na expressão das mulheres lhe fez ver que estavam preocupadas. Ele aproximou-se delas em silêncio, sem dizer nada. Sentou-se numa plataforma e ficou afagando o pescoço do lobo. Ele também ficara ansioso. Queria que o tempo passasse mais depressa, e acabou andando de um lado para o outro, enquanto as mulheres aguardavam. Jondalar queria que a neve cessasse ou que ele tivesse algo para fazer. Falou com a parturiente um pouco, procurando encorajá-la e sorriu-lhe repetidas vezes, mas se sentia totalmente inútil. Por fim, e como a noite se eternizava, cochilou um pouco em uma das camas, enquanto os sons fantasmagóricos da tempestade de neve continuavam lá fora, em contraponto aos periódicos gritos e gemidos dos trabalhos de parto, que, vagarosa mas inexoravelmente, caminhavam, para um desfecho.

Ele foi despertado por vozes agitadas e um surto frenético de atividade. Viu luz pelas fendas em torno do orifício do teto. Levantou-se, se alongou, esfregou os olhos e saiu, ignorado pelas três mulheres, e foi urinar ao lado de fora. Alguns flocos de neve ainda rodopiavam ao vento, mas a tempestade amainara de forma considerável, o que muito o alegrou.

Quando se preparava para voltar, ouviu o berreiro inconfundível de um recém-nascido. Sorriu, mas esperou do lado de fora. Não sabia se podia entrar. Mas, de repente, e para grande surpresa dele, ouviu outro choro, que se juntou ao primeiro, em dueto. Dois berreiros sucessivos? Ele não resistiu e entrou.

Ayla, com um menino já enfaixado nos braços, sorriu-lhe, aproximando-se da porta.

– Um menino, Jondalar!

S'Armuna erguia no ar um segundo bebê, preparando-se para atar o cordão umbilical.

– E uma menina – disse ela. – Gêmeos! É um bom sinal. Tão poucos bebês nasceram quando Attaroa era líder! Mas agora penso que a tendência vai mudar. Acho que a Mãe nos dá com isso um sinal de que o Acampamento das Três Irmãs logo estará crescendo e ficará cheio de vida outra vez.

– VOCÊS VOLTARÃO algum dia? – perguntou Doban. Ele estava andando agora com muito mais desembaraço, embora ainda usasse a muleta que Jondalar fizera para ele.

– Creio que não, Doban. Uma longa Jornada é bastante. Agora é tempo de voltar para casa, deitar raízes, fundar meu lar.

– Gostaria que você morasse mais perto, Zelandon.

– Eu também gostaria. Você vai ser um excelente artesão, e eu gostaria de continuar a prepará-lo para isso. E você bem que poderia chamar-me de Jondalar.

– Não. Você é Zelandon.

– Quer dizer Zelandonii?

– Não, Zelandon mesmo.

S'Amodun sorriu.

– Ele não se refere ao nome do seu povo. Arranjou outro nome para você: Elandon. Mas prefere honrá-lo com essa fórmula de respeito: S'Elandon. Jondalar corou de satisfação e embaraço.

– Obrigado, Doban. Talvez eu devesse chamá-lo S'Ardoban.

– Ainda não. Um dia, quando eu souber trabalhar o sílex como você, aí sim, pode ser que me chamem S'Ardoban.

Jondalar deu um abraço apertado no rapaz, bateu no ombro de alguns outros e conversou um pouco com o grupo. Os cavalos, já com todos os apetrechos no lombo, e prontos para partir, estavam um pouco afastados. Lobo, porém, deitara-se no chão, de olhos em Jondalar. Levantou-se quando viu que Ayla saía do alojamento com S'Armuna. Jondalar também se alegrou ao vê-las.

– ...Sim, sem dúvida, é uma beleza – dizia a Shamud –, e eu estou emocionada por ela ter tomado essa decisão, mas... você não acha... perigoso?

– Enquanto tiver em seu poder a reprodução do seu rosto, que mal lhe poderá advir? Nenhum. Pode até servir para aproximá-la ainda mais da Grande Mãe, dar-lhe uma compreensão mais aprofundada dos Seus mistérios – disse Ayla.

As duas se abraçaram e S'Armuna deu também um grande abraço em Jondalar. Recuou, depois, quando ele chamou os cavalos, mas tocou-o pelo braço, depois, para mais uma palavra.

– Jondalar, quando estiver com Marthona, diga-lhe que S'Armu... não, diga-lhe que Bodoa manda lembranças.

– Certamente. Ela ficará feliz – disse ele, montando.

Eles voltaram-se uma vez para acenar, mas era um alívio para Jondalar seguir viagem. Jamais seria capaz de recordar aquele acampamento sem uma sensação conflitante.

A neve começou a cair, de leve, quando já se afastavam. Os moradores do Acampamento das Três Irmãs deram adeus, de longe.

– Boa viagem, S'Elandon!

– Boa viagem, S'Ayla!

E quando desapareceram por trás daquela cortina de neve, não houve uma só pessoa que deixasse de acreditar que os dois tinham estado no acampamento para livrá-los de Attaroa e libertar os seus homens. Logo que estivessem longe da vista deles, se transformariam na Grande Mãe Terra e seu Louro Companheiro Celestial, cavalgariam no vento, céus afora, acompanhados por sua fiel protetora, a Estrela do Lobo.

34

Voltaram em direção ao Grande Rio Mãe, com Ayla na liderança da marcha, pela mesma trilha que tinham seguido para encontrar o Acampamento dos S'Armunai; mas quando chegaram ao cruzamento resolveram vadear o pequeno afluente e depois rumar para sudoeste. Cavalgavam pela mata, acompanhando as planícies serpenteantes da antiga bacia que separava os dois grandes sistemas montanhosos, sempre na direção do rio.

Apesar de nevar pouco, tinham muitas vezes de se proteger do vento cortante. No frio intenso, os flocos secos de neve eram atirados de todos os lados pelos ventos incessantes, até se transformarem numa poeira de gelo, às vezes misturada com as partículas pulverizadas de pó de pedra – loess –, que vinham das margens das geleiras móveis. Quando o vento se tornava especialmente forte, esfolava-lhes a pele.

Para Ayla, a trilha de volta pareceu muito mais rápida, já que não seguia em terreno difícil, mas Jondalar surpreendeu-se com a distância que tiveram de percorrer antes de chegarem ao rio. Não se dera conta do quanto tinham ido na direção do norte. Acreditava que o Acampamento dos S'Armunai não estivesse distante do Grande Gelo.

Seu cálculo estava correto. Se houvessem seguido para o norte, poderiam ter alcançado a colossal muralha do lençol de gelo continental numa caminhada de dois dias. No começo do verão, pouco antes de haverem iniciado a Jornada, haviam caçado mamutes na face gelada de uma vasta barreira setentrional, mas bem para leste. Desde então, tinham descido toda a extensão da vertente oriental de um imenso arco recurvado de montanhas, em torno da base sul, e subido o flanco ocidental da cordilheira, quase chegando de novo à geleira.

Deixando para trás os últimos afloramentos e as encostas das montanhas que haviam dominado sua viagem, viraram para oeste ao atingir o Grande Rio Mãe e começaram a se aproximar dos contrafortes setentrionais da cadeia ocidental, ainda maior e mais alta. Estavam refazendo o caminho percorrido, procurando o lugar onde haviam deixado o equipamento e as provisões, seguindo a mesma rota que tinham começado no início da estação, quando Jondalar acreditara que tivessem tempo de sobra... até a noite em que Huiin fora levada pelo rebanho selvagem.

– Os sinais parecem familiares... Deve ser por aqui – disse ele.

– Acho que você tem razão. Eu me lembro daquele penhasco, mas o resto parece tão diferente – disse Ayla, contemplando com desalento a paisagem modificada.

Uma quantidade maior de neve tinha se acumulado naquela área. A margem do rio estava congelada, e, com a neve juntando-se em montes e enchendo todas as depressões, era difícil determinar onde a margem terminava e o rio começava. Os ventos fortes e o gelo que se formara nos galhos durante períodos alternados de congelamento e degelo, no início da estação, haviam derrubado várias árvores. Ramos e galhos pendiam sob o peso da água congelada; cobertos de neve, muitas vezes se afiguravam aos viajantes como outeiros ou montes de pedras, até se romperem quando tentavam subir neles.

Ambos se detiveram junto de um arvoredo e examinaram com cuidado a área, tentando descobrir algo que lhes desse uma pista do local onde haviam guardado a tenda e a comida.

– Devemos estar perto. Sei que o lugar é este, mas está tudo tão diferente – disse Ayla. Depois fez uma pausa e olhou para Jondalar. – Muitas coisas são diferentes do que parecem ser, não é, Jondalar?

Ele a olhou com uma expressão interrogativa.

– Bem, no inverno realmente as coisas são diferentes do verão.

– Não me refiro somente às características do lugar – respondeu Ayla. – É difícil explicar. É como aconteceu quando partimos e S'Armuna lhe pediu que dissesse à sua mãe que ela mandava lembranças, mas ela falou que era Bodoa quem as mandava. Era por esse nome que sua mãe a chamava, não era?

– É, tenho certeza de que foi isso que ela quis dizer. Quando pequena, provavelmente era chamada de Bodoa.

– Mas ela teve de abandonar seu nome quando se tornou S'Armuna. Tal como a Zelandonii de quem você fala, a que você conheceu como Zolena – disse Ayla.

– Ela substituiu o nome espontaneamente. Faz parte das obrigações de uma pessoa que se torna Aquela que Serve à Mãe – disse Jondalar.

– Compreendo. O mesmo aconteceu quando Creb se tornou o Mog-ur. Ele não tinha de renunciar ao nome com que nasceu, mas quando ele estava oficiando uma cerimônia como o Mog-ur era outra pessoa. Quando era Creb, era como seu totem de nascimento, o Gamo, acanhado e sossegado, sempre caladão, quase como se estivesse espiando de um esconderijo. Mas quando ele era Mog-ur, então se tornava poderoso e autoritário, como seu totem do Urso da Caverna – disse Ayla. – Nunca era exatamente como parecia ser.

– Você é um pouco assim, Ayla. Na maior parte do tempo você presta muita atenção e não fala muito, mas quando alguém está sofrendo ou em dificuldades, você quase se transforma em outra pessoa. Assume o controle. Diz às pessoas o que devem fazer e elas fazem.

Ayla franziu a testa.

– Nunca pensei nisso. Tudo o que quero é ajudar.

– Eu sei. Mas é mais do que querer ajudar. Você em geral sabe o que fazer, e a maioria das pessoas percebe isso. Acho que é por isso que fazem o que você manda. Acho que você poderia ser Aquela que Serve à Mãe, se quisesse – disse Jondalar.

Ayla franziu ainda mais a testa.

– Não creio que eu desejasse isso. Não gostaria de perder meu nome. É a única coisa que me sobrou de minha verdadeira mãe, da época em que eu vivia com o Clã – disse a jovem. De repente, ficou tensa e apontou para um montículo coberto de neve, estranhamente simétrico. – Jondalar! Olhe ali!

Ele olhou para onde ela apontava e demorou um pouco para perceber do que se tratava. Depois deu-se conta da estranheza da forma.

– Seria aquilo...? – murmurou, fazendo Campeão dar um salto adiante.

O montículo situava-se em meio a um emaranhado de espinhos, o que os animou ainda mais. Desmontaram. Jondalar achou um galho resistente e avançou, abrindo caminho na moita. Ao chegar junto do montículo simétrico, bateu nele e a neve caiu, deixando à mostra o bote virado.

– Aí está! – exclamou Ayla.

Bateram e sacudiram os galhos espinhentos, até conseguirem chegar ao bote e aos pacotes sob ele, cuidadosamente embalados.

O esconderijo não fora inteiramente eficaz, e a primeira indicação disso lhes foi dada por Lobo. Era óbvio que ele estava agitado com um cheiro que ainda pairava por ali, e quando acharam excrementos de lobo, descobriram o porquê. O esconderijo fora depredado por lobos e, em alguns casos, haviam conseguido rasgar alguns dos pacotes cuidadosamente amarrados. Até mesmo a tenda se achava rasgada, mas surpreendeu-os que a situação não fosse ainda pior. Em geral os lobos não conseguiam ficar longe de couro, material que adoravam mastigar.

– O repelente! Deve ter sido ele que evitou que causassem ainda maior dano! – disse Jondalar. Alegrava-o que a mistura de Ayla tivesse não só mantido seu companheiro de viagem canino afastado de suas coisas, como mais tarde mantivera também outros lobos a distância. – E dizer que durante todo o tempo achei que Lobo estivesse dificultando nossa Jornada! Pelo contrário, se não fosse ele, provavelmente não teríamos agora nem mesmo a tenda. Chegue aqui, rapaz – disse Jondalar, batendo no peito e convidando o animal para apoiar as patas nele. – Outra vez! Você salvou nossas vidas, ou ao menos nossa tenda.

Ayla observou, enquanto ele metia a mão no pelo do animal, e sorriu. Estava satisfeita por vê-lo mudar de atitude em relação a Lobo. Não que Jondalar algum dia tivesse sido mau com ele, ou mesmo que não o aprovasse. Mas nunca fora antes amistoso e gentil. Era óbvio que também Lobo apreciava aquela atenção.

O dano teria sido muito maior se não fosse o repelente, mas o preparado não mantivera os lobos longe de suas provisões, que haviam sido bastante reduzidas. Desaparecera a maior parte da carne-seca e dos alimentos prontos, e muitos pacotes de frutas secas, legumes e cereais tinham sido abertos ou estavam faltando, talvez levados por outros animais depois da partida dos lobos.

– Acho que devíamos ter aceitado mais daquela comida que os S'Armunai nos ofereceram quando saímos – disse Ayla. – Mas o que tinham não bastava para eles mesmos. Quem sabe podemos voltar?

– Eu preferiria não fazer isso – disse Jondalar. – Vamos ver o que sobrou. Caçando, poderemos dispor de comida suficiente para chegar até os Losadunai. Thonolan e eu encontramos alguns deles e passamos uma noite em sua companhia. Convidaram-nos para voltar e ficar com eles por um tempo.

– Eles nos dariam alimentos para prosseguirmos a Jornada? – perguntou Ayla.

– Acho que sim – respondeu Jondalar. Depois sorriu. – Na verdade, sei que farão isso. Eles têm uma dívida comigo!

– Dívida? – perguntou Ayla, com expressão interrogativa. – São seus parentes, como os Sharamudoi?

– Não, não são parentes, mas são amigos, e já comerciaram com os Zelandonii. Alguns sabem falar a língua.

– Você já mencionou isso antes, mas nunca entendi direito o que significa "dívida", Jondalar.

– Uma dívida é uma promessa de dar algo, em algum momento futuro, em troca de algo que tenha sido dado ou, em geral, ganho no passado. No mais das vezes, trata-se de pagar o que se perdeu no jogo e não se pôde pagar na ocasião, mas é usado em outros sentidos também – explicou o homem.

– Quais outros sentidos? – quis saber Ayla. Tinha a sensação de que ainda não captara tudo, e que lhe seria importante compreender.

– Bem, às vezes pagar a uma pessoa por algo que ela fez, em geral algo de especial, mas de difícil avaliação – disse Jondalar. – Sem limites especificados, uma dívida pode ser uma obrigação pesada, mas a maioria das pessoas não pede mais do que o justo. Muitas vezes, o simples fato de aceitar a obrigação de uma dívida demonstra confiança e boa-fé. É uma maneira de oferecer amizade.

Ayla assentiu. Havia mais a compreender.

– Laduni tem uma dívida comigo – continuou ele. – Não se trata de algo grande, mas ele está no dever de me dar tudo o que eu pedir, e eu poderia pedir o que quisesse. Creio que ele terá prazer de saldar sua obrigação apenas com um pouco de comida. Aliás, com certeza ele nos daria isso de toda maneira.

– Daqui até os Losadunai é longe? – perguntou Ayla.

– Um bom estirão. Eles vivem no extremo ocidental daquelas montanhas, e nós estamos no extremo oriental; mas a viagem não será difícil se acompanharmos o rio. No entanto, vamos ter de atravessá-lo. Eles vivem do outro lado, mas podemos fazer isso no curso alto do rio.

Decidiram passar a noite ali, e cuidadosamente revisaram tudo o que tinham. A maior parte do que haviam perdido fora comida. Tudo o que podia ser aproveitado dava uma pilha pequena, mas compreenderam que a situação poderia ter sido pior. Teriam de caçar e coletar durante grande parte da viagem, mas a maior parte do equipamento estava intacta e prestaria bons serviços com alguns consertos. No entanto, a bolsa de carne tinha sido despedaçada. O bote protegera o esconderijo da intempérie, embora não dos lobos. De manhã teriam de decidir se continuariam ou não a arrastar o bote arredondado, coberto de pele.

– Estamos entrando numa região mais montanhosa. Teremos mais problemas se o levarmos do que se o abandonarmos – disse Jondalar.

Ayla verificou os mastros. Dos três que ela usara para manter a comida protegida dos animais, um estava quebrado, mas só precisavam de dois para o trenó.

– Acho que por enquanto devemos levá-lo. Depois, se ele se transformar num estorvo, podemos abandoná-lo.

RUMANDO PARA OESTE, logo deixaram para trás a bacia baixa das planícies batidas pelo vento. O curso leste-oeste do Grande Rio Mãe assinalava a linha de uma portentosa batalha entre as mais poderosas forças da Terra, uma batalha travada no ritmo infinitamente lento do tempo geológico. Para o sul ficavam os contrafortes das altas montanhas ocidentais, cujos cumes mais altaneiros jamais eram aquecidos pelos dias suaves do verão. Os pináculos acumulavam neve e gelo durante todo o ano, e, mais além, os picos da cordilheira refulgiam no ar claro e frio.

Ayla e Jondalar estavam seguindo em linha quase reta para oeste, enquanto prosseguiam a Jornada, seguindo pela margem norte do imponente rio, através das planícies do vale fluvial. Embora já não fosse o gigantesco e caudaloso Grande Rio Mãe da parte alta de seu curso, ele ainda era imponente.

Com mais meio dia de viagem, chegaram a outro grande afluente cuja confluência turbulenta, pois era proveniente de uma região mais alta, mostrava-se estupenda, com pingentes de gelo que se desdobravam em cortinas congeladas e barrancos de gelo quebrado, bordeando ambas as margens. Os rios que se juntavam no norte já não provinham dos planaltos e contrafortes das conhecidas montanhas que estavam deixando para trás. Esse caudal descia da região desconhecida a oeste. Em vez de atravessar o rio perigoso ou de tentar segui-lo corrente acima, Jondalar decidiu-se por voltar atrás e cruzar as várias ramificações do próprio Grande Rio Mãe.

A decisão mostrou-se acertada. Apesar de alguns dos canais fossem largos e estivessem atulhados de gelo nas margens, na maioria das vezes a água gélida mal chegava às ilhargas das montarias. Só mais tarde naquela noite deram-se conta, mas Ayla e Jondalar, os dois cavalos e o lobo tinham, afinal, atravessado o Grande Rio Mãe. Depois de suas perigosas e traumáticas aventuras em outros rios, fizeram-no com tão poucos incidentes que quase se decepcionaram, mas isso não os aborreceu.

No frio enregelante do inverno, o simples ato de viajar já era perigoso. A maioria das pessoas estava aconchegada em cabanas aquecidas, e amigos e parentes apressavam-se procurando quem quer que ficasse fora de casa por muito tempo. Ayla e Jondalar estavam inteiramente entregues a si próprios. Se algo lhes acontecesse, só podiam contar um com o outro e com seus companheiros quadrúpedes.

O terreno gradualmente tornou-se ascendente, e eles começaram a observar uma mudança sutil na vegetação. Abetos e lariços surgiam entre os pinheiros perto do rio. Nas planícies dos vales fluviais, a temperatura era extremamente baixa, devido a inversões atmosféricas, com frequência mais baixas do que em pontos mais altos das montanhas circundantes. Embora neve e gelo branquejassem nos cumes, a neve raramente caía no vale fluvial. A pouca neve que caía, leve e seca, produzia um pequeno lençol sobre o chão gelado, exceto em ravinas e depressões, e às vezes nem mesmo ali. Quando faltava neve, o único modo de conseguirem água potável, para eles e para os animais, era por meio de machadadas para arrancar lascas de gelo do rio congelado e as derreterem.

Aquilo fez com que Ayla prestasse mais atenção nos animais que vagueavam pelas planícies junto do vale do Grande Rio Mãe. Eram as mesmas variedades que tinham visto nas estepes ao longo do percurso, mas predominavam as criaturas que gostavam do frio. Ayla sabia que tais animais podiam subsistir alimentando-se da vegetação seca, fácil de encontrar nas planícies despojadas de neve, mas se pôs a imaginar de que modo encontrariam água.

Pensou que talvez os lobos e outros carnívoros provavelmente bebessem o sangue dos animais que caçavam, já que vagueavam por um amplo território, e podiam encontrar locais com neve ou gelo solto. Mas o que dizer dos cavalos e outros herbívoros? Como encontrariam água numa região que no inverno se convertia num deserto gelado? Em certos pontos havia neve suficiente, mas em geral a região era nua, coberta apenas de rochas e gelo. No entanto, por mais que uma região fosse árida, se houvesse alguma forragem ela seria habitada por animais.

Embora ainda raros, Ayla viu mais rinocerontes lanudos do que já observara em um único local, e embora não formassem rebanhos, sempre que os avistavam viam também bois-almiscarados. Ambas as espécies preferiam as planícies abertas, frias e batidas pelo vento, mas os rinocerontes gostavam de ervas e carriços, enquanto os bois-almiscarados, como capriniformes que eram, mordiscavam os arbustos mais altos. Grandes veados e os gigantescos megacervídeos, de enormes aspas, também partilhavam a terra congelada, assim como equinos de grossas capas de inverno. Mas se havia animais que se destacavam entre as populações do vale do curso alto do Grande Rio Mãe, eram os mamutes.

Ayla jamais se cansava de observar esses enormes quadrúpedes. Embora de vez em quando fossem objeto de caça, eram tão destemidos que pareciam quase dóceis. Muitas vezes permitiam que Jondalar e Ayla chegassem bem perto deles sem se sentirem ameaçados. Se perigo havia, era para os seres humanos. Embora os mamutes lanosos não fossem as criaturas mais gigantescas de sua espécie, eram porém os maiores animais que os seres humanos já tinham visto, ou que a maioria deles chegaria a ver. Com os pelos ainda mais eriçados por causa do frio e com as imensas presas recurvas, pareciam ainda maiores do que Ayla se recordava.

Suas presas colossais começavam, nos filhotes, com colmilhos de três dedos de comprimento – incisivos superiores ampliados. Depois de um ano, caíam e eram substituídos por presas permanentes que, a partir daí, cresciam continuamente. Embora as presas dos mamutes fossem adornos sociais no seio da própria espécie, tinham também uma função mais prática: eram usados para quebrar gelo, para o que os mamutes tinham extraordinária habilidade.

Da primeira vez que Ayla vira mamutes fazendo isso, estivera observando um grupo de fêmeas aproximar-se do rio gelado. Várias delas usavam as presas, um pouco menores e mais retilíneas que as dos machos, para arrancar pedaços de gelo presos em buracos de rochas. Ayla a princípio não entendeu o que se passava, até notar uma fêmea pequena erguer um pedaço de gelo com a tromba e metê-lo na boca.

– Água! – exclamou Ayla. – É assim que conseguem água, Jondalar. Eu estava pensando em como faziam.

– Tem razão. Nunca pensei muito nisso antes, mas agora acho que Dalanar fez um comentário a respeito. Existem muitos ditados sobre os mamutes. O único de que me recordo é: "Se para o norte os mamutes vão, não viajar é boa decisão", embora se possa dizer o mesmo com relação aos rinocerontes.

– Não entendi esse ditado – disse Ayla.

– Significa que vem por aí uma tempestade – respondeu Jondalar. – Eles sempre parecem pressentir. Esses grandalhões peludos não gostam muito da neve. Ela oculta o alimento deles. Podem usar as presas e as trombas para afastar parte da neve, mas quando ela fica realmente espessa, atolam nela. O pior de tudo é quando começa a degelar. Eles se deitam de noite, quando a neve ainda está mole por causa do sol da tarde, e de manhã o pelo está grudado no chão, os que impede de mover-se. Nessa hora é fácil caçá-los, mas se não há caçadores por perto e a neve não derreter, podem lentamente morrer de fome. Sabe-se de alguns que morreram de frio, principalmente filhotes.

– O que isso tem a ver com seguirem para o norte?

– Quanto mais perto se chega do gelo, menos neve. Lembra-se de quando estávamos caçando com os Mamutoi? A única água que havia era a corrente que descia da própria geleira, e isso foi no verão. No inverno, tudo está congelado.

– É por isso que há tão pouca neve por aqui?

– Sim, essa região sempre foi fria e seca, principalmente no inverno. Todo mundo diz que é porque as geleiras estão muito perto. Ficam nas montanhas ao sul, e o Grande Gelo não está muito distante, no norte. A maior parte da região entre esses dois pontos é de cabeças-chatas... Eu me refiro à região dos Clãs. Ela começa um pouco a oeste daqui. – Jondalar notou a expressão de Ayla diante de seu lapso, e ficou constrangido. – De qualquer modo, existe outro ditado a respeito de mamutes e de água, mas não me lembro direito como é. É algo assim: "Se não conseguir achar água, procure um mamute."

– Isso eu entendo – disse Ayla, lançando a vista para além dele. Jondalar virou-se para olhar.

As fêmeas haviam subido a corrente e juntado forças com alguns machos. Diversas fêmeas estavam trabalhando num banco de gelo estreito, quase vertical, que se formara ao longo da margem do rio. Os machos maiores, entre os quais um mais idoso com riscas de pelo grisalho, cujas presas majestosas, ainda que menos úteis, tinham crescido tanto que se cruzavam na frente, arranhavam enormes blocos de gelo das margens. Depois, levantando-os bem alto com as trombas, os mamutes os atiravam ao chão com estrépito, para quebrá-los em pedaços menores, tudo isso acompanhado de urros, zurros, coices e gritos. As enormes criaturas pareciam estar se divertindo com aquilo.

Essa barulhenta atividade era aprendida por todos os mamutes. Até mesmo filhotes de apenas 2 ou 3 anos, que mal tinham perdido os colmilhos, já mostravam desgaste nas extremidades externas de suas minúsculas presas de 5 centímetros, de tanto arranhar gelo, e as pontas das presas de mamutes de 10 anos, já com meio metro, mostravam-se lisas de tantos anos de atividade, movendo a cabeça para cima e para baixo contra as superfícies verticais. Quando os jovens mamutes chegavam aos 25 anos, suas presas já começavam a crescer para a frente, para cima e para dentro, e mudavam então o modo de usá-las. As superfícies inferiores começavam a revelar algum desgaste, causado por quebrar o gelo e empurrar para o lado a neve que caía sobre as ervas e as plantas secas das estepes. No entanto, a atividade de quebrar gelo podia ser perigosa, pois muitas vezes as presas se quebravam junto com o gelo. Mas mesmo os tocos quebrados muitas vezes também se desgastavam, pois os animais continuavam a usá-los para romper pedaços de gelo.

Ayla notou que outros animais tinham-se reunido em torno. Os rebanhos de animais lanudos, com suas presas poderosas, quebravam gelo suficiente para si, até mesmo para os animais jovens e os idosos, e também para uma comunidade de vizinhos. Muitos animais se beneficiavam por seguir nas pegadas dos mamutes em migração. Os enormes animais lanudos não só formavam pilhas de pedaços soltos de gelo no inverno, que eram chupados por outros animais, como no verão às vezes usavam as presas e os pés para cavar buracos nos leitos secos de rios, que se enchiam de água. Os bebedouros assim criados também eram usados por outros animais para mitigar a sede.

CAVALGANDO OU CAMINHANDO e puxando os cavalos, Ayla e Jondalar muitas vezes seguiam um atrás do outro, perto o bastante para escutar um comentário, se feito em voz alta, mas não o suficiente para manterem uma conversa. Em resultado disso, ambos dispunham de muito tempo para dedicar a seus próprios pensamentos, sobre os quais às vezes conversavam de noite, quando estavam comendo ou deitados, lado a lado, sobre as peles de dormir.

Ayla muitas vezes pensava nas experiências recentes deles. Estivera refletindo sobre o Acampamento das Três Irmãs, comparando os S'Armunai e seus líderes cruéis, como Attaroa e Brugar, com seus parentes, os Mamutoi e seus colíderes, cooperativos e amistosos. E pensava nos Zelandonii, o povo do homem a quem ela amava. Jondalar tinha tantas boas qualidades que Ayla tinha certeza de que eles eram basicamente pessoas boas; mas considerando os sentimentos deles em relação ao Clã, ela ainda se perguntava se a aceitariam. Até mesmo S'Armuna fizera referências indiretas à forte aversão que sentiam pelos que chamavam de cabeças-chatas, mas Ayla tinha certeza de que nenhum Zelandonii seria um dia tão cruel quanto a mulher que fora a líder dos S'Armunai.

– Não imagino como Attaroa pôde fazer tanta maldade, Jondalar – observou Ayla, ao terminarem a refeição certa noite. – Não sei como é possível.

– Em que está pensando?

– Em meu tipo de gente, os Outros. Quando conheci você, fiquei tão feliz por finalmente encontrar uma pessoa como eu. Foi um alívio saber que eu não era a única no mundo. Depois, quando você se mostrou uma pessoa tão maravilhosa, tão bom, carinhoso e amigo, imaginei que toda a minha gente fosse como você, e isso me fez sentir bem – disse ela. Esteve para acrescentar que sentira assim até ele reagir com tanta má vontade quando ela lhe contou a respeito de sua vida com o Clã, mas mudou de ideia ao ver Jondalar sorrir, enrubescido de prazer.

Ele sentira um assomo de alegria diante das palavras dela, pensando no quanto também aquela mulher era maravilhosa.

– Depois, quando encontramos os Mamutoi, Talut e o Acampamento do Leão – continuou Ayla –, tive certeza de que os Outros eram boa gente. Ajudavam-se uns aos outros, e todos participavam das decisões. Eram cordiais e riam muito, não rejeitavam uma ideia só porque nunca a tinham ouvido antes. Havia Frebec, é claro, mas no fim das contas ele não era tão mau. Mesmo aqueles na Reunião de Verão, que ficaram contra mim durante algum tempo por causa do Clã, e até alguns dos Sharamudoi... fizeram aquilo tudo por medo, e não porque tivessem más intenções. Mas Attaroa era perversa como uma hiena.

– Attaroa era humana – lembrou-lhe Jondalar.

– É, mas veja como era influente. S'Armuna usou o conhecimento sagrado que possuía para ajudar Attaroa a matar e ferir pessoas, mesmo que depois se arrependesse disso, e Epadoa estava disposta a fazer tudo quanto Attaroa quisesse – disse Ayla.

– Tinham motivos para isso. As mulheres tinham sido maltratadas – respondeu Jondalar.

– Eu conheço os motivos. S'Armuna achava que estava fazendo o certo, e creio que Epadoa gostava de caçar e amava Attaroa por deixar que o fizesse. Conheço essa sensação. Eu também adoro caçar e me indispus com o Clã e fiz coisas que não devia fazer, só para caçar.

– Bem, agora Epadoa pode caçar para todo o acampamento, e não acho que ela seja tão má – disse Jondalar. – Ela parecia estar descobrindo o tipo de amor que uma mãe sente. Doban me disse que ela lhe prometeu que nunca mais lhe faria mal e que jamais permitiria que alguém lhe fizesse mal – disse Jondalar. – Os sentimentos dela por Doban podem ser até mais fortes porque ela lhe fez tanto mal e agora tem oportunidade de compensá-lo.

– Epadoa não desejava fazer mal àqueles rapazes. Contou a S'Armuna que tinha medo de que, se não fizesse o que Attaroa desejava, ela os mataria. Foram esses os motivos dela. Até Attaroa tinha seus motivos. Houve tantos acontecimentos ruins na vida dela, que ela se tornou má. Não era mais humana, mas nenhum motivo basta para desculpá-la. Como lhe foi possível fazer o que fez? Até Broud, por pior que fosse, não era tão ruim, e ele me odiava. Nunca fez mal a crianças de propósito. Eu costumava pensar que minha gente era excelente, mas já não tenho essa certeza – disse ela, com uma expressão triste e desolada.

– Ayla, existe gente boa e gente má, e todo mundo tem aspectos bons e aspectos maus – disse Jondalar, com testa franzida demonstrando preocupação. Percebia que ela estava tentando ajustar as novas percepções que colhera depois de sua mais recente experiência, e ele sabia que isso era importante. – Mas a maioria das pessoas é decente e procura ajudar umas às outras. Elas sabem que isso é necessário, pois afinal nunca se sabe quando se vai precisar de auxilio, e em geral as pessoas preferem ser cordiais.

– Mas existem certas pessoas deformadas, como Attaroa – disse Ayla.

– É verdade – anuiu o homem, obrigado a concordar. – E existem outras que só dão o que têm se obrigadas, e prefeririam não fazer isso. Mas nem por essa razão são más.

– Mas uma pessoa ruim pode tirar o que existe de pior em pessoas boas, como Attaroa fez com S'Armuna e Epadoa.

– Acho que o máximo que podemos fazer é impedir que as pessoas más e cruéis cometam perversidades em excesso. Talvez devamos nos sentir felizes por não haver muita gente como ela. Mas, Ayla, não deixe que uma pessoa má estrague a visão que você tem das pessoas em geral.

– Attaroa não pode fazer com que eu mude de opinião a respeito das pessoas que conheço, e tenho certeza de que você tem razão em relação à maioria das pessoas, Jondalar. Mas ela me tornou mais prudente, mais cautelosa.

– Não há mal algum em você ser um pouco cautelosa, mas dê às pessoas a oportunidade de mostrar seu lado bom antes de considerá-las más.

O PLANALTO DO LADO NORTE do rio os acompanhava à proporção que prosseguiam na trilha rumo a oeste. Árvores deformadas pelo vento, nos topos arredondados e nos platôs planos do maciço, contrastaram com o céu. O rio voltou a dividir-se em vários canais numa planície baixa, que formava um recôncavo. As fronteiras sul e norte do vale mantinham suas diferenças características, mas o escudo rochoso se mostrava fendido e falhado até grandes profundidades entre o rio e o contraforte calcário da alta montanha meridional. Para o lado oeste avistava-se a íngreme encosta calcária de uma linha de falha. O curso do rio voltou-se para noroeste.

A extremidade sul da planície era também bordejada por uma crista de falha, causada menos pelo soerguimento do calcário do que pela depressão do recôncavo. No sul, o terreno se estendia plano por alguma distância antes de elevar-se em direção às montanhas, porém o platô granítico no norte aproximava-se mais do rio, até subir abruptamente, bem do outro lado da corrente.

Acamparam no recôncavo. No vale junto ao rio, a casca lisa e cinzenta dos ramos nus de faias apontava entre bétulas, abetos, pinheiros e lariços; a área era suficientemente protegida para permitir o crescimento de algumas árvores decíduas latifoliadas. Perto do arvoredo vagueava, um tanto perplexa, uma pequena manada de mamutes, tanto fêmeas quanto machos. Ayla chegou perto para ver o que se passava.

Havia um mamute no chão, um animal idoso e gigantesco, com as enormes presas cruzadas na frente. Ayla ficou imaginando se aquele era o mesmo grupo que ela vira antes, quebrando gelo. Poderia haver dois mamutes tão velhos na mesma região? Jondalar caminhava a seu lado.

– Acho que ele está morrendo. Gostaria de poder fazer algo por ele – disse Ayla.

– É provável que ele não tenha mais dentes. Quando isso acontece, não se pode fazer nada, a não ser o que eles estão fazendo: ficar com ele, fazer-lhe companhia – disse Jondalar.

– É possível que nenhum de nós possa pedir mais do que isso – disse Ayla.

Apesar de serem relativamente compactos, cada mamute adulto consumia enorme quantidade de comida a cada dia, sobretudo ervas altas e, vez por outra, arbustos. Por causa dessa dieta, seus dentes eram essenciais. Tinham tamanha importância que a duração da vida de um mamute era determinada por seus dentes.

Um mamute lanudo desenvolvia vários conjuntos de molares no decorrer de sua vida, que alcançava cerca de 70 anos, em geral seis de cada lado, em cima e embaixo. Cada dente pesava aproximadamente 3,50 quilos e estava especialmente adaptado a triturar ervas grosseiras. Sua superfície era formada por muitas cristas extremamente duras, finas e paralelas – chapas de dentina recobertas de esmalte –, e tinham coroas maiores e mais cristas do que os dentes de qualquer animal de seu gênero, antes ou depois dele. Os mamutes eram essencialmente herbívoros. As tiras de cascas que arrancavam às árvores, principalmente no inverno, bem como as folhas, ramagens e arbustos ocasionais, ocupavam uma posição secundária em sua alimentação, constituída basicamente de duras ervas fibrosas.

Os primeiros molares, os menores, formavam-se perto da frente de cada maxilar, enquanto os demais cresciam atrás deles e se moviam para a frente numa progressão constante durante a vida do animal, sendo que somente um ou dois dentes eram usados ao mesmo tempo. Por mais dura que fosse, a superfície trituradora se desgastava ao passar para a frente, e as raízes se dissolviam. Por fim, os últimos fragmentos inúteis de dente caíam quando os novos os substituíam.

Os dentes definitivos estavam gastos por volta dos 50 anos de idade, e quando já estavam por desaparecer, o idoso animal já não tinha condições de mascar a erva dura. Na primavera, folhas e plantas mais macias podiam ser consumidas, porém em outras estações elas não existiam. Tomado de desespero, o velho desnutrido muitas vezes deixava o rebanho em busca de pastagens mais verdes, mas só encontrava a morte. A manada sabia quando o fim estava iminente, e não era incomum ver os animais compartilhando os últimos dias do ancião.

Os outros mamutes protegiam os moribundos tanto quanto os recém-nascidos, e juntavam-se em torno, tentando erguer o companheiro prostrado. Quando tudo terminava, enterravam o ancestral morto debaixo de pilhas da terra, ervas, folhas ou neve. Sabia-se que os mamutes enterravam os cadáveres de outros animais, até mesmo de homens.

Ayla e Jondalar, bem como seus companheiros quadrúpedes, notaram que o caminho se tornava mais íngreme e mais difícil depois que deixaram para trás a planície e os mamutes. Estavam se aproximando de uma garganta. Um dos contrafortes do antigo maciço setentrional havia se estendido muito longe em direção ao sul e achava-se dividido pelas águas do rio. Os viajantes subiram ainda mais quando o rio se precipitou pelo estreito desfiladeiro, com suas águas demasiado rápidas para se congelarem, mas carregando pedaços de gelo em trechos mais tranquilos a oeste. Era estranho ver água corrente depois de tanto gelo. Diante das muralhas alcantiladas no sul havia platôs, montes de topos planos, com densos grupos de coníferas e galhos pintalgados de neve. As ramagens finas de árvores e arbustos estavam como que petrificadas em branco, devido a uma cobertura de chuva congelada, que destacava cada ramo e cada galho, extasiando Ayla com sua beleza invernal.

A altitude continuava a aumentar, e as planícies entre as cristas nunca eram da mesma altitude que a anterior. O ar era frio e claro, e mesmo quando o céu se mostrava nublado, não caía neve. A única umidade presente no ar provinha da respiração exalada pelos dois viajantes e seus animais.

O rio de gelo se tornava menor a cada vez que passavam por um vale congelado. No extremo ocidental da planície havia outra garganta. Escalaram a crista rochosa e, ao chegarem ao ponto mais elevado, se detiveram, pasmos diante do panorama. Em frente deles, o rio se dividira mais uma vez. Não sabiam os viajantes que era a última vez que ele se dividia nas ramificações e canais que haviam caracterizado seu progresso pelas planícies pelas quais correra por tanto tempo. A garganta logo diante da planície descrevia uma curva acentuada ao juntar em um só os diversos canais, provocando um redemoinho furioso que atirava pedaços de gelo e detritos flutuantes em suas profundidades, antes de vomitá-las numa corredeira mais à frente, onde as águas logo voltavam a se congelar.

Pararam no ponto mais alto, olharam para baixo e ficaram contemplando um pequeno tronco que girava, descendo mais fundo a cada volta.

– Eu não gostaria de cair ali – disse Ayla.

– Nem eu – concordou Jondalar.

O olhar de Ayla fixou-se em outro ponto a distância.

– De onde vêm aquelas nuvens, Jondalar? Está gelando, e os morros estão cobertos de neve.

– Há fontes de águas termais por ali, águas aquecidas pelo hálito quente da Doni em pessoa. Muita gente tem medo de chegar perto desses lugares, mas as pessoas que quero visitar moram perto de uma dessas fontes termais, ou pelo menos assim me disseram. As fontes termais são sagradas para eles, ainda que algumas delas tenham um forte mau cheiro. Dizem que usam a água para curar doenças.

– Quanto tempo levaremos para chegar até essas pessoas que você conhece, que usam a água para curar doenças? – perguntou Ayla. Tudo quanto lhe pudesse aumentar o cabedal de conhecimentos médicos lhe despertava o interesse. Além disso, a comida começava a escassear, e não se dispunham a perder tempo à procura de alimentos. De qualquer modo, já haviam dormido com fome algumas vezes.

O aclive do terreno aumentou perceptivelmente depois da última planície fluvial. Agora estavam cercados por montanhas de ambos os lados. A plataforma de gelo, ao sul, aumentava de tamanho à medida que seguiam para oeste. Para os lados do sul, mas ainda na direção geral oeste, dois picos se alteavam bastante acima de todos os demais cumes, um mais elevado que o outro, como um casal que vigiasse a prole.

No ponto em que o planalto se tornou plano, perto de um vau do rio, Jondalar enveredou para o sul, afastando-se do rio, na direção de uma nuvem de vapor que subia, a distância. Subiram um morro e lá de cima olharam para baixo; do outro lado de uma campina recoberta de neve, via-se um manancial de águas fumegantes, perto de uma caverna.

Várias pessoas haviam notado a chegada deles, e os fitavam, consternadas, paralisadas pela visão impactante. Um homem, entretanto, brandia uma lança na direção deles.

35

— Acho melhor desmontarmos e nos aproximar deles a pé – disse Jondalar, enquanto observava vários homens e mulheres, armados de lanças, que se aproximavam. – A esta altura, eu devia ter me lembrado de que as pessoas sentem medo e desconfiança de quem monta cavalos. Provavelmente deveríamos tê-los deixado fora de vista e chegado a pé.

Depois de saltarem dos cavalos Jondalar lembrou-se de repente, com tristeza, do irmão mais novo, Thonolan, com seu sorriso largo e amistoso, caminhando com segurança na direção de uma caverna ou um acampamento de estranhos. Considerando a recordação um sinal, o homem louro e alto abriu-se num sorriso, acenou, empurrou para trás o capuz de sua parka, para que pudesse ser visto com mais facilidade, e adiantou-se com as mãos estendidas. Procurava demonstrar que vinha em paz, sem nada a esconder.

— Estou à procura de Laduni, dos Losadunai. Eu sou Jondalar, dos Zelandonii. Meu irmão e eu viajamos juntos na direção do leste, numa Jornada, faz alguns anos, e Laduni nos pediu que quando voltássemos lhe fizéssemos uma visita.

— Eu sou Laduni – falou um homem, com um ligeiro sotaque Zelandonii. Caminhou na direção de Ayla e Jondalar, com a lança em riste, examinando com cuidado o estranho para verificar se era mesmo a pessoa que dizia ser. – Jondalar? Dos Zelandonii? Você é parecido com o homem que conheci.

Jondalar percebeu o tom de cautela.

– Porque sou eu mesmo! Que bom vê-lo de novo, Laduni – disse ele, afável. – Não tinha certeza se tinha tomado o caminho certo. Fui até o fim do Grande Rio Mãe, e ainda mais além. Depois, mais perto de casa, tive dificuldade de encontrar sua caverna, mas o vapor das fontes termais me ajudou. Eu trouxe comigo uma pessoa que eu gostaria de lhe apresentar.

O homem mais velho fitou Jondalar, buscando detectar algum sinal de que não fosse o que parecia ser: um homem que ele conhecia e que acabava de chegar de modo inusitado. Parecia um pouco mais velho, o que era de esperar, e ainda mais semelhante a Dalanar. Havia visto o velho lascador de sílex novamente alguns anos antes, quando ele viera numa missão de comércio. E também, suspeitava Laduni, para descobrir se o filho de seu fogo e seu irmão haviam passado por ali. Dalanar ficará feliz por vê-lo, pensou Laduni. Caminhou na direção de Jondalar, segurando a lança com menos hostilidade, mas ainda numa posição em que ela poderia ser arremessada facilmente. Lançou um olhar para os dois cavalos invulgarmente dóceis, e percebeu então que quem estava perto deles era uma mulher.

– Esses cavalos não são nada parecidos com os que temos por aqui. Os cavalos do leste são mais dóceis? Devem ser mais fáceis de caçar – disse Laduni.

De repente o homem se retesou, levou a lança à posição de arremesso e apontou-a para Ayla.

– Não se mova, Jondalar!

Tudo acontecera tão depressa que Jondalar não tivera tempo para reagir.

– Laduni! O que está fazendo?

– Vocês foram seguidos por um lobo. Um lobo bastante corajoso para se expor à vista de homens.

– Não! – bradou Ayla, metendo-se entre o lobo e o homem com a lança.

– Este lobo viaja conosco; não o mate! – exclamou Jondalar, e correu para interpor-se entre Laduni e Ayla.

Ayla ajoelhou-se e envolveu o animal com os braços, segurando-o com firmeza, em parte para protegê-lo, em parte para proteger o homem da lança. Os pelos de Lobo estavam eriçados, os lábios repuxados de modo a mostrar os dentes, e um rosnado selvagem lhe saía da garganta.

Laduni ficou atônito. Adiantara-se para proteger os visitantes, porém estes se comportavam como se ele pretendesse fazer-lhes mal. Dirigiu a Jondalar um olhar interrogativo.

– Abaixe essa lança, Laduni, por favor – pediu Jondalar. – O lobo é nosso companheiro, do mesmo modo que os cavalos. Já salvou nossas vidas. Afirmo que ele não fará mal a ninguém, desde que não o ameacem, ou ameacem a mulher. Sei que parece estranho, mas se me derem uma oportunidade, explicarei tudo.

Laduni lentamente abaixou a lança, fitando o lobo com cautela. Uma vez afastado o perigo, Ayla acalmou o animal. Depois se levantou e saiu na direção de Jondalar e Laduni, fazendo um sinal a Lobo para que seguisse a seu lado.

– Por favor, desculpe Lobo por se mostrar agressivo – disse Ayla. – Na verdade, ele gosta das pessoas depois que as conhece, mas teve uma experiência ruim com certas pessoas no leste. Isso o tornou mais nervoso diante de estranhos, e agora ele se mostra mais protetor.

Laduni notou que ela falava Zelandonii muito bem, mas seu sotaque a identificou como estrangeira de imediato. Notara também... algo mais... não tinha certeza. Era algo que ele não conseguia definir especificamente. Já vira antes muitas mulheres louras e de olhos azuis, mas seus malares, a forma do rosto, algum traço lhe dava um aspecto estrangeiro também. Fosse o que fosse, tratava-se de uma mulher de extraordinária beleza, apenas com algum elemento de mistério.

Laduni olhou para Jondalar e sorriu. Ao lembrar-se da última visita do homem, não era de admirar que aquele alto e garboso Zelandonii voltasse de uma longa Jornada com uma beldade exótica; mas ninguém poderia ter esperado cavalos e um lobo. Mal podia esperar para ouvir as histórias que eles tinham para contar.

Jondalar percebera o olhar apreciativo de Laduni sobre Ayla, e quando o homem sorriu, ele começou a relaxar.

– Aqui está a pessoa que eu queria lhe apresentar – disse Jondalar. – Laduni, caçador dos Losadunai, esta é Ayla do Acampamento do Leão dos Mamutoi, Eleita do Leão da Caverna, Protegida pelo Urso da Caverna e Filha da Fogueira do Mamute.

Ayla erguera as mãos, com as palmas para cima, numa saudação de franqueza e amizade, quando Jondalar começou a apresentação formal.

— Eu o saúdo, Laduni, Mestre-Caçador dos Losadunai — disse ela. Laduni ficou a imaginar como poderia ela saber ser ele o chefe das caçadas entre seu povo. Jondalar não o dissera. Talvez lhe houvesse contado algo antes, mas ela mostrara ser astuta ao mencionar o fato. Entretanto, era de esperar que ela compreendesse tais fatos. Com tantos títulos e ligações, deveria ser uma pessoa de alta linhagem entre seu povo, pensou ele. Eu deveria ter adivinhado que qualquer mulher que ele trouxesse consigo seria desse porte, considerando-se que tanto a mãe dele como o homem de sua casa conheceram as responsabilidades do mando. No filho revela-se o sangue da mãe e o espírito do homem.

Laduni segurou as mãos de Ayla.

— Em nome de Duna, a Grande Mãe Terra, seja bem-vinda, Ayla do Acampamento do Leão dos Mamutoi, Eleita do Leão, Protegida pelo Grande Urso e Filha da Fogueira do Mamute.

— Agradeço-lhe as boas-vindas — respondeu Ayla, ainda em tom formal. — E se me permite, gostaria de lhe apresentar Lobo, para que ele saiba que tem um novo amigo.

Laduni franziu a testa, sem saber ao certo se realmente queria conhecer um lobo, mas, nas circunstâncias, não tinha outra opção.

— Lobo, este é Laduni dos Losadunai — disse Ayla, pegando a mão do homem e levando-a perto do focinho do lobo. — Amigo. — Depois de ter cheirado a mão do estranho, cujo cheiro se misturava com o de Ayla, Lobo pareceu demonstrar que se tratava de alguém que ele deveria aceitar. Farejou os órgãos genitais do homem, para consternação de Laduni.

— Agora chega, Lobo — disse Ayla, fazendo-lhe um sinal para que voltasse. Depois, acrescentou para Laduni: — Agora ele sabe que é um amigo, e um homem. Se quiser lhe dar as boas-vindas, ele gosta de ser afagado na cabeça e coçado atrás das orelhas.

Embora ainda precavido, a ideia de tocar num lobo vivo despertou o interesse de Laduni. Estendeu a mão e tateou o pelo áspero; vendo que seu toque era aceito, afagou a cabeça do animal e, a seguir, esfregou atrás de suas orelhas, demonstrando certo interesse. Já tocara pele de lobo antes, mas nunca em um vivo.

— Desculpe por ter ameaçado seu companheiro. Mas eu nunca tinha visto um lobo acompanhar pessoas por livre e espontânea vontade. Aliás, nem cavalos.

— É compreensível — concordou Ayla. — Mais tarde vou levá-lo para conhecer os cavalos. Em geral eles são tímidos diante de estranhos e precisam de algum tempo para se habituar a desconhecidos.

– Todos os animais no leste são tão mansos? – quis saber Laduni, insistindo em ter resposta para uma pergunta que seria de interesse para qualquer caçador.

Jondalar sorriu.

– Não, os animais são iguais em toda parte. Estes são especiais por causa de Ayla.

Laduni assentiu, resistindo ao impulso de lhes fazer novas perguntas, sabendo que toda a Caverna gostaria de ouvir as histórias deles.

– Eu lhes dei as boas-vindas e agora os convido a entrar para dividir conosco o calor e o alimento, mas creio que devo ir antes e falar a respeito de vocês ao restante do povo da Caverna – avisou.

Laduni caminhou de volta na direção de um grupo reunido diante de uma larga abertura, ao lado de uma parede rochosa. Contou que havia conhecido Jondalar alguns anos antes, quando ele estava começando sua Jornada, e que o convidara a visitá-lo quando retornasse. Mencionou o fato de Jondalar ser parente de Dalanar, e frisou tratar-se de pessoas, e não de algum tipo de espírito, e que eles lhes falariam a respeito dos cavalos e do lobo.

– Devem ter histórias espantosas a narrar – concluiu, sabendo o quanto isso despertaria o interesse de um grupo de pessoas que tinha passado praticamente todo o inverno enfiado numa caverna e que começava a demonstrar tédio.

A língua que ele utilizou não foi o Zelandonii que usara com os viajantes, mas depois de escutar durante algum tempo, Ayla teve certeza de perceber semelhanças. Constatou que embora a língua tivesse entoação e pronúncia diferentes, o Losadunai era semelhante ao Zelandonii, do mesmo modo que o S'Armunai; e também o Sharamudoi aproximava-se do Mamutoi. A língua chegava a ter alguma coisa do S'Armunai. Ela entendera algumas palavras e captara a essência de um ou outro comentário. Dentro de mais alguns dias estaria conversando com aquelas pessoas.

O talento linguístico de Ayla não lhe parecia notável. Ela não procurava conscientemente aprender línguas, porém sua aguda percepção de nuances e inflexões e sua capacidade de perceber as conexões facilitavam-lhe o aprendizado. Suas aptidões linguísticas, inatas, tinham sido realçadas pelo fato de perder sua própria língua quando ainda muito pequena, em meio ao trauma de perder sua gente, e também por ter sido obrigada a aprender um modo de comunicação que, embora diferente, utilizava as mesmas áreas cerebrais que a linguagem oral. Sua necessidade de aprender a comunicar-se novamente, ao descobrir que não era capaz de assimilar aquele modo novo, lhe dera um incentivo inconsciente, mas profundo, de aprender todo e qualquer idioma desconhecido. Era a combinação de aptidão natural e das circunstâncias que a tornava tão hábil.

– Losaduna diz que vocês são bem-vindos ao fogo dos visitantes – disse-lhes Laduni após sua explicação.

– Precisamos descarregar os animais e cuidar deles primeiro – disse Jondalar. – Este campo diante da caverna parece ter boa pastagem de inverno. Alguém se importaria se os deixássemos ali?

– Vocês têm autorização de usar o campo – disse Laduni. – Creio que todos ficarão admirados de ver cavalos tão próximos. – Não resistiu ao impulso de lançar um olhar a Ayla, imaginando o que ela teria feito aos animais. Parecia óbvio que ela detinha poder sobre espíritos poderosíssimos.

– Tenho de pedir algo mais – disse Ayla. – Lobo está acostumado a dormir perto de nós. Ele se sentiria muito infeliz em outro lugar. Se o fato de ele ficar conosco desagradar a seu Losaduna, ou à Caverna, podemos armar nossa tenda e dormir do lado de fora.

Laduni dirigiu-se novamente à sua gente e, depois de uma breve consulta, voltou-se para os visitantes.

– Eles querem que vocês entrem, mas algumas mães temem pelos filhos.

– Compreendo o medo delas. Posso prometer que Lobo não fará mal a quem quer que seja, mas se isso não bastar, ficaremos fora.

Seguiu-se mais algum tempo de conversa, ao fim da qual Laduni disse:

– Eles concordam com que vocês durmam aqui.

Laduni os acompanhou quando Ayla e Jondalar foram descarregar as montarias, e ficou tão excitado ao conhecer Huiin e Campeão quanto ficara diante de Lobo. Já participara de caçadas a cavalos, mas nunca tocara um deles, exceto por acaso, quando chegava bem perto de um animal. Ayla percebeu sua satisfação, e pensou em mais tarde sugerir que Laduni cavalgasse Huiin.

Ao retornarem à caverna, arrastando os objetos no bote, Laduni perguntou a Jondalar sobre seu irmão. Quando percebeu que um esgar de dor perpassava o rosto do amigo, antes mesmo que ele respondesse, percebeu que acontecera uma tragédia.

– Thonolan morreu. Foi morto por um leão de caverna.

– Sinto muito. Eu gostava dele – disse Laduni.

– Todos gostavam dele.

– Estava tão ansioso por acompanhar o Grande Rio Mãe até onde fosse possível. Chegou até o fim?

– Sim, ele chegou até o extremo do Donau antes de morrer, mas já estava desalentado. Havia-se apaixonado por uma mulher, com quem se casou, mas ela morreu durante o parto – disse Jondalar. – Aquilo o modificou, tirou-lhe o ânimo. Depois disso, perdeu a vontade de viver.

Laduni balançou a cabeça.

– Que pena! Era uma pessoa tão cheia de vida. Filonia ficou pensando nele muito tempo depois de vocês partirem. Não parava de esperar que ele regressasse.

– Como está Filonia? – indagou Jondalar, lembrando-se da formosa filha da casa de Laduni.

O ancião sorriu.

– Agora está casada. Tem dois filhos. Pouco depois que você e Thonolan partiram, ela descobriu que fora abençoada. Quando correu a notícia de que estava grávida, creio que todos os homens Losadunai elegíveis acharam um motivo para visitar nossa Caverna.

– Imagino que sim. Ao que me lembro, era uma jovem muito bonita. Fez uma Jornada, não foi?

– Sim, com um primo mais velho.

– E tem dois filhos? – perguntou Jondalar.

Os olhos de Laduni brilharam de satisfação.

– Uma filha da primeira bênção... Thonolia. Filonia tinha certeza de que fora gerada pelo espírito de seu irmão. E não faz muito tempo, teve um menino. Ela mora na caverna do companheiro. Tinham lá mais espaço, mas não fica longe, e nós a vemos regularmente. – Havia prazer e alegria na voz de Ladunai.

– Espero que Thonolia seja filha do espírito de Thonolan. Eu gostaria de imaginar que ainda resta um fragmento de seu espírito no mundo – disse Jondalar.

Poderia aquilo ter acontecido tão depressa?, pensou Jondalar. Seu irmão só passara uma noite com ela. Seria seu espírito tão potente? Ou, se Ayla tivesse razão, poderia Thonolan ter feito uma criança começar a crescer dentro de Filonia com a essência de sua virilidade, naquela noite que passamos com eles? Jondalar lembrava-se da mulher com quem ele ficara.

615

— Como vai Lanalia? — perguntou.

— Muito bem. Está visitando parentes em outra caverna. Estão tentando arranjar um casamento para ela. Há um homem que perdeu a companheira e ficou com três crianças pequenas em seu fogo. Lanalia nunca teve filhos, apesar de sempre os ter desejado. Se ele a agradar, hão de casar-se e ela adotará as crianças. Poderia ser um acordo muito conveniente, e ela está animada.

— Fico feliz por ela, e lhe desejo muitas felicidades — disse Jondalar, encobrindo seu desapontamento. Esperava que ela houvesse engravidado depois de partilhar os Prazeres com ele. "Seja o que for, o espírito de um homem ou a essência de sua virilidade, Thonolan comprovou a força que tinha, mas, e eu? Serão minha essência ou meu espírito pouco fortes?", perguntou-se Jondalar.

Ao penetrarem na caverna, Ayla olhou em torno com interesse. Já vira muitas moradias dos Outros: abrigos leves ou portáteis, usados no verão, ou estruturas permanentes mais robustas, capazes de resistir aos rigores do inverno. Algumas eram construídas com ossos de mamute e recobertas de terra ou argila, algumas de madeira e recuadas sob uma tapada ou plataforma flutuante. Mas ela nunca vira uma caverna como aquela desde que deixara o Clã. Uma larga abertura dava para sudeste, e seu interior era agradável e espaçoso. Brun teria apreciado esta caverna, pensou.

Assim que seus olhos se habituaram à penumbra e ela viu o interior, ficou pasma. Esperava encontrar várias fogueiras em diversos pontos, as fogueiras de cada família. Com efeito, havia fogueiras familiares no interior da caverna, mas ficavam dentro ou perto das aberturas de estruturas feitas de pele presas a postes. Assemelhavam-se a tendas, não de forma cônica, mas abertas no alto, já que prescindiam de proteção contra chuva e neve dentro da caverna. Até onde ela percebia, aquelas tendas eram usadas como biombos para vedar o espaço interior a olhares casuais. Ayla lembrou-se da regra do Clã que proibia olhar diretamente para o espaço de moradia, definido por pedras de divisa, da fogueira de outra pessoa. Era uma questão de tradição e autocontrole, mas o objetivo, percebia ela, era o mesmo: privacidade.

Laduni os conduzia na direção de um dos espaços de moradia vedados.

— Sua experiência ruim não foi causada por um bando de malfeitores, foi?

— Não. Por quê? Houve problemas? — quis saber Jondalar. — Quando nos conhecemos, você falou a respeito de um jovem que reunira diversos seguidores. Estavam se divertindo com o Cl... com os cabeças-chatas. – Olhou de lado para Ayla, mas sabia que Laduni jamais compreenderia a palavra "Clã". – Estavam espancando os homens, e depois obtendo seus Prazeres com as mulheres. Algo a ver com altos espíritos conduzindo a problemas para todos.

Ao ouvir a menção a "cabeças-chatas", Ayla apurou os ouvidos, curiosa por saber se havia muita gente do Clã ali por perto.

– Isso, são esses. Charoli e seu bando – respondeu Laduni. – Aquilo pode ter começado com altos espíritos, mas foi muito além disso.

– Pensei que a essa altura esses rapazes houvessem parado com esse tipo de conduta – disse Jondalar.

– Trata-se de Charoli. Individualmente, creio, não são maus rapazes, mas ele os incentiva. Losaduna fala que ele quer mostrar que é valente, mostrar que é homem, porque cresceu sem um homem em sua fogueira.

– Muitas mulheres têm criado rapazes sozinhas, rapazes que se converteram em bons homens – disse Jondalar. Estavam tão absortos na conversa, que tinham parado de caminhar e estavam no meio da caverna. As pessoas se reuniam ao redor deles.

– Claro que sim. Mas o companheiro da mãe dele desapareceu quando Charoli ainda era bebê, e nunca mais ela tomou outro companheiro. Em vez disso, dedicava toda sua atenção sobre ele, cobrindo-o de mimos quando ele já era crescido, em vez de fazer com que ele aprendesse um ofício e os deveres de um adulto. Agora compete a todos detê-lo.

– O que aconteceu? – perguntou Jondalar.

– Uma jovem de nossa Caverna estava perto do rio, pondo armadilhas. Acabara de tornar-se moça algumas luas antes, e ainda não havia passado pelos Ritos dos Primeiros Prazeres. Estava ansiosa pela cerimônia, que se realizaria na reunião seguinte. Charoli e seu bando a viram sozinha, e todos eles a pegaram...

– Todos eles? À força? – espantou-se Jondalar. – Uma moça, que ainda não era uma mulher. É inacreditável!

– Todos eles – disse Laduni, com uma expressão de cólera que era pior do que qualquer indignação. – E nós não vamos tolerar isso! Não sei se eles se cansaram das mulheres cabeças-chatas, ou que desculpa deram a si próprios, mas isso foi demais. Causaram à moça dor e sangramento. Ela diz que não quer mais saber de homens, nunca mais. Tem se recusado a passar pelos ritos femininos.

— Isso é terrível, mas não há como culpá-la. Não é esse o modo de uma moça tomar conhecimento do Dom de Doni — disse Jondalar.

— A mãe dela está com medo. Acha que se ela deixar de honrar a Mãe com a cerimônia, nunca terá filhos.

— Talvez tenha razão, mas o que se há de fazer? — perguntou Jondalar.

— A mãe dela deseja a morte de Charoli, e quer que declaremos uma rixa de sangue contra a caverna dele — respondeu Laduni. — Ela tem direito à vingança, porém uma rixa de sangue pode destruir a todos. Além disso, não foi a Caverna de Charoli que causou o problema. Foi aquele bando dele, e alguns de seus membros nem sequer são da caverna de nascimento de Charoli. Enviei uma mensagem a Tomasi, o chefe da caça de lá, e lhe fiz uma sugestão.

— Qual é seu plano?

— Acredito que seja dever de todos os Losadunai deter Charoli e seu bando. Tenho esperança de que Tomasi se una a mim para tentar convencer todos a repor esses jovens sob a supervisão das Cavernas. Cheguei até a sugerir que ele permita à mãe de Madenia retirar sua ameaça de vingança, em vez de ter de suportar o derramamento de sangue de uma rixa com eles. Mas Tomasi é parente da mãe de Charoli.

— Seria uma decisão bem difícil — disse Jondalar. Ele notou que Ayla estivera prestando muita atenção. — Alguém sabe onde se esconde o bando de Charoli? Não é possível que estejam com alguma pessoa de seu povo. Não posso crer que alguém da caverna nos Losadunai desse guarida a tais vilões.

— Ao sul daqui existe uma área erma, com rios subterrâneos e muitas cavernas. Dizem que ele se esconde numa das cavernas perto da fronteira dessa região.

— Poderia ser difícil localizá-los, se existem muitas cavernas.

— Mas não podem ficar ali todo o tempo. Eles têm de obter alimento, e podem ser descobertos e seguidos. Um bom rastreador poderia achá-los mais depressa do que a um animal, mas necessitamos da cooperação de todas as cavernas. Assim, não tardaríamos em encontrá-los.

— O que farão depois de encontrá-los? — perguntou Ayla dessa vez.

— Acredito que tão logo todos esses jovens facínoras estejam separados, não levaria muito tempo para que os laços entre eles se rompessem. Cada Caverna pode lidar com um ou dois de seus próprios rapazes, como bem entender. Duvido que a maioria deles queria realmente viver apartada dos Losadunai e não fazer parte de uma Caverna. Algum dia hão de querer companheiras, e não há muitas mulheres que se disponham a viver como eles.

– Acho que tem razão – disse Jondalar.

– Sinto muito por essa jovem – disse Ayla. – Como é mesmo o nome dela? Madenia? – Sua expressão revelava o quanto estava incomodada.

– Eu também – aduziu Jondalar. – Gostaria de podermos ficar para ajudar, mas se não cruzarmos a geleira logo, talvez tenhamos de esperar até o próximo inverno.

– Talvez já seja tarde demais para cruzar a geleira neste inverno – disse Laduni.

– Tarde demais? Mas está frio, é inverno. Tudo está congelado; todas as fendas devem estar cheias de neve.

– Realmente é inverno, mas ele já vai tão adiantado que nunca se sabe. Você poderia conseguir, mas se os ventos vierem mais cedo... e isso poderia acontecer... toda a neve há de derreter depressa. A geleira às vezes é traiçoeira durante o primeiro degelo de primavera. E, nessas circunstâncias, não acho que seja seguro viajar pela terra dos cabeças-chatas em direção ao norte. Eles não se têm mostrado muito corteses. O bando de Charoli os antagonizou. Até os animais tendem a proteger suas fêmeas, e lutam para isso.

– Eles não são animais – interpôs imediatamente Ayla, em defesa deles. – São gente, apenas de um tipo um pouco diferente.

Laduni se calou. Não queria ofender uma visita, uma hóspede. Como aquela mulher era tão chegada a animais, talvez considerasse a todos eles como gente. Se um lobo a protege, e se ela o trata como a um ser humano, não será de admirar que ela também considere os cabeças-chatas humanos, pensou. Sei que podem ser ardilosos, mas não são humanos.

Várias pessoas tinham se reunido em torno deles enquanto conversavam. Uma mulherzinha magra, de meia-idade, perguntou, com um sorriso tímido:

– Não acha que deve deixar que se instalem, Laduni?

– Estou começando a imaginar que fará com que fiquem aqui falando o dia inteiro – acrescentou a mulher que estava ao lado dele. Era uma mulher roliça, um pouquinho mais baixa que o homem, de rosto jovial.

– Desculpem. Vocês têm razão, é claro. Permita-me apresentá-los – disse Laduni. Olhou para Ayla primeiro, depois virou-se para o homem. – Losaduna, Aquele que Serve à Mãe para a Caverna da Fonte Termal dos

Losadunai, esta é Ayla do Acampamento do Leão dos Mamutoi, Eleita do Leão, Protegida pelo Grande Urso e Filha da Fogueira do Mamute.

– A Fogueira do Mamute! Então você é também Aquela que Serve à Mãe – disse o homem, com um sorriso surpreso, antes mesmo de saudá-la.

– Não, eu sou uma Filha da Fogueira do Mamute. Mamut me treinou, mas nunca passei pela iniciação – explicou Ayla.

– Mas nasceu para isso! Você deve ser eleita da Mãe, também juntamente com todo o resto – disse o homem, com evidente satisfação.

– Losaduna, você ainda não a saudou – repreendeu a mulher roliça. O homem ficou perplexo por um instante.

– Ah, creio que não. Sempre essas formalidades! Em nome de Duna, a Grande Mãe Terra, permita oferecer-lhe as boas-vindas, Ayla dos Mamutoi, Eleita do acampamento do Leão e Filha da Caverna do Mamute.

A mulher a seu lado suspirou e balançou a cabeça.

– Ele misturou as coisas, mas se fosse alguma cerimônia pouco conhecida ou uma lenda sobre a mãe, haveria de lembrar-se de cada pormenor.

Ayla não pôde deixar de sorrir. Jamais havia conhecido um Servidor da Mãe tão pouco preso aos formalismos da função. Os que conhecera antes eram pessoas seguras de si, fáceis de reconhecer, de presença magnífica; nada tinham que lembrasse aquele homem distraído e inseguro, desdenhoso de aparências, de porte agradável, um tanto acanhado. Mas a mulher parecia saber o que ele valia, e Laduni evidentemente o tratava com respeito. Obviamente, Losaduna era mais importante do que parecia.

– Está certo – disse Ayla à mulher. – Na verdade, ele não errou. – Afinal de contas, ela fora eleita pelo Acampamento do Leão, também; adotada, não nascida ali, pensou Ayla. Depois dirigiu-se ao homem, que lhe segurara as mãos e ainda as tinha nas suas. – Saúdo Aquele que Serve à Grande Mãe de Todos, e agradeço-lhe por sua acolhida, Losaduna.

O homem sorriu ao ouvir Ayla usar outro dos nomes da Duna, enquanto Laduni começava a falar.

– Solandia dos Losadunai, nascida na Caverna do Rio do Monte, Companheira do Losaduna, esta é Ayla do Acampamento do Leão dos Mamutoi, Eleita do Leão, Protegida pelo Grande Urso e Filha da Fogueira do Mamute.

– Eu a saúdo, Ayla dos Mamutoi, e a convido a nossas habitações – disse Solandia. Os títulos e ligações completas tinham sido proclamados suficientes vezes. A mulher achou desnecessário repeti-los.

– Obrigada, Solandia – disse Ayla.

Laduni olhou então para Jondalar.

– Losaduna, Aquele que Serve à Mãe para a Caverna da Fonte Termal dos Losadunai, este é Jondalar, Mestre Lascador de Sílex da Nona Caverna dos Zelandonii, filho de Marthona, no passado chefe da Nona Caverna, irmão de Joharran, chefe da Nona Caverna, nascido na Fogueira de Dalanar, chefe e fundador dos Lanzadonii.

Ayla jamais escutara antes todos os títulos e afiliações de Jondalar, e ficou surpresa. Embora não lhes entendesse o pleno significado, pareciam importantes. Depois de Jondalar repetir a litania e ser formalmente apresentado, foram finalmente conduzidos ao amplo espaço de habitação e cerimônia atribuído a Losaduna.

Lobo, que estivera sentado, quieto, junto da perna de Ayla, emitiu um ligeiro ganido ao chegarem à entrada do espaço de moradia. Vira uma criança lá dentro, mas sua reação assustou Solandia. Ela correu e levantou a criança do chão.

– Tenho quatro filhos. Não sei se esse lobo deve ficar aqui – disse, com o medo manifestado na voz. – Micheri ainda nem sabe andar. Como hei de saber que o animal não vai atacar meu filho?

– Lobo não fará mal algum à criança – disse Ayla. – Ele nasceu com crianças e é louco por elas. Na verdade, é mais gentil com crianças do que com adultos. Ele não quis atacar o menino; apenas ficou feliz ao vê-lo.

Ayla tinha feito sinal a Lobo para que se sentasse, mas o animal não conseguia esconder o prazer de ver crianças. Solandia fitou o carnívoro com desconfiança. Não saberia dizer se ele demonstrava alegria ou fome, mas também estava curiosa em relação aos visitantes. Uma das melhores vantagens de ser a companheira de Losaduna era poder ser a primeira a conversar com os raros visitantes, e ela podia passar mais tempo com eles porque em geral eram instalados no fogo cerimonial.

– Bem, eu disse que ele podia ficar – respondeu ela.

Ayla conduziu Lobo para o interior, levou-o para um desvão e fez-lhe um sinal para que não saísse dali. Ficou a seu lado, pois sabia que aquela ordem lhe era bastante penosa. No momento, porém, o simples fato de haver crianças por perto pareceu consolá-lo.

O comportamento do animal tranquilizou Solandia. Depois de lhes servir um chá quente, apresentou os filhos e depois voltou para os fundos da gruta, a fim de continuar a refeição que tinha começado a preparar. Esqueceu-se da presença do animal, porém as crianças ficaram fascinadas. Ayla os observava, procurando ser discreta. O mais velho dos quatro, Larogi, era um garoto de cerca de 10 anos. Havia uma menina de aproximadamente 7 anos, Dosalia, e uma outra que teria uns 4, Neladia. Embora o bebê ainda não andasse, nem por isso se mantinha imóvel. Começara a engatinhar e se deslocava rapidamente.

As crianças mais velhas sentiam medo de Lobo, mas a mais velha das meninas levantou o bebê e o segurou enquanto olhavam o animal. Como depois de algum tempo nada tivesse acontecido, ela o pôs no chão. Enquanto Jondalar conversava com Losaduna, Ayla começou a arrumar as coisas deles. Havia peles de dormir extras para os hóspedes, e Ayla imaginou que teria tempo de limpar as suas enquanto permanecessem ali.

De repente escutaram um som alto de gargalhada de criança pequena. Ayla susteve a respiração e olhou para o canto onde deixara Lobo. Seguiu-se um silêncio absoluto no restante do espaço de moradia, enquanto todos fitavam o bebê com espanto e admiração. Ele rastejara até o canto e estava sentado ao lado do enorme lobo, puxando-lhe o pelo. Ayla olhou para Solandia e a viu estática, enquanto seu precioso menino continuava a cutucar, empurrar e puxar o lobo, que simplesmente abanava a cauda e parecia se divertir.

Por fim, Ayla foi até lá, levantou o garoto e o levou para a mãe.

– Você tinha razão! – exclamou Solandia, com espanto. – Esse lobo realmente adora crianças! Se eu não tivesse visto isso com meus próprios olhos, jamais teria acreditado!

Não demorou muito para que os outros filhos de Solandia se aproximassem do lobo, que gostava de brincadeiras. Depois de um pequeno incidente com o menino mais velho, a que Lobo reagiu pegando a mão do garoto com os dentes e rosnando, mas sem morder, Ayla explicou que tinham de tratá-lo com respeito. A reação de Lobo assustou o menino o suficiente para que ele prestasse atenção ao aviso de Ayla. Quando saíram ao ar livre, todas as crianças da comunidade ficaram olhando os quatro filhos de Solandia e o lobo, tomados de fascínio. Os filhos de Solandia foram alvo de inveja pelo privilégio especial que teriam de conviver com o animal.

Antes que caísse a noite, Ayla saiu para ver os cavalos. Ao pôr os pés fora da caverna, ouviu Huiin relinchar em saudação, e percebeu que a amiga estivera um tanto preocupada. Quando ela relinchou de volta, fazendo com que várias cabeças se virassem em sua direção, surpresas, Campeão respondeu com um relincho um pouco mais alto. Ayla atravessou o campo, coberto de muita neve perto da caverna, para dedicar aos cavalos alguma atenção e ter certeza de que ambos estavam bem. Huiin ergueu a cauda, alerta. Quando a mulher se aproximou, ela baixou a cabeça e logo depois a levantou bem alto, descrevendo um círculo no ar com o focinho. Campeão, também feliz por ver Ayla, coiceou e empinou-se nas patas traseiras.

Para eles era uma situação nova estar no meio de tanta gente outra vez, e a mulher conhecida lhes trazia tranquilidade. Campeão arqueou o pescoço e levou as orelhas à frente quando Jondalar apareceu na entrada da caverna, e foi encontrar-se com o dono no meio do campo. Depois de abraçar, afagar e conversar com a égua, Ayla resolveu que pentearia Huiin no dia seguinte, pois isso seria relaxante para ambas.

Lideradas pelos quatro filhos de Solandia, todas as crianças tinham-se juntado e estavam avançando na direção dos cavalos. Os incríveis visitantes permitiram-lhes tocar ou acariciar um ou outro dos animais. Ayla deixou que algumas montassem Huiin, enquanto muitos adultos assistiam com um pouco de inveja. Ayla tinha intenção de deixar montar também os adultos que o desejassem, mas achou que ainda era cedo demais para isso. Os animais precisavam descansar, e ela não queria que ficassem estressados.

Com pás feitas de grandes chifres de rena, ela e Jondalar puseram-se a limpar a neve de parte do pasto mais perto da caverna, a fim de facilitar a alimentação dos animais. Várias outras pessoas os ajudaram, fazendo com que o trabalho terminasse depressa, mas o ato de trabalhar na neve trouxe ao espírito de Jondalar uma preocupação que ele estivera tentando resolver já havia algum tempo. Como iriam encontrar alimento e forragem, e, mais importante, água em quantidade suficiente para eles próprios, um lobo e dois cavalos enquanto atravessassem uma enorme região glacial?

Mais tarde, naquela noite, todos se reuniram no amplo espaço cerimonial para ouvir Jondalar e Ayla falarem de suas viagens e suas aventuras. Os Losadunai estavam interessados principalmente nos animais.

Solandia já começara a confiar em Lobo, deixando que ele brincasse com os filhos, e até os adultos se distraíam ao observar o animal junto das crianças. Era difícil acreditar. Ayla não entrou em detalhes com relação ao Clã, ou a respeito da maldição de morte que a obrigara a partir, embora desse a entender que haviam surgido divergências.

Os Losadunai achavam que o Clã fosse apenas um grupo de pessoas que viviam no extremo leste. Por mais que ela explicasse que o processo de fazer os animais se habituarem a pessoas nada tivesse de sobrenatural, ninguém lhe dava crédito. A ideia de que uma pessoa comum fosse capaz de domesticar um cavalo selvagem ou um lobo era absurda demais. A maioria das pessoas julgava que o período em que ela vivera sozinha num vale fora um tempo de provação e abstinência, cumprido por muitos que se sentiam chamados a Servir à Mãe, e que a facilidade demonstrada no trato com os animais corroborava a propriedade de sua Vocação. Se ela ainda não era Servidora da Mãe, isso era apenas questão de tempo.

No entanto, os Losadunai ficaram pesarosos ao saber das dificuldades dos visitantes com Attaroa e os S'Armunai.

– Não é de admirar, então, que recebêssemos tão poucos visitantes vindos do leste nos últimos anos. E estão dizendo que um dos homens detidos ali era um Losadunai? – perguntou Laduni.

– Isso mesmo. Não sei como ele se chamava aqui, mas lá o nome dele era Ardemun – respondeu Jondalar. – Havia se machucado e estava aleijado. Não podia caminhar muito bem, e decerto não seria capaz de fugir, de modo que Attaroa lhe permitia andar pelo acampamento em liberdade. Foi ele quem libertou os homens.

– Lembro-me de um rapaz que partiu numa Jornada – disse uma mulher. – Naquele tempo eu sabia como ele se chamava. Mas não me lembro mais... Um momento... ele tinha um apelido... Ardemun... Ardi... não, Mardi. Ele era chamado de Mardi!

– Você se refere a Menardi? – perguntou um homem. – Eu me lembro dele das Reuniões de Verão. Era chamado de Mardi, e realmente partiu numa Jornada. Então foi isso que lhe aconteceu. Ele tem um irmão que vai gostar de saber que está vivo.

– É bom saber que já se pode viajar para aqueles lados em segurança outra vez. Tiveram sorte em não se encontrar com eles a caminho do leste – observou Laduni.

– Thonolan tinha pressa em alcançar a maior distância possível, seguindo o Grande Rio Mãe – explicou Jondalar. – Ele não queria parar e ficamos deste lado do rio. Tivemos sorte.

Quando a reunião se desfez, Ayla sentiu-se feliz por deitar-se num lugar quente e seco, sem ventos, e caiu no sono rapidamente.

AYLA SORRIU PARA SOLANDIA, que estava sentada ao lado da fogueira, embalando Micheri. Acordara cedo e resolvera preparar o chá matinal para ela e Jondalar. Procurou a pilha de lenha ou de excrementos secos, não sabendo que combustível eles usavam, porém tudo que viu foi uma pilha de pedras castanhas.

– Quero fazer um pouco de chá – disse. – O que vocês queimam? Se me disser onde está, vou buscar.

– Não é preciso. Há bastante aqui – respondeu Solandia.

Ayla olhou em torno e, sem ver nenhum material para acender a fogueira, imaginou que a mulher não a compreendera.

Solandia percebeu-lhe o embaraço e sorriu. Estendeu a mão e pegou uma das pedras castanhas.

– Nós usamos isso, pedra de queimar.

Ayla pegou a pedra e a examinou com atenção. Viu um claro grão de madeira, mas evidentemente aquilo não era nem pedra nem madeira. Nunca vira nada de semelhante. Era linhita, carvão de pedra, um material a meio caminho entre a turfa e o carvão betuminoso. Jondalar acordara e foi falar com ela. Ayla lhe sorriu e passou-lhe a pedra.

– Solandia disse que é isso que eles queimam na fogueira – disse, notando a mancha que a pedra deixara em sua mão.

Foi a vez de Jondalar examinar a pedra e assumir uma expressão de dúvida.

– Parece madeira, mas é pedra. Entretanto, não se trata de uma pedra dura como pedra-de-fogo. Essa aqui deve quebrar-se com facilidade.

– Quebra mesmo – disse Solandia. – A pedra de queimar quebra fácil.

– De onde vem? – indagou Jondalar.

– No sul, na direção das montanhas, existem campos cheios delas. Algumas pessoas ainda usam madeira e fazem fogueiras, mas essa pedra produz mais calor e durante mais tempo – explicou a mulher.

Ayla e Jondalar se entreolharam com cumplicidade.

– Vou buscar uma – disse Jondalar. Quando ele regressou, Losaduna e o menino mais velho, Larogi, já haviam acordado. – Vocês têm pedras de queimar e nós temos uma pedra-de-fogo, que serve para começar o fogo.

— E foi Ayla quem a descobriu? — perguntou Losaduna. Era mais uma afirmação do que uma pergunta.

— Como sabe? — quis saber Jondalar.

— Talvez porque foi ele quem descobriu as pedras que queimam — redarguiu Solandia.

— Eram tão parecidas com madeira que resolvi tentar queimá-las. E deu certo — disse Losaduna.

Jondalar balançou a cabeça.

— Ayla, por que não mostra a eles? — perguntou, passando-lhe o pedaço de pirita e o sílex, junto com a isca.

Ayla pôs a isca em posição, e depois girou a pedra de um amarelo metálico em torno da mão até senti-la bem ajustada. O sulco na pirita, produzido pelo uso contínuo, estava virado para o lado certo. A seguir, pegou o fragmento de sílex. Seus movimentos eram tão hábeis que quase nunca era preciso mais de um golpe para produzir uma faísca. Com umas poucas sopradelas, a isca se incendiou. Os presentes emitiram um suspiro coletivo.

— Isso é incrível — disse Losaduna.

— Não mais do que suas pedras de queimar — respondeu Ayla. — Temos algumas de sobra. Vou lhe dar uma, para a Caverna. Talvez possamos fazer uma demonstração durante a Cerimônia.

— Isso! A ocasião seria perfeita, e terei todo prazer de aceitar seu presente para a Caverna — disse Losaduna. — Mas temos de lhe dar algo em troca.

— Laduni já nos prometeu dar tudo de que precisarmos para ultrapassar a geleira e prosseguir nossa Jornada. Ele tem para comigo uma dívida, muito embora tivesse nos atendido de qualquer jeito. Lobos invadiram nosso esconderijo e levaram a comida — disse Jondalar.

— Vocês tencionam cruzar a geleira com os cavalos? — perguntou Losaduna.

— Claro que sim — disse Ayla.

— Como farão para alimentá-los? E dois cavalos têm de beber muito mais água do que duas pessoas. Como conseguirão água se tudo está congelado? — perguntou Aquele que Serve.

Ayla olhou para Jondalar.

— Isso tem me preocupado — respondeu ele. — Creio que poderíamos levar um pouco de ervas secas no bote.

– E quem sabe, também pedras de queimar? Se conseguirem achar um lugar para armar uma fogueira em cima do gelo, não teriam de se preocupar com o fato de elas se molharem, e seria muito menos peso para carregar – disse Losaduna.

Jondalar pensou um pouco, e depois seu rosto se abriu num sorriso largo e contente.

– Está aí a resposta! Podemos colocá-las dentro do bote, que desliza pelo gelo mesmo quando carregado, e acrescentar algumas outras pedras para serem usadas como base para uma fogueira. Tenho pensado nisso há tanto tempo... Não tenho como lhe agradecer, Losaduna.

POR ACASO AYLA descobriu, ao escutar sem querer algumas pessoas conversando sobre ela, que achavam seu estranho jeito de falar ser um sotaque Mamutoi, embora Solandia acreditasse que se tratava de um pequeno problema de fala. Por mais que ela tentasse, não conseguia superar a dificuldade que tinha de articular certos sons, mas ficou satisfeita ao perceber que ninguém parecia dar muita atenção àquilo.

Durante os dias que se seguiram, Ayla conheceu melhor o grupo dos Losadunai que vivia perto da fonte termal; o grupo era chamado "a Caverna", vivesse ou não numa delas. Apreciava particularmente as pessoas que a hospedavam em seu espaço de moradia, Solandia, Losaduna e as crianças, e percebeu o quanto sentira falta de gente amiga, que se comportasse de maneira normal. A mulher falava a língua da gente de Jondalar razoavelmente, misturando algumas palavras Losadunai, mas ela e Ayla não tinham dificuldades para se fazerem entender.

Ela sentiu-se ainda mais atraída pela companheira do Servidor da Mãe ao descobrir que tinham um interesse comum. Embora fosse Losaduna que devesse entender de plantas, ervas e remédios, na verdade era Solandia quem acumulara maior soma de conhecimentos. O casal lhe lembrava Iza e Creb, pois Solandia tratava as doenças da Caverna com uma flora medicinal prática, deixando o exorcismo de espíritos e outras desconhecidas emanações nocivas a cargo do companheiro. Ayla admirava também o interesse que Losaduna demonstrava por histórias, lendas, mitos e pelo mundo dos espíritos, aspectos intelectuais a que ela tivera o acesso proibido quando vivia com o Clã, e começava a espantar-se com o volume de conhecimentos que ele possuía.

Assim que ele descobriu que ela nutria um genuíno interesse pela Grande Mãe Terra e pelo mundo imaterial dos espíritos, e ao se dar conta de sua vívida inteligência e sua extraordinária capacidade de memorização, Losaduna dispôs-se a lhe transmitir tudo quanto sabia. Mesmo sem compreendê-los plenamente, em breve Ayla recitava longos poemas e histórias, assim como o conteúdo e a ordem exata de rituais e cerimônias. Losaduna era fluente em Zelandonii, embora o falasse com um forte sotaque Losadunai, tornando as duas línguas tão parecidas que a maior parte do ritmo e da métrica dos versos se mantinha, embora parte das rimas se perdesse. Ainda mais fascinantes para eles eram as sutis diferenças e as muitas semelhanças entre a interpretação dele e as tradições dos Mamutoi. Losaduna queria ficar a par das variações e das divergências, e Ayla acabou por se ver não como uma assistente, como fora com Mamute, mas como uma espécie de mestra, explicando a cultura oriental, ou ao menos o que ela conhecia.

Jondalar também estava gostando do clima da caverna, e tomava consciência do quanto perdera por não conviver com pessoas. Passava muito tempo com Laduni e vários caçadores, mas Solandia surpreendeu-se com o interesse que ele demonstrava pelos filhos dela. Realmente Jondalar gostava de crianças, mas se interessava principalmente por observar as relações entre eles e a mãe. Sobretudo quando Solandia amamentava o bebê, ele se entristecia por Ayla ainda não ter tido um filho, um filho de seu espírito, como ele esperava, mas ao menos um filho ou uma filha para a sua fogueira.

O bebê de Solandia, Micheri, despertava sentimentos semelhantes em Ayla, mas ela continuava a preparar seu chá anticoncepcional a cada manhã. As descrições da geleira que ainda teriam de atravessar eram tão aterradoras que ela não queria nem sequer pensar na possibilidade de ter um filho com Jondalar por enquanto.

Embora se sentisse grato por isso não ter acontecido enquanto viajavam, Jondalar não se sentia de todo tranquilo. Começava a se preocupar com o fato de a Grande Mãe Terra não abençoar Ayla com uma gravidez, achando que de algum modo aquilo era culpa sua. Certa tarde ele levou suas apreensões a Losaduna.

– A Mãe decidirá quanto ao tempo certo – disse o homem. – Talvez Ela saiba o quanto as viagens de vocês serão difíceis. Entretanto, creio que chegou o momento de uma cerimônia em Sua honra. Nessa ocasião você poderá pedir-lhe que dê um filho a Ayla.

– Talvez você tenha razão – concordou Jondalar. – Decerto não haverá mal nisso. – disse ele, sorrindo. – Uma vez me disseram que eu era um protegido da Mãe e que Ela jamais me recusaria um pedido. – A seguir uma sombra lhe toldou o semblante. – Ainda assim, Thonolan morreu.

– Você chegou a pedir-Lhe que não o deixasse morrer? – perguntou Losaduna.

– Bem... não. Tudo aconteceu tão depressa – admitiu Jondalar. – Aquele leão também me feriu.

– Pense nisso um dia. Tente lembrar-se se você já Lhe fez algum pedido, e se Ela atendeu ou rejeitou seu pedido. De qualquer modo, vou conversar com Laduni e com o conselho a respeito de uma cerimônia em honra da Mãe – disse Losaduna. – Quero fazer algo que possa ser de ajuda a Madenia, e uma Cerimônia de Honra talvez seja o melhor. Ela se recusa a sair da cama; não quis nem mesmo levantar-se para ouvir as suas histórias, e Madenia antes gostava tanto de histórias de viagens!

– Que provação terrível isso deve ter sido para ela – disse Jondalar, sentindo um arrepio.

– Realmente. Eu esperava que ela já estivesse se recuperando. É bem possível que um ritual de purificação na Fonte Termal ajude – disse ele, mas era evidente que não esperava uma resposta de Jondalar. Sua mente já estava longe dali, pois ele começava a refletir sobre o ritual. De repente, ergueu os olhos. – Sabe onde está Ayla? Acho que vou pedir-lhe que participe do ritual conosco. Com certeza ela ajudaria.

– Losaduna esteve explicando, e estou muito interessada no ritual que estamos planejando – disse Ayla. – Mas não estou tão certa com relação à Cerimônia em Honra da Mãe.

– É uma cerimônia importante – disse Jondalar, com o cenho franzido. – A maioria das pessoas a espera com ansiedade. – Se Ayla não estivesse interessada no rito, teria ele alguma eficácia?, perguntou-se Jondalar.

– É possível que se eu soubesse mais a respeito, também me interessasse. Ainda tenho muito que aprender, e Losaduna está disposto a me ensinar. Gostaria de ficar por aqui mais tempo.

– Mas temos de partir em breve. Se esperamos muito, chegará a primavera. Vamos ficar para a Cerimônia em Honra da Mãe, e depois partiremos – disse Jondalar.

– Quase me atrevo a dizer que deveríamos ficar por aqui até o próximo inverno. Estou tão cansada de viagens – disse Ayla. No entanto, não continuou a verbalizar seu pensamento, que a vinha atormentando: estas pessoas estão dispostas a me aceitar; não sei se a sua gente fará o mesmo.

– Também estou cansado de viajar, mas assim que transpusermos a geleira, o destino não estará longe. Vamos parar para uma visita a Dalanar e para que ele saiba que voltei. Depois, o resto do caminho será fácil.

Ayla balançou a cabeça, concordando, mas ainda com a sensação de que lhe restava um longo caminho a percorrer. Falar sobre a viagem decerto era mais fácil do que realizá-la.

36

— Você quer que eu ajude em alguma coisa? – perguntou Ayla.

– Ainda não sei – disse Losaduna. – Acho que, nessas circunstâncias, deveríamos ter uma mulher conosco. Madenia sabe que eu sou Aquele que Serve à Mãe, mas eu sou homem, e ela agora tem medo de homens. Acho que seria muito útil se ela falasse sobre isso, pois às vezes é mais fácil conversar com um desconhecido com quem se simpatiza. As pessoas têm medo de que os conhecidos se lembrem sempre dos seus segredos mais íntimos; além disso, toda vez que os veem, lembram-se de sua dor e de sua raiva.

– Há algo que eu não deva dizer, ou fazer?

– Você é uma pessoa sensível e saberá por si mesma o que fazer. Você também tem uma rara habilidade para línguas. Estou realmente impressionado com a rapidez com que aprendeu a falar Losadunai, e também sou-lhe grato por Madenia – disse Losaduna.

Esse elogio constrangeu Ayla, que desviou o olhar. Para ela, seu talento não era tão surpreendente.

– A língua parece muito com Zelandonii – comentou.

Ele percebeu o desconforto de Ayla, e não tocou mais no assunto. Ambos observaram Solandia chegar.

– Está tudo pronto. Vou levar as crianças e preparar este lugar para vocês, para quando tiverem terminado. Ah! Isso me lembrou de algo, Ayla. Você se importa se eu levar Lobo? O neném se apegou tanto a ele, e ele mantém todos ocupados. – A mulher sorriu. – Quem diria que eu chegaria a pedir a um lobo para tomar conta de minhas crianças?

– Acho melhor ele ir com você – disse Ayla. – Madenia não conhece Lobo.

– Vamos buscá-la, então? – sugeriu Losaduna.

No caminho para a moradia de Madenia e sua mãe, Ayla notou que ela era mais alta que o homem. Isso lhe recordou a primeira impressão sobre ele: baixo e tímido. Surpreendeu-se ao ver como sua maneira de vê-lo mudara. Embora Losaduna fosse baixo e reservado, seu intelecto decidido emprestava-lhe estatura, e sua calma dignidade escondia uma sensibilidade profunda, além de uma forte presença.

Losaduna arranhou o couro firme, esticado entre estacas finas. A porta de entrada abriu-se para fora e uma mulher mais velha os fez entrar; sua expressão franziu-se quando viu Ayla, a quem lançou um olhar de desagrado.

A mulher foi logo ao assunto, cheia de amargura e rancor.

– Já encontraram aquele homem? Aquele que roubou os meus netos, antes mesmo de terem oportunidade de nascer?

– Achar Charoli não vai devolver seus netos, Verdegia, e eu não estou preocupado com ele, agora. Com Madenia, sim; como vai ela? – inquiriu Losaduna.

– Ela não quer sair da cama e só depois de muita insistência comeu um pouco. Nem mesmo falou comigo. Era uma criança muito bonita e estava se transformando numa linda mulher. Não teria dificuldade para encontrar um companheiro, até que Charoli e seus homens a arruinaram.

– Por que a senhora acha que ela está arruinada? – perguntou Ayla.

A mulher encarou Ayla, como se ela não soubesse o que estava falando.

– Essa mulher não sabe de nada? – falou, dirigindo-se a Losaduna. Em seguida, voltou-se para Ayla: – Madenia nem chegou a cumprir seus Primeiros Ritos. Ela foi estragada, arruinada. Agora, a Mãe jamais a abençoará.

– Não esteja tão certa disso. A Mãe não é tão rancorosa – afirmou o homem. – Ela conhece os caminhos de seus filhos e tem meios, outras formas de ajudá-los. Madenia pode ser purificada, renovada, de maneira que ainda possa ter seus Ritos dos Primeiros Prazeres.

– Isso não vai resolver. Ela não quer saber de nada ligado a homens, nem mesmo os Primeiros Ritos – atalhou Verdegia. – Todos os meus filhos foram viver com suas companheiras: todos disseram que não tínhamos lugar em nossa caverna para tantas novas famílias. Só restou Madenia, minha única filha. Desde que meu homem morreu, espero vê-la trazer um companheiro para cá, ter por perto um homem que ajude a manter os filhos que ela teria, meus netos. Agora não terei mais netos morando aqui. Tudo por causa daquele... daquele homem – prosseguiu ela, hesitante –, e ninguém está fazendo nada.

– Você sabe que Laduni está aguardando notícias de Tomasi – explicou Losaduna.

– Tomasi! – Verdegia cuspiu o nome. – Para que serve ele? Foi sua caverna que gerou aquele... aquele homem.

– Você tem de dar-lhes uma oportunidade. Mas nós não precisamos esperar por eles para ajudar, Madenia. Quando ela for purificada e renovada, talvez mude de ideia a respeito de seus Primeiros Ritos. Pelo menos, precisamos tentar.

– Você pode tentar, mas ela não vai se levantar – asseverou a mulher.

– Talvez possamos encorajá-la – argumentou Losaduna. – Onde está ela?

– Lá, atrás da cortina – respondeu Verdegia, apontando para um espaço fechado próximo à parede de pedra.

Losaduna dirigiu-se para o lugar apontado e puxou a cortina, deixando a luz entrar. A garota, na cama, levantou a mão para tapar a claridade.

– Madenia, levante-se agora – ordenou. Seu tom era firme, porém delicado. Ela desviou o rosto. – Ajude-me, Ayla.

Juntos, eles a sentaram e depois a puseram em pé. Madenia não opôs resistência, mas também não cooperou. Um de cada lado, levaram-na para fora do espaço fechado e, em seguida, para fora da caverna. Embora descalça, a menina não parecia sentir o terreno gelado, coberto de neve. Conduziram-na a uma tenda cônica que Ayla não notara antes. Escondia-se ao lado da caverna, entre pedras e moitas, e por cuja chaminé, no topo saía vapor. Um forte cheiro de enxofre permeava o ar.

Assim que entraram, Losaduna empurrou uma cobertura de couro que tapava a passagem e prendeu-a. Encontraram-se então numa pequena antessala, separada do aposento principal por pesadas cortinas de couro; pele de mamute, pensou Ayla. Embora no exterior o frio fosse cortante, lá dentro estava quente. A tenda, de parede dupla, fora erigida em volta de uma fonte aquecida, que proporcionava calor. Entretanto, apesar do vapor, as paredes mostravam-se razoavelmente secas. Embora houvesse alguma umidade, que se condensava no alto sob a forma de gotículas e escorria pelas paredes inclinadas até a borda do pano que revestia o chão, a maior parte da condensação ocorria no lado interno da parede exterior, onde o frio lá de fora encontrava-se com o calor de dentro. O ar entre as duas paredes era mais quente, o que mantinha o revestimento interno quase seco.

Losaduna disse-lhes para tirar as roupas; ao ver Madenia permanecer imóvel, pediu a Ayla que a despisse. Quando Ayla começou a remover as vestimentas de Madenia, esta agarrou-se às suas roupas, enquanto fitava, de olhos fixos e arregalados, Aquele que Serve à Mãe.

– Tente tirar a roupa dela; se ela não deixar, traga-a vestida mesmo – disse Losaduna. Em seguida, desapareceu atrás da pesada cortina, deixando escapar um bocado de vapor. Assim que o homem saiu, Ayla conseguiu tirar as vestes da jovem; despiu-se, também, e conduziu Madenia ao aposento além da cortina.

Nuvens de vapor obscureciam o recinto com uma fumaça quente que manchava os contornos e ocultava os detalhes, mas Ayla pôde distinguir uma piscina cercada de pedras, ao lado de uma fonte quente natural. O buraco que as ligava estava fechado por um batoque de madeira. Do outro lado da piscina, um tronco oco, que trazia água fria de um riacho próximo, fora levantado para impedir o fluxo de chegar à piscina. Quando a densa cortina de vapor clareou por alguns instantes, ela pôde ver que o interior da tenda era decorado com pinturas de animais, muitas delas representando fêmeas grávidas, ao lado de enigmáticos triângulos, círculos, trapezoides e outra figuras geométricas. A maioria das pinturas fora esmaecida pela condensação da água.

Em volta das piscinas, embora sem alcançar a parede da tenda, o chão era recoberto por grossos chumaços de feltro de lã de carneiro, que transmitiam aos pés descalços uma sensação maravilhosa de maciez e quentura. Suas formas e linhas conduziam à parte mais rasa da piscina, à esquerda. Sob a água, junto à parede da parte mais funda, à direita da piscina, podiam-se distinguir bancos de pedra. Na parte traseira, sobre uma plataforma elevada de terra, bruxuleavam as luzes de três lamparinas de pedra – tigelas cheias de gordura derretida, em cujo centro flutuava um pavio de alguma substância aromática – que cercavam a pequena estátua de uma mulher de formas generosas. Ayla reconheceu na figura uma representação da Grande Mãe Terra.

No interior de um círculo quase perfeito de pedras redondas, quase idênticas em forma e tamanho, havia uma lareira cuidadosamente construída em frente ao altar de terra. Losaduna surgiu no meio da névoa e pegou um pequeno bastão que jazia ao lado de uma das lamparinas. Numa das extremidades, via-se uma bolha de material escuro, que Losaduna colocou sobre a chama. Logo ela pegou fogo e, pelo cheiro, Ayla percebeu que a ponta do bastão fora mergulhada em piche. Losaduna levou o pequeno tição, protegendo a chama com a mão em concha, até a lareira, onde acendeu o fogo. Desprendeu-se então um aroma forte, mas agradável, que mascarava o odor de enxofre.

– Sigam-me – disse ele. Em seguida, colocando o pé esquerdo sobre um dos chumaços de lã entre duas linhas paralelas, começou a andar em volta da piscina, sobre um caminho delineado com precisão. Madenia arrastava os pés atrás dele, sem se importar com o caminho seguido. Ayla, porém, seguiu os passos dele. Completaram o circuito da piscina e da fonte quente, pulando a entrada de água fria e a vala de escoamento. Ao iniciar a segunda volta, Losaduna começou a cantar em ritmo monótono, invocando a Mãe por nomes e títulos.

– Ó Duna, Grande Mãe Terra, Grande e Beneficente Provedora, Grande Mãe de Todos, Mãe Primeira e Original, Aquela que Abençoa Todas as Mulheres, Mãe Plena de Compaixão, ouve as nossas súplicas – o homem repetiu diversas vezes as invocações, enquanto circundavam a água pela segunda vez.

Ao colocar o pé esquerdo entre as linhas paralelas da esteira inicial para começar o terceiro circuito, Losaduna pediu:

– Mãe Compassiva, ouve nossa súplica. Ó Duna, Grande Mãe Terrestre, uma das Tuas filhas foi ferida, violada. Por isso, deve ser purificada para receber Tua bênção. Grande e Beneficente Provedora, uma de Tuas filhas precisa de ajuda. Ela precisa ser curada. Renova-a, Grande Mãe de Todos, faze com que ela conheça a alegria de Tuas Dádivas. Ajuda-a, Mãe Primeira, a conhecer Teus Ritos dos Primeiros Prazeres. Permite, Mãe Primeira, que ela receba Tua Bênção. Mãe Compassiva, ajuda Madenia, filha de Verdegia, filha dos Losadunai, as Crianças da Terra que vivem perto das montanhas.

O discurso e a cerimônia fascinaram Ayla, que pareceu notar, para sua alegria, alguns sinais de interesse em Madenia. Terminada a terceira volta, Losaduna conduziu-as, com os mesmos passos marcados e as mesmas invocações, ao altar de terra, onde as três lamparinas iluminavam a imagem da Mãe. Ao lado de uma das candeias havia um objeto em forma de faca, talhado em osso. Era razoavelmente grande e dotado de dois gumes, com ponta arredondada. Losaduna pegou-o e conduziu ambas as mulheres até a lareira.

Sentaram-se juntos em volta da lareira, voltados para a piscina, Madenia entre ambos.

O homem pegou de uma pilha próxima algumas pedras marrons de queimar e colocou-as no fogo. Pegou também a tigela guardada em um nicho ao lado da plataforma elevada. Feito de pedra, o objeto deveria ter inicialmente tido o formato de tigela, mas fora escavado com um martelo de pedra. O fundo estava escurecido. Losaduna encheu o recipiente com água de um pequeno saco que também se encontrava no nicho, acrescentou folhas secas que tirara de uma pequena cesta e colocou a tigela sobre as brasas.

Em seguida, marcou com a faca de osso uma área plana e lisa de solo seco, cercada por chumaços de lã. De repente, Ayla compreendeu o que era o instrumento de osso. Os Mamutoi haviam usado uma ferramenta semelhante para fazer marcas no barco e registrar resultados do jogo, planejar estratégias de caça e ilustrar com desenhos as histórias que contavam. À medida que Losaduna traçava as marcas, Ayla percebeu que ele estava usando a faca para contar uma história, mas não daquelas que visavam apenas entreter. Enquanto contava a história com a mesma cantoria monótona das invocações iniciais, Losaduna desenhava pássaros para enfatizar alguns trechos. Ayla logo notou que a história era uma recriação alegórica do ataque sofrido por Madenia, em que os personagens eram os pássaros.

A jovem começou a reagir, identificando-se com o pássaro fêmea a que ele se referia, e subitamente, com um forte soluço, começou a chorar. Com o lado achatado da faca de desenhar, Aquele que Servia à Mãe apagou toda a cena.

– Acabou! Nunca aconteceu – disse ele. Em seguida, desenhou apenas o pássaro fêmea. – Ela está inteira de novo, assim como era no início. Com o auxílio da Mãe, é justamente isso que vai acontecer com você, Madenia. Tudo desaparecerá, como se nunca houvesse acontecido.

Um forte cheiro de hortelã começou a tomar conta da tenda enevoada. Losaduna verificou a água que esquentava sobre as brasas e dela retirou uma xícara.

– Beba isso – disse.

Surpresa, antes que tivesse tempo para pensar ou objetar, Madenia engoliu o líquido. Ayla e Losaduna também beberam. Depois, ele se levantou e conduziu-as à piscina.

Losaduna entrou devagar na água fumegante. Madenia foi atrás e Ayla, sem nada pensar, seguiu-a. Quando, porém, colocou o pé na água, retirou-o imediatamente. Estava quente! Essa água está quase no ponto para cozinhar, pensou ela. Só depois de muito se concentrar, conseguiu colocar o pé de novo na água, mas demorou um pouco até dar um novo passo. Ayla sempre banhara-se ou nadara nas águas frias dos rios, córregos e piscinas, alguns deles tão frios que ela, para entrar, tinha de quebrar a pequena camada de gelo que os recobria. Algumas vezes, banhara-se com água aquecida no fogo, mas jamais entrara antes nas águas de uma fonte termal.

Embora Losaduna as conduzisse lentamente, para permitir que se acostumassem ao calor, Ayla demorou muito para alcançar os bancos de pedra. No entanto, à medida que foi mais para o fundo, sentiu-se invadida por uma suave sensação de aquecimento. Quando sentou-se e a água atingiu seu queixo, começou a relaxar. Não era tão ruim quando se acostumava, pensou. O calor, na verdade, era agradável.

Uma vez instalados e acostumados à água, Losaduna mandou Ayla prender o fôlego e mergulhar a cabeça. Quando ela levantou a cabeça, sorrindo, Losaduna disse a Madenia que fizesse o mesmo. Após também mergulhar, ele as conduziu para fora da piscina. Dirigiram-se para o vestíbulo encortinado, onde ele pegou uma tigela de madeira. Dentro do recipiente havia uma matéria densa, de um amarelo pálido, que parecia espuma grossa. Losaduna colocou a tigela no chão, sobre um piso de pedras achatadas. Retirou com a mão um pouco da espuma, espalhou-a pelo corpo; mandou Ayla fazer o mesmo em Madenia e, depois, nela mesma, sem se esquecer dos cabelos.

O homem entoou uma canção sem palavras enquanto se esfregava com a substância macia e escorregadia, mas Ayla percebeu na cantoria mais uma sensação de prazer que propriamente uma obrigação ritual. Também ela sentia-se leve, o que atribuía talvez ao chá que tomara.

Quando esgotaram todo o conteúdo da tigela, Losaduna encheu-a com água da piscina; voltou para o piso de pedra e derramou o líquido sobre a cabeça para retirar a espuma. Repetiu a operação duas vezes; depois fez o mesmo com Ayla e Madenia. A seguir, Aquele que Servia à Mãe levou-as de volta à piscina, cantando a mesma melodia que entoara no início da ablução.

Assim que entraram na água mineral e sentaram-se, quase flutuando, no banco submerso, Ayla sentiu-se totalmente relaxada. A piscina quente lembrava-lhe os agradáveis banhos Mamutoi, mas parecia-lhe ainda melhor. Quando Losaduna julgou que já bastava, mergulhou no fundo da piscina e retirou um tampão de madeira. Assim que a água começou a escorrer, iniciou uma gritaria que, a princípio, assustou Ayla.

– Espíritos do mal, desapareçam! Águas purificadoras da Mãe, levem embora todos os vestígios do toque de Charoli e seus homens. Impurezas, vão embora com a água, deixem este lugar. Quando a água for embora, Madenia estará limpa, purificada. Os poderes da Mãe fizeram-na ficar como era antes. – Em seguida, saíram da água.

Deixaram a tenda sem pegar as roupas. Sentiam tanto calor que o vento gelado sobre a pele nua transmitia-lhes uma sensação refrescante. As poucas pessoas com que cruzaram pareciam ignorá-los, ou viravam a cabeça quando passavam. Um sentimento desagradável apossou-se subitamente de Ayla quando lembrou-se de outra ocasião em que as pessoas, embora olhassem-na fixamente, fingiam ignorá-la. Mas agora não era como ser amaldiçoada pelo Clã. Ayla sabia que os moradores do lugar os viam, mas fingiam não vê-los, mas por cortesia, e não por animosidade. O passeio os fez esfriar com rapidez, e quando chegaram ao abrigo cerimonial receberam com prazer os aconchegantes cobertores e o fumegante chá de hortelã.

Ayla observou suas mãos, curvadas em volta da xícara de chá: embora enrugadas, estavam absolutamente limpas! Quando se penteou com um instrumento denteado feito de osso, notou que os cabelos rangiam ao passar-lhes os dedos.

– O que era aquela espuma macia e escorregadia? – perguntou. – Ela limpa como erva-de-banho, mas é muito mais penetrante.

– É Solandia quem faz – respondeu Losaduna. – Tem algo a ver com cinza de madeira e gordura, mas você terá de perguntar a ela.

Depois de ajeitar os cabelos, Ayla começou a pentear os de Madenia.

– Como você fez aquela água ficar tão quente?

O homem sorriu.

– É uma dádiva da Mãe aos Losadunai. Há várias fontes termais nessa região. Algumas são sempre usadas por todos, outras são mais sagradas. Consideramos essas como os centros de onde se irradiam todas as outras; isso faz com que sejam as mais sagradas. É por esse motivo que nossa caverna é tão respeitada. Também é isso que torna tão difícil a saída das pessoas. A caverna, porém, está ficando tão cheia que um grupo de jovens está pensando em fundar uma nova. Há um lugar do outro lado do rio, corrente abaixo, onde eles gostariam de fixar-se, mas é um território de cabeças-chatas, e eles ainda não decidiram ao certo o que fazer.

Ayla balançou afirmativamente a cabeça: sentia-se tão aquecida e relaxada que não queria mover-se. Notou que Madenia relaxara também, abandonando parte da tensão e do alheamento anteriores.

– Que dádiva maravilhosa é aquela água! – disse Ayla.

– É importante que aprendamos a apreciar todas as dádivas da Mãe – completou o homem –, sobretudo seu Dom de Prazer.

Madenia retesou-se.

– Esse Dom é uma mentira! Não há prazer, só dor! – Era a primeira vez que ela falava. – Por mais que eu implorasse, eles não paravam. Apenas riam, e quando um terminava, outro começava! Eu queria morrer – relembrou com um soluço.

Ayla levantou-se, dirigiu-se para a jovem e a abraçou.

– Era a minha primeira vez, e eles não paravam! Não paravam – repetia aos gritos. – Nenhum homem jamais me tocará novamente!

– Você tem o direito de estar revoltada. Você tem o direito de chorar. O que eles fizeram com você foi terrível. Eu sei como você se sente – disse Ayla.

A jovem desvencilhou-se dos braços de Ayla e gritou, com a voz cheia de amargura e raiva.

– Como você pode saber como eu me sinto?

– Eu também já passei pela dor e pela humilhação – afirmou Ayla. A revelação surpreendeu a jovem, mas Losaduna balançou a cabeça, como se houvesse subitamente compreendido algo.

– Madenia – contou Ayla suavemente –, quando eu tinha mais ou menos a sua idade, um pouco menos, talvez, mas não muito depois do início de minhas luas, eu também fui forçada. Era minha primeira vez, e eu não sabia que aquilo era destinado ao Prazer. Para mim, era só dor.

– Mas foi só um homem? – perguntou Madenia.

– Só um, mas ele me exigiu diversas vezes depois daquele dia, e eu odiava aquilo! – desabafou Ayla, surpresa com o ódio que ainda sentia.

– Muitas vezes? Mesmo após ser forçada pela primeira vez? Por que ninguém o obrigou a parar? – indagou Madenia.

– Achavam que ele tinha direito. Julgavam que eu estava errada por sentir tanta raiva e ódio e não compreendiam por que eu sentia dor. Comecei a pensar que havia algo de errado comigo. Depois de algum tempo, deixei de sentir dor, mas também não senti Prazer. Aquilo era para me humilhar, e jamais deixei de sentir ódio. No entanto... parei de ligar. Ocorreu, então, algo de maravilhoso: não importa o que ele fizesse, eu pensava em outra coisa, algo alegre, e o ignorava. Quando ele não conseguiu me fazer sentir mais nada, nem mesmo raiva, penso que se sentiu humilhado e finalmente parou. Mas eu não queria que homem nenhum jamais voltasse a me tocar.

– Nenhum homem jamais me tocará! – garantiu Madenia.

– Nem todos os homens são como Charoli e seu banho, Madenia. Alguns são como Jondalar. Foi ele que me ensinou a alegria e o Prazer do Dom da Mãe, e eu lhe asseguro, é um Dom maravilhoso. Dê a você mesma a oportunidade de conhecer um homem como Jondalar e você também descobrirá a alegria.

Madenia balançou a cabeça.

– Não! Não! É terrível!

– Sei que foi terrível. Mesmo os melhores Dons podem ser mal utilizados e o bem transformado em mal. Algum dia, porém, você vai querer ser mãe, mas nunca conseguirá ter um filho, Madenia, se não dividir o Dom da Mãe com um homem – ponderou Ayla.

Madenia chorava, e tinha o rosto encharcado de lágrimas.

– Não diga isso. Não quero ouvir isso.

– Sei que você não quer, mas é a verdade. Não deixe que Charoli estrague as boas coisas a que você tem direito. Cumpra seus Primeiros Ritos e verá que não tem de ser terrível. Acabei por aprender, embora sem qualquer cerimônia para festejar. A Mãe descobriu um modo de me proporcionar essa alegria. Enviou-me Jondalar. O Dom é mais do que Prazeres, Madenia; muito mais, quando compartilhado com carinho e amor. Se a dor que senti na primeira vez foi o preço que tive de pagar, pagaria com satisfação muitas outras vezes para obter o amor que conheci. Você sofreu tanto que talvez a Mãe, se você Lhe der essa oportunidade, também lhe traga alguém especial. Pense nisso, Madenia, não diga não antes de refletir.

AYLA ACORDOU COM uma rara sensação de descanso e frescor. Deu um sorriso lânguido e procurou por Jondalar, mas ele já havia saído. Após um instante de desapontamento, lembrou-se que ele a acordara cedo para lembrar-lhe que iria caçar com Laduna e outros do grupo e perguntara se ela queria ir junto. Ayla não aceitou o convite, que já havia sido feito na noite anterior, porque tinha outros planos para aquele dia.

Despediu-se dele e voltou a dormir, desfrutando do agradável prazer proporcionado pelas quentes cobertas de pele.

Resolveu se levantar. Espreguiçou-se e levou as mãos aos cabelos, deleitando-se com sua sedosa maciez. Solandia lhe prometera ensinar como preparar a espuma que a fizera sentir-se tão limpa e com os cabelos tão macios.

O desjejum era o mesmo desde que haviam chegado: sopa de peixe seco, pescado no início do ano no Grande Rio Mãe.

Jondalar lhe contara que os suprimentos da caverna estavam baixos, o que fazia os homens terem que ir à caça, embora não fossem a carne e o peixe os alimentos mais almejados. Ninguém passava fome, nem a comida era escassa: tinham o suficiente. Mas já estavam no fim do inverno e a variedade era pouca. Todos estavam cansados de comer carne e peixe secos. Assim, até mesmo a carne fresca seria bem-vinda, mas o que todos, na verdade, queriam, eram verduras, brotos de vegetais e frutas, primeiros produtos da primavera. Ayla explorara a área em volta da caverna, mas os Losadunai haviam colhido tudo durante a estação. Ainda dispunham de um estoque razoável de gordura, cujas proteínas e calorias garantiam-lhes saúde.

A festa que acompanharia a Cerimônia da Mãe, no dia seguinte, teria suas limitações. Ayla já decidira contribuir com o resto do seu sal e com algumas ervas que não só condimentariam os alimentos, como ainda os enriqueceriam com as vitaminas e sais minerais tão necessários e desejados por todos. Solandia mostrara-lhe o pequeno suprimento de bebidas fermentadas, em sua maior parte cerveja de vidoeiro, que, segundo afirmava, faria com que a ocasião se tornasse festiva.

A mulher também usaria parte do seu estoque de gordura para fazer mais sabão. Quando Ayla expressou a preocupação de que, com isso, estariam gastando comida, Solandia disse que Losaduna gostava de usar o sabão nas cerimônias e que as reservas do produto também já estavam no fim. Enquanto as demais mulheres cuidavam das crianças e preparavam a cerimônia, Ayla saiu com Lobo para ver como estavam Huiin e Campeão e passar algum tempo com eles.

Solandia dirigiu-se à ampla abertura da caverna para avisar Ayla que estava pronta. Lá chegando, porém, ficou alguns momentos observando a visitante. Ayla acabara de retornar de uma galopada no campo aberto, e ria enquanto brincava com os animais. A maneira como ela brincava com os animais sugeriu à mulher mais velha que eles pareciam filhos de Ayla.

Alguns adolescentes da caverna, entre eles dois filhos de Solandia, também olhavam e chamavam por Lobo, que, por sua vez, olhava para Ayla, com vontade de participar dos folguedos, mas esperando permissão. Ao ver a mulher na entrada da caverna, Ayla correu para ela.

– Queria que Lobo entretivesse o neném – comentou Solandia. – Verdegia e Madenia estão vindo para ajudar, mas a tarefa requer concentração.

– Mãe! – disse Dosalia, a filha mais velha, que também tentava atrair Lobo. – O neném sempre brinca com ele.

– Bem, se em vez disso você quiser tomar conta do neném...

A jovem franziu as sobrancelhas; depois sorriu.

– Podemos levá-lo para fora? Não está ventando, e eu posso agasalhá-lo.

– Acho que sim – concordou Solandia.

Ayla olhou para o lobo, que a observava com expectativa.

– Tome conta do neném, Lobo – disse ela, recebendo um latido em resposta.

– Tenho um pouco de gordura de mamute que ganhei no outono passado – comentou Solandia ao se dirigirem para sua morada no interior da caverna. – Ano passado tivemos sorte na caça aos mamutes. É por isso que ainda temos tanta gordura. Sem ela, teríamos tido um duro inverno. Já comecei a derreter a gordura. – Alcançaram a entrada no momento em que as crianças, correndo, saíam com o mais novo. – Não percam as luvas de Micheri – gritou-lhes.

Verdegia e Madenia já estavam lá.

– Trouxe algumas cinzas – comunicou Verdegia. Madenia apenas sorriu, um pouco hesitante.

Solandia alegrou-se ao vê-lo sair da cama e juntar-se às pessoas. Seja lá o que fizeram na fonte, parece que ajudou.

– Coloquei algumas pedras de cozinhar no fogo para o chá. Madenia, você pode fazer um pouco para nós? Assim poderei usar o resto para requentar a água de derreter a gordura.

– Onde coloco essas cinzas? – indagou Verdegia.

– Pode misturá-las às minhas. Já comecei a clareá-las, mas não faz muito tempo.

– Losaduna disse que você usa gorduras e cinzas – comentou Ayla.

– E água – acrescentou Solandia.

– Parece uma combinação estranha.

641

– E é.
– O que a fez decidir misturar essas substâncias? Quero dizer, como você chegou a isso, na primeira vez?

Solandia esboçou um sorriso.

– Na verdade, foi um acidente. Estávamos caçando, e eu tinha acendido um fogo ao ar livre, num buraco que fiz no chão, e estava assando um pedaço de carne gorda de mamute. De repente, começou a chover forte. Peguei a carne, espeto e tudo o mais e corri para um abrigo. Assim que a chuva passou, voltamos para a caverna, mas eu havia esquecido uma boa tigela de madeira e voltei no dia seguinte para buscá-la. O buraco estava cheio de água, com uma grossa espuma flutuando na superfície. Não teria dado importância à espuma se não tivesse deixado cair nela uma concha, que tive de pegar com a mão. Fui lavar-me no córrego. A espuma lembrava erva-de-banho, mas era mais macia e escorregadiça. Minhas mãos ficaram tão limpas! A concha também. Toda a gordura havia saído. Voltei à lareira, coloquei a espuma na tigela e trouxe para casa.

– É fácil de fazer? – perguntou Ayla.

– Não muito. Não que seja difícil, mas requer um pouco de prática – explodiu Solandia. – Na primeira vez, tive sorte. Tudo deve ter saído direito. Desde então, venho trabalhando nisso, mas às vezes dá errado.

– Como você faz? Deve ter aperfeiçoado alguns métodos que funcionam na maioria das vezes.

– É difícil de explicar. Derreto a gordura cortada e limpa... qualquer tipo de gordura serve, mas cada uma é um pouco diferente. Prefiro a de mamute. Pego, então, cinzas de madeira, misturo-as com água quente e deixo-as empapar um pouco. Depois faço-as escorrer numa cesta de fundo furado. A mistura que passa é forte e pode pinicar ou mesmo queimar a pele, e você tem de lavar-se imediatamente. É essa substância forte que se põe na gordura; com um pouco de sorte, obtém-se uma espuma suave, capaz de limpar tudo, até couro.

– Mas nem sempre você tem sorte – atalhou Verdegia.

– Não, muitas coisas podem dar errado. Às vezes você mexe, mexe, mexe, e os ingredientes não se misturam. Quando isso acontece, é bom dar mais um pouco de calor. Às vezes o composto se separa e forma duas camadas, uma muito forte e outra muito gordurosa. Em outras ocasiões a mistura produz coágulos. Também há casos em que a espuma fica muito dura, mas isso não é um problema muito grave porque ela tem uma tendência natural para endurecer com o passar do tempo.

– Mas às vezes dá certo, como na primeira vez – disse Ayla.

– Uma coisa que aprendi é que tanto a gordura como o líquido das cinzas têm de ter aproximadamente a mesma temperatura da pele do pulso – ensinou Solandia. – Quando você espalha a mistura nessa região, não deve senti-la nem quente, nem fria. O líquido das cinzas é um pouco mais difícil de avaliar, porque ele é forte e pode queimar, o que obriga a retirá-lo imediatamente com água fria. Quando ele queima muito, já se sabe que é preciso adicionar mais água. Em geral, a queimadura não é grave, mas eu não gostaria que esse líquido caísse nos meus olhos: basta chegar perto da fumaça, que eles ardem.

– E pode dar mau cheiro – lembrou Madenia.

– É verdade – confirmou Solandia. – Pode cheirar mal. É por isso que em geral faço a mistura lá no meio da caverna, embora tenha aqui tudo de que preciso.

– Mãe! Mãe! Venha rápido! – Neladia, a segunda filha de Solandia, passou correndo e saiu novamente da caverna.

– Que houve? Aconteceu algo com o neném? – indagou a mulher, enquanto corria atrás da menina. Todos a seguiram e correram para a boca da caverna.

– Vejam! – gritou Dosalia. – O neném está andando!

Lá estava Micheri em pé, ao lado do lobo, segurando no pelo do animal, com um sorriso largo e satisfeito, dando passos incertos à medida que o animal, lento e cuidadoso, deslocava-se para a frente. Todos sorriram, a princípio com alívio, depois com alegria.

– O lobo está sorrindo? – indagou Solandia – Parece-me que sim. Parece estar tão contente que sorri.

– Também acho que sim – concordou Ayla. – Penso com frequência que ele sabe sorrir.

– NÃO É SÓ PARA cerimônias, Ayla – disse Losaduna. – Também usamos as águas quentes para nos banharmos. Se você quiser levar Jondalar só para fazer um relaxamento, não temos objeções. As Águas Sagradas da Mãe são como os demais Dons que Ela concede a Seus filhos. Têm por finalidade ser usados, desfrutados e apreciados. Da mesma forma como esse chá que você fez – concluiu, segurando a xícara.

Quase todos os moradores, à exceção dos que tinham ido caçar, estavam sentados em volta da lareira, numa ampla área no centro da caverna. Exceto nas ocasiões especiais, o modo de tomar as refeições variava bastante; uns comiam com as respectivas famílias, outros com amigos. Dessa vez, devido ao interesse pelos visitantes, reuniram-se todos para a refeição do meio-dia. O cardápio consistia em uma substanciosa sopa de carne-seca de veado, reforçada com gordura de mamute. Naquele momento encerravam o almoço com um chá que Ayla fizera e que ganhara elogios gerais pelo seu sabor.

– Quando ele voltar, talvez usemos a piscina. Acho que ele apreciaria um banho quente, e eu gostaria de acompanhá-lo – confirmou Ayla.

– É melhor você alertá-la, Losaduna – disse uma mulher, com um sorriso maroto. A mulher fora-lhe apresentada como a companheira de Laduni.

– Alertar-me de quê, Laronia? – indagou Ayla.

– Às vezes você tem de escolher entre os Dons da Mãe.

– O que você quer dizer com isso?

– Ela quer dizer que as Águas Sagradas podem ser excessivamente relaxantes – explicou Solandia.

– Ainda não consigo entender – disse Ayla, percebendo que todos falavam sobre o assunto com uma certa dose de humor.

– A imersão na água quente diminuirá a virilidade de Jondalar – falou Verdegia, de maneira mais direta –, e ele precisará de algumas horas para recuperar-se. Assim, não espere muito dele logo depois de um banho. Alguns homens recusam-se a banhar-se nas Águas Sagradas da Mãe por esse motivo. Temem que sua virilidade seja absorvida pelas Águas Sagradas e jamais retorne.

– Isso pode acontecer? – perguntou Ayla, olhando para Losaduna.

– Não que eu já tenha visto ou ouvido falar – disse o homem. – Pelo contrário, o oposto é que parece ser verdadeiro. Algum tempo depois, o homem torna-se mais ardente, uma vez que está relaxado e sente-se bem.

– Eu me senti maravilhosa depois do banho e dormi muito bem, mas achei que isso se deveu mais do que à água – ponderou Ayla. – Talvez o chá?

O homem sorriu.

– Foi um ritual importante. Sempre há mais coisas numa cerimônia.

– Bem, estou pronta para voltar às Águas Sagradas, mas acho que esperarei por Jondalar. Você acha que os caçadores chegarão logo?

– Estou certa – garantiu Laronia. – Laduni sabe que há muitas providências a tomar antes do Festival da Mãe, amanhã. Acho que só foram hoje porque Laduni queria ver como funciona a arma de longo alcance de Jondalar. Como ela se chama?

– Arremessador de lanças, e funciona muito bem – respondeu Ayla. – Mas, como tudo, requer prática. Praticamos bastante ao longo da viagem.

– Você sabe usá-lo? – perguntou Madenia.

– Tenho o meu – confirmou Ayla. – Sempre gostei de caçar.

– Por que você não foi com eles hoje? – quis saber a jovem.

– Porque eu queria aprender a fazer esta espuma de limpeza. Também tinha algumas roupas para lavar e consertar – disse Ayla, levantando-se e dirigindo-se para a tenda cerimonial. Subitamente, parou. – Também tenho algo que gostaria de mostrar-lhes. Alguém já viu um puxador de linhas? – Ayla observou olhares intrigados e cabeças que balançavam. – Se esperarem um instante, trarei o meu para que vejam.

Ayla voltou de moradia com sua caixa de costura e algumas roupas que desejava consertar. Cercada por todos, que desejavam conhecer mais uma daquelas coisas maravilhosas que os viajantes haviam trazido, tirou da caixa um pequeno cilindro – feito de um osso oco de ave – de onde tirou duas agulhas de marfim. Entregou uma delas a Solandia.

A mulher examinou de perto a pequena haste polida. Uma das pontas era fina, lembrando um furador. Na outra, mais grossa, havia um buraco. Após raciocinar um pouco, formou uma ideia da utilidade do objeto.

– Você disse que isso era um puxador de linhas? – indagou, estendendo a agulha para Laronia.

– Sim. Vou mostrar-lhes como usá-lo – confirmou Ayla, separando um pedaço de tendão de um cordão fibroso mais grosso. Molhou e alisou a ponta; em seguida, deixou-a secar. A linha de tendão endureceu um pouco e tomou forma. Feito isso, enfiou a linha no buraco da agulha e colocou-a de lado por um momento. Pegou então uma ferramenta de pedra com uma ponta afiada e começou a abrir buracos próximo à beirada da roupa, cujos pontos haviam-se rompido, alguns deles rasgando o próprio couro. Os novos buracos localizavam-se um pouco atrás dos antigos.

Quando terminou os buracos da nova costura, Ayla instalou-se para demonstrar o novo instrumento. Enfiou a agulha no buraco do couro e puxou-a, conduzindo a linha e concluindo a operação com um arremate.

– Oh! – Os espectadores mais próximos, sobretudo as mulheres, soltaram um suspiro de admiração.

– Veja isso!

– Ela não teve que pegar a linha, puxou-a de uma vez através do couro.

– Posso tentar?

Ayla passou a roupa de mão em mão, deixando que experimentassem; explicou, demonstrou e contou-lhes como tivera essa ideia e como todos no Acampamento do Leão a haviam auxiliado a aperfeiçoar e fabricar o invento.

– É um furador muito bem-feito – comentou Solandia, examinando-o detidamente.

– Foi Wymez, do Acampamento do Leão, quem fabricou. Também criou o perfurador do buraco por onde a linha passa – contou Ayla.

– Deve ser uma ferramenta muito difícil de fazer – comentou Losaduna.

– Jondalar diz que Wymez é um artesão tão hábil quanto Dalanar, talvez um pouco mais.

– É um grande elogio para ele – disse Losaduna. – Todos reconhecem Dalanar como um grande artesão de sílex. Sua habilidade é conhecida até neste lado da geleira, entre os Losadunai.

– Mas Wymez também é um mestre.

Todos voltaram-se, surpresos, para o lugar de onde partira a voz e viram Jondalar, Laduni e vários outros entrando na caverna com um cabrito-montês que haviam caçado.

– Tiveram sorte! – elogiou Verdegia. – Se ninguém se importar, gostaria de ficar com a pele. Estou precisando de lã de cabrito-montês para fazer a roupa de cama do matrimônio de Madenia. – Verdegia queria antecipar-se a qualquer outro pedido.

– Mãe! – retrucou Madenia. envergonhada. – Como pode falar de matrimônio?

– Madenia deve antes cumprir os Primeiros Ritos. Só depois é que se poderá pensar em matrimônio – afirmou Losaduna.

– Por mim ela pode ficar com a pele – concordou Laronia –, seja qual for o uso que pretenda fazer. – Laronia estava certa que havia um pouco de avareza no pedido de Verdegia. Não se caçava com frequência o arisco cabrito-montês. Sua pele era rara e, portanto, valorizada, sobretudo no final do inverno, após crescer durante toda uma estação, tornando-se grossa e densa.

– Também não me importo. Verdegia pode ficar com ela – anuiu Solandia. – A carne fresca de cabrito-montês será uma novidade bem-vinda, e não interessa com quem fique a pele. Será especialmente bom para o Festival da Mãe.

Vários outros aquiesceram, e ninguém discordou. Verdegia sorriu e procurou não demonstrar afetação. Ao se adiantar no pedido, assegurara a valiosa pele, como esperara.

– A carne fresca de cabrito-montês vai bem com a cebola seca que eu trouxe. Também tenho mirtilos.

Mais uma vez, todos olharam para a entrada da caverna. Ayla viu uma jovem desconhecida, com um bebê no colo e uma menininha pela mão, seguida por um rapaz.

– Filonia! – entoaram em coro.

Laronia e Laduni correram em sua direção e os outros foram atrás. A jovem certamente não era uma estranha no lugar. Após alegres abraços de boas-vindas, Laronia pegou o bebê e Laduni, a menina, que havia corrido para ele. Colocou-a sobre os ombros, de onde ela apreciava a todos com um sorriso feliz.

Jondalar estava ao lado de Ayla, sorrindo satisfeito com a felicidade da cena.

– Aquela garota poderia ser minha irmã – comentou ele.

– Filonia, veja quem está aqui – disse Laduni, conduzindo até eles a recém-chegada.

– Jondalar? É você? – exclamou ela, tomada de surpresa. – Não pensei que voltaria. Onde está Thonolan? Há alguém que eu queria apresentar a ele!

– Sinto muito, Filonia. Ele agora vive no outro mundo – respondeu Jondalar.

– Oh! Sinto muito ouvir isto. Queria que ele conhecesse Thonolia. Estou certa que ela é filha do seu espírito.

– Também tenho certeza. Ela parece muito com minha irmã e ambas nasceram na mesma fogueira. Gostaria que minha mãe pudesse vê-la, mas acho que ela ficará feliz por saber que restou algo dele neste mundo, uma criança do seu espírito – disse Jondalar.

A jovem olhou para Ayla.

– Mas você não voltou sozinho – comentou.

– Não – confirmou Laduni –, e espere até ver alguns dos seus companheiros de viagem. Você não vai acreditar.

– Você chegou na hora certa. Amanhã teremos o Festival da Mãe – informou Laronia.

37

O povo da Caverna das Sagradas Fontes Termais aguardava o Festival em Honra da Mãe com enorme entusiasmo. No auge do inverno, quando a vida em geral era enfadonha e cansativa, a chegada de Ayla e Jondalar provocara suficiente emoção para manter a caverna estimulada por muito tempo. Sem dúvida esse interesse perduraria por anos, devido à narração de histórias sobre os viajantes. A partir do instante em que haviam chegado, montados em cavalos e seguidos pelo Lobo que Gostava de Crianças, toda a comunidade se entregara a especulações. Os viajantes tinham histórias inacreditáveis a contar sobre suas aventuras, ideias fascinantes a dividir e ainda instrumentos utilíssimos, como o arremessador de lanças e o puxador de fios.

Agora todos estavam falando sobre o objeto mágico que a mulher lhes mostraria durante a cerimônia, algo relacionado com o fogo, tal como as pedras de queimar. Losaduna fizera menção ao fato durante a refeição da noite. Os visitantes haviam também prometido uma demonstração do arremessador de lanças no campo fronteiro à caverna, para que todos vissem suas possibilidades, e Ayla iria demonstrar do que era capaz com uma funda. No entanto, nem mesmo as prometidas demonstrações lhes despertavam tanto interesse como o mistério relacionado com o fogo.

Ayla descobriu que ser o constante centro das atenções era tão exaustivo, de certa forma, como viajar sem descanso. Durante todo o cair da noite, as pessoas a haviam assediado com perguntas ansiosas e lhe pedido opiniões sobre assuntos a respeito dos quais ela nada sabia. Quando o sol finalmente se pôs, ela estava fatigada e não tinha mais vontade de conversar. Logo que escureceu, deixou o grupo reunido em torno do fogo, na área central da caverna, para ir deitar-se. Lobo foi com ela, e Jondalar os seguiu pouco depois, deixando a caverna livre para mexericar e especular sem a presença deles.

Na área de dormir que lhes fora destinada, dentro do espaço de moradia e cerimônia de Losaduna, fizeram os preparativos para o dia seguinte, e depois meteram-se em suas peles. Jondalar a abraçou e cogitou em passar às abordagens preliminares que Ayla considerava ser os seus "sinais" para o amor, mas ela parecia nervosa e perturbada, e ele queria se poupar. Nunca se sabia o que esperar de um Festival da Mãe, e Losaduna dera a entender que talvez fosse conveniente portarem-se com contenção e esperarem para honrar a Mãe depois dos ritos especiais que haviam planejado.

Jondalar conversara com Aquele que Servia à Mãe sobre suas apreensões concernentes à sua capacidade de ter filhos nascidos em sua fogueira, se a Mãe julgaria seu espírito aceitável para uma nova vida. Haviam decidido por um ritual privado antes do festival, a fim de apelarem diretamente à Mãe, em busca de Sua ajuda.

Ayla permaneceu acordada durante muito tempo depois de ouvir o ressonar do homem a seu lado; sentia-se cansada, mas não conseguia dormir. Mudava de posição com frequência, procurando não despertar Jondalar com seus movimentos. Embora cochilasse, o sono profundo tardava, e seus pensamentos vagueavam por caminhos estranhos, enquanto ela oscilava entre ideias conscientes e sonhos ocasionais...

A CAMPINA TINHA o verde dos novos rebentos da primavera, alegrado pelas tonalidades diversas de flores multicoloridas. A distância, a face escarpada de um rochedo, de um branco de marfim, pontilhado de cavernas e marcado por riscas negras em torno de amplos patamares, quase fulgia na luz que se precipitava do céu azul de anil. Do rio que corria pela base da penedia vinham reflexos de luz, ora dançando no rochedo, ora se afastando, traçando em geral os contornos da parede rochosa, mas sem a acompanhar de modo preciso.

Mais ou menos no meio do campo que se estendia da planície que margeava o rio, havia um homem que a olhava, um homem do Clã. Depois ele se virou e caminhou na direção do rochedo, apoiando-se num cajado e arrastando um pé, mas sem retardar-se. Embora ele nada dissesse, nem fizesse nenhum sinal, Ayla sabia que o homem desejava que o acompanhasse. Correu em sua direção, e quando estavam um junto do outro, ele a olhou com o único olho que possuía. Era um olho castanho e profundo, cheio de simpatia e força. Ayla sabia que a capa de pele do homem encobria o coto de um braço que fora amputado na altura do cotovelo quando ainda menino. Sua avó, uma curandeira de renome, lhe cortara fora o membro inútil e paralisado quando ele gangrenara, depois do ataque de um urso da caverna. Creb havia perdido o olho no mesmo incidente.

Ao se aproximarem do rochedo, ela notou uma estranha formação no alto de um ressalto. Uma pedra em forma de coluna, um tanto achatada, mais escura do que a matriz de calcário que a sustinha, pendia sobre a beirada do ressalto como se tivesse sido congelada ali, no momento em que começava a cair. A pedra não só dava a impressão de que cairia a qualquer momento, tornando-a intranquila, como Ayla sabia também que ela encerrava algo de importante. Algo de que ela deveria lembrar-se, algo que ela fizera ou que deveria fazer, ou que não deveria fazer.

Fechou os olhos, procurando recordar-se. Viu a escuridão, um negrume denso, aveludado, palpável, tão impenetrável como só poderia ser uma caverna no recesso de uma montanha. Uma minúscula chama surgiu na distância, e ela tateou a parede, seguindo por uma passagem estreita, em sua direção. Ao se aproximar, viu Creb com outros mog-urs, e de repente sentiu muito medo. Não queria aquela lembrança e rapidamente abriu os olhos.

Viu-se na margem de um ribeiro que serpenteava na base do rochedo. Olhou para a outra margem e viu Creb subir com dificuldade, na direção da pedra que estava para cair. Ela se colocara às costas dele e agora não sabia como atravessar a corrente para ir ter com o homem. Gritou:

– Creb, sinto muito. Eu não queria seguir você na caverna.

O homem virou-se e acenou de novo para ela, demonstrando muita pressa.

– Rápido! – chamou-a, com um sinal, do outro lado da corrente, que se tornara mais larga e mais funda, cheia de gelo. – Não espere mais! Venha logo!

O gelo aumentava, fazendo com que ele se afastasse cada vez mais.

– Espere por mim! Creb, não me deixe aqui! – bradou ela.

– AYLA! AYLA, ACORDE! Está sonhando de novo – disse Jondalar, sacudindo-a de leve.

Ela abriu os olhos e sentiu uma enorme sensação de perda e medo. Notou as paredes do espaço de moradia, recobertas de peles, e o brilho avermelhado que vinha da lareira, enquanto contemplava a silhueta do homem ao seu lado. Estendeu a mão e agarrou-se nele.

– Temos de nos apressar, Jondalar! Temos de sair daqui agora mesmo.
– Vamos fazer isso – concordou Jondalar. – Assim que pudermos. Mas amanhã é o dia do Festival da Mãe, e depois temos de resolver o que precisaremos levar para cruzar a geleira.
– Gelo! – exclamou Ayla. – Temos de atravessar um rio de gelo!
– Eu sei – respondeu ele, abraçando-a e procurando acalmá-la. – Mas temos de planejar como fazer isso com os cavalos e com Lobo. Vamos precisar de comida e de uma maneira de obter água para todos nós. Lá o gelo está duro como pedra.
– Creb disse que nos apressássemos. Temos de ir embora!
– Assim que pudermos, Ayla. Prometo. Assim que pudemos – disse Jondalar, sentindo uma incômoda ponta de medo. Realmente, tinha de partir e atravessar a geleira o mais cedo possível. Mas não havia como partir antes do Festival da Mãe.

EMBORA POUCO CONTRIBUÍSSE para aquecer o ar enregelante, o sol da tarde se filtrava pelas ramagens, que quebravam os raios coruscantes, mas não bloqueavam a cegante luz que vinha do poente. Do lado leste, os picos montanhosos, refletindo o astro reluzente que descia sobre nuvens de fogo, estavam banhados por um suave fulgor rosado que parecia emanar do próprio gelo. A luz dali a pouco começaria a sumir, mas Jondalar e Ayla ainda se achavam no campo fora da caverna. Ele assistia à demonstração, como todos os outros.

Ayla respirou fundo e prendeu a respiração, pois não queria obstruir a visão com a névoa de seu hálito, enquanto fazia pontaria com cuidado. Sopesou duas pedras na mão, depois colocou uma delas na funda, girou-a sobre a cabeça e soltou uma das pontas. A seguir, começando da extremidade que ainda segurava, fez com que ela corresse rapidamente por sua mão a fim de pegar de novo a ponta solta, meteu a segunda pedra na funda, girou-a e arremessou. Era capaz de atirar duas pedras mais depressa do que alguém poderia imaginar.

– Oh! Vejam só! – As pessoas reunidas na entrada da caverna durante as demonstrações de arremesso de lanças e do uso da funda também soltaram a respiração, até então contida, e fizeram comentários de surpresa e admiração. – Ela quebrou as duas bolas de neve do outro lado do campo!

– Achei-a hábil com as lanças, mas é ainda melhor com essa funda – disse alguém.

– Ela disse que é preciso treinamento para aprender a arremessar lanças com precisão, mas quanto treinamento será necessário para atirar pedras desse jeito? – perguntou Larogi. – Acho que usar o arremessador de lanças deve ser mais fácil.

A demonstração terminara. Quando a noite já caía, Laduni parou diante das pessoas e anunciou que o jantar estava quase pronto.

– Será servido na fogueira central, mas primeiro Losaduna vai dedicar o Festival da Mãe no Fogo Cerimonial, e Ayla vai fazer outra demonstração. O que ela vai lhes mostrar é extraordinário.

Enquanto as pessoas, excitadas, começavam a voltar para a caverna, afastando-se da larga entrada, Ayla observou que Madenia conversava com alguns amigos e ficou satisfeita ao ver que ela sorria. Muita gente já comentara sobre a alegria que todos sentiam por vê-la participar das atividades do grupo, embora ela ainda se mostrasse tímida e reservada. Ayla pensou em como tudo era diferente quando as pessoas demonstravam interesse. Ao contrário da experiência dela própria, na qual todos consideravam que Broud tinha o direito de forçá-la a qualquer momento que desejasse, e a julgassem excêntrica por resistir e odiá-lo, Madenia tinha o apoio de sua gente. Tomavam seu partido. Sentiam raiva daqueles que a haviam forçado, compreendiam o quanto ela sofrera e desejavam corrigir o mal de que ela fora vítima.

Assim que todos se instalaram no espaço do Fogo Cerimonial, Aquele que Servia à Mãe saiu das sombras e se postou atrás de uma fogueira, cercada por um círculo de pedras redondas. Levantou um bastonete com ponta de piche, levou-o ao fogo até arder, depois virou-se e caminhou na direção da parede rochosa da caverna.

Como o corpo dele bloqueava a visão, Ayla não pôde perceber o que fazia. Mas quando uma luz brilhante se espalhou em torno dele, compreendeu que ele acendera um fogo, com toda certeza uma candeia. Losaduna fez alguns movimentos e começou a entoar uma litania familiar, a mesma repetição dos vários nomes da Mãe que ele entoara durante o ritual de purificação de Madenia. Estava invocando o espírito da Mãe.

Quando ele recuou e virou-se para os que o observavam, Ayla viu que o fulgor vinha de uma candeia de pedra que ele acendera num nicho na parede. O fogo projetava sombras cambiantes, maiores que o tamanho natural, de uma pequenina dunai, e destacava a estatueta, esculpida com muito esmero, de uma mulher de formas exuberantes – seios grandes e estômago arredondado, não grávida, mas dotada de reservas de gordura.

– Grande Mãe Terra, Ancestral Original e Criadora de Toda a Vida, Teus filhos aqui estão para Te prestar homenagem, para agradecer-Te por todos os Teus Dons, grandes e pequenos, para honrar-Te – entoou Losaduna, e todos o acompanharam. – Pelas rochas e pelas pedras, pelos ossos da terra, que renunciam a seu espírito para nutrir o solo, por tudo isso viemos honrar-Te. Pelo sol que renuncia a seu espírito para nutrir as plantas que crescem, por isso também viemos honrar-Te. Pelas plantas que crescem e que renunciam a seu espírito para nutrir os animais, viemos aqui para honrar-Te. Pelos animais que renunciam a seu espírito para nutrir os carnívoros, estamos aqui para honrar-Te. E por tudo aquilo que renuncia a seu espírito para alimentar, vestir e proteger Teus filhos, aqui viemos para honrar-Te.

Todos conheciam as palavras. Mesmo Jondalar, como Ayla notou, juntara sua voz à litania, embora pronunciasse as palavras em Zelandonii. Daí a pouco ela começou a repetir a parte que se referia a "honrar", e embora não conhecesse as palavras restantes, sabia que eram importantes, e sabia que jamais as esqueceria.

– Por Teu glorioso filho fulgente que ilumina o dia e por Tua bela companheira luminosa que guarda a noite, aqui viemos para honrar-Te. Por Tuas águas vivificantes que enchem os rios e os mares e que formam as chuvas que descem dos céus, viemos aqui para honrar-Te. Por Teu Dom da Vida e por Tua bênção às mulheres que geram a vida, como Tu fazes, aqui viemos para honrar-Te. Pelos homens, que foram feitos para ajudar as mulheres a prover a nova vida, e cujo espírito Tu utilizas para ajudar as mulheres a criá-la, aqui viemos para honrar-Te. E por Teu Dom dos Prazeres, que homens e mulheres usufruem entre si, e que abre uma mulher para que ela possa dar à luz, aqui viemos para honrar-Te. Grande Mãe Terra, Teus filhos juntam-se todos nesta noite para honrar-Te.

Um silêncio profundo tomou conta da caverna depois de finda a invocação comunitária. Uma criança começou a chorar, e o som de seu choro pareceu muito apropriado à ocasião.

Losaduna recuou e foi como se desaparecesse nas sombras. A seguir Solandia pôs-se de pé, levantou uma cesta que estava perto do Fogo Cerimonial e despejou cinzas e terra sobre as chamas da fogueira, extinguindo o fogo cerimonial e mergulhando o ambiente nas trevas. Interjeições de surpresa subiram da multidão, e as pessoas chegaram-se para a frente, ansiosas. A única luz vinha da candeia que queimava no nicho; fazia com que as sombras cambiantes da figura da Mãe parecessem crescer, até preencher todo o espaço. Embora o fogo nunca tivesse sido apagado daquele modo antes, Losaduna percebeu seu efeito.

Os dois visitantes e as pessoas que viviam no espaço do Fogo Cerimonial haviam ensaiado o ritual e sabiam o que fazer. Depois que todos se silenciaram, Ayla entrou na área escurecida, caminhando em direção à outra fogueira. Haviam decidido que a pedra-de-fogo seria demonstrada melhor, com muito mais dramaticidade, se Ayla acendesse novo fogo, numa fogueira fria, da maneira mais rápida possível, depois que o fogo cerimonial fosse apagado. Uma isca de musgo seco fora colocada na segunda fogueira, ao lado de gravetos; havia também achas de lenha maiores para queimar. Depois acrescentariam linhita para manter as labaredas.

Enquanto ensaiavam, haviam descoberto que o vento ajudava a atiçar o fogo, particularmente a lufada que penetrava quando a porta de couro do espaço cerimonial era aberta, e Jondalar estava ali de pé. Ayla ajoelhou-se e, segurando o pedaço de pirita numa das mãos e o fragmento de pederneira na outra, bateu um contra o outro, provocando uma fagulha que podia ser vista com nitidez na área escura. Bateu os dois pedaços de pedra outra vez, segurando-os num ângulo ligeiramente diferente, o que fez com que a faísca saltasse sobre a isca.

Este foi o sinal para Jondalar, que abriu a porta de entrada. No momento em que sentiu a lufada de ar frio, Ayla abaixou-se sobre a fagulha que crepitava no musgo seco e soprou de leve. De repente o musgo ardeu e a chama provocou um coro de exclamações surpresas e excitadas. Na caverna ensombrecida, a labareda lançou um fulgor rubro que iluminou os rostos de todos e pareceu maior do que realmente era.

As pessoas puseram-se a falar, depressa e atônitas, e aquilo aliviou a tensão que Ayla provocara com tanto mistério. Pouco tempo depois, que – para a Caverna foi como se apenas um segundo houvesse transcorrido, o fogo já ia alto.

Ayla ouviu alguns comentários.

– Como foi que ela fez isso?

– Como alguém pode acender um fogo tão depressa?

Uma segunda fogueira foi acesa, a partir do Fogo Cerimonial. A seguir, Aquele que Servia à Mãe se postou entre as duas fogueiras e falou:

– Em geral, as pessoas que não as conhecem não acreditam que pedras queimem, a menos que possamos mostrar uma delas; porém, as pedras de queimar são o Dom da Grande Mãe Terra aos Losadunai.

Nossos visitantes também receberam uma dádiva, uma pedra-de-fogo. Uma pedra que é capaz de produzir uma faísca geradora de fogo quando golpeada com um sílex. Ayla e Jondalar se dispõem a dar-nos um pedaço de sílex, não apenas para que a usemos, mas também para que possamos reconhecê-la se viermos a encontrá-la. Em troca disso, desejam comida suficiente e outras provisões que os ajudem a transpor a geleira.

– Já lhes prometi isso – disse Laduni. – Tenho uma dívida para com Jondalar e foi isso que ele pediu... e se trata de pedido razoável. De qualquer modo, nós lhes ofereceríamos o alimento e tudo de que precisassem.

– Um murmúrio de assentimento correu pela caverna.

Jondalar sabia que os Losadunai lhes teriam dado alimentos, do mesmo modo que Ayla e ele teriam oferecido à Caverna uma pedra-de-fogo, mas não queria que mais tarde eles se arrependessem de lhes haver presenteado provisões que poderiam ser valiosas se a primavera tardasse.

– Oferecemos a Losaduna uma pedra-de-fogo para benefício de todos – disse Jondalar. – Mas a dívida de Laduni comigo parece ser maior do que ele pensa. Não bastam alimentos e instrumentos para a nossa viagem. Não estamos sós. Temos como companheiros dois cavalos e um lobo, e precisamos ajudá-los a chegar do outro lado da geleira. Precisamos de comida para nós e para eles, porém também precisaremos de água. Se fôssemos apenas Ayla e eu, poderíamos carregar um saco cheio de neve ou gelo sob nossas túnicas, junto da pele, para derretermos uma quantidade de água suficiente para nós e talvez para Lobo; mas os cavalos bebem muita água. Não podemos derreter uma quantidade de gelo suficiente para eles. Vou lhes dizer a verdade. Temos de descobrir um meio de transportar ou derreter água suficiente para conseguirmos chegar ao outro lado da geleira.

Levantaram-se várias vozes, com sugestões e propostas, porém Laduni fez com que se calassem.

– Vamos pensar no assunto e nos reuniremos amanhã com sugestões. Esta noite é o Festival.

Jondalar e Ayla já haviam contribuído com emoções e mistérios, que animariam os meses silenciosos de inverno, e que renderiam histórias a serem narradas nas Reuniões de Verão. Agora havia o presente da pedra-de-fogo e, como bônus, o desafio de solucionarem um problema inédito, um fascinante enigma prático e intelectual que lhes daria oportunidade de exercitar a força da mente. Os viajantes podiam contar com auxílio voluntário e prestimoso.

Madenia comparecera ao Fogo Cerimonial para assistir à demonstração da pedra-de-fogo, e Jondalar não deixou de notar que ela o observara atentamente. Sorrira para ela várias vezes, e a jovem reagira desviando o olhar e enrubescendo. Quando a reunião estava para terminar, ele caminhou em sua direção.

– Olá, Madenia. O que achou da pedra-de-fogo?

Ele sentia a atração que nutria por jovens acanhadas antes de seus Primeiros Ritos, jovens que não sabiam o que esperar e que se mostravam um pouco assustadas, sobretudo aquelas que ele fora incumbido de iniciar no Dom dos Prazeres da Mãe. Sempre apreciara mostrar-lhes o Dom da Mãe durante seus Primeiros Ritos, e tinha um modo todo especial de fazê-lo, motivo pelo qual era convocado com tanta frequência. O medo de Madenia tinha fundamento, não era a apreensão amorfa da maioria das mocinhas, e para Jondalar teria sido uma satisfação toda especial, um desafio, levá-la a ver o Dom como fonte de alegria e não de sofrimento.

Jondalar a fitava com seus olhos azuis espantosamente vívidos, e desejou que pudessem permanecer ali tempo suficiente para que participassem dos rituais de verão dos Losadunai. Desejava genuinamente ajudá-la a superar seus temores, e sentia-se sinceramente atraído por ela, o que trazia à tona todo seu encanto, seu magnetismo viril. Aquele homem formoso e sensível sorriu para Madenia, deixando-a quase sem fôlego.

Madenia jamais conhecera uma sensação como aquela. Todo seu corpo sentia-se abrasado, quase em fogo, e ela sentiu uma vontade irresistível de tocá-lo, de que ele a tocasse, mas não tinha nenhuma ideia de como lidar com esses sentimentos. Tentou sorrir; depois, embaraçada, abriu bem os olhos e espantou-se com sua audácia. Recuou e saiu, quase corendo na direção de sua moradia. A mãe a viu ir embora e seguiu-a.

Jondalar tinha visto a reação de Madenia antes. Não era incomum que jovens tímidas reagissem daquela forma, e aquilo somente a tornou mais cativante.

– O que fez com essa pobre criança, Jondalar?

Ele olhou para a mulher que falara, dirigindo-lhe seu sorriso.

– Ou não preciso perguntar? Lembro-me de uma época em que esse olhar quase me esmagava. Mas seu irmão também tinha encantos.

– E a deixou abençoada – disse Jondalar. – Está com muito bom aspecto, Filonia. Feliz.

— Realmente, Thonolan deixou um pedaço de seu espírito comigo, e estou feliz. Você também parece feliz. Onde foi que conheceu Ayla?
— É uma longa história, mas ela salvou minha vida. Foi tarde demais para Thonolan.
— Soube que um leão o pegou. Que pena.
Jondalar assentiu e fechou os olhos, perturbado pela dor, sempre presente a uma menção ao irmão.
— Mamãe! – chamou uma menina. Era Thonolia, de mãos dadas com a filha mais velha de Solandia. – Posso comer na Fogueira de Salia e brincar com o lobo? Ele gosta de crianças.
Filonia olhou para Jondalar com uma expressão apreensiva.
— Lobo não lhe fará mal. É verdade que gosta de crianças. Pergunte a Solandia. Ela usa o animal para distrair o bebê – disse Jondalar. Lobo foi criado na companhia de crianças e Ayla o treinou. É uma mulher extraordinária, principalmente com animais.
— Então está bem, Thonolia. Não acredito que este homem a deixasse fazer alguma coisa que pudesse feri-la. Ele é irmão do homem de quem você recebeu o nome.
Houve uma agitação. Procuraram ver do que se tratava, enquanto as meninas saíam correndo.
— Quando é que alguém vai tomar uma providência... Esse Charoli! Por quanto tempo uma mãe tem de esperar? – Era Verdegia queixando-se com Laduni. – Quem sabe se não precisamos convocar um Conselho de Mães, já que os homens nada fazem? Tenho certeza de que elas haveriam de compreender o que vai no coração de uma mãe, e logo tomariam uma decisão.
Losaduna havia-se reunido a Laduni, para lhe dar apoio. A convocação de um Conselho de Mães era, em geral, um recurso supremo. Podia ter sérias repercussões e só era utilizado quando não se encontrava nenhuma outra maneira de resolver uma situação.
— Não sejamos precipitados, Verdegia. O mensageiro que enviamos a Tomasi deve estar de volta a qualquer momento. É claro que podemos esperar um pouco mais. E Madenia está muito melhor, você não acha?
— Não tenho tanta certeza. Ela correu para nosso fogo e não quer me dizer o que está havendo. Disse que não foi nada e que não devo me preocupar, mas como? – disse Verdegia.
— Eu poderia dizer a ela o que está havendo – sussurrou Filonia –, mas não tenho certeza de que Verdegia entenderia. Mas ela tem razão.

Realmente, é preciso fazer algo em relação a esse Charoli. Todas as Cavernas estão falando sobre ele.

– O que se pode fazer? – perguntou Ayla, juntando-se aos dois.

– Não sei – respondeu Filonia, sorrindo para a mulher. Ayla viera ver o filhinho dela e era evidente que sentira prazer em embalá-lo. – Mas creio que o plano de Laduni é sensato. Ele acha que todas as cavernas deveriam atuar juntas, para descobrir os rapazes e trazê-los de volta. Ele gostaria de ver os membros do bando separados uns dos outros, longe da influência de Charoli.

– Parece mesmo uma boa ideia – concordou Jondalar.

– O problema é a caverna de Charoli, e saber se Tomasi, que é parente da mãe de Charoli, vai concordar com o plano – disse Filonia. – Teremos mais condições de avaliar quando o mensageiro voltar, mas entendo a posição de Verdegia. Se algo assim um dia acontecesse a Thonolia... – A mulher balançou a cabeça, sem encontrar palavras.

– Acho que a maioria das pessoas compreende a sensação de Madenia e de sua mãe – disse Jondalar. – Em geral as pessoas são decentes, mas basta uma pessoa ruim para criar problemas para todas as demais.

Ayla estava se lembrando de Attaroa e pensando o mesmo.

– Aí vem alguém! Aí vem alguém! – Larogi e vários de seus amigos entraram correndo na caverna gritando a notícia, e Ayla se pôs a imaginar o que estariam fazendo do lado de fora, no frio e no escuro. Momentos depois, foram seguidos por um homem de meia-idade.

– Rendoli! Não poderia ter chegado em melhor hora – disse Laduni, demonstrando um óbvio alívio. – Venha, deixe que eu cuido de suas coisas, e beba algo quente. Você voltou a tempo de participar do Festival da Mãe.

– Esse é o mensageiro que Laduni mandou a Tomasi – disse Filonia, surpresa ao vê-lo.

– Bem, o que disse ele? – perguntou Verdegia.

– Verdegia! – censurou-a Losaduna. – Espere o até que ele recuperou o fôlego. Ele acabou de chegar.

– Não tem importância – disse Rendoli, pondo um saco no chão e recebendo uma taça de chá quente das mãos de Solandia. – O bando de Charoli atacou a caverna que fica perto da área erma onde eles estão escondidos. Roubaram armas e comida, e quase mataram uma mulher que tentou detê-los. Ela ainda está muito ferida, mas talvez se recupere. Todas as cavernas estão revoltadas. Quando souberam do caso de Madenia, isso foi o golpe final. Apesar de seu parentesco com a mãe de Charoli, Tomasi está disposto a aliar-se às outras cavernas para persegui-los e pôr fim a essas estripulias. Tomasi convocou uma reunião com o maior número possível de cavernas... e foi por isso que demorei tanto a voltar. Esperei a reunião. A maioria das cavernas próximas mandou várias pessoas. Eu tive de tomar algumas decisões em nosso nome.

– Tenho certeza de que foram sensatas – respondeu Laduni. – Acho ótimo você ter participado. O que acharam de minha sugestão?

– Já a haviam adotado, Laduni. Cada caverna vai mandar rastreadores para localizá-los... e alguns já partiram. Assim que o bando de Charoli for descoberto, a maioria dos caçadores de cada caverna vai sair atrás deles para trazê-los aqui. Ninguém suporta mais essa situação. Tomasi quer agarrá-los antes da Reunião de Verão. – O homem virou-se para Verdegia: – E eles desejam que você esteja lá para fazer uma acusação e pedir desagravo.

Verdegia mostrou-se quase satisfeita.

– Irei com todo prazer – disse –, e se Madenia não concordar com os Primeiros Ritos, podem ter certeza de que não esquecerei isso.

– Tenho esperança de que, quando o verão chegar, ela tenha mudado de opinião. Tenho notado progressos desde o ritual de purificação. Ela tem saído e conversado mais com as pessoas. Acho que Ayla ajudou – disse Losaduna.

Depois que Rendoli se dirigiu a seu espaço de moradia, Losaduna chamou a atenção de Jondalar e fez-lhe um sinal. O homem alto pediu licença e acompanhou Losaduna ao Fogo Cerimonial. Ayla gostaria de segui-los, mas percebeu, pela discrição deles, que queriam ficar a sós.

– Aonde será que eles vão? – perguntou ela.

– Acho que se trata de algum tipo de ritual pessoal – respondeu Filonia, o que deixou Ayla ainda mais curiosa.

– T*rouxe alguma coisa* feita por você? – indagou Losaduna.

– Fiz uma lâmina. Não tive tempo de poli-la, mas foi o melhor que pude fazer – respondeu Jondalar, tirando de dentro da túnica um pacotinho envolvido em pele. Abriu-o e exibiu uma pequena ponta de pedra, com um fio suficientemente amolado para fazer a barba. Uma extremidade terminava em ponta. A outra tinha um prolongamento que poderia ser adaptado a um cabo de madeira.

Losaduna examinou-a com cuidado.

— Excelente artesanato — comentou. — Tenho certeza de que será aceitável. Jondalar suspirou, aliviado, embora até então não houvesse percebido a extensão de seu nervosismo.

— E trouxe algum objeto dela?

— Isso foi mais difícil. Temos viajado praticamente com o essencial, e ela sabe onde põe todas as suas coisas. Possui alguns objetos guardados, presentes de pessoas na maior parte, e eu não quis mexer. Depois me lembrei de que você disse que não importava que fosse algo pequeno, desde que muito pessoal — disse Jondalar, pegando um objeto minúsculo que estava também no pacote de pele, e continuou a explicação. — Ela usa um amuleto, um saquinho enfeitado que contém objetos de sua infância. É muito importante para ela, e só o tira do pescoço para nadar ou banhar-se, e mesmo assim, nem sempre. Ela o deixou quando foi às fontes quentes sagradas, e eu cortei uma das contas de decoração.

Losaduna sorriu.

— Ótimo! Está perfeito! Muita habilidade sua. Já notei esse amuleto, e sei que é algo muito pessoal dela. Amarre-os um junto do outro e os passe para mim.

Jondalar fez o que ele pedia, mas Losaduna notou uma expressão de dúvida em seu rosto.

— Não posso lhe dizer onde vou colocá-los, mas Ela há de saber. Agora, preciso lhe explicar certas coisas e fazer algumas perguntas — disse Losaduna.

Jondalar anuiu.

— Tentarei responder.

— Você quer que nasça um filho em sua fogueira, da mulher Ayla, não é verdade?

— Sim.

— Compreende que um filho nascido para a sua fogueira pode não ser de seu espírito?

— Sim.

— O que pensa disso? Importa-lhe o espírito que for usado?

— Gostaria que fosse de meu espírito, mas... o espírito pode não ser o certo. Talvez não seja bastante forte ou a Mãe não o possa usar, ou talvez não queira. De qualquer forma, ninguém jamais sabe de quem é o espírito, mas se um filho nascesse de Ayla, e para a minha fogueira, isso seria o suficiente. Acho que eu mesmo quase me sinto uma mãe — disse Jondalar, e sua convicção era patente.

Losaduna assentiu.

– Muito bem. Esta noite vamos honrar a Mãe, de modo que a ocasião é das mais propícias. Você sabe que as mulheres que mais A honram são as abençoadas com mais frequência. Ayla é uma bela mulher e não terá dificuldade em encontrar um homem, ou homens, com quem partilhar os Prazeres.

Quando Aquele que Servia à Mãe viu a expressão de contrariedade do homem alto, percebeu que Jondalar era um daqueles que achavam difícil ver a mulher escolhida ficar com outra pessoa, mesmo que fosse somente para uma cerimônia.

– Você deve incentivá-la, Jondalar. Isso honra a Mãe e é da máxima importância você ser sincero ao dizer que deseja que Ayla dê um filho a seu fogo. Já vi isso dar certo antes. Muitas mulheres engravidaram quase que de imediato. A Mãe ficará muito satisfeita com você, e talvez Ela até use o seu espírito, sobretudo se você também a honrar bem.

Jondalar fechou os olhos e fez que sim com a cabeça, mas Losaduna percebeu que ele rilhava os dentes. Não seria fácil para aquele homem.

– Ela nunca participou de um Festival em Honra da Mãe. E se ela... não quiser uma outra pessoa? – perguntou Jondalar. – Deverei insistir?

– Você deve incentivá-la a partilhar com outros, mas é claro que a opção é dela. Você nunca deve recusar uma mulher, se puder, no Festival da Mãe, mas, sobretudo, não a que você escolheu como companheira. Eu não me preocuparia com isso, Jondalar. Muitas mulheres percebem o espírito da cerimônia e não encontram dificuldade para apreciar o Festival – disse Losaduna. – Mas é estranho que Ayla não tenha sido criada no conhecimento da Mãe. Eu não sabia que há gente que não A reconhece.

– As pessoas que a criaram eram... muito estranhas – respondeu Jondalar.

– Com toda certeza – disse Losaduna. – Agora, vamos pedir à Mãe.

Pedir à Mãe. Pedir à Mãe. As palavras pairaram sobre os pensamentos de Jondalar enquanto se dirigiam ao fundo do espaço cerimonial. Ele se lembrou, de repente, de que lhe haviam dito que ele era um dos favoritos da Mãe, a tal ponto que nenhuma mulher seria capaz de rejeitá-lo, nem mesmo a Doni em Pessoa. Tão favorito que se algum dia ele pedisse algo à Mãe, Ela lhe concederia. Fora também advertido de que tivesse cuidado com tal favor; ele poderia receber o que tivesse pedido. Naquele momento, desejou ardentemente que isso fosse verdade.

Pararam diante do nicho onde a candeia ainda ardia.

– Levante a dunai e segure-a – ordenou Aquele que Servia à Mãe.

Jondalar levou a mão ao nicho e suavemente pegou a estatueta da Mãe. Era uma das esculturas mais bem-feitas que já vira. O lavor do corpo era perfeito. A estatueta em suas mãos parecia ter sido esculpida como cópia de um modelo vivo, uma mulher bem-proporcionada e de porte esbelto. Já vira com frequência mulheres nuas e sabia como eram. Os braços, repousando sobre os seios fartos da estatueta, eram apenas sugeridos, mas ainda assim os dedos eram definidos, assim como as pulseiras nos braços. As pernas juntavam-se numa espécie de cavilha, que terminava no chão.

O mais surpreendente era a cabeça. A maioria das donii que ele já vira tinha apenas uma espécie de protuberância no lugar da cabeça, às vezes com o rosto definido pela linha do cabelo, mas sem fisionomia clara. Aquela, porém, tinha um penteado elaborado, formado por fileiras de anéis apertados, que lhe cobriam toda a cabeça e o rosto. Excetuada a diferença de forma, não havia diferença nenhuma entre a parte frontal e a posterior da cabeça.

Olhando com atenção, surpreendeu-se ao ver que a estatueta fora esculpida em calcário. O marfim, o osso ou a madeira eram muito mais fáceis de trabalhar, e a figura tinha pormenores tão perfeitos e um acabamento de tal forma esmerado que era difícil imaginar que alguém a tivesse talhado em pedra. Muitos instrumentos de sílex devem ter sido gastos para produzir essa maravilha, pensou ele.

Aquele que Servia à Mãe estava cantando, percebeu Jondalar. Estivera tão absorto em examinar a donii que nem dera conta do som. Entretanto, aprendera o suficiente do Losadunai para, prestando atenção, captar alguns dos nomes da Mãe, e entendeu que Losaduna iniciara o ritual. Esperava que o fato de ter-se distraído apreciando as qualidades estéticas da escultura não atrapalhasse a essência espiritual da cerimônia. Conquanto a donii fosse um símbolo da Mãe e, segundo se acreditava, constituísse um possível lugar de repouso para uma de suas muitas formas espirituais, ele sabia que a figura entalhada não era a Grande Mãe Terra.

– Agora, pense com clareza no que deseja e, em suas próprias palavras, peça à Mãe aquilo que você quer – disse Losaduna. – Segurar a dunai lhe ajudará a concentrar todos os seus pensamentos e sentimentos no pedido. Não hesite em dizer o que quer que lhe ocorrer. Lembre-se de que aquilo que você está pedindo é agradável à Mãe de Todos.

Jondalar fechou os olhos para pensar, para melhor se concentrar.

– Ó Doni, Grande Mãe Terra – começou. – Houve momentos em minha vida em que eu tive... alguns pensamentos que podem tê-la desagradado. Eu não pretendia ofendê-la, mas... simplesmente aconteceram. Houve época em que pensei que jamais encontraria uma mulher que eu pudesse amar, e julguei que fosse porque Tu estavas zangada com... aquelas coisas.

Algo muito ruim deve ter acontecido na vida desse homem. Ele é tão bondoso e parece tão seguro de si; é difícil acreditar que possa ter sofrido tamanha vergonha e preocupação, pensou Losaduna.

– Então, depois de haver viajado até o fim de Teu rio e de perder... meu irmão, a quem eu amava mais que a tudo, Tu puseste Ayla em minha vida, e finalmente descobri o que significava o amor. Sou grato por Ayla. Se não houvesse mais ninguém em minha vida, nem família, nem amigos, a mim bastaria a presença de Ayla. Mas, se for de Teu desejo, Grande Mãe, eu gostaria... eu anseio... queria algo mais. Quero pedir... um filho. Um filho, nascido de Ayla, nascido para a minha Fogueira, e, se possível, nascido de meu espírito, ou nascido de minha própria essência, como Ayla acredita. Se não for possível, se meu espírito não é... suficiente, então que Ayla tenha o filhinho que ela quiser, e que ele nasça para a minha Fogueira, de modo que seja meu de coração.

Jondalar começou a repor a donii no lugar, mas ainda não terminara. Deteve-se e segurou a estatueta com as mãos.

– Mais um pedido. Se algum dia Ayla engravidar com um filho do meu espírito, eu gostaria de saber que se trata de um filho do meu espírito.

Interessante pedido, pensou Losaduna. Talvez a maioria dos homens gostasse de saber, mas na verdade isso não importa tanto. Por que isso é tão importante para ele? E o que ele quis dizer com filho de sua essência... como Ayla acredita? Gostaria de perguntar a ela, mas isto é um ritual privado. Não posso dizer a ela o que foi dito aqui. Talvez possamos discutir o assunto de um ponto de vista filosófico, algum dia.

AYLA VIU OS DOIS HOMENS saindo do Fogo Cerimonial. Tinha certeza de que haviam feito o que pretendiam, mas o homem mais baixo tinha uma expressão interrogativa e algo em sua postura mostrava que estava insatisfeito, ao passo que o mais alto parecia tenso e infeliz, embora resoluto. Aquelas sensações estranhas a deixaram ainda mais curiosa com relação ao que acontecera.

– Espero que ela mude de opinião – Ayla ouviu Losaduna dizer, ao se aproximarem. – Acho que a melhor maneira de ela vir a superar sua terrível experiência consiste em levar adiante seus Primeiros Ritos. Entretanto, teremos de ser muito cuidadosos com relação à pessoa que escolhermos para ela. Gostaria que você ficasse, Jondalar. Ela parece ter se interessado por você. Em minha opinião, é bom vê-la sentir alguma coisa em relação a um homem.

– Eu gostaria de ajudar, mas não podemos ficar. Temos de partir assim que for possível, amanhã ou depois de amanhã, se pudermos.

– É claro, você tem razão. A estação pode mudar a qualquer momento. Preste atenção para ver se algum de vocês se torna irritadiço – disse Losaduna.

– O Mal-estar – disse Jondalar.

– O que é o Mal-estar? – perguntou Ayla.

– Ele vem com o foehn, o vento da primavera, que derrete a neve – respondeu Losaduna. – O vento chega do sudoeste, quente e seco, com força suficiente para arrancar árvores pelas raízes. Derrete a neve tão depressa que bancos altos de neve podem desaparecer em um dia, e se ele pegar vocês na geleira é possível que não consigam cruzá-la. O gelo pode derreter sob seus pés e atirá-los numa fenda, ou pode criar um rio diante do caminho ou abrir um desfiladeiro a seus pés. O vento chega tão depressa que os espíritos maléficos que apreciam o frio não conseguem fugir dele. O vento varre-os, arranca-os de lugares escondidos, empurra-os para diante. É por isso que os espíritos maléficos viajam nas primeiras rajadas do derretedor da neve, e em geral chegam antes delas. Eles trazem o Mal-estar. Se souberem o que esperar e puderem controlá-los, eles podem ser um aviso, mas são sutis, e não é fácil tirar proveito dos espíritos maléficos.

– Como se sabe que os espíritos maléficos chegaram? – perguntou Ayla.

– Como eu disse, prestem atenção se começarem a sentir irritação. Eles podem fazer com que adoeçam e, se já estiverem enfermos, podem agravar seu estado, porém em geral apenas querem que discutam ou briguem. Algumas pessoas são tomadas de fúria, mas todos sabem que isso é provocado pelo Mal-estar, de modo que não lhes é imputada culpa... a menos que causem graves danos ou ferimentos, e mesmo nesse caso a acusação é atenuada. Mais tarde as pessoas ficam felizes com o derretedor de neve, pois ele traz novos cultivos, nova vida, mas ninguém quer conhecer o Mal-estar.

– Venham comer! – chamou Solandia; não a tinham visto chegar. – As pessoas já estão começando a repetir. Se não se apressarem, ficarão sem comida.

Caminharam em direção à fogueira central, atiçada por lufadas de ar que vinham da entrada da caverna. Embora não estivessem agasalhados para o frio intenso que fazia lá fora, a maioria das pessoas usava roupas quentes nas áreas abertas da caverna, expostas ao frio e aos ventos. O pernil de cabrito-montês estava vermelho no meio, embora o calor do fogo o estivesse assando um pouco mais; todos acolhiam com satisfação a carne fresca. Havia também um grosso caldo de carne, preparado com carne-seca, gordura de mamute, pedaços de raízes secas e bagas silvestres – quase tudo quanto lhes havia sobrado de frutos e hortaliças. O inverno já cansava a todos, e ansiavam pela chegada da primavera.

No entanto, o frio estava ainda bem presente, e por mais que ansiasse pela primavera, Jondalar queria, de todo coração, que o inverno se prolongasse um pouquinho mais, pelo menos até atravessarem a geleira que os aguardava.

38

Terminada a refeição, Losaduna anunciou que algo estava sendo oferecido no Fogo Cerimonial. Ayla e Jondalar não compreenderam a palavra, mas dentro em pouco ficaram sabendo que se tratava de uma bebida que era servida quente. O gosto era agradável e vagamente familiar. Ayla julgou que deveria ser um tipo de suco de fruta ligeiramente fermentado e ao qual tivessem acrescentado ervas. Surpreendeu-se quando Solandia lhe informou que o principal ingrediente era seiva de vidoeiro, embora o suco de fruta fosse apenas parte da receita.

Verificaram, por fim, que o sabor era ilusório. A bebida era mais forte do que Ayla pensara; interrogada, Solandia confidenciou que as ervas contribuíam, em larga medida, para sua potência. Ayla percebeu então que o sabor vagamente familiar provinha de losna maior, uma erva poderosa que podia ser perigosa se ingerida em excesso ou com demasiada frequência. Sua detecção fora difícil por causa da aspérula, de gosto agradável, porém forte perfume, e de outras substâncias aromáticas. Ayla tentou descobrir o que mais haveria na bebida, o que a levou a prová-la e analisá-la mais detidamente.

Ele perguntou a Solandia a respeito da erva forte, mencionando seus possíveis perigos. A mulher explicou que a planta, que ela chamava de absinto, raramente era utilizada, salvo naquela bebida, reservada tão-somente para os Festivais da Mãe. Em virtude de sua natureza sagrada, em geral Solandia relutava em revelar os ingredientes da bebida, mas as perguntas de Ayla foram tão precisas e mostravam tamanho conhecimento botânico que ela não pôde deixar de responder. Ayla descobriu então que a mistura não era em absoluto o que parecia ser. O que, à primeira vista, dera a impressão de ser apenas uma bebida simples e suave, de sabor agradável, era na realidade um preparado potente, que se destinava a incentivar o relaxamento, a espontaneidade e a naturalidade desejáveis durante o Festival em Honra da Mãe.

À medida que as pessoas começavam a chegar ao Fogo Cerimonial, Ayla notou, de início, uma maior agudez de percepção, resultante dos muitos goles que tomara da bebida, mas aquela sensação logo cedeu lugar a uma disposição de espírito langorosa e cordial, que substituiu sua prévia atitude analítica. Notou que Jondalar e vários outros homens conversavam com Madenia e, deixando Solandia abruptamente, caminhou na direção deles. Cada um dos homens percebeu sua aproximação e gostou do que viu. Ayla sorriu ao chegar, e Jondalar teve consciência do enorme amor que aquele sorriso sempre evocava. Não seria fácil seguir as recomendações de Losaduna e incentivá-la a entregar-se plenamente ao Festival da Mãe, mesmo depois do efeito relaxante da bebida que Aquele que Servia à Mãe lhe oferecera. Jondalar suspirou e engoliu o resto do líquido no fundo da taça.

Filonia e, especialmente seu companheiro, Daraldi, a quem ela fora apresentada antes, estavam entre os que saudaram Ayla com efusão.

– Seu copo está vazio – disse ele, tirando uma concha de um vaso de madeira e enchendo a taça de Ayla.

– Pode servir um pouco mais para mim também – disse Jondalar, num tom de excessiva cordialidade. Losaduna notou a jovialidade forçada, mas achou que os demais não prestariam muita atenção. No entanto, uma pessoa notou. Ayla olhou para ele, percebeu que sua boca tremia e viu que algo o incomodava. Notou também a reação rápida de Losaduna. Algo estava acontecendo entre aqueles dois, observou, mas a bebida a estava afetando, e resolveu pensar no assunto mais tarde. De repente, o som de tambores encheu o recinto.

– As danças vão começar! – avisou Filonia. – Vamos, Jondalar. Vou lhe ensinar os passos. – Pegou-o pela mão e o conduziu ao centro da área.

– Madenia, vá também – disse Losaduna.

– Isso mesmo – falou Jondalar. – Venha também. Sabe os passos? – Sorriu para ela, e Ayla achou que ele começava a relaxar.

Jondalar estivera conversando com Madenia e prestando atenção nela durante todo o dia, e embora ela se sentisse acanhada e silenciosa, sentira uma aguda consciência da presença do homem alto. A cada vez que ele a fitava com os olhos penetrantes, ela sentia o coração disparar. Quando ele a pegou pela mão e conduziu à área da dança, ela sentiu um arrepio de frio e calor ao mesmo tempo, e não poderia ter resistido mesmo que tentasse.

Por um instante Filonia franziu a testa, mas depois sorriu para a jovem.

– Nós duas podemos ensinar os passos a ele – disse, levando-os para a área de dança.

– Posso lhe mostrar... – começou Daraldi a dizer a Ayla, no exato momento em que Laduni dizia: – Eu ficaria feliz em... – Sorriram, cada qual tentando deixar que o outro falasse.

Ayla dirigiu um sorriso a ambos.

– Talvez vocês dois me pudessem ensinar os passos – disse.

Daraldi sacudiu a cabeça, concordando, e Laduni dirigiu a ela um sorriso de contentamento, enquanto cada um deles pegava uma das mãos dela e a conduzia à área onde os dançarinos se reuniam. Enquanto se colocavam em círculo, mostraram aos visitantes os passos básicos; depois todos se deram as mãos ao ouvir o som de uma flauta. Ayla surpreendeu-se com o som. Não ouvia uma flauta desde que Manem tocara na Reunião de Verão dos Mamutoi. Seria possível que houvesse transcorrido menos de um ano desde então? Parecia ter sido havia tanto tempo, e ela nunca mais o veria.

Seus olhos se marejaram ao pensar naquilo, mas quando a dança começou, teve pouco tempo para dedicar a recordações pungentes. No começo foi fácil seguir o ritmo, mas ele se tornou mais vivo e complicado com o prosseguimento da dança. Ayla era, inquestionavelmente, o centro das atenções. Todos os homens a achavam irresistível. Juntavam-se em torno dela, competindo por sua atenção, fazendo insinuações e até convites explícitos, mal disfarçados como brincadeiras. Jondalar namorava Madenia com discrição, e também Filonia, mais abertamente, mas não deixava de perceber que todos os homens buscavam chamar a atenção de Ayla.

A dança tornou-se mais complicada, com passos complexos e mudanças de lugar, e Ayla dançou com todos. Ria de suas piadas e observações insinuantes, enquanto as pessoas se afastavam para encher de novo seu copo, ou casais procuravam desvãos escuros. Laduni foi para o meio da área e executou um enérgico solo de dança. Ao fim do bailado, sua companheira juntou-se a ele.

Ayla sentia sede, e várias pessoas foram com ela tomar outra bebida. Daraldi caminhava a seu lado.

– Eu também quero um pouco mais – disse Madenia.

– Sinto muito, minha querida – disse Losaduna, pondo a mão sobre o copo da moça –, mas você ainda não passou pelos Ritos dos Primeiros Prazeres. Terá de tomar chá. – Madenia fechou o rosto e começou a protestar. Depois saiu para buscar um copo da bebida inócua que estivera tomando.

Losaduna não tinha intenção de permitir-lhe nenhum dos privilégios da condição de mulher adulta até ela haver passado pela cerimônia que conferia essa condição, e estava fazendo tudo a seu alcance para incentivá-la a concordar com o importante ritual. Ao mesmo tempo, estava procurando fazer com que todos soubessem que, apesar de sua horrível experiência, ela fora purificada, restaurada ao estado anterior, e que deveria ser submetida às mesmas restrições e tratada com o mesmo cuidado e atenção especiais dedicados a qualquer jovem moça prestes a se tornar mulher. Sentia que esse era o único meio de fazer com que ela se recuperasse inteiramente do ataque desproposital e do múltiplo estupro que sofrera.

Ayla e Daraldi foram os últimos a beber. Depois os outros saíram numa outra direção e eles ficaram a sós. Daraldi virou-se para ela.

– Ayla, como você é bonita.

Na juventude ela sempre se sentira alta e feia, e por mais que Jondalar lhe dissesse que era bonita, ela sempre julgava que tais palavras se devessem ao amor que sentia por ela. Não se julgava bela, e o comentário a surpreendeu.

– Não – respondeu, rindo. – Não sou bonita.

Aquela observação deixou Daraldi perplexo. Não era o que ele esperara. – Mas... você é – disse.

Daraldi passara toda a noite tentando despertar-lhe o interesse, e embora ela se mostrasse amistosa e simpática, e fosse evidente que estivesse gostando da dança, movimentando-se com uma sensualidade natural que o estimulava a prosseguir em seus esforços, Daraldi não fora capaz de provocar a faísca que levaria a convites mais ousados. Ele sabia que não era um homem sem atrativos, e aquele era um Festival da Mãe, mas não conseguia transmitir àquela mulher as suas intenções. Por fim, decidiu-se por uma abordagem mais direta.

– Ayla – disse, passando a mão em volta da cintura dela. Sentiu-a retesar-se por um momento, mas persistiu, aproximando-se dela para lhe sussurrar no ouvido: – Saiba ou não, você é uma mulher bonita.

Ayla virou-se para ele, mas em vez de aproximar-se ainda mais, numa reação carinhosa, recuou. Daraldi pôs a mão no outro lado de sua cintura, a fim de puxá-la para si. Ayla endireitou os ombros, pôs as mãos nos ombros dele e olhou-o de frente.

Ayla ainda não compreendera inteiramente o verdadeiro significado do Festival da Mãe. Julgara tratar-se apenas de uma reunião alegre e festiva, muito embora eles falassem a respeito de "honrar" a Mãe e ela soubesse o significado habitual da expressão. Ao notar que pares, ou mesmo trios, se afastavam para os cantos mais escuros em torno das divisórias de couro, começou a entender melhor o que se passava, mas só ao encarar Daraldi e notar o desejo estampado em seus olhos foi que finalmente entendeu o que ele esperava.

Daraldi a puxou contra si e tentou beijá-la. Ayla sentiu-se atraída por ele e reagiu com a mesma paixão. A mão do homem encontrou seu seio, e ele tentou enfiá-la por baixo da túnica que ela usava. Era um homem atraente e a sensação não era ruim. Ela se sentia tranquila e disposta a ceder, mas queria tempo para pensar. Era difícil resistir, seus pensamentos não estavam claros. Nesse momento ela ouviu sons rítmicos.

– Vamos voltar para a dança – disse.

– Por quê? Já não são muitos os que dançam.

– Quero mostrar uma dança Mamutoi – disse ela. Daraldi concordou. Ayla havia correspondido. Ele podia esperar um pouco mais.

Quando chegaram à área central, Ayla notou que Jondalar não estava ali. Estava dançando com Madenia, segurando-lhe as duas mãos e ensinando-lhe um passo de dança que aprendera com os Sharamudoi.

Filonia, Losaduna, Solandia e algumas outras pessoas batiam palmas. O flautista e o rapaz encarregado dos ritmos haviam encontrado parceiras.

Ayla e Daraldi começaram a bater palmas também. Os olhares de Ayla e Jondalar se cruzaram, e ela deixou de bater palmas para golpear as coxas, ao modo dos Mamutoi. Madenia parou para olhar, e depois se afastou quando Jondalar juntou-se a Ayla num ritmo complicado, também batendo as mãos nas pernas. Dali a pouco estavam se movimentando juntos, dando passos para trás e rodeando um ao outro, olhando-se por cima dos ombros. Quando ficaram frente a frente, deram-se as mãos. A partir do momento em que seu olhar cruzara com o de Jondalar, Ayla não vira mais ninguém senão ele. A simpatia que sentira por Daraldi perdeu-se na reação violenta que ela experimentou diante do desejo, da necessidade e do amor que ela viu nos olhos azuis, muito azuis, que a fitavam naquele momento.

A intensidade do sentimento entre os dois era patente a todos. Losaduna os observou por um instante, e depois balançou a cabeça imperceptivelmente. Era evidente que a Mãe estava manifestando os Seus desejos. Daraldi balançou os ombros e sorriu para Filonia. Os olhos de Madenia se arregalaram. Sabia que estava assistindo a algo raro e maravilhoso.

Ao pararem de dançar, Ayla e Jondalar estavam abraçados, esquecidos de todos ao redor. Solandia começou a bater palmas e dali a pouco todos os demais juntaram-se a ela no aplauso. O som das palmas finalmente chegou aos ouvidos deles. Afastaram-se um do outro, um pouco constrangidos.

— Acho que ainda restou um pouco da bebida — disse Solandia. — Vamos acabar com ela?

— Boa ideia! — exclamou Jondalar, com o braço em torno de Ayla. Não estava disposto a sair mais de perto dela.

Daraldi pegou o grande vaso de madeira para servir o resto da bebida especial, e depois olhou para Filonia. Na verdade, tenho muita sorte, pensou. É uma bela mulher e trouxe duas crianças para a minha fogueira. O fato de estarem realizando um Festival da Mãe não significava que ele tivesse de honrá-La com outra pessoa que não sua companheira.

Jondalar tomou sua bebida de um só gole, largou o copo e, de repente, levantou Ayla no colo e a carregou para seu leito. Ela se sentia estranhamente tonta, tomada de felicidade, quase como se tivesse escapado a um destino desagradável, porém sua alegria não se comparava à de Jondalar. Ele a observara a noite toda, vira como todos os homens a queriam, tentara lhe dar todas as oportunidades, como Losaduna aconselhara, e tivera certeza de que ela acabaria escolhendo outra pessoa.

Ele próprio poderia ter ficado com outra mulher várias vezes, mas não faria isso antes de ter certeza de que Ayla saíra. Em vez disso, tinha ficado na companhia de Madenia, pois sabia que ela ainda não estava disponível a homem algum. Gostou de lhe dar atenção, vendo-a tranquilizar-se, apreciando os começos da mulher que ela viria a ser. Não teria censurado Filonia se houvesse ficado com alguém, e ela tivera muitas oportunidades, mas agradou-lhe que ela tivesse ficado perto dele. Teria achado horrível ficar sozinho se Ayla houvesse escolhido alguma outra pessoa. Conversaram sobre muitos assuntos. Thonolan e as viagens que tinham feito juntos; os filhos dela, principalmente Thonolia; Daraldi, e o quanto ela gostava dele... Mas Jondalar não se dispunha a falar muito sobre Ayla.

Então, por fim, quando ela viera ter com ele, Jondalar mal pudera acreditar. Deitou-a com todo cuidado nas peles de dormir, olhou para ela e viu amor em seus olhos, sentiu um aperto dolorido na garganta, reprimindo as lágrimas. Ele fizera tudo quanto Losaduna dissera, dera a ela todas as oportunidades, chegara mesmo a incentivá-la, mas ela viera para ele. Seria aquilo um sinal da Mãe, a lhe dizer que se Ayla engravidasse, o filho seria de seu espírito?

Jondalar mudou a posição dos biombos, e quando Ayla começou a levantar-se e tirar as roupas, ele a empurrou com doçura de volta às peles.

– Esta noite é minha. Quero fazer tudo.

Ayla deitou-se e assentiu com um leve sorriso, com um arrepio de expectativa. Jondalar transpôs os biombos, trouxe de volta um tição aceso, acendeu uma candeia e ajeitou-a num nicho. A luz não era forte, apenas o suficiente para que enxergassem. Jondalar começou a despi-la, depois parou.

– Acha que conseguiríamos chegar até as fontes termais com isso? – ele perguntou, indicando a candeia.

– Dizem que as águas exaurem um homem, que tornam flácida sua virilidade – disse Ayla.

– Acredite em mim, isso não há de acontecer esta noite – respondeu ele, rindo.

– Nesse caso, acho que poderá ser bom – disse ela.

Vestiram as parkas, pegaram a candeia e, em silêncio, saíram. Losaduna imaginou que iriam aliviar-se, mas depois ocorreu-lhe o que seria e sorriu. As fontes termais nunca o haviam debilitado por muito tempo. Apenas lhe exigiam um pouco mais de autocontrole, às vezes. Mas Losaduna não foi o único a vê-los sair da caverna.

As crianças jamais eram excluídas dos Festivais da Mãe. Observando os adultos, aprendiam aquilo que deveriam conhecer quando crescessem. Ao brincarem, muitas vezes imitavam os mais velhos, e antes de serem realmente capazes de atos sexuais de verdade, meninos subiam em cima de meninas, como faziam os pais, e as meninas simulavam dar à luz bonecas, imitando as mães. Logo depois da puberdade, passavam à condição de adultos, com rituais que lhes conferiam também responsabilidades de adultos, embora ainda pudessem passar vários anos sem escolher companheiros. Os bebês nasciam a seu tempo, quando a Mãe decidia abençoar uma mulher, mas, surpreendentemente, era raro nascerem de mulheres muito jovens. Todos os bebês eram bem-vindos, sustentados e cuidados pela família ampliada e pelos membros que constituíam uma caverna.

Madenia observara Festivais da Mãe desde que se entendia por gente, mas dessa vez a cerimônia ganhara um novo sentido. Ela observara vários casais – aquilo não parecia ferir ninguém, não do modo como ela fora ferida, mesmo quando algumas mulheres escolhiam vários homens –, mas estivera particularmente interessada em Ayla e Jondalar. Assim que eles deixaram a caverna, ela vestiu a parka e os seguiu.

O casal encontrou o caminho até a tenda de paredes duplas e entrou na segunda divisão, alegrando-se com o calor fumegante. Olharam em torno e depois colocaram a candeia sobre o altar de terra. Tiraram as parkas e sentaram-se nos tapetes almofadados que cobriam o chão.

Jondalar tirou as botas de Ayla e depois as suas. Beijou-a longamente e com ternura, enquanto desfazia os laços que lhe prendiam a túnica e a roupa de baixo, puxando-os por sobre a cabeça, e depois abaixou-se para beijar-lhe os seios. Desamarrou-lhe as perneiras revestidas de pele e a roupa de baixo, parando para acariciar-lhe o púbis, coberto de pelos macios. Depois Jondalar se despiu e tomou-a nos braços, deliciando-se ao sentir-lhe a pele perto da sua, e a quis naquele mesmo instante.

Conduziu-a à piscina fumegante, mergulharam juntos e depois foram para a área de banho. Jondalar pegou um punhado de sabão mole da tigela e começou a esfregá-lo nas costas de Ayla e em seus montes gêmeos, evitando por ora os órgãos genitais. O sabão proporcionava uma sensação de maciez e prazer. Ayla fechou os olhos, sentiu as mãos dele acariciá-la como ele sabia que ela mais gostava, e entregou-se toda àquele toque maravilhosamente suave, sentindo cada ponto de seu corpo.

Jondalar pegou mais um pouco de sabão e passou-o nas pernas dela, sentindo o ligeiro espasmo de Ayla ao lhe esfregar as solas dos pés. Depois virou-a de frente mas se deteve beijando-a, explorando suavemente seus lábios e a língua, sentindo sua reação. Quanto a ele próprio, sua virilidade parecia movimentar-se como que animada de vontade própria, esforçando-se por chegar até ela.

Com outro punhado de sabão, Jondalar começou a afagá-la sob os braços, descendo a espuma escorregadia até os seios cheios e firmes, sentindo os bicos endurecerem sob as palmas de suas mãos. Como relâmpagos, arrepios de prazer correram pelo corpo de Ayla quando Jondalar tocou-lhe os seios, assombrosamente sensíveis. Quando ele desceu as mãos para seu ventre e suas coxas, Ayla emitiu um gemido que foi quase de agonia. Com as mãos ainda cheias de sabão, ele encontrou nela a fonte dos Prazeres, acariciando-a de leve. Depois pegou uma pequena bacia, encheu-a de água quente e começou a despejá-la sobre a companheira. Verteu ainda a água quente sobre ela várias vezes antes de conduzi-la de volta à fonte.

Sentaram-se nos degraus de pedra e se abraçaram com força, comprimindo pele contra pele, apenas com as cabeças fora da água. Depois, pegando-a pela mão, Jondalar tirou Ayla da fonte mais uma vez. Deitou-a nos tapetes macios e a contemplou por um instante, fulgente e molhada, à espera dele.

Para surpresa de Ayla, Jondalar primeiro abriu-lhe as pernas e correu a língua por toda a extensão de seu sexo. Ele não sentiu gosto de sal, e surpreendeu-se ao perceber que o gosto especial de Ayla desaparecera. Era uma experiência nova, aquela ausência de sabor, e dali a pouco a ouviu gemer e começar a emitir sons roucos. Tudo aconteceu de repente, mas percebeu que ela estava pronta. Ayla sentiu que a excitação do companheiro aumentava, chegando ao clímax, e espasmos de prazer a invadiram novamente.

Ayla estendeu os braços para puxá-lo contra si, ajudando-o a penetrá-la. Lançava o corpo para cima enquanto ele mergulhava nela, e ambos suspiravam, tomados de profunda satisfação. Quando ele recuava, Ayla ansiava por tê-lo de volta dentro de si. Jondalar sentia a maciez dela engolfar completamente seu membro, e procurava controlar-se para prolongar o Prazer. Em dado momento ele recuou um pouco e ela sentiu que ele estava pronto. Apertou-o com força contra si, e Jondalar não pôde suportar mais a tensão, liberando a explosão de Prazer, enquanto ambos proclamavam em uníssono o triunfo da alma e da carne.

Jondalar repousou sobre ela por alguns instantes, pois sabia que Ayla gostava de sentir seu peso. Quando, enfim, rolou para o lado, ele a olhou, viu seu sorriso lânguido e a beijou. Suas línguas se enroscaram com suavidade, e Ayla começou a sentir novamente o fogo da paixão. Jondalar sentiu-lhe a reação e correspondeu. Sem o açodamento de antes, ele lhe beijou os lábios, cada um dos olhos, as orelhas, as dobras do pescoço. Desceu os lábios a seus seios, beijando um dos bicos enquanto comprimia o outro, inverteu a posição até ela puxá-lo com força mais uma vez, desejando-o mais e mais à proporção que aumentava seu prazer.

Jondalar sentia novamente crescer sua virilidade, e de repente Ayla tomou-lhe o membro na boca, provocando espasmos nele. Jondalar gemia, e quando não suportava mais, saltou sobre ela, lançando-se com fúria contra seu corpo, até sentir, maravilhado, o grande Dom do Prazer propiciado pela Mãe.

Ambos caíram então de lado, exaustos, langorosamente exaustos. Respiraram fundo, mas não se mexeram, chegando até mesmo a cochilar um pouco. Quando despertaram, levantaram-se e banharam-se de novo nas águas tépidas. Quando saíram da fonte, descobriram surpresos que alguém deixara para eles toalhas de pele, macias, para se enxugar.

MADENIA VOLTOU DEVAGAR para a caverna, experimentando sensações que nunca conhecera. Comovera-se com a paixão de Jondalar, intensa mas controlada, e com as reações de Ayla, que se dispusera a entregar-se inteiramente, a confiar-se ao companheiro sem reservas. O que eles haviam feito juntos em nada se assemelhava à experiência pela qual ela passara. Os Prazeres tinham sido intensos e físicos, mas sem nenhuma brutalidade; não significavam tirar de um para servir à luxúria do outro, mas dar-se mutuamente, para gratificação recíproca. Ayla lhe dissera a verdade. Os Prazeres da Mãe podiam ser agradáveis, uma celebração feliz e exultante do amor.

E embora ela não identificasse com exatidão o que sentia, estava modificada emocionalmente. Tinha lágrimas nos olhos. Naquele momento, ela quis Jondalar. Quem dera pudesse ser ele que partilhasse com ela os ritos da feminilidade, embora soubesse que isso não era possível. Mas decidiu, naquele momento, que, se pudesse ter alguém como ele, concordaria em passar pela cerimônia e aceitar os Ritos dos Primeiros Prazeres na Reunião de Verão seguinte.

Ninguém se mostrava muito animado de manhã. Ayla preparou a bebida da "manhã seguinte", que inventara para tomar depois das celebrações no Acampamento do Leão, embora só dispusesse de ingredientes suficientes para as pessoas do Fogo Cerimonial. Verificou com cuidado seu suprimento do chá anticoncepcional que tomava toda manhã e concluiu que deveria durar até a primavera, quando poderia colher mais. Felizmente, a quantidade que tinha de tomar era pequena.

Madenia veio ver os visitantes antes do meio-dia. Sorrindo timidamente para Jondalar, anunciou que decidira passar pelos Primeiros Ritos.

– Que notícia maravilhosa, Madenia. Não vai se arrepender – disse o homem alto, bonito e gentil. A jovem olhou-o com tal expressão de adoração, que ele se curvou e beijou-a na face. Depois sorriu para Madenia, que se perdeu em seus extraordinários olhos azuis. Seu coração batia tão depressa que ela mal conseguia respirar. Naquele momento, mais do que nunca, Madenia desejou que fosse Jondalar o escolhido para seus Ritos dos Primeiros Prazeres. Mas ficou embaraçada, temerosa de que ele lhe adivinhasse os pensamentos. De repente, saiu correndo.

– É uma pena não morarmos mais perto dos Losadunai – disse ele.
– Eu gostaria de ajudar essa menina, mas tenho certeza de que hão de encontrar alguém.

– Tenho certeza disso, mas só espero que as expectativas dela não sejam altas demais. Eu disse a ela que um dia encontraria uma pessoa como você, Jondalar; que ela sofrera demais e que merecia isso. Espero que isso aconteça – disse Ayla. – Mas não existem muitos como você.

– Todas as jovens têm grandes esperanças e expectativas – disse Jondalar. – Mas antes da primeira vez, tudo é imaginação.

– Mas ela tem algo para dar base a sua imaginação.

– Claro, todas sabem mais ou menos o que esperar, uma vez que sempre conviveram com homens e mulheres.

– É mais do que isso, Jondalar. Em sua opinião, quem deixou para nós aquelas toalhas ontem à noite?

– Pensei que fosse Losaduna, ou talvez Solandia.

— Eles foram deitar-se antes de nós; também queriam honrar a Mãe. Eu perguntei a eles. Nem sabiam que tínhamos ido à fonte sagrada... embora Losaduna tenha ficado satisfeito com isso.

— Se não foram eles, quem foi então? Madenia?

— Estou quase convicta de que sim.

Jondalar franziu a testa, concentrado.

— Temos viajado sozinhos durante tanto tempo que... Eu nunca disse isso antes, mas... Eu me sinto um pouco... Não sei... arrependido, acho, de ser tão impetuoso, tão despreocupado quando estamos perto de pessoas. Pensei que estivéssemos sozinhos ontem à noite. Se eu soubesse que ela estava ali, talvez me tivesse portado com... mais comedimento – disse ele.

Ayla sorriu.

— Eu sei. — Ela verificava, cada vez mais, que ele não gostava de revelar o lado profundamente sensível de sua natureza, e agradava-lhe que se abrisse com ela, com palavras e atos. — Acho que foi bom você não saber que ela estava ali, tanto por mim quanto por ela.

— Por que por ela?

— Acho que foi isso que a persuadiu a aceitar a cerimônia da iniciação. Ela já vira tantas vezes homens e mulheres compartilharem os Prazeres que nem se dava ao trabalho de pensar no assunto, até aqueles homens a violentarem. Depois daquilo, ela só conseguia pensar na dor e no horror de ser usada como um objeto, por pessoas que não a viam como uma mulher. É difícil explicar, Jondalar. Algo assim faz a pessoa se sentir... terrível.

— Tenho certeza disso, mas acho que não foi só isso – disse ele. — É depois das primeiras luas, mas antes de passar pelos Primeiros Ritos, que uma mulher se torna mais vulnerável... e mais desejável. Todo homem é atraído por ela, talvez porque não possa ser tocada. Em qualquer outra época, uma mulher é livre para escolher qualquer homem, ou para não querer nenhum, mas naquele período isso é perigoso para ela.

— Lembro-me de que Latie não podia olhar nem para os irmãos – disse Ayla. — Mamute explicou isso tudo.

— Talvez não tudo – disse Jondalar. — Compete à jovem-mulher demonstrar recato nessa época, e nem sempre é fácil. Ela é o centro das atenções. Todo homem a deseja, principalmente se é novinha, e para ela pode ser difícil resistir. Eles a seguem, tentando de todos os modos convencê-la a ceder. E algumas cedem, principalmente aquelas que têm de esperar muito tempo pela Reunião de Verão. Mas se ela permite ser aberta sem os rituais apropriados, ela... não é bem considerada. Se descobrem, e muitas vezes a Mãe a abençoa antes dos Primeiros Ritos, mostrando a todos que ela foi aberta... As pessoas podem ser cruéis. Elas a culpam e zombam dela.

– Mas por que haveriam de culpá-la? Deveriam acusar os homens que não a deixaram em paz – disse Ayla, irritada com a injustiça.

– Dizem as pessoas que se ela não for capaz de mostrar comedimento, faltam-lhe as qualidades necessárias para assumir as responsabilidades da Maternidade e da Liderança. Ela jamais há de ser escolhida para participar do Conselho das Mães, ou das Irmãs, seja lá qual for o nome que derem ao conselho supremo, de modo que perde prestígio, o que a torna menos desejável como companheira. Não que ela perca o prestígio atribuído à sua mãe ou à sua fogueira... Nada daquilo com que nasceu lhe é tirado... mas ela nunca será escolhida por um homem de posição elevada, ou mesmo por um homem que tenha potencial para chegar a essa posição. Acho que isso foi o que Madenia mais temeu – disse Jondalar.

– Não é de admirar que Verdegia dissesse que ela estava arruinada.
– O cenho de Ayla franziu de preocupação. – Jondalar, você acredita que a gente dela há de aceitar o ritual de purificação de Losaduna? Na verdade, depois que uma jovem é aberta, nada pode fazê-la voltar à condição anterior.

– Creio que sim. No caso dela, não houve falta de recato. Ela foi violentada, e as pessoas estão de tal modo indignadas com Charoli que usarão isso contra ele. Talvez algumas pessoas tenham certas reservas, mas ela também encontrará muito defensores.

Ayla se manteve em silêncio por algum tempo.

– As pessoas são complicadas, não é mesmo? Às vezes fico a imaginar se alguma coisa realmente é o que parece ser.

– Acho que vai dar certo, Laduni – disse Jondalar. – Realmente, acho que vai dar certo! Vou repassar tudo de novo. Vamos usar o bote para transportar ervas secas e uma carga suficiente de pedras de queimar para derreter gelo, além de pedras extras para servirem de base do fogão, e ainda a pele pesada de mamute que sustentará as pedras, para que não afundem no gelo quando esquentarem. Podemos carregar comida para nós, e provavelmente Lobo, em cestas e em nossas mochilas.

– Será uma carga pesada – disse Laduni –, mas vocês não terão de ferver a água... e isso poupará as pedras de queimar. Só precisam derreter o gelo o suficiente para que os cavalos possam beber, e também para vocês e o lobo. A água não terá de ser quente, bastando que não esteja congelada. E não se esqueçam de beber o suficiente; não tentem poupar água. Se dispuserem de agasalhos, descansem bastante e bebam bastante água. Com isso, poderão resistir ao frio.

– Acho conveniente fazermos um teste prévio, para vermos do quanto precisarão – disse Laronia.

Ayla ouviu a sugestão da companheira de Laduni.

– É uma boa ideia – concordou.

– Mas Laduni tem razão, a carga será pesada – acrescentou Laronia.

– Nesse caso, temos de nos livrar de tudo quanto pudermos – disse Jondalar. – Não precisaremos de muita coisa. Assim que cruzarmos a geleira, estaremos perto do acampamento de Dalanar.

Já estavam reduzidos ao mínimo essencial. Do que mais poderiam descartar-se?, Ayla se perguntava ao fim da reunião. Madenia caminhou a seu lado, enquanto voltavam. A jovem mulher não só se apaixonara por Jondalar como cultuava Ayla como uma heroína, o que a deixava um tanto constrangida. Mas ela gostava de Madenia e lhe perguntou se gostaria de ficar em sua companhia um pouco, enquanto ela conferia seus pertences.

Ao começar a desfazer a bagagem, Ayla tentou lembrar-se de quantas vezes já fizera aquilo antes naquela Jornada. Seria difícil fazer escolhas. Tudo tinha para ela algum significado, mas para conseguirem transpor a aterradora geleira, com Huiin, Campeão e Lobo, ela teria de eliminar o máximo possível.

O primeiro pacote que abriu continha um belo traje de camurça macia, que Roshario lhe dera. Ergueu-o e depois estendeu a roupa diante de si.

– Ah! Que lindo! As aplicações costuradas, e o corte... nunca vi nada igual – admirou-se Madenia, incapaz de resistir ao impulso de tocar no vestido. – E é tão macio! Nunca senti uma coisa assim tão macia!

– Quem me deu foi uma mulher dos Sharamudoi, gente que vive muito longe daqui, perto do fim do Grande Rio Mãe, onde ele é realmente um rio enorme. Você não acreditaria se eu lhe dissesse como o Grande Rio Mãe fica imenso. Na verdade, os Sharamudoi são dois povos. Os Shamudoi vivem em terra e caçam camurças. Você conhece esse animal? – perguntou Ayla.

Madenia fez que não.

– É um animal montês, parecido com um cabrito, mas menor.
– Ah, eu o conheço, mas nós lhe damos outro nome – respondeu Madenia.
– Os Ramudoi são o Povo do Rio e pescam o grande esturjão... um peixe gigantesco. Todos eles conhecem um método especial de curtir a pele da camurça, para que ela fique macia e flexível assim – disse.

Ayla pegou a túnica bordada e pensou nos Sharamudoi que conhecera. Aquilo parecia ter acontecido há tanto tempo! Ela poderia ter ficado com eles; ainda sentia a mesma vontade, e sabia que nunca mais os veria. Achava horrível ter de deixar o presente de Roshario para trás. Depois viu os olhos brilhantes de Madenia e tomou uma decisão.

– Gostaria de ficar com isso, Madenia?

A jovem se sobressaltou, como se tivesse tocado em algo em brasa.

– Não posso! Foi um presente para você.

– Mas temos de diminuir nossa carga. Acho que Roshario ficaria feliz se você o aceitasse, já que gostou tanto. Foi feito para ser um traje matrimonial, mas já tenho um.

– Tem certeza? – perguntou Madenia.

Ayla percebia a emoção da jovem. Madenia ainda não acreditava que estivesse ganhando uma roupa tão maravilhosa e diferente.

– Claro que sim. Considere isso seu traje matrimonial, se for apropriado. É um presente para que se lembre de mim.

– Não preciso de presente algum para me lembrar de você – disse Madenia, com os olhos marejados. – Nunca hei de esquecê-la. Por sua causa, talvez, um dia, eu tenha um matrimônio, e se isso acontecer, vou usar essa roupa. – Madenia mal podia esperar para mostrar o traje à mãe, às amigas e a todos os companheiros na Reunião de Verão.

Ayla ficou satisfeita com sua decisão de presenteá-la.

– Gostaria de ver meu traje de matrimônio?

– Ah, claro que sim!

Ayla desembrulhou a túnica que Nezzie fizera para ela quando se decidira casar-se com Ranec. Era de um amarelo ocre, a mesma cor de seus cabelos. Do lado de dentro havia a efígie de um cavalo, junto com dois pedaços de âmbar cor de mel. Madenia não conseguia acreditar que Ayla possuísse dois trajes de beleza tão exótica, e tão diferentes entre si, mas não disse o que pensava, receosa de que Ayla se sentisse na obrigação de dar-lhe também aquele traje.

Ayla o examinou, tentando decidir o que fazer. Depois balançou a cabeça. Não, não podia separar-se dele, era sua túnica matrimonial. Poderia usá-la quando tomasse Jondalar como companheiro. De certa forma, havia nela também uma parte de Ranec. Pegou o cavalinho entalhado em marfim de mamute e o acariciou, distraída. Guardaria também aquilo. Pensou em Ranec, imaginando por onde ele andaria. Ninguém a amara mais que ele, e ela jamais o esqueceria. Poderia tê-lo tomado como companheiro e ser feliz com ele, se não tivesse amado tanto Jondalar.

Madenia procurara conter a curiosidade, mas por fim teve de perguntar:

— O que são essas pedras?

— São chamadas de âmbar. Quem as deu foi a chefe do Acampamento do Leão.

— Essa efígie representa seu cavalo?

Ayla sorriu.

— Sim, é uma representação de Huiin. Quem a fez para mim foi um homem de olhos sorridentes e que tinha a pele da cor do pelo de Campeão. Até Jondalar disse que nunca conhecera melhor escultor.

— Um homem de pele escura? — perguntou Madenia, incrédula.

Ayla sorriu. Não podia censurá-la por duvidar.

— Isso mesmo. Era um Mamutoi, e chamava-se Ranec. Da primeira vez que o vi, fiquei pasma, olhando para ele. Creio que fui muito mal-educada. Disseram-me que a mãe dele era escura como... um pedaço de pedra de queimar. Ela vivia muito ao sul daqui, do outro lado de um enorme mar. Um homem Mamutoi chamado Wymez fez uma longa Jornada. Tomou-a como companheira, e o filho dela nasceu na fogueira dele. A mulher morreu enquanto voltavam, de modo que ele chegou em casa somente com o menino. A irmã do homem o educou.

Madenia teve um sobressalto de emoção. Julgara que só o que existia para o sul fossem montanhas, que continuavam para sempre e sempre. Ayla viajara a lugares tão distantes e conhecia muitas coisas! Talvez um dia ela própria fizesse uma Jornada como a de Ayla e conhecesse um homem escuro que esculpisse um cavalo lindo para ela, talvez conhecesse cavalos que lhe permitiriam montá-los, um lobo que gostasse de crianças e um homem como Jondalar, que montaria os cavalos e faria a longa Jornada em sua companhia. Madenia perdeu-se em devaneios, sonhando com a aventura.

Nunca conhecera uma pessoa como Ayla. Idolatrava a mulher linda, de vida tão aventurosa, e esperava poder tornar-se como ela algum dia. Ayla falava com um sotaque diferente, o que apenas lhe aumentava o mistério, e não tinha também ela sofrido um ataque e sido forçada por um homem quando era menina? Ayla superara o trauma, mas compreendia o que outra pessoa sentia. Por causa da simpatia, do amor e da compreensão das pessoas que a cercavam, Madenia começava a se recuperar do horror do incidente. Começou a imaginar-se, amadurecida e sábia, falando a uma menina que tivesse sido vítima do mesmo ataque, a respeito de sua experiência, para ajudá-la a vencer as más lembranças.

Enquanto Madenia sonhava de olhos abertos, via Ayla pegar um pacote bem embrulhado. A mulher o ergueu mas não o abriu; sabia exatamente o que continha, e não pretendia deixá-lo para trás.

– O que é isso? – perguntou a jovem, enquanto Ayla o punha de lado.

Ayla pegou novamente o embrulho. Fazia algum tempo que não o via. Olhou em torno para ter certeza de que Jondalar não estava por ali, e depois abriu os nós. Dentro do pacote havia uma túnica de um branco puríssimo, enfeitada com caudas de arminho. Os olhos de Madenia se arregalaram.

– É branca como a neve! Nunca vi um couro pintado de branco como esse.

– O preparo de couro branco é um segredo da Fogueira da Cegonha. Aprendi a fazê-lo com uma velha que aprendera com a mãe – explicou Ayla. – Ela não tinha ninguém a quem transmitir esse conhecimento, de modo que quando lhe pedi que me ensinasse, ela concordou.

– Foi você quem fez isso? – perguntou Madenia.

– Fui eu. Para Jondalar, mas ele não sabe. Vou dar a ele essa roupa quando chegarmos à nossa casa, acho que para nosso matrimônio.

Quando Ayla o levantou, outro pacote caiu de seu interior. Madenia podia ver que se tratava de uma túnica masculina. Com exceção das caudas de arminho, a roupa não tinha outros enfeites. Não havia aplicações bordadas ou desenhos, conchas ou contas, mas não era preciso. Enfeites teriam estragado o efeito. Em sua simplicidade a brancura da cor a tornava assombrosa.

Ayla abriu o pacote menor. Dentro dele havia a figura estranha de uma mulher, de rosto esculpido. Se não houvesse contemplado maravilha após maravilha, aquilo teria assustado a moça; as dunai nunca tinham rostos. Mas, por algum motivo, era apropriado que a de Ayla o tivesse.

— Jondalar fez para mim. Falou que o esculpira para capturar meu espírito, e para minha cerimônia de feminilidade, a primeira vez que me mostrou o Dom do Prazer da Mãe. Não havia mais ninguém com quem o compartilharmos, mas nem precisávamos. Jondalar fez com que aquilo fosse uma cerimônia. Mais tarde deu-me essa escultura para que eu a guardasse, por que, segundo ele, ela tem muito poder.

— Acredito — respondeu Madenia. Não sentia vontade alguma de tocá-la, mas não duvidava que Ayla fosse capaz de controlar todo o poder que ela encerrasse.

Ayla percebeu o mal-estar da moça, e voltou a embrulhar a figura. Colocou-a no interior da túnica branca, cuidadosamente dobrada, e envolveu tudo nas peles de coelho costuradas, e por fim atou os laços de cordel.

Outro pacote continha alguns dos presentes que ganhara em sua cerimônia de adoção, ao ser aceita pelos Mamutoi. Ela os manteria. Sua bolsa de remédios a acompanharia, é claro, além das pedras-de-fogo e da pirita e do sílex, seus instrumentos de costura e as armas de caça. Ayla inspecionou as vasilhas e os objetos de cozinha e eliminou tudo que não fosse absolutamente essencial. Teria de esperar Jondalar para tomar uma decisão acerca das tendas, das cordas e outros materiais.

No momento em que Madenia e ela estavam para sair, Jondalar entrou. Com outros homens, tinha acabado de voltar com uma carga de carvão marrom, e fora ali para separar seus pertences. Várias outras pessoas o acompanhavam, entre as quais Solandia e as crianças, na companhia de Lobo.

— Para dizer a verdade, hoje em dia eu preciso desse animal e vou sentir falta dele. Mas não creio que vocês pudessem deixá-lo conosco — disse ela.

Ayla fez um sinal a Lobo. Apesar de todo seu carinho pelas crianças, ele a atendeu imediatamente e ficou a seus pés, mirando-a, esperando suas ordens.

— Não, Solandia. Não creio que isso fosse possível.

— Não pensei que fosse, mas eu tinha de perguntar. Também vou sentir falta de você, como sabe.

— E eu vou sentir saudades de vocês. A parte mais difícil dessa jornada foi fazer amigos e depois nos separarmos deles, sabendo que com toda certeza nunca mais nos veremos — disse Ayla.

– Laduni – disse Jondalar, carregando um pedaço de marfim de mamute que tinha estranhas marcas gravadas. – Talut, o chefe do Acampamento do Leão, preparou este mapa da região que fica no leste e que mostra a primeira parte da nossa Jornada. Eu tinha esperança de conservá-lo como lembrança dele. Não é essencial, mas não consigo me dispor a jogá-lo fora. Quer guardá-lo para mim? Quem sabe se um dia não volto para buscá-lo?

– Com todo prazer – respondeu Laduni, pegando o mapa de marfim e examinando-o. – Parece interessante. Talvez você possa explicá-lo antes de partir. Espero que você realmente volte, mas se não voltar, talvez alguém vá para as sua terra, e eu possa mandá-lo para você.

– Vou deixar também algumas ferramentas. Pode ficar com elas ou não. Sempre detesto renunciar a uma acha a que me acostumei, mas tenho certeza de que poderei substituí-las assim que alcançar os Lanzadonii. Dalanar sempre possui bons suprimentos. Vou deixar meus martelos de osso e algumas lâminas, também. Mas vou ficar com uma enxó e um machado para cortar gelo.

Depois que chegaram à área de dormir, Jondalar perguntou:

– O que você vai levar, Ayla?

– Está tudo aqui, no estrado da cama.

Jondalar viu o misterioso pacote entre os outros objetos.

– Seja o que for que há aí, deve ser muito valiosos – disse ele.

– Vou levá-lo – respondeu ela.

Madenia sorriu, satisfeita por conhecer o segredo. Aquilo lhe fazia sentir-se importante.

– O que é isso? – perguntou ele, apontando outro pacote.

– São presentes do Acampamento do Leão – disse Ayla, abrindo o embrulho para que ele visse o que havia. Jondalar viu a bela ponta de lança que Wymez lhe presenteara, e pegou-a para mostrá-la a Laduni.

– Veja só isso – disse.

Era uma lâmina grande, maior que sua mão e da largura de sua palma. No entanto, a espessura era menor que a ponta de seu dedo mínimo, e tinha as bordas bem afiadas.

– Foi trabalhada nas duas faces – disse Laduni, virando-a ao contrário. – Mas como ele conseguiu talhá-la com essa espessura? Sempre pensei que trabalhar os dois lados de uma pedra fosse uma técnica rudimentar, usada para machados simples e coisas assim, mas isso nada tem de rudimentar. É uma das peças de artesanato mais bem-feitas que já vi.

– Foi Wymez quem a fez – respondeu Jondalar. – Eu lhe disse que ele era hábil. Ele esquenta o sílex antes de trabalhá-lo. Isso altera a qualidade da pedra, facilita retirar lascas pequenas, e é por isso que consegue uma espessura tão mínima. Mal consigo esperar para mostrar isso a Dalanar.

– Tenho certeza de que ele há de apreciar o trabalho – disse Laduni. Jondalar devolveu a peça a Ayla, que a embrulhou com todo o cuidado.
– Acho que devemos levar apenas uma tenda, mais para usá-la como quebra-vento – observou ele.

– O que acha de uma pele para o chão? – perguntou Ayla.

– Temos uma carga tão grande de rochas e pedras que detesto levar tudo o que não for de necessidade absoluta.

– Mas a geleira... Eu gostaria de ter uma cobertura para o chão. – Acho que tem razão – disse ele.

– E estas cordas? – Vamos realmente precisar delas?

– Sugiro que as levem – disse Laduni. – Cordas são da maior utilidade numa geleira.

– Se você pensa assim, vou seguir seu conselho – aquiesceu Jondalar. Haviam arrumado quase tudo na noite anterior, e passaram o restante da tarde despedindo-se de pessoas a quem se haviam afeiçoado na curta permanência ali. Verdegia fez questão de ir conversar com Ayla.

– Quero lhe agradecer, Ayla.

– Não há por que me agradecer. Nós é que temos de agradecer a todos aqui.

– Refiro-me ao que você fez por Madenia. Para ser honesta, não sei o que fez ou o que lhe disse, mas você a modificou. Antes de sua chegada, ela vivia escondida pelos cantos, querendo morrer. Não conversava comigo, nem queria pensar em se tornar mulher. Pensei que tudo estivesse perdido. Agora, está quase como era antes e concordou com os Primeiros Ritos. Só espero que nada aconteça e que ela não mude de opinião antes do verão.

– Acho que ela vai ficar bem, desde que todos continuem a lhe dar apoio – respondeu Ayla. – Essa foi a maior ajuda, você sabe.

– Mas ainda quero que Charoli seja punido – disse Verdegia.

– Todos querem isso. Agora que concordaram em ir ao encalço dele, acho que será castigado. Madenia será vingada, terá seus Primeiros Ritos e se tornará mulher. Você ainda terá netos, Verdegia.

De manhã, acordaram cedo, terminaram de fazer os últimos preparativos e voltaram à caverna para uma última refeição com os Losadunai. Todos estavam ali para se despedir. Losaduna fez Ayla decorar mais alguns poemas tradicionais e quase rompeu em lágrimas quando ela o abraçou para se despedir. Ele se afastou depressa, para ir ter com Jondalar. Solandia não escondeu a emoção que lhe ia na alma, e disse que estava muito triste por vê-los partir. Até Lobo parecia saber que nunca mais veria as crianças, e o mesmo acontecia com elas. O animal lambeu o rosto do bebê, e pela primeira vez Micheri chorou.

No entanto, ao saírem da caverna, foi Madenia quem os surpreendeu. Havia vestido o magnífico traje com que Ayla a presenteara, e ao abraçar-se a ela procurou não chorar. Jondalar lhe disse que estava linda, e falava com sinceridade. As roupas lhe emprestavam um ar de beleza incomum e de maturidade, revelando algo da verdadeira mulher que um dia ela viria a ser.

Ao montarem nos cavalos, repousados e ansiosos por partir, olharam mais uma vez as pessoas reunidas na boca da caverna, e era Madenia quem ali se destacava. Mas ainda era jovem e, quando acenou, correram-lhe lágrimas pelo rosto.

– Nunca vou esquecê-los – gritou ela, e entrou correndo na caverna.

Ao se afastarem, de volta ao Grande Rio Mãe, que se reduzira a um riacho, Ayla pensou que jamais se esqueceria de Madenia e de sua gente. Jondalar também emocionou-se ao dizer adeus, mas seus pensamentos estavam fixos nas enormes dificuldades que ainda tinham adiante. Sabia que a parte mais difícil da Jornada ainda estava pela frente.

39

Jondalar e Ayla rumaram para norte, de volta ao Donau, o Grande Rio Mãe que lhes orientara os passos durante uma parte tão grande da Jornada. Quando o alcançaram, viraram de novo para oeste e continuaram a seguir a corrente na direção de suas nascentes, mas o grande rio mudara de caráter. Já não era um gigantesco caudal serpenteante, a rolar com imponente dignidade pelas planícies, recebendo incontáveis afluentes e enormes volumes de sedimento, para depois quebrar-se em canais e formar lagos.

Perto de sua fonte, o rio era mais vivo, mais lépido, uma corrente mais rasa que corria aos saltos por seu largo leito rochoso, ao precipitar-se pela encosta íngreme. Mas a rota dos viajantes em direção a oeste, margeando o rio cheio de corredeiras, havia-se tornado uma escalada contínua, que os conduzia cada vez mais para perto do inevitável encontro com a espessa camada de gelos eternos que encobriam o amplo planalto da região que tinham à frente.

As formas das geleiras acompanhavam os contornos da área. As que se situavam nas montanhas eram serrilhados picos de gelo, enquanto as do terreno plano se estendiam como panquecas, de espessura quase uniforme, soerguendo-se um pouco mais na parte central, deixando para trás bancos de cascalho e abrindo depressões que se tornavam lagos e lagoas. Em seu avanço mais ousado, o lobo meridional da vasta extensão continental de gelo, cujo nível máximo era tão elevado quanto as montanhas em torno deles, deixava de encontrar, apenas por 5 graus de latitude, os contrafortes setentrionais das geleiras montanhosas. O terreno que se estendia entre as duas formações era o mais gélido que existia em todo o planeta.

Ao contrário das geleiras das montanhas, que lembravam rios congelados a escorrerem morosamente pelas encostas, o gelo eterno no planalto arredondado, quase plano – a geleira que tantas apreensões causava a Jondalar, e que ainda os aguardava mais a oeste –, era uma versão em miniatura da espessa camada de gelo que se espraiava pelas planícies do continente, mais ao norte.

À medida que Ayla e Jondalar avançavam rio acima, ganhavam altitude. Faziam a escalada pensando sempre em poupar os cavalos, muitas vezes puxando-os pelas rédeas, em vez de montá-los. Ayla se preocupava sobretudo com Huiin, que arrastava a maior parte das pedras de queimar, as pedras que, segundo esperavam, haveriam de garantir a sobrevivência de seus companheiros de viagem quando atravessassem a superfície gelada, uma região pela qual os animais nunca se aventurariam sozinhos.

Além do trenó de Huiin, ambas as cavalgaduras transportavam cargas pesadas, embora a carga sobre o dorso da égua fosse menor, para compensá-la pelo veículo que arrastava. A carga de Campeão era tão grande que quase se desequilibrava sobre o animal, mas também as mochilas do homem e da mulher eram enormes. Apenas o lobo estava livre de cargas adicionais, e Ayla começava a prestar atenção em seus movimentos livres, imaginando se também ele não poderia carregar uma parte.

– Todo esse esforço para carregar pedras – observou Ayla certa manhã, enquanto colocava a mochila no chão. – Algumas pessoas nos considerariam loucos por arrastar essa carga de pedra pelas montanhas.

– Muita gente nos considera loucos por viajarmos com dois cavalos e um lobo – contrapôs Jondalar. – Mas para chegarmos do outro lado da geleira, temos de transportar essas pedras. Nossas vidas dependem delas. E há algo que me alegra.

– O quê?

– A facilidade que encontraremos ao chegarmos do outro lado.

O curso alto do rio atravessava os contrafortes setentrionais da cadeia de montanhas do sul, tão imensa que os viajantes mal conseguiam dar-se conta de sua verdadeira escala. Os Losadunai viviam numa região, um pouco ao sul do rio, de montanhas calcárias mais arredondadas, com extensas áreas de planaltos relativamente planos. Embora desgastados por eras e eras de ventos e águas, os cumes erodidos eram suficientemente altos para ostentar coroas fulgentes de gelo durante todo o ano. Entre o rio e as montanhas estendia-se uma paisagem de latente vegetação sobreposta a uma zona de arenitos. Estes, por sua vez, eram recobertos por um leve manto de neve invernal que apagava a fronteira mais baixa do gelo eterno, mas o tremeluzir do azul glacial lhe revelava a natureza.

Mais para sul, rebrilhando ao sol como gigantescos cacos de alabastro, as penedias altaneiras da zona central, quase uma cordilheira separada dentro da colossal massa de terra soerguida, sobrepunha-se aos picos mais próximos. Enquanto os viajantes prosseguiam na escalada em direção à cadeia ocidental mais elevada dentro da complexa cordilheira, a marcha silenciosa das montanhas centrais acompanhava-lhes o avanço, vigiado por um silencioso par de picos serrilhados que se alteavam muito mais que os outros.

Ao norte, do outro lado do rio, o antigo maciço cristalino se erguia íngreme, com a superfície ondulada marcada, aqui e ali, por rochedos e coberta por campinas. À frente, morros em meia-lua mais altos, alguns cobertos também por pequenas coroas de gelo, transpunham o rio congelado, sem nenhuma fronteira a congelar, para juntar-se às dobraduras mais jovens da cadeia meridional.

A neve seca e pulverulenta caía com menos frequência à medida que a Jornada os levava à parte mais fria do continente, a região entre a área mais setentrional da geleira montanhosa e amplidões mais meridionais dos vastos lençóis de gelo, de extensão continental. Nem mesmo o frio das estepes ventosas das planícies orientais se igualava, em severidade, ao daquelas paragens. Só a moderadora influência marítima do oceano a oeste salvava a região da desolação dos congelados lençóis de gelo.

Sem o ar aquecido pelo oceano, que resistia ao avanço do gelo, a geleira que tencionavam atravessar haveria se ampliado e se tornado inexpugnável. As influências marítimas que davam passagem às estepes e tundras ocidentais também mantinham as geleiras distantes da terra dos Zelandonii, poupando-a da grossa camada de gelo que cobria outras regiões na mesma latitude.

JONDALAR E AYLA reacostumaram-se com facilidade à rotina de viagem, embora Ayla tivesse a impressão de que viajariam eternamente. Ansiava por chegar ao fim da Jornada. Lembranças do inverno muito mais brando no Acampamento do Leão lhe passavam pela mente enquanto avançavam a custo pela monotonia da paisagem hibernal. Ela recordava pequenos incidentes com prazer, esquecida da infelicidade que lhe havia toldado a vida na época em que pensara que Jondalar a deixara de amar.

Embora toda a água tivesse de ser derretida, em geral de pedaços de gelo do rio, e não de neve, Ayla concluiu que o frio enregelante trazia alguns benefícios. Os afluentes do Grande Rio Mãe eram menores, e estavam congelados, o que lhes facilitava atravessá-los. Mas invariavelmente se precipitavam pelas aberturas da margem direita, por causa dos ventos violentos que zuniam pelos vales dos rios e pelas correntes. Essas rajadas faziam afunilar para ali um ar frígido que descia das áreas de alta pressão das montanhas do sul, aumentando ainda mais a sensação de frio insuportável.

Tremendo, apesar das peles grossas, Ayla sentiu-se aliviada quando finalmente cruzaram um largo vale, chegando à barreira protetora de um planalto próximo.

– Tenho tanto frio! – comentou ela, batendo os dentes. – Gostaria que esquentasse um pouco.

Jondalar teve uma expressão de alarme.

– Não queira isso, Ayla!

– Por quê?

– Temos de cruzar a geleira antes que o tempo mude. Um vento quente indica o foehn, o derretedor de neves, que porá fim à estação. Nesse caso, teremos de seguir para o norte, atravessando terras dos Clãs. Isso exigirá muito mais tempo, e por causa de todos os problemas que Charoli vem causando, não sei se eles nos receberão bem – disse Jondalar.

Ayla assentiu, com o olhar fixo na margem norte do rio. Depois de estudá-lo durante algum tempo, disse:

– Eles estão do lado melhor.

– O que a faz pensar assim?

– Mesmo daqui pode-se ver que existem planícies com boas pastagens, e isso traz a presença de animais de caça. Deste lado quase só existem pinheiros... isso significa terra arenosa e grama ruim, a não ser em alguns lugares. Este lado deve ser menos rico por causa da proximidade do gelo.

– Talvez você tenha razão – anuiu Jondalar, pensando na previsão de sua avaliação. – Não sei como é no verão. Só estive aqui durante o inverno.

A observação de Ayla fora correta. Os solos das planícies ao norte do vale do portentoso rio compunham-se basicamente de loess, sobreposto a um escudo de calcário, e eram mais férteis que os do lado sul. Além disso, as geleiras montanhosas no sul achavam-se mais próximas, o que tornava os invernos mais rudes e refrescava os verões, cujo calor mal bastava para derreter as neves acumuladas e a geada superficial do inverno, fazendo-se recuar até a linha da neve do último verão. A maior parte das geleiras estava crescendo de novo, devagar, mas o suficiente para assinalar uma modificação do clima reinante, o intervalo ligeiramente mais quente, de volta ao frio do passado, e um último avanço glacial antes do prolongado degelo que só deixaria gelo nas regiões polares.

Mesmo naquele clima frígido, prosperavam algumas aves e animais; abundavam espécies das montanhas e das estepes, adaptadas ao frio, e a caça era fácil. Só de raro em raro tinham os viajantes de lançar mão das provisões que lhes haviam sido dadas pelos Losadunai. Aliás, desejavam mesmo guardá-las para a travessia da geleira. Somente quando chegassem ao ermo gelado teriam de alimentar-se dos mantimentos que transportavam.

Ayla avistou um mocho-das-neves pigmeu e mostrou-o a Jondalar. Ele se tornara mestre em caçar tetrazes, que tinham o mesmo gosto da ptármiga de penas brancas de que passara a gostar tanto, principalmente

689

do modo como Ayla a preparava. Sua coloração mista lhe proporcionava melhor camuflagem num ambiente não coberto inteiramente pela neve. Jondalar tinha a impressão de que houvera mais neve da última vez que passara por ali.

A região sofria influência tanto do leste, continental, quanto do oeste, marítimo, o que era revelado pela inusitada mistura de plantas e animais raramente vistos juntos. Exemplo disso eram as pequenas criaturas peludas observadas por Ayla, ainda que raramente vissem camundongos, cobaias e hamsters, exceto quando ela buscava num ninho os vegetais por eles armazenados. Embora Ayla às vezes pegasse também os animais para Lobo, ou, sobretudo se encontrava hamsters gigantes, para eles próprios, os animaizinhos mais comumente serviam de alimento a martas, raposas e aos pequenos gatos selvagens.

Nas planícies elevadas e ao longo dos vales fluviais, era frequente darem com mamutes lanudos, em geral em manadas de fêmeas aparentadas, com um ou outro macho a lhes fazer companhia, ainda que no inverno muitas vezes se reunissem grupos de machos. Os rinocerontes invariavelmente viviam solitários, com exceção de fêmeas com um ou dois filhotes. Nas estações mais quentes, bisontes, auroques e todas as variedades de veados, desde as espécies gigantes até os anões, eram numerosíssimos, mas apenas as renas subsistiam no inverno. O carneiro selvagem, a camurça e o cabrito-montês haviam migrado de seu hábitat de verão, áreas mais altas, e Jondalar nunca vira tantos bois-almiscarados.

Naquele ano a população de bois-almiscarados parecia ter chegado ao auge de um ciclo. No ano seguinte, com toda probabilidade, se reduziriam a um número diminuto, mas nesse ínterim Ayla e Jondalar comprovavam a utilidade do arremessador de lanças. Quando ameaçados, os bois-almiscarados, sobretudo as fêmeas, formavam uma falange cerrada de chifres enristados, dispostos em círculo para proteção dos filhotes e de outras fêmeas. Essa tática era eficaz contra a maioria dos predadores, mas não contra o arremessador de lanças.

Sem precisarem aproximar-se o suficiente para serem ameaçados por um ataque repentino, Ayla e Jondalar podiam escolher o animal que desejassem abater, fazendo pontaria de uma distância segura. Era quase fácil demais, mas a pontaria tinha de ser certeira e era necessário arremessar a lança com força, para que ela penetrasse no couro duro.

Tendo à sua disposição muitas variedades de animais, era raro que lhes faltasse alimento, e muitas vezes deixavam os pedaços menos saborosos de carne para outros carnívoros e rapinantes. Não era uma questão de desperdício, mas de necessidade. A dieta de carne magra e de alto teor proteico muitas vezes os fazia sentirem-se insatisfeitos, mesmo quando haviam comido bastante. Cascas de árvores e chás preparados de ramos proporcionavam um alívio limitado.

Como seres onívoros, os humanos podiam subsistir com uma ampla diversidade de alimentos, mas, embora essenciais, as proteínas não eram adequadas como único alimento. Viajando no final do inverno, com muito pouca disponibilidade de vegetais, eles precisavam de gorduras para sobreviver, mas o inverno ia tão adiantado que os animais que caçavam já tinham usado a maior parte de suas reservas. Os viajantes escolhiam a carne e as vísceras que continham mais gordura, e deixavam de lado as partes mais magras, ou as davam a Lobo. O animal encontrava, ele próprio, abundância de alimentos nas matas e planícies por que passavam.

Havia outro animal que habitava a região, e embora sempre o notassem, nem Jondalar nem Ayla se dispunham a caçar cavalos. Seus companheiros de viagem alimentavam-se bem, comendo ervas secas, musgos, liquens e até mesmo ramos pequenos e cascas finas de árvores.

AYLA E JONDALAR SEGUIAM rumo ao oeste, acompanhando o curso do grande rio, e desviando-se ligeiramente para o norte, sempre à vista do maciço do outro lado do rio. A depressão entre o antigo planalto setentrional e as montanhas do sul tornava-se mais alta na direção de uma paisagem inóspita, que aflorava em rochedos. Passaram pelo local onde três correntes juntavam-se para formar o começo reconhecível do Grande Rio Mãe, depois atravessaram a corrente e seguiram pela margem esquerda do curso médio, a Mãe Média. Aquele rio, segundo haviam dito a Jondalar, era considerado o verdadeiro Rio Mãe, mas qualquer um dos três poderia sê-lo.

Alcançar o ponto que era, essencialmente, o começo do grande rio não representou a experiência emocionante que Ayla esperara. O Grande Rio Mãe não brotava de um local claramente definido, como o grande mar interior onde ele terminava. Não havia um começo nítido, e até mesmo o limite do território setentrional, considerado região dos cabeças-chatas, era incerto, porém Jondalar tinha a impressão de que a área onde estavam lhe era familiar; achava que estavam perto da margem da geleira, embora fizesse algum tempo que viajavam sobre neve e fosse difícil determinar com precisão.

Ainda era de tarde, mas resolveram começar a procurar um local onde acampar, e seguiram até a margem direita da corrente mais elevada. Decidiram parar um pouco adiante, além do vale de um rio bastante largo que descia do lado norte.

Ao ver um depósito de cascalho junto ao rio, Ayla parou para pegar várias pedras lisas e redondas, muito apropriadas para sua funda, e colocou-as na bolsa. Talvez pudesse ir caçar ptármigas ou lebres, mais de tarde ou no outro dia.

As lembranças da breve estada deles com os Losadunai eram aos poucos, substituídas por apreensões com relação à geleira que os esperava, principalmente por parte de Jondalar. A pé e muito carregados, eles vinham viajando mais devagar do que tinham esperado. e Jondalar temia que o fim do inverno estivesse próximo. A chegada da primavera era sempre imprevisível, mas ele só desejava que naquele ano ela tardasse mais.

Descarregaram os cavalos e acamparam. Como ainda era cedo, resolveram caçar carne fresca. Entraram numa mata rala e encontraram pegadas de veado, o que surpreendeu a ambos e deixou Jondalar preocupado. Que aquilo não fosse um sinal da iminência da primavera. Ayla fez um sinal para Lobo e entraram na mata. Ayla caminhava logo atrás de Jondalar, acompanhada por Lobo. Ela não queria que ele disparasse a correr, espantando a presa.

Chegaram a um afloramento rochoso que lhes bloqueava a visão. Ayla percebeu que os ombros de Jondalar relaxavam e que ele se tornava menos tenso. Compreendeu o porquê quando as pegadas do veado mostraram que ele havia se afastado. Era óbvio que algo o espantara.

Ambos se imobilizaram ao ouvir o rosnado baixo de Lobo. Ele tivera um pressentimento, e os viajantes já haviam aprendido a respeitar seus avisos. Ayla tinha certeza de ter ouvido barulho de passos do outro lado da grande pedra, que se projetava da terra e lhes bloqueava o caminho. Ela e Jondalar se entreolharam; o homem também escutara o barulho. Rastejaram lentamente, olhando em torno da pedra. De repente, soaram gritos; ouviu-se o barulho de algo que caía com força e, quase ao mesmo, um grito de agonia.

Aquele grito fez correr um arrepio pela espinha de Ayla; um arrepio de reconhecimento.

– Jondalar! Alguém está em dificuldade – disse ela, circulando a pedra.

– Espere, Ayla! Pode ser perigoso! – disse ele, mas era tarde demais. Com a lança em riste, ele correu para alcançá-la.

Do outro lado da rocha, vários rapazes estavam lutando com uma pessoa prostrada, que tentava resistir sem muito sucesso. Outros faziam comentários grosseiros a um homem de joelhos, estendido sobre uma pessoa que dois outros tentavam segurar.

– Depressa, Danasi! Ainda precisa de mais ajuda? Esta aqui está resistindo.

– Talvez ele precise de ajuda para achar o que quer. Ele nem sabe o que fazer.

– Então dê uma oportunidade a outro.

Ayla teve um vislumbre de cabelos louros e, com uma indignada sensação de mal-estar, compreendeu que eles estavam segurando uma mulher e o que tentavam fazer. Enquanto corria na direção deles, percebeu outra coisa. Talvez fosse a forma de uma perna ou de um braço, ou o som de uma voz, mas de repente ela entendeu que se tratava de uma mulher do Clã – uma mulher loura do Clã! Ficou estupefata... mas apenas por um instante.

Lobo rosnava, ansioso, mas olhava para Ayla e se continha.

– Deve ser o bando de Charoli! – disse Jondalar, alcançando a companheira.

Ele pôs no chão a mochila de caça com as lanças, e com algumas passadas largas havia alcançado os três homens que molestavam a mulher. Agarrou o que estava em cima dela pela parka e o puxou com força. Depois o rodeou e, cerrando o punho, desferiu um murro no homem, que caiu ao chão. Os outros dois, surpresos, largaram a mulher e voltaram o ataque contra o estranho. Um deles saltou-lhe às costas, enquanto o outro dava socos em seu rosto e seu peito. O homem desvencilhou-se do que lhe pulara às costas, recebeu um golpe forte no ombro e revidou com um violento chute contra a barriga do que estava à sua frente.

A mulher rolou de lado, recuou para se afastar quando os dois homens atacaram Jondalar e correu na direção do outro grupo de homens que lutavam. Enquanto um dos homens se contorcia de dor, Jondalar virou-se para o outro. Ayla viu que o primeiro se levantava.

– Lobo! Ajude Jondalar! Pegue aqueles homens! – gritou, fazendo um sinal para o animal.

O enorme lobo correu para a refrega, enquanto ela punha a mochila no chão, tirava a funda enrolada na cabeça e procurava pedras na bolsa.

Um dos três homens havia caído de novo, e ela viu que um outro, de olhos esbugalhados de terror, levantava o braço para se proteger do imenso lobo que corria em sua direção. O animal saltou nas patas traseiras, meteu os dentes no braço de um pesado capote de inverno e arrancou-lhe a manga, enquanto Jondalar desferia um murro no rosto do terceiro.

Metendo uma pedra na funda, Ayla desviou a atenção para o outro grupo de homens que lutavam. Um deles erguera um pesado bastão de osso com as mãos e estava pronto para vibrar um golpe mortífero. Rapidamente ela atirou a pedra e viu o homem do bastão cair ao chão. Outro homem, que segurava uma lança em posição ameaçadora, apontando-a para alguém no solo, viu o amigo cair, com uma expressão de incredulidade. Balançou a cabeça e não viu a segunda pedra vir em sua direção, mas gritou de dor quando ela o atingiu. A lança rolou por terra enquanto ele segurava o braço machucado.

Seis homens estavam lutando com o que estava no chão, mas enfrentando enorme resistência. A funda de Ayla derrubou dois, e a mulher que fora atacada estava dando socos num terceiro, que levantava os braços para se defender. Outro, que se aproximara demais do homem que estavam tentando segurar, foi atingido por um golpe violento e cambaleou. Ayla tinha ainda duas pedras prontas para atirar. Disparou uma delas, apontada para uma perna, dando ao homem derrubado – homem do Clã, como Ayla percebera – tempo para se recuperar. Embora ainda estivesse sentado, ele agarrou o homem que estava mais perto dele, levantou-o do chão e o atirou contra outro homem.

A mulher do Clã renovou seu ataque encolerizado, finalmente afugentando o homem com que estava lutando. Embora não tivessem o hábito de brigar, as mulheres do Clã eram tão fortes quanto os homens, em proporção a seu tamanho. E embora tivesse preferido ceder a lutar para se defender contra um homem que desejava usá-la para aliviar suas necessidades, aquela mulher se dispusera a brigar para defender o companheiro ferido.

No entanto, a nenhum dos rapazes restava disposição para a luta. Um deles jazia inconsciente junto da perna do homem do Clã, com um ferimento na cabeça, do qual escorria um fio de sangue que lhe empapava os cabelos louros sujos e se transformara num hematoma sem cor. Outro esfregava o braço, fitando a mulher que trazia a funda já preparada de novo. Os demais se achavam machucados e derrotados, um deles com o olho inchado. Os três que haviam atacado a mulher estavam acovardados no chão, as roupas em frangalhos, temendo um lobo que os vigiava com os dentes à mostra e um rosnado malévolo na garganta.

Jondalar, que recebera seu quinhão de golpes mas parecia ignorar isso, foi certificar-se de que Ayla estava ilesa, e depois olhou com atenção o homem no chão. Compreendeu, de repente, que se tratava de um homem do Clã. Entendera isso num átimo, no momento em que chegaram ali, mas só agora se detinha na ideia. Por que o homem ainda estava no chão? Jondalar virou o homem inconsciente, colocando-o de barriga para cima. Ele respirava. E então ele viu por que o homem do Clã não se punha de pé.

A razão tornou-se clara. Sua coxa direita estava dobrada num ângulo esquisito, pouco acima do joelho. Jondalar olhou para ele com espanto. Com uma perna quebrada, ele estivera resistindo a seis homens! Jondalar sabia que os cabeças-chatas eram fortes, mas não imaginara o quanto, nem como eram resolutos. O homem só podia estar sofrendo fortes dores, mas não o demonstrava.

De repente, outro homem, que não participara da luta, apareceu. Olhou em torno, para o bando derrotado, e ergueu as sobrancelhas. Os rapazes pareceram contorcer-se de vergonha ante seu desdém. Não sabiam explicar o que tinha acontecido. Num dado momento, estavam surrando e se divertindo com os dois cabeças-chatas que haviam tido a infelicidade de cruzar o caminho deles; no outro, estavam à mercê de uma mulher capaz de arremessar pedras, de um homem grande de punhos duros como pedra, e do mais gigantesco lobo que já tinham visto! Para não falar dos dois cabeças-chatas.

– O que aconteceu? – perguntou ele.

– Seus homens finalmente levaram uma boa sova – respondeu Ayla. – E logo vai chegar a sua vez.

A mulher era inteiramente desconhecida. Como sabia que se tratava do bando dele, ou qualquer outra coisa com relação a eles? Falava a sua língua, mas com um sotaque estranho. Quem seria? A mulher do Clã virou a cabeça ao escutar a voz de Ayla, e a observou com atenção. O homem com hematoma na cabeça estava acordando, e Ayla adiantou-se para examiná-lo.

– Afaste-se dele – disse o homem, mas a presunção era desmentida pelo medo que ela detectou em sua voz.

Ayla fez uma pausa, observou o homem e percebeu que ele dissera aquilo para se exibir aos subordinados, e não por que se importasse sinceramente com o homem ferido. E continuou a examinar o rapaz machucado.

– Ele terá dores de cabeça durante alguns dias, mas vai melhorar. Se eu tivesse desejado machucá-lo de verdade, seria diferente. Ele estaria morto, Charoli.

– Como sabe meu nome? – disse o homem, assustado, mas procurando disfarçar. Como sabia aquela estranha quem ele era?

Ayla deu de ombros.

– Sabemos mais do que seu nome – disse ela.

Olhou na direção do homem e da mulher do Clã. Para a maioria dos presentes, os dois pareciam impassíveis, mas Ayla percebia-lhes o choque e a intranquilidade nas sutis mudanças de expressão e postura. Estavam olhando com atenção a gente dos Outros, tentando entender aquela estranha reviravolta.

Por ora, pensou o homem, não corriam perigo de um novo ataque, mas aquele homem grande... Por que os teria ajudado? Ou teria ele alguma segunda intenção? Por que um homem dos Outros lutaria com homens de sua própria espécie para ajudá-los? E a mulher? Se realmente era uma mulher. Usava uma arma, que ele conhecia melhor do que a maioria dos demais homens. Que tipo de mulher usava armas? E contra homens de sua própria espécie? Mais inquietante ainda era o lobo, um animal que parecia estar ameaçando aqueles homens que haviam machucado sua mulher... Sua nova mulher, muito especial. Talvez o homem alto tivesse um Totem do Lobo, mas os totens eram espíritos, e aquele lobo era real. Tudo quanto ele podia fazer era esperar. Aguentar a dor que sentia e esperar.

Vendo que o homem do Clã lançara um olhar sutil a Lobo, e adivinhando-lhe os temores, Ayla resolveu acabar com todos os receios de uma vez por todas. Assoviou, um som claro e imperativo que se assemelhava ao produzido por uma ave, mas nenhuma ave que alguém já tivesse ouvido. Todos a fitaram, apreensivos, mas como nada aconteceu imediatamente, relaxaram. Cedo demais. Antes que se passasse muito tempo, ouviram o som de cascos e logo dois cavalos dóceis, uma égua e um corcel de um castanho invulgar, apareceram e se dirigiram diretamente para a mulher.

Que esquisitice era aquela? Estaria ele morto, no mundo dos espíritos?, cismou o homem do Clã.

Os animais pareceram assustar os rapazes ainda mais que à gente do Clã. Embora o escondessem debaixo de uma capa de sarcasmo e de bravata, animando-se mutuamente a cometer atos cada vez mais ousados e degradantes, cada um deles levava dentro de si um nó apertado de culpa e medo. Algum dia, tinham certeza, seriam descobertos e responsabilizados por seus crimes. Alguns chegavam até a desejar que isso acontecesse, para que tudo terminasse antes que a situação até piorasse, se já não fosse tarde demais.

Danasi, aquele de quem haviam zombado porque tivera dificuldades para submeter a mulher, havia conversado sobre isso com alguns companheiros em quem podia confiar. As mulheres cabeças-chatas eram uma coisa; mas aquela moça, que nem era ainda mulher, que chorara e lutara... Com efeito, a investida fora excitante no momento – as mulheres naquela fase eram sempre excitantes –; mas depois ele sentira vergonha e medo da retribuição da Duna. O que Ela lhes faria?

E agora, ali estava subitamente uma mulher, uma estranha, com um homem enorme e de cabelos claros – é certo que o amante d'Ela seria maior e mais claro do que os outros homens. E um lobo! E com cavalos que atendiam a seu chamado. Ela falava de maneira esquisita, devia ter vindo de muito longe, mas sabia a língua deles. De onde ela viera havia línguas? Seria uma dunai? Um espírito da Mãe em forma humana? Danasi estremeceu.

– O que quer conosco? – perguntou Charoli. – Não estávamos incomodando-a. Apenas nos divertíamos um pouco com esses cabeças-chatas. O que há de errado em a gente se divertir com alguns animais?

Jondalar notou que Ayla fazia força para se controlar.

– E Madenia? – perguntou. – Também ela era um animal?

Eles sabiam! Os rapazes se entreolharam e depois olharam para Charoli. O sotaque do homem não era o mesmo dela. Era um Zelandonii. Se os Zelandonii sabiam, não poderiam esconder-se na terra deles se precisassem, fingindo fazer uma Jornada, como haviam planejado. Quem mais saberia? Havia algum lugar onde pudessem ocultar-se?

– Essas pessoas não são animais – disse Ayla, com uma raiva fria, que fez Jondalar olhar para ela. Nunca a vira tão irada, mas Ayla estava tão controlada que ele não teve certeza de que os rapazes haviam notado. – Se fossem animais, vocês tentariam forçá-los? Forçam lobos? Forçam cavalos? Não, vocês estão à procura de uma mulher, e nenhuma mulher quer saber de vocês. Essas são as únicas que vocês conseguem encontrar. Mas essas pessoas não são animais. – Ayla olhou para o casal do Clã. – Vocês são os animais! Vocês são hienas! Farejando a carniça e cheirando a podridão, cheirando aos animais que são. Ferindo pessoas, violentando mulheres, roubando o que não lhes pertence. Vou lhes dizer uma coisa: se não voltarem agora, hão de perder tudo. Vocês não têm família, nem caverna, nem amigos, e jamais terão uma mulher em seu fogo. Vão passar a vida inteira como hienas, sempre a tirar o que é dos outros, tendo de roubar de sua própria gente.

– Eles sabem disso também! – exclamou um dos homens.

– Não diga nada! – gritou Charoli. – Eles não sabem, estão apenas dando palpites.

– Nós sabemos – respondeu Jondalar. – Todo mundo sabe. – Ele não dominava a língua, mas eles o compreendiam.

– Isso é o que você diz, mas nós nem o conhecemos – disse Charoli. – Você não é daqui, não é nem mesmo um Losadunai. Nós não vamos voltar. Não precisamos de ninguém. Temos a nossa própria caverna.

– É por isso que precisam roubar comida e forçar mulheres? – perguntou Ayla. – Uma caverna sem mulheres em seus fogos não é caverna.

Charoli procurou falar com naturalidade:

– Não queremos ouvir bobagens. Pegamos o que queremos e quando bem entendermos... comida, mulheres. Ninguém nos deteve antes, e isso não vai acontecer agora. Vamos embora daqui – disse ele, virando-se.

– Charoli! – gritou Jondalar, alcançando-o com poucas passadas.

– O que quer?

– Tenho uma coisa a lhe dar – respondeu o homem alto.

A seguir, sem aviso, Jondalar cerrou o punho e desferiu um murro no rosto do rapaz, cuja cabeça dobrou-se para trás, enquanto ele era erguido do chão pelo golpe atordoante.

– Isso é por Madenia! – disse Jondalar, olhando para o homem prostrado. Depois virou-se e se afastou.

Ayla olhou para o jovem meio inconsciente. Um fio de sangue lhe escorria do canto da boca, mas ela não fez menção de socorrê-lo. Dois de seus amigos o ajudaram a erguer-se. Ela dirigiu então a atenção ao bando de rapazes, olhando para cada um deles individualmente. Estavam em condições lastimáveis, com as roupas esfarrapadas e imundas. Seus rostos magros indicavam fome também. Não era de admirar que tivessem roubado comida. Estavam necessitados de ajuda e de apoio da família e dos amigos de uma caverna. Talvez a vida de vagabundagem com o bando de Charoli tivesse começado a perder o encanto, e eles estivessem dispostos a voltar.

– Estão procurando vocês – disse ela. – Todos concordam que vocês foram longe demais. Até Tomasi, que é parente de Charoli. Voltar às suas cavernas e aceitar o castigo que os esperam talvez seja uma boa oportunidade de se reunir às suas famílias de novo. Se esperarem ser encontrados, talvez tenham pior sorte.

Será por isso que Ela está aqui? Teria Ela vindo para os avisar, antes que fosse tarde demais?, pensou Danasi. Se voltassem antes de serem descobertos, e tentassem ser perdoados, suas cavernas os aceitariam?

Depois que o bando de Charoli se afastou, Ayla aproximou-se do casal do Clã. Tinham assistido com assombro à confrontação direta de Ayla e ao golpe de Jondalar, que derrubara o homem. Os homens do Clã nunca batiam em outros homens do Clã, mas os homens dos Outros eram estranhos. Eram um pouco parecidos com homens, mas não agiam como se o fossem, principalmente o homem que fora esmurrado. Todos os clãs sabiam de sua existência, e o homem no chão teve de admitir que sentira certa satisfação ao ver aquele ser derrubado. Ficara ainda mais feliz ao vê-los ir embora.

Agora desejava que os outros dois também partissem. Seus atos tinham sido de tal modo inesperados que ele ficara intranquilo. Tudo que queria era retornar a seu Clã, embora não soubesse como fazê-lo com uma perna quebrada. O gesto seguinte de Ayla deixou tanto o homem como a mulher aturdidos. Até mesmo Jondalar pôde perceber-lhes a perplexidade. Graciosamente, ela se sentou de pernas cruzadas diante do homem e olhou para o chão com humildade.

O próprio Jondalar se surpreendeu. Ela fizera aquilo com ele, de vez em quando, em geral quando tinha algo de importante a lhe dizer, e estava frustrada por não encontrar as palavras certas com que se expressar, mas aquela era a primeira vez que via Ayla assumir tal posição em seu contexto apropriado. Era um gesto de respeito. Ela estava pedindo permissão para se dirigir a ele, mas o homem alto ficou atônito ao ver Ayla, sempre tão independente e capaz, se dirigir àquele cabeça-chata, aquele homem do Clã, com tamanha deferência. Ela havia tentado explicar-lhe anteriormente que se tratava de um gesto de cortesia tradicional; era a maneira como eles se comunicavam, sem ser necessariamente aviltante para quem o fazia. Mas Jondalar sabia que nenhuma mulher Zelandonii, ou nenhuma outra mulher que ele conhecesse, jamais se dirigiria a alguém, homem ou mulher, daquela maneira.

Enquanto Ayla esperava, com paciência, que o homem lhe batesse no ombro, nem sequer tinha certeza de que a linguagem gestual daquela gente fosse a mesma do Clã que a educara. A distância entre eles era grande, e aquelas pessoas tinham um jeito diferente. Mas ela observara semelhanças nas línguas faladas, ainda que quanto mais separados vivessem os grupos, menos parecidas fossem as línguas. Ela só podia esperar que a linguagem gestual daquelas pessoas também fosse parecida.

No entender de Ayla, as linguagens gestuais das pessoas, como grande parte de seus conhecimentos e atividades, provinham de suas memórias. Se aquelas pessoas do Clã vinham dos mesmos ancestrais daqueles que ela conhecera, a linguagem deveria ser ao menos parecida.

Enquanto esperava com ansiedade, começou a imaginar se o homem tinha alguma ideia do que ela estava tentando fazer. Então, sentiu uma pancadinha no ombro e respirou fundo. Fazia muito tempo que não falava com a gente do Clã, desde que fora amaldiçoada... Tinha de esquecer aquilo. Não podia permitir que aquelas pessoas soubessem que ela estava morta para o Clã, pois nesse caso elas a deixariam de enxergar, como se não existisse. Levantou os olhos para o homem, e eles se olharam.

O homem não via nela nenhum sinal do Clã. Era uma mulher dos Outros. Não parecia uma daquelas estranhamente deformadas por uma mistura de espíritos, como muitas que nasciam naquela época. Mas onde aquela mulher dos Outros aprendera a maneira correta de se dirigir a um homem?

Ayla não via um rosto do Clã havia muitos anos, e aquele era um verdadeiro rosto clânico, mas diferente dos rostos das pessoas que conhecera. Os cabelos e a barba do homem eram de um castanho mais claro e pareciam macios e menos encaracolados. Também os olhos eram mais claros, castanhos, mas não eram como os olhos profundos, aquosos, quase negros da gente dela. Os traços dele eram mais fortes, mais acentuados. As sobrancelhas mais pesadas, o nariz mais afilado... A testa até parecia recuar de modo mais abrupto, a cabeça era mais longa. De algum modo ele parecia pertencer mais ao Clã do que as pessoas do Clã dela.

Ayla começou a conversar com os gestos e as palavras da língua cotidiana do Clã de Brun, a língua do Clã que ela aprendera quando criança. Ficou logo claro que ele não a compreendia. A seguir, o homem produziu alguns sons.

Tinham o tom e a qualidade da voz do Clã, um tanto gutural, com as vogais quase engolidas, e ela se esforçou por entender.

O homem estava com uma perna quebrada, e ela desejava ajudá-lo, mas também queria saber mais sobre eles. De certa forma, Ayla se sentia mais à vontade na companhia deles do que na dos Outros. Mas para ajudá-lo tinha de comunicar-se com ele, fazer com que a compreendesse. O homem falou de novo e fez sinais. Ayla achou os gestos levemente familiares, mas não conseguiu entendê-los. Seria a linguagem do Clã dela tão diferente que ela não conseguiria comunicar-se com os clãs daquela região?

40

Ayla pôs-se a imaginar de que maneira conseguiria fazer-se compreender pelo homem, ao mesmo tempo em que olhava para a mulher. Sentada perto dali, ela parecia nervosa e perturbada. Depois, lembrando-se da Reunião do Clã, tentou a linguagem antiga, formal e basicamente silenciosa utilizada por uma pessoa para se dirigir ao mundo dos espíritos e para se comunicar com clãs que usavam uma linguagem diferente.

O homem balançou a cabeça e fez um gesto. Ayla sentiu um profundo alívio ao constatar que ele a compreendia. Aquela gente provinha dos mesmos ancestrais que o Clã dela! Algum dia, no passado muito distante, aquele homem tivera os mesmos ancestrais de Creb e Iza. Ayla recordou-se de uma estranha visão e compreendeu que também ela partilhava de raízes, ainda mais antigas, com ele, mas sua linhagem divergira, seguindo por um caminho diferente.

Jondalar assistiu-os, fascinado, começar a conversar por meio de sinais. Era difícil acompanhar os rápidos movimentos ondulantes que faziam, o que fez com que percebesse que a linguagem era muito mais complexa e sutil do que ele imaginara. Ao ensinar às pessoas do Acampamento do Leão parte da linguagem de sinais do Clã, para que Rydag pudesse comunicar-se com eles pela primeira vez em sua vida – a linguagem formal, mais fácil para os jovens –, Ayla lhes mostrara apenas os rudimentos básicos. O rapaz sempre gostara mais de conversar com ela do que com qualquer outra pessoa. Jondalar imaginara que Rydag podia comunicar-se com ela mais plenamente, mas estava agora começando a entender a amplitude e a profundidade da linguagem.

Ayla surpreendeu-se quando o homem pulou algumas das formalidades de apresentação. Não fixou nomes, lugares ou linhas de parentesco.

– Mulher dos Outros, este homem gostaria de saber onde aprendeu a falar.

– Quando esta mulher era menina, família e povo se perderam num terremoto. Esta mulher foi criada por um Clã – explicou ela.

– Este homem não conhece Clã algum que tenha tomado uma criança dos Outros – disse o homem.

– O Clã desta mulher vive muito longe. O homem conhece o rio que os Outros chamam de Grande Mãe?

– É a fronteira – indicou ele, impacientemente.

– O rio percorre uma distância maior do que muita gente sabe, até o mar, ao leste. O Clã desta mulher vive além do fim do Grande Rio Mãe – apontou Ayla.

O homem pareceu não acreditar, e depois observou-a. Sabia que, ao contrário da gente do Clã, cuja linguagem incluía a compreensão de inconscientes movimentos e gestos corporais, o que tornava quase impossível dizer uma coisa e pensar outra, as pessoas dos Outros, que falavam com sons, eram diferentes. Ele não podia ter absoluta certeza com relação a ela. Não percebia sinais de dissimulação, mas sua história parecia absurda.

– Esta mulher vem viajando desde o começo da última estação quente – acrescentou Ayla.

O homem mostrou-se impaciente de novo, e Ayla percebeu que ele sofria dores atrozes.

– O que a mulher quer? Os Outros já foram embora, por que a mulher não vai? – Ele sabia que ela, com certeza, lhe salvara a vida e ajudara sua companheira, o que significava que ele lhe devia uma obrigação. Isso os tornava quase parentes. O pensamento era inquietante.

– Esta mulher é Shamud. Esta mulher quer examinar a perna do homem – explicou Ayla.

O homem teve um gesto de incredulidade.

– A mulher não pode ser Shamud. A mulher não é do Clã.

Ayla não insistiu. Pensou por um momento e decidiu adotar outra atitude. – Esta mulher quer falar com o homem dos Outros – pediu. O homem assentiu com a cabeça. Ayla levantou-se e depois caminhou de costas, antes de virar-se e dirigir-se até onde estava Jondalar.

– Consegue comunicar-se bem com ele? – perguntou-lhe Jondalar. – Sei que você está tentando, mas o Clã com quem você viveu é de um local muito distante. Fico a imaginar se estará tendo sucesso.

– Comecei usando a linguagem de meu Clã, mas não conseguimos nos entender. Eu deveria ter imaginado que os sinais e as palavras deles não seriam os mesmos, mas quando passei a utilizar a antiga linguagem formal, não tivemos dificuldade em nos comunicar – explicou Ayla.

– Estou entendendo bem? Você está dizendo que o Clã pode comunicar-se de uma maneira compreensível por todos eles? Não importa onde vivam? É difícil acreditar nisso.

– Talvez seja – respondeu ela. – Mas os costumes antigos deles estão em suas memórias.

– Você está dizendo que eles já nascem sabendo falar dessa maneira? Qualquer bebê pode fazê-lo?

– Não é bem assim. Eles nascem com suas memórias, mas precisam ser "ensinados" a usá-las. Não sei ao certo como funciona, não tenho as memórias, mas parece que se trata mais de "recordar-lhes" o que já sabem. Em geral só é preciso recordar-lhes uma vez e pronto. Foi por isso que alguns deles acharam que eu não era muito inteligente. Eu aprendia devagar, até aprender, sozinha, a decorar depressa, e mesmo assim não era fácil. Rydag tinha as memórias, mas não havia ninguém que lhe ensinasse... a recordar-se dela. Foi por isso que ele não conhecia a linguagem dos sinais, até eu chegar.

– Você aprendendo devagar! Nunca vi alguém aprender uma língua tão depressa – disse Jondalar.

Ayla deu de ombros.

– É diferente. Acho que os Outros têm memória para a linguagem com palavras, mas nós aprendemos a falar os sons das pessoas com quem convivemos. Para aprender uma língua diferente, basta decorar outro conjunto de sons e às vezes outra maneira de juntá-los – disse. – Mesmo que vocês não falem com perfeição, conseguem se fazer entender uns pelos outros. Para nós, a linguagem dele é mais difícil, mas o problema que estou tendo com ele não é de comunicação. O problema é a obrigação.

– Obrigação? Não entendi – disse Jondalar.

– Ele está sofrendo uma dor fortíssima, embora não demonstre. Eu quero ajudá-lo e examinar sua perna. Não sei como eles hão de retornar a seu Clã, mas podemos pensar nisso depois. Primeiro, tenho de tratar da perna dele. Ele já está em dívida conosco, e sabe que se compreendo sua língua, compreendo a obrigação. Se ele acreditar que nós lhe salvamos a vida, passa então a ter uma dívida de parentesco. Ele não quer dever ainda mais – disse Ayla, tentando explicar um relacionamento dos mais complexos com palavras simples.

– O que é uma dívida de parentesco?

– É uma obrigação... – Ayla tentou imaginar uma maneira de explicar com clareza. – Isso em geral acontece entre caçadores de um clã. Se um homem salva a vida de outro, passa a "possuir" uma parte do espírito desse outro. O homem que teria morrido renuncia a uma parte para ser devolvido à existência. Como um homem não deseja que nenhuma parte de seu espírito morra, se outro homem possui uma parte de seu espírito, ele fará tudo a fim de salvar a vida de tal homem. Isto os torna parentes, mais próximos do que irmãos.

– Faz sentido – concordou Jondalar.

– Quando os homens caçam juntos – prosseguiu Ayla –, têm de ajudar-se mutuamente, e muitas vezes um salva a vida do outro, de forma que uma parte do espírito de cada um deles em geral pertence a cada um dos demais. Isso os torna parentes de uma maneira que transcende a família. Os caçadores de um clã podem ser aparentados, mas os laços de sangue não podem ser mais fortes que o vínculo que existe entre os caçadores, pois não podem gostar mais de um companheiro do que de outro. Todos têm dívidas recíprocas.

– Isso é muito sábio – disse Jondalar, pensativo.

– Chama-se dívida de parentesco. Este homem não conhece os costumes dos Outros, nem tem em grande conta o pouco que conhece.

– Depois de Charoli e seu bando, como censurá-lo?

– É muito mais do que isto, Jondalar. Mas ele não está satisfeito por ter uma dívida conosco.

– Ele lhe disse tudo isso?

– Não, claro que não, mas a linguagem do Clã envolve mais do que sinais feitos com as mãos. Implica também a maneira como a pessoa se senta ou fica em pé, expressões faciais, pequenas coisas, porém tudo tem significado. Eu cresci com um clã. Essa cultura é tanto parte minha quanto dele. Eu sei o que o está incomodando. Se ele conseguisse me aceitar como uma Shamud do Clã, seria útil.

– Que diferença faria? – perguntou Jondalar.

– Significa que já possuo um pedaço de seu espírito.

– Mas você nem o conhece! Como pode possuir um pedaço de seu espírito?

– Uma Shamud salva vidas. Ela poderia reivindicar um pedaço do espírito de cada pessoa que salvar, poderia ser "dona" de pedaços de todo mundo, em poucos anos. Por isso, quando ela se transforma em Shamud, renuncia a um pedaço de seu espírito em favor do Clã, e recebe uma parte de cada pessoa do Clã em troca. Assim, por mais pessoas que ela salvar, a dívida já está paga. É por isso que uma Shamud tem uma condição social inerente à função. – Ayla pensou um pouco, e disse: – Esta é a primeira vez em que estou feliz com o fato de os espíritos do Clã não terem sido tomados de volta... – fez uma pausa.

Jondalar começou a falar. Notou então que ela fitava o vazio e compreendeu que ela olhava para dentro de si.

– ...quando fui amaldiçoada com a morte – continuou Ayla. – Tenho me preocupado com isso durante muito tempo. Depois que Iza morreu, Creb pegou de volta todos os pedaços de espíritos, para que não a acompanhassem ao outro mundo. Mas quando Broud fez com que eu fosse amaldiçoada, ninguém os tirou de mim, ainda que para o Clã eu esteja morta.

– O que aconteceria se eles soubessem disso? – indagou Jondalar, indicando com um leve movimento de cabeça as duas pessoas do Clã, que os observavam.

– Eu deixaria de existir para eles. Não me veriam. Não permitiriam que eu os visse. Eu poderia colocar-me na frente deles e gritar, e ainda assim não me veriam. Julgariam-me um espírito mau que estivesse tentando atraí-los para o outro mundo – disse Ayla, fechando os olhos, arrepiada.

– Mas por que você disse que está feliz por ainda ter os pedaços de espíritos? – perguntou Jondalar.

– Porque não posso dizer uma coisa e pensar outra. Não posso mentir-lhe. Ele saberia. Mas posso abster-me de falar no assunto. Isso é permitido, por cortesia, por uma questão de privacidade. Não tenho de dizer nada sobre a maldição, muito embora ele, provavelmente, percebesse que eu estaria omitindo algo, mas posso dizer que sou uma Shamud do Clã, porque isso é verdade. Ainda sou. Ainda possuo os pedaços de espíritos.

– Ayla franziu a testa, preocupada. Mas algum dia vou realmente morrer, Jondalar. Se eu for para o outro mundo com os pedaços de espíritos de todos no Clã, o que lhes acontecerá?

– Não sei, Ayla.

Ela deu de ombros, afastando o pensamento.

– Bem, agora tenho de me preocupar com este mundo. Se ele me aceitar como uma Shamud do Clã, então não terá de preocupar-se em ter uma dívida para comigo. Já é muito ruim para ele ter uma dívida de parentesco com uma pessoa dos Outros, mas pior ainda é ser com uma mulher, sobretudo uma mulher que usa armas.

– Mas você caçava quando vivia com o Clã – lembrou-lhe Jondalar.

– Isso foi uma exceção especial, e apenas porque sobrevivi a uma maldição de morte com duração de um ciclo lunar, por caçar e usar uma funda. Brun permitiu porque meu totem do Leão da Caverna me protegia. Considerou isso um teste, e acho que o fato finalmente lhe deu um motivo para aceitar uma mulher com um totem tão forte. Foi ele quem me deu o talismã de caçada e o nome de Mulher que Caça.

Ayla tocou a sacolinha de couro que sempre usava em torno do pescoço e lembrou-se da primeira, a bolsinha simples que Iza fizera para ela. Na qualidade de sua mãe, Iza colocara em seu interior o pedaço de ocre vermelho quando Ayla foi aceita pelo Clã. Aquele amuleto não se comparava, de modo algum, com a peça enfeitada que ela usava agora, e que lhe fora dada na cerimônia de adoção dos Mamutoi, mas ainda continha seus símbolos especiais, entre eles aquele pedaço de ocre vermelho. Estavam ali todos os sinais que seu totem lhe dera, assim como o oval manchado de vermelho, extraído da ponta de uma presa de mamute, que era seu talismã de caça, e a pedra negra, o fragmento de dióxido de manganês que encerrava os pedaços de espíritos do Clã. Recebera-o ao se tornar a Shamud do Clã de Brun.

– Jondalar, acho que ajudaria se você conversasse com ele. O homem está em dúvida. Seus costumes são muito tradicionais, e aconteceram aqui fatos demasiado inusitados. Se ele conversasse com um homem, mesmo que seja um homem dos Outros, e não com uma mulher, isso lhe tranquilizaria o espírito. Lembra-se do sinal para um homem saudar outro homem?

Jondalar fez um movimento, e Ayla assentiu. Sabia que o gesto carecia de precisão, mas o significado era claro.

– Não tente saudar a mulher ainda. Seria de mau gosto, e ele poderia considerar isso um insulto. Não é habitual ou correto que um homem converse com mulheres sem uma boa razão, sobretudo no caso de estranhos, e mesmo nesse caso você precisaria da permissão dele. Se são parentes, há menos formalidades, e um amigo íntimo poderia até aliviar suas necessidades... dividir Prazeres... com ela, ainda que seja considerado cortês pedir a permissão dele antes.

– Pedir permissão a ele, mas não a ela? Por que as mulheres permitem que sejam tratadas como se fossem menos importantes que os homens?

– Elas não encaram a situação assim. Sabem, no fundo, que mulheres e homens têm a mesma importância, mas os homens e as mulheres do Clã são muito diferentes entre si – tentou explicar Ayla.

– Claro que são diferentes. Todos os homens e mulheres são diferentes... para alegria deles.

– Não me refiro apenas nesse aspecto. Você pode fazer tudo de que uma mulher é capaz, Jondalar, exceto ter um filho, e embora você seja mais forte, posso fazer quase tudo que você faz. Mas os homens do Clã não podem fazer muitas coisas que as mulheres fazem, do mesmo modo que as mulheres não podem fazer as mesmas coisas que os homens. Não têm as memórias para isso. Quando aprendi a caçar sozinha, muitas pessoas ficaram mais surpresas com o fato de eu ter capacidade de aprender a fazer aquilo, ou mesmo o desejo, do que aborrecidas por eu ter contrariado as normas do Clã. Ficaram atônitas, como se você de repente tivesse dado à luz um filho. Creio que as mulheres ficaram mais surpresas do que os homens. A ideia jamais ocorreria a uma mulher do Clã.

– Mas lembro que você disse que as pessoas do Clã e os Outros são muito parecidos – disse Jondalar.

– E são. Mas, em certos aspectos, são mais diferentes do que você conseguiria imaginar. Está pronto para falar com ele?

– Acho que sim – respondeu Jondalar.

O homem alto e louro caminhou na direção do homem forte, que continuava sentado no chão, com a perna dobrada num ângulo estranho. Ayla o seguiu. Jondalar abaixou-se para sentar na frente dele, lançando um olhar a Ayla, que aprovou com a cabeça.

Ele nunca estivera tão perto de um cabeça-chata adulto, e o primeiro pensamento que lhe ocorreu foi uma lembrança de Rydag. Olhar para aquele homem deixava ainda mais patente que o rapazinho não fazia parte inteiramente do Clã. Ao se recordar do estranho menino, inteligente e doentio, ele compreendeu que os traços de Rydag tinham sido bastante modificados em comparação com os daquele homem – abrandados foi a palavra que lhe ocorreu. O rosto do homem era grande, tanto comprido como largo, e de certa forma pontudo, pois terminava num nariz afilado e saliente. Sua barba de pelos finos, que mostrava ter sido aparada havia pouco tempo, não escondia de todo sua falta de queixo.

Os pelos faciais misturavam-se a uma massa de densos cabelos macios, castanho-claros, que lhe cobriam a cabeça comprida e enorme, cheia e arredondada atrás. Mas a pesada fronte do homem ocupava a maior parte da testa, sobretudo porque a linha dos cabelos começava baixa. Jondalar teve de se conter para não levar a mão à sua própria testa, alta. Entendeu por que eram chamados de cabeças-chatas. Era como se alguém houvesse pegado uma cabeça que tinha a mesma forma da sua, porém um pouco maior e feita de um material maleável como argila úmida, e lhe dado uma nova forma, empurrando a testa para baixo e para trás.

A fronte pesada do homem era acentuada por sobrancelhas hirsutas, e os olhos claros mostravam curiosidade, inteligência e também dor. Jondalar compreendeu o motivo por que Ayla desejava ajudá-lo.

Ele sentiu certa dificuldade ao fazer o gesto de saudação, mas se tranquilizou com a expressão de surpresa no rosto do homem, que retribuiu o gesto. Não soube ao certo o que fazer em seguida. Pensou no que ele próprio faria se estivesse se encontrando com um estranho de outra caverna ou acampamento, e tentou lembrar-se dos sinais que aprendera com Rydag.

Sinalizou:

– Este homem se chama... – depois pronunciou seu nome e afiliação principal. – Jondalar dos Zelandonii.

Os sons eram demasiado melódicos, com excesso de sílabas, para que o homem do Clã compreendesse de uma vez só. Ele balançou a cabeça, como se tentasse destapar os ouvidos. Inclinou-a, como se aquilo o ajudasse a escutar melhor, e depois bateu no peito de Jondalar.

Não era difícil entender o que ele pretendia transmitir, pensou Jondalar. Fez de novo os sinais de "Este homem se chama..." e depois disse seu nome, mas apenas o primeiro e mais devagar:

– Jondalar.

O homem fechou os olhos, concentrando-se. Depois os abriu e, respirando fundo, falou em voz alta:

– Dyondar.

Jondalar sorriu e assentiu. O nome fora pronunciado de modo meio desarticulado, com as vogais um tanto suprimidas, mas era compreensível. E estranhamente familiar. Então lhe ocorreu! Claro! Ayla! As palavras dela ainda tinham aquela mesma articulação, embora menos forte. Estava nisso seu sotaque peculiar. Não era de admirar que ninguém o identificasse. Ela falava com um sotaque do Clã, e ninguém sabia que fossem capazes de falar!

Ayla surpreendeu-se ao ouvir o homem pronunciar o nome de Jondalar tão bem. Duvidava que ela própria o tivesse falado tão bem da primeira vez que tentara, e tentou imaginar se aquele homem já tivera contatos anteriores com os Outros. Se tivesse sido escolhido para representar seu povo ou fazer alguma forma de contato com os que eram chamados de Outros, isso seria uma indicação de alta estirpe. Maior motivo, pensou, para que ele se preocupasse em não criar laços de parentesco com Outros, sobretudo pessoas de posição social desconhecida. O homem não desejaria desvalorizar sua própria posição, mas uma obrigação era uma obrigação, e, quisessem ou não, ele ou a companheira, admiti-lo, precisavam de ajuda. Ayla precisava achar um meio de persuadi-lo de que ela e Jondalar eram Outros que compreendiam o significado da associação e eram dignos dela.

O homem diante de Jondalar bateu no próprio peito e depois chegou-se para a frente ligeiramente.

– Guban – disse.

Jondalar teve tanta dificuldade para repetir aquele nome quanto o homem enfrentara com "Jondalar". Mas foi generoso e aceitou a má pronúncia de Jondalar, do mesmo modo que este aceitara a sua.

Ayla sentiu-se aliviada. Uma troca de nomes não representava muito, mas era um começo. Olhou para a mulher, ainda surpresa por ver cabelos mais claros que os seus ou de qualquer mulher do Clã. A cabeça da mulher era coberta por cachos macios, tão claros que eram quase brancos, mas era jovem e muito atraente. Provavelmente uma segunda mulher em seu fogo. Guban era um homem na flor da idade, e aquela mulher, com toda certeza, pertencia a um clã diferente e representava uma aquisição das mais valiosas.

A mulher olhou para Ayla e afastou o olhar, rapidamente. Por quê?, pensou Ayla. Percebera preocupação e medo nos olhos da mulher e observou-a de novo, mas com a mesma sutileza que a jovem do Clã usara. Havia um volume na barriga? Sua roupa estava um pouco justa demais nos seios? Está grávida! Não era de admirar que estivesse preocupada. Um homem cuja perna quebrada fosse malcuidada já não teria a mesma força de antes. E embora aquele homem pudesse ser de elevada estirpe, sem dúvida tinha também altas responsabilidades. Era imperioso, pensou Ayla, convencer Guban a permitir que ela o ajudasse.

Os dois homens continuavam sentados um diante do outro. Jondalar não sabia o que fazer e Guban esperava para ver o que ele faria. Por fim, tomado de desespero, Jondalar voltou-se para ela.

– Esta mulher é Ayla – disse, usando sinais simples, e depois pronunciando o seu nome.

De início Ayla julgou que ele houvesse cometido uma gafe, mas ao ver a reação de Guban, pensou que talvez não. Apresentá-la tão depressa era indicação da alta estima em que a tinha, apropriada para uma Shamud. Depois, à medida que ele continuava, imaginou se Jondalar não teria lido seus pensamentos.

– Ayla é curandeira. Curandeira muito boa. Remédios bons. Quer ajudar Guban.

Para o homem do Clã, os sinais de Jondalar mais lembravam o balbuciar de uma criancinha. Não havia nuances em suas indicações, nada de sombras sugestivas, graus de complexidade, mas a sinceridade era patente. Já era surpresa descobrir um homem dos Outros capaz de falar corretamente. A maioria deles tagarelava, resmungava ou rosnava como animais. Eram como crianças, por usar sons em excesso: mas, afinal, os Outros não eram considerados muito inteligentes.

A mulher, por outro lado, mostrava uma surpreendente profundidade de entendimento, com excelente apreensão de nuances. E uma clara e expressiva capacidade de falar. Com discrição e bom gosto, traduzira algumas das intenções mais sutis de Dyondar, facilitando a comunicação entre eles sem embaraçar a ninguém. Por mais difícil que fosse acreditar que fora criada por um clã e que viajara uma distância tão grande, expressava-se com tamanha facilidade que quase se podia acreditar que pertencesse a um clã.

Guban jamais ouvira falar do Clã a que a mulher se referira, e conhecia muitos, mas a linguagem comum por ela utilizada era inteiramente desconhecida. Até a linguagem do clã da sua cabelos-amarelos não era tão estranha, mas aquela mulher dos Outros conhecia os antigos sinais sagrados e sabia usá-los com muita habilidade e precisão. Coisa rara numa mulher. Havia a sensação de que ela talvez estivesse omitindo algo, mas ele não tinha certeza. Era, afinal, uma mulher dos Outros, e de qualquer maneira ele não poderia perguntar. As mulheres, sobretudo as Shamud, gostavam de guardar algumas coisas para si.

A dor causada pela perna quebrada latejou e ameaçou escapar a seu controle, e ele teve de concentrar-se para suportá-la.

Mas, como poderia ela ser uma Shamud? Não pertencia ao Clã. Não possuía memórias para aquilo. Dyondar afirmava que era uma curandeira, e falava de sua habilidade com muita convicção... E sua perna estava quebrada... Guban estremeceu interiormente, mas rilhou os dentes. Talvez ela fosse mesmo uma curandeira. Os Outros precisariam de curandeiros também, mas isso não a tornava uma Shamud do Clã. A obrigação dele já era grande. Uma dívida de obrigação com aquele homem já seria ruim, mas com uma mulher? E, além de tudo, uma mulher que usava armas?

No entanto, o que seria dele e de sua cabelos-amarelos sem a ajuda deles? Pensar nela fez com que ele amolecesse um pouco por dentro. Sentira uma ira que nunca conhecera no passado quando aqueles homens saltaram sobre ela, ferindo-a, tentando tomá-la. Fora por isso que ele saltara do alto da pedra. Levara muito tempo para chegar até o topo, e não podia esperar tempo demais para descer.

Tinha visto pegadas de veado e subira na pedra para examinar a área, para ver o que poderia caçar, enquanto ela colhia cascas de árvores e fazia incisões para juntar a seiva que em breve começaria a escorrer. Ela dissera que logo o tempo esquentaria, ainda que alguns dos demais não lhe tivessem dado crédito. Ainda era uma estranha, mas disse que tinha as memórias e que sabia. Ele desejara que ela o provasse para os demais, e por isso concordara em levá-la à caça, embora conhecesse os perigos causados por aqueles homens.

Mas fazia frio, e ele julgara que os evitariam mantendo-se próximos ao gelo. O topo da pedra parecera um bom lugar de onde inspecionar a área. A dor agonizante que sentira ao cair com força e quebrar a perna o deixara tonto, mas ele não podia sucumbir. Os homens estavam em cima dele, e era preciso lutar, com ou sem dor. Sentiu-se feliz ao lembrar como ela correra em sua direção. Ficara surpreso ao vê-la bater naqueles homens. Nunca ouvira dizer que uma mulher procedesse assim, nem contaria aquilo a quem quer que fosse, mas ficara satisfeito ao ver que ela tentara ajudá-lo com tanto esforço.

Ele mudou de posição, controlando as agulhadas de dor. Mas o que menos o afligia era a dor. Havia muito aprendera a resistir à dor. Mais difíceis de controlar eram outros medos. O que aconteceria se nunca mais ele pudesse caminhar? Uma perna ou um braço quebrados podiam levar muito tempo para sarar; e se os ossos se juntassem de maneira errada, tortos, desalinhados... E se ele não pudesse mais caçar?

Se não pudesse caçar, perderia prestígio. Já não seria mais o chefe. Prometera ao chefe do Clã da cabelos-amarelos que tomaria conta dela. Ela fora uma favorita, mas o prestígio dele era alto, e ela quis acompanhá-lo. Chegaram mesmo a lhe dizer, na privacidade de suas peles de dormir, que o desejara.

Sua primeira mulher não ficara muito satisfeita ao vê-lo chegar com uma segunda mulher, jovem e bonita, mas ela era uma boa mulher do Clã. Cuidara bem de seu fogo e conservaria a condição de Primeira Mulher. Ele prometeu cuidar dela e das duas filhas. Ele não se importara com isso. Sempre desejara ter um filho homem, mas com grande prazer recebera as filhas de sua companheira em seu fogo, ainda que em breve houvessem de crescer e ir embora.

Mas se ele não pudesse caçar, não teria condições de cuidar de ninguém. Tal como um ancião, seria ele que dependeria do resto do Clã. E sua bela cabelos-amarelos, que lhe poderia dar um filho homem, como haveria de cuidar dela? A jovem não encontraria dificuldade para encontrar um homem que a quisesse, e ele a perderia.

Não poderia sequer retornar ao Clã se não pudesse andar. Ela teria de ir pedir ajuda, e teriam de voltar ali para buscá-lo. Se não conseguisse retornar por seus próprios meios, valeria menos aos olhos do Clã; porém, muito pior seria se a perna quebrada o fizesse andar devagar, se ele perdesse a aptidão para caçar ou nunca mais pudesse fazê-lo.

Talvez eu deva conversar com essa curandeira dos Outros, pensou, ainda que seja uma mulher e use armas. Deve ser de alta linhagem, pois Dyondar a tem em elevada consideração, e também a posição dele deve ser magnífica, ou não teria como companheira uma Shamud. Tanto quanto o homem, ela contribuíra para que aqueles homens fugissem... ela e o lobo. Por que um lobo os ajudava? Ele a vira conversar com o animal. O sinal era simples e direto, ela lhe dissera que esperasse ali, junto da árvore, perto dos cavalos, mas o lobo a compreendera e obedecera. Ainda estava ali, à espera.

Guban desviou o olhar. Era difícil até mesmo pensar naqueles animais sem sentir um medo profundo de espíritos. Que outra coisa atrairia para eles o lobo ou os cavalos? Que mais faria com que animais se comportassem de maneira... tão pouco animalesca?

Percebia que sua cabelos-amarelos estava preocupada. Como censurá-la? Já que Dyondar julgara apropriado identificar sua mulher, talvez ele devesse apresentar a sua. Não queria que pensassem que a posição social que ela ganhara ao tê-lo como companheiro fosse menor que a de Dyondar. Guban fez um gesto muito sutil para a mulher, que a tudo vira e observara, mas que, como uma boa mulher do Clã, procurara não chamar a atenção.

– Essa mulher é... – sinalizou. Depois bateu no ombro dela e disse: – Yorga.

Jondalar teve a impressão de duas andorinhas separadas por um erre rolado. Nem sequer poderia começar a reproduzir o som. Ayla percebeu sua dificuldade e pensou numa maneira de resolver gentilmente a situação. Repetiu o nome da mulher de uma maneira que Jondalar pudesse repetir, mas se dirigiu a ela como mulher.

– Yorga – sinalizou –, esta mulher a saúda. Esta mulher se chama... – e muito devagar e com cuidado, disse: – Ayla. – A seguir, usando tanto palavras como sinais, de modo que Jondalar a entendesse: – O homem chamado Dyondar deseja também saudar a mulher de Guban.

Não seria assim que se procederia no Clã, pensou Guban, mas afinal essas pessoas eram dos Outros, e o procedimento deles não era ofensivo. Teve curiosidade de ver o que faria Yorga.

Ela dirigiu o olhar na direção de Jondalar, muito rapidamente, e depois voltou a olhar para o chão. Guban mudou de posição o suficiente para ela perceber que ele estava satisfeito. Ela demonstrara tomar conhecimento da existência de Dyondar, mas nada mais que isso.

Jondalar foi menos sutil. Jamais estivera tão perto de pessoas do Clã... e estava fascinado. Seu olhar foi mais prolongado. Os traços dela eram semelhantes aos de Guban, com modificações femininas, e ele observara antes que era robusta, mas baixa, da altura de uma menina. Estava longe de ser bonita, pelo menos em sua opinião. Só tinha de bonitos os cabelos macios e cacheados, mas ele entendia por que Guban a julgara atraente.

De repente, notando que Guban o observava, ele fez um gesto de cabeça e desviou o olhar. O homem do Clã lançara-lhe um olhar de desagrado. Ele tinha de tomar cuidado.

Guban não gostara da atenção que Jondalar dedicara à sua mulher, mas entendeu que não havia em sua maneira falta de respeito, e a cada momento tornava-se mais difícil controlar a dor. Precisava saber mais a respeito daquela curandeira.

– Eu gostaria de falar com a sua... curandeira, Dyondar – sinalizou Guban.

Jondalar entendeu o sentido da comunicação e assentiu. Ayla, que estivera prestando atenção, aproximou-se rapidamente e sentou-se em posição de respeito diante do homem.

– Dyondar disse que a mulher é curandeira. A mulher diz ser uma Shamud. Guban gostaria de saber como uma mulher dos Outros pode ser uma Shamud do Clã.

Ayla falou enquanto fazia os sinais, de modo que Jondalar pudesse entender exatamente o que ela estava dizendo a Guban.

– A mulher que me aceitou, que me educou, era uma Shamud da maior linhagem. Iza vinha da mais antiga estirpe de Shamud. Iza foi como mãe para esta mulher, treinou esta mulher junto com a filha nascida na linhagem – explicou. Ela percebeu que ele estava cético, mas interessado em ouvir mais. – Iza sabia que esta mulher não possuía as memórias, como sua verdadeira filha as tinha.

Guban assentiu. Claro que não.

– Iza fez esta mulher recordar-se, fez esta mulher repetir a Iza muitas vezes, mostrar muitas vezes, até que a Shamud teve certeza de que esta mulher não perderia as memórias. Esta mulher gostava de praticar, de repetir muitas vezes para aprender os conhecimentos de uma Shamud.

Embora seus gestos continuassem estilizados e formais, as palavras se tornaram mais descontraídas à medida que ela continuava a exposição.

– Iza me disse que achava que esta mulher vinha de uma longa linhagem de Shamud também; Shamuds dos Outros. Iza disse que eu pensava como uma Shamud, mas me ensinou a pensar o Shamudismo como uma mulher do Clã. Esta mulher não nasceu com as memórias de uma Shamud, mas as memórias de Iza agora são minhas.

Todos ouviam sua narrativa, fascinados.

– Iza adoeceu, uma doença de tosse que nem ela era capaz de curar, e eu comecei a fazer mais coisas. Até o chefe ficou satisfeito quando tratei de uma queimadura, porém Iza dava prestígio ao Clã. Mais tarde ela piorou demais, ficando incapacitada para viajar para uma Reunião do Clã, e sua filha verdadeira ainda era jovem demais. O chefe e o Mog-ur resolveram então transformar-me em Shamud. Disseram que, como eu tinha as memórias de Iza, eu era uma Shamud de sua linhagem. No começo, os outros mog-urs e chefes presentes na Reunião não gostaram da ideia, mas por fim também me aceitaram.

Ayla percebia que Guban estava interessado e que desejava acreditar nela, mas ainda nutria dúvidas. Ela tirou a sacola enfeitada que trazia ao pescoço, desfez os nós e pôs parte de seu conteúdo na palma da mão. Pegou uma pedrinha preta e estendeu-a para ele.

Guban sabia do que se tratava. Mesmo um fragmento mínimo daquela pedra era capaz de conter os espíritos de todas as pessoas do Clã, e era dada a uma shamud quando um pedaço de seu espírito era tomado. O amuleto que ela usava era estranho, pensou ele, bem característico do costume dos Outros, mas até então ele nem sabia que usavam amuletos. Talvez os Outros não fossem tão ignorantes e embrutecidos.

Guban apontou para outro objeto.

– O que é isso?

Ayla repôs os objetos restantes no amuleto.

– É meu talismã de caça – respondeu.

Aquilo não podia ser verdade, pensou Guban. Isso comprovava que ela mentia.

– As mulheres do Clã não caçam.

– Sei disso, mas eu não nasci no Clã. Fui escolhida por um totem do Clã, que me protegeu e me conduziu ao Clã que se tornou o meu, e meu totem queria que eu caçasse. Nosso mog-ur encontrou os espíritos antigos, que lhe falaram. Fizeram numa cerimônia especial. Passei a ser chamada de Mulher que Caça.

– Qual foi esse totem que a escolheu?

Para surpresa de Guban, Ayla levantou a túnica, soltou os cordéis em torno da cintura da peça de baixo e a baixou o suficiente para exibir a coxa esquerda. Apareciam ali, claramente, quatro linhas paralelas, as cicatrizes deixadas pelas garras que lhe haviam marcado a coxa quando ainda menina.

– Meu totem é o Leão das Cavernas.

A mulher do Clã prendeu a respiração. O totem era demasiado forte para uma mulher. Seria difícil ela ter filhos.

Guban resmungou algo. O Leão da Caverna era o mais forte dos totens de caça, um totem masculino. Nunca soubera que uma mulher o tivesse, mas aquelas eram as marcas feitas na coxa direita de um menino que o tivesse como totem. Eram gravadas depois que ele abatia uma presa importante e se tornava homem.

– Está na perna esquerda. A marca é feita na perna direita de um homem.

– Eu sou mulher, não homem. O lado da mulher é o esquerdo.

– O Mog-ur marcou você aí?

– Quem me marcou foi o próprio Leão da Caverna, quando eu era menina, pouco antes de meu Clã me achar.

– Isso explica o uso de armas – sinalizou Guban. – Mas, e filhos? Este homem com cabelos da cor dos de Yorga tem um totem suficientemente forte para vencer o seu?

Jondalar se perturbou. Ele próprio já pensara na questão.

– O Leão da Caverna também o escolheu, e deixou sua marca. Sei disso porque o Mo-gur me disse que o Leão da Caverna me escolheu e pôs as marcas em minha perna para demonstrá-lo, do mesmo modo que o Urso da Caverna o havia escolhido, e tirou seu olho...

Guban ergueu o corpo, visivelmente abalado. Deixou de lado a linguagem formal, porém Ayla o compreendeu.

– Mogor Um-Olho! Você conhece Mogor Um-Olho?

– Eu morei na sua fogueira. Ele me criou. Ele e Iza eram irmãos de sangue, e depois que o companheiro dela morreu, ele recebeu a ela e aos filhos em sua fogueira. Na Reunião do Clã ele era chamado de Mog-ur, mas para os que viviam na sua Fogueira, era apenas Creb.

– Até mesmo em nossas Reuniões fala-se de Mogor Um Olho e de sua poderosa... – Guban ia dizer algo, mas calou-se. Os homens não deviam falar a respeito das cerimônias masculinas esotéricas perto de mulheres. Se ela fora ensinada por Mogor Um Olho, isso explicava também sua habilidade com os sinais antigos. E Guban realmente se lembrava de que o grande Mogor Um Olho tinha uma irmã que era uma respeitada Shamud de linhagem antiga. De repente, foi como se Guban relaxasse, e ele permitiu que uma fugaz expressão de dor lhe toldasse o rosto. Respirou fundo e depois olhou para Ayla, que estava sentada de pernas cruzadas, de olhos baixos, na posição apropriada a uma mulher do Clã. Ele bateu em seu ombro.

– Respeitada Shamud, este homem tem um... pequeno problema – sinalizou Guban na antiga linguagem silenciosa do Clã do Urso da Caverna. – Este homem gostaria de pedir à Shamud que examine a perna. A perna pode estar quebrada.

Ayla fechou os olhos e soltou a respiração. Conseguira convencê-lo, e ele lhe permitia tratar de sua perna. Fez um sinal para Yorga, instruindo-a a preparar um lugar onde ele pudesse dormir. O osso fraturado não rompera a pele, e Ayla achou que havia boas possibilidades de ele poder voltar a usá-lo perfeitamente. Entretanto, para que isso acontecesse, seria preciso endireitar a perna, repô-la no lugar e, depois, fazer uma forma de casca de bétula, de modo que ele não pudesse movê-la.

– Juntar os ossos vai doer muito, mas tenho algo que fará a perna relaxar. Depois ele vai dormir. – Ayla voltou-se para Jondalar: – Pode transferir nosso acampamento para cá? Sei que é trabalhoso, por causa de todas aquelas pedras de queimar, mas eu quero armar a tenda para ele. Os dois não tencionavam voltar para casa de noite, e ele precisa ser tirado do frio, principalmente quando eu lhe der um medicamento para dormir. Vamos precisar também de um pouco de lenha. Não quero usar as pedras de queimar, e vamos precisar de lascas para as talas. Vou apanhar casca de bétula quando Guban dormir, e talvez eu possa fazer-lhe umas muletas. Mais tarde ele vai querer se movimentar.

Jondalar deixou que ela assumisse o comando e sorriu. Achava muito ruim aquela demora, e até mesmo um dia parecia tempo excessivo; mas também queria ajudar. De qualquer maneira, Ayla não iria embora naquele momento. Só podia esperar que não perdesse tempo demais.

Jondalar levou os cavalos para o primeiro acampamento, rearrumou os pertences, voltou para onde estavam e descarregou tudo de novo. Depois conduziu Huiin e Campeão até uma clareira onde os animais poderiam encontrar capim seco. Havia ali um pouco de feno ainda de pé, porém muito mais oculto debaixo da neve antiga. A clareira ficava a certa distância do novo local do acampamento, de modo que os cavalos incomodariam menos a gente do Clã. Eles pareciam julgar que os animais domesticados fossem mais uma manifestação do estranho comportamento dos Outros, porém Ayla notou que tanto Guban como Yorga se mostraram um tanto aliviados com os animais fora da vista. Ela ficou satisfeita por Jondalar ter pensado nisso.

Assim que ele voltou, Ayla tirou a bolsa de remédios de uma cesta. Apesar de ter resolvido aceitar a ajuda dela, na qualidade de Shamud, Guban ficou aliviado ao ver sua antiga bolsa de remédios de pele de lontra, funcional e sem enfeites, ao estilo do Clã. Ela fez questão de manter Lobo também afastado dali. Estranhamente, o animal, embora em geral mostrasse curiosidade pelos amigos de Ayla e Jondalar, não procurou aproximar-se da gente do Clã. Pareceu satisfeito por se manter a distância, vigilante, mas não ameaçador, e Ayla imaginou se ele percebia a inquietude que causava.

Jondalar ajudou Yorga e Ayla a levar Guban para a tenda. O peso do homem era surpreendente, mas afinal se tratava de um caçador musculoso, que fora capaz de resistir a seis homens de uma vez só. Jondalar percebeu que também ele estava sentindo dores lancinantes, embora seu rosto impassível não o demonstrasse. A recusa do homem em admitir a dor fez Jondalar imaginar se ele a sentia verdadeiramente, até Ayla lhe explicar que o estoicismo era uma virtude que os homens do Clã praticavam desde a infância. Aumentou então o respeito de Jondalar pelo homem; sua raça nada tinha de fraca.

Também a mulher era espantosamente forte. Era menor que o companheiro, mas não muito. Ela podia erguer tanto peso quanto Jondalar, quando se dispunha a fazer força; no entanto, ele a vira usar as mãos com muita precisão e controle. Era com espanto que ele descobria tanto semelhanças como diferenças entre a gente do Clã e a de sua própria espécie. Não poderia precisar com exatidão quando foi que aconteceu, mas em dado momento ele se deu conta de que já não questionava, em absoluto, se seriam humanos. Eram decerto diferentes, mas com toda segurança eram humanos, e não animais.

Ayla acabou tendo de usar algumas pedras de queimar para gerar uma temperatura mais alta, a fim de preparar a tisana mais depressa, pondo pedras de queimar quentes diretamente na água, para fazê-la ferver. No entanto, Guban resistiu em beber a quantidade que ela julgava necessária, alegando que não gostava da ideia de ter de esperar demais para que os efeitos passassem, mas ela pensou que parte do problema decorria do fato de ele duvidar que ela fosse capaz de preparar a beberagem corretamente. Com ajuda de Yorga e Jondalar, ela reduziu a fratura e fez uma tala forte. Quando tudo terminou, Guban finalmente adormeceu.

Yorga insistiu em preparar a refeição, embora o interesse de Jondalar pelos processos e pelos sabores a tivesse deixado embaraçada. De noite, à beira do fogo, ele começou a fazer um par de muletas para Guban, enquanto Ayla conversava com Yorga e lhe explicava como preparar remédios para dores. Descreveu o uso das muletas e falou da necessidade de almofadas sob os braços. Yorga surpreendia-se a cada instante com o conhecimento que Ayla tinha do Clã, mas já notara antes seu sotaque "clânico". Por fim, falou sobre si mesma a Ayla, que traduziu seu relato a Jondalar.

Yorga desejara colher cascas de árvores e seivas. Guban a acompanhara para protegê-la, porque eram tantas mulheres que tinham sido atacadas pelo bando de Charoli que já não tinham permissão de sair sozinhas, o que acarretava problemas para o Clã. Os homens dispunham de menos tempo para caçar, já que eram obrigados a acompanhar as mulheres. Fora por isso que Guban resolvera escalar o rochedo, a fim de procurar animais que pudesse caçar enquanto Yorga colhia as cascas que desejava. Provavelmente os homens de Charoli pensaram que ela estivesse sozinha. Talvez não a atacassem se tivessem visto Guban, mas quando ele os viu atacarem-na, saltou do alto da rocha para defendê-la.

– O que me surpreende é que ele só tenha quebrado uma perna – comentou Jondalar, olhando para o alto.

– Os ossos da gente do Clã são muito fortes – disse Ayla. – E densos. Não quebram com facilidade.

– Aqueles homens não precisavam me maltratar tanto – disse Yorga, por sinais. – Eu teria ficado na posição se eles fizessem o sinal, e se eu não tivesse escutado o grito de Guban. Foi então que percebi que acontecera um acidente.

Yorga prosseguiu a narrativa. Vários homens tinham saltado sobre Guban, enquanto três outros tentavam forçá-la. Quando ele gritou de dor, ela percebeu que algo havia acontecido, e tentou fugir dos homens. Foi aí que os outros dois a seguraram. De repente, porém, Jondalar estava ali, batendo nos homens dos Outros, enquanto o lobo saltava contra eles e os mordia.

Yorga olhou para Ayla com ar matreiro.

– Seu homem é muito alto e o nariz dele é pequeno demais, mas quando o vi ali, lutando com os outros homens, esta mulher seria capaz de considerá-lo uma criança.

Ayla pareceu não entender, mas depois sorriu.

– Não entendi direito o que ela disse ou quis dizer – comentou Jondalar.

– Ela fez uma brincadeira.

– Uma brincadeira? – admirou-se ele. – Não pensei que fossem capazes de brincadeiras.

– O que ela falou, mais ou menos, é que embora você seja feio, quando começou a defendê-la, ela teve vontade de beijá-lo – disse Ayla, e explicou para Yorga.

A mulher ficou um pouco sem graça, mas olhou para Jondalar e depois para Ayla.

– Sou grata a seu homem alto. Quem sabe... Se o filho que tenho na barriga for homem e se Guban me permitir sugerir um nome, eu direi a ele que Dyondar não é um nome ruim.

– Isso não foi brincadeira... Ou foi, Ayla? – disse Jondalar, surpreso.

– Não, não creio que tenha sido, mas ela só pode sugerir. E seria um nome inadequado para um menino do Clã, porque é muito esquisito. Mas é possível que Guban concorde. Ele é aberto a novas ideias para um homem do Clã. Yorga me contou como se uniram. Acho que eles se apaixonaram, o que é muito raro. Em geral as uniões são planejadas e arrumadas.

– Por que acha que eles se apaixonaram? – perguntou Jondalar. Estava interessado em ouvir uma história de amor do Clã.

– Yorga é a segunda mulher de Guban. O Clã dela vive muito longe daqui, mas ele viajou até lá para dar a notícia de uma grande Reunião do Clã e falar sobre nós, os Outros. por exemplo, sobre o fato de Charoli estar molestando suas mulheres... Eu comentei com ela sobre os planos dos Losadunai de acabar com isso... mas, se entendi direito, um grupo dos Outros procurou alguns clãs para propor comércio.

– Isso é surpreendente!

– É mesmo. O maior problema é de comunicação, mas os homens do Clã, inclusive Guban, não confiam nos Outros. Enquanto Guban visitava o Clã distante, viu Yorga e ela o viu. Guban a quis, mas o motivo que ele deu foi o de estabelecer vínculos mais estreitos com alguns dos clãs distantes, de modo que pudessem trocar notícias, principalmente sobre todas essas novas ideias. E ele a trouxe consigo! Os homens do Clã não procedem assim. A maioria deles teria comunicado sua intenção ao chefe, regressado e debatido o assunto com seu próprio Clã. Daria à sua primeira mulher tempo para se habituar à ideia de partilhar sua fogueira com outra – disse Ayla.

– A primeira mulher em sua fogueira não sabia? Ele é um homem corajoso.

– A primeira mulher dele tem duas filhas, e ele quer uma mulher que faça um filho homem. Os homens do Clã atribuem alto valor aos filhos homens de suas companheiras, e é claro que Yorga espera que o filho que ela está gerando seja o menino que ele deseja. Ela teve certa dificuldade para se acostumar ao novo Clã... demoraram a aceitá-la... e se a perna de Guban não sarar direito e ele baixar na escala social, ela tem medo de que a culpe.

– Não admira que estivesse tão perturbada.

Ayla absteve-se de dizer a Jondalar que contara a Yorga que estava a caminho da terra de seu homem, que também ela se apartara de sua própria gente. Não via motivos para aumentar-lhe ainda mais as preocupações, mas também ela temia o modo como a gente dele a receberia.

Tanto Ayla como Yorga gostariam de poder visitar-se e dividir seus conhecimentos. Julgavam-se quase parentes, já que havia, provavelmente, uma dívida de parentesco entre Guban e Jondalar, e Yorga sentia-se mais ligada a Ayla, apesar de se conhecerem havia muito pouco tempo, do que a todas as outras mulheres que conhecera. Mas a gente do Clã e a dos Outros não se visitavam.

Guban acordou no meio da noite, mas ainda meio inconsciente. De manhã estava alerta, mas a reação às tensões da véspera o deixara exausto. Quando Jondalar olhou para dentro da tenda, de tarde, Guban surpreendeu-se com a satisfação que sentiu ao ver o homem alto, mas não soube o que fazer com as muletas que ele lhe estendia.

– Eu também tive que usar muletas depois que o leão me atacou – explicou Jondalar. – Me ajudou a andar.

Guban ficou interessadíssimo e quis experimentar as muletas, mas Ayla não o permitiu. Era cedo demais. Por fim, Guban concordou, mas só depois de ela anunciar que as experimentaria no dia seguinte. De noite, Yorga foi dizer a Ayla que Guban queria conversar com Jondalar sobre assuntos muito importantes e que pedia a ajuda dela como tradutora. Ayla pressentiu que era assunto sério, imaginou do que se tratava e conversou com Jondalar de antemão, para ajudá-lo a compreender as possíveis dificuldades.

Guban ainda estava preocupado em vir a contrair com Ayla uma dívida de parentesco, além da aceitável troca de espíritos de uma Shamud, já que ela lhe salvara a vida usando uma arma.

– Precisamos convencê-lo de que a dívida é com você, Jondalar. Se você lhe disser que é meu companheiro, pode dizer-lhe que, como é responsável por mim, qualquer dívida de que eu for credora na verdade é devida a você.

Jondalar concordou e, depois de algumas formalidades introdutórias, começaram a discussão mais séria.

– Ayla é minha companheira, ela me pertence – disse ele, traduzido por Ayla, que usara toda a amplitude de inflexões. A seguir, para surpresa dela, Jondalar acrescentou: – Também eu tenho uma obrigação que pesa em meu espírito. Tenho uma dívida de parentesco com o Clã.

Guban ficou curioso.

– Essa dívida tem pesado muito em meu espírito porque nunca soube como saldá-la.

– Fale sobre isso – sinalizou Guban. – Talvez eu possa ajudar.

– Fui atacado por um Leão da Caverna, como contou Ayla. Fui marcado, escolhido pelo Leão da Caverna, que é agora meu totem. Foi Ayla quem me encontrou. Eu estava perto da morte, e meu irmão, que me acompanhava, já vagava pelo mundo dos espíritos.

– Sinto muito. É duro perder um irmão.

Jondalar apenas fez um gesto de cabeça.

– Se Ayla não me houvesse encontrado, também eu estaria morto; mas quando Ayla era criança e estava próxima da morte, o Clã a adotou e a criou. Se Ayla não houvesse sobrevivido e uma mulher do Clã não lhe houvesse ensinado a curar, eu não estaria vivo. Estaria agora vagando pelo outro mundo. Devo minha vida ao Clã, mas não sei como pagar essa dívida... nem a quem.

Guban balançou a cabeça, pensativo. Era um problema sério, uma dívida grande.

– Gostaria de fazer uma proposta a Guban – continuou Jondalar. Como Guban tem comigo uma dívida de parentesco, peço-lhe que aceite a minha dívida ao Clã em troca.

O homem do Clã pensou seriamente no pedido, mas ficou satisfeito. Trocar uma dívida de parentesco era muito mais aceitável do que simplesmente dever a vida a um homem dos Outros e lhe dar um pedaço de seu espírito. Por fim, concordou.

– Guban vai aceitar a troca – respondeu, com muito alívio.

Guban pegou seu amuleto, preso ao pescoço, e o abriu. Pôs o conteúdo na mão e apanhou um dos objetos, um dente, um dos primeiros molares dele próprio. Embora não tivessem cáries, seus dentes estavam desgastados de uma maneira muito especial, pois ele os utilizava como ferramentas. O dente em sua mão estava desgastado também, tanto quanto os permanentes.

– Por favor, aceite isso como sinal de parentesco – disse.

Jondalar ficou embaraçado. Não imaginara que haveria uma troca de objetos pessoais para assinalar a liquidação das dívidas, e não sabia o que dar ao homem do Clã. Viajavam com pouquíssimos pertences, e ele não tinha quase nada a oferecer. De repente, teve uma ideia.

Tirou uma bolsa de uma alça do cinturão e despejou o conteúdo na mão. Havia ali várias garras e dois dentes caninos de um urso cavernícola, o urso que ele matara no verão anterior, pouco depois de terem começado a longa jornada. Estendeu ao homem um dos dentes.

— Por favor, aceite isso como sinal de parentesco.

Guban conteve a ansiedade. Um dente de urso cavernícola era um símbolo poderoso, apropriado a pessoas de alta estirpe, e aquela oferta representava honra elevada. Agradava-lhe pensar que aquele homem dos Outros houvesse reconhecido sua posição. Causaria boa impressão quando ele contasse aos demais sobre aquela troca. Aceitou o presente e fechou-o na mão, que apertou com força.

— Muito bem! — disse, como se completasse uma transação. A seguir, fez um pedido: — Já que agora somos parentes, talvez devêssemos conhecer a localização do Clã um do outro e o território que ocupam.

Jondalar descreveu a localização genérica de sua terra. A maior parte do território do outro lado da geleira era Zelandonii, ou de prova assemelhados, e depois descreveu especificamente a Nona Caverna dos Zelandonii. Guban descreveu sua região, e Ayla teve a impressão de que não eram tão distantes uma da outra como ela supusera de início.

O nome de Charoli veio à tona mais tarde. Jondalar falou dos problemas que o rapaz vinha criando para todos e explicou com alguns detalhes o que estavam planejando para solucionar aquele problema. Guban considerou a informação importante para os outros clãs, e começou a achar que talvez a perna quebrada acabaria lhe rendendo vantagens excepcionais.

Guban teria muito o que contar a seu Clã. Não somente que até os Outros tinham problemas com o homem e que tencionavam tomar providências, mas também alguns dos Outros estavam dispostos a lutar com sua própria espécie para ajudar a gente do Clã. Havia até mesmo alguns que falavam adequadamente! Uma mulher que sabia comunicar-se muito bem, e um homem de capacidade limitada, mas útil; uma capacidade de certa forma ainda mais valiosa, já que se tratava de um homem e, agora, parente seu. Tais contatos com os Outros, bem como as informações e os dados a respeito deles, poderiam render-lhe ainda mais prestígio, sobretudo se ele voltasse a poder usar bem a perna.

De noite, Ayla aplicou a fôrma de casca de bétula. Guban foi deitar-se com excelente disposição. E sua perna quase não o incomodava.

Ayla acordou na manhã seguinte sentindo enorme inquietação. Tivera outro sonho, muito claro, no qual apareciam cavernas e Creb. Falou sobre aquilo a Jondalar. Depois conversaram sobre o que fariam para devolver Guban à sua gente. Jondalar sugeriu que usassem os cavalos, mas estava aflito com a perda de tempo. Ayla achou que Guban jamais consentiria. Os cavalos domesticados o perturbavam.

Quando se levantaram, ajudaram Guban a sair da tenda, e enquanto Ayla e Yorga preparavam uma refeição matinal, Jondalar demonstrou o uso das muletas. Guban insistiu em experimentá-las, apesar das objeções de Ayla, e depois de algum treino, ficou surpreso ao ver como eram eficazes. Podia caminhar sem depositar peso algum sobre a perna.

– Yorga, prepare-se para partirmos – disse ele, depois de pôr as muletas de lado. – Depois da refeição, iremos embora. Chegou a hora de voltarmos ao Clã.

– Ainda é cedo – respondeu Ayla, usando também os gestos do Clã. – Precisa descansar sua perna, pois de outra forma ela não ficará curada.

– Minha perna há de descansar enquanto eu andar com isso – disse Guban apontando para as muletas.

– Se precisam ir agora, pode montar em um dos cavalos – ofereceu Jondalar.

Guban sobressaltou-se.

– Não! Guban caminha com as próprias pernas, com a ajuda desses paus de andar. Vamos dividir mais uma refeição com os novos parentes, e depois partimos.

41

Depois de terem compartilhado a refeição da manhã, os dois casais prepararam-se para seguir viagem. Quando terminaram os preparativos, Guban e Yorga simplesmente olharam para Jondalar e Ayla um instante, evitando o lobo e os dois cavalos carregados. Apoiando-se então nas muletas, Guban começou a seguir seu caminho, com Yorga logo atrás dele.

Não houve despedidas nem agradecimentos, costumes desconhecidos pela gente do Clã. Ao partir, uma pessoa não fazia comentários (era óbvio que estava indo embora), e atitudes de ajuda e cortesia eram esperadas com naturalidade, sobretudo quando se tratava de parentes. As obrigações convencionais não exigiam agradecimento, apenas reciprocidade, caso fosse necessário. Ayla sabia o quanto seria difícil para Guban retribuir a obrigação, se um dia fosse obrigado a isto. Na opinião de Guban, ele lhes devia mais do que poderia pagar. Ganhara deles mais do que a vida: a possibilidade de conservar sua posição social e seu prestígio; aquilo para ele valia mais do que simplesmente estar vivo, sobretudo se isso significasse viver aleijado.

– Espero que eles não tenham de andar muito. Percorrer qualquer distância com muletas não é fácil – disse Jondalar. – Espero que ele consiga chegar.

– Ele há de conseguir, por mais longe que seja – respondeu Ayla. Mesmo sem as muletas, ele voltaria, ainda que tivesse de rastejar. Não se preocupe, Jondalar. Guban é um homem do Clã. Ela vai conseguir... ou morrerá tentando.

Jondalar ficou pensativo. Ficou olhando enquanto Ayla puxava Huiin pelo cabresto. Depois, ele pegou o de Campeão. Apesar das dificuldades que Guban enfrentaria, ele teve de admitir que ficara satisfeito ao Guban recusar-se a voltar para o Clã a cavalo. Já houvera retardos excessivos.

Continuaram a cavalgar por campos abertos até chegarem a uma elevação. Dali contemplaram a região que haviam atravessado. Pinheiros altos, eretos como sentinelas, guardavam as margens do Grande Rio Mãe por um longo trecho. Formavam uma serpenteante coluna de árvores que se afastava da legião de coníferas que avistavam lá embaixo, e que subia pelos flancos das montanhas do sul.

Mais adiante, o terreno, continuamente ascendente, tornou-se plano por uma certa extensão, e um prolongamento do pinheiral, começando no rio, atravessava um pequeno vale. Desmontaram para conduzir os animais pelo arvoredo denso, e logo penetraram num espaço sombrio, de um silêncio profundo e fantasmagórico. Troncos escuros e retos sustentavam uma ramagem baixa que bloqueava o sol e impedia o crescimento de vegetação. Uma camada de agulhas, que se acumulava havia séculos, abafava o som dos cascos dos cavalos.

Ayla notou um acúmulo de cogumelos na base de uma árvore e abaixou-se para examiná-los. Estavam congelados. Haviam endurecido depois de uma repentina geada no outono, uma geada que não mais cessara. Era como se a época da colheita tivesse sido capturada e mantida em suspensão, preservada na floresta ainda gelada. Lobo encostou o focinho na mão de Ayla. Ao lhe afagar a cabeça, ela teve a sensação fugaz de que o pequeno grupo de viajantes eram os únicos seres vivos do planeta.

Do outro lado do vale, a subida tornou-se íngreme e surgiram abetos prateados, cuja presença era acentuada pelo majestoso verde-escuro das bétulas. Os pinheiros tornaram-se mais mirrados à medida que aumentava a altitude, e por fim desapareceram, deixando que apenas os abetos e as bétulas ladeassem o curso médio do rio.

Enquanto viajavam, Jondalar não cessava de pensar na gente do Clã que haviam conhecido. Nunca mais poderia deixar de pensar neles como humanos. Tenho de convencer meu irmão. Talvez ele pudesse tentar um contato com o Clã... se ainda for chefe. Ao pararem para descansar e preparar um pouco de chá, Jondalar compartilhou seus pensamentos com Ayla.

– Quando chegarmos, vou conversar com Joharran sobre a gente do Clã. Se outras pessoas comerciam com eles, podemos fazer o mesmo, e meu irmão deve ficar sabendo que clãs distantes estão se reunindo para debater os problemas que estão tendo conosco. Isso pode terminar em briga, e eu não gostaria de lutar com gente como Guban.

– Não creio que haja motivo para pressa. Eles demorarão muito tempo para tomar decisões. Para eles, mudar é difícil – disse Ayla.

– E com relação ao comércio? Você acha que eles ficarão dispostos?

– Creio que Guban estaria mais disposto do que a maioria. Está interessado em saber mais sobre nós, e aceitou a experimentar as muletas, embora nem quisesse ouvir falar nos cavalos. E o fato de trazer uma mulher tão diferente, de um clã remoto, também mostra seu caráter. Ele correu um risco, ainda que ela seja bonita.

– Você a julga bonita?

– Você não?

– Entendo por que Guban achou – respondeu Jondalar.

– Em minha opinião, o que um homem considera belo depende de sua personalidade – disse Ayla.

– È verdade, e eu acho você linda.

Ayla sorriu, confirmando-lhe ainda mais sua beleza.

– É bom saber que você pensa assim.

– Você sabe que é verdade. Lembra-se de toda a atenção que lhe dispensaram durante a Cerimônia da Mãe? Por acaso eu já lhe disse como fiquei contente por você ter escolhido a mim? – perguntou ele, sorrindo ao se lembrar.

Ayla se lembrou de algo que ele dissera a Guban.

– Bem, eu lhe pertenço, não é? – respondeu ela, e depois riu. – É bom você saber bem a língua do Clã. Guban teria percebido que você não estava dizendo a verdade quando falou que eu era sua companheira.

– Não, ele não perceberia. É verdade que ainda não passamos pelo matrimônio, mas em meu coração nós somos companheiros. Não foi mentira – disse Jondalar.

Ayla comoveu-se.

– Eu também sinto isso – disse baixinho e de olhos baixos, pois desejava demonstrar deferência pelas emoções que a dominavam. – Sinto isso desde o vale.

Jondalar sentiu em si tal arroubo de paixão que pensou que ia explodir. Estendeu os braços e a apertou contra si, sentindo naquele momento, com aquelas poucas palavras, que ele se submetera a uma Cerimônia de Casamento. Não importava que ele tivesse ou não uma cerimônia reconhecida por sua gente. Ele passaria pela cerimônia, para agradar a Ayla, mas não achava necessário. Tudo de que precisava era levá-la ao destino em segurança.

Uma súbita rajada de vento enregelou Jondalar, afugentando o fluxo de calor de que fora tomado e deixando-o com uma estranha ambivalência. Levantou-se e, afastando-se do calor da pequena fogueira, respirou fundo. Arquejou ao sentir o hausto de ar gelado e ressecante queimar-lhe os pulmões. Protegeu-se com o capuz de pele e apertou-o com força junto ao rosto, para que o calor de seu corpo aquecesse o ar que respirava. Embora a última coisa que ele desejava fosse sentir um vento quente, sabia que aquele frio cortante era extremamente perigoso.

Ao norte da região onde se achavam, a grande geleira continental prolongara-se na direção sul, como se procurasse incluir as belas montanhas geladas em seu amplexo colossal. Eles se encontravam agora na mais frígida área do planeta, entre os reluzentes pináculos montanhosos e o infindável gelo setentrional. O inverno ia no auge. O próprio ar era ressecado pelas geleiras, que gulosamente usurpavam cada gota de umidade para expandir suas massas inchadas e esmagadoras, acumulando reservas para suportar o avanço do calor do verão.

A batalha entre o frio glacial e o calor fundente pelo controle da Grande Mãe Terra chegara quase a um impasse, mas a maré estava mudando, com o triunfo da geleira. Ela faria mais um avanço, e alcançaria seu mais distante ponto meridional antes de ser rechaçada para as regiões polares. Mesmo ali, porém, estaria apenas em compasso de espera.

À PROPORÇÃO QUE PROSSEGUIAM na escalada, cada momento parecia mais frio que o anterior. A crescente altitude os aproximava inexoravelmente do encontro com o gelo. Era cada vez mais difícil para os animais encontrar alimento. A grama murcha e queimada, junto da corrente sólida, estava comprimida contra o solo gelado. A única neve que caía era formada de grânulos duros e secos, soprados pelo vento uivante.

Os abetos e as bétulas rareavam e tornavam-se mais mirrados à medida que os viajantes subiam, mas o caminho deles ao longo do rio os fazia passar por afloramentos rochosos e por vales profundos que bloqueavam a visão das montanhas que os cercavam. Numa curva do rio, uma corrente despenhou-se no curso médio do Grande Rio Mãe, que se precipitava, ele próprio, de terrenos mais elevados. O ar, capaz de enregelar a medula dos ossos, capturara e imobilizara as águas no ato da queda, e os fortes ventos secos haviam esculpido nelas formas estranhas e grotescas. Caricaturas de criaturas vivas capturadas pelo gelo, na atitude de começarem um voo rio abaixo, pareciam suportar uma espera impaciente, como se soubessem que a virada da estação, que lhes traria a liberdade, não tardaria distante.

Jondalar e Ayla conduziram os animais com cuidado sobre o gelo quebrado, deram a volta até a parte mais alta da cachoeira congelada e lá pararam, maravilhados, ao contemplar diante de si a gigantesca geleira. Tinham tido vislumbres dela antes. Agora ela parecia quase ao alcance de suas mãos, mas o efeito provocava uma ilusão de ótica. O gelo majestoso próximo do platô estava mais distante do que parecia.

A corrente ao lado deles estava congelada, porém seus olhos acompanharam-lhe o caminho tortuoso, com suas curvas e voltas, até desaparecer de vista. O rio ressurgia mais ao alto, juntamente com vários canais estreitos que, separados por intervalos regulares, escorriam da face da geleira como um punhado de fitas prateadas, enfeitado o imenso gorro glacial. Montanhas distantes e cristas mais próximas emolduravam o planalto com seus cumes ásperos e afiados, de um branco tão intenso que seus matizes de azul glacial pareciam apenas refletir o azul profundo do céu.

Os altos picos gêmeos do sul, que durante algum tempo haviam acompanhado suas viagens recentes, já havia muito tinham ficado para trás. Um novo pináculo que surgira mais a oeste retrocedia para leste, e os picos da cordilheira meridional que lhes marcara o caminho ainda exibiam suas coroas brilhantes.

Ao norte havia serras duplicadas de rochas mais antigas, porém o maciço que formara a borda norte do vale fluvial ficara para trás na curva em que o rio voltava de seu ponto mais setentrional, antes do lugar onde eles tinham encontrado o casal do Clã. O rio estava mais próximo do novo planalto de calcário que passara agora a constituir a fronteira norte, enquanto subiam na direção sudoeste, em direção à nascente do rio.

A vegetação continuava a mudar à proporção que subiam. Os abetos cediam lugar a lariços e pinheiros nos solos ácidos que recobriam, aqui e ali, o escudo rochoso impermeável. Entretanto, não eram como as imponentes sentinelas das elevações mais baixas. Os viajantes tinham chegado a um trecho de taiga montanhosa, árvores enfezadas cujas copas ostentavam uma cobertura de neve e gelo, que pareciam cimentados aos galhos durante a maior parte do ano. Embora as ramagens fossem densas em certos locais, qualquer galho valente que se projetasse acima dos outros era rapidamente podado pelo vento e pelo frio, que reduziam todas as árvores a uma mesma altura.

Animaizinhos corriam pelas trilhas que eles próprios haviam marcado debaixo das árvores, mas a caça grossa era obrigada a abrir caminho à força bruta. Jondalar decidiu afastar-se do ribeirão sem nome que vinham acompanhando, um dos muitos que por fim formariam o começo de um grande rio, e seguir uma trilha de caça através da mata espessa de coníferas anãs.

Ao se aproximarem da linha de vegetação, puderam ver que a região adiante era inteiramente desprovida de árvores. No entanto, a vida é tenaz. Ainda floresciam arbustos baixos e ervas, assim como extensos campos de capim, parcialmente soterrados sob um manto de neve.

Embora muito mais amplas, regiões semelhantes existiam nas elevações baixas dos continentes do norte. Espécies arbóreas temperadas conservavam-se em certos pontos protegidos e nas latitudes mais baixas, sendo que espécies mais resistentes apareciam nas regiões boreais mais ao norte. Ainda mais perto do polo, eram em geral anãs e mirradas, isso quando chegavam a existir. Devido às extensas geleiras, os equivalentes das campinas elevadas que cercavam o gelo perpétuo das montanhas eram as vastas estepes e tundras, onde só sobreviviam, por pouco tempo, as plantas capazes de completar seus ciclos vitais.

Acima da linha de vegetação, muitas plantas robustas adaptavam-se à rudeza do ambiente. Conduzindo sua égua, Ayla observava as mudanças com interesse e desejava dispor de mais tempo para examinar as diferenças. A região onde ela crescera ficava muito mais ao sul, e devido à influência aquecedora do mar interior, a vegetação era basicamente do tipo temperado frio. As plantas das elevações maiores das regiões de frio implacável a fascinavam.

Salgueiros majestosos, que ornamentavam quase todo rio, ribeirão ou riacho capaz de sustentar vestígios de umidade, cresciam como arbustos baixos, enquanto bétulas e pinheiros altos tornavam-se matos que rastejavam pelo chão. Os mirtilos e arandos espalhavam-se como grossos tapetes, de meio palmo de altura. Ayla imaginava se, tal como as bagas que cresciam perto da geleira do norte, eles dariam frutos de tamanho natural, porém mais doces e mais silvestres. Embora os esqueletos nus de ramos fenecidos comprovassem a presença ali de muitas plantas, ela nem sempre sabia a que variedade pertenciam, ou que aspecto assumiam plantas conhecidas. Qual seria a aparência daquelas campinas em estações mais quentes?

Por viajarem no auge do inverno, Ayla e Jondalar não viam a beleza primaveril e estival dos planaltos. Nem rosas silvestres nem rododentros coloriam a paisagem com explosões róseas; nem o açafrão nem a anêmona, nem as gencianas azuis e os narcisos amarelos enfrentavam o vento da montanha; não havia prímulas ou violetas que brilhassem com policrômico esplendor até o primeiro calor da primavera. Não havia campânulas, rapúncios, tasneiras, margaridas, lírios, saxífragas, cravos, acônitos ou pequeninas edelvais que quebrassem a inóspita monotonia dos campos gelados de inverno.

No entanto, outra visão, essa assustadora, estendia-se diante deles. Uma ofuscante fortaleza de gelo rebrilhante lhes fechava o caminho. Fulgia ao sol como diamante magnífico, de muitas facetas. Seu branco cristalino faiscava com luminosas sombras azuis que lhes ocultavam as falhas: as fendas, os túneis, as cavernas e as cavidades que pontilhavam a gema colossal.

Haviam alcançado a geleira.

Ao se aproximarem da crista da montanha primeva que ostentava a coroa plana de gelo, nem sequer estavam seguros de que a estreita corrente ao lado deles fosse ainda o mesmo rio que lhes fizera companhia durante tanto tempo. A diminuta trilha de gelo era indistinguível dos muitos regatos congelados que esperavam que a primavera libertasse seus caudais cascateantes, que se precipitariam pelas rochas cristalinas do planalto.

O Grande Rio Mãe, que haviam acompanhado desde seu largo delta onde ele se atirava ao mar interior, a grande corrente que lhes guiara os passos durante uma parte tão longa da árdua Jornada, desaparecera. Até mesmo a sombra congelada de um riachinho selvagem em breve ficaria para trás. Aos viajantes faltaria a segurança consoladora do rio a lhes indicar a rota. Teriam de prosseguir a Jornada calculando às cegas, com somente o sol e as estrelas como guias, e também os marcos de que Jondalar esperava se lembrar.

Acima da alta campina, a vegetação era mais intermitente. Apenas algas, líquens e musgos, típicos das rochas e seixos, logravam sobreviver, a duras penas, depois do matagal e tapete e de algumas outras espécies raras. Ayla começara a alimentar as cordas com parte das ervas que transportavam para eles. Sem os pelos grossos, nem os cavalos nem o lobo sobreviveriam, mas a natureza os preparara para o frio. Carecendo de pelos, os seres humanos haviam feito suas próprias adaptações. Usavam os pelos dos animais que caçavam. Sem eles, também não sobreviveriam. E sem a proteção das peles e do fogo, seus antepassados não teriam jamais se aventurado naquelas paragens setentrionais.

O cabrito-montês e a camurça ficavam à vontade nas campinas montanhosas, mesmo nas áreas de penhascos, e também frequentavam terrenos mais elevados, ainda que em geral não o fizessem quando o inverno ia tão adiantado. No entanto, cavalos eram uma anormalidade em tais altitudes. Mesmo as encostas mais brandas do maciço em geral não os estimulavam a uma escalada tão ousada, porém Huiin e Campeão sabiam onde pisavam.

De cabeça baixa, os animais subiam o aclive, na base do gelo, arrastando suprimentos e as pedras de queimar que significariam a diferença entre a vida e a morte para todos eles. Os seres humanos, que os conduziam a locais aonde ordinariamente eles não se disporiam a ir, estavam à procura de um terreno plano para armarem a tenda.

Estavam todos cansados de lutar contra o frio intenso e o vento cortante, e de escalar o terreno íngreme. Era uma faina exaustiva. Até mesmo Lobo se satisfazia em seguir adiante, em vez de correr no entorno e explorar a área.

– Estou tão fatigada – disse Ayla, enquanto preparavam o acampamento, tiritando de frio. – Cansada do vento, cansada do frio. Acho que nunca mais vou me esquentar. Não imaginava que pudesse existir tanto frio.

Jondalar concordou, mas sabia que o frio que ainda teriam de enfrentar seria bem pior. Viu Ayla olhar de relance para a massa de gelo e depois desviar os olhos, como se quisesse evitar vê-la, e suspeitou que ela se preocupava com algo mais além do frio.

– Vamos ter mesmo de atravessar todo aquele gelo? – perguntou ela, manifestando enfim seus temores. – Conseguirmos? Não sei nem mesmo como vamos chegar lá em cima.

– Não é fácil, mas é possível – respondeu Jondalar. – Thonolan e eu o fizemos. Enquanto ainda está claro, eu gostaria de procurar o melhor meio de levarmos os cavalos até lá.

– Tenho a impressão de que estamos viajando eternamente. Quanto ainda temos de viajar, Jondalar?

– Ainda falta certo tempo até a Nona Caverna, mas não é demasiado longo, e assim que tivermos ultrapassado o gelo, a distância é pequena até a Caverna de Dalanar. Vamos parar ali durante algum tempo. Será uma oportunidade de você conhecer a ele, Jerika e todos... Mal posso esperar para mostrar a Dalanar e Joplaya algumas técnicas de trabalhar o sílex que aprendi com Wymez. Mas mesmo que façamos uma visita a eles, estaremos em casa antes do verão.

Verão! Mas ainda estamos no inverno, pensou. Tivesse ela realmente compreendido o quão longa seria a Jornada, talvez não se dispusesse com tanta ânsia a acompanhar Jondalar até onde ele morava. Poderia ter insistido mais, tentado persuadi-lo a ficar com os Mamutoi.

– Vamos observar melhor a geleira – propôs Jondalar – e planejar o melhor meio de chegarmos lá em cima. Depois teremos de nos certificar de que dispomos de tudo quanto será necessário para atravessar o gelo.

– Esta noite vamos ter de usar algumas pedras de queimar para fazer uma fogueira – disse Ayla. – Por aqui não há nada que possamos queimar. E vamos ter de derreter gelo para beber água... Mas gelo é o que não falta.

Exceto algumas cavidades sombreadas onde a acumulação era desprezível, não havia neve alguma na área onde tinham acampado, tal como na maior parte do caminho que tinham percorrido no aclive. Jondalar só estivera ali uma vez, mas toda a área lhe pareceu mais seca do que antes. E tinha razão; estavam do lado chuvoso do planalto; as poucas neves que chegavam a cair na região em geral chegavam um pouco mais tarde, depois de a estação ter começado a virar. Ele e Thonolan tinham enfrentado uma tempestade de neve ao descerem.

Durante o inverno, o ar mais quente e úmido, empurrado pelos ventos oriundos do oceano ocidental, subia pelas encostas até alcançar a ampla área plana de gelo e de alta pressão. Exercendo o efeito de um gigantesco funil apontado para o maciço, o ar úmido se resfriava, condensava-se e se transformava em neve, que caía apenas sobre o gelo lá embaixo, alimentando as fauces famintas da exigente geleira.

O gelo que recobria todo o desgastado cume do maciço antigo espalhava a precipitação por toda a área, criando uma superfície quase plana, exceto na periferia. O ar resfriado, a que fora tirada toda a umidade, baixava e escorria pelas encostas, sem trazer neve alguma além das bordas do gelo.

Enquanto Ayla e Jondalar caminhavam em torno da base da geleira, em busca do melhor caminho para subir, observaram áreas que pareciam ter sido perturbadas recentemente, com terra e rochas estranguladas por tenazes do gelo que avançava. A geleira crescia.

Em muitas áreas, a rocha antiga do planalto achava-se exposta na base da geleira. O maciço, dobrado e soerguido pelas pressões descomunais que haviam criado as montanhas do sul, fora no passado um bloco sólido de granito cristalino, incorporando um planalto semelhante a oeste. As forças que comprimiam a antiga montanha inabalável, formada pelas mais velhas rochas da Terra, tinham deixado sua marca na forma de uma fenda, uma falha que havia rachado o bloco ao meio.

No outro lado oposto da geleira, na direção do oeste, a vertente ocidental do maciço era íngreme e a ela correspondia uma borda paralela, voltada para leste, do outro lado do vale. Ao longo do meio do largo leito da falha, protegido pelas elevadas encostas do maciço fendido, passava um rio. No entanto, Jondalar tencionava seguir para sudoeste, cortar a geleira em diagonal e descer por um caminho menos abrupto. Desejava atravessar o rio num ponto mais próximo à sua nascente, no alto das montanhas do sul, antes que ele contornasse o maciço congelado e cruzasse o vale fendido.

– De onde veio isto? – perguntou Ayla, exibindo dois discos de madeira, ovais, montados numa moldura que os matinha bem juntos, com correias de couro presas às bordas externas. Uma fenda delgada corria no sentido longitudinal, no meio dos discos, de cima abaixo, quase dividindo-os ao meio.

– Eu o fiz antes de partirmos. Tenho um para você também. É para seus olhos. Às vezes o brilho da geleira é tão intenso que não se vê nada além da brancura... Chamam a isso cegueira das neves. Em geral, essa cegueira desaparece depois de algum tempo, mas seus olhos podem ficar muito vermelhos e doloridos. Isso vai proteger seus olhos; ponha-o – disse Jondalar. A seguir, ao vê-la sem saber direito como agir, ele acrescentou: – Vou mostrar-lhe como é. – Pôs na própria cabeça as palas esquisitas e atou as tiras de couro atrás da cabeça.

– Como você consegue enxergar? – perguntou Ayla. Mal conseguia ver os olhos dele atrás das longas fendas horizontais, mas prendeu no próprio rosto o par que ele lhe deu. – Pode-se ver quase tudo! Só que é preciso virar a cabeça para enxergar de lado. – Ayla mostrou-se surpresa, e depois sorriu: – Você está tão engraçado com esses olhões, como se fosse algum espírito estranho... Ou um besouro. Talvez o espírito de um besouro.

– Você também está engraçada – disse ele, retribuindo o sorriso –, mas esses olhos de besouro podem salvar-lhe a vida. A gente tem de saber onde pisa no gelo.

– São ótimos esses forros de lã para botas que a mãe de Madenia nos deu – comentou ela, ao colocá-los num lugar mais à mão, para que pudesse pegá-los com facilidade. – Mesmo quando molhados, mantêm os pés aquecidos.

– Vai ser bom termos o par extra quando estivermos no gelo – disse Jondalar.

– Eu costumava rechear as coberturas de pés com grama, quando vivia com o Clã.

– Grama?

– Isso mesmo. Ela mantém os pés quentes e seca depressa.

– É bom saber disso – respondeu Jondalar, pegando uma bota. – Use as botas com sola de couro de mamute. São quase impermeáveis e têm muita resistência. Às vezes as lâminas de gelo são afiadas. E como as botas são ásperas, não se escorrega, principalmente na subida. Vejamos: vamos precisar da enxó para quebrar gelo. – Pôs a ferramenta no alto de uma pilha. – E cordas. Além disso, cordéis fortes. Vamos precisar da tenda, de peles de dormir e, naturalmente, comida. Podemos deixar aqui alguns utensílios de cozinha? Não vamos precisar de muitos no gelo, e poderemos conseguir outros com os Lanzadonii.

— Vamos usar comida pronta. Não vou cozinhar, e resolvi usar o panelão de pele, preso à armação que ganhamos de Solandia, para derreter gelo para água, colocando-o diretamente sobre o fogo. É mais depressa assim, pois não precisamos ferver a água. Apenas derretê-la – disse Ayla.

— Não se esqueça de levar uma lança.

— Por quê? Não existem animais no gelo, não é?

— Não, mas você pode usá-la para ter certeza de que o gelo à sua frente está sólido. E esta pele de mamute? – indagou Jondalar. – Nós a estamos carregando desde que partimos, mas precisamos mesmo dela? É pesada.

— É uma boa pele, agora flexível, e uma boa cobertura impermeável para o bote. Você disse que neva no gelo. – Para Ayla era doloroso ter que deixar a pele ali.

— Mas podemos usar a tenda como cobertura.

— É verdade... Mas... – Ayla comprimiu os lábios, pensativa. A seguir, notou outra coisa: – Onde você conseguiu esses archotes?

— Com Laduni. Vamos nos levantar antes da aurora e precisaremos de luz para arrumar a bagagem. Quero chegar ao alto do platô antes que o sol esteja muito alto, enquanto tudo ainda estiver solidificado – respondeu Jondalar. – Mesmo com todo esse frio, o sol pode derreter o gelo um pouco e dificultar a subida ao topo.

Foram deitar-se cedo, porém Ayla não conseguia conciliar o sono. Aquela era a geleira de que Jondalar falara desde o começo.

— O QUÊ... O QUE FOI? – perguntou Ayla, acordando sobressaltada.

— Não foi nada. Hora de levantar – respondeu Jondalar, erguendo o archote. Meteu o cabo nos seixos para que ele ficasse de pé e estendeu a ela uma xícara de chá fumegante. – Eu fiz fogo. Tome um pouco de chá.

Ayla sorriu, com expressão feliz. Preparara o chá matinal para ele quase todos os dias da Jornada e ficou satisfeita ao ver que, pelo menos uma vez, ele se levantara primeiro e preparara o chá para ela. Na verdade, em nenhum momento ele adormecera. Não conseguira. Estava nervoso, ansioso – e preocupado.

Lobo observava os humanos, e seus olhos refletiram a luz. Percebendo algo de inusitado, brincava e saltava de um lado para outro. Também os cavalos estavam agitados, relinchando muito e soprando nuvens de vapor. Usando as pedras de queimar, Ayla derreteu gelo, deu-lhes de beber e alimentou-os com grãos. Deu a Lobo um pedaço da comida de viagem dos Losadunai e tirou outro para ela e Jondalar. À luz do archote, arrumaram a tenda, as peles de dormir e alguns utensílios. Estaram deixando alguns pertences: um recipiente vazio de grãos e alguns instrumentos de pedra, mas no último momento Ayla jogou a pele de mamute sobre o carvão, dentro do bote.

Jondalar pegou o archote para iluminar o caminho. Puxando Campeão pela corda, começou a caminhar, mas a luz incomodava. Via um pequeno círculo iluminado nas proximidades, mas quase nada adiante, mesmo erguendo o archote. Ayla estava quase cheia, e ele começou a achar que enxergariam o caminho com mais facilidade sem o archote. Por fim, atirou-o ao chão e prosseguiu o caminho no escuro. Ayla o seguiu, e dali a pouco os olhos de ambos se habituaram. Atrás dele, o archote ainda ardia no chão de seixos, enquanto se afastavam.

À luz de uma lua à qual faltava somente uma fatia mínima para estar inteiramente cheia, o monstruoso bastião de gelo fulgia com uma luz espectral e evanescente. O céu, negro, ganhava uma bruma de estrelas, o ar seco estalava de frio. Um éter amorfo exibia uma vida toda própria.

Por mais frio que estivesse, o ar enregelante tornava-se ainda mais gélido à medida que se aproximavam da muralha de gelo; porém, o tremor de Ayla era causado pela emoção da expectativa e da ansiedade. Jondalar observava-lhe os olhos brilhantes, a boca ligeiramente aberta enquanto ela sorvia haustos de ar mais fundo e mais rapidamente. As emoções de Ayla sempre o excitavam, e ele sentiu um calor bem conhecido... Mas balançou a cabeça. Não havia tempo agora. A geleira estava à espera.

Jondalar tirou uma longa corda da mochila.

– Temos de nos amarrar um ao outro – disse.

– Os cavalos também?

– Não. Um de nós pode aguentar o peso do outro, mas se os cavalos escorregarem, hão de nos arrastar juntos. – Por pior que fosse a ideias de perderem Campeão ou Huiin, era com Ayla que ele mais se preocupava.

Ayla franziu a testa, mas concordou com um gesto.

Falavam em sussurros abafados, pois o gelo silencioso lhes amortecia as vozes. Não queriam perturbar-lhe o opressivo esplendor ou adverti-lo da iminente investida que fariam.

Jondalar prendeu uma das pontas da corda em torno da cintura e a outra ponta em volta de Ayla, enrolando o restante e metendo o braço no rolo para carregá-lo no ombro. Cada um deles pegou a corda do cabresto de um dos animais. Lobo teria de acompanhá-los por seus próprios meios.

Jondalar sentiu um momento de pânico antes de partir. O que imaginara? O que o levara a pensar que poderia atravessar a geleira com Ayla e os cavalos? Deviam ter optado pelo longo caminho em torno dela. Mesmo que mais demorado, seria mais seguro. Ao menos teriam certeza de chegar ao destino. A seguir, ele pisou no gelo.

Ao pé de uma geleira havia com frequência uma separação entre o gelo e a terra, que criava um espaço cavernoso sob o gelo, ou um ressalto saliente que se estendia sobre o cascalho acumulado de aglomerados glaciais. No ponto escolhido por Jondalar para começar, a saliência desmoronara, proporcionando uma ascensão gradual. Estava também misturada com cascalhos, o que permitia mais segurança. Começando na borda desmoronada, uma forte acumulação de seixos, uma morena, subia pela encosta gelada como uma trilha bem marcada e, a não ser perto do topo, não parecia íngreme demais para eles ou para os animais. Transpor a borda, no alto, poderia ser um problema, mas Jondalar não saberia dizer até chegar ali.

Com Jondalar abrindo a fila, começaram a subir a encosta. Campeão relutou por um momento. Embora houvessem reduzido a carga que ele levava, ela ainda lhe atrapalhava os passos, e a mudança no aclive, de moderado para íngreme, o desequilibrava. Um casco deslizou, ele se firmou e, com certa hesitação, o jovem animal começou a subir. A seguir foi a vez de Ayla, com Huiin arrastando o trenó. No entanto, a égua puxara a carga durante tanto tempo, atravessando terrenos tão variados, que se acostumara a ela, e ao contrário da grande carga que Campeão transportava no lombo, as varas muito espaçadas facilitavam o equilíbrio.

Lobo fechava a coluna. Para ele era mais fácil. Seu corpo ficava mais perto do chão, e as patas calosas não o deixavam deslizar. No entanto, ele percebia o perigo para os companheiros e os acompanhava como que fechando a retaguarda, vigilante, em busca de perigos invisíveis.

Ao luar claro, os reflexos dos aflormentos serrilhados de gelo tremeluziam, e as superfícies espelhadas das áreas planas tinham algo de líquido, como imóveis lagoas negras. Não era difícil ver a morena que escorria, como um rio de areia e seixos em câmara lenta, porém a iluminação noturna obscurecia o tamanho e a perspectiva dos objetos e escondia os pormenores.

Jondalar estabeleceu um ritmo lento e cauteloso, fazendo com que seu cavalo contornasse as obstruções. Ayla se preocupava mais em encontrar o melhor caminho para a égua que ela conduzia do que com sua própria segurança. À medida que a encosta se tornava mais íngreme, os animais, desequilibrados pelo aclive e pela carga, esforçavam-se por firmar os cascos. Em dado momento, quando um casco deslizou enquanto Jondalar tentava fazer Campeão transpor um trecho mais íngreme perto do topo, o cavalo relinchou e tentou empinar.

– Vamos, Campeão – animou Jondalar, esticando a corda, como se pudesse puxá-lo encosta acima à força. – Já estamos chegando, você vai conseguir!

O animal se esforçou, mas seus cascos deslizaram no gelo traiçoeiro, sob uma fina camada de neve, e Jondalar sentiu-se arrastado para trás pela corda do cabresto. Aliviou um pouco a tensão, e por fim soltou de todo a corda. Havia na carga coisas que ele de modo algum desejaria perder, tal como lhe doeria perder o cavalo, mas temia que o animal não conseguisse completar a subida.

Entretanto, quando os cascos encontraram cascalho, Campeão parou de deslizar e, sem ser puxado, ergueu a cabeça e saltou para a frente. De repente, o garanhão estava além da borda, ultrapassando com cuidado uma estreita fenda, a partir da qual o caminho se tornava plano. Enquanto afagava o cavalo e o elogiava, Jondalar notou que a cor do céu passara de negro para azul-escuro, com uma tonalidade um pouco mais clara no horizonte oriental.

Nesse momento, ele sentiu um puxão na corda. Ayla devia ter escorregado, pensou, e deu-lhe um pouco mais de corda. Devia ter chegado o trecho íngreme. De repente a corda começou a correr por sua mão, até ele sentir um puxão forte na cintura. Ela devia estar segurando na corda do cabresto de Huiin, pensou ele. Ela precisava soltá-la.

Jondalar agarrou a corda com as duas mãos e gritou:

– Solte, Ayla! A égua vai arrastar você com ela!

No entanto, Ayla não o ouviu; se ouviu, não compreendeu. Huiin começara a subir na inclinação, mas seus cascos não se firmavam e ela não parava de deslizar para trás. Ayla estava agarrada à corda do cabresto, como se fosse capaz de impedir que a égua caísse, mas também estava deslizando para baixo. Jondalar sentiu que ele próprio era perigosamente arrastado para perto da borda. Procurando algo em que se agarrar, segurou na corda do cabresto de Campeão. O garanhão relinchou.

Entretanto, foi o trenó que deteve a descida de Huiin. Um dos varais prendeu-se numa fenda e foi detido por tempo suficiente para que a égua se equilibrasse. Seus cascos enterraram-se num pedaço de neve que lhe deu firmeza, e ela achou cascalho. Ao sentir que o puxão cessava, Jondalar soltou o cabresto de Campeão. Apoiando o pé na rachadura do gelo, Jondalar puxou a corda em torno da cintura.

– Dê-me um pouco de folga – gritou Ayla, enquanto se firmava na corda do cabresto e Huiin forçava o corpo para o alto.

De repente, milagrosamente, ele viu Ayla surgir na borda e acabou de puxá-la. A seguir, apareceu Huiin; com um salto para a frente, ela transpôs a fenda e suas patas se firmaram no gelo plano. Os varais do trenó ainda se projetavam no ar e o bote repousava na borda que tinham vencido. Uma risca cor-de-rosa apareceu no céu da manhã, definindo a fímbria da terra, e Jondalar soltou um suspiro.

Lobo pulou pela borda, de repente, e correu para Ayla. Começou a saltar sobre ela, mas, sentindo-se ainda trêmula, ela lhe fez sinal para que se aquietasse. Lobo recuou, olhou para Jondalar e depois para os cavalos. Erguendo a cabeça e iniciando com alguns ganidos preliminares, entoou em alto e bom som sua canção lupina.

Embora tivessem transporto uma elevação íngreme e o gelo agora fosse plano, ainda não haviam alcançado a superfície mais alta da geleira. Havia fendas perto da borda, assim como blocos quebrados de gelo dilatado. Jondalar atravessou um outeiro nevado que cobria um banco além da borda e, finalmente, pisou uma superfície plana do platô gelado. Campeão o seguiu, fazendo com que fragmentos de gelo rolassem e saltassem pela borda. O homem manteve a corda bem tesa em volta da cintura, enquanto Ayla o acompanhava, imitando-lhe os passos. Lobo corria na frente, enquanto Huiin fechava a fila.

O céu se colorira inteiro com uma fugaz e passageira tonalidade de azul, enquanto raios cintilavam, ainda ocultos, sobre o disco da Terra. Ayla lançou os olhos para a encosta íngreme e ficou imaginando como tinham conseguido subir até ali. Do ponto onde estavam, a ascensão parecia impossível. Depois ela se virou para prosseguir e susteve a respiração.

O sol nascente assomara sobre o horizonte com uma explosão cegante que iluminava uma cena inacreditável. A oeste, uma planície inteiramente nua, de um branco deslumbrante, estendia-se diante deles. No alto, o céu tinha um matiz de azul que Ayla jamais vira no passado; absorvera o reflexo do vermelho, assim como a tonalidade verde-azulada da geleira, mas ainda continuava a ser azul. Mas um azul de um brilho tão assombroso que parecia fulgurar com sua própria luz numa cor indescritível. No horizonte distante, a sudoeste, ele adquiria uma tonalidade nevoenta negro-azulada.

Enquanto o sol subia a leste, a imagem esmaecida de um círculo quase perfeito que tanto reluzira no céu negro ao despertarem antes do alvorecer descambava no extremo oposto do céu, a oeste – uma vaga memória de sua passada glória. No entanto, nada interrompia o esplendor extraterreno do vasto deserto de águas congeladas. Nenhuma árvore, rocha, movimento algum de qualquer natureza prejudicava a majestade da superfície aparentemente ininterrupta.

Ayla soltou a respiração com um arquejo. Não se dera conta de que parara de respirar.

– Jondalar! É esplêndido! Por que não me disse? Eu teria percorrido o dobro da distância só para ver isto – disse, estupefata.

– É espetacular – respondeu ele, sorrindo ante a reação dela, mas também pasmo. – Eu não teria como dizer-lhe. Nunca vi um nascer do sol como este antes. Nem sempre é assim. As nevascas aqui também podem ser inacreditáveis. Vamos embora enquanto ainda podemos ver o caminho. O gelo não é tão sólido como parece, e com esse céu limpo e o sol brilhante, não é impossível que se abra uma fenda, ou uma saliência desmorone.

Partiram pela planície de gelo, precedidos por suas longas sombras. Antes que o sol houvesse subido muito, já transpiravam sob as roupas pesadas. Ayla começou a tirar a parka de pele externa.

– Tire-a, se quiser – avisou Jondalar –, mas mantenha a cabeça coberta. Uma pessoa pode se queimar seriamente aqui, e não só por causa do sol. Quando o sol incide sobre o gelo, ele também pode queimar.

Pequenos cúmulos começaram a formar-se durante a manhã. Ao meio-dia, haviam-se encastelado em nuvens imensas. O vento pôs-se a soprar forte à tarde. Quando os viajantes decidiram parar para derreter gelo e neve, Ayla ficou satisfeita por poder vestir de novo a pele externa. O sol se escondera por trás de cúmulos-nimbos, carregados de umidade, que espargiam uma leve poeira de neve sobre os viajantes. A geleira crescia.

A geleira de planalto que atravessavam fora gerada nos picos escarpados que ficavam bem mais ao sul. O ar úmido, que subia pelas barreiras elevadas, condensava-se em gotículas nevoentas, mas era a temperatura que decidia se haveriam de cair como chuva fria ou, percorrendo uma distância menor, em forma de neve. Não era o congelamento perpétuo que produzia as geleiras; em vez disso, um acúmulo de neve de um ano para o outro dava origem a geleiras que, com o tempo, se transformavam em lençóis de gelo que por fim cobriam continentes inteiros. Apesar de alguns dias quentes, invernos gélidos em combinação com verões frescos de intensa nebulosidade que não chegavam a derreter o que havia sobrado de neve e de gelo ao fim de um inverno, com uma temperatura média anual mais baixa, modificavam a situação geral conduzindo a uma era glacial.

Logo abaixo das agulhas altíssimas das montanhas do sul, demasiado íngremes para que nelas a neve se acumulasse, formavam-se pequenas bacias, circos ou anfiteatros naturais que se aninhavam de encontro aos picos; e eram esses círculos os berços das geleiras. À medida que os leves flocos de neve, secos e rendilhados, depositavam-se nas depressões do alto da montanhas – depressões criadas por minúsculas quantidades de água que congelava em fendas e depois se dilatava, soltando toneladas de rochas –, a neve se acumulava. Por fim, o peso da massa de água congelada quebrava os delicados flocos em pedaços, que se aglutinavam em pequenas bolas de gelo.

Essa neve granulosa não se formava na superfície, mas no fundo do circo, e quando mais neve caía, as esferas compactas mais pesadas eram empurradas para cima e para fora da borda do berço. À proporção que uma quantidade maior delas se acumulava, as bolas de gelo quase circulares eram comprimidas entre si com tamanha força, pelo peso que sustentavam, que uma fração da energia era liberada como calor. Apenas por um instante, fundiam-se nos muitos pontos de contato e imediatamente recongelavam, soldando-se entre si. Ao se aprofundarem as camadas de gelo, a maior pressão redispunha a estrutura das moléculas em gelo cristalino, sólido, mas com uma diferença sutil: o gelo fluía.

O gelo glaciário, formado sob tremenda pressão, era mais denso. No entanto, nas altitudes inferiores a grande massa de gelo sólido escoava como qualquer líquido. Bifurcando-se em torno de obstruções como os cumes elevados de montanhas, e voltando a reunir-se do outro lado, muitas vezes levando consigo grande parte da rocha e deixando atrás linhas pontiagudas, uma geleira acompanhava os contornos do terreno, aplainando-o e remoldando-o em seu progresso.

O rio de gelo sólido tinha suas correntes e remoinhos, remansos e corredeiras, mas se movia em outro ritmo, de uma lentidão que nada ficava a dever a seu gigantismo. Podia levar anos para percorrer um palmo. Todavia, o tempo não importava. Aquele rio sólido tinha todo o tempo do mundo. Desde que a temperatura média se mantivesse abaixo da linha crítica, a geleira se alimentava e crescia.

Os recessos circulares montanhosos não eram seus únicos berços. As geleiras formavam-se também em terreno plano, e tão logo cobriam uma área de tamanho suficiente, o efeito resfriante espalhava a precipitação da chaminé de anticiclone, situada no meio, para as margens extremas. A espessura do gelo mantinha-se quase a mesma em toda a extensão.

As geleiras nunca estavam inteiramente secas. Alguma água sempre vazava da fusão provocada pela pressão. Enchia pequenas cavidades e fendas, e quando esfriava e recongelava, dilatava-se em todas as direções. O movimento de uma geleira era centrífugo e sua velocidade dependia da inclinação da superfície, não da inclinação do terreno subjacente. Se a inclinação superficial era grande, a água contida no interior da geleira escoava encosta abaixo mais depressa através das frestas no gelo e espalhava o gelo à medida que se recongelava. As geleiras cresciam mais depressa quando jovens ou quando próximas a grandes oceanos ou mares ou em montanhas, onde os pináculos asseguravam fortes nevascas. Seu crescimento diminuía depois que se espalhavam; a vasta superfície refletia a luz, e o ar sobre seu centro se fazia mais frio e mais seco devido à menor quantidade de neve.

As geleiras das montanhas ao sul haviam-se expandido a partir dos picos elevados, enchendo os vales até a altura de altos desfiladeiros e transbordando além deles. Durante um anterior período de avanço, as geleiras das montanhas preencheram a funda depressão de uma linha de falha que separava os contrafortes das montanhas e o maciço antigo. Cobriu o planalto, depois espalhou-se até atingir as velhas montanhas erodidas na franja setentrional. O gelo recuou durante o aquecimento temporário, que já chegava ao fim, e derreteu no vale de falha da planície, criando um portentoso rio e um longo lago, represado por uma morena; mas a geleira planaltina que eles estavam atravessando continuou congelada.

COMO NÃO PODIAM acender uma fogueira diretamente sobre o gelo, haviam planejado usar o bote como base para as pedras que tinham levado. Antes, porém, tinham de retirar todas as pedras de queimar de dentro do bote redondo. No momento em que Ayla levantou a pesada pele de mamute, ocorreu-lhe que poderiam usá-la como base para o fogo.

O couro ficou um pouco queimado, mas não tinha importância. Ayla ficou satisfeita por tê-lo trazido. Todos, incluindo os cavalos, beberam e comeram.

Enquanto estavam ali, o sol desapareceu inteiramente por trás de nuvens densas, e antes que retomassem a caminhada, uma neve espessa começou a cair com força. O vento do norte uivava sobre a imensidão gelada; nada sobre o vasto lençol que cobria o maciço lhes obstava o avanço. Uma nevasca de grandes proporções se formava.

42

Com a nevasca mais densa, a força do vento noroeste aumentou subitamente e atingiu os viajantes com uma rajada de ar frio que os empurrou adiante como se não passassem de um fragmento insignificante da cortina horizontal de gelo que os cercava.

– Acho melhor esperarmos isso passar – gritou Jondalar, para ser ouvido em meio à tormenta.

Lutaram para armar a tenda, enquanto as rajadas geladas insistiam em virar o pequeno abrigo, arrancar as estacas fincadas no gelo e agitar a cobertura de pele. O vento furioso ameaçava carregar a pele das mãos dos dois seres que ousavam avançar pelo gelo.

– Como vamos prender a tenda? – perguntou Ayla. – É sempre ruim assim?

– Não me lembro de um vento forte como este, mas não estou surpreso.

Os cavalos estavam imóveis, de cabeça baixa, enfrentando estoicamente a tempestade. Lobo achava-se bem perto deles, cavando um buraco para si.

– Talvez pudéssemos fazer um dos cavalos segurar a ponta solta até firmarmos as estacas – sugeriu Ayla.

Com uma ideia levando a outra, chegaram a uma solução improvisada, usando os cavalos como prendedores e colunas. Jogaram a pele sobre os dorsos dos dois animais, enquanto Ayla convencia Huiin a pisar numa das pontas, passava por baixo, esperando que a égua não mudasse muito de posição, e erguia a pele. Ayla e Jondalar lutavam juntos, com o lobo debaixo dos joelhos dobrados deles, quase debaixo dos ventres dos cavalos, sentado em cima da outra ponta da tenda.

Já escurecera quando a tormenta amainou, e tiveram de passar a noite naquele mesmo lugar; mas antes ajeitaram a tenda mais apropriadamente. De manhã, Ayla ficou intrigada com algumas manchas escuras perto da tenda, onde Huiin se colocara. Ficou imaginando do que se tratava, enquanto se apressavam a desmanchar o acampamento.

Avançaram mais no segundo dia, apesar de serem obrigados a transpor trechos de gelo quebrado e de percorrerem uma área onde havia várias fendas, todas orientadas na mesma direção. De tarde sobreveio nova tormenta, embora o vento não fosse tão forte como na véspera e tenha terminado mais depressa, permitindo que eles continuassem a jornada até o cair da noite.

Ayla notou, quando estavam para interromper a caminhada, que Huiin mancava. Sentiu o coração bater mais rápido e uma onda de medo a envolveu quando a examinou mais de perto e viu manchas vermelhas no gelo. Ergueu a pata da égua e examinou-lhe o casco. Estava machucado, em carne viva, e sangrava.

— Jondalar, veja isto. Os pés dela estão cortados. Qual terá sido a causa disso?

O homem olhou e depois foi examinar os cascos de Campeão, enquanto Ayla inspecionava as outras patas de Huiin. Ela encontrou o mesmo tipo de lesão e franziu a testa.

— Deve ser o gelo – disse ele. – Verifique as patas de Lobo também.

As patas do lobo estavam feridas, porém menos que os cascos dos cavalos.

— Que vamos fazer? – perguntou Ayla. – Estão impossibilitados, ou ficarão em breve.

— Nunca me ocorreu que o gelo pudesse ser afiado a ponto de lhes cortar os cascos – respondeu Jondalar, muito preocupado. – Procurei pensar em tudo, mas não me ocorreu isso. – Suas palavras mostravam remorso.

— Os cascos são duros, mas não são de pedra. Parecem mais com unhas. Podem ferir-se. Jondalar, os cavalos não podem continuar. Mais um dia e estarão tão feridos que não poderão andar – disse Ayla. – Vamos ter de ajudá-los.

— O que podemos fazer?

– Bem, ainda tenho minha bolsa de remédios. Posso tratar dos ferimentos.

– Mas não podemos esperar aqui até sararem. E assim que começarem a andar de novo, voltarão a ferir-se. – Ele calou-se e fechou os olhos. Não queria nem pensar no que vislumbrava, muito menos dizê-lo em voz alta, mas só conseguia imaginar uma saída para o dilema. – Ayla, vamos ter de abandoná-los – disse, com a voz mais calma que conseguiu articular.

– Abandoná-los? O que quer dizer com "abandoná-los"? Não podemos largar Huiin e Campeão aqui. Onde encontrariam água? E comida? Não há nada que possam comer no gelo, nem gravetos. Iriam morrer de fome ou de frio. Não podemos fazer isso! – exclamou Ayla, transtornada. – Não podemos abandoná-los assim! Não podemos, Jondalar!

– Tem razão, não podemos abandoná-los assim. Não seria justo. Eles sofreriam demais... No entanto... Temos lanças e o arremessador de lanças...

– Não! Não! – gritou Ayla. – Não permitirei!

– Seria melhor do que deixá-los aqui para morrerem lentamente, com sofrimento. É o que a maioria das pessoas faz.

– Mas esses animais não são como os outros. Huiin e Campeão são amigos. Faz muito tempo que estamos juntos. Eles nos ajudaram. Huiin salvou minha vida. Não posso abandoná-la.

– Sofro com isso tanto quanto você – disse Jondalar. – Mas o que podemos fazer?

A ideia de matar o garanhão, depois de percorrerem juntos uma distância tão grande, era quase insuportável, e ele conhecia os sentimentos de Ayla em relação a Huiin.

– Vamos voltar. Temos de voltar. Você disse que havia outro caminho!

– Já viajamos dois dias neste gelo, e os cavalos estão quase aleijados. Podemos tentar retornar, Ayla, mas não acredito que eles consigam. – Jondalar não tinha certeza de que mesmo Lobo suportaria o regresso. Ele encheu-se de culpa e remorso. – Sinto muito, Ayla. Foi culpa minha. Foi estupidez minha imaginar que poderíamos atravessar esta geleira com os cavalos. Devíamos ter escolhido o caminho de contorno, mas acho que agora é tarde demais.

Ayla viu lágrimas em seus olhos. Pouquíssimas vezes o vira chorar. Embora não fosse raro que os homens dos Outros chorassem, era do feitio de Jondalar esconder essas emoções. De certa forma, aquilo tornou o amor dela mais intenso. Ele se dera, quase completamente, somente a ela, e Ayla o amava, mas não podia renunciar a Huiin. A égua era sua amiga, a única com que ela contava no vale até Jondalar aparecer.

– Temos de fazer algo, Jondalar! – ela disse soluçando.

– Mas o quê? – Nunca se sentira tão frustrado diante da impossibilidade de achar uma solução.

– Bem, no momento – disse Ayla, enxugando as lágrimas, que lhe congelavam o rosto –, vou tratar dos ferimentos deles. Ao menos isso eu posso fazer. – Abriu a bolsa de remédios. – Vamos ter de fazer uma fogueira, quente o suficiente para esquentar água, e não apenas para derreter gelo.

Ayla tirou a pele de mamute de cima das pedras de queimar e estendeu-a no gelo. Notou algumas marcas de fogo na pele macia, mas o fogo não furara o couro. Dispôs as pedras do rio num lugar diferente, perto do meio, como base sobre a qual acender o fogo. Pelo menos não tinham mais que se preocupar em conservar combustível; podiam deixar para trás a maior parte.

Ela nada dizia, pois as palavras não lhe saíam da garganta, e Jondalar também não achava o que dizer. Todos os planos e preparativos feitos para a travessia da geleira haviam sido frustrados por uma situação que nem mesmo fora cogitada! Ayla olhou para a pequena fogueira. Lobo arrastou-se até ela e ganiu, não de dor, mas por perceber que algo ia mal. Ayla examinou-lhe as patas de novo. Não estavam tão mal; ele podia controlar melhor onde punha os pés, e cuidadosamente lambia neve e gelo quando paravam. Mas Ayla não queria pensar na possibilidade de perdê-lo também.

Fazia algum tempo que ela não pensava conscientemente em Durc, embora ele estivesse sempre presente em sua memória, como uma dor fria que ela jamais haveria de esquecer. Agora, porém, pôs-se a pensar nele. Teria começado já a caçar com o Clã? Teria aprendido a usar uma funda? Uba seria uma boa mãe para ele, cuidaria do menino, faria sua comida, prepararia para ele roupas quentes de inverno?

Ayla estremeceu, pensando no frio, e lembrou-se então das primeiras roupas de inverno que Iza fizera para ela. Como tinha gostado das coberturas de pés para o inverno, que tinham o pelo de coelho virado para dentro; lembrou-se da vez que usara um par novo; um artefato simples que ela ainda sabia fazer. Eram formadas somente por um pedaço de couro, arregaçado e preso no tornozelo. Depois de certo tempo, ajustavam-se à forma dos pés, embora de início incomodassem um pouco. Mas até isso era engraçado, esperar que as coberturas novas se ajustassem direito.

Ayla se deteve a olhar para o fogo, vendo a água começar a borbulhar. Algo a afligia. Era importante, tinha certeza. Algo ligado a...

De repente, ela prendeu a respiração.

– Jondalar! Ah, Jondalar!

Ela lhe pareceu nervosa.

– O que há de errado, Ayla?

– De errado, nada. Vai dar certo – gritou ela. – Acabei de me lembrar de uma coisa!

Jondalar achou o comportamento dela estranho.

– Não estou entendendo – disse ele. A ideia de perder os cavalos teria sido demasiado penosa para ela? Ayla puxou a pesada pele de mamute, atirando uma brasa diretamente em cima do couro.

– Dê-me uma faca, Jondalar. Sua faca mais afiada.

– Minha faca?

– Isso mesmo, sua faca. Vou fazer botas para os cavalos, e também para Lobo. Com esse couro de mamute!

– Como vai fazer isso?

– Vou cortar círculos de pele. Depois, corto buracos em torno das bordas, passo um cordel por eles e os amarro em volta da perna dos animais. Se o couro de mamute impede que o gelo corte nossos pés, vai proteger também os cascos deles – explicou Ayla.

Jondalar pensou por um momento, visualizando o que ela descrevera. Depois sorriu.

– Ayla! Acho que vai dar certo. Pela Grande Mãe, acho que vai dar certo! Que ideia maravilhosa! Como foi que pensou nisso?

– Era assim que Iza fazia botas para mim. É assim que a gente do Clã faz coberturas para os pés. E também para as mãos. Estou tentando me lembrar se eram desse tipo as que Guban e Yorga usavam. Você pode não acreditar, mas depois de algum tempo elas se ajustam à forma de seus pés.

– E haverá couro suficiente?

– Creio que sim. Enquanto a fogueira está acesa, vou terminar de preparar esse remédio para os ferimentos, e talvez um pouco de chá para nós. Faz dois dias que não tomamos chá e é provável que não tenhamos outra oportunidade até termos passado por todo esse gelo. Vamos ter de conservar combustível, mas acho que uma xícara de chá viria em boa hora.

– Acho que tem razão! – concordou Jondalar, sorrindo outra vez. Ayla examinou com cuidado cada um dos cascos dos cavalos, limpou as partes sujas, aplicou o medicamento e depois prendeu as botas de couro de mamute neles. No começo, os animais tentaram tirar as estranhas coberturas, mas estavam bem presas, e logo eles se habituaram a elas. Ayla pegou o conjunto que preparara para Lobo e prendeu as botas nele. O animal tentou mastigá-las, procurando livrar-se delas, mas dali a pouco também ele desistiu.

Na manhã seguinte, diminuíram um pouco a carga sobre cada um dos animais. Haviam queimado um pouco de carvão, e o pesado couro de mamute estava agora nas patas deles. Ayla descarregou os cavalos quando pararam para descansar, e passou a transportar um pouco mais ela própria. No entanto, não podia nem pensar em transportar a carga que os cavalos robustos eram capazes de levar. Apesar da distância percorrida, os cascos e as patas pareciam muito melhor naquela noite. As patas de Lobo pareciam perfeitamente normais, o que representou um enorme alívio para Ayla e Jondalar. As botas tinham ainda uma vantagem inesperada: funcionavam como uma espécie de sapatos de neve quando havia neve funda, e com isso os animais, grandes e pesados, não afundavam tanto.

Com algumas variações, manteve-se o modelo do primeiro dia. Progrediam mais na parte da manhã; de tarde havia sempre neve e vento, com maior ou menor intensidade. Às vezes conseguiam viajar um pouco mais depois da tormenta, às vezes tinham de ficar onde tinham parado e ali passar a noite. De certa feita, tiveram de esperar no acampamento dois dias; mas nenhuma das nevascas foi tão feroz quanto a que tinham enfrentado no primeiro dia.

A superfície da geleira não era tão regular e lisa como parecera naquela primeira alvorada estonteante. Os viajantes encontravam, por vezes, enormes bancos de neve, causados por tempestades localizadas. Aqui e ali, onde ventos impetuosos limpavam a superfície, tinham de superar saliências rugosas ou caíam em valas pouco profundas, prendendo os pés em buracos e quase torcendo os tornozelos. Rajadas repentinas sopravam sem aviso prévio. Os ventos eram quase incessantes e a todo momento tinham de preocupar-se com fendas invisíveis, recobertas por frágeis camadas de gelo ou bancos de neve.

Contornavam rachaduras abertas, sobretudo perto do centro, onde o ar seco continha tão pouca umidade que as neves não eram pesadas o suficiente para preencher as cavidades. E jamais cessava o frio – feroz, cortante, enregelante. O hálito congelava-se no pelo de seus capuzes, em torno da boca; uma gota d'água que caísse de uma xícara congelava-se antes de chegar ao chão. Seus rostos, expostos aos ventos e ao sol crestante, estavam rachados, pelados, enegrecidos. A queimadura pelo gelo era uma ameaça constante.

A exaustão começava a cobrar seu tributo. Suas reações já se tornavam mais lentas, tal como o raciocínio. Uma tremenda tempestade vespertina continuara noite adentro. De manhã, Jondalar estava ansioso por prosseguir viagem. Haviam perdido muito mais tempo do que ele planejara. No frio inimaginável, a água levava mais tempo para esquentar, e o suprimento de pedras de queimar estava diminuindo.

Ayla procurava algo na mochila; depois começou a vasculhar em torno da pele de dormir. Não conseguia lembrar-se havia quantos dias estavam na geleira, mas achava que já eram excessivos, pensava enquanto procurava.

– Depressa, Ayla! Por que está demorando tanto? – perguntou Jondalar, impaciente.

– Não acho meus protetores de olhos.

– Eu lhe avisei para não os perder. Quer ficar cega? – explodiu ele.

– Não, não quero ficar cega. Por que acha que estou à procura deles? – explicou ela.

Jondalar arrancou-lhe a pele das mãos e sacudiu-a vigorosamente. Os protetores caíram no chão.

– Da próxima vez, preste atenção neles – disse Jondalar. – Agora, vamos logo.

Terminaram rapidamente de arrumar a bagagem, mas Ayla estava amuada e se recusava a conversar. Ele se aproximou e conferiu as amarrações, como em geral fazia. Ayla pegou a corda de Huiin e partiu na frente, saindo antes que Jondalar pudesse examinar sua bagagem.

– Pensa que não sei fazer isso? Você disse que queria ir logo. Por que está perdendo tempo? – gritou ela, por cima do ombro.

Ele só tentara ser cuidadoso, pensou Jondalar, irritado. Ela nem sabe qual é o caminho. Vamos esperar até começar a rodar em círculos. Aí ela virá me pedir que a ajude, pensou ele, seguindo-a.

Ayla estava com frio e exausta da marcha sem fim. Avançava resoluta, sem prestar atenção por onde pisava. Se ele quer tanto correr, então vamos correr, pensou. Se algum dia sairmos desse gelo, nunca mais quero voltar a ver uma geleira.

Lobo corria, nervoso, entre Ayla e Jondalar. Não estava gostando da súbita mudança de posição. O homem alto sempre ia na frente. O lobo saltou à frente dela, que caminhava às cegas, desatenta a tudo menos ao frio infernal e a seu amor-próprio ferido. De repente, parou bem diante dela, bloqueando-lhe o caminho.

Puxando a égua, Ayla contornou-o e continuou. Lobo correu de novo e mais uma vez postou-se à sua frente. Ela não lhe deu atenção. O animal lambeu-lhe as pernas, mas ela o empurrou. Ele correu um breve trecho e depois sentou-se, uivando para chamar-lhe a atenção. Ayla passou por ele sem olhar. Lobo correu na direção de Jondalar, parou e ganiu diante dele, deu alguns saltos na direção de Ayla, ganindo, e depois avançou de novo para o homem.

– Algo errado, Lobo? – perguntou Jondalar, notando enfim a agitação do animal.

De repente, ouviu um som aterrorizante, um estrondo abafado. Ergueu a cabeça no momento em que fontes de neve diáfana encheram o ar.

– Não! Ah, não! – gritou Jondalar, tomando de angústia, e correndo. Quando a neve amainou, havia um animal, sozinho, na beira de uma fenda abissal. Lobo apontou o focinho para o céu e pôs-se a uivar, desolado.

Jondalar estendeu-se no gelo, na borda da fenda, e olhou para baixo.

– Ayla! – bradou, desesperado. – Ayla! – Sentiu um nó no estômago. Sabia que era inútil. Ela jamais o escutaria. Estava morta, no fundo de um precipício aberto no gelo.

– Jondalar?

Ele ouviu uma voz fraca e assustada, que vinha de muito longe.

– Ayla? – Sentiu uma onda de esperança e olhou para baixo. Lá em baixo, bem distante, em pé num estreito ressalto de gelo, em torno da parede glacial, estava a mulher aterrorizada. – Ayla, não se mexa! – ordenou. – Fique inteiramente imóvel. Esse ressalto pode desabar também.

Está viva, pensou ele. Nem posso acreditar. É um milagre. Mas como vou tirá-la dali?

No interior do abismo gelado, Ayla encostava-se na parede, agarrando-se desesperadamente a uma rachadura e a um fragmento saliente, petrificada de medo. Estivera avançando com neve até os joelhos, perdida em seus pensamentos. Estava cansada de tudo: cansada do frio, cansada de lutar na neve, cansada da geleira. A caminhada na neve lhe esgotara as energias, e ela se achava à beira da exaustão física e mental. Embora prosseguisse sempre, tinha o pensamento fixo em chegar ao fim da geleira angustiante.

Fora arrancada de seus pensamentos por um estalo sonoro. Teve a sensação nauseante de que o gelo sólido cedia sob seus pés, e de repente se lembrara de um terremoto ocorrido muitos anos antes. Instintivamente, procurara agarrar-se em alguma coisa, mas o gelo e a neve não ofereceram apoio. Sentiu-se caindo, quase a sufocar em meio ao desabamento da ponte de neve que ruíra debaixo de seus pés, e não fazia ideia de como terminara naquele ressalto estreito.

Olhou para cima, temerosa de mexer-se, com medo de que o menor movimento soltasse seu precário apoio. Lá em cima, o céu se mostrava quase negro, e ela julgou ver o bruxuleio de estrelas. Vez por outra, uma fatia ocasional de gelo ou flocos de neve caíam lentamente.

O ressalto onde ela se encontrava era uma extensão saliente de uma superfície mais antiga, havia eras sepultada por neves mais novas. Prendia-se num matacão áspero que fora arrancado à rocha quando a neve encheu um vale e transbordou pelas encostas de um outro, adjacente. O rio de gelo, fluindo majestosamente, acumulava enormes quantidades de pó, areia, cascalho e matacões, que se desprendiam da rocha dura e que eram morosamente transportados em direção à corrente mais rápida em seu centro. Essas morenas formavam longas fitas de detritos na superfície, à medida que avançavam. Quando a temperatura por fim se elevava o suficiente para derreter as gigantescas geleiras, deixavam marcas de sua passagem em cristas e colinas de rochas heterogêneas.

Enquanto esperava, com medo de mexer-se e procurando manter-se quieta, Ayla escutava leves murmúrios e ruídos abafados na profunda caverna de gelo. A princípio pensou que fosse imaginação sua. No entanto, a massa de gelo não era tão sólida como parecia na superfície. Estava continuamente a se reajustar, dilatar, deslocar, deslizar. O estrondo explosivo de uma nova fenda que se abria ou fechava em um ponto distante, na superfície ou nas profundezas da geleira, enviava vibrações atraves do sólido de estranha viscosidade. A grande montanha de gelo achava-se pontilhada de catacumbas: passagens que terminavam de repente, longas galerias que davam voltas, desciam ou lançavam-se para o alto; bolsões e cavernas que se abriam, convidativas... e depois se fechavam.

Ayla pôs-se a olhar em torno. As nuas paredes de gelo brilhavam com uma tonalidade luminosa, incrivelmente azul, que tinha um matiz de verde. Com um sobressalto, lembrou-se de que tinha visto aquela cor antes, mas apenas em um lugar. Os olhos de Jondalar eram daquele mesmo azul profundo e assombroso! Voltaria a vê-los outra vez? Os planos fraturados do imenso cristal de gelo davam-lhe a sensação de misteriosos movimentos fugazes, um pouco além de sua visão periférica. Ela percebia que se virasse a cabeça com suficiente rapidez, veria uma sombra efêmera desaparecer nas paredes espelhadas.

Mas tudo aquilo era ilusão, provocada por ângulos e luzes. O cristal de gelo filtrava a maior parte dos raios vermelhos do orbe ardente no céu, deixando o profundo verde-azulado, enquanto as bordas e os planos das superfícies matizadas, espelhadas, faziam jogos de refração e reflexão.

Ayla olhou para o alto ao sentir um chuveiro de neve. Viu a cabeça de Jondalar assomar na borda do precipício, depois o pedaço de corda que descia, como uma serpente, em sua direção.

– Ayla, amarre a corda na cintura – gritou ele –, e amarre com força. Avise quando estiver pronta.

Estava cometendo o mesmo equívoco, pensou Jondalar. Por que ele sempre conferia o que ela fazia, se sabia que Ayla era mais do que capaz de fazer tudo direito? Por que dizer-lhe algo que era da maior obviedade? Ela sabia que a corda tinha de ser presa com segurança. Fora por isso que ela se aborrecera, saindo na frente, e estava agora naquela situação mais do que perigosa... Mas devia ter pensado melhor.

– Estou pronta, Jondalar – gritou ela, depois de passar a corda em torno de si e dar-lhe muitos nós. – Esses nós não vão soltar-se.

– Muito bem. Agora, segure-se na corda. Vamos puxá-la para cima.

Ayla sentiu a corda retesar-se, depois erguê-la do ressalto. Seus pés pendiam no ar e ela se sentia subindo devagar em direção à borda do abismo. Viu o rosto de Jondalar e seus belos olhos azuis. Agarrou a mão que ele estendeu para ajudá-la a transpor a borda. Dali a um instante estava na superfície de novo, e Jondalar a estreitava nos braços. Ela se apertou a ele com força.

– Pensei que nunca mais a veria – disse ele, beijando-a com ardor. – Desculpe por ter gritado com você, Ayla. Eu sei que você sabe arrumar suas coisas. É que me preocupo demais.

– Não, foi culpa minha. Não devia ter sido tão negligente com meus protetores de olhos, nem devia ter saído correndo na sua frente. Ainda não conheço bem o gelo.

– Mas eu deixei que você agisse assim, e devia ter pensado melhor.
– Eu devia ter pensado melhor – disse Ayla ao mesmo tempo. Sorriram um para o outro, achando graça da coincidência.

Ayla sentiu um puxão na cintura e viu que a outra ponta da corda estava presa ao garanhão. Campeão a puxara de dentro do abismo. Ela logo desfez os nós da cintura, enquanto Jondalar cuidava do animal. Por fim, ela teve de usar uma faca para cortar a corda. Fizera tantos nós e os apertara tanto – tinham ficado ainda mais apertados enquanto o cavalo a puxava – que foi impossível desfazê-los.

CONTORNANDO A FENDA que provocara tamanho desastre, continuaram na marcha pelo gelo em direção ao sudoeste. Começavam a preocupar-se seriamente com o suprimento de pedras de queimar.

– Quando tempo ainda falta para chegarmos ao outro lado, Jondalar? – perguntou Ayla de manhã, depois de derreter gelo para todos. – Não nos sobram muitas pedras.

– Eu sei. Segundo meus planos, já deveríamos estar lá, mas as tormentas causaram atrasos maiores do que imaginei, e estou preocupado com a possibilidade de o tempo virar enquanto ainda estivermos na geleira. Isso pode acontecer muito depressa – respondeu Jondalar, sondando o céu com atenção. – Acho que a mudança virá em breve.

– Por quê?

– Estive pensando naquela discussão boba que tivemos antes de você cair no precipício. Lembra-se de que todos nos avisaram sobre os espíritos maus que circulam antes da época do degelo?

– Foi mesmo! – exclamou Ayla. – Solandia e Verdegia disseram que eles fazem a gente se irritar, e eu estava muito nervosa. Ainda estou. Sinto-me tão cansada e doente que tenho de me forçar para continuar andando. Poderia ser por causa disso?

– Era o que eu estava pensando. Ayla, se isso for verdade, temos de correr. Se o foehn chegar enquanto ainda estivermos na geleira, todos nós podemos cair nas fendas – disse ele.

Dali em diante procuraram racionar as pedras castanhas de turfa, bebendo água mal derretida. Ayla e Jondalar passaram a carregar suas bolsas de água cheias de neve, debaixo das parkas, para que o calor de seus corpos derretesse o suficiente para eles e Lobo. Mas isso não bastava. Seus corpos não eram capazes de derreter gelo suficiente para os cavalos, e logo a última pedra de queimar foi consumida. Além disso, acabara também o alimento para os animais. Ayla notou que eles mascavam gelo, mas isso a deixou preocupada. Tanto a desidratação como o consumo direto de gelo poderia resfriá-los, e com isso não manteriam uma temperatura corporal suficiente para suportar o frio glacial da geleira.

Os dois cavalos tinham-se chegado a ela, à procura de água, depois de terem armado a tenda, mas tudo que Ayla pôde fazer foi dar-lhes alguns goles de sua própria água e quebrar um pouco de gelo para eles. Não houvera a habitual tormenta da tarde naquele dia, e tinham caminhado até quase o cair da noite escura. Tinham percorrido uma boa distância e deviam estar contentes, mas Ayla sentia um estranho mal-estar. Teve dificuldade para dormir naquela noite. Tentou convencer-se de que estava apenas preocupada com os animais.

Jondalar também permaneceu acordado por muito tempo. Achava que o horizonte parecia mais próximo, mas tinha medo de que isso fosse fruto de sua ansiedade e não quis tocar no assunto. Finalmente adormeceu, mas despertou no meio da noite e deparou com Ayla também acordada. Levantaram-se ao primeiro raio tênue, e quando partiram as estrelas ainda luziam no firmamento.

No meio da manhã o vento mudara, e Jondalar teve certeza de que seus piores temores estavam para materializar-se. O vento não era quente, apenas menos frio, mas soprava do sul.

– Depressa, Ayla! Temos de correr – disse, quase saindo em disparada. Ela assentiu e o acompanhou.

Ao meio-dia o céu estava claro, e a brisa que lhes roçava os rostos era cálida, quase um bálsamo. A força do vento cresceu, tornando-se bastante forte para retardar-lhes os movimentos enquanto eles o atravessavam. E seu calor, varrendo a superfície dura do gelo, era uma carícia mortífera. As rajadas de neve seca logo se tornaram úmidas e compactas, transformando-se depois em chuva. Pequenas poças d'água começaram a formar-se em pequenas depressões. Tornaram-se mais fundas e ganharam um azul vívido que parecia irradiar do meio do gelo, mas nenhum dos dois tinha tempo ou disposição para apreciar tal beleza. Os cavalos tinham passado a dispor de água com fartura, mas isso representava um triste consolo.

Uma névoa branca começou a subir, mantendo-se próxima à superfície. O vento quente do sul a dissipava antes que ela pudesse subir demais. Jondalar passou a usar uma lança comprida para testar o caminho; ele estava quase correndo, e Ayla se esforçava para acompanhá-lo. Desejava poder saltar em cima de Huiin e deixar que o animal a levasse, porém um número cada vez maior de fendas se abria no gelo. Jondalar tinha quase certeza de que o horizonte estava mais próximo, mas agora o nevoeiro baixo tornava as distâncias ilusórias.

Pequenos riachos começaram a formar-se na superfície do gelo, ligando as poças e tornando a caminhada mais perigosa. Os viajantes espadanavam água, sentindo o frio gélido penetrar e depois esguichar das botas. De repente, a poucos passos diante deles, um enorme trecho do que parecia ser gelo sólido desabou, expondo um grande abismo. Lobo ganiu e uivou. Os cavalos recuaram, guinchando de medo. Jondalar virou-se e acompanhou a borda da fenda, procurando um caminho.

– Jondalar, não consigo mais continuar. Estou exausta. Tenho de parar – disse Ayla com um soluço, e pôs-se a chorar. – Nunca vamos conseguir.

Jondalar parou, voltou e a consolou.

– Estamos quase chegando, Ayla. Olhe, já podemos ver como a borda está próxima.

– Mas quase caímos dentro de um precipício, e algumas dessas poças se transformaram em lagoas.

– Você quer ficar aqui? – perguntou ele.

Ayla respirou fundo.

– Não, claro que não – respondeu. – Não sei por que estou chorando assim. Se ficarmos aqui, com certeza morreremos.

Jondalar rodeou a enorme fenda, mas ao se voltarem outra vez para o sul, os ventos tinham-se tornado tão fortes como tinham sido os do norte, e eles podiam sentir a temperatura subindo. Riachos convertiam-se em torrentes que cruzavam o gelo de um lado para outro e se juntavam em rios. Contornaram mais duas fendas e puderam ver o que havia além da geleira. Percorreram em passadas largas a pequena distância, e depois olharam para baixo, do alto da borda.

Haviam atingido o outro lado da geleira.

Logo debaixo deles esguichava, da parte mais baixa do gelo, uma queda d'água leitosa. A distância, abaixo da linha das neves, havia uma tênue película verde-claro.

– Quer parar aqui e descansar um pouco? – perguntou Jondalar, mas com expressão preocupada.

– Tudo que quero é sair desse gelo. Podemos descansar ao chegarmos àquela campina – respondeu Ayla.

– Ela está mais distante do que parece. Aqui não é lugar para se apressar ou ser negligente. Vamos nos amarrar uns aos outros, e acho que você deve descer primeiro. Se escorregar, posso suportar seu peso. Escolha o caminho com cuidado. Podemos puxar os cavalos.

– Não, não acho que devamos fazer isso. Creio que o melhor é tirarmos seus cabrestos e as cargas, e também os varais, e deixarmos que eles mesmos achem o caminho de descida.

– Talvez você tenha razão, Ayla, mas nesse caso teremos de deixar a carga aqui... a menos...

Ayla viu para onde ele olhava.

– Vamos pôr tudo dentro do bote e deixar que ele deslize! – disse ela.

– A não ser uma pequena mochila com alguns objetos de necessidade mais imediata, que podemos carregar – propôs ele, sorrindo.

– Se prendermos tudo bem e virmos por onde o bote desce, com certeza poderemos achá-lo depois.

– E se ele se quebrar?

– O que poderia quebrar?

– A estrutura – respondeu Jondalar. – Mas mesmo que isso aconteça, provavelmente o revestimento de couro há de aguentar a carga.

– E tudo o que estiver dentro dela, não é?

– Com certeza. – Jondalar sorriu. – Acho que é uma boa ideia.

Depois de rearrumarem a carga dentro do barco de fundo redondo, Jondalar pegou uma pequena mochila com objetos essenciais, enquanto Ayla puxava Huiin. Ainda que um pouco assustados, seguiram pela borda à procura de um caminho. Como que para compensar as demoras e os perigos que haviam enfrentado na travessia, logo encontraram o declive suave de uma morena, com seu cascalho, que prometia passagem, logo depois de uma subida um pouco mais íngreme de gelo liso. Arrastaram o bote até ali, e Ayla soltou o trenó. Retiraram os cabrestos e as cordas dos cavalos, mas não as botas de couro de mamute. Ayla examinou-as para ter certeza de que estavam bem presas; haviam-se ajustado à forma dos cascos. Depois conduziram os animais até o alto da morena.

Huiin relinchou, e Ayla a aquietou, falando na linguagem de sinais, sons e palavras inventadas.

– Huiin, você precisa descer sozinha – disse a mulher. – Ninguém é mais capacitado a encontrar o caminho no gelo do que você.

Jondalar animou o jovem garanhão. A descida seria perigosa, tudo poderia acontecer, mas pelo menos tinham atravessado a geleira com os cavalos. Agora, eles teriam de descer por si sós. Lobo andava de um lado para outro, nervoso, tal como fazia quando tinha de saltar num rio.

Instada por Ayla, Huiin foi a primeira a transpor a borda, pisando com cuidado. Campeão a seguiu e logo se distanciou. Ao chegarem a um trecho liso, deslizaram um pouco, mas procuraram descer mais depressa para se equilibrar. Estariam lá embaixo, em segurança ou não, quando Ayla e Jondalar completassem a descida.

Lobo gania na beirada da geleira, com o rabo entre as pernas, sem disfarçar o medo que sentiu ao ver os cavalos descerem.

– Vamos empurrar o bote para baixo e começar a descer também. O caminho é longo e não será fácil – disse Jondalar.

Ao empurrarem o bote para a beirada do gelo, Lobo de repente saltou para dentro dele.

– Ele deve estar pensando que vamos atravessar um rio – disse Ayla. – E bem que eu gostaria de flutuar nesse gelo.

Os dois se entreolharam e começaram a sorrir.

– O que você acha? – perguntou Jondalar.

– Por que não? Você disse que o casco aguentaria.

– Que tal nós também?

– Vamos descobrir!

Abriram espaço e entraram no bote com Lobo. Jondalar enviou um pensamento de esperança à Mãe e, usando um dos varais do trenó, empurrou o barco para baixo.

– Segure-se! – disse, quando começaram a descer.

Ganharam velocidade depressa, a princípio numa rota retilínea. Bateram então num montículo, e o bote saltou e rodopiou. Deram uma guinada para o lado, subiram por um leve aclive e viram-se literalmente a voar. Ambos gritaram de emoção e susto. Caíram com um solavanco que os fez pular, inclusive o lobo, rodopiaram novamente enquanto se seguravam com força. O lobo tentava agachar-se no fundo do bote e ao mesmo tempo meter o focinho para fora.

Ayla e Jondalar suportavam como podiam a descida veloz. Não tinham controle algum sobre a embarcação que deslizava pela encosta da geleira. Corria para a esquerda e a direita, saltava e derrapava, como se tomada de selvagem alegria, mas estava muito carregada, o que a impedia de virar de cabeça para baixo. Embora o homem e a mulher gritassem involuntariamente, não podiam deixar de rir. Nunca nenhum dos dois tinha passado por experiência tão emocionante, mas ela tardava a chegar ao fim.

Não haviam pensado em como seria o fim da descida, mas ao se aproximarem da base da geleira, Jondalar lembrou-se da habitual fenda que separava o gelo do solo. Uma queda violenta no cascalho poderia atirá-los para fora do bote, causando-lhes ferimentos ou algo pior, mas o barulho não lhe causou grande impressão quando o escutou pela primeira vez. Só ao caírem com um baque forte e um espadanar de água no meio de uma trovejante corredeira de águas turvas foi que ele se deu conta de que a descida pelo gelo molhado e escorregadio os levara ao rio de águas derretidas que tinham visto jorrar do fundo da geleira.

Foram cair no fim das corredeiras com outro espadanar de água, e logo estavam flutuando serenamente no meio de um laguinho de leitosas águas esverdeadas. Lobo demonstrava felicidade, lambendo-lhes os rostos. Por fim, sentou-se e levantou a cabeça num uivo de comemoração.

Jondalar olhou para Ayla.

– Ayla, nós conseguimos! Conseguimos! Descemos da geleira!

– É verdade. – Ayla era toda sorrisos.

– Mas foi uma loucura perigosa – disse ele. – Podíamos ter ficado machucados, ou até morrido.

– Pode ter sido perigoso, mas foi divertido – respondeu Ayla, com os olhos brilhando de emoção.

Diante de seu entusiasmo contagiante, Jondalar teve de sorrir, apesar de sua preocupação em levá-la em segurança.

– Tem razão. Foi divertido, e bem que merecemos. Não acredito que eu venha a querer atravessar uma geleira de novo. Duas vezes na vida basta, mas será bom poder dizer que o fiz. E nunca me esquecerei dessa descida.

– Agora tudo o que temos a fazer é chegar àquela do lado de lá terra – disse Ayla, apontando a margem –, e depois encontrar Huiin e Campeão.

O sol se punha, e no crepúsculo era difícil enxergar. A friagem da noite fizera a temperatura cair abaixo de zero outra vez. Podiam ver a segurança confortadora da massa escura de terra firme, misturada com trechos de neve, em torno do perímetro do lago, mas não sabiam como chegar lá. Não tinham um remo, e haviam deixado o varal do trenó no topo da geleira.

Entretanto, embora o lago parecesse calmo, o degelo glacial criava sob a superfície uma corrente que estava empurrando-os lentamente para a margem. Quando se aproximaram dela, ambos saltaram do bote, seguidos pelo lobo, e puxaram a embarcação para terra. Lobo se sacudiu, espalhando água, mas nem Ayla nem Jondalar o notaram. Estavam nos braços um do outro, expressando seu amor e o alívio por terem finalmente alcançado terra firme.

– Nós conseguimos. Estamos quase em casa, Ayla, estamos quase em casa – disse Jondalar, apertando-a com alegria.

A neve em torno do lago começava a congelar, transformando-se numa camada de gelo duro. Atravessaram o trecho de cascalho quase no escuro, de mãos dadas, até chegarem a um campo. Não havia lenha com que acender uma fogueira, mas não se importaram. Comeram o alimento concentrado que os mantivera na geleira e depois beberam água das bolsas que haviam enchido. Armaram a tenda em seguida e estenderam as peles de dormir, mas antes de se recolherem Ayla lançou um olhar a distância, imaginando onde estariam os cavalos.

Assoviou, chamando Huiin, e esperou ouvir o barulho de cascos, mas nada aconteceu. Depois de observar as nuvens que rodopiavam no céu, assoviou de novo. Agora estava escuro demais para procurar os animais; teria de deixar para a manhã seguinte. Ayla aninhou-se em suas peles de dormir, ao lado do homem alto, e estendeu a mão para afagar o lobo enrodilhado ao lado dela. Pensava nos cavalos ao mergulhar num sono profundo.

JONDALAR OLHOU para a desalinhada cabeleira loura da mulher a seu lado, cuja cabeça repousava no ombro dele, e mudou de ideia com relação a levantar-se. Não havia mais necessidade de pressa, mas a ausência de preocupações imediatas o deixava desnorteado. Ele precisava lembrar-se continuamente que haviam atravessado a geleira. Caso quisessem, podiam ficar deitados o dia inteiro.

A geleira ficara agora para trás, e Ayla estava em segurança. Jondalar estremeceu ao lembrar-se de que ela escapara por um triz e apertou-a com mais força. A mulher levantou o corpo no cotovelo e olhou para ele, como tanto gostava de fazer. A luz mortiça no interior da tenda suavizava o azul forte dos olhos dele, e sua testa, que recentemente mantivera-se franzida de concentração ou desassossego, estava relaxada agora. Ayla correu um dedo pelas rugas de sua testa, e depois desenhou-lhe os traços.

– Sabe de uma coisa? Antes de eu conhecer você, ficava tentando imaginar como seria um homem. Não um homem do Clã, mas um homem de minha raça. Nunca consegui. Você é bonito, Jondalar.

Ele riu.

– Ayla, as mulheres é que são bonitas. Os homens, não.
– Então, um homem é o quê?
– Você pode dizer que ele é forte ou valente.
– Você é forte e valente, mas isso não é o mesmo que ser bonito. O que você diria de um homem que é bonito?
– Acho que "bem-apessoado". – Jondalar ficou um pouco embaraçado. Fora qualificado assim muitas vezes.
– Bem-apessoado... – repetiu Ayla. – Gosto mais de "bonito". Isso eu entendo mais.

Jondalar riu de novo, com aquela sua risada surpreendentemente espontânea. O calor desinibido do gesto foi inesperado, e Ayla ficou olhando para ele. Estivera tão sério durante a viagem! Havia sorrido, mas raramente rira alto.

– Se quer me chamar de bonito, tudo bem – disse ele, puxando-a mais para si. – Como posso contestar uma mulher bonita que me chama de bonito?

Ayla sentiu os espasmos do riso dele, e começou também a rir.
– Adoro ver você rindo, Jondalar.
– E eu adoro você, mulher engraçada.

Ele a abraçou quando pararam de rir. Sentindo o seu calor e os seios macios e cheios, levou a mão a um deles e se abaixou para beijá-la. Ayla enfiou a língua em sua boca e percebeu que reagia com um surpreendente desejo por ele. Já fazia algum tempo... Durante todo o período que haviam passado na geleira, ambos estavam sempre tão ansiosos e cansados que não tinham disposição. E não poderiam, mesmo que quisessem.

Jondalar entendeu a ânsia da companheira e também seu próprio desejo repentino. Rolou-a de lado enquanto se beijavam. Depois, afastando as peles, beijou-a no pescoço e na nuca, a caminho do seio. Envolveu o bico duro com os lábios e o comprimiu.

Ayla gemeu ao sentir um estremecimento de inacreditável prazer correr por todo o corpo, com uma intensidade que a deixou arquejante. Estava pasma com sua própria reação. Ele mal a tocara, e ela já estava pronta, sentia tamanha volúpia. Não havia passado tanto tempo assim, não era? Comprimiu o corpo contra o dele.

Jondalar tocou com a mão a sede dos Prazeres entre as coxas dela, sentiu o botão túrgido e o massageou. Com alguns gritos, ela atingiu um súbito clímax e estava pronta. Desejava-o.

Jondalar sentiu-lhe o repentino calor molhado. Sua fome era agora igual à dela. Empurrando as peles para o lado, ela se abriu para ele. Jondalar lançou-se com ardor.

Ayla comprimiu-se nele ao ser penetrada profundamente. Jondalar ouviu-lhe os gritos de prazer. Ela precisara de sua virilidade, e ele sentiu isso. Aquilo era mais do que alegria, mais do que prazer.

Ele estava tão pronto quanto ela. Recuou, penetrou-a de novo, somente uma vez mais e, de repente, não havia como retardar mais. Sentiu sua seiva crescer, assomar e transbordar. Com alguns movimentos finais, exauriu-se e depois descansou sobre ela.

Ayla ficou muito quieta, de olhos fechados, sentindo o peso dele e aquela sensação maravilhosa. Não queria mexer-se. Quando ele enfim se levantou e olhou para ela, teve de beijá-la. Ayla abriu os olhos.

– Foi maravilhoso, Jondalar – disse, lânguida e satisfeita.

– Foi rápido. Você estava pronta. Nós dois estávamos. E você está com um sorriso muito estranho no rosto até agora.

– É porque estou muito feliz.

– Eu também – disse ele, voltando a beijá-la. Depois, rolou para o lado.

Ficaram ali deitados por algum tempo e adormeceram de novo. Jondalar despertou antes de Ayla, e pôs-se a observá-la enquanto ela dormia. O leve sorriso estranho reapareceu. Com que ela estaria sonhando? Não resistiu. Beijou-a de leve e acariciou-lhe o seio. Ela abriu os olhos. Estavam dilatados, grandes e líquidos, cheios de segredos profundos.

Ele beijou cada uma de suas pálpebras, mordiscou uma orelha e depois o bico do seio. Ela sorriu quando ele levou a mão à macia colina dos Prazeres e tateou seus pelos macios e receptivos, fazendo-o desejar que estivessem apenas começando, em vez de terem terminado havia pouco. De repente ele a abraçou com força, beijou-a com voluptuosidade, afagou-lhe o corpo, os seios e as nádegas. Não conseguia afastar as mãos dela, como se o fato de quase tê-la perdido no precipício criasse uma necessidade tão profunda quanto aquele abismo que quisera roubá-la. Não se cansava de tocá-la, apertá-la, amá-la.

– Nunca imaginei que eu me apaixonaria – disse ele, relaxando de novo e afagando preguiçosamente sua nuca. – Por que será que tive de viajar além do fim do Grande Rio Mãe para encontrar uma mulher que eu pudesse amar?

Ele estivera pensando nisso desde o momento em que, despertando, ocorreu lhe que já estavam quase em casa. Era bom estar daquele lado da geleira, mas estava cheio de expectativas, pensando em todos, ansioso por vê-los.

– Foi porque meu totem destinou você a mim. O Leão da Caverna guiou você.

– Então, por que a Mãe fez com que nascêssemos tão distantes um do outro?

Ayla levantou a cabeça e olhou para ele.

– Estive aprendendo, mas ainda sei muito pouco sobre os desígnios da Grande Mãe Terra, ou sobre os espíritos protetores dos totens do Clã, mas de uma coisa eu sei: você me achou.

– E depois, quase a perdi. – Uma torrente fria de medo apertou-lhe o peito. – Ayla, o que seria de mim se a perdesse? – disse ele, com a voz embargada pela emoção, que raramente demonstrava. Rolou de lado, cobrindo o corpo dela com o seu, e enterrou a cabeça no pescoço dela, apertando-a com tanta força que ela mal conseguia respirar. – O que seria de mim?

Ayla comprimiu-se contra ele, desejando que houvesse algum meio de tornar-se parte dele, e foi com gratidão que abriu-se de novo para ele ao sentir que novamente crescia o desejo de Jondalar. Com uma ansiedade tão exigente quanto seu amor, ele a tomou quando ela se ofereceu, dadivosa.

Tudo terminou ainda mais depressa, e com o espasmo final a tensão da feroz emoção deles fundiu-se num cálido ocaso. Quando ele fez menção de se afastar para o lado, ela o segurou, por querer prolongar a intensidade do momento.

– Eu não desejaria viver sem você, Jondalar – disse, retomando a conversa de antes. – Um pedaço de mim iria com você para o mundo dos espíritos, eu nunca mais seria uma pessoa inteira. Mas tenho sorte. Pense em todas as pessoas que nunca encontram o amor, e naquelas que amam alguém que não pode amá-las.

– Como Ranec?

– É, como Ranec. Ainda sinto uma dor por dentro de mim quando penso nele.

Jondalar rolou de lado e sentou-se.

– Sinto pena dele. Eu gostava de Ranec... ou poderia ter gostado.

De repente, ele sentiu-se ansioso por prosseguir a viagem.

— Desse jeito, nunca vamos chegar à caverna de Dalanar — disse, começando a enrolar as peles de dormir. — Estou com muita vontade de revê-lo.

— Mas antes temos de encontrar os cavalos — disse Ayla.

43

Ayla levantou-se e saiu da tenda. Uma névoa pairava perto do solo, e o ar úmido lhe gelou a pele nua. Podia escutar o estrondo da cachoeira a distância, mas o vapor se adensava num nevoeiro espesso do outro lado do lago, uma longa e estreita massa de água esverdeada, tão turva que era quase opaca.

Peixe algum vivia em tal água, ela tinha certeza, do mesmo modo que nenhuma vegetação medrava nas margens. O lago era demasiado jovem para sustentar vida. Só havia ali águas e pedras. Ayla estremeceu e teve um vislumbre da terrível solidão da Grande Mãe Terra, antes que Ela desse à luz todos os seres viventes.

Atravessou correndo o trecho de cascalho até a margem, entrou na água e mergulhou. O lago era gélido e cheio de partículas. Ayla desejava banhar-se — isso não fora possível enquanto atravessavam a geleira —, mas não naquela água. Não se importava tanto com o frio, mas queria água clara e doce.

Voltou para a tenda, a fim de vestir-se e ajudar Jondalar a arrumar a bagagem. No caminho, olhou através da névoa que envolvia a paisagem desolada e viu a sombra de um arvoredo. De repente, sorriu.

— Então, vocês estão aí! — disse, e emitiu um sonoro assovio.

Jondalar saiu da tenda num salto. Sorriu tanto quanto Ayla ao ver os cavalos galopando na direção deles. Lobo os seguia, e Ayla achou que ele também estava satisfeito. Não estivera ali por perto de manhã, e provavelmente colaborara para a volta dos cavalos. Balançou a cabeça, dando-se conta de que nunca viria a saber.

Saudaram os animais com abraços, carícias, brincadeiras e palavras de afeto. Ao mesmo tempo, Ayla os examinava com cuidado, para ter certeza de que não tinham se ferido. Faltava a bota da pata traseira direita de Huiin, e a égua pareceu sentir dor quando Ayla lhe examinou a perna. Quem sabe ela teria irrompido pelo gelo na borda da geleira e, ao se livrar dele, arrancado a bota e machucado a perna? Era a única explicação a seu alcance.

Ayla tirou as outras botas da égua, levantando cada uma das patas para desfazer os nós, enquanto Jondalar segurava o animal. Campeão conservava ainda suas botas, embora Jondalar notasse que já mostravam sinais de desgaste nas bordas.

Depois que terminaram de arrumar tudo e arrastaram o bote para mais perto, descobriram que seu fundo estava molhado. Surgira um furo.

– Eu não gostaria de tentar atravessar um rio com isso outra vez – comentou Jondalar. – Acha que devemos deixá-lo aqui?

– Temos de fazer isso, a não ser que nós mesmos o arrastemos. Não temos mais os varais para fazer o trenó. Nós os deixamos lá em cima quando descemos pelo gelo, e não há árvores aqui para fazermos outros.

– Bem, então está resolvido – disse Jondalar. – É bom não termos mais de arrastar pedras, e aliviamos tanto nossa carga que acho que poderíamos carregar tudo nós mesmos, sem os cavalos.

– Se eles não tivessem voltado, seria isso o que faríamos enquanto os procurássemos. Estou feliz por eles terem nos achado.

– Eu também estava preocupado – disse Jondalar.

Enquanto desciam a íngreme encosta sudoeste do antigo maciço caiu uma chuva fina, formando brisas de neve suja na floresta de coníferas por que passavam. Entretanto, uma tonalidade verde de aquarela coloria a terra marrom de uma campina ondulada e tocava de leve as pontas de arbustos próximos. Lá embaixo, através de aberturas na bruma, avistaram longe um rio que corria de oeste para norte, forçado pelas montanhas circundantes a seguir pelo leito de um vale profundo. Do outro lado do rio, na direção do sul, os alcantilados contrafortes alpinos esmaeciam-se numa névoa púrpura, da qual se alteava, espectral, a alta cordilheira, com as encostas cobertas de gelo até o meio.

– Você vai gostar de Dalanar – disse Jondalar, enquanto cavalgavam lado a lado. – Vai gostar de todos os Lanzadonii. A maioria era Zelandonii como eu.

– O que o levou a começar uma nova Caverna?

– Não sei ao certo. Eu era pequeno quando ele e minha mãe se separaram, e na verdade só vim a conhecê-lo quando fui morar em sua companhia. Foi ele quem nos ensinou, a Joplaya e eu, a trabalhar a pedra. Não acredito que ele tivesse resolvido iniciar uma nova Caverna antes de conhecer Jerika, mas escolheu aquele local porque descobriu a mina de sílex. As pessoas já falavam a respeito das pedras dos Lanzadonii quando eu era menino – contou Jondalar.

– Jerika é a companheira dele, e... Joplaya... é sua prima, não é assim?
– Isso mesmo. Prima-primeira. Filha de Jerika, nascida da Fogueira de Dalanar. Ela também é boa artífice de sílex, mas nunca lhe diga que falei isso. É muito brincalhona, sempre inventa das suas. Tenho curiosidade para saber se já tem um companheiro. Grande Mãe! Já faz tanto tempo! Vão ficar surpresos ao nos verem.

– Jondalar! – disse Ayla, num sussurro. Ele parou. – Olhe ali, perto daquelas árvores. É um veado!

Ele sorriu.

– Vamos pegá-lo! – disse, tirando uma lança, enquanto segurava o arremessador e dava um sinal a Campeão com os joelhos. Embora seu método de guiar a montaria não fosse exatamente igual ao de Ayla, depois de quase um ano de viagens já era tão bom cavaleiro quanto ela.

Ayla fez Huiin virar-se quase ao mesmo tempo – a égua mostrava-se satisfeita por estar livre enfim do trenó –, e ajustou a lança no arremessador. Ao percebê-los, o veado pôs-se a fugir aos saltos, mas saíram em sua perseguição, cada qual de um lado dele, e, com a ajuda das lanças, abateram o animal jovem e inexperiente com facilidade. Tiraram as partes de que mais gostavam, selecionaram outras para levarem de presente à gente de Dalanar e depois deixaram que Lobo comesse as partes restantes.

Ao cair da tarde, encontraram um ribeiro borbulhante e de bom aspecto. Seguiram-no até chegarem a um campo aberto com algumas árvores e um matagal à margem. Resolveram acampar mais cedo e assar um pouco da carne do veado. A chuva cessara e eles não tinham mais pressa, embora a todo momento tivessem de lembrar isso um ao outro.

Na manhã seguinte, ao sair da tenda, Ayla ficou boquiaberta com o que viu. A paisagem parecia irreal, lembrando um sonho de particular clareza. Parecia impossível que tivessem enfrentado a mais pungente intensidade do inverno poucos dias antes e que agora, de súbito, fosse primavera!

– Jondalar! Ah, Jondalar, venha ver!

O homem meteu a cabeça para fora do abrigo, ainda sonolento, e ela viu seu sorriso se abrir.

Achavam-se numa pequena elevação, e o chuvisco e a bruma da véspera tinham dado lugar a um sol brilhante e claro. O céu era de um anil profundo, enfeitado com montanhosas nuvens brancas. As árvores e os arbustos cobriam-se de rebentos verdes e o capim tinha um aspecto tão bonito que quase dava vontade de comê-lo. Havia flores em profusão – junquilhos, lírios, aquilégias, íris e muitas mais. Pássaros de todas as cores e variedades riscavam o ar, chilreando e cantando.

Ayla reconheceu a maioria deles – tordos, cotovias, pica-paus – e pôs-se a cantar junto com as avezinhas. Jondalar levantou-se e saiu da tenda a tempo de ver com admiração que ela, pacientemente, brincava com um picanço cinzento na mão.

– Não sei como você faz isso – comentou, quando a ave voou.

Ayla sorriu.

– Vou procurar alguma coisa fresca e deliciosa para comermos hoje de manhã – disse.

Lobo sumira de novo, e Ayla tinha certeza de que ele estava explorando as redondezas ou caçando. Também para ele a primavera trazia aventuras. Ele saiu na direção dos cavalos que estavam no meio da campina. Aquela era a estação da fartura, o tempo da abundância generalizada.

Durante a maior parte do ano, as amplas planícies que cercavam os quilométricos lençóis de gelo, assim como as campinas das montanhas, apresentavam-se secas e frias. Toda a precipitação se restringia a chuvas esparsas ou neve; em geral as geleiras capturavam a maior parte da umidade que circulava pelo ar. Os ventos glaciais mantinham áridos os verões, tornavam a terra seca e dura, com poucos pântanos. No inverno, os ventos faziam com que as neves ralas corressem pelo ar, deixando grandes trechos do solo gelado despidos de neve, mas cobertos de ervas ressecadas – uma pastagem que sustentava os números incontáveis de gigantescos herbívoros.

Na primavera, o calor do sol fazia com que a grande mole de gelo emitisse umidade, em vez de capturá-la. Quase que pela única vez durante todo o ano, a chuva não caía sobre a geleira, mas na terra sedenta e fértil que circundava. O verão da Era Glacial podia ser quente, mas era breve; a primavera era longa e úmida, levando a um explosivo e profuso desenvolvimento vegetal.

Também os animais da Era Glacial cresciam na primavera, quando tudo estava verde e renovado, além de carregado dos nutrientes de que necessitavam, e exatamente na época propícia. Viçosa ou seca, a primavera é a época do ano em que os animais adicionam tamanho aos ossos jovens, a velhas presas ou cornos, quando adquirem galhadas novas e maiores ou perdem as densas pelagens de inverno para ganhar outras, novas. Como a primavera começava cedo e se prolongava bastante, a estação do crescimento para os animais também era longa, o que lhes proporcionava tamanhos inauditos, bem como imponentes adornos córneos.

Durante a prolongada primavera, todas as espécies partilhavam indiscriminadamente da fartura herbácea, mas ao fim da estação verdejante enfrentavam uma feroz competição entre si pelas ervas e gramas maduras, menos nutritivas ou digeríveis. A concorrência não se manifestava em discórdias quanto a quem comeria primeiro ou mais, ou em defender fronteiras. Os animais de rebanho das planícies não demarcavam territórios. Percorriam, em suas migrações, enormes distâncias e eram altamente gregários, buscando sempre a companhia de sua espécie e dividindo os pastos com outros animais adaptados às pradarias abertas.

No entanto, sempre que mais de uma espécie de animal mostrava hábitos alimentares ou sociais quase idênticos, era invariável que somente uma delas prevalecesse. As demais adquiriam novas maneiras de explorar outro hábitat, utilizavam algum outro elemento da alimentação disponível, migravam para nova área ou morriam. As muitas espécies diferentes de animais herbívoros jamais se punham em competição direta pelo mesmo alimento.

As lutas davam-se sempre entre machos da mesma espécie, e se restringiam à época de acasalamento, quando muitas vezes a mera exibição das galhadas particularmente imponentes ou de um opulento par de presas ou cornos bastava para estabelecer o domínio e o direito de reproduzirem-se razões geneticamente imperiosas para os esplêndidos ornamentos, estimulados pelo viçoso desenvolvimento primaveril.

Todavia, finda a saciedade da primavera, a vida para os nômades das estepes voltava à rotina, e nunca era fácil. No verão, tinham de manter o espetacular crescimento engendrado pela primavera, crescer e acumular gorduras para a estação rigorosa que se avizinhava. O outono constituía, para alguns, o período da reprodução; para outros, era o tempo de ganhar pelagens grossas e outras medidas protetoras. No entanto, a época mais difícil era o inverno; nela, tinham de sobreviver.

O inverno determinava a capacidade demográfica da Terra; decidia quem haveria de viver e quem morreria. O inverno era penoso para os machos, que tinham maior tamanho e pesados ornamentos sociais a conservar ou readquirir. O inverno era penoso para as fêmeas, que tinham de nutrir não só a si mesmas com uma quantidade essencialmente igual de alimento disponível como também a geração seguinte, que estivesse sendo desenvolvida em seu ventre ou sendo amamentada. Mas o inverno era particularmente penoso para os filhotes, que não tinham o tamanho dos adultos para armazenar reservas e consumiam no crescimento o pouco que haviam acumulado. Se fossem capazes de sobreviver ao primeiro ano, suas possibilidades se tornavam muito melhores.

Nas secas e frias pradarias das geleiras, os animais dividiam entre si o fruto da terra complexa e produtiva; e sobreviviam, apesar de sua diversidade, porque os hábitos alimentares e sociais de uma espécie não coincidiam com os de outra. Até mesmo os carnívoros tinham presas prediletas. Entretanto, uma espécie nova – inventiva e criativa –, uma espécie que menos se adaptava ao ambiente do que o modificava, segundo suas conveniências, começava a impor sua presença.

AYLA ESTAVA INCOMUMENTE quieta quando pararam para descansar perto de outra corrente gorgolejante, dispostos a terminar de consumir a carne de veado e as verduras que tinham cozinhado de manhã.

– Agora não está muito longe. Thonolan e eu paramos aqui durante a vinda – disse Jondalar.

– É emocionante – respondeu ela; mas apenas parte de sua atenção estava voltada para a vista deslumbrante.

– Por que está tão calada, Ayla?

– Estive pensando em seus parentes. Isso me fez lembrar que não tenho nenhum parente.

– Mas você tem! E os Mamutoi? Você não é Ayla dos Mamutoi?

– Não é o mesmo. Sinto saudades deles, e sempre os amarei, mas não foi difícil partir. Foi mais duro da outra vez, quando tive de abandonar Durc. – Uma expressão de dor lhe toldou o semblante.

– Ayla, sei que deve ter sido difícil deixar um filho. – Tomou-a nos braços. – Isso não o trará de volta, mas a Mãe pode lhe dar outros filhos... algum dia... talvez até filhos do meu espírito.

Foi como se ela não tivesse escutado.

– Disseram que Durc era deformado, mas não era verdade. Ele pertencia ao Clã, mas era também meu. Era parte deles e de mim. Não me achavam deformada, apenas feia, e eu era mais alta do que qualquer homem do Clã... Grande e feia.

– Ayla, você não é grande nem feia. Você é bonita e, lembre-se, meus parentes são seus parentes.

Ela o olhou.

– Até você aparecer, eu não tinha ninguém, Jondalar. Agora tenho você para amar e um dia, talvez, terei um filho seu. Isso me faria feliz – disse ela, sorrindo.

Seu sorriso o aliviou. Mais ainda, gostou da referência a um filho. Jondalar conferiu a posição do sol.

– Não chegaremos à caverna de Dalanar hoje se não nos apressarmos. Vamos, Ayla, os cavalos precisam de uma boa corrida. Vou galopar atrás de você pela campina. Eu não gostaria de passar outra noite na tenda, agora que estamos tão perto.

Lobo saiu correndo da mata, cheio de energia e brincalhão. Deu um salto, apoiou as patas no peito de Ayla e a lambeu. Essa é a minha família, pensou ela, enquanto o agarrava pelo pescoço peludo. Esse esplêndido lobo, a égua fiel e paciente, o cavalo corajoso e o homem, esse homem maravilhosamente carinhoso. Em breve ela iria conhecer a família dele.

Mergulhou no silêncio enquanto arrumava seus poucos pertences. De repente, começou a mexer em um outro saco.

– Jondalar, vou tomar um banho nessa corrente e vestir uma túnica limpa e perneiras – disse ela, despindo a túnica de couro que vinha usando.

– Por que não espera até chegarmos lá? Você vai se congelar, Ayla. É provável que essas águas venham diretamente da geleira.

– Não me importo. Não quero que sua família me veja, pela primeira vez, toda suja e com ar cansado.

CHEGARAM A UM RIO, do mesmo verde leitoso das águas da geleira, e muito cheio, embora o caudal houvesse de engrossar muito mais quando alcançasse seu pleno volume de primavera. Viraram para leste, subindo a corrente, até acharem um ponto raso onde pudessem atravessar. Depois tomaram o rumo sudeste, subindo um aclive. A tarde caía quando chegaram a uma inclinação que se tornava plana perto de uma parede rochosa. Debaixo de uma saliência escondia-se a abertura escura de uma caverna.

Havia uma jovem sentada no chão, de costas para eles, cercada por lascas e cacos de sílex. Segurava um furador, um pedaço de pau pontiagudo, com o qual trabalhava uma pedra cinza-escuro, concentrando-se no ponto exato e preparando-se para golpear o furador com um pesado malho de osso. Tão absorta estava em seu trabalho que não notou Jondalar, que se aproximava em silêncio.

– Continue treinando, Joplaya. Um dia você será tão hábil quanto eu – disse ele, rindo.

O martelo de osso desceu de maneira errada, despedaçando a lâmina que ela estava para retirar, pois ela girou o corpo de repente, com uma expressão de atônita incredulidade.

– Jondalar! Ah, Jondalar! Será mesmo você? – exclamou, atirando-se em seus braços. Enlaçando-a pela cintura, ele a ergueu e a rodou no ar. A jovem se agarrava a ele como se nunca fosse largá-lo. – Mãe! Dalanar! Jondalar voltou! Jondalar voltou! – gritou ela.

Várias pessoas saíram da caverna, e um homem mais idoso, alto como Jondalar, correu para ele. Lançaram-se um ao outro. Depois de recuarem, abraçaram-se de novo.

Ayla fez um sinal a Lobo, que se pôs a seu lado enquanto ela retrocedia e olhava, segurando as cordas dos cabrestos dos cavalos.

– Então você voltou! Esteve tanto tempo fora que pensei que não voltaria mais – disse o homem.

Foi então que, por cima do ombro de Jondalar, o homem mais velho viu algo de inacreditável. Dois cavalos, que carregavam no lombo cestas e trouxas, com peles estendidas sobre eles, e um lobo imenso, parados ao lado de uma mulher alta, que vestia uma parka de pele e perneiras cortadas de maneira inusitada e enfeitadas com desenhos desconhecidos. Jogado para trás, o capuz deixava ver uma densa cabeleira loura que lhe caía em torno do rosto em ondas. Havia em sua fisionomia algo que a marcava de forma inequívoca como estrangeira, tal como o corte estranho das vestes, porém tudo isso só lhe acentuava a extrema beleza.

– Não vejo seu irmão, mas você não voltou sozinho – disse o homem.

– Thonolan está morto – respondeu Jondalar, fechando os olhos involuntariamente. – E eu também estaria, se não fosse Ayla.

– Sinto muito ouvir isso. Eu gostava do rapaz. Willomar e sua mãe ficarão pesarosos. Mas noto que seu gosto em relação às mulheres não mudou. Você sempre mostrou inclinação por belas zelandônias.

Por que será que ele achou que Ayla é uma Servidora da Mãe?, pensou Jondalar. Depois olhou para ela, cercada pelos animais e, de súbito, viu-a como a veria o homem mais velho, e sorriu. Ele caminhou até a beirada da clareira, pegou a corda de Campeão e voltou, seguido por Ayla, Huiin e Lobo.

– Dalanar dos Lanzadonii, dê as boas-vindas a Ayla dos Mamutoi – disse.

Dalanar estendeu as mãos, com as palmas viradas para cima, na saudação de franqueza e amizade. Ayla as segurou.

– Em nome de Doni, a Grande Mãe Terra, eu a saúdo, Ayla dos Mamutoi – disse Dalanar.

– Eu o saúdo, Dalanar dos Lanzadonii – respondeu Ayla, com o apropriado formalismo.

– Você fala bem a nossa língua, para alguém que veio de tão longe. Tenho enorme prazer em conhecê-la. – Seu formalismo era abrandado pelo sorriso. Ele notara seu modo de falar e o achava dos mais curiosos.

– Jondalar ensinou-me a língua – disse ela, sem conseguir afastar os olhos do homem. Relanceou um olhar para Jondalar, depois fitou novamente Dalanar, assombrada com a semelhança entre ambos.

Os cabelos longos de Dalanar eram um pouco mais ralos no alto, e a cintura seria um tanto mais grossa, mas ele tinha os mesmos olhos intensamente azuis, com algumas rugas nos cantos, e a mesma testa alta, com sulcos um pouco mais profundos. Também a voz era igual, o mesmo timbre, o mesmo tom. Era fantástico. O calor das mãos dele fez passar por ela uma incipiente onda de excitação. A semelhança de Dalanar com Jondalar até mesmo confundira seu corpo por um instante.

Dalanar percebeu sua reação e sorriu como Jondalar, compreendendo a razão e gostando ainda mais dela por isso. Com aquele sotaque estranho, pensou, ela devia ser de um lugar muito distante. Quando eles soltou as mãos de Ayla, o lobo aproximou-se dele de repente, sem medo, embora a reação do homem não tenha sido a mesma. Lobo meteu a cabeça sob a mão de Dalanar, querendo sua atenção, como se o conhecesse. Para sua própria surpresa, Dalanar viu-se afagando o belo animal, como se fosse perfeitamente natural brincar com um enorme lobo vivo.

Jondalar riu.

– Lobo está pensando que você sou eu. Todo mundo sempre disse que somos parecidos. Daqui a pouco você vai estar montando em Campeão. – E estendeu a corda do animal na direção do homem.

– Você disse "montando em Campeão"? – admirou-se Dalanar.

– Isso mesmo. Viajamos montados nesses cavalos durante a maior parte de nossa viagem para cá. Dei ao garanhão o nome de Campeão – explicou Jondalar. – A égua de Ayla chama-se Huiin, e essa fera que gostou tanto de você chama-se Lobo. Em Mamutoi quer dizer lobo.

– Como foi que você arranjou um lobo e cavalos... – começou a falar Dalanar.

– Dalanar, que modos são esses? Não acha que as outras pessoas querem conhecê-la e ouvir o que ela tem a contar?

Ainda ligeiramente aturdida com a espantosa semelhança entre Dalanar e Jondalar, Ayla virou-se para a pessoa que falara. E mais uma vez não pôde deixar de espantar-se. A mulher não se parecia com ninguém que ela já tivesse visto. Os cabelos, repuxados e presos num rolo atrás da cabeça, eram de um negro reluzente, riscado de cinza nas têmporas. Mas foi o rosto que mais chamou a atenção de Ayla. Era redondo e chato, com malares altos, um nariz diminuto e escuros olhos oblíquos. O sorriso da mulher contradizia-lhe a voz severa, e Dalanar sorriu ao olhar para ela.

– Jerika! – exclamou Jondalar, sorrindo de alegria.

– Jondalar! Que bom ter você de volta! – Abraçaram-se com óbvia afeição. – Já que esse urso que é meu homem não tem educação, por que não me apresenta à sua companheira? E pode também me dizer por que esses animais estão parados aí e não saem correndo?

Ela se interpôs entre os dois homens, que pareciam gigantes perto dela. Tinham exatamente a mesma altura, e o alto da cabeça de Jerika mal chegava ao meio do peito deles. No entanto, a mulherzinha tinha gestos rápidos e enérgicos. Lembrava a Ayla uma ave, uma impressão realçada por seu porte diminuto.

– Jerika dos Lanzadonii, por favor, saúde Ayla dos Mamutoi. É ela a responsável pelo comportamento dos animais – disse Jondalar, sorrindo para a mulherzinha com a mesma expressão de Dalanar. – Melhor do que eu, ela pode lhe explicar por que eles não fogem.

– Você é bem-vinda, Ayla dos Mamutoi – disse Jerika, estendendo as mãos. – E também os animais, se você puder prometer que eles manterão essa conduta tão incomum. – Ela fitava Lobo enquanto falava.

– Eu a saúdo, Jerika dos Lanzadonii. – Ayla retribuiu-lhe o sorriso. A mulher tinha uma força surpreendente nas mãos. E também, sentiu Ayla, um caráter compatível com essa força. – O lobo não fará mal a ninguém, a menos que alguém nos ameace. Ele é gentil, mas muito protetor. Os cavalos ficam um pouco nervosos perto de estranhos, e poderão empinar se muita gente os rodear, e isso pode ser perigoso. Seria melhor as pessoas se manterem distantes no começo, até eles conhecerem todos melhor.

– Isso faz sentido, mas estou satisfeita por nos ter dito – respondeu Jerika. A seguir, olhou fixamente para Ayla, de forma desconcertante. – Você veio de muito longe. Os Mamutoi vivem além da foz do Donau.

– Conhece a terra dos Caçadores de Mamutes? – perguntou Ayla, surpresa.

– Sim, e ainda mais além, a leste, embora eu não me lembre de tudo. Hochaman gostará de falar com você sobre isso. Nada lhe agradaria mais do que haver mais uma pessoa disposta a escutar suas histórias. Minha mãe e ele vieram de uma terra perto do Mar Sem Fim, o ponto mais a leste onde há terras. Eu nasci no caminho. Vivemos com muitas pessoas, às vezes durante vários anos. Lembro-me dos Mamutoi. Boa gente. Ótimos caçadores. Queriam que ficássemos com eles – relatou Jerika.

– Por que não ficaram?

– Hochaman ainda não estava disposto a radicar-se em lugar algum. Seu sonho era viajar até o fim do mundo, até onde ainda houvesse terras. Conhecemos Dalanar algum tempo depois que minha mãe morreu, e decidimos ficar para ajudá-lo a explorar a mina de sílex. Mas Hochaman viveu o suficiente para realizar seu sonho – disse ela, olhando para o companheiro, um homem alto. – Viajou desde o Mar Sem Fim, a leste, até as Grandes Águas, a oeste. Dalanar o ajudou a terminar sua Jornada, isso há alguns anos, e teve de carregá-lo nas costas a maior parte do caminho. Hochaman derramou lágrimas ao ver o grande mar ocidental, e depois as lavou com água salgada. Agora já não pode caminhar muito, mas ninguém fez uma Jornada tão longa como Hochaman.

– Ou você, Jerika – acrescentou Dalanar, com orgulho. – Você percorreu quase a mesma distância.

– Hum. – Jerika deu de ombros – Não foi por decisão minha. Mas censurei Dalanar, e acabei falando demais.

Jondalar enlaçou a cintura da mulher a quem causara surpresa.

– Gostaria de conhecer sua companheira de viagem – disse ela.

– Desculpe – disse Jondalar. – Ayla dos Mamutoi, esta é minha prima, Joplaya dos Lanzadonii.

– Eu a saúdo, Ayla dos Mamutoi – disse a jovem, estendendo as mãos.

– Eu a saúdo, Joplaya dos Lanzadonii – disse Ayla. Sentia-se, de repente, constrangida por causa de seu sotaque e satisfeita por ter vestido uma túnica limpa debaixo da parka. Joplaya era tão alta quanto ela, talvez um pouquinho mais. Tinha os malares pronunciados da mãe, mas o rosto não era tão achatado e o nariz era como o de Jondalar, apenas mais delicado e bem-feito. As sobrancelhas escuras combinavam-se bem com os longos cabelos pretos, e espessos cílios negros emolduravam olhos que tinham algo do amendoado dos olhos da mãe. No entanto, eram luminosamente verdes!

Joplaya era uma mulher de deslumbrante beleza.

– Estou feliz por conhecê-la – disse Ayla. – Jondalar sempre falou a seu respeito.

– Que bom! Então ele não me esqueceu por completo – respondeu a jovem. Ela deu um passo atrás, mas Jondalar a abraçou de novo.

Muitas outras pessoas haviam-se reunido ali, e Ayla foi apresentada formalmente a cada um dos membros da Caverna. Todos estavam curiosos em relação à mulher que Jondalar tinha trazido, mas as perguntas e os olhares a deixaram embaraçada, e Ayla ficou satisfeita quando Jerika interveio.

– Acho que devemos guardar algumas perguntas para depois. Tenho certeza de que ambos têm muitas histórias a contar, mas devem estar cansados. Venha, Ayla, vou lhe mostrar onde poderá ficar. Os animais precisam de algo em especial?

– Só tenho de tirar as cargas de cima deles e achar um lugar onde possam pastar. Lobo ficará lá dentro conosco, se vocês não objetarem – disse Ayla.

Percebeu que Jondalar estava entretido numa animada conversa com Joplaya, e ela própria tirou as cargas dos dorsos dos animais, mas ele se apressou em ajudá-la a levar os pertences para dentro da caverna.

– Acho que me lembro de um lugar ideal para os cavalos – disse Jondalar. – Vou levá-los lá. Quer manter o cabresto de Huiin? Vou prender Campeão com uma corda comprida.

– Não, acho que não. Ela vai ficar perto de Campeão. – Ayla notou que ele estava felicíssimo, nem era preciso ele ter feito aquela pergunta. Mas, por que não? Aquelas pessoas eram os seus parentes. – Mas eu vou com você, para acomodar Huiin.

Caminharam até um pequeno vale, atravessado por um regato. Lobo os acompanhou. Depois de ter prendido bem a corda de Campeão, Jondalar fez menção de voltar à caverna.

– Você vem comigo? – perguntou ele.

– Vou ficar com Huiin um pouco mais – respondeu Ayla.

– Nesse caso, posso carregar suas coisas.

– Sim, por favor – disse ela. Ele parecia ansioso por regressar à caverna, e Ayla não o censurava. Fez um sinal a Lobo para que ficasse com ela. Todos eles, menos Jondalar, precisavam de um pouco de tempo para se habituar ao local. Ao voltar, Ayla o procurou e o encontrou conversando com Joplaya. Hesitou em interromper.

– Ayla – disse ele ao vê-la –, eu estava falando a Joplaya sobre Wymez. Mais tarde você lhe mostra a ponta da lança que ele lhe deu?

Ayla assentiu, e Jondalar virou-se de novo para Joplaya.

– Espere só até vê-la. Os Mamutoi são excelentes caçadores de mamutes, e usam nas lanças pontas de sílex, e não de osso. A pedra fura melhor o couro grosso, sobretudo se as lâminas forem finas. Wymez criou uma nova técnica; a ponta é talhada nas duas faces, mas não como se fosse um machado grosseiro. Ele esquenta a pedra... e aí está a diferença. Com isso ele retira lascas mais delicadas e mais finas. Ele consegue produzir uma ponta mais comprida do que minha mão, mas muito estreita e afiadíssima. Sem ver, você não acredita.

Estavam tão próximos um do outro que seus corpos se tocavam enquanto Jondalar explicava animadamente os pormenores da nova técnica, e a descontraída intimidade entre os dois deixou Ayla inquieta. Haviam vivido juntos durante a adolescência. Que segredos ele contara a ela? Que alegrias e tristezas tinham partilhado? Que frustrações e triunfos haviam dividido entre si enquanto aprendiam a difícil arte de talhar o sílex? Até onde Joplaya o conhecia muito melhor do que ela?

Antes, ambos tinham sido estranhos para as pessoas que encontravam durante a Jornada. Agora, somente ela era uma estranha.

Jondalar voltou-se para Ayla.

– Aliás, vou lá buscar essa ponta. Em qual cesta está?   perguntou, já a caminho.

Ela lhe disse, e sorriu nervosamente para a jovem de cabelos escuros depois que ele se foi, mas nenhuma das duas disse uma palavra. Jondalar voltou quase de imediato.

– Joplaya, eu pedi a Dalanar que viesse aqui... Há muito tempo quero mostrar a ele essa ponta. Espere até você vê-la – disse Jondalar.

Ele abriu o pacote e mostrou uma ponta de sílex de esmerado lavor no momento exato em que Dalanar chegava. Ao ver a obra-prima, Dalanar tirou-a da mão de Jondalar e examinou-a com atenção.

– É inigualável! Nunca vi um artesanato de tamanha qualidade – exclamou Dalanar. – Veja só isto, Joplaya. É trabalhada nas duas faces, mas é delgadíssima, pois foram tirados flocos muito finos. Pense no controle, na concentração que esse trabalho terá exigido. Até o toque dessa ponta é diferente. E o brilho! Parece quase... oleosa! Onde você conseguiu isto? No leste o tipo de sílex é diferente?

– Não, é um novo processo, criado por um Mamutoi chamado Wymez. É o único artífice que já conheci que pode ser comparado a você, Dalanar. Ele aquece a pedra. É isso que lhe dá esse brilho, e essa textura. Mas o melhor de tudo é que, depois de aquecida, podem-se remover essas lascas. – Jondalar falava com muita animação.

Ayla o observava.

– A pedra quase solta as lascas por si só... é isso que permite esse controle. Vou mostrar como ele fez. Não sou tão hábil quanto ele... preciso treinar para aprimorar a técnica... mas vocês vão compreender. Quero encontrar alguns bons pedaços de sílex enquanto estivermos aqui. Com os cavalos, podemos carregar um peso maior, e eu gostaria de levar para casa algumas boas pedras dos Lanzadonii.

– Aqui também é sua casa – disse Dalanar, com tranquilidade. – Mas é claro que amanhã podemos ir à mina e retirar pedras novas. Eu gostaria de ver como se faz isto, mas será mesmo uma boa ponta de lança? Parece tão fina, tão bonita, até frágil demais para ser usada numa caçada real.

– Eles usam essas pontas de lança para caçar mamutes. Realmente, quebram-se com mais facilidade, mas o sílex afiado rompe o couro grosso melhor do que uma ponta de osso e penetra entre as costelas – disse Jondalar. – Quero também mostrar a vocês uma outra coisa. Criei isso quando estava me recuperando do ataque do leão da caverna, no vale de Ayla. É um arremessador de lanças. Com ele, uma lança atinge uma distância duas vezes maior. Esperem até ver como isso funciona!

– Acho que estão esperando a gente para a refeição, Jondalar – disse Dalanar, ao notar pessoas que acenavam na abertura da caverna. – Todos hão de querer ouvir suas histórias. Entre ali, onde você poderá ficar à vontade e todo mundo o escutará. Você nos desperta a curiosidade com esses animais que obedecem às suas ordens e com seus comentários sobre ataques de leões, arremessadores de lanças e novas técnicas de talhar o sílex. Que outras aventuras e prodígios tem a nos contar?

Jondalar riu.

– Nós ainda nem começamos. Você acreditaria se lhe disséssemos que vimos pedras que produzem fogo e pedras que queimam? Habitações feitas de ossos de mamute, pontas de marfim que puxam fios, e barcos imensos, usados para matar peixes tão grandes que seriam necessários cinco homens de seu tamanho, um em cima do outro, para ir do focinho até o rabo...

Ayla jamais vira Jondalar tão feliz e descontraído, tão solto e desinibido, e percebeu o quanto ele estava feliz por reencontrar sua gente.

Ele pôs os braços em torno tanto de Ayla quanto de Joplaya enquanto caminhavam na direção da caverna.

– Ainda não escolheu um companheiro, Joplaya? – perguntou ele. – Não vi ninguém que parecesse estar com você.

Joplaya riu.

– Não. Estava à sua espera, Jondalar.

– Lá vem você com suas brincadeiras – disse Jondalar, rindo. Virou-se para explicar a Ayla. – Primos-irmãos não podem ser companheiros, você sabe.

– Eu já havia planejado tudo – continuou Joplaya. – Pensei em fugirmos e começar nossa própria caverna, como fez Dalanar. Mas é claro que só aceitaríamos talhadores de sílex. – Seu riso pareceu forçado, e ela olhou apenas para Jondalar.

– Eu não disse, Ayla? – falou Jondalar, virando-se para ela, mas apertando o braço de Joplaya. – Sempre com brincadeiras. Joplaya não para de brincar.

Ayla não teve certeza de haver compreendido a brincadeira.

– Fale sério, Joplaya, você deve estar prometida.

– Echozar me pediu, mas ainda não resolvi.

– Echozar? Acho que não o conheço. Ele é Zelandonii?

– É Lanzadonii. Ligou-se a nós faz alguns anos. Dalanar salvou-lhe a vida, ao encontrá-lo quase afogado. Acho que ele ainda está na caverna. É acanhado. Quando o conhecer, você vai entender por quê. Ele parece... bem, ele é diferente. Não gosta de conhecer estranhos, e diz que não quer ir conosco à Reunião de Verão dos Zelandonii. Mas é uma pessoa amável e faria tudo por Dalanar.

– Você irá à Reunião de Verão este ano? Espero que sim, ao menos para o matrimônio. Ayla e eu vamos nos casar. – Dessa vez ele estreitou Ayla em seu braço.

– Não sei – respondeu Joplaya, olhando para o chão. Depois, levantou o olhar para ele. – Sempre soube que você nunca iria ficar com aquela mulher Marona que estava à sua espera no ano em que você partiu, mas não imaginei que você fosse voltar para casa trazendo uma mulher.

Jondalar enrubesceu ante a menção da mulher que ele prometera tomar como companheira e abandonara, mas não notou que Ayla se retesou no momento em que Joplaya saiu correndo em direção a um homem que aparecera na entrada da caverna.

– Jondalar! Aquele homem! – Ele captou o tom de sobressalto na voz dela e olhou para ela. Estava pálida.

– O que houve, Ayla?

– Ele se parece com Durc! Ou talvez como meu filho será quando crescer. Jondalar, aquele homem faz parte do Clã!

Jondalar olhou com mais atenção. Era verdade. O homem que Joplaya estava chamando na direção deles tinha o aspecto do Clã. Mas, ao se aproximarem, Ayla observou uma diferença importante entre aquele homem e os homens do Clã que ela conhecia: ele era quase de sua altura.

Quando ele chegou perto, ela fez um movimento com uma das mãos. Foi sutil, praticamente imperceptível a todos os demais, porém os grandes olhos castanhos do homem arregalaram-se, surpresos.

– Onde aprendeu isso? – perguntou ele, fazendo o mesmo gesto. Tinha a voz grave, mas clara e articulada. Ele não tinha problema algum para falar, sinal claro de que era mestiço.

– Fui criada por um Clã. Eles me acharam quando eu era muito pequena. Não me lembro de nenhuma outra família antes disso.

– Foi criada por um Clã? Eles amaldiçoaram minha mãe pelo fato de eu ter nascido – respondeu ele com amargura. – Qual Clã a criou?

– Eu achei mesmo que o sotaque dela não era Mamutoi – interpôs Jerika. Várias pessoas estavam perto deles.

Jondalar respirou fundo. Soubera desde o início que as origens de Ayla viriam à tona mais cedo ou mais tarde.

– Quando eu a conheci, Jerika, ela não sabia nem falar, ao menos com palavras. Mas salvou minha vida quando fui atacado por um leão. Foi adotada pelos Mamutoi na Fogueira dos Mamutoi por ser muito versada na arte das curas.

– Ela é Mamute? Aquela que Serve à Mãe? Onde está a marca? Não vejo tatuagem alguma em seu rosto – disse Jerika.

– Ayla aprendeu a ser curandeira com a mulher que a criou, uma Shamud da gente que ela chama de Clã... cabeças-chatas... mas é tão hábil quanto qualquer Zelandoni. O Mamute estava apenas começando a treiná-la para Servir à Mãe quando partimos. Ela não foi iniciada. É por isso que não tem marca – explicou Jondalar.

— Eu sabia que ela era Zelandoni. Tinha de ser, para controlar animais assim, mas como pôde aprender a curar com uma mulher cabeça-chata? – perguntou Dalanar. – Antes de eu conhecer Echozar, achava que eles eram pouco mais do que animais. Com ele vim a saber que podem falar, de certa forma, e agora você me informa que eles têm curandeiros. Devia ter-me dito isto, Echozar.

— Como iria saber? Não sou um cabeça-chata. – Echozar pronunciou a palavra como se a cuspisse. – Só conheci minha mãe e Andovan.

Ayla surpreendeu-se com a raiva em sua voz.

— Disse que sua mãe foi amaldiçoada? E no entanto ela sobreviveu para poder criá-lo? Deve ter sido uma mulher extraordinária.

Echozar fitou diretamente os olhos azuis-acinzentados da mulher alta e loura. Não houve hesitação, nenhum movimento tendente a evitar-lhe o olhar. Sentiu-se estranhamente atraído por aquela mulher a quem nunca vira; sentiu-se à vontade com ela.

— Ela não falava muito sobre o assunto – disse Echozar. – Foi atacada por alguns homens, que mataram seu companheiro quando ele quis defendê-la. Era irmão do líder do Clã dela, e culparam-na pela morte dele. O líder disse que ela trazia azar. Mais tarde, porém, quando ela soube que estava esperando um filho, ele a tomou como uma segunda mulher. Quando nasci, ele disse que meu nascimento só comprovava que ela era portadora de azar. Não só provocara a morte de seu companheiro como dera à luz uma criança deformada. A seguir ele lhe lançou uma maldição... de morte – disse ele.

Ele estava conversando com aquela mulher com mais franqueza do que lhe era habitual, e ele próprio se surpreendeu.

— Não sei ao certo o que isso significa... uma maldição de morte – prosseguiu Echozar. – Ela só me contou uma vez, e mesmo assim não conseguiu terminar. Disse que todo mundo se afastava dela, como se não a enxergassem. Diziam que ela estava morta, e mesmo quando ela tentava fazer com que a olhassem, era como se ela não existisse, como se estivesse morta. Deve ter sido terrível.

— Foi – disse Ayla, baixinho. – É difícil continuar viva se você não existe para as pessoas a quem ama. – Seus olhos marejaram ao recordar-se.

— Minha mãe me pegou e os abandonou, para ir embora e morrer, como esperavam que fizesse, mas Andovan a encontrou. Já nessa época era velho, e vivia sozinho. Nunca me contou por que havia deixado sua Caverna, era algo ligado a um líder cruel...

– Andovan... – interrompeu Ayla. – Ele era S'Armunai?

– Era, acho que era – respondeu Echozan. – Ele não falava muito sobre sua gente.

– Sabemos a respeito desse líder cruel – disse Jondalar com seriedade.

– Andovan cuidou de nós – continuou Echozan. – Ensinou-me a caçar. Aprendeu a falar a língua do Clã com minha mãe, mas ela nunca pronunciava mais do que algumas poucas palavras. Aprendi as duas línguas, e ela me admirava por poder pronunciar os sons dele. Andovan morreu há poucos anos, e depois disso minha mãe perdeu a vontade de viver. A maldição de morte finalmente a levou.

– O que você fez então? – perguntou Jondalar.

– Passei a viver sozinho.

– Não é fácil – disse Ayla.

– Não, não é fácil. Tentei achar alguém com quem pudesse viver. Nenhum Clã deixava que eu me aproximasse. Jogavam-me pedras e diziam que eu era deformado e azarado. E também nenhuma caverna queria saber de mim. Diziam que eu era uma abominação de espíritos misturados, meio-homem e meio-animal. Depois de algum tempo, parei de tentar. Não queria mais ficar sozinho. Um dia pulei no rio do alto de uma pedra. O que vi a seguir foi Dalanar olhando para mim. Ele me levou para sua caverna. Agora eu sou Echozar dos Lanzadonii – concluiu com orgulho, lançando um olhar para o homem alto a quem idolatrava.

Ayla pensou no filho, feliz por ele ter sido aceito quando nasceu e por existirem pessoas que o amavam quando ela fora obrigada a deixá-lo.

– Echozar, não odeie a gente de sua mãe – disse ela. – Não são ruins. Mas são tão antigos que para eles é difícil mudar. Suas tradições são antiquíssimas, e não compreendem as coisas novas.

– E eles são gente – disse Jondalar a Dalanar. – Esse foi um dos meus aprendizes nessa Jornada. Conhecemos um casal, pouco antes de começarmos a travessia da geleira... isso é outra história... Mas estão planejando reuniões para tratar de problemas que vêm enfrentando com alguns de nós, principalmente com alguns rapazes Losadunai. Alguém até os procurou para falar sobre comércio.

– Cabeças-chatas fazendo reuniões? Comércio? Este mundo está mudando mais depressa do que posso compreender – disse Dalanar. – Até eu conhecer Echozar, não teria acreditado em nada disso.

– As pessoas podem chamá-los de cabeças-chatas e animais, mas você sabe que sua mãe foi uma mulher valente, Echozar – disse Ayla, estendendo-lhe as mãos. – Eu sei o que significa não ter ninguém. Agora eu sou Ayla dos Mamutoi. Vai me dar as boas-vindas, Echozar dos Lanzadonii?

Ele lhe tomou as mãos, e Ayla sentiu que as dele tremiam.

– Você é bem-vinda aqui, Ayla dos Mamutoi – disse ele.

Jondalar deu um passo à frente com as mãos estendidas.

– Eu lhe dou as boas-vindas, Jondalar dos Zelandonii – disse Echozar –, mas você não precisa de que lhe deem boas-vinhas aqui. Já ouvi falar do filho da Fogueira de Dalanar. Você é muito parecido com ele.

Jondalar riu.

– É o que todo mundo diz, mas não acha que o nariz dele é um pouco maior do que o meu?

– Eu não acho. Acho o seu maior do que o meu – disse Dalanar, rindo, batendo no ombro do homem mais jovem. – Entrem. A comida está esfriando.

Ayla ficou ali um pouco mais, conversando com Echozar. Quando se virou para entrar, Joplaya a deteve.

– Quero conversar com Ayla, Echozar, mas não entre ainda. Quero falar com você também – disse.

O homem se afastou rapidamente, para deixar as duas a sós, mas não antes de Ayla perceber a expressão de adoração com que ele fitou Joplaya.

– Ayla, eu... – começou Joplaya. – Eu... acho que sei por que Jondalar a ama. Eu quero dizer... que desejo felicidades a vocês dois.

Ayla observou a jovem de cabelos escuros. Percebeu nela uma mudança, como se ela se fechasse dentro de si, uma sensação de resoluta decisão. De repente, Ayla entendeu por que se sentia tão perturbada com ela.

– Obrigada, Joplaya. Eu o amo muito. Seria difícil viver sem ele. Perdê-lo deixaria dentro de mim um enorme vazio, e seria difícil suportar isso.

– É muito difícil suportar – disse Joplaya, fechando os olhos por um instante.

– Vocês não vão entrar para comer? – perguntou Jondalar, saindo da caverna.

– Vá você na frente, Ayla. Primeiro tenho de fazer algo.

44

Echozar deu uma olhada no grande pedaço de obsidiana, mas logo desviou a vista. As ondulações do brilhante vidro negro distorciam a sua imagem, mas nada poderia mudá-la e ele não queria ver-se naquele dia. Ele estaca vestido com uma túnica de pele cujas extremidades eram ornadas com penachos, contas de ossos de ave, plumas e pontudos dentes de animais. Nunca trajara algo tão fino. Fora Joplaya quem lhe confeccionara a rica vestimenta, destinada à cerimônia de sua adoção oficial na Primeira Caverna dos Lanzadonii.

Ao penetrar no grande espaço da caverna, sentiu a maciez do couro, o qual alisou com reverência, lembrando-se de que tinham sido as mãos dela que haviam confeccionado aquelas vestes. A lembrança da amada deixou-o triste. Amara-a desde o início. Fora ela quem lhe dirigira a palavra, ouvira-o, estimulara-o. Ele jamais teria enfrentado todos aqueles Zelandonii na Reunião de Verão daquele ano se não fosse por ela; e ao vê-la cercada por tantos pretendentes, teve vontade de morrer. Foram precisos meses para criar a coragem necessária para declarar-se; como alguém como ele poderia atrever-se a sonhar com tal mulher? A ausência de uma recusa imediata alimentara seus sonhos. O sim, porém, tardava tanto que ele o interpretava como um não.

Então, no dia em que Ayla e Jondalar chegaram, ela perguntou se ele ainda a queria. Echozar não acreditou. Querê-la? Jamais a quisera tanto na vida. Aguardou o momento apropriado para falar a sós com Dalanar. As visitas, porém, estavam sempre por perto, e Echozar não queria perturbá-los. Também tinha receio de perguntar. Apenas o medo de perder sua única oportunidade de ser feliz instilou-lhe a necessária coragem.

Dalanar disse-lhe, então, que ela era filha de Jerika. Ele precisava, pois, conversar com a mãe da jovem, mas tudo que Dalanar perguntara era se Joplaya concordava com o romance e se ele a amava. Se ele a amava? Se a amava? Ó, Mãe, como a amava!

Echozar juntou-se ao grupo que aguardava com expectativa. Sentiu o coração bater mais rápido ao ver Dalanar levantar-se e caminhar em direção a uma fogueira situada no meio da caverna, em frente à qual havia a pequena escultura de uma mulher de formas generosas. Retratava os seios grandes, o acentuado estômago e as nádegas avantajadas das donii.

A cabeça, porém, era pouco maior que um botão e as pernas e braços eram apenas sugeridos. Dalanar parou ao lado da fogueira e voltou-se para o grupo.

– Primeiro, desejo anunciar que este ano iremos novamente à Reunião de Verão dos Zelandonii – começou Dalanar – e convidamos quem quiser ir conosco. A viagem é longa, mas espero convencer um jovem Zelandoni a retornar e viver conosco. Não temos nenhum Lanzadoni e precisamos ter um Servidor da Mãe. Estamos crescendo e breve haverá uma Segunda Caverna. Algum dia, os Lanzadonii terão suas próprias Reuniões de Verão. Há outra razão para ir. Não somente será santificada a união de Jondalar e Ayla no Matrimônio, como ainda teremos este ano outro motivo para celebrar – disse ele.

Dalanar pegou o ícone de madeira que representava a Grande Mãe e balançou a cabeça. Echozar estava nervoso, embora soubesse que essa era apenas uma cerimônia de comunicação, bem mais informal que um Matrimônio, com seus tabus e rituais de purificação. Quando ambos postaram-se à sua frente, Dalanar começou:

– Echozar, Filho de Mulher abençoada pela Doni, da Primeira Caverna de Lanzadonii, pediste Joplaya, Filha de Jerika, companheira de Dalanar, para ser tua companheira. Confirmas isto?

– É verdade – disse Echozar, tão baixo que mal se podia escutar. – Joplaya, Filha de Jerika, companheira de Dalanar...

Embora as palavras não fossem as mesmas, o significado era idêntico, e Ayla, soluçante, tremeu ao relembrar a cerimônia em que se postara ao lado de um homem moreno que a olhava do mesmo modo que Echozar contemplava Joplaya.

– Não chore, Ayla, esta é uma ocasião alegre – instou Jondalar, abraçando-a com ternura.

Ayla mal podia falar. Sabia como uma mulher se sente ao lado do homem errado. Para Joplaya não havia, porém, nenhuma esperança, nem mesmo o sonho de que, algum dia, o homem que ela amava pudesse desafiar os costumes por seu amor. Ele nem sabia que era tão amado, e ela nada podia dizer. Tratava-se de um primo próximo, quase um irmão, um amor impossível e, além disso, ele amava outra mulher. Ayla sentiu a dor da outra como se fosse sua, e soluçou ao lado do homem que ambas amavam.

– Estive me lembrando de quando fiquei assim ao lado de Ranec – desabafou ela.

Jondalar foi tomado por uma viva recordação. Sentiu um aperto no peito e uma dor na garganta. Abraçou-a com força:

– Ayla, assim você logo me fará chorar.

Ele olhou para Jerika, sentada com inflexível dignidade, enquanto as lágrimas escorriam-lhe pela face. Por que as mulheres sempre choram nessas ocasiões?, refletiu.

Jerika olhou para Jondalar com uma expressão insondável, depois para Ayla, soluçando baixinho em seus braços.

– É hora de casar, hora de afastar sonhos impossíveis. Nem todas podem ter o homem perfeito – murmurou, voltando-se para a cerimônia.

– ...A Primeira Caverna dos Lanzadonii aceita essa união? – perguntou Dalanar, levantando os olhos.

– Aceitamos – responderam todos em coro.

– Echozar, Joplaya, vocês prometeram unir-se. Que Doni, Grande Mãe da Terra, abençoe essa união – concluiu o líder, tocando com a imagem de madeira o alto da cabeça de Echozar e o estômago de Joplaya. Em seguida, recolocou a donii na frente da fogueira, fincando na terra as pernas em forma de cavilha para que a imagem permanecesse em pé.

O casal virou-se para o grupo e começou a andar lentamente em volta da lareira. No silêncio solene, o inefável ar de melancolia que cercava a linda mulher tornava-a ainda mais adorável.

O homem ao seu lado era um pouco mais baixo. Seu grande nariz adunco avançava sobre o forte maxilar sem queixo que se projetava para a frente. A enorme fronte saliente destacava-se ainda mais devido às grossas e desalinhadas sobrancelhas que cruzavam a testa de ponta a ponta, numa linha contínua de pelos. Os braços eram muito musculosos, enquanto o enorme peitoral e o corpo alongado sustentavam-se sobre pernas curtas, peludas e arqueadas. Eram essas características que o marcavam como pertencente ao Clã. Contudo, ele não poderia ser chamado de cabeça-chata. Ao contrário dos demais, não tinha a testa curta e inclinada que terminava num largo topo – a aparência achatada em forma de abóbora que lhes valera a designação; em vez disso, a fronte de Echozar erguia-se acima dos supercílios salientes com a mesma regularidade e altura encontrada em todos os outros habitantes da caverna.

Echozar, porém, era incrivelmente feio, era a antítese da mulher ao seu lado. Somente seus olhos, grandes e castanhos, não justificavam a afirmação. Estavam tão cheios de terna adoração pela mulher amada que até abafavam a indescritível tristeza que pairava na atmosfera por onde Joplaya se movia.

No entanto, nem mesmo o amor de Echozar conseguia vencer a dor que Ayla sentia por Joplaya. Ela enterrou a cabeça no peito de Jondalar para fugir à visão que tanto a feria, embora lutasse para dominar a desolação.

Quando o casal completou a terceira volta, os votos de boa sorte quebraram o silêncio. Ayla deteve-se para se recompor. Finalmente, instada por Jondalar, aproximaram-se para externar seus votos de felicidade.

– Joplaya, estou contente por você estar celebrando seu matrimônio conosco – disse Jondalar, abraçando-a. A noiva agarrou-se a ele, que se surpreendeu com a intensidade do abraço. Jondalar sentiu uma desconfortável sensação de que ela se despedia, como se jamais fosse voltar a vê-lo.

– Não preciso desejar-lhe felicidade, Echozar – afirmou Ayla. – Em vez disso, direi que desejo que você seja sempre tão feliz como está agora.

– Com Joplaya, como poderia ser de outra forma? – respondeu ele. Num gesto espontâneo, Ayla o abraçou. Para ela, ele não era feio, tinha uma confortadora aparência familiar. Ele demorou um pouco para retribuir. Afinal, as mulheres bonitas não o abraçavam com frequência, e ele sentia uma cálida afeição por essa mulher loura.

Ayla voltou-se então para Joplaya. Ao contemplar aqueles olhos, tão verdes quanto os de Jondalar eram azuis, as palavras que pretendia pronunciar prenderam-se em sua garganta. Com um choro dolorido abraçou Joplaya, que lhe deu tapinhas nas costas, como se fosse Ayla quem necessitasse de consolo.

– Está tudo bem, Ayla – disse Joplaya com uma voz que soava oca, vazia. Seus olhos estavam secos. – Que mais eu poderia fazer? Jamais encontrarei um homem que me ame como Echozar. Sei há muito tempo que me casaria com ele. Não havia, pois, nenhum motivo para esperar mais.

Ayla retrocedeu, lutando para controlar as lágrimas que vertia pela mulher que não as podia derramar. Viu Echozar aproximar-se e pousar o braço, timidamente, na cintura de Joplaya, como se ainda não conseguisse acreditar que tudo era verdade. Temia acordar e descobrir que aquilo não passara de um sonho. Echozar não sabia que tinha apenas o invólucro da mulher amada. Que importava? O exterior era suficiente.

– Bem... não. Não vi com meus próprios olhos – desconversou Hochaman – e não posso afirmar que acreditei quando me contaram. Mas se você é capaz de montar num cavalo e ensinar um lobo a segui-lo, por que então alguém não poderia aprender a andar de mamute?

– Onde foi que você disse que isso aconteceu? – perguntou Dalanar.

– Foi bem ao leste, pouco depois de nossa partida. Deve ter sido um mamute de quatro dedos – explicou Hochaman.

– Um mamute de quatro dedos? Nunca ouvi falar nisso – contestou Jondalar –, nem mesmo entre os Mamutoi.

– Você sabe que eles não são os únicos caçadores de mamutes – defendeu-se Hochaman. – Além do mais, não vivem muito longe no leste. Acredite-me, em comparação com a distância a que estou me referindo, eles são nossos vizinhos. Quando se vai bem para o leste, quase perto do Mar Sem Fim, os mamutes têm quatro dedos nas patas traseiras. Também tendem a ser mais escuros. Alguns deles são quase pretos.

– Bem, se Ayla foi capaz de montar um leão, não duvido que alguém haja conseguido montar um mamute. O que você acha? – perguntou Jondalar, dirigindo-se a Ayla.

– Se você conseguir um filhote suficientemente jovem – ponderou ela –, acho que quase todo animal criado no meio das pessoas pode aprender algo. Pelo menos, não ter medo de gente. Os mamutes são inteligentes, podem aprender muitas coisas. Já observamos seu modo de quebrar gelo para obter água. Diversos outros animais agem da mesma forma.

– Eles também a farejam de longe – emendou Hochaman. – Lá no leste é bem mais seco, e as pessoas sempre dizem "se sua água acabar, procure um mamute". Caso precisem, são capazes de passar bastante tempo sem água, mas sempre acabam por encontrá-la.

– É bom saber disso – comentou Echozar.

– Sim. Especialmente quando se viaja muito – completou Joplaya.

– Não pretendo viajar muito – adiantou Echozar.

– Mas vocês irão à Reunião de Verão dos Zelandonii – sugeriu Jondalar.

– Para o nosso Matrimônio, claro – esclareceu Echozar –, e gostaria de encontrá-los de novo. Seria ótimo se você e Ayla morassem aqui.

– Sim. Espero que ambos considerem a oferta – concordou Dalanar.
– Você sabe que esta será sempre a sua casa, Jondalar, e que nós não contamos com um curandeiro, à exceção de Jerika, que não tem treinamento suficiente. Você poderia visitar sua mãe e voltar após a Reunião de Verão.

– Creia-me, Dalanar, sua oferta muito nos lisonjeia – agradeceu Jondalar –, e iremos considerá-la.

Ayla olhou para Joplaya. Ela estava distante, fechada em si mesma. Ayla gostava de Joplaya, mas ambas só conversavam sobre assuntos superficiais.

Ayla não conseguia superar sua tristeza pelo compromisso de Joplaya, pois ela mesma vivera situação muito semelhante, e sua própria felicidade transformara-se num lembrete do pesar de Joplaya. Por isso, embora houvesse simpatizado com todos, sentia-se alegre por terem de partir pela manhã.

Sentiria uma falta especial de Jerika e Dalanar e de suas inflamadas "discussões". Jerika era uma mulher pequena: quando Dalanar esticava os braços, ela podia passar por baixo e ainda sobrava espaço. Era, porém, dona de uma vontade indômita. Exercia sobre a Caverna uma liderança tão grande quanto ele e discutia ferozmente quando sua opinião diferia da dele. Dalanar a escutava com atenção, mas nem sempre concordava. Sua principal preocupação era o bem-estar do seu povo, a quem frequentemente submetia as questões polêmicas. A maioria das decisões, porém, era fruto de sua própria deliberação, como costuma acontecer com qualquer líder natural. Ele nunca dava ordens, apenas impunha respeito.

No início Ayla estranhou, mas assim que compreendeu o relacionamento, passou a adorar as discussões, pouco se importando em deixar transparecer o sorriso que lhe aflorava aos lábios ao ver uma mulher pouco maior que uma criança manter um acalorado debate com um homem gigantesco. O que mais a surpreendia era como ambos conseguiam interromper uma violenta discussão com uma terna palavra de afeto, ou falar sobre outros assuntos como se não tivessem acabado de avançar nas respectivas gargantas e, em seguida, retomar o combate verbal como se fossem os piores inimigos. Assim que chegavam a uma conclusão, tudo era esquecido. Ambos, porém, pareciam gostar dos duelos intelectuais e, diferenças físicas à parte, era uma batalha de iguais. Não apenas se amavam, como nutriam profundo respeito mútuo.

O TEMPO ESQUENTAVA, e a primavera explodia em florações quando Ayla e Jondalar novamente partiram. Dalanar desejou os melhores votos para a Nona Caverna dos Zelandonii e lembrou ao casal sua oferta. Ambos haviam sido bem recebidos, mas os sentimentos de Ayla em relação a Joplaya impossibilitavam-na de viver com os Lanzadonii. Seria extremamente penoso para ambas, mas ela não tinha como explicar isso a Jondalar.

Ele notara certa dificuldade no relacionamento entre as duas mulheres, embora elas parecessem gostar uma da outra. Joplaya também mostrava-se diferente com ele. Mantinha-se distante, sem as brincadeiras e as provocações de antes. Seu último abraço, porém, o impressionara. Os olhos dela estavam tomados de lágrimas, embora ele lhe lembrasse que sua viagem não seria longa e que ambos voltariam a encontrar-se em breve, na Reunião de Verão.

Jondalar sentira-se aliviado com a calorosa recepção que ambos receberam e iria pensar seriamente na oferta de Dalanar, sobretudo se os Zelandonii não se mostrassem muito receptivos... com relação a Ayla. Era bom saber que tinham onde ficar, mas no fundo do coração não esquecia que, embora gostasse muito de Dalanar e dos Lanzadonii, os Zelandonii eram o seu povo. Era junto deles que Jondalar gostaria de viver com Ayla.

Quando partiram, Ayla sentiu-se livre de um fardo. Apesar da chuva, ela estava contente por sentir a elevação da temperatura e, quando fazia sol, os dias eram bonitos demais para que alguém ficasse triste por muito tempo. Ela era uma mulher apaixonada que viajava com seu homem em direção à terra dele, onde construiriam um lar. Embora repleta de expectativas e receios, Ayla estava feliz.

Chegaram a uma região que Jondalar já conhecia. Cada marco familiar era saudado com excitação e, quase sempre, com um comentário ou uma história. Percorreram a passagem entre duas cadeias de montanhas e chegaram a um rio que serpenteava e dobrava à direita. Seguiram o rio até a nascente, atravessaram diversos rios caudalosos que corriam no sentido norte-sul pelo profundo vale e subiram um grande maciço do qual se elevavam vulcões, um deles ainda ativo, os demais extintos. Ao cruzarem um platô, próximo à nascente de um rio, passaram por algumas fontes termais.

— Estou certo de que aqui começa o rio que passa em frente da Nona Caverna! — exclamou Jondalar, cheio de entusiasmo. — Estamos quase lá, Ayla! Poderemos chegar em casa antes do cair da tarde.

— São essas as fontes quentes de que você me falou? — perguntou Ayla.

— Sim. Meu povo chamava-as de Águas Curativas da Doni.

— Vamos passar a noite aqui — sugeriu ela.

— Mas já estamos quase lá — ponderou Jondalar —, quase no fim da nossa viagem, e estou fora há tanto tempo...

— É por isso que quero passar a noite aqui. É o fim da nossa viagem. Quero banhar-me na água quente e passar uma última noite a sós com você, antes de reencontrarmos os nossos parentes.

Jondalar olhou-a e sorriu.

— Você tem razão. Depois de tanto tempo, que significa uma noite a mais? E é a última vez que ficaremos sozinhos, por um bom tempo. Além disso – deu um sorriso maroto –, gosto de ficar com você nas fontes termais.

Armaram a tenda num local que obviamente já fora usado. Ayla teve a impressão de que os cavalos estavam agitados quando foram soltos para pastar no capim fresco do platô, mas ela vira pegadas de potros e de um garanhão. Ao recolher os cavalos, encontrou cogumelos novos, flores e brotos de maçã silvestre. Voltou para o acampamento com a frente de sua túnica parecendo uma cesta, cheia de verduras e outras iguarias.

— Parece que você vai dar uma festa – comentou Jondalar.

— Não é má ideia. Vi um ninho e vou voltar lá para ver se encontro ovos – confirmou Ayla.

— E o que você acha disto? – indagou ele, exibindo uma truta. Ayla sorriu de satisfação. – Achei que a tinha visto no córrego. Fiz ponta num galho verde e enrosquei uma minhoca. O peixe mordeu na mesma hora; parecia que estava esperando por mim.

— Sem dúvida, os preparativos para uma festa!

— Mas a festa pode esperar, não pode? – insinuou Jondalar. – Acho que agora prefiro um banho quente. – As intenções expressas pelos olhos azuis despertaram nela os mesmos desejos.

— Maravilhosa ideia – respondeu Ayla. Ela esvaziou a túnica junto ao local do fogo e correu para os braços dele.

SENTARAM-SE LADO A LADO, próximos ao fogo. Sentiam-se repletos, satisfeitos e completamente relaxados, enquanto apreciavam a dança das fagulhas, que desenhavam arabescos e desapareciam na noite. Lobo cochilava por perto. Subitamente, levantou a cabeça e apontou-a, orelhas em pé, para o platô escuro. Ouviram um relincho forte, porém desconhecido. A égua emitiu um guincho e Campeão um relincho lamuriento.

— Há um cavalo desconhecido no campo – disse Ayla, levantando-se num pulo. Não havia lua, e era difícil enxergar.

— Você vai se perder lá. Deixe-me procurar algo para fazer uma tocha.

Huiin guinchou de novo, o cavalo desconhecido relinchou e ouviram-se os galopes distanciando-se na noite.

– Não dá mais – conformou-se Jondalar. – Já é tarde da noite. Acho que ela se foi. Um cavalo capturou-a outra vez.

– Desta vez acho que ela foi porque quis. Achei-a nervosa, hoje. Deveria ter prestado mais atenção – queixou-se Ayla. – Ela está no cio, Jondalar. Tenho certeza de que era um garanhão, e acho que Campeão foi com eles. Ele ainda é muito jovem, mas estou certa de que há outras éguas no cio. Ele foi atrás delas.

– Está muito escuro para procurá-los agora, mas conheço esta região. Podemos seguir os rastros pela manhã.

– Da outra vez que o garanhão a levou, ela voltou por si mesma e depois teve Campeão. Acho que agora ela foi começar um outro bebê – comentou Ayla, sentando-se perto do fogo. Olhou para Jondalar com um sorriso malicioso. – Parece coerente, nós duas grávidas ao mesmo tempo.

Ele levou algum tempo para perceber o significado da notícia.

– As duas... grávidas... ao mesmo tempo? Ayla! Você está dizendo que está grávida? Vai ter um bebê?

– Sim – respondeu, concordando com a cabeça –, vou ter um bebê seu, Jondalar.

– Um bebê meu? Você vai ter um bebê meu? Ayla! Ayla! – Ele a levantou, rodopiou-a pelo ar e beijou-a. – Tem certeza? Quero dizer, tem certeza de que vai ter um bebê? O espírito pode ter vindo de um dos homens da Caverna de Dalanar, ou mesmo dos Losadunai... E fico contente, se é isso que a Mãe quer.

– Passei minha lua sem sangrar e sinto-me grávida. Até já senti um pouco de enjoo de manhã. Mas nada sério. Acho que o começamos quando descemos a geleira – avaliou Ayla –, e o bebê é seu, Jondalar, estou certa disso. Não pode ser de mais ninguém. Começou com a sua essência. A essência da sua masculinidade.

– Meu bebê? – repetiu ele com um suave deslumbramento no olhar. Ele pousou a mão sobre o estômago dela. – Você está com o meu bebê aqui? Eu desejava tanto isso – revelou, com o olhar perdido e as pálpebras piscando.

– Sabe, cheguei até a pedir à Mãe.

– Você não me disse que a Mãe atende a todos os seus pedidos, Jondalar? – Ela sorria pela felicidade dele, e também pela sua. – Diga-me, você pediu menino ou menina?

– Só um bebê, Ayla, não importa qual.

Então você não se importa se eu torcer por uma menina?

Ele balançou a cabeça.

– Só seu bebê e, talvez, meu.

– O PROBLEMA DE SEGUIR cavalos a pé é que eles andam bem mais rápido que a gente – reclamou Ayla.

– Mas acho que sei para onde devem estar indo – tranquilizou-a Jondalar –, e conheço um atalho para o alto do maciço.

– E se eles não estiverem, onde você pensa que estão?

– Teremos então que voltar e seguir a trilha de novo, mas os rastros estão levando à direção certa. Não se preocupe, Ayla, vamos encontrá-los.

– Temos de encontrá-los, Jondalar. Estamos juntas há muito tempo, não posso mais deixá-la voltar para a manada.

Jondalar conduziu-a para um campo abrigado onde os cavalos selvagens costumavam reunir-se. De fato, ao chegarem lá viram diversos cavalos, e Ayla não demorou muito a reconhecer sua amiga. Desceram a encosta abrupta, até a borda do plano capinzal. Durante a árdua descida, Jondalar observou Ayla com muita atenção para que ela não se esforçasse em excesso. Lá embaixo, ela emitiu um assovio familiar.

Huiin levantou as orelhas e galopou em direção à mulher, seguida pelo grande garanhão claro e por um cavalo marrom, mais novo. O garanhão voltou para ameaçar o jovem pretendente, que fugiu. Embora excitado pela presença de fêmeas no cio, ele ainda não tinha condições de enfrentar o garanhão, mais forte e experiente. Jondalar correu para Campeão com a lança na mão, para protegê-lo do poderoso animal. O cavalo jovem, porém, distraíra a atenção do garanhão que, após persegui-lo, voltou para junto da fêmea.

Ayla abraçava o pescoço de Huiin quando o garanhão chegou e empinou, mostrando todo o seu potencial. A égua afastou-se de Ayla para responder ao chamado. Jondalar aproximou-se, com um olhar preocupado, puxando Campeão por uma forte corda presa ao cabresto do animal.

– Você pode tentar botar o cabresto nela – aconselhou Jondalar.

– Não. Teremos de acampar por aqui esta noite. Eles estão fazendo um bebê, e Huiin deseja um. Não quero impedi-la – disse Ayla.

Jondalar encolheu os ombros em aquiescência.

– Por que não? Não há pressa. Poderemos acampar um pouco aqui.
– Sentiu Campeão puxar na direção do bando. – Ele quer se juntar aos outros. Você acha que seria seguro deixá-lo ir?

– Não acho que vão a lugar nenhum. Este campo é bastante amplo e, caso eles saiam, poderemos subir e ver lá de cima para onde estão indo. Pode ser bom para ele ficar um pouco com os outros cavalos. Talvez aprenda algo – disse Ayla.

– Acho que você tem razão – concordou Jondalar, retirando o cabresto e observando Campeão galopar pelo campo afora. – Será que algum dia ele chegará a ser um garanhão de bando? E compartilhar os Prazeres com todas as fêmeas? – E, talvez, fazer crescer novos cavalos dentro delas, pensou.

– Também precisamos encontrar um local para acampar e ficar à vontade – sugeriu Ayla – e caçar algo para comer. Talvez haja galos silvestres entre os salgueiros próximos ao córrego.

– Pena que não haja fontes termais por aqui – lamentou-se Jondalar.
– É impressionante como um banho quente relaxa.

AYLA CONTEMPLOU, *de grande altura, uma infinita extensão de água. Na direção oposta, a grande planície relvada estendia-se até onde seus olhos podiam alcançar. Perto dali, situava-se uma familiar campina que terminava numa parede rochosa, onde se localizava uma caverna cuja entrada se escondia atrás de aveleiras.*

Ayla tinha medo. A neve que caía lá fora bloqueava a entrada, mas quando ela afastou os arbustos e saiu, era primavera. As flores cresciam e os pássaros cantavam. A vida se renovava por toda parte. O choro robusto de um recém-nascido vinha da caverna.

Ela seguia alguém montanha abaixo, carregando um bebê no quadril, dentro de um manto. O homem que a conduzia era manco. Andava com um bastão e levava algo num manto, cujo volume sobressaía em suas costas. Era Creb, que protegia o recém-nascido. A caminhada parecia não ter fim. Após percorrer uma longa distância através das montanhas e grandes planícies, finalmente alcançaram um vale que abrigava um campo relvado. Os cavalos iam sempre lá.

Creb parou, tirou das costas seu cheio manto e colocou-o no chão. Ela julgou ver um osso branco lá dentro, mas um jovem cavalo marrom saiu do manto e correu para uma égua clara. Ayla assoviou para o cavalo, mas ele afastou-se a galope junto com um garanhão claro. Creb voltou-se e acenou, mas ela não conseguiu compreender o sinal. Era uma linguagem corriqueira que ela não conhecia. Ele fez outro sinal.

– Venha, poderemos chegar lá antes do anoitecer.

Ela estava num túnel comprido dentro de uma caverna. Uma luz bruxuleava lá na frente. Era uma abertura para o exterior. Ela andava por um caminho íngreme ao longo de uma parede feita de uma rocha branca e cremosa, seguindo um homem que se movimentava a passos largos. Ela conhecia o lugar e se apressava para alcançar o homem.

– Espere! Espere por mim. Estou chegando – gritava.

– AYLA! AYLA! – Jondalar sacudia-a. – Você estava tendo um sonho ruim?

– Um sonho estranho, mas não ruim – explicou ela. Ayla levantou-se, sentiu náuseas e deitou-se outra vez, na esperança de que passassem. Jondalar batia com a vestimenta de couro no garanhão claro, enquanto Lobo latia e acuava para que permitissem que Ayla colocasse o cabresto na cabeça de Huiin. Ayla carregava apenas um pequeno fardo. Campeão, bem amarrado a uma árvore, levava a maior parte da carga.

Ayla montou no dorso da égua e a fez galopar, guiando-a pela beirada do grande campo. O garanhão, a princípio, perseguiu-as, mas diminuiu o galope à medida que se afastaram das demais éguas. Finalmente parou, empinou e relinchou, chamando por Huiin. Novamente empinou e voltou para o bando. Diversos garanhões já haviam tentado se aproveitar de sua ausência. Ao se aproximar, empinou outra vez, gritando em desafio.

Ayla continuou a cavalgar Huiin, mas diminuiu o ritmo do galope. Quando ouviu o barulho de cascos, parou e esperou por Jondalar e Campeão, que chegaram seguidos por Lobo.

– Se nos apressarmos, poderemos chegar antes do anoitecer – previu Jondalar.

Ayla e Huiin emparelharam com eles. Ela sentiu uma estranha sensação de que já fizera isso antes.

Avançaram num ritmo confortável.

– Acho que nós duas teremos um bebê – disse Ayla. – Nosso segundo bebê, e ambas tivemos machos da outra vez. Acho isso bom. Poderemos compartilhar esses momentos.

– Você terá muita gente para compartilhar sua gravidez – lembrou Jondalar.

– Estou certa de que você tem razão, mas vai ser bom compartilhá-la também com Huiin, uma vez que engravidamos durante esta viagem. – Permaneceram um pouco em silêncio. – Ela, porém, é bem mais nova do que eu. Estou velha para ter um bebê.

– Você não é tão velha assim, Ayla. O velho aqui sou eu.

– Vou completar 19 anos nessa primavera. É muita idade para ter um bebê.

– Sou bem mais velho. Já passei dos 23 anos. É muita idade para um homem constituir família pela primeira vez. Você imagina que estive fora por cinco anos? Tenho dúvidas se alguém ainda irá lembrar-se de mim – especulou Jondalar.

– É claro que se lembram de você. Dalanar não teve nenhuma dificuldade, nem Joplaya – tranquilizou-o Ayla. Todos o reconhecerão, mas ninguém irá me conhecer, pensou Ayla.

– Olhe! Está vendo aquela rocha lá? Logo depois da curva do rio? Foi onde abati minha primeira caça! – exclamou Jondalar, forçando Campeão a apressar a marcha. – Era um veado enorme. Não sei o que mais temia, se a ameaça daqueles grandes cornos ou a vergonha de perdê-lo e voltar para casa de mãos vazias.

Ayla sorria, contente com as lembranças dele, mas ela nada tinha a relembrar. Seria de novo uma estranha. Todos a olhariam e perguntariam sobre seu sotaque estrangeiro e o lugar de onde viera.

– Certa vez tivemos uma Reunião de Verão aqui – relembrou Jondalar. – Havia fogueiras por toda parte. Foi a minha primeira, depois que me tornei homem. Ah! Como me mostrei, tentando aparentar mais idade. Meu maior medo era que nenhuma jovem me convidasse para seus Primeiros Ritos. Acho que me preocupei à toa, pois recebi três convites, o que me deixou ainda mais apavorado!

– Há algumas pessoas lá na frente observando-nos, Jondalar – alertou Ayla.

– É a Décima Quarta Caverna! – esclareceu ele, acenando.

Ninguém respondeu aos seus acenos. Em vez disso, desapareceram sob uma profunda saliência.

– Devem ser os cavalos – especulou Ayla.

Ele franziu as sobrancelhas, depois balançou a cabeça.

– Eles irão se acostumar.

Espero que comigo também, pensou Ayla. A única coisa familiar por aqui será Jondalar.

– Ayla! Lá está! – exclamou Jondalar. – A Nona Caverna dos Zelandonii.

Ela olhou na direção em que ele apontava e sentiu que empalidecia.

– É fácil reconhecê-la devido ao afloramento no alto. Vê, onde parece que uma pedra está prestes a cair? Não cairá, porém, a menos que desabe todo o resto. – Jondalar voltou-se para ela. – Ayla, você está doente? Está tão pálida.

Ela parou.

– Já vi este lugar antes, Jondalar.

– Como poderia ter visto? Você nunca esteve aqui.

De repente, tudo se juntou. Era a caverna que via em meus sonhos! Aquela que vinha das lembranças de Creb, pensou ela. Agora sei o que ele tentava me dizer em meus sonhos.

– Eu disse a você que meu totem queria que você fosse meu e o enviou para me buscar. Ele queria que você me levasse para casa, o lugar onde o meu espírito do Leão da Caverna irá sentir-se feliz. É isso. Também voltei para casa, Jondalar. Sua casa é minha casa – concluiu Ayla.

Ele sorriu, mas antes que pudesse responder ouviu gritarem seu nome.

– Jondalar! Jondalar!

Olharam para cima e, num caminho sobre um penhasco saliente, viram uma jovem.

– Mãe! Venha rápido! – gritou a jovem. – Jondalar voltou. Voltou para casa!

Eu também, pensou Ayla.

fim do volume 4

Agradecimentos

Cada um dos livros da série *Os filhos da terra* apresentou seus próprios desafios, mas, desde o início, quando o antigo projeto de seis romances foi concebido, o quarto volume, o livro da viagem, foi o que envolveu o trabalho de pesquisa e redação mais difícil e mais interessante. Para escrever *Planície de passagem* foi necessário que a autora realizasse viagens extras, incluindo a volta à Checoslováquia e visitas à Hungria, Áustria e Alemanha para seguir um trecho do Danúbio (o Grande Rio Mãe). No entanto, para fazer a ambientação na Era Glacial foi necessário um tempo ainda maior de pesquisas em biblioteca.

Agradeço novamente ao Dr. Jan Jelinek, diretor emérito do Anthropos Institute, em Brno, Checoslováquia, por sua constante gentileza e ajuda, e pelas observações e interpretações sábias dos ricos artefatos do período Paleolítico Superior encontrados na região.

Sou grata também ao Dr. Bohuslav Klima, do Instituto de Arqueologia da Academia de Ciências da Checoslováquia, pelo excelente vinho de sua adega, produzido em seus próprios vinhedos, próximo a Dolni Vestonice, e ainda mais pela generosidade com que compartilhou seu vasto conhecimento e informações sobre essa região de extrema importância em eras primitivas.

Gostaria de agradecer também ao Dr. Jiri Svoboda, do Instituto de Arqueologia da Academia de Ciências da Checoslováquia, pelas informações sobre suas surpreendentes descobertas que muito vêm acrescentar ao conhecimento sobre nossos ancestrais, dos princípios da Era Moderna, que viveram há mais de 250 séculos, quando o gelo cobria mais de um quarto do globo terrestre.

À Dra. Olga Soffer, a maior especialista americana sobre os povos do centro e leste europeus do período Paleolítico Superior, ofereço meus agradecimentos incomensuráveis por me manter informada a respeito dos progressos mais recentes, enviando-me os últimos documentos e publicações, incluindo os resultados de novo estudo sobre a arte cerâmica mais primitiva da história da humanidade.

Quero agradecer ao Dr. Milford Wolpoff, da Universidade de Michigan, por seus insights durante a discussão sobre a distribuição da população nos continentes do hemisfério norte na Era Glacial, quando nossos ancestrais humanos agrupavam-se em certas regiões favoráveis e deixavam a maior parte da terra, embora rica em vida animal, desabitada.

Encontrar as peças do quebra-cabeça necessárias à criação deste mundo ficcional do passado pré-histórico foi um desafio; uni-las foi outra aventura. Depois de estudar o material disponível sobre as geleiras e o ambiente que as circundava, eu ainda não podia formar um quadro completo das terras do norte de modo a poder movimentar meus personagens em seu mundo. Havia interrogações, teorias que contradiziam outras – algumas das quais não pareciam muito bem elaboradas –, peças do quebra-cabeça que não se encaixavam.

Finalmente, com grande alívio e crescente entusiasmo, encontrei um estudo apresentado de forma clara e séria, que trouxe a Era Glacial à luz. Nele pude descobrir respostas às perguntas que surgiam em minha mente e graças a ele pude encaixar peças encontradas em outras fontes e frutos de minha própria especulação, a fim de montar um cenário lógico. Serei eternamente grata a R. Dale Guthrie por seu artigo "Mammals of the Mammoth Steppe as Paleoenvironmental Indicators", páginas 307-326 de *Paleoecology of Beringia* (editado por David M. Hopkins, John V. Matthews Jr., Charles E. Schweger e Steven B. Young, Academic Press, 1982). Mais do que qualquer outro trabalho, esse documento colaborou para que este livro se tornasse um todo coeso, abrangente e inteligível.

Como os mamutes laníferos simbolizam a Era Glacial, empreendeu-se um esforço considerável para trazer esses paquidermes pré-históricos de volta à vida. Minha pesquisa envolveu tudo o que pude encontrar a respeito de mamutes e, devido ao fato de estarem intimamente relacionados, dos elefantes modernos. Entre essas fontes, *Elephant Memories: Thirteen Years in the Life of an Elephant Family*, de autoria da Dra. Cynthia Moss (William Morrow & Co., Inc., 1988), destaca-se como uma obra definitiva. Agradeço à Dra. Moss por seus muitos anos de estudo e por seu livro inteligente e de fácil leitura.

Além da pesquisa, um escritor preocupa-se com a forma de seu texto e com a qualidade do trabalho final. Serei para sempre grata a Laurie

Stark, gerente editorial executiva do Crown Publishing Group, que cuida para que os manuscritos finais se transformem nas páginas impressas de livros bem acabados. Ela foi a responsável pelos quatro livros e, nesse mundo em constante mudança, agradeço a continuidade e a consistência do excelente trabalho que realizou.

Sou grata também a Betty A. Prashker, vice-presidente e, mais importante ainda, eminente editora, que cuida, como uma mãe, para que o manuscrito que entrego chegue à forma final.

Meus agradecimentos completos a Jean V. Naggar – nas Olimpíadas Literárias, uma agente medalha de ouro!

E, finalmente, a Ray Auel, meu amor, e agradecimentos além das palavras.

EDIÇÕES
BestBolso

Este livro foi composto na tipologia Minion Pro Regular, em corpo 9,5/11,5, e impresso em papel off-set 56g/m² no Sistema Cameron da Divisão Gráfica da Distribuidora Record.